BASTEI
LÜBBE

D1696205

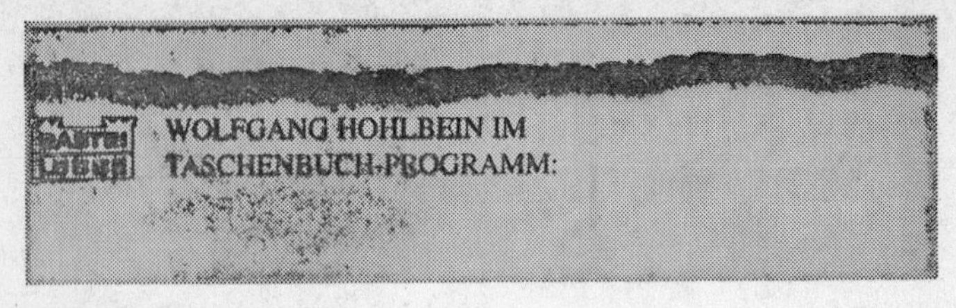

13 969 Die Rückkehr der Zauberer
14 197 Wolfsherz
14 478 Dunkel
24 232 Nach dem großen Feuer
20 130 Die Heldenmutter
21 204 Die Kinder von Troja
13 328 Geisterstunde
13 421 Die Moorhexe
13 453 Die Hand an der Wiege
13 627 Der Inquisitor
13 871 Der Widersacher
28 319 Im Schatten des Bösen
28 323 Von Hexen und Drachen
23 243 Charity - Die beste Frau der Spaceforce

DER HEXER-ZYKLUS
Bd. 1 14 336 Der Hexer von Salem
Bd. 2 14 337 Neues vom Hexer von Salem
Bd. 3 14 338 Der Dagon-Zyklus
Bd. 4 14 339 Die sieben Siegel der Macht
Bd. 5 14 340 Der Sohn des Hexers
Bd. 6 14 341 Das Labyrinth von London /
Auf der Spur des Hexers

DER DRACHEN-ZYKLUS
Bd. 1 20 152 Die Töchter des Drachen
Bd. 2 20 306 Der Thron der Libelle

KEVIN VON LOCKSLEY
14 354 Kevins Reise
14 392 Kevins Schwur

14 612 Das Jahr des Greifen
(mit Bernhard Hennen)

Wolfgang Hohlbein

DER HEXER VON SALEM

Ein Hexer-Roman

BASTEI LÜBBE TASCHENBUCH
Band 14 336

1.-13. Auflage: Juli 1987 bis September 1998
14. Auflage: März 2000
15. Auflage: Juli 2001
16. Auflage: April 2002

Vollständige Taschenbuchausgabe

Bastei Lübbe Taschenbücher ist ein Imprint
der Verlagsgruppe Lübbe

Lektorat: Stefan Bauer
Umschlaggestaltung: QuadroGrafik, Bensberg
Titelbild: Arndt Drechsler
Satz: KCS GmbH, Buchholz / Hamburg
Druck und Verarbeitung: 59040
Société Nouvelle Firmin-Didot,
Mesnil-sur-l'Estrée, Frankreich
Printed in France
ISBN 3-404-14336-1

Sie finden uns im Internet unter
http://www.luebbe.de

Der Preis dieses Bandes versteht sich einschließlich
der gesetzlichen Mehrwertsteuer.

Inhalt

Erstes Buch

ALS DER MEISTER STARB

Das Meer war glatt wie ein Spiegel. Während der letzten beiden Stunden war Nebel aufgekommen, und im gleichen Maße, in dem sich die grauen Schwaden zuerst zu wogenden Wolkengebilden und dann zu schweren, träge wie Rauch auf der Wasseroberfläche liegenden Bänken verdichtet hatten, hatte sich das Meer geglättet. Die Wellen waren flacher geworden, und das rhythmische dumpfe Klatschen, das die Fahrt der LADY OF THE MIST, der ›Herrin des Nebels‹, während der letzten vierunddreißig Tage wie ein monotoner Chor begleitet hatte, war leiser geworden und schließlich ganz verstummt.

Jetzt lag das Schiff ohne Fahrt auf der Stelle. Die großen, an vielen Stellen geflickten Segel hingen schlaff von den Rahen, und an Masten und Tauwerk sammelte sich Feuchtigkeit und lief in kleinen glitzernden Bahnen zu Boden. Es war still, eine unheimliche, an den Nerven zerrende Stille, die mit dem Nebel über das Meer herangekrochen war und den schnittigen Viermastsegler einhüllte. Und es war nicht einfach nur die Stille, sondern noch etwas anderes. Ein Gefühl – ich weiß, daß es sich verrückt anhört, aber genau das war es, was ich (und wohl auch viele von den anderen) damals empfanden –, als hätte der Nebel etwas Fremdes und Feindseliges mit sich herangetragen, das nun auf unsichtbaren Spinnenbeinen an Bord der LADY OF THE MIST kroch und sich in unsere Gedanken und Gefühle schlich.

Der Nebel hatte das Schiff erreicht und eingehüllt, und alles, was weiter als zehn oder zwölf Schritte entfernt war, begann in der dunstigen Feuchtigkeit zu verschwimmen und an Substanz zu verlieren, als wäre es nicht real, sondern nur ein Bild aus einem Traum. Das Knarren und Ächzen des Holzes klang gedämpft, und die Stimmen der Mannschaft wehten wie durch einen dichten, unsichtbaren Schleier zu uns herauf. Das an einer Seite abgerundete Rechteck des Achterdecks erschien mir wie eine winzige, isolierte Insel in einem gewaltigen Ozean aus Grau und erstarrtem Schweigen.

Und es war kalt. Wir waren am 19. Juni des Jahres 1883 in New York losgesegelt, und wenn ich nicht irgendwo auf dem Atlantik die Übersicht verloren hatte, dann mußten wir jetzt den 24. Juli schreiben. Hochsommer, dachte ich. Trotzdem prickelten meine Hände vor Kälte, und mein Atem erschien als dünne Dampfwolke vor meinem Gesicht, wenn ich sprach.

»Warum gehen Sie nicht in die Kabine, Mister Craven?« Die Stimme des Kapitäns drang wie von weit her in meine Gedanken; ich hatte Mühe, sie überhaupt als menschliche Stimme zu erkennen und darauf zu reagieren.

»Es ist verdammt kalt hier«, fuhr Bannermann fort, als ich mich endlich zu ihm umwandte und ihn ansah. In seinem dicken schwarzen Mantel und der Pudelmütze, die er anstelle seiner Kapitänsmütze trug, wirkte er wie ein freundlicher Pinguin. Und irgendwie war er das wohl auch: ein kurzbeiniger, gemütlicher, stets lächelnder Mann, der viel zu sanft und nachsichtig war, um ein Schiff zu kommandieren. Ich hatte nie mit ihm gesprochen, aber ich hatte den sicheren Eindruck, daß er mehr durch Zufall auf diesen Posten verschlagen worden und nicht sehr glücklich damit war.

»Ich möchte lieber hierbleiben«, antwortete ich nach einer Weile. »Dieser Nebel bereitet mir Sorgen. Sind Sie sicher, daß wir nicht die Orientierung verlieren oder gegen ein Riff laufen?«

Bannermann lachte. Er hatte seinen Schal um das Gesicht geschlungen, und seine Stimme klang nur gedämpft durch die dicke Wolle. Trotzdem spürte ich, daß es ein gutmütiges Lachen war. Für Bannermann und seine Leute waren Montague und ich nichts als zwei Landratten, die Mühe hatten, bei einem Schiff Bug und Heck auseinanderzuhalten. Ich hatte den größten Teil der Reise in seiner Nähe verbracht, und wahrscheinlich war ich ihm gehörig auf die Nerven gefallen. Aber er gab sich wenigstens Mühe, sich nichts davon anmerken zu lassen.

»Wir sind fast dreißig Seemeilen von der nächsten Küste entfernt«, antwortete er. »Dieser Nebel gefällt mir auch nicht, aber er ist nicht gefährlich. Nur lästig.« Er seufzte, trat an mir vorbei an die Reling und blickte aus zusammengekniffenen Augen in die wogenden grauen Schwaden hinaus. »Äußerst lästig«, fügte er hinzu. »Aber mehr auch nicht.«

Ich schwieg. Es hätte tausend Fragen gegeben, die ich hätte stellen können, aber ich spürte, daß er nicht antworten würde, und so trat ich nur schweigend neben ihn und blickte wie er aufs Meer hinaus, nach Norden, wo unser Ziel lag. Es war etwas Beunruhigendes an diesem Nebel – wenn man lange genug hineinsah, begann man Gestalten zu erkennen: Gesichter und bizarre, seltsam verzerrte Körper, substanzlose Hände, die nach dem Schiff zu greifen schienen. Wäre dieser Nebel nicht gekommen, hätte die LADY OF THE MIST London fahrplanmäßig irgendwann während des nächsten Tages erreicht. Jetzt konnte es gut sein, daß wir eine weitere Nacht auf See verbringen mußten; vielleicht auch mehr, wenn der Nebel nicht wich.

Aber ich hütete mich, irgend etwas von diesen Gedanken auszusprechen. Bannermann hätte mich wahrscheinlich für verrückt erklärt.

»Wirklich, Mister Craven«, fuhr Bannermann fort, ohne mich dabei anzusehen. »Sie sollten unter Deck gehen. Sie können hier sowieso nichts tun – außer sich einen kräftigen Schnupfen einzufangen.« Er schwieg einen Moment und fuhr, leiser und mit deutlich veränderter Stimme, fort: »Und es wäre mir lieber, wenn jemand bei Mister Montague ist.« Er sah auf. Zwischen seinen buschigen grauen Brauen grub sich eine tiefe Falte ein. »Wie geht es ihm heute?«

Ich antwortete nicht sofort. Als ich Montague verlassen hatte – vor nahezu vier Stunden, noch vor Tagesanbruch –, hatte er geschlafen. Er schlief sehr viel, und obwohl sich sein Zustand nicht besserte, wirkte er in den wenigen Stunden, die er wach war und mit mir oder Bannermann reden konnte, überraschend klar und von scharfem Verstand. Es war etwas Seltsames an diesem Mann.

»Unverändert«, sagte ich nach einer Weile. »Das Fieber steigt nicht weiter, aber es geht auch nicht zurück. Es wird Zeit, daß wir ihn zu einem guten Arzt bringen.«

Bannermann nickte. »Ich lasse sämtliche Segel setzen, sobald dieser verfluchte Nebel gewichen ist. In vierundzwanzig Stunden sind wir in London, und eine Stunde später ist er in einer Klinik.« Er lächelte mit einem Optimismus, den keiner von uns beiden wirklich noch empfand. »Sie werden sehen«, fügte er hinzu, »daß er in einer Woche wieder auf den Beinen und guter Dinge ist.« Er lächelte abermals, drehte sich mit einem Ruck um und bildete mit den Händen einen Trichter vor dem Mund, um irgendein Kommando über das Deck zu brüllen. Hoch oben in der Takelage reagierten ein paar seiner Matrosen darauf und begannen emsig hin und her zu kriechen. Ich wußte nicht, was sie taten, und es interessierte mich auch nicht. Die LADY OF THE MIST war das erste Schiff, auf das ich in meinem Leben einen Fuß gesetzt hatte, und es würde wahrscheinlich auch das letzte sein. Ich habe

Schiffe nie gemocht, und das Meer mit seiner Weite und Einsamkeit flößte mir Furcht ein. Sicher – ich war dreitausend Meilen von meiner Heimat entfernt, und die einzige Möglichkeit, jemals dorthin zurückzukehren, war nun einmal ein Schiff. Aber ich war mir noch gar nicht so sicher, ob ich jemals wirklich nach Amerika zurückkehren würde.

Ich verdrängte den Gedanken, sah Bannermann noch eine Zeitlang zu, wie er seine Matrosen über das Deck scheuchte, und wandte mich dann um. Die Kälte begann allmählich mehr als nur unangenehm zu werden, und ich verspürte ein verräterisches Kratzen im Hals. Bannermann hatte wohl recht – ich würde mich nur erkälten, wenn ich länger an Deck blieb. Aber unsere Kajüte war geheizt, und ein kräftiger Grog würde den Rest besorgen.

Die ausgetretenen Stufen knarrten hörbar unter meinem Gewicht, als ich die kurze Holztreppe zum Deck hinabging. Das Geräusch erschien seltsam gedämpft, und wieder fiel mir die sonderbare Stille auf, die sich über dem Schiff ausgebreitet hatte. Ich blieb stehen, nickte einem vorübereilenden Matrosen grüßend zu und trat – ohne eigentlich so recht zu wissen, warum – abermals an die Reling.

Das Meer war verschwunden. Die verkrustete Bordwand der LADY OF THE MIST schien anderthalb Meter unter mir in einer grauen Wolkenmasse zu verschwinden, und ein seltsamer, nicht einmal direkt unangenehmer Geruch wehte von der Wasseroberfläche herauf. Nicht der Salzwasseratem des Meeres, den ich nach fünfunddreißig Tagen schon gar nicht mehr bewußt wahrnahm, sondern etwas anderes, vollkommen Fremdes. Ich legte die Hände auf die Reling, beugte mich vor und versuchte, wenigstens einen Schimmer der Wasseroberfläche zu sehen, aber der

Nebel war zu dicht. Es war absurd: das Schiff hieß LADY OF THE MIST –, *Herrin des Nebels* –, aber im Moment war es seine Gefangene.

Als ich mich umwandte, glaubte ich eine Bewegung zu erkennen: Ein kurzes, rasches Zucken, als griffe etwas ungeheuer Großes und Massiges aus der grauen Masse, etwas, das grün und glitzernd und mit winzigen schillernden Schuppen bedeckt war. Ich erstarrte. Von einer Sekunde auf die andere begann mein Herz zu hämmern, so rasch, wie mir trotz der Kälte der Schweiß ausbrach. Die Erscheinung verging so schnell, wie sie gekommen war, und ich war mir nicht einmal sicher, ob ich es wirklich gesehen hatte, oder ob mir meine überreizten Nerven nur einen Streich spielten.

Und trotzdem verspürte ich in diesem Moment eine Furcht, wie ich sie noch nie in meinem Leben gefühlt hatte.

Meine Hände zitterten noch immer, als ich die niedrige Tür im Achteraufbau öffnete und zu unserer Kajüte hinabstieg.

Das Zimmer war still. Vor den Fenstern lagen schwere hölzerne Läden und sperrten das Sonnenlicht aus, und das Feuer, das im Kamin loderte, verbreitete zwar eine erstickende trockene Wärme, aber seltsamerweise kaum Licht. Trotzdem war es nicht dunkel. Ein unwirklicher grüner Schein lag in der Luft; Helligkeit, die aus keiner bestimmten Quelle, sondern aus dem Nirgendwo zu kommen schien, und in das Knacken und Prasseln des Feuers mischte sich ein dumpfes, geisterhaftes Wispern, ein Geräusch wie der Laut einer fernen Meeresbrandung, nur anders, auf unbestimmte Weise drohender und durchdringender. *Feindselig.*

Vier Menschen hielten sich in dem kleinen Raum

auf. Es waren eine Frau, zwei Männer und eine grauhaarige, in Lumpen gehüllte Gestalt, deren Geschlecht nicht eindeutig zu erkennen war. Das Gesicht unter der tief in die Stirn gezogenen Kapuze war ein Labyrinth grauer Schatten und tief eingegrabener Furchen und Runzeln, und das sackähnliche Gewand verhüllte den Körper vollkommen. Das einzige, was an der Gestalt zu leben schien, waren die Augen. Es waren grausame Augen; schmal, dunkel, beinahe ohne Pupillen, und von einem diabolischen Feuer erfüllt.

»Sie kommen«, sagte die Frau. Sie saß – wie die drei anderen starr und fast unnatürlich ruhig hinter dem runden Tisch, der mit den vier Stühlen und dem Kamin die gesamte Einrichtung des Zimmers bildete.

»Wie viele?« fragte einer der Männer.

Es dauerte einen Moment, ehe die Frau antwortete. Ihre Augen waren weit geöffnet, aber einem aufmerksamen Beobachter wäre aufgefallen, daß sie nicht blinzelte. Und ihr Blick schien ins Leere zu gehen.

»Zu viele«, sagte sie nach einer Weile. »Hunderte. Ich ... kann keine Einzelheiten erkennen. Aber sie hassen.«

»Sie hassen.« Die grauhaarige Gestalt regte sich, und jetzt, als sie sprach, konnte man hören, daß es eine Greisin war. Eine dürre, fast bis auf den Knochen abgemagerte Hand tauchte unter den Lumpen ihres Gewandes auf, legte sich auf die Tischplatte und kroch wie eine fleckige, fünfbeinige Spinne auf die Frau zu. Das Gesicht der Frau zuckte, als die Hand die ihre berührte, und sie widerstand im letzten Moment der Versuchung, den Arm zurückzuziehen.

»Sie hassen«, wiederholte die Alte.

»Uns?«

Die Frau nickte. »Ja. Aber ich weiß, was du sagen willst. Es geht nicht. Wir können ihren Haß nicht umdrehen, um ihn für uns zu nutzen. Er ist zu stark. jemand ... lenkt sie.«

Wieder senkte sich Schweigen über den Raum, nur das unwirkliche Wispern der Geisterstimmen wurde ein wenig stärker. Das grüne Licht begann zu flackern, und der Schein des Feuers im Kamin breitete sich wie Blut im Zimmer aus und verwandelte die Gesichter der vier Menschen in teuflische Grimassen.

»Dann müssen wir fliehen«, sagte die Alte schließlich.

»Es ist zu spät«, wisperte die Frau. Ihre Lippen bewegten sich kaum noch beim Sprechen, und auf ihrer Stirn perlte Schweiß. »Sie sind ... schon zu nahe. Und sie kommen von überallher. Sie sind fast hier.« Ihre Stimme begann zu beben, und ein ganz schwacher Unterton von Hysterie schwang in ihren Worten mit, als sie weitersprach. »Sie ... haben Waffen dabei. Und Fackeln. Sie ... werden ein Pogrom veranstalten.«

Einer der beiden Männer stand auf; so heftig, daß sein Stuhl nach hinten kippte und auf dem Boden zerbrach. »Warum sitzen wir dann noch hier herum?« schrie er. »Wir müssen die anderen warnen und den Widerstand organisieren! Sie sollen nur kommen, diese ...«

»Du bist ein Narr, Quenton«, unterbrach ihn die Greisin. Ihre Stimme klang kalt, als interessiere sie das, was sie soeben gehört hatte, gar nicht. »Du willst kämpfen?« Sie lachte, wandte den Kopf und deutete mit ihrer dürren Hand auf die Tür. »Dann geh. Geh und kämpfe! Es sind Hunderte, und wir sind kaum vierzig. Oder flieh, wenn du den Rest deines Lebens damit verbringen willst, dich wie ein Tier zu verkriechen.«

Quenton starrte die Alte einen Atemzug lang mit verbissener Wut an. »Und was sollen wir tun, deiner Meinung nach?« fragte er gepreßt. »Hier sitzen bleiben und uns abschlachten lassen wie Mastvieh? Da sterbe ich lieber mit der Waffe in der Hand.«

»Wir können gar nichts mehr tun«, erwiderte die Alte ruhig. »Wir hätten etwas tun können, als wir Verdacht schöpften, daß Roderick uns hintergeht. Jetzt ist es zu spät.«

»Roderick!« Quenton gab ein unartikuliertes Geräusch von sich und ballte die Faust. »Du bist besessen von deinem Haß gegen Roderick. Er ist fort, und was jetzt geschieht, hat nichts mit ihm zu tun.«

»Narr«, sagte die Alte. »Es hat *alles* mit ihm zu tun. Warum, glaubst du, sind diese Männer und Frauen auf dem Weg hierher?« Sie deutete mit einer zornigen Kopfbewegung auf die Tür. »Sie kommen, weil *er* es will, Quenton. *Er* ist es, der sie schickt – und sie merken es nicht einmal.«

In Quentons Gesicht arbeitete es. Seine Knöchel knackten hörbar, als er in hilflosem Zorn die Fäuste ballte. »Selbst wenn es so wäre«, sagte er schließlich, »ist das kein Grund für uns, hierzubleiben.« Er starrte die Alte an und schob kampflustig das Kinn vor. »Ihr könnt ja warten, bis sie kommen«, sagte er. »Ich gehe jetzt jedenfalls und hole mein Gewehr. Und ich werde jeden erschießen, der es wagt, auch nur einen Fuß in die Stadt zu setzen.«

Die jüngere Frau wollte etwas sagen, aber die Alte legte ihr rasch die Hand auf den Unterarm und drückte zu. Die Frau schwieg.

Quenton blickte noch einmal kampflustig in die Runde, fuhr auf dem Absatz herum und stürmte aus dem Haus. Die Tür fiel mit lautem Krachen hinter ihm ins Schloß.

»Dieser Narr«, sagte die Alte leise. »Er hat nichts begriffen. Sie werden ihn töten.«

»Sie werden auch uns töten, wenn wir hierbleiben,

Andara«, wandte der andere Mann ein. Er war jünger als Quenton, und in seinem Gesicht fehlte die Härte, die das Quentons von denen der anderen unterschied.

Die grauhäutige Alte nickte. Die Bewegung wirkte abgehackt und ließ ihre Kleider rascheln. Eine Strähne ihres farblosen, brüchigen Haares glitt unter ihrer Kapuze hervor und fiel ihr ins Gesicht. Sie wischte sie mit einer unwilligen Bewegung beiseite. »Das mag sein«, sagte sie. »Aber vielleicht ist unser Tod nicht so sinnlos, wie es scheint, wenn wir zuvor beenden, was wir angefangen haben.« Sie hob den Kopf und blickte die jüngere Frau aus ihren brennenden dunklen Augen an. »Fahre fort, Lyssa«, sagte sie.

Lyssa zögerte. »Wir sind nur noch drei«, sagte sie. »Ohne Quenton –«

»Drei sind genug«, unterbrach sie Andara ungeduldig. »Quenton hat niemals wirklich zu uns gehört.«

»Aber er besitzt die *Macht*.«

»Macht?« Andara lachte meckernd. »Was weißt du von der *Macht*, du dummes Kind? Viele von uns besitzen sie, nicht nur du und ich und« – sie wies auf den jungen Mann an Lyssas Seite – »Lennard. Auch Roderick besitzt sie, vielleicht mehr als alle zusammen. Aber was nutzt die *Macht*, wenn man sie nicht einzusetzen vermag?« Sie kicherte. »Was hilft einem Grizzly seine Kraft gegen die Verschlagenheit der Jäger, in deren Falle er tappt?« Sie schüttelte abermals den Kopf und schlug mit der flachen Hand auf den Tisch. »Drei sind genug«, wiederholte sie, und diesmal klangen die Worte wie ein Befehl. »Fahre fort.«

Lyssa nickte. Der Blick ihrer großen, wasserklaren Augen heftete sich auf das geschlossene Fenster, und Andara erkannte deutlich die Furcht darin.

»Verzweifle nicht, Kind«, sagte sie mit einer Sanftheit, die keiner der anderen ihr zugetraut hätte. »Vielleicht werden wir sterben, aber der Tod ist nicht das, wofür ihn die meisten halten.« Sie lächelte geheimnisvoll und sagte noch einmal: »Fahre fort.«

Das Mädchen gehorchte. Ihre Augen blieben weiter geöffnet, aber ihr Blick wurde wieder leer, und ihre Hände, die bisher nervös an einem Zipfel ihres einfachen braunen Kattunkleides gespielt hatten, waren mit einemmal ganz ruhig.

Von draußen drangen gedämpfte Stimmen in den Raum, dann das Trappeln von Schritten, Türenschlagen und Hundegebell. Ein Pferd wieherte schrill, dann knallte eine Peitsche, und eine zornige Stimme begann zu fluchen.

Aber Lyssa schien von alledem nichts zu merken. Starr und wie gelähmt hockte sie auf ihrem Schemel, ohne die geringste Bewegung, ohne mit den Lidern zu zucken, ja, selbst ohne zu atmen.

»Spürst du ihn?« fragte Andara nach einer Weile. »Spürst du seine Nähe? *Hört er unseren Ruf?*«

Lyssa nickte. Ihr Blick flackerte, wurde für eine halbe Sekunde klar und verschleierte sich sofort wieder. Auf ihrer Stirn lag kalter, klebriger Schweiß.

»Ich fühle ihn«, flüsterte sie. »Er ... hat deinen Ruf gehört, Andara. Und er wird ... ihm folgen.« Sie schluckte. Ihre Stimme wurde brüchig und klang plötzlich wie die einer alten Frau. »Yog –«

»*Sprich diesen Namen nicht aus!*« Andara hob erschrocken die Hand und berührte die des Mädchens. Die Stimmen, die durch die geschlossenen Läden in den Raum drangen, wurden lauter, und plötzlich zerriß der peitschende Knall eines Schusses die Stille. Ein gellender Schrei antwortete wie ein bizarres Echo darauf.

»Sprich ihn nicht aus«, murmelte Andara noch einmal. »Es ist den Sterblichen verboten, seinen Namen zu benutzen. Es reicht, wenn er weiß, daß wir ihn rufen.«

»Er weiß es«, antwortete Lyssa mühsam. »Und er … wird tun, was … du verlangst.«

Andara antwortete nicht mehr. Ihr Gesicht war wieder zu einer Maske der Unberührbarkeit und des Alters erstarrt, und ihre Hände, die nebeneinander auf der Tischplatte lagen, als warteten sie nur darauf, zum Gebet gefaltet zu werden, sahen mehr denn je wie die einer Toten aus.

Nur in ihren Augen glomm ein böses, böses Lächeln auf …

Die Kabine war dunkel und eng, und die Luft roch schlecht; wie es eben in einem fensterlosen Raum riecht, der viel zu klein für zwei Menschen ist und in dem zudem noch seit annähernd fünf Wochen ein Kranker liegt. Eine winzige, rußende Petroleumlampe schaukelte an einem Draht unter der Decke, und Bannermann hatte – fürsorglich, wie er nun einmal war – einen kleinen Tonkrug mit wohlriechenden Kräutern, den er weiß Gott wo aufgetrieben haben mochte, auf das schmale Wandregal neben der Tür stellen lassen. Aber auch er vermochte den muffigen Geruch, der sich in den Wänden eingenistet hatte, nicht vollends zu vertreiben. Wie fast immer, wenn ich hier herunterkam, hatte ich das Gefühl, nicht mehr richtig atmen zu können.

Und wie immer, wenn ich diesen Gedanken dachte, überfiel mich fast sofort ein schlechtes Gewissen. Montague konnte nichts dafür, daß er krank war. Und er war sehr gut zu mir gewesen, obwohl ich es nun wirklich nicht verdient hätte.

Leise trat ich an das schmale, an der Wand verschraubte Bett, beugte mich über den Schlafenden und betrachtete sein Gesicht. Es hatte sich nicht verändert, weder zum Guten noch zum Schlechten. Seine Wangen waren noch immer grau und eingefallen, und unter den großen, in den letzten Tagen vom Fieber trübe gewordenen Augen lagen tiefe schwarze Ringe. Und es faszinierte mich noch immer so wie beim ersten Mal, als ich es gesehen hatte.

Ich erinnerte mich gut an jenen Tag, an jede Minute und jedes Wort, ja, jeden Blick, den er mir bei unserem ersten Zusammentreffen zugeworfen hatte, obwohl seither mehr als sechs Monate vergangen und soviel geschehen war. Ich war damals ein anderer, und das meine ich ganz genau so, wie ich es sage. Bannermann und seine Matrosen hätten den Mann, der ich damals gewesen war, nicht einmal erkannt, wenn er plötzlich neben mir gestanden hätte. Ich war vierundzwanzig, arm und abenteuerlustig (was nichts anderes bedeutete, als daß ich die Hälfte der acht Jahre, die ich in New York gelebt habe, in den dortigen Gefängnissen verbrachte), und lebte von Gelegenheitsarbeiten. Jedermann, der das New Yorker Hafenviertel kennt, weiß, was das bedeutet – nämlich, daß ich auch ab und zu einen ahnungslosen Fremden, der sich nach Dunkelwerden in diese Gegend verirrte, um Geldbörse und Schmuck erleichterte. Nicht, daß es mir Spaß gemacht hätte: Ich bin nicht kriminell, und Gewalt ist mir zuwider. Aber es gibt einen Teufelskreis in den großen Städten an der Ostküste, aus dem man nicht mehr herausfindet. Als ich nach New York kam, war ich sechzehn und hatte außer den sechsundneunzig Einwohnern von Walnut Falls, dem Kaff, in dem ich geboren und aufgewachsen bin, noch keine Menschenseele gesehen. Die Tante, bei der ich groß geworden bin (es war nicht wirklich meine Tante, sondern einfach eine grundgütige Frau mit einem großen Herzen, die sich meiner annahm, nachdem meine Eltern mich bereits als Säugling ausgesetzt hatten), war gestorben, und ihre gesamte Hinterlassenschaft bestand aus sieben Dollar, einem winzigen silbernen Kreuz an einer Kette – und einer Fahrkarte nach New York. In dem Brief, den sie ihrem Testament beifügte, erklärte sie mir, daß sie hoffte, ich würde in der großen Stadt mein Glück machen und ein anständiger Bursche werden.

Gute Tante Maude! Sie mochte die liebenswerteste Frau sein, die jemals gelebt hat, aber von den Menschen verstand sie nichts. Vielleicht wollte sie auch einfach nicht glauben, daß die Welt schlecht ist.

Aber sie ist es, und ich brauchte nur ein paar Tage, um es herauszufinden. Die sieben Dollar waren bald aufgebraucht. Für einen Burschen vom Lande wie mich gab es in der Stadt kaum eine Arbeit, und schließlich blieb mir nichts anderes übrig, als zu stehlen und mich einer der Jugendbanden anzuschließen, deren Revier die Hafenbezirke der Stadt waren. Ich schlief an den Kais, arbeitete, wenn ich etwas fand, und stahl, wenn ich nichts fand. Jetzt, im nachhinein, ist es mir ein Rätsel, wie es mir gelungen ist – aber irgendwie konnte ich mich während der gesamten acht Jahre meiner zweifelhaften Karriere von allen wirklich schweren Verbrechen fernhalten; wenn meine Kameraden einen größeren Einbruch begingen oder gar ein Mord geschah (auch das kam vor), war ich nie dabei.

Und trotzdem wäre ich wahrscheinlich über kurz oder lang in einem Zuchthaus oder am Galgen gelandet – wenn ich nicht Randolph Montague getroffen hätte.

Randolph Montague, der *Hexer*. Ich habe erst später erfahren, daß man ihn so nennt. Als ich ihn das erste Mal traf, stand er mit dem Rücken zu mir, in einer lässigen Pose, die seiner eleganten Kleidung und seiner distinguierten Erscheinung widersprach, gegen den

Pfahl einer Gaslaterne gelehnt und eine seiner dünnen schwarzen Zigarren im Mundwinkel. Und ich lag zwei Schritte hinter ihm im Schmutz einer Mülltonne im Dreck und überlegte, wie ich ihn am sichersten bewußtlos schlagen konnte, um ihm die Geldbörse abzunehmen. Ich wunderte mich ein wenig, was ein Mann wie er kurz nach Mitternacht in einer so verrufenen Gegend verloren haben mochte, noch dazu allein und offensichtlich unbewaffnet. Er wäre nicht der erste Fremde, der aus falsch verstandener Abenteuerlust alle guten Ratschläge in den Wind schlug und nach Dunkelwerden hier herunter zum Hafen kam, um später auf irgendeiner Cocktailparty erzählen zu können, wie mutig er doch war. Nun, er würde sich wundern, wenn er am nächsten Morgen mit brummendem Schädel und leerer Brieftasche aufwachte.

Vorsichtig richtete ich mich hinter meiner Deckung auf, spähte sichernd die Straße hinab und packte den Sandsack, den ich ihm über den Schädel zu ziehen gedachte, etwas fester. Der Fremde regte sich nicht, sondern paffte weiter an seiner Zigarre und schien darauf zu warten, daß ihm der Himmel auf den Kopf fiel (was er gleich tun würde). Aber ich blieb weiter reglos hocken und wartete. Ich hatte Zeit; die Streife war erst in gut zwei Stunden fällig, und kein Mensch, der seine fünf Sinne beisammenhat und diese Gegend kannte, hätte sich nach Dunkelwerden hierher getraut. Ich beobachtete ihn fast eine Viertelstunde, ohne daß er sich bewegt hätte. Schließlich schnippte er seine Zigarre fort, nahm eine neue aus einem schmalen, silbernen Etui, das er in der Westentasche trug – ich registrierte es genau und fügte der Liste der Dinge, die ich am nächsten Morgen meinem Hehler bringen würde, einen weiteren Posten hinzu –, und riß ein Streichholz an.

Und genau in diesem Moment sprang ich vor.

Ich weiß bis heute nicht, wie er es gemacht hat. Eigentlich weiß ich nicht einmal sicher, was er gemacht hat; der Abstand zwischen ihm und mir betrug nicht einmal ganz zwei Schritte, und ich bin sicher, daß ich nicht den geringsten Laut verursacht hatte. Wenn man acht Jahre in den Slums von New York überlebt hat, dann hat man gelernt, sich wie eine Katze zu bewegen – aber das nächste, woran ich mich erinnere, ist, daß ich auf dem Rücken lag, nach Luft schnappte und auf die Klinge des Degens starrte, die Montague mir gegen die Kehle hielt. Und dabei lächelte er immer noch und paffte an seiner Zigarre, als wäre nichts geschehen.

Er hätte mich ins Zuchthaus bringen können, damals. Die Gerichte in den Staaten sind verdammt kleinlich – ein sandgefüllter Strumpf wie der, den ich bei mir hatte, gilt mit etwas Pech und einem Richter, der Zahnschmerzen und eine grantige Frau zu Hause hat, bereits als tödliche Waffe, und mein Überfall hätte mir im besten Fall fünf Jahre (und im schlechtesten fünfundzwanzig) eingebracht, hätte Montague mich der Polizei ausgeliefert. Er hätte mich auch auf der Stelle töten können; niemand hätte auch nur eine mißtrauische Frage gestellt.

Aber er tat nichts dergleichen, sondern steckte im Gegenteil seinen Degen ein, half mir auf die Füße – und bot mir mit dem freundlichsten Lächeln der Welt eine Zigarre an.

»Sie haben ziemlich lange gebraucht, um sich zu Ihrem Entschluß durchzuringen, junger Mann«, sagte er. Es waren die ersten Worte, die er zu mir sprach, und ich werde sie niemals vergessen. Er hatte *gewußt*, daß ich hinter ihm auf der Lauer lag, die ganze Zeit über, und er hatte nicht den geringsten Versuch gemacht, mich daran zu hindern. Ich ignorierte die Zigarre, die er mir anbot; weniger, weil ich sie nicht mochte, als vielmehr, weil ich viel zu perplex war, um überhaupt einen klaren Gedanken fassen zu können, aber Montague grinste mich weiter an und fragte mich auf seine schon fast übertrieben höfliche Art, ob ich ihm zu seinem Wagen folgen würde.

Er brachte mich in ein Lokal – einen dieser piekfeinen teuren Schuppen, in denen ein halbes Dutzend Kellner in gestärkten Hemden herumschwirren und ein Glas Wein soviel kostet, wie unsereins in einer Woche verdient –, und wir redeten. Zuerst sprach er, aber nach und nach brachte er mich dazu, von mir zu erzählen: von meiner Jugend, dem Ort, in dem ich aufgewachsen bin, Tante Maude, meinem Leben hier in New York – alles. Ich dachte damals, es wäre der ungewohnte Champagner, der meine Zunge löste, aber heute bin ich mir sicher, daß es nur an ihm lag. Ich weiß nicht wie, aber Montague brachte mich dazu, ihm mehr über mich zu erzählen als jemals einem anderen Menschen zuvor. Wir unterhielten uns die ganze Nacht, und als uns der Oberkellner schließlich hinauskomplimentierte, ging draußen bereits die Sonne auf.

Zum Abschied schenkte mir Montague dann sein silbernes Zigarrenetui und fünfzig Dollar.

Ich habe die Geschichte keinem erzählt – es hätte mir sowieso niemand geglaubt –, und nach ein paar Wochen begann ich den merkwürdigen Fremden zu vergessen.

Aber viereinhalb Monate später war er wieder da, und diesmal suchte *er* mich.

Er war verändert. Der Streifen weißen Haares über seinem rechten Auge war breiter geworden, und in seinem Blick lag ein gehetzter, fast angstvoller Ausdruck, den ich nur zu gut kannte. Er wirkte um Jahre älter als in jener Nacht, in der ich ihn zum ersten Mal gesehen hatte.

Was er von mir wollte, war so einfach wie unglaublich: mich. Er erzählte, daß er Amerika verlassen und nach England gehen würde, und er bat mich, ihn zu begleiten, offiziell als sein Sekretär, in Wirklichkeit als eine Art Mädchen für alles: Butler, Koch, Kutscher – und Leibwächter. Der letzte Teil seiner Eröffnung überraschte mich kaum noch. Ich habe den Ausdruck, der damals in seinen Augen stand, oft genug gesehen, um zu wissen, was in Randolph Montague vorging.

Er hatte Angst. Panische Angst.

Ich habe ihn nie gefragt, vor wem er davonlief, weder damals noch während der Überfahrt. Aber ich sagte zu. New York hat mir nie gefallen, und ich stehe auf dem Standpunkt, daß mir Amerika mehr genommen als gegeben hat – die fünfundzwanzig besten Jahre meines Lebens nämlich, die ich in Armut und Not verbracht hatte –, und der Gedanke, auf diese Weise vielleicht eine zweite Chance zu bekommen und auf dem Kontinent noch einmal neu anfangen zu können, erschien mir verlockend.

Noch am gleichen Abend gingen wir an Bord des Schiffes, und als die Sonne am nächsten Morgen aufging, waren wir bereits fünfzig Meilen weit draußen auf See ...

Ein leises, mühevolles Stöhnen drang in meine Gedanken. Ich fuhr hoch, stand mit einer fast schuldbewußten Bewegung auf und beugte mich erneut über das Bett. Montagues Lider zitterten, aber er schien das Bewußtsein nicht zurückzuerlangen. Seine Haut glänzte fiebrig, und die Hände unter der dünnen Decke bewegten sich unablässig, als wollten sie etwas packen.

Ein seltsames Gefühl von Hilflosigkeit überkam mich. Montague war in mein Leben gekommen wie der Märchenprinz in das Aschenputtels; er hatte mich im wahrsten Sinne des Wortes aus der Gosse aufgelesen, mir anständige Kleider gegeben und versucht, das aus mir zu machen, was Tante Maude als einen ›anständigen Burschen‹ bezeichnet hätte. Alles, was er dafür verlangte, war meine Hilfe. Und ich konnte nichts für ihn tun. Gar nichts. Selbst das Chinin – das einzige Medikament, über das die Bordapotheke der LADY OF THE MIST verfügte – hatte sein Fieber nicht senken können.

Ich schluckte ein paarmal, um den üblen Geschmack, der sich auf meiner Zunge eingenistet hatte, loszuwerden, nahm den Wasserkrug vom Regal und befeuchtete ein Tuch, um seine Stirn zu kühlen. Es war nicht mehr als eine Geste, aber die Vorstellung, einfach untätig an seinem Bett zu sitzen und zuzusehen, wie er litt, war mir unerträglich.

Er erwachte, als ich das Tuch auf seine Stirn legte. Seine Haut war heiß; ich erschrak, als ich sie berührte.

»Robert?« Er öffnete die Augen, aber sein Blick war verschleiert, und ich hatte das sichere Gefühl, daß er mich nicht erkannte. Ich nickte, ergriff seine Hand und drückte sie leicht.

»Ja, Mister Montague«, antwortete ich. »Ich bin es. Es ist alles in Ordnung.«

»In ... Ordnung«, wiederholte er halblaut. Seine Stimme klang brüchig wie die eines Greises, und sein Atem roch schlecht. Er schwieg einen Moment, schloß die Augen und hob dann mit einem Ruck wieder die Lider. Diesmal war sein Blick klar.

»Wo sind wir?« fragte er. Er versuchte sich aufzusetzen, aber ich drückte ihn mit sanfter Gewalt auf das Kissen zurück. »Sind wir in ... England?«

»Fast«, antwortete ich. »Es ist nicht mehr weit.«

Er starrte mich an, schloß abermals die Augen und lauschte. »Das Schiff macht keine Fahrt«, sagte er nach einer Weile. »Ich dachte, wir ... wir wären in London.«

»Es ist nicht mehr weit«, wiederholte ich. »Wir liegen im Moment fest, aber sobald der Nebel sich gelichtet hat, segeln wir weiter. Morgen abend erreichen wir London. Dann bringe ich Sie zu einem guten Arzt.«

»Nebel?« Montague öffnete abermals die Augen, blickte mich einen Moment lang irritiert an und setzte sich halb auf. Diesmal ließ ich es zu. »Sagtest du Nebel?«

Ich nickte.

»Was ist das für ein Nebel?« fragte er. Seine Stimme klang alarmiert, und in seinen Augen glomm ein Ausdruck auf, der mir ganz und gar nicht gefiel. Für einen winzigen Moment blitzte vor meinem inneren Auge noch einmal das schuppige, grüne Ding auf, das ich zu sehen geglaubt hatte, draußen an Deck, und für die Dauer eines Atemzuges verspürte ich noch einmal einen Hauch jener abgrundtiefen Furcht, die die Halluzination in mir ausgelöst hatte.

Aber ich verscheuchte den Gedanken hastig und versuchte, meiner Stimme einen möglichst beiläufigen Klang zu geben, als ich antwortete: »Nichts Besonderes, Mister Montague. Nebel eben. Bannermann sagt, daß das hier in der Gegend ganz normal ist.« Das war glattweg gelogen, aber ich wollte ihn nicht beunruhigen. Es reichte vollkommen, wenn *ich* anfing, Gespenster zu sehen.

»Nebel«, murmelte Montague. Er hob den Kopf und sah zur Decke, und ich hatte das bedrückende Gefühl, daß sein Blick geradewegs durch das massive Holz hindurchging. »Was ist das für ein Nebel?« fragte er noch einmal. »Wann ist er aufgekommen? Ist etwas Besonderes an ihm?«

»Heute morgen«, antwortete ich verwirrt. Ich begriff nicht, worauf er mit seinen Fragen hinauswollte und begann mich insgeheim zu fragen, ob das Fieber bereits seinen Verstand zu umnebeln begann. »Und mir ist nichts Besonderes an ihm aufgefallen. Außer, daß er sehr dicht zu sein scheint.«

Ein leiser Schauer überfiel mich. Es *war* etwas Besonderes an diesem Nebel, und ich war plötzlich gar nicht mehr so sicher, daß ich mir das Ding dort draußen wirklich nur eingebildet hatte. Trotzdem schüttelte ich den Kopf. »Es wird alles gut, Mister Montague. Morgen um diese Zeit sind wir in London, und wenn Sie erst einmal wieder festen Boden unter den Füßen haben, werden Sie schnell gesund.«

Ich versuchte zu lächeln. »Mich macht diese endlose Reise auch ganz krank. Ich ...«

Seine Hand zuckte unter der Decke hervor und krallte sich in meinen Arm, so fest, daß ich um ein Haar vor Schmerz aufgeschrien hätte. »Der Nebel, Robert!« keuchte er. »Ich muß alles über ihn wissen! Wann ist er aufgekommen, und aus welcher Richtung? Bewegt er sich? Bewegt sich etwas *in* ihm?«

Diesmal gelang es mir nicht mehr ganz, mein Erschrecken zu verbergen. »Ich ...«

»Du hast etwas gesehen«, keuchte Montague. »Bitte, Robert, es ist wichtig, für uns alle, nicht nur für mich. Du hast etwas gesehen, nicht wahr?«

Ich versuchte meinen Arm loszumachen, aber Montague entwickelte erstaunliche Kräfte. Sein Griff verstärkte sich eher noch.

»Ich ... bin nicht sicher«, antwortete ich. »Wahrscheinlich war es nur Einbildung. Diese verdammte Seefahrerei macht uns ja alle krank. Wer nach fünfunddreißig Tagen auf diesem Seelenverkäufer nicht anfängt, Gespenster zu sehen, der ist sowieso verrückt.«

Montague ignorierte meine Worte. »Was hast du gesehen?« fragte er. »Erzähle es mir. Genau!«

Ich zögerte noch immer, aber plötzlich war es wie damals, in jener ersten Nacht – es war etwas in seinem Blick, das mich einfach zwang, zu reden.

»Ich … weiß es selbst nicht genau«, sagte ich stockend. Meine eigene Stimme kam mir wie die eines Fremden vor. »Es war … nur ein Schatten. Etwas … Großes und … Grünes. Vielleicht ein Fisch.«

Montagues Augen schienen zu brennen. Ich spürte, wie sich seine Fingernägel noch fester in den Stoff meiner Jacke krallten und warmes Blut über meinen Arm lief. Seltsamerweise fühlte ich keinen Schmerz. »Etwas Großes«, wiederholte er. »Überlege genau, Robert – es kann sein, daß unser Leben davon abhängt. Sah es aus wie ein Fangarm? Wie der Arm eines Oktopus?«

»Es … könnte sein«, antwortete ich. Montagues Worte erschreckten mich mehr, als ich zugeben wollte. »Aber es war … größer.« Ich schüttelte den Kopf, atmete hörbar ein und machte meinen Arm mit sanfter Gewalt los. Montagues Augen schienen zu brennen, als er mich anstarrte.

»Es war nichts«, sagte ich noch einmal. »Bestimmt, Mister Montague. Ich … dieser verfluchte Nebel macht mich nervös, das ist alles.«

Er lachte, aber es war ein Laut, der mir einen eisigen Schauer über den Rücken laufen ließ. »Nein, Robert«, antwortete er. »Das ist nicht alles. Ich … hatte gehofft, England zu erreichen, ehe sie mich finden, aber …«

»Finden?« Ich verstand nichts mehr, aber irgendwie fühlte ich, daß seine Worte mehr waren als die Fieberphantasien eines Kranken. Es geht mir oft so – ich weiß nicht, ob es eine besondere Begabung oder nur Zufall ist, aber ich spüre fast immer, ob mein Gegenüber die Wahrheit sagt oder nicht. Vielleicht war das auch der Grund, aus dem ich Montague vom ersten Augenblick an vertraut hatte.

»Ich verstehe nicht«, sagte ich hilflos. »Wer soll Sie finden, und was hat das mit dem Nebel zu tun?«

Er sah mich an, schwieg einen Moment und setzte sich dann ganz auf. Einen Moment lang überlegte ich, ob ich ihn wieder auf das Bett zurückdrücken sollte, dann tat ich das Gegenteil und half ihm.

»Ich muß ... mit Bannermann sprechen«, sagte er. »Gib mir meine Kleider, Junge.«

»Ich kann ihn holen«, widersprach ich. »Es ist kalt an Deck, und –

Montague unterbrach mich mit einem schwachen, aber trotzdem entschiedenen Kopfschütteln. »Ich muß hinauf«, sagte er. »Ich muß ... diesen Nebel sehen. Ich brauche Gewißheit.«

Gewißheit? Ich begriff überhaupt nichts mehr, aber ich versuchte auch nicht mehr, ihn von seinem Entschluß abzubringen, sondern half ihm, das schweißdurchtränkte Nachthemd auszuziehen und seine normalen Kleider anzulegen. Ich erschrak erneut, als ich ihn ohne Hemd sah – Montague war niemals ein kräftiger Mann gewesen, sondern von zarter, beinahe knabenhafter Statur und dem hellen Teint des Großstadtmenschen, der sein Haus nur verläßt, wenn es unumgänglich ist. Aber jetzt glich er einem wandelnden Skelett. Sein Körper war ausgezehrt. Die Rippen stachen wie dünne, blanke Knochen durch seine Haut, und seine Oberarme waren so dünn, daß ich sie mit einer Hand hätte umfassen können. Er hatte kaum die Kraft, Hemd und Hose anzulegen. Bei Gamaschen und Schuhen mußte ich ihm helfen, weil ihm schwindelig wurde, als er sich zu bücken versuchte. Er bot ein Bild des Jammers.

Trotzdem versuchte ich nicht noch einmal, ihn zu überreden, in der Kabine zu bleiben. Eines hatte ich in den fünfunddreißig Tagen, die ich jetzt mit ihm zusammen war, gelernt, nämlich, daß es unmöglich war, Randolph Montague irgend etwas auszureden, was er sich einmal in den Kopf gesetzt hatte.

Die Kälte schlug mir wie eine unsichtbare eisige Kralle ins Gesicht, als ich vor ihm ins Freie trat. Ich fröstelte, zog das dünne Cape, das ich über die Schulter geworfen hatte, enger zusammen und sah mich auf Deck um. Der Nebel war noch dichter an das Schiff herangekrochen und lastete wie eine undurchdringliche graue Mauer jenseits der Reling. Für einen Moment fiel es mir schwer, wirklich zu glauben, daß ich mich an Bord eines Schiffes befand. Um uns war kein Ozean mehr, sondern nur noch eine graue, triste Unendlichkeit, in der allenfalls noch Platz für Furcht war.

»O Gott«, keuchte Montague. Er trat gebückt hinter mir durch die Tür, blieb stehen und streckte die Hand aus, um sich auf meine Schulter zu stützen. Ich spürte, wie seine Hände zitterten. »Sie sind es«, flüsterte er. »Es ist … schlimmer, als ich gefürchtet habe.«

Ich sah ihn fragend an, aber er schien mich gar nicht mehr zu bemerken. Sein Blick bohrte sich in die graue Wand, die das Schiff einschloß, und wieder sah ich in seinen Augen diesen Ausdruck von Furcht, den ich schon mehrmals an ihm beobachtet hatte.

»Wo ist … der Captain?«

Ich hob den Kopf, sah zum Achterdeck hinauf und deutete auf Bannermanns untersetzte Gestalt, die sich wie ein tiefenloser, schwarzer Schatten gegen den grauen Hintergrund des Nebels abzeichnete.

»Bring mich zu ihm«, murmelte Montague.

Ich ergriff seine Hand, legte die andere stützend unter seinen Ellenbogen und führte ihn behutsam wie ein kleines Kind, das seine ersten zaghaften Gehversuche machte, die steile Treppe zum Achterdeck hinauf. In den Nebelwolken neben dem Schiff begann eine vage, nicht wirklich sichtbare Bewegung, und für einen ganz kurzen Moment glaubte ich, ein schweres, unendlich mühsames Atmen zu hören.

»*Montague!*«

Bannermann hatte uns entdeckt und kam mit weit ausgreifenden Schritten über das feuchtglitzernde Deck auf uns zugeeilt. Auf seinem Gesicht lag ein erschrockener Ausdruck, der aber fast unmittelbar in Zorn umschlug, als er vor uns stehenblieb und mir in die Augen sah. »Craven!« blaffte er. »Sind Sie vollends von Sinnen? Wie können Sie diesen Mann hier heraufbringen. Er ...«

»Es war mein eigener Wunsch«, unterbrach ihn Montague. Seine Stimme war so leise, daß sie nicht zu hören gewesen wäre, wäre es an Deck nicht so unnatürlich still gewesen. Trotzdem verstummte Bannermann sofort.

»Robert hat mir von diesem Nebel erzählt«, fuhr er fort. »Und ich mußte ihn sehen.« Er atmete hörbar ein, blickte an Bannermann und mir vorbei in den Nebel hinaus und ballte die Fäuste. Seine Lippen preßten sich zu einem dünnen Strich zusammen.

»Wie lange geht das schon so?« fragte er.

Bannermann war sichtlich irritiert. »Was?«

»Der Nebel«, erwiderte Montague ungeduldig. »Robert sagte, wir liegen seit Morgengrauen fest.«

»Nicht ganz«, sagte Bannermann. »Der Nebel ist zwei Stunden vor Sonnenaufgang aufgezogen, aber der Wind hat sich erst später gelegt.« Er überlegte einen Moment. »Drei Stunden«, sagte er dann. »Vielleicht dreieinhalb.«

»Dreieinhalb Stunden!« Montague erbleichte noch weiter. »Wir können nicht hierbleiben, Captain«, sagte er. »Das Schiff muß sofort Fahrt aufnehmen. Wir ... sind alle in Gefahr, wenn wir auch nur noch eine weitere Stunde hier liegen.«

Der Blick, mit dem Bannermann ihn maß, sprach seine eigene Sprache. Ich starrte den Captain durchdringend an und versuchte, den Kopf zu schütteln, ohne daß Montague es sah. Bannermann nickte ebenso unmerklich. Er hatte verstanden.

»Ich weiß, was Sie jetzt denken, Captain«, sagte Montague leise. Er sah auf. »Und du auch, Robert – aber ich bin weder verrückt, noch phantasiere ich. Ich weiß sehr genau, was ich sage. Das ganze Schiff ist in Gefahr, jedermann hier an Bord. Dieser Nebel ist kein normaler Nebel. Wir müssen hier weg!«

Bannermann antwortete nicht sofort. Auf seinem Gesicht spiegelten sich widerstrebende Gefühle. Montagues Verhalten mußte ihm ebensolche Rätsel aufgeben wie mir; aber wie ich kannte er Montague als einen Mann, der normalerweise nicht mit dem Grauen Scherze trieb. Und vielleicht spürte auch er das Fremde, Bedrohliche, das in diesem Nebel zu lauern schien.

»Selbst wenn ich wollte«, antwortete er vorsichtig, »könnten wir keine Fahrt aufnehmen, Mister Montague.« Er schüttelte den Kopf, um seine Worte zu bekräftigen, und wies mit einer flüchtigen Geste nach oben. Montagues Blick folgte seiner Bewegung. Die Segel hingen schlaff und schwer von Feuchtigkeit, mit der der Nebel sie getränkt hatte, von den Rahen.

»Und es wäre auch viel zu gefährlich«, fügte Bannermann hinzu. »Diese Suppe ist so dicht, daß ich von hier aus nicht einmal den Bugsteven sehen kann. Ich kann das Schiff nicht blind segeln.«

»Sie begreifen nicht«, sagte Montague erregt. »Ich meine es ernst, Bannermann! Das ist kein normaler Nebel, und wenn ...«

»Mister Montague«, unterbrach ihn Bannermann betont. »Es wäre vielleicht wirklich besser, wenn Sie in

Ihre Kabine gingen und in aller Ruhe abwarten, bis sich das Wetter geklärt hat.«

»Sie glauben, daß ich verrückt bin.«

Bannermann seufzte. »Das steht hier gar nicht zur Debatte, Mister Montague«, antwortete er, wobei er mir einen fast flehenden Blick zuwarf. Ich zuckte lautlos die Achseln und sah weg. »Ob ich Ihnen glaube oder nicht – wir *können* uns gar nicht bewegen. Die LADY ist ein Segelschiff, Montague, und ein Segelschiff bewegt sich nun einmal nicht, wenn kein Wind weht. Wir liegen fest.«

»Wir könnten rudern.«

Bannermann verdrehte die Augen. »Das hier ist ein Segelschiff«, sagte er noch einmal. »Keine Galeere. Wie stellen Sie sich das vor?«

»Es muß gehen«, beharrte Montague. »Wir haben vier Rettungsboote an Bord, und genügend Männer. Wenn sie die Boote aussetzen und die Männer rudern lassen, dann können sie das Schiff schleppen. Das geht zwar langsam, aber wir kommen von der Stelle!«

Bannermann starrte ihn an. »Das ist nicht Ihr Ernst.«

Montague nickte. »O doch, Captain, ich meine es ernst. Sogar todernst. Ich verlange gar nicht, daß Sie mir glauben. Wahrscheinlich täte ich es auch nicht, wenn ich an Ihrer Stelle wäre. Alles, was ich will, ist, daß Sie die Boote klarmachen und die Männer das Schiff aus diesem Nebel herausschleppen. Ein paar Meilen würden schon genügen. Sie verlieren unsere Spur, wenn wir uns bewegen.«

»Sie sind verrückt«, entfuhr es Bannermann.

»Vielleicht«, antwortete Montague ungerührt. »Aber das ist nicht Ihr Problem, Captain. Ich bezahle für die Extraarbeit. Jeder Mann, der ein Boot besteigt und rudert, bekommt eine Prämie von fünfzig englischen Pfund, sobald wir London erreicht haben.«

»Fünf...« Bannermann schluckte sichtlich. »Wir brauchen zehn Mann pro Boot«, sagte er. »Das sind zweitausend Pfund, Montague.«

»Ich kann auch rechnen«, knurrte Montague wütend. »Und mein Geld nützt mir nichts mehr, wenn ich tot bin.« Er griff in die Westentasche, winkte mich heran und drückte mir einen winzigen silbernen Schlüssel in die Hand. »Geh in die Kabine, Robert«, sagte er. »Das ist der Schlüssel zu meiner Kiste. Öffne sie und bring mir die braune Aktenmappe.« Zu Bannermann gewandt, fügte er hinzu: »Ich habe einen Kreditbrief der Bank of England bei mir, Captain. Wenn Sie darauf bestehen, kaufe ich Ihr Schiff.«

Es war ungefähr das Falscheste, was er in diesem Augenblick tun konnte. Bannermann mochte ein gutmütiger Mensch sein, aber das, was Montague ihm jetzt anbot, hatte ungefähr die Qualität einer Ohrfeige. »Ich glaube, Sie können sich den Weg sparen, Mister Craven«, sagte er gepreßt. »Ich brauche Ihr Geld nicht. Und kein einziger Mann meiner Besatzung wird auf Ihren Wahnsinnsvorschlag eingehen und das Schiff durch diesen Nebel schleppen. Der Nebel wird abziehen, und über kurz oder lang werden wir auch wieder Wind bekommen, Mister Montague. Wir warten.«

Montague wollte widersprechen, aber er kam nicht mehr dazu.

Hinter unseren Rücken erscholl ein heller, platschender Laut; ein Geräusch, als breche etwas mit Urgewalt aus der Wasseroberfläche hervor und fiele gleich darauf zurück; dann ein Schrei, so spitz und gellend, wie ich ihn noch nie zuvor in meinem Leben gehört hatte. Das Schiff erbebte wie unter einem Hieb. Montague, Bannermann und ich fuhren in einer einzigen Bewegung herum.

Der Anblick, der sich mir bot, ließ mich erstarren. Es

war kein Schrecken, keine Furcht, sondern etwas anderes, etwas, das viel, viel schlimmer war: eine eisige tödliche Leere, die sich wie eine lähmende Woge über meine Gedanken ergoß.

Der Nebel war noch dichter geworden und hüllte jetzt die gesamte vordere Hälfte des Schiffes ein. Aber er war nicht dicht genug, um den Blick auf die Reling zu verdecken. Besser gesagt, auf ein klaffendes Loch am Bootsrand, an dem sich die stabile, hölzerne Reling befunden hatte.

Die Bootsplanken waren wie mit einer Säge durchtrennt, und man konnte unschwer die Abdrücke riesiger, monströser Zähne im Holz erkennen. Und der Matrose, der noch vor Sekunden an jener Stelle gestanden hatte, war spurlos verschwunden ...

»Sie kommen.«

Quenton zuckte beim Klang der beiden Worte zusammen wie unter einem Hieb. Sein Blick irrte nervös durch die Scheune. Das geschlossene Tor und die vernagelten Fenster sperrten das Tageslicht aus und ließen die Gestalten der anderen zu unsicheren Schatten werden. Es war still; viel ruhiger, als es in einem Raum, in dem sich annähernd dreißig Personen aufhielten, hätte sein dürfen. Aber es war die Stille der Angst, die von den Menschen Besitz ergriffen hatte.

Leise – als fürchte er, durch ein zu lautes Geräusch den Mob draußen zu einem Angriff zu provozieren – erhob er sich, lehnte das entsicherte Gewehr gegen die Wand und trat vom Fenster zurück. Sofort huschte einer der anderen Männer herbei, nahm seinen Platz an dem vernagelten Fenster ein und schob den Lauf seines Gewehres durch einen der schmalen Schießscharten, die sie freigelassen hatten. Sie alle waren bewaffnet:

mit Gewehren, Revolvern und Schrotflinten, einige auch nur mit Mistgabeln, Äxten oder großen Messern; selbst die Frauen, die sich in den hinteren Teil der Scheune zurückgezogen hatten und einen Schutzwall um das halbe Dutzend Kinder, das in Jerusalems Lot lebte, bildeten. Die unscheinbare Scheune hatte sich im Laufe der letzten zwanzig Minuten in eine Festung verwandelt. Wer immer sie stürmen wollte, würde einen hohen Blutzoll zahlen müssen.

Und trotzdem würden sie sterben. Quenton wußte es. Es war nicht einmal die *Macht*, die ihm dies verriet, sondern simples Kopfrechnen. Sie waren achtundzwanzig, die sechs Kinder und elf Frauen mitgezählt, und sie waren einfache Bauern und Jäger und hatten Angst, und dort draußen tobte ein aufgepeitschter Mob durch die Straßen, der nach Hunderten zählte und Blut sehen wollte.

»Quenton?«

Quenton sah auf und erkannte das blasse Gesicht Marians, der Tochter seines Stiefbruders. Das Schrotgewehr in ihren schmalen Händen wirkte beinahe rührend. »Ja?«

»Wieso ... bist du hier?« fragte sie leise. Ihre Lippen zitterten, und obwohl sie fast flüsterte, spürte Quenton, daß jedermann in der Scheune ihre Worte aufmerksam verfolgte. Und daß sie auf seine Antwort warteten. Marian hatte nur die Frage ausgesprochen, die er in allen Gesichtern las, wenn er sich umsah. Sie waren ihm widerspruchslos hierher gefolgt, nachdem er Lyssas Haus verlassen und die Dorfbewohner zusammengerufen hatte. Aber sie alle wollten wissen, warum.

»Warum bist du hier?« fragte Marian noch einmal. »Warum sind *wir* hier, Quenton?«

Durch das geschlossene Tor drangen Schreie. Ein

Gewehr krachte, dann noch eines und noch eines, und irgend jemand begann schrill und hysterisch zu lachen. Irgendwo weiter entfernt war das Grölen der Menge zu hören. Aber es kam näher. Sehr schnell.

»Deshalb«, antwortete Quenton mit einer Kopfbewegung zum Tor. Nicht alle waren ihm gefolgt. Ein paar hatten versucht, sich in ihren Häusern und Kellern zu verbarrikadieren oder ihr Heil in der Flucht zu suchen. »Deshalb, Kind. Weil wir uns hier verteidigen können. Jeder, der durch dieses Tor kommt, wird sterben.«

»Das ist keine Antwort«, sagte Marian. In ihren Augen schimmerten plötzlich Tränen, und als sie weitersprach, schien sie nur noch mit Mühe die Fassung zu bewahren. Sie schrie beinahe. »Du weißt genau, was ich meine, Quenton. Ihr .. ihr habt uns Sicherheit versprochen und Reichtum. Ihr habt gesagt, wir könnten hier in Ruhe leben und glücklich sein, und jetzt kommen sie, um uns zu töten!«

»Hör auf«, sagte Quenton leise. Aber Marian hörte nicht auf; im Gegenteil. Plötzlich ließ sie ihr Gewehr fallen, sprang mit einem halberstickten Schrei auf ihn zu und begann mit den Fäusten auf seine Brust einzuschlagen. »Ihr habt uns Sicherheit versprochen!« kreischte sie. »Ihr habt gesagt, ihr würdet uns beschützen, wenn sie einmal kämen! Wozu haben wir euch all die Jahre gedient? Wo ist die Macht, die ihr angeblich habt? Wo ...?«

Quenton packte sie grob bei den Schultern, stieß sie auf Armeslänge von sich fort und versetzte ihr eine schallende Ohrfeige. Das Mädchen taumelte zurück, fiel auf ein Knie und preßte die Hand gegen ihre Wange. Quentons Finger malten sich deutlich auf ihrer Haut ab.

»Es ist nicht meine Schuld«, schrie er wütend. Er

spürte, wie die anderen ihn anstarrten, und ihre Blicke kamen ihm vor wie Messer, die tief in seine Brust schnitten. Niemand sprach es aus, aber der Vorwurf war überdeutlich.

»Ich kann nichts dafür«, sagte er noch einmal. »Ich war bei Andara, bevor ich zu euch kam, aber sie wollte nicht kämpfen. Wir vier hätten sie aufhalten können, aber allein bin ich machtlos.«

»Und die *Macht?*« flüsterte Marian. »Der Pakt, den wir geschlossen haben? Wozu haben wir euch unsere Seelen verpfändet, wenn wir jetzt doch sterben müssen?«

»Ich kann sie nicht aufhalten«, sagte Quenton hilflos. »Ihr wißt so gut wie ich, daß es Roderick war, der uns diese Fremden auf den Hals gehetzt hat. Er ist es, der euch tötet, nicht die dort draußen. Sie merken es nicht einmal!«

»Aber er ist nur einer, und ihr seid vier.«

»Das sind wir nicht«, murmelte Quenton. »Lyssa, Andara und Lennard ziehen es vor, zu sterben, statt sich zu wehren. Werft es mir nicht vor, wenn sie feige sind.«

»Aber du!« beharrte Marian. »Du hast die *Macht*, Quenton. Du bist ein Hexer wie sie! Du hast es oft genug bewiesen. Rette uns!«

»Ich kann es nicht«, sagte Quenton verzweifelt. »Ich kann nicht gegen Hunderte kämpfen!«

»Rette uns!« beharrte Marian. »Du hast es versprochen. Du ...«

Ein einzelner Schuß krachte. Aus der Wand neben Quentons Schulter ragten plötzlich verkohlte Holzsplitter, und zwischen Marians Brüsten erschien ein kleines, rundes Loch. Das Mädchen stieß einen fast überraschten, seufzenden Laut aus, starrte Quenton noch eine halbe Sekunde lang aus schreckgeweiteten Augen an und kippte langsam nach vorne.

Jemand schrie, und der Mann, der Quentons Platz am Fenster eingenommen hatte, erwiderte das Feuer. Plötzlich krachten überall Schüsse. Männer, Frauen und Kinder schrien durcheinander, als die Angreifer aus Dutzenden von Gewehren gleichzeitig das Feuer eröffneten. Quenton warf sich mit einem Fluch zur Seite, rollte herum, als der Mann am Fenster plötzlich zusammensackte und der Boden rings um ihn herum unter den Einschlägen von Geschossen zu explodieren schien, und war mit einer katzenhaften Bewegung wieder auf den Füßen. Wieder peitschten Schüsse, eine ganze Salve diesmal. Einer der Fensterläden platzte wie unter einem gewaltigen Hammerschlag auseinander. Irgend etwas biß heiß und schmerzhaft in Quentons Schulter, aber er spürte den Schmerz kaum.

Im Zickzack rannte er durch den Raum, warf sich mit weit vorgestreckten Armen nach der Leiter, die zum Heuboden hinaufführte, und bekam die unterste Stufe zu fassen. Das Brüllen und Johlen der Meute draußen wurde immer lauter; gleichzeitig nahm das Schießen ab. Offensichtlich glaubten sie, mit den ersten paar Salven den Widerstand der Verteidiger gebrochen zu haben, und kamen nun näher heran. Ein wuchtiger Schlag traf die Tür. Einer der Männer riß sein Schrotgewehr an die Wange und schoß dicht hintereinander beide Läufe ab. Die Tür verschwand hinter einer Wolke explodierender Holzsplitter und Staub. Ein gellender Schrei drang von draußen herein, dann antwortete eine ganze Salve krachender Gewehrschüsse.

Quenton sah nicht mehr hin. So schnell er konnte, kletterte er die Leiter empor, zog sich mit einer letzten, verzweifelten Anstrengung auf den Heuboden hinauf und blieb eine Sekunde lang keuchend und mit geschlossenen Augen liegen, ehe er sich hochstemmte und auf Händen und Knien zu der offenstehenden

Luke über dem Scheunentor kroch. Auch hier war einer der Männer postiert gewesen. Er war tot. Seine Hände umklammerten noch das Gewehr, mit dem er versucht hatte, sein Leben und das seiner Familie zu verteidigen.

Quenton kämpfte den ohnmächtigen Zorn, den der Anblick in ihm auslöste, nieder, schob den reglosen Körper zur Seite und näherte sich vorsichtig der Luke.

Der Anblick traf ihn wie ein Schlag. Es war nicht einmal zehn Minuten her, daß er in die Scheune gekommen war, aber er erkannte die Stadt nicht wieder.

Jerusalems Lot brannte. Die Hälfte der noch nicht einmal zwei Dutzend Gebäude, aus denen das Dorf bestand, stand lichterloh in Flammen, und die Straße glich einem Tollhaus. Überall lagen Menschen, viel mehr, als Jerusalems Lot überhaupt Einwohner hatte. Die Angreifer mußten sich in ihrer Raserei gegenseitig niedertrampeln. Aber der Anblick erfüllte Quenton weder mit Zufriedenheit noch mit Triumph. Die aufgebrachte Menge dort unten bedeutete ihm nicht mehr als eine Herde wilder Tiere, die einem anderen, stärkeren Willen gehorchten. Quenton wußte selbst nur zu gut, wie leicht es war, Menschen zu beeinflussen. Je erregter sie waren, desto einfacher war es für jemanden, der sich mit Hexerei und Magie auch nur ein bißchen auskannte.

Und Roderick war ein Meister der Schwarzen Magie. Quenton war sich nicht einmal sicher, ob die vereinten Kräfte von Andara, Lyssa, Lennard und ihm selbst ausgereicht hätten, Roderick in einem offenen Kampf zu schlagen. Aber der Verräter hatte sich diesem Kampf nie gestellt, sondern war geflohen. Jetzt schickte er seine Kreaturen, dachte Quenton haßerfüllt, um zu vollenden, wozu er selbst zu feige gewesen war.

Irgendwo unter ihm krachte ein Schuß. Die Kugel

fuhr mit einem dumpfen Klatschen eine Handbreit neben Quentons Knie in den Holzboden und wirbelte Heu und trockenen Staub hoch.

Quenton zog sich hastig in den schwarzen Schlagschatten der Wand zurück, hob die Hand und machte eine rasche, kaum sichtbare Bewegung.

Unter ihm, im Herzen des aufgebrachten Mobs, der auf die Scheune zudrängte, ließ ein grauhaariger Mann sein Gewehr fallen, griff sich mit beiden Händen an die Kehle und versuchte vergeblich zu atmen. Er taumelte, brach in die Knie und wurde von den Nachdrängenden zu Boden gerissen.

Quenton atmete hörbar ein. Das Gebäude zitterte unter dem unablässigen Krachen von Schüssen, den Hieben von Gewehrkolben und Äxten, mit denen sich die Angreifer Zutritt zu schaffen versuchten, aber er schob alles von sich, drängte jeden bewußten Gedanken beiseite, versuchte, den Lärm und die Schreie unter sich zu ignorieren und sich ganz auf seine Aufgabe zu konzentrieren. Er wußte sehr wohl, daß er das Unmögliche versuchte. Selbst zu viert hätten sie die aufgebrachte Meute kaum zurückhalten können – für ihn allein war es so, als wolle er mit bloßen Händen einen berstenden Staudamm zusammenhalten. Aber er würde nicht kampflos sterben.

Einer der Männer, die fünf Meter unter Quenton gegen das Tor hämmerten, erstarrte plötzlich, hob in einer langsamen, widerwilligen Bewegung das Messer, das er in der rechten Hand trug – und nahm sich selbst das Leben. Er war tot, bevor sein Körper den zerwühlten Boden berührte.

Aber hinter ihm drängten hundert andere heran.

Bannermanns Hände zitterten. Er hatte kein Wort gesprochen, seit wir das Achterdeck verlassen hatten, und selbst jetzt schien er noch Mühe zu haben, seine Fassung nicht vollends zu verlieren. Sein Gesicht war weiß, nicht einfach blaß, sondern *weiß*.

»Was ist … passiert?« krächzte er mühsam. Die Frage galt einem der Matrosen, die aus allen Richtungen herbeigeeilt waren und das Loch im Schiffsrumpf in weitem Kreis umstanden.

Der Mann schüttelte nervös den Kopf. »Ich … weiß es nicht«, murmelte er. Sein Blick flackerte unstet, und in seinen Augen war deutlich Angst zu lesen.

»Verdammt, Mannings. Sie haben doch in der Nähe gestanden, als es passierte!« blaffte Bannermann. »Sie müssen etwas gesehen haben.«

»Ich … es … es ging zu schnell«, stotterte Mannings. »Es war plötzlich da und hat nach ihm geschnappt, und dann …«

»Was war plötzlich da?« fragte Bannermann scharf.

Mannings senkte unsicher den Blick. »Ich weiß es nicht«, murmelte er. »Ein … ein Ding. Ich konnte es nicht richtig erkennen. Es war wie … wie eine Schlange, aber viel größer und dicker, und … es war grün und … und …«

Bannermann keuchte. »Sie –«

»Lassen Sie ihn, Captain«, fiel ihm Montague rasch ins Wort. »Der Mann hat recht.«

Bannermann wollte auffahren, aber ein einziger Blick in Montagues Gesicht ließ ihn verstummen. Zwei, drei Sekunden lang hielt er Montagues Blick stand, dann wandte er sich mit einem Ruck um und senkte den Kopf. »Wahnsinn«, flüsterte er. »Das ist der helle Wahnsinn.«

»Es ist schlimmer, als ich dachte«, murmelte Montague. Die Worte galten mir, aber ich merkte es erst, als er mich am Arm berührte und mir mit einer Kopfbewegung andeutete, ihm zu folgen.

Ich erwachte wie aus einem Traum. Das furchtbare Geschehen – und vor allem Mannings Worte – hatten mich gelähmt. *Wie eine Schlange,* hatte er gesagt. Aber viel größer und dicker ... und es war grün. Was er beschrieb, war genau das, was ich vorhin draußen im Nebel zu sehen geglaubt hatte.

»Robert!« Montagues Stimme klang warnend, und diesmal riß ich mich zusammen und scheuchte die Gedanken zurück, so gut ich konnte. »Nicht jetzt«, flüsterte er hastig, als ahne er meine nächste Frage voraus. »Ich erkläre dir alles, aber jetzt ist keine Zeit dazu. Komm mit.«

Weder Bannermann noch einer seiner Matrosen nahm auch nur Notiz von uns, als wir zum Achterbau zurückgingen und Montague die Tür öffnete. Er ging so schnell, daß ich fast Mühe hatte, ihm überhaupt zu folgen. Seinen Schritten war nicht mehr die geringste Spur von Schwäche oder Unsicherheit anzumerken, aber ich registrierte es nur noch, ohne mich darüber zu wundern. Ich fühlte mich noch immer wie betäubt.

Wir erreichten unsere Kabine. Montague drängte sich vor mir durch die Tür, schleuderte seinen Mantel achtlos auf das Bett und streckte fordernd die Hand aus. »Den Schlüssel, Robert.«

Ich gab ihm den kleinen, silbernen Schlüssel zurück, den er mir erst vor wenigen Minuten ausgehändigt hatte, trat neben ihn und half ihm, die schwere Seekiste unter dem Bett hervorzuziehen und auf den Tisch zu stellen. Es war nicht das erste Mal. Zu Anfang der Reise, bevor er krank wurde, hatte er die Kiste beinahe täglich geöffnet. Aber es war das erste Mal, daß er mich dabei zusehen ließ. Bisher hatte er mich stets aus dem Raum geschickt und sich eingeschlossen, bevor er den

Deckel hochklappte. Und auch diesmal öffnete er ihn nicht gleich, sondern drehte den Schlüssel im Schloß, hob den Deckel eine Winzigkeit an und ließ ihn wieder zurücksinken.

»Ich muß dich um ein Versprechen bitten, Robert«, sagte er ernst. Ich nickte, schwieg aber weiter, und Montague fuhr nach einer winzigen Pause fort: »Was du jetzt siehst, muß auf ewig dein Geheimnis bleiben. Ganz gleich, was auch geschieht, du darfst niemals über den Inhalt dieser Kiste reden, Robert. Schwöre es mir.«

»Ich schwöre es«, antwortete ich rasch.

Aber Montague schüttelte den Kopf. »So nicht, Robert«, sagte er ernst. »Schwöre es bei deiner Seele.«

Unter anderen Umständen hätten die Worte und die Art, in der er sie aussprach, schlichtweg lächerlich gewirkt. Aber jetzt, nach allem, was geschehen war, hatte ich das Gefühl, von einer unsichtbaren eisigen Hand am Grund meiner Seele berührt zu werden. Plötzlich fror ich.

»Ich schwöre es«, murmelte ich. »Ich schwöre es bei allem was mir heilig ist.«

Montague lächelte, aber wie beinahe immer blieben seine Augen ernst. »Dann hilf mir.«

Er öffnete den Kistendeckel, trat zurück und winkte mir mit der Hand, neben ihn zu treten.

Ich wußte nicht, was ich erwartet hatte – aber im ersten Moment war ich enttäuscht. Die Kiste war eine ganz normale Kiste, vollgestopft mit Kleidungsstücken und allerlei Dingen, die man auf einer Reise benötigt. Obenauf lag die braune Aktenmappe, die er vorhin an Deck erwähnt hatte. Aber Montague schenkte weder ihr noch dem restlichen Inhalt irgendeine Beachtung, sondern fuhr mit spitzen Fingern über die Innenseite des Deckels. Ein leises, metallisches Knacken ertönte.

Montague nickte zufrieden, vergrub die Hände in der Kiste und hob mit einem Ruck den gesamten Einsatz heraus. Darunter kam ein Geheimfach zum Vorschein, bis auf den letzten Fingerbreit gefüllt mit Büchern, farblosen Glasfläschchen und -gefäßen mit den verschiedenartigsten Substanzen und unterschiedlich großen, ledernen Etuis unbekannten Inhalts. Über allem lag ein dünner, grauer Schleier wie Staub oder transparente Spinnweben. Montague drückte mir den Koffereinsatz in die Hand, wartete ungeduldig, bis ich ihn auf meinem Bett abgeladen hatte, und winkte mich erneut zu sich heran.

»Das war es, was ich dir zeigen wollte, Robert«, sagte er. »Ich hätte das Geheimnis für mich behalten, aber es geht jetzt nicht mehr anders. Du mußt mir ein zweites Versprechen geben, Robert. Wenn ... ich sterben sollte, dann mußt du den Inhalt dieses Faches vernichten. Der Schaden, der entstehen könnte, wenn er in falsche Hände geriete, wäre unermeßlich.«

»Sterben? Aber ...«

»Ich weiß, wovon ich rede, Robert«, unterbrach mich Montague. »Du hast den Nebel gesehen, und du hast gesehen, was mit dem Matrosen passiert ist.«

»Aber ich verstehe es nicht«, murmelte ich hilflos.

»Das kannst du auch nicht, Junge«, antwortete Montague sanft. »Aber ich brauche trotzdem deine Hilfe. Das, was dort oben an Deck geschehen ist, war nur eine Warnung. Ich fürchte, der eigentliche Angriff steht uns noch bevor. Und ich weiß nicht, ob ich allein stark genug bin, ihn abzuwehren.«

»Angriff? Aber wer sollte ...?«

»Ich habe Feinde, Robert«, sagte er leise. »Mächtige Feinde. Ich fürchte, sie sind noch mächtiger, als ich bisher geglaubt habe.«

»Die, vor denen Sie aus New York geflohen sind?«

»Du weißt davon?«

Ich nickte. »Es ist nicht sehr schwer, zu erkennen, wenn ein Mann Angst hat«, sagte ich. »Ich habe es gleich gespürt.«

In seinen Augen erschien ein Ausdruck, der mich noch weiter verwirrte. Es schien, als freue er sich über das, was er soeben gehört hatte, wurde aber übergangslos wieder ernst. »Vielleicht finde ich später Zeit, es dir zu erklären, Robert«, fuhr er fort. »Jetzt muß das wenige, das du ohnehin weißt, genügen. Ich werde verfolgt, und ich fürchte, ich habe auch dein und das Leben der Männer an Bord dieses Schiffes in Gefahr gebracht. Das Wesen, das du gesehen hast und das den Matrosen getötet hat, wird nicht eher ruhen, bis es seinen Auftrag erfüllt hat.« Er seufzte, wandte sich um und griff in die Kiste. Als seine Hand durch die graue Staubdecke stieß, schien eine rasche Wellenbewegung durch den Schleier zu laufen, als wäre er flüssig. Aber seine Haut war trocken, als er die Hand wieder zurückzog.

Auf seiner Handfläche lag ein winziges Medaillon. Seine Form erinnerte vage an einen fünfeckigen Stern, war aber gleichzeitig ganz, ganz anders. Ich hatte nie etwas Derartiges gesehen. Es war, als entzöge sich das Medaillon auf magische Weise jedem Versuch, es genau zu betrachten. Das einzig klar Erkennbare an ihm war ein daumennagelgroßer, blutroter Stein, der wie ein starres Auge in seinem Zentrum eingebettet war.

»Nimm es«, sagte Montague. »Nimm es und trage es bei dir, bis alles vorbei ist. Es wird dich beschützen.«

Gehorsam streckte ich die Hand aus und nahm das kleine Schmuckstück entgegen. Es war erstaunlich schwer, und als ich es genauer betrachtete und ins Licht hielt, sah ich, daß es aus purem Gold geformt war. Es fühlte sich warm an, warm und auf unbestimmte Weise weich, *lebendig*.

»Was ist das?« fragte ich.

Montague beugte sich wieder über seine Kiste und kramte in ihrem Inhalt herum, ohne daß ich genau erkennen konnte, was er tat. »Ein Talisman«, antwortete er. »Aber auch eine Waffe. Vielleicht die einzige, die uns vor dem Wesen, gegen das wir kämpfen werden, schützt.« Er richtete sich auf und klappte den Kistendeckel zu. Als er sich umdrehte, entdeckte ich eine dünne, goldene Kette um seinen Hals. An ihrem Ende hing ein fünfeckiger goldener Stern; ein genaues Ebenbild des kleinen Talismans, den ich in der Hand hielt, nur etwa dreimal so groß.

Aber das war beileibe nicht die einzige Veränderung, die mit ihm vonstatten gegangen war. Zum ersten Mal seit Wochen war Randolph Montague wieder der Mann, den ich vor sechs Monaten in New York kennengelernt hatte. Die tiefen Linien, die die Krankheit in sein Antlitz gegraben hatte, waren verschwunden, seine Haut hatte sich geglättet und wie von Zauberhand wieder einen gesunden, beinahe frischen Farbton angenommen, und auch seine Haltung wirkte deutlich straffer und kraftvoller als noch vor Augenblicken. Und er strahlte *Kraft* aus. Eine Kraft, die seine Gestalt wie eine unsichtbare Aura umgab.

»Großer Gott!« entfuhr es mir. »Was ... wie haben Sie das gemacht? Das ... das grenzt an Zauberei!«

Montagues Lächeln wurde ein ganz kleines bißchen spöttischer, als er auf mich zutrat und mich am Arm berührte. »Es grenzt nicht nur an Zauberei, Robert«, sagte er leise. »Es *ist* Zauberei – wenigstens würdest du es so nennen, wenn du es verstehen könntest.« Und plötzlich wurde er ernst. Sehr ernst. Der Blick seiner Augen war mit einemmal wie Eis. »Ich hätte es dir gern auf andere Weise erklärt, Junge«, sagte er. »Aber ich fürchte, du wirst alles sehr viel schneller lernen müssen, als gut ist. Mein Name ist nicht Randolph Montague, Robert.

Ich bin Roderick Andara. *Der Hexer*.«

Der Ort glich einem brodelnden Hexenkessel. Die Schreie der Sterbenden, das Grölen der blutdürstigen Menge, Schüsse und Schritte, das Prasseln und Krachen der brennenden Häuser, das Schreien panikerfüllter Tiere und Menschen, alles vermengte sich zu einer Symphonie des Wahnsinns, einem grauenhaften Konzert des Todes, das den blutigen Orkan begleitete, der über Jerusalems Lot hinwegfegte. Nur hier, in der winzigen Hütte im Herzen des Dorfes, die wie durch Zauberei bisher als einziges Gebäude von den Tobenden verschont worden war, herrschte noch Schweigen. Der Lärm drang durch die dünnen Wände und Fenster, aber er wirkte unwirklich und konnte das Schweigen nicht brechen; nicht wirklich.

»Ich ... kann nicht mehr«, murmelte Lyssa. Die junge Frau hatte sich in den letzten Minuten auf schreckliche Weise verändert. Ihr Gesicht war eingefallen und grau, die Augen blind, erstarrte, weiße Kugeln, die von einer furchtbaren Gewalt geblendet worden waren, und ihr Haar war schlohweiß geworden. Ihr Körper verfiel zusehends. Das magische Feuer, das in ihrem Geist wütete, verbrannte in Minuten die Kraft, die ihn normalerweise noch Jahrzehnte am Leben gehalten hätten.

»Ich ertrage es nicht mehr«, keuchte sie. »Das Töten und das Morden ... all die Gewalt und ... den Schmerz ...«

»Halte durch, Kind«, wisperte die greise Alte neben ihr. Ihre Stimme klang beschwörend. »Laß sie töten! Es ist ihre Wut, die du fühlst. Es ist der Schmerz und der Zorn derer, die dort draußen sterben, und ihr Schmerz ist es, der *ihn* ernährt! *Er* braucht diese Kraft, wenn er unsere Rache vollziehen soll.«

Lyssa wimmerte. Ihre Hände krallten sich in das Holz der Tischplatte. Die Fingernägel brachen ab. Sie spürte es nicht einmal mehr. Ihr Geist war längst zerbrochen, und selbst wenn sie es gewollt hätte, hätte sie die geistige Verbindung, zu der die Alte sie gezwungen hatte, nicht mehr lösen können. Sie war nur noch ein Werkzeug, das Tor, durch das die psychische Gewalt, die sich rings um sie herum austobte, hinüberfloß, das Jerusalems Lot mit einem Ort fast auf der anderen Seite der Welt verband.

Rings um sie herum erreichte das Chaos seinen Höhepunkt. Lyssa spürte, wie das Leben aus ihr wich.

Aber sie spürte auch, wie im gleichen Maße, in dem die unsichtbare Flamme in ihr schwächer brannte, Tausende von Meilen entfernt ein unbeschreibliches, unglaubliches Etwas stärker wurde ...

»Der Hexer!« Ich wußte, daß er die Wahrheit sprach, aber es war das erste Mal in meinem Leben, daß ich diese Gabe verfluchte. Ich hätte in diesem Moment alles darum gegeben, die Augen verschließen und seine letzten Worte einfach vergessen zu können. Randolph Montague, der Mann, der sich wie ein Vater um mich gekümmert hatte und den ich beinahe wie einen solchen liebte – der Hexer!

»Es tut mir leid, Robert«, sagte er leise. »Ich hätte es dir gerne auf andere Weise gesagt, später, nachdem du mich besser kennengelernt hättest. Aber nicht alles, was man über mich erzählt, ist wahr, das mußt du mir glauben.«

»Aber Sie ... Sie ...« Ich stockte, senkte verwirrt den Blick und suchte vergeblich nach Worten. Meine Gedanken drehten sich wirr im Kreis. Ich hatte von ihm gehört, so, wie man eben von einem Mann wie ihm hörte, und wenn auch nur ein Zehntel von dem stimmte, was man sich über den Meister der Schwarzen Magie erzählte, dann stand ich einem Teufel in Menschengestalt gegenüber. Andara war ein Verbrecher, ein Mann, dem man ein Dutzend Morde und eine Unzahl anderer Untaten vorgeworfen, aber niemals irgend etwas hatte beweisen können. Es hieß, daß er mit dem Teufel selbst im Bunde sei, und ich kenne eine ganze Menge Leute, die dies allen Ernstes behauptet haben.

»Sie ...«

»Ich habe dich nicht gerne belogen, Robert«, sagte er sanft. »Aber es mußte sein. Ich habe mächtige Feinde, Robert, und ich mußte meinen Namen ändern, um ihnen zu entkommen. Aber es hat nicht viel genutzt.«

»Dann sind Sie wirklich ... wirklich ein Hexer?« fragte ich mühsam.

Andara blickte mich einen Herzschlag lang ernst an, warf plötzlich den Kopf in den Nacken und begann schallend zu lachen.

»Ich beherrsche eine Anzahl von Tricks, das stimmt«, sagte er amüsiert. »Und ich habe mein Leben damit verbracht, Dinge zu studieren, die den meisten anderen verborgen bleiben.«

»Aber all die Dinge, die man Ihnen vorwirft, die ...«

»Sprich es ruhig aus«, sagte er, als ich nicht weitersprach. »Die Verbrechen. Ich habe nichts davon getan, Junge, aber die Menschen haben Angst vor meinen Fähigkeiten. Sie haben Angst vor dem, was ich tue, und Angst und Haß sind nahe Verwandte. Sie betrachten alles als feindselig und böse, was sie nicht verstehen.« Er nickte betrübt. »Es hat lange gedauert, bis ich es begriffen habe, Robert, sehr lange. Aber es war überall das gleiche, wohin ich auch kam. Wenn sie meine Hilfe brauchten, haben sie mich geholt, aber nach einiger Zeit begannen sie mich zu fürchten, schließlich zu hassen. Wenn in einer Stadt, in der ich war, ein Kind starb, wenn eine Frau eine Mißgeburt hatte oder die Ernte vom Hagel vernichtet wurde, dann wiesen sie mit dem Finger auf mich und sagten: Das war der Hexer. Zu Anfang habe ich mich dagegen gewehrt, aber nach einer Weile habe ich es aufgegeben.« Er lachte, aber es klang bitter. »Ich hatte gehofft, in Europa meinen Frieden zu finden, aber es sieht so aus, als ob mir mein Fluch folgt, wohin ich auch gehe. Vielleicht kann man seinem Schicksal nicht davonlaufen.«

Jemand klopfte gegen die Tür. Montague – Andara! – zuckte erschrocken zusammen, verbarg mit einer raschen Bewegung die Kette mit dem goldenen Stern unter seinem Hemd, trat an mir vorbei und schob den Riegel zurück. Auf dem nur unzureichend erhellten Korridor stand ein Matrose. Mannings, wie ich nach wenigen Sekunden erkannte.

»Der ... der Captain schickt mich«, begann er unsicher. »Er möchte Sie sehen, Mister Montague.« Sein Blick wich dem Andaras aus. Er trat nervös auf der Stelle und schien nicht so recht zu wissen, was er mit seinen Händen anfangen sollte.

»Er fragt, ob ... ob Sie zu ihm aufs Achterdeck hinaufkommen können.«

»Warum kommt er nicht hierher?« fragte ich, aber Andara winkte hastig ab.

»Laß nur, Robert«, sagte er. »Ich muß sowieso hinauf an Deck. Sei so gut und gib mir Mantel und Stock.«

Ich gehorchte, hängte ihm das dünne schwarze Cape über die Schultern und nahm den schlanken Spazierstock – unter dessen silbernem Knauf sich die Klinge des Degens verbarg, den ich selbst schon an der Kehle gefühlt hatte – aus dem Koffereinsatz. Ohne ein weiteres Wort folgten wir Mannings an Deck.

Bannermann erwartete uns bereits ungeduldig. Er hatte seinen schweren Wollmantel gegen eine schwarze Öljacke getauscht, die ihm zwar kaum Schutz vor der Kälte bot, in der er sich aber besser bewegen konnte. Ich sah, daß er eine Pistole im Gürtel stecken hatte. Und auch die Matrosen, die in kleinen Gruppen auf dem Deck herumstanden, leise miteinander redeten oder einfach verbissen in den Nebel hinausstarrten, waren bewaffnet – ein paar mit Gewehren, die meisten mit Messern oder Beilen, einige auch mit Enterhaken oder langen Belagnägeln. Trotz des Ernstes der Situation mußte ich ein Lächeln unterdrücken. Die Männer erinnerten mich an Kinder, die sich vorgenommen hatten, Pirat zu spielen.

Aber das Gefühl der Heiterkeit verflog sofort, als ich an Bannermann vorbeisah und den Nebel erblickte. Obwohl ich es nicht mehr für möglich gehalten hatte, war er noch dichter geworden, und die Stille, die ihn begleitete, hatte jetzt etwas Erstickendes.

»Montague«, begann Bannermann übergangslos. »Ich muß mit Ihnen reden.« Zwischen seinen Brauen entstand eine Falte, als wir uns ihm näherten, und er sah, wie gesund und kräftig der Mann, um dessen Leben er und ich noch vor wenigen Stunden gezittert hatten, plötzlich war. Aber er verlor kein einziges Wort darüber. »Sie wissen mehr, als Sie bisher zugegeben haben«, behauptete er plötzlich. »Sie wissen, was den Mann getötet hat, nicht?«

Andara sah ihn ernst an, drehte sich halb um und blickte aus zusammengekniffenen Augen über das Deck zu der herausgebissenen Stelle, die im Nebel nur noch ein großer, finsterer Schatten war.

»Ja«, antwortete er nach sekundenlangem Zögern. »Jedenfalls fürchte ich es. Aber ich kann es Ihnen jetzt nicht erklären«, fügte er hinzu, bevor Bannermann Gelegenheit hatte, etwas zu sagen. »Ich wäre so oder so zu Ihnen gekommen, Captain. Wir müssen hier verschwinden. Das Schiff muß sofort Fahrt aufnehmen. Was gerade passiert ist, war nur der Anfang, Bannermann. Dieses Ding wird weiter töten, wenn wir hierbleiben.«

»Aber ich kann es nicht!« begehrte Bannermann auf. Sein Zorn hatte etwas Hilfloses, und für einen Moment tat er mir leid. Ich wußte, wie schwer es war, sich gegen Andara durchsetzen zu wollen. »Ich weiß nicht, was dieser verdammte Nebel zu bedeuten hat, und wenn ich ehrlich sein soll, dann beginne ich allmählich wieder an den Klabautermann zu glauben, aber das Schiff *kann sich nicht bewegen, Montague!«*

»Dann müssen wir rudern.«

Bannermann stieß einen komisch klingenden Laut aus. »Rudern? Sie glauben doch nicht im Ernst, daß auch nur einer meiner Männer einen Fuß in eines der Boote setzen wird, solange dieses Monster dort draußen ist? *Sie haben doch gesehen, was mit Gordon passiert ist!«*

»Ich werde sie schützen«, sagte Andara. »Ich weiß, daß es gefährlich ist, aber wir haben keine andere Wahl. Keiner Ihrer Männer wird London lebend erreichen, wenn wir das Schiff nicht von der Stelle bewegen können.«

»Wissen Sie, wieviel die LADY wiegt?« fragte Bannermann. Seine Stimme zitterte. »Es ist so gut wie unmöglich, ein Schiff dieser Größe mit nur vier Booten zu schleppen. Und die Männer werden sich weigern. Sie haben Angst, Montague!«

Andara schwieg einen Moment, aber der innere

Zweikampf, der sich hinter seiner Stirn abspielte, war deutlich in seinem Gesicht zu lesen.

»Wahrscheinlich haben Sie recht«, murmelte er schließlich. »Aber vielleicht gibt es noch eine andere Möglichkeit. Lassen Sie die Boote bereitmachen, Captain. Und schicken Sie Ihre Männer in die Rahen.« Er lächelte dünn. »Es kann sein, daß wir bald Wind bekommen.«

Bannermann starrte ihn verdutzt an, aber Andara gab ihm keine Gelegenheit, irgend etwas zu sagen. Er fuhr herum, eilte mit weit ausgreifenden, federnden Schritten die Treppe zum Achterdeck hinauf und blieb zwei Schritte vor der hinteren Reling stehen. Bannermann blickte ihm kopfschüttelnd nach.

»Was ist mit ihm?« flüsterte er. »Ist er verrückt geworden?«

»Das wohl am allerwenigsten«, antwortete ich. »Sie sollten tun, was er sagt, Captain. Ich glaube, wenn uns noch jemand hier herausholen kann, dann er.«

Bannermanns Blick nach zu urteilen, begann er nun auch an meinem Verstand ernsthaft zu zweifeln. Trotzdem drehte er sich nach sekundenlangem Zögern um und begann, die Matrosen mit erhobener Stimme hin und her zu scheuchen. Von einer Sekunde auf die andere breitete sich eine hektische, nervöse Aktivität auf dem Deck aus. Männer kletterten geschickt wie Affen die Masten hinauf und begannen, ihre Plätze in den Rahen einzunehmen, andere liefen zu den Booten, zerrten die Schutzplanen herab und begannen, die Ketten der Davits straffzuziehen. Wieder andere standen scheinbar untätig herum, starrten in den Nebel und fingerten nervös an ihren Waffen. Es waren die Männer mit den Gewehren, die nicht arbeiteten, und ich begriff, daß Bannermann alle Vorbereitungen getroffen hatte, das Ungeheuer würdig zu empfangen, sollte es noch einmal angreifen. Aber irgend etwas sagte mir, daß Gewehrkugeln und Äxte nicht viel nützen würden.

Mein Blick glitt zum Achterdeck und suchte Andara. Der Hexenmeister war wenige Schritte vor der Reling stehengeblieben und zur Reglosigkeit erstarrt. Seine Hände waren erhoben und wiesen in einer erstarrten, beinahe beschwörend wirkenden Geste in den Nebel hinaus.

»Was tut er?« flüsterte Bannermann.

Ich winkte hastig ab und sah weiter konzentriert zum Achterdeck hinauf. Andara rührte sich nicht, aber ich spürte einfach, daß irgend etwas dort oben vorging. Etwas, das nicht mit normalen menschlichen Sinnen wahrzunehmen war.

Und dann begann sich der Nebel zu bewegen.

Zuerst langsam und fast unmerklich, dann immer schneller trieben die grauen Schwaden auseinander. Die lichtschluckende Mauer, die die LADY OF THE MIST gefangenhielt, riß auf, und zum ersten Mal seit Stunden berührte das Licht der Sonne wieder das Deck. Die Kälte verschwand wie ein böser Spuk, und plötzlich spürte ich den kühlen Hauch des Windes auf der Haut.

Bannermann keuchte überrascht. Aber er reagierte so schnell, wie man es von einem guten Kapitän erwarten konnte. »Segel setzen!« brüllte er. »Steuermann – Kurs zwei Strich Backbord!«

Ein tiefes, mahlendes Geräusch lief durch den Rumpf des Viermastseglers. Ich spürte, wie die LADY unter meinen Füßen wie aus einem tiefen, betäubenden Schlaf erwachte, als der Wind zunahm und sich die Segel an den Rahen strafften. Der Hauptmast ächzte hörbar unter dem Druck, der plötzlich auf ihm lastete und den er an den Schiffsrumpf weitergeben mußte. Der Nebel trieb weiter auseinander, zerfaserte zu dünnen Streifen und löste sich mit phantastischer Geschwindigkeit auf. Eine Welle schlug klatschend gegen den Rumpf und zerstob zu weißer Gischt, dann eine zweite, dritte ...

»Bannermann!« Andaras Stimme drang wie von weither in meine Gedanken. »Die Boote! Schnell! Der Wind wird nicht lange anhalten!«

Ein seltsames Gefühl von Schwäche überkam mich. Das Schiff begann vor meinen Augen zu verschwimmen, und meine Beine schienen mit einemmal nicht mehr in der Lage, das Gewicht meines Körpers zu tragen. Ich wankte, griff haltsuchend nach dem Mast, verfehlte ihn und wäre gestürzt, wenn Bannermann nicht gedankenschnell zugegriffen und mich aufgefangen hätte.

»Craven!« keuchte er. »Was ist mit Ihnen?«

Ich schüttelte schwach den Kopf, befreite mich aus seinen Armen und lehnte mich gegen den Mast. Mein Herz jagte, als wäre ich meilenweit gelaufen, und obwohl ich noch immer vor Kälte zitterte, brach mir am ganzen Leib der Schweiß aus.

»Es ist ... nichts«, sagte ich mühsam. »Ein Schwächeanfall, mehr nicht. Es geht schon wieder.« In Wirklichkeit fühlte ich mich sterbenselend. Hätte ich mich nicht an den Mast lehnen können, wäre ich abermals gestürzt.

»*Robert! Geh in das Boot! Schnell!*« Es fiel mir schwer, Andaras Worten zu folgen. Das Schiff bewegte sich noch immer vor meinen Augen, als betrachtete ich es durch fließendes Wasser, und das Klatschen der Wellen hallte seltsam verzerrt in meinen Ohren wider. Trotzdem stemmte ich mich gehorsam hoch, drehte mich herum und wankte auf eines der Rettungsboote zu.

Die Matrosen saßen bereits an ihren Plätzen, sechs Mann in jedem Boot, viel zu wenige, um die LADY nen-

nenswert von der Stelle bewegen zu können, aber alles, was Bannermann entbehren konnte. Die Davits bewegten sich quietschend; eines der Boote löste sich aus seiner Halterung, schwebte, von vier armdicken, rostigen Ketten gehalten, eine Handbreit über die Reling und senkte sich langsam auf die Wasseroberfläche hinab.

Es erreichte sie nie.

Das Meer barst in einer plötzlichen Explosion aus Wasser und weißer, schaumiger Gischt auseinander. Etwas Großes, ungeheuer Großes und Massiges wuchs wie ein schwarzgrüner Berg neben dem Schiff empor, bäumte sich mit einem gewaltigen Urschrei auf und versank wieder im Meer. Das Schiff bebte. Eine drei Meter hohe Flutwelle traf seine Flanke wie einen Hammerschlag, spülte brüllend über die Reling und riß die Matrosen von den Füßen. Auch ich strauchelte, schlug schmerzhaft irgendwo mit dem Hinterkopf auf und griff blindlings um mich. Für einen Moment drohte ich das Bewußtsein zu verlieren. Eine unsichtbare Riesenfaust packte mich, preßte mich mit gnadenloser Kraft gegen das Deck und trieb mir die Luft aus den Lungen. Ich versuchte zu schreien, bekam den Mund voll Wasser und schluckte instinktiv. Die LADY OF THE MIST stöhnte wie unter Schmerzen. Irgendwo splitterte Holz, und durch den blutigen Schleier vor meinen Augen sah ich, wie das Boot, das bereits außerhalb des Schiffes an seinen Ketten hing, mit gnadenloser Kraft angehoben und gegen die Reling geschmettert wurde. Das armdicke Holz zersplitterte wie ein Span. Die Männer im Inneren des Bootes wurden wie Spielzeugfiguren durcheinandergeschleudert; einer schrie auf, ruderte hilflos mit den Armen und kippte in einer grotesk langsamen Bewegung über Bord. Mit einem lautlosen Schrei versank er in den kochenden Fluten, um nie wieder aufzutauchen.

Ich hustete, spuckte Salzwasser und bittere Galle aus und versuchte, mich auf Händen und Knien hochzustemmen. Das Schiff legte sich in einer schwerfälligen Bewegung auf die Seite, krängte einen Moment bedrohlich über und richtete sich zitternd und stöhnend wieder auf. Die Erschütterung schmetterte mich abermals zu Boden. Hoch oben im Wald der Masten zerbrach etwas. Holz, Segeltuch und Tauwerk regneten wenige Meter hinter mir auf das Deck herab, als ich mich zum zweiten Mal hochstemmte.

Aber das Chaos war noch nicht vorüber.

Im Gegenteil. Es begann erst.

Zum zweiten Mal brach das Meer auf, unmittelbar unter und neben dem Boot, das über der zersplitterten Reling schaukelte. Ein halbes Dutzend unterarmstarker, peitschender Tentakel zuckte aus dem schaumigen Wasser, richteten sich wie ein zitternder Wald schleimig-grüner Schlangen auf und tasteten mit blinden, suchenden Bewegungen umher.

Die Männer im Boot begannen zu schreien. Die grünen Schuppenarme näherten sich der winzigen Pinasse, fuhren mit kratzenden, schabenden Geräuschen über das Holz und tasteten nach seinen Insassen. Einer von ihnen stemmte sich hoch, schlug mit einer verzweifelten Bewegung den Tentakel, der sich um seine Beine schlingen wollte, beiseite, und versuchte, mit einem Sprung das Schiff zu erreichen, aber der furchtbare Angreifer war schneller. Ein zweiter Fangarm zuckte vor, packte den Mann mitten im Sprung und riß ihn mit einer brutalen Bewegung zurück. Wie eine angreifende Schlange wickelte er sich um seinen Leib und zog ihn dann unter Wasser. Das Meer kochte dort, wo er versunken war, und die Blasen, die sprudelnd an die Oberfläche brachen, waren plötzlich rosa.

Die Tentakel hatten sich wie eine gewaltige, vielfingrige Hand um das Boot geschlossen, ein kriechender, lebender Käfig, der die Pinasse und die Männer, die in ihr gefangen waren, gepackt hielt und langsam, aber mit ungeheurer Kraft, zudrückte. Ich sah, daß sich die grünen Schuppen an zahllosen Stellen geteilt hatten. Darunter kamen dünnlippige, mit rasiermesserscharfen Zähnen versehene Haifischmäuler zum Vorschein.

Ein Schuß krachte. Das Geräusch ließ mich herumfahren. Die ganze schreckliche Szene hatte sich in weniger als einer Sekunde abgespielt, aber ich hatte das Gefühl, dem Toben des Monsters seit Stunden zuzusehen. Meine Arme und Beine schienen sich ohne mein Zutun zu bewegen. Ich stand auf, torkelte rückwärts davon und prallte gegen den Mast, unfähig, den Blick von dem furchtbaren Bild zu wenden. Das Boot begann unter dem Druck der Fangarme zu zerbrechen.

Wieder peitschte ein Schuß. Ich sah, wie die Kugel einen der Fangarme traf und ein faustgroßes Loch in die grünen Schuppen riß. Aber die Wunde schloß sich fast ebenso schnell, wie sie entstanden war.

Eine Hand ergriff mich an der Schulter, riß mich herum und versetzte mir einen Stoß, der mich meterweit zurücktaumeln und zum dritten Mal zu Boden gehen ließ. Dort, wo ich gerade gestanden hatte, klatschte ein weiterer Fangarm gegen den Mast, glitt zu Boden und zog sich, zitternd hierhin und dorthin tastend wie eine blinde, suchende Schlange, wieder zurück. Wieder krachten Schüsse. Der Tentakel erzitterte unter einem halben Dutzend Einschlägen, und plötzlich markierte eine Spur dickflüssigen schwarzen Blutes den Weg, den er zurückkroch. Aber wie beim ersten Mal schlossen sich die Wunden so schnell, wie sie entstanden waren. Die Bewegungen des Ungeheuers wurden nicht einmal langsamer.

Ein Matrose sprang mit einem gellenden Schrei an

mir vorüber, blieb mit gespreizten Beinen über dem Tentakel stehen und schwang eine gewaltige zweischneidige Axt.

Andaras Warnschrei kam zu spät. Das Beil sauste herab und trennte ein meterlanges Stück des Fangarmes ab. Schwarzes Blut traf den Mann.

Dort, wo es seine Haut berührte, begann sich Rauch zu kräuseln. Der Matrose schrie auf, ließ seine Waffe fallen und torkelte zurück, beide Hände gegen das Gesicht gepreßt. Er war tot, noch bevor der verstümmelte Tentakel von Bord gekrochen und im Meer verschwunden war.

»Robert! Zu mir!«

Andaras Schrei riß mich endgültig aus meiner Erstarrung. Ich sah auf, blickte einen Herzschlag lang in das Gesicht des Hexenmeisters und nickte automatisch, als er mir mit Gesten zu verstehen gab, ihm zu folgen. Andara hatte seinen Mantel abgestreift und den Stockdegen gezogen. Die Kette mit dem kreuzförmigen Amulett hing jetzt sichtbar auf seiner Brust. Die dünne Klinge des Floretts glühte wie unter einem unheimlichen, inneren Feuer.

Dicht hinter ihm hetzte ich auf die Reling zu. Das Deck des Schiffes hatte sich in ein Schlachtfeld verwandelt. Dutzende der grünen, peitschenden Tentakel waren dicht vor der Bordwand aus dem Meer emporgestiegen und bildeten einen wippenden, tödlichen Wald aus Schuppen und schnappenden Teufelsmäulern vor dem Schiff. Die Männer schossen ununterbrochen; andere hatten sich mit Enterhaken und langen, mit eisernen Spitzen versehenen Stangen bewaffnet und hackten und schlugen auf die Tentakel ein, die an Deck zu kriechen versuchten. Das Schicksal ihres unglücklichen Kameraden hatte sie gewarnt – sie vermieden es, den tödlichen Schlangenarmen zu nahe zu kommen und beschränkten sich darauf, die zuckenden Arme wieder ins Meer zurückzustoßen, und für einen Moment sah es fast so aus, als hätten sie Erfolg.

Aber nur für einen Moment. Die Kräfte der Männer erlahmten rasch, während das Ungeheuer im Meer weder Müdigkeit noch Schmerz zu kennen schien. Mehr und mehr der gewaltigen Fangarme tauchten gischtend aus dem Wasser auf, krochen wie gierige grüne Schlangen an der Bordwand empor, ringelten sich um die Reling oder schnappten nach den Matrosen.

Der tödliche Würgegriff um das Ruderboot hatte sich weiter geschlossen; die Pinasse war fast vollkommen unter der wogenden grünen Masse verschwunden. Die Schreie der Männer waren verstummt. Noch während ich hinsah, riß eine der armdicken Ketten, an denen das Boot hing, mit einem peitschenden Knall entzwei. Die Tentakelfaust zitterte und zerrte das Boot ein Stück mehr auf die Wasseroberfläche herab.

»Bleib immer in meiner Nähe, Robert«, keuchte Andara. »Und hab keine Angst – er kann dir nichts tun, solange ich bei dir bin.« Mit einem geschmeidigen Sprung setzte er über einen zuckenden Tentakel hinweg, strauchelte auf dem glitschigen Deck und fand mit weit ausgebreiteten Armen sein Gleichgewicht wieder. Der Degen in seiner Rechten vollführte eine blitzartige, halbkreisförmige Bewegung, schnitt in die schuppige Panzerhaut des Monsterarmes und hinterließ eine tiefe, klaffende Wunde.

Und diesmal schloß sich der Schnitt nicht! Im Gegenteil – als wäre die Klinge von Andaras Waffe mit einem unsichtbaren Gift bestrichen gewesen, erweiterten sich die Ränder der Wunde. Schwarzes Blut fraß sich wie Säure in die Planken des Decks, aber der Strom versiegte in wenigen Augenblicken. Die glitzernden

Schuppen begannen sich zu kräuseln, rollten sich zusammen wie trockenes Laub. Der Fangarm zuckte, hob sich noch einmal in die Höhe und schlug in einer letzten, schon kraftlosen Bewegung gegen den Mast. Der Tentakel des Ungeheuers verdorrte in wenigen Sekunden, wie ein Zweig, der monatelang in der heißen Sonne gelegen hatte. Instinktiv taumelte ich zurück und preßte die Hand vor den Mund.

Andara gab mir keine Zeit, dem schrecklichen Verfall weiter zuzusehen. Er packte mich an der Schulter, riß mich herum und zog mich mit sich, weiter auf die Reling und den Wald peitschender Tentakel zu.

Die Matrosen wurden unbarmherzig zurückgedrängt. Sie wehrten sich mit dem Mut der Verzweiflung, und trotz ihrer schier unglaublichen Regenerationsfähigkeit war ein Großteil der Krakenarme von Wunden übersät. Das Deck brodelte unter dem ätzenden Blut der Bestie, und unter den Männern war keiner, der nicht bereits eine Unzahl mehr oder weniger schwerer Verätzungen davongetragen hatte. Und aus dem Meer tauchten mehr und mehr der gewaltigen, grünen Fangarme auf.

Andara schwang seinen Degen. Die Klinge traf einen Fangarm, der sich gerade um die Beine eines Mannes gewickelt hatte, schnitt ihn glatt in zwei Teile und durchtrennte noch in der gleichen Bewegung einen zweiten Tentakel, der wie ein angreifender Raubvogel von oben auf uns herabstoßen wollte. Die Wirkung war die gleiche wie beim ersten Mal – die schuppige Haut des Ungeheuers begann sich zu kräuseln und zu verdorren; der Arm starb.

Und trotzdem waren es nicht mehr als Nadelstiche, die Andara der Masse der Ungeheuer zufügen konnte. Selbst mit einem Dutzend solcher Waffen, wie er sie besaß, wäre es nicht möglich gewesen, die ungeheure

Menge grüner Schlangenarme zurückzudrängen, die aus dem Meer emporstieg. Wenn es Kraken waren, die das Schiff angriffen, dann mußte es eine ganze Armee sein.

Während rings um uns herum die Männer zurückwichen, näherten wir uns Schritt für Schritt der Reling. Andara zerrte mich unbarmherzig mit sich, während er wie rasend auf den Wald von Armen einschlug, der uns den Weg versperrte. Das Schiff erzitterte unter unseren Füßen, und ich spürte, wie sich der Boden langsam, aber unbarmherzig zu senken begann. Der Zug Hunderter und Aberhunderter von Tentakeln begann sich bemerkbar zu machen. Die LADY OF THE MIST hatte bereits eine spürbare Schlagseite – und aus dem Meer tauchten immer mehr der schleimigen, grünen Dinger auf, um am Rumpf des Schiffes Halt zu suchen und es langsam in die Tiefe zu zerren.

Endlich erreichten wir die Reling, oder das, was davon übriggeblieben war. Das Meer war verschwunden. Alles, was ich sah, war eine brodelnde Masse aus Grün und kochendem, weißen Schaum. Wir schienen von einem Wald geifernder Arme und schnappender Haifischmäuler umgeben zu sein.

Aber nicht einer von ihnen berührte uns.

Es war nicht allein Andaras Degen, der sie zurückdrängte. Die Waffe wütete furchtbar unter den Angreifern, und trotzdem hätten sie uns allein mit ihrer ungeheuren Zahl erdrücken können. Aber irgend etwas hielt sie zurück. Immer wieder zuckte ein Tentakelende auf Andara oder mich herab, öffnete sich ein schnappendes Dämonenmaul, peitschte ein Arm mit der Gewalt eines angreifenden Elefanten auf uns zu – und immer wieder schien er im letzten Moment gegen eine unsichtbare Mauer zu prallen und sich mit einer fast schmerzhaften Bewegung zurückzuziehen. Es war, als wären Andara und ich von einer unsichtbaren, aber undurchdringlichen Barriere umgeben, die die Unheimlichen nicht überwinden konnten.

Andara ließ meinen Arm los, schlug nach einem Tentakel, der sich um sein Bein zu ringeln versuchte, drehte sich plötzlich herum und drückte mir die Waffe in die Hand.

»Paß auf!« keuchte er. »Wenn mir etwas geschieht, dann versuche dir deinen Weg freizukämpfen. Vielleicht läßt er vom Schiff ab, wenn er mich hat!«

Ich kam nicht dazu, ihn zu fragen, worauf ich aufpassen sollte oder wen *er* mit er meinte. Andara wirbelte abermals herum, riß in einer beschwörenden Geste die Arme über den Kopf und stieß die geballten Fäuste gegen das Meer.

»Halte ein!« rief er. Seine Stimme war wie Donner, der plötzlich über das Meer rollte, laut, unglaublich laut und befehlend, von einer solchen Kraft, daß ich mich wie unter einem Hieb krümmte und die Hände gegen die Ohren schlug.

»Halte ein!« rief er noch einmal. *»Ich, Roderick Andara, ein Träger der Macht, befehle es dir! Hör auf zu töten und geh zurück dorthin, woher du gekommen bist!«*

Das Toben der Tentakel hörte auf. Noch immer waren wir von einem wahren Wald der gigantischen grünen Arme umgeben, und immer noch tauchten weitere aus dem Meer auf, klammerten sich an die Reling oder saugten und bissen sich am blanken Holz des Decks fest, aber ihre Bewegungen wurden deutlich langsamer.

»Geh!« schrie Andara. *»Geh zurück! Verlasse diesen Ort! Ich trage das Stigma der Macht, und du mußt mir gehorchen! Geh! ICH BEFEHLE ES DIR!«*

Und das Unglaubliche geschah!

Eine zitternde, schwerfällige Bewegung lief durch

die Masse der Tentakel. Erst einer, dann immer mehr und mehr der schuppigen Arme kroch über das Deck zurück ins Meer, und wieder schien der Ozean zu kochen. Die unheimlichen Angreifer zogen sich zurück, langsam und widerwillig zwar, aber sie wichen, gezwungen von einem Willen, der stärker war als ihr eigener. Das Meer rings um die LADY verwandelte sich in einen kochenden Pfuhl voller dunkler Schlangenleiber und blasigem Schaum. Dicht neben uns regneten die zermalmten Überreste der Pinasse herab, als auch dort die Tentakel ihre Griffe lockerten und zurück in die Hölle glitten, aus der sie hervorgekrochen waren. Die LADY zitterte spürbar, als sich der Würgegriff von ihr löste.

»Geh!« befahl Andara noch einmal. *»Geh und kehre nie wieder an diesen Ort zurück!«*

Mir wurde schwindelig. Wenige Meter neben dem Schiff versank der letzte Schlangenarm sprudelnd im Meer, und für einen ganz kurzen Moment glaubte ich, tief unter dem Schiff etwas Gigantisches, Dunkles zu erkennen, aber mir fehlte die Kraft, den Gedanken weiterzuverfolgen. Zum zweiten Mal überfiel mich Schwäche, aber jetzt war es zehnfach so schlimm wie beim ersten Mal. Ich stöhnte. Der Degen entglitt meinen Händen und polterte zu Boden. Das Schiff begann sich um mich herum zu drehen, und als Andara sich mit einer erschrockenen Bewegung zu mir umwandte und mich auffing, begann sein Gesicht vor meinem Blick zu zerfließen wie ein Bild aus weichem Wachs. Ich wollte etwas sagen, aber selbst dazu fehlte mir die Kraft. Übelkeit stieg in meiner Kehle hoch, und in meiner linken Brustseite erwachte ein brennender, grausam heftiger Schmerz.

Ich verlor das Bewußtsein.

Es war aussichtslos.

Der Mob hatte die Scheune gestürmt, und die Handvoll Männer und Frauen, die nicht bereits dem ersten, wütenden Ansturm der Menge erlegen waren, kämpften einen hoffnungslosen Kampf.

Quenton ließ sich in einer verzweifelten Bewegung zur Seite fallen. Dort, wo soeben noch sein Kopf gewesen war, bohrten sich die rostigen Zinken einer Mistgabel ins Holz der Wand. Quenton rollte herum, langte nach den Beinen des Angreifers und schrie auf, als ihm der zweite Mann gegen die Schläfe trat.

Er hatte die beiden nicht einmal bemerkt. Der Kampflärm und das Grölen der Menge hatten ihre Schritte verschluckt, und er hatte nur durch Zufall aufgesehen und im letzten Moment den Schatten der Mistgabel erblickt, die der eine nach ihm stieß.

Aber es schien, als hätte er den Tod nur Sekunden hinausgezögert. Der Mann, den er von den Füßen gefegt hatte, stemmte sich bereits wieder hoch und griff mit wutverzerrtem Gesicht nach seiner Forke, während der zweite sich mit einem triumphierenden Schrei auf ihn warf. Seine Knie kamen auf Quentons Brustkorb zu liegen und trieben ihm die Luft aus den Lungen.

Schmerz durchzuckte ihn. Für einen winzigen, schrecklichen Moment drohten seine Gedanken in einem blutroten Nebel zu versinken. Er bäumte sich auf, tastete schwächlich nach dem Gesicht des Mannes, der wie eine häßliche, übergroße Kröte auf seiner Brust hockte und ihn mit den Knien gegen den Boden preßte, und schrie abermals auf, als der Mann seine Hände beiseite fegte.

»Schlag ihn nicht tot, Fred!« keuchte sein Kumpan. Er hatte sich wieder aufgerichtet und die Mistgabel mit beiden Händen gepackt. Aus seinem Mundwinkel lief ein dünner Blutfaden. Er mußte sich verletzt haben, als er stürzte.

»Warum nicht? Er ...«

»Weil ich etwas Besseres weiß«, kicherte der Mann. Seine Hände schlossen sich fester um den Stiel der Mistgabel. »Etwas viel Besseres, halt ihn nur gut fest. Ich werde das Schwein lehren, nach mir zu treten.«

Der mit Fred Angesprochene grunzte zustimmend und packte Quentons Kopf mit beiden Händen. Der andere kam näher, blieb breitbeinig über Quentons Kopf stehen und hob die Forke. »Halt ihn gut fest«, kicherte er.

Die Zinken der Mistgabel näherten sich Quentons Gesicht.

»Tu es nicht«, sagte Quenton ruhig.

Der Mann blinzelte. Die Forke in seiner Hand zitterte, und in seinem Blick machte sich ein fragender, beinahe überraschter Ausdruck breit. Aber die Gabel senkte sich nicht weiter.

»Tu es nicht«, sagte Quenton noch einmal. »Ich erlaube es nicht.«

»Worauf wartest du?« raunzte Fred ungeduldig. »Ich kann den Kerl nicht ewig festhalten.«

Quentons Blick bohrte sich in den des anderen. Die Augen des Mannes waren starr, und Quenton glaubte, einen schwachen Abglanz der abgrundtiefen Furcht darin zu lesen, die er in diesem Moment empfinden mußte. Sein Mund öffnete sich, aber nicht der geringste Laut kam über seine Lippen.

»Und nun geh«, befahl Quenton. »Und nimm deinen Freund mit.«

Fred glotzte ihn an wie einen bunten Hund. Er leistete kaum Gegenwehr, als ihn sein Kamerad von Quenton wegriß, ihn mit beiden Armen fest umschlang und zum Rand des Heubodens schleppte. Erst im letzten Moment dämmerte es ihm, doch die Erkenntnis kam zu spät.

Sein Kumpan ließ sich ins Leere fallen und riß Fred mit sich. Mit einem gellenden Schrei verschwand er aus Quentons Blickfeld.

Quenton arbeitete sich stöhnend hoch. Zwei seiner Rippen waren gebrochen und schmerzten fürchterlich, aber er kämpfte den Schmerz nieder, stemmte sich auf Hände und Knie hoch und kroch ein Stück zur Seite. Die beiden waren die einzigen Angreifer gewesen, die den Weg zum Heuboden hinauf gefunden hatten, aber die Scheune unter ihm war erfüllt von einer tobenden Menge, die nicht eher ruhen würde, bis sie auch die letzte Spur vom Leben in Jerusalems Lot ausgelöscht hatte.

Quenton ballte in ohnmächtigem Zorn die Fäuste. Der Mob hatte wenig mehr als zwei Minuten gebraucht, das Tor einzuschlagen und die wenigen Verteidiger, die sich ihm todesmutig in den Weg gestellt hatten, niederzumachen. Quenton blieben nur noch Minuten.

Unter ihm durchbrach ein neuer, gellender Schrei den Lärm. Quenton beugte sich vor und sah, wie vier Männer ein Mädchen aus dem Haus zerrten und ihr die Kleider vom Leib zu reißen begannen. Ein Gefühl heißen, hilflosen Zornes stieg in Quenton hoch. Er kannte das Mädchen; in einem Dorf von nicht einmal fünfzig Einwohnern kannte man jeden.

Sein Blick suchte das winzige, strohgedeckte Gebäude am gegenüberliegenden Dorfrand. Das Haus stand noch. Die Läden waren vorgelegt, und trotz der schweren Rauchwolken, die wie eine erstickende Decke über dem Dorf lagen, konnte er erkennen, daß es unbeschädigt war.

Natürlich, dachte er haßerfüllt. Die drei anderen würden dafür sorgen, daß der Mob sie erst ganz am

Schluß entdeckte. Es würde sie nicht retten. Die Menge war viel zu aufgepeitscht, als daß sie noch geistig zu beeinflussen wäre, nicht einmal von drei Meistern der *Macht* zugleich. Aber sie hatten die anderen geopfert, um noch einige Minuten des Lebens für sich herauszuschinden.

Ein Geräusch hinter seinem Rücken ließ ihn herumfahren. Das Ende der Leiter, die zu seinem Versteck auf dem Heuboden hinaufführte, hatte zu zittern begonnen. Jemand stieg zu ihm herauf.

Quenton richtete sich auf. Sein Blick saugte sich am Ende der Leiter fest. Plötzlich spürte er die gebrochenen Rippen nicht mehr; selbst seine Furcht war verschwunden.

Schon tauchte der Kopf des Mannes über dem Rand des Zwischenbodens auf. Da war Quenton bei der Leiter und versetzte ihr einen Tritt.

Die Leiter begann zu zittern. Langsam, als würde sie von unsichtbaren Händen geschoben, löste sie sich von ihrem Halt, kippte nach hinten. Die Augen des Mannes an ihrem Ende weiteten sich entsetzt. Er schrie auf, griff verzweifelt nach Halt – vergebens.

Die Leiter bewegte sich weiter, stand für eine endlose Sekunde gegen alle Naturgesetze senkrecht und frei – und kippte dann nach hinten!

Quenton lächelte kalt, trat an den Rand des Bodens und blickte nach unten. Die Leiter war mitten in die Menge gestürzt und hatte ein halbes Dutzend Männer zu Boden geworfen.

Eine Hand wies nach oben. »Da ist noch einer!« brüllte eine Stimme. »Da oben ist noch eins von den Schweinen!« Andere Stimmen nahmen den Ruf auf, und von einer Sekunde auf die andere war die Scheune von einem grölenden Chor erfüllt. Ein Chor, der nach seinem Blut schrie.

Quenton starrte kalt auf die tobende Menge hinab. Jemand hob sein Gewehr und schoß auf ihn. Die Kugel streifte seinen linken Arm und riß eine blutige Furche in seine Haut. Er spürte es nicht einmal. Langsam hob er die Arme, streckte sie waagerecht vor sich aus und spreizte die Finger; eine Geste, als würde er eine unsichtbare Last von sich schieben.

»Ihr wollt Blut?« fragte er. »Ihr sollt erfahren, was Angst bedeuten kann!«

Er hatte nicht sehr laut gesprochen. Und trotzdem hatte jeder seine Worte gehört. Eine zitternde, schwerfällige Wellenbewegung lief durch die Menge, als die Männer und Frauen instinktiv vor der hoch aufgerichteten Gestalt über sich zurückwichen. Wieder krachte ein Schuß, dann ein zweiter, dritter, vierter. Quenton fühlte, wie die Kugeln seinen Körper trafen, aber er spürte nur die Berührung, keinen Schmerz.

»Ihr sollt Angst spüren!« schrie er. »Ihr habt die Gewalt hierhergebracht – jetzt fühlt sie selbst!«

Das Kreischen der Menge änderte sich. Sie schrien noch immer, aber plötzlich waren es Laute der Furcht. Wieder krachte eine Gewehrsalve, und wieder wurde Quenton getroffen. Aber Quenton starb nicht, obwohl er bereits aus mehreren Wunden blutete.

Dafür geschah etwas anderes. Für einen Moment lag ein helles, knisterndes Geräusch in der Luft, ein Laut wie das Zischen eines niederfahrenden Blitzes, aber heller, durchdringender und irgendwie boshaft. Dann schien sich ein dunkler Mantel über die Menschen unter ihm zu legen. Männer und Frauen schrien in Panik auf, stürzten zu Boden und krochen in irrsinniger Angst dem Scheunentor zu. Der schwarze Mantel der Furcht legte sich um ihre Köpfe, ließ sie den Haß und die Wut vergessen, füllte sie aus mit kreatürlicher, alles überschattender Angst.

»Ja, flieht nur!« keuchte Quenton. Wieder schlug die unsichtbare Macht, die er entfesselt hatte, zu, und wieder ging ein einziger lauter Schrei der Angst durch die Menge.

In der Scheune brach Panik aus. Die Menschen versuchten verzweifelt, den Ausgang zu erreichen. Und noch einmal, ein drittes und letztes Mal, schlug Quenton mit aller geistiger Macht zu.

Er spürte, wie seine Kräfte schwanden. Was er getan hatte, war nichts als ein letztes Aufbäumen gewesen, ein letztes, titanisches Aufflackern der Flamme, die in seinem Inneren brannte, gespeist von Wut und Verzweiflung. Das große Vergessen würde ihr folgen.

Er wankte, torkelte einen Schritt vom Bodenrand zurück und brach in die Knie. Langsam erwachte der Schmerz in seinem Körper, und er begann zu fühlen, wie das Leben aus seinem Leib herausströmte. Die Menge unter ihm tobte und schrie wieder, aber er betrachtete sie nicht mehr.

Irgend etwas flog zu ihm hinauf und landete polternd wenige Schritte neben ihm im Heu. Quenton hob müde den Blick. Es war eine Fackel. Eine zweite folgte, dann eine dritte. Die Flammen fanden in dem trockenen Heu sofort Nahrung, schossen zu einer meterhohen Wand hoch und hüllten ihn in einen Mantel aus Hitze und Rauch.

Sein Blick begann zu verschwimmen.

»Roderick«, flüsterte er. »Das ist deine Schuld. Ich verfluche dich.« Seine Stimme ging im Prasseln der Flammen unter. »Ich verfluche dich«, flüsterte Quenton noch einmal. »Du wirst dafür bezahlen. Du ... wirst nie wieder Ruhe haben, solange du ... lebst. Und darüber hinaus.«

Quenton krümmte sich, fiel aufs Gesicht und starb.

Als ich erwachte, spürte ich ein sanftes, monotones Schaukeln. Ich war nicht allein im Raum; jemand sprach, ohne daß ich die Worte verstanden hätte, und hinter diesem Geräusch waren andere Laute: ein leises Knarren und Ächzen, das schwere, nasse Schlagen von Segeltuch und das Singen von Tauen, die bis an ihre Grenzen belastet waren.

Das Schiff hatte Fahrt aufgenommen.

Diese Erkenntnis weckte mich endgültig.

Ich schlug die Augen auf, blinzelte und versuchte, die Hand zu heben, um das quälende Licht abzuschirmen, das meine Augen marterte.

»Er ist wach«, sagte eine Stimme. Ich erkannte sie als die Bannermanns, und als ich abermals die Augen öffnete, schwebte sein pausbäckiges Gesicht wenige Zentimeter über dem meinen. Ein gezackter, blutiger Kratzer verunzierte seine linke Wange, und auf seiner Stirn prangten zwei münzengroße, rote Flecken.

»Was ist … passiert?« fragte ich mühsam. Ich fühlte mich schwach, unendlich schwach und müde. Eine unsichtbare Zentnerlast schien meinen Körper niederzudrücken.

»Sie sind zusammengebrochen, Junge«, antwortete Bannermann. Er lächelte, aber seine Augen blieben ernst. »Montague und ich haben Sie hier heruntergeschafft. Sie erinnern sich an nichts?«

Ich versuchte es, aber in meinem Kopf wirbelten die Gedanken haltlos durcheinander. Ich glaubte mich an einen Alptraum zu erinnern, irgendein krauses Zeug, in dem Schlangenarme und schnappende Mäuler eine Rolle spielten, sterbende Männer und Blut, das wie Säure brannte …

Mit einem Schrei fuhr ich hoch. Es war kein Traum gewesen! Alles, woran ich mich erinnerte, war geschehen!

Bannermann versuchte mich zurückzudrängen, aber der Schrecken gab mir zusätzlich Kraft. »Um Gottes willen, was ist passiert?« keuchte ich. »Das Ungeheuer ...«

»Es ist alles in Ordnung, Robert.« Das war Andaras Stimme. Ich hatte bisher nicht einmal bemerkt, daß er ebenfalls in der Kabine war. Sanft berührte er Bannermann an der Schulter, trat an ihm vorbei und sah mir prüfend ins Gesicht. »Bist du wieder in Ordnung?« fragte er.

Ich nickte instinktiv, obwohl ich mich alles andere als gesund fühlte. In meinen Gliedern war noch immer eine Schwere, die ich nicht erklären konnte. Ich fühlte mich wie jemand, der nach wochenlanger Krankheit das erste Mal wieder aufzustehen versucht. »Es geht«, murmelte ich. »Wie lange ... war ich bewußtlos?«

»Nicht lange«, antwortete Bannermann. »Zehn Minuten, allerhöchstens.« Er seufzte, schüttelte den Kopf und sah abwechselnd Andara und die geschlossene Tür unserer Kabine an. »Ich müßte wieder an Deck«, murmelte er. »Aber ich habe auch ein paar Fragen an Sie, Montague.«

Andara nickte. Seine Finger spielten nervös an dem goldenen Anhänger auf seiner Brust. »Dazu haben Sie ein Recht, Captain«, murmelte er. »Aber ich fürchte, wir werden keine Zeit für lange Erklärungen haben.«

Bannermann erbleichte. »Sie ... Sie meinen, dieses Ungeheuer kommt wieder?« keuchte er.

»Ich weiß es nicht«, gestand Andara nach sekundenlangem Zögern. »Er ist stärker, als ich dachte. Ich habe es verjagt, aber ...« Er schüttelte den Kopf, ballte in einer Geste hilflosen Zornes die Faust und schluckte ein paarmal. Seine Stimme zitterte, als er weitersprach: »Mein Gott, Bannermann, ich habe einen furchtbaren

Fehler gemacht. Ich habe Sie und Ihr Schiff in allerhöchste Gefahr gebracht.«

Bannermann schwieg, aber der Ausdruck in seinem Blick verhärtete sich.

»Das Wesen, das uns angegriffen hat«, fuhr Andara fort, »ist meinetwegen hier, Captain. Und ich fürchte, es wird nicht eher ruhen, bis es seinen Auftrag erfüllt hat.«

»Auftrag?«

Andara lächelte traurig. »Ich muß Ihnen etwas gestehen, Captain«, sagte er. »Ich bin nicht der, für den Sie mich halten. Und meine Reise nach England ist auch keine Vergnügungsreise, wie ich Ihnen weismachen wollte.«

Bannermann knurrte. »Das habe ich mir schon gedacht. Aber wer sind Sie wirklich?«

»Ein Mann mit mächtigen Feinden«, antwortete Andara ausweichend.

»Das Wesen, das das Schiff angegriffen hat?«

Andara verneinte. »Es ist nicht mehr als ein Werkzeug«, antwortete er. »Eine Art gedungener Killer, dessen sich meine Feinde bedienen, um mich unschädlich zu machen.«

Bannermann lachte, aber es war ein Laut, der eher wie ein hysterisches, im letzten Moment unterdrücktes Kreischen klang. »Sie müssen irgendwem mächtig auf die Füße getreten sein, Montague«, sagte er. »Aber so leicht kommen Sie mir nicht davon. Zehn von meinen Männern sind tot, und der Rest ist verletzt und wird wahrscheinlich nie wieder einen Fuß auf ein Schiff setzen, wenn wir London erreicht haben. *Wenn* wir es jemals erreichen.«

»Wie steht der Wind?« fragte Andara.

Bannermann machte eine unwillige Geste. »Gut genug – aber was hat das mit meiner Frage zu tun?«

»Alles, Captain. Ich weiß nicht, wie lange ich dieses Wesen in Schach halten kann. Ich spüre seine Nähe. Es verfolgt uns. Wie lange brauchen wir bis London?«

»Vierundzwanzig Stunden«, antwortete Bannermann. »Mindestens. Wenn die Mannschaft durchhält. Ein paar von den Männern stehen kurz vor dem Zusammenbruch.«

»Das ist zu lange«, murmelte Andara verzweifelt. »Sie müssen den Kurs ändern. Ich kann ihn höchstens noch eine Stunde zurückhalten.«

Bannermann schnaubte. »Sie sind von Sinnen! Wenn ich hier in der Nähe Land ansteuere, schlitzen wir uns den Bauch auf. Haben Sie eine Ahnung, wie die schottische Küste aussieht?«

»Sie müssen es tun!« begehrte Andara auf. »Was wir gerade erlebt haben, war nicht mehr als ein Vorgeschmack dessen, was geschieht, wenn meine Kräfte erlahmen.«

»Kräfte?« schnappte Bannermann. »Von was für Kräften sprechen Sie, Montague? *Was sind Sie?* So eine Art Zauberer? Oder der Teufel persönlich?«

»Vielleicht von beiden ein bißchen«, antwortete Andara leise. Bannermann blieb ernst, und Andara fügte nach einer langen Pause hinzu: »Mein Name ist nicht Montague, Bannermann. Ich bin Roderick Andara.«

Wenn Bannermann dieser Name etwas sagte, so ließ er sich nichts anmerken.

»Sie müssen den Kurs ändern, Captain«, fuhr Andara fort. »Ich flehe Sie an. Wenn Ihnen das Leben Ihrer Männer etwas bedeutet, dann tun Sie es! Laufen Sie die nächste Küste an. An Land kann er uns nichts tun.«

Bannermann lachte hart. »Ich werde das Schiff auf Grund setzen, wenn ich tue, was Sie verlangen, Andara«, schnappte er.

»Dann tun Sie es!« erwiderte Andara erregt. »Ich bezahle Ihr Schiff, wenn es das ist, worum Sie sich sorgen. Ich komme für jeden Schaden auf.«

»Auch für das Leben der Männer, die ertrinken werden, wenn wir eine halbe Meile vor der Küste an den Riffen stranden?« fragte Bannermann kalt.

Andara schwieg einen Moment. »Bannermann«, sagte er dann. »Ich schwöre Ihnen, daß niemand, der hier auf dem Schiff ist, mit dem Leben davonkommt, wenn Sie den Kurs nicht ändern. Ich kann es Ihnen jetzt nicht erklären, aber das Wesen, das uns folgt, ist nicht aus Fleisch und Blut. Es ist kein Meeresungeheuer, gegen das Sie kämpfen könnten. Wenn meine Kräfte nachlassen, wird es dieses Schiff zermalmen wie eine Nußschale.«

Bannermann starrte ihn an. »Gut«, sagte er schließlich. »Ich tue, was Sie verlangen, Andara. Aber sobald wir an Land sind, liefere ich Sie den Behörden aus.«

Andara antwortete nichts darauf. Bannermann starrte ihn noch eine Sekunde an, fuhr dann mit einem Ruck herum und stapfte aus der Kabine. Die Tür flog krachend hinter ihm ins Schloß. »Gebe Gott, daß wir noch Zeit genug haben«, flüsterte Andara. »Er ist ... so stark.«

»Wer?« fragte ich verwirrt. Ich hatte kaum die Hälfte von dem, was Andara gesagt hatte, wirklich verstanden. Aber das, was ich zu ahnen begann, erschreckte mich zutiefst.

»Der, der uns folgt«, antwortete er. Er seufzte, ließ sich neben mir auf die Bettkante sinken und starrte zu Boden. Seine Hände spielten unbewußt mit der dünnen Goldkette um seinen Hals.

»Ich bin schuld an allem, was jetzt geschehen ist«, murmelte er. »Vielleicht ist es nur die gerechte Strafe Gottes, die mich trifft. Ich habe mich mit Mächten eingelassen, die für Menschen verboten sind. Aber warum müssen Unschuldige sterben?«

Ich blickte ihn verwirrt an. »Ich ... verstehe nicht.«

»Das kannst du auch nicht, Junge«, murmelte er. Er schwieg einen Moment, und wieder schien sein Blick durch mich hindurchzugehen, als sähe er etwas ganz anderes. »Vielleicht wirst du es später einmal begreifen. Wenn ... wenn du das hier überlebst. Ich hätte dich niemals mitnehmen dürfen. Ich hätte dich lassen sollen, wo du warst.«

»Ich ...«

Andara hob hastig die Hand. Ich verstummte. »Ich kann dem Fluch dessen, was ich getan habe, nicht entrinnen«, fuhr er fort. »Vielleicht muß ich sterben, denn ich bin verantwortlich für den Tod vieler. Aber es geht um dich.«

»Was meinen Sie damit?«

Andara lächelte. »Ihr habt geglaubt, ich wäre krank, nicht wahr?« fragte er. Ich nickte. »Ich war es nicht, Robert. Es war keine Krankheit, die die Kräfte meines Körpers aufzehrte. Ich ... habe versucht, großes Unheil zu verhindern, aber ich habe versagt. Was jetzt geschieht, ist eine direkte Folge dieses Versagens.« Er stand auf, öffnete seine Kiste und nahm ein dünnes, in steinhartes, braunes Schweinsleder gebundenes Buch hervor. Ich wollte danach greifen, aber er schüttelte rasch und befehlend den Kopf, setzte sich wieder neben mich und legte das Buch behutsam auf seine Knie. »Berühre es nicht«, sagte er. »Berühre nie etwas von dem Inhalt dieser Kiste, oder der Fluch, der auf mir lastet, wird auch dich treffen.«

Er öffnete das Buch. Ich beugte mich neugierig vor, aber zu meiner Enttäuschung mußte ich erkennen, daß ich die Schrift, in der es verfaßt war, nicht lesen konnte. Selbst die Form der Buchstaben war mir fremd.

»In diesem Buch ist alles aufgeschrieben«, sagte er. »Ich wollte es dir später geben, wenn du reif gewesen wärest, es zu verstehen, aber ich werde keine Zeit mehr dazu haben.«

Ein leiser Schauer überfiel mich bei seinen Worten. Aber ich spürte, daß er recht hatte. Er würde sterben. Ich wußte es mit absoluter Sicherheit, im gleichen Augenblick, in dem er die Worte aussprach.

»Was ist das für ein Buch?« fragte ich leise.

Andara kam nicht dazu, zu antworten.

Denn in diesem Moment erscholl auf dem Deck über uns ein gellender Schrei!

»Sie sind da«, keuchte Lyssa. Ihre Stimme klang kaum mehr menschlich. Sie war verfallen, alt und verbraucht, so wie ihr Körper. Im Laufe der letzten fünfzig Minuten war sie um die gleiche Anzahl von Jahren gealtert; verbrannt von dem satanischen Feuer, das in ihrem Geist loderte. Sie hatte Dinge angerührt, die den Menschen auf ewig verboten waren, und sie bezahlte den Preis dafür. »Sie sind da«, murmelte sie noch einmal. Ihr Blick wanderte zur Tür. Ihre Augen waren längst blind, und doch konnte sie – mit einem anderen, bizarren Sinn – die tobende Meute erkennen, die sich dem kleinen Gebäude auf breiter Front näherte. Der magische Schutzwall, der sie und die beiden anderen bisher den Blicken der Lyncher entzogen hatte, existierte nicht mehr.

»Hab keine Furcht, mein Kind«, murmelte die Alte. »Sie werden dir nichts tun. Jetzt nicht mehr.« Sie kicherte; ein böser, meckernder Laut, der Lyssa und ihrem Bruder Lennard einen eisigen Schauer über den Rücken laufen ließ. Obgleich sie beide Träger der *Macht* waren wie die Alte, spürten sie jetzt die abgrundtiefe

Kluft, die zwischen ihnen war. Verglichen mit dem Strom von Kraft, über die die Alte gebot, war die ihre nicht mehr als ein Wassertropfen im Ozean.

»Aber sie stirbt!« Lennard schrie es fast. Sein Blick irrte zwischen dem Gesicht seiner Schwester und dem der Alten hin und her. »Sie ...«

»Ja, sie stirbt«, unterbrach ihn die Greisin. »So wie du, wie Quenton und ich. Aber es ist nicht das Ende.« Sie blickte flüchtig zur Tür. Das Johlen der Menge war lauter geworden, und genau in diesem Moment erzitterte die Tür bereits hinter einem ersten wuchtigen Schlag. Das morsche Holz ächzte hörbar. Brandgeruch wehte von draußen herein.

»Es ist vollbracht!« sagte die Alte triumphierend. »Ich, Andara, die Gebieterin der *Macht*, rufe dich, Herr alles Bösen! Ich rufe dich! Komm und nimm uns! Nimm unsere Körper! Nimm unsere Seelen und nimm unsere Gedanken! *Löse den Pakt ein!*«

Der unwirkliche, grüne Schein, der die ganze Zeit über in der Luft gehangen hatte, wurde stärker. Ein zweiter Schlag ließ die Tür erbeben; eine der rostigen Schrauben brach aus dem Schloß und klirrte auf den Boden.

Sekunden später stürzte die Tür in einem Regen von Holzsplittern, Kalk und Rauch auseinander. Das haßverzerrte Gesicht eines Mannes erschien in der Öffnung, Augen, die nach weiteren Opfern suchten.

Aber der winzige Raum war leer.

Nur in der Luft lag noch ein schwacher, grüner Schein. Für den Bruchteil einer Sekunde sah es so aus, als zeichne er die Konturen dreier Menschen nach, die an dem kleinen, runden Tisch saßen.

Dann erlosch auch er, und die Hütte war so leer, als wären die drei Personen nicht mehr als ein Spuk gewesen ...

Der Wind traf mich wie ein Hieb ins Gesicht, als ich hinter Andara auf das Deck stürmte. Das Schiff zitterte unter meinen Füßen, und über uns blähten sich die Segel, als würden sie jeden Augenblick zerreißen. Der Bug des Schiffes war in einer Wolke schaumig spritzender Gischt verschwunden. Die LADY OF THE MIST pflügte schnell wie ein Dampfschiff durch die Wellen, und der Rumpf und die Masten ächzten unter der Belastung, als wollten sie zerbrechen.

Andara blieb stehen, ergriff mich mit der Linken am Arm und deutete mit der anderen Hand nach oben. Ich warf den Kopf in den Nacken und folgte seiner Geste.

Über uns tobte ein Kampf auf Leben und Tod.

Es waren zwei von Bannermanns Matrosen, Mannings und ein kleinwüchsiger, dunkelhaariger Mann, den ich ein paarmal während der Reise unten in den Laderäumen des Schiffes gesehen hatte, die in den obersten Rahen des Hauptmastes einen sinnlosen Kampf ausfochten. Der Matrose stand mit haßverzerrtem Gesicht und weit gespreizten Beinen auf der Rahe, so sicher, als hätte er festen Grund unter den Füßen und nicht einen kaum zehn Zentimeter breiten, abgerundeten Balken, an welchem zudem noch das Gewicht des Segels und der Wind zerrten. In seiner rechten Hand blitzte eine kurzstielige, gefährliche Axt, mit der er immer wieder auf seinen Gegner eindrang. Mannings hatte ein Messer, beschränkte sich aber darauf, seinen Gegner auf Distanz zu halten und seinen wütenden Hieben auszuweichen. Es sah aus wie ein bizarrer Drahtseilakt.

»Barton!« Ich sah auf und gewahrte Bannermann über uns auf dem Achterdeck. Er hielt ein Gewehr in den Armen. »Barton!« brüllte er noch einmal. »Hör auf! Hör sofort damit auf!«

Der Matrose wandte kurz den Blick, knurrte eine Antwort und holte zu einem weiteren Axthieb aus. Mannings duckte sich im letzten Moment; das Beil fuhr mit einem schmetternden Schlag in das harte Holz des Hauptmastes, aber Mannings verlor durch die abrupte Bewegung das Gleichgewicht. Eine halbe Sekunde lang ruderte er verzweifelt mit den Armen, dann kippte er nach hinten.

Ein vielstimmiger Schrei wehte über das Deck der LADY OF THE MIST. Mannings fiel, griff mit einer unmöglich erscheinenden Bewegung hinter sich und bekam die Rahe zu fassen. Seine Beine schlugen gegen das Segel. Er schrie. Seine linke Hand rutschte ab, und ich sah, wie sich sein Gesicht vor Schmerz verzerrte, als sein ganzes Körpergewicht nur mehr auf seinem linken Arm lastete. Barton stieß einen triumphierenden Schrei aus, suchte mit der Linken Halt am Mast und beugte sich vor. Die Axt in seiner Hand blitzte auf.

»Barton!« schrie Bannermann verzweifelt. »Hör auf, oder ich muß auf dich schießen!«

Barton erstarrte. Sein Blick suchte den des Kapitäns, und trotz der großen Entfernung konnte ich das wahnsinnige Funkeln in seinen Augen sehen. Bannermann hob das Gewehr.

»Tun Sie es nicht, Captain!« schrie Andara. »Er weiß nicht, was er tut!«

Bannermann reagierte nicht. Sein Gesicht war leichenblaß, als er die Waffe entsicherte und Barton anvisierte. »Ich meine es ernst, Barton!« rief er. »Laß die Axt fallen, oder ich drücke ab!«

Bartons Antwort bestand in einem neuerlichen, unartikulierten Schrei. Blitzschnell riß er die Axt hoch, beugte sich noch weiter vor – und schlug zu.

Mannings' Schrei wurde vom peitschenden Knall des Schusses verschluckt. Der Matrose fiel, aber auch

Barton stürzte, von der Wucht des Schusses herumgerissen wie von einem Faustschlag.

Ich wandte hastig den Blick, als Mannings und sein Mörder auf dem Deck aufschlugen. Für einen Moment wurde mir übel.

Andara ließ meine Hand los, machte einen Schritt und blieb wieder stehen. Sein Gesicht zuckte. Aber es war nicht das Entsetzen über das, was geschehen war, sondern etwas anderes, Schlimmeres. Bannermann rannte neben ihm die Treppe herab, schleuderte sein Gewehr mit einer zornigen Geste von sich und eilte an uns vorüber. Der Blick, mit dem er Andara bedachte, sprühte vor Haß.

Von überallher begannen die Matrosen zusammenzulaufen, und am Fuße des Hauptmastes bildete sich rasch eine immer größer werdende Menschenmenge. Auch ich wollte hinter Bannermann hereilen, aber Andara hielt mich mit einer raschen Geste zurück, schüttelte den Kopf und deutete nach Norden, aufs Meer hinaus.

Im ersten Moment sah ich nichts außer dem endlosen blauen Wogen des Ozeans, aber dann erkannte ich, was der Magier mir zeigen wollte.

Unter der Wasseroberfläche, vielleicht eine halbe Meile von der LADY OF THE MIST entfernt, schimmerte ein gigantisches, dunkles Etwas. Seine genaue Form war nicht zu erkennen, aber es war lang gestreckt und massig wie ein Wal. Nur größer. Viel, viel größer.

Ich wollte etwas sagen, aber Andara gebot mir mit einer hastigen Geste, zu schweigen. Ich verstand. Die Stimmung an Bord war nach diesem neuerlichen Vorfall ohnehin kurz vor dem Siedepunkt. Wenn die Matrosen den Schatten, der dem Schiff folgte, bemerkten, konnte es zu einer Katastrophe kommen.

Bannermann kam zurück. Sein Gesicht war bleich

vor Schrecken, und um seinen Mund lag ein bitterer Zug, den ich bisher nicht an ihm bemerkt hatte. Seine Hände waren blutig. Aber es war nicht sein Blut.

»Tot«, sagte er dumpf. »Beide.« Er blieb stehen, fuhr sich mit einer fahrigen Geste durch das Gesicht und beschmierte sich dabei mit Blut, ohne es zu bemerken. »Ich ... ich begreife nicht, was in Barton gefahren ist«, murmelte er. »Er ... muß verrückt geworden sein.« Er sah Andara an, und wieder glomm in seinen Augen dieses mahnende, flackernde Feuer auf. Der Mann mußte kurz davor sein, den Verstand zu verlieren.

Andara schwieg, aber vermutlich hätte Bannermann seine Worte gar nicht verstanden, wenn er geantwortet hätte. »Das ist Ihr Werk«, murmelte er. »Sie ... Sie ...« Er schluckte, ballte die Fäuste und hob zitternd die Arme. Ich spannte mich. Aber Bannermann führte die Bewegung nicht zu Ende. »Seit Sie an Bord dieses Schiffes gekommen sind, verfolgt uns das Unglück«, keuchte er. »Sie sind schuld, wenn ...«

»Bannermann!« sagte ich scharf. »Reißen Sie sich zusammen!«

Andara warf mir einen raschen, dankbaren Blick zu, schüttelte aber den Kopf. »Laß ihn, Junge«, sagte er sanft. »Er hat recht. Ich wollte, ich könnte es rückgängig machen.«

»Vielleicht können wir es ja«, sagte eine Stimme. Ich sah auf und bemerkte erst jetzt, daß wir nicht mehr allein waren. Ein Teil der Matrosen war Bannermann gefolgt und hatte uns umringt. Es waren müde, abgekämpfte Gesichter, die uns anstarrten. Aber in einigen von ihnen flackerte der Haß. Ich konnte die Spannung, die plötzlich in der Luft lag, beinahe riechen.

»Halten Sie den Mund, Lorimar«, sagte Bannermann müde. Plötzlich war der Zorn aus seinem Blick gewichen. Er sah jetzt nur noch erschöpft aus.

Der Angesprochene erwiderte seinen Blick trotzig, trat einen halben Schritt vor und verschränkte die Arme vor der Brust. »Ich denke nicht daran, Captain«, sagte er. »Sie haben es ja selbst gesagt. Seit dieser Kerl« – damit deutete er auf Andara – »unser Schiff betreten hat, ist der Teufel an Bord. Glauben Sie ...?«

»Nichts habe ich gesagt«, unterbrach ihn Bannermann wütend. »Ich habe die Beherrschung verloren und Unsinn geredet, das ist alles.«

»O nein, Captain«, erwiderte Lorimar aggressiv. »Sie haben die Wahrheit gesagt.« Er schnaubte. »Denken Sie wirklich, daß wir Ihnen abkaufen, es wäre Zufall, daß dieses Biest uns ausgerechnet jetzt angegriffen hat? Oder daß Barton ausgerechnet jetzt durchgedreht ist?« Die Menge um uns herum wuchs, und mehr als nur einer gab ein zustimmendes Knurren von sich. Instinktiv zählte ich die Anzahl der Köpfe durch und überschlug unsere Chancen, falls es zu Gewalttätigkeiten kommen sollte. Sie waren nicht besonders gut.

»Was wird das?« fragte Bannermann lauernd. »Eine Meuterei, Lorimar? Mit Ihnen als Anführer?« Er versuchte, spöttisch zu klingen, aber es gelang ihm nicht ganz.

»Keine Meuterei, Captain«, erwiderte Lorimar. »Wir haben nichts gegen Sie. Aber wir wollen, daß dieser Kerl von Bord geht. Schmeißen Sie ihn ins Meer. Er verbreitet Unglück wie die Ratten die Pest.«

»Sie sind verrückt!« keuchte Bannermann. »Mister Montague!«

»Andara, wollten Sie sagen«, unterbrach ihn Lorimar kalt. Bannermann erbleichte, und Lorimar fuhr, selbstsicher geworden, fort: »Denken Sie, wir wissen nicht, wer er ist?« Er lachte. »Mannings hat ihn erkannt, als er in New York an Bord ging, aber wir haben gedacht, daß uns das alles nichts angeht. Wir hätten ihn gleich über Bord werfen sollen, noch bevor wir losgefahren sind!«

»Kein Wort mehr!« schrie Bannermann. »Geht an eure Arbeit! Ich lasse jeden, der in zehn Sekunden noch hier steht, wegen Meuterei vor Gericht stellen. Ihr …«

Andara legte ihm beruhigend die Hand auf die Schulter. »Lassen Sie ihn, Captain«, sagte er leise. Bannermann wollte seine Hand abstreifen, aber Andara schob ihn einfach zur Seite, trat auf Lorimar zu und blickte ihm starr in die Augen.

»Sie haben recht, Lorimar«, sagte er ruhig. »Ich bin Andara. Der Hexer.« Er lächelte dünn. »So nennt man mich doch, nicht? Aber ich habe mit dem, was gerade geschehen ist, nichts zu tun. Der Mann hat schlicht und einfach den Verstand verloren. Was geschehen ist, war zuviel für ihn.«

»Es wäre nicht passiert, wenn Sie nicht an Bord wären«, zischte Lorimar. Aber er hatte den Großteil seiner Selbstsicherheit verloren, und der wütende Klang in seiner Stimme war jetzt nur noch Trotz.

Andara nickte. »Das stimmt«, gestand er. »Und ich bin bereit, die Verantwortung dafür zu übernehmen. Ich … Wenn es etwas ändern würde, würde ich mich freiwillig dem Ungeheuer ausliefern, das uns folgt. Aber es wäre sinnlos.«

»Warum?« keuchte Lorimar. »Es ist Ihretwegen hier. Sie sind es, den es haben will, nicht wahr? Vielleicht läßt es uns in Ruhe, wenn es Sie hat!«

»Das wird es nicht«, erwiderte Andara kopfschüttelnd. »Dieses Wesen denkt nicht wie ein Mensch. Es sind andere Regeln, die sein Denken und Handeln bestimmen. Es wird nicht eher ruhen, bis es dieses Schiff und den letzten Mann seiner Besatzung vernichtet hat.« Irgend etwas änderte sich im Klang seiner Stimme. Ich wußte selbst nicht, was es war; vielleicht die Art, in der er die Worte betonte, vielleicht auch nur die Lautstärke – aber mit einemmal hatten seine Worte einen befehlenden, suggestiven Klang, der jeden Gedanken an Widerstand lächerlich erscheinen ließ. »Ihr habt recht, wenn ihr mich verantwortlich macht«, fuhr er fort. »Und doch bin ich der einzige, der euch jetzt noch retten kann. Solange ich lebe, ist dieses Schiff sicher. Wenn ihr mich tötet, wird er euch vernichten. Und jetzt geht an eure Arbeit.« Er hob den Arm und deutete mit einer befehlenden Geste zum Bug des Schiffes. »Ändert den Kurs«, sagte er. »Wir fahren nach Süden. Zur Küste.«

In Lorimars Gesicht arbeitete es. Seine Lippen zitterten, und auf seiner Stirn erschien feiner, kalter Schweiß. Langsam, als bewege er sich nicht aus freien Stücken, sondern folge einem anderen, stärkeren Willen, wandte er sich um und ging steifbeinig über das Deck davon. Die anderen folgten ihm.

Bannermann keuchte. Er und ich schienen die einzigen zu sein, die den suggestiven Klang von Andaras Worten zwar gehört hatten, ihm aber nicht vollkommen erlegen waren. »Wie ... haben Sie das gemacht?« stammelte Bannermann. »Ich kenne Lorimar. Er ist ein verdammter Hitzkopf, aber wenn er einmal Oberwasser hat, dann bringen ihn keine zehn Pferde mehr zur Vernunft.«

Andara lächelte. »Ein kleiner Trick, mehr nicht«, sagte er. »Die Männer wollten mich nicht wirklich töten, Captain. Sie hatten nur Angst.«

Bannermann schluckte. »Aber Sie ...« Er brach ab, schüttelte verwirrt den Kopf und sah hilflos in die Runde. »Das ... das war Ihr Ernst, nicht?« fragte er. »Sie würden sich opfern, wenn es uns retten würde.«

Andara antwortete nicht.

»Aber es würde uns nicht retten«, fügte Bannermann hinzu.

»Nein«, sagte Andara leise. »Das Wesen, das uns folgt, läßt nie wieder von einem Opfer ab, dessen Spur es einmal aufgenommen hat.«

Ich erwartete halbwegs, daß Bannermann fragen würde, was es für ein Wesen war, das uns verfolgte, aber er tat es nicht. Und jetzt fiel mir auf, daß nicht ein Mann der Besatzung diese Frage gestellt hatte. Selbst mir fiel es seltsam schwer, mich an das Monster zu erinnern. Es war fast, als blockiere irgend etwas meine Erinnerung in diesem Punkt.

»Ändern Sie den Kurs, Captain«, sagte Andara ernst. »Und feuern Sie Ihre Männer an, wenn Sie sie retten wollen. Ich weiß nicht, wie lange ich uns noch schützen kann.«

Bannermann nickte. Die Bewegung wirkte abgehackt und verkrampft. »Ich ... muß mich um die Toten kümmern«, sagte er gepreßt. »Sie brauchen ein anständiges Begräbnis.«

»Dazu ist keine Zeit«, sagte Andara kopfschüttelnd. »Bahren Sie sie auf, bis wir die Küste erreicht haben. Wenn das Schiff sinkt, dann ist es ein würdiges Grab für sie.« Er schien vollkommen sicher zu sein, daß die LADY niemals mehr einen Hafen anlaufen würde. Aber wenn Bannermann über diese neuerliche Hiobsbotschaft erschrocken war, so beherrschte er sich meisterhaft. Er nickte nur, wandte sich mit einem Ruck um und ging nach vorne. Ich sah ihm nach. Ein paar seiner Männer hatten bereits damit begonnen, die Leichname von Mannings und Barton in weißes Segeltuch zu schlagen. Mein Blick glitt an ihnen vorbei zum Bug. Neben der zerbrochenen Reling lagen fünf weitere, längliche Bündel aus grobem Segeltuch. Die Männer, die dem ersten Angriff des Unheimlichen zum Opfer gefallen waren. Ich schauderte. Wie viele Menschen mußten noch sterben, ehe dieser Alptraum endlich vorüber war?

»Ich werde sie retten, Robert«, sagte Andara leise. »Ich verspreche es.«

Es bereitete mir Mühe, meinen Blick von den Toten zu lösen. »Lesen Sie meine Gedanken?« fragte ich, ohne ihn anzusehen. Die Kälte, die in meiner Stimme mitschwang, erschreckte mich selbst.

Andara schüttelte den Kopf. »Nein. Aber es ist nicht schwer, deine Gefühle zu erraten, Junge. Ich nehme es dir nicht übel, wenn du mich haßt.«

Jetzt sah ich ihn doch an. »Hassen? Ich hasse Sie nicht. Ich ...« Ich sprach nicht weiter. Es fiel mir seltsam schwer, mir über meine eigenen Gefühle klarzuwerden.

»Vielleicht verstehst du jetzt, was ich vorhin gemeint habe«, fuhr er leise fort. »So wie hier ist es immer gewesen. Immer und überall.« Er lächelte traurig.

»Ist es so?« fragte ich. Es fiel mir schwer, weiterzusprechen. »Hatte ... hatte Lorimar recht? Bringen Sie wirklich den Tod?«

Andaras Reaktion auf meine Worte überraschte mich. In seinen Augen glomm ein Schmerz auf, den ich mir nicht zu erklären vermochte. »Komm mit«, sagte er plötzlich.

Ich drehte mich um, um in unsere Kabine zurückzugehen, aber Andara deutete mit einer Kopfbewegung zum Achterdeck hinauf. »Laß uns dort oben reden«, sagte er. »Es ist besser, wenn ich an Deck bleibe.«

Ohne ein weiteres Wort folgte ich ihm auf das höher gelegene Achterdeck hinauf. Wir waren allein. Bannermann war irgendwo vorne auf dem Schiff, und mir fiel erst jetzt auf, wie still es hier hinten war. Die Männer mieden unsere Nähe. Andara hatte ihren Willen gebrochen und sie – auf welche Weise auch immer – gezwungen, seinen Befehlen zu gehorchen. Aber die instinktive Furcht, die sie vor ihm empfinden mußten, hatte er nicht auslöschen können. Vielleicht hatte er es auch nicht gewollt.

Andara ging mit schnellen Schritten bis zum hinteren Ende des Decks, lehnte sich gegen die Reling und kramte eine Zigarre aus der Rocktasche. Ich folgte ihm in geringem Abstand. Der Wind schien kälter zu werden, als ich neben ihn trat, und ich ertappte mich dabei, wie ich nach Norden sah und den gewaltigen, dunklen Umriß unter der Wasseroberfläche suchte. Er war nicht mehr zu sehen, aber ich wußte, daß er noch da war. Irgendwo, ganz in unserer Nähe.

Andara entzündete seine Zigarre, nahm einen tiefen Zug und blies eine Rauchwolke von sich. »Du hast mich gefragt, ob diese Männer recht haben«, begann er. »Ob ich wirklich den Tod bringe. Ich fürchte, sie haben recht, Robert. Aber vielleicht hat jetzt bald alles ein Ende.« Er tat einen weiteren Zug an seiner Zigarre und sah mich an. »Ich hatte alles anders geplant«, murmelte er. »Und es schien alles so sicher. Ich hatte große Pläne mit dir, und jetzt muß alles so schnell gehen. Erinnerst du dich an das Buch, das ich dir zeigte? Und an meine Krankheit?«

Seine Worte jagten mir einen eisigen Schauer über den Rücken. Er sprach so ruhig, als wäre überhaupt nichts geschehen. Die beiden Toten auf dem Deck unter uns schien er bereits vergessen zu haben. »Ja«, antwortete ich gepreßt. »Aber was hat das mit dem Ungeheuer zu tun?«

»Alles«, antwortete er. »Vielleicht ist es gut, daß du niemals Gelegenheit haben wirst, es zu lesen. Aber ich will dir wenigstens erzählen, was darin steht. Das Buch ist die Chronik meiner Heimat, der Stadt, in der ich geboren wurde und in der alles begonnen hat. Die Chronik von Jerusalems Lot.«

»Jerusalems Lot?« fragte ich. »Was ist das?«

»Hast du schon einmal von Salem gehört?« erwiderte Andara, ohne direkt auf meine Frage zu antworten. Ich nickte.

»Die Stadt der Hexen«, fuhr er fort. »Ein Dorf, dessen Einwohner sich dem Teufel verschrieben hatten – so behauptete man, damals. Es ist über hundert Jahre her, und die meisten haben es wohl schon vergessen. Salems Einwohner haben niemals wirklich dem Teufel gedient, aber sie beherrschten die Schwarze Magie; so wie ich.«

»Sie wurden … getötet, nicht?« fragte ich stockend. Ich erinnerte mich. Ich hatte von Salem gehört, so wie man eben von einer solchen Sache hört. Natürlich hatte ich nicht wirklich daran geglaubt; ja, ich hatte mich sogar darüber lustig gemacht. Aber jetzt rührten mich Andaras Worte auf seltsam unangenehme Weise an. Fast, als würden durch sie Erinnerungen geweckt. Erinnerungen, die ich nicht haben konnte …

»Sie wurden getötet«, bestätigte er. »Die meisten jedenfalls. Die Menschen in den umliegenden Ortschaften hatten Angst vor ihnen, Robert. Sie waren nicht wirklich böse. Sie dienten weder dem Teufel noch anderen finsteren Mächten, sondern hatten sich nur ein Wissen bewahrt, das der größte Teil der übrigen Menschheit längst verloren hatte. Ein uraltes Wissen, das Wissen um Dinge, die lange vor unserer Zeit waren. Aber die anderen glaubten, sie wären mit Satan im Bunde, und eines Tages rotteten sie sich zusammen und töteten sie in einer einzigen, blutigen Nacht.«

Er schwieg einen Moment, und das Gefühl gestaltloser Furcht in mir wurde stärker. Ich versuchte es zu verdrängen, aber es ging nicht. Für einen Moment glaubte ich, Schreie zu hören. Flackernde rote Lichtblitze huschten über das Meer, und in das Salzwasseraroma des Ozeans mischte sich ein übelkeiterregender Gestank. Dann verschwand die Vision.

»Aber nicht alle starben«, fuhr Andara fort. »Ein paar von ihnen entkamen, und sie siedelten sich an einem neuen Ort an, tausend Meilen entfernt und unbemerkt von den anderen. Das Erbe von Salem lebte weiter.«

»Jerusalems Lot?«

Andara nickte. »Ja. Sie wählten diesen Namen, weil sie die Menschen kannten und wußten, wie leicht sie zu täuschen waren. Nach außen hin waren sie gläubige Menschen, Männer und Frauen, die täglich in den Gottesdienst gingen und ihre Kinder in christlichem Glauben erzogen. Aber sie haben niemals vergessen, was ihnen angetan wurde.«

»Und Sie sind ... einer von ihnen?«

Andara lächelte verzeihend. »Nein, Robert. Niemand von denen, die aus Salem entkamen, lebt noch. Niemand bis auf ... einen«, fügte er hinzu. »Es war mein Großvater. Er war einer der wenigen, die dem Morden entkamen. Er und eine Handvoll Männer und Frauen. Er zeugte meinen Vater und gab das verbotene Wissen an ihn weiter, und mein Vater lehrte es mich.« Er senkte den Blick, und als er weitersprach, klang seine Stimme bitter. »Die Menschen sind grausam, Robert, viel grausamer, als du ahnst. Ein Jahrhundert lang störte niemand den Frieden von Jerusalems Lot, aber dann wiederholte sich das Schicksal. Wir waren vorsichtig, aber nicht vorsichtig genug. Nach und nach begannen die Menschen in den benachbarten Orten zu ahnen, daß die Einwohner des kleinen Dorfes anders waren als sie, und alles begann von vorne.«

»Sie haben sie ... umgebracht?« fragte ich stockend.

»Nicht sofort«, erwiderte Andara. »Aber sie begannen sich vor ihnen zu fürchten. Später haßten sie sie.

Ich war einer der wenigen, der die Gefahr erkannte, ich und die vier anderen Großmeister der *Macht*. Ich habe sie gewarnt, aber sie wollten nicht auf mich hören. Und schließlich verließ ich sie, weil ich wußte, was geschehen würde.« Er seufzte. »Ich hätte es nicht tun dürfen. Ich habe sie verraten, Robert. Ich habe sie im Stich gelassen und bin geflohen wie ein Feigling.« Wieder stockte er. Seine Hände ballten sich zu Fäusten, und sein Atem ging schnell und schwer. »Sie kamen, kurz nachdem ich fort war. Es war wie in Salem, nur schlimmer, viel schlimmer. Die Einwohner der Nachbarorte rotteten sich zusammen und fielen mit Feuer und Tod über Jerusalems Lot her. Sie haben sie getötet. Unschuldige Männer, Frauen und Kinder.«

»Aber was ... hätten Sie tun können?« fragte ich hilflos. »Sie wären auch getötet worden und ...«

»Vielleicht«, unterbrach mich Andara. »Aber vielleicht hätte ich sie retten können. Wir waren fünf, Robert, fünf Hexer. Unsere vereinten Kräfte hätten vielleicht gereicht, den Mob zurückzuhalten. Vielleicht hätten ein paar Zeit gefunden, zu fliehen. Aber sie starben, weil ich nicht da war. Aber ihr Fluch lebte weiter, Robert. Sie waren Hexer wie ich, und der Fluch eines Hexers erlischt nicht mit seinem Tod. Es ist mehr als zwanzig Jahre her. Seitdem bin ich auf der Flucht.«

»*Vor Toten?*« keuchte ich fassungslos.

»Vor ihrem Fluch«, antwortete Andara. »In ihren Augen war ich ein Verräter. Vielleicht haben sie sogar recht, und vielleicht wäre es meine Pflicht gewesen, zu bleiben und gemeinsam mit ihnen zu sterben. Aber ich habe mir eingebildet, ich könnte davonlaufen!« Er lachte schrill. »Als ich unten in der Kabine lag und ihr alle glaubtet, ich wäre krank, habe ich in Wirklichkeit versucht, meine Spur zu verwischen. Ich Narr!«

»Aber zwanzig Jahre ...«

»Was bedeutet Zeit vor dem Fluch eines Hexenmeisters?« unterbrach er mich erregt. »Ich habe mir eingebildet, stark genug zu sein, aber ich war es nicht.« Er fuhr herum und starrte nach Norden. »Mein Gott, was war ich für ein Narr!« wiederholte er. »Vielleicht habe ich ihn gerade durch meine Anstrengungen erst auf unsere Spur gebracht. Ich fühlte mich sicher, Robert. Dreitausend Meilen und zwanzig Jahre von Jerusalems Lot entfernt, fühlte ich mich sicher genug, den Fluch brechen zu können. Aber er hat mich endlich doch eingeholt.«

»Er?«

Andara wies nach Norden. »Das Wesen, das sie riefen, um mich zu bestrafen. Das Werkzeug ihrer Rache. Yog-Sothoth, der Schrecklichste der *GROSSEN ALTEN*. Diese Narren! Wie müssen Sie mich gehaßt haben, diese Wesen aus den Abgründen der Zeit heraufzubeschwören, nur um mich zu vernichten.«

Yog-Sothoth ... Der Name hallte ein paarmal hinter meiner Stirn wieder, und erneut und viel stärker als beim ersten Mal hatte ich das Gefühl, mich an Dinge zu erinnern, die ich niemals erlebt hatte. Alte und schreckliche Dinge, ein Wissen, das zu furchtbar war, um von Menschen angerührt zu werden. Plötzlich fror ich.

»Können Sie es ... vernichten?« fragte ich stockend.

Andara lachte bitter. »Vernichten? Yog-Sothoth vernichten? Das kann ich nicht. Niemand kann das, Junge. Ein Kind kann einen Waldbrand zwar legen, aber nicht mit bloßen Händen löschen. Die Macht von vier Hexern hat ausgereicht, ein Tor zu öffnen, das die Macht von viertausend nicht mehr schließen kann.« Er wies mit einer fast zornigen Geste aufs Meer hinaus. »Er wird mich töten, egal, wie weit ich vor ihm davonlaufe, Robert. Meine Macht reicht vielleicht, ihn zurückzuhalten, eine Stunde, vielleicht zwei. Vielleicht lange genug, daß du und die Männer das Schiff verlassen könnt. Danach wird er mich holen. Und ich werde nicht mehr davonlaufen.«

»Aber das ist doch Wahnsinn!« entfuhr es mir. »Dieses ... dieses Ding kann nicht an Land. Wir können ein Boot nehmen und ....«

»Ich habe schon zu vielen den Tod gebracht, Robert«, unterbrach mich Andara sanft. »Es sind genügend Unschuldige gestorben, nur weil ich einmal in meinem Leben feige war. Ich bin davongelaufen, und die acht Männer, die heute gestorben sind, sind meinetwegen gestorben. Es darf nicht noch mehr Tote geben. *Du* mußt leben.«

»Ich? Aber was habe ich ...?«

»Yog-Sothoth wird nicht wieder gehen«, unterbrach er mich. »Er wird weiterleben, nachdem er mich getötet hat. Und wenn das geschehen ist, ist er frei. Er und vielleicht andere, die mit ihm kamen. Jemand muß dasein, der den Kampf fortführt. Es gibt jemanden in London, der die Kraft und das Wissen hätte, den Kampf zu gewinnen, aber er braucht Hilfe. *Deine* Hilfe.«

»Aber wieso ich?« fragte ich hilflos. »Wieso ausgerechnet ich? Ich bin kein Hexer wie Sie. Ich verstehe nichts von Schwarzer Magie und Zauberei!«

»Aber du bist ein Erbe der *Macht*, wie ich«, sagte Andara ernst. »Du weißt es noch nicht, aber die Begabung ist in dir. Ich habe es gespürt, als ich dich zum ersten Mal sah. Der Mann, zu dem ich dich schicken werde, wird dir helfen, deine Kräfte zu erforschen und zu lernen, sie richtig anzuwenden.«

»Ich?« keuchte ich. »Ich soll ein Hexer sein? Sie ... Sie sind verrückt.«

Und ich wußte im gleichen Moment, in dem ich die Worte aussprach, daß er recht hatte. Es war kein Zufall, daß er mich mit auf diese Reise genommen hatte. Er hatte mich gesucht, jemanden wie mich. Meine Fähigkeit, immer zu wissen, ob mich jemand belog oder nicht, die Gabe, immer im rechten Moment am richtigen Ort zu sein, mein Instinkt, immer genau das richtige zu tun, um den mich meine Kameraden immer so beneidet hatten – es war nicht einfach nur Glück ...

Andara lächelte, hob die Hand und berührte die gezackte, wie ein erstarrter Blitz geformte Strähne weißen Haares, die dicht über seinem rechten Auge begann und sich bis an den Scheitel hinaufzog. »Du besitzt die gleichen Fähigkeiten wie ich, Robert«, sagte er sanft. »Und bald wirst du das Stigma der Macht tragen.«

Ich starrte ihn an, öffnete den Mund, brachte aber keinen Laut hervor.

»Es tut mir leid«, flüsterte Andara. »Ich hätte es dir gern auf andere Weise beigebracht. Ich weiß, was du jetzt fühlst.«

Aber ich hörte seine letzten Worte kaum mehr. Mit einem krächzenden Schrei auf den Lippen fuhr ich herum und lief davon, so schnell ich konnte.

Während der letzten halben Stunde war der graue Streifen vor dem Horizont erst zu einer Linie, schließlich zu einer zerschrundenen, zweihundert Fuß senkrecht in die Höhe strebenden Felswand geworden. Ihre Basis verschwand in einer Wolke weißer, wie fein zermahlener Staub schäumender Gischt, aber die Wellen brachen sich schon ein gutes Stück vor der Küste, bildeten verräterische Wirbel und Strudel, zwischen denen nur hier und da ein schwarzer, feuchtglitzernder Umriß hervorstach. Die LADY OF THE MIST raste auf die Küste zu, auf sie und die Barriere mörderischer

Riffe, die dicht unter der Wasseroberfläche auf die Schiffe lauerte, die unvorsichtig genug waren, sich ihnen zu nähern. Die Küste tanzte dicht vor uns auf und ab; im gleichen Rhythmus, in dem sich der Bug des Schiffes in Wellentäler senkte oder auf ihre Rücken hob. Das Heulen, mit dem sich der Wind an den kantigen Graten der Wand brach, war selbst über die Entfernung von mehr als einer Meile deutlich zu hören, aber das Geräusch klang in meinen Ohren wie boshaftes Hohngelächter.

»Wahnsinn«, murmelte Bannermann neben mir. Seine Stimme war fast unnatürlich gefaßt, aber sein Gesicht hatte jede Farbe verloren. »Das ist Wahnsinn«, murmelte er erneut, als ich nicht reagierte. »Wenn mir vor zwei Stunden jemand erzählt hätte, daß ich mein Schiff freiwillig auf die Riffe steuern würde, hätte ich ihn für verrückt erklärt.« Er starrte mich an, und ich spürte, daß er auf eine Antwort wartete.

Aber ich schwieg. Meine Gedanken weigerten sich noch immer, sich in geordneten Bahnen zu bewegen. Hinter meiner Stirn tobte ein Orkan einander widerstrebender Empfindungen und Gefühle. Ich wußte im Grunde genau, daß Andara recht hatte, mit jedem Wort. Jetzt, da ich die Wahrheit erfahren hatte, fielen mir all die tausend Kleinigkeiten ein, die ich erlebt hatte; Dinge, die jetzt, mit meinem neu erworbenen Wissen, ein völlig anderes Gewicht bekommen hatten. Ich *hatte* das Talent, von dem Andara gesprochen hatte. Und irgendwie – ohne mir selbst darüber im klaren gewesen zu sein – hatte ich es die ganze Zeit über gewußt, schon lange, bevor ich Andara kennengelernt hatte.

Aber ich wollte es nicht wissen. Ich wollte nichts mit all diesen Dingen zu tun haben, mit Hexern, Dämonen und Zauberern, Magie und Ungeheuern aus einer anderen Zeit. Ich schloß die Augen, ballte in einer Geste hilflosen Zornes die Fäuste und preßte die Stirn gegen das feuchte Holz des Mastes.

Bannermann schien meine Reaktion falsch zu deuten. »Die Küste ist ungefährlicher, als es scheint«, sagte er in einem schwachen Versuch, mich zu beruhigen. »Die Riffe liegen tief genug unter der Wasseroberfläche, und es ist Flut. Wenn wir Glück haben, hebt uns eine Welle darüber hinweg. Und wenn nicht«, fügte er hinzu, »schwimmen wir eben. Sie können doch schwimmen?«

»Das ist es nicht«, murmelte ich. Bannermann runzelte die Stirn und sah mich fragend an, und für einen Moment war ich ernsthaft versucht, ihm alles zu erzählen.

Aber natürlich tat ich es nicht, und nach einer Weile begriff Bannermann, daß ich nicht weiterreden würde, und wandte sich mit einem lautlosen Achselzucken um.

Ich sah ihm nach, hob den Blick und suchte Andara. Er stand noch immer dort, wo ich ihn zurückgelassen hatte, wandte mir aber den Rücken zu und starrte auf das Meer hinaus. Ich versuchte, mir den lautlosen Kampf vorzustellen, der in seinem Inneren toben mußte, aber ich konnte es nicht. Er hatte gesagt, daß er Yog-Sothoth zurückhalten würde, bis das Schiff und seine Besatzung in Sicherheit waren, und ich wußte, daß er es konnte. Aber ich wollte gar nicht wissen, *wie* er es tat.

Das Schiff hob sich in einer schwerfälligen Bewegung auf den Rücken einer Woge, zitterte einen zeitlosen Moment reglos auf ihrem Kamm und stürzte zehn, zwanzig Fuß tief in das Wellental hinab. Die Erschütterung ließ mich gegen den Mast taumeln. Ich klammerte mich fest, wartete, bis der Boden unter meinen Füßen zu bocken aufgehört hatte und wandte mich wieder zum Bug um.

Die Küste war näher gekommen. Das Schiff schoß mit phantastischer Geschwindigkeit auf die Flutlinie und die vorgelagerte Riffbarriere zu, und es konnte nur noch Minuten dauern, ehe es sie erreicht hatte. Ich schickte ein lautloses Stoßgebet zum Himmel, daß Bannermann recht hatte und seine Worte nicht nur eine fromme Lüge gewesen waren, mit der er mich beruhigen wollte. Ich verstand nichts von der Seefahrt, aber seine Erklärung erschien mir einleuchtend: Das Meer war unruhig, und der Wind, der im Laufe der letzten halben Stunde immer heftiger geworden war, peitschte das Wasser zu zwanzig Fuß hohen Wogen. Wenn die LADY OF THE MIST die unterseeische Rifflinie im richtigen Moment erreichte, und wenn sich eine der gewaltigen schaumigen Wellen unter ihren Rumpf schob und sie anhob ...

Wenn, wenn, wenn ... Es waren ein paar ›Wenn‹ zuviel. Wahrscheinlich würde das Schiff wie eine Nußschale zerbrechen, wenn es die Flut gegen die gezackte Mauer schmetterte, die eine Handbreit unter der Wasseroberfläche lauerte.

Ein plötzliches, intensives Gefühl von Gefahr schreckte mich aus meinen Gedanken. Ich sah auf, fuhr mir verwirrt über die Augen und blickte alarmiert über das Schiff. Der Wind ließ die Segel knattern, und der Schiffsrumpf ächzte und stöhnte unter der Belastung wie ein lebendes Wesen. Die Takelage war leer; die Besatzung hatte sich auf dem Deck der LADY OF THE MIST verteilt, um sich auf ein eventuelles Auflaufen vorzubereiten. Mein Blick tastete über das Meer, dorthin, wo der unsichtbare Verfolger lauern mochte. Aber der Ozean war leer, und irgend etwas sagte mir, daß es eine Gefahr ganz anderer Art war, die ich spürte.

Hinter dir, Robert!

Die Stimme war so klar, als stünde der Sprecher unmittelbar neben mir. Andaras Stimme ...

Aber ich war allein auf dem Vorderdeck; der Hexer befand sich am anderen Ende des Schiffes, mehr als hundertfünfzig Fuß von mir entfernt! Und seine Stimme war direkt in meinen Gedanken!

Es ist hinter dir, Robert. Es ... um Gottes willen! Lauf weg! Bringe dich in Sicherheit!

Alles schien gleichzeitig zu geschehen. Ich handelte, ohne zu denken und – aber das wurde mir in diesem Moment nicht bewußt – nicht einmal aus freien Stücken, sondern gezwungen von einem fremden, ungeheuer starken Willen, federte zur Seite und schlug ungeschickt auf den glitschigen Decksplanken auf. Ein Schrei gellte über das Schiff, und irgend etwas Dunkles, Feuchtes und ungeheuer *Starkes* krallte sich in meinen Rücken, riß mich in die Höhe und versuchte, mich gegen den Mast zu schleudern.

Diesmal reagierte ich instinktiv. Statt mich gegen die Kraft zu stemmen, wie es der Angreifer erwartet haben mußte, machte ich im Gegenteil einen blitzschnellen Schritt nach vorne, griff mit beiden Händen über meine Schultern zurück und bekam eine haarige Hand zu fassen. Ich vollführte eine halbe Drehung, knickte in die Hüfte ein und legte alle Kraft in die Bewegung nach vorne. Meine Füße verloren auf dem glitschigen Deck den Halt; ich fiel. Aber der Kerl, der mich gepackt hatte, wurde in hohem Bogen über meinen gekrümmten Rücken hinweggeschleudert, segelte drei, vier Meter durch die Luft und schlitterte mit haltlos rudernden Armen gegen die Reling.

Sie zerbrach unter seinem Anprall. Der Mann rutschte mit fast unvermindertem Tempo über das Deck hinaus, drehte sich im letzten Moment und bekam ein Stück der zerborstenen Reling zu fassen. Mit einem Ruck, der ihm fast die Arme aus den Gelenken reißen mußte, fing er seinen Sturz ab.

Und plötzlich hatte ich das Gefühl, von einem eiskalten Hauch gestreift zu werden.

Ein Gesicht erschien über dem Deck, bleich, ein Teil eines zertrümmerten Schädels, die Augen weit geöffnet und erstarrt. Es war das Gesicht eines Toten. Mannings' Gesicht.

Das Gesicht eines Mannes, der vor meinen Augen zu Tode gestürzt war ...

Robert! LAUF!

Andaras Warnung kam zu spät. Ich prallte zurück, fuhr mit einer verzweifelten Bewegung herum – und erstarrte.

Mannings war nicht der einzige Tote, der noch einmal zu grauenhaftem Leben auferstanden war! Vor mir, nicht einmal zwei Schritte entfernt, stand Barton, sein Mörder. Sein Körper war zusammengestaucht von dem Sturz und auf groteske Weise verdreht, als wäre jeder einzelne Knochen in seinem Leib gebrochen und auf falsche Weise wieder zusammengewachsen, und genau zwischen seinen Augen war ein kleines rundes Loch, wo ihn Bannermanns Kugel getroffen hatte. Seine gebrochenen Totenaugen starrten mich an, und seine Hände hoben sich in einer zitternden, mühsamen Bewegung und tasteten in meine Richtung.

Ein Schuß krachte. Dicht neben Barton spritzten Holzsplitter aus dem Deck, und ich hörte Andaras Stimme schreien: »Hört auf zu schießen! Ihr könntet Robert treffen!«

Die Worte rissen mich endgültig aus meiner Erstarrung. Hastig wich ich zwei, drei Schritte zurück, preßte mich gegen den Mast und blickte mich gehetzt um. Barton und Mannings schienen die einzigen Toten zu sein, die noch einmal aus dem Schattenreich zurückgekehrt waren, aber beinahe im gleichen Augenblick, in dem ich den Gedanken dachte, sah ich die Bewegung unter den weißen Leichentüchern …

Und im gleichen Augenblick erbebte die LADY OF THE MIST unter einem gewaltigen Schlag!

Die Erschütterung riß jeden an Deck von den Füßen. Ich fiel, rollte mich instinktiv zusammen und kugelte unter Bartons zugreifenden Händen hindurch. Die Matrosen begannen zu schreien, und ein ungeheures, knirschendes Mahlen lief durch den Rumpf. Ich spürte, wie tief unter uns die Planken zerbrachen und Wasser gurgelnd in den Bauch des Schiffes strömte. Ein weiterer Schlag traf das Schiff, nicht ganz so heftig wie der erste, aber noch immer stark genug, mich erneut von den Füßen zu reißen.

Als ich mich zum zweiten Male hochstemmte, blickte ich direkt in Mannings' schreckliches Gesicht.

Der Tote war, beseelt von der Kraft, die nicht mehr die eines Menschen war, wieder an Deck gekrochen und auf mich zugetaumelt. Ich schrie auf, warf den Kopf zurück und versuchte rücklings vor der furchtbaren Erscheinung davonzukriechen, aber Mannings war schneller. Seine Hand schoß vor, packte mich bei den Rockaufschlägen und zerrte mich mit übermenschlicher Gewalt zurück. Ich schrie erneut, trat in blinder Angst um mich und hämmerte ihm die Fäuste ins Gesicht.

Es war ein Gefühl, als würde ich in einen warmen Schwamm schlagen. Mannings schien den Hieb nicht einmal zu spüren, aber meine Gegenwehr steigerte seine Wut noch. Seine linke, unverletzte Hand legte sich auf mein Gesicht, drückte meinen Kopf in den Nacken und versuchte mir das Genick zu brechen. Ich spürte, wie der Druck auf meine Nackenwirbel ins

Unerträgliche stieg. Noch wenige Sekunden, und mein Rückgrat würde brechen!

Ein dritter, noch heftigerer Schlag traf die LADY OF THE MIST. Das Schiff legte sich auf die Seite. Irgendwo über uns in den Masten zerbrach etwas; zertrümmertes Holz und Segeltuch regneten auf das Deck herab, und das Schiff stöhnte wie unter Schmerzen auf. Mannings wurde von einem armlangen Balken gestreift, bäumte sich auf und brach wie vom Blitz getroffen zusammen.

Aber es war nur eine winzige Atempause, die mir gegönnt war. Das Schiff stampfte und zitterte ununterbrochen, rings um uns herum kochte das Wasser, und der Wind steigerte sich von einem Atemzug auf den anderen zu einem tobenden Orkan, der die Segel zerfetzte und die Masten sich biegen ließ. Aber das Toben der Elemente behinderte die Lebenden weit mehr als die Toten! Aus den Augenwinkeln bemerkte ich, wie die Leichensäcke, in die die Leichname der Matrosen eingenäht worden waren, endgültig zerrissen. Totenhände arbeiteten sich ins Freie, und als ich aufsprang und verzweifelt nach einem Fluchtweg suchte, grinste mich einer der Männer an, der in der Pinasse gewesen war, als Yog-Sothoth das erste Mal zuschlug.

Ich war eingekreist. Vor mir standen die Toten auf, und der Weg zum Achterdeck hinab wurde von Mannings und Barton versperrt. Noch griffen sie nicht an, aber ihre Absicht war eindeutig – sie wollten mich weiter zum Bug hinabtreiben, direkt in die Arme der anderen Untoten, die langsam wieder zu diabolischem Leben erwachten.

Und genau in diesem Augenblick, als wäre dies alles nichts als ein Vorspiel zu kommendem Schrecken gewesen, barst der Ozean rings um die LADY OF THE MIST in einer titanischen Fontäne aus Schaum und siedendem Wasser auseinander, und etwas Ungeheures, formlos Grauenhaftes hob sein schreckliches Haupt aus dem Meer. Die Schreckensschreie der Männer gingen in einem ungeheuerlichen Brüllen unter, einem Laut, wie ich ihn nie zuvor in meinem Leben gehört hatte, ein Schrei, der das Firmament zum Beben und das Meer zum Erzittern brachte. Rings um das Schiff wuchs ein Wald peitschender grüner Arme aus dem Meer, oberschenkeldicke Tentakel, besetzt mit glitzernden grünen Schuppen und tödlichen Mäulern. Andara schrie etwas, das ich nicht verstand, breitete die Arme in einer abwehrenden Geste aus und warf sich dem Ungeheuer entgegen; ein winziger, verlorener Mensch gegen einen Titanen aus der Vorzeit.

Und doch waren seine Kräfte denen Yog-Sothoths gewachsen …

Für den Bruchteil einer Sekunde hatte ich den Eindruck, ein unerträglich helles, blendendes Licht zu sehen, das aus den Fingerspitzen des Magiers brach und in den aufgedunsenen Leib des Monsters schlug. Die peitschenden Schlangenarme zuckten zurück, als hätten sie sich verbrannt, und wieder schrie das Wesen; diesmal aber vor Schmerz. Die gewaltige Masse seines monströsen Körpers flutete zurück, und die zitternden Krakenarme, die auf das Schiff und die hilflosen Männer auf seinem Deck herabstoßen wollten, vollendeten ihre Bewegung nicht. Andara rief etwas, ein Wort in einer Sprache, die ich nicht verstand und nie zuvor gehört hatte. Die gewaltigen Tentakelarme zuckten, peitschten wieder auf das Deck herab und prallten erneut im letzten Moment zurück. Es war ein Ringen unsichtbarer, unbeschreiblicher Kräfte, dem ich zusah, ein Kampf zwischen Gewalten, die sich dem menschlichen Begreifen entzogen, vielleicht den Urkräften der Schöpfung, Gut und Böse, selbst.

Um ein Haar hätte mir meine Unachtsamkeit das Leben gekostet.

Ich war abgelenkt. Für Sekunden hatte ich die Gefahr, in der ich nach wie vor schwebte, vergessen.

Eine eisige Hand berührte mich an der Schulter. Ich fuhr herum, sah eine mißgestaltete Kralle auf mein Gesicht zuschießen und duckte mich instinktiv. Ein heißer Schmerz zog eine flammende Linie über meine Wange. Ich schlug die Hand, die mich gepackt hielt, beiseite, trat nach den Knien des Untoten und versuchte ihn auszuhebeln, wie ich es zuvor mit Mannings gemacht hatte. Aber meine Füße fanden auf dem bockenden Deck keinen Halt; ich verlor das Gleichgewicht, fiel auf die Knie und riß schützend die Arme vor den Kopf, als ein zweiter Schatten über mir emporwuchs. Ein Schlag traf mich, schleuderte mich hintenüber und nahm mir fast das Bewußtsein.

Sie waren überall. Nicht nur Mannings und Barton, sondern auch die anderen Toten drangen von allen Seiten auf mich ein, schlugen nach meinem Gesicht und zerrten mit erstarrten, eiskalten Fingern an meinen Kleidern.

Robert! Das Amulett!

Ich versuchte, Andara hinter den verzerrten Schattengestalten der Untoten zu erkennen, aber das Heck der LADY OF THE MIST hatte sich vollends in eine Hölle aus kochender Bewegung und wirbelnden, grünen Schatten verwandelt. Yog-Sothoth griff mit wütendem Gebrüll immer und immer wieder an, und ich sah voller Entsetzen, daß seine Krakenarme der einsamen Gestalt auf dem Achterdeck bei jedem Mal eine Winzigkeit näher kamen, als wiche der unsichtbare Schutzwall, der das Schiff und den Magier umgab, Stück für Stück vor dem Toben des Ungeheuers zurück.

Mit einer wütenden Bewegung verschaffte ich mir

Luft, packte einen der Untoten beim Kragen und schleuderte ihn mit aller Kraft gegen die anderen. Für eine halbe Sekunde war ich frei.

Aber es gab keinen Ausweg. Die Toten versperrten das Deck vor mir wie eine lebende Mauer, und hinter mir war nichts als drei Schritte freier Raum und die Reling des Schiffes, vor der das Meer und die tödliche Riffbarriere lauerten. Selbst wenn ich den Sprung ins Wasser gewagt hätte, und selbst wenn ich Yog-Sothoth entkommen würde, hätte mich die Strömung gegen die Riffe geschleudert und zerschmettert.

Als wären meine Gedanken ein Stichwort gewesen, rückte die Mauer der Untoten näher. Wieder griffen ihre Hände nach mir, zerrten an meinen Kleidern und tasteten nach meinen Augen. Ich schlug einen von ihnen nieder, verdrehte einem anderen den Arm und trat von unten mit dem Knie gegen sein Ellenbogengelenk. Aber mein Gegner war kein lebender Mensch. Er fühlte keinen Schmerz, und sein anderer Arm griff im gleichen Moment nach mir und zerrte an meiner Jacke.

Robert! Das Amulett! WIRF ES WEG!

Ich verstand Andaras gedankliche Stimme kaum mehr. Schläge und Tritte prasselten unaufhörlich auf mich nieder, und meine Gegenwehr wurde jetzt rasch schwächer. Ein dumpfes, an- und abschwellendes Rauschen erfüllte meinen Schädel, und der Schmerz wurde nach und nach zu einem Gefühl der Betäubung, das meine Glieder lähmte.

Das Amulett! Wirf es weg, Robert, oder sie töten dich!

Ich brach in die Knie, krümmte mich und versuchte, das kleine, fünfeckige Amulett, das mir Andara gegeben hatte, aus der Rocktasche zu zerren. Irgend etwas traf meinen Kopf. Ich fiel vollends vornüber, wälzte mich instinktiv auf den Bauch und versuchte kraftlos, die Schläge der Untoten abzuwehren. Allmählich begannen mir die Sinne zu schwinden. Blut füllte meinen Mund, und die Gestalten der Angreifer verschwammen mehr und mehr hinter einem roten, wogenden Vorhang, der sich vor meinen Blick schob. Meine Hand grub in der Tasche. Ich fühlte etwas Hartes, Warmes, zerrte es hervor und schloß die Faust darum.

Wirf es weg!

Irgendwie kam ich wieder auf die Füße. Ich war unfähig, zu denken oder meine Bewegungen bewußt zu steuern, aber in meinen Gedanken war plötzlich eine andere, stärkere Kraft, die mich zwang, aufzustehen und unter den Schlägen der Untoten auf die Reling zuzuwanken.

Es war wie ein Spießrutenlauf. Ich fiel, kämpfte mich noch einmal hoch und taumelte kraftlos gegen die Reling. Eine erstarrte Totenhand klammerte sich an meinen Arm und versuchte, mir das Amulett zu entreißen. Ich schüttelte sie ab, mobilisierte noch einmal alle Kräfte – und schleuderte das Sternamulett mit aller Macht von mir. Es flog in hohem Bogen auf das Meer hinaus, traf blitzend auf die Wasseroberfläche und versank in einem Strudel aus Licht und Schaum.

Die Untoten erstarrten im gleichen Augenblick, in dem das Amulett versank. Die Hände, die sich in mein Haar und meine Kleider gekrallt hatten, glitten ab. Das Feuer in ihren Augen erlosch, und die Körper stürzten zu Boden wie Marionetten, deren Fäden alle auf einmal durchtrennt worden waren.

Und im gleichen Moment stürzte sich Yog-Sothoth mit aller Macht auf das Schiff. Ich fiel, fing den Sturz im letzten Augenblick mit den Händen ab und starrte durch einen Nebel von Blut und Übelkeit zum Achterdeck hinab.

Andara wankte. Der unsichtbare Schild, der ihn bisher vor den Angriffen des Monsters geschützt hatte, war erloschen. Er taumelte, fiel gegen die Reling und versuchte noch einmal auf die Beine zu kommen.

Er vollendete die Bewegung nie. Ein grüner Krakenarm senkte sich auf ihn herab, umschlang seine Brust und riß ihn in die Höhe. Yog-Sothoth brüllte triumphierend. Seine Arme hämmerten auf das Schiff ein, zerbrachen Holz und Metall, zerrten mit Urgewalt an den Masten und rissen die gewaltigen Segel in Fetzen. Die LADY OF THE MIST bewegte sich noch immer, aber jetzt war es die Wut des Dämons, die sie auf die Riffe zujagen ließ. Ihr Rumpf zersplitterte. Ein gewaltiger Riß durchzog mit einemmal das Deck. Die Masten brachen wie Zündhölzer. Meerwasser spülte über die geborstene Reling und riß Männer und Trümmerstücke ins Meer.

Ich wußte nicht, wie lange es dauerte. Sekunden, Minuten, Stunden – mein Zeitgefühl erlosch, und alles, was ich noch spürte, war Furcht. Die LADY OF THE MIST sank in einem Strudel aus Chaos und gestaltgewordener, schuppiger Furcht. Yog-Sothoths Tentakel zermalmten das Schiff wie eine Nußschale, zerbrachen Masten, rissen gewaltige Stücke aus dem Rumpf und vernichteten das, was dem Meer und den Riffen entkommen war.

Schließlich ergriff mich eine Welle, riß mich von den Füßen und spülte mich von Bord des sinkenden Schiffes. Ich wurde unter Wasser gedrückt, prallte mit dem Hinterkopf gegen einen Fels und verlor das Bewußtsein.

Kälte. Das war das erste, was ich fühlte, als ich das Bewußtsein wiedererlangte und mich durch einen Sumpf aus Schwäche und Visionen wieder ins Wachsein zurückkämpfte. Ich lag auf einer weichen, nassen Unterlage. Sonnenlicht fiel wärmend auf mein Gesicht, aber die Strahlen vermochten die Kälte, die sich tief in meinen Körper gekrallt hatte, nicht zu verjagen. Ich zitterte. Meine Beine lagen bis über die Knie im Wasser, und mein ganzer Körper fühlte sich zerschunden und zerschlagen an. Ich öffnete die Augen.

Über mir spannte sich ein wolkenloser, blauer Himmel. Der Sturm hatte sich gelegt, und selbst das Wispern des Windes war verklungen. Alles, was ich hörte, war das leise Geräusch der Brandung.

Ich stemmte mich auf die Ellbogen hoch, sah mich um und schüttelte verwirrt den Kopf. Im ersten Moment hatte ich Mühe, mich darauf zu besinnen, wo ich war und wie ich hierhergekommen war. Das Meer hatte mich auf einen flachen, mit weißem Muschelkalk übersäten Sandstrand gespült, eine winzige, kaum zwanzig Schritt messende Einbuchtung in der lotrecht aus dem Wasser steigenden Steilküste, vor der die LADY zerschellt war. Trümmerstücke und Fetzen von Segeltuch bedeckten den Strand, aber von dem stolzen Viermastsegler war keine Spur mehr zu sehen.

Der Gedanke an die LADY OF THE MIST ließ meine Erinnerungen mit beinahe schmerzhafter Wucht erwachen. Plötzlich erinnerte ich mich an alles – an den Sturm, Yog-Sothoth, sterbende Männer und an Leichen, die wieder von ihrem Totenbett auferstanden waren ...

Das Knirschen von Sand und Kies unter harten Stiefelsohlen drang in meine Gedanken. Ich sah hoch, blinzelte gegen das grelle Sonnenlicht und erkannte Bannermann. Er trug noch immer die schwarze Öljacke, aber sein linker Arm hing jetzt in einer selbstgebastelten Schlinge, und sein Gesicht war gerötet und angeschwollen.

»Craven!« entfuhr es ihm. »Sie leben!« Er eilte auf mich zu, streckte mir den gesunden Arm entgegen und half mir, auf die Füße zu kommen.

»So ganz sicher bin ich mir da gar nicht«, erwiderte ich verwirrt. Die rasche Bewegung ließ erneut ein starkes Schwindelgefühl in mir aufsteigen. »Wo sind wir?«

Bannermann deutete mit einer Kopfbewegung auf das Meer hinaus. »Eine Meile von der Stelle entfernt, an der die LADY gesunken ist«, sagte er. »Mein Gott, ich dachte, wir wären die einzigen Überlebenden.«

»Wir?« Ein schwacher Schimmer von Hoffnung glomm in meinen Gedanken auf. »Es gibt noch mehr Überlebende?«

Bannermann nickte. »Vier«, sagte er. »Fünf, mit Ihnen. Das ist alles, was von meiner Besatzung übriggeblieben ist. Die Strömung hat uns hierhergetrieben. Es ist ein reiner Zufall, daß wir noch am Leben sind.«

»Zufall?« Ich schüttelte den Kopf. »Ein Zufall war es bestimmt nicht, Bannermann«, murmelte ich. »Ich ...« Ich stockte, schwieg einen Moment und machte eine wegwerfende Geste. »Das spielt jetzt keine Rolle mehr«, fuhr ich mit veränderter Stimme fort. »Kommen wir von hier fort, ohne noch einmal schwimmen zu müssen?«

Bannermann nickte. »Ja. Wir haben eine Höhle gefunden. Sie hat einen zweiten Ausgang. Von dort kommen wir auf die Küste hinauf.« Er seufzte. »Mein Gott, Craven, was ist das?« keuchte er plötzlich. »Ein Alptraum?«

»Ich fürchte nein«, erwiderte ich leise. »Aber ich weiß es so wenig wie Sie, Captain. Wenn Andara noch lebte ...«

»Er lebt.«

»Er ...« Fassungslos starrte ich Bannermann an. »Er lebt?« wiederholte ich ungläubig.

»Ja. Aber er wird sterben. Er hat mich hierhergeschickt, um nach Ihnen zu sehen.« Er versuchte zu lachen, aber es mißlang. »Verdammt, ich habe keine Ahnung, woher er gewußt hat, daß Sie hier sind. Das Schiff ist vor einer halben Stunde gesunken. Und ...«

Aber ich hörte schon gar nicht mehr zu. So rasch es meine gemarterten Muskeln zuließen, stürmte ich an Bannermann vorbei und rannte über den flachen Strand auf die Felswand zu. Der Eingang der Höhle, von der er gesprochen hatte, war nicht schwer zu entdecken – er war groß wie ein Scheunentor, und in der samtenen Dunkelheit dahinter glomm das rote Auge einer Fackel. Ich lief hindurch, blieb dicht hinter dem Eingang stehen und versuchte, in der ungewohnten Dunkelheit etwas zu erkennen.

Andara lag ein Stück jenseits des Einganges. Bannermanns Leute hatten aus Lumpen und Fetzen des Segels ein provisorisches Lager errichtet und ihn zugedeckt. Aber das weiße Segeltuch war dunkel von Blut, und der Umriß seines Körpers schien mir seltsam falsch und deformiert.

Andara öffnete die Augen, als ich neben ihn trat. Sein Blick flackerte einen Moment, und zuerst fürchtete ich fast, daß er mich gar nicht erkannte. Aber dann lächelte er; ein schmerzliches, verzerrtes Lächeln, das eher wie eine Grimasse aussah.

»Robert«, murmelte er. »Du hast es ... geschafft.«

Behutsam setzte ich mich neben ihn und streckte die Hand aus, wie um ihn zu berühren, schreckte aber im letzten Moment zurück. »Nicht ich«, sagte ich kopfschüttelnd. »Es war kein Zufall, daß die Strömung alle Überlebenden hierhergetragen hat, nicht?«

»Nur ein ... kleiner Kunstgriff«, murmelte Andara. »Aber ich fürchte, es war mein letzter.« Er hustete gequält, bäumte sich auf und sank mit einem seufzenden Laut wieder zurück. »Hör mir ... zu, Robert«, flüsterte er. Seine Augen waren geschlossen. Er fieberte. Aber ich spürte, daß sein Geist klar war. »Ich ... habe versagt. Ich habe dich ... benutzt. Kannst du mir ... verzeihen?«

Ich lächelte. »Das Amulett? Es ist schon gut. Es war das einzige, was Sie tun konnten.«

»Du wußtest es?«

Ich hatte es nicht wirklich gewußt, aber jetzt, im nachhinein, erschien mir alles klar. Andaras plötzliche Gesundung war kein Zufall, ebensowenig wie die unerklärliche Schwäche, die mich überfallen hatte, nachdem er den ersten Angriff des *GROSSEN ALTEN* abgewehrt hatte. Es war das Amulett gewesen, das er mir gegeben hatte. Irgendwie – ohne daß ich auch nur wissen wollte, wie – hatte das Schmuckstück es ihm ermöglicht, meine Kräfte zu benutzen, die Energien meines jungen, gesunden Körpers anzuzapfen wie eine Kraftquelle. Yog-Sothoth mußte das erkannt haben. Deshalb hatte er die Toten geweckt und auf mich gehetzt, nicht auf Andara selbst. Er mußte gewußt haben, daß Andaras Kräfte erloschen, wenn ich das Amulett nicht mehr trug.

»Du ... verzeihst mir?« fragte er noch einmal.

»Es gibt nichts zu verzeihen«, murmelte ich. »Wir können uns später darüber unterhalten, in London. Jetzt ...«

»Es wird kein Später für mich geben«, unterbrach er mich. »Ich werde sterben. Yog-Sothoth hat ... sein Versprechen eingelöst und mich getötet. Ich habe mich nur noch gewehrt. Weil ... da etwas Wichtiges ist, das ich dir sagen muß.«

Ich wollte eine Frage stellen, aber Andara machte eine schnelle, abwehrende Geste, und ich schwieg.

»Hör mir genau zu, Robert«, flüsterte er. Seine

Stimme verlor mehr und mehr an Kraft und war kaum mehr zu verstehen. An seinem Hals zuckte eine Ader im hektischen Rhythmus seines Pulsschlages. »Da ist noch etwas, das du nicht weißt. Du mußt den Kampf aufnehmen. Geh … geh nach London. Geh zu … Howard. Meinem … Freund … Howard. Du findest ihn im Hotel Westminster. Geh zu ihm und … und sage ihm, Roderick Andara schickt dich. Sage ihm, wer du bist, und er wird dir … helfen.«

»Wer ich bin? Aber ich …«

»Du bist … mein Erbe, Junge«, murmelte Andara. »Du … bist nicht der, der du … zu sein glaubst.« Er lächelte flüchtig. »Du hast deine Eltern niemals gekannt, nicht wahr?«

Verwirrt schüttelte ich den Kopf. Worauf wollte er hinaus?

»Auch … auch ich hatte ein Kind, Robert«, flüsterte er. »Einen Jungen wie dich. Meine … Frau starb bei … bei seiner Geburt, und … ich wußte, daß meine Feinde auch ihn … töten würden, wenn sie erführen, wer er ist.«

Langsam, ganz langsam stieg eine furchtbare Ahnung in mir hoch. Aber ich schwieg weiter und hörte gebannt zu.

»Ich … brachte ihn zu einer Frau, von der ich wußte, daß sie ein gutes … Herz hatte«, sagte er mühsam. »Ich gab ihr Geld und … löschte die Erinnerung an mich aus ihrem Geist.«

»Sie …«, murmelte ich. »Sie wollen sagen, daß Sie … daß du …«

»Später, als ich glaubte, dem Fluch entrinnen zu können, habe ich angefangen, ihn zu suchen, Robert«, flüsterte Andara. Seine Hand kroch unter der Decke hervor und suchte die meine. Sie fühlte sich warm und schwammig an, feucht und nicht so, wie sich eine menschliche Hand anfühlen sollte. Ich vermied es, sie anzusehen.

»Ich hätte es nicht tun dürfen«, keuchte er. »Ich hätte dich niemals ... finden dürfen, Robert. Aber jetzt ... mußt du den Kampf ... fortführen. Geh nach ... London. Geh zu Howard und ... sage ihm, daß dein Vater dich schickt.«

Das waren seine letzten Worte. Sein Gesicht glättete sich, und der Ausdruck des Schmerzes auf seinen Zügen wich einem seltsamen Frieden.

Es dauerte lange, bis ich merkte, daß ich die Hand eines Toten hielt.

Irgendwann berührte mich Bannermann an der Schulter, und ich sah von Andaras Gesicht auf. Aber ich erkannte den Kapitän kaum. Eine seltsame Teilnahmslosigkeit hatte von mir Besitz ergriffen, ein Gefühl der Lähmung, dem der wirkliche Schmerz erst noch folgen würde. Ich hatte meinen Vater gefunden, nach mehr als fünfundzwanzig Jahren, und ich hatte ihn im gleichen Moment wieder verloren.

Roderick Andara, der Meister, war tot.

Aber noch während ich diesen Gedanken dachte, spürte ich, wie sich tief in meiner Seele etwas regte; die ersten, tastenden Bewegungen einer Macht, die bisher geschlummert hatte und erst langsam zu erwachen begann.

Mein Vater war tot, aber der Hexer lebte weiter.

Denn der Hexer bin ich.

HIER ENDET DAS ERSTE BUCH

Zweites Buch

TYRANN AUS DER TIEFE

Der Wind peitschte den Regen beinahe waagerecht über die Wasseroberfläche. Mit der Nacht waren Wolken vom Meer her gekommen, eine schwarze, brodelnde Front, die das bleiche Licht des Vollmonds verschluckte und eisige Regenschauer auf die Erde herabstürzen ließ. Der böige, eiskalte Wind sorgte zusätzlich dafür, daß die Bewohner dieses Küstenlandstrichs vergaßen, daß nach dem Kalender eigentlich Hochsommer war und selbst die Nächte warm sein sollten.

Selbst das regelmäßige Klatschen, mit dem die Ruder ins Wasser tauchten, klang gedämpft und wurde vom Rauschen des unablässig fallenden Regens verschluckt.

Steve Cranton ließ mit einem erschöpften Seufzen die Riemen los, setzte sich auf und streckte die Arme nach beiden Seiten aus. Sein Rücken schmerzte. Sie ruderten seit fast einer Stunde im Kreis über den kleinen, runden See, und das Boot war vom Regen schwer geworden. Seine Füße, die in schwarzen Gummistiefeln steckten, standen bis zu den Knöcheln im eisigen Wasser, und die Kälte war beharrlich durch die Stiefel und die zwei Paar Wollsocken gekrochen, die er darunter trug. Bis zu den Knien hinauf fühlten sich seine Beine taub an.

»Müde?« fragte O'Banyon leise. »Wenn ich dich ablösen soll ...«

Cranton schüttelte den Kopf und griff wieder nach den Rudern, ließ die Hände jedoch reglos auf den Riemen liegen, ohne sie zu bewegen. Das Boot schaukelte sanft auf dem Wasser, und wie zur Antwort auf O'Banyons Frage peitschte der Wind einen neuen Regenschwall heran. Cranton schauderte, als das Wasser unter seinen Regenmantel lief und eisig an seinem Nacken herabrann.

»Nein«, antwortete er mit einiger Verspätung. »Ich

komme mir nur ganz langsam dumm vor, hier im Kreis zu rudern und mich durchnässen zu lassen. Wir sollten aufhören.«

O'Banyon lachte leise. »Du hast Angst«, behauptete er.

Cranton starrte sein Gegenüber wütend an. Obwohl sie sich kaum drei Meter entfernt gegenübersaßen, war O'Banyons Gesicht nicht mehr als eine dunkle, konturlose Fläche vor dem noch dunkleren Hintergrund des Sees. Die Wolkendecke war massiv wie eine Mauer und ließ nicht den geringsten Lichtschimmer hindurch.

»Nein«, schnappte Cranton verärgert. »Ich blamiere mich nur nicht gerne, das ist alles. Wahrscheinlich sitzen sie in Goldspie jetzt alle beisammen in einem Pub und lachen sich einen Ast über uns.«

»Du *hast* Angst«, behauptete O'Banyon noch einmal, als hätte er die letzten Worte gar nicht gehört. »Aber jetzt ist es zu spät, mein Lieber.« Er seufzte, kramte einen Moment unter seinem Regenmantel herum und förderte Tabaksbeutel und Pfeife zutage. Cranton sah stirnrunzelnd zu, wie er sich trotz des strömenden Regens bedächtig eine Pfeife stopfte, mit den Händen einen Schutz gegen den Wind bildete und ein Streichholz anriß. Der Tabak fing Feuer, aber er war naß und schmorte nur vor sich hin, statt richtig zu glühen. O'Banyon knurrte etwas, klopfte die Pfeife auf dem Bootsrand aus und steckte sie wieder ein. Dann zog er seine Uhr aus der Tasche, riß ein zweites Streichholz an und versuchte, im flackernden Licht der winzigen Flamme die Stellung der Zeiger abzulesen.

»Es ist gleich soweit«, sagte er. »Mitternacht. In wenigen Augenblicken.«

»Und dann kommt es, wie?« Cranton bemühte sich, möglichst viel Spott in seine Stimme zu legen, aber der

Unterton von Furcht, der seine Worte begleitete, verdarb ihm den beabsichtigten Effekt. »Das Ungeheuer von Loch Shin – daß ich nicht lache! Mit solchen Geschichten verschrecken sie ihre Kinder, wenn sie nicht schlafen wollen. Oder halten ahnungslose Trottel aus der Stadt zum Narren.«

»Damit meinst du mich«, sagte O'Banyon kopfschüttelnd, Cranton wollte widersprechen, aber O'Banyon brachte ihn mit einer raschen Bewegung zum Schweigen und schüttelte den Kopf. »Ich nehme es dir gar nicht übel, mein Lieber. Vielleicht würde ich ähnlich denken, wenn ich an deiner Stelle wäre. Aber du hast nicht gehört, was ich gehört habe.«

»Das Gerede eines Wahnsinnigen«, knurrte Cranton. »Was bedeutet das schon?«

»Aber er hat ihn *beschrieben!*« antwortete O'Banyon eindringlich. »So genau beschrieben, wie nicht einmal ich es gekonnt hätte. Das *kann* der Mensch sich gar nicht ausgedacht haben, Steve. Ich –«

Irgendwo, nicht sehr weit entfernt von dem Boot mit den beiden Männern, klatschte etwas auf die Wasseroberfläche. O'Banyon brach mitten im Wort ab, setzte sich pfeilgerade auf und starrte aus zusammengekniffenen Augen in die samtene Schwärze hinaus, die wie eine erstickende Decke über dem See lag. »Was war das?«

»Dein Ungeheuer«, murrte Cranton. Aber seine Stimme zitterte noch stärker als vorher.

O'Banyon ignorierte ihn. »Da ist etwas«, murmelte er. »Ich spüre es ganz deutlich ...« Er starrte eine weitere Sekunde auf die schwarze Wasseroberfläche hinab, fuhr mit einem Ruck herum und begann mit den Händen zu fuchteln. »Die Lampe!« rief er. »Schnell, Steve. Und die Kamera!«

Ein sanfter Stoß traf den Boden des Bootes. Cranton

verlor für einen Moment das Gleichgewicht, rutschte auf der schmalen Sitzbank nach vorne und klammerte sich erschrocken am Bootsrand fest. Das kleine Schiffchen bebte. Es war ein Gefühl, als wäre es von etwas Weichem, Nachgiebigem – aber trotzdem ungeheuer Starkem – getroffen worden. Wieder war das Geräusch von Wasser zu hören, das mit einem harten Schlag geteilt wurde. Eine Welle traf das Boot, zersprühte an seinem Rumpf und überschüttete seine Insassen mit einem Schwall eisigen Wassers.

Cranton fluchte, beugte sich vor und versuchte mit klammen Fingern, ihre Ausrüstung aus dem wasserdichten Ölsack zu nehmen.

»Beeil dich, Steve«, sagte O'Banyon ungeduldig. »Da ist etwas – ich spüre es ganz deutlich.«

Der See war plötzlich von Geräuschen erfüllt. Wellen trafen in immer kürzeren Abständen das Boot, und irgendwo, links und nicht sehr weit von ihnen entfernt, bewegte sich etwas Dunkles, Massiges über den See.

»Die Karbidlampe!« verlangte O'Banyon ungeduldig. »Wie lange dauert denn das?!«

Cranton richtete sich mit einem ärgerlichen Knurren auf, reichte O'Banyon die kleine, sonderbar geformte Lampe und starrte mit klopfendem Herzen in die Dunkelheit hinaus. Auch er glaubte jetzt etwas zu erkennen – aber eben nur *irgend etwas,* ohne daß er hätte sagen können, was.

Aber was immer es war, es war groß.

»Verdammt, Jeff, laß uns hier verschwinden«, murmelte er. »Die Sache gefällt mir nicht.«

O'Banyon hatte den Glaskolben der Lampe ein Stück angehoben und versuchte mit bebenden Fingern, ein Streichholz anzureißen, aber der Wind blies ihm die Flamme schneller wieder aus, als er sie in die Lampe bekommen konnte. Sein Blick wanderte immer wieder über den See und saugte sich an dem schwarzen *Ding* fest, das inmitten der Dunkelheit erschienen war. Das Boot schaukelte mittlerweile wild auf den Wellen und begann sich langsam zu drehen. Ein neuer, unheimlicher Ton begann sich in das Heulen des Windes zu mischen. Ein Laut, wie ihn keiner der beiden jemals zuvor in seinem Leben gehört hatte: etwas wie ein dunkles, unendlich mühsames Atmen und Schnauben, aber so mächtig, daß die beiden Männer in dem winzigen Boot schauderten.

»Laß uns hier verschwinden«, sagte Cranton noch einmal. »Jeff – *bitte!*«

Statt einer Antwort riß O'Banyon ein weiteres Streichholz an, schirmte die Flamme mit der Hand ab und entzündete endlich die Lampe.

Cranton schloß geblendet die Augen, als die Dunkelheit über dem Boot schlagartig der weißen, unangenehm grellen Helligkeit der Karbidlampe wich. O'Banyon blinzelte, hob die Lampe mit der linken Hand in Kopfhöhe und fummelte mit der anderen an der komplizierten Anordnung von Spiegeln, die ihr Licht bündeln und weit hinaus auf den See werfen sollten. Ein flackernder, dreieckiger Kegel weißer Helligkeit huschte über die Wasseroberfläche. O'Banyon fluchte, hielt die Lampe etwas höher und verstellte den Spiegel. Aus dem dreieckigen Lichtteppich wurde ein dünner, gebündelter Strahl, der fünfzig und mehr Meter weit auf den See hinausreichte. Irgendwo an seinem Ende bewegte sich etwas; etwas Formloses und Schwarzes und Titanisches. Ein unwilliges, unglaublich tiefes Grollen ertönte, als der Lichtfinger für einen Moment einen bizarren Umriß aus der Dunkelheit hervorzauberte und dann weiterwanderte.

»Hör auf, Jeff, ich bitte dich!« keuchte Cranton.

»Da ist es!« murmelte O'Banyon. »Ich habe recht

gehabt, Steve – Truman hat nicht gelogen.« Er fuhr herum, packte Cranton mit der freien Hand beim Kragen und deutete mit der Lampe auf den See hinaus. »Sieh es dir an, Steve! Truman war kein Verrückter! Er hat recht! Dieses Wesen existiert wirklich! Es ist real, und –«

Cranton schlug seine Hand beiseite. »Ich will es gar nicht wissen!« brüllte er. »Ich will hier weg, sonst nichts! Verdammt, Jeff – begreifst du denn nicht? Dieses Monster *wird uns umbringen!*«

O'Banyon blinzelte verwirrt. Er schien noch gar nicht auf den Gedanken gekommen zu sein, daß sie sich in Gefahr befanden.

Eine neue, besonders mächtige Welle traf das Boot; so heftig, daß sowohl O'Banyon als auch Cranton die Balance verloren und übereinanderstürzten.

Fluchend arbeiteten sie sich wieder hoch. Das Boot schaukelte wild, aber die Lampe war wie durch ein Wunder nicht erloschen. Der kalkweiße Lichtstrahl zuckte wie ein dünner, bleicher Finger über den See, bohrte sich in den Himmel und senkte sich wieder.

»Um Gottes willen, Jeff – nicht!«

Crantons Schrei ging in einem ungeheuren, trompetenden Brüllen unter. Der Schatten am Ende des Lichtstrahls wuchs ins Ungeheuerliche, explodierte in einer Woge von Schwarz und glitzernden Schuppen und sprang mit einem gewaltigen Satz auf die beiden Männer zu.

Das Boot bäumte sich auf. Eine weitere Welle traf seinen Rumpf, riß eines der Ruder weg und ließ das Ende des anderen wie eine Keule kreisen; Cranton schrie auf, als ihn das unterarmstarke Holz am Hinterkopf traf und abermals nach vorne schleuderte. Auch O'Banyon schrie vor Schrecken, kippte hintenüber und ließ die Karbidlampe fallen. Der kalkweiße Lichtstrahl kreiste noch einmal über den See, als die Lampe auf den Bootsrand prallte und zischend verlosch.

Aber den Bruchteil einer Sekunde, bevor der Lichtstrahl vom Schwarz der Nacht verschluckt wurde, war in seinem Zentrum ein gewaltiger, alptraumhafter Umriß erschienen ...

O'Banyon wußte hinterher nicht mehr, was wirklich geschehen war, und in welcher Reihenfolge. Etwas traf das Boot und zerschmetterte es, als wäre es ein Spielzeug. Er schrie, hörte Cranton neben sich brüllen und schluckte Wasser, als er mit Urgewalt in den See geschleudert und tief unter die Wasseroberfläche gedrückt wurde. Instinktiv hielt er die Luft an, trat Wasser und versuchte mit kräftigen, weit ausholenden Zügen von der Stelle wegzuschwimmen, an der das Boot gesunken war. Sein Herz hämmerte, und um seine Brust schien ein Stahlreifen zu liegen, der langsam zusammengezogen wurde. Blind vor Angst griff er aus, durchbrach die Wasseroberfläche und sog gierig Luft in die Lungen.

Rings um ihn herum kochte der See. Als hätte ein unsichtbarer Regisseur im Hintergrund die Wolken beiseite geschoben, um die schreckliche Szene ausreichend zu beleuchten, schien der Mond durch eine gewaltige dreieckige Lücke in den Regenwolken, und der See lag hell beleuchtet in seinem silbernen Licht da.

O'Banyon schwamm ein paar Meter auf das Ufer zu, schluckte abermals Wasser, als eine neue Woge über ihm zusammenschlug und ihn ihr Sog hinabzerrte, kämpfte sich prustend wieder an die Oberfläche und warf einen Blick zurück.

Das Boot war verschwunden. Der See, vor Augenblicken noch ruhig wie ein gewaltiger Spiegel, hatte sich in ein Chaos aus schaumigen Wellen und brodelnder Bewegung verwandelt. Weder von Cranton noch von dem Ding, das ihr Boot getroffen und versenkt hatte, war die geringste Spur zu entdecken.

O'Banyon atmete tief ein, drehte sich wieder herum und schwamm mit kräftigen Zügen zum Ufer. Das Wasser war eisig, und er spürte, wie seine Kräfte mit jeder Sekunde schwanden. Als er schließlich die unkrautbewachsene Uferböschung erreichte, hatte er kaum noch die Kraft, sich aus dem Wasser zu ziehen.

Der grauhaarige Ire blieb sekundenlang zitternd und mit klopfendem Herzen liegen. Schwarze Bewußtlosigkeit drängte in seine Gedanken und drohte ihn zu übermannen, und in seinem linken Bein erwachte ein klopfender, immer stärker werdender Schmerz. Schließlich stemmte er sich auf Ellbogen und Knie hoch, kroch ein Stück vom Wasser weg und brach wieder zusammen. Sein Atem ging pfeifend und unregelmäßig, als er sich auf den Rücken drehte und wieder zum See hinabsah.

Der Mond überschüttete Loch Shin noch immer mit bleichem, unheimlichem Licht. Seine Oberfläche hatte sich wieder beruhigt, nur hier und da trieben noch Holzsplitter oder Teile ihrer Ausrüstung, und genau in seiner Mitte, dort, wo das *Ding* aufgetaucht war, stiegen in regelmäßigen Abständen große, schimmernde Luftblasen an die Oberfläche und zerplatzten.

O'Banyon stemmte sich hoch, fuhr sich mit einer fahrigen Geste über das Gesicht und stand nach Sekunden vollends auf. Sein Blick glitt unstet über den See. Das Wasser schimmerte ölig, und für einen Moment hatte er das Gefühl, dicht unter seiner Oberfläche einen gigantischen dunklen Umriß zu erkennen. Aber es war nur ein Schatten, hervorgerufen durch das Spiel des Mondlichtes und der Wolken.

»Steve?« rief O'Banyon. Seine Stimme zitterte, und das Heulen des Windes schien wie gellendes Hohngelächter darauf zu antworten.

Aber das war auch die einzige Antwort, die er bekam.

O'Banyon sah sich unsicher um. Alles in ihm schrie danach, einfach herumzufahren und wegzulaufen, so schnell er konnte; weg von diesem schrecklichen Ort. Aber Steve Cranton war nicht nur sein Angestellter, sondern auch sein Freund. Er konnte ihn nicht einfach im Stich lassen.

Mit zitternden Knien ging O'Banyon den Weg zurück, den er sich gerade erst mühsam die Böschung hinaufgeschleppt hatte, blieb wenige Zentimeter vor dem Wasser stehen und bildete mit den Händen einen Trichter vor dem Mund. »Steve!« schrie er. »Antworte doch! Wo bist du?«

Aber wieder antwortete ihm nur das Heulen des Windes. O'Banyon trat zitternd noch ein Stück weiter an den See heran, bis seine Füße bis zu den Knöcheln im weichen Uferschlamm versanken, sah sich mit wachsender Verzweiflung um und rief immer und immer wieder nach Cranton.

Etwas berührte seinen Fuß. O'Banyon fuhr zusammen, sprang hastig einen Schritt zurück und lächelte nervös. Es war nur ein Stiefel, der mit den Wellen herangetrieben worden war und jetzt im Uferschlick schaukelte.

Nur ein Stiefel ...?

Es war Crantons Stiefel, erkannte O'Banyon voller Schrecken. Zehn, fünfzehn Sekunden lang starrte er den schwarzen Gummistiefel aus schreckgeweiteten Augen an, dann ließ er sich in die Hocke sinken, beugte sich vor und griff mit zitternden Fingern danach.

Er merkte gleich, daß irgend etwas nicht stimmte. Der Stiefel war zu schwer, und dunkles Blut floß daraus hervor.

O'Banyon schrie gellend auf, als er begriff, daß Crantons Stiefel nicht leer war ...

Der Wagen kam mit einem harten Ruck zum Stehen. Die Erschütterung ließ mich unsanft von meinem improvisierten Strohlager herunter und gegen einen von Bannermanns Matrosen purzeln, und für die nächsten Sekunden waren wir voll und ganz damit beschäftigt, unsere Arme und Beine zu entwirren. Erst dann gelang es mir, mich aufzusetzen und – noch immer verschlafen und müde – in die Runde zu blinzeln.

Die Sonne war aufgegangen, und das bedeutete, daß wir die ganze Nacht durchgefahren sein mußten. Das letzte, woran ich mich erinnerte, war die Abenddämmerung gewesen, sie und die Kälte, die trotz der fortgeschrittenen Jahreszeit vom Meer her auf das Land gekrochen war. Ich mußte mindestens zehn Stunden durchgeschlafen haben. Trotzdem fühlte ich mich zerschlagen und müde, als hätte ich nur wenige Minuten geruht.

»Wir sind da«, drang eine dunkle Stimme in meine Gedanken. Ich sah verwirrt auf, starrte einen Moment lang Bannermann an, der meinen hilflosen Blick mit einem gutmütigen Grinsen quittierte, und sah dann nach vorne. Unser Kutscher hockte zusammengesunken und in ein halbes Dutzend Decken gewickelt auf dem schmalen Bock und blickte mit einer Mischung aus Ungeduld und schlecht unterdrückter Heiterkeit auf uns herab. Nun, wahrscheinlich boten wir – abgerissen und heruntergekommen, wie wir alle waren – wirklich einen lächerlichen Anblick.

»Wir sind da«, sagte der Kutscher noch einmal. Diesmal unterstrich er seine Worte mit einer Geste nach vorn. Der Weg teilte sich wenige Yards vor uns. Linker Hand führte er wieder hinauf in die karge Hügellandschaft, durch die wir bisher gefahren waren, rechts fiel er sanft ab, und weit im Osten war eine dünne, blaue Linie zu erkennen.

»Ab hier müssen Sie zu Fuß weiter«, fuhr er fort. »Is' aber nich' weit. Sechs oder sieben Meilen. Wenn Sie sich ranhalten, sind Sie in drei Stunden in Goldspie.« Er grinste und entblößte eine Reihe fleckiger, gelber Zähne. »Ich hätt' Sie gerne mitgenomm' auf meinen Hof, aber von da kommen Sie nich' weiter.«

Ich wollte antworten, aber Bannermann ließ mich nicht zu Wort kommen. Wahrscheinlich war es auch gut so. Ich war noch viel zu benebelt, um einen klaren Gedanken fassen zu können. Früh aufstehen ist mir schon immer schwergefallen.

»Wir danken Ihnen jedenfalls, daß Sie uns bis hierhin mitgenommen haben, Mister Muldon«, sagte er hastig. »Die letzten Meilen schaffen wir schon.« Er zog seine Brieftasche hervor, klappte sie auf und wollte Muldon einen Geldschein reichen, aber der schüttelte nur den Kopf und kaute weiter auf seiner erloschenen Pfeife herum. Sie hatte schon gestern abend, als wir ihn getroffen hatten, nicht gebrannt, und ich war ziemlich sicher, daß er sie die ganze Zeit über nicht angesteckt hatte.

Bannermann sah ihn einen Moment an, zuckte dann stumm die Achseln und steckte die Brieftasche wieder ein. Ohne ein weiteres Wort erhob er sich, sprang auf die Straße hinab und begann, sich das Stroh aus den Kleidern zu klopfen. Nacheinander folgten ihm die anderen, und schließlich raffte auch ich mich auf und stieg – weniger elegant als Bannermann und seine Matrosen, aber dafür auch weitaus kräfteschonender – von der Ladefläche des hochachsigen Leiterwagens. Muldon sah mir kopfschüttelnd dabei zu, schwieg aber. Nur um seine Lippen spielte ein dünnes Lächeln.

»Denken Sie dran«, sagte er zum Abschied. »Bleiben Sie auf dem Weg. Es gibt gefährliche Sümpfe hier. Viel Glück noch .... Er nickte, tippte mit dem Zeigefinger an den nicht vorhandenen Rand eines genausowenig vorhandenen Hutes, drehte sich wieder um und ließ die Peitsche knallen. Das altersschwache Gefährt setzte sich knarrend und ächzend in Bewegung und begann, sich den Weg hinaufzuquälen.

»Ein seltsamer Bursche«, murmelte Bannermann kopfschüttelnd, als der Wagen außer Hörweite war. »Ich habe die halbe Nacht neben ihm auf dem Bock gesessen, aber er hat kaum drei Worte herausgebracht. Ich bin mir vorgekommen wie ein Alleinunterhalter.«

»Wie ...« Ich erschrak, drehte mich abrupt zu ihm um und sah ihn scharf an. »Was haben Sie ihm erzählt?«

»Erzählt?« Bannermann lächelte. »Nichts, Mister Craven«, antwortete er. »Nur das, was wir vereinbart haben. Er denkt, wir wären mit einer Yacht vor der Küste gestrandet.« Sein Gesicht verdüsterte sich. »Wir müssen uns noch einmal über die Geschichte unterhalten, Mister Craven. Sie gefällt mir ganz und gar nicht. Und wir kommen auf keinen Fall damit durch.«

Seine Männer ließen ein zustimmendes Gemurmel hören, und ich unterdrückte im letzten Moment ein Seufzen. Es war nicht das erste Mal, daß wir über dieses Thema sprachen. Während der letzten vierundzwanzig Stunden – mit Ausnahme der Zeit, die wir auf dem Leiterwagen über die Highlands von Schottland geschaukelt waren – hatten wir über praktisch nichts anderes gesprochen. Natürlich würde unsere Geschichte einer eingehenden Überprüfung nicht standhalten. Die Behörden würden recht schnell herausbekommen, daß die Yacht, mit der wir angeblich dreißig Meilen südlich von Durness gestrandet waren, niemals existiert hatte. Und es würde auch nicht sehr lange dauern, bis in London irgend jemandem auffiel, daß die LADY OF THE MIST überfällig war. Aber unsere Geschichte würde uns vielleicht genug Zeit verschaffen, nach London zu gelangen und Kontakt mit Howard aufzunehmen.

Wer immer er sein mochte.

»Wir reden darüber«, sagte ich halblaut. »Aber nicht hier, Bannermann. Und nicht jetzt. Lassen Sie uns nach Goldspie hinuntergehen und ein Hotel suchen. Danach reden wir.«

»Ein Hotel?« Bannermann lachte humorlos. »Und wovon gedenken Sie die Zimmer zu bezahlen, Mister Craven? Ich habe lächerliche zwei Dollar, und meine Männer haben keinen Penny. Wir müssen uns an die Behörden wenden, um ...«

»Es wird in Goldspie ja wohl eine Bank geben«, unterbrach ich ihn. Allmählich begann mir sein Starrsinn auf die Nerven zu gehen. Der Mann, der vor mir stand, schien kaum noch etwas mit dem Bannermann zu tun haben, den ich an Bord der LADY kennengelernt hatte.

Aber man mußte ihm wohl zugute halten, daß er sein Schiff und den größten Teil seiner Mannschaft verloren hatte. Und das unter Umständen, die acht von zehn Männern glatt in den Wahnsinn getrieben hätten.

»Ich werde versuchen, einen Kreditbrief einzulösen, den ... Montague mir gegeben hat«, sagte ich. Das unmerkliche Stocken in meiner Stimme mußte ihm auffallen, aber er spielte das Spiel mit. Es war besser, wenn wir den Namen Andara nicht mehr erwähnten.

»Wenn es nicht geht, marschieren wir schnurstracks zur nächsten Polizeiwache«, versprach ich.

Bannermann zögerte noch immer, aber sein Widerstand schwand bereits. So wie die Male zuvor. Es war seltsam – aber es schien, als müsse ich einem Menschen nur scharf genug in die Augen sehen, um ihm meinen Willen aufzuzwingen ...

Ich schob den Gedanken hastig von mir, drehte mich um und ging los. Bannermann wechselte hinter mir ein paar Worte mit seinen Männern, aber nach einer Weile folgten sie mir. Ich ging langsamer, damit sie nicht laufen mußten, um zu mir aufzuschließen.

Wir marschierten schweigend. Ich versuchte, die Uhrzeit anhand der Sonne zu schätzen, aber ich bin nie sehr gut in solchen Dingen gewesen und gab bald wieder auf. Es war Morgen, der zweite Morgen nach unserer Ankunft in England, und in wenigen Stunden würden wir wieder in anständigen Betten schlafen, sicher vor den Nachstellungen irgendwelcher prähistorischer Monster oder rachsüchtiger Zauberer ...

Bannermann machte ein paar schnelle Schritte, um an meine Seite zu gelangen, sagte jedoch nichts, sondern schritt schweigend neben mir her.

Es war eine seltsame karge Landschaft, durch die wir gingen. Ich hatte keine bestimmten Vorstellungen von England gehabt, als wir New York verließen – aber dieses karge, von niemals ganz verebbendem Wind und einer kaum mit Worten zu beschreibenden *Leere* erfüllte Land überraschte mich doch. Dies war jedenfalls nicht das England, von dem mir mein Vater erzählt hatte.

Aber schließlich war unser Ziel auch nicht die nördlichen Highlands gewesen, sondern London. Und es grenzte schon an ein Wunder, daß wir die Küste überhaupt lebend erreicht hatten.

Eine Stunde verging, dann zwei. Der Pfad schlängelte sich in sinnlos erscheinenden Kehren und Windungen bergab, und der blaue Küstenstreifen wuchs langsam vor uns heran. Ich fühlte mich beklommen, stärker, je mehr wir uns der Stadt näherten. Vielleicht waren Bannermanns Befürchtungen doch nicht so haltlos, wie ich mir einzureden versuchte. Man würde uns fragen, warum wir nicht nach Durness gegangen waren, kaum fünf Meilen von der Stelle entfernt, an der das Schiff zerschellt war. Statt dessen hatten wir den nördlichen Teil der britischen Insel (der an dieser Stelle allerdings kaum vierzig Meilen maß) zur Gänze durchwandert und nun die gegenüberliegende Küste erreicht. Was sollte ich antworten, wenn man mir diese Frage stellte? Daß unser einziger Wunsch gewesen war, möglichst schnell und möglichst weit von der Küste wegzukommen, vom Meer und dem Monster, das auf seinem Grunde auf uns lauerte? Kaum.

Bannermann berührte mich am Arm und riß mich aus meinen Überlegungen. Ich sah auf und blickte ihn fragend an, aber Bannermann erwiderte meinen Blick nicht, sondern sah an mir vorbei nach Süden. Ich folgte seinem Blick.

Beinahe parallel zu der Stelle, an der wir uns befanden, und weniger als eine halbe Meile von der Straße entfernt, lag ein kleiner, runder See. Im grellen Licht der Vormittagssonne glänzte er wie eine gewaltige Silbermünze, die ein verspielter Riese zwischen die Hügel geworfen hatte, und der Ring saftigen grünen Gebüsches und Unterholzes um sein Ufer hob sich angenehm von der kargen Heidelandschaft ab.

»Ein See«, sagte Bannermann überflüssigerweise. »Was halten Sie davon, wenn wir hinübergehen und uns einen Moment ausruhen?«

Ich wollte widersprechen, aber ein Blick in die Gesichter der Männer, die uns begleiteten, ließ mich abrupt verstummen. Ich war bisher der Meinung gewesen, als einziger müde und zerschlagen zu sein, aber das stimmte nicht. Wir waren alle mit unseren Kräften am Ende. Und es spielte keine Rolle, ob wir eine halbe Stunde früher oder später nach Goldspie kamen. So nickte ich nur wortlos.

Bannermann gab seinen Männern einen stummen

Wink. Wir verließen die Straße und bewegten uns im rechten Winkel von ihr fort und auf den See zu. Das Gehen auf dem rohen, unbearbeiteten Boden war weniger schwierig, als ich erwartet hatte, und wir brauchten kaum zehn Minuten, um den See zu erreichen.

Die Stille fiel mir auf. Hatte uns bisher außer dem monotonen Lied des Windes auch hier und da das Zwitschern eines Vogels und ein gelegentliches Huschen und Flüchten im Gebüsch begleitet, so schienen wir uns jetzt durch ein Gebiet absoluten Schweigens zu bewegen. Selbst das Geräusch des Windes wurde leiser und unwirklicher, je mehr wir uns dem See näherten ...

Ich vertrieb auch diesen Gedanken und zwang mich, mich auf meine Umgebung zu konzentrieren. Ich war nervös und überreizt, das war alles.

Neben Bannermann erreichte ich den See, balancierte mit ausgebreiteten Armen die nicht sehr hohe, aber steile Böschung hinunter und ließ mich dicht vor der Wasserlinie zu Boden sinken. Ich merkte plötzlich wieder, wie müde ich war.

»Das muß Loch Shin sein«, murmelte Bannermann halblaut. »Ich dachte, es wäre größer ....

»Loch was?« fragte ich.

Bannermann lächelte flüchtig. »Loch Shin«, wiederholte er. »Die Einheimischen nennen diese kleinen Seen ›Loch‹.« Er schwieg einen Moment, und dem breiter werdenden Grinsen auf seinen Zügen nach zu schließen, mußte mein eigener Gesichtsausdruck mit jedem Moment intelligenter werden.

»Der Name ist nicht so unpassend, wie Sie vielleicht denken, Craven«, sagte er. »Tauchen Sie die Hand ins Wasser.«

Ich zögerte noch einen Moment, zuckte dann mit den Achseln und tauchte die Linke bis zum Handgelenk in das reglos daliegende Wasser des Sees.

Ich zog sie allerdings genauso schnell wieder zurück. Das Wasser war mehr als kalt. Es war eisig.

Bannermann grinste noch ein bißchen breiter. »Das Ding ist wirklich ein Loch«, erklärte er. »Mindestens fünfmal so tief wie breit.«

»Sie wissen eine Menge über diese Gegend, nicht?« fragte ich.

Bannermann nickte, ließ sich zurücksinken und verschränkte die Hände hinter dem Kopf »Ich bin hier geboren«, antwortete er. »Nicht hier in Goldspie, aber in Schottland. In Aberdeen. Kennen Sie Aberdeen?«

Ich verneinte, und Bannermann fuhr nach einer Weile fort: »Eine Hafenstadt, knapp hundert Meilen von hier. Man muß sie nicht unbedingt kennen. Vielleicht«, fügte er mit einem schwer zu deutenden Lächeln hinzu, »ist es sogar von Vorteil, noch nie etwas von ihr gehört zu haben.«

»Deshalb sind Sie also zur See gegangen«, vermutete ich. »Weil Sie in einer Hafenstadt aufgewachsen sind.«

»Quatsch«, antwortete Bannermann. »Sind Sie etwa ein Pferd geworden, nur weil Sie im Wilden Westen geboren sind? Ich wollte niemals zur See fahren.« Er stemmte sich auf die Ellbogen hoch und sah mich seltsam an. »Soll ich Ihnen ein Geheimnis verraten, Craven? Ich hasse die See. Ich habe sie vom ersten Moment an gehaßt, und daran hat sich in all den Jahren nichts geändert. Sie hat meinen Vater getötet, sie hat einen meiner Brüder verschlungen, und jetzt hat sie mein Schiff und meine Mannschaft geholt. Soll ich sie dafür lieben?«

»Das war nicht das Meer, Bannermann«, sagte ich leise. »Es war Yog-Sothoth, und ...«

»Das spielt keine Rolle«, unterbrach er mich. Seine Stimme bebte. »Es wäre nicht geschehen, wenn wir nicht draußen auf See gewesen wären.«

»Oder Andara und ich nicht an Bord Ihres Schiffes gekommen wären«, fügte ich hinzu. »Sprechen Sie es ruhig aus, Bannermann. Ich kann es Ihnen nicht verübeln.«

Bannermann sog hörbar die Luft ein. Aber er kam nicht dazu, zu antworten. Von der anderen Seite der Böschung erscholl ein gellender Schrei, dann waren aufgeregte Stimmen und hastiges Trappeln zahlreicher Füße zu hören.

Bannermann und ich sprangen im gleichen Moment auf. Mehr auf den Händen und Knien als auf unseren Füßen liefen wir die Böschung hoch, richteten uns vollends auf – und blieben erstaunt wieder stehen.

Drei von Bannermanns Matrosen versuchten mit aller Kraft, einen Mann niederzuringen, der sich wie rasend wehrte, während der vierte sich um den letzten Mann unserer kleinen Schar bemühte, der zusammengesunken auf dem Boden hockte und die Hände gegen seinen blutenden Schädel preßte

»Ford!« entfuhr es Bannermann. »Was ist mit Ihnen?«

Der Angesprochene antwortete nicht, aber der Mann, der neben ihm kniete, hob den Kopf. »Er ist okay, Captain. Nur ein Kratzer ....

»Was ist passiert?« blaffte Bannermann. Plötzlich war er wieder der Bursche, als den ich ihn kennengelernt hatte.

»Das weiß ich auch nicht«, antwortete der Matrose. »Der Bursche da –« Er deutete mit einer Kopfbewegung auf den Fremden, der sich noch immer mit aller Kraft gegen die drei Matrosen zur Wehr setzte. Und so, wie es aussah, standen seine Chancen nicht schlecht. »Der Kerl ist plötzlich aus dem Gebüsch gesprungen und hat Ford eins über den Schädel gezogen. Keine Ahnung, warum.«

Bannermann runzelte die Stirn und blieb noch einen

Herzschlag lang reglos stehen, ehe er zu den Kämpfenden hinüberging. Selbst zu viert gelang es ihnen kaum, den Mann zu bändigen.

»Dreht ihn herum!« keuchte Bannermann. »Auf mein Kommando. Eins ... zwei ... *Jetzt!*«

Mit einem einzigen, harten Ruck packten die Matrosen den Tobenden, drehten ihn auf den Bauch und drückten ihn mit aller Kraft zu Boden.

»Craven!« befahl Bannermann. »Fesseln Sie seine Hände, schnell!«

Zwei seiner Leute zwangen die Arme des Fremden auf dem Rücken zusammen, während Bannermann selbst und ein Matrose auf seinen Beinen hockten und sie niederzuhalten versuchten. Sie mußten dazu ihre ganze Kraft aufbieten.

»Verdammt noch mal, Craven – halten Sie hier keine Maulaffen feil, sondern tun Sie endlich, was ich sage!« keuchte Bannermann.

Ich erwachte endlich aus meiner Erstarrung und eilte hinzu. In der Ermangelung eines Strickes löste ich meinen Gürtel, band die Handgelenke des Tobenden damit zusammen und sah mich nach etwas um, womit ich seine Beine binden konnte. Bannermann löste sein Halstuch und hielt es mir hin. Ich griff danach, band die Fußgelenke des Mannes so fest zusammen, wie ich konnte – und brachte mich mit einem hastigen Sprung in Sicherheit, als Bannermann und die drei anderen aufsprangen.

Der Mann brüllte. Sein Körper spannte sich wie eine Stahlfeder, federte in einer unmöglich erscheinenden Drehung herum und kam mit einem schmerzhaft harten Schlag wieder auf dem Boden auf.

»Verdammt, ist der Kerl denn völlig übergeschnappt?« keuchte Bannermann. »Was ist denn bloß mit ihm los?«

Der Fremde begann zu sprechen, aber seine Worte waren unverständlich, wenig mehr als ein unartikuliertes Gurgeln und Keuchen, in das sich nur ab und zu halbwegs menschliche Töne mischten. Schaum trat vor seinen Mund. Seine Augen schienen zu brennen.

»Ich glaube, er ist wirklich verrückt«, murmelte ich. »Sehen Sie sich seine Augen an, Bannermann. Das sind die Augen eines Wahnsinnigen!«

Bannermann nickte. Die Bewegung wirkte abgehackt und mühsam. Plötzlich war die alte Furcht wieder in seinem Gesicht, und als er sich umsah, war sein Blick der des Gehetzten, der nach dem Jäger Ausschau hielt.

Zögernd ging ich an ihm vorbei und näherte mich dem Gefesselten, blieb jedoch in ausreichendem Abstand stehen. Auch wenn er gebunden war, hatte ich keine Lust, von seinen Füßen getroffen zu werden. Daß die allgemeine Redensart, Wahnsinnige verfügten über übermenschliche Kräfte, kein leeres Gerede war, hatte er uns gerade bewiesen.

In zwei Schritten Entfernung von ihm ließ ich mich in die Hocke sinken. »Können Sie mich verstehen?« fragte ich.

Etwas in seinem Blick schien zu flackern. Sein Kopf ruckte herum, und für eine halbe Sekunde hörte er auf, zu toben und unartikulierte Laute hervorzustoßen. Sein Blick klärte sich. Aber der Moment verging so rasch, wie er gekommen war, und er begann wieder zu kreischen und sich wie ein Wurm zu winden.

»Können Sie mich verstehen?« fragte ich noch einmal. Diesmal zeigte er keine Reaktion, aber ich war trotzdem sicher, daß er meine Worte verstand.

»Hören Sie zu«, sagte ich, sehr langsam und übermäßig betont, damit er auch jedes Wort mitbekam. »Wir wissen nicht, wer Sie sind, und wir wissen auch nicht, warum Sie unseren Mann überfallen haben. Aber wir sind nicht Ihre Feinde. Wir sind fremd in der Gegend und suchen nur Hilfe.«

»Mörder«, keuchte der Mann. »Ihr seid … verdammtes Mörderpack … Ihr alle. Alle. Alle aus Goldspie.«

Bannermann fuhr erschrocken zusammen und wollte etwas sagen, aber ich brachte ihn mit einer raschen Bewegung zum Schweigen. »Wir sind nicht aus Goldspie«, sagte ich. »Wir sind fremd hier, glauben Sie uns.«

»Ihr … seid Mörder!« keuchte der Fremde. Der Schaum in seinen Mundwinkeln wurde rot. Er mußte sich in seiner Raserei auf die Zunge gebissen haben. »Ihr habt es gewußt!« stammelte er. »Gewußt habt ihr es. Ihr … wolltet, daß es uns umbringt. Ihr habt es gewollt! Ihr seid schuld.«

»*Was* haben wir gewollt?« fragte ich eindringlich.

Die Antwort bestand in einem hysterischen Kreischen. »Die Bestie!« keuchte er. »Ihr … ihr habt es gewußt. Ihr habt gewußt, daß sie … kommen wird. Um Mitternacht kommen wird. Ihr habt es gewußt, aber ihr habt uns nicht gewarnt. Ihr seid schuld an Steves Tod! Die Bestie … Er begann zu stammeln, schließlich zusammenhanglos zu schreien und erneut unartikulierte Töne hervorzustoßen.

Bannermann berührte mich an der Schulter. »Das hat keinen Zweck mehr, Craven«, sagte er. »Der Kerl redet wirres Zeug, merken Sie das denn nicht?«

Ich starrte noch einen Moment auf unseren Gefangenen hinab, ehe ich mich mit einem resignierenden Seufzen erhob und ein Stück zurückwich.

»Sind Sie sicher?«

Bannermann riß erstaunt die Augen auf. »Sie nicht?« fragte er. »Was für eine Bestie soll das denn sein, die hier ihr Unwesen treibt?« Er versuchte zu lachen, aber ganz gelang es ihm nicht.

»Ich weiß es nicht«, murmelte ich unschlüssig. Ich fühlte mich verwirrt und hilflos wie nie zuvor in meinem Leben. »Ich weiß nur, daß …«

»Daß was?« fragte Bannermann mißtrauisch, als ich nicht weitersprach.

»Ich habe Ihnen doch erzählt, daß ich immer genau weiß, ob jemand die Wahrheit sagt oder mich anlügt«, antwortete ich.

Bannermann nickte stumm.

»Vielleicht funktioniert meine Gabe bei Wahnsinnigen nicht«, murmelte ich. »Aber ich kann Ihnen mit Sicherheit sagen, daß dieser Mann nicht lügt, Bannermann.«

»Das behauptete ich auch gar nicht«, antwortete Bannermann ungerührt. »Er glaubt ja auch daran. Er hat Ihnen genau das gesagt, was *er* für die Wahrheit hält. Der Mann ist verrückt.«

»Das stimmt, Captain, aber …«

Ich brach mitten im Satz ab, als ich sah, wie sich Bannermanns Augen vor Entsetzen weiteten, fuhr mit einer abrupten Bewegung herum und erstarrte ebenfalls.

Unser Gefangener hatte aufgehört zu schreien, aber er bäumte sich noch immer vergeblich gegen seine Fesseln, rollte sich hierhin und dorthin und warf sich mit aller Macht herum.

Ein schmales, in ein weißes Taschentuch eingeschlagenes Bündel war aus seiner Tasche geglitten, und eine weitere Bewegung hatte es davonrollen und aufplatzen lassen.

Im ersten Moment weigerte ich mich einfach, das rotweiße Ding darin als das zu erkennen, was es war.

Aber nur im ersten Moment. Schließlich kann man die Augen nicht ständig vor der Wahrheit verschließen.

Der Gegenstand, der dem Mann aus der Tasche geglitten war, war eine Hand.

Eine menschliche Hand.

»Er lebt!« donnerte die Stimme. Sie war plötzlich in dem kleinen Raum, mit der Unvorhersehbarkeit eines Sommergewitters und genauso übermächtig. Die Gläser auf dem dunkelbraunen Wandregal begannen beim Klang dieser Stimme zu zittern, und selbst die Flammen im Kamin schienen sich angstvoll zu ducken.

Der Mann in dem hochlehnigen, braunen Lederstuhl unter dem Fenster zuckte wie unter einem Peitschenhieb zusammen. Er hatte gewußt, daß die Stimme kommen würde. Er wußte es immer vorher. Aber das nahm ihr nichts von ihrem Schrecken.

»Er lebt!« wiederholte die Stimme. »Er lebt, und er weiß alles. Du hast versagt!«

»Aber er ... niemand wird ihm glauben«, stotterte der Mann. Seine Lippen waren trocken und rissig vor Aufregung, und seine Hände gruben sich so tief in die ledernen Armstützen seines Sessels, daß seine Fingernägel zu bluten begannen. Sein Blick war starr auf das geschlossene Fenster gerichtet. Er hatte die Läden geschlossen und die Vorhänge zugezogen, um das Sonnenlicht auszusperren. Trotzdem war der Raum von gleißender Helligkeit erfüllt.

Grüner Helligkeit.

Es war nicht das Licht der Flammen, die im Kamin prasselten, auch nicht das der Petroleumlampe, die er mit hierhergebracht und auf dem Tisch abgestellt hatte, sondern der unheilige, grüne Schein, der das Auftreten der Stimme stets begleitete.

Er hatte einmal versucht, ins Herz dieses Lichtscheines zu blicken, vor zehn oder zwölf Jahren. Der Schein hatte ihn für Wochen blind gemacht, und nachdem er sein Augenlicht zurückgewonnen hatte, hatte er nie mehr versucht, das Geheimnis des Lichtes und der Stimme zu ergründen. Er hatte die Warnung verstanden.

»Niemand wird ihm glauben«, sagte er noch einmal. »Sie werden ihn für verrückt halten und in ein Irrenhaus sperren, genau wie den anderen.«

»Narr!« zischte die Stimme. »Wozu habe ich dir Macht über die Menschen in dieser Stadt gegeben? Wozu habe ich dir Macht über die Bestie gegeben, glaubst du?«

Der Mann schluckte. In der Stimme war ein neuer, aggressiver Ton, den er noch nie zuvor in ihr vernommen hatte. Ein Ton, der ihm angst machte.

»Ich ... habe dir stets treu gedient«, sagte er stockend. »Und ich ...«

»Und deinen Gewinn damit gemacht, nicht wahr?« unterbrach ihn die Stimme. »Du hast jetzt vierzehn Jahre von unserem Bündnis profitiert. Nun wird es Zeit, daß auch du deinen Teil des Kontraktes erfüllst. O'Banyons Tod gehört dazu.«

»Ich soll ihn ... umbringen?« keuchte der Mann.

Ein, zwei Minuten lang schwieg die Stimme. »Ja«, sagte sie dann. »Aber nicht nur ihn. Er ist nicht mehr allein. Es sind Fremde bei ihm.«

Der Mann erschrak. »Fremde?«

»Es sind sieben Männer, die über den Ozean gekommen sind. Beseitige sie.«

»Alle? Ich soll ...« Der Mann brach ab, atmete hörbar ein und sprach erst nach einer geraumen Weile weiter. »Du kannst nicht verlangen, daß ich sieben Menschen töte. Acht, wenn ich O'Banyon mitzähle. Ich bin kein Mörder.«

Die Stimme lachte, und das grüne Licht flammte zu

noch gleißenderer Helligkeit auf. Ein helles, zischendes Geräusch wurde hörbar. »Du bist kein Mörder? Wieviel Unschuldige hast du im Laufe der letzten vierzehn Jahre der Bestie geopfert?«

»Das war etwas anderes. Ich mußte es tun, weil es ein Teil des Paktes war.«

»Und mir zu gehorchen ist ebenso Teil des Paktes, Narr. Warum, glaubst du, habe ich dir diese Macht gegeben? Damit du sie zu eurem Vorteil nutzen kannst, aber nichts zu tun brauchst, wenn ich deiner Hilfe bedarf?«

Der Mann schwieg. Er hatte sich diese Frage bereits unzählige Male gestellt, aber bisher keine Antwort darauf gefunden. Ebensowenig wie auf die Frage, ob er nicht im Endeffekt doch den schlechteren Teil dieses Geschäftes gemacht hatte.

Vielleicht bekam er erst jetzt die Rechnung präsentiert.

»Du wirst sie töten«, fuhr die Stimme fort.

Diesmal widersprach der Mann nicht mehr, sondern neigte nur noch gehorsam das Haupt ...

Es wurde Mittag, ehe wir das Dorf erreichten, und die Uhr schlug annähernd drei, bis wir unseren Gefangenen endlich bei der Polizei abgeliefert und alle Fragen des zuständigen Constablers beantwortet hatten. Jedenfalls zu seiner momentanen Zufriedenheit. Er hatte mir die Geschichte, die ich ihm erzählt hatte, nicht hundertprozentig geglaubt, und ich hätte nicht einmal der Sohn eines Hexers sein müssen, um das zu spüren. Dabei war Constabler Donhill ein durchaus umgänglicher Mensch; leider auch ein ziemlich kleingeistiger. Und wie bei fast allen Menschen, die Gott nicht gerade mit einem Übermaß an Intelligenz gesegnet hatte, hörte seine Umgänglichkeit an dem Punkt auf, wo er nicht mehr verstand, was man von ihm wollte.

Und diese Schwelle lag bei Constabler Donhill ziemlich niedrig.

Ich fühlte mich vollkommen erschöpft, als ich an Bannermanns Seite die Polizeiwache verließ. O'Banyon war, an Händen und Knien mit Handschellen gebunden und zusätzlich auf einer Liege festgeschnallt, damit er nicht wieder anfing zu toben und sich dabei selbst verletzte, in Donhills einziger Zelle zurückgeblieben. Wenigstens den Namen unseres unfreiwilligen Reisebegleiters hatten wir in Erfahrung bringen können, mehr aber auch nicht. Constabler Donhill schien ganz genau zu wissen, wer dieser O'Banyon war und was er draußen am See gesucht hatte, aber er hatte geschwiegen wie eine Auster, und irgend etwas hatte mich davor gewarnt, zu viele und zu neugierige Fragen zu stellen. Donhill war ein freundlicher Mann, aber unter der dünnen Maske, die er trug, verbarg sich ein tiefsitzendes Mißtrauen allen Fremden gegenüber, das spürte ich.

Ich blieb stehen, als wir die Polizeiwache verlassen und die breite, ungepflasterte Hauptstraße zwei Blocks weiter südlich erreicht hatten. Das Meer war von hier aus nicht mehr zu erkennen, wohl aber zu spüren. Ein klammer Salzwasserhauch wob sich unmerklich in die Wärme des Hochsommertages, und wenn man ganz genau hinhörte, konnte man sogar das Rauschen der Brandung hören. Goldspie lag am Ufer eines schmalen Flusses, dessen Namen ich mir nicht gemerkt hatte, aber es lag in einer Senke, aus der heraus der Blick auf den Ozean unmöglich war.

»Was haben Sie?« fragte Bannermann, als ich stehenblieb. Die Männer waren schon vorausgegangen und hatten Zimmer im einzigen Hotel des Ortes bezogen, und nach allem, was wir mitgemacht hatten, konnte ich es Bannermann nicht verdenken, wenn er sich ebenfalls nach einer warmen Mahlzeit und einem sauberen Bett sehnte.

»Gehen Sie ruhig vor, Captain«, sagte ich ausweichend. »Ich komme in ein paar Minuten nach.«

Bannermann sah mich stirnrunzelnd an, und ich fügte hastig hinzu. »Ich will noch zur Bank, ehe sie schließt. Es wäre doch peinlich, wenn wir im Hotel nicht einmal unser Abendessen bezahlen könnten, oder?«

In Wirklichkeit war das nur eine Ausrede. Ich wollte allein sein. Ich brauchte diese Zeit, nur ein paar Minuten, um Ordnung in meine Gedanken zu bringen und mich zu beruhigen. Schon am See war mir seltsam zumute gewesen, jetzt, nachdem wir mit Donhill gesprochen hatten, fühlte ich mich verwirrter als zuvor. Manchmal konnte die Gabe, die ich von meinem Vater geerbt hatte, zum Fluch werden.

»Soll ich Sie begleiten?« bot sich Bannermann an. »Ich kenne die Gewohnheiten der Leute hier besser als Sie.«

Ich lächelte. »Ich glaube, ich werde schon noch aus eigener Kraft einen Kreditbrief einlösen können, Captain. Gehen Sie ruhig ins Hotel zurück. Und trinken Sie einen guten Sherry auf mein Wohl ....

Bannermann sah mich auf eine Art an, die mir verriet, daß er meine wahren Gründe durchschaut hatte. Aber trotzdem nickte er und eilte über die staubige Straße davon.

Ich sah ihm nach, bis er im Eingang des Hotels verschwunden war, wandte mich um und ging – wesentlich langsamer als er – in die entgegengesetzte Richtung. Die Bank lag am hinteren Ende der Straße, weniger als zweihundert Schritte entfernt, aber ich hatte es nicht besonders eilig, dorthin zu kommen.

Irgend etwas stimmte nicht mit dieser Stadt.

Ich konnte nicht sagen, was es war, nicht einmal, was mich auf diesen Gedanken brachte – aber ich *spürte* einfach, daß Goldspie nicht das verschlafene kleine Fischernest war, als das es sich gab. Die Männer und Frauen, die mir begegneten, erschienen mir vollkommen normal, und die verwunderten – und zum Teil eindeutig feindseligen – Blicke, die sie mir zuwarfen, galten wohl mehr meiner zerrissenen und verdreckten Kleidung als mir selbst.

Und trotzdem ... diese Stadt barg ein Geheimnis. Ein Geheimnis, das auf eine Weise, die ich jetzt noch nicht zu benennen imstande war, mit O'Banyon und seinem toten Kameraden zusammenhing.

Ich erreichte die Bank, betrat die Schalterhalle und sah mich einen Moment neugierig um. Ich war der einzige Kunde, und dem überraschten Blick des Kassierers hinter dem Schalter nach zu urteilen, hatte er zu dieser Zeit wohl nicht einmal damit gerechnet.

Der Ausdruck von Schrecken in seinem Blick wandelte sich in Überraschung, Herablassung und Unsicherheit (in dieser Reihenfolge) und pendelte sich irgendwo in der Mitte ein, als ich mich mit gemessenen Schritten dem Schalter näherte und vor ihm stehenblieb. Unwillkürlich wich der Mann einen Schritt von seinem Tresen zurück, und ich unterdrückte im letzten Moment ein amüsiertes Lachen. Wahrscheinlich rechnete er damit, daß ich ihn anbetteln würde – oder die Bank überfallen –, und wahrscheinlich überlegte er schon fieberhaft, wie er mit beiden Eventualitäten am elegantesten fertig werden könnte.

Ich konnte ihm seine Gefühle nicht einmal übelnehmen, beachtete man mein Aussehen. Mein Anzug war zwar in den letzten vierundzwanzig Stunden getrocknet, aber er sah eben auch aus wie ein Anzug, mit dem man ins Wasser gefallen, mitten durch ein Felsenriff geschleudert und schließlich ein paar Dutzend Schritte weit einen Sandstrand hinaufgezerrt worden ist. Und auch mein Gesicht und mein Haar hätten ein erneutes Zusammentreffen mit Wasser dringend nötig gehabt.

Ich sah den Kassierer einen Moment lang durchdringend an, legte mit einer betont langsamen Geste die schwarze Aktenmappe, die Andara als einziges Stück seiner Ausrüstung aus dem sinkenden Schiff gerettet hatte, vor mich auf den Schalter und öffnete die Verschlüsse. Der Kassierer erbleichte ein ganz kleines bißchen mehr. Sein Blick saugte sich an der Tasche fest. Wahrscheinlich überlegte er, welche Art von Waffe ich darin verborgen haben konnte.

»Womit ... kann ich Ihnen dienen, Sir?« fragte er stockend. Seine Stimme war kaum mehr als ein heiseres Flüstern. An seinem Hals pochte eine Ader im Rhythmus seiner Herzschläge.

»Mit Geld«, antwortete ich lächelnd. Der arme Bursche wurde noch blasser und sah sich jetzt ganz unverhohlen nach einem Fluchtweg um. Aber er schien unfähig, sich auch nur einen Zentimeter von der Stelle zu rühren.

Langsam öffnete ich die Tasche, nahm den Stapel Kreditbriefe hervor, der in wasserdichtes Öltuch eingeschlagen darin verborgen war, und suchte die drei heraus, die auf meinen Namen ausgestellt worden waren. Zwei von ihnen lauteten über fünftausend Pfund, der dritte über fünfhundert. Mein Vater mußte vorausgesehen haben, daß ich an eine Bank geraten konnte, die vor einer Forderung über fünftausend Pfund Sterling glatt kapitulierte.

Ich schob ihm den Kreditbrief über die Theke, wickelte die anderen sorgfältig wieder ein und verschloß die Mappe. Der Kassierer griff mit zitternden Fingern nach dem Papier, warf einen flüchtigen Blick darauf und starrte dann mich wieder an. Der Ausdruck auf seinem Gesicht war unbeschreiblich. Ich genoß den Augenblick in vollen Zügen.

»Das ... äh ...«

»Ist etwas damit nicht in Ordnung?« fragte ich, betont freundlich. »Ich kann mich ausweisen, wenn es Ihnen darum geht.«

»Na... natürlich nicht, Sir«, antwortete der Kassierer. »Es ist nur ...«

»Ich sehe nicht aus wie jemand, der solche Kreditbriefe mit sich herumträgt, ich weiß«, seufzte ich. »Aber vermutlich hätte ich sie nicht mehr lange, wenn man es mir ansähe.« Ich zog meine Brieftasche, reichte ihm meinen Paß und wartete, bis er den Namen darin mit dem in dem Kreditbrief verglichen hatte.

»Wie ... möchten Sie das Geld, Sir?« fragte er, noch immer stockend und unsicher, wenn auch jetzt sichtlich aus anderen Gründen.

»Klein«, antwortete ich. »Ich muß ein paar Besorgungen machen. Einen neuen Anzug zum Beispiel. Können Sie mir einen guten Schneider hier in der Nähe empfehlen?«

Der Kassierer schüttelte den Kopf, während er bereits damit begann, Ein- und Fünf-Pfund-Noten in sauberen kleinen Stapeln vor mir abzuzählen. »Ich fürchte, mit einem Schneider kann Goldspie nicht aufwarten, Sir«, antwortete er. »Aber Sie können zu Leyman gehen.«

»Leyman?«

»Der Laden auf der anderen Straßenseite. Es ist das beste Geschäft im Ort. Und das einzige«, fügte er nach kurzem Zögern hinzu.

Hinter mir waren Schritte. Aber ich war sicher, daß sich die Tür nicht geöffnet hatte.

»Ich bin sicher, Sie werden etwas Passendes bei ihm finden, Sir«, fuhr der Kassierer, plötzlich äußerst redselig geworden, fort. »Er hat eine große Kollektion von Anzügen und Kleidern. Das meiste bezieht er direkt aus London, wissen Sie?«

Die Schritte kamen näher. Sie hörten sich schwerfällig an; plump, tapsend. Nicht wie die eines normalen Menschen. Im Grunde überhaupt nicht wie die eines Menschen ... Ich widerstand mit aller Kraft der Versuchung, mich herumzudrehen. Wenn hinter mir jemand stand – und *wenn* dort jemand war, dann war er nicht mein Freund –, dann würde ihn das nur zum Angriff provozieren.

»Ich müßte auch ein Telegramm aufgeben«, fuhr ich mit gespielter Gleichgültigkeit fort. Mein Blick suchte unauffällig die Wand hinter dem Kassierer. Das Sonnenlicht fiel ungemildert durch die Fenster hinter meinem Rücken, und unsere beiden Schatten zeichneten sich deutlich auf dem weißen Verputz ab.

Aber nur *unsere* Schatten! Kein dritter.

»Das können Sie auf dem Postamt, Sir. Aber ich fürchte, dazu ist es heute schon zu spät. Die Post schließt hier schon zur Mittagsstunde. Goldspie ist ein kleiner Ort, Sie verstehen?«

Die Schritte waren jetzt ganz nahe, und plötzlich glaubte ich einen schwachen, süßlichen Geruch zu spüren. Etwas wie Fäulnisgestank, vermischt mit Salzwasser, dem Geruch von Tang und feuchtem Sand und noch etwas anderem, Undefinierbarem. Und es wurde merklich kälter. Etwas schneller, als ich eigentlich wollte, raffte ich mein Geld zusammen, legte den Großteil davon in meine Aktenmappe und stopfte den Rest unordentlich in die Jackentaschen.

Dann ließ ich mich zur Seite fallen, einfach so, ohne die geringste Vorwarnung und ohne auch nur mit einem Wimpernzucken zu verstehen zu geben, daß ich die Gefahr bemerkt hatte. Ich prallte auf die Schulter, rollte mich ab und kam mit einem kraftvollen Sprung wieder auf die Füße. Blitzschnell wich ich ein paar Schritte zurück, erreichte eine geschützte Ecke und blieb, leicht vornübergebeugt und mit gespreizten Beinen stehen. Meine Linke schwenkte die Aktenmappe wie einen Schild, während die andere Hand mit einer blitzartigen Bewegung den silbernen Knauf meines Spazierstockes löste. Das Florett, das darin verborgen war, sprang wie von selbst in meine Hand. Der rasiermesserscharf geschliffene Stahl bildete eine blitzende, tödliche Barriere vor mir.

Es gab allerdings nichts, wovor sie mich hätte beschützen können.

Der Schalterraum war nach wie vor leer. Die einzigen Lebewesen, die sich darin aufhielten, waren ich und der Kassierer.

Ein Kassierer, der mich jetzt aus ungläubig aufgerissenen Augen anstarrte und vergeblich nach Worten rang. Sein Blick irrte zwischen mir und der Stelle, an der ich noch vor Sekunden gestanden hatte, hin und her.

»Sir ...«, sagte er unsicher, »wenn ich vielleicht fragen dürfte ...«

Ich ignorierte ihn, lauschte angestrengt und sog hörbar die Luft ein. Die Schritte waren verstummt, im gleichen Moment, in dem ich mich zur Seite geworfen hatte. Der seltsame Geruch war noch spürbar, aber es war nicht mehr als ein schwacher Hauch des ursprünglichen Gestankes. Nein – wir waren wieder allein. Was immer sich an mich angeschlichen hatte, es war verschwunden.

»Ich dachte, ich … hätte Schritte gehört«, antwortete ich ausweichend. »Hinter mir.«

»Schritte? Hier?« Der Ausdruck auf dem Gesicht des Kassierers änderte sich erneut. Jetzt hielt er mich wohl für total übergeschnappt. Aber ich hatte die Erfahrung gemacht, daß die besten Lügen immer die sind, die sich so dicht wie möglich an der Wahrheit bewegten.

»Man muß vorsichtig sein, wissen Sie?« sagte ich lächelnd. »Immerhin trage ich eine Menge Geld mit mir herum.« Langsam senkte ich das Florett, schob es in seine Hülle zurück und schraubte den Knauf wieder fest. Mein Vater hatte den Stock unter seinem Gürtel getragen, und ich hatte ihn mehr als Erinnerung an ihn denn aus praktischen Überlegungen an mich genommen. Die Waffe war eine glatte Fehlkonstruktion. Sie ließ sich im Notfall blitzschnell ziehen, aber sie wieder zusammenzubekommen war fast ein Ding der Unmöglichkeit. Ich brauchte drei Minuten, schnitt mich dabei einmal in den Daumen, brach mir einen Nagel ab und degradierte mich in den Augen des Kassierers wahrscheinlich endgültig zum Trottel.

Endlich hatte ich die Waffe unter meinem Umhang verborgen. Der Kassierer sah mir mit steinernem Gesicht dabei zu, aber es war wahrlich nicht schwer zu erraten, was hinter seiner Stirn vorging. So schnell ich konnte, raffte ich die Geldscheine auf, die mir bei meinem Sprung aus der Tasche gefallen waren, kritzelte meinen Namen unter die Quittung und beeilte mich, das Bankgebäude zu verlassen.

Erst als ich wieder auf der Straße stand, spürte ich, wie muffig und schlecht die Luft in der Bank gewesen war. Ich atmete ein paarmal tief ein, entfernte mich ein paar Schritte von dem niedrigen Holzbau und wandte mich um.

Für einen Moment glaubte ich, hinter dem Schaufenster eine rasche, huschende Bewegung wahrzunehmen. Aber der Eindruck verging, ehe ich mir seiner völlig sicher sein konnte, und alles, was ich in der hohen, teilweise bemalten Fensterscheibe erblickte, war mein eigenes, verzerrtes Spiegelbild.

Ich schüttelte den Kopf, fuhr mir nervös mit dem Handrücken über die Augen und wandte mich wieder um; eine Spur zu hastig, wie ich selbst fand.

Ich ging weiter, sah mich neugierig um und entdeckte den Laden, von dem der Bankangestellte gesprochen hatte, auf der anderen Straßenseite. Er war überraschend groß. Seine Schaufenster waren vollgestopft mit allen erdenklichen Dingen und Waren, und über der Tür schaukelte ein liebevoll handgemaltes Schild mit der Aufschrift:

Leyman – Kolonialwaren aller Art

Ich zögerte immer noch. Alles in mir drängte danach, sofort ins Hotel und zu Bannermann zurückzugehen. Aber andererseits brauchte ich frische Kleider – ich konnte nicht erwarten, daß mich die Leute freundlich behandelten, wenn ich wie ein Landstreicher dahergelaufen kam – und mich noch dazu wie ein Verrückter benahm.

Die Aktenmappe fest unter den linken Arm geklemmt, betrat ich den Laden, schloß die Tür sorgfältig hinter mir und sah mich um. Trotz der deckenhohen Schaufenster, die sich um zwei der vier Wände zogen, war der Raum nur unzureichend erhellt. Die Fenster waren fast bis auf den letzten Inch vollgestopft mit Waren, und sie starrten noch dazu vor Schmutz.

Wie die Bank war auch der Laden leer, was an der Tageszeit liegen mochte, mich jedoch in Anbetracht seiner Größe und der Tatsache, daß er das einzige

Geschäft überhaupt war, doch ein wenig in Erstaunen versetzte.

Ich wartete. Nach einer Weile klangen auf dem hölzernen Zwischenboden über mir Schritte auf, dann polterte jemand lautstark eine Treppe herunter, und kurz darauf wurde eine schmale Tür an der Rückfront des Ladens aufgestoßen, und Leyman betrat den Raum. Jedenfalls nahm ich an, daß er es war.

Er kam auf mich zu, blieb in zwei Schritten Entfernung stehen und musterte mich einen Augenblick lang mit schon fast unverschämter Offenheit. Dann zauberte er ein berufsmäßiges Lächeln auf seine feisten Züge. »Was kann ich für Sie tun, Sir?« fragte er.

»Ich ... brauche einen neuen Anzug«, antwortete ich. »Und eigentlich auch ein neues Cape.«

Leyman maß mich mit einem weiteren Blick, mit dem er gleichzeitig meine Konfektionsgröße wie meine finanziellen Verhältnisse einzuschätzen schien. Eines von beidem schien ihm nicht zu gefallen.

»Auch auf die Gefahr, daß Sie es mir übelnehmen, Sir«, begann er vorsichtig, »aber ich würde beinahe sagen, Sie brauchen eine komplett neue Ausstattung. Ganz billig wird das allerdings nicht.«

Ich nickte, griff mit einer übertrieben lässigen Geste in die Westentasche und streute eine Handvoll zerknautschter Fünf-Pfund-Noten vor ihm auf die Theke. »Reicht das?«

Der Ausdruck auf Leymans Zügen änderte sich schlagartig. »Aber selbstverständlich, Sir«, sagte er hastig. »Welche Art von Kleidern –«

»Etwas Robustes«, unterbrach ich ihn. »Ich reise morgen bereits weiter, und ich gedenke, mich in London standesgemäß einzukleiden.«

»Also etwas Praktisches, für die Reise«, nickte Leyman schon merklich kühler. Er hatte die Spitze registriert. »Ich glaube, da habe ich etwas für Sie.« Er zögerte, biß sich auf die Unterlippe und sah sich suchend um. Dann trat er an eines seiner Regale, suchte einen Moment herum, wobei er beständig vor sich hin grummelte, und kam schließlich mit einem ganzen Armvoll Hemden, Hosen und Unterkleidern zurück. »Jacken und Mäntel habe ich oben, Sir«, erklärte er, während er mir den Kleiderstapel ohne viel Federlesens in die Arme drückte. »Sie werden nicht so oft verlangt, wissen Sie? Aber Sie können diese Sachen schon einmal in aller Ruhe anprobieren, während ich ins Lager gehe. Die Umkleidekabine ist da hinten .... Er wollte sich herumdrehen, zögerte aber noch einmal und deutete mit einer Kopfbewegung auf meine Hand. »Verzeihung, Sir ... Sie haben sich am Daumen verletzt.«

Ich folgte seinem Blick, nickte und zog die Hand hastig zurück, um die sauberen Kleider nicht mit Blut zu beschmieren. Der Schnitt, den ich mir drüben in der Bank selbst zugefügt hatte, blutete noch immer; nicht sehr stark, aber beständig.

»Es ist nur, damit die Sachen ...« Leyman brach ab und lächelte verlegen. »Sie verstehen.«

»Aber sicher«, antwortete ich und steckte den Daumen in den Mund. Jetzt, als ich auf die Wunde aufmerksam geworden war, spürte ich auch Schmerz. Einen ziemlich ekelhaften Schmerz sogar. Der Schnitt mußte tief sein.

»Nichts für ungut, Sir«, sagte Leyman nervös. »Aber Blutflecken gehen sehr schwer wieder heraus.« Ohne eine Antwort abzuwarten, drehte er sich herum und ging.

Im gleichen Moment, in dem er die Tür hinter sich zuzog, registrierte ich den Fäulnisgeruch.

Es war nur ein Hauch, gerade an der Grenze des

Spürbaren, aber meine überreizten Nerven reagierten darauf wie auf eine Wolke von Pestgestank.

Ich fuhr herum, ließ einen Teil der Kleider fallen und langte automatisch nach meiner Waffe.

Aber ich führte die Bewegung nicht zu Ende.

Der Laden war leer. Obwohl er bis zum Bersten mit Regalen und Verkaufsständern vollgestopft war, bot sich doch nirgendwo ein Versteck, das groß genug war, einen Menschen aufzunehmen. Ich war allein.

Und trotzdem spürte ich, daß ich beobachtet wurde. Es war nicht dieses flüchtige Gefühl des Nicht-allein-Seins, das man manchmal hat, wenn jemand mit einem im Raum ist, ohne daß man es weiß, sondern ein absolut sicheres *Wissen*. Außer mir war noch jemand im Raum – jemand oder *etwas* –, und dieses Etwas kam näher.

Ich lauschte, aber das einzige, was ich hörte, waren das Hämmern meines eigenen Herzens und Leymans Schritte, die irgendwo über meinem Kopf herumpolterten. Nur der Geruch wurde stärker.

Fischgeruch. Ich konnte ihn jetzt identifizieren. Es war der Gestank von faulendem Fisch, der mir entgegenschlug und mir schier den Atem nahm.

Ich schluckte ein paarmal, versuchte, den üblen Geschmack, der sich plötzlich auf meiner Zunge ausbreitete, zu ignorieren und sah mich mit erzwungener Ruhe um. Ich hatte mich einmal zum Narren gemacht, weil ich dachte, etwas zu hören, und das reichte. Vielleicht war ich einfach nur übermüdet. Und schließlich war Goldspie ein Fischerdorf – warum sollte es in einem Fischerdorf nicht nach Fisch riechen?

Ich zwang mich zur Ruhe, las die Kleider, die ich fallen gelassen hatte, wieder auf, und ging mit erzwungen ruhigen Schritten zur Umkleidekabine.

Die Kammer war winzig und bot nicht einmal ausreichend Platz, sich auszukleiden, ohne dabei ständig irgendwo anzustoßen. Verschlossen wurde sie nur von einem dünnen, schon halb zerschlissenen Vorhang, und die ganze Rückwand wurde von einem deckenhohen, im Laufe zahlloser Jahre blind und fleckig gewordenen Spiegel eingenommen. Behutsam legte ich die Kleider, die mir Leyman gegeben hatte, zu Boden, und lehnte Aktenmappe und Stockdegen griffbereit neben mir an die Wand.

Ich konnte Leyman und den Bankkassierer verstehen, als ich in den Spiegel sah. Es war nicht allein so, daß meine Kleider vor Schmutz starrten und zerrissen waren – das Schlimmste war mein Gesicht. Meine Wangen, ohnehin nicht gerade üppig, waren eingefallen und von grauen Schatten gezeichnet, und unter meinen Augen, die rot und entzündet ihr eigenes Spiegelbild anglotzten, lagen dunkle, wie mit einem Pinsel gemalte Ringe.

Und über meinem rechten Auge war ein breiter, wie ein Blitz gezackter Streifen Haar heller geworden.

Und die Veränderung ging weiter. Das Gesicht im Spiegel alterte zusehends, verfiel in Minuten um Jahre und bekam einen dunklen, asketischen Zug. Der Streifen weißen Haares über der rechten Augenbraue wurde breiter und gleichzeitig kräftiger.

Es war nicht mehr mein Gesicht, das mich aus dem Spiegel ansah – sondern *das Gesicht meines Vaters!*

Der Anblick traf mich wie ein Hieb.

»Vater!« keuchte ich. »Du –«

Der Mann im Spiegel hob die Hand und brachte mich mit einer hastigen Geste zum Schweigen. »Nicht!« sagte er. Seine Lippen bewegten sich nicht beim Sprechen, und so, wie ich es schon ein paarmal erlebt hatte, schien seine Stimme direkt in meinem Kopf zu ertönen. »Hör mir genau zu, Robert – mir bleibt nicht viel Zeit. Du bist in Gefahr! Verlasse diesen Ort, so schnell du kannst! Man trachtet dir nach dem Leben!«

»Vater!« keuchte ich fassungslos. Ich hörte seine Worte kaum. Mein Blick saugte sich an seinem Gesicht fest, und für einen Moment vergaß ich sogar zu atmen. »Aber du … ich dachte, du wärest tot!« stammelte ich. »Wo bist du?«

»Der Tod ist nicht das, wofür ihn die Menschen halten«, antwortete mein Vater geheimnisvoll. »Vielleicht finde ich später einmal Gelegenheit, dir alles zu erklären, aber jetzt mußt du gehen. Du bist in Gefahr, und ich kann dir nicht helfen. Meine Kräfte schwinden bereits.«

Tatsächlich wurde seine Stimme zunehmend leiser, und durch die schmalen Züge seines Gesichtes im Spiegel schimmerten bereits wieder meine eigenen hindurch.

Mit einem Schrei warf ich mich gegen den Spiegel, preßte die Handflächen gegen das kalte Glas und rief immer wieder seinen Namen.

Es war zwecklos. Sein Bild verblaßte, und seine Stimme wurde leiser und leiser. »Flieh, Robert!« rief er mit schwindender Kraft. »Verlasse diesen Ort ehe die Sonne untergeht, oder du wirst sterben!«

Damit verschwand er, und ich sah wieder meinem eigenen Spiegelbild ins Gesicht.

Aber der Spiegel blieb nur eine Sekunde leer. Der Vorhang hinter meinem Rücken bewegte sich, und für einen Moment bauschte sich der dünne Stoff und zeichnete die Umrisse eines gewaltigen, monströsen Körpers nach. Ein Körper, der viel größer als der eines Menschen war. Massiger. Und mit zu vielen Armen.

Mit einem gellenden Schrei auf den Lippen fuhr ich herum, im gleichen Moment, in dem der Vorhang vollends heruntergerissen und von einer Urgewalt zur Seite geschleudert wurde.

Aber der Eingang der Kabine blieb leer!

Für die Dauer eines Herzschlages starrte ich fassungslos auf den offenstehenden Durchgang. Ich hatte die Umrisse des *Dinges* ganz deutlich durch den Stoff gesehen, und der Fäulnisgestank nahm mir schier den Atem – aber ich war weiter allein in der Kabine.

Und plötzlich ging alles unglaublich schnell. Ein tiefer, unendlich tiefer, grollender Laut erklang, dann hatte ich das Gefühl, von einem unsichtbaren Bullen gerammt und mit grausamer Macht zur Seite geschleudert zu werden. Die winzige Kabine erzitterte in ihren Grundfesten, als ich gegen die Wand prallte, gleichzeitig hörte ich ein helles, metallisches Klingen, und der Spiegel an der Rückwand bog sich wie unter einem Fausthieb durch, zerbrach aber nicht.

Für einen winzigen, zeitlosen Moment sah ich alles mit phantastischer Klarheit. Meine Hand hatte dort, wo sie den Spiegel berührt hatte, einen blutigen Daumenabdruck hinterlassen. Und genau dieser Abdruck war das Ziel des Unsichtbaren!

Ich sah, wie die Blutstropfen sich kräuselten, in Sekundenschnelle gerannen und gleich darauf zu kochen begannen. Der ganze Vorgang dauerte nur wenige Sekunden, aber dort, wo das Blut gewesen war, war plötzlich ein schwarzer, verkohlter Fleck, in dessen Zentrum das Glas geschmolzen war.

»Robert! Flieh!«

Diesmal versuchte ich gar nicht erst zu ergründen, woher die Stimme kam. Mit einem entsetzten Schrei federte ich auf die Beine, griff mir den Stockdegen und sprang aus der Kabine. Hinter mir zerbarst die nur aus dünnem Sperrholz gefertigte Umkleidekabine in einer lautlosen Explosion. Der Fäulnisgestank wurde übermächtig, und obwohl ich noch immer kein lebendes Wesen sah, hatte ich das Gefühl, eine Woge von Dunkelheit zu sehen, die aus der zertrümmerten Kabine herausbarst.

Aber immer wieder erreichte sie mich nicht. Mein Daumen blutete noch immer, und ich hatte eine unterbrochene Spur kleiner runder Blutstropfen auf dem Boden hinterlassen. Der Vorgang war hier nicht so deutlich zu erkennen wie auf der Oberfläche des Spiegels, aber es war dasselbe: das Blut zog sich zusammen, begann zu schwelen und zu kochen und verschwand schließlich ganz. Zurück blieb eine münzgroße, verkohlte Stelle auf den Fußbodenbrettern.

Und der Unsichtbare kam rasend schnell näher, und obwohl er wie ein Bluthund, der einmal auf der eingeschlagenen Fährte blieb, nicht direkt auf mich zukam, sondern im Zickzack der Blutspur folgte, bewegte er sich doch noch immer viel schneller als ein Mensch.

Endlich erwachte ich aus meiner Erstarrung. Ich fuhr herum, flankte kurzerhand über die niedrige Ladentheke und rannte, so schnell ich konnte, auf den Ausgang zu. Hinter mir flackerten zahllose kleine Brände auf, wo das Holz unter dem Flammenatem des Unsichtbaren zu schwelen und schließlich zu brennen begann.

»Stehenbleiben, Craven!«

Die Stimme hatte einen so schneidenden, befehlenden Ton, daß ich mitten im Schritt zurückprallte.

Ich hatte nicht gemerkt, daß Leyman wieder heruntergekommen war, aber er stand breitbeinig vor dem Ausgang, und die doppelläufige Schrotflinte in seinen Händen zielte genau auf mein Herz.

»Verdammt, sehen Sie denn nicht, was hier los ist?« keuchte ich. Ich wagte es nicht, zurückzublicken, aber ich spürte, wie das unsichtbare *Ding* näher kam. Rasend schnell.

»Aber natürlich«, sagte Leyman. Ein dünnes, böses Lächeln huschte über seine Züge. »Ich sehe es, Mister Craven.«

»Dann nehmen Sie das Gewehr weg, Sie Narr!« keuchte ich. Ich machte einen weiteren Schritt auf ihn zu, blieb aber erneut stehen, als er die Büchse um eine Winzigkeit hob und den Zeigefinger um den Abzug spannte. »Dieses Monstrum wird uns beide umbringen!«

Leymans Lächeln wurde noch eine Spur breiter. »Kaum, Mister Craven. Es wird Sie umbringen. Das würde es sogar tun, wenn ich Sie gehen ließe. Es hat Ihre Witterung aufgenommen, wissen Sie?«

»Meine ... *Witterung?*«

»Ihr Blut. Wenn das *Craal* einmal vom Blut eines Menschen gekostet hat, hört es nicht eher auf, ihn zu jagen, bis es ihn hat. Ich kann nur nicht zulassen, daß Sie zuviel Aufsehen erregen, Craven. Aber keine Angst – es geht schnell. Wir sind gnadenlos, aber nicht grausam.«

Das *Ding* war unmittelbar hinter mir. Ich spürte einen flüchtigen, heißen Luftzug, der an meinem Bein vorbeistrich, als dicht neben meinem Fuß eine weitere Flamme aus dem Holz schlug, roch den Pestatem des Ungeheuers und fühlte, wie ich von etwas unglaublich Starkem berührt wurde.

Im gleichen Moment ließ ich mich zur Seite fallen. Leyman schrie wutentbrannt auf und riß den Abzug seiner Schrotflinte durch. Die Ladung zerfetzte den Boden dicht neben meinem Körper, und irgend etwas biß schmerzhaft und scharf in meine Seite. Ich rollte blitzschnell herum, duckte mich – und sprang Leyman mit weit ausgebreiteten Armen an!

Seine Reaktion kam um eine halbe Sekunde zu spät. Die Schrotflinte entglitt seinen Händen, als ich gegen ihn prallte, und die Ladung des zweiten Laufes fuhr harmlos in die Decke. Hinter uns glühten Dutzende von kleinen, gelben Flammen auf.

Ich ließ Leyman nicht einmal die Spur einer Chance. Der Knauf des Stockdegens traf seine Rippen und trieb ihm die Luft aus den Lungen. Er keuchte, versuchte eine schwache Abwehrbewegung zu machen und sank vollends zurück, als ich ihm einen Kinnhaken versetzte.

Ich wartete nicht darauf, ob er sich von dem Schlag erholte. Mit einer blitzschnellen Bewegung sprang ich auf, lief zur Tür und rammte sie kurzerhand mit der Schulter ein. In einem Hagel von Glassplittern und zerbrechendem Holz taumelte ich auf die Straße, verlor das Gleichgewicht und fiel. Ich sprang sofort wieder auf und lief weiter, aber vorher gelang es mir noch, einen Blick in den Laden zurückzuwerfen.

Leyman hatte sich von meinem Hieb erholt und war halbwegs auf die Füße gekommen, machte aber keinen Versuch, den Laden zu verlassen. Seine Augen waren unnatürlich weit aufgerissen, und noch während ich herumfuhr und losrannte, begann er zu schreien.

Vielleicht, weil rings um ihn herum das Geschäft in Flammen aufzugehen begann.

Aber vielleicht auch, weil er den Blutstropfen auf seiner Wange gespürt hatte.

Mein Blut.

Der See lag glatt wie ein überdimensionaler, blinkender Spiegel unter der Sonne. Obwohl der Wind an Kraft zugenommen hatte, kräuselte nicht die geringste Welle seine Oberfläche, und die Stille, die hier ohnehin immer um eine Spur tiefer war als anderenorts, schien sich noch verstärkt zu haben, und das Sonnenlicht hatte hier, direkt über dem See, ein ganz kleines bißchen an Kraft verloren, als läge eine unsichtbare Kuppel über Loch Shin, die Licht und Laute gleichermaßen dämpfte.

Auch die Schritte des Mannes, der sich von Osten her dem See genähert hatte, klangen gedämpft. Er taumelte. Von Zeit zu Zeit blieb er stehen, um neue Kraft zu schöpfen, aber es war zu erkennen, daß er kurz vor dem Zusammenbruch stand. Er war querfeldein hierhergelaufen, auf dem kürzesten Weg, ohne Rücksicht auf sich oder seine Kleider zu nehmen. Seine schwarze Polizeiuniform war verdreckt und zerrissen, und auf seinen Händen und dem Gesicht glänzten Dutzende von kleinen, blutenden Kratzern, die er sich zugezogen hatte, als er rücksichtslos durch Gebüsch und dorniges Unterholz gebrochen war. Sein Atem ging schnell und keuchend. Sein Blick flackerte.

Schließlich erreichte er den See, taumelte die Böschung hinab und fiel – mit den Knien schon im Wasser – dicht vor dem Ufer zu Boden. Sein Blick glitt suchend über die spiegelnde Oberfläche des Sees.

Zeit verging. Minuten, Stunden – Donhill wußte es nicht. Sein Zeitgefühl war erloschen, lange, bevor er hierhergekommen war. Alles, wofür in seinem Inneren noch Platz war, war Angst.

Schließlich begann sich tief unter der unbewegten Oberfläche des Sees ein Schatten zu bewegen. Zuerst war es nicht mehr als ein verschwommener Schemen, dann ein gewaltiger, aufgedunsener Umriß, der schließlich zu einem Körper heranwuchs, einem gigantischen, walähnlichen Ding; groß, ungeheuer groß und drohend, obwohl es noch immer tief unter der Wasseroberfläche blieb. Donhill glaubte, einen gewaltigen Kopf zu erkennen, einen schlanken, unmöglich langen Schlangenhals, kurze, zu Flossen zurückgebildete Beinchen …

Aber er war nicht sicher. Das Wesen blieb dicht unterhalb der Grenze, an der er mehr Einzelheiten hätte erkennen können.

»Komm!« flüsterte Donhill. Seine Stimme bebte, aber er wußte, daß er keine andere Wahl hatte. Leyman hatte ihm deutlich genug gesagt, was geschehen würde, wenn sie versagten.

»Komm«, sagte er noch einmal. »Zeige dich! Ich befehle es dir!«

Der Schatten im See bewegte sich stärker, begann unruhig im Kreise zu schwimmen und sich hierhin und dorthin zu wenden, tauchte aber nicht weiter auf.

Dafür geschah etwas anderes.

Über dem See, genau über seiner Mitte, begann ein sanftes, grünes Licht zu leuchten. Donhill blinzelte verwirrt, setzte sich halb auf und erstarrte mitten in der Bewegung, als das Licht stärker wurde, zu einem flammenden, gleißenden Ball heranwuchs und immer noch an Leuchtkraft zunahm. In seinem Zentrum begann sich etwas Dunkles zu formen. Etwas wie ein Gesicht. Aber das grüne Licht nahm weiter an Leuchtkraft zu, und Donhill mußte den Blick senken, ehe er das Antlitz in seinem Zentrum erkennen konnte. Seine Augen tränten. Seine Angst steigerte sich bis dicht an die Schwelle zur Panik. Alles in ihm schrie danach, herumzuwirbeln und davonzurennen, aber gleichzeitig fühlte er sich gelähmt, unfähig, auch nur einen Finger zu rühren.

»Was willst du?«

Donhill fuhr beim Klang der Stimme wie unter einem Peitschenhieb zusammen. Er hatte sie erst einmal gehört, vor mehr als vierzehn Jahren, und er hatte beinahe vergessen, wie mächtig und böse sie war. Allein der Klang dieser Stimme ließ irgend etwas in ihm gefrieren.

»Ich … brauche Hilfe«, murmelte er. »Die Fremden haben –«

»Ihr habt versagt«, unterbrach ihn die Stimme. Sie klang nicht einmal zornig, nur kalt. »Ihr hattet die Macht, die Fremden zu töten, aber ihr habt versagt.«

»Das stimmt nicht!« winselte Donhill. »Dieser Craven hat Leyman umgebracht und …«

»Leyman war ein Narr wie du und hat sich selbst getötet«, unterbrach ihn die Stimme. »Er wußte, wie gefährlich das *Craal* ist, und ich habe ihn vor Craven gewarnt.«

»Aber der Blutjäger hat noch nie versagt!« begehrte Donhill auf.

Diesmal glaubte er, fast so etwas wie ein leises Lachen zu hören. »Du bist ein ebensolcher Narr wie Leyman, Donhill«, sagte die Stimme. »Ihr drei seid alle Narren. Ihr haltet euch für Zauberer, nur weil ihr ein bißchen mit den Kräften herumspielen könnt, die ich euch lieh! Ihr irrt euch. Ihr seid nichts, Donhill, nichts! Craven ist kein unwissender Tropf wie die, die vor ihm herkamen. Diese konntet ihr töten, aber Craven ist ein Hexer – seine Macht ist der euren ebenbürtig, wenn nicht überlegen.«

»Ein … Hexer?« entfuhr es Donhill ungläubig. »Dieser … Junge?«

»Er weiß es selbst noch nicht, aber er beginnt die Kraft, die in ihm schlummert, bereits zu ahnen. Die *Macht* hat nichts mit dem Alter zu tun, Donhill. Schon bald wird er seine volle Stärke entdecken und seine Kräfte entwickeln. Er könnte zu einer Gefahr für uns alle werden. So weit darf es nicht kommen. Du mußt ihn töten.«

»Aber wie?« keuchte Donhill. »Wenn selbst das *Craal* versagt …«

»Es wird nicht versagen. Es hat seine Spur aufgenommen und wird ihn töten. Deine einzige Aufgabe ist es, ihn festzuhalten. Ich hoffe, wenigstens das gelingt dir.«

Donhill bemerkte die unausgesprochene Drohung sehr wohl, reagierte aber nicht darauf. Leymans Schicksal hatte ihm deutlich gezeigt, wie wenig den Mächten, mit denen sie sich eingelassen hatten, ein Menschenleben galt.

»Und ... die Bestie?« fragte er stockend.

Wieder lachte die Stimme, aber diesmal war es ein eindeutig zynisches Lachen. »Du hast sie gerufen, Donhill, und sie wird kommen. Wenn Craven und seine Begleiter um Mitternacht noch leben, wird sie kommen. Aber ich weiß nicht, ob sie sich mit diesen sieben zufriedengeben wird, wenn sie einmal Blut geschmeckt hat. Du verstehst?«

Donhill schluckte mühsam. Er verstand.

Und ob er verstand!

Wie ich den Weg zum Hotel zurückfand, wußte ich hinterher selbst nicht mehr zu sagen. Leymans Kolonialwarenladen ging hinter mir in Flammen auf; zehnmal schneller, als normal gewesen wäre. Das Feuer, das der Blutdämon entfacht hatte, mußte in den bis zum Bersten vollgestopften Regalen und Ständern reiche Nahrung finden, denn als ich das Hotel – das am entgegengesetzten Ende der gleichen Straße lag – erreichte, quollen bereits schwere, schwarze Rauchwolken aus den geborstenen Fenstern, und die ersten Stichflammen züngelten auf die Straße hinaus. Wenn Leyman sich noch in dieser Hölle aufhielt, dann war er rettungslos verloren.

Genau wie ich, wenn ich noch lange hier herumstand ...

Ich riß mich gewaltsam von dem gleichermaßen erschreckenden wie faszinierenden Bild los, stürmte ins Hotel und rannte auf die breite Treppe am entgegengesetzten Ende des Raumes zu. Der Portier versuchte vergeblich, mich zurückzurufen, aber auf halbem Wege fiel mir ein, daß ich weder Bannermanns Zimmernummer noch die seiner Männer wußte. Ich machte auf dem Absatz kehrt, hetzte, immer drei, vier Stufen auf einmal nehmend, die Treppe wieder hinunter und auf den verdutzt dreinblickenden Mann zu.

»Bannermann!« keuchte ich. »Captain Bannermann und seine Männer – wo sind sie?«

Der Mann starrte mich an, schwieg aber beharrlich. Wütend hob ich die Hand, um ihn beim Kragen zu packen und die Antwort aus ihm herauszuschütteln, tat es aber dann doch nicht, sondern drehte statt dessen das Gästebuch herum und ließ meinen Zeigefinger über die Seite wandern.

»Aber Sir!« protestierte der Portier. »Das … das geht doch nicht!« Er versuchte mit zitternden Fingern nach dem Buch zu greifen, aber ich schlug seine Hand einfach beiseite und suchte weiter.

»Sie sehen doch, daß es geht.« Ich hatte gefunden, wonach ich gesucht hatte. Bannermann und seine fünf Leute bewohnten drei Zimmer auf der ersten Etage, direkt nebeneinander. Ein viertes war auf meinen Namen reserviert.

Ich klappte das Buch zu, legte eine Fünf-Pfund-Note obenauf und schob ihm beides über die Theke zurück. »Streichen Sie die Reservierungen«, sagte ich hastig. »Wir reisen wieder ab.«

»Aber Sir – das geht doch nicht!« kreischte der Portier. Wahrscheinlich war das sein Lieblingssatz. Ich schluckte die Antwort, die mir auf der Zunge lag, herunter, fuhr herum und rannte zum zweiten Mal die Treppe hinauf.

Ich hatte Glück, wenigstens diesmal. Bannermann war gleich im ersten Zimmer, in das ich kam. Er lag, rücklings ausgestreckt und noch vollständig angekleidet, auf einem der beiden Betten. Er schrak sofort hoch, als er mein Eintreten bemerkte, aber sein Blick war verschleiert, und im ersten Moment schien er mich nicht zu erkennen.

»Bannermann!« keuchte ich. »Wachen Sie auf! Schnell!«

Er blinzelte, fuhr sich mit der Hand über die Augen und unterdrückte mit Mühe ein Gähnen. »Was ...«, murmelte er halblaut, »ist passiert?«

»Das erkläre ich Ihnen später. Jetzt müssen wir weg hier – so schnell wie möglich.«

»Weg?« Bannermann war immer noch nicht vollends wach, aber zumindest verstand er meine Worte jetzt. »Aus dem Hotel?«

»Aus der Stadt«, entgegnete ich. »Dieses ganze Kaff ist eine Falle, Captain. Sie werden uns umbringen, wenn wir nicht von hier verschwinden.« Ich wollte ihn am Arm ergreifen und mit sanfter Gewalt vom Bett hochziehen, aber statt dessen packte er meine Hand und zog mich zu sich herab.

»Nun mal langsam, Junge«, sagte er. »Auf ein paar Sekunden kommt es ja wohl nicht an. Also – was ist passiert? Und wer sagt, daß diese Stadt eine Falle ist?«

»Ich wurde angegriffen«, antwortete ich ungeduldig. Ich wollte meinen Arm losreißen, aber Bannermann hielt ihn so mühelos fest, als spüre er meine Anstrengungen gar nicht. Ich resignierte. Vermutlich hatte Bannermann sogar recht – es war besser, wenn er wußte, worum es ging, ehe wir das Hotel verließen.

»Hören Sie die Glocke?« fragte ich.

Bannermann legte den Kopf auf die Seite, lauschte einen Moment und nickte dann. »Und?«

»Das sind keine Kirchenglocken, Bannermann«, sagte ich. »Sondern die Brandglocke. Am Ende der Straße brennt ein Haus. Und ich war vor ein paar Minuten noch drin.«

Bannermann blickte mich einen Moment zweifelnd an, ließ meinen Arm los und ging mit raschen Schritten zum Fenster. Fast eine Minute lang sah er auf die Straße hinab, ehe er sich umdrehte und mich erneut ernst und durchdringend ansah. »Ich sehe ein brennendes Haus«, sagte er. »Mehr aber auch nicht.«

»Es war eine Falle«, behauptete ich.

»Für Sie?«

»Für mich, Sie, einen Ihrer Männer – den ersten, der hineintappt.« Ich sprang auf, packte ihn bei den Schultern und deutete aufgeregt aus dem Fenster. Der Laden brannte wie ein überdimensionaler Scheiterhaufen. »Verdammt, Bannermann, begreifen Sie nicht? Die Mächte, die Ihr Schiff zerstört haben, geben sich nicht damit allein zufrieden. Sie werden nicht eher ruhen, bis auch der letzte von uns tot ist.«

Bannermanns Blick wurde hart. Mit einem wütenden Ruck streifte er meine Hände ab und trat einen halben Schritt zurück. »Wenn es so ist, dann hat es ja wohl keinen Sinn, davonzulaufen, nicht wahr?«

Ich schwieg verwirrt, rang einen Moment nach den richtigen Worten und setzte schließlich zu einer Antwort an, aber Bannermann ließ mich gar nicht erst zu Worte kommen. »Verdammt, Craven, ich habe allmählich genug! Reicht es Ihnen noch nicht, daß ich mein Schiff und den größten Teil meiner Besatzung verloren habe? Reicht es Ihnen nicht, daß ich wahrscheinlich mein Kapitänspatent verlieren und nie wieder ein Schiff kommandieren werde? Sind Ihnen die fünfzig

Männer, die vor diesem verdammten Riff ertrunken sind, nicht genug?« Plötzlich begann er zu schreien. »*Verdammt, Craven, ich habe genug von Ihnen und Ihrer sogenannten Hexerei! Es interessiert mich nicht, ob Ihr Großvater oder sonstwer einen Fluch auf sich geladen hat oder nicht! Das ist Ihr Problem, Craven, nicht meines, also sehen Sie zu, wie Sie es lösen, und lassen Sie mich da raus! Ich habe endgültig genug!*«

Ich starrte ihn an. Von dem ruhigen, stets gefaßten und überlegten Mann, als den ich ihn gekannt hatte, war nichts mehr geblieben. Bannermann zitterte. Sein Gesicht war bleich wie die Wand, vor der er stand, und in seinen Augen flackerte ein gefährliches, warnendes Feuer. Seine Hände waren erhoben und halb geöffnet, als wolle er mich packen. Aber sein Zorn verrauchte so schnell, wie er gekommen war.

Unsicher blickte er mich an, schluckte ein paarmal und fuhr sich mit dem Handrücken über das Gesicht, ehe er sich abwandte. »Verzeihen Sie«, sagte er. »Ich … habe die Beherrschung verloren.«

»Das macht nichts«, antwortete ich. »Ich verstehe Sie, Bannermann.«

Sein Kopf flog mit einem Ruck in die Höhe, und für einen Moment fürchtete ich schon, erneut einen Fehler begangen zu haben. Aber seine Stimme war ruhig, als er antwortete: »Sie sagen, wir müssen weg?«

Ich nickte. Bannermanns Worte hatten mich den eigentlichen Grund meines Hierseins beinahe vergessen lassen. »Sofort«, sagte ich. »Rufen Sie Ihre Leute zusammen, Bannermann. Dieser Ort ist eine Falle. Ich kann es Ihnen jetzt nicht erklären, aber ich bin gerade mit knapper Not einem Mordanschlag entkommen, und sie werden es wieder versuchen.«

Bannermann sah sich im Zimmer um, als erwache er aus einem tiefen, von üblen Träumen geplagten Schlaf.

»Gut«, murmelte er. »Gehen Sie ... ins Nebenzimmer und holen Sie Ford und Billings. Ich ... rufe die anderen.«

Ich verließ das Zimmer, stürmte über den Gang und betrat ohne anzuklopfen einen der anderen Räume. Die beiden Matrosen lagen komplett angezogen auf ihren Betten und schliefen; ich mußte sie mit aller Macht schütteln und anschreien, um sie wach zu bekommen, und selbst dann war ich mir nicht sicher, ob sie meine Worte wirklich verstanden.

Das Läuten der Brandglocke war lauter geworden, als wir zu dritt auf den Flur hinausstürmten, und von der Straße wehten die aufgeregten Stimmen zahlreicher Menschen herauf. Die ganze Stadt schien auf den Beinen zu sein, um den brennenden Laden zu löschen. Auch Bannermann und die drei anderen Männer waren bereits wieder auf dem Korridor.

Ohne ein weiteres Wort fuhr ich herum, stürmte an Bannermann vorbei auf die Treppe zu – und prallte zurück.

Wir waren nicht mehr allein!

Der Fäulnisgeruch und das Tappen von Schritten wären nicht einmal mehr nötig gewesen, um mir zu sagen, daß außer uns noch jemand – oder *etwas*! – im Treppenhaus war...

»Craven – was ist los?«

Bannermann berührte mich unsanft an der Schulter und schüttelte mich. Ich starrte ihn an, versuchte etwas zu sagen, bekam aber nur ein hilfloses Krächzen heraus. Bannermanns Augen wurden schmal, während er an mir vorbei zur Treppe hinabsah.

»Was ist das?« murmelte er.

»Sie ... Sie spüren es auch?« fragte ich. Bannermann nickte verkrampft. Seine Hände spielten nervös an seiner Jacke.

»Was ist das?« murmelte er erneut. »Dieser Gestank, und ... die Schritte.«

Der Unsichtbare war näher gekommen. Wie eine Pestwolke wehte sein Gestank zu uns herauf, und wenn man angestrengt lauschte, konnte man hören, wie die ausgetretenen Holzstufen unter seinem Gewicht knarrten. Auch Bannermanns Männer schienen die Annäherung des Unheimlichen zu spüren. Keiner von ihnen sagte auch nur ein Wort, aber ich sah, wie die Nervosität auf ihren Gesichtern wuchs.

»Zurück!« befahl Bannermann. »Wir müssen einen anderen Weg finden. Weg hier!«

Die Männer gehorchten stumm, und selbst ich fügte mich widerspruchslos seinen Anweisungen. Ich war beinahe froh, daß plötzlich jemand da war, der mir sagte, was ich zu tun hatte. Schritt für Schritt wichen wir zurück, bis wir das Ende des Ganges erreicht hatten. Das unsichtbare Etwas folgte uns, aber langsamer und in großem Abstand, fast als schreckte es die Anwesenheit einer so großen Zahl von Menschen ab. Allmählich glaubte ich, unter den Schritten das Geräusch schwerer, hechelnder Atemzüge zu vernehmen. Ein Laut wie das Schnüffeln eines übergroßen Bluthundes ...

»Das ... das ist eine Falle«, stammelte einer der Männer. »Hier kommen wir nie mehr lebend raus.«

»Billings!« sagte Bannermann scharf. »Reißen Sie sich zusammen!«

Billings schluckte. Sein Blick flackerte unstet, und seine Hände vollführten kleine, ängstliche Bewegungen, ohne daß er sich dessen überhaupt bewußt schien.

»Wir werden sterben!« keuchte er. »Wir ... wir werden alle sterben, Captain. So wie die, die auf der LADY zurückgeblieben sind! Das ... das Ungeheuer wird uns holen, uns alle.«

Bannermann fuhr herum, packte ihn ohne ein weiteres Wort bei den Rockaufschlägen und versetzte ihm eine schallende Ohrfeige. »Jetzt reicht es, Billings«, sagte er scharf. »Sie werden sich zusammenreißen, Sie verdammter Narr, oder ich prügele den Verstand in Ihren Dickschädel zurück!« Er hob die Hand, als wolle er seine Ankündigung unverzüglich in die Tat umsetzen. Billings stieß ein helles, wimmerndes Geräusch aus, hob schützend die Hände über den Kopf und preßte sich gegen die Wand. Bannermann schnaubte und ließ die Faust sinken. »Okay«, sagte er laut. »Jeder hat das Recht, einmal durchzudrehen, aber jetzt reißt euch zusammen. Wir müssen irgendwie hier heraus. Schlimmstenfalls klettern wir aus dem Fenster. Also ...«

Es ging zu schnell, als daß irgendeiner von uns noch Gelegenheit gefunden hätte, auch nur einen Finger zu rühren. Billings stieß sich mit einer blitzartigen Bewegung von der Wand ab, rannte Bannermann schlichtweg über den Haufen und lief, aus Leibeskräften schreiend und wie ein Wahnsinniger um sich schlagend, auf die Treppe zu.

Er kam nicht einmal fünf Schritte weit. Irgend etwas Unsichtbares, ungeheuer Starkes schien ihn mitten im Schritt zu ergreifen und mit Urgewalt herumzuwirbeln. Er schrie auf, riß verzweifelt die Arme hoch und brüllte erneut, als ihn ein zweiter, noch härterer Schlag traf. Der Matrose taumelte, prallte gegen die Wand und sank mit einem Schmerzensschrei auf die Knie. Über seiner linken Augenbraue war ein fingerlanger, blutiger Riß entstanden.

Es ging unglaublich schnell. Für den Bruchteil einer Sekunde erschien ein Schatten auf dem Flur; ein verzerrtes, gewaltiges Etwas, grob menschenähnlich geformt, aber weit über zwei Meter groß und mit fast einem Dutzend muskulöser, peitschender Schlangenarme, kopflos und mit grünschuppiger, glitzernder Haut, ein abscheuliches Monstrum, dessen bloßer Anblick allein genügt hätte, einem Mann das Blut in den Adern gerinnen zu lassen. Aber es verschwand so schnell wieder, wie es aufgetaucht war.

Dafür begann Billings zu schreien. Sein Körper wand sich, bog sich wie unter einem tödlichen Krampf und erschlaffte mit erschreckender Plötzlichkeit.

Und das Blut auf seiner Stirn begann zu kochen ...

Ich wartete nicht, was weiter geschah. Billings war rettungslos verloren, aber vielleicht rettete uns sein Opfer das Leben. Mit einem krächzenden Schrei stürmte ich los, rannte, Bannermanns entsetzte Rufe mißachtend, los, und stürmte mit gesenktem Kopf an Billings und dem Unsichtbaren vorüber. Eine Wolke erstickenden Gestankes hüllte mich ein, als ich an dem unglücklichen Matrosen vorüberhastete, und für einen winzigen, schrecklichen Augenblick glaubte ich, noch einmal den Schatten des Blutdämons zu sehen, ein verzerrter, grauer Moloch, der sich gierig über den Sterbenden beugte, seine schrecklichen Tentakelarme tief in seinen Körper versenkt.

Dann war ich vorbei und hatte die Treppe erreicht.

Die Anstrengung ließ mich taumeln. Blindlings griff ich nach dem Geländer, klammerte mich mit der Linken fest und begann, die ausgetretenen Stufen hinunterzustolpern. Ein hastiger Blick über die Schulter zurück zeigte mir, daß auch Bannermann und die vier überlebenden Matrosen endlich aus ihrer Erstarrung erwacht und losgerannt waren.

Bannermann holte mich ein, als ich den Fuß der Treppe erreichte. Sein Atem ging schnell und ungleichmäßig, und auf seinem Gesicht hatte sich ein Ausdruck tiefen, unüberwindlichen Grauens festgesetzt. »Craven!« stammelte er. »Was … was ist das? Was …« Er brach ab, als die Eingangstür des Hotels mit einem so harten Ruck aufgestoßen wurde, daß sie rücklings gegen die Wand prallte und die Scheibe klirrend zerbrach.

Unter der Öffnung erschien eine schwarzuniformierte Gestalt.

Es war nicht einmal eine Stunde her, daß ich Constabler Donhill gegenübergesessen hatte. Trotzdem erkannte ich ihn kaum wieder. Sein Gesicht war zu einer Grimasse des Hasses geworden, und seine Hände krampften sich um Schaft und Lauf einer schweren Schrotbüchse.

Einen Herzschlag lang blieb er reglos unter der Tür stehen, dann kam er näher – langsam, und das Gewehr so haltend, daß er sowohl mich als auch Bannermann und seine Männer jederzeit im Schußfeld hatte. »Rühren Sie sich nicht von der Stelle, Craven«, flüsterte er. Seine Stimme bebte. »Ich … ich warne Sie. Nehmen Sie die … die Hände hoch.«

Ich gehorchte. Rechts und links von mir nahmen auch Bannermann und die vier überlebenden Matrosen langsam die Hände in die Höhe. Von dem Portier hinter dem Empfang war keine Spur mehr zu sehen. Wahrscheinlich hatte er die Gefahr mit dem Instinkt, den solche Leute manchmal haben, gespürt und sich frühzeitig in Sicherheit gebracht.

»Sie machen einen Fehler, Donhill«, sagte ich. »Wir …«

»Schweigen Sie!« Donhill unterstrich seinen Befehl mit einer wütenden Geste mit dem Gewehr, trat einen Schritt zur Seite und winkte mit der linken Hand. Ich bemerkte erst jetzt, daß er nicht allein gekommen war. Vor der offenstehenden Tür des Hotels drängten sich mindestens ein Dutzend Männer und Frauen. Ein unangenehmes Gefühl machte sich in meinem Magen breit. Das Ganze erinnerte mich recht lebhaft an eine Lynchparty ...

»Donhill«, sagte ich verzweifelt. »Sie täuschen sich. Wir sind in Gefahr. Dort oben liegt ein –«

»Sie sollen den Mund halten, Craven!« zischte Donhill. Wütend trat er auf mich zu und hob das Gewehr, als wolle er mich schlagen. Ich duckte mich, wich einen halben Schritt zurück und bemerkte aus den Augenwinkeln, wie sich Bannermann neben mir spannte.

»Kommen Sie rein, Gellic«, sagte Donhill laut. »Keine Angst – er kann Ihnen nichts mehr tun.«

Hinter ihm erschien eine schmalschultrige, grauhaarige Gestalt. Es dauerte einen Moment, bis ich den Mann erkannte – ohne seinen Bankschalter und die ledernen Ärmelschoner sah er verändert aus.

»Ist er das?« fragte Donhill.

Gellic musterte mich von Kopf bis Fuß. Sein Blick flackerte, und er sah ganz aus wie ein Mann, der sich in diesem Moment sehr, sehr weit weg wünschte. Schließlich nickte er.

»Ja, Constabler«, murmelte er. »Das ... das ist der Mann.«

Donhill nickte grimmig, drehte sich wieder vollends zu mir und reckte kampflustig das Kinn vor. »Robert Craven«, sagte er betont. »Ich verhafte Sie hiermit wegen dringenden Mordverdachtes.«

»Mord ...«, keuchte Bannermann neben mir. »Sagten Sie Mordverdacht, Constabler?«

Donhill warf ihm einen eisigen Blick zu. »Mischen Sie sich nicht ein, Captain. Mit Ihnen beschäftige ich mich später. Und *nehmen Sie die Hände hoch!*«

Bannermann hatte die Arme halb herabsinken lassen, hob die Hände aber jetzt hastig wieder in Schulterhöhe und schüttelte verwirrt den Kopf. »Sie müssen übergeschnappt sein, Donhill«, sagte er. »Vor wenigen Augenblicken hat jemand versucht, *uns* umzubringen. Oben auf dem Flur liegt einer meiner Männer, Constabler. Tot! Warum kümmern Sie sich nicht darum, statt hier wilde Beschuldigungen vorzubringen?«

Donhill runzelte überrascht die Stirn, sah an Bannermann und mir vorbei zur Treppe und fuhr sich nervös mit der Zungenspitze über die Lippen.

Aber er tat nur so, als wäre er überrascht. Ich spürte es.

»Sie waren der letzte, der Leyman lebend gesehen hat, Craven«, sagte er hart. »Und Sie waren kaum fünf Minuten in seinem Geschäft, als das ganze Haus in Flammen aufging. Leyman ist tot, und wir können von Glück sagen, wenn der Brand nicht auf die ganze Stadt übergreift.« Er winkte befehlend mit dem Gewehr. »Also machen Sie keinen Unsinn und kommen Sie mit. Wenn Sie wirklich unschuldig sind, dann bekommen Sie Gelegenheit, Ihre Unschuld zu beweisen, Craven. Und Sie auch, Captain.«

Bannermann sog verblüfft die Luft ein. »Ich? Aber was haben wir ...«

»Nichts«, sagte ich leise. »Wir sind Fremde, Bannermann, das reicht. Nicht wahr, Donhill?«

Ich hatte den Constabler während der ganzen Zeit nicht aus den Augen gelassen, und es hätte nicht einmal meines besonderen Talentes bedurft, um zu erkennen, wie genau ich mit meiner Vermutung ins Schwarze getroffen hatte.

»Das reicht«, sagte Donhill wütend. »Wenn Sie noch ein Wort sagen, schlage ich Ihnen die Zähne ein, Craven. Sie werden später Gelegenheit haben, sich zu verteidigen.« Er sprach laut; eine Spur zu laut. Die Worte galten weniger uns als vielmehr den Leuten, die draußen vor dem Hotel standen und Donhill und uns beobachteten. Ich konnte ihre gereizte Stimmung fast riechen. Wenn wir dort hinausgingen, würde keiner von uns lebend das Gefängnis erreichen.

»Sie haben recht«, murmelte ich. »Das reicht.«

Donhill runzelte die Stirn und sah mich fragend an. Sein Finger näherte sich dem Abzug der Schrotflinte. In seinen Augen begann ein mißtrauischer Funke aufzuglühen.

Ich gab ihm keine Gelegenheit, über den tieferen Sinn meiner Worte nachzudenken. Mit einer fast gemächlichen Bewegung ergriff ich die Hand des neben ihm stehenden Bankkassierers, zog ihn zu mir heran und verdrehte ihm mit einem plötzlichen Ruck den Arm.

Aus dem erschrockenen Aufschrei des Mannes wurde ein verzweifeltes Keuchen, als ich ihn herumzerrte, meinen Arm von hinten um seinen Hals schlang und mir den zappelnden Burschen wie einen lebenden Schutzschild vor den Körper hielt.

»Lassen Sie die Waffe fallen, Donhill!« sagte ich scharf.

Donhill keuchte, machte einen halben Schritt auf mich zu und blieb abrupt stehen, als ich den Druck auf Gellics Genick um eine Winzigkeit verstärkte. Ich hatte nicht vor, den Mann wirklich umzubringen, nicht einmal, ihm weh zu tun. Aber das konnte Donhill schließlich nicht wissen.

Wenigstens hoffte ich das.

»Damit kommen Sie nicht durch!« sagte Donhill. »Sie …«

Statt meiner Antwort verdrehte ich Gellics Arm noch ein bißchen mehr, wartete, bis er sich instinktiv gegen den Druck stemmte – und versetzte ihm einen Stoß, der ihn haltlos gegen Donhill taumeln und beide zu Boden stürzen ließ.

Donhill kam nicht einmal dazu, einen Schreckensschrei auszustoßen. Bannermann sprang mit einem wütenden Knurren an mir vorbei, entriß ihm das Gewehr und schlug ihm den Kolben wuchtig in den Nacken. Donhill bäumte sich auf, verdrehte die Augen und erschlaffte.

»Raus hier!« brüllte Bannermann. »Zur Hintertür!« Gleichzeitig drehte er das Gewehr herum, richtete den Lauf auf die Tür und drückte ab.

Das dumpfe Krachen der Schrotladung vermischte sich mit den Schreckensschreien aus einem Dutzend Kehlen. Donhills Lynchkommando spritzte auseinander, als die Schrotladung unter die Männer fuhr. Die winzigen Bleikügelchen waren nicht mehr tödlich auf diese Entfernung, nicht einmal mehr wirklich gefährlich. Aber sie rissen schmerzhafte kleine Wunden und trieben die Männer vielleicht gründlicher zurück, als es eine normale Waffe getan hätte. Die einseitig bemalten, deckenhohen Fensterscheiben des Hotels zerbarsten und überschütteten die Männer auf der Straße zusätzlich mit einem Hagel kleiner, scharfkantiger Glassplitter.

Bannermann lachte schrill, fuhr herum und versetzte mir einen derben Stoß, der mich hinter seinen Männern zum rückwärtigen Teil der Halle taumeln ließ. Ich war viel zu verwirrt und überrascht, um überhaupt einen klaren Gedanken zu fassen. Bannermann zerrte mich wie ein Kind am Arm hinter sich her, stieß mich in einen Korridor und warf die Tür hinter sich ins Schloß.

»Dort entlang!« Am Ende des kurzen Korridors war ein Fenster. Bannermann stürmte darauf zu und schlug es ohne viel Federlesens ein. Das Klirren, mit dem die Scheibe zerbarst, erschien mir in der Enge des Raumes wie ein Kanonenschuß. Der Laut mußte bis zum anderen Ende des Ortes zu hören sein.

Bannermann feuerte seine Leute mit ungeduldigen Gesten an, stieg schließlich selbst durch das Fenster und streckte mir die Hand entgegen. Als ich das Hotel verließ, erbebte die Tür hinter uns unter einem ersten, wuchtigen Schlag.

»Sie verlieren keine Zeit«, knurrte Bannermann. »Kommen Sie!«

Keuchend sah ich mich um. Wir befanden uns in einer schmalen, von den nahezu fensterlosen Rückseiten der Häuser flankierten Straße. Von links drangen erregte Schreie und Rufe zu uns herein, auf der anderen Seite war der schmale blaue Streifen des Meeres zu sehen. Die Gasse mußte unmittelbar zum Strand hinunterführen.

»Okay«, sagte Bannermann. »Hört zu! Wir trennen uns – sechs einzelne Männer sind nicht so leicht zu fangen wie eine ganze Gruppe. Wir treffen uns nach Dunkelwerden unten am Strand. Und jetzt los!«

Geduckt huschten wir los. Drei von Bannermanns Männern tauchten ohne ein weiteres Wort in eine schmale Seitenstraße ein und verschwanden, der vierte blieb noch bei uns. Es war Ford, der Mann, der unten am See verletzt worden war.

Wir erreichten das Ende der Straße und blieben stehen. Vor uns lag ein halbrunder, freier Platz, vielleicht zwanzig, allerhöchstens fünfundzwanzig Yards im Durchmesser, aber völlig ohne Deckung. Wenn irgend jemand auch nur zufällig aus dem Fenster sah, während wir ihn überquerten, waren wir verloren. Bannermann lugte vorsichtig um die Hausecke und nickte abgehackt. Seine Hände spannten sich um den Schaft des Schrotgewehres. »Keiner da«, murmelte er. »Los jetzt!«

Ich zählte in Gedanken bis drei, raffte das bißchen Mut, das mir geblieben war, zusammen, und rannte hinter dem Captain auf den Platz hinaus.

Der Schuß fiel, als wir noch fünf Schritte von seinem gegenüberliegenden Rand entfernt waren. Es war ein heller, peitschender Laut, ein Geräusch, das sich gar nicht wie ein Gewehrschuß anhörte. Ford taumelte, griff sich im Laufen an die Brust und fiel vornüber.

Ich strauchelte, versuchte, nach rechts auszuweichen, und kam durch den plötzlichen Richtungswechsel aus dem Gleichgewicht. Mit hilflos rudernden Armen fiel ich zu Boden.

Aber auch Bannermann reagierte augenblicklich. Und er reagierte ganz anders, als man es von einem gemütlichen Klipperkapitän wie ihm erwartet hätte. Ohne sich auch nur umzusehen, warf er sich in vollem Lauf zur Seite, rollte über die Schulter ab und kam mit einer gleitenden, unglaublich schnellen Bewegung auf die Knie hoch. Ein zweiter Schuß peitschte, und kaum eine Handbreit neben Bannermann spritzte eine Fontäne von Staub und Funken hoch.

Bannermann schien es nicht einmal zu bemerken. Das Schrotgewehr in seinen Händen entlud sich mit einem dumpfen Krachen, und vom anderen Ende des Platzes ertönte ein halberstickter Laut.

Ich rollte herum und sah, wie eine der Gestalten, die aus einer Seitenstraße aufgetaucht war, in die Knie brach, während die anderen in heller Panik nach allen Seiten davonliefen.

Bannermann warf das nutzlos gewordene Gewehr fort, sprang hoch und zerrte mich mit einer groben Bewegung auf die Füße. »Weg hier!« keuchte er. »Die Burschen werden sich verdammt schnell von ihrem Schrecken erholen!«

Wir rannten los. Hinter uns wurden Schreie laut, und schon nach wenigen Sekunden glaubte ich, das hastige Trappeln harter Stiefelsohlen zu hören, aber ich wagte es nicht, mich umzudrehen.

Bannermann spurtete vor mir dahin, bog wahllos in die erste Straße ein, die sich vor ihm auftat – und blieb so abrupt stehen, daß ich in vollem Lauf gegen ihn prallte und gestürzt wäre, hätte er nicht blitzschnell zugegriffen und mich aufgefangen.

»Danke«, sagte ich automatisch. »Ich ...«

Der Rest des Satzes blieb mir im wahrsten Sinne des Wortes im Halse stecken, als mein Blick an Bannermann vorbei in die Straße hineinfiel.

Hinter uns kamen die Stimmen und Schritte der Verfolger näher, aber Bannermann machte keine Anstalten mehr, davonzulaufen.

Es gab auch nichts, wohin er hätte laufen können.

Die Straße führte vielleicht noch fünfzig Schritte geradeaus und endete dann vor einer senkrechten Ziegelsteinwand.

Die Straße, in die wir geflohen waren, war eine Sackgasse!

Die Zelle maß weniger als drei Schritte im Quadrat, und sie war, sah man von der strohgedeckten, an der Wand verschraubten Pritsche ab, vollkommen leer. Das Licht fiel durch ein schmales, vergittertes Fenster hoch unter der Decke. Die Wände waren feucht, und ein leichter, fauliger Geruch hing in der Luft. Auch auf der schwarzlackierten Metalltür, die den Raum verschloß, glänzte Feuchtigkeit, und in den Ritzen des Fußbodens hatten sich Schimmelpilz und Moder eingenistet.

Der Mann auf dem Lager bewegte sich im Schlaf. Er war nicht aufgewacht, seit man ihn vor Stunden hierhergebracht hatte, aber die Augen hinter den geschlossenen Lidern bewegten sich immer wieder, als durchlitte er einen Alptraum, und sein Gesicht war von einer unnatürlichen Blässe, obwohl seine Stirn vor Hitze glühte. Von seinem rechten Handgelenk führte eine schmale Kette zu einem rostigen Eisenring hoch oben in der Wand. Der Mann bewegte sich wieder. Seine Augen öffneten sich einen Spaltbreit; die Lider flackerten, und seine Fingernägel kratzten mit leisem, scharrendem Geräusch über die grobe Decke, unter der er lag. Für einen Moment verschwand der Schleier vor seinen Augen. Sein Blick tastete über die nackte Wand, glitt zum Fenster hinauf und verharrte für einen Moment auf dem sonnenerfüllten Rechteck des Fensters, wanderte weiter, tastete über die geschlossene Tür und saugte sich an dem spiegelnden, schwarzen Metall fest. Seine Augen weiteten sich ungläubig.

Die Tür war nicht mehr so, wie sie noch vor Sekunden gewesen war. Der schwarze Lack auf dem Eisen begann zu glänzen, als wäre er poliert, und im Zentrum der mannshohen, rechteckigen Fläche begann sich ein verschwommener Umriß abzuzeichnen.

O'Banyon keuchte ungläubig, fuhr mit einem kurzen Ruck hoch und sank wieder zurück, als die Kette schmerzhaft in sein Handgelenk schnitt. Er spürte es kaum. Sein Blick saugte sich an dem langgestreckten, dunklen Umriß fest, der auf dem spiegelnden Metall der Tür sichtbar geworden war …

»Mein Gott …«, keuchte er. »Herr im Himmel, was … was ist das?«

Der Schatten begann sich zu verdichten, dunkler, deutlicher zu werden. Für einen Moment glaubte O'Banyon ein mannsgroßes, flackerndes Oval zu erkennen, dann verdichtete sich der Schatten weiter, bildete Arme, Beine und einen Kopf und *wurde zum verzerrten Spiegelbild eines Menschen* … O'Banyon wollte schreien, aber das Grauen schnürte ihm die Kehle zu. Alles, was über seine Lippen kam, war ein unartikuliertes Stöhnen.

Die bizarre Veränderung ging weiter. Aus dem dunklen Fleck auf der Tür wurde der schwarze, tiefenlose Schatten eines Menschen.

»Fürchten Sie sich nicht, O'Banyon«, sagte eine Stimme. »Ich bin nicht hier, um Ihnen zu schaden.«

O'Banyon registrierte die Worte kaum. Sein Mund stand vor Entsetzen offen, und seine Fingernägel gruben sich tief in seine Handballen. Aber nicht einmal das merkte er.

»Satan!« wimmerte O'Banyon. »Du ... du bist gekommen, um mich zu holen!«

Ein leises, dunkles Lachen antwortete ihm. Aus dem Schatten auf der Tür war mittlerweile das Bild eines Menschen geworden; das gut zwei Meter große, dreidimensionale farbige Bild eines schlanken Mannes in altertümlicher, aber durchaus geschmackvoller Kleidung. Sein Gesicht war schmal und von einem dünnen, sorgsam ausrasierten King-Arthur-Bart eingerahmt. Über seinem rechten Auge zog sich ein drei Finger breiter, wie ein erstarrter Blitz gezackter Streifen schlohweißen Haares bis fast zum Scheitel hinauf.

Und dann machte das Bild einen Schritt und trat aus der Tür heraus in die Zelle hinein ... O'Banyon kreischte, fuhr hoch und preßte sich gegen die Wand, so fest er konnte. In seinen Augen flackerte der Wahnsinn. »Nein!« keuchte er. »Geh! Geh weg! Laß mich!« Er krümmte sich, verbarg den Kopf zwischen den Armen und streckte der Erscheinung abwehrend die Hände entgegen. Aus seinem Mund drangen unartikulierte, wimmernde Laute.

Der Fremde blieb einen Herzschlag lang hoch aufgerichtet vor O'Banyons Bett stehen, schüttelte dann den Kopf und berührte den Mann flüchtig an der Schulter.

O'Banyon hörte auf zu kreischen. Langsam, noch immer am ganzen Leib wie Espenlaub zitternd, aber schon wieder halbwegs beherrscht, richtete sich O'Banyon auf und starrte zu der Erscheinung hoch. Seine Lippen bebten, und seine Augen waren unnatürlich geweitet.

Der Fremde lächelte. »Geht es besser?« fragte er. Seine Stimme klang dunkel und irgendwie seltsam, als käme sie von weit, weit her, aber nicht unbedingt unfreundlich.

»Wer sind Sie?« wisperte O'Banyon. »Und wie ... wie kommen Sie hierher?«

»Mein Name ist Andara«, antwortete der Fremde. Er lächelte erneut, ging mit gemessenen Schritten um die Pritsche herum und ließ sich an ihrem Fußende auf die Bettkante sinken. Als er durch den schmalen Streifen flirrenden Lichtes schritt, der durch das Fenster hereinfiel, sah O'Banyon, daß das Licht durch seinen Körper hindurchschimmerte, als wäre er nichts als ein Trugbild.

»Und was die Frage angeht, wie ich hierherkomme«, fuhr Andara fort, »das ist eine lange Geschichte, und ich fürchte, mir bleibt nicht die Zeit, sie zu beantworten. Aber ich bin nicht Ihr Feind, O'Banyon.«

O'Banyon schluckte krampfhaft. »Sie ... Sie kennen mich?« fragte er.

Andara nickte. »Ja. Sie und Ihren Freund.«

»Steve?« O'Banyon setzte sich kerzengerade auf und sank mit einem neuerlichen Keuchen zurück, als die Kette abermals tief in sein Handgelenk schnitt. Andara beugte sich vor und berührte die Handschelle mit zwei Fingern. Für den Bruchteil einer Sekunde glühte der metallene Ring auf wie unter einem inneren Feuer. Dann verschwand er.

O'Banyon starrte fassungslos auf sein Handgelenk. »Gott!« keuchte er. »Wie ... wie haben Sie das gemacht?«

»Auch für diese Antwort bleibt im Moment keine Zeit, fürchte ich«, sagte Andara. »Glauben Sie mir einfach, daß ich Ihr Freund bin und nur Ihr Bestes will, O'Banyon. Ich werde Sie aus diesem Gefängnis befreien.«

O'Banyon starrte sein Gegenüber an, suchte vergeblich nach Worten und sah sich dann mit einem Blick um, als nehme er seine Umgebung erst jetzt zum ersten Mal wahr. Auf seinem Gesicht begann ein tiefer, mit Grauen gepaarter Schrecken zu erwachen. »Steve«, murmelte er. »Das ... das Ungeheuer. Es ... es hat ihn umgebracht.«

Andara nickte ernst. »Ich fürchte ja.«

O'Banyon schwieg einen Moment. Seine Stimme klang gepreßt, als er weitersprach, aber in seinem Blick flackerte der Wahnsinn. »Dann ... dann habe ich all das wirklich erlebt?« murmelte er. »Ich bin nicht verrückt? Ich ...«

Andara lächelte. »Nein, O'Banyon, das sind Sie gewiß nicht. Donhill und die anderen haben versucht, Ihnen das einzureden, aber es ist alles wahr.«

»Dann ist Steve wirklich tot«, murmelte O'Banyon.

»Ja. Aber es war nicht Ihre Schuld, daß er gestorben ist, O'Banyon«, antwortete Andara. »Man hat Ihnen übel mitgespielt, Ihnen und Ihrem Freund. Donhill und die anderen wußten, daß die Bestie dort draußen im See auf Sie lauert. Ihr Freund wurde geopfert. Auch Sie sollten sterben.«

O'Banyon atmete hörbar ein. Seine Hände zuckten. »Warum ... erzählen Sie mir das alles?« fragte er halblaut. »Warum helfen Sie mir, Andara?«

»Weil ich Ihre Hilfe brauche, O'Banyon«, antwortete Andara ernst. »Donhill und seine Freunde sind Verbrecher, gewissenlose Mörder, denen ein Menschenleben nichts gilt. Auch Sie würden sterben, wenn Sie blieben. Donhill und seine Freunde würden Sie umbringen.«

»Meine Hilfe?«

Andara nickte. »Hören Sie zu, O'Banyon. Ich ... kann aus Gründen, die ich Ihnen jetzt nicht zu erklären vermag, nicht sehr lange bleiben. Mein Hiersein allein verstößt gegen Gesetze, denen selbst ich mich zu beugen habe.«

»Sie sind kein Mensch«, murmelte O'Banyon. In seiner Stimme war ein leichter, hysterischer Unterton.

»Kein *lebender* Mensch, wenn Sie das meinen«, bestätigte Andara. »Aber hören Sie zu, O'Banyon. Ich bringe Sie hier heraus, aber ich muß Sie um einen Gefallen bitten. Mein Sohn ist in dieser Stadt. Er ist der Mann, der Sie hierhergebracht hat. Sein Name ist Craven, Robert Craven. Können Sie sich das merken?«

O'Banyon nickte. »Robert Craven«, wiederholte er.

»Ja. Gehen Sie zu ihm, O'Banyon. Gehen Sie zu ihm und warnen Sie ihn. Sagen Sie ihm, daß ...«

»Zu ihm gehen?« keuchte O'Banyon. »Aber das kann ich nicht, Andara! Sie werden mich sofort wieder einfangen, wenn ich mich ...«

»Niemand wird Sie erkennen, O'Banyon«, sagte Andara ruhig, »keine Sorge. Ich verfüge nur noch über einen Bruchteil der Macht, über die ich einst gebot, aber sie reicht noch, Sie zu beschützen, wenn auch nur für kurze Zeit. Und jetzt hören Sie zu: Gehen Sie zu ihm. Suchen Sie ihn, und sagen Sie ihm, daß ich Sie schicke. Es gibt etwas, das er wissen muß. Sagen Sie ihm, daß dieses Dorf eine Falle ist, eine Falle, die für mich bestimmt war und nun ihm zum Verhängnis werden wird, wenn er nicht flieht. Donhill und Leyman sind Magier, und die Bestie draußen im See ist nur ein Werkzeug, das ihren Befehlen gehorcht.«

»Magier?« wiederholte O'Banyon ungläubig.

Andara nickte ungeduldig. »Sagen Sie es ihm einfach, O'Banyon. Und sagen Sie ihm, daß er fliehen muß. Er ahnt die Wahrheit bereits, aber es gibt etwas, das er nicht weiß: Sagen Sie ihm, daß es immer drei sind. Es gibt einen dritten Hexer hier im Ort. Er soll sich vor ihm in acht nehmen.«

»Aber wer? Warum ...«

»Ich weiß nicht, wer der dritte ist«, sagte Andara traurig. »Er ist stark, viel stärker als ich. Ich kann seine Identität nicht ergründen. Aber es gibt ihn, und er wird Robert vernichten, wenn er nicht flieht. Und jetzt gehen Sie, O'Banyon. Die Zeit wird knapp.«

»Aber warum gehen Sie nicht selbst?« fragte O'Banyon hastig. »Warum warnen Sie ihn nicht selbst vor der Gefahr?«

Andaras Gestalt begann zusehends an Substanz zu verlieren. »Weil ich es nicht kann«, sagte er. Seine Stimme klang plötzlich dünn und leise, nur noch ein schwacher Hauch, der kaum mehr zu verstehen war. »Es ist mir unmöglich, mich ihm zu nähern. Der dritte Magier verhindert es. Er weiß, daß ich hier bin. Er kann mir nicht schaden, aber er verhindert, daß ich Robert nahe komme. Und jetzt gehen Sie, O'Banyon, ich bitte Sie. Warnen Sie meinen Sohn. Sagen Sie ihm, es gibt einen dritten Magier!«

Seine Stimme war immer leiser geworden, und im gleichen Moment, in dem das letzte Wort verklungen war, verschwand seine Gestalt vom Fußende des Bettes, als wäre sie niemals dagewesen.

O'Banyon starrte die Stelle, an der die Erscheinung gesessen hatte, noch einen Moment lang an. Dann schwang er die Beine vom Bett, stand auf und ging langsam zum Ausgang.

Das metallene Türblatt schwang lautlos nach außen, als er sich der Tür näherte.

Die Schritte der Verfolger kamen unbarmherzig näher. Die Straße hinter uns war erfüllt vom Trappeln zahlloser Füße und dem aufgeregten Schreien aus Dutzenden von Kehlen. Ein Schuß krachte.

Der peitschende Knall riß mich vollends aus meiner Erstarrung. Nach dem, was Bannermann gerade getan hatte, würde der Mob garantiert keine Rücksicht mehr nehmen. Sie würden Bannermann und mich zerreißen, wenn Sie uns in die Finger bekamen.

Ich packte Bannermann bei der Schulter, zerrte ihn hinter mir her und rannte los, so schnell ich konnte. Mein Blick tastete verzweifelt über die Rückfronten der Häuser, die die Straße zu beiden Seiten flankierten. Es gab eine Anzahl Fenster – sogar eine Tür –, aber sie waren ausnahmslos verschlossen, und die Zeit, eines von ihnen aufzubrechen, würde uns nicht bleiben.

Wir erreichten das Ende der Gasse und blieben stehen. Ich ließ Bannermanns Arm los, sah mich verzweifelt um – und griff entschlossen nach dem rauhen Stein der Wand, die die Sackgasse begrenzte.

»Was haben Sie vor?« fragte Bannermann erschrocken. Sein Blick fiel zurück zum Ende der Gasse. Von den Verfolgern war noch keine Spur zu sehen, aber es konnte nur noch Sekunden dauern, ehe sie auftauchten.

»Klettern!« antwortete ich gepreßt, während ich bereits die Finger in eine Mauerritze krallte und mich hochzuziehen versuchte. »Und zwar um mein Leben!«

»Aber das ist Wahnsinn!« keuchte Bannermann. »Sie werden uns wie die Tontauben herunterschießen, Craven!«

»Dann bleiben Sie doch hier!« brüllte ich. »Ich versuche es wenigstens. Ich ...«

Bannermann griff warnungslos nach meinem Arm, zerrte mich mit einem Ruck auf den Boden zurück und drehte mich reichlich unsanft herum, als ich protestieren wollte.

Kaum fünf Meter neben uns hatte sich eine schmale Tür in einer der Wände geöffnet. Eine kleinwüchsige, in einen dunkelbraunen Kapuzenmantel gehüllte Gestalt war halb ins Freie getreten und winkte aufgeregt zu uns herüber. Ihr Gesicht war nicht zu erkennen.

Ich überlegte nicht mehr. Vielleicht war es eine Falle. Vielleicht warteten hinter der Tür ein Dutzend entsicherter Gewehre auf Bannermann und mich, aber wir hatten nichts mehr zu verlieren.

Ich rannte los, stürmte durch die Tür und lief noch ein paar Schritte weiter, ehe ich dicht hinter Bannermann keuchend zum Stehen kam. Hinter uns fiel die Tür mit dumpfem Krachen ins Schloß und sperrte sowohl die Stimmen unserer Verfolger als auch das Tageslicht aus. Von einer Sekunde zur anderen wurde es dunkel. Alles, was blieb, war ein schwacher, grauer Schimmer, der kaum ausreichte, mehr als schemenhafte Umrisse zu erkennen.

Eine Hand berührte mich an der Schulter, stieß mich reichlich unsanft vorwärts und deutete den Gang hinab. »Schnell«, sagte eine Stimme. »Die Treppe hinauf. Sie werden gleich hiersein!«

Wir rannten los. Unser geheimnisvoller Retter führte uns über eine schmale, geländerlose Treppe ins obere Stockwerk des Gebäudes und einen weiteren, etwas besser erhellten Korridor entlang. Ich versuchte, einen Blick auf sein Gesicht zu erhaschen, aber der braune Kapuzenmantel machte es unmöglich, ihn genauer zu erkennen. Alles, was ich zu sehen glaubte, war, daß er sehr jung war.

Der Korridor endete vor einer niedrigen, schloßlosen Tür. Unser Führer stürmte mit gesenktem Kopf hindurch, wartete, bis Bannermann und ich ihm gefolgt waren, und warf die Tür ungeduldig hinter sich zu.

Der Raum, in den wir gelangten, maß kaum fünf Schritte im Rechteck und war äußerst spärlich möbliert. Die Luft roch nach Staub und kalt gewordenem Essen. Unser Retter eilte an mir vorüber, trat an den wuchtigen, dreitürigen Schrank, der zusammen mit einem Bett und einem wackeligen Tisch die gesamte Einrichtung des Zimmers bildete, öffnete die rechte Tür und schob ungeduldig die darin aufgehängten Kleider beiseite.

»Schnell!« sagte er. »Hier hinein!«

Ich tauschte einen verwunderten Blick mit Bannermann, gehorchte aber. Der Schrank war von innen geräumiger, als es ausgesehen hatte, aber Bannermann, ich und unser Retter füllten ihn doch fast bis zum Bersten aus. Hastig schloß er die Tür und hantierte einen Moment lang im Dunkeln herum.

Etwas klickte. Ein Teil der Rückwand löste sich und schwang quietschend nach außen. Helles Sonnenlicht blendete mich.

Ich blinzelte, hob die Hand vor die Augen und stolperte aus dem Schrank, als mir unser neuerworbener Freund schon wieder einen Stoß versetzte. »Beeilt euch!« keuchte er. »Und keinen Laut, oder wir sind alle drei tot!«

Ich stolperte vorwärts, stieß mir den Kopf an einem tiefhängenden Balken und ließ mich mit einem gemurmelten Fluch auf die Knie sinken. Neben mir plumpste Bannermann zu Boden und schüttelte benommen den Kopf.

Ich wollte eine Frage stellen, aber die Schrankwand schloß sich bereits wieder, und weniger als eine Sekunde später waren Bannermann und ich allein.

Verwirrt sah ich mich um. Wir waren in einer niedrigen, aber erstaunlich geräumigen Dachkammer, die wesentlich großzügiger und liebevoller eingerichtet war als das Zimmer auf der anderen Seite. Das Licht kam von oben durch zwei Lücken, wo die Dachziegel entfernt und geschickt durch genau zugeschnittene Glasplatten ersetzt worden waren. Der Raum war so niedrig, daß nicht einmal Bannermann aufrecht stehen konnte, ohne sich an den Balken zu stoßen, aber es gab eine Anzahl gemütlich aussehender Sessel, eine altmodische Chaiselongue und ein breites, sauber bezogenes Bett, so daß es nicht nötig war, zu stehen. An einer der Wände hingen sogar ein paar Bilder, und auf dem runden Tisch in der Mitte des Zimmers stand eine Vase mit frisch geschnittenen Blumen.

Ich wollte aufstehen, aber Bannermann legte mir rasch die Hand auf den Unterarm, schüttelte den Kopf und legte den Zeigefinger über die Lippen.

Ich lauschte. Im ersten Moment vernahm ich nichts außer dem rasenden Hämmern meines eigenen Herzens und dem dumpfen Rauschen meines Blutes in den Ohren, dann hörte ich das gedämpfte Geräusch von Schritten durch die Schrankwand dringen, schließlich Stimmen.

»Wo sind sie?« fragte eine harte, unsympathische Stimme.

»Wer?« antwortete eine andere. Ich glaubte, sie als die unseres Retters zu identifizieren.

»Die beiden Fremden. Sie sind in dieses Haus geflüchtet. Hast du sie gesehen?«

»Ich habe niemanden gesehen. Wenn sie hier im Haus waren, dann sind sie auf der anderen Seite wieder –« Etwas klatschte, und die Stimme brach mit einem schmerzhaften Wimmern ab.

»Sag die Wahrheit!« hörte ich wieder die erste Stimme. »Die beiden sind Verbrecher, Pri! Sie haben

Leyman ermordet, und einer von ihnen hat auf Ben geschossen und ihn schwer verletzt. Wenn du sie deckst ...«

»Aber ich habe niemanden gesehen! Ihr ... ihr könnt ja selbst nachsehen, ob ich hier irgend jemanden verstecke!«

Die Männerstimme lachte böse. »Darauf kannst du dich verlassen. Los, Jungs – stellt die Bude auf den Kopf.«

Bannermann fuhr erschrocken zusammen und sog hörbar die Luft ein, schwieg aber weiter verbissen. Eine Zeitlang waren durch die dünne Wand polternde und krachende Laute zu hören, vermischt mit dem schweren Stampfen von Schritten und wütendem Fluchen. Mein Herz schien einen schmerzhaften Sprung zu tun, als ich hörte, wie die Schranktür roh aufgestoßen und die Kleider von den Haken gerissen wurden. Schließlich traf sogar ein Kolbenhieb die Rückwand des Schrankes.

»Die sind wirklich nicht hier«, vernahm ich. »Sie müssen vorne raus sein«, fügte eine andere Stimme hinzu. »Oder über die Dächer. Aber die kriegen wir schon.« Wieder polterten Schritte, dann wurde die Tür unsanft aufgerissen. Glas klirrte.

»Du sagst uns sofort Bescheid, wenn du sie siehst, ist das klar?« hörte ich wieder die erste Stimme. Unser Retter antwortete irgend etwas, das ich nicht verstand, dann fiel die Tür krachend ins Schloß, und schwere Schritte polterten die Treppe hinunter.

Bannermann atmete hörbar auf. »Das war knapp«, flüsterte er. »Eine halbe Minute später, und ...«

Er sprach nicht weiter, aber das war auch nicht nötig. Diesmal hatten wir mehr als nur Glück gehabt. Unsere Rettung glich einem Wunder.

Ich sah auf, als die Schranktür abermals geöffnet und

das Geräusch leichter Schritte lauter wurde. Knarrend schwang die Rückwand des Schrankes nach innen, und eine schmalschultrige, in ein einfaches braunes Gewand gehüllte Gestalt huschte geduckt zu uns herein.

Der Anblick verschlug mir für einen Moment die Sprache.

Unser Retter hatte seinen Mantel abgelegt. Sein Gesicht war im hellen Sonnenschein deutlich zu erkennen.

Es war ein Mädchen.

Im ersten Moment schätzte ich sie auf achtzehn, vielleicht neunzehn Jahre, dann, als sie die Tür hinter sich geschlossen hatte und sich zu Bannermann und mir herumdrehte, erkannte ich, daß sie viel jünger sein mußte.

Vielleicht täuschte ich mich aber auch. Für einen Moment kreuzten sich unsere Blicke, und ich las in ihren dunklen Augen einen Ausdruck solchen Ernstes, daß ich meine erste Schätzung schon wieder für realistischer zu halten begann.

Plötzlich lächelte sie, und es war …

Wissen Sie, wie es ist, wenn nach wochenlangem Regen zum ersten Mal ein Sonnenstrahl durch die Wolkendecke bricht, oder wenn man nach einem langen, kalten Winter das erste Mal wieder Vogelstimmen hört, wenn die Sonne aufgeht?

So war ihr Lächeln. Sie sagte kein Wort, sondern lächelte Bannermann und mich nur an, aber sie hatte eine Art zu lächeln, die einem Mann in einer Sekunde die Sinne verwirren konnte.

Fast eine Minute lang starrten Bannermann und ich sie nur an, und vermutlich hätten wir uns noch länger zum Narren gemacht und sie angeglotzt, wenn sie nicht schließlich von sich aus das Schweigen gebrochen hätte.

»Es ist alles in Ordnung«, sagte sie. »Sie sind in Sicherheit. Sie werden nicht wiederkommen.«

Ich schluckte, tauschte einen hilfesuchenden Blick mit Bannermann, versuchte aufzustehen und stieß mir abermals den Kopf an einem Balken.

»Ich ...«, stammelte ich. »Ich meine, wir ...«

»Warum setzen Sie sich nicht erst einmal?« unterbrach sie mich, noch immer lächelnd, aber jetzt auf eine andere, fast spöttische Art. »Die Gefahr ist vorüber. Und wir haben Zeit.« Sie unterstrich ihre Worte mit einer einladenden Geste, eilte leichtfüßig zur Chaiselongue und ließ sich darauf nieder. Bannermann und ich folgten ihr, wenn auch zögernd und in gehörigem Abstand.

»Warum haben Sie das getan, Miß?« fragte Bannermann zögernd. »Sie ... Sie werden furchtbaren Ärger bekommen, wenn herauskommt, daß Sie uns geholfen haben.«

»Hören Sie mit dem albernen Miß auf«, sagte das Mädchen lächelnd. »Mein Name ist Priscylla – Pri, für meine Freunde. Und ich werde keinen Ärger bekommen, wenn Donhills Bande herausfindet, daß ich Sie verborgen habe, Captain Bannermann. Sie werden mich umbringen.«

»Um...« Ich stockte, starrte sie erschrocken an und suchte einen Moment vergeblich nach Worten.

Priscylla winkte ab. »Machen Sie sich keine Sorgen, Mister Craven.«

»Robert.«

»Robert, gut«, lächelte Priscylla. »Sie sind sicher hier. Der Mann, der diesen Geheimraum gebaut hat, lebt nicht mehr. Außer mir weiß niemand von diesem Zimmer. Ist es wahr, daß Sie Leyman umgebracht haben, Robert?«

Die Frage schockierte mich. »Ich ... nein«, sagte ich verwirrt. »Er ist tot, aber ...«

»Schade«, sagte Priscylla ruhig. »Dieser Mistkerl hätte es verdient.«

»War das Ihr Ernst?« fragte Bannermann, als hätte er ihre letzten Worte gar nicht gehört. »Daß sie Sie umbringen würden?«

Priscylla nickte. »Ja. Sie kennen Donhill nicht. Er ist kein Mensch, Captain, sondern ein Ungeheuer.«

»Aber warum?« fragte Bannermann verstört. »Ich meine – Robert und ich haben ihm nichts getan.«

Priscylla lachte, aber es klang bitter. »Sie sind Fremde, Captain, das reicht. Donhill hat schon Dutzende von Männern und Frauen getötet.«

»Donhill? Aber er ist ...«

»Polizeibeamter?« So, wie Priscylla das Wort aussprach, hörte es sich wie eine Beschimpfung an. »O ja, das ist er, Captain. Der Mann, der in Goldspie für Ordnung sorgt, nicht wahr? Wie finden Sie unser kleines Städtchen? Hübsch, nicht?«

Bannermann antwortete nicht, aber Priscyllas Frage war auch keine von der Art gewesen, auf die man wirklich eine Antwort erwartete. »Goldspie«, murmelte sie. »Ein hübsches kleines Städtchen an der Küste, wie? Dieser ganze Ort ist eine einzige Mordgrube, Captain.« Sie setzte sich auf, beugte sich ein Stück vor und sah erst Bannermann, dann mich auf sonderbare Weise an. »Sie haben mich gefragt, warum ich Sie gerettet habe, Captain? Ich will es Ihnen sagen. Ich will hier weg. Ich will raus aus dieser Hölle, weg von hier, so weit wie möglich. Und dazu brauche ich Ihre Hilfe.«

Allmählich begann ich zu begreifen. »Sie ... wollen Goldspie verlassen?«

Priscylla nickte. »Ja. Ich ... habe schon ein paarmal versucht, zu fliehen, aber sie haben mich immer wieder eingefangen. Donhill ist ein Teufel, Robert. Und sein Arm reicht weit. Allein schaffe ich es nicht.«

»Und Sie glauben, mit uns zusammen würde es Ihnen gelingen?« Ich seufzte. »Ich fürchte, Sie haben sich die falschen Verbündeten ausgesucht, Priscylla. Wir wissen selbst nicht, wie wir hier herauskommen.«

»Ich helfe Ihnen«, sagte Priscylla. Die Antwort kam so schnell, als hätte sie nur auf meine Worte gewartet. »Sobald die Sonne untergeht, bringe ich Sie hier heraus. Aber Sie müssen mich mitnehmen.«

Für eine Weile sagte keiner von uns ein Wort. Priscylla blickte mich an, und wieder glaubte ich, in ihren Augen einen Schmerz zu erkennen, den ich mir nicht erklären konnte.

»Sie riskieren Ihr Leben, Kind«, sagte Bannermann nach einer Weile. »Ist Ihnen das klar? Wenn Donhill wirklich der Verbrecher ist, für den Sie ihn halten ...«

»Er ist kein Verbrecher«, unterbrach ihn Priscylla scharf. »Er ist ein Teufel, Bannermann, und das meine ich ernst. Er und seine Bande haben sich mit dem Satan eingelassen, und sie zahlen mit dem Leben Unschuldiger für diesen Pakt.«

Bannermann runzelte die Stirn und setzte dazu an, etwas zu sagen, aber ich brachte ihn mit einem raschen Blick zum Schweigen. »Wie meinen Sie das?« fragte ich schnell.

»So, wie ich es sagte«, antwortete Priscylla. »Und zwar ganz genau so. Sie sind fremd hier. Sie kennen wahrscheinlich nicht die Geschichten, die man sich über Goldspie erzählt, aber ...«

»Sie meinen das Ungeheuer?«

Priscylla blinzelte verwirrt. »Sie ... wissen davon?«

»Wir haben einen Mann getroffen, heute morgen«, nickte ich. »Oben am See. Er erzählte von einem Monster. Aber ich weiß nicht, was davon wahr ist. Er schien ... verwirrt.«

»Jedes Wort«, sagte Priscylla. »Das Monster von Loch Shin existiert, Robert, und es fordert seinen Tribut.«

Für einen Moment hatte ich das Gefühl, von einer unsichtbaren, eisigen Hand gestreift zu werden. »Sie meinen, es ist mehr als eine Legende?«

»Ich weiß nicht, was es ist«, antwortete Priscylla. »Niemand weiß das, außer Donhill und Leyman vielleicht. Es lebt draußen im See, aber einmal im Monat, bei Vollmond, taucht es an die Oberfläche und verlangt sein Opfer. Ein Menschenopfer, Robert.« Sie seufzte, schüttelte ein paarmal den Kopf und begann mit den Händen zu ringen. Sie hatte sehr schlanke Hände. Vielleicht war sie doch jünger, als ich glaubte. »Niemand weiß wirklich, was dieses Ungeheuer ist«, fuhr sie nach einer Weile fort. Ihre Stimme klang verändert, als spreche sie nur mit sich selbst, nicht mit uns. »Es ist ein ... Ding, halb Fisch, halb Echse. Ich habe es nur einmal gesehen, aber es war ... fürchterlich. Es begann vor zehn oder zwölf Jahren, vielleicht auch eher. Vorher war Goldspie eine ganz normale Ortschaft mit ganz normalen Menschen. Aber dann kamen Donhill und Leyman hierher, und alles wurde anders. Ich glaube, das Monster war schon vorher im See, aber seit Donhill und seine Teufel hier sind, verlangt es Opfer. Sie ... sie töten Fremde, Robert. Sie nehmen sie gefangen und sperren sie in Donhills Gefängnis, bis wieder Vollmond ist. Dann werden sie der Bestie geopfert.«

»Aber warum wehren sich die Menschen in Goldspie nicht?« fragte Bannermann ungläubig.

»Sie haben es versucht, Captain«, antwortete Priscylla ernst. »Ganz zu Anfang haben sie es versucht. Aber Donhill und Leyman sind keine normalen Menschen. Sie sind Teufel, glauben Sie mir. Es gab viele Tote damals, und die Bestie hat einen Teil der Ortschaft zerstört. Seitdem wagt es niemand mehr, sich gegen die beiden zu stellen.«

»Leyman ist tot«, sagte Bannermann bestimmt. »Vielleicht ändert sich jetzt alles.«

»Nichts ändert sich«, behauptete Priscylla. »Leyman war nie der Schlimmere von beiden. Ich glaube, er hat Donhill sogar zurückgehalten, die ganze Zeit über. Jetzt, wo er nicht mehr da ist, wird Donhill erst recht zum Ungeheuer werden. Und es gibt keinen hier, der es wagen würde, sich gegen ihn zu stellen.«

»Ich glaube nicht, daß Ihr Mister Donhill kugelfest ist«, sagte Bannermann wütend. »Wenn er wirklich der Teufel ist, als den Sie ihn bezeichnen, Miß, dann …«

Priscylla unterbrach ihn mit einem leisen, humorlosen Lachen. »Glauben Sie wirklich, auf diese Idee wäre noch niemand gekommen, Captain?« fragte sie. »Sie können Donhill nicht töten. Nach Leymans Tod ist er der letzte, der die Bestie noch im Zaum halten kann. Wenn er stirbt, würde sie die ganze Ortschaft zerstören. Und deshalb wird jedermann in Goldspie ihn mit seinem Leben schützen, auch wenn sie ihn in Wirklichkeit wie die Pest hassen.«

»Und Sie?« fragte ich leise.

Priscylla blickte mich ernst an. »Ich?« Sie seufzte. »Ich schulde den Leuten hier nichts. Sie haben erlebt, wie sie mich behandelt haben.«

»Sie haben Sie geschlagen.«

Priscylla schnaubte. »Wenn es nur das wäre. Ich lebe seit fünfzehn Jahren hier, und die letzten vier davon waren die Hölle.« Sie stand auf und machte eine Geste, die die ganze Kammer einschloß. »Wissen Sie, wer diesen Geheimraum gebaut hat?« fragte sie. »Leyman. Und wissen Sie, wozu?«

»Nein.«

Priscylla lachte böse. »Raten Sie, Craven.«

»Ich habe keine Ahnung«, sagte ich, obwohl das nicht ganz der Wahrheit entsprach. Ich begann zu ahnen, was Priscylla meinte. Aber die Vorstellung erschreckte mich zutiefst.

»Ich war seine Geliebte«, sagte sie. »Nicht freiwillig, aber das interessierte ihn nicht. Die letzten vier Jahre kam er fast jede Nacht hierher. Er … er hätte mich getötet, wenn ich ihm nicht zu Willen gewesen wäre.«

Bannermann keuchte. »Er hat Sie …«

»Er hat mich zu seiner Hure gemacht, sprechen Sie es ruhig aus, Captain«, sagte Priscylla hart. »Ja. Vier Jahre lang hat er mich benutzt, wie es ihm gefiel. Er war ein Tier, Captain. Ein schmutziges, brutales Tier. Vielleicht verachten Sie mich jetzt, aber …«

»Niemand verachtet Sie, Priscylla«, unterbrach ich sie sanft. »Aber Leyman ist tot, vergessen Sie das nicht.«

»Was ändert das?« fuhr Priscylla auf. »Donhill wird weitermorden, und jetzt, wo Leyman nicht mehr da ist, wird er sich holen, was vorher Leyman zugestanden hat. Er war schon lange scharf auf mich. Es wird sich nichts ändern. Es wird höchstens schlimmer werden.«

Bannermann und ich schwiegen.

»Haben Sie denn niemanden, der sich um Sie kümmert?« fragte Bannermann nach einer Weile.

Priscylla verneinte. »Meine Mutter starb, als ich ein Jahr alt war«, sagte sie. »Und meinen Vater haben sie vor vier Jahren umgebracht.«

»Donhill?«

»Leyman«, antwortete Priscylla. »Er war ihm im Weg, und als eines Tages wieder Vollmond war und *rein zufällig* kein Fremder bei der Hand, wurde er der Bestie geopfert. Nein, Captain, ich schulde diesem Ort nichts, und den Menschen, die in ihm leben, erst recht nicht. Ich will weg hier. Nehmen Sie mich mit?«

»Selbstverständlich«, sagte Bannermann hastig. »Und ich verspreche Ihnen, daß wir mit diesem Wahnsinn Schluß machen werden.«

Priscylla schien es vorzuziehen, gar nicht darauf zu antworten. Sie lächelte nur, ging gebückt zu einer Truhe und kam mit einem Krug und drei einfachen, tönernen Bechern zurück. »Trinken Sie«, sagte sie. »Zu essen kann ich Ihnen nichts anbieten, aber vielleicht hilft Ihnen ein guter Sherry, wieder zu Kräften zu kommen.«

Dankbar griff ich nach dem Becher, den sie mir reichte, nahm einen tiefen Schluck und lehnte mich zurück. »Wo wollen Sie hin, wenn wir hier weg sind?« fragte ich.

Priscylla zuckte mit den Achseln. »Irgendwohin«, sagte sie. »Vielleicht nach London. Ich habe ein wenig Geld, um zu überleben, bis ich Arbeit gefunden habe. Alles ist besser, als noch länger hierzubleiben.«

»Was ... ist mit meinen Männern?« fragte Bannermann leise. »Wir hatten verabredet, uns nach Dunkelwerden am Strand zu treffen.«

Priscylla schüttelte entschieden den Kopf. »Das wird nicht gehen, Captain. Dort werden sie uns zuerst suchen.«

»Sie glauben doch nicht, daß ich ohne die Leute von hier weggehe?« fragte Bannermann scharf. »Ich bin für sie verantwortlich, mein liebes Kind.«

»Es sind erwachsene Männer, oder?« entgegnete Priscylla ruhig. »Und wenn Sie dort hinunter zum Strand gehen, Captain, dann sind Sie tot, ehe die Sonne aufgeht. Donhill wird nicht eher ruhen, bis er sie eingefangen hat. Er kann es sich gar nicht leisten, irgendwelche Zeugen entkommen zu lassen.«

Bannermann starrte sie an, schwieg aber. Er schien einzusehen, daß Priscylla recht hatte. Aber sehr wohl war ihm nicht in seiner Haut.

»Wir kommen zurück, so schnell wir können«, sagte ich. »Mit einer Hundertschaft Polizei, Captain. Keine Sorge.«

»Und was werden wir finden? Drei Tote?«

»Vollmond ist erst wieder in zwanzig Tagen, Captain«, sagte Priscylla. »Und Donhill wird ...«

»Still!«

Bannermann schnitt ihr mit einer abrupten Bewegung das Wort ab, setzte sich kerzengerade auf und starrte zur ›Tür‹. Priscylla verstummte abrupt, runzelte die Stirn und stand halb auf, führte die Bewegung aber auch nicht zu Ende.

Durch das dünne Holz der Schrankwand waren Schritte zu hören, schwere, schlurfende Schritte, begleitet von einem widerwärtigen, kratzenden Geräusch, einem Laut, als schleiften harte Krallen über den Boden. Dann hörten wir das Atmen.

Und es waren keine menschlichen Atemzüge ...

»Gott!« keuchte Bannermann. »Das Ungeheuer!«

Priscylla erbleichte, starrte erst Bannermann und dann mich an und blickte dann wieder zum Ausgang. Ein leichter, süßlicher Geruch lag plötzlich in der Luft. »Wovon ... reden Sie, Captain?« fragte sie unsicher.

»Das Monster«, stammelte Bannermann. »Das ... das Ding, das Billings getötet hat ...« Seine Hände schlossen sich so fest um den Weinbecher, daß das tönerne Gefäß mit einem hellen Knacken zerbrach und sich der Sherry über seine Hose ergoß. Er merkte es nicht einmal.

»Wir müssen raus hier!« sagte ich. »Gibt es einen zweiten Ausgang?«

Priscylla schüttelte stumm den Kopf. Ihr Gesicht hatte alle Farbe verloren.

»Dann durch das Dach. Helft mir!« Ich sprang auf, hielt mich mit der Linken an einem Balken fest und stellte mich auf die Zehenspitzen, um mit der anderen Hand die Dachziegel zu erreichen.

Sie saßen fest, als wären sie einbetoniert.

»Verdammt noch mal, helft mir. Wir müssen raus!« keuchte ich. Für einen Moment spürte ich eine Welle heißer, sinnverwirrender Panik, aber es gelang mir, sie niederzukämpfen und wenigstens den Anschein von Ordnung in meinen Gedanken zu schaffen. Verzweifelt ballte ich die Faust und schlug mit aller Kraft gegen den Dachziegel. Es knackte hörbar, und ein scharfer Schmerz schoß durch mein Handgelenk. Aber der Dachziegel rührte sich nicht von der Stelle.

Ich kam nicht dazu, ein zweites Mal zuzuschlagen. Der Fäulnisgestank wurde plötzlich übermächtig. Ein dumpfer Schlag traf die Schrankwand. Das ganze Zimmer schien zu zittern. Priscylla stieß einen erschrockenen Schrei aus, sprang endgültig auf und wich hastig in die hinterste Ecke des Zimmers zurück.

Ein zweiter, noch härterer Schlag traf den Schrank. In der glatten Holzfläche entstand ein langer, gezackter Riß, dann zerbarst das Holz unter einem dritten, wütenden Hieb, und etwas Gigantisches, Dunkles wirbelte in den Raum.

Bannermann schrie auf, packte den Sessel, in dem er gerade noch gesessen hatte, und schleuderte ihn mit aller Gewalt auf den Eindringling.

Es ging unglaublich schnell. Das *Craal* war nur als dunkler Schatten zu erkennen, aber es war nicht mehr vollends unsichtbar, wie bisher.

Und es schien auch nicht unverletzbar zu sein. Der Sessel, den Bannermann geschleudert hatte, traf es mit der Wucht eines Geschosses und warf es zurück. Das Möbelstück ging krachend zu Bruch, aber der Unheimliche wurde mit Urgewalt zurückgeschleudert und fiel zu Boden. Ein dunkler Schattenarm versuchte sich an den Resten des Schrankes festzuklammern und zerschmetterte ihn vollends.

Bannermann schrie triumphierend auf, riß ein zweites Möbelstück in die Höhe und warf es dem Monster hinterher. Es war nicht zu erkennen, ob es traf, aber von draußen erscholl ein krächzender, wütender Schrei, gefolgt von einem fürchterlichen Splittern und Bersten.

Aber der Angriff verschaffte uns nur für Augenblicke Luft. Schon nach wenigen Sekunden erschien der wogende Schatten erneut in der Öffnung. Dunkle, peitschende Schlangenarme griffen zu uns herein, fuhren mit fürchterlichem Geräusch durch die Luft und trieben Bannermann und mich zurück. Bannermanns überraschende Aktion hatte die Bestie wohl mehr überrascht als verletzt.

»Zurück!« schrie Bannermann. Seine Stimme überschlug sich fast. Ein dunkler Schattenarm griff nach ihm, streifte ihn an der Schulter und riß ihn mit fürchterlicher Macht von den Füßen. Er fiel, versuchte instinktiv wieder auf die Füße zu kommen, und sank mit einem schrillen Schrei erneut zurück, als sich der Schattendämon über ihn beugte. Ein peitschender Arm legte sich um seine Schulter. Bannermanns Schreie wurden schriller.

Irgend etwas geschah mit mir.

Ich weiß nicht, was es war. Auch später war es mir unmöglich, das Gefühl auch nur annähernd in Worte zu kleiden – aber *irgend etwas* schien nach mir zu greifen und meinen Willen so mühelos auszuschalten, wie der Sturm eine Kerzenflamme ausbläst.

Mit einem gellenden Schrei sprang ich vor, blieb breitbeinig über Bannermann stehen und streckte dem Unsichtbaren in einer abwehrenden, beschwörenden Geste die Hände entgegen.

Es war nicht *meine* Kraft. Ich hatte etwas Ähnliches

schon einmal erlebt, aber diesmal war es ungleich stärker und machtvoller. Ich war in diesem Moment wenig mehr als ein Werkzeug, das einem anderen, überlegenen Willen gehorchte. Macht, eine unglaubliche, unbezwingbare *Macht* pulsierte durch meinen Körper. Mein Blick begann sich zu verschleiern. Wie durch einen wogenden Vorhang hindurch sah ich, wie der Schattenleib des Dämons zurückprallte, als wäre er gegen eine unsichtbare Mauer geprallt. Etwas Gewaltiges, Unsichtbares brach aus meinen Fingerspitzen, kleine blaue Flämmchen wie feurige Spuren hinterlassend, traf das *Craal* und schleuderte es erneut zurück.

Das Ungeheuer schrie; schrill, wütend und gleichermaßen voller Schmerz wie Zorn. Kleine blaue Flammen liefen wie Elmsfeuer über seinen Leib, zeichneten die Konturen seines Körpers nach.

Aber so schnell gab sich der Blutdämon nicht geschlagen. Mein plötzlicher Angriff hatte ihn völlig unvorbereitet getroffen, die blauen Flammen, die über seinen Körper rannten, mußten ihm nahezu unerträgliche Schmerzen bereiten. Trotzdem griff er erneut an.

Ein Schatten jagte auf mich zu. Ich duckte mich und machte instinktiv einen Schritt zurück, aber meine Bewegung war nicht schnell genug.

Es war ein Gefühl, als würde ich von einer glühenden Eisenstange getroffen. Ein plötzlicher Schmerz explodierte in meiner Schulter. Ich taumelte, fiel schwer auf den Rücken und riß, blind vor Schmerzen und Angst, die Hände vor das Gesicht. Ein gewaltiger Schatten tauchte über mir auf, ein grünes, schleimiges Ding, das nur aus Fangarmen und tödlichen Mäulern zu bestehen schien. Der Schmerz in meiner Schulter steigerte sich zur Raserei, als der Dämon erneut auf mich eindrang. Einer seiner Tentakel ringelte sich um meine Schulter und begann an meinem Arm zu zerren.

Robert! Wehre dich! KÄMPFE! Ich wußte nicht, woher die Stimme kam. Sie war einfach in mir. Ich erkannte sie nicht einmal.

Aber ich gehorchte ...

Irgendwo in meinem Inneren war noch immer diese fremde, pulsierende Macht, dieses Etwas, das nicht zu mir gehörte und trotzdem ein Teil meiner Selbst zu sein schien, halb verborgen unter einem Sumpf von Schmerz und Verzweiflung. Mit einer verzweifelten Anstrengung griff ich danach, versuchte, sie zu lenken und auf den Unheimlichen zu werfen.

Ein greller Blitz drang durch meine geschlossenen Lider. Der Griff um meine Schulter löste sich. Der Blutdämon torkelte brüllend zurück. Sein Körper loderte. Die Flämmchen, die bisher über seine Glieder gelaufen waren, steigerten sich zu greller Weißglut und begannen seinen Leib zu verzehren.

Es war ein bizarrer Anblick. Der Körper des Unheimlichen begann wieder zu verblassen, verlor erneut an Substanz und wurde innerhalb weniger Sekunden unsichtbar.

Aber die Flammen brannten weiter.

Ich spürte keine Hitze, obwohl der Unheimliche noch immer auf Armeslänge vor mir stand. Sein Körper war verschwunden, aber statt dessen tobte ein lautloses, grellweißes Höllenfeuer vor mir, Flammen, die die Konturen seines Leibes nachzeichneten wie eine feurige Feder. Ich sah, wie er taumelte, mit einem schwerfälligen Zucken in die Knie brach und sich auf dem Boden zu wälzen begann. Seine Arme peitschten wie dünne, feurige Schlangen über den Boden – und vergingen.

Es war wie das Verkohlen eines trockenen Blattes. Das Ungeheuer sank wie ein Häufchen trockenen Laubes in sich zusammen, wurde zu einem winzigen, rauchenden Ascheklumpen und verschwand schließlich vollends.

Alles, was blieb, war ein langgestreckter, grob menschenähnlich geformter Brandfleck auf den Fußbodenbrettern.

Mühsam setzte ich mich auf. Das Zimmer begann sich um mich herum zu drehen, und alle Geräusche hörten sich plötzlich an, als kämen sie von weit, weit her. Ich stöhnte, fuhr mir mit den Händen durch das Gesicht und zwang mich, die Augen offenzuhalten.

Neben mir krümmte sich Bannermann auf dem Boden. Sein Rock war dort, wo ihn der Schattenarm des Unheimlichen berührt hatte, verkohlt und zerrissen, die Schulter darunter rot und mit Brandblasen übersät.

Erschrocken beugte ich mich zu ihm hinab. »Bannermann! Sind Sie in Ordnung?«

Der Captain schluckte mühsam, nickte verkrampft und versuchte sich aufzusetzen, sank aber mit einem Schmerzlaut zurück, als seine verletzte Schulter unter dem Gewicht seines Körpers nachgab.

»Es ... geht«, sagte er mühsam. »Ich glaube nicht, daß ich ... ernsthaft verletzt bin.« Er seufzte, hob den Kopf und riß erstaunt die Augen auf. »Mein Gott, Craven!« keuchte er. »Ihre Hände! Was ist mit Ihren Händen geschehen?«

Ich sah ihn einen Moment verständnislos an, blickte auf meine Hände hinab – und unterdrückte im letzten Augenblick einen erschrockenen Ausruf.

Meine Hände waren verbrannt.

Die Fingerspitzen waren schwarz, als hätte ich glühende Kohlen angefaßt, und meine Finger waren bis zu den Knöcheln herab rot und mit Brandblasen übersät. Da und dort sah das nackte Fleisch hervor.

Und jetzt, als ich die Verletzung sah, begann ich auch den Schmerz zu spüren.

»Das ist ... nichts«, sagte ich, mußte aber dabei die Zähne zusammenbeißen, um nicht vor Schmerz aufzustöhnen. »Es ... geht schon.«

Bannermann sah mich mit einer Mischung aus Sorge und Furcht an, setzte sich – diesmal weit vorsichtiger – auf und blickte einen Herzschlag lang auf den verkohlten Fleck, der als einziges Zeugnis des Blutdämons zurückgeblieben war.

»Was war das?« murmelte er.

»Das Craal«, antwortete ich. »Eine kleine Überraschung, die unser Freund Leyman für uns hatte. Die gleiche Bestie, die Billings im Hotel umgebracht hat.«

Bannermann schüttelte beinahe zornig den Kopf. »Das meine ich nicht, Craven«, sagte er. Plötzlich klang seine Stimme ganz anders als bisher. Zorn war darin, aber auch noch etwas anderes.

»Ich meine Sie«, fuhr er fort. »Wie haben Sie das gemacht?«

Ich antwortete nicht sofort. Ich hatte gewußt, daß diese Frage kommen würde. Ich setzte mich ganz auf, blickte einen Moment auf meine geschundenen Hände hinab und versuchte, die Finger zu bewegen. Es ging, aber es schmerzte höllisch.

»Das war nicht ich«, sagte ich.

»Das waren –?« Bannermann brach mitten im Wort ab, starrte mich an und stand umständlich auf. »Das waren nicht Sie?« wiederholte er mißtrauisch. »Was soll das heißen, *das waren nicht Sie?*«

»Es war ... nicht meine Kraft, die das Craal vernichtet hat«, sagte ich stockend. Mit aller Macht mußte ich ein hysterisches Lachen unterdrücken, als ich weitersprach. Aber so verrückt die Erklärung klang – es war die einzige, die ich hatte.

»Es war Andara«, sagte ich. »Mein Vater.«

Bannermann schnaubte. »Ihr Vater ist tot, Junge. Ich habe mitgeholfen, ihn zu begraben.«

»Ich weiß«, antwortete ich mühsam. »Und trotzdem ist es so. Er … ist nicht tot. Nicht so, wie wir bisher glaubten.«

»Ach?« bemerkte Bannermann. »Ich wußte gar nicht, daß es verschiedene Arten gibt, tot zu sein.«

»Bitte, Bannermann«, sagte ich halblaut. »Ich weiß, wie es in Ihren Ohren klingen muß, aber es ist so. Was gerade geschehen ist, lag nicht in meiner Macht. Mein Vater lebt, irgendwie und irgendwo. Ich … habe heute schon einmal mit ihm gesprochen.«

»Gesprochen?« wiederholte Bannermann. »Sie? Mit Ihrem *toten* Vater?«

Allmählich begann Zorn in mir aufzusteigen. »Verdammt noch mal, Bannermann, von mir aus halten Sie mich für verrückt, aber es war so! Was muß eigentlich noch passieren, daß Sie endlich begreifen, daß es mehr –«

»… Dinge zwischen Himmel und Erde gibt, als sich unsere Schulweisheit träumen läßt«, unterbrach mich Bannermann. »Ja, ja, Craven. Ich kenne den Spruch.« Er schüttelte den Kopf, ließ sich auf die Couch sinken und verbarg für einen Moment das Gesicht in den Händen.

»Verzeihen Sie, Craven«, murmelte er. »Ich … es war einfach zuviel.«

Ich nickte. In Anbetracht der Umstände hielt sich Bannermann sogar noch gut. Andere Männer in seiner Lage wären längst unter der Belastung zusammengebrochen.

»Schon gut«, murmelte ich. Ich stand auf, stieß mir schon wieder den Schädel an einem Balken und humpelte steifbeinig zu ihm hinüber. Erst jetzt dachte ich wieder an Priscylla. In der Aufregung und dem Schrecken hatte ich sie für den Moment fast vergessen.

Das Mädchen stand noch immer schreckensbleich an der Wand, an die sie zurückgewichen war, als der Blutdämon auftauchte. Ihr Gesicht hatte alle Farbe verloren. Ihre Hände zitterten, und in ihrem Blick loderte eine Furcht, die alles übertraf, was ich jemals zuvor gesehen hatte.

»Priscylla«, murmelte ich. »Ich ...«

»Was war das, Robert?« flüsterte sie. Ihre Stimme hörte sich brüchig an wie die einer alten Frau. »Mein Gott, Robert, was ...«

Ich schwieg einen Moment, ging zu ihr hinüber und hob die Hand, wie um sie an der Schulter zu berühren, tat es aber dann doch nicht.

»Es ist vorbei«, sagte ich so sanft ich konnte. »Du hattest recht, als du sagtest, Leyman wäre mit dem Satan im Bunde. Vielleicht mehr, als du bisher geahnt hast.«

Ihr Blick fiel an mir vorbei auf die Stelle, an der das Craal vergangen war. Die Umrisse seines Körpers waren deutlich auf dem geschwärzten Holz zu erkennen. Eigentlich glich es einem Wunder, daß das Haus nicht in Flammen aufgegangen war, wie Leymans Laden zuvor.

»Vorbei?« wisperte sie. Sie sah auf. Plötzlich schimmerten ihre Augen feucht.

»Vorbei«, bestätigte ich. »Das Ungeheuer ist tot, und Leyman wird nie wieder ein anderes beschwören können.«

»Aber wie ...« Sie stockte erneut, schluckte hörbar – und warf sich dann mit einer plötzlichen, überraschenden Bewegung an meine Brust. Ihre Arme klammerten sich so fest um meinen Körper, daß sie mir beinahe die Luft abschnürte.

»Bring mich hier weg, Robert«, flehte sie. »Bitte, bring mich hier weg. Ich ... ich verliere den Verstand, wenn ich noch länger hierbleiben muß.« Sie begann leise zu weinen und klammerte sich noch fester an mich. Plötzlich war sie nichts weiter als ein verängstigtes, einsames Kind.

Trotz der Schmerzen in meinen Händen berührte ich sanft ihr Haar und streichelte ihre Schulter. Ich spürte, wie sie unter der Berührung erschauerte.

»Das werde ich tun, Kind«, flüsterte ich. »Ich verspreche es.«

Die Nacht lag wie ein schwarzes Leichentuch über dem Ort. Die wenigen Sterne, die sich während der Dämmerung am Himmel gezeigt hatten, waren hinter einer Mauer schwarzer, regenschwerer Wolken verschwunden, und selbst das Licht des Mondes, der noch immer als beinahe perfekt gerundete Scheibe am Firmament stand, drang nur manchmal durch eine Lücke in der Gewitterfront. Die Luft roch nach Regen, und der Wind trug vom nahen Meer Salzwassergeruch und den einsamen Schrei einer Möwe heran.

»Bleib immer dicht hinter mir«, flüsterte Priscylla. Ihre Stimme drang nur gedämpft unter der braunen, tief in die Stirn gezogenen Kapuze ihres Mantels hervor, war aber trotzdem deutlich zu vernehmen, denn es war still, beinahe geisterhaft still. Der Ort schien ausgestorben zu sein. Die schmale, nach Süden führende Straße lag menschenleer vor uns, und hätte es nicht den sanften, roten Widerschein eines Feuers hinter uns gegeben, hätte man wirklich glauben können, Goldspie wäre ausgestorben.

Aber das war es nicht. Wir hatten niemanden gesehen, seit wir das Haus verlassen hatten, aber die Stimmen und Schritte Dutzender Menschen gehört, und die ersten drei-, vierhundert Yards waren zu einem wahren

Spießrutenlauf geworden. Priscylla hatte uns durch Seitenstraßen und Hinterhöfe geführt, auf Wegen, die ein nicht Einheimischer wahrscheinlich in hundert Jahren nicht gefunden hätte. Wir waren von Schatten zu Schatten gehuscht wie Verbrecher, hatten uns immer wieder mit angehaltenem Atem hinter Hausecken oder in Türen geduckt und für die erste halbe Meile fast eine Stunde gebraucht. Mein Herz hämmerte noch immer, und obwohl die unmittelbare Gefahr vorüber war – oder vielleicht auch gerade deshalb –, zitterten meine Hände.

Irgend etwas ging in der Stadt vor. Den Geräuschen nach zu urteilen, die wir gehört hatten, mußte die gesamte Bevölkerung Goldspies auf den Beinen sein, obwohl es hart auf Mitternacht zuging, und ihr Ziel war der Marktplatz im Zentrum der Stadt.

Hinter uns, dachte ich mit einer Spur von Erleichterung. Je weiter wir uns dem Stadtrand genähert hatten, desto weniger Menschen hatten wir gehört. Jetzt waren die Straßen so leer, daß wir es wagen konnten, ein wenig offener vorzugehen und die Bürgersteige zu benutzen, wenngleich wir uns weiterhin immer im Schatten der Häuser hielten. Priscylla hatte Bannermann und mir dunkle Mäntel ähnlich dem ihren gegeben, die wir über unsere Kleidung geworfen hatten, aber weder Bannermann noch ich rechneten ernsthaft damit, daß diese Tarnung mehr als einem flüchtigen Blick standhalten würde. Allein die Tatsache, daß wir uns nicht zum Stadtzentrum hin bewegten, mußte uns verdächtig machen. Wenn wir auch nur einem Menschen begegneten, waren wir verloren.

Priscylla blieb plötzlich stehen, hob die Hand und lauschte einen Moment mit geschlossenen Augen.

»Was ist?« fragte Bannermann besorgt.

Priscylla brachte ihn mit einer unwilligen Geste zum

Schweigen, schloß für zwei, drei Sekunden die Augen und fuhr mit einer abrupten Bewegung herum.

»Jemand kommt!« sagte sie. »Schnell, weg hier!« Sie deutete auf eine Toreinfahrt, die wir vor wenigen Augenblicken passiert hatten, warf einen gehetzten Blick über die Schulter zurück und rannte los. Bannermann und ich folgten ihr. Unsere Schritte verursachten harte, klackende Echos auf dem harten Straßenpflaster, und für einen Moment bildete ich mir ein, der Lärm müßte bis zum anderen Ende der Stadt zu hören sein. Aber es waren nur wenige Schritte, und die Toreinfahrt war dunkel und groß genug, uns genügend Deckung zu geben. Hastig duckten wir uns neben Priscylla in den Schatten des künstlichen Gewölbes.

Nach einer Weile hörte ich ebenfalls Schritte. Schnelle, schwere Schritte; die Schritte von Menschen, die es sehr eilig hatten. Ich strengte mich an, in der blaugrauen Dämmerung jenseits des Tores etwas zu erkennen, konnte aber nicht viel mehr als ein paar gedrungene, rasch ausschreitende Schatten wahrnehmen, die auf der anderen Straßenseite an unserem Versteck vorübergingen.

Mit angehaltenem Atem wartete ich, bis sie vorbei waren und ihre Schritte wieder in der Nacht verklangen.

Ein dumpfer, einzelner Trommelschlag wehte vom anderen Ende der Stadt zu uns herüber.

»Was war das?« flüsterte Bannermann.

Priscylla sah ihn an, schüttelte irritiert den Kopf und stand auf. »Nichts«, sagte sie. »Nichts Wichtiges.«

Bannermann knurrte, streckte blitzschnell die Hand aus und riß sie unsanft am Arm zurück. »Einen Moment, Kindchen«, murmelte er. »Bevor wir weitergehen, möchte ich ein paar Antworten von dir.«

Priscylla versuchte ihren Arm loszureißen, aber Bannermann hielt sie unbarmherzig fest. Sein Griff mußte ihr weh tun, und für einen winzigen Moment spürte ich ein Gefühl irrationalen Zornes in mir aufsteigen. Priscylla warf mir einen hilfesuchenden Blick zu.

»Sie tun ihr weh, Bannermann«, sagte ich, etwas lauter, als in unserer Lage vielleicht gut war.

Bannermann knurrte etwas, das ich nicht verstand, lockerte aber seinen Griff um Priscyllas Handgelenk, ohne sie jedoch ganz loszulassen. Ich sagte nichts mehr. Alles, was ich wollte, war, so schnell wie möglich von hier zu verschwinden, aber ich konnte Bannermann auch verstehen. Seit wir das Haus verlassen hatten, hatten wir praktisch kein Wort mehr miteinander gesprochen. Und er spürte so deutlich wie ich, daß in dieser Stadt irgend etwas vorging.

»Lassen Sie mich los, Captain«, sagte Priscylla flehend. »Wir haben keine Zeit zu verlieren. Eine Gelegenheit wie diese bekommen wir nie wieder.«

»Eine Gelegenheit?« hakte Bannermann nach. »Was für eine Gelegenheit?«

Ein Schatten huschte über Priscyllas Gesicht. Sie sah aus wie jemand, dem eine Bemerkung herausgerutscht war, die er lieber nicht gemacht hätte. »Von hier zu verschwinden«, sagte sie ausweichend. »Sie sind alle beschäftigt. Mit etwas Glück merken sie erst bei Sonnenaufgang, daß wir weg sind.«

»Beschäftigt?« fragte Bannermann lauernd. »Womit beschäftigt?«

Ein zweiter, etwas lauterer Paukenschlag durchbrach das Schweigen der Nacht, und für einen ganz kurzen Moment glaubte ich, einen schrillen, trompetenden Laut sehr, sehr weit entfernt zu hören. Wie eine Antwort ...

Priscylla atmete hörbar ein – und versuchte erneut, ihren Arm aus Bannermanns Griff zu befreien. Ihr Blick wurde flehend, und ich spürte einen dünnen, schmerzhaften Stich in der Brust. Es war seltsam – ich kannte dieses Mädchen erst seit wenigen Stunden, aber sie war mir so vertraut, als wären es Jahre. Es schmerzte mich, zuzusehen, wie ihr jemand weh tat. Trotzdem senkte ich nur den Kopf und wich ihrem Blick aus.

»Sie versammeln sich«, sagte Bannermann. »Nicht wahr? Sie gehen alle zum Marktplatz hinunter, oder nicht?« Er deutete in die Richtung, aus der wir gekommen waren. Über den Dächern im Zentrum der Stadt loderte roter Widerschein. Sie mußten Feuer entzündet haben. Sehr viele Feuer.

Priscylla nickte abgehackt. »Ja.«

»Und wozu?« fragte Bannermann. »Wozu ist diese Trommel? Und diese Feuer? Wozu dienen sie?«

»Ich ... ich weiß es nicht«, stammelte Priscylla.

»Du lügst!« Bannermann verdrehte ihren Arm; nur eine Winzigkeit, gerade genug, ihr ein wenig weh zu tun und zu zeigen, daß er sich nicht weiter mit Ausreden abspeisen lassen würde. Meine Hände zuckten. Es hätte nicht viel gefehlt, und ich wäre aufgesprungen und hätte auf ihn eingeschlagen.

»Ich ... bin mir nicht sicher«, keuchte Priscylla. »Es ist ... die ... die Trommel ruft die ... die Bestie. Aber es ist ... unmöglich. Vollmond ist vorbei, und ...«

»Aber vielleicht haben sie neue Opfer für sie«, knurrte Bannermann. »So ist es doch, nicht wahr? Sie rufen das Ungeheuer, um ihm ein Opfer zu bringen. Oder mehrere.«

Priscylla antwortete nicht mehr, sondern bäumte sich jetzt mit aller Kraft gegen seinen Griff auf. Bannermann packte etwas fester zu, ließ aber los, als ich herumfuhr und ihn grob an der Schulter herumriß.

»Lassen Sie sie los, Bannermann!« zischte ich. »Niemand hat etwas davon, wenn Sie ihr weh tun.«

Bannermann ließ Priscyllas Gelenk los, schlug meine Hand mit einer wütenden Bewegung zur Seite und funkelte mich an. »Ach?« schnappte er. »Niemand hat etwas davon? Sind Sie eigentlich blind, Craven, oder nur verrückt vor Angst?«

»Was ... worauf wollen Sie hinaus?« fragte ich verwirrt. Priscylla war ein paar Schritte zurückgewichen und hatte sich angstvoll gegen die Wand gepreßt. Ihr Blick wanderte zwischen Bannermann und mir hin und her.

»Worauf ich hinauswill?« wiederholte Bannermann. Er gab sich jetzt keine Mühe mehr, leise zu sein, sondern schrie fast. »Auf etwas, was ich schon die ganze Zeit vermutet habe, Sie Narr. Was glauben Sie, warum wir so leicht entkommen können, wenn die Stadt doch angeblich eine einzige große Falle ist?«

»Weil ... weil sie ...«

»Beschäftigt sind«, unterbrach mich Bannermann. »Ja. Und soll ich Ihnen sagen, womit? Sie opfern wieder Menschen. Sie bringen diesem Ungeheuer Menschenopfer dar. *Deshalb* nimmt niemand Notiz von uns, Craven. Weil sie uns im Moment nicht brauchen.«

»Das stimmt nicht!« sagte ich impulsiv. »Das ...«

»Und ich will Ihnen auch sagen, wen sie opfern«, fuhr Bannermann fort. Seine Stimme zitterte vor Erregung. »Meine Männer. Deshalb wollte sie nicht, daß wir zum Strand hinuntergehen und uns mit ihnen treffen, Craven. Weil sie ganz genau wußte, was geschehen wird. Wenigstens hat sie es gehofft. Sie opfert meine Männer, damit wir entkommen können!«

»Das stimmt nicht«, behauptete ich. »Das ...«

»Dann fragen Sie doch dieses kleine Flittchen!« brüllte Bannermann.

Ich schlug ihn. Ich weiß nicht, wer überraschter war – er oder ich. Meine Hand schien sich fast ohne mein

Zutun zur Faust zu ballen und auf sein Gesicht zu zielen. Bannermann taumelte, prallte unsanft gegen die Wand und hob die Fäuste. Aber er schlug nicht zurück, sondern starrte mich nur voller Verachtung an.

»Ist Ihnen jetzt wohler?« fragte er ruhig.

»Ich … verzeihen Sie«, stammelte ich. »Ich wollte das nicht.«

Bannermann lächelte kalt. »Schon gut. Ich hätte das nicht sagen sollen. Aber ich habe trotzdem recht – oder?«

Das letzte Wort war an Priscylla gerichtet gewesen. Das Mädchen starrte ihn an, schluckte ein paarmal und wandte den Kopf, um seinem Blick auszuweichen. Ihre Lippen zitterten.

Mit einem raschen Schritt trat ich auf sie zu, legte die Hand unter ihr Kinn und zwang sie, mich anzusehen. »Ist das wahr?« fragte ich.

Ihre Augen schimmerten feucht, als sie mich ansah. »Ja«, flüsterte sie. »Sie … rufen die Bestie nur, wenn … wenn sie ein Opfer für sie haben.«

»Aber du hast mir doch gesagt, daß sie es nur bei Vollmond tun«, sagte ich ungläubig.

Bannermann schnaubte. »Es *ist* Vollmond, Craven, wenigstens fast. Außerdem wird sich Donhill ein so prächtiges zusätzliches Opfer kaum entgehen lassen.«

»Das ist nicht wahr«, murmelte ich. »Sag ihm, daß das nicht wahr ist, Priscylla.«

Priscylla schluckte. Ihre Hände glitten mit kleinen nervösen Bewegungen an meiner Brust empor, tasteten über meine Schulter und suchten die meinen. Ich zuckte schmerzhaft zusammen. Meine verbrannten Finger taten noch immer weh, und der Fausthieb, den ich Bannermann versetzt hatte, hatte die Wunden wieder aufbrechen lassen. Unter meinen Fingernägeln sickerte Blut hervor und hinterließ dunkle Flecke auf ihrem Umhang.

»Es ist wahr«, flüsterte sie.

»Und du hast es gewußt?«

Sie nickte. »Ja. Ich … habe zwei von Donhills Helfern belauscht, als ich vorhin draußen war, um … die Kleider für euch zu beschaffen«, sagte sie stockend. »Aber es war die einzige Chance, Robert, versteh mich doch.«

»Chance?« fragte Bannermann wütend. »Für wen? Du wolltest mit dem Leben meiner Männer für deine Freiheit bezahlen.«

»Und auch für unsere, Bannermann«, sagte ich grob. »Halten Sie endlich den Mund.«

»Er hat recht«, sagte Priscylla leise. Ihre Stimme schwankte. Sie begann zu weinen. »Ich … ich muß hier weg, Robert«, wimmerte sie. »Und es gibt nur diese eine Möglichkeit. Während einer Opferfeier sind alle unten am Fluß, selbst die Wachen. Wir wären niemals so weit gekommen, wenn es nicht so wäre.«

»Und wir werden auch nicht weiterkommen«, sagte Bannermann wütend.

Ich ließ Priscyllas Schulter los, drehte mich um und sah ihn nachdenklich an. »Sie wollen zurückgehen?«

»Sie nicht?«

»Aber das ist Selbstmord!« begehrte Priscylla auf. »Sie können überhaupt nichts tun! Die ganze Stadt ist dort unten. Sie werden Sie und Robert umbringen.«

»Ich lasse meine Männer nicht im Stich«, antwortete Bannermann wütend. »Und ich sehe erst recht nicht tatenlos zu, wie sie irgendeinem Seeungeheuer geopfert werden. Ihr beiden könnt von mir aus verschwinden, aber ich gehe zurück.« Er fuhr herum und wollte auf der Stelle losstürmen, aber ich hielt ihn mit einer raschen Bewegung zurück.

»Lassen Sie mich los, Craven!« sagte er wütend. »Sie müssen nicht mitkommen.«

»Natürlich komme ich mit«, antwortete ich leise. »Aber wir können nicht blind losstürmen. In einem Punkt hat Priscylla nämlich recht, Captain – sie werden uns schneller umbringen, als Sie sich träumen lassen, wenn wir blind dorthin rennen.«

Bannermann preßte wütend die Lippen aufeinander, nickte aber dann widerwillig. »Und was haben Sie vor?«

Ich schwieg einen Moment, drehte mich wieder um und sah Priscylla an. »Erklär uns genau, wie es dort aussieht«, sagte ich. »Gibt es eine Möglichkeit, ungesehen auf den Platz zu kommen?«

Priscylla schüttelte erschrocken den Kopf. »Du kannst nicht zurück!« keuchte sie. »Sie werden dich töten, Robert.«

»Vielleicht«, antwortete ich ernst. »Aber Bannermann hat recht – wir können die Männer nicht einfach im Stich lassen.«

»Aber was sollen wir denn tun? Donhill hat Dutzende von Männern, die ihm gehorchen. Wir haben keine Chance gegen sie.«

»Ich rede auch nicht von uns«, sagte ich betont. »Bannermann und ich gehen allein. Du gehst allein weiter. Wenn du dich beeilst, erreichst du noch vor Sonnenaufgang die Straße. Vielleicht nimmt dich ein Wagen mit.«

»Ich gehe nicht allein«, sagte Priscylla. »Sie würden mich wieder einfangen, wie die anderen Male.« Plötzlich warf sie sich an meine Brust und schlang verzweifelt die Arme um meinen Hals, so fest, daß sie mir fast die Luft abschnürte. »Geh nicht zurück, Robert!« flehte sie. »Sie werden dich töten! Es haben schon andere vor dir versucht, aber niemand ist der Bestie gewachsen.«

Behutsam löste ich ihre Hände von meinem Nacken, schob sie auf Armeslänge von mir und versuchte zu lächeln. »Die anderen hatten vielleicht nicht die gleichen Möglichkeiten wie ich«, sagte ich leise. »Du hast gesehen, was geschah, als der Unsichtbare uns angegriffen hat. Ich habe Mittel und Wege, mich zu wehren, über die Donhill nichts weiß.«

»Aber das war etwas anderes!« sagte Priscylla verzweifelt. »Du hast es selbst gesagt – es waren nicht deine Kräfte, die dieses Wesen besiegten. Woher willst du wissen, daß sie dir wieder helfen?«

»Ich weiß es nicht«, gestand ich. »Ich kann nur hoffen, daß mir mein Vater auch diesmal hilft.«

»Und wenn er es nicht tut?«

»Dann«, antwortete ich nach einer winzigen Pause, »sterben wir alle, Priscylla.«

Es war noch dunkler geworden, während wir zum Stadtzentrum zurückgegangen waren. Die Wolken hingen wie eine kompakte Wand über dem Ort und verschluckten das Licht von Mond und Sternen vollends. Trotzdem war der halbrunde, an einer Seite abgeflachte Platz im Herzen der Stadt beinahe taghell erleuchtet. Ein Kreis mannshoher, hellauf brennender Holzstapel war rings um den ungepflasterten Platz errichtet worden, und ein Großteil der Männer und Frauen, die sich in seinem Inneren aufhielten, trugen blakende Fackeln, deren Licht die Nacht mit flackernder roter Glut erhellte.

Es war ein bizarrer Anblick. Es mußten drei-, wenn nicht vierhundert Menschen sein, die sich auf dem Marktplatz versammelt hatten, viel mehr, als ich überhaupt geglaubt hatte, daß Goldspie Einwohner hatte; Männer, Frauen, ja, selbst Kinder. Sie waren fast alle einheitlich gekleidet, in die gleichen, einfachen braunen Umhänge, wie auch Priscylla und wir sie trugen.

Ihre Gesichter waren unter den hochgeschlagenen Kapuzen nicht zu erkennen. Und trotzdem spürte ich die Furcht, die wie eine erstickende unsichtbare Wolke über dem Platz hing. Diese Menschen waren nicht aus freiem Willen hier, sondern weil man sie dazu gezwungen hatte.

»Diese Bestien«, stöhnte Bannermann. Ich warf ihm einen raschen, warnenden Blick zu, legte die Hand auf seinen Unterarm und schüttelte unmerklich den Kopf. Ich konnte seinen Zorn verstehen; nur zu gut. Die Bewohner Goldspies waren nicht allein auf dem Platz. Im Zentrum des weit auseinandergezogenen Kreises, den die braunen Kapuzenmäntel bildeten, waren drei hölzerne Podeste errichtet worden, kniehohe, roh zusammengezimmerte Sockel, auf denen eine Art Bock aus armdicken Balken stand.

Und an jeden von ihnen war ein Mann gefesselt.

»Alle drei«, murmelte Bannermann. »Diese Schweine haben alle drei erwischt. Diese verdammten ...« Seine Stimme versagte.

»Beruhigen Sie sich, Bannermann«, flüsterte ich. »Wir müssen vor allem einen klaren Kopf behalten. Ein Fehler, und wir stehen neben ihnen.«

Bannermann starrte mich an. In seinen Augen blitzte es auf, aber er sagte nichts, sondern wandte mit einem Ruck wieder den Kopf und blickte auf den Platz hinaus.

Priscylla hatte uns auf Umwegen hierhergeführt. Wir hatten den Marktplatz in weitem Bogen umgangen und uns von der gegenüberliegenden, flußabgewandten Seite genähert, so daß zwischen uns und den ersten Männern und Frauen gute dreißig Schritte lagen. Zudem standen wir im Schatten eines Hauses und waren so gut wie unsichtbar.

Aber auch so gut wie hilflos. Selbst wenn wir mehr

als nur zwei und bewaffnet gewesen wären, hätten wir nicht viel für die drei unglücklichen Matrosen tun können. Der Anblick der stumm dastehenden, vermummten Schar hatte die letzten Zweifel an Priscyllas Worten in mir beseitigt. Donhill schien tatsächlich der unumschränkte Herrscher der ganzen Ortschaft zu sein.

»Ich brauche eine Waffe«, murmelte Bannermann. »Ein Gewehr.« Er fuhr herum und deutete mit einer fordernden Geste auf Priscylla. »Ein Gewehr«, wiederholte er. »Hast du so etwas?«

Priscylla schüttelte verwirrt den Kopf. »Nein«, sagte sie. »Und selbst wenn –«

»– wäre es sinnlos«, unterbrach ich sie. »Seien Sie vernünftig, Bannermann. Mit Gewalt richten wir hier gar nichts aus.«

»Wie dann?«

»Ich weiß es nicht«, gestand ich. »Ich kann nur versuchen, die Bestie aufzuhalten. Vielleicht hilft mir mein Vater noch einmal.« Ich wandte mich an Priscylla. »Wie lange wird es noch dauern?«

»Nicht mehr lange«, antwortete sie nach kurzem Überlegen. »Die Trommeln haben aufgehört.«

Der dumpfe, rhythmische Klang, der uns auf dem Weg hierher wie das Pochen eines gewaltigen Herzens begleitet hatte, war tatsächlich verstummt, aber ich hatte dieser Tatsache bisher keinerlei Bedeutung zugemessen. Jetzt nickte ich, drehte mich wieder herum und sah konzentriert auf den Platz hinaus. »Ich kann Donhill nirgends entdecken.«

»Er kommt erst im letzten Moment«, flüsterte Priscylla. »Er selbst wird die Bestie rufen, aber sie ist bereits auf dem Weg hierher. Ich kann sie spüren.«

»Woher kommt sie?«

Priscylla deutete mit einer Kopfbewegung auf den Fluß. Sein gegenüberliegendes Ufer war mit einer

Reihe brennender Fackeln abgesteckt worden, die flackernde rote Lichtreflexe auf das Wasser warfen. Es sah aus, als wäre er mit Blut gefüllt.

»Die Bestie lebt oben im Loch Shin«, erklärte Priscylla. »Aber der Fluß hat eine unterirdische Verbindung zum See. Wenn sie die Trommeln hört, kommt sie her. Es ... kann nicht mehr lange dauern.« Sie schluckte. »Glaubst ... glaubst du wirklich, sie besiegen zu können?« fragte sie stockend.

Ich zuckte schweigend mit den Achseln. Ich wußte es so wenig wie sie, und meine Zuversicht schwand mit jedem Augenblick mehr. Seit wir am Rande des Platzes angekommen waren, hatte ich ein paarmal versucht, geistigen Kontakt mit meinem Vater aufzunehmen, aber meine Rufe waren unbeantwortet geblieben. Ich wußte nicht einmal, ob ich es wirklich konnte. Wie rief man den Geist eines Verstorbenen?

Wenn ich ehrlich war, dann war ich mittlerweile nicht einmal mehr hundertprozentig davon überzeugt, daß ich meinen Vater wirklich gesehen hatte. Vielleicht hatten mir schlicht und einfach meine überreizten Nerven einen Streich gespielt.

Wenn es so war, dann würde es ein tödlicher Streich sein ...

Ich verscheuchte den Gedanken, wich ein Stück weiter in den Schatten des Hauses zurück und sah zum Fluß hinunter. Das Wasser lag glatt und reglos da, aber ich glaubte, bereits eine leichte Wellenbewegung auf seiner Oberfläche wahrzunehmen. Mein Herz begann schneller zu schlagen.

»Ich hoffe es«, antwortete ich, wenn auch mit einiger Verspätung. »Aber du solltest trotzdem gehen, Priscylla. Ganz gleich, ob ich es schaffe oder nicht – es wird gefährlich werden. Und noch ist Zeit, um zu fliehen. Wenigstens für dich.«

»Ich bleibe«, sagte sie fest. »Wenn du bleibst, dann bleibe ich auch, Robert.«

»Das ist sehr dumm von dir, Kindchen«, sagte eine Stimme hinter ihr. »Und ziemlich pathetisch, findest du nicht?«

Priscylla stieß einen halb unterdrückten Schrei aus, fuhr herum – und prallte entsetzt zurück.

Es ging alles viel zu schnell, als daß einer von uns noch irgend etwas hätte tun können. Die Dunkelheit wurde urplötzlich vom grellen Licht lodernder Fackeln durchbrochen. Wie aus dem Boden gewachsen erschienen ein gutes Dutzend große, in dunkle Kapuzenmäntel gehüllte Gestalten vor uns.

Ich fuhr herum, aber auch hinter uns waren plötzlich Männer. Wir waren eingekreist. Aber seltsamerweise spürte ich kaum Schrecken oder gar Angst. Unterbewußt hatte ich geahnt, daß wir in eine Falle laufen würden. Es war zu leicht gewesen, bis hierher zu kommen.

Bannermann schrie wütend auf, ballte die Fäuste und blieb mitten im Schritt stehen, als eine der Gestalten mit einer fast gelangweilten Bewegung ein Gewehr unter dem Mantel hervorzog und es auf seinen Kopf richtete.

»Das würde ich nicht tun, Captain Bannermann«, sagte Donhill ruhig. »Ich müßte Sie nämlich sonst erschießen, wissen Sie?« Er lachte leise, trat ein Stück auf uns zu, blieb wieder stehen und streifte mit einer raschen Geste seine Kapuze zurück. Sein Blick wanderte zwischen Priscylla, Bannermann und mir hin und her.

»Wie schön, daß wir uns so schnell wiedersehen«, sagte er lächelnd.

»Sie verdammter Mörder«, sagte Bannermann gepreßt. »Sie ...«

»Beleidigen Sie mich ruhig, wenn es Sie erleichtert,

Captain«, sagte Donhill gelassen. »Aber das ändert nichts, glauben Sie mir.« Er seufzte. »Sie hätten die Gelegenheit nutzen und fliehen sollen, wie Priscylla Ihnen geraten hat. Jetzt ist es zu spät, fürchte ich.«

»Priscylla?« Bannermanns Kopf flog mit einem Ruck herum. Seine Hände zuckten. »Dann hast du uns verraten, du kleine –«

»Nicht doch, Captain«, unterbrach ihn Donhill. »Sie hat nichts damit zu tun. Wir beide« – und damit blickte er Priscylla an, und seine Stimme wurde hörbar kälter – »unterhalten uns später, mein liebes Kind.« Er wandte sich wieder an Bannermann. »Sie hat Sie nicht verraten, Captain. Aber in diesem Ort geschieht nichts, ohne daß ich davon erfahre. Und ich gebe Ihnen mein Wort, daß es Ihnen nichts genutzt hätte, aus Goldspie zu entkommen. Mein Arm reicht weit, wissen Sie?«

Bannermanns Gesicht zuckte vor Haß. Einzig das Gewehr, das auf ihn gerichtet war, schien ihn noch davon abzuhalten, sich auf Donhill zu stürzen.

»Nun ja«, fuhr Donhill nach einer Pause fort, »es nutzt nichts, versäumten Gelegenheiten nachzuweinen, oder? Sie sind nun einmal hier. Machen wir das Beste daraus.«

»Hören Sie auf, Donhill«, sagte ich leise. »Bringen Sie uns um, wenn Sie wollen, aber verspotten Sie uns nicht noch.«

Donhill runzelte die Stirn und blickte mich einen Moment lang an, als sähe er mich zum ersten Mal. »Ah ja, Mister Craven«, sagte er. »Ein Mann mit Ehre, wie?« Er kicherte. »Aber dafür mit nicht sehr viel Verstand, fürchte ich. Haben Sie wirklich geglaubt, Sie beide könnten allein etwas gegen mich und meine Männer ausrichten?«

Ich starrte ihn an, sagte aber kein Wort mehr. Donhill lächelte böse, trat einen Schritt zurück und deutete mit einer einladenden Geste auf den Platz hinaus. »Nun, Sie sind gekommen, um Ihre drei Freunde zu sehen«, sagte er böse. »Dann wollen wir sie nicht warten lassen, oder?«

Einer seiner Männer versetzte mir einen derben Stoß, als ich seiner Aufforderung nicht rasch genug nachkam. Ich stolperte, fand im letzten Moment mein Gleichgewicht wieder und ging neben Bannermann hinter Donhill her.

Die Reihe der Kapuzenmänner teilte sich vor uns, als wir auf den Platz hinaustraten. Trotz der großen Anzahl von Menschen, die rings um uns versammelt waren, war es fast unheimlich still. Selbst das Geräusch unserer Schritte schien überlaut.

Donhill führte uns über die Mitte des Platzes hinaus zu den drei Podesten, auf denen Bannermanns Männer gefesselt standen. Bannermann stöhnte, als er sah, wie grausam die Männer gebunden waren. Die Stricke waren so fest angelegt, daß sie blutige Linien in ihre Haut schnitten. Sie waren bis auf die Hosen entkleidet, und auf ihren nackten Rücken schimmerten rote Striemen. Sie waren geschlagen worden, ehe man sie hierhergebracht hatte. Einer von ihnen war ohne Bewußtsein.

»Du verdammtes Monster«, keuchte Bannermann. »Dafür töte ich dich.«

Der Mann hinter ihm hob den Arm und schlug ihm wuchtig mit der Faust in den Nacken. Bannermann brach in die Knie, fing den Sturz im letzten Moment mit den Händen ab und blieb stöhnend hocken.

»Machen Sie sich nicht lächerlich«, sagte Donhill ruhig. »Sie sind es, der sterben wird, Captain. Aber zuvor dürfen Sie mit ansehen, wie Ihre Männer sterben.« Er lachte leise. »Ich hoffe, Sie sind sich der Tatsache bewußt, daß Ihnen eine einmalige Chance gegönnt wird, Captain. Welcher Mann hat schon die Gelegenheit, seinen eigenen Tod vorher beobachten zu können?«

»Hören Sie endlich auf, Donhill«, sagte ich.

Donhill fuhr herum und starrte mich einen Herzschlag lang haßerfüllt an. Aber der erwartete Zornesausbruch blieb aus.

»Sie haben recht, Craven«, sagte er. »Die Zeit wird knapp.« Er lächelte noch einmal, deutete eine spöttische Verbeugung an und drehte sich zum Fluß. Seine Arme hoben sich in einer langsamen, beschwörenden Bewegung.

Er führte sie nie zu Ende.

Hinter meinem Rücken fiel ein einzelner, peitschender Schuß. Donhill taumelte, machte einen halben, mühsamen Schritt und brach mit einer zeitlupenhaften Bewegung in die Knie. Ein keuchender Laut kam über seine Lippen. Er taumelte, senkte langsam die Hände und griff sich an die Brust. Auf seinen Zügen erschien ein überraschter, ungläubiger Ausdruck.

»Ihr ... ihr Narren«, keuchte er. Blut lief in einer dünnen, glitzernden Bahn aus seinem Mundwinkel. »Ihr ... verdammten ... Narren. Die ... Bestie wird euch ... euch alle vernichten.«

Er wollte noch mehr sagen, aber er konnte es nicht. Seine Augen brachen. Er war tot, ehe er auf dem Boden aufschlug.

Ein zweiter Schuß fiel, gefolgt von einem spitzen, schmerzerfüllten Aufschrei. Ich fuhr herum und sah, wie eine der braungekleideten Gestalten mit einem fast grotesk anmutenden Schritt aus der Menge hervortaumelte.

Wieder krachte ein Schuß. Der Mann wurde wie von einem unsichtbaren Faustschlag herumgewirbelt, fiel auf die Knie und kam mit einer unsicheren Bewegung wieder hoch. Das Gewehr, das er bisher in der Hand gehalten hatte, entglitt seinen Fingern.

»Craven! Fliehen Sie! Laufen Sie weg!«

Der dritte Schuß riß den Mann vollends von den Füßen. Er fiel auf den Rücken, versuchte noch einmal, sich hochzustemmen, aber seine Kräfte versagten. Plötzlich krachte eine ganze Salve von Gewehrschüssen. Ich sah, wie der Boden rechts und links des Mannes aufspritzte.

Endlich überwand ich meine Überraschung. Gleichzeitig mit Bannermann wirbelte ich herum, war mit einem Sprung bei den Männern, die uns bewachten, und schlug den ersten mit einem Fausthieb nieder. Ein zweiter versuchte, sein Gewehr hochzureißen und auf mich zu zielen. Ich schlug es ihm aus der Hand, schmetterte ihm den Ellbogen in den Leib und fing sein Gewehr auf, als er zusammenbrach. Neben mir schlug Bannermann mit einem zornigen Schrei gleich zwei seiner Bewacher nieder, entriß einem dritten die Waffe und schmetterte ihm den Kolben über den Schädel.

Jemand schoß. Die Kugel schlug direkt neben meinen Füßen ein, aber der Mann kam nicht dazu, ein zweites Mal abzudrücken. Bannermann riß das erbeutete Gewehr an die Wange und drückte ab, ohne zu zielen. Eine der braungekleideten Gestalten auf der anderen Seite des Platzes stürzte mit einem Schrei zu Boden.

Unter den Männern und Frauen brach Panik aus. Noch immer peitschten Schüsse durch die Nacht, aber sie waren nicht gezielt und bedeuteten kaum Gefahr mehr. Auch Bannermann schoß noch, aber ich sah, daß er über die Köpfe der Menge hinwegzielte.

Der Platz schien sich in eine brodelnde Hölle zu verwandeln. Die Menge, vor einer Minute noch eine zu allem entschlossene Armee, verwandelte sich von einer Sekunde zur anderen in einen kopflosen Mob.

Männer und Frauen rannten, trampelten sich gegenseitig nieder und ergriffen schreiend die Flucht. Ein paar von Donhills Anhängern, die vergeblich versuchten, dem Chaos Einhalt zu gebieten, wurden glattweg über den Haufen gerannt und verschwanden unter den Füßen der Fliehenden.

Gehetzt sah ich mich um. Diejenigen unserer Bewacher, die unseren überraschenden Angriff überstanden hatten, hatten mittlerweile ebenfalls die Flucht ergriffen. Es schien, als hätte man uns vollkommen vergessen. Niemand nahm mehr Notiz von uns.

»Bannermann! Kümmern Sie sich um Ihre Männer!« keuchte ich. »Wir treffen uns am Strand!« Ohne eine Antwort abzuwarten, hetzte ich los, riß das Gewehr hoch und gab noch im Laufen ein paar Warnschüsse in die Luft ab. Das Geräusch ging beinahe im Geschrei der Menge unter, aber die Schüsse verschafften mir trotzdem Luft. Die Reihe braungekleideter Gestalten flutete wie eine Welle vor mir zurück. Niemand schien noch daran zu denken, uns Widerstand zu leisten.

Der Mann lebte noch, als ich neben ihm anlangte. Er mußte von mindestens einem Dutzend Kugeln getroffen worden sein, aber er lebte. Sein Mantel war rot von Blut, aber seine Augen standen offen, und er schien mich zu erkennen. Ein leises, qualvolles Stöhnen kam über seine Lippen.

»O'Banyon!« sagte ich ungläubig. »Sie?!«

»Ich ... hab's ihm gegeben«, stöhnte er. Seine Hand zuckte, krallte sich in meinen Mantel und fiel mit einer kraftlosen Bewegung wieder zurück.

»Ist er ... tot?« flüsterte er.

»Donhill?« Ich nickte. »Ja. Er ist tot.«

Sein Gesicht zuckte, und trotzdem lief ein rasches, zufriedenes Lächeln über seine Züge. »Dann ist es ...

gut«, flüsterte er. »Er ist schuld, daß ... daß Steve tot ist. Er ... hat ihn umgebracht.«

»Reden Sie nicht, O'Banyon«, sagte ich. »Sie dürfen nicht sprechen. Ich hole Ihnen einen Arzt.«

»Das ... hat keinen Sinn mehr«, antwortete der Sterbende. Sein Blick verschleierte sich, und plötzlich wurde sein Körper schlaff. Aber noch immer war Leben in ihm.

»Hören Sie ... zu, Craven«, flüsterte er. »Ich habe ... Nachricht für ... Sie.«

»Eine Nachricht?«

»Es gibt einen ... einen dritten Magier«, murmelte er. Seine Stimme war kaum noch zu verstehen. »Sie müssen ... fliehen. Gefahr ... noch nicht ... vorüber. Es gibt ... dritten Magier ...«

»Was meinen Sie damit?« fragte ich. »Wovon reden Sie, O'Banyon? Welchen Magier? Wer hat Ihnen das gesagt?«

O'Banyon antwortete nicht mehr. Er war tot.

Sekundenlang blickte ich schweigend auf sein erschlafftes Gesicht hinab. Dann hob ich die Hand, beugte mich vor und schloß ihm behutsam die Augen.

»Ist er tot?«

Ich sah auf, als ich Priscyllas Stimme vernahm. Sie war näher gekommen, ohne daß ich es gemerkt hatte. Ihr Gesicht wirkte erstaunlich gefaßt, aber in ihren Augen war ein Brennen, das ich mir nicht erklären konnte. Wahrscheinlich war sie halb wahnsinnig vor Angst.

»Ja«, antwortete ich. »Er ist tot.«

»Donhill auch«, sagte sie leise. »Ich ... habe mich davon überzeugt.« Plötzlich, von einer Sekunde zur anderen, war ihre Selbstbeherrschung zu Ende. Sie stieß einen kleinen, schrillen Laut aus, fiel neben mir auf die Knie und warf sich mit aller Macht an meine Brust.

»Bring mich weg hier, Robert«, flehte sie. »Bitte, bitte, bring mich weg.«

Ich umarmte sie behutsam, streichelte ihr Haar und küßte zärtlich ihre Stirn.

»Du brauchst keine Angst mehr zu haben, Pri«, flüsterte ich. Plötzlich überfiel mich eine Welle der Zärtlichkeit, wie ich sie noch nie zuvor in meinem Leben verspürt hatte.

Aber vielleicht war es auch nur Angst, und vielleicht klammerte ich mich genauso hilfesuchend an sie wie sie sich an mich. Ich wußte nur, daß ich dieses Mädchen liebte. Es war seltsam, beinahe grotesk – aber in diesem Moment, während rings um uns herum das Chaos tobte, wußte ich mit unerschütterlicher Sicherheit, daß ich sie liebte.

Und sie mich.

Nach einer Weile löste sich Priscylla aus meinen Armen, wischte sich mit dem Ärmel die Tränen aus dem Gesicht und sah mich an. »Was hat er gemeint?« fragte sie.

»O'Banyon?«

Sie nickte. »Er sagte: Es gibt einen dritten Magier.«

Ich schwieg einen Moment, zuckte hilflos mit den Schultern und drückte sie erneut an mich. »Ich weiß es nicht«, sagte ich. »Ich weiß nur, daß du keine Angst mehr zu haben brauchst, Liebling. Nie wieder. Es ist vorbei. Endgültig.«

Aber das stimmte nicht.

Ich wußte es im gleichen Moment, in dem ich die Worte aussprach. Es war nichts vorbei. Noch lange nicht.

Es fing erst an.

HIER ENDET DAS ZWEITE BUCH

Drittes Buch

DIE HEXE VON SALEM

Er rannte um sein Leben.

Sie waren hinter ihm, und obwohl er sie nicht sehen oder hören konnte, spürte er ihre Nähe überdeutlich. Sie waren hinter ihm, vielleicht schon vor ihm, irgendwo in der Dunkelheit, die sich wie eine schwarze Wolke über die Straßen gelegt hatte. Dies hier war ihr Revier, und sie kannten jeden Fußbreit Boden, jedes Versteck und jede Abkürzung. Er hatte einen kleinen Vorsprung herausgeholt, aber er machte sich keine Illusionen. Die Burschen hatten ihn offensichtlich für einen tumben Deppen vom Lande gehalten. Einen Bauern, der vor Schrecken erstarrte, wenn er eine blanke Klinge sah, und nicht einmal auf die Idee kommen würde, sich zur Wehr zu setzen. Aber nachdem er einem von ihnen die Zähne in den Hals geschlagen hatte, würden die drei anderen nicht noch einmal den gleichen Fehler begehen.

Andrew blieb stehen, sah sich einen Moment gehetzt um und atmete ein paarmal tief durch. Die kalte Luft schmerzte in seiner Kehle, und auf seiner Zunge breitete sich ein übler Geschmack aus. Sein Herz jagte.

Die Straße war noch immer leer. Er hatte fast zwanzig Schritte Vorsprung gehabt, als sich die Burschen von ihrer Überraschung erholt und drei von ihnen zur Verfolgung angesetzt hatten; der vierte war vermutlich immer noch damit beschäftigt, Zähne zu spucken und sich auf dem Straßenpflaster zu krümmen. Aber zwanzig Schritte waren ein Nichts. Die Gegend, in die er sich verirrt hatte, war eine der weniger vornehmen Londons. Genauer gesagt, dachte Andrew düster, war es eines jener Viertel, das man nach Dunkelwerden besser mied. Aber er hatte ja nicht hören können, verdammter Narr, der er war.

Verdammt, wenn es den Burschen nur um sein Geld gegangen wäre! Die lumpigen dreiundzwanzig Pfund, die sich im Augenblick in seiner Brieftasche befanden, hätte er ihnen gerne überlassen. Aber irgend etwas in ihrem Blick, etwas, das er in ihren Gesichtern gelesen hatte, als sie urplötzlich aus den Schatten auftauchten und ihn umringten, hatte ihm gesagt, daß sie mehr wollten. Sicher, das Geld auch, aber nicht nur. Die vier wollten Blut sehen. Es waren genau die Typen, vor denen ihn Dingman gewarnt hatte: Verrückte, die einen Menschen nur so zum Zeitvertreib zusammenschlugen. Und vielleicht töteten.

Ein leises Kollern drang in seine Gedanken. Das Geräusch riß ihn abrupt in die Wirklichkeit zurück. Andrew fuhr herum und starrte aus mißtrauisch zusammengepreßten Augen in die Dunkelheit zurück. Die Straße lag leer und einsam vor ihm; es fiel ihm beinahe schwer, zu glauben, daß er sich wirklich in der größten Stadt der britischen Inseln befand; einer Stadt mit mehr als einer Million Einwohner und hellen, lichterfüllten Straßen, in denen das Leben auch während der Nacht nicht aufhörte zu pulsieren. Aber dies war ein anderes London, eines, dessen Gesicht ein Außenstehender selten zu sehen bekam.

Und er wußte jetzt auch, warum.

Andrew drehte sich einmal um seine Achse, schluckte den bitteren Knoten, der sich in seiner Kehle gebildet hatte, herunter, und ging mit erzwungen langsamen Schritten weiter. Irgendwo vor ihm war Licht, aber es war nur eine Straßenlaterne, die mit ihrem Schein eine Insel trübgelber Helligkeit in der Nacht schuf. Er war mindestens eine Meile von den belebteren Gegenden der Stadt entfernt. Zu weit.

Wieder hörte er dieses leise, kollernde Geräusch. Ein eisiger Schauder jagte seinen Rücken hinab. Eine neue, körperlose Angst kroch in sein Bewußtsein. Für einen Moment wünschte er sich fast, die Schatten seiner Verfolger hinter der nächsten Straßenecke auftauchen zu sehen.

Er ging weiter, erreichte eine Straßenkreuzung und blieb einen Moment lang unschlüssig stehen. Zwei Schritte neben ihm blockierte ein halb mannshoher Stapel überquellender Abfalltonnen, Kisten und vom Regen halb aufgeweichter Kartons den Weg. Links und rechts erstreckte sich die Straße leer und schwarz wie eine Schlucht, weiter geradeaus gab es ein paar Laternen, und – er war nicht sicher, aber er glaubte es wenigstens – hinter den geschlossenen Läden eines Hauses schien gelbes Gaslicht zu leuchten. Vielleicht fand er dort Hilfe.

Andrew zögerte einen Moment, trat dann an den Abfallhaufen heran und riß mit einer entschlossenen Bewegung ein loses Brett von einer Kiste. Gegen die Klappmesser der drei Burschen eine jämmerliche Waffe. Aber wenigstens würde er nicht mehr mit leeren Händen dastehen, wenn er sich verteidigen mußte.

Der Mann stand wie aus dem Boden gewachsen hinter ihm, als er sich herumdrehte.

Es war einer der drei, die ihn verfolgt hatten – und er *hatte* aus dem Schicksal seines Kumpanen gelernt. Das Springmesser in seiner Hand zuckte wie eine angreifende Schlange vor. Andrew drehte sich mit einer verzweifelten Bewegung zur Seite, konnte dem Hieb aber nicht mehr ganz ausweichen. Die scharfe Klinge zerschnitt seine Weste und das Hemd, ritzte seine Haut und hinterließ einen langen, blutigen Kratzer auf seinem Leib. Andrew schrie vor Schmerz und Überraschung auf, strauchelte und verlor auf dem schlüpfrigen Boden das Gleichgewicht. Er fiel, versuchte sich zur Seite zu rollen und gleichzeitig mit seiner Latte nach dem Angreifer zu schlagen, aber der Bursche war viel zu schnell für ihn. Mit einer raschen

Bewegung wich er dem Hieb aus, sprang gleich darauf wieder vor und trat ihm das Kistenbrett aus der Hand. Andrew wurde abermals zurückgeschleudert. Sein Hinterkopf prallte gegen etwas Hartes, und für einen Moment drohte er das Bewußtsein zu verlieren.

Als sich die schwarzen Schleier vor seinen Augen lichteten, stand der Bursche breitbeinig über ihm. Das Messer in seiner Hand blitzte im schwachen Widerschein der Gaslaterne, und auf seinem Gesicht lag ein häßliches Grinsen.

»So, du Dreckskerl«, sagte er. Seine Stimme bebte vor Wut. »Jetzt machen wir dich fertig.«

Andrew versuchte sich aufzurichten, wurde aber sofort zurückgestoßen. »Was … was wollen Sie von mir?« fragte er.

Der Bursche lachte häßlich. »Was ich von dir will? Nichts. Aber ich glaube, Freddy hat ein paar Wörtchen mit dir zu reden.«

Freddy mußte der sein, den er niedergeschlagen hatte, dachte Andrew. Innerlich verfluchte er sich selbst. Verdammt, warum hatte er ihnen nicht seine Brieftasche gegeben und stillgehalten? Wahrscheinlich hätten sie ihn verprügelt und dann liegengelassen.

Jetzt würden sie ihn umbringen.

»Ich … ich habe Geld«, sagte er stockend. Seine Zunge huschte wie ein kleines, nervöses Wesen über seine Lippen. Verzweifelt sah er sich nach einem Fluchtweg um. Aber es gab keinen. Und der Bursche war gewarnt und würde sich kein zweites Mal überrumpeln lassen. Andrew zweifelte keine Sekunde daran, daß er sein Messer zwischen den Rippen spüren würde, wenn er auch nur versuchte, aufzustehen.

»Geld?« wiederholte der Bursche. In seinen Augen blitzte es gierig auf.

Andrew nickte, griff in seine Brusttasche und zog

seine Geldbörse hervor. Der Bursche riß sie ihm aus der Hand und steckte sie ein, ohne auch nur hineinzusehen. Das Lächeln auf seinen Zügen wurde breiter.

»Aber das nutzt dir auch nichts, Kleiner«, sagte er böse.

»Ich ... ich habe noch mehr«, stammelte Andrew. Die Angst schnürte ihm die Kehle zu. Sein Herz hämmerte, als wolle es zerspringen. »Im Hotel. Ich ...«

»Sinnlos, Kleiner«, sagte der Bursche. »Gleich ist Freddy hier, und ich glaube, der will was ganz anderes von dir als Geld. Du –«

Er sprach den Satz nicht zu Ende.

Wie aus dem Boden gewachsen erschien eine schwarze, breitschultrige Gestalt hinter ihm. Etwas Dunkles, Schweres zischte durch die Luft, traf den Hinterkopf des Straßenräubers und ließ ihn mit einem erstickten Keuchen nach vorne kippen. Es ging alles so schnell, daß Andrew gar nicht richtig mitbekam, was überhaupt geschah.

Eine harte, schwielige Hand zerrte ihn auf die Füße. »Schnell«, sagte eine Stimme. »Wir müssen weg hier, ehe die anderen da sind.«

Verwirrt stolperte Andrew hinter seinem Retter her. Das Gesicht des Mannes war hinter einem tief in die Stirn gezogenen Hut verborgen, und das Schwarz seiner Kleidung schien selbst das bißchen Licht, das die Straße in ein Durcheinander von Grautönen und Schatten tauchte, aufzusaugen. Aber als der Fremde ihn hochzog, spürte Andrew, wie stark er war.

Am Ende der Straße stand eine zweispännige Kutsche. Sein Retter deutete stumm auf die offenstehende Tür, schwang sich ohne einen weiteren Laut auf den Bock und griff nach seiner Peitsche. Andrew griff mit zitternden Fingern nach der Tür, zog sich mit einer letzten Kraftanstrengung hoch und warf sich gebückt in das Fahrzeug.

Die Kutsche fuhr los, noch ehe er die Tür vollends hinter sich zugezogen hatte.

»Sind Sie völlig sicher, daß das die richtige Adresse ist?« Die Stimme des Kutschers sagte eine ganze Menge mehr als seine Worte, und als ich mich vorbeugte und den schmuddeligen Vorhang, der verhinderte, daß man von außen in den Zweispänner hineinsehen konnte, beiseite schob, verstand ich ihn um einiges besser als vorhin, als ich ihm die Adresse genannt und ein zweifelndes Stirnrunzeln als Antwort bekommen hatte.

»Wenn das hier die Pension WESTMINSTER ist, dann ja«, antwortete ich zögernd.

Der Kutscher nickte. Er war ein großer, vierschrötiger Kerl, der in der schwarzen Kutscherlivree eher lächerlich wirkte, aber er hatte ein gutes Gesicht und offene Augen. Ich gebe viel um Augen. Gesichter können täuschen, Augen nicht. »Das ist sie. Und Sie sind sicher, Sir, daß Ihr Freund hier wohnt?«

»Gibt es vielleicht noch eine Pension WESTMINSTER?« fragte ich unsicher.

Der Kutscher schüttelte den Kopf, schob seinen schwarzen Zylinder in den Nacken und kratzte sich mit der linken Hand am Schädel. »Nein«, sagte er. »Es gibt ein Hotel gleichen Namens, drüben im Westen, aber sonst ...« Er zuckte mit den Achseln und zog eine Grimasse, die mehr als alle Worte aussagte.

Ich versuchte erneut zu lächeln, aber es gelang mir nicht wirklich. Was das *Hotel* WESTMINSTER anging – dort war ich schon gewesen, vor drei Tagen, gleich nach meiner Ankunft in London. Ich hatte sogar ein Zimmer dort, obwohl ich mir im Grunde ein so feudales und kostspieliges Etablissement gar nicht leisten konnte.

Nur Howard, den geheimnisvollen Howard, zu dem mich mein Vater geschickt hatte, hatte ich im WESTMINSTER nicht gefunden. Während der letzten drei Tage hatte ich praktisch nichts anderes getan, als nach ihm zu suchen.

Wenigstens hatte ich es versucht. Aber einen Mann, von dem man nichts als den wahrlich nicht originellen Namen Howard kannte, in einer Millionenstadt wie London finden zu wollen, war ein Unterfangen, das dicht an Wahnsinn grenzte. Ich war nahe daran gewesen, aufzugeben, als ich endlich von einem der stets hilfsbereiten Londoner Bobbys erfuhr, daß es außer dem Hotel WESTMINSTER auch noch diese Pension gleichen Namens gab.

Allerdings hörten die Ähnlichkeiten wirklich mit dem letzten Buchstaben des Namens auf. Die Pension lag in einer Straße, die selbst in den New Yorker Slums, in denen ich vor einem halben Jahr noch gelebt hatte, als schäbig gegolten hätte.

Von den zwei Dutzend Gaslaternen, die die schmale, kopfsteingepflasterte Straße säumten, brannte nicht einmal ein Viertel. Und das, was ihr trüber Schein aus der Dunkelheit riß, war auch nicht gerade erhebend. Überall lagen Abfälle und Unrat, und die dunklen Umrisse überquellender Abfalltonnen hoben sich schwach gegen die nackten Ziegelsteinmauern der Häuser ab. Die wenigen Fenster, die ich sehen konnte, waren ausnahmslos mit Läden verschlossen oder schlicht und einfach vernagelt, und ab und zu sah man ein rasches Huschen oder hörte ein Quieken und das Trappeln winziger harter Pfoten. Ratten. Die einzigen Lebewesen, die sich in einer Gegend wie dieser nach Dunkelwerden noch auf die Straße wagten. Selbst hier in der Kutsche roch es bereits durchdringend nach Fäulnis und Abfällen, obwohl wir erst seit wenigen Augenblicken am Straßenrand standen.

Und was die Pension betraf ... Erkenntlich war sie nur an einem handgemalten, lieblos angenagelten Schild und einer trüben Gaslampe mit gesprungenem Schirm über der Tür. Auch ihre Fenster waren verschlossen, und nur durch die Ritzen eines Ladens schimmerte Licht.

»Vielleicht warten Sie einen Moment hier«, sagte ich, während ich die Tür der Kutsche öffnete und ausstieg. »Wenn ich in zehn Minuten nicht zurück bin, können Sie fahren.« Ich griff in die Weste, nahm eine zusammengerollte Fünf-Pfund-Note heraus und hielt sie dem Kutscher hin, aber zu meiner Überraschung schüttelte der Mann nur den Kopf.

»Tut mir leid, Sir«, sagte er. »Die Fahrt hierher kostet ein Pfund, und sobald Sie dort drinnen sind« – er deutete auf die zerschrammte Tür der Pension – »verschwinden meine alte Beth und ich von hier. Wir sind nämlich nicht lebensmüde, wissen Sie?«

Ich seufzte enttäuscht, versuchte aber nicht noch einmal, ihn zum Warten zu überreden, sondern reichte ihm schweigend ein Pfund und ging rasch auf das Haus zu. Ich konnte den Mann nur zu gut verstehen. Vor ihm hatten sich drei andere Kutscher glatt geweigert, mich überhaupt hierherzufahren.

Trotzdem ertappte ich mich dabei, nervös nach dem Stockdegen zu greifen, den ich unter dem Mantel trug. Ich spürte einfach, daß ich nicht allein auf der Straße war. Immerhin hatte ich lange genug in einer Gegend wie dieser gelebt, um einfach zu wissen, wann ich beobachtet wurde.

Meine Hände zitterten leicht, als ich anklopfte. Die Schläge hallten dumpf durch das Haus, und ich konnte hören, wie irgendwo im Inneren des Hauses eine Tür aufgestoßen wurde und schlurfende Schritte näher kamen.

Ich drehte mich halb um und bedeutete dem Kutscher mit Gesten, noch einen Moment zu warten. Der Mann nickte und begann nervös mit seiner Peitsche zu spielen. Auf der anderen Seite der Straße bewegten sich Schatten.

Die Tür wurde lautstark entriegelt, öffnete sich jedoch nur wenige Zentimeter, ehe sie von einer vorgelegten Kette gesperrt wurde. Ein Paar dunkler, noch halb im Schlaf verschleierter Augen blickten mißtrauisch zu mir heraus. »Wat gibt's?«

Die Begrüßung war nicht gerade freundlich, aber ich schluckte die scharfe Entgegnung, die mir auf der Zunge lag, herunter, trat höflich einen halben Schritt zurück und deutete eine Verbeugung an. »Guten Abend, Sir«, sagte ich steif. »Ich ... suche einen Ihrer Gäste. Wenn Sie vielleicht so freundlich wären –«

»Bin ich nich'«, unterbrach mich der andere. »Wissense überhaupt, wie spät's is'?«

»Kurz nach Mitternacht«, antwortete ich automatisch. »Aber mein Anliegen ist wichtig.«

Mein unfreundliches Gegenüber seufzte, verdrehte die Augen und wollte die Tür ins Schloß werfen – aber ich hatte mittlerweile den Fuß im Spalt, und die straff gespannte Kette hinderte ihn auch daran, die Tür noch weiter zu öffnen, um etwa herauszukommen und handgreiflich zu werden. Der Typ dazu war er.

»Also gut«, murmelte er schließlich. »Mit wem wollen Se sprechn?«

»Mit Howard«, antwortete ich. »Einem Ihrer Gäste. Vielleicht wären Sie so nett –«

»Howard? Hier gibt's kein Howard«, behauptete der andere. »Hier hat's auch nie ein gegeben.«

Das war gelogen. Ich spürte es im gleichen Moment, in dem er die Worte aussprach. Ich habe schon immer gewußt, wenn mich jemand belügt.

»Das ist nicht wahr«, sagte ich ruhig. »Warum ersparen Sie sich und mir nicht unnötigen Ärger und holen Howard herunter?«

Im Gesicht meines Gegenübers zuckte es. Ich konnte im schlechten Licht nicht sehr viel von seinen Zügen erkennen, aber was ich sah, gefiel mir gar nicht. Eine halbe Minute lang musterte er mich durchdringend von Kopf bis Fuß, aber ich ließ ihm keine Zeit, sich irgendwelche neuen Ausreden auszudenken.

»Ich will Ihnen wirklich keinen Ärger machen, Sir«, sagte ich, noch immer freundlich, aber in hörbar schärferem Ton als bisher. »Mister Howard und ich sind sogar gute Freunde, auch wenn er mich noch gar nicht kennt. Aber ich kann natürlich auch in meine Kutsche steigen und in einer halben Stunde mit der Polizei wieder zurückkommen, wenn Ihnen das lieber ist.«

Es war ein Schuß ins Blaue, aber er traf. Der andere erschrak sichtlich, sah mich mit einer Mischung aus neu erwachtem Respekt und schierer Mordlust an und schürzte die Lippen. »In Ordnung, Mister Oberschlau«, knurrte er. »Nehm' Se den Fuß außer Tür. Ich mach' auf.«

Ich sah ihn einen Moment scharf an, nickte knapp und trat wieder zurück. Die Tür krachte unnötig hart ins Schloß, und eine halbe Sekunde später hörte ich ihn mit der Kette hantieren. Die Tür schwang erneut auf und gewährte mir einen Blick auf einen düsteren, nur von einer einzigen, halb heruntergebrannten Kerze erleuchteten Korridor. Ich erschrak ein wenig, als ich sah, wie groß und breitschultrig der Kerl war, mit dem ich bisher geredet hatte. Er war ungefähr einen Kopf größer als ich, gut doppelt so breit und von der untersetzten, massigen Art, die Muskeln verriet, wo bei anderen Leuten vom gleichen Gewicht Fett war. Sein Gesicht wirkte noch immer verschleiert – offensichtlich hatte ich ihn aus dem tiefsten Schlaf gerissen – und die Hängebacken, die leicht vorstehende Oberlippe und die schweren Tränensäcke unter den Augen gaben ihm etwas von einer mißgelaunten Bulldogge. Hätte ich ihn gleich richtig gesehen, hätte ich wahrscheinlich einen etwas weniger dreisten Ton angeschlagen.

Aber dann hätte er mich wahrscheinlich auch nicht hereingelassen.

Rasch trat ich an ihm vorbei in den Flur, drehte mich herum und winkte dem Kutscher zu. Der Mann tippte kurz an die Krempe seines schwarzen Zylinders, ließ seine Peitsche knallen und fuhr los.

Der Türsteher blickte der Kutsche nach, bis sie in der Nacht verschwunden war, schüttelte den Kopf und knallte die Tür zu. »Das war nich' so klug«, sagte er, »den Wagen wegzuschicken.«

Die Art, in der er die Worte aussprach, gefiel mir nicht; ebenso wie die Art, in der er mich ansah. Beides hatte etwas Drohendes.

Ich versuchte, seinem Blick standzuhalten und möglichst gelassen auszusehen, aber es gelang mir nicht sehr gut.

»Warum?«

»Weil ich nich' glaub', daß H. P. Sie empfangen wird.«

»H. P.?«

»Howard«, knurrte mein Gegenüber. »Wenn Se schon mitten in der Nacht herkommen, um mit ihm zu reden, sollten Se wenigstens sein Namen wissen, finden Se nich?« Ein mißtrauisches Funkeln erschien in seinen Augen. »Wat wolln Se überhaupt vonnem?«

»Ich glaube nicht, daß Sie das etwas angeht«, erwiderte ich steif. Ich trat zurück, nahm den Hut ab und deutete eine Verbeugung an – ohne ihn dabei auch nur einen Moment aus den Augen zu lassen. »Mein Name ist Craven«, sagte ich. »Robert Craven. Bitte melden Sie mich Mister Howard – und sagen Sie ihm, daß ich Grüße von seinem Freund Andara bringe. Ich bin sicher, er wird mich empfangen.«

Wieder blickte mich der andere eine Sekunde zweifelnd an, als brauche er so lange, um meine Worte zu verarbeiten, dann zuckte er mit den Achseln. »Meinetwegn«, nuschelte er. »Aber wundern Se sich nich', wenn er nich' kommt. H. P. kriegt so gut wie nie Besuch.« Er schüttelte den Kopf, legte umständlich die Kette wieder vor, drehte sich um und schlurfte vor mir den Gang hinab. An seinem Ende befand sich eine zweiteilige, nur halb geschlossene Tür, durch deren Ritzen warmes rotes Licht schimmerte. Mein seltsamer Führer stieß einen der Türflügel vollends auf, deutete eine einladende Geste in den dahinterliegenden Raum an und drehte sich gleichzeitig um. Direkt neben der Tür führte eine Treppe in die oberen Stockwerke des Hauses hinauf.

»Warten Se hier«, sagte er unfreundlich. »Ich geh' H. P. fragen.«

Ich sah ihm kopfschüttelnd nach, wandte mich aber nach einem Moment gehorsam um und trat in den Raum, den er mir angewiesen hatte. Erneut ertappte ich meine Hand dabei, wie sie nervös über den Griff des Stockdegens strich, den ich unter meinem Umhang verborgen hatte. Auch wenn ich es selbst nicht zugeben wollte – aber dieses heruntergekommene Haus und sein seltsamer Türwächter flößten mir Unbehagen ein, ja, beinahe schon Furcht. Es war etwas Düsteres, Bedrohliches an diesem alten Gemäuer, das schwer in Worte zu fassen war.

Der Raum, in dem ich war, schien eine Mischung aus Bibliothek und Salon zu sein. Eine Wand wurde ganz von einem deckenhohen, bis zum Bersten gefüllten Bücherregal eingenommen, die beiden anderen wurden von einem gewaltigen, marmornen Kamin und einem nicht minder gewaltigen Tisch, der von einem halben Dutzend kostbarer Stühle flankiert wurde, beherrscht. Der Raum war wesentlich eleganter – und auch sauberer –, als ich erwartet hatte. Und trotzdem verstärkte sich der Eindruck, den ich von diesem Gebäude hatte, noch. Es war irgendwie … düster.

Ich blieb einen Moment unschlüssig unter der Tür stehen, sah mich um und trat schließlich zum Kamin. Die Flammen brannten hoch und erfüllten den Raum gleichermaßen mit Licht wie behaglicher Wärme. Ich legte meinen Mantel ab, ging vor dem Kamin in die Hocke und hielt die Hände über die Flammen. Meine Finger prickelten vor Kälte, aber das war wohl etwas, woran ich mich gewöhnen mußte. Zu Hause in New York hätte ich zu dieser Jahreszeit unter freiem Himmel übernachten können; hier in London mit seinem Nebel und seinem berüchtigten Klima wurde es selbst im Hochsommer nach Dunkelwerden empfindlich kalt.

Nach einer Weile hörte ich Schritte. Ich richtete mich wieder auf und wandte mich um, aber zu meiner Enttäuschung erschien nicht Howard, sondern wieder das Bulldoggengesicht unter der Tür.

»H. P. kommt gleich«, knurrte er unfreundlich. »Sie sollen's sich 'n bißchen bequem machen, bisser da ist.« Er schlurfte an mir vorüber, öffnete einen Schrank und nahm zwei Gläser und eine geschliffene Glaskaraffe hervor. Mit einer Kopfbewegung dirigierte er mich zum Tisch, schenkte eines der Gläser voll und stellte das andere umgedreht auf den Tisch.

»Ich geh' dann«, nuschelte er. »Er wird gleich

kommn. Wenn Se was brauchn, dann rufn Se mich.« Ohne eine Antwort abzuwarten, schlurfte er zur Tür, warf sie hinter sich ins Schloß und polterte lautstark die Treppe hinauf. Ich sah ihm kopfschüttelnd nach, griff nach dem Glas, das er mir eingeschenkt hatte, und nippte vorsichtig daran.

Die rote Flüssigkeit darin war Sherry, ein ganz ausgezeichneter Sherry sogar. Kein Getränk, das man in einem Haus wie diesem anzutreffen erwartete.

Ich leerte das Glas, stellte es behutsam auf den Tisch zurück und stand auf, um mich gründlicher umzusehen.

Die Bücher auf den Regalbrettern erregten meine besondere Neugier. Ich hatte mich nie sonderlich für Bücher interessiert, aber seit ich vor einem halben Jahr meinen Vater wiedergefunden hatte – ohne dies indes damals schon zu ahnen –, hatte sich ohnehin viel in meinem Leben geändert. Wenn nicht alles.

Ich kam nicht dazu, die Bände genauer in Augenschein zu nehmen. Ich war kaum an das Regal herangetreten und hatte einen der Bände zur Hand genommen, als die Tür hinter meinem Rücken erneut geöffnet wurde und ich Schritte hörte. Mit einer fast schuldbewußten Bewegung wandte ich mich um und sah dem Neuankömmling entgegen.

Es war ein Mann. Er mochte etwa vierzig Jahre alt sein – vielleicht etwas jünger –, war schlank und hatte ein schmales, beinahe asketisch geschnittenes Gesicht. Sein Haaransatz war im Laufe der Jahre vor dem Ansturm zweier mächtiger Geheimratsecken zurückgewichen, und auf seinen Wangen lagen Schatten, als hätte er eine schwere Krankheit hinter sich. Sein Mund war klein und spitz, und er hatte schlanke, nervöse Hände, die niemals wirklich ruhig zu sein schienen.

Sekundenlang musterten wir uns gegenseitig, und

das Ergebnis unserer Betrachtungen schien uns beiden nicht zu gefallen.

Howard war schließlich der erste, der das Schweigen brach. Er räusperte sich, drückte die Tür hinter sich mit einer heftigen, fast übertrieben schnellen Geste ins Schloß und kam mit raschen Schritten auf mich zu. Später sollte ich noch merken, daß alles, was er tat, schnell und übertrieben heftig geschah. Jetzt verwirrte mich seine scheinbar sinnlose Hast.

Zwei Schritte vor mir blieb er stehen, musterte mich noch einmal und deutete mit einer knappen Geste auf den Tisch, an dem ich zuvor schon gesessen hatte. »Nehmen Sie Platz, junger Mann«, sagte er abgehackt. »Es redet sich besser im Sitzen.«

Ich wollte widersprechen, aber irgend etwas hielt mich davon ab. Howard war auf schwer zu beschreibende Art wie das Haus, in dem er lebte: unheimlich und düster.

»Rowlf sagte mir, Sie hätten den Namen meines alten Freundes Roderick Andara erwähnt«, begann Howard, nachdem er sein Glas herumgedreht und sich eingeschenkt hatte, ohne allerdings zu trinken.

»Rowlf?«

»Mein dienstbarer Geist, ja«, nickte Howard. »Er führt das Haus, holt ein, wimmelt lästige Besucher ab« – er lächelte flüchtig, wobei seine Augen jedoch völlig kalt blieben – »und tut auch sonst alles für mich. Ich wüßte wirklich nicht, was ich ohne ihn täte.« Er seufzte, lehnte sich zurück und starrte mich durchdringend an. »Aber wir kommen vom Thema ab, Mister … wie war doch gleich Ihr Name?«

»Craven«, antwortete ich. »Robert Craven.«

»*Robert Craven?*« Die Art, in der Howard meinen Namen aussprach, sagte mir mit aller Deutlichkeit, daß er ihn hier und jetzt nicht zum ersten Mal hörte.

Ich nickte. »Ich sehe, mein Vater hat Ihnen schon von mir erzählt«, sagte ich. »Das erleichtert die Angelegenheit erheblich.«

Howard nickte. Von seiner kühlen, herablassenden Art war nichts mehr geblieben. Er wirkte verstört; ein Mann, der gründlich aus dem Konzept gebracht worden war und jetzt nicht wußte, wie er reagieren muß. »Sie wissen, daß ... daß Andara Ihr Vater ist?«

»Ich weiß es. Und ich weiß auch, daß man ihn drüben in den Staaten den Hexer nannte.«

In seinen Augen blitzte es auf. »*Nannte?* Wie meinen Sie das?«

Diesmal dauerte es einen Moment, bevor ich antwortete. Es war fast sieben Wochen her, und ich war bisher der Meinung gewesen, darüber hinweg zu sein, aber so ganz stimmte das nicht. Meine Stimme bebte, als ich – ohne ihn anzusehen – antwortete.

»Mein Vater ist ... ist tot, Mister Howard. Er starb auf der Überfahrt von den Vereinigten Staaten hierher, und seine letzten Worte waren: Geh zu Howard. Es war nicht leicht, Sie zu finden.«

»Tot?« Howard wirkte erschüttert. »Er ist tot, sagst du?«

Ich nickte. Einen kleinen Moment lang war ich ernsthaft in Versuchung, ihm von meiner Begegnung mit seinem ... ja, was eigentlich? Seinem Geist? zu erzählen, tat es aber dann doch nicht. Jetzt, als alles vorbei war, kam mir die Erinnerung daran immer unwirklicher vor. Und ich wußte von Howard nicht viel mehr als seinen Namen. Die Erfahrung hatte mich gelehrt, Fremden gegenüber vorsichtig zu sein, und so beließ ich es bei diesem stummen Nicken.

»Wie ... ist er gestorben?« fragte Howard.

»Das ist eine lange Geschichte«, antwortete ich ausweichend. »Und ich weiß nicht, ob –«

»Ob du sie mir erzählen kannst?« Howard lächelte, wurde aber sofort wieder ernst. »Du kannst es, Junge. Dein Vater und ich waren mehr als nur Freunde, glaube mir. Ich weiß alles. Alles über Jerusalems Lot, über den Fluch der Hexen und die *Big Old Ones.*« Er lächelte, als er meinen überraschten Gesichtsausdruck sah. »Hast du dich nie gefragt, woher dein Vater sein Wissen über sie hat, Robert? Das meiste hat er von mir, wenn auch nicht alles.«

»Mister Howard«, stammelte ich. »Ich ...«

»Hör mit diesem albernen ›Mister Howard‹ auf«, unterbrach er mich. »Howard ist mein Vorname. Ich heiße Howard Phillips Lovecraft, und für dich bin ich einfach nur Howard. Und jetzt erzähle von Anfang an. Wir haben viel Zeit.«

Die Kutsche jagte mit halsbrecherischem Tempo durch die menschenleeren Straßen. Vom Bock her drang das Knallen der Peitsche beinahe ununterbrochen herein, untermalt von halblauten, ungeduldigen Rufen, mit denen der Kutscher seine Tiere zu noch größerem Tempo anzufeuern versuchte. Das Gefährt schwankte wie ein Boot auf stürmischer See, und die kaum gefederten Achsen gaben die Stöße und Knüffe der schlaglochübersäten Straße beinahe ungemildert an den Fahrgastraum weiter, so daß Andrew fast Mühe hatte, sich auf der schmalen Sitzbank aufrecht zu halten.

»Alles in Ordnung?« fragte sein Gegenüber.

Andrew nickte instinktiv. Er hatte bisher keine Gelegenheit gehabt, seinen geheimnisvollen Retter näher in Augenschein zu nehmen oder sich auch nur bei ihm zu bedanken. Es war dunkel in der Kutsche; die schwarzen Vorhänge vor den beiden Fenstern waren zugezogen, und nur durch die kleine Luke, durch die man dem Fahrer Anweisungen zurufen konnte, sickerte noch etwas Licht in den Innenraum.

Trotzdem war Andrew sicher, einer Frau gegenüberzusitzen, schon bevor er ihre Stimme hörte.

Ihre Gestalt wurde vollends von einem schwarzen, in einer übermäßig groß erscheinenden Kapuze endenden Mantel verhüllt, aber sie war zu schmal und zu zierlich, und etwas an ihrer Haltung verriet ihm, daß es kein Mann war.

»Es ... geht«, antwortete er stockend. Er versuchte zu lächeln, aber es wurde eher eine Grimasse daraus. »Das war Rettung in letzter Sekunde. Wenn Ihr Kutscher nicht gekommen wäre, Missis ...«

»Terry«, half seine Retterin aus, als er nicht weitersprach. »Nennen Sie mich einfach Terry. Das tun alle.« Sie lachte. Ihre Stimme war sehr hell.

»Terry«, nickte Andrew. »Ich ... ich danke Ihnen, Terry.«

»Das war doch selbstverständlich.« Sie blickte ihn einen Moment unter ihrer Kapuze heraus an, setzte sich dann auf und schlug sie mit einer raschen Bewegung zurück.

Andrew unterdrückte im letzten Moment einen erstaunten Ausruf. Er hatte geahnt, daß sie jung war, und irgend etwas hatte ihm gesagt, daß sie schön sein würde, aber er hatte nicht geahnt, daß sie so jung war. Und so schön.

Für einen Moment war er unfähig zu sprechen oder irgend etwas anderes zu tun, als einfach dazusitzen und sie anzustarren. Sie war klein, so schlank, daß sie schon als zierlich gelten konnte, und hatte ein schmales, fast aristokratisch geschnittenes Gesicht, dem aber trotzdem ein schwer zu beschreibender Ausdruck von Natürlichkeit anhaftete. Ihr Haar war lang und glatt und fiel bis weit über die Schultern herab. Ein voller, sinnlicher Mund unter einer schmalen Nase, eingerahmt von zwei Grübchen, die ihr etwas beinahe Spitzbübisches gaben, und Augen …

Für eine Sekunde hatte Andrew das Gefühl, sich im Blick dieser Augen zu verlieren. Sie waren groß, beinahe eine Spur zu groß, dunkelblau und von kleinen, goldenen Farbsprenkeln durchsetzt. Gelassen hielten sie seinem Blick stand und erwiderten die Neugier darin sogar.

»Zufrieden?« fragte Terry nach einer Weile.

Andrew wurde sich plötzlich der Tatsache bewußt, daß er sie anstarrte. Verlegen senkte er den Blick, atmete hörbar ein und sah unsicher wieder auf. Einen Moment lang suchte er vergeblich nach Worten.

Terry winkte ab, als er dazu ansetzte, sich zu entschuldigen. »Schon gut, Andrew«, sagte sie rasch. »Ich bin es gewohnt, angestarrt zu werden, wissen Sie?« Sie beugte sich leicht vor, und Andrew konnte ihr betörendes Parfüm riechen. Irgendwo tief, tief in ihm begann eine Alarmglocke zu läuten, aber er war unfähig, auf die Warnung zu hören.

»Andrew …?« wiederholte er schwerfällig. »Ich … kennen wir uns? Ich habe meinen Namen nicht genannt.«

Wieder lachte Terry. In ihren Augen blitzte es spöttisch auf. »Sie kennen mich nicht, Andrew«, sagte sie. »Aber dafür kenne ich Sie. Um so besser.«

Andrew schüttelte verwirrt den Kopf. »Sie …«

»Es war kein Zufall, daß wir uns getroffen haben«, flüsterte Terry. Irgend etwas in ihrer Stimme änderte sich. Andrew spürte ein seltsames, beinahe erschreckendes Gefühl in sich aufsteigen. Irgend etwas war an diesem Mädchen ungewöhnlich. Und es war nicht nur ihr Aussehen.

»Kein … Zufall?« wiederholte er knapp.

Terry verneinte. »Die vier Männer, die dich überfallen haben, haben in meinem Auftrag gehandelt«, sagte sie. Ihre Stimme klang fast belustigt.

Andrew starrte sie an. »In ...«

»Es war nicht beabsichtigt, daß du verletzt wirst«, fügte Terry in leicht bedauerndem Tonfall hinzu. »Es tut mir leid.«

Automatisch blickte Andrew an sich hinab. Die Wunde schmerzte noch immer, aber sie hatte wenigstens aufgehört zu bluten und war offensichtlich nicht sehr gefährlich.

»Aber ... aber warum?« fragte er. Er versuchte vergeblich, so etwas wie Zorn in sich zu entdecken. Alles, was er spürte, war eine grenzenlose Verwirrung. Und eine ganz schwache Spur von Furcht.

Ohne direkt auf seine Frage zu antworten, beugte sich Terry noch ein Stück weiter vor, um die Schnittwunde zu begutachten. Ihr Mantel, der nur von einer schmalen, silbernen Spange am Kragen gehalten wurde, klaffte bei der Bewegung auseinander, und Andrew sah, daß sie nichts darunter trug.

Terrys Hände glitten geschickt über den Schnitt auf seinem Magen, und auf seltsame Weise vertrieb die Berührung den brennenden Schmerz. Aber ihre Finger blieben nicht dort, sondern tasteten langsam weiter, glitten unter sein Hemd und krochen an seiner Brust empor. Die Berührung war gleichzeitig kühl und brennend heiß.

»N...nicht«, sagte er mühsam. In seinem Hals saß plötzlich ein harter Knoten. Er wollte ihre Hände wegschieben, aber seine Glieder versagten ihm den Dienst. Er hatte plötzlich das Gefühl, nicht mehr richtig atmen zu können.

Terrys Gesicht war plötzlich ganz dicht an seinem. »Warum?« flüsterte sie. »Wir sind allein, Andrew.

Ich habe dich gesucht, weil ich dich haben wollte. Komm …«

Andrew atmete hörbar ein. Sein Gaumen fühlte sich plötzlich ausgetrocknet und rissig an. Aber er spürte auch, wie etwas in ihm auf die Verlockung antwortete.

»Es … es geht nicht«, keuchte er mühsam. »Wir …«

»Warum?« flüsterte Terry. »Ich will dich, Andrew. Und du willst mich. Ich weiß es.«

Mit einer lautlosen, gleitenden Bewegung rutschte sie zu ihm hinüber, schlang die Arme um seinen Hals und küßte ihn. Die Spange, die ihren Mantel bisher gehalten hatte, löste sie, und das Kleidungsstück glitt wie von selbst von ihren bloßen Schultern. Mit einem raschen, entschlossenen Ruck zerriß sie sein Hemd vollends und schmiegte sich an ihn.

Andrew stöhnte, als er ihre nackte heiße Haut auf der seinen fühlte. Terrys Hände huschten wie kleine lebende Wesen über seine Haut, und die Berührung schien seine Nerven in Flammen zu setzen.

»Nicht«, murmelte er.

Terrys Antwort bestand nur aus einem leisen, glockenhellen Lachen. Ihre Lippen streiften seine Wange; feucht, kühl und heiß wie brennendes Eisen zugleich, berührten seine Augenlider und glitten an seinem Gesicht herab. Andrew schauderte, als ihre Zunge seine Mundwinkel berührte und tiefer glitt.

»Komm«, flüsterte sie. »Nimm mich.«

Andrew wehrte sich nicht mehr, als sie sich auf der schmalen Sitzbank der Kutsche nach hinten sinken ließ und ihn mit sanfter Gewalt mit sich zog.

Rowlf brachte uns eine neue Flasche Sherry, schenkte mit geschickten Bewegungen ein und schlurfte wieder aus dem Zimmer. Ich sah ihm nach, bis er die Tür hinter sich zugezogen hatte. Meine Augen brannten; zum Teil von den dünnen, schwarzen Zigarren, die Howard ununterbrochen rauchte, zu einem anderen Teil auch schlicht aus Müdigkeit. Durch die Ritzen der vorgelegten Läden sickerte das graue Licht der heraufziehenden Dämmerung.

»Wenn du müde bist«, sagte Howard, »legen wir uns schlafen. Wir können später weiterreden.«

Ich wehrte mit einem Kopfschütteln ab, schirmte mit der Hand ein Gähnen ab und griff nach meinem Sherryglas, um mich dahinter zu verkriechen. Ich spürte, daß ich zuviel getrunken hatte, aber meine Lippen brannten vom langen Reden, und mein Gaumen fühlte sich ausgetrocknet an, als hätte ich wochenlang gedurstet. Ich *war* müde, hundemüde sogar. Aber ich hatte zu lange nach Howard gesucht, um jetzt ins Bett zu gehen, als wäre nichts passiert.

»Danke«, sagte ich. »Aber ... es geht schon noch.« Ich wies mit einer Kopfbewegung zum Fenster. »Es lohnt ohnehin nicht mehr, sich schlafen zu legen. Ehe ich im Hotel bin, ist längst Frühstückszeit.«

Howard runzelte die Stirn und sog wieder an seiner schweren Zigarre. Irgendwie, fand ich, paßte sie nicht zu ihm. »Du kannst hier schlafen«, sagte er. »Es sind genug Betten frei.«

»Das geht nicht. Priscylla wartet im Hotel auf mich.«

Für die Dauer eines Atemzuges sah er mich mit seltsamem Ausdruck an. »Priscylla«, wiederholte er nachdenklich. Ich hatte ihm von ihr erzählt, so, wie ich ihm nach und nach alles erzählt hatte, auch die Dinge, die ich eigentlich für mich hatte behalten wollen. In diesem Punkt ähnelte Howard meinem Vater – es war einfach unmöglich, ihm irgend etwas verheimlichen zu wollen.

»Ich würde sie gerne kennenlernen«, sagte er nach einer Weile. »Wenn du nichts dagegen hast.«

»Warum sollte ich?«

Er zuckte mit den Achseln, schnippte seine Asche in den Kamin und gähnte hinter vorgehaltener Hand. Er mußte ebenso müde sein wie ich. Aber es gab noch so viel zu bereden. Howard hatte alles von mir erfahren, was er wissen wollte, aber ich selbst hatte nicht mehr als drei oder vier Fragen stellen können.

»Sie waren ein guter Freund meines Vaters?« fragte ich.

»Du«, murmelte Howard und gähnte erneut. »Vergiß das ›Sie‹, Junge. Und um deine Frage zu beantworten: ich war der einzige Freund, den dein Vater hatte.« Etwas leiser und mit deutlich veränderter Stimme fügte er hinzu: »So, wie er mein einziger Freund war.«

Für einen Moment kam ich mir fast schäbig vor. Die Frage war so überflüssig wie ein Kropf gewesen. »Woher kennen Sie ... woher kennt ihr euch?« fragte ich.

»Aus den Staaten.« Howard warf seine Zigarre in den Kamin, sah zu, wie sie prasselnd verbrannte, und nahm eine neue aus der ziselierten Silberschachtel neben sich. »Ich habe ihn kennengelernt, als ich im Zuge meiner Nachforschungen drüben in Amerika war. Lange, bevor du geboren wurdest, Robert. In seiner Heimatstadt.«

»Jerusalems Lot«, sagte ich.

Howard antwortete nicht darauf, sondern fuhr, nachdem er sich vorgebeugt und einen brennenden Span aus dem Feuer genommen hatte, um sich seine Zigarre anzuzünden, fort: »Er lehrte mich vieles, Junge. Und ich ihm. Keiner von uns wäre heute ohne den anderen noch am Leben.« Er brach ab. Für zwei, drei Sekunden verdüsterten sich seine Züge. Seine Hände spannten sich um die Armlehnen seines Sessels, als wolle er sie zerbrechen. In seinem Gesicht zuckte ein Muskel.

»Es tut mir leid«, murmelte ich. »Wir müssen nicht darüber sprechen, wenn du nicht willst.«

Howard holte hörbar Luft. »Oh, es geht schon«, sagte er. »Und du hast ein Recht, alles zu erfahren. Du bist schließlich der Sohn meines Freundes. Und sein Erbe.«

Etwas an der Art, in der er die letzten drei Worte aussprach, gefiel mir nicht.

»Wie meinst du das?« fragte ich.

»Hast du Geld?« fragte er anstelle einer direkten Antwort.

Ich schwieg einen Moment verwirrt, schüttelte aber dann den Kopf. »Nein«, gestand ich. »Ein paar Pfund. Um die Wahrheit zu sagen, reicht es nicht einmal, um die Rechnung im WESTMINSTER für Priscylla und mich zu begleichen. Der Kreditbrief, den mir mein Vater gab, ist in Goldspie verbrannt. Und von meinem Bargeld ist nicht mehr viel übrig.«

Howard nickte, als hätte er nichts anderes erwartet.

»Ein Grund mehr, gleich morgen zu Dr. Gray zu gehen«, sagte er. »Oder heute. Heute ist ja schon morgen.«

»Dr. Gray?«

»Mein Anwalt«, erklärte Howard. »Und der deines Vaters. Mach dir keine Sorgen um die Hotelrechnung. Du bist reich, Robert.«

Ich war nicht sonderlich überrascht. Ich hatte gewußt, daß mein Vater ein vermögender Mann war. Ein sehr vermögender Mann sogar. Aber diese Frage interessierte mich im Moment nur am Rande.

Verwirrt griff ich nach meinem Glas, nippte an dem Sherry und stellte es behutsam auf den Tisch zurück. Meine Hände zitterten.

Howard sah mich scharf an. »Fühlst du dich nicht wohl?« fragte er.

Ich schüttelte den Kopf. »Nein«, sagte ich rasch. »Das heißt, doch. Ich ... bin schon okay. Es war nur alles ein bißchen zuviel. Ich begreife nur die Hälfte, fürchte ich.«

»Ich fürchte, noch sehr viel weniger«, murmelte Howard. »Wenn das, was du mir erzählt hast, alles wirklich so geschehen ist, dann bist du in Gefahr, Junge.«

Beinahe hätte ich gelacht. »Das ist mir nicht entgangen, Howard«, antwortete ich. »Ich verstehe nur nicht, warum.«

»Weil du Andaras Sohn bist«, antwortete er in einem Ton, als wäre diese Erklärung die natürlichste der Welt. »Und weil sich der Fluch der Hexen bis in die letzte Generation der Familie fortsetzt.«

Trotz des prasselnden Feuers im Kamin schien es plötzlich mehrere Grade kälter im Raum zu werden. Ich schauderte.

»Aber es gibt einen Weg, diesen Fluch zu brechen, Robert«, fuhr Howard fort, als er mein Erschrecken bemerkte.

»Mein Vater hat es versucht«, sagte ich niedergeschlagen.

Howard schwieg einen Moment. »Das stimmt«, sagte er schließlich. »Aber mit den falschen Mitteln, Robert. Er konnte nicht wissen, daß sie einen der *Big Old Ones*, der *GROSSEN ALTEN*, auf ihrer Seite haben. Hätte er es gewußt, hätte er anders gehandelt.«

»Er hat es zumindest geahnt.«

Howard nickte. »Sicher. Aber auch dein Vater war nur ein Mensch, Robert, vergiß das nicht, wenn auch ein außergewöhnlicher. Und manchmal verschließen wir Menschen eben die Augen vor dem Unausweichlichen.« Wieder schwieg er einen Moment, und der Blick, mit dem er mich maß, war von einer seltsamen

Mischung aus menschlicher Wärme und Freundschaft und Sorge. »Zuerst einmal«, fuhr er dann mit veränderter Stimme fort, »müssen wir dich in Sicherheit bringen. Es war kein Zufall, daß du in Goldspie angegriffen worden bist. Sie haben deine Spur, und sie werden es wieder versuchen. Ich fürchte, es wird selbst für jemanden, der über keinerlei außergewöhnliche Fähigkeiten verfügt, nicht sehr schwer sein, dich im WESTMINSTER aufzuspüren. Dich oder dieses Mädchen.«

»Priscylla?«

Howard nickte. »Du hättest sie nicht mitbringen dürfen, Robert«, sagte er ernst. »Sie ist eine Gefahr für dich.«

»Unsinn!« fuhr ich auf. »Sie hätten sie umgebracht, wenn ich sie zurückgelassen hätte. Priscylla ist für niemanden eine Gefahr. Sie ist das harmloseste Wesen, das ich jemals getroffen habe.«

Howard lachte leise. »Und offenbar bist du bis über beide Ohren in sie verliebt«, sagte er. »Aber du verstehst mich falsch. Was ich meine, ist, daß sie die Verfolger auf deine Spur bringen könnte. Es wäre das klügste, wenn ihr euch trennen würdet.«

Ich antwortete nicht. Im Grunde hatte Howard vollkommen recht. Seine Gedanken waren mir nicht fremd. Ich hatte sie selbst gedacht, schon lange bevor wir überhaupt nach London gekommen waren. Nein, ich verstand ihn schon. Das Dumme war nur, ich *wollte* ihn gar nicht verstehen.

»Reden wir morgen darüber«, schlug Howard vor, als ich nicht antwortete. »Wenn sie euch bis heute nicht aufgespürt haben, werden ein paar Stunden kaum noch eine Rolle spielen.«

»Ich trenne mich nicht von ihr«, sagte ich stur. Ich kam mir bei diesen Worten beinahe selbst albern vor.

Ich benahm mich wie ein verliebter Primaner, das war mir klar. Aber es war mir auch egal.

Howard seufzte. »Wie gesagt«, murmelte er. »Wir reden später darüber.« Er stand auf, ging zu seinem Schreibtisch, öffnete eine Schublade und kam mit einer Handvoll zusammengefalteter Banknoten zurück, die er mir reichte.

»Davon bezahlst du erst einmal deine und Priscyllas Hotelrechnung«, sagte er.

Ich wollte ablehnen, aber Howard ließ mich gar nicht erst zu Wort kommen. »Nimm es«, sagte er streng. »Und tu, was ich dir sage. Du kannst es mir ja wiedergeben, wenn es dich beruhigt. Betrachte es als Darlehen.«

»Ich ... ich weiß nicht, ob ich das annehmen kann«, sagte ich zögernd.

Howard lachte schallend. »Natürlich kannst du es«, sagte er. »Warte, bis du mit Dr. Gray gesprochen hast, dann glaubst du mir. Du dürftest einer der zehn reichsten Männer des Landes sein.« Er deutete mit einer ungeduldigen Kopfbewegung auf die Geldscheine, und ich griff, wenn auch noch immer zögernd, zu. »Ihr müßt aus diesem Hotel heraus«, sagte er. »Wenn ihr noch lange da wohnt, könnt ihr eure Namen auch gleich in die Zeitung setzen und eine Ausgabe nach Goldspie schicken.«

»Und wo ... sollen wir hin?« fragte ich. Plötzlich fühlte ich mich furchtbar hilflos.

Howard überlegte einen Moment. »Ich kenne eine Reihe von Leuten, die euch helfen werden«, sagte er nach einer Weile. »Vorerst könnt ihr hier bei mir wohnen. Den Komfort des WESTMINSTER kann ich zwar nicht bieten, aber dafür ist es hier sicherer.«

Der Blick, mit dem ich mich umsah, schien ihn zu amüsieren. »Laß dich nicht vom äußeren Anschein täuschen, Robert«, sagte er.

»Und die anderen Gäste?«

»Es gibt keine anderen Gäste hier«, sagte Howard. »Schon lange nicht mehr. Rowlf und ich sind die einzigen, die hier leben. Die Pension war schon seit Jahren geschlossen, als ich dieses Haus gekauft habe. Und Rowlf ist ein wahrer Meister darin, potentielle Gäste abzuwimmeln. Ihr seid sicher hier.«

Ich antwortete nicht mehr, sondern stand auf. Plötzlich fühlte ich die Müdigkeit mit aller Macht. »Ich glaube, es wird Zeit«, sagte ich. »Ich werde mich ein paar Stunden hinlegen und dann zusammen mit Priscylla zurückkommen.«

»Das ist nicht nötig«, sagte Howard hastig. Für einen ganz kurzen Moment hatte ich das Gefühl, einen fast erschrockenen Ton in seiner Stimme zu hören, aber als ich den Blick hob und ihn ansah, war sein Gesicht so ausdruckslos wie zuvor.

»Wir treffen uns in der Stadt«, sagte er. »Gleich bei meinem Anwalt. Je eher wir die Formalitäten hinter uns bringen, desto besser. Ich schreibe dir seine Adresse auf. jeder Droschkenkutscher in der Stadt kann dich zu ihm bringen.« Ohne eine Antwort abzuwarten, drehte er sich herum, eilte zu seinem Schreibtisch und kritzelte etwas auf einen Zettel.

Ich steckte ihn ein, ohne einen Blick darauf zu werfen, leerte gegen besseres Wissen mein Sherryglas und nahm meinen Mantel von der Sessellehne. Mir war kalt. Müdigkeit begann sich wie eine bleierne Decke über meine Glieder zu legen.

»Ich schicke Rowlf«, sagte Howard. »Er kann dir eine Kutsche besorgen. Es gibt einen Droschkenstand, eine knappe Meile von hier.«

Ich hielt ihn mit einem müden Kopfschütteln zurück, warf den Mantel über meine Schultern und ging zur Tür. »Das ist nicht notwendig«, sagte ich. »Ich kann das Stück zu Fuß gehen. Der arme Rowlf muß genauso müde sein wie wir. Und mir tut die frische Luft bestimmt gut.«

Howard runzelte die Stirn, aber ich gab ihm keine Gelegenheit, erneut zu widersprechen, sondern öffnete die Tür und lief rasch den Korridor zum Ausgang hinab. Howard folgte mir, ging an mir vorbei, als ich stehenblieb, und öffnete die Tür. Mir fiel auf, daß es außer dem Schloß und der Vorlegekette noch zwei weitere Riegel gab. Und etwas, das wie ein Riegel aussah, aber keiner war.

Der Schwall eisiger Luft, der mir entgegenschlug, als Howard die Tür öffnete, ließ mich frösteln. Ich zog den Mantel enger um die Schultern, trat einen Schritt aus dem Haus und sah mich mit einer Mischung aus Unbehagen und Erleichterung um.

Es war nicht mehr dunkel, aber es war auch noch nicht hell. Auf der Straße herrschte diese seltsame Mischung aus allmählich weichender Nacht und flackernder, grauer Dämmerung, in der man fast noch weniger sah als bei wirklicher Dunkelheit. Und es war kalt. Sehr kalt.

»Wann?« fragte ich.

Howard zog eine goldene Taschenuhr aus der Weste, klappte den Deckel auf und sah einen Moment schweigend auf das Zifferblatt. »Jetzt ist es fünf«, murmelte er. »Bis du im Hotel bist und ein wenig ausgeruht hast ...« Er sah auf. »Sagen wir drei?«

»Um drei beim Anwalt«, bestätigte ich. Ich reichte ihm zum Abschied die Hand, wandte mich mit einem letzten, flüchtigen Lächeln um und ging mit schnellen Schritten in die unwirkliche Dämmerung hinein.

»Ein miserabler Tag zum Angeln.«

Jerry French fuhr sich mit dem Handrücken über das Gesicht, gähnte ausgiebig und packte die Angelausrüstung fester, die er in einem schweren Leinensack wie ein Gewehr über der rechten Schulter trug. »Sogar ein ausgesprochen miserabler Tag zum Angeln«, fügte er, etwas lauter, hinzu, als keiner seiner beiden Begleiter auf seine Bemerkung antwortete.

»Wie kommst du darauf?« fragte Glen, ohne ihn anzusehen. »Es ist sogar ein ausgesprochen guter Tag, um Flußkarpfen zu fangen.« Sie hatten das Flußufer erreicht. Glen blieb stehen, warf seine Angelausrüstung mit gekonntem Schwung in das kleine Boot, das als einziges an dem halbverrotteten Pier lag und in der Strömung schaukelte, und sprang mit ausgebreiteten Armen hinterher. Der winzige Kahn legte sich ein wenig auf die Seite, so daß Wasser über seine niedrige Bordwand schwappte und sich in der Bilge sammelte.

French runzelte mißmutig die Stirn. Die Vorstellung, sich dieser halbverrotteten Nußschale anzuvertrauen, erfüllte ihn mit fast körperlichem Unbehagen. Im stillen verfluchte er sich selbst, daß er so leichtsinnig gewesen war, Glens Angebot anzunehmen. Er hatte es seit jeher für hirnrissig gehalten, vor Sonnenaufgang aufzustehen, sich stundenlang auf dem Fluß durchschütteln zu lassen und vor Kälte zu zittern, nur um Fische zu fangen, die er für ein paar Shilling an jeder Ecke kaufen konnte.

Glen lächelte aufmunternd und machte eine einladende Geste. »Nun komm schon«, sagte er. »Du wirst sehen, es macht Spaß. Und solange sich der Nebel nicht hebt, fährt kaum ein Schiff auf dem Fluß. Es kann gar nichts passieren.«

French war da anderer Meinung. Voller Unbehagen dachte er daran, daß er nicht schwimmen konnte. Aber er war schon zu weit gegangen, um jetzt noch einen Rückzieher zu machen, außer, er wollte sich bis auf die Knochen blamieren. Zögernd reichte er Glen sein Angelzeug und kletterte hinter Bobby ungeschickt ins Boot hinab.

Der Geruch des Flusses stieg ihm in die Nase, vermischt mit dem schwer in Worte zu fassenden, feuchtgrauen Aroma des Nebels. In diesem Punkt hatte Glen wahrscheinlich recht: Der Nebel lag wie eine substanzlose graue Masse über dem Fluß und verhinderte es, irgend etwas zu erkennen, das mehr als zehn oder allenfalls fünfzehn Yards entfernt war, aber er würde auch die Flußschiffer verscheuchen oder sie zumindest vom Ufer fernhalten. In den letzten Jahren waren die Kähne, die die Themse abwärts ins nahe London fuhren, immer größer geworden, so daß sie sich ohnehin mehr in den tieferen Gewässern der Flußmitte aufhalten mußten. Trotzdem gefiel ihm der Gedanke, sich dem zerbrechlich aussehenden Boot anzuvertrauen, mit jedem Augenblick weniger.

Glen und Bobby ließen sich ohne ein weiteres Wort auf den schmalen hölzernen Sitzbänken nieder. Glen griff nach den Riemen, löste sie aus ihren Halterungen und tauchte die Ruder ins Wasser. French setzte sich hastig hin, als die Schaukelbewegungen des Bootes stärker wurden und sich die stumpfe Nase des Kahnes vom Ufer weg und zur Flußmitte hindrehte.

»Keine Angst«, sagte Glen mit gutmütigem Spott. »Wir rudern nur ein paar Yards weit hinaus. Hier ist eine gute Stelle, gar nicht weit vom Ufer entfernt.«

French antwortete mit einem knappen Kopfnicken. Sein Blick wanderte über das Ufer, das schon jetzt nur noch als grünbraun gefärbter Schatten durch den Nebel hindurch sichtbar war, glitt weiter und tastete auf das Wasser hinaus. Die Themse war ungewöhnlich ruhig an diesem Morgen, als hätte der Nebel nicht nur das Licht der Dämmerung, sondern auch die Bewegung der Wellen verschluckt, und das regelmäßige Klatschen, mit dem die Ruder ins Wasser tauchten, erschien ihm übermäßig laut.

Sie entfernten sich etwa dreißig Yards vom Ufer, ehe Glen die Ruder einzog und einen schweren Eisenklotz, an dem eine rostige Kette befestigt war, als Anker über Bord warf. »So«, sagte er augenzwinkernd. »Und jetzt werden Bobby und ich dich in die Geheimnisse des Fischfangs einweisen, Kleiner. Du wirst sehen, wenn du einmal auf den Geschmack gekommen bist, willst du gar nicht mehr damit aufhören.«

French bezweifelte das, öffnete aber resignierend seinen Leinensack und begann, die in vier oder fünf Teile zerlegte Angel herauszunehmen und zusammenzusetzen. Sehr geschickt stellte er sich dabei nicht an. Glen setzte seine eigene Angel mit wenigen, geübten Handgriffen zusammen, sah ihm einen Moment kopfschüttelnd zu und half ihm dann.

»Siehst du«, sagte er gutgelaunt »so macht man das. Du nimmst den Handgriff und befestigst die Rolle so, daß –«

French fuhr mit einer so abrupten Bewegung hoch, daß das Boot wild zu schaukeln begann und Glen verdutzt mitten im Satz innehielt. »Was hast du?« fragte er.

French winkte ab und starrte sekundenlang aus zusammengekniffenen Augen auf den Fluß hinaus.

»Was ist?« fragte Glen noch einmal.

»Ich … ich dachte, ich hätte etwas gehört …«, antwortete French, ohne den Blick vom Fluß zu nehmen.

»Gehört?« Glen runzelte die Stirn, blickte einen Moment wie er auf das Wasser hinaus und wandte sich an Bobby, der seine Angel bereits zusammengesetzt hatte und schweigend einen Köder am Haken befestigte.

Bobby schüttelte den Kopf, ohne auch nur einen Laut von sich zu geben. Er sprach so gut wie nie.

»Ich ... ich muß mich wohl getäuscht haben«, murmelte French. »Tut mir leid.«

Glen lächelte gönnerhaft, winkte ab und setzte seine Angel vollends zusammen. »Ja«, sagte er. »Wird wohl so sein. Aber mach dir nichts draus.«

French nickte. Aber er war sicher, daß er sich nicht getäuscht hatte. Das Geräusch war dagewesen: ein schweres, helles Rauschen und Platschen. Fast, dachte French schaudernd, als wäre etwas Schweres vom Ufer ins Wasser geglitten.

Er ertappte sich dabei, wie sein Blick beinahe gehetzt zum Ufer glitt und die Wasserfläche zwischen dem grünen Streifen und dem Boot absuchte. Fröstelnd zog er den Mantel enger zusammen. Der Wind schien eine Spur kälter geworden zu sein.

Glen warf die Leine mit einem kraftvollen Schwung. Der Haken klatschte fünf oder sechs Yards vom Boot entfernt ins Wasser; die Leine spulte sich surrend von der Rolle ab. Glen nickte zufrieden, drehte sich halb herum und drückte French die Angel in die Hände.

»Siehst du?« sagte er. »Alles, was du jetzt noch zu tun hast, ist warten.« Er lächelte aufmunternd, warf seine eigene Angel aus und lehnte sich zurück. Bobby war bereits in der für Angler typischen Haltung nach vorne gesunken.

French starrte mit gemischten Gefühlen aufs Wasser hinaus. Er war sicher, das seltsame Geräusch gehört zu haben. Aber es konnte tausend mögliche Erklärungen dafür geben, und es hatte wenig Sinn, sich jetzt selbst verrückt zu machen. Er war müde, schlecht gelaunt, der Nebel war ihm unheimlich, und er fror, und das war alles.

Wenige Augenblicke später hörte er das Geräusch wieder. Diesmal war es näher, und anders. Diesmal hörte es sich an, als glitte irgend etwas Großes und Schweres auf das Boot zu.

Er kam nicht dazu, Glen oder Bobby auf die neuerliche Unterbrechung der morgendlichen Stille aufmerksam zu machen. Bobbys Angel zuckte, als risse jemand mit aller Kraft am Ende der Leine. Bobby fluchte verwirrt, richtete sich halb auf und stemmte sich mit aller Kraft gegen den Bootsrand.

»Warte!« sagte Glen rasch. Er drückte French seine eigene Angel in die Hand, stand auf und eilte mit einem Schritt an Bobbys Seite, um ihm zu helfen. Aber selbst ihre vereinten Kräfte schienen kaum ausreichend, dem ungeheuren Zug zu widerstehen. Die Angelrute bog sich durch wie eine Bogensehne; die Leine war so straff gespannt, daß sie zu singen begann. »Verdammt!« keuchte Glen. »Das muß ja ein Riesenvieh sein, das da angebissen hat!«

Irgend etwas Großes, Formloses und Dunkles zeichnete sich unter der Wasseroberfläche ab. French wollte einen Warnschrei ausstoßen, aber er kam nicht mehr dazu.

Ein harter Stoß traf das Boot, gleichzeitig wurde die Leine mit einem ungeheuer kraftvollen Ruck nach vorne gerissen. Glen schrie überrascht auf, verlor das Gleichgewicht und rutschte auf den feuchten Planken aus.

Bobby hatte weniger Glück. Vielleicht war er auch einfach nur zu stur, um die Angel loszulassen. Mit einem krächzenden Schrei kippte er nach vorne, hing einen Moment in einer geradezu unmöglichen Haltung, die Fäuste noch immer um seine Rute gekrampft, schräg über dem Bootsrand und fiel klatschend ins Wasser.

Glen war mit einem Fluch wieder auf den Beinen, klammerte die Hände um den Bootsrand und beugte sich vor, so weit er konnte. Von Bobby war keine Spur mehr zu sehen. Das Wasser schien zu kochen, wo er versunken war.

Auch French warf seine Angeln zu Boden und kniete neben ihm nieder. Das Boot schaukelte wild, und wieder glaubte er, einen Schatten unter der Wasseroberfläche zu erkennen. Einen ungeheuer *großen* Schatten.

»Er ... er taucht nicht wieder auf«, keuchte er. »Glen, er taucht nicht wieder auf!«

Glen schnitt ihm mit einer abrupten Bewegung das Wort ab. »Red keinen Unsinn«, sagte er. »Bobby schwimmt wie ein Fisch. Und das Wasser ist hier nicht tief.« Aber seine Stimme klang gepreßt, und seine Worte waren eher zu seiner eigenen Beruhigung gedacht. Es war noch nicht viel Zeit vergangen, seit Bobby über Bord gefallen war – vielleicht fünf Sekunden, kaum mehr –, und trotzdem hätte er längst wieder auftauchen müssen.

Er tat es nicht.

Statt dessen begann sich das Wasser dort, wo er versunken war, dunkel zu färben ...

French hatte das Gefühl, von einem eiskalten Hauch gestreift zu werden, als er sah, wie zwischen den sprudelnden Luftblasen, die noch immer dort, wo Bobby versunken war, an die Oberfläche stiegen, dunkelrote Schlieren und Flecke auftauchten, sich verteilten und das Wasser rings um das Boot langsam rosé zu färben begannen.

»Blut!« keuchte er. »*Glen, das ist Blut! Das ist –*«

Ein ungeheurer Schlag traf das Boot. Frenchs und Glens überraschte Schreie gingen in einem unglaublichen Krachen und Splittern unter, als das winzige Ruderboot von einer Titanenfaust gepackt und meterhoch in die Luft geschleudert wurde. Etwas Großes, ungeheuer *Großes* brach schäumend aus dem Fluß. French überschlug sich in der Luft, klatschte mit erbarmungsloser Wucht ins Wasser zurück und griff blindlings um sich. Er bekam irgend etwas zu fassen, klammerte sich instinktiv mit aller Kraft fest und strampelte wild mit den Beinen.

Irgendwie schaffte er es, an die Wasseroberfläche zu kommen, ein Stück des zerborstenen Bootes zu ergreifen und sich daran festzuklammern. Gierig sog er die Luft ein, strampelte weiter mit den Beinen und versuchte, sich gleichzeitig fester an seinen Halt zu klammern. Wenn er ihn losließ, war er verloren. Das Wasser mochte hier noch nicht tief sein, aber er konnte nicht schwimmen, und zum Ertrinken war es allemal tief genug.

French atmete ein paarmal tief durch, kämpfte die Panik, die seine Gedanken zu umnebeln drohte, mit aller Macht nieder und drehte den Kopf nach rechts und links. Das Boot war zerborsten, als wäre es von einer Kanonenkugel getroffen worden, aber weder von Glen noch von Bobby war die geringste Spur zu sehen.

Irgend etwas berührte seine Beine. Etwas Kaltes, Glattes, Schleimiges.

French erstarrte für die Dauer eines Herzschlags und senkte den Blick. Unter ihm huschte ein Schatten durchs Wasser – ein großer und massiger Schatten –, bewegte sich ein Stück von ihm weg und begann langsam zu wachsen.

Das Wasser barst in einer schäumenden Explosion auseinander. Etwas Gigantisches und Graues und Schleimiges wuchs aus den kochenden Fluten der Themse, bäumte sich zu unmöglicher Höhe auf und starrte aus tückisch glitzernden Augen auf French herab.

French begann zu schreien.

Aber er schrie nicht sehr lange.

Die Kälte hüllte mich ein wie ein eisiger Mantel. Die Straßen waren verlassen, selbst für die frühe Stunde ungewöhnlich leer, als wäre dieser Teil Londons ausgestorben. Ich hatte meinen Entschluß, Howards Angebot auszuschlagen und zu Fuß zu gehen, schon nach wenigen Minuten bereut; der Droschkenstand, den ich auf dem Herweg gesehen hatte, war leer und verwaist gewesen – wer brauchte schon morgens um fünf eine Droschke, noch dazu in diesem Teil der Stadt? Aber ich war auch zu stolz, um zurückzugehen und sein Angebot im nachhinein doch noch anzunehmen. Außerdem schlief er wahrscheinlich schon längst, und ich wollte ihn nicht zum zweiten Mal aus dem Bett klingeln. So ging ich einfach weiter. Schlimmstenfalls würde ich den Weg zum WESTMINSTER eben zu Fuß zurücklegen. Ein Spaziergang von einer Stunde würde mir nur guttun, nach der langen, durchwachten Nacht in Howards rauchverpesteter Bibliothek.

Und im Grunde war ich ganz froh, für eine Weile allein zu sein. Ich vertraute Howard, aber was er mir erzählt hatte, war einfach zu viel, um es in wenigen Augenblicken verarbeiten zu können. Und ich spürte – ohne dieses Gefühl konkret begründen zu können –, daß er mir mehr verschwiegen als mitgeteilt hatte. Diesen Mann umgab nicht ein Geheimnis, sondern gleich ein ganzes Netz.

Meine Schritte erzeugten seltsame klackende Echos auf dem feuchten Kopfsteinpflaster der Straße. Der Nebel, der anfangs nur in dünnen Schwaden hier und da in der Luft gehangen hatte, hatte sich in den letzten Minuten verstärkt, im gleichen Maße, in dem die Nacht gewichen war, so daß es trotz der immer rascher hereinbrechenden Dämmerung nicht heller wurde.

Ich zog den Mantel enger um die Schultern, senkte den Kopf und ging schneller. Meine Hand glitt, ohne daß ich es im ersten Augenblick selbst merkte, unter den Mantel und schmiegte sich um den Griff des Stockdegens. Irgendwie beruhigte mich das Gefühl, eine Waffe zu haben. Die Gegend, in der Howards Pension lag, war nicht umsonst verrufen. Und ich hatte wieder das gleiche, bedrückende Gefühl wie am vergangenen Abend – das Gefühl, von unsichtbaren Augen aus dem Nebel heraus angestarrt und beobachtet zu werden …

Es war nicht nur ein Gefühl.

Ein Schatten tauchte vor mir im Nebel auf und verschwand wieder, zu schnell, als daß ich ihn erkennen konnte, dann hörte ich das hastige, von den grauen Schwaden gedämpfte Trappeln von Schritten.

Abrupt blieb ich stehen. Meine Hand legte sich etwas fester um den Degengriff, aber ich zog die Waffe noch nicht. Wenn man mir wirklich auflauerte, dann war es vielleicht besser, den Burschen noch nicht zu zeigen, daß ich nicht ganz so wehrlos war, wie sie zu glauben schienen.

Mein Blick bohrte sich in das wogende Grau, das mich umgab. Plötzlich fiel mir auf, wie eisig es geworden war. Meine Hände und mein Gesicht prickelten vor Kälte, und mein Atem bildete dünne Wölkchen vor meinem Gesicht.

»Robert …«

Die Stimme war nur ein Hauch, nicht mehr als das Rascheln des Windes in der Krone eines Baumes, und sie klang unwirklich und dünn und schien aus allen Richtungen zugleich zu kommen. Wieder sah ich –

oder bildete es mir wenigstens ein – einen Schatten, aber wieder verschwand er zu schnell, um ihn wirklich zu erkennen.

»Roooobeeeert ...«

Verwirrt starrte ich in den Nebel. Für einen ganz kurzen Moment glaubte ich, die Stimme meines Vaters zu erkennen, aber das war nur ein Wunsch, an den ich mich für eine Sekunde klammerte. Ein scharfer, irgendwie böser Unterton schien darin mitzuschwingen. Schritte trappelten hinter mir auf dem Stein, dann hörte ich ein leises, kehliges Lachen.

»Wer ist da?« fragte ich. Meine Stimme klang nicht ganz so fest, wie ich es gerne gehabt hätte. Meine Hände zitterten.

»Rooooooooooo ... beeeeeert ...«

Nur dieses eine Wort, mein Name, mehr nicht. Und trotzdem ließ mich der Klang dieser unheimlichen Stimme bis ins Mark erschauern. Ich sah mich noch einmal nach allen Seiten um, atmete hörbar ein und ging weiter. Nur mit Mühe unterdrückte ich den Impuls, einfach loszurennen, so schnell ich konnte.

»Robert«, wisperte die Stimme. *»Komm zu mir.«*

Ich ging schneller und versuchte gleichzeitig, die Stimme zu ignorieren. Es ging nicht. Obwohl sie so leise war, daß die Worte mehr zu erraten als wirklich zu verstehen waren, war sie von einem suggestiven, befehlenden Zwang, der es mir unmöglich machte, sie zu überhören. Ich konnte immer noch nicht sagen, aus welcher Richtung sie kam. Es schien, als dränge sie aus dem Nebel, aus allen Richtungen zugleich. Als wäre es der Nebel selbst, der zu mir sprach ...

Vor mir schimmerte ein Licht durch die graue Dämmerung. Ich blieb stehen. Das Licht flackerte und war sehr schwach, aber es war nicht das Licht einer Gaslaterne; auch nicht die Lampen eines Wagens, der sich vielleicht in diese Gegend verirrt hatte. Es war ... etwas Unheimliches in diesem Licht.

»Robert. Komm zu mir.«

Diesmal klang die Stimme befehlend, hart. Ich machte einen Schritt, blieb abermals stehen und versuchte angestrengt, mehr als den flackernden grünlichen Schein zu erkennen.

Das Licht waberte und wogte auf sonderbare Art; fast, als würde es leben. Sein Schein war vom Nebel gedämpft, aber ich erkannte trotzdem die giftgrüne, unheimliche Färbung, die ihm anhaftete, und für einen kurzen Moment schien mich etwas Unsichtbares, Eisiges zu streifen.

Dann trat eine Gestalt aus dem Licht.

Die Gestalt meines Vaters.

Trotz des immer dichter werdenden Nebels erkannte ich ihn sofort; das schmale, von einem pedantisch ausrasierten Bart eingerahmte Gesicht mit den brennenden Augen, der spöttisch verzogene Mund, der gezackte Blitz schlohweißen Haares über seiner rechten Braue ...

»Vater ...«

Er trat ein Stück auf mich zu, blieb jedoch in drei, vier Schritten Abstand stehen und sah mich mit undeutbarem Ausdruck an. Ganz schwach konnte ich die Umrisse des Hauses durch seinen Körper schimmern sehen.

»Robert«, sagte er. »Ich habe dich gerufen. Warum bist du nicht stehengeblieben?«

Ich wollte antworten, aber ich konnte es nicht. Irgendwo, tief, tief in mir, begann eine warnende Stimme zu flüstern, aber da war auch etwas, das sie niederhielt. Etwas, das nicht aus mir selbst kam. Anders als die Male zuvor erfüllte mich die halb durchsichtige Gestalt vor mir mit Furcht. Meine Kehle fühlte sich trocken an. Sie schmerzte.

»Was ... was willst du?« fragte ich mühsam.

»Was ich will?« Mein Vater lächelte verzeihend. »Dir helfen, Robert. Warum hast du nicht auf mich gewartet, in Goldspie?«

»Ge...wartet?« Warum fiel es mir nur so schwer zu sprechen? Einen klaren Gedanken zu fassen?

»Ich habe deine Spur verloren«, sagte er. »Aber jetzt habe ich dich ja wiedergefunden.« Plötzlich änderte sich etwas in seinem Blick. »Du bist in Gefahr, Robert«, sagte er. »In größerer Gefahr, als du ahnst.«

»Ich ... weiß«, sagte ich schleppend. Hinter meinen Schläfen begann sich ein dumpfer, quälender Druck bemerkbar zu machen.

»O nein«, sagte Andara spöttisch. »Du weißt es nicht, Robert. Du *glaubst* es zu wissen, aber dabei übersiehst du die wirkliche Gefahr. Geh nicht zurück zu Howard.«

»Nicht zurück zu Howard?« echote ich dümmlich. »Wie meinst du das?«

Ein rascher Schatten von Ungeduld, beinahe Zorn, huschte über die Züge meines Vaters, etwas, das ich noch nie an ihm bemerkt hatte. »Wie ich es sage, mein Sohn«, sagte er. »Howard ist nicht der, für den du ihn hältst.«

»Aber du ... du hast mich doch selbst ... selbst zu ihm geschickt«, sagte ich hilflos. Der Druck in meinem Kopf wurde schlimmer, quälender. Es war, als läge ein unsichtbarer Stahlreifen um meinen Schädel, der langsam zusammengezogen wurde.

»Ich habe dich zu meinem Freund Howard geschickt«, bestätigte er, »das stimmt. Doch nicht zu *diesem* Howard.«

»Dann gibt es ... einen anderen?«

Andara schüttelte den Kopf. »Ja und nein«, sagte er. »Howard ist tot, schon lange. Er starb, kurz nachdem Yog-Sothoth unser Schiff vernichtete. Die Hexen von Jerusalems Lot haben seine Spur gefunden und ihn gegen einen der Ihren ausgetauscht. Wenn du dich noch einmal mit ihm triffst, wird er dich vernichten, Robert. Er hätte es schon heute getan, aber er war überrascht über dein Auftauchen. Und er wollte dich wohl auch aushorchen. Was hast du ihm erzählt?«

Ich konnte kaum noch denken. Der Schmerz trieb mir die Tränen in die Augen. »All ... alles«, antwortete ich keuchend. »Ich ... ich dachte, ich ... ich könnte ihm vertrauen.«

Mein Vater seufzte. »Das habe ich befürchtet«, sagte er. »Aber noch ist es nicht zu spät. Er weiß nichts davon, daß ich noch existiere.« Er lachte; leise, böse und so kalt, daß ich schauderte. »Komm mit mir, Robert«, sagte er. »Wir holen Priscylla und gehen an einen Ort, an dem er dir nicht mehr schaden kann.«

Er streckte die Hand aus, trat einen weiteren Schritt auf mich zu und lächelte aufmunternd. Mein Arm zuckte. Instinktiv wollte ich nach seiner Hand greifen – aber irgend etwas hielt mich zurück.

»Komm, Robert«, sagte er noch einmal.

Der Schmerz trieb mir die Tränen in die Augen. Ich stöhnte, wankte einen Moment und machte einen halben Schritt zurück. Er kostete mich alle Kraft, die ich hatte. Der Schmerz in meinem Schädel steigerte sich zu einem mörderischen Hämmern.

»Du ... bist ... nicht ... nicht mein Vater«, würgte ich hervor.

Andaras Blick wurde eisig. Sein Gesicht flackerte, als versuche etwas anderes, Finsteres, durch seine Züge zu brechen.

»Nicht dein Vater?« wiederholte er lauernd.

Mühsam schüttelte ich den Kopf. »Ich ... weiß nicht,

wer du bist«, keuchte ich. Ich hatte kaum noch die Kraft zu stehen. »Aber du bist … nicht mein Vater. Du bist nicht Roderick Andara.«

Der Schmerz erlosch so abrupt, als wäre er abgeschaltet worden. Ich seufzte hörbar, taumelte einen Moment vor Erleichterung und fuhr mit dem Handrücken über die Augen.

Andaras Gestalt flackerte. Für den Bruchteil eines Lidzuckens wurde sie vollends durchsichtig, so daß ich die wogenden Nebelschleier hinter ihr erkennen konnte, dann verdichteten sich die Schatten, aus denen sein Körper bestand, erneut.

Aber nicht mehr zur Gestalt eines Menschen.

Ein ungläubiger Schrei entrang sich meiner Kehle, als ich sah, was sich aus wirbelndem Nichts und Nebel vor mir zusammenballte.

Das *Ding* sah aus wie ein Mensch, das heißt, es hatte einen Kopf, einen Körper, zwei Beine und zwei Arme – aber damit hörte die Ähnlichkeit auch schon auf. Es war groß wie ein Bär und womöglich noch massiger, und sein Körper schien zur Gänze aus einer grünlichen, schleimigen Masse zu bestehen, einer wabbelnden Gallerte, die in beständiger Bewegung war und immer wieder auseinanderzufließen und sich neu zu formen schien. Seine Hände waren glitschige Klumpen ohne sichtbare Finger oder Daumen.

Entsetzt taumelte ich zurück. Das Ungeheuer stieß einen widerlichen, blubbernden Laut aus, hob in einer nur scheinbar schwerfälligen Bewegung einen Fuß vom Boden und torkelte auf mich zu. Seine gewaltigen Arme griffen gierig in meine Richtung.

Mit einer verzweifelten Bewegung sprang ich zurück, riß den Stockdegen unter dem Mantel hervor und duckte mich. Irgend etwas sagte mir, daß das *Ding* zwar schwerfällig und plump aussah, es aber nicht war. Der Gedanke, ihm den Rücken zuzudrehen, war mir unerträglich.

Das Monstrum griff an. Sein ganzer Körper schien in eine einzige, wabbelnde Bewegung zu geraten; es *floß* mehr auf mich zu, als daß es lief. Ich sprang zur Seite, schwang meine Waffe und stieß mit der nadelspitzen Klinge nach der Stelle, an der bei einem Menschen das Gesicht gewesen wäre.

Der Stahl drang mit einem ekelhaften Patschen fast eine Handbreit in die grünschillernde Masse ein. Ich hatte das Gefühl, in einen zähen Sirup gestoßen zu haben. Ein mörderischer Ruck ging durch die Klinge und setzte sich als vibrierender Schmerz bis in meine Schulter hinauf fort. Nur mit Mühe konnte ich verhindern, daß mir die Waffe aus der Hand gerissen wurde. Gleichzeitig stürmte das Monster weiter vor und griff mit seinen schrecklichen Armen nach mir.

Ich schrie vor Schmerz, als mich seine Hände berührten. Das scheußliche Äußere des Ungeheuers suggerierte eine Kraftlosigkeit, die es nicht gab. Seine Hände waren wie Stahlklauen. Meine Rippen knackten, als sich seine Arme in einer tödlichen Umklammerung um meinen Oberkörper legten. Pfeifend entwich die Luft aus meinen Lungen.

Blind vor Schmerz und Angst riß ich den Degen hoch, packte ihn wie einen Dolch mit beiden Händen und stieß ihn bis ans Heft in die Schulter des Monsters.

Ein schmerzhaftes Zucken lief durch den Körper des Horrorwesens. Sein Griff lockerte sich; nur eine Winzigkeit und nur für den Bruchteil einer Sekunde.

Aber dieser winzige Augenblick genügte mir. Die Angst gab mir die Kräfte eines Riesen. Mit einer verzweifelten Anstrengung sprengte ich seinen Griff, taumelte rücklings davon und fiel schwer auf den Rücken.

Mein Gegner stieß einen grauenhaften, matschig klingenden Laut aus, torkelte in der entgegengesetzten Richtung davon und kämpfte mühsam um sein Gleichgewicht. Der Stockdegen steckte noch immer in seiner Schulter; sein runder Knauf ragte wie ein bizarres Schmuckstück aus der grünschillernden Masse, aus der sein Körper bestand.

Er wankte. Ein tiefes, gequältes Stöhnen entrang sich seiner Brust. Die Hände fuhren haltlos durch die Luft. Langsam, als wehre er sich noch immer mit der ganzen Kraft seines titanischen Körpers, sackte er in die Knie, stützte sich einen Moment mit den Armen ab und sank dann ganz nach vorne.

Dann begann er auseinanderzufließen. Die grüne Masse, aus der sein Leib bestand, schien von einer Sekunde auf die andere ihren Halt zu verlieren. Dünne, glitzernde Schleimfäden tropften zu Boden, gefolgt von faustgroßen Klumpen und Brocken.

Es ging unheimlich schnell. Der Leib des Unholds zerfloß zu einer wabbelnden, amöbenartigen Masse ohne sichtbare Glieder, floß weiter auseinander und zerlief zu einer brodelnden Pfütze grünlichweiß schimmernder, zäher Flüssigkeit.

Langsam richtete ich mich auf. Meine Hände und Knie zitterten, und der furchtbare Anblick ließ meinen Magen rebellieren, aber ich zwang mich, weiter zuzusehen, und trat nach einigen Sekunden sogar einen Schritt näher.

Von dem Monster war nichts mehr zu entdecken. Auf dem Kopfsteinpflaster vor mir breitete sich eine schillernde, fast fünf Meter durchmessende Pfütze aus. Schillernde Blasen stiegen an ihre Oberfläche und zerplatzten lautlos, und als ich mich noch ein Stück weiter vorwagte, stieg mir ein atemberaubender Gestank in die Nase.

Und um ein Haar hätte mich meine Neugier das Leben gekostet.

Aus der schillernden Pfütze schoß ein dünner grüner Faden, ringelte sich um mein Bein und brachte mich mit einem Ruck aus dem Gleichgewicht. Ich schrie auf, fiel zum zweiten Mal auf den Rücken und versuchte verzweifelt, mein Bein loszureißen. Es ging nicht. Der Faden war nicht viel stärker als mein kleiner Finger, aber er verfügte über schier unglaubliche Kraft. Ich spürte, wie meine Haut aufriß und Blut an meinem Fuß herablief. Und der Strang zog sich weiter zusammen. Der Schmerz war furchtbar.

Mit einer verzweifelten Bewegung warf ich mich herum und stemmte mich hoch, so weit es meine bizarre Fessel zuließ.

Im Zentrum der Pfütze begannen mehr Blasen aufzusteigen. Die Flüssigkeit kochte und brodelte. Grünbraune Schlieren bildeten sich, begannen wie rasend zu wirbeln und aufeinander zuzugleiten, dann stieg ein faustgroßer Klumpen an die Oberfläche und begann zu wachsen.

Der Anblick ließ mich für einen Augenblick sogar den Schmerz vergessen. *Das Ungeheuer begann sich neu zu formen!*

Ich schrie erneut auf und warf mich noch einmal mit aller Gewalt zurück, aber das einzige Ergebnis war, daß der Schleimfaden noch tiefer in mein Fleisch schnitt. Verzweifelt sah ich mich um. Die Straße war leer, nirgends war etwas zu sehen, das ich auch nur entfernt als Waffe hätte benutzen können, und wenn die Anwohner der Straße meine verzweifelten Schreie überhaupt hörten, so bemühten sie sich vermutlich geflissentlich, sie zu überhören.

Mein Degen! Wo war mein Degen? Mein Blick tastete über die brodelnde Pfütze, verharrte einen

Moment an dem wabbelnden, rasch größer werdenden Klumpen in ihrem Zentrum und glitt weiter. Es würde nur noch Augenblicke dauern, bis das Ungeheuer in alter Macht wiedererstanden war. Und ein zweites Mal würde ich keine Chance haben.

Ich entdeckte die Waffe. Sie lag nicht einmal sehr weit von mir weg – aber sie befand sich unter einer brodelnden Schicht grüner Flüssigkeit, im Herzen der Pfütze ...

Als hätte das Ungeheuer meine Gedanken gelesen, zerrte der Faden mit einem heftigen Ruck an meinem Fußgelenk und zog mich ein Stückweit auf die Pfütze zu. Ich schrie auf, schrammte mit dem Gesicht über das harte Pflaster, als mich die plötzliche Bewegung wieder nach vorne fallen ließ, drehte mich mit einer Kraft, von der ich selbst nicht wußte, woher sie kam, noch einmal auf den Rücken und streckte den Arm aus.

Für einen Moment war der Ekel fast stärker als meine Furcht. Meine Finger verharrten wenige Millimeter über der Oberfläche der brodelnden Pfütze. Ich spürte die Wärme, die von der Flüssigkeit ausging. Der Gestank wurde übermächtig und nahm mir den Atem. Dann überwand ich meinen Widerwillen und schloß die Finger um den Degen.

Es war ein Gefühl, als hätte ich in Säure gegriffen. Meine Haut brannte, als würde sie in Streifen von meinem Fleisch gezogen. Dünne, schleimige Fäden krochen an meinem Handgelenk empor und ringelten sich um meinen Unterarm. Ich warf mich mit einem verzweifelten Ruck zurück und riß dabei den Degen mit mir.

Die Klinge blitzte auf. Blind vor Schmerz und Angst warf ich mich herum, zerrte mit aller Gewalt an dem dünnen Faden und ließ den Degen heruntersausen.

Der geschliffene Stahl durchtrennte den Strang beinahe widerstandslos. Die Klinge schlug gegen den Boden und federte mit einem schmerzhaften Ruck zurück. Der abgetrennte Stumpf des Monsterarmes peitschte wild hin und her. Ich kroch zurück, stemmte mich hastig auf die Knie hoch und streifte das Ende des Fadens, das noch immer an meinem Fußgelenk klebte, angeekelt ab.

Für einen Moment wurde mir übel. Die Anstrengungen des Kampfes und der Schmerz waren zuviel gewesen. Ich wankte, kämpfte den Brechreiz mit aller Macht nieder und erhob mich taumelnd. Mühsam hob ich den Kopf.

Der Anblick traf mich wie ein Schlag.

Aus dem Zentrum der rasch kleiner werdenden Pfütze wuchs ein gewaltiges, grünschillerndes Monstrum hervor. Sein gesichtsloser Schädel hob sich und starrte in meine Richtung …

Ich riß mich von dem bizarren Anblick los, fuhr herum und rannte, so schnell ich konnte. Mein Fuß schmerzte unerträglich. Eine dünne Spur glitzernder roter Tropfen blieb auf dem Straßenpflaster hinter mir zurück, und meine rechte Hand brannte noch immer wie Feuer. Die Haut war rot, als wäre sie verätzt worden.

Ich rannte, warf einen hastigen Blick über die Schulter zurück und sah, daß mein Gegner bereits zur Verfolgung angesetzt hatte und hinter mir herwabbelte. Und er holte rasend schnell auf!

Ich verdoppelte meine Anstrengungen, aber meine Verletzungen beeinträchtigten mich zu sehr. Selbst wenn es nicht so gewesen wäre, wäre ich dem Unheimlichen kaum entkommen. Das Wesen bewegte sich mit einer Schnelligkeit, die seinem bizarren Äußeren Hohn sprach.

Vor mir bewegte sich etwas. Ein Schatten schimmerte durch den Nebel, dann hörte ich das harte, metallische Hämmern beschlagener Pferdehufe. Der Nebel teilte sich und spuckte eine zweispännige schwarze Kutsche aus.

Um ein Haar hätte sie mich über den Haufen gefahren. Ich sprang im letzten Moment zur Seite, kam durch die abrupte Bewegung aus dem Takt und schlug zum wiederholten Male lang hin. Neben mir zog der Kutscher mit einem gellenden Schrei die Zügel an; die Pferde scheuten, brachten die schwere Kutsche zum Stehen und schlugen wütend mit den Vorderläufen aus.

»Robert! Bleib liegen!«

Ich gehorchte instinktiv, obwohl ich viel zu verwirrt war, um die Stimme auch nur zu erkennen. Mühsam wälzte ich mich auf den Rücken und sah, wie der Kutscher mit einem kraftvollen Satz vom Bock sprang. Gleichzeitig flog die Tür der Karrosse auf, und eine schmale, in einen eleganten, grauen Sommeranzug gekleidete Gestalt sprang ins Freie.

Howard!

Mein Blick suchte das Ungeheuer. Die Bestie hatte in den wenigen Augenblicken aufgeholt; mein Vorsprung – wenn man bei einem Mann, der lang ausgestreckt und halb gelähmt vor Schmerzen und Angst auf dem Straßenpflaster lag, noch von Vorsprung sprechen konnte – war auf weniger als zwanzig Schritte zusammengeschmolzen.

Ungläubig sah ich, wie Howard an mir vorüberstürmte und dem Ungeheuer ohne das geringste Zeichen von Furcht entgegenlief. In seiner rechten Hand lag ein kleines, graues Etwas.

»Howard!« brüllte ich verzweifelt. »Nicht! Es bringt dich um!«

Howard reagierte nicht. Er lief weiter, blieb erst drei

Schritte vor dem Monster stehen und riß den rechten Arm zurück. Das kleine Ding, das er in der Hand gehalten hatte, flog in einem perfekten Bogen durch die Luft und klatschte gegen die Brust des Unholdes.

Das Ergebnis war verblüffend. Das Monster blieb so abrupt stehen, als wäre es vor eine unsichtbare Mauer geprallt. Eine zuckende, wellenförmige Bewegung jagte über seinen Körper. Seine Arme peitschten.

Dann begann es zum zweiten Male zu zerfließen. Aber diesmal war es anders. Sein Leib löste sich nicht in grünen Schleim auf, sondern *verdampfte!*

Dort, wo Howards Wurfgeschoß getroffen hatte, begann sich grauer Rauch von seiner Brust zu kräuseln. Das Schleimfleisch – oder was immer es sein mochte – begann zu kochen, zu brodeln und wie in Krämpfen hin und her zu wogen. Mehr und mehr Rauch quoll hoch, und ich glaubte, ein leises, fast elektrisches Knistern zu hören.

Es dauerte nicht einmal eine Minute. Der Rauch wurde so dicht, daß er mir die Sicht auf das Ungeheuer verwehrte, aber als er sich verzog, war nicht mehr die geringste Spur von ihm zu sehen. Nur dort, wo es gestanden hatte, lag das kleine, graue Ding.

Howard ging mit raschen Schritten zu der Stelle hinüber, bückte sich und hob den Gegenstand, den er geworfen hatte, mit einem flüchtigen, triumphierenden Lächeln auf. Eine Hand berührte mich an der Schulter, und als ich aufsah, blickte ich in ein breitflächiges, dunkles Gesicht, das mich besorgt musterte. Ich hatte nicht einmal gemerkt, daß Rowlf neben mir niedergekniet war.

»Alles in Ordnung?« fragte er.

»Ja«, sagte ich und schüttelte den Kopf. Rowlf lächelte, schob seine gewaltigen Pranken unter meinen Rücken und richtete mich ohne sichtbare Anstrengung auf.

»Was ... mein Gott, was war das?« stammelte ich hilflos. Rowlf antwortete nicht, sondern stand schweigend auf und stellte mich wie ein Spielzeug auf die Füße, stützte mich aber, als mein verletzter Fuß unter dem Gewicht meines Körpers nachzugeben drohte.

»Bring ihn in die Kutsche«, sagte Howard. Rowlf knurrte irgend etwas, nahm mich kurzerhand auf die Arme und trug mich trotz meiner Proteste in die Kutsche. Behutsam setzte er mich ab, lächelte noch einmal und ging wieder nach vorne zum Bock. Wenige Sekunden später stieg auch Howard gebückt zu mir hinein, zog die Tür hinter sich zu, und der Wagen setzte sich in Bewegung.

»Das war knapp«, sagte er lächelnd, nachdem er sich gesetzt und mich einen Moment lang prüfend angesehen hatte.

»Ich ... ich danke dir für die Hilfe«, murmelte ich verstört. »Aber woher ...«

Howard lächelte. »Woher ich es gewußt habe? Gar nicht. Aber ich hatte das Gefühl, daß es besser ist, wenn ich dir nachfahre. Wie sich gezeigt hat, hat es nicht getrogen.«

»Was war das?« fragte ich. »Dieses Ungeheuer ...«

»Ein Shoggote«, antwortete Howard gelassen. »Ein kleiner Bruder von Yog-Sothoth, wenn du so willst.« Er schwieg einen Moment und beugte sich vor, um meinen verletzten Fuß zu begutachten. »Aber das erkläre ich dir alles später«, fuhr er in verändertem Tonfall fort. »Jetzt bringe ich dich erst einmal zu einem befreundeten Arzt. Und danach fahren wir gemeinsam ins Hotel und packen. Ihr seid dort nicht mehr sicher.«

»Und der Anwalt?«

Howard winkte ab. »Dr. Gray ist nicht nur mein Anwalt«, sagte er, »sondern auch mein Freund. Er wird ins Haus kommen, wenn ich Rowlf zu ihm schicke und ihm die … äh … Umstände erklären lasse. Priscylla und du werdet erst einmal bei mir bleiben müssen. Ich fürchte, ich habe unsere Gegner unterschätzt.«

»Ja«, seufzte ich. »Das scheint mir auch so.«

Über dem Fluß hing Nebel, und von seiner Oberfläche stieg ein eisiger, unwirklicher Hauch empor. Es war kalt, viel zu kalt für die Jahreszeit, selbst hier auf der Themse, und es war der siebte oder achte Morgen hintereinander, an dem zusammen mit der Dämmerung auch dieser Nebel heraufgezogen war und mit seinen wogenden grauen Schwaden das Licht verschluckte und das Erwachen des Tages hinauszögerte.

Mortenson zündete sich mit klammen Fingern eine Zigarre an, schnippte das Streichholz in den Fluß und stützte sich schwer auf die rostzerfressene Reling. Das Patrouillenboot lag träge im Wasser. Reglos, so wie es die ganze Nacht über dagelegen hatte, mehr als elf Stunden, seit Mortenson seinen Dienst antrat.

Aus müden, rotumrandeten Augen blickte er nach Osten. Der Nebel war dichter geworden; selbst die beiden Türme der Tower Bridge schimmerten nur noch als schwarze, verzerrte Schatten durch die graue Wand, die sich über den Fluß geschoben hatte, und alle Laute und Geräusche in seiner Umgebung erschienen ihm seltsam gedämpft und unwirklich.

Mortenson löste sich von dem Anblick, rieb fröstelnd die Hände aneinander und wandte sich um, um zum Steuerhaus zurückzugehen. Seine Schritte hallten dumpf auf dem Deck des Schleppers. Wäre der verzerrte Schatten Sarcins hinter den beschlagenen Scheiben des Ruderhauses nicht gewesen, hätte er geglaubt, der einzige Mensch in weitem Umkreis zu sein.

Sarcin fuhr mit einer übertrieben heftigen Bewegung hoch und blinzelte einen Moment verwirrt in seine Richtung, ehe er ihn erkannte. Ein schuldbewußter Ausdruck schimmerte durch sein Lächeln.

Mortenson lächelte zurück, ließ sich mit einem hörbaren Seufzen in den unbequemen Stuhl neben dem Steuer fallen und sog an seiner Zigarre. Ihre Glut spiegelte sich wie ein kleines, rotes Auge in der Scheibe.

»Gibt's was Besonderes draußen?« fragte Sarcin nach einer Weile.

Mortenson schüttelte den Kopf und blies eine Rauchwolke gegen die Scheibe. Sarcin hustete demonstrativ, aber Mortenson ignorierte die Anspielung. »Nichts«, sagte er. »Nur Nebel. Alle Verbrecher scheinen tief und fest zu schlafen.«

Sarcin reckte sich, setzte sich umständlich gerade auf und gähnte hinter vorgehaltener Hand. Seine blonden Haare waren zerstrubbelt und verrieten – ebenso wie die zerknautschte blaue Uniformjacke, die um seine Schultern hing –, womit er sich die halbe Stunde, in der Mortenson auf dem Deck gewesen war, vertrieben hatte. Aber Mortenson konnte es ihm nicht übelnehmen; nicht wirklich. Es gab kaum etwas Langweiligeres als eine Nachtwache auf dem Fluß. Auch Mortenson hatte sich seinen Beruf etwas anders vorgestellt, als er vor nunmehr fast fünfzehn Jahren zur Londoner Hafenpolizei gegangen war.

»Manchmal«, sagte Sarcin und gähnte erneut – diesmal, ohne sich die Mühe zu machen, die Hand vor den Mund zu nehmen – »frage ich mich, ob wir den richtigen Beruf haben. Wir schlagen uns hier die Nächte um die Ohren und sterben vor Langeweile, und die Gangster, die wir eigentlich fangen sollen, liegen zu Hause in ihren Betten und schnarchen.«

»Nur die Gangster?« Mortenson zog spöttisch eine Augenbraue hoch und sah seinen jüngeren Kollegen durchdringend an. Sarcins Lächeln wirkte plötzlich etwas gequält.

»Nun ja«, sagte er. »Ich –«

Mortenson winkte ab. »Schon gut, Junge«, sagte er gutmütig. »Ist ja nicht weiter schlimm, solange einer von uns wach ist. Und ich glaube auch nicht, daß irgendwas passiert. Bei diesem Nebel trauen sich ohnehin nur Verrückte auf den Fluß.«

Sarcin lächelte, unterdrückte ein neuerliches Gähnen und setzte zu einer Antwort an. Aber dann sagte er nichts, sondern setzte sich kerzengerade auf und blinzelte an Mortenson vorbei auf den Fluß hinaus. »So wie der da?« fragte er.

Mortenson starrte ihn einen Moment lang an, drehte mit einem Ruck den Kopf und starrte aus dem Fenster. Hinter dem Nebel zeichnete sich der Umriß von etwas Großem, Dunklem ab, das gemächlich in dreißig, vielleicht vierzig Yards Entfernung den Fluß hinaufglitt. Irgend etwas an diesem Schatten war seltsam, fand Mortenson. Die treibenden grauen Schwaden verhinderten, daß er ihn deutlich erkennen konnte, aber er sah ... nun, seltsam aus. Eigentlich gar nicht wie ein Schiff.

Sarcin schien die gleichen Überlegungen anzustellen. Zögernd stand er auf, trat dicht an die Scheibe heran und rieb sich mit Daumen und Zeigefinger die Augen. »Was ist denn das für ein komisches Ding?« murmelte er. »Ein Schiff? Das ist doch kein Schiff.«

Mortenson zuckte mit den Achseln. »Keine Ahnung«, sagte er. »Sehen wir es uns an.«

Sarcin wandte den Blick. »Bis wir Fahrt aufgenommen haben, ist der Kerl längst im Kanal«, sagte er.

Mortenson nickte unwillig. Das Schiff dümpelte mit erkaltetem Dampfkessel am Ufer. Sie würden eine halbe Stunde brauchen, um den Heizer zu wecken, der zusammengerollt vor seinem Kohlehaufen schnarchte, und genug Druck auf den Kessel zu bekommen. Die neuen Dampfmaschinen, mit denen die Londoner Hafenpolizei ihre Boote vor einigen Jahren ausgerüstet hatte, hatten auch gewisse Nachteile.

»Bleib hier«, sagte er nach kurzem Überlegen. »Ich sehe mir den Kerl mal ein bißchen näher an.« Er verließ das Ruderhaus, eilte mit gesenktem Kopf nach vorne und öffnete die Klappe des großen Scheinwerfers, der den Bug des Patrouillenbootes zierte. Seine Streichhölzer waren in der nebeldurchtränkten Luft feucht geworden und brannten nicht gut. Er brauchte fast eine Minute, um den Docht in Brand zu setzen und die Klappe wieder zu schließen. Mit klammen Fingern drehte er am Stellrad. Aus dem flackernden gelben Licht hinter dem Reflektor wurde ein weißes, fast schmerzhaft helles Glühen, als sich das Ventil öffnete und die Flamme in den Karbiddämpfen neue Nahrung fand.

Mortenson blinzelte. Der grellweiße, mannsdicke Strahl des Scheinwerfers stach wie ein Speer aus Licht in den Nebel hinaus. Im ersten Moment sah er fast weniger als zuvor, als die grauen Schwaden den Schein reflektierten, dann streifte der weiße Strahl etwas Dunkles, Massiges, glitt weiter und verharrte, als Mortenson den schweren Scheinwerfer mit einem Ruck anhielt.

Seltsamerweise war es vollkommen still. Er hörte nichts als das gedämpfte Plätschern und Rauschen des Flusses. Kein Motorenlärm, kein Rudergeräusch – nichts. Einen Moment lang überlegte er, ob das Schiff dort draußen – wenn es überhaupt ein Schiff war – vielleicht ein Segler sein mochte, dessen Kapitän schwachsinnig genug war, sich trotz der miserablen Sicht den Launen des Windes und der Strömung anzuvertrauen, verwarf den Gedanken aber sofort wieder.

Langsam schwenkte er den Scheinwerfer zurück. Der kalkweiße Strahl traf auf etwas Dunkles.

Mortenson starrte ungläubig zu dem riesigen schwarzen *Ding* hinüber, von dem der Scheinwerferkegel nur einen kleinen Ausschnitt aus der grauen Dämmerung riß. Das Licht tastete über eine gebogene, von armdicken knorpeligen Strängen durchzogene Flanke, über schwarzes Horn und glitzernde, handgroße Schuppen ...

»Aber das ist doch unmöglich ...«, flüsterte er. »Das, das gibt es doch nicht ...« Seine Hände begannen zu zittern. Die Bewegung übertrug sich auf den Scheinwerfer; der Lichtkegel wanderte nach oben aus, verlor den Schatten einen Moment und rutschte mit einem Ruck wieder nach unten. Mortensons Herz begann wie ein Hammerwerk zu schlagen. Für einen Moment vergaß er sogar zu atmen, während der Strahl langsam am Körper des unmöglichen Dinges entlangwanderte. Ein grotesk langer, mannsdicker Schlangenhals tauchte im Zentrum des grellweißen Kegels auf, dann tastete der Strahl über einen gewaltigen, horngepanzerten Schädel.

Mortensons Schreckensschrei ging in einem urgewaltigen Brüllen unter. Der Schädel des Giganten ruckte in einer wütenden Bewegung herum. Ein zweiter, gepeinigter Schrei zerriß die Stille, als das weiße Licht schmerzhaft in seine kleinen, lidlosen Augen stach. Das Ungeheuer bäumte sich auf. Wasser schäumte hoch, und das Patrouillenboot erbebte wie unter dem Faustschlag eines Riesen, als es von der Flutwelle getroffen wurde.

Die Erschütterung riß Mortenson von den Füßen. Er fiel, schrammte mit der Stirn über die Kante des Scheinwerfers und blieb sekundenlang benommen liegen. Wie durch einen dämpfenden Schleier hindurch hörte er, wie Sarcin die Tür des Ruderhauses aufriß und irgend etwas schrie, das er nicht verstand.

Als er sich wieder aufrichtete, hatte sich das Ungeheuer gedreht und Kurs auf das Boot genommen. Mortenson erstarrte. Irgend etwas in ihm schien sich zusammenzuziehen, schmerzhaft wie eine Stahlfeder, die bis an die Grenzen ihrer Belastbarkeit niedergedrückt wurde, aber er war unfähig, sich zu rühren oder auch nur einen klaren Gedanken zu fassen.

Unmöglich, dachte er. Immer und immer wieder. *Unmöglich!* Seine Finger klammerten sich so fest an die Reling, daß seine Nägel brachen und zu bluten begannen. Er merkte es nicht einmal.

Das Ungeheuer stampfte wie ein angreifendes Kriegsschiff heran. Es war so groß wie das Patrouillenboot, vielleicht größer, und sein gewaltiger Schädel pendelte noch ein gutes Stück über der Höhe des Schornsteines. Es hatte aufgehört zu brüllen, nachdem das grelle Licht seine Augen nicht mehr peinigte, aber seine Wut war keineswegs gedämpft.

Mortenson erwachte erst aus seiner Erstarrung, als der Leib des Monsters mit einem ungeheuren Krachen gegen die Bordwand des Bootes stieß.

Die Erschütterung riß ihn abermals von den Füßen und ließ ihn wie ein Spielzeug über das Deck kollern. Irgend etwas schrammte über seinen Rücken, zerriß seine Kleider und die Haut darunter, ein Schlag traf sein linkes Bein und betäubte es. Mit ungebremster Wucht krachte er gegen einen Decksaufbau und spürte, wie eine Rippe brach.

Der Schmerz riß ihn vollends in die Wirklichkeit zurück. Das Boot stampfte und schaukelte, als wäre es urplötzlich in einen Orkan geraten, und die Stille des Morgens war einem nicht enden wollenden Krachen und Dröhnen gewichen. Immer und immer wieder prallte der gigantische Leib des Ungeheuers gegen die Bordwand. Das Schiff stöhnte. Sein Rumpf bestand aus Eisen, aber Mortenson bildete sich trotzdem ein, das dumpfe Krachen und Splittern berstender Platten zu hören.

Wieder wurde er von den Füßen gerissen, aber diesmal war er vorbereitet, fing den Sturz ab und stemmte sich mit schmerzverzerrtem Gesicht wieder in die Höhe.

Das Ungeheuer ragte wie ein Dämon aus einer längst vergessenen Zeit über dem Schiff auf. Mortenson torkelte, als der Titanenleib erneut gegen die Flanke des Schiffes krachte. Verzweifelt klammerte er sich irgendwo fest, fuhr herum und stolperte auf das Ruderhaus zu. Sarcin war gestürzt wie er, aber er hatte weniger Glück gehabt. Die halb verglaste Tür des Ruderaufbaues war zerbrochen, und Sarcin schien mitten in die Scherben gestürzt zu sein. Sein Gesicht und seine Hände waren blutüberströmt, als Mortenson neben ihm anlangte und ihm mit zitternden Fingern aufhalf.

»Matt«, keuchte er. »Was ist das?«

Mortensons Antwort ging in einem neuerlichen Brüllen des geschuppten Giganten unter. Rings um das Schiff begann das Wasser zu kochen. Mortenson sah einen Schatten über sich aufwachsen, fuhr in einer instinktiven Bewegung herum und riß schützend die Arme über den Kopf. Neben ihm schrie Sarcin panikerfüllt auf, fuhr herum und stürmte blind vor Angst zurück in die Ruderkabine.

»Nicht!« brüllte Mortenson. *»Sarcin – komm da raus!«*

Aber wenn Sarcin seine Worte überhaupt hörte, so reagierte er nicht darauf. Mortenson verlor erneut das Gleichgewicht, taumelte mit wild rudernden Armen fünf, sechs Schritte zurück und fiel auf den Rücken. Aus dem Ruderhaus drangen die gellenden Schreie

Sarcins. Mortenson sah, wie er wie wild am Wandschrank zu hantieren begann. Offenbar versuchte er, das Gewehr hervorzuholen.

Das Ungeheuer brüllte erneut. Wieder krachte sein Leib gegen den eisernen Rumpf des Schiffes, und diesmal mischte sich ein neuer, ekelhafter Laut in das dumpfe Dröhnen des Schiffsrumpfes: das helle Splittern und Brechen von Panzerplatten. Ein scharfer, durchdringender Geruch wie nach Blut stieg in Mortensons Nase.

Die Frontscheibe des Ruderhauses zerbarst mit einem splitternden Knall. Zwischen den Scherben erschien der Lauf eines Gewehres.

»Um Gottes willen – NICHT!!!« brüllte Mortenson mit überschnappender Stimme.

Aber seine Worte gingen im Toben des Ungeheuers und dem Kochen des aufgewühlten Wassers unter. Sarcin suchte breitbeinig nach festem Stand, zielte kurz und drückte ab.

Der peitschende Knall vermischte sich mit dem Schmerzensschrei des Ungeheuers. Wie in einer bizarren Vision sah Mortenson, wie ein Teil seiner hornigen Panzerplatten wegplatzte. Dunkles, zähflüssiges Blut schoß aus der faustgroßen Wunde über seiner Schnauze.

Der Schmerz schien die Bestie rasend zu machen. Ihr Brüllen überstieg die Grenzen des Vorstellbaren. Der gewaltige Leib bäumte sich auf, krachte mit unglaublicher Gewalt gegen das Schiff und drückte seine eiserne Flanke ein. Mortenson spürte, wie tief unter seinen Füßen etwas brach und Wasser in einem breiten, gurgelnden Strom in den Rumpf schoß. Der Schlangenhals des Ungeheuers bog sich wie der Leib einer angreifenden Kobra durch. Ihr Schädel pendelte wild.

Sarcin schoß noch einmal, und am Hals des Monsters entstand eine zweite, gezackte Wunde; trotz allem nicht mehr als ein Nadelstich in dem gigantischen Leib.

»Die Augen!« brüllte Mortenson. »Schieß auf seine Augen!«

Sarcin lud hastig nach, schlug mit dem Lauf die letzten Glassplitter aus dem Rahmen und zielte sorgfältig.

Er kam nicht dazu, abzudrücken.

Der Schlangenhals der Bestie bog sich noch weiter zurück. Mit einem ungeheuren Brüllen warf sie den Kopf in den Nacken, stemmte ihren gewaltigen Körper hoch aus dem Fluß empor und holte Schwung.

Dann krachte der horngepanzerte Schädel des Urzeitmonsters wie ein Titanenhammer auf das Ruderhaus nieder und zerschmetterte es.

Mortenson torkelte gegen die Reling. Ein zweiter, betäubender Schmerz schoß durch seine Brust. Er spürte, wie sich die gebrochene Rippe tief in seinen Leib bohrte.

Sein Blick begann sich zu verschleiern. Wie durch einen schwarzen, wogenden Vorhang sah er, wie das Ungeheuer ein Stück vom Schiff zurückwich, mit seinen lächerlich kleinen Flossen das Wasser peitschte und den Kopf senkte.

Mortenson spürte noch, wie das Schiff zu zittern begann, als das Monster seinen Leib unter den Rumpf schob und das Patrouillenboot langsam aus dem Wasser zu heben begann. Er spürte auch noch, wie sich das Schiff auf die Seite legte und seine Leeseite scharrend über die steinerne Uferbefestigung schrammte.

Dann nichts mehr.

Es war beinahe Mittag, ehe wir in die Pension zurückkehrten. Howard hatte mich, wie er es versprochen hatte, zu einem Arzt gebracht, den er kannte und auf dessen Verschwiegenheit er vertraute – einem Tierarzt, wie ich hinterher erfuhr. Das änderte freilich nichts daran, daß er meine Wunden sachkundig versorgte und meine Schmerzen so geschickt linderte, daß ich hinterher kaum noch etwas spürte. Die Verätzung an meiner Hand erwies sich ohnehin als nur oberflächlich; meine Haut war nur für den Bruchteil einer Sekunde mit der brennenden Substanz in Berührung gekommen. Trotzdem lief mir noch im nachhinein ein kalter Schauer über den Rücken, als ich die Klinge meines Stockdegens sah: Der harte Stahl war blind und fleckig; regelrecht zerfressen.

Die Müdigkeit holte mich ein, als wir – nach Ewigkeiten, wie es mir schien – endlich zurück in Howards Pension waren. Wir saßen wieder in der Bibliothek zusammen; dem einzigen Raum mit Ausnahme der Küche, der *kein* Gästezimmer war und Howard als eine Art Salon diente.

Priscylla war nur wenige Augenblicke bei uns geblieben und dann unter einem Vorwand nach oben in das Zimmer gegangen, das Rowlf ihr zugewiesen hatte; angeblich, weil sie müde war. Aber das entsprach nicht der Wahrheit. Es war etwas anderes, irgend etwas zwischen Howard und ihr, was sie vertrieb. Keine Antipathie; Howard hatte sich ihr gegenüber ausnehmend freundlich benommen, mit einer Nonchalance, die ich bei seiner sprunghaften, rüde erscheinenden Art niemals erwartet hätte. Aber irgend etwas trennte die beiden, etwas, das man nicht erklären, wohl aber um so deutlicher spüren konnte. Sie waren wie zwei Fremde, die sich den Regeln der Höflichkeit beugten, sich aber ständig zu belauern schienen, um eine Lücke in der Deckung des anderen zu erspähen.

Lange Zeit saß ich schweigend in meinem Sessel am

Kamin, streckte die Beine von mir und nippte an dem wärmenden Tee, den Rowlf uns gebracht hatte, bevor er brummelnd wieder in der Küche verschwunden war, um eine warme Mahlzeit für Priscylla und mich vorzubereiten, während Howard, als wäre ich gar nicht da, in seinen Aufzeichnungen blätterte, beständig irgend etwas auf kleine Papierfetzen kritzelte oder Bücher aus dem Regal riß, um einen Moment darin zu lesen und sie dann wieder zurückzustellen. Ich hatte das Gefühl, daß er mir absichtlich auswich und im stillen darauf wartete, daß ich endlich einschlief.

Schließlich brach ich das Schweigen mit jenem gekünstelten, übertriebenen Räuspern, das in einer solchen Situation angemessen schien. Howard sah ruckhaft von seiner Arbeit auf und musterte mich einen Moment lang durchdringend. »Nun?« fragte er dann.

»Ich ... warte noch immer auf eine Erklärung«, sagte ich schleppend. Der Moment war nicht günstig, das war mir klar. Ich war müde, erschöpft und kaum fähig, einem halbwegs vernünftigen Gespräch zu folgen. Aber ich hatte das Gefühl, verrückt werden zu müssen, wenn ich nicht bald Klarheit bekam.

Howard klappte das Buch, in dem er gerade gelesen hatte, mit einer umständlichen Bewegung zu, legte beide Hände flach nebeneinander auf den Einband und starrte einen Moment lang auf seine gepflegten Fingernägel hinab.

»Das ist nicht so einfach zu erklären, Robert«, sagte er nach einem so langen Zögern, daß ich schon zu bezweifeln begann, ob er überhaupt antworten würde.

»Versuch es doch einfach«, schlug ich vor.

Er lächelte; auf eine sehr seltsame, fast traurige Art. »Du hast mir erzählt, was dir dieser O'Malley in Goldspie gesagt hat, bevor er starb.«

»O'Banyon«, korrigierte ich ihn.

Howard nickte. »O'Banyon«, nickte er. »Gut. Er sagte: daß es einen dritten Magier gibt. Eine Warnung deines Vaters.«

»*Wenn* es mein Vater war, mit dem er sprach«, wandte ich ein. »Nach dem, was vorhin passiert ist, bin ich mir gar nicht so sicher.« Bei dem Gedanken an den gespenstischen Doppelgänger Roderick Andaras lief mir noch immer ein eisiger Schauer über den Rücken.

»Aber seine Worte würden vieles erklären«, fuhr Howard nach einer Weile fort. »Ich ... kenne mich nicht annähernd so gut in Dingen der Hexerei und Zauberkunst aus wie dein Vater«, sagte er niedergeschlagen. »Siehst du, Robert – dein Vater und ich waren Freunde und Partner, aber ich habe meine Forschungen fast ausschließlich auf die *GROSSEN ALTEN* konzentriert, während dein Vater sein Leben lang versuchte, tiefer in die Geheimnisse der *Macht* einzudringen. Er hat mir vieles erzählt, so wie ich ihm, aber wirklich verstanden habe ich nur wenig davon. Ihr habt zwei der Magier von Goldspie getötet – Leyman und Donhill. Aber nach allem, was ich weiß«, – er hob die linke Hand und ließ sie klatschend auf den schweinsledernen Einband des Buches zurückfallen – »und dem wenigen, was in meinen Aufzeichnungen steht, gehören mindestens drei Hexer zu einem wirklichen magischen Zirkel. Und eine Magie, die mächtig genug ist, ein Ungeheuer wie das von Loch Shin zu beherrschen, bedarf der Kraft des Zirkels.«

»Aha«, sagte ich. Howard lächelte.

»Keine Sorge«, sagte er. »Du wirst es verstehen, später. Auch ich habe viele Jahre dazu gebraucht. Du mußt Geduld haben. Aber nach allem, was ich weiß, fürchte ich zumindest, daß es einen dritten Magier in Goldspie gab.«

»Und dieser Magier ...«

»Lebt noch«, führte Howard den Satz zu Ende. »Ja. Er muß deine verborgenen Kräfte erkannt haben, und er war schlauer als die beiden anderen. Er hat den offenen Kampf gescheut, aber das heißt nicht, daß er keine Gefahr mehr wäre.«

»Und du glaubst, er wäre mir gefolgt, hierher, nach London?«

Howard nickte ernst. »Vielleicht nicht dir«, murmelte er. »Aber Priscylla. Sie hat lange genug in Goldspie gelebt. Du kannst das nicht wissen, Robert, aber ein Magier findet einen Menschen, der eine Weile in seiner Nähe war, immer wieder, desto leichter, je länger er mit ihm zusammen war. Für den überlebenden Hexer aus Goldspie muß dieses Mädchen wie ein Leuchtfeuer sein, das er immer und überall wiederfindet.«

Ein Anflug von irrationalem Zorn stieg in mir hoch und wischte den kärglichen Rest vernünftigen Denkens, der mir noch verblieben war, beiseite. »Du magst sie nicht«, behauptete ich.

Howard seufzte. »Darum geht es doch gar nicht«, sagte er, überraschend sanft. »Reicht dir denn das, was vorhin geschehen ist, noch immer nicht? Ich werde nicht immer im richtigen Moment auftauchen können, um dir zu helfen.«

»Wenn du Angst hast«, schnappte ich, »dann mußt du es nur sagen. Priscylla und ich können gehen.«

Howard reagierte eher amüsiert auf meinen Zorn, und im nächsten Moment kam ich mir selbst albern – und auch unfair – vor. Howard hatte wahrlich bewiesen, daß er es gut mit mir meinte.

»Ich habe keine Angst«, sagte er. »Es besteht kein Grund dazu. Nicht hier. Ich lebe nicht umsonst in dieser heruntergekommenen Bude, Robert. Dieses Haus ist eine Festung. Niemand, der mit Schwarzer Magie zu tun hat, kann sich ihm ohne meine Erlaubnis auch nur nähern. Nicht einmal Yog-Sothoth oder Cthulhu selbst könnten uns hier schaden.«

»Entschuldige«, murmelte ich.

»Es gibt nichts zu entschuldigen«, sagte Howard. »Ich verstehe dich, Junge. Und Priscylla ist auch ein nettes Mädchen, das muß ich zugeben. Habt ihr schon Pläne für die Zukunft?«

Ich verneinte. Wir waren seit drei Wochen zusammen, aber irgendwie hatten wir es beide fast krampfhaft vermieden, über das zu reden, was kam, nachdem wir Howard gefunden hatten. Es war für uns beide klar gewesen, daß wir uns trennen mußten. »Bis jetzt – nein«, sagte ich. »Priscylla hatte vor, sich irgendwo in London eine Arbeit zu suchen. Aber jetzt –«

»– ist das nicht mehr nötig«, sagte Howard. »Du bist reich genug, um für euch beide sorgen zu können. Aber das ist nicht das Problem.«

»Der Magier?«

Howard nickte. »Er hat eure Spur. Deine oder Priscyllas, das bleibt sich gleich, wenn ihr wirklich zusammenbleiben wollt.«

Ich beherrschte mich im letzten Moment. »Ich *kann* mich nicht von ihr trennen«, sagte ich. »Jetzt erst recht nicht. Wenn es diesen Magier wirklich gibt, dann würde er sie umbringen, wenn sie allein wäre. Sie ist vollkommen schutzlos.«

»Ich fürchte, das stimmt«, murmelte Howard. »Und ich fürchte, nach allem, was bisher geschehen ist, bleibt uns keine andere Wahl, als den Kampf gegen ihn aufzunehmen. Ihr könnt euch nicht ewig hier verstecken, und ihr könnt auch nicht ewig vor ihm davonlaufen.«

»Also müssen wir ihn vernichten.«

»Das müssen wir wohl«, bestätigte Howard. »Aber stell dir das nicht zu leicht vor. Der Shoggote, gegen den du gekämpft hast, war nur eine von zahllosen Waffen, über die er verfügen kann.«

Ich nippte an meinem Tee und starrte einen Moment in die dunkelrote Flüssigkeit. Mein Gesicht spiegelte sich verzerrt auf seiner Oberfläche, und für einen Augenblick kam es mir wie ein grinsender, augenloser Totenschädel vor. Ich schauderte.

»Was war er?« fragte ich. »Einer der *GROSSEN ALTEN?*«

Howard lächelte, als hätte ich etwas furchtbar Dummes gefragt. »Nein«, sagte er. »Ganz bestimmt nicht. Wäre es so, dann wären wir jetzt beide tot.« Er griff in seine Westentasche, nahm einen winzigen Gegenstand hervor und warf ihn mir zu. Ich fing ihn auf und ließ dabei um ein Haar meine Teetasse fallen.

»Dieser Stein schützt seinen Besitzer vor Shoggoten und anderen niederen Geistern, die sie heraufbeschwören können, aber gegen einen der *GROSSEN ALTEN* nutzt er ungefähr so viel wie eine Fliegenklatsche«, sagte Howard.

Verwirrt drehte ich das winzige Ding in den Fingern. Es war ein Stein, etwa so groß wie ein Six-pence-Stück und wie ein fünfzackiger, bauchiger Stern geformt. Seine Oberfläche sah glatt wie Metall aus, fühlte sich aber porös und narbig an. Und er schien auf bizarre Weise zu *leben.* Zögernd reichte ich ihm den Stein zurück.

»Nach allem, was mir mein Vater erzählte«, sagte ich, »ist Yog-Sothoth frei, nachdem er getan hat, wozu ihn die Hexen von Jerusalems Lot zwangen. Er sollte meinen Vater vernichten, und das hat er getan.«

Howard nickte. »Das stimmt. Aber er ist eine Kraft des Negativen, Robert. Ein böses, abgrundtief böses Ding, das nur existiert, um zu töten und zu vernichten. Er und die anderen.«

Es war das zweite Mal, daß er andeutete, daß es außer Yog-Sothoth noch mehr der *GROSSEN ALTEN* gab, aber ich ging auch diesmal nicht darauf ein. Allein der Gedanke an das schlangenarmige, gewaltige Ding, das ich draußen im Meer gesehen hatte, löste beinahe Übelkeit in mir aus.

»Wie die Hexen von Salem sind sie Mächte der Finsternis«, fuhr Howard fort. »Und die Mächte der Dunkelheit arbeiten zusammen, auch wenn sie es nicht müssen. Sie können Yog-Sothoth nicht mehr zwingen, dich zu töten, Robert. Aber er wird es trotzdem tun, wenn er kann.«

Seine Worte kamen mir ein wenig theatralisch vor, aber ich schwieg weiter und sah ihn nur an.

Howard hielt meinem Blick einen Moment lang stand, schüttelte dann den Kopf und wechselte abrupt das Thema. »Du bist müde, Robert, und ich auch«, sagte er. »Es sind noch drei Stunden, ehe Dr. Gray eintrifft. Legen wir uns hin und schlafen wir ein wenig. Rowlf wird uns wecken, wenn es Zeit ist.«

Ich hatte noch tausend Fragen, aber ich spürte, daß Howard nicht mehr weiterreden wollte. Und er hatte auch recht. Ich hatte meinen Körper um eine Nacht Schlaf betrogen, und er begann nun mit Macht das ihm Zustehende zu fordern. Und vielleicht war es besser, wenn ich einen klaren Kopf hatte, wenn der Anwalt kam.

Ich stand auf, stellte meine Teetasse auf den Kaminsims und verließ ohne ein weiteres Wort das Zimmer, während Howard auf seine hektische, abgehackte Art damit begann, seinen Schreibtisch aufzuräumen und wenigstens den Anschein von Ordnung in seine Notizen zu bringen.

Das Haus war sonderbar still, als ich nach oben ging. Die ausgetretenen Treppenstufen knarrten hörbar unter meinem Gewicht, aber das war auch das einzige Geräusch, das ich hörte. Die Pension hatte insgesamt elf Zimmer, eigentlich elf Appartements, jedes mit einem getrennten Schlaf- und Wohnraum und einer winzigen Nische für Toilette und Bad; ein Luxus, den man in einem heruntergekommenen Schuppen wie diesem wohl am allerwenigsten erwartete, aber bis auf Howard, Rowlf, Priscylla und mich stand es leer. Ich war schon immer der Meinung gewesen, daß leerstehende Häuser etwas von Toten hatten; sie waren wie Körper, aus denen das Leben gewichen war. Und dieses Haus war genauso. Es war tot. Ein gewaltiger, steinerner Leichnam.

Ich lächelte über meine eigenen Gedanken. Es war wohl die Müdigkeit, die mich so sonderbare Überlegungen anstellen ließ. Rasch ging ich die letzten Stufen hinauf, eilte zu meinem Zimmer, trat ein – und blieb überrascht stehen.

Das Zimmer war nicht mehr leer. Priscylla saß auf einem Stuhl unter dem Fenster, blätterte in einem Buch, das sie gefunden haben mußte, und sah auf, als sie meine Schritte hörte. Sie mußte auf mich gewartet haben.

Verwirrt zog ich die Tür ins Schloß, ging ein paar Schritte auf sie zu und blieb stehen. »Priscylla«, sagte ich überrascht. »Du schläfst nicht?«

Ich redete wohl ziemlichen Unsinn, aber Priscylla ging mit einem Lächeln über meine Worte hinweg, legte das Buch aus der Hand und kam auf mich zu.

»Ich habe auf dich gewartet, Robert«, sagte sie, und die Art, wie sie es sagte, ließ mich aufhorchen. Ihre Stimme klang anders als gewohnt, nicht viel, aber hörbar. Es gibt Situationen, in denen die Stimme einer Frau mehr sagt als die Worte, die sie formt. Ganz bestimmte Situationen.

Ganz dicht vor mir blieb sie stehen, sah mich einen Moment aus ihren großen, dunklen Augen an und schlang die Arme um meinen Hals. »Robert«, murmelte sie.

Ich hob die Hand, wie um ihre Arme von mir zu lösen, führte die Bewegung aber nicht zu Ende, sondern schlang im Gegenteil die Arme um ihre Taille und drückte sie noch ein wenig fester an mich. Ein sonderbares Gefühl der Wärme durchströmte mich. Erregung, aber noch mehr. Ich hatte eine Menge Frauen gehabt in New York, aber das waren flüchtige Beziehungen ohne echte Gefühle gewesen, etwas rein Körperliches. Mit Priscylla war es anders. In mir war ein Gefühl der Zuneigung und Zärtlichkeit, wenn ich mit Priscylla beisammen war, das mir vollkommen fremd war. Und gerade darum sträubte sich etwas in mir gegen ihre Umarmung, so absurd es mir selbst vorkam.

»Du warst lange unten«, flüsterte sie. Ihre Stimme klang weich, verlockend, und ich spürte den sanften Duft, den ihr Haar verströmte. Es fiel mir schwer, noch klar zu denken.

»Ich ... habe mit Howard ... gesprochen«, sagte ich mühsam. Priscyllas Hände kitzelten mich im Nacken. Sie schmiegte sich enger an mich, und ich konnte selbst durch den Stoff unserer Kleider hindurch spüren, wie ihr Körper glühte.

»Wie lange bleiben wir hier?« fragte sie.

»Wie lange?« wiederholte ich verwirrt. »Wir sind gerade erst angekommen, Priscylla.«

»Ich will hier nicht bleiben«, sagte Priscylla. Ihr Atem war an meinem Ohr, und sie flüsterte jetzt nur noch. Ganz sanft berührten ihre Lippen meinen Hals. Ich schauderte. »Laß uns weggehen, Robert. Ich mag dieses Haus nicht. Und ich mag Howard nicht.«

»Er ist ein netter Kerl«, widersprach ich. »Und er –«

»Er haßt mich«, behauptete Priscylla. »Laß uns von hier weggehen. Jetzt gleich.«

Es kostete mich unendliche Mühe, ihre Hände von meinem Hals zu lösen und sie ein Stück von mir wegzuschieben. »Das ist Unsinn, Liebling«, sagte ich. Irgend etwas war mit ihren Augen. Es war mir unmöglich, meinen Blick von ihnen zu lösen. Ich hatte das Gefühl, in einen Abgrund zu stürzen. Meine Gedanken begannen sich immer mehr zu verwirren. Was geschah mit mir? »Howard ist nur besorgt, das ist alles«, fuhr ich fort. Meine Stimme klang schleppend. Ich mußte mich zu jedem einzelnen Wort zwingen.

Priscylla sah mich einen Moment lang an. Dann löste sie sich vollends aus meinen Armen und trat einen Schritt zurück, ließ aber meine Hand nicht los. Sanft, aber sehr bestimmt, zog sie mich mit sich und ging rückwärts auf das breite, frisch bezogene Bett zu.

Ich war unfähig, mich zu wehren. Priscylla ließ sich rücklings auf das Bett sinken, zog mich mit sich und klammerte sich erneut an mich.

Noch einmal versuchte ich, wenigstens eine Spur von Vernunft zu bewahren und sie von mir zu schieben. »Nicht ...«, flüsterte ich. »Es ... es geht nicht. Wir ... dürfen ... das nicht.«

»Unsinn«, behauptete Priscylla. Ihr Körper schmiegte sich noch enger an mich. Meine Nerven schienen zu explodieren. »Ich liebe dich, und du liebst mich«, flüsterte sie. »Was soll Verbotenes daran sein? Und du willst es ebenso wie ich.«

Ich wollte widersprechen, aber ich konnte nicht mehr. Mein klares Denken war ausgelöscht, untergegangen in einem wahren Taumel der Sinne, in dem so etwas wie Logik oder Vernunft nichts mehr zu suchen hatte. Priscylla löste sich abermals aus meinen Armen, griff mit einer geschickten Bewegung in ihren Nacken und öffnete ihr Kleid. Mit einem kräftigen Ruck streifte sie es über den Kopf und warf es achtlos hinter sich. Darunter trug sie nichts.

Fast eine Minute lang starrte ich sie an, und Priscylla blieb reglos sitzen, als wolle sie mir Gelegenheit geben, sie ausgiebig zu mustern. Und ich tat es, völlig ohne Scheu oder Verlegenheit, unfähig, an irgend etwas anderes zu denken als daran, wie *schön* sie war.

Ihre Gestalt war schlank und ebenmäßig, aber das hatte ich gewußt. Was ich nicht gewußt hatte, war, wie genau sie meinem Traumbild von einer Frau entsprach. Jeder Millimeter ihres Körpers war perfekt, ohne den geringsten Makel. Es war, als wäre sie eigens für mich erschaffen worden.

Priscylla beugte sich vor, stützte die Hände rechts und links von mir auf und brachte ihr Gesicht ganz dicht an das meine. Ihr langes, volles Haar fiel wie ein Schleier in mein Gesicht; ihre Brüste berührten meinen Leib, und die Berührung setzte mich endgültig in Flammen. Ich bäumte mich auf, packte sie mit einer Kraft, die sie beinahe schmerzen mußte, und preßte sie an mich. Ein leises, lustvolles Stöhnen kam über ihre Lippen. Ihre Hände wanderten geschickt an meinem Körper herab und begannen, mein Hemd aufzuknöpfen.

»Nimm mich«, flüsterte sie. »Ich gehöre dir, Robert. Tu mit mir, was du willst.«

Ein Schatten schien durch das Zimmer zu huschen. Irgendwo hinter Priscylla bewegte sich etwas, vielleicht ein Vorhang, der im Zug flatterte, vielleicht etwas anderes. Es interessierte mich nicht. Ich wollte es nicht wissen. Alles, was ich wollte, war sie. Nie zuvor in meinem Leben hatte ich eine derartige, beinahe schon schmerzhafte Erregung verspürt. Ich preßte sie an mich, nahm ihr Gesicht zwischen die Hände und küßte sie so fest, daß meine Lippen brannten. Priscyllas Atem beschleunigte sich. Ihre Haut glühte.

»Laß uns gehen, Robert«, flüsterte sie. Ihre Stimme war verlockend, einschmeichelnd, von einer Kraft, die mit Sanftheit erreichte, wozu ein Zwang nicht in der Lage gewesen wäre. »Laß uns von hier fortgehen. Ich kenne ein Haus hier in London, wo wir sicher sind.«

Alles in mir schrie danach, ihr zuzustimmen, ihrem Wunsch nachzugeben. Aber ich konnte nicht. Da war ein Widerstand, eine winzige Insel der Vernunft, die in dem flammenden Orkan, der meine Sinne durcheinanderwirbelte, geblieben war.

»Das … geht nicht, Liebling«, krächzte ich. Ich wollte sie wieder an mich pressen, aber diesmal drückte sie mich zurück. Etwas in ihrem Blick veränderte sich.

Etwas *in ihr* veränderte sich. In die tobende Erregung in meinen Gedanken mischte sich Schrecken, ganz leicht nur, aber unleugbar, wie ein gerade spürbarer übler Geruch, der sich nicht ignorieren ließ.

»Bitte«, flüsterte ich. »Sprich nicht mehr. Wir … wir können nicht fort. Howard ist unser Freund, glaube mir.«

Priscyllas Körper schien in meinen Armen zu Eis zu erstarren. Ihr Gesicht gefror.

Und dann veränderte es sich. Priscyllas noch fast kindliche Züge verschwanden, flossen wie weiches Wachs, das unter der Sonnenglut schmilzt, auseinander und ordneten sich neu. Plötzlich war es nicht mehr Priscyllas Körper, den ich in den Armen hielt, sondern der einer Fremden. Sie schien Priscylla auf sonderbare, schwer zu beschreibende Weise zu ähneln, war aber gleichzeitig auch vollkommen fremd.

»Dann eben nicht«, sagte sie. Ihre Stimme klang hart und spröde wie Glas. Es war nicht mehr Priscyllas Stimme. »Du entkommst mir trotzdem nicht, Craven.«

»Was –«, keuchte ich, sprach den Satz aber nicht zu Ende.

Das Gesicht über mir verwandelte sich weiter. Die Haut verlor ihren seidigen Glanz, wurde trocken und runzelig wie ein Ballon, aus dem man langsam die Luft herausläßt. Ihr Haar wurde grau, strähnig, dann weiß und begann in lockeren Büscheln auszufallen und auf meine Brust und mein Gesicht herabzuregnen. Die Lippen zogen sich wie zu einem diabolischen Grinsen zurück, die Zähne dahinter waren gelb, zerfielen vor meinen Augen. Ich spürte, wie sich ihre Hände, die gerade noch sanft und weich gewesen waren, an meinem Körper zu runzeligen alten Krallen verwandelten, wie die Haut trocken wurde und zerbröckelte wie altes Pergament. Ihr Gesicht zerfiel weiter, alterte in Sekunden um Jahrzehnte. Die Augen erloschen, wurden zu milchigen weißen Kugeln und sackten in die Höhlen zurück. Dahinter brodelte etwas Schwarzes, Weiches ... Priscyllas *(Priscyllas?)* Körper bebte. Die Arme schienen nicht mehr die Kraft zu haben, ihr Gewicht zu tragen. Sie knickte in den Ellbogengelenken ein und fiel langsam nach vorne, direkt auf mich herab.

Die Berührung löste den Bann, der sich um meine Sinne gelegt hatte. Ich schrie panikerfüllt auf, warf mich herum und versuchte, ihren Körper von mir herunterzustoßen.

Es ging nicht. Meine Hände drangen in den zerfallenden Leib ein, als bestünde er nicht mehr aus Haut und Knochen, sondern aus einer weichen, schwammigen Masse. Ihr Leib begann *auseinanderzufließen*, als sich Knochen und Fleisch in Sekundenschnelle in schwarzen, stinkenden Schlamm verwandelten. Ich schrie, schlug in blinder Panik um mich und bäumte mich auf wie unter Schmerzen. Schwarzer Schlamm besudelte mich, kroch in meine Kleider und klebte an meiner Haut fest.

Ich schrie immer noch, als die Tür aufgestoßen wurde und Howard und Rowlf ins Zimmer gestürmt kamen.

Das Hafenbecken war schon vor langer Zeit aufgegeben worden. Es war eines der ersten gewesen; niemand wußte jetzt mehr genau zu sagen, wer den gewaltigen Graben am Ufer der Themse einst ausgehoben und mit dem Fluß verbunden hatte, aber es war jetzt, nach einem Jahrhundert oder mehr, zu klein für die immer größer und klobiger werdenden Schiffe geworden und schließlich – für den offiziellen Schifffahrtsverkehr – geschlossen worden. Mit den Schiffen war auch das Leben aus seiner Umgebung gewichen. Die Lagerhallen und Schuppen, die seinen Kai säumten, standen leer und verfielen seit einem Menschenalter; von manchen standen nur noch die Grundmauern, andere waren zu Gerippen geworden, die sich im Licht der Mittagssonne wie die schwarzen Skelette bizarrer Urzeitwesen gegen den Himmel abhoben. Ein Stück abseits stand eine Kapelle; fast schon eine kleine Kirche, auch sie verlassen und leer, aber in einem noch nicht ganz so fortgeschrittenen Stadium des Zerfalls wie die übrigen Gebäude. Trotzdem hatte die Zeit ihre unbarmherzige Hand auch nach dem kleinen Gotteshaus ausgestreckt. Die Fenster waren eingeschlagen und lagen als Teppich winziger glitzernder Glassplitter auf dem gekachelten Boden des Kirchenschiffs, der hölzerne Altar und die Sitzbänke waren vermodert und zum Teil zusammengebrochen.

Manchmal kamen noch Menschen hierher, um still für sich zu beten oder einfach Schutz vor den Unbilden des Wetters oder der Kälte der Nacht unter seinem Dach zu finden, und ab und zu – je nachdem, wie der Wind stand – bewegte sich die schwere Bronzeglocke in seinem Turm und tat einen einzelnen, mühsamen Schlag.

Und trotzdem war das Hafenbecken nicht leer. Nicht heute, nicht an diesem – einem ganz bestimmten – Tag. Etwas Großes bewegte sich träge unter der ölschimmernden Oberfläche seines Wassers, glitt hierhin und dorthin, tauchte manchmal bis dicht unter den Wasserspiegel auf oder sank auf den Grund des Beckens hinab, unruhig, unsicher, als suche es etwas.

Es war der Tod, der Schrecken aus einer Zeit, die seit Millionen Jahren vergangen war, lange, bevor sich der erste Halbaffe auf die Hinterläufe erhob, seine Vorderpfoten betrachtete und beschloß, sie fortan Hände und sich selbst Mensch zu nennen. Er war aus seinem Versteck weit im Norden des Landes hervorgebrochen, war die Themse hinuntergeschwommen und hatte zweimal getötet, nicht aus Hunger oder Furcht, sondern aus purer Zerstörungswut, und schließlich hatte er London erreicht. Den Ort, zu dem er gerufen worden war. Jetzt wartete er. Sein vernunftloses Hirn registrierte das Verstreichen der Zeit kaum. Sein Opfer würde kommen, ob jetzt, morgen oder in einem Jahr, spielte keine Rolle.

Es hatte fünfhundert Millionen Jahre gewartet – was machten da ein paar Stunden?

»Hier«, sagte Howard. »Trink das, Junge. Es schmeckt scheußlich, aber es wird dir guttun.« Mit einem aufmunternden Lächeln hielt er mir ein Glas mit einer farblosen, dampfenden Flüssigkeit hin.

Ich sah ihn einen Moment zweifelnd an, grub aber dann gehorsam meine Hand unter der Decke aus, die Rowlf mir über die Schulter geworfen hatte, ergriff das Glas und leerte es mit einem einzigen, entschlossenen Zug. Howard hatte recht – in beiden Fällen. Die Flüssigkeit schmeckte ekelhaft, aber die Wärme vertrieb den krampfartigen Schmerz aus meinem Magen, und nach wenigen Sekunden fühlte ich eine wohlige Entspannung, die meine Glieder schwer werden ließ und die Furcht, die mich noch immer gepackt hatte, ein wenig milderte. Dankbar reichte ich ihm das Glas zurück, zog die Decke wieder enger um die Schultern und rutschte auf meinem Stuhl ein Stück näher ans Feuer heran. Wir waren wieder in der Bibliothek: Howard, Rowlf, Priscylla und ich. Ich wußte nicht, wieviel Zeit vergangen war, seit Howard und sein hünenhafter Diener mich gepackt, mir die Kleider vom Leibe gerissen und mich kurzerhand in eine Wanne voll eiskaltem Wasser gesteckt hatten. Ich hatte wie ein Rasender geschrien und um mich geschlagen, so lange, bis Rowlf die Sache zu dumm geworden war und er mich wie ein lästiges Insekt festgehalten hatte, bis das kalte Wasser seine Wirkung tat und ich mich – wenn auch langsam – beruhigte. Wenn ich jemals im Leben dicht davor war, den Verstand zu verlieren, dann in diesen Augenblicken.

»Du hast verdammtes Glück gehabt, Junge«, sagte Howard. Er lächelte, schüttelte ein paarmal den Kopf und sah kurz zu Priscylla hinüber. Sie erwiderte seinen Blick ruhig, aber ich glaubte auch ein verhaltenes Flackern in ihren Augen zu erkennen. Howard hatte ihr erzählt, was geschehen war, und sie hatte es mit einer Tapferkeit aufgenommen, die ich nicht an ihr erwartet hätte. Aber sie hatte kein Wort mehr gesagt, seither. Und ich hatte das bestimmte Gefühl, daß sie sich irgendwie die Schuld an dem gab, was geschehen war.

»Glück?« murmelte ich nach einer Weile. Howards Gesicht verfinsterte sich; er schien zu ahnen, was ich sagen wollte.

»Ich dachte, dein Haus wäre sicher.«

»Das dachte ich bis heute auch«, sagte Howard gepreßt. Er atmete hörbar ein. »Ich verstehe das nicht«, murmelte er. »Eigentlich ist es unmöglich.«

»Unmöglich?« Wäre ich nicht zu schwach dazu gewesen, dann hätte ich ihn jetzt ausgelacht. »Dafür, daß es ›unmöglich‹ war, war es verdammt realistisch ...«

Howard fuhr zusammen wie unter einem Hieb. »Ich verstehe das einfach nicht«, sagte er leise.

»Aber ich.«

Ich sah gleichermaßen verwirrt wie erschrocken auf, und auch Howard fuhr mit einer abrupten Bewegung herum und starrte Priscylla an. Sie hatte die ganze Zeit schweigend zugehört, aber der Ausdruck von Schrecken auf ihren Zügen war mit jedem Wort, das Howard sagte, tiefer geworden.

»Es ist meine Schuld«, stieß sie hervor. »Ganz allein.«

»Red keinen Unsinn, Priscylla«, antwortete ich. »Du kannst so wenig dafür wie ich oder Howard.«

Priscylla schüttelte entschieden den Kopf. »Es ist meine Schuld«, beharrte sie. »Wenn ich nicht hier wäre, wäre das alles nicht geschehen, Robert. Ich hätte niemals mit dir kommen dürfen. Solange ich in deiner Nähe bin, werden sie deine Spur niemals verlieren.«

»Kein Wort mehr«, sagte ich scharf.

»Aber es stimmt«, widersprach Priscylla. Ihre Augen schimmerten feucht, und ihre Stimme hörte sich gleichzeitig nervös und sehr entschieden an. »Sie ... sie werden dich niemals in Ruhe lassen, solange ich bei dir bin.«

»Das werden sie auch nicht, wenn du nicht bei mir bist«, widersprach ich.

»Aber sie werden vielleicht deine Spur verlieren«, fuhr Priscylla unbeeindruckt fort. Ich musterte sie einen Moment scharf, wandte mich dann an Howard und ballte zornig die Fäuste. »Du hast mit ihr gesprochen.«

»Das hat er«, antwortete Priscylla, ehe Howard Gelegenheit finden konnte, zu antworten. »Und ich bin froh, daß er es getan hat.«

»Und was willst du jetzt tun? Weglaufen? Dich umbringen lassen?« Ich versuchte, meiner Stimme einen spöttischen Klang zu verleihen.

»Ich kann auf jeden Fall nicht bleiben«, antwortete Priscylla entschlossen. »Ich bin eine Gefahr, nicht nur für dich, sondern für jeden hier.«

»Du bleibst«, sagte ich zornig. »Ich lasse es nicht zu, daß du dich opferst. Es würde deinen Tod bedeuten, wenn du jetzt gehen würdest.«

»Und vielleicht euer aller, wenn ich bliebe. Außerdem – was willst du tun? Mich mit Gewalt festhalten?«

»Wenn es sein muß, ja«, erwiderte ich ernst.

Priscylla hielt meinem Blick einen Moment lang stand, senkte dann den Kopf und begann unsicher mit den Händen zu ringen. Ich konnte ihr Gesicht nicht mehr erkennen, aber ich sah, daß ihre Schultern zuckten, und ich hörte, daß sie still in sich hineinweinte.

Meine Gefühle schlugen urplötzlich in Zorn um.

»Bravo«, sagte ich, an Howard gewandt. »Das hast du prima hingekriegt. Meinen Glückwunsch.«

Priscylla sah mit einem Ruck auf. »Er kann nichts dafür, Robert«, sagte sie. »Aber als wir dich oben gefunden haben, da habe ich ihn gefragt. Und ich bin schließlich keine Närrin und kann zwei und zwei zusammenzählen. Ich habe lange genug in Goldspie gelebt.«

Ich antwortete nicht mehr. Natürlich hatte Priscylla recht, mit jedem Wort. Trotzdem flaute mein Zorn auf Howard nicht im mindesten ab. Im Gegenteil.

Rowlf räusperte sich hörbar. »Es ... is gleich drei«, sagte er verlegen, offenbar darum bemüht, die Spannung irgendwie abzubauen. »Dr. Gray wird jeden Moment kom'n.«

Howard nickte, sah zur Kontrolle noch einmal auf seine Taschenuhr und wandte sich dann an mich. »Rowlf hat recht«, sagte er. »Du solltest dir etwas überziehen. Und Sie, Kind«, – damit wandte er sich an Priscylla – »gehen am besten auf Ihr Zimmer und beruhigen sich erst einmal. Wir reden heute abend noch einmal über alles. Gemeinsam.«

Priscylla blickte ihn aus geröteten Augen an. Ihre Finger spielten nervös mit einem Zipfel ihrer Bluse. »Was gibt es da noch zu bereden?«

»Eine Menge«, antwortete Howard. »Sie haben zwar recht, was die Hexer von Goldspie angeht, aber die Konsequenzen, die sie daraus ziehen zu müssen glauben, sind falsch. Unsere Feinde haben unsere Spur aufgenommen, und es würde überhaupt nichts nutzen, wenn Sie jetzt davonliefen. Sie würden Sie umbringen oder bestenfalls zurück nach Goldspie bringen. Ob es uns paßt oder nicht, wir müssen zusammenbleiben und die Sache irgendwie durchstehen.« Er lächelte aufmunternd. »Und jetzt gehen Sie auf Ihr Zimmer und ruhen sich ein wenig aus. Es war alles zuviel, und es war noch niemals gut, einen überhasteten Entschluß zu fassen.«

Priscylla nickte zögernd. Howard gab Rowlf einen kaum merklichen Wink, und der breitschultrige Riese begleitete Priscylla schweigend aus dem Raum. »Keine Sorge«, sagte Howard, nachdem die Tür hinter ihnen geschlossen und ihre Schritte auf der Treppe verklungen waren. »Rowlf wird sie keine Minute aus den Augen lassen.«

Ich starrte ihn an. In meinen Gefühlen schien ein

Orkan zu toben. Ich wußte ganz genau, daß er recht hatte und es nur gut mit mir meinte, aber gerade deshalb haßte ich ihn beinahe für einen Augenblick.

»Warum gehst du nicht auch auf dein Zimmer und ziehst dich um?« fragte er, offensichtlich darum bemüht, das Thema zu wechseln. »Der Anwalt wird gleich erscheinen, und Unterhosen und eine Wolldecke sind nicht gerade die richtige Kleidung, um eine Million englische Pfund in Empfang zu nehmen.«

»Eine Mil...«, krächzte ich ungläubig.

Howard zuckte gleichmütig mit den Schultern. »Vielleicht auch zwei oder drei«, sagte er. »Ich weiß es nicht. Auf jeden Fall solltest du dich jetzt umziehen.«

Ich starrte ihn noch einen Moment an, erhob mich dann zögernd von meinem Platz und ging in mein Zimmer hinauf. Mein Herz begann angstvoll zu schlagen, als ich den Raum betrat. Rowlf hatte das Bettzeug entfernt und auch alle anderen Spuren der grausigen Doppelgängerin Priscyllas entfernt, aber ich vermied es immer noch fast krampfhaft, auch nur in die Richtung zu sehen, in der das Bett stand. Ich vermied es auch, in den Spiegel zu blicken, als ich ins Badezimmer ging, um mich umzukleiden. Es hätte nicht viel gefehlt, und ich hätte angefangen, wie ein kleiner Junge zu pfeifen, der Angst hat, allein in einen dunklen Keller zu gehen. Ich bin niemals ein Feigling gewesen, aber es gibt Dinge, die haben nichts mehr mit Mut oder Tapferkeit zu tun.

Ich brauchte kaum fünf Minuten, mich umzuziehen und das Zimmer wieder zu verlassen. Auf dem Flur traf ich Rowlf.

Ich blieb stehen, blickte ihn einen Moment vorwurfsvoll an und deutete auf die Tür zu Priscyllas Zimmer. »Sie hatten versprochen, sie keinen Moment aus den Augen zu lassen«, sagte ich.

Rowlf grinste. »Machichauchnich«, nuschelte er. »Aber se schläft nu'. Un' se wird auch weiterschlaf'n.«

»So schnell?«

Rowlfs Grinsen wurde etwas breiter. »Innem Tee, den H. P. ihr gegem hat, war'n Schlafmittel«, sagte er. »Un' außerdem kann se das Fenster nich' öffnen, dafür hab' ich gesorgt. Is' das beste so, glauben Se mir.«

Für einen ganz kurzen Moment verspürte ich Zorn, aber mein logisches Denken gewann rasch wieder die Oberhand. Howard hatte wahrscheinlich das Vernünftigste getan. Priscylla litt mehr unter den Ereignissen, als sie mir gegenüber eingestehen wollte. Sie glaubte wirklich, daß alles, was heute geschehen war, allein ihre Schuld sei. Und sie war jung genug, sich zu einer Unbesonnenheit hinreißen zu lassen. Wir gingen zurück in die Bibliothek, wo uns Howard bereits erwartete.

Dr. Gray kam Schlag drei. Das Läuten der Türglocke vermischte sich mit dem trägen Gong der gewaltigen Standuhr, die in einer Ecke der Bibliothek thronte. Howard gab seinem Majordomus einen wortlosen Wink, strich sich noch einmal glättend über Hemd und Hose und trat dann ebenfalls in die Diele hinaus, um Dr. Gray entgegenzugehen. Ich blieb allein zurück.

Ein unangenehmes Gefühl begann sich in meinem Magen breitzumachen. Ich spürte, daß jetzt ein ganz neuer Abschnitt meines Lebens beginnen würde. Ich war arm gewesen, als mich Andara in den Slums von New York aufgelesen hatte, hatte mich jetzt immerhin – wenigstens äußerlich – in einen normalen, gutsituierten Bürger verwandelt und würde in kurzer Zeit sehr reich sein. Ein Millionär.

Aber das war es nicht allein. Mir fiel plötzlich wieder ein, auf welch seltsame Weise Howard seine Worte betont hatte, als er sagte, ich sei der Erbe meines Vaters.

Irgendwie war ich plötzlich vollkommen sicher, daß er mehr als Geld und Reichtümer gemeint hatte.

Howards Rückkehr riß mich aus meinen Gedanken. In seiner Begleitung befand sich ein vielleicht sechzigjähriger, grauhaariger Mann, unauffällig, aber elegant gekleidet und mit einem offenen, sympathischen Gesicht. Seine Augen schienen eine Spur zu klein und waren so grau wie sein Haar, und ihr Blick war von der Art, der nicht die geringste Kleinigkeit entging.

Zögernd ging ich Gray entgegen und streckte die Hand aus, aber er ignorierte sie, blieb stehen und maß mich mit einem undefinierbaren Blick von Kopf bis Fuß. »Das ist er also«, sagte er schließlich.

Howard nickte. »Das ist er, Thomas. Ich habe dir nicht zuviel versprochen.«

Ein dünnes, flüchtiges Lächeln huschte über Grays Züge. »Du bist also Robert«, sagte er, diesmal an mich gewandt. »Rodericks Sohn.« Er lächelte noch einmal, und diesmal auf eine sehr herzliche, warme Art, die mich sofort für ihn einnahm. »Ja«, sagte er. »Es ist nicht zu übersehen. Du bist sein Sohn, eindeutig.«

»Sie ... kannten meinen Vater?« fragte ich verwirrt.

Gray nickte. »Und ob. Er war mein Freund, Robert. Er hat mir einmal das Leben gerettet.«

Howard grinste. »Das war so eine Art Hobby von ihm«, sagte er erklärend. Es kam mir irgendwie unpassend vor, in einer Situation wie dieser Scherze zu machen, aber Gray lachte leise. Überhaupt hatte er sehr wenig von einem Anwalt, fand ich, und erst jetzt fiel mir auf, daß er nichts von den Utensilien, die ich halbwegs erwartet hatte, bei sich trug – weder eine Aktenmappe noch eine Tasche oder sonstwas.

Mein Blick muß wohl Bände gesprochen haben, denn Gray beendete endlich seine Musterung, sah sich suchend um und ließ sich schließlich auf Howards

Stuhl hinter dem Schreibtisch nieder. Howard wies mich mit einer stummen Geste an, auf der anderen Seite des Möbels Platz zu nehmen, zog sich selbst einen Stuhl vom Tisch heran und gesellte sich zu uns.

»Howard«, begann Gray, »hat mir erzählt, was passiert ist. Und nachdem ich dich selbst gesehen habe, glaube ich, mit gutem Gewissen auf alle Formalitäten verzichten zu können. Ich bin hier, um dir das Erbe deines Vaters zu übergeben, Junge.«

Ich schluckte überrascht. »Einfach so?« fragte ich verwirrt. Gray hatte mich nicht einmal nach meinen Papieren gefragt. Und er hätte mich damit auch in arge Verlegenheit gebracht – mein Paß und alle anderen Papiere, die ich bei mir getragen hatte, waren in Goldspie zu Asche verbrannt.

Gray nickte. »Einfach so. Howard vertraut dir, und ich auch.«

»Und Sie –«

Gray brachte mich mit einer raschen Geste zum Schweigen. »Ich weiß, was du sagen willst, Junge. Ich hätte es auch gerne anders getan, aber ich fürchte, die Geschehnisse zwingen uns zu einem etwas überhasteten Handeln. Natürlich müssen wir deine Identität prüfen – für die Behörden – und eine Unzahl von Papieren und Schriftstücken beibringen, ehe du offiziell dein Erbe antreten kannst. Mach dir da keine falschen Hoffnungen; es wird mindestens ein Jahr dauern, bis es soweit ist, wahrscheinlich länger. Obwohl ich alles in meiner Macht Stehende tun werde, um die Sache zu beschleunigen. Aber Howard und ich werden dir solange finanziell unter die Arme greifen.«

»Darum geht es nicht, Mister Gray«, sagte ich.

Gray nickte. »Ich weiß. Trotzdem werden wir es tun. Aber ich bin nicht deswegen hier. Du wirst in den nächsten Tagen in meine Kanzlei kommen und eine Unzahl

Papiere unterschreiben, die ich vorbereiten lasse, und alles andere erledige ich für dich. Der Behördenkram ist ganz schön langweilig. Aber für Howard und mich besteht nicht der geringste Zweifel an deiner Identität.« Er tauschte einen raschen Blick mit Howard, der bestätigend nickte und sich schon wieder eine seiner stinkenden schwarzen Zigarillos ansteckte.

»Deshalb«, fuhr Gray nach einer sekundenlangen Pause fort, »bin ich auch hier. Um mich selbst zu überzeugen, daß du Robert Craven, Roderick Andaras Sohn, bist. Und nachdem ich dies getan habe, kann ich dir das hier überreichen.« Er griff in die Brusttasche seines Fracks, zog einen schmalen, mit rotem Siegelwachs verschlossenen Umschlag hervor und reichte ihn mir mit einer fast feierlichen Geste über den Tisch.

Verwirrt blickte ich ihn an, drehte ihn einen Moment hilflos in den Händen und sah wieder auf. »Was ist das?«

»Dein Erbe«, sagte Howard an Grays Stelle. Seine Stimme klang plötzlich sehr ernst. »Dein Vater bat mich und Dr. Gray vor vielen Jahren, dich zu suchen und dir diesen Brief zu übergeben, falls ihm etwas zustoßen sollte.« Er atmete hörbar ein, stand plötzlich auf und tauschte einen zweiten Blick mit Gray. Auch der Anwalt erhob sich.

»Es ist das beste, wenn wir dich allein lassen, damit du ihn in Ruhe lesen kannst«, sagte er. »Wir warten draußen. Ruf uns, wenn du uns brauchst oder eine Frage hast.« Bevor ich Gelegenheit hatte zu widersprechen, wandten sie sich beide um und gingen mit schnellen Schritten aus dem Raum.

Verstört starrte ich die geschlossene Tür hinter ihnen eine endlose Sekunde lang an, ehe ich den Blick wieder auf den schmalen weißen Briefumschlag in meinen Händen senkte. Es war ein ganz normaler, vollkommen unauffälliger Brief, ohne Absender- oder Empfängerangabe, nur mit ein wenig rotem Siegelwachs verschlossen. Meine Finger zitterten, als ich den Umschlag vor mir auf den Schreibtisch legte und das Siegel erbrach.

Der Umschlag enthielt nur ein einziges Blatt, das eng mit Andaras kleiner, verschnörkelter Handschrift beschrieben war. Ich zögerte noch einen winzigen Moment, dann nahm ich das Blatt vollends heraus, trat damit ans Fenster, um die winzige Schrift besser entziffern zu können.

Robert, wenn du diesen Brief in Händen hältst und liest, dann bin ich, dein Vater, tot. Ich weiß nicht, ob ich jemals vorher Gelegenheit haben werde, dich persönlich kennenzulernen und dir zu erzählen, wie alles gekommen ist, und ich weiß nicht, ob du mir verzeihen kannst, was ich dir angetan habe.

Meine Verwirrung wuchs. ›*Mir angetan?*‹

Ich habe meine beiden engsten Vertrauten gebeten, dir diesen Brief auszuhändigen, falls ganz bestimmte Umstände eintreten sollten. Ich bete zu Gott, daß dies niemals der Fall sein wird, aber die Tatsache, daß du meine Worte jetzt lesen kannst, beweist, *daß* das eingetreten ist, was ich seit deiner Geburt befürchtet habe. Du wirst vieles von dem, was dir Howard oder Dr. Gray erzählen mögen, nicht verstehen und nicht glauben, aber es ist die Wahrheit, und der einzige Grund, aus dem ich dir diese Zeilen schreibe, ist, dich zu warnen. Ich habe dich verleugnet und zu fremden Menschen in Pflege gegeben, um dich zu beschützen, Robert, denn ich habe mächtige Feinde, die sich nicht mit meinem Tod allein zufriedengeben werden, sondern auch dich zu vernichten trachten.

Ich will dir jetzt mit wenigen Worten sagen, was dir Howard und Dr. Gray noch genauer erklären mögen, sollten sie jemals gezwungen werden, dir diesen Brief auszuhändigen.

Ich bin kein Mensch wie die, unter denen du aufgewachsen bist, Robert. Ich bin ein Magier. Ein Hexer. Und du bist mein Sohn. Die Kräfte, über die ich verfüge, schlummern auch in dir, und wenn du den Gefahren, die dich bedrohen, entgehen willst, dann mußt du sie wecken und zu einem Hexer wie ich werden. Du begreifst jetzt vielleicht noch nicht, welchen Preis du dafür wirst zahlen müssen, aber es ist die einzige Möglichkeit. Vertraue dich meinem Freund Howard an; er gehört zu den wenigen Menschen, denen ich jemals vertraut habe und bei denen ich dieses Vertrauen nicht bereuen mußte. Bitte ihn, dir meine Aufzeichnungen zu geben, die Bücher und Folianten, die ich während meines ganzen Lebens zusammengetragen habe und die mein Vermächtnis darstellen. Alles, was ich jemals gelernt und erlebt habe, die ganze Erfahrung meines Lebens, ist darin aufgezeichnet, und gemeinsam mit Howard wirst du aus ihnen lernen, was zu lehren ich nicht mehr in der Lage bin. Vielleicht wirst du mich hassen, wenn deine Ausbildung beendet ist, und vielleicht ist dies nichts als die gerechte Strafe dafür, daß ich mich mit Mächten eingelassen habe, die dem Menschen für ewig verschlossen sein sollten. Ich bete zu Gott, daß es nicht so ist.

In Liebe
Dein Vater

Das Geräusch der Tür drang in meine Gedanken. Mit einer fast erschrockenen Bewegung ließ ich das Blatt sinken und wandte mich um. Howard und Gray hatten das Zimmer wieder betreten und standen jetzt nebeneinander unter der Tür. Der Ausdruck auf ihren Gesichtern hatte sich grundlegend geändert. Jede Spur von Freundlichkeit war von Grays Zügen gewichen; er wirkte angespannt, irgendwie lauernd und sprungbereit. Und nicht mehr annähernd so alt und hilflos wie noch vor Augenblicken.

Howard dagegen war so nervös, wie ich ihn noch nie zuvor bemerkt hatte. Seine Finger spielten, ohne daß er es merkte, mit einem Knopf seiner Weste und waren drauf und dran, ihn abzudrehen, und in seinem Mundwinkel glomm eine schwarze Zigarre, auf deren Ende er wie wild herumkaute.

»Nun?« fragte er, nachdem Gray und er mich gründlich und auf eine Art, die mich schaudern ließ, gemustert hatten. »Hast du es gelesen?«

Ich nickte und schüttelte unmittelbar darauf den Kopf. »Gelesen schon«, sagte ich. »Aber es ... es stand nichts darin, was ich nicht schon wußte.«

Howard lächelte. »Ich weiß«, sagte er. »Ich war dabei, als er den Brief geschrieben hat.«

»Aber darum geht es nicht«, fügte Gray hinzu. Plötzlich erwachte er aus seiner Erstarrung, ging mit raschen Schritten auf mich zu und nahm mir den Brief aus der Hand. Ich war viel zu verwirrt, um zu reagieren. Mit offenem Mund sah ich zu, wie er sich umwandte und zum Kamin ging.

»Moment mal«, sagte ich endlich. »Was ... was haben Sie vor?«

»Den Brief verbrennen, was denn sonst?« erwiderte Gray ungerührt. Er ging zum Kamin, beugte sich vor und warf das Blatt ohne ein weiteres Wort in die Flammen.

Ich schrie auf und wollte hinter ihm hereilen, aber Howard vertrat mir mit einem raschen Schritt den Weg und hielt mich zurück.

»Laß ihn«, sagte er. »Es muß sein.«

Für eine Sekunde kämpfte ich gegen seinen Griff an, aber Howard war viel stärker, als ich vermutet hatte. »Warum?« keuchte ich. »Der Brief ist ...«

»Vollkommen unwichtig«, fiel mir Gray ins Wort. »Und gefährlich dazu. Ich mußte ihn vernichten, damit nicht versehentlich ein Unglück geschieht.«

Jetzt verstand ich gar nichts mehr. Ich ließ die Arme sinken, trat einen Schritt zurück und blickte abwechselnd von Gray zu Howard und zurück. »Was hat das zu bedeuten? War er denn ... nicht von meinem Vater?«

»Doch«, sagte Howard. »Aber das, was in ihm stand, spielte keinerlei Rolle. Ich hätte dir jedes Wort auswendig aufsagen können. Und du wußtest es ja auch schon.«

»Aber trotzdem –«

»Du hast dich gewundert, daß alles so leicht und unbürokratisch ging«, fiel mir Gray ins Wort. »Daß wir dir so vorbehaltlos *vertrauten*. Aber das konnten wir nicht, Robert.«

»Du hast erlebt, wie raffiniert unsere Feinde sind«, fuhr Howard fort. Plötzlich kamen sie mir wie zwei Männer vor, die eine genau einstudierte Szene ablaufen ließen und sich die Stichworte zuwarfen wie zwei Artisten die Bälle. Wahrscheinlich war es so.

»Wir mußten sichergehen«, sagte Gray nun wieder. »Dieser Brief war eine Art Prüfung, Robert.«

»Eine ... Prüfung?«

Howard nickte. »Nur der echte Robert Craven hätte das Siegel erbrechen und ihn lesen können. Dein Vater hat ihn vor langer Zeit mit einem magischen Siegel verschlossen.«

Einen Moment lang schwieg ich. Ein ungutes, seltsames Gefühl breitete sich in mir aus. »Und wenn ich ... nicht der Richtige gewesen wäre?« fragte ich.

Howard sah mich ernst an. »Dann wärst du jetzt tot«, sagte er ruhig.

Ein eisiger Schrecken durchfuhr mich. Für Sekunden saugte sich mein Blick an dem zerkrümelten Häufchen weißer Asche fest, die von dem Brief übriggeblieben war. Vielleicht hätte ich jetzt Zorn auf Gray und Howard verspüren müssen, aber ich tat es nicht.

»Komm«, sagte Howard. »Setzen wir uns, Robert. Es gibt viel zu bereden.«

Es war Abend geworden, aber wir redeten noch immer. Das heißt, Howard und Gray redeten, und ich hörte mit wachsender Verwirrung zu und stellte nur hier und da eine Zwischenfrage, wenn ich etwas nicht verstand oder auch einfach nicht glauben wollte (was mehr als einmal vorkam). Im Grunde erzählten sie mir nichts Neues – das meiste von dem, was ich hörte, hatte ich bereits aus dem Munde meines Vaters vernommen oder mir auch zusammengereimt. Und trotzdem erschreckten mich ihre Worte zutiefst, berichteten sie mir doch in allen Einzelheiten von einer Welt, die praktisch neben der unseren existierte und tausendmal rätselhafter und gefahrvoller war, als ich mir noch vor wenigen Wochen hätte träumen lassen. Howard, Gray und mein Vater waren keineswegs die einzigen Menschen, die den Kampf gegen die Mächte der Finsternis aufgenommen hatten. Sie hatten zahllose Verbündete überall auf der Welt, aber auch ihre Gegner waren mächtig, so mächtig, daß meine Hoffnung, den Kampf gegen sie jemals gewinnen zu können, fast mit jedem Wort Howards oder Grays mehr dahinschmolz.

Ich erfuhr alles: die Geschichte Salems und seiner Zerstörung, das Schicksal der Flüchtlinge, die sich in Jerusalems Lot niedergelassen und ein Jahrhundert später von ihrem Schicksal eingeholt worden waren, die Geschichte meines Vaters, der das drohende Unheil vorausgesehen und vergeblich gewarnt hatte. Vor den Fenstern brach wieder die Dämmerung herein, und Rowlf brachte uns ein warmes Essen und reichlich Kaffee, um den ich ihn bat, um meine Augen am Zufallen zu hindern, aber Gray und Howard redeten weiter, sachlich, beinahe kühl, ohne irgend etwas zu beschönigen oder zu dramatisieren. Und endlich kam Howard zu dem einzigen Punkt im Brief meines Vaters, den ich nicht begriffen hatte.

»Du siehst, Robert«, sagte er ernst, »dir bleibt gar keine andere Wahl, als dich deinen Feinden zu stellen. Und das Vermächtnis deines Vaters anzunehmen.«

»Und wenn ich nicht will?« fragte ich zögernd.

Seltsamerweise lächelte Howard auf meine Frage. »Dein Wunsch ist nur zu verständlich, Robert«, sagte er. »Auch ich habe mich gewehrt, als ich zum ersten Mal von Hexerei und Schwarzer Magie erfuhr. Als mir die Existenz Cthulhus und der *GROSSEN ALTEN* bewußt wurde, habe ich mich wochenlang verkrochen und versucht, die Augen vor der Wahrheit zu verschließen. Aber das geht nicht. So leid es mir tut, Robert, es ist unmöglich.« Er lächelte. »Dein Vater hat es einmal sehr treffend ausgedrückt: Es ist, als ob man in heißen Teer faßt. Man kann sich noch so lange die Hände reiben, es bleiben Schmutz und ein übler Geruch zurück. Du wirst es nie wieder los.«

Das also hatte mein Vater damit gemeint, als er schrieb: Vielleicht wirst du mich hassen ...

»Du hast den Brief gelesen«, fuhr Howard nach einer Weile des Schweigens fort. »Wir werden tun, was dein Vater verlangte, Robert. Du besitzt die gleichen Talente wie er, und wir werden sie gemeinsam wecken und ausbilden. Aber dazu müssen wir London verlassen.«

Ich sah auf. »Du meinst, wegen seines ... Vermächtnisses?«

»Seine Bücher und Aufzeichnungen.« Howard nickte. »Ja. Du hast mir erzählt, was auf der LADY OF THE MIST geschehen ist. Du hast die Kiste mit seinen Büchern einen Moment in Händen gehalten, ohne freilich zu ahnen, welchen Schatz du da hattest. Alles, was dein Vater jemals gelernt und herausgefunden hat, ist in diesen Büchern und Folianten, Robert. Wir müssen die Kiste bergen.«

»Aber sie ist versunken«, wandte ich ein. »Zusammen mit dem Schiff.«

»Glaubst du, daß du die Stelle wiederfindest?«

Ich nickte. Selbst wenn das Schiff mittlerweile vollends auseinandergebrochen und auf den Meeresboden gesunken war, würde ich sie wiederfinden. »Das schon. Aber die Strömung ist dort mörderisch. Ich glaube nicht, daß –«

Howard unterbrach mich mit einer knappen Geste. »Ich kenne Leute, die selbst in die Niagarafälle tauchen könnten«, sagte er überzeugt. »Und ich habe auch noch ein paar ... äh, andere Möglichkeiten. Wenn wir die Stelle wiederfinden, an der das Schiff versank, dann können wir die Kiste auch bergen. Es könnte lebenswichtig für dich sein.«

»Wenn sie noch da ist«, murmelte Gray.

Howard nickte betrübt. »Wenn sie noch da ist«, bestätigte er. »Unsere Feinde sind schlau, wie sie bewiesen haben. Es würde mich nicht wundern, wenn sie ebenfalls von der Existenz dieser Kiste wüßten und versuchten, sie zu bergen. Deshalb brechen wir noch morgen auf.«

»Morgen schon?« Der Gedanke, so schnell nach Schottland – und in die Nähe des Hexerdorfes – zurückzukehren, erschreckte mich.

»Am besten wäre sogar heute«, erwiderte Howard ernsthaft. »Jede Stunde kann entscheidend sein. Aber wir sind alle übermüdet und brauchen dringend eine Nacht Schlaf. Rowlf wird unser Gepäck vorbereiten und Fahrkarten und alles andere besorgen. Morgen früh brechen wir auf.«

»Wir fünf?«

Howard verneinte. »Dr. Gray bleibt hier. Und mir wäre wohler, wenn Priscylla ebenfalls in London zurückbliebe.«

»Ich kenne einen Ort, an dem sie sicher ist«, sagte Gray. Ich widersprach nicht. So zuwider mir die Vorstellung war, mich von Priscylla zu trennen, sah ich die Notwendigkeit doch ein. Sie auch nur in die Nähe Goldspies zu bringen, wäre mehr als unverantwortlich. Es wäre Mord.

Zögernd nickte ich.

Howard und Gray atmeten erleichtert auf. »Dann wäre es jetzt wohl das beste, wenn wir für heute Schluß machen und uns zurückziehen«, sagte er. »Ich –«

Aus dem oberen Stockwerk des Hauses drang ein gellender Schrei, gefolgt von einem berstenden Laut und dem Splittern von Glas.

Mit einem einzigen, erschrockenen Satz fuhr ich aus meinem Sessel hoch. »Priscylla!« keuchte ich. »Das kam aus Priscyllas Zimmer!«

Ich wirbelte herum, war mit zwei Schritten bei der Tür, riß sie auf – und erstarrte mitten im Schritt.

Auf der Treppe tobte ein verzweifelter Kampf. Es war Rowlf, der sich mit gleich drei Gegnern gleichzeitig schlug, aber trotz seiner überlegenen Körperkräfte machte er keine sehr gute Figur dabei. Die drei Burschen waren in zerlumpte Anzüge gekleidet und mit langen, gefährlich aussehenden Springmessern bewaffnet, mit denen sie Rowlf Schritt für Schritt vor sich hertrieben. Die Art, in der sie ihre Messer handhabten, sagte mir, daß sie Meister mit diesen Waffen waren. Geübte Messerstecher, die – auch noch zu dritt – selbst einen Mann wie Rowlf nicht zu fürchten brauchten. Der breitschultrige Riese blutete bereits aus zahlreichen Schnitten und Stichen, die seine Unterarme und seine Hände übersäten. Sein Hemd war zerfetzt, und auf seinem Gesicht lag eine Mischung aus Zorn und langsam aufkeimender Furcht.

Howard und Gray tauchten neben mir auf, aber ich hielt sie mit einer raschen Handbewegung zurück. »Rowlf!« schrie ich. »Zurück. Laß dich nicht einkreisen!«

Zwei der drei Burschen fuhren beim Klang meiner Stimme überrascht zusammen und wandten den Blick. Für einen Moment waren sie abgelenkt – und Rowlf nutzte seine Chance mit einer Reaktionsschnelligkeit, die ich ihm nicht zugetraut hatte. Mit einem wütenden Knurren schoß er vor, packte den dritten Burschen bei den Rockaufschlägen und nahm dabei einen neuerlichen, tiefen Stich in den Oberarm in Kauf. Der Mann schrie, strampelte wild mit den Beinen und schwang sein Stilett. Aber einmal von Rowlfs gewaltigen Pranken gepackt, hatte er keine Chance mehr. Ich hörte ein leises Knacken, als Rowlf seinen Arm verbog; der Bursche schrie noch einmal, ließ sein Messer fallen und starrte ungläubig auf sein gebrochenes Handgelenk. Rowlf versetzte ihm einen Hieb mit der flachen Hand, ließ ihn los und gab ihm einen Stoß vor die Brust, der ihn rücklings gegen seine beiden Kameraden taumeln und sie alle drei die Treppe hinunterkugeln ließ. Das Ganze nahm weniger als eine Sekunde in Anspruch.

Als sich die Burschen wieder aufrichten wollten, waren Howard und ich über ihnen. Der eine, den Rowlf gepackt hatte, stellte keine Gefahr mehr dar, sondern krümmte sich am Boden und preßte dabei seine Hand gegen die Brust, aber die beiden anderen waren keineswegs außer Gefecht gesetzt. Ich wich im letzten Moment einem Stich aus, der nach meinem Gesicht zielte, packte das Handgelenk des Messerstechers und zerrte ihn, seinen eigenen Schwung ausnutzend, auf die Füße. Gleichzeitig riß ich das rechte Bein hoch.

Der Bursche keuchte, als sein Gesicht mit meiner Kniescheibe kollidierte. Das Messer entglitt seinen Fingern, gleichzeitig spürte ich, wie die Spannung aus seinen Muskeln wich und sein Körper schlaff wurde. Ich fuhr herum, um Howard zu Hilfe zu eilen, noch ehe er vollends zusammengesunken war.

Howard hatte weniger Glück gehabt als ich. Sein Mann war auf die Füße gekommen und stach wild mit seinem Stilett auf ihn ein. Bisher hatte er ihn noch nicht getroffen, denn Howard wich immer wieder blitzschnell aus, wenn seine Klinge vorschoß, aber ich sah, daß er den ungleichen Kampf nur noch wenige Augenblicke durchstehen würde.

»Heda«, sagte ich.

Der Messerstecher ließ für einen Augenblick von Howard ab und sah über die Schulter zu mir zurück. Das war ein Fehler, aber er bekam keine Gelegenheit mehr, ihn zu bereuen. Ich traf eine empfindliche Stelle, packte seinen Arm, als er sich zusammenkrümmte, knickte gleichzeitig in den Hüften ein und schleuderte ihn, seine eigene Bewegung noch verstärkend, in hohem Bogen über meine Schulter. Mit einem Schrei segelte er zwei, drei Meter durch die Luft, prallte gegen das Treppengeländer und zertrümmerte es.

Aber der Bursche war härter im Nehmen, als ich geglaubt hatte. Er blieb eine Sekunde reglos liegen, stemmte sich dann taumelnd wieder hoch und griff nach einem Stück des zerbrochenen Treppengeländers, um es wie eine Keule zu schwingen. Sein Gesicht hatte alle Farbe verloren, aber in seinen Augen loderte ein tödliches Feuer.

Ich kannte diesen Blick, hatte ihn oft genug gesehen. Der Blick eines Killers.

Rowlf stieß ein wütendes Knurren aus und wollte auf ihn eindringen, aber ich hielt ihn hastig zurück. »Nicht«, sagte ich. »Laß mich das machen.« Dann wandte ich mich wieder an den Messerstecher.

»Gib auf«, sagte ich leise. »Du hast keine Chance mehr. Wir sind zu viele.«

Statt einer Antwort beugte der Bursche den Oberkörper leicht vor, spreizte die Beine und schwang herausfordernd seinen Knüttel. Rowlf machte einen Schritt auf ihn zu, gleichzeitig kreisten Howard und ich ihn ein. Wenn wir alle zugleich angriffen, hatte er keine Chance.

»Aufhören!«

Die Stimme war so scharf, daß wir unwillkürlich mitten im Schritt verharrten. Abrupt hob ich den Kopf und sah nach oben.

Am oberen Ende der Treppe stand eine Frau. Eine sehr schlanke, dunkel- und langhaarige Frau, deren Gestalt fast zur Gänze von einem knöchellangen schwarzen Umhang verborgen wurde. Mein Blick saugte sich an ihrem Gesicht fest.

Ich kannte dieses Gesicht! Es waren die Züge, die ich für den Bruchteil eines Augenblickes gesehen hatte, bevor die vermeintliche Priscylla anfing, sich auf so grausame Weise zu verändern!

»Hört sofort auf«, sagte sie noch einmal. Rowlf fuhr mit einem ärgerlichen Knurren herum und machte Anstalten, die Treppe hinaufzustürmen, prallte aber mitten im Schritt zurück, als ihn der Blick der Fremden traf. Etwas Unheimliches ging von der Frau aus, eine Aura der Macht, wie ich sie nur einmal zuvor in meinem Leben gespürt hatte: in der Gegenwart meines Vaters.

Plötzlich wußte ich, wer sie war.

Ihr Blick richtete sich auf mich, als hätte sie meine Gedanken gelesen. Und ihre nächsten Worte bewiesen mir, daß es wirklich so war.

»Du vermutest richtig, Robert Craven«, sagte sie. Ihre Stimme klang kalt. »Du hättest auf die Warnung hören sollen. Ich bin der dritte Magier aus Goldspie.« Sie lachte, sehr leise und sehr böse. »Hast du wirklich geglaubt, uns entkommen zu können?«

»Was ... was willst du?« fragte ich. Mein Gaumen fühlte sich plötzlich trocken wie Pergament an.

»Dich«, antwortete sie.

Eine Bewegung, die ich aus den Augenwinkeln wahrnahm, ließ mich herumfahren. Die beiden Messerstecher kämpften sich mühsam und mit schreckensbleichen Gesichtern auf die Füße und begannen, sich links und rechts von uns aufzubauen.

»Laßt sie«, befahl die Hexe scharf. »Eure Aufgabe ist erfüllt. Kommt her.«

Die drei Burschen gehorchten sofort. Als gäbe es uns plötzlich gar nicht mehr, wandten sie sich wie ein Mann um und begannen die Treppe hinaufzueilen. Ihre Bewegungen wirkten ein wenig steif, als gehorchten sie nicht mehr ihrem eigenen Willen.

Die Hexe wartete, bis die drei hinter ihr Aufstellung genommen hatten, und fuhr im gleichen, harten Tonfall fort: »Ich will dich, Robert Craven. Du wirst für den Frevel bezahlen, den du begangen hast. Hast du wirklich geglaubt, du könntest zwei von uns töten, ohne dafür zur Rechenschaft gezogen zu werden?«

»Nimm dich in acht, Hexe«, sagte Howard an meiner Seite. »Du bist hier in ...«

»Ich weiß sehr genau, wo ich bin«, unterbrach ihn

die Frau. »Und ich bin nicht so dumm, euch hier mit Waffen anzugreifen, die versagen würden.« Sie lachte leise. »Mit dir, Howard, beschäftigen wir uns später. Es gibt andere, die einen Anspruch darauf haben, dich zu vernichten, und ich will mich ihnen nicht in den Weg stellen. Robert wird mich begleiten.«

Howard lachte. »Das wird er nicht.«

»Nein?« Etwas Lauerndes war plötzlich in ihrer Stimme. »Ich bin ziemlich sicher, daß er es tun wird«, fuhr sie in beinahe beiläufigem Ton fort. »Jedenfalls, wenn er Wert darauf legt, sein kleines Flittchen wiederzusehen.«

Ein eisiger Schrecken durchfuhr mich. Plötzlich fiel es mir wie Schuppen von den Augen. Deshalb also dieser scheinbar sinnlose Überfall! Die drei Messerstecher hatten keinen anderen Auftrag gehabt als den, uns lange genug aufzuhalten!

Ich stieß einen krächzenden Schrei aus und stürmte vor, aber Howard riß mich blitzschnell am Arm zurück. »Bist du wahnsinnig?« fragte er. »Sie wird dich umbringen!«

»Selbstverständlich«, sagte die Hexe lächelnd.

Ich riß meinen Arm los und stieß ihn zurück. »Priscylla!« keuchte ich. »Sie haben Priscylla!«

»Denkst du etwa, sie werden sie laufenlassen, wenn du dich ihnen auslieferst?« schnappte Howard. Sein Blick bohrte sich in den der dunkelhaarigen Frau. »Sie werden euch beide töten.«

Die Hexe begann langsam die Treppe herabzugehen. Ihre drei Begleiter folgten ihr in geringem Abstand. Howard, Gray und ich wichen unwillkürlich ein Stück zur Seite, als sie die Treppe herabkamen.

Ihr Blick war eisig, als sie auf der letzten Stufe stehenblieb und mich ansah. »Nun?« fragte sie. »Wie ist deine Entscheidung?«

»Was ... was werdet ihr mit Priscylla tun, wenn ich mitkomme?« fragte ich.

Sie zuckte mit den Achseln. »Nichts. Ich lasse sie laufen. Du bist es, den wir haben wollen, nicht diese kleine Schlampe. Sie ist ohne Wert für uns.«

»Glaube ihr nicht!« keuchte Howard. »Sie lügt.«

»Vielleicht«, antwortete sie. »Aber vielleicht auch nicht. Er wird es nie erfahren, wenn er hierbleibt. Dann wird er nur wissen, daß er schuld an ihrem Tod hat. Einem sehr unangenehmen Tod«, fügte sie in etwas schärferem Ton hinzu.

Unsicher sah ich Howard an. In meinem Inneren tobte ein Sturm einander widerstrebender Gefühle. Ich wußte ganz genau, daß Howard recht hatte und sie uns vermutlich beide umbringen würden, wenn nicht Schlimmeres. Aber ich konnte an nichts anderes denken als an Priscylla, meine kleine, liebliche Priscylla, die jetzt in der Gewalt dieser Hexe war.

»Ich komme mit«, sagte ich leise.

Der Wagen war fast eine Stunde lang in halsbrecherischem Tempo durch die Stadt gejagt. Die Vorhänge vor den Fenstern waren zugezogen, und ich hatte es nicht gewagt, mich zu rühren, so daß ich keine Ahnung hatte, wo wir waren. Um ehrlich zu sein, hätte ich auch keine Ahnung gehabt, wenn ich meine Umgebung gesehen hätte – London war eine fremde Stadt für mich, und außer dem Picadilly Circus, dem Hauptbahnhof und dem Hotel WESTMINSTER hatte ich bisher wenig davon zu Gesicht bekommen. Aber das Tempo, mit dem der Kutscher seine Pferde antrieb, und die hallenden, unheimlichen Echos, die der Lärm des dahinjagenden Fahrzeuges in den Straßen hervorrief, verrieten mir zumindest, daß wir uns nicht der Stadtmitte näherten, sondern in einem der weniger dicht bevölkerten Teile der Stadt waren.

Schließlich, nach Ewigkeiten, wie es mir vorkam, verlangsamte sich unsere Fahrt. Die Kutsche hörte auf, wie ein Schiff auf hoher See zu schaukeln, und das rasende Stakkato der Pferdehufe wurde langsamer.

Dafür begann mein Herz schneller zu schlagen. Wir näherten uns unserem Ziel.

Meinem Tod.

Seltsamerweise hatte ich keine Angst; nicht um mich. Alles, woran ich denken konnte, war Priscylla. Ich war allein in der Kutsche. Meine geheimnisvolle Entführerin war nicht mit eingestiegen. Vielleicht gab es sie gar nicht. Vielleicht war die Frau, die ich in Howards Haus gesehen hatte, nichts als eine Illusion gewesen.

Meine Hand glitt unter den Umhang und berührte die Klinge des Stockdegens, den ich eingesteckt hatte. Ich war mir darüber im klaren, daß mir die Waffe herzlich wenig nutzen würde, aber allein das Gefühl, sie dabeizuhaben, beruhigte mich ein wenig.

Der Degen war nicht die einzige Waffe, die ich hatte. In meiner rechten Rocktasche befand sich eine kleine, zweischüssige Damenpistole, die mir Howard zugesteckt hatte, bevor ich das Haus verließ, ohne daß einer der drei Schläger oder die Hexe es bemerkten. Den Degen würden sie mit Sicherheit finden und mir abnehmen, aber bei der winzigen Schußwaffe hatte ich eine Chance.

Der Wagen hielt an. Die Pferde stampften unruhig, dann hörte ich schnelle, trappelnde Schritte, und die Tür wurde von außen aufgerissen. Ein Schwall eisiger Luft wehte ins Wageninnere. Es roch plötzlich nach Nebel und Wasser. Ein breitflächiges, von Narben zerfurchtes Gesicht starrte zu mir herein.

»Rauskommen!« befahl eine harte Stimme.

Gehorsam stand ich auf, trat gebückt durch die Tür und sprang auf die Straße hinab. Mit einer Mischung aus Neugier und allmählich aufkeimender Furcht sah ich mich um. Wir waren am Hafen. Wenige Schritte vor den Pferden hörte die gepflasterte Straße abrupt auf und ging in den zerbröckelten Betonrand eines gewaltigen, mindestens eine halbe Meile durchmessenden Hafenbeckens über. Das Wasser darin roch unangenehm und glänzte wie schwarzer Teer unter dem Licht des Mondes, und die Gebäude, die das Becken an drei Seiten säumten, hockten wie schwarze Schatten in der Nacht da. Nirgendwo war Licht oder irgendein anderes Zeichen menschlichen Lebens zu gewahren. Wir mußten in einem Teil des Hafens sein, der wenigstens jetzt, in der Nacht, vollkommen menschenleer war. Natürlich. Was hatte ich erwartet?

»Mitkommen«, befahl mein Begleiter. Er war einen guten Kopf größer als ich –, was bemerkenswert war, denn ich bin nicht gerade kleinwüchsig – unglaublich breitschultrig, und trug den schwarzen Mantel und Zylinder eines Droschkenkutschers. Aber das war er nicht. Sein Gesicht war das eines jener verkommenen Subjekte, die man in einer Gegend wie dieser anzutreffen erwartet, und seine Augen waren so matt und glanzlos wie die der drei Burschen, die uns überfallen hatten.

»Wohin?« fragte ich.

Er deutete wortlos auf einen niedrigen halbverfallenen Lagerschuppen zu unserer Rechten. Ich warf einen letzten Blick in die Runde, ehe ich mich zögernd in Bewegung setzte. Wir waren allein, der nächste lebende Mensch schien eine Million Meilen entfernt. Obwohl ich mit aller Macht dagegen ankämpfte, wurde das Gefühl der Furcht in mir stärker, mit jedem Atemzug.

Unsere Schritte erzeugten unheimliche, klappernde Echos auf dem Kopfsteinpflaster, als wir uns dem Gebäude näherten. Die Tür stand halb offen, und als wir näher herankamen, sah ich flackernden rötlichen Lichtschein ins Freie dringen. Ein Geruch wie nach brennendem Holz und Weihrauch stieg mir in die Nase.

Ich zögerte instinktiv, die Ruine zu betreten, aber mein Begleiter gab mir ohne viel Federlesens einen derben Stoß in den Rücken und knurrte irgend etwas, das ich nicht verstand. Gehorsam stolperte ich weiter.

Der Schuppen war leer. Durch die zahllosen Löcher und Ritzen des Daches fiel bleiches Mondlicht ins Innere; rechts und links des Einganges brannten zwei flackernde Kohlefeuer in niedrigen Eisenbecken, und genau in der Mitte des riesigen, leergeräumten Raumes war ein schwarzer Block aus Basalt oder anderem Stein aufgestellt worden. Das Ganze erinnerte mich auf bedrückende Weise an die Bilder einer barbarischen Opferzeremonie, die ich einmal in einem Buch gesehen hatte.

Aber dies hier war keine Zeichnung, sondern bittere Realität. Und ich hatte das ungute Gefühl zu wissen, *wer* auf diesem Stein geopfert werden sollte.

»Tritt näher, Robert«, sagte eine Stimme. Zögernd drehte ich mich herum.

Zu meiner Linken zeichneten sich die schattenhaften Gestalten eines halben Dutzends Menschen ab. Vier von ihnen kannte ich – es waren die drei Messerstecher und die Hexe. Die beiden anderen waren mir unbekannt. In meinem Mund machte sich ein bitterer Geschmack breit. Ich mußte all meine Kraft zusammennehmen, um ihnen entgegenzutreten.

»Also?« sagte ich, nicht halb so selbstbewußt, wie ich es gerne gewollt hätte. »Ich bin gekommen, wie du es verlangt hast. Wo ist Priscylla?«

Die Hexe trat einen Schritt vor und musterte mich von Kopf bis Fuß. Eine seltsame Mischung aus Verachtung und Triumph spiegelte sich in ihrem Blick.

»Robert Craven«, sagte sie. Ihre Stimme bebte vor verhaltener Erregung. »Roderick Andaras Sohn. Der letzte aus dem Geschlecht der alten Magier.« Ihr Blick flammte. »Der Fluch erfüllt sich«, sagte sie. »Endlich. Nach so langer Zeit erfüllt sich der Fluch der Hexen von Salem.«

»Wo ist Priscylla?« fragte ich noch einmal, ihre Worte bewußt ignorierend. »Es war abgemacht, daß du sie freiläßt, wenn ich mich ausliefere.«

Sie lächelte, aber auf eine Art, die mir einen eisigen Schauder über den Rücken jagte. »Abgemacht«, wiederholte sie. »Sicher, es war abgemacht. Aber ich fürchte, ich kann die Abmachung nicht halten.«

Eine Welle heißen Zorns stieg in mir hoch. Mit einem wütenden Schrei trat ich auf sie zu und hob die Arme.

Zwei unglaublich kräftige Hände legten sich von hinten um meine Oberarme und preßten sie gegen meinen Körper. Mit einem harten Ruck wurde ich zurückgerissen. Eine Hand klatschte in mein Gesicht und trieb mir einen Schmerzensschrei über die Lippen, eine zweite Hand fuhr unter meinen Mantel, entriß mir den Stockdegen und schleuderte ihn davon. Dann traf mich ein Stoß, der mich vorwärtstaumeln und auf die Knie fallen ließ.

Ich dachte nicht mehr. Irgend etwas schien in mir zu zerbrechen, ich fühlte einen Haß, wie ich nie zuvor in meinem Leben gespürt hatte, ein Gefühl von einer Intensität, das ich noch vor wenigen Augenblicken nicht einmal für möglich gehalten hätte. Mit einer Bewegung, die selbst für meinen Bewacher zu schnell kam, war ich wieder auf den Füßen, wirbelte herum und schlug mit aller Macht zu.

Meine Faust traf den Riesen genau zwischen die Augen. Ein greller Schmerz zuckte durch mein Handgelenk; ich fühlte, wie meine Knöchel aufplatzten und Blut an meiner Hand herablief. Der Bursche torkelte zurück, starrte mich für die Dauer eines Herzschlages aus weit aufgerissenen Augen an und sackte wie eine Gummipuppe in sich zusammen.

Ich fuhr herum, ehe er den Boden berührt hatte. Ein zweiter Mann drang auf mich ein; ich stieß ihn von mir, erwischte einen dritten mit einem Ellbogenstoß und sprang blitzartig zurück. Meine Hand zuckte in die Tasche und kam mit dem Derringer wieder zum Vorschein. Die beiden nebeneinanderliegenden Läufe deuteten genau auf das Gesicht der Hexe. Mein Zeigefinger spannte sich um den doppelten Abzug. Die beiden Hähne der Waffe knackten hörbar.

»Keine Bewegung mehr«, sagte ich. »Ich glaube dir, daß mich deine Schläger überwältigen können. Aber ich habe immer noch Zeit, dich zu erschießen.«

Über das Gesicht der Hexe huschte ein erschrockener Ausdruck. Aber die drei übriggebliebenen Männer, die Anstalten gemacht hatten, sich gemeinsam auf mich zu stürzen, erstarrten mitten in der Bewegung und blickten unsicher von mir zu ihrer Herrin. Der Klang meiner Stimme mußte sie davon überzeugt haben, daß ich es ernst meinte.

»Du würdest nicht auf eine Frau schießen«, behauptete die Hexe.

Ich lachte leise. Meine Stimme klang rauh. »Probiere es aus«, sagte ich. »Hetz deine Kreaturen auf mich, und ich werde endlich erfahren, ob es stimmt, was man sich über Hexen erzählt: daß sie kugelfest sind.«

Auf ihrem Gesicht zeigte sich nicht die mindeste Regung. Aber der Ausdruck in ihren Augen sagte mir, daß es nicht stimmte ... »Das ist sinnlos«, sagte sie leise. »Du weißt, daß du uns nicht alle mit diesem .. Spielzeug in Schach halten kannst. Du hast nur zwei Kugeln.«

»Genug für dich«, antwortete ich grob. Meine Stimme zitterte.

»Du glaubst doch nicht, daß du eine Chance hast, zu entkommen?«

Ich schüttelte den Kopf. »Priscylla«, sagte ich. »Ich will Priscylla, das ist alles. Gebt sie frei, und ich lege die Waffe zu Boden – sobald sie gegangen ist und einen entsprechenden Vorsprung hat. *Ich* halte mein Wort.«

»Priscylla?« Ein schwer zu beschreibender Ausdruck huschte über die Züge der Hexe. Ich nickte.

»Gebt sie frei, und ich ergebe mich.«

Sie nickte, ohne mich dabei aus den Augen zu lassen. »Wie du willst«, sagte sie. Ich erwartete halbwegs, daß sie einem ihrer Männer einen Wink geben oder sich selbst entfernen würde, aber sie tat nichts dergleichen, sondern schlug mit einer fast graziösen Bewegung die Kapuze ihres Mantels hoch, senkte den Blick und blieb sekundenlang reglos stehen. Dann hob sie den Kopf und streifte die Kapuze mit einer abrupten Bewegung wieder zurück.

Aber es war nicht mehr ihr Gesicht, das mich ansah.

Es war das von Priscylla.

Und jetzt, endlich, begriff ich.

»Nein«, flüsterte ich. Meine Stimme brach fast. Die Waffe in meiner Hand wurde unwirklich, unwichtig. Ich fühlte, wie mein rechter Arm kraftlos herabsank und mir harte Hände den Derringer entwanden, aber das spielte keine Rolle mehr. »Nein«, flüsterte ich noch einmal. »Das … das ist nicht wahr. Das ist … eine Illusion. So wie …«

»Nein, Robert, es ist keine Illusion.« Es war Priscyllas Stimme, aber jede Spur von Sanftmut und Liebe war daraus verschwunden. »Die Zeit des Lügens und Täuschens ist vorbei. Ich bin, was du siehst. Ich war es die ganze Zeit.«

»Aber ... aber warum?« flüsterte ich hilflos. »Warum hast du ... mein Gott, Priscylla, ich ... ich liebe dich doch ...«

Sie lachte. »Liebe?« fragte sie. »Du *liebst* mich? Du bist ein Narr, Robert. Weißt du denn immer noch nicht, wer ich bin?«

»Du bist ...« Es kostete mich unendliche Mühe zu sprechen. Ich wußte, daß es die Wahrheit war, und trotzdem sträubte sich alles in mir dagegen.

»Die, vor der dich dein Vater warnen wollte«, sagte Priscylla ruhig. »Du hättest auf ihn hören sollen. Er hatte recht. Es *gibt* einen dritten Magier.«

»Aber warum?« fragte ich verzweifelt.

»Warum?« Priscyllas Gesicht verzerrte sich. »Du fragst, warum? Du hast alles zerstört, wofür ich gelebt habe, alles, was ich aufgebaut und geplant hatte. Du bist wie ein böser Geist aus dem Nichts aufgetaucht und hast mein Lebenswerk und das der anderen zerstört. Und du fragst, warum?«

Das war nicht die ganze Wahrheit, das spürte ich. Es gab noch etwas anderes. Aber der Gedanke entschlüpfte mir, ehe ich richtig danach greifen konnte.

»Und jetzt willst du mich töten.«

»Nicht ich, Robert«, antwortete sie. »Du hast an Mächte gerührt, die du nicht einmal in tausend Jahren begreifen würdest. Du mußt den Preis dafür bezahlen.«

Ich verstand nicht, was sie meinte, wenngleich sich eine dumpfe, bedrückende Ahnung in mir breitzumachen begann. Aber Priscylla gab mir keine Gelegenheit, weitere Fragen zu stellen. Sie gab einem ihrer Begleiter einen Wink. Der Bursche trat mit einem raschen Schritt hinter mich, packte mein Handgelenk und drehte mir den Arm auf den Rücken. Ich ließ es geschehen, ohne die geringste Gegenwehr. Jeder Gedanke an Widerstand war in mir erloschen. Ich fühlte nichts mehr. Nichts, was ich mit Worten beschreiben konnte.

Halbwegs hatte ich damit gerechnet, daß sie mich zu dem Altarstein in der Mitte der Halle schleifen würden, aber der Kerl drehte mich statt dessen mit einer groben Bewegung herum und stieß mich vor sich her aus der Tür. Priscylla und ihre Begleiter folgten uns.

Wir näherten uns dem Hafenbecken. Die Kutsche war mittlerweile verschwunden, und der Wind schien kälter geworden zu sein. Der Mond hatte sich hinter tiefhängenden schwarzen Wolken verkrochen, und es war so dunkel, daß ich von meiner Umgebung nur Schatten wahrnehmen konnte. Ein fauliger Geruch stieg von der Wasseroberfläche empor.

Der Bursche, der mich gepackt hielt, versetzte mir einen derben Stoß, der mich ein paar Schritte nach vorne taumeln ließ. Ich glitt aus, fiel auf die Knie und warf mich im letzten Moment zur Seite, um nicht über den Kai zu stürzen und ins Wasser zu fallen.

Als ich mich umwandte, waren Priscylla und ihre Begleiter ein paar Schritte zurückgewichen. Sie bildeten einen weiten, lockeren Halbkreis um mich und das Hafenbecken hinter mir. Aber ich war fast sicher, daß sie diesen Abstand nicht nur zu *mir* hielten.

Priscylla hob in einer langsamen, beschwörenden Geste die Hände, legte den Kopf in den Nacken und begann lautlose Worte mit den Lippen zu formen. Eine spürbare Spannung lag plötzlich in der Luft. Ich hörte, wie das Wasser hinter mir zu rauschen begann, als stiege etwas Großes, Gewaltiges vom Grunde des Hafenbeckens hervor, aber ich wagte es nicht, mich umzublicken.

Fast eine Minute lang blieb Priscylla reglos in dieser seltsamen Haltung stehen, ehe sie die Hände senkte und mich wieder ansah. Die ganze Szene kam mir auf bedrückende Weise bekannt vor. Angst bohrte sich wie ein dünner Schmerz in meine Brust.

»Was ... was hast du vor?« fragte ich.

»Was getan werden muß, wird getan«, erwiderte Priscylla steif. Das Wasser hinter mir rauschte stärker. Mit klopfendem Herzen wandte ich den Kopf und blickte auf das einen Meter unter mir liegende Hafenbecken hinab. Auf der schwarzen Oberfläche des Wassers bildeten sich Wirbel und Strudel. Ein gewaltiger, bizarr verzerrter Schatten zeichnete sich in der Tiefe ab und begann allmählich zu wachsen.

»Das ... das Ungeheuer«, keuchte ich. »Das Ungeheuer von Loch Shin.«

Priscylla nickte. »Du selbst warst es, der es um sein Opfer betrog«, antwortete sie. »Doch es wird sich holen, was ihm zusteht.«

»Du hast es ... hierhergerufen?« stammelte ich. »Du hast diese Bestie nach London gebracht?«

»Nicht gerufen, Robert.« Priscyllas Stimme klang vollkommen mitleidlos. »Es ist mir gefolgt, mir und dir. Es will sein Opfer, und es wird es bekommen.«

»Und dann?« fragte ich leise. »Was wird es dann tun? Weitere Unschuldige töten? Noch mehr und immer mehr Menschen umbringen?«

»Und das wirfst du mir vor?« Priscylla lachte hart. »Wer hat dir gesagt, daß du nach Goldspie kommen und die alte Ordnung stören sollst? Alles war gut, bis du erschienen bist. Du machst dir Sorgen? Das hättest du eher tun sollen, Robert. Du hast dich in Dinge gemischt, die dich nichts angehen. Jetzt bezahlst du den Preis dafür.«

Ich wollte etwas erwidern, aber ich kam nicht dazu. Hinter mir begann das Wasser zu brodeln, und als ich mich umwandte, sah ich einen gewaltigen schwarzen Schatten aus dem Hafenbecken auftauchen.

Der Anblick ließ mir den Atem stocken.

Die Wolken waren wieder aufgebrochen, und der Mond verschüttete sein silbernes Licht über dem Hafen. Für einen Moment war es beinahe taghell.

Hell genug jedenfalls, mich das gewaltige Monstrum erkennen zu lassen, das aus dem schäumenden, aufgepeitschten Wasser emporgestiegen war.

Ich weiß nicht, was ich erwartet hatte – etwas wie Yog-Sothoth vielleicht, oder eine vergrößerte Ausgabe des Schleimmonsters, das mich überfallen hatte. Auf jeden Fall nicht *das*.

Das Ungeheuer war groß wie ein Schiff. Sein Körper war buckelig wie der eines Wales und mit handgroßen, glitzernden Panzerschuppen bedeckt. Lächerlich kleine Flossen peitschten das Wasser, und der Schwanz ringelte sich wie eine gewaltige schwarze Schlange weit hinter seinem Leib in den Fluten. Sein Kopf saß auf einem geradezu unmöglich langen, biegsamen Schlangenhals, acht, vielleicht zehn Yards über dem eigentlichen Körper. Und es war ein Alptraum von einem Kopf.

Kleine, tückische Augen funkelten mich unter hornigen Panzerplatten hervor an. Das Maul war ein lippenloser Schlitz, groß genug, einen Mann mit zwei Bissen zu verschlingen, und aus seinen Kiefern wuchsen vier Reihen handlanger, dolchspitzer, gelber Zähne. Ein ungeheures Grollen übertönte das Wimmern des Windes.

Ein Saurier! dachte ich entsetzt. Das war keiner der *GROSSEN ALTEN*, sondern ein prähistorisches Ungeheuer, das irgendwie die Jahrmillionen überstanden hatte.

Priscylla und ihre Begleiter wichen hastig ein Stückweit vom Ufer zurück, aber ich registrierte es kaum. Der Anblick der Bestie lähmte mich.

Langsam kam das Ungeheuer näher. Seine breite, horngepanzerte Brust teilte das Wasser wie der Bug eines Kanonenbootes, und der Schädel pendelte wie der einer Schlange hin und her, ohne daß sich der Blick seiner boshaften kleinen Augen auch nur für eine Sekunde von mir gelöst hätte. Ein fauliger, übler Geruch schlug mir entgegen, als sich das gewaltige Maul der Bestie öffnete.

Aber ich sah noch mehr. An Hals und Schnauze der Bestie gähnten faustgroße, gezackte Löcher voller halbgeronnenem Blut, und auf seiner linken Flanke prangte ein gewaltiger dunkler Fleck. Das Ungeheuer war verletzt, schwer verletzt sogar. Es war keineswegs unverwundbar.

Langsam senkte sich der Schädel des Sauriers auf mich herab. Das lippenlose Maul klaffte weit auseinander; ich konnte sehen, wie sich seine Muskeln spannten.

Als die gewaltigen Kiefer zusammenklappten, ließ ich mich zur Seite fallen. Der Laut klang wie der Einschlag einer Kanonenkugel. Ich rollte mich verzweifelt herum, als der Schädel mit einer zornigen Bewegung herabstieß, um mich zu zermalmen, sprang auf die Füße und rannte im Zickzack los.

Ich kam nicht einmal drei Schritte weit. Zwei von Priscyllas Begleitern traten mir in den Weg. Ich wehrte mich wie ein Rasender, aber gegen die überlegenen Kräfte der beiden hatte ich keine Chance. Brutal wurde ich herumgedreht und wieder auf das Ungeheuer zugestoßen.

Die Bestie tobte vor Zorn. Ihr Schädel hatte die Kaimauer getroffen und ein halbes Dutzend Steine zerschmettert, aber von ihrer Schnauze troff Blut; der Schmerz mußte sie rasend machen. Wieder klafften die Kiefer des Alptraumwesens auseinander.

Ein Schuß krachte. Der Mann, der meinen Arm gepackt hatte, ließ mich mit einem Schmerzensschrei los, griff sich an die Schulter und taumelte an mir vorbei.

Ich reagierte instinktiv, versetzte dem zweiten Mann einen derben Tritt vor die Kniescheibe und stieß ihn gegen seinen Kumpan. Er stürzte. Der andere taumelte, durch den Anprall vorwärts gerissen, vollends an mir vorüber. Und direkt auf die Bestie zu.

Sein Entsetzensschrei ging im Krachen der zuschnappenden Kiefer unter.

»Nein!« schrie Priscylla. In ihrer Stimme vibrierte mühsam zurückgehaltene Panik. »Nicht! Laßt ihn nicht entkommen!«

Die vier übriggebliebenen Messerstecher drangen gleichzeitig auf mich ein, aber noch bevor mich der erste erreichen konnte, peitschte ein weiterer Schuß, und der dunkelhaarige Riese, der die Kutsche gelenkt hatte, fiel nach vorne und umklammerte sein Bein. Die anderen erstarrten mitten in der Bewegung.

Hinter mir stieß die Bestie ein ungeheuerliches Brüllen aus, warf den Kopf in den Nacken und schleuderte den Mann, den sie gepackt hatte, mit einer zornigen Bewegung von sich. Die Kaimauer erbebte unter dem Anprall ihres Titanenleibes, als sie sich nach vorne warf.

In der Dunkelheit hinter Priscylla zuckte ein grellorangener Blitz auf. Der Knall des Gewehrschusses vermischte sich mit dem Schmerzensschrei des Sauriers, als die Kugel sein linkes Auge traf und blendete.

Die Bestie schrie: ein röhrendes, unglaublich *lautes* Geräusch, das mich instinktiv die Hände vor die Ohren schlagen ließ und meilenweit im Umkreis zu hören sein mußte. Mit einer schmerzerfüllten Bewegung warf sie sich zurück, bäumte sich noch einmal auf – und versank in den kochenden Fluten.

»Packt ihn!« befahl Priscylla. Sie schrie jetzt. Ihre Stimme war wenig mehr als ein hysterisches Kreischen. »Packt ihn! Er muß sterben!«

»Das würde ich nicht tun«, sagte eine Stimme hinter ihr. Die drei Burschen, die – hin und her gerissen zwischen purer Angst und dem überlegenen Einfluß von Priscyllas Willen – unentschlossen vor mir standen, ließen erschrocken die Hände sinken und drehten sich um.

Wenige Schritte hinter Priscylla waren die Gestalten dreier Männer erschienen. Jeder von ihnen hielt eine langläufige Repetierflinte in den Händen – und die Läufe deuteten drohend auf Priscylla und die drei Halsabschneider.

»Komm hierher, Robert«, sagte Howard. Ich erwachte endlich aus meiner Erstarrung, ging in weitem Bogen um die drei Männer herum und trat zwischen ihn und Gray. Der grauhaarige Anwalt wirkte plötzlich gar nicht mehr wie ein gütiger alter Mann. Das Gewehr wirkte zu groß für seine schmalen Hände, aber der Ausdruck auf seinen Zügen sagte mir, daß er entschlossen war, von der Waffe Gebrauch zu machen, sollte es notwendig sein. Ich tauschte einen raschen Blick mit ihm, nickte Rowlf – dem Dritten im Bunde – flüchtig zu und nahm das Gewehr entgegen, das er mir hinhielt.

»Wo ... wo kommt ihr her?« fragte ich verstört.

Howard lächelte flüchtig »Ich habe auch meine kleinen Tricks und Mittel auf Lager«, sagte er.

»Das nutzt euch gar nichts«, zischte Priscylla. Ihre Stimme bebte vor Haß. »Ihr Narren wißt ja nicht, was ihr tut.«

Howard antwortete nicht auf ihre Worte. Schweigend musterte er sie, senkte seine Waffe um eine Winzigkeit und schüttelte den Kopf. »Du hast dich verändert, Lyssa«, sagte er. »Aber leider nur äußerlich.«

»Es ist viel Zeit vergangen«, entgegnete Priscylla gepreßt.

Verwirrt sah ich von ihr zu Howard und zurück. »Ihr kennt euch?«

Howard nickte. »Ja. Wenn ich sie auch in … anderer Gestalt in Erinnerung gehabt habe. Ich muß gestehen, daß sie selbst mich getäuscht hat, wenigstens am Anfang. Vermutet«, fügte er nach einer sekundenlangen Pause hinzu, »habe ich es die ganze Zeit, aber ich wollte es nicht wahrhaben.«

»Du hättest auf deine innere Stimme hören sollen, du Narr«, sagte Priscylla haßerfüllt.

»Priscylla«, murmelte ich. »Warum … ?«

Howard unterbrach mich mit einem ernsten Blick. »Es tut mir leid, Junge«, sagte er. »Aber du mußt dich damit abfinden. Diese Frau ist nicht Priscylla. Das Mädchen, das du kennengelernt hast, hat niemals existiert.«

Priscylla starrte ihn an, aber Howard hielt ihrem Blick ruhig stand. Zehn, fünfzehn Sekunden lang taten sie nichts, als sich gegenseitig anzustarren, aber ich spürte, daß hinter der Oberfläche des Sichtbaren ein unglaublicher Kampf tobte, ein Kampf zweier Geister, eine Auseinandersetzung der Willenskräfte, die sich auf einer Ebene abspielte, die ich nicht einmal zu erahnen imstande war.

Dann, plötzlich und ohne sichtbaren äußerlichen Anlaß, senkte Priscylla den Blick und taumelte mit einem erschöpften Seufzer zurück.

»Du verschwendest deine Kräfte«, sagte Howard kalt. »Auch ich habe dazugelernt, seit wir uns das letzte Mal gesehen haben.«

Priscylla stöhnte. Für einen endlosen Moment richtete sich der Blick ihrer dunklen, weichen Augen direkt in den meinen. »Robert«, flüsterte sie. »Laß nicht zu, daß er mir etwas antut.«

Howard knurrte ärgerlich und hob sein Gewehr. Priscylla fuhr zusammen, und ich spannte mich. Ich würde nicht zulassen, daß er sie umbrachte, ganz gleich, wer sie wirklich war.

»Noch einen Laut, Lyssa, und ich erschieße dich«, sagte er ernst. »Wenn du auch nur versuchst, den Jungen zu beeinflussen, bist du tot.«

»Nein, Howard«, sagte ich ruhig. »Das ist sie nicht.«

Howard erstarrte. Ich war zwei Schritte zurückgewichen, ohne daß er es gemerkt hatte, und hatte die Waffe erhoben. Der Lauf des Repetiergewehres deutete genau auf Howards Stirn. Seine Augen weiteten sich ungläubig.

»Robert!« keuchte er. »Du ... du weißt nicht, was du tust! Sie beherrscht deinen Willen, und –«

»Das tut sie nicht«, erwiderte ich ruhig. »Aber ich lasse nicht zu, daß du ihr irgend etwas antust. Ich lasse nicht zu, daß ihr irgend jemand etwas antut.« Der Lauf meiner Büchse beschrieb einen Halbkreis und deutete nacheinander auf Rowlf und Dr. Gray, ehe er wieder in Howards Richtung zurückschwenkte. »Das gilt für alle.«

Mein Blick suchte den Priscyllas. Sie wirkte verwirrt, aber ich glaubte, einen schwachen Schimmer von Triumph in ihren Augen zu erkennen. Sie machte einen Schritt in meine Richtung, und ich schwenkte das Gewehr. Priscylla erstarrte.

»Bleib stehen«, sagte ich ernst.

Auf ihren Zügen erschien ein Ausdruck grenzenlosen Unglaubens. »Aber Robert«, sagte sie. »Ich dachte, du –«

»Ich sagte, ich lasse nicht zu, daß dir ein Leid zugefügt wird«, unterbrach ich sie. »Das heißt nicht, daß ich mich umbringen lassen werde.«

Sie starrte mich an. Ich spürte, wie etwas Unsichtbares, Körperloses nach meinem Geist griff und ihn einzulullen begann. Mühsam schüttelte ich den fremden Einfluß ab.

»Howard hat unrecht«, fuhr ich fort. »Ich liebe dich immer noch, und ich weiß, daß es die Priscylla, die ich kennengelernt habe, noch in dir gibt. Sie existiert, irgendwo in dir.«

Priscylla schluckte. »Was ... was meinst du?« fragte sie unsicher.

»Ich werde sie wiederfinden«, fuhr ich fort. »Ich werde die Hexe in dir bekämpfen und die Priscylla befreien. Ich weiß noch nicht, wie, aber –«

»Das ist nicht dein Ernst!« keuchte sie.

Diesmal kam mir Howard mit der Antwort zuvor. »Doch«, sagte er. »Es ist sein Ernst. Und meiner auch. Ich habe es dir damals in Salem gesagt, Lyssa, und ich sage es wieder: Du bist nicht wirklich böse. Laß uns dir helfen, den Einfluß Quentons und der anderen Hexer abzustreifen.«

Salem? dachte ich. Hatte er gesagt – Salem?!

»Ihr ... ihr wollt«, stammelte Priscylla, »ihr wollt mir meine Hexenkräfte nehmen?« Sie lachte, aber die Furcht in ihrer Stimme war unüberhörbar.

Howard nickte. »Es ist die einzige Möglichkeit«, sagte er. »Außer, du ziehst es vor, zu sterben.«

Priscylla blickte ihn eine endlose Sekunde lang schweigend an. In ihrem Gesicht arbeitete es. »Dann sterbe ich lieber«, sagte sie. »Aber wenn ich schon sterbe, dann werde ich euch wenigstens mitnehmen, Howard.« Plötzlich trat ein sonderbarer, lauernder Ausdruck in ihre Augen. »Wie ihr wollt«, sagte sie. »Und du, Robert, wirst jetzt vielleicht endlich begreifen, mit welchen Kräften du dich eingelassen hast. Du hast die Bestie entfesselt – jetzt fühle ihren Zorn!«

Die letzten vier Worte hatte sie geschrien. Howard stieß einen unterdrückten Fluch aus, trat auf sie zu und schlug ihr den Lauf seiner Flinte gegen den Hals. Bewußtlos sackte sie in seinen Armen zusammen.

Und dann schien die Welt unterzugehen.

Das Wasser des Hafenbeckens hob sich in einer brüllenden Explosion aus Schaum und kochenden Spritzern. Ein titanischer Schatten wuchs über uns empor, pflügte mit einer einzigen, gewaltigen Bewegung durch das Wasser und prallte mit einem markerschütternden Schrei gegen die Kaimauer.

»Zurück!« brüllte Howard. Rowlfs Gewehr entlud sich mit einem donnernden Knall, aber der Laut ging im Wutgebrüll des Sauriers unter. Der geschuppte Panzerhals zuckte in einer unglaublich schnellen Bewegung herab, die Kiefer öffneten sich, und ein zweiter von Priscyllas Männern stieß einen gellenden Todesschrei aus.

Wie gelähmt vor Schrecken starrte ich das Ungeheuer an. Vorhin war es furchtbar gewesen – jetzt hatte es sich in einen leibhaftig gewordenen Alptraum verwandelt! Sein linkes Auge war eine einzige, gezackte Wunde, aus der zähflüssiges Blut sickerte, aber der Schmerz schien seine Wut noch anzustacheln. Der riesige Schädel zuckte erneut herab, stieß nach einem dritten Mann und verfehlte ihn um Haaresbreite. Die Kaimauer bebte, als sich die Bestie mit aller Macht dagegenwarf.

Eine gewaltige Hand ergriff mich an der Schulter und zerrte mich zurück. Ich erwachte endlich aus meiner Erstarrung, fuhr herum und rannte los. Vor mir hetzte Rowlf mit weit ausgreifenden Schritten dahin, Priscyllas schlaffen, reglosen Körper wie ein Spielzeug über die Schulter geworfen, und hinter und neben mir stolperten die vier Burschen, die von Priscyllas Streitmacht übriggeblieben waren. Der Ausdruck auf ihren Zügen war Angst, aber er war mit Verblüffung und Staunen gemischt; ein Ausdruck, als wären sie abrupt aus einem tiefen Schlaf gerissen worden. Priscyllas Einfluß auf ihren Willen mußte erloschen sein, als Howard sie niedergeschlagen hatte.

Im Laufen wandte ich den Kopf und sah zurück. Die Bestie tobte noch immer wie tollwütig an der Kaimauer. Gray und Howara waren zurückgeblieben und feuerten fast ununterbrochen, aber das Geräusch ihrer Gewehrschüsse ging im Gebrüll des Ungeheuers unter. Sein Kopf und der schuppige Hals waren mit einer Unzahl furchtbarer Wunden übersät, Wunden, von denen jede einzelne tödlich sein mußte. Trotzdem starb es nicht, jedenfalls nicht gleich.

Der Schmerz mußte es vollends tobsüchtig gemacht haben. Voller ungläubigem Schrecken beobachtete ich, wie es seinen gewaltigen Leib aus dem brodelnden Wasser des Hafens emporstemmte und mit den kleinen Vorderflossen Halt auf dem Stein der Uferbefestigung suchte.

Howard und Gray prallten mit einer entsetzten Bewegung zurück. Das Ungeheuer stemmte sich zitternd aus dem Wasser, zwang seinen Körper mit einer Kraft, die das Vorstellbare überstieg, sich aus seinem gewohnten Element zu erheben und Stück für Stück an Land zu kriechen. Der geschuppte Hals peitschte in furchtbarer Agonie herab, seine Kiefer schnappten wütend nach den beiden winzigen Wesen, die ihm diese furchtbaren Schmerzen zugefügt hatten.

Ich blieb stehen, drehte mich herum und begann verzweifelt zu winken. »Howard!« schrie ich. »Gray! Lauft!«

Ich wußte nicht, ob sie meine Worte im Brüllen des tobenden Ungeheuers überhaupt hörten – aber sie fuhren in einer gleichzeitigen Bewegung herum und stürmten los, während das Ungeheuer hinter ihnen weiter auf das Ufer hinaufkroch.

»Nach rechts!« schrie Howard. Ich gehorchte instinktiv, und auch die anderen wechselten blitzschnell ihre Richtung. Ein Schatten wuchs vor uns auf, wurde zu einer Ruine. Ich erkannte ein halb eingefallenes Dach, ein großes, offenstehendes Tor und einen spitz zulaufenden Turm; eine sehr große Kapelle oder eine winzige Kirche. Verzweifelt stürmte ich weiter, taumelte durch die Tür und brach erschöpft in die Knie. Neben mir torkelte Rowlf in das Kirchenschiff. Die vier Messerstecher waren bereits vor uns in die Kirche gestürmt und hatten zwischen den Bänken Deckung gesucht.

Rowlf lud Priscyllas reglosen Körper behutsam auf dem Boden ab, fuhr herum und kam zurück, um sich neben der Tür zu postieren. Auch ich packte mein Gewehr fester, nahm auf der anderen Seite Aufstellung und hob die Waffe.

Aber ich schoß nicht.

Howard und Dr. Gray befanden sich noch ein gutes Stück von der Kirche entfernt, und das Ungeheuer war dicht hinter ihnen. Die Bestie war noch gewaltiger, als es den Anschein gehabt hatte, ein Monstrum von der doppelten Größe eines Elefanten und der vierfachen Länge. Und sie bewegte sich an Land beinahe ebenso schnell wie im Wasser! Ihre winzigen, plump erscheinenden Flossen stemmten den titanischen Körper mit unglaublicher Schnelligkeit voran. Howards und Grays Vorsprung betrug kaum noch zwanzig Schritte – und er schmolz mit jedem Moment weiter zusammen.

Rowlf schoß. Die Kugel pfiff dicht über Howards Kopf hinweg und riß ein weiteres Loch in den Hals des Ungeheuers. Der Saurier brüllte, bäumte sich auf und jagte mit verdoppelter Wut hinter den beiden Männern her. Rowlf lud fluchend sein Gewehr nach und schoß wieder, und auch ich begann zu feuern.

Unsere Kugeln zeigten Wirkung. Das Ungeheuer begann zu toben und noch lauter zu schreien, und sein Tempo verlangsamte sich. Aber es wälzte sich immer noch weiter, ein Dämon aus einer versunkenen Zeit, der gekommen war, um uns alle zu vernichten. Ich schoß, immer und immer wieder, bis das Magazin meiner Waffe leer war und Howard und Gray an mir vorüber in die Kirche stolperten. Auch Rowlf schoß seine Waffe leer, aber der Saurier stampfte weiter heran. Die baufälligen Wände der Kirche würden unter dem Anprall seines Titantenkörpers zerbersten wie Glas.

Und dann war es heran. Sein gewaltiger, blutüberströmter Leib füllte das Tor aus, der Schlangenhals hob sich in einer wütenden Bewegung, der Schädel krachte mit Urgewalt gegen das Dach und ließ Balken und Dachschindeln zerbrechen und auf uns herunterregnen. Hastig wichen wir von der Tür zurück. Das gesamte Gebäude erbebte, als sich der Saurier ein zweites Mal mit seinem ganzen Körpergewicht dagegenwarf.

Ein tiefes, mahlendes Stöhnen ging durch die Kirche. Ich spürte, wie sich das Gebäude wie ein lebendes Wesen, das Schmerzen erleidet, wand und wie hoch über meinem Kopf irgend etwas zerbrach. Der Saurier brüllte, wich ein Stück zurück und senkte den Hals.

Sein häßlicher Reptilienkopf erschien unter der Tür und zerschmetterte die hölzernen Flügel. Wieder bebte das Gebäude.

Was dann kam, geschah in Sekunden, aber ich sah jede winzige Einzelheit mit nahezu übernatürlicher Klarheit. Die Kirche erzitterte wie unter einem Hieb. Der Glockenturm bebte, neigte sich mit einem hörbaren Knirschen zur Seite und begann auseinanderzubrechen. Die tonnenschwere Glocke löste sich aus ihrer Verankerung und begann zu stürzen.

Sie traf den Schädel der Bestie wie ein gigantischer Hammer und zerschmetterte ihn.

Mitternacht war vorüber, als wir Howards Haus wieder erreichten. Ich war müde, so müde, wie niemals zuvor in meinem Leben, und meine Beine schienen kaum noch in der Lage, das Gewicht meines Körpers zu tragen.

Trotzdem ging ich noch nicht ins Haus, sondern blieb auf der dunklen, von Kälte und Nebel erfüllten Straße stehen, bis der Wagen in der Nacht verschwunden war.

Ich weiß nicht mehr, was ich in diesem Augenblick fühlte; ich glaube, es war nichts als eine große, schmerzhafte Leere. Das Gefühl, etwas verloren zu haben, das ich nicht einmal richtig besessen hatte. Als Howard und Rowlf Priscylla – die noch immer bewußtlos war – in Grays Wagen gelegt hatten, war etwas in mir zerbrochen.

Ich sah auf, als ich Howards Schritte hinter mir hörte. Sein Blick war ernst.

»Keine Sorge, mein Junge«, sagte er. »Dr. Gray wird sich um sie kümmern.«

Ich antwortete nicht, und der besorgte Ausdruck in

Howards Blick wurde stärker. »Ich kann es dir nicht versprechen«, sagte er, »aber vielleicht – nur vielleicht – wirst du Priscylla eines Tages wiedersehen.«

»Wo bringt er sie hin?« fragte ich.

»Zu einem Ort, an dem sie sicher ist«, antwortete Howard nach kurzem Zögern. »In eine Klinik. Man wird sich dort gut um sie kümmern. Priscylla ist krank, Robert. Sehr krank.«

»Eine Klinik.« Ich lachte bitter. Etwas schien sich in mir zusammenzuziehen, schnell, ruckartig und sehr schmerzhaft. Seine Worte klangen wie böser Hohn in meinen Ohren. »Ein Irrenhaus, meinst du.«

Diesmal antwortete Howard nicht mehr. Nach einer Weile wandte er sich um und deutete auf die offenstehende Tür. Gelblicher Lichtschein fiel aus dem Haus und zeichnete ein verschwommenes Dreieck aus Helligkeit auf das Pflaster. »Komm«, sagte er. »Laß uns gehen. Wir müssen unser weiteres Vorgehen besprechen. Diesmal haben wir noch Glück gehabt, aber das muß nicht immer so sein.«

Glück? dachte ich. Für einen Moment sah ich die Kirche noch einmal vor mir. Es war keine sehr große Kirche gewesen, aber der Turm war ihr stabilster Teil. Es wollte mir nicht in den Kopf, daß von allen Teilen des Gebäudes ausgerechnet die Glockenhalterung, der sicher am besten und stabilsten gemauerte Bestandteil der ganzen Kirche, als erster unter dem Ansturm des Ungeheuers nachgegeben haben sollte.

Nein, dachte ich. Das hatte nichts mit Glück zu tun gehabt.

Ich wandte mich um, und für einen Moment glaubte ich, auf der gegenüberliegenden Straßenseite eine schwarze, hochgewachsene Gestalt zu sehen, eigentlich nur den Schatten einer Gestalt. Ein Schatten mit dunklen Augen, einem messerscharf ausrasierten Bart und einer wie ein Blitz gezackten Strähne schlohweißen Haares über der rechten Braue. Dann verschwand die Vision, so schnell, wie sie gekommen war.

Aber als ich Howard ins Haus folgte, war ich plötzlich absolut sicher, daß es kein Zufall gewesen war.

HIER ENDET DAS DRITTE BUCH

Viertes Buch

DAS HAUS AM ENDE DER ZEIT

Von außen hatte das Haus nur groß und finster ausgesehen; vielleicht ein ganz kleines bißchen düster, wie es die Art alter, einsam stehender Herrenhäuser nun einmal ist; mit einer Spur von Bedrohung und dem leichten Hauch des Unheimlichen, der von seinen von den Jahrzehnten geschwärzten Mauern ausging. Aber trotz allem nicht mehr als eben ein Haus, das seit einem Menschenalter vergessen und seit zweien verlassen hier mitten im Wald stand.

Das war das Äußere gewesen.

Innen war es unheimlich. Unheimlich und – gefährlich ...

Jenny vermochte das Gefühl nicht in Worte zu kleiden. Sie waren stehengeblieben, nachdem Charles das morsche Türschloß aufgebrochen und einen Flügel des gewaltigen Portals mit der Schulter aufgedrückt hatte. Ein schmaler Streifen grauer, flackernder Helligkeit sickerte hinter ihnen in die Halle, vielleicht das erste Mal seit Jahren, daß Licht die ewige Nacht hier drinnen erhellte, und durch das dumpfe, rasche Hämmern ihres eigenen Herzens glaubte Jenny das Huschen kleiner, krallenbewehrter Pfoten zu hören. Ratten, dachte sie entsetzt. Natürlich. Das Haus mochte von Menschen verlassen sein, aber die Ratten und Spinnen hatten es erobert und zu ihrem Domizil gemacht. Sie haßte Ratten.

Aber das war nicht alles. Irgend etwas Seltsames, körperlos Drohendes nistete in dem alten Gemäuer, etwas, das sie weder hören noch sehen oder riechen, dafür aber um so deutlicher spüren konnte.

»Laß ... laß uns wieder gehen, Charles«, sagte sie stockend. »Ich ... ich fürchte mich.« Sie flüsterte, als hätte sie Angst, mit dem Klang ihrer Stimme die Geister dieses Hauses aufzuwecken, aber ihre Worte füllten die hohe, in undurchdringliche Schwärze getauchte Halle trotzdem mit kichernden Echos aus. Ein rascher, unangenehmer Schauer huschte auf eisigen Spinnenfüßen über ihren Rücken.

Charles schüttelte stumm den Kopf, berührte sie flüchtig am Arm und versuchte zu lächeln. »Unsinn«, sagte er. »Es gibt hier nichts, wovor du Angst zu haben bräuchtest. Das Haus steht seit fast fünfzig Jahren leer. Als Kind habe ich oft hier gespielt. Wir haben es als Versteck benutzt, aber das ist lange her.«

Jenny schauderte. Ohne daß sie sagen konnte, warum, verstärkten Charles' Worte ihre Furcht noch. Ihr Herz schlug schneller. Speichel sammelte sich hinter ihrer Zunge. Sie hatte das Gefühl, daß ihr gleich übel werden würde. Ihre Handflächen wurden feucht.

»Ich will nicht hierbleiben«, sagte sie noch einmal. »Bitte, Charles!«

Charles seufzte. Sein Blick glitt zurück durch die Tür und heftete sich für einen Augenblick auf den nahen Waldrand, der rasch im dunkler werdenden Grau der Dämmerung versank. »Wir können nicht weiter«, sagte er nach einer Weile. Seine Stimme hörte sich gleichzeitig entschlossen wie bedauernd an. »Sie suchen garantiert die Hauptstraße ab, und ich gebe dir Brief und Siegel, daß sie jedes Gasthaus im Umkreis von fünfzig Meilen kontrollieren werden.« Er lächelte. »Wir können nicht draußen im Wald übernachten, das weißt du genau. Und es ist nur für eine Nacht.« Er schüttelte den Kopf, atmete hörbar ein und sah sich suchend um. »Irgendwo hier muß es eine Kerze geben«, murmelte er. »Früher lagen Dutzende davon hier herum.«

»Charles, ich ...«

»Bitte, Jenny«, unterbrach sie Charles. »Morgen abend um diese Zeit sind wir Mann und Frau, und keine Macht der Welt kann uns noch trennen. Aber solange wir noch nicht offiziell verheiratet sind, müssen wir vorsichtig sein.« Er trat auf sie zu, legte die Hände auf ihre Schultern und küßte sie flüchtig auf die Stirn. »Du weißt doch genau, was geschieht, wenn deine Eltern uns erwischen, Schatz«, flüsterte er.

Jenny nickte zögernd. Natürlich wußte sie es. Daß sie es wußte, war ja gerade der Grund, aus dem sie sich entschlossen hatten, wie eine moderne Ausgabe von Romeo und Julia miteinander durchzubrennen und in Gretna Green zu heiraten. Sie war erst achtzehn, und sie wußte, daß ihre Eltern alles in ihrer Macht Stehende tun würden, sie von Charles fernzuhalten. Sie hatten mehr als einmal damit gedroht, sie in ein Internat auf dem Kontinent zu schicken, wenn sie sich weiter mit Charles traf. Und ihr Vater war kein Mensch, der leere Drohungen ausstieß.

Sicher, Charles hatte recht, mit jedem Wort. Und trotzdem bedauerte sie ihren Entschluß fast, seit sie dieses unheimliche Haus betreten hatten.

Charles löste sich behutsam von ihr, drehte sich herum und ging mit vorsichtigen Schritten tiefer in das Haus hinein. Jenny blieb neben der Tür stehen, achtsam darauf bedacht, den winzigen Bereich von Helligkeit hinter dem Eingang nicht zu verlassen. Charles hantierte eine Weile im Dunkeln herum, fluchte gedämpft und kam – nach Sekunden, die ihr wie Ewigkeiten erschienen – zurück. Seine Kleider waren verdreckt und staubig, und auf seiner linken Wange glänzte ein dünner, blutiger Kratzer. Aber er trug eine Kerze in der Hand. Mit einem triumphierenden Grinsen ließ er sich neben Jenny in die Hocke sinken, stellte die Kerze zu Boden und kramte eine Schachtel Streichhölzer aus der Tasche. Nach wenigen Augenblicken schlug ein gelbes, flackerndes Flämmchen aus dem Docht und trieb die Dunkelheit um ein paar Schritte zurück.

Charles richtete sich auf, gab Jenny die Kerze und schob die Tür wieder zu. Das schwere, annähernd drei Meter hohe Türblatt bewegte sich nur widerwillig. Es war verzogen und verquollen, und Charles keuchte vor Anstrengung, als es ihm endlich gelungen war, die Tür wieder zu schließen. Mit einem dumpfen, unheimlich widerhallenden Laut rastete das Schloß ein.

»Gehen wir nach oben«, schlug Charles vor. »Es gibt ein paar Zimmer, die noch ganz in Ordnung sind. Komm.« Er nahm Jenny die Kerze wieder ab, machte eine aufmunternde Kopfbewegung und ging auf die breite Freitreppe zu, die sich im hinteren Teil der Halle erhob.

Jenny folgte ihm mit klopfendem Herzen. Nachdem sich ihre Augen an die Dunkelheit gewöhnt hatten, konnte sie im schwachen Schein der Kerze erstaunlich weit sehen. Die Halle war gefüllt von zerbrochenen Möbelstücken, Staub und Unrat, der sich im Laufe der Jahrzehnte hier gesammelt hatte. Überall hingen Spinnweben wie graue Vorhänge, und von der Decke fielen graue Staubfäden bis fast zum Boden herab. Auf den Treppenstufen lag Rattenkot, und aus einem finsteren Winkel schlug ihnen leichter Verwesungsgeruch entgegen. Dieses Haus ist kein Haus, dachte Jenny schaudernd, sondern ein Grab.

Hintereinander gingen sie die Treppe hinauf. Charles schritt schnell aus, und Jenny mußte sich sputen, um mit ihm Schritt zu halten und nicht zurückzufallen. Sie erreichten das obere Ende der Treppe und traten auf eine breite, auf einer Seite offene Galerie hinaus, von der zahllose Türen abzweigten. Jenny glaubte Geräusche zu hören, das Wispern und Flüstern von Stimmen, das Schlurfen schwerer Schritte, Atmen, ein leises, unglaublich böses Lachen …

Für einen Moment stieg Panik in ihr hoch, aber sie drängte sie zurück und ballte die Fäuste, so fest, daß sich ihre Fingernägel schmerzhaft in ihre Handflächen gruben.

»Charles«, flüsterte sie. »Ich will hier raus.«

Charles blieb stehen, drehte sich langsam zu ihr herum und sah sie an. Sein Gesicht war ernst, und Jenny glaubte das leise Flackern von Angst in seinen Augen zu erkennen.

»Ich will weg«, sagte sie noch einmal und etwas lauter als zuvor. »Bitte, Charles. Lieber übernachte ich im Wald als in diesem Haus.«

Das Wispern und Flüstern wurde lauter. Jemand lachte, ganz leise und voller boshafter Vorfreude. Charles' Mundwinkel zuckten. Die Kerze in seiner Hand begann zu zittern, und die Flamme warf zuckende Lichtreflexe und huschende Schatten auf die Wände. Schatten, die sich auf sie zubewegten, sie einzukreisen begannen ...

»Bitte«, sagte sie noch einmal. »Ich ... ich bleibe nicht hier.«

Charles nickte. Die Bewegung wirkte abgehackt, und auf seiner Stirn glänzte plötzlich Schweiß, obwohl es hier drinnen eher zu kalt war. Und plötzlich begriff Jenny, daß er es auch hörte. Die Stimmen und Schritte waren keine Einbildung.

»Du ... hast recht«, sagte er gepreßt. »Vielleicht finden wir eine andere Stelle, an der wir übernachten ...«

Er sprach den Satz nicht zu Ende. Die wispernden Stimmen verstummten. Das Lachen hörte auf, und die Schatten zogen sich zurück, hörten auf, hierhin und dorthin zu huschen, sondern bildeten einen massigen, undurchdringlichen Kreis rings um sie herum. Plötzlich war es still, unheimlich still.

Aber nur für einen Augenblick. Ein helles, wimmerndes Geräusch durchdrang die Stille, ein Laut, als würde eine Tür in uralten Angeln bewegt ...

Jenny fuhr mit einer abrupten Bewegung herum. Ihre Augen weiteten sich entsetzt, als sie sah, wie die Türen hinter ihr eine nach der anderen aufgingen.

Im ersten Moment sah sie nichts; nichts außer schwarzen Schatten und körperlosen, finsteren Dingen, die sich dahinter zu verbergen schienen. Dann kamen sie näher, lautlos, schleichend und unaufhaltsam.

Erst, als Jenny sah, *was* da mit lautlosen Bewegungen auf die Galerie hinausglitt, begann sie zu schreien ...

»Sagtest du: *Salem?*«

Es dauerte einen Moment, bis Howard auf meine Worte reagierte. Die letzten zweieinhalb Stunden hatte er mit halb geschlossenen Augen auf seinem Platz neben dem Fenster gesessen, außer einem gelegentlichen Seufzer keinen Laut von sich gegeben und – genau wie ich und Rowlf – ergeben darauf gewartet, daß die Fahrgäste, die in Carlisle zugestiegen waren, endlich wieder gingen. Howard hatte Platzkarten und Billetts für das ganze Abteil gekauft, so daß wir eigentlich ungestört hätten fahren und reden können, aber der Zug war überfüllt, und der Schaffner hatte Howard mit einem gleichmütigen Achselzucken geantwortet, daß er die Passagiere schließlich nicht auf den Kohletender verfrachten könne – womit er recht hatte. Es waren ein Mann und zwei Frauen (wie aus ihren Gesprächen hervorging, ein Ehepaar in Begleitung der Schwiegermutter) gewesen; eigentlich drei nicht einmal unnette Personen, denen anzumerken war, wie unangenehm ihnen die ganze Situation war. Eigentlich hatte ich sie ganz sympathisch gefunden. Aber es redete sich schlecht über Hexen, Magier und *GROSSE ALTE*, wenn fremde Ohren mithörten ...

»Was?« fragte Howard.

Ich wiederholte meine Frage: »Salem«, sagte ich. »Als wir gestern abend mit ... Priscylla sprachen, erwähntest du Salem.« Das unmerkliche Stocken in meinen Worten mußte ihm auffallen. Obwohl ich mir alle Mühe gab, hatte ich die Ereignisse längst nicht verwunden, geschweige denn vergessen. Wie konnte ich auch? Ich liebte Priscylla noch immer. Jetzt vielleicht mehr als zuvor. Aber Howard ging nicht auf den warnenden Ton in meiner Stimme ein.

»Ich sagte Salem«, antwortete er und lehnte sich wieder zurück, als wolle er schlafen. Es war nicht das erste Mal, daß ich ihn auf seine Worte ansprach.

Und es war nicht das erste Mal, daß er nicht oder nur ausweichend antwortete. Aber dieses Mal würde ich mich nicht mit einer Ausflucht abspeisen lassen. Seine Worte ergaben keinen Sinn, außer ...

Ich schüttelte den Gedanken ab und sah ihm scharf in die Augen. Howard lächelte, unterdrückte mit Mühe ein Gähnen und blickte auf die Landschaft, die vor dem Fenster vorüberhuschte. Der Zug fuhr jetzt, auf dem letzten, beinahe schnurgerade verlaufenden Stück der Strecke, mit voller Geschwindigkeit, und unsere Umgebung flog nur so an uns vorüber. In weniger als zwei Stunden würden wir Glasgow erreichen. Von dort aus sollte die Reise – wenigstens hatte Howard mir dies erklärt – mit einer Kutsche weitergehen, die er telegrafisch zum Bahnhof bestellt hatte. Wenn wir erst einmal in der Stadt waren, würde er sicher genug Gelegenheiten finden, mir nicht antworten zu müssen.

»Und?« fragte ich.

Howard blickte mit unverhohlenem Mißmut auf. Er

ließ keinen Zweifel daran, daß er die Penetranz, mit der ich auf einer Antwort beharrte, als äußerst lästig empfand. »Was und?« fragte er.

»Ich möchte wissen, wie du deine Worte gemeint hast«, sagte ich, nicht sehr laut, aber mit großem Nachdruck. Etwas hatte sich zwischen uns geändert. Während der letzten beiden Tage war er wie ein väterlicher Freund zu mir gewesen, und jetzt …

Ich konnte das Gefühl selbst nicht in Worte fassen. Es war keine Feindschaft, nicht einmal Mißtrauen. Aber es gab eine fühlbare Spannung zwischen uns. Er verschwieg mir etwas, und ich spürte es.

Howard seufzte, schüttelte den Kopf und rutschte auf dem unbequemen Sitz hin und her. »Du machst dir Sorgen um Priscylla«, sagte er. »Das verstehe ich, Junge. Aber sie ist bei Dr. Grays Freunden in den besten Händen. Sie haben Erfahrung in solchen Dingen, glaube mir. Wenn es jemanden gibt, der aus ihr wieder einen normalen Menschen machen kann, dann sie.«

»Einen normalen Menschen?« Ich hatte Mühe, den Zorn in meiner Stimme zu unterdrücken. »Du sprichst von ihr, als wäre sie geistesgestört.«

Howard sah mich ernst an. »Das ist sie auch, Robert«, sagte er leise. »Nicht so, wie man das Wort normalerweise benutzt – sie ist nicht verrückt oder gar schwachsinnig. Aber ihr Geist ist verwirrt.« Er machte eine entsprechende Bewegung zur Stirn. »Sie hat sich mit Mächten eingelassen, denen sie nicht gewachsen ist, Robert. Sie ist nicht böse; nicht wirklich. Früher war sie sogar ein ausgesprochen liebenswerter Mensch. Und es wird sehr viel Zeit und Geduld nötig sein, sie wieder zu dem Menschen zu machen, der sie war.«

»In Salem«, fügte ich hinzu.

Howards Blick verfinsterte sich. »Bitte, Robert«, sagte er leise. »Fang nicht …«

»Du verschweigst mir etwas«, unterbrach ich ihn. Rowlf, der die ganze Zeit schweigend und mit geschlossenen Augen neben Howard gehockt und so getan hatte, als schliefe er – ohne daß ich darauf hereingefallen wäre –, hob träge das linke Augenlid und blinzelte mich an.

»Du verschweigst mir sogar eine ganze Menge«, fuhr ich in scharfem, beinahe aggressivem Ton fort. »Du hast mir weder gesagt, wohin ihr Priscylla bringt, noch, was dort mit ihr geschieht.«

»Weil ich es nicht weiß«, behauptete Howard. »Auch Dr. Gray weiß es nicht, und das ist auch gut so. Es geschieht zu unserer und ihrer Sicherheit. Die Menschen, mit denen wir zusammenarbeiten, sind sehr vorsichtig. Aber sie wissen nicht, wer wir sind. Wir haben mächtige Feinde, weißt du, und wir müssen damit rechnen, daß einer von uns in ihre Hände fällt. Was er nicht weiß, kann er nicht preisgeben.« Er lachte. »Das ist ein uralter Trick, den zum Beispiel Spionageringe verwenden, um ...«

»Du weichst mir schon wieder aus«, unterbrach ich ihn. »Was hatten deine Worte zu bedeuten? Salem ist seit über hundert Jahren zerstört, und Priscylla ...«

»Lyssa«, sagte Howard ruhig. »Ihr wirklicher Name ist Lyssa.«

»Das ändert nichts daran, daß Salem vor mehr als einem Jahrhundert vernichtet worden ist.«

»Isses nich'«, nuschelte Rowlf. Ich hielt verstört inne und sah ihn an. Rowlf gähnte, ohne sich die Mühe zu machen, dabei etwa die Hand vor den Mund zu nehmen, kratzte sich mit den Fingern an seinem Stoppelbart und blickte mich triefäugig an. Sein Bulldoggengesicht wirkte verschlafen.

»Rowlf hat recht«, sprang Howard hilfreich – und eine Spur zu schnell – ein. »Salem wurde nicht vernichtet, wie die meisten glauben. Es gab ein Pogrom, bei dem Dutzende von Menschen getötet wurden, aber der Ort selbst existiert noch heute. Ich war dort, vor ein paar Jahren. Damals habe ich Lyssa – Priscylla – getroffen.«

Ich glaubte ihm kein Wort. Es hätte nicht einmal meines Talentes, Wahrheit von Unwahrheit zu unterscheiden, bedurft, um zu erkennen, daß er log. Aber warum? Welchen Grund sollte er haben, mich zu belügen? Außer dem, daß er glaubte, mich vor irgend etwas schützen zu müssen.

»Lyssa«, murmelte ich. »Das ist ihr richtiger Name?«

Howard nickte.

»Und weiter?«

»Weiter?«

»Kein Nachname, keine Familie, nichts?«

Howard druckste herum. »Ich weiß es nicht«, sagte er schließlich. Eine weitere Lüge. »Und es spielt auch keine Rolle.« Er seufzte, bückte sich wieder aus dem Fenster und fuhr, ohne mich anzusehen, fort: »Es ist nicht mehr weit bis Glasgow, Robert. Wenn der Wagen pünktlich am Bahnhof ist, dann können wir gleich weiterfahren. Wir sollten noch etwas essen, solange Zeit ist. Später werden wir keine Gelegenheit mehr dazu haben.« Er stand auf. »Laß uns in den Speisewagen gehen.«

Ich starrte ihn finster an, aber diesmal ignorierte er meinen Blick, lächelte sogar und wandte sich mit einer abrupten Bewegung zum Gehen.

Matthew Carradine hielt die Laterne so, daß der Lichtschein durch die halb offenstehende Tür des Hauses fiel. Im Zentrum des flackernden, weißgelben Kegels erschienen Staub und Unrat, Bruchstücke von vermoderten Möbeln und dunkle, unidentifizierbare Klumpen – und die halb verwischten Spuren menschlicher Füße.

»Sie waren hier«, sagte Carradine. »Vor nicht allzu langer Zeit.«

Boldwinn trat mit einem raschen Schritt neben ihn, beugte sich vor und starrte einen Moment auf die durcheinanderlaufenden Fußspuren. Seinem Gesichtsausdruck nach zu schließen, sagten ihm die Abdrücke im Staub nicht sehr viel. »Sind Sie sicher, Carradine?« fragte er. Seine Stimme klang eisig; der einzige Ausdruck, der überhaupt darin mitschwang, war Verachtung.

Carradine sah wütend auf. »Hören Sie, Boldwinn«, schnappte er. »Ich ...«

Boldwinn brachte ihn mit einer zornigen Bewegung zum Verstummen. Als er Carradine ansah, huschte ein Ausdruck über seine Züge, als betrachte er ein vielleicht interessantes, aber nichtsdestotrotz lästiges Insekt, das er am Schluß doch zerquetschen würde, so oder so. »*Mister* Boldwinn«, sagte er betont.

Carradine sog hörbar die Luft ein. Die Laterne in seiner Hand zitterte. Der Lichtstrahl huschte wie ein bleicher Finger über Boldwinns Gesicht und tastete unstet an den zerbröckelnden Außenmauern des Hauses entlang. »Wie Sie wollen, Mister Boldwinn«, sagte er. »Aber ich bin sicher, daß sie hier waren. Ich wäre es auch, wenn ich diese Spuren nicht gesehen hätte. Charles ist als Kind immer hierhergekommen, wenn er ein Versteck brauchte. Er hat wohl geglaubt, wir wüßten nichts von diesem Haus, und wir haben ihn in diesem Glauben gelassen.«

Boldwinn lächelte kalt. »Sie scheinen mir überhaupt sehr seltsame Erziehungsmethoden zu haben«, sagte er eisig. »Das Benehmen Ihres Sohnes ...«

»Steht hier nicht zur Debatte«, fiel ihm Carradine ins Wort.

Boldwinns linke Augenbraue rutschte ein Stück weit seine Stirn empor. »Nicht?« wiederholte er mit gespielter Verwunderung. »Sie werden sich wundern, was alles zur Debatte steht, wenn Ihr feiner Sohn meine Tochter auch nur angerührt hat. Sie ist noch ein Kind, vergessen Sie das nicht.«

»Ein Kind?« Carradine lachte, aber seiner Stimme fehlte die nötige Selbstsicherheit. Boldwinn war ein mächtiger Mann, das wußte er. Wenn Charles die Kleine auch nur falsch angesehen hatte, würde Boldwinn ihn vernichten, das war ihm klar. Und es war auch der einzige Grund, aus dem er hier war. Charles würde ihn hassen, wenn ausgerechnet er, sein eigener Vater, ihn verriet. Und vermutlich würde er es mit Recht tun. Aber er hatte keine Wahl.

»Lassen wir das«, sagte er, ohne Boldwinn dabei anzusehen. »Ich bin sicher, daß sie hier irgendwo sind. Das Schloß ist aufgebrochen worden, sehen Sie? Und die Spuren führen nur hinein, nicht wieder hinaus. Kommen Sie.« Er machte eine einladende Bewegung mit der Laterne, schob die Tür ein Stück weiter auf und trat in die dahinter liegende Halle. Boldwinn folgte ihm nach kurzem Zögern. Auf seinem bleichen Stutzergesicht erschien ein angewiderter Ausdruck, als er den Staub und den Unrat sah, die die Jahrzehnte in der Halle abgeladen hatten.

Carradine hielt seine Laterne höher, beugte sich ein wenig vor und folgte der Fußspur, die sich deutlich im knöcheltiefen Staub abzeichnete. Sie führte in gerader Linie zur Treppe und brach dann ab. Aber es war nicht schwer zu erraten, wohin sie führte. Carradine deutete mit einer Kopfbewegung nach oben, wartete, bis Boldwinn aufgeholt hatte und neben ihm stehengeblieben war, und ging dann ohne ein Wort weiter. Auf der obersten Stufe blieb er stehen, hob seine Laterne höher über den Kopf und versuchte, im Staub zu seinen Füßen die Spuren wiederzufinden. Es gelang ihm, aber sie verschwanden schon nach wenigen Metern erneut.

So abrupt, als hätten sich die beiden Menschen, von denen sie stammten, in Luft aufgelöst ...

Carradine blinzelte verwirrt. Boldwinn bemerkte sein Zögern, runzelte die Stirn und wollte an ihm vorbeitreten, aber Carradine hielt ihn mit einer raschen Handbewegung zurück. »Nicht«, sagte er. »Sie verwischen nur die Spur. Sehen Sie.«

Boldwinn blickte gehorsam in die Richtung, in die sein ausgestreckter Arm wies, aber der fragende Ausdruck auf seinen Zügen änderte sich nicht. »Was meinen Sie?« fragte er.

»Die Spuren«, murmelte Carradine verstört. »Sehen Sie sich die Spuren an, Boldwinn.«

Boldwinn gehorchte. »Und?« fragte er.

»Verdammt, sind Sie blind?« schnappte Carradine. »Fällt Ihnen nichts auf? Sie beginnen hier – und wo enden sie, bitte schön?«

»Sie ...« Boldwinn verstummte verwirrt, blickte ein paarmal von seinem Gesicht auf die Fußspur, die so abrupt abbrach und wieder zurück, und sog hörbar die Luft ein. Sein Gesicht verfinsterte sich.

»Hören Sie, Carradine«, sagte er leise. »Wenn das ein Trick ist, mit dem Sie Ihren Herrn Sohn schützen wollen ...«

»Aber natürlich«, unterbrach ihn Carradine wütend. »Ich habe genau gewußt, was die beiden vorhaben, wissen Sie? Ich bin gestern schon hierhergekommen und habe diese falsche Spur gelegt, um Sie zu täuschen, Boldwinn. Ich habe meine Schuhe an den Füßen und die Ihrer Tochter an den Händen getragen und bin hier heraufgekrochen, damit alles ganz echt aussieht. Und dann, als ich hier war, habe ich meine Flügel ausgeklappt und bin weggeflogen.«

Boldwinn schluckte und starrte ihn mit einer Mischung aus Zorn und Verwirrung an. »Aber das ist doch unmöglich«, sagte er, noch immer laut, aber jetzt in einem Tonfall, der eher hilflos als aggressiv klang. »Eine Spur kann doch nicht einfach im Nichts enden.«

»Diese hier tut es aber«, schnappte Carradine.

»Und was ... was tun wir jetzt?«

Carradine zuckte mit den Achseln. »Keine Ahnung«, brummte er. »Aber es wird uns wohl nicht viel anderes übrigbleiben, als das Haus Zimmer für Zimmer zu durchsuchen.«

»Allein?« entfuhr es Boldwinn. »Dieses Haus muß Dutzende von Zimmern haben, Carradine!«

»Wir können natürlich auch zurückgehen und Hilfe holen«, erwiderte Carradine gelassen. »Aber machen Sie mich nicht verantwortlich, wenn dann niemand mehr hier ist.«

Boldwinn zögerte. Sein Blick wanderte den Weg zurück, den sie gekommen waren, und saugte sich einen Herzschlag lang an der offenstehenden Tür fest. Sein Gesicht wirkte im grellen Schein der Laterne noch bleicher, als es ohnehin war. Seine Nasenflügel bebten. Wenn Carradine jemals einem Menschen gegenübergestanden war, der Angst hatte, dann ihm.

Aber trotzdem nickte er nach einer Weile. »Sie haben recht«, murmelte er. »Durchsuchen wir das Haus. Wo fangen wir an?«

Carradine deutete mit der Hand nach rechts und mit dem Kopf nach links. »Sie dort und ich auf der anderen Seite«, sagte er. »Dann geht es schneller.«

»Allein?« Boldwinn schluckte. »Sie meinen, wir sollen uns trennen?«

»Sie haben es selbst gesagt«, antwortete Carradine. »Das Haus hat Dutzende von Zimmern. Wir brauchen bis Sonnenaufgang, wenn wir sie alle durchsuchen wollen. Wenn wir uns teilen, sind wir schneller.«

»Aber ich – wir haben nur eine Laterne«, stammelte Boldwinn.

Carradine unterdrückte ein triumphierendes Grinsen. Es bereitete ihm ein geradezu sadistisches Vergnügen, zu sehen, wie Boldwinn vor Angst zitterte. »Fürchten Sie sich im Dunkeln?« fragte er hämisch.

Für einen Moment blitzte in Boldwinns Augen Zorn auf. Aber die Furcht war größer und gewann rasch wieder die Oberhand. »Das spielt keine Rolle«, antwortete er. »Aber wir haben nichts davon, wenn einer von uns im Dunkeln herumstolpert.«

»Es gibt genug Kerzen hier«, entgegnete Carradine ruhig. »Und unten in der Halle war ein Wandhalter mit einer Fackel. Warum holen Sie sie nicht?«

Boldwinn blickte ihn unsicher an. »Ich warte hier«, fügte Carradine nach einigen Sekunden hinzu. »Aber Sie sollten sich beeilen. Wahrscheinlich hört man unsere Stimmen durch das ganze Haus. Es würde mich nicht wundern, wenn Charles und Jenny schon wissen, daß wir hier sind.«

Boldwinn nickte verkrampft, drehte sich herum und begann vorsichtig die Treppe wieder hinabzugehen. Carradine überlegte einen Moment, ob er die Sache auf die Spitze treiben sollte, entschied sich aber dann dagegen und hielt seine Laterne so, daß ihr Schein Boldwinn den Weg wenigstens notdürftig erhellte. Im Moment war er zweifellos in der stärkeren Position, aber er kannte Boldwinn gut genug, um zu wissen, daß er ihm jede Sekunde, die sie in diesem Haus verbrachten, doppelt und dreifach zurückzahlen würde – ganz gleich, ob sie seine Tochter fanden oder nicht.

Boldwinn klapperte und rumorte eine Weile unten herum und kam dann mit weit ausgreifenden Schritten zurück. Sein teurer Maßanzug war verdreckt, und in seinem Haar klebten graue Spinnweben. Ein gehetzter Ausdruck lag auf seinen Zügen. Sein Blick glitt an Carradine vorbei und huschte unstet über die geschlossenen Türen, die die Galerie säumten. Carradine ließ sich zu einem schadenfrohen Lächeln hinreißen – aber er mußte sich auch gleichzeitig eingestehen, daß er selbst nicht halb so ruhig war, wie er sich gab. Das Haus übte einen seltsamen, unheimlichen Einfluß auf ihn aus. Wenn er ganz ehrlich war, dann mußte er sich eingestehen, daß er Angst hatte.

Er entzündete die Fackel, reichte Carradine seine Laterne und hielt das brennende Holz hoch über den Kopf. Es war besser, wenn Boldwinn die Laterne hatte – mit der brennenden Fackel in der Hand würde dieser Trottel am Ende noch das ganze Haus anstecken. Boldwinn schien etwas sagen zu wollen, aber Carradine winkte rasch ab, deutete noch einmal mit einer Kopfbewegung nach rechts und machte sich in die entgegengesetzte Richtung auf den Weg. Sein Blick tastete über den knöcheltiefen Staub auf dem Boden. Die flockige graue Schicht war unbeschädigt und höchstens da und dort von den Spuren winziger Rattenfüßchen durchbrochen; wenn Charles und Jenny in eines dieser Zimmer gegangen wären, hätte er es gesehen. Aber andererseits: wenn sie es fertiggebracht hatten, ihre Spuren einfach so abbrechen zu lassen, dann ...

Er verscheuchte den Gedanken, ging bis zum Ende des Korridors und öffnete die letzte Tür. Weit hinter sich, am anderen Ende der Galerie, hörte er Boldwinn eine andere Tür öffnen.

Knarrend schwang die Tür auf. Die zuckenden Flammen seiner Fackel warfen irrlichternde rote Blitze gegen die Decke und die Wände, und die Bewegung und der plötzliche Luftzug – vielleicht der erste seit einem Menschenalter – ließen Staub in dichten, brodelnden Schwaden vom Boden hochsteigen. Carradine trat zögernd durch die Tür, hob seine Fackel ein wenig höher und sah sich mit einer Mischung aus Neugier und Unbehagen um.

Das Zimmer bot einen Anblick der Zerstörung. Früher mußte seine Einrichtung einmal kostbar und von großem Geschmack gewesen sein. Jetzt war sie zerstört. Nicht zerfallen und vermodert, wie Carradine auffiel, sondern gründlich zerschlagen, als hätte jemand in einem Anfall von Raserei jedes einzelne Möbelstück zertrümmert. Überall lag Staub und Schmutz. Das Fenster war vernagelt, die Scheiben zerborsten, ohne auseinandergebrochen zu sein, und das hintere Drittel des Raumes war hinter einem massiven grauen Vorhang aus ineinander verflochtenen Spinnweben verborgen.

Hinter dem Vorhang bewegte sich etwas.

Carradines Herz begann rasend und schmerzhaft zu schlagen. Instinktiv machte er einen Schritt, blieb aber abrupt wieder stehen und starrte aus schreckgeweiteten Augen auf den verzerrten Schatten, der sich hinter dem grauen Vorhang abzeichnete.

»Charles?« fragte er halblaut. Seine Stimme klang unsicher. Der Schatten hinter den Spinnweben bewegte sich wieder, aber Carradine konnte immer noch nicht erkennen, was es war.

Eine faustgroße Spinne fiel mit einem hörbaren Geräusch aus dem Netz und begann langsam auf ihn zuzukriechen. Ekel stieg in Carradine hoch, aber gleichzeitig auch Erstaunen. Er hatte niemals eine Spinne von dieser Größe gesehen. Einen Moment lang beobachtete er das sinnverwirrende Spiel ihrer Beine, dann senkte er seine Fackel und verbrannte sie.

Langsam ging er weiter. Der Schatten hinter dem Vorhang bewegte sich erneut, und als Carradine näher kam, erkannte er weitere, kleinere, dunkle Punkte ...

Dann, mit einem Ruck, stand die Gestalt auf und zerriß den grauen Vorhang.

Carradine schrie gellend auf. Für die Dauer von zwei, drei Herzschlägen stand er gelähmt vor Schrecken da und starrte auf das grauenerregende Bild, das ihm die zuckenden roten Flammen der Fackeln enthüllten.

Es waren nicht eine, sondern zwei Gestalten, die Gestalten zweier Menschen, die nur so eng ineinander verschlungen gewesen waren, daß sie durch den grauen Schleier hindurch wie eine einzige gewirkt hatten.

Es waren Jenny und Charles.

Sie waren nackt, beide. Ihre Kleider lagen in Fetzen und vermodert auf dem Boden und dem verrotteten Bett, auf dem sie gesessen hatten.

Und über das Bett, über den Boden, die zerrissenen Kleider und vermoderten Decken und ihre Körper krochen Dutzende von faustgroßen, mit drahtigem, schwarzem Haar bedeckte Spinnen ...

Carradine erwachte mit einem gurgelnden Schrei aus seiner Erstarrung, als die beiden jungen Menschen auf ihn zutraten und ihnen die Spinnen wie eine quirlende schwarze Woge folgten. Halb wahnsinnig vor Furcht wirbelte er herum und rannte los. Fünf, sechs der ekelhaften haarigen Tiere fielen wie kleine pelzige Bälle von der Decke, prallten auf seine Schulter und seinen Rücken und krallten sich in seinen Kleidern fest. Haarige Beine tasteten über sein Gesicht. Carradine schrie, fegte die Tiere angeekelt zur Seite und schwang seine Fackel. Die Flammen zeichneten einen feurigen Halbkreis in die Luft, und die Hitze vertrieb die Tiere;

wenn auch nur für einen Augenblick. Carradine taumelte weiter, prallte mit dem Gesicht schmerzhaft gegen den Türrahmen und torkelte auf die Galerie hinaus. Er hörte Boldwinns Stimme, verstand aber die Worte nicht, sondern lief weiter, noch immer schreiend und dem Wahnsinn nahe. Hinter ihm quoll ein schwarzer, vierbeiniger Teppich aus winzigen Körpern aus der Tür.

»Carradine?« Boldwinns Stimme drang nur wie durch einen dämpfenden Schleier in sein Bewußtsein. Der tanzende Schein einer Laterne tauchte vor ihm auf der Galerie auf, huschte über den staubbedeckten Boden und blendete ihn einen Moment. Er hörte, wie Boldwinn voller Entsetzen aufschrie, dann klirrte irgend etwas; die Laterne erlosch.

Carradine torkelte weiter, prallte gegen die steinerne Brüstung der Galerie und verlor um ein Haar das Gleichgewicht. Verzweifelt blickte er sich um. Die Spinnen kamen näher.

Für einen Moment – nur einen Moment – gewann sein klares Denken wieder die Oberhand. Carradine wechselte die Fackel von der Linken in die Rechte und schwang das brennende Holz wie eine Waffe. Die Hitze trieb die Spinnen zurück, aber aus der offenstehenden Tür drängten immer mehr und mehr nach, nicht mehr Dutzende jetzt, sondern Hunderte. Der Mosaikfußboden der Galerie verschwand unter einer schwarzen, kribbelnden, haarigen Masse, die wie eine zähe Woge näher schwappte.

»Boldwinn!« keuchte er. »Zur Treppe! Laufen Sie!«

Er wußte nicht, ob Boldwinn auf seine Worte reagierte. Sein Angriff hatte den Vormarsch der Spinnen ins Stocken gebracht, aber von hinten drängten immer mehr und mehr der ekelhaften Tiere nach, und hinter ihnen …

Carradines Magen krampfte sich schmerzhaft zusammen, als er die beiden aneinandergeklammerten Schatten sah. Sein Sohn und Boldwinns Tochter torkelten mit mühsamen, abgehackt wirkenden Bewegungen aus der Tür. Ihre Gesichter waren leer, der Blick ihrer Augen erloschen; ihre Münder standen offen, was ihnen den Ausdruck von Schwachsinnigen verlieh. Die Armee der Spinnen teilte sich vor ihren Füßen, so daß eine schmale, quirlende Gasse entstand, die sich aber hinter ihnen sofort wieder schloß.

Carradine vergaß die Spinnen, als die beiden nackten Gestalten näher kamen. Langsam, Schritt für Schritt, wich er zurück, unfähig, den Blick von dem leeren Gesicht seines Sohnes zu wenden. Charles' Augen waren erloschen. *Er ist tot*, dachte Carradine entsetzt. *Tot – oder Schlimmeres*. Aber der Gedanke erreichte sein Bewußtsein kaum, sondern verging in der Woge von Entsetzen und Wahnsinn, die sein Denken zu überschwemmen drohte. Er fühlte die harte Kante der Galeriebrüstung in seinem Rücken, spürte, wie er sich weiter und weiter zurückbog, als die Schreckensgestalt, die einmal sein eigener Sohn gewesen war, näher kam, und irgendwo tief in ihm begann eine Alarmglocke zu schlagen, aber auch diese Warnung verhallte ungehört.

Langsam hob Charles die Hand. Seine Finger deuteten fast anklagend auf Carradine, zitterten, kamen näher und verharrten wenige Zentimeter vor seinem Gesicht reglos in der Luft.

Eine Spinne krabbelte über seine Schulter, blickte Carradine aus ihren acht stecknadelkopfgroßen funkelnden Augen einen Sekundenbruchteil lang boshaft an und begann dann auf wirbelnden Beinchen über Charles' Arm auf ihn zuzulaufen. Etwas berührte seine Beine, leicht, tastend, kroch an seinem Knöchel empor und schlüpfte in seine Hose.

Carradine stieß einen gellenden, unglaublich schrillen Schrei aus, warf sich zurück und stürzte mit haltlos wirbelnden Armen über das Geländer in die Tiefe.

Seine Fackel erlosch, als er auf dem Steinboden aufprallte.

»Da is' nix zu machen«, sagte Rowlf kopfschüttelnd. Mit einem resignierenden Seufzen ließ er den Vorderlauf des Pferdes los, tätschelte dem Tier mit einer unbewußten Geste den Hals und wandte sich zu uns um. »Der Gaul läuft keine Meile mehr. Is'n Wunder, dasser noch nich' zusammengebroch'n is'«, sagte er.

»Verdammt«, murmelte Howard. »Und das ausgerechnet hier.« Er atmete hörbar ein, biß sich einen Moment auf die Unterlippe und sah mit einem gleichermaßen gequälten wie resignierenden Blick die Straße hinab. Vor einer knappen halben Stunde waren die Häuser einer kleinen Ortschaft an den Fenstern des Wagens vorübergezogen; seitdem hatten wir nichts als Wald gesehen. Es war dunkel geworden, und die Bäume säumten die Straße zu beiden Seiten wie eine finstere, undurchdringliche Mauer. Es war kalt.

»Ich fürchte, wir werden umkehren müssen«, sagte er bedauernd. »Damit dürfte unser Zeitplan über den Haufen geworfen sein. Gründlich.«

»Umkehren?« fragte ich. Wir waren praktisch ununterbrochen gefahren, seit wir Glasgow erreicht und den Zug verlassen hatten. Die Vorstellung, auch nur eine einzige der Meilen, die wir so mühsam gereist waren, wieder zurückzufahren, erfüllte mich mit einem instinktiven Widerwillen. Und Howard hatte recht – unser Zeitplan war ohnehin knapp bemessen. Wir konnten es uns nicht leisten, eine ganze Nacht zu verlieren.

Howard nickte. »Die Ortschaft, durch die wir gekommen sind«, erinnerte er. »Mit etwas Glück finden wir dort jemanden, der uns ein frisches Pferd verkauft oder leiht. Allerdings ist es schon spät«, fügte er achselzuckend hinzu.

»Und wenn wir das Pferd abschirren und nur mit einem Zugtier weiterfahren?« fragte ich.

»Geht nich«, antwortete Rowlf an Howards Stelle. »Wir sin' zu schwer für nur ein Tier. Der Gaul würde bloß schlappmach'n.«

Howard nickte. »Rowlf hat recht. Ich möchte nicht mitten auf der Straße liegenbleiben. Komm – helfen wir Rowlf.«

Diesmal widersprach ich nicht, sondern trat gehorsam neben ihn und seinen hünenhaften Diener und begann, die Schirriemen des Pferdes zu lösen. Die Vorstellung, auf dieser abgelegenen Straße übernachten zu müssen, behagte mir ganz und gar nicht. Ich habe niemals Angst vor der Dunkelheit gehabt oder etwas ähnlich Albernes – aber dieser schwarze Wald, dessen Bäume die Straße zu erdrücken und mit dürren, blattlosen Ästen wie mit schwarzen Armen auf uns herabzugreifen schienen, erfüllte mich mit Unbehagen, ohne daß ich sagen konnte, warum. Vielleicht hatte ich in den letzten Wochen einfach zu viel erlebt. Ich hatte die Vorstellung, daß ich der Sohn eines Hexers war und Dinge wie Zauberer und Dämonen real existierten und in die Weit der Menschen eingreifen konnten, akzeptiert, weil ich es mußte. Aber das hieß nicht, daß ich sie schon verarbeitet hatte. Der Spruch, daß man sich an jeden Schrecken gewöhnt, wenn er nur lange genug andauert, ist nicht wahr, im Gegenteil. Nach einer Weile fängt man an, hinter jedem Schatten eine Gefahr und in jedem Geräusch eine Bedrohung zu vermuten.

»Jemand kommt«, murmelte Rowlf.

Ich sah auf, trat einen halben Schritt auf die Straße hinaus und blickte in die Richtung, in die er gewiesen hatte: zurück dorthin, wo wir hergekommen waren. Im ersten Moment konnte ich weder etwas Außergewöhnliches sehen noch hören. Aber Rowlf schien über schärfere Sinne zu verfügen als ich, denn nach ein paar Augenblicken hörte ich Hufschlag, dann begann sich der Schatten eines einzelnen Reiters gegen das Schwarzgrau des Waldes abzuheben.

Der Mann kam in scharfem Tempo näher und zügelte sein Tier erst wenige Schritte vor unserer Kutsche. Das Pferd stampfte unruhig, und der Wind trug den scharfen Geruch seines Schweißes zu mir. Er mußte sehr schnell geritten sein.

»Guten Abend, die Herren«, sagte er steif. »Sie haben Schwierigkeiten?«

Die Frage war rein rhetorisch. Rowlf hatte das Pferd vollends abgeschirrt, während Howard und ich dem Fremden entgegengetreten waren, aber das Tier scheute noch immer und zog schmerzhaft das rechte Vorderbein an.

»Ich fürchte«, antwortete Howard. »Eines unserer Pferde hat sich einen Stein in den Huf getreten. Und das zweite allein wird die Kutsche nicht ziehen können.«

Der Mann hob den Kopf und blickte für die Dauer von zwei, drei Herzschlägen auf unser Fahrzeug. Obwohl ich sein Gesicht in der Dunkelheit nur als hellen Fleck erkennen konnte, entging mir der Blick, mit dem er unsere Kalesche musterte, keineswegs. Es war ein Blick, dem nicht die geringste Winzigkeit entging. Ein Blick, der mir nicht gefiel. Aber ich schwieg.

»Ein denkbar ungünstiger Platz für einen Halt«, sagte er, nachdem er seine Musterung beendet hatte. »Bis zur nächsten Stadt sind es fast fünf Meilen. Sie sind auf einer weiten Reise?«

Howard ignorierte seine Frage und rang sich sogar zu einem freundlichen – wenn auch spürbar kühlen – Lächeln durch. »Wir dachten an die Ortschaft, durch die wir gekommen sind«, sagte er. »Vielleicht gibt es dort …«

»Dort gibt es absolut niemanden, der Ihnen helfen wird«, unterbrach ihn der Reiter kopfschüttelnd. Howard runzelte die Stirn, und der Fremde fuhr nach einer Sekunde fort: »Die einzigen Pferde, die es dort gibt, sind ein paar Ackergäule, die Ihre Kutsche zuschanden schlagen würden, wenn Sie versuchten, sie einzuspannen. Und die fünf Meilen bis nach Oban«, fügte er mit einer Handbewegung nach Norden hinzu, »schaffen Sie nicht mit nur einem Pferd.«

Howard seufzte. »Dann werden wir wohl zu Fuß gehen müssen«, murmelte er. »Jedenfalls können wir nicht hier übernachten.«

Der Fremde lachte; ein dunkler, unsympathisch klingender Laut. Sein Pferd scheute und scharrte unruhig mit den Vorderläufen, aber er brachte es mit einem brutalen Ruck zur Ruhe. »Das können Sie nicht«, bestätigte er. »Aber Sie müssen auch nicht zu Fuß gehen. Mein Haus ist keine halbe Meile von hier entfernt. Wenn Sie mit meinem Gästezimmer vorliebnehmen wollen, können Sie die Nacht dort verbringen. Morgen früh kümmere ich mich darum, daß Sie ein frisches Pferd bekommen. Oder besser gleich zwei«, fügte er mit einem Seitenblick auf das zweite, noch angespannte Tier hinzu.

Howard zögerte. Ohne ihn anzusehen, spürte ich, daß ihm der hochgewachsene Fremde mindestens ebenso suspekt vorkam wie mir. Aber wir hatten keine große Wahl.

»Das … wäre überaus freundlich von Ihnen Mister …«

»Boldwinn«, sagte der Fremde. »Lennon Boldwinn, Sir. Zu Ihren Diensten.«

Howard deutete eine Verbeugung an. »Phillips«, sagte er. »Howard Phillips. Mein Neffe Richard und Rowlf, unser Hausdiener und Kutscher.« Nacheinander deutete er auf mich und Rowlf; gleichzeitig warf er mir einen raschen, beschwörenden Blick zu. Ich widerstand im letzten Moment der Versuchung, zu nicken. Sicher, es gab keinen Grund, Boldwinn zu mißtrauen – aber es gab auch keinen Grund, ihm zu trauen. Und wir hatten schon in London verabredet, unter falschem Namen zu reisen.

»Dann kommen Sie, Mister Phillips«, sagte Boldwinn knapp. »Es ist spät, und ich habe einen weiten Weg hinter mir und bin müde. Steigen Sie in Ihre Kutsche. Ich reite voraus.« Ohne eine Antwort abzuwarten, ließ er sein Pferd antraben und ritt an uns vorüber. Für einen ganz kurzen Moment konnte ich sein Gesicht im bleichen Licht des Mondes genauer erkennen. Es ähnelte auf schwer zu beschreibende Weise dem Howards – schmal, von scharfem, beinahe – aber eben nur *beinahe* – aristokratischem Schnitt, mit dunklen Augen und eingerahmt von einem pedantisch ausrasierten King-Arthur-Bart. Seine Haut schien mir unnatürlich bleich, aber ich war mir nicht sicher, ob dieser Eindruck nicht einfach am Licht lag. Und er hockte in unnatürlich verkrampfter Haltung im Sattel. Entweder hatte er wirklich einen sehr langen und anstrengenden Ritt hinter sich, oder er war – was mir wahrscheinlicher schien – kein sehr geübter Reiter.

Howard berührte mich am Arm und deutete auf die Kutsche. Rowlf hatte das überzählig gewordene Geschirr mittlerweile zu einem Bündel verschnürt und zwischen unser Gepäck auf das Dach der Kutsche geworfen. Das verletzte Tier stand ein Stück abseits, aber ich wußte, daß es uns folgen würde, sobald die Kutsche anfuhr.

Wir stiegen wieder in den Wagen. Howard schloß die Tür, schob jedoch den Vorhang zur Seite und setzte sich so, daß er aus dem Fenster blicken und Boldwinn unauffällig im Auge behalten konnte. Rowlf ließ seine Peitsche knallen; der Wagen setzte sich schaukelnd in Bewegung. Das Knarren der schweren, hölzernen Räder auf der staubigen Straße schien mir lauter als vorher.

»Was hältst du von ihm?« fragte Howard nach einer Weile.

»Boldwinn?« Ich zuckte mit den Achseln. »Ich glaube nicht, daß ich ihn mag«, antwortete ich wahrheitsgemäß. »Aber zumindest bewahrt er uns davor, auf offener Straße übernachten zu müssen.«

Howard runzelte die Stirn. »Vielleicht wäre das besser«, murmelte er. Die Worte schienen mehr für ihn selbst als für mich bestimmt, aber ich antwortete trotzdem darauf.

»Du traust ihm nicht?«

»Trauen ...« Howard seufzte. »Wahrscheinlich sehe ich Gespenster«, sagte er. »Aber es kommt mir seltsam vor, daß er ausgerechnet jetzt auftaucht. Immerhin sind wir seit fast zwei Stunden keiner Menschenseele begegnet. Sein Hilfsangebot kam ziemlich schnell.«

»Ich dachte immer, die Engländer sind besonders hilfsbereite Menschen.«

Howard lachte leise. »Jeder Mensch ist hilfsbereit, wenn er Gründe dafür hat«, antwortete er zweideutig. »Aber vermutlich hast du recht – wir sollten froh sein, daß wir nicht wirklich auf der Straße schlafen müssen.«

»Und wie geht es weiter?«

Howard schwieg einen Moment. »Dieses kleine Unglück ändert nichts an unserem Plan«, antwortete er schließlich. »Ich habe Freunden in Durness telegrafiert, daß wir kommen. Sie werden eine gewisse Verspätung einkalkulieren.«

Der Klang der Hufschläge änderte sich. Die Kutsche begann stärker zu schaukeln und legte sich schließlich wie ein Schiff auf hoher See auf die Seite. Ein harter Stoß traf die kaum gefederten Achsen und beutelten, Howard und mich, als Rowlf den Wagen hinter unserem Führer auf einen schmalen, von tiefen Schlaglöchern und Gräben durchzogenen Waldweg lenkte.

Für den Rest des Weges wurde eine Unterhaltung unmöglich. Howard und ich hatten alle Hände voll zu tun, nicht von den Sitzen geworfen zu werden oder unentwegt mit dem Kopf gegen die Decke zu prallen, wenn ein neuer Stoß den Wagen traf, und ich rechnete ernsthaft damit, daß die Achse brechen oder die Kalesche schlichtweg umstürzen würde. Ich versuchte, aus dem Fenster zu sehen, aber alles, was ich erkennen konnte, war Schwärze, in der nur ab und zu ein paar Schatten auftauchten und wieder verschwanden. Der Weg war so schmal, daß Unterholz und Geäst an beiden Seiten scharrend an der Kutsche entlangschrammten, und in einem Zustand, als wäre er jahrelang nicht mehr benutzt worden.

Ich schätzte, daß wir etwa eine halbe Meile tief in rechtem Winkel zu unserem vorherigen Kurs in den Wald eingedrungen waren, als das Schaukeln und Stoßen endlich aufhörte und die Kutsche mit einem letzten, magenumstülpenden Krachen zum Stehen kam. Howard rappelte sich grimassenschneidend hoch und beugte sich zur Seite, um aus dem Fenster zu sehen, und ich tat es ihm auf der anderen Seite gleich.

Der Wagen hatte vor einem gewaltigen, schmiedeeisernen Tor gehalten. Boldwinn war aus dem Sattel gestiegen und machte sich am Schloß zu schaffen. Er öffnete nur einen Flügel, der jedoch mehr als breit genug war, die Kutsche durchzulassen. Die Scharniere quietschten, als wären sie seit einem Menschenalter nicht mehr geölt worden.

Wir fuhren weiter. Unter den Rädern der Kutsche knirschte jetzt Kies, und die buckeligen Schatten, die den Weg säumten, gehörten zu einem ausgedehnten, aber vollkommen verwilderten Park, der Boldwinns Haus umgab. Der Weg und das Tor schienen nicht das einzige zu sein, was verwahrlost war. Aber darüber stand mir kein Urteil zu. Ich ließ mich wieder zurücksinken.

Wir wurden nicht mehr ganz so arg durchgeschüttelt, während Rowlf die Kutsche den leicht ansteigenden Weg zum Haus hinauflenkte. Ich hörte, wie er ein paar Worte mit Boldwinn wechselte, dann kam der Wagen erneut zum Stehen. Ein gewaltiger, dunkler Schatten füllte das Fenster auf Howards Seite aus.

Kalter Wind schlug uns entgegen, als wir ausstiegen, und aus dem nahen Wald drang eine seltsame Mischung aus dem Geruch feuchten, frischen Grüns und ... ja – und was eigentlich? Mir fiel kein passender Vergleich ein, aber es roch ... seltsam. Die Luft schien abgestanden und verbraucht, obwohl das unmöglich war; ich kam mir vor wie in einem Raum, dessen Fenster zu lange nicht geöffnet worden waren.

Dann fiel mein Blick auf das Haus, und ich vergaß den Geruch.

Es war gewaltig. Gewaltig, düster und drohend wie eine Gewitterwolke, die den Horizont verdunkelte, ein Herrenhaus in spätviktorianischem Stil, das früher einmal grandios gewesen sein und einem Adeligen oder König gehört haben mußte. Mächtige, polierte Säulen säumten die breite Freitreppe aus weißem Marmor, und über den Fenstern, die ausnahmslos vergittert waren, prangten kostbare Stuckarbeiten. Zwei gewaltige steinerne Löwen flankierten die Haustür, und direkt über dem Eingang war eine Inschrift, die ich allerdings in der herrschenden Dunkelheit nicht entziffern konnte.

Aber das Haus war nicht nur gewaltig, es war auch alt. Die Gitter vor den Fenstern waren verrostet; der Regen hatte häßliche braune Streifen in das Mauerwerk darunter gewaschen. Die Wände waren rissig, da und dort war der Putz abgebröckelt und nicht oder nur laienhaft erneuert worden, und aus einer der Marmorsäulen war ein kopfgroßes Stück herausgebrochen und auf der Treppe zersplittert. Seine Bruchstücke lagen noch da auf den geborstenen Stufen, wo sie niedergestürzt waren.

»Mister Phillips?«

Boldwinns Stimme riß mich aus meinen Betrachtungen. Ich schrak hoch, sah ihn einen Moment fast schuldbewußt an und lächelte rasch, als ich seine einladende Handbewegung bemerkte.

»Wenn Sie mir ins Haus folgen wollen«, sagte er steif. »Ich lasse einen kleinen Imbiß für Sie herrichten. Sie müssen hungrig sein.«

»Unser Gepäck ...«, begann Howard, wurde aber sofort von Boldwinn unterbrochen:

»Darum wird sich mein Hausdiener kümmern«, sagte er. »Ihr Kutscher muß ebenso müde sein wie Sie. Lassen Sie den Wagen getrost stehen. Ihrem Eigentum wird nichts geschehen.«

Seine Worte ärgerten mich, aber Howard machte eine rasche, warnende Geste mit der Hand, und ich schluckte die scharfe Entgegnung, die mir auf der Zunge lag, herunter. Schweigend folgten wir Boldwinn die Treppe hinauf.

Die Tür wurde geöffnet, kurz bevor wir sie erreicht

hatten. Ein Streifen gelber, flackernder Helligkeit fiel auf die Treppe hinaus, dann erschien eine geduckte Gestalt unter der Öffnung und sah Boldwinn und uns entgegen. Boldwinn winkte ungeduldig mit der Hand; der Mann trat hastig zurück und öffnete die Tür gleichzeitig weiter, so daß wir eintreten konnten.

Der Anblick überraschte uns alle drei. Nach dem verwahrlosten Zustand des Parks und des Hauses hatte wohl nicht nur ich hier drinnen etwas Ähnliches erwartet, aber das Gegenteil war der Fall: hinter dem Eingang erstreckte sich eine gewaltige, fast zur Gänze in schneeweißem Marmor gehaltene Halle. Ein mindestens fünf Yards messender Kronleuchter hing an einer armdicken Kette von der Decke und tauchte den Raum in mildes, gelbes Licht, und der Boden war so sauber, daß sich unsere Gestalten als verzerrte Schatten darauf spiegelten. Die Halle war fast leer; das einzige Möbelstück war ein gewaltiger, kostbarer Sekretär, über dem ein riesiger Kristallspiegel in einem goldenen Rahmen hing. Auf der gegenüberliegenden Seite der Halle führte eine geschwungene, mit kostbaren Teppichen belegte Treppe zu einer Galerie hinauf, von der zahlreiche Türen abzweigten. Es war angenehm warm, obwohl nirgends ein Feuer brannte.

»Nun, Mister Phillips?« fragte Boldwinn. »Zufrieden?«

Es dauerte eine Sekunde, ehe ich begriff, daß seine Worte mir galten. Ich fuhr zusammen, drehte mich halb um und sah ihn verlegen an. Ein dünnes, spöttisches Lächeln spielte um seine Lippen. Er mußte den Blick, mit dem ich mich umgesehen hatte, richtig gedeutet haben.

»Ich … verzeihen Sie«, stotterte ich. »Ich …«

Boldwinn winkte ab und schloß die Tür hinter sich. »Es muß Ihnen nicht unangenehm sein, Mister Phillips«, sagte er gleichmütig. »Ich bin das gewohnt, wissen Sie? Jeder, der mein Haus nur von außen kennt, ist überrascht, wenn er es betritt.« Sein Lächeln wurde ein wenig breiter, aber nicht sympathischer. »Ich habe weder die Mittel noch das Personal, den Park in Ordnung zu halten«, sagte er, »aber es verschafft mir immer wieder Genugtuung, die Gesichter meiner Besucher zu sehen, wenn sie hereinkommen.«

Ich fühlte mich mit jeder Sekunde unbehaglicher. Boldwinn war im Grunde nichts als ehrlich, aber es gibt eine Art der Ehrlichkeit, die schon wieder unhöflich ist.

»Ich sehe«, fuhr er fort, »ich bringe Sie in Verlegenheit, also wechseln wir das Thema. Carradine – bereiten Sie einen Imbiß für vier Personen vor. Und schnell, bitte.«

Die Worte galten dem Mann, der uns geöffnet hatte, einem verhutzelten kleinen Männchen, das die ganze Zeit schweigend und mit gesenktem Kopf dagestanden und Howard und mich verstohlen aus den Augenwinkeln gemustert hatte. Schon vorhin, als ich nur seinen Schatten gesehen hatte, war er mir sonderbar vorgekommen; jetzt, als ich ihn im hellen Licht sah, erschreckte mich seine Erscheinung fast.

Im ersten Moment hielt ich ihn für einen Buckeligen, aber das stimmte nicht. Seine linke Schulter hing tiefer und in anderem Winkel herab als die rechte, und sein Hals war auf sonderbare Weise auf die Seite geneigt, als könne er den Kopf nicht gerade halten. Seine linke Hand war einwärts geknickt, die Finger zu einer nutzlosen steifen Kralle verkrümmt, und sein rechtes Bein und der Fuß sahen aus, als wären die Knochen irgendwann einmal gebrochen und in falschem Winkel wieder zusammengeheilt. Sein Gesicht war ein Alptraum: eingedrückt und schief wie eine Maske aus Wachs, die jemand zusammengedrückt hatte; der Mund verzogen, so daß er ständig sabberte – ohne etwas dafür zu können –, das linke Auge blind und geschlossen. Ein Krüppel.

»Gefällt Ihnen Carradine?« fragte Boldwinn leise. »Er ist mein Hausdiener, wissen Sie? Ein bedauernswertes Geschöpf. Eigentlich ist er nutzlos und richtet mehr Schaden als Nutzen an, aber irgend jemand mußte sich seiner annehmen, nicht wahr?« Er lachte. »Eigentlich wollte ich ihn Quasimodo nennen, aber das wäre geschmacklos gewesen.«

Howard sog scharf die Luft ein, aber diesmal war ich es, der ihn mit einem warnenden Blick zurückhielt. Boldwinns Sinn für Humor schien eine sonderbare Entwicklung mitgemacht zu haben, aber das ging uns nichts an.

»Sie … leben allein hier?« fragte ich, um auf ein anderes Thema zu kommen.

Boldwinn starrte mich an, als hätte ich ihn gefragt, ob er Syphilis habe. »Nein«, sagte er. »Außer Carradine wohnen noch meine Tochter und mein Neffe Charles hier. Aber die schlafen beide schon. Sie werden sie morgen beim Frühstück kennenlernen – wenn Sie Wert darauf legen.« Er wandte sich abrupt um und klatschte in die Hände. »Carradine!« sagte er. »Hast du nicht gehört? Einen Imbiß für vier – husch, husch!«

Carradine grunzte, blickte uns der Reihe nach aus seinem einzigen verquollenen Auge an und humpelte dann davon. Er erinnerte mich tatsächlich ein bißchen an Quasimodo …

»Aber was stehen wir hier noch herum?« fuhr Boldwinn fort, als der Krüppel gegangen war. »Es wird eine Weile dauern, ehe das Essen fertig ist. Gehen wir in die Bibliothek. Dort redet es sich besser.«

Er wartete unsere Antwort nicht ab, sondern drehte

sich um und ging mit raschen Schritten auf eine Tür in der Seitenwand zu. Ich tauschte einen langen, fragenden Blick mit Howard. Er schwieg, aber das Gefühl in seinen Augen entsprach dem in meinem Inneren. Man mußte kein Hellseher sein, um zu spüren, daß mit diesem Haus und seinen Bewohnern etwas nicht stimmte.

Aber ich war plötzlich gar nicht mehr begierig darauf, herauszubekommen, was es war.

Die Bibliothek war ein gewaltiger, bis unter die Decke mit Regalen vollgestopfter Raum, dessen gesamte Einrichtung aus einem rechteckigen, polierten Tisch und vier Stühlen bestand. Dicke, sicherlich kostbare Teppiche bedeckten den Boden, und im Kamin – mit Ausnahme der Fenster und der Tür der einzige Fleck, der nicht mit Büchern vollgestopft war – brannte ein gewaltiges Feuer. Boldwinn deutete mit einer einladenden Geste auf den Tisch, wartete, bis wir an ihm vorübergegangen waren und schloß die Tür.

Erstaunt blieb ich stehen.

Der Tisch war nicht leer. Auf dem polierten Holz stand ein verzierter silberner Leuchter mit nahezu einem Dutzend brennender Kerzen, und an seinen vier Kopfenden standen vier Teller, komplett mit Besteck, Gläsern und säuberlich gefalteten Servietten. Vier Teller ..., dachte ich verwirrt. Fast, als hätte er uns erwartet.

»Erwarten Sie Gäste?« fragte Howard.

»Gäste?« Boldwinn blickte einen Moment lang irritiert von ihm zu mir und zurück, dann hellte sich sein Gesicht auf. »Ach, das Geschirr, meinen Sie?« Er lächelte. »Nein. Aber Carradine bereitet immer schon alles für das Frühstück vor, bevor er zu Bett geht. Ich habe ihm tausendmal gesagt, daß ich das nicht will. Die

Teller und Gläser stauben ein, wissen Sie? Aber es ist sinnlos. Er ist nun mal ein Krüppel, und leider nicht nur körperlich.« Er seufzte. »Aber setzen Sie sich doch, meine Herren.«

Howard starrte ihn eine endlose Sekunde lang durchdringend an, dann zuckte er mit den Achseln und gehorchte. Auch ich zog mir einen der Stühle heran und ließ mich darauf nieder, während Rowlf neben dem Kamin stehenblieb, sich unglücklich umsah und ganz offensichtlich nicht wußte, was er mit seinen Händen tun sollte. Boldwinn runzelte die Stirn und schenkte ihm einen langen, strafenden Blick, wandte sich dann aber wieder an Howard.

»Sie entschuldigen mich einen Moment«, sagte er. »Ich will sehen, wie weit Carradine ist. Ihre Zimmer müssen noch vorbereitet werden.«

»Machen Sie sich nur keine Umstände unseretwegen«, sagte Howard hastig. »Wir ...«

»Aber ich bitte Sie«, unterbrach ihn Boldwinn, und er tat es in einem Ton, der keinen weiteren Widerspruch duldete. »Es sind keine Umstände. Das Haus steht praktisch leer, und ich habe genug Zimmer, mit denen ich sowieso nichts anfangen kann. Ich bin gleich zurück.« Damit wandte er sich um und verließ den Raum.

Howard starrte ihm stirnrunzelnd nach, auch, als die Tür schon lange ins Schloß gefallen war. Es war nicht schwer, seine Gedanken zu erraten. Seine Finger spielten nervös mit dem kleinen Stöckchen, das er ständig mit sich herumschleppte. Aber er schwieg verbissen.

Schließlich hielt ich das Schweigen nicht mehr aus. »Also?« sagte ich.

Howard sah auf. »Was – also?«

»Du weißt, was ich meine«, sagte ich verärgert. »Was hältst du von ihm? Und von diesem Haus?«

»Was ich von ihm halte?« Howard wandte den Blick und starrte in die prasselnden Flammen im Kamin, als könne er die Antwort auf meine Frage dort lesen. »Das ist nicht so leicht zu sagen, Robert. Boldwinn ist ein seltsamer Mann, aber es ist noch kein Verbrechen, ein Exzentriker zu sein.«

Ich spürte deutlich, daß er nicht aussprach, was er dachte. Er fühlte wie ich, daß mit Boldwinn, seinem sonderbaren Diener und diesem ganzen Haus etwas nicht stimmte; ganz und gar nicht stimmte. Und auch Rowlf schien die boshafte Aura, die dieses Haus ausstrahlte, zu fühlen. Und er hatte weniger Hemmungen als Howard, seine Gefühle in Worte zu fassen.

»Der Kerl is meschugge«, sagte er. »Plemplem. Und außerdem isser mir unheimlich.«

Howard lächelte flüchtig. Kopfschüttelnd kramte er eine flache silberne Dose aus der Tasche, entnahm ihr eine seiner dünnen schwarzen Zigarren und suchte nach Streichhölzern. Als er keine fand, stand er auf, ging zum Kamin hinüber und ließ sich davor in die Hocke sinken.

»Am liebsten würde ich wieder fahren«, murmelte ich. »Mir wäre beinahe wohler, draußen im Wagen zu schlafen als in diesem Haus.«

»Geht mir genauso«, murmelte Rowlf. Er sprach sehr leise, aber auf seinem Gesicht lag ein nervöser Zug, und sein Blick huschte unentwegt hierhin und dorthin. Er war nervös. Wie wir alle.

Howard hatte seine Zigarre mit einem brennenden Span entzündet, richtete sich auf und trat neugierig an die Bücherregale heran, die den Kamin flankierten. Ich konnte sein Gesicht nicht sehen, da er mir den Rücken zudrehte, aber ich sah, wie sich seine Haltung für einen winzigen Augenblick versteifte und sein Kopf mit einer ruckhaften Bewegung hochflog.

»Ist irgend etwas?« fragte ich.

Howard antwortete nicht, sondern starrte einen Herzschlag lang die dichtgedrängt stehenden Bücher an, fuhr dann herum und eilte mit zwei, drei großen Schritten zu einem anderen Regal. Rowlf und ich beobachteten ihn verwirrt. Für mich waren die Bücher – nun, Bücher eben. Ich hatte mir nie viel aus Geschriebenem gemacht (außer aus gedruckten Zahlen auf gewissen grünen Scheinen), und konnte Howards Begeisterung für alte Schmöker nicht einmal in Ansätzen teilen. Aber ich glaubte zu spüren, daß seine Erregung einen Grund hatte.

Schließlich, nachdem er fast zehn Minuten von einem Regal zum anderen gelaufen und kopfschüttelnd und wie ein Sabbergreis vor sich hin brummelnd die ledernen Rücken begutachtet hatte, wandte er sich um und kam zum Tisch zurück. »Das ist phantastisch«, murmelte er. »Unglaublich.«

»Aha«, sagte ich.

Howard blinzelte, sog an seiner Zigarre und raffte sich zu einem entschuldigenden Lächeln auf. »Natürlich«, sagte er. »Du kannst es nicht wissen. Diese Bücher hier – das ist unglaublich.« Er setzte sich. Seine Zigarrenasche fiel auf den kostbaren Teppich, aber das schien er in seiner Erregung nicht einmal zu bemerken. »Du hast die Bücher in meinem Haus in London gesehen«, begann er. »Es ist die wahrscheinlich größte Sammlung okkulter Schriften und magischer Bücher in England – jedenfalls habe ich das bis gerade geglaubt. Aber das hier ...«

Allmählich begann ich zu begreifen. Mein Blick wanderte an den Regalen entlang, tastete über die dicht an dicht stehenden, ledergebundenen Bände ... »Du meinst«, fragte ich zweifelnd, »das hier wären alles ...«

»... Bücher über Hexerei, Magie und Okkultismus«, nickte Howard. »Ja. Es sind Bände darunter, deren Originale Tausende von Jahren alt sind, Bücher, die für längst verschollen gehalten wurden. Das ist –«

»– kein Zufall, Mister Phillips«, sagte eine Stimme von der Tür her. Howard zuckte zusammen und fuhr mit einer raschen, beinahe schuldbewußten Bewegung herum. Die Tür war wieder aufgegangen, und Boldwinn war zurückgekommen, ohne daß es einer von uns bemerkt hätte. Auf seinem Gesicht lag eine Mischung von Spott und Ärger. »Sie interessieren sich für Okkultes?«

Howard nickte hastig. »Etwas«, sagte er. »Ein .. Hobby von mir.«

»Dann werden Sie an dieser Bücherei Ihre Freude haben«, sagte Boldwinn und schloß die Tür. »Soweit ich weiß, handelt es sich ausschließlich um Bücher über Hexerei und ähnlichen Firlefanz.«

»Soweit Sie wissen?« vergewisserte sich Howard.

Boldwinn nickte und kam näher. Sein Blick streifte Howards Zigarre. Zwischen seinen Brauen entstand eine steile Falte. »Einer meiner Vorfahren hat den Plunder gesammelt«, antwortete er. »Mich interessiert das alles herzlich wenig, wissen Sie? Ebensowenig wie das, was man sich über dieses Haus erzählt.«

Ich hatte das Gefühl, Howard bei diesen Worten ein ganz kleines bißchen erbleichen zu sehen. Aber ich war mir nicht sicher.

»Wie meinen Sie das: *dieses Haus?*«

Boldwinn lächelte, aber es wirkte eher wie eine Grimasse. »Sie sind fremd hier in der Gegend, deshalb können Sie es nicht wissen, Mister Phillips«, sagte er. »Aber Sie befinden sich in einem Hexenhaus. Nicht, daß es hier spukt oder so was«, fügte er hastig hinzu, als er das Erschrecken auf Rowlfs und meinem Gesicht sah. »Aber einer meiner Vorväter stand in dem zweifelhaften Ruf, ein Hexer zu sein. Sie haben ihn bei lebendigem Leibe verbrannt, den armen Kerl.« Er lächelte kalt. »Der gleiche übrigens, der diese Bibliothek angeschafft hat. Mir selbst sind die Schwarten höchstens lästig. Ich habe schon ernsthaft erwogen, sie wegzuwerfen, um dieses Zimmer als Salon nutzen zu können.«

»Wegwerfen?« keuchte Howard.

Boldwinn nickte. »Warum nicht?«

»Aber sie sind ... ein Vermögen wert. Mehr als das ganze Haus.«

»Das bezweifle ich«, murmelte Boldwinn.

Howard war plötzlich sehr aufgeregt. »Wenn Sie sie verkaufen wollen, Mister Boldwinn«, begann er, »dann ...«

»Das will ich bestimmt nicht«, unterbrach ihn Boldwinn. »Aber es wäre mir lieb, wenn Sie einen Aschenbecher benutzen würden, statt des Teppichs.«

Howard fuhr schuldbewußt zusammen, ging zum Kamin und warf seine Zigarre hinein. »Verzeihen Sie«, murmelte er.

Boldwinn winkte ab. »Schon gut. Das Essen wird noch einige Augenblicke dauern, fürchte ich. Carradine ist nicht gerade der Schnellste. Wenn Sie nichts dagegen haben, zeige ich Ihnen Ihre Zimmer, bis es soweit ist.«

Howard nickte, aber sein Blick sagte das Gegenteil. In seinen Augen stand ein unbeschreiblicher Ausdruck, während er die Bücher in den Regalen musterte. So ähnlich wie er jetzt mußte sich ein Verdurstender fühlen, der eine Woche durch die Wüste gekrochen war und mit ansehen mußte, wie die einzige Wasserstelle zugeschaufelt wird. Aber er schien zu spüren, daß Boldwinn nicht mehr über seine Bücher – und schon gar nicht über einen eventuellen Verkauf – reden wollte. Mit deutlichem Widerwillen setzte er sich in Bewegung und folgte Boldwinn, der die Tür wieder geöffnet hatte. Nach kurzem Zögern gingen auch Rowlf und ich ihnen nach.

Wir durchquerten die Eingangshalle und gingen die Treppe zur Galerie empor. Die Stille fiel mir auf. Der dicke Teppich auf den Stufen verschluckte das Geräusch unserer Schritte vollkommen, aber es war auch sonst völlig still. Zu still. Es hätte nicht so ruhig sein dürfen. Kein Haus ist vollkommen still, nicht einmal, wenn es verlassen ist. Irgendwo gibt es immer Geräusche: das Klappern eines Ladens, das Heulen des Windes, der sich an den Mauern bricht, das Ächzen und Arbeiten der Balken, die unter dem Gewicht der Jahrzehnte stöhnen – ein Haus ist wie ein gewaltiges, lebendes Wesen, das seinen eigenen Pulsschlag, seine eigenen Lebensgeräusche hat. Dieses nicht. Dieses Haus war still, absolut still. Es war tot.

Ich schüttelte den Gedanken ab und beeilte mich, nicht den Anschluß zu verlieren und Howard und Boldwinn auf die Galerie zu folgen.

Unser Gastgeber war auf der obersten Stufe stehengeblieben und wartete stirnrunzelnd und mit unverhohlener Ungeduld, daß ich endlich nachkam.

»Ihre Zimmer liegen dort.« Boldwinn deutete mit einer knappen Handbewegung nach links, zum hinteren Ende der Galerie. »Die drei letzten Räume. Sie sind vielleicht nicht so komfortabel, wie Sie es gewohnt sind, aber für eine Nacht wird es gehen.«

Howard murmelte eine Antwort und deutete ein Nicken an, während Rowlf und ich wortlos an ihm vorbeigingen und uns unseren Zimmern näherten.

Die Tür quietschte in den Angeln, und ein Schwall abgestandener, muffig riechender Luft schlug mir entgegen. Ein Schatten huschte durch den Raum, und irgendwo fiel etwas um und wirbelte grauen Staub auf.

Mitten im Schritt blieb ich stehen.

Der Raum bot tatsächlich nicht den Komfort, den ich gewohnt war. Nicht einmal annähernd.

Auf dem Boden lag eine fünf Zentimeter dicke Staubschicht, in der sich die Spuren von Ratten- und Insektenfüßen abzeichneten. Spinnweben hingen wie graue Vorhänge von der Decke, und das breite, sicherlich irgendwann einmal prachtvoll anzusehende Himmelbett unter dem vernagelten Fenster war zusammengebrochen und zu einem Trümmerhaufen geworden.

Ein schwarzer Ball fiel von der Decke und begann auf acht zitternden, haarigen Beinen auf mich zuzukriechen. Eine Spinne. Ihr Leib war so groß wie eine Kinderfaust, und die acht starren Facettenaugen funkelten wie winzige Diamantsplitter.

Ich schrie auf, prallte – mehr erschrocken als aus Angst – zurück und schmetterte die Tür mit aller Kraft zu. Meine Hände zitterten, als ich mich umdrehte.

Howard, der sich ebenfalls angeschickt hatte, sein Zimmer zu betreten, war mitten im Schritt stehengeblieben und blickte mich stirnrunzelnd an. »Was ist los?« fragte er alarmiert.

Ich schluckte. Bittere Galle sammelte sich unter meiner Zunge. Instinktiv wich ich ein Stück von der Tür zurück. Ein eisiger Schauer raste über meinen Rücken, als ich an die ekelerregende Spinne zurückdachte. Ich habe nie unter Arachnophobie gelitten, aber dieses Tier war das mit Abstand Ekelhafteste, das mir jemals untergekommen war.

»Stimmt irgend etwas nicht?« fragte Boldwinn leise. Ein seltsames Funkeln trat in seine Augen. »Sie sind blaß geworden, junger Mann.«

Ich schwieg noch einen Moment, riß mich mit aller

Gewalt zusammen und drängte das Ekelgefühl, das in meiner Kehle emporstieg, zurück. »Das kann man wohl sagen, daß etwas nicht stimmt«, antwortete ich. Meine Stimme zitterte vor Erregung. »Sie wollen mir nicht im Ernst dieses ... dieses sogenannte Zimmer anbieten, oder?«

Boldwinn blinzelte, tauschte einen fragenden Blick mit Howard und trat mit einem entschlossenen Schritt an mir vorbei. Seine Hand fiel auf die Türklinke und schlug sie mit unnötiger Wucht herunter. Die Tür flog krachend zurück und prallte drinnen gegen die Wand.

Ich unterdrückte im letzten Augenblick einen überraschten Aufschrei.

Das Zimmer war sauber.

Auf dem Boden lagen die gleichen Teppiche wie draußen in der Halle. Der Kronleuchter unter der Decke verbreitete sanftes, gelbes Licht, und im Kamin brannte ein behagliches Feuer. Das Bett, das soeben noch ein zerwühlter, mit halb vermoderten, stinkenden Lumpen bedeckter Trümmerhaufen gewesen war, war sauber bezogen, die Decke einladend ein Stück zurückgeschlagen. Auf der Nachtkonsole standen eine Flasche Wein und ein sauberes Glas.

Boldwinn blieb einen Augenblick unter der Tür stehen, blickte demonstrativ nach beiden Seiten und wandte sich dann mit einem übertrieben geschauspielerten Stirnrunzeln an mich.

»Ich ... sagte bereits, daß das Zimmer vielleicht nicht ganz Ihren Ansprüchen gerecht wird«, sagte er gedehnt. »Aber es ist sauber und wird für eine Nacht genügen. Immer noch besser als ein Wagen auf einer kalten Straße, oder?«

Ich suchte vergeblich nach Worten. Was ich sah, war unmöglich! Das Zimmer war der reinste Müllhaufen gewesen, vor weniger als zehn Sekunden.

»Was ist mit dir, Rob... Richard?« fragte Howard leise. Seine Stimme klang besorgt.

»Nichts«, antwortete ich. Es fiel mir schwer, überhaupt zu sprechen. Mühsam schüttelte ich den Kopf, lächelte gequält, blickte verwirrt von Howard zu Boldwinn und zurück. »Nichts«, sagte ich noch einmal. »Es ist in Ordnung. Verzeihen Sie, Mister Boldwinn. Ich ... muß mich getäuscht haben.«

Boldwinn zog eine Grimasse. »Die Fahrt war sehr anstrengend, wie?« fragte er.

Ich verzichtete auf eine Antwort, ging an ihm vorbei und schloß die Tür, so heftig, daß Boldwinn sich mit einem Satz in Sicherheit bringen mußte, wollte er nicht die Klinke ins Kreuz bekommen. Mein Herz hämmerte. Für einen Moment drohte so etwas wie Panik meine Gedanken zu übermannen, während ich mich in dem großen, von behaglicher Wärme erfüllten Zimmer umsah. Alles wirkte glänzend und frisch und sauber, als wäre es mit großer Liebe eigens für mich hergerichtet worden.

Aber ich war doch nicht verrückt! Ich wußte doch, was ich gesehen hatte!

Mein Blick suchte den Spiegel über dem Kamin. Für einen Moment wünschte ich mir fast, das Zimmer darin in seinem alten, verwüsteten Zustand zu sehen, aber alles, was ich gewahrte, war mein eigenes Spiegelbild.

Ich erschrak, als ich mein eigenes Gesicht sah. In meinen Augen lag ein gehetzter, wilder Ausdruck, meine Wangen waren eingefallen, und meine Haut war bleich und von feinen, glitzernden Schweißperlen bedeckt. Mühsam riß ich mich von dem Anblick los, wandte mich um und ging zum Bett.

Meine Reisetasche stand geöffnet, aber nicht ausgepackt, an seinem Fußende. Carradine mußte unser

Gepäck bereits aus dem Wagen geholt und in die Zimmer gebracht haben. Erneut überlief mich ein eisiger Schauer, als ich an den schwachsinnigen, verkrüppelten Diener Boldwinns dachte. Unsere Situation kam mir mit jedem Augenblick unwirklicher vor: ein halb verfallenes Haus mitten im Wald, bewohnt von einem Exzentriker, der noch dazu einen verkrüppelten Diener hatte … das Ganze hätte die perfekte Vorlage für einen zweitklassigen Gruselroman sein können – aber doch nicht die Wirklichkeit!

Ohne selbst so recht zu wissen warum, packte ich meine Tasche aus und nahm den Stockdegen, der auf ihrem Boden lag, hervor. Wahrscheinlich würde mich Boldwinn für total überdreht halten, wenn ich mit einem Gehstöckchen zum Abendessen erschien, aber das war mir mittlerweile vollends egal. Ich fühlte mich einfach wohler, mit einer Waffe in der Hand.

Auch wenn in mir eine Stimme war, die mir leise, aber sehr bestimmt zuflüsterte, daß mir die Waffe gegen die Gefahren, die in diesem Haus auf uns lauern mochten, herzlich wenig nutzen würde …

Das Erwachen war wie ein mühsames, unendlich langsames Auftauchen aus einem lichtschluckenden, schwarzen Nichts; ein Sumpf aus finsterer Leere, der mit unsichtbaren, klebrigen Fingern nach ihrem Bewußtsein griff und sie immer wieder zurück in das große Vergessen zu zerren trachtete.

Stöhnend schlug sie die Augen auf.

Sie lag auf einer harten, kalten Unterlage. Ein eisiger Hauch kam von irgendwoher und ließ sie frösteln, und an ihrer linken Schulter war etwas Kleines, Weiches, das kitzelte und kribbelte.

Jenny stemmte sich mühsam auf die Ellbogen hoch,

fuhr sich mit der linken Hand über die Augen und versuchte Einzelheiten von ihrer Umgebung zu erkennen. Aber alles, was sie sah, waren Schatten. Über ihrem Kopf schien ein Gewölbe zu sein; aber sie war sich nicht sicher. Die Luft roch feucht. Irgendwo tropfte Wasser.

Ein Keller, dachte sie. Vergeblich versuchte sie, sich zu erinnern, wo sie war und wie sie hierhergekommen war. Wo ihr Gedächtnis sein sollte, war nichts als eine gewaltige, beinahe schmerzhaft tiefe Leere.

Mühsam setzte sie sich ganz auf, starrte aus weit aufgerissenen Augen in die Dunkelheit und tastete mit den Händen um sich. Ihre Finger glitten über feuchten Stein und berührten etwas Kleines, Pelziges, das lautlos davonhuschte. Angeekelt zog Jenny die Hand zurück. Ihr Herz begann zu hämmern. Ihre überreizte Phantasie erfüllte die Dunkelheit rings um sie herum mit Ratten und Spinnen und körperlosen Alptraummonstern. Fast eine Minute lang saß sie stocksteif und starr vor Furcht da, ehe es ihr gelang, die Panik zurückzudrängen. Langsam beugte sie sich vor, erhob sich auf die Knie und streckte die Hand aus. Neben ihr lag etwas Großes, Langgestrecktes, Dunkles. Das schwache graue Licht, das aus keiner bestimmten Quelle kam, reichte nicht aus, um mehr zu erkennen, aber in Jenny stieg eine bange Ahnung auf. Ihre Finger berührten Stoff, tasteten zitternd weiter und berührten glatte, eiskalte Haut.

Charles!

Plötzlich, mit schmerzhafter Wucht, kam ihre Erinnerung zurück. Jenny schrie auf, sprang mit einem Satz auf die Füße und prallte zurück. Sie hatte Charles' Gesicht nur den Bruchteil einer Sekunde berührt, aber selbst diese kurze Zeitspanne hatte gereicht, ihr zu sagen, daß er tot war.

Tot! hämmerten ihre Gedanken. *Tot! Tot! Tot!*

Ein Schrei stieg in ihrer Kehle hoch und wurde zu einem würgenden Keuchen. Plötzlich erinnerte sie sich an alles, an ihre gemeinsame Flucht, an ihr Vorhaben, nach Gretna Green zu gehen, das verlassene Haus im Wald, die Türen, die sich plötzlich geöffnet hatten, die –

– die Spinnen!

Jenny fuhr mit einem Schrei herum, rannte los und prallte im Dunkeln gegen eine Wand. Ihre Stirn schrammte über harten Stein. Der dumpfe Schmerz ließ sie aufschreien, riß sie aber gleichzeitig in die Wirklichkeit zurück. Sie blieb stehen, zwang sich, fünf-, sechsmal hintereinander tief durchzuatmen, und kämpfte die Panik ein zweites Mal nieder. Die Spinnen waren über sie und Charles hergefallen und hatten *irgend etwas* mit ihnen gemacht, etwas mit ihren Gedanken, aber auch mit ihren Körpern, was sie sich nicht erklären konnte und auch nicht wollte. Sie war nicht bewußtlos geworden, aber alles, was zwischen diesem Zeitpunkt und dem ihres Erwachens geschehen war, schien wie hinter einem Schleier verborgen zu sein, unwirklich wie ein Traum, obwohl sie genau wußte, daß es keiner gewesen war.

Jenny vermied es krampfhaft, an den reglosen Körper auf dem Boden hinter sich zu denken. Sie glaubte sich zu erinnern, ihren und Charles' Vater gesehen zu haben, später, nachdem die Spinnen gekommen waren, aber sie verdrängte auch diesen Gedanken und zwang sich, an nichts anderes zu denken als daran, wie sie hier herauskam. Aus irgendeinem Grund hatten die Spinnen sie freigegeben, das allein zählte. Wenn sie nicht versuchte, an irgend etwas anderes zu denken, würde sie den Verstand verlieren, das wußte sie.

Zitternd hob sie die Arme, streckte die Hände aus

und bewegte sich tastend wie eine Blinde vorwärts. Ihre Schritte erzeugten seltsame, klackende Echos auf dem feuchten Steinboden, und der Modergeruch schien stärker zu werden, je tiefer sie sich in das Gewölbe hineinbewegte. Sie fühlte Stein, legte die Handfläche dagegen und tastete sich Schritt für Schritt an der Wand entlang. Zu Anfang versuchte sie noch, ihre Schritte zu zählen, aber der Keller war sehr groß, und ihre Gedanken waren zu sehr in Aufruhr, als daß sie sich längere Zeit konzentrieren konnte.

Irgendwann stieß ihre Hand ins Leere, und vor ihrem tastenden Fuß war die unterste Stufe einer Treppe. Jenny zögerte, blickte noch einmal aus weit aufgerissenen Augen in die Dunkelheit hinter sich, dann wandte sie sich um und begann vorsichtig die unsichtbaren Stufen hinaufzusteigen.

Nach einer Weile sah sie Licht. Es war nur ein dünner, haarfeiner Streifen bleiches Licht, das unter einer Tür hindurchschien, aber es war *Tageslicht*.

Jenny ging schneller und rannte die letzten Stufen schließlich, gehetzt von den körperlosen Schrecken ihres eigenen Unterbewußtseins. Ihr Herz jagte, und ihr ganzer Körper war mit eisigem, klebrigem Schweiß bedeckt, als sie die Tür erreichte.

Sie war verschlossen.

Jenny schrie vor Schrecken und Enttäuschung auf, hämmerte wie wild mit den Fäusten gegen die Tür und taumelte zurück. Panik verwirrte ihre Gedanken. Sie fuhr herum, verlor auf dem schlüpfrigen Stein der Stufen fast das Gleichgewicht und hielt sich im letzten Augenblick an der Wand fest. Geräusche stiegen aus der Tiefe zu ihr empor. Sie glaubte das Schleifen von Schritten zu hören, das Trippeln winziger, pelziger Beinchen … schwarzer, mit drahtigem, dünnem Haar besetzter Beinchen … Spinnenbeine … Hunderttausende von Spinnenbeinen, die lautlos zu ihr hinaufkrochen ... wie eine schwarze, kribbelnde Woge die Stufen emporfluteten ... langsam ... langsam, aber unaufhaltsam ...

Dann hörte sie die Schritte.

Es waren schwere, schlurfende Schritte, als schleppe sich jemand mit letzter Kraft über den steinernen Boden. Ein schwarzer, irgendwie verzerrt wirkender Schatten erschien am unteren Ende der Treppe, blieb stehen und hob mühsam den Kopf.

Jennys Herz krampfte sich zusammen, als sie das Gesicht erkannte. Es war zerstört, von schwärenden Wunden durchsetzt, die Augen leere, schwarze Höhlen, der Mund eine zerfranste Wunde – aber sie erkannte es.

Es war Charles' Gesicht ...

Das Grauen lähmte sie. Unfähig, sich zu rühren, starrte sie auf die nur schattenhaft erkennbare Gestalt hinab, sah, wie Charles langsam, als koste ihn die Bewegung unendliche Mühe, die Arme hob und die Hände zu ihr emporreckte. Ein furchtbarer, gurgelnder Laut drang aus seinem Mund.

»Jenny ...«, flüsterte er. »Verlaß mich nicht. Komm zurück, Jenny!«

Ein gellender Schrei kam über Jennys Lippen. Sie fuhr herum, schlug noch einmal mit den Fäusten gegen die Tür und warf sich mit aller Macht gegen das morsche Holz.

Die Tür zerbrach. Jenny stolperte, fiel zusammen mit den Resten der zerborstenen Tür nach vorne und schlug schwer auf Händen und Knien auf.

Sie war im Freien!

Ein warmer, unangenehm schwüler Wind umschmeichelte sie, und über ihr spannte sich ein sonderbarer, unnatürlich blauer Himmel, in dessen Zentrum eine grellweiße, übergroße Sonne wie ein blendendes böses Auge loderte. Sie achtete nicht darauf, stemmte sich hoch und taumelte vorwärts, nur erfüllt von dem einen Wunsch, wegzukommen, fort, fort von diesem Haus des Wahnsinns, nur fort, fort, fort ...

Sie lief los, taumelte den gewundenen Kiesweg hinab und warf einen gehetzten Blick über die Schulter zurück. Das Haus ragte wie ein schwarzer Moloch hinter ihr in den Himmel, ein dunkles Ding, zusammengeballt aus Schwärze und Furcht. Die Tür, die sie aufgebrochen hatte, klaffte wie eine schwarze Wunde in seiner Flanke. Und sie spürte, wie *irgend etwas* aus dieser Öffnung hervorquoll, wie sich tief im Leib des Hauses etwas regte, etwas Großes und Körperloses und unglaublich Böses; etwas, das spürte, daß ihm eines seiner Opfer entkommen war, und das sich nun anschickte, es zurückzuholen ...

»Jenny!« hörte sie Charles' Stimme. »Komm zurück! Du darfst nicht gehen. Verlaß mich nicht!«

Jenny schrie erneut und lief noch schneller. Sie fiel, rollte sieben, acht, zehn Yards weit den abschüssigen Weg hinunter und sprang wieder auf die Füße. Ihre Hände und Knie bluteten, aber das spürte sie noch nicht einmal. Das rostige Tor und der Waldrand waren vor ihr, vielleicht noch fünfzig Schritte entfernt und doch unendlich weit.

Etwas an diesem Wald war seltsam. Es war dunkel gewesen, als Charles und sie hierhergekommen waren, so daß sie von ihrer Umgebung nicht mehr als schwarze Schatten wahrgenommen hatte – aber sie war sicher, daß es nicht mehr derselbe Wald war. Die Bäume waren größer, massiger und sahen eigentlich gar nicht wie normale Bäume aus. Und das Unterholz war viel dichter, als sie es in Erinnerung hatte. Genaugenommen hatte sie ein Unterholz wie dieses noch nie zuvor gesehen.

Trotzdem lief sie weiter, noch immer gehetzt von unbeschreiblicher Furcht und grauer Panik.

Sie schaffte es beinahe.

Das unsichtbare Ding aus dem Haus holte sie ein, kurz bevor sie das Tor erreicht hatte. Jenny hatte plötzlich das Gefühl, von einer Welle tödlicher Kälte überrollt und gelähmt zu werden. Sie schrie, taumelte gegen das Gittertor und versuchte weiterzulaufen, aber ihre Beine versagten ihr den Dienst. Etwas griff nach ihrer Seele und ließ sie erstarren.

Als sie sich herumdrehte, stand Charles hinter ihr. Ein grausiges Lächeln verzerrte sein zerstörtes Gesicht.

»Jenny«, flüsterte er. »Komm zurück zu mir. Du darfst mich nicht verlassen.« Langsam hob er die Hand.

Für einen winzigen Moment wehrte sich noch etwas in Jenny, aber der Widerstand erlosch sofort. Sie lächelte. Langsam trat sie auf Charles zu, ergriff seine Hand und ließ sich zum Haus zurückführen.

Ich blieb nicht länger als unumgänglich notwendig in meinem Zimmer, und als ich es verließ, hatte ich das Gefühl, einer Gruft zu entsteigen. Ich spürte erst auf der Treppe, wie schwer es mir gefallen war, dort oben überhaupt zu atmen.

Howard und Rowlf waren bereits wieder in der Bibliothek, als ich den Raum betrat. Von Boldwinn war keine Spur zu sehen, aber auf dem Tisch stand jetzt neben dem Besteck eine Anzahl silberner Schüsseln und Schalen, in denen gekochte Kartoffeln und gedünstetes Gemüse dampften. Wenn Boldwinn *das* unter einem *kleinen Imbiß* verstand, dann wollte ich gar nicht wissen, was er auffahren ließ, wenn er wirklich *hungrig* war.

Ich setzte mich. Rowlf hatte bereits an der gegenüberliegenden Seite der Tafel Platz genommen und sich ohne viel Federlesens Gemüse und Salzkartoffeln auf seinen Teller gehäuft, während Howard – was auch sonst? – vor einem Bücherregal stand und mit zitternden Fingern über die Bände tastete. Keiner von ihnen verlor auch nur ein Wort über den Zwischenfall von vorhin, aber ich spürte, daß die Spannung, die schon die ganze Zeit über wie ein übler Geruch in der Atmosphäre gehangen hatte, stärker geworden war.

Der Anblick der Speisen weckte meinen Appetit. Ich hatte außer einem kleinen Imbiß im Zug den ganzen Tag über nichts zu mir genommen, und mein Magen knurrte hörbar. Rowlf grinste und stopfte sich eine ungeheuerliche Ladung Kartoffeln und zerquetschtes Gemüse in den Mund. Für einen Moment beneidete ich ihn um den Gleichmut, mit dem er sich über alle Konventionen hinwegsetzte und tat, wonach ihm zumute war.

Das Geräusch der Tür ließ mich aufsehen. Boldwinn und Carradine kamen zurück; Boldwinn mit einer verstaubten Weinflasche und einem Korkenzieher in der Hand, Carradine einen niedrigen Servierwagen vor sich her schiebend. Zwischen Boldwinns Brauen entstand eine tiefe Falte, als er sah, daß Rowlf bereits mit der Mahlzeit begonnen hatte, aber er verbiß sich die Bemerkung, die ihm zweifellos auf der Zunge lag. Ein leises Gefühl von Schadenfreude stieg in mir hoch. Wahrscheinlich waren wir die unmöglichsten Gäste, die er jemals gehabt hatte – aber er war auch der mit Abstand sonderbarste Gastgeber, dem ich je begegnet war.

Carradine begann seinen Servierwagen zu entladen und weitere Schüsseln und Bleche auf den Tisch zu häufen. Boldwinn sah ihm eine Weile schweigend dabei zu, scheuchte ihn dann mit einer Handbewegung aus dem Zimmer und setzte sich. Auch Howard riß sich endlich von den Büchern los und nahm Platz.

Wir aßen schweigend. Nach allem, was passiert war, überraschte mich das Essen doch – das Fleisch schmeckte sonderbar, aber äußerst gut, und nachdem die ersten Bissen meinen Hunger richtig geweckt hatten, griff ich herzhaft zu und nahm gleich zweimal nach.

Howard bedankte sich nach dem Essen und wollte aufstehen, um sich zurückzuziehen, aber Boldwinn bedeutete ihm mit einer knappen Geste, sitzenzubleiben, nahm einen flachen Silberkasten vom Servierwagen und klappte ihn auf. Howard blinzelte einen Moment irritiert auf die säuberlich aufgereihten Zigarren, die darin lagen, zögerte unentschlossen und griff dann doch zu. Boldwinn stand auf, kam mit einem glimmenden Span aus dem Kamin zurück und gab ihm Feuer.

»Ich habe noch mit Ihnen zu sprechen«, begann er, nachdem er den Span zurück ins Feuer geworfen und sich wieder gesetzt hatte.

Howard sog an seiner Zigarre, verzog anerkennend die Lippen und sah ihn fragend an.

»Sie haben sich für meine Bücher interessiert«, sagte Boldwinn ausdruckslos. »Warum?«

In seiner Stimme war plötzlich ein seltsamer Unterton. Ich warf Howard einen warnenden Blick zu, aber er reagierte nicht darauf.

»Nun, Mister Boldwinn, ich interessiere mich für alte Bücher. Und ...«

»Alte Bücher?« unterbrach ihn Boldwinn lauernd. »Oder Okkultismus und Hexerei, Mister Lovecraft?«

Es dauerte einen Moment, bis Howard überhaupt merkte, was sein Gegenüber gesagt hatte. »Love...

craft?« stotterte er. »Wie kommen Sie ... ich meine, was ...«

»Machen Sie sich nicht lächerlich«, sagte Boldwinn grob. »Glauben Sie, ich wüßte nicht, wer Sie wären? Oder Sie, Robert Craven?« Er starrte mich an. Sein Blick erinnerte mich an eine Schlange, die ihr Opfer mustert. »Ich bin vielleicht ein verrückter alter Mann«, sagte er. »Aber ich bin auch mißtrauisch, wissen Sie. Wenn man so einsam lebt wie ich hier draußen, muß man sich absichern.«

»Aber wie ...?«

»Ich habe Ihr Gepäck durchsucht«, begann Boldwinn gleichmütig. »Das ist vielleicht unhöflich, aber sehr sicher.«

Howard wirkte beinahe erleichtert. Es hätte auch eine andere Erklärung für Boldwinns Wissen geben können.

»Wir ... hatten gewisse Gründe, unter einem *nom de voyage* zu reisen«, sagte Howard mit einem unsicheren Lächeln. »Das hat nichts mit Ihnen zu tun, Mister Boldwinn.«

»Ach?« fragte Boldwinn. »Vielleicht doch?«

Howard senkte seine Zigarre und sah Boldwinn alarmiert an. In seine Augen trat ein seltsames Glitzern. Ich sah aus den Augenwinkeln, wie sich Rowlf spannte, und meine eigene Hand kroch beinahe ohne mein Zutun unter den Tisch und tastete nach dem Stockdegen, den ich gegen meinen Stuhl gelehnt hatte.

Boldwinns Kopf ruckte mit einer abgehackten Bewegung herum. »Lassen Sie den albernen Degen, wo er ist, Mister Craven«, sagte er böse. »Sie glauben doch nicht wirklich, daß Sie mich mit dieser lächerlichen Waffe bedrohen könnten?«

»Was bedeutet das, Mister Boldwinn?« fragte Howard scharf. »Wenn Sie wissen, wer wir sind, dann ...«

»Weiß ich auch, *was* Sie sind«, unterbrach ihn Boldwinn lächelnd. »Aber selbstverständlich. Immerhin haben wir lange genug auf Sie gewartet. Auf Sie und Mister Craven, Lovecraft.«

»Wir?«

Boldwinn machte eine weitausholende Handbewegung. »Ich und dieses Haus«, sagte er. »Wer sonst?«

Howards Lippen wurden zu einem dünnen, blutleeren Strich. »Ich fürchte, ich verstehe Sie nicht«, sagte er gepreßt.

Boldwinn lächelte. »O doch, Mister Lovecraft. Sie sind auf dem Weg nach Durness, um Taucher anzuheuern, die eine gewisse Kiste aus einem Schiffswrack vor der Küste bergen sollen.«

Howard erbleichte. Das konnte er nun beim besten Willen nicht aus unserem Gepäck erfahren haben. »Woher ...«

»Ich weiß noch viel mehr, Mister Lovecraft. Ich weiß zum Beispiel auch, warum Mister Craven – oder sollte ich besser sagen: Robert Andara? – bei Ihnen ist. Sie wollen diese Kiste bergen, nicht wahr? Aber daraus wird nichts. Es sind noch andere am Inhalt der Kiste interessiert, und ich fürchte, sie werden schneller sein als Sie.«

»Sie –«

»Keine Beleidigungen bitte«, sagte Boldwinn rasch. »Ich will Ihnen nicht schaden. Meine einzige Aufgabe ist, Sie aufzuhalten. Und das ist mir ja gelungen.«

Howard stand mit einem Ruck auf. »Meinen Sie?« fragte er wütend. »Wir werden sehen, Rowlf, Robert – wir fahren.«

»Aber wohin denn?« erkundigte sich Boldwinn beiläufig. »Und vor allem – womit?«

»Das Pferd schafft's schon«, nuschelte Rowlf. »Simmer eben 'n bißchen langsamer.«

»Das Pferd?« Boldwinn lächelte noch breiter. »Soso. Hat Ihnen das Fleisch geschmeckt, Rowlf?«

Rowlf blinzelte. »Wa?«

»Was das Pferd angeht«, erklärte Boldwinn. »Das haben Sie gerade gegessen. Sie müssen zugeben, Carradine hat es ausgezeichnet zubereitet.« Er wurde übergangslos ernst. »Geben Sie auf, Lovecraft. Sie müßten zu Fuß von hier weg. Selbst wenn Sie Ihr Gepäck zurücklassen würden, verlieren Sie zu viel Zeit. Meine ... Auftraggeber sind jetzt bereits an der Unglücksstelle. Wahrscheinlich haben sie die Kiste schon. Und außerdem kommen Sie sowieso nicht hier raus«, fügte er gelangweilt hinzu.

Howard war sichtlich am Ende seiner Selbstbeherrschung. Seine Lippen zitterten. »Rowlf«, sagte er. »Wir gehen.«

»O nein«, sagte Boldwinn. »Das tun Sie nicht.« In seiner Hand lag plötzlich eine Pistole. Er zog sie nicht etwa unter dem Rock hervor oder dem Tisch – sie war einfach *da*, von einem Sekundenbruchteil auf den anderen. »Wie gesagt«, fuhr er fort. »Ich will Ihnen nicht schaden – aber ich werde schießen, wenn Sie mich dazu zwingen.«

Rowlf fuhr mit einem wütenden Knurren aus seinem Stuhl hoch und sank zurück, als Boldwinn die Waffe ein wenig schwenkte und den Lauf auf seine Stirn richtete. Meine Hand krampfte sich um den Stockdegen.

Boldwinn grinste. »Tun Sie es nicht, Craven. Ich habe Sie erschossen, bevor Sie die Waffe gezogen haben. Mein Wort darauf.«

Ich glaubte ihm. Aber ich versuchte auch gar nicht erst, den Degen aus seiner Hülle zu ziehen, sondern ließ mich ohne ein weiteres Wort seitwärts vom Stuhl fallen, riß den Stock hoch und zog ihm den Schaft mit aller Macht über die Schulter.

Boldwinn schrie auf, fiel zur Seite und verlor den Halt. Die Pistole entlud sich mit einem donnernden Knall, aber die Kugel klatschte harmlos hoch unter der Decke in einen Buchrücken.

Ich fiel, rollte mich herum und sprang auf, um mich auf Boldwinn zu stürzen. Aber es war nicht mehr nötig. Howard sprang mit einem raschen Schritt hinzu, trat ihm die Waffe aus der Hand und riß ihn grob vom Boden hoch. Boldwinn keuchte und versuchte, sich zu wehren, aber der Zorn gab Howard übermenschliche Kräfte. Er schüttelte Boldwinn wie ein Spielzeug hin und her, wirbelte ihn schließlich herum und gab ihm einen Stoß, der ihn direkt in Rowlfs ausgebreitete Arme taumeln ließ. Rowlf grinste und schloß seine mächtigen Pranken um Boldwinns Schultern.

»Das war knapp«, sagte Howard schweratmend. »Gut gemacht, Robert. Rowlf, halt ihn gut fest.«

Rowlf knurrte eine Antwort, hob Boldwinn mit einer beiläufigen Bewegung hoch und setzte ihn wuchtig auf seinen Stuhl zurück, während Howard und ich zur Tür eilten.

Sie war verschlossen. Howard zerbiß einen Fluch auf den Lippen, rüttelte einen Moment in sinnlosem Zorn an der Klinke, fuhr mit einer wütenden Bewegung herum und stampfte auf Boldwinn zu. »Das nutzt Ihnen nichts, Boldwinn«, sagte er. »Geben Sie den Schlüssel heraus!«

Boldwinn wand sich stöhnend unter Rowlfs Griff. Howard gab Rowlf einen Wink, und der breitschultrige Riese ließ Boldwinns Arme los. »Also?«

»Ich habe ihn nicht«, sagte Boldwinn trotzig.

Howard wollte auffahren, aber ich hielt ihn mit einem raschen Griff zurück. »Er hat recht, Howard«, sagte ich. »Wir hätten es gemerkt, wenn er die Tür verschlossen hätte. Es muß Carradine gewesen sein.«

»Dann rufen Sie ihn«, verlangte Howard.

Boldwinn schüttelte den Kopf. »Ich denke nicht daran«, sagte er. Die Furcht war aus seiner Stimme gewichen. Jetzt, als er den ersten Schrecken überwunden hatte, kehrte die alte Überheblichkeit in seinen Blick zurück. Und noch etwas. Etwas, das ich nicht definieren konnte, das mich aber schaudern ließ.

»Wir können Sie auch zwingen«, sagte Howard leise.

Boldwinn runzelte die Stirn. »So?« sagte er. »Können Sie das?« Er stand auf. Rowlf hob mit einem zornigen Knurren die Arme, aber Howard hielt ihn zurück.

»Ich hasse Gewalt, Mister Boldwinn«, sagte er ernst. »Aber Sie lassen mir keine andere Wahl.«

Boldwinn lachte meckernd. »So?« sagte er. »Und was wollen Sie tun? Mich vielleicht umbringen?«

»Vielleicht die Tür einschlag'n«, sinnierte Rowlf. »Mit deim' Schädel.«

Boldwinn drehte sich herum, sah Rowlf mit einer Mischung aus Abscheu und Verachtung an und lächelte böse. »Aber Sie können mich nicht umbringen«, sagte er dann, wieder an Howard gewandt. Sein Gesicht begann sich zu verändern. »Selbst wenn Sie wollten.« Seine Haut fiel ein, wurde grau und rissig und spannte sich plötzlich wie trockenes Pergament über den Knochen. »Ich bin nämlich schon tot, müssen Sie wissen.« Die Veränderung ging weiter, schnell, unglaublich schnell. Er taumelte. Seine Beine schienen nicht mehr die Kraft zu haben, seinen Körper zu tragen. Er sackte gegen den Tisch, klammerte sich vergeblich fest und sank weiter zu Boden. Sein Körper sah plötzlich aus wie ein schlaffer Sack ohne stützende Knochen. Seine Kleider sanken ein, als wäre der Leib darunter plötzlich nicht mehr da. Der ganze schreckliche Vorgang dauerte nur wenige Augenblicke. Dann lagen da, wo Boldwinn zu Boden gestürzt war, nur noch ein Haufen alter Kleider und grauer, trockener Staub.

Der Raum lag tief unter der Erde. Seine Wände waren fensterlos, und die Tür bestand aus schweren, eisenbeschlagenen Bohlen, die nicht den geringsten Lichtschimmer, nicht den mindesten Laut hindurchließen. Jenny erinnerte sich nur schemenhaft daran, wie sie hier heruntergekommen war: Charles hatte sie zurückgeführt ins Haus, zurück in den Keller, in dem sie das erste Mal erwacht war, tiefer hinein in das unterirdische Labyrinth von Gängen und Stollen und Katakomben, das sich unter dem Haus erstreckte. Sie waren über ein Dutzend Treppen und zahllose, ausgetretene Stufen tiefer und immer tiefer hinabgegangen, weiter durch Stollen und Tunnel, später durch Gräben, die sie an ins Riesenhafte vergrößerte Maulwurfsgänge erinnerten und deren Wände nur noch aus zusammengepreßtem Erdreich bestanden, später durch bizarre, einer dem menschlichen Begriffsvermögen nicht völlig zugänglichen Geometrie folgenden Tunnel, die direkt durch den harten Granit des Bodens gegraben worden waren. Jetzt war sie hier.

Charles war gegangen, und mit ihm war die geistige Fessel von ihr abgefallen. Nicht vollkommen – sie spürte, daß die unsichtbare Macht noch irgendwo da war, sie belauerte, bereit, sofort wieder zuzuschlagen, sollte sie erneut einen Fluchtversuch unternehmen.

Jenny hatte Angst. Nicht das, was sie bisher unter dem Wort Angst verstanden hatte, sondern ein völlig neues, unbeschreibliches Gefühl des Grauens, das jeden Ansatz vernünftigen Denkens hinwegfegte und ihren Willen lähmte. Selbst wenn die Tür nicht verschlossen gewesen wäre, wäre sie unfähig gewesen, sich von der Stelle zu rühren.

Sie war allein in der gewölbten Kammer, und doch nicht allein. Es gab kein Licht, aber sie konnte auf geheimnisvolle Weise trotzdem sehen, und obwohl es vollkommen still war, hörte sie unheimliche, schleifende, rasselnde Geräusche.

Ein Laut, dachte sie erschrocken, wie ein schwerfälliges, unendlich mühsames Atmen. Es war niemand da, den sie atmen hören konnte, aber das Geräusch war trotzdem real, und es wurde in jedem Augenblick lauter, deutlicher, drohender ... Es kam aus keiner bestimmten Richtung, sondern schien aus Wänden und Decke, aus Boden und den Ritzen des Mauerwerks selbst zu kommen. Fast, als atmete das Haus selbst ...

Jenny versuchte den Gedanken zu verscheuchen, aber es ging nicht, er hatte sich, einmal geweckt, wie der Keim einer üblen Krankheit in ihr Bewußtsein eingenistet und vergiftete ihr Denken. Vibrierte nicht der Boden unter ihren Füßen ein ganz kleines bißchen? Waren die Wände nicht in beständiger, unendlich langsamer, aber trotzdem sichtbarer Bewegung? Pulsierte nicht der ganze Raum wie ein gewaltiges, mühevoll schlagendes Herz?

Jenny spürte, wie der Wahnsinn nach ihren Gedanken griff. Sie stöhnte, krümmte sich wie ein verängstigtes Kind in einer Ecke zusammen und schlug die Hände vor das Gesicht; preßte die Augen so heftig zu, daß es schmerzte. Aber es half nicht. Das Atemgeräusch wurde lauter, und darunter glaubte sie ein dumpfes, regelmäßiges Pochen zu hören. Gleichzeitig wurde es wärmer.

Ein helles Knirschen drang in Jennys Gedanken. Zitternd vor Furcht nahm sie die Hände herunter, raffte das bißchen Mut, das sie in einem Winkel ihrer Seele noch fand, zusammen, und zwang sich, in die Rich tung zu blicken, aus der das Geräusch kam.

Es war die Tür.

Das massive, armdicke Eichenholz begann sich zu biegen, als laste ein ungeheurer Druck auf ihm. Die Tür krachte und ächzte, armlange Splitter traten knallend aus dem Holz, dann wurde einer der Eisenbeschläge von einer ungeheuren Gewalt abgerissen und zu Boden geschleudert. Das Türblatt riß von oben bis unten; ein handbreiter Spalt entstand, und dahinter ...

Jennys Schreien steigerte sich zu einem irrsinnigen Kreischen, als ihr Blick durch das zerborstene Türblatt fiel ...

»Dat hat kein' Zweck nich'«, brummte Rowlf. »Glauben Se mir.« Howard richtete sich mit einem resignierenden Seufzen auf, betrachtete einen Moment lang mißmutig das abgebrochene Messer in seiner Hand – es war das dritte, das er bei dem Versuch, das Schloß zu öffnen, zerbrochen hatte – und trat achselzuckend zurück. »Mach Platz, Robert.«

Ich gehorchte. Rowlf grunzte, trat drei, vier Schritte zurück und konzentrierte sich einen Moment. Dann rannte er los, drehte sich im letzten Moment zur Seite und rammte die Tür mit seiner gesamten ungeheuren Körperkraft. Die Tür bebte, als wäre sie von einer Kanonenkugel getroffen worden. Staub und feiner, weißer Kalk rieselten aus dem Rahmen, und einer der bronzierten Beschläge löste sich und fiel klappernd zu Boden.

Aber sie ging nicht auf.

Rowlf war zurückgetaumelt und hatte mit rudernden Armen sein Gleichgewicht wiedergefunden. Sein Gesicht zuckte, während er seine geprellte Schulter massierte, und in seinen Augen lag ein ungläubiger Ausdruck.

»Dat gibtet nich'«, murmelte er. »Ich werd' doch noch so 'ne blöde Tür ...« Er knurrte, trat wieder zurück und machte Anstalten, ein zweites Mal gegen die Tür anzurennen, aber Howard hielt ihn mit einer raschen Bewegung zurück.

»Laß es bleiben, Rowlf«, sagte er. »Er hat keinen Sinn. Die Tür ist magisch verriegelt.« Er seufzte. Der Ausdruck auf seinem Gesicht war undeutbar. »Ich bin ein Narr gewesen, Robert«, murmelte er. »Dieses Haus ist eine einzige riesige Falle. Ich hätte es erkennen müssen.«

Ich antwortete nicht. Mein Blick tastete über den Haufen vermoderter Kleider und grauen Staubes; alles, was von Boldwinn übriggeblieben war. Ein eisiger Schauer lief über meinen Rücken. *Aber ich bin doch schon tot,* hatte er gesagt. Es war mir unmöglich, den eisigen Schrecken zu verjagen, mit dem mich diese Worte erfüllt hatten.

»Du kannst nichts dafür«, murmelte ich, nicht aus Überzeugung, sondern nur, um überhaupt etwas zu sagen und das tödliche Schweigen, das sich im Raum ausgebreitet hatte, nicht übermächtig werden zu lassen.

Howard lachte humorlos. »Doch«, widersprach er. »Ich hätte ihn erkennen müssen. Spätestens in dem Moment, in dem ...« Er sprach nicht weiter, sondern ballte in hilflosem Zorn die Fäuste, fuhr mit einer plötzlichen, abrupten Bewegung herum und ging zu einem der Fenster. Wir wußten beide, wie sinnlos es war. Die Fenster zu öffnen war das erste gewesen, was wir versucht hatten, als sich die Tür nicht öffnen ließ. Die Flügel saßen so unverrückbar an ihrem Platz, als wären sie verschweißt, und das Glas hatte jedem Versuch widerstanden, es einzuschlagen. Howard rüttelte einen Moment am Griff, wandte sich mit einem resignierenden Seufzer wieder um und ging zum Tisch.

»Ich versuch's noch mal«, knurrte Rowlf. »Wär' ja gelacht, wenn ich nich' ...«

»Das ist vollkommen sinnlos«, unterbrach ihn Howard. »Nicht einmal ein Elefant könnte diese Tür einrammen. Aber wir kommen schon hier heraus.« Der letzte Satz war eher ein Ausdruck seiner Verzweiflung als echter Überzeugung. »Irgend etwas wird geschehen«, murmelte er. »Ich kann mir einfach nicht vorstellen, daß sie sich damit zufriedengeben, uns hier drinnen einzusperren und zu warten, bis wir an Altersschwäche sterben.«

»Oder verdursten«, fügte ich finster hinzu. »Das geht wesentlich schneller.«

Howard sah mich an, als käme ihm diese Möglichkeit erst jetzt zu Bewußtsein. Für einen Moment wurde sein Gesicht grau vor Schrecken, dann hatte er sich wieder in der Gewalt. »Unsinn«, sagte er. »Irgend etwas wird geschehen. Ich spüre es. Dieses Haus ist ... kein normales Haus.«

Diesmal widersprach ich nicht. Ich hatte schon im ersten Moment, nachdem ich das Haus betreten hatte, gespürt, daß mit diesem Gebäude etwas nicht so war, wie es sein sollte. Es war mehr als ein Haus aus Stein und Holz; weit mehr.

Rowlf hatte wie bisher schweigend zugehört. Jetzt drehte er sich mit einem gegrunzten Fluch herum, schlurfte zum Kamin und beugte sich hinein, soweit es die prasselnden Flammen zuließen.

»Was wird das?« fragte ich neugierig.

Rowlf beugte sich noch weiter vor, schob einen brennenden Scheit mit dem Fuß beiseite und verdrehte sich halbwegs den Hals. Als er sich wieder aufrichtete, war sein Gesicht schwarz von Ruß. Kleine glühende Funken schwelten in seiner Hose.

»Geht auch nich«, murmelte er. »Is' zu eng zum rausklettern. Außerdem scheint ob' 'n Gitter zu sein oder so was.«

Ich sah ihn einen Moment enttäuscht an, dann wandte ich mich wieder an Howard. »Was ist mit den Büchern?« fragte ich.

Howard runzelte die Stirn. »Den Büchern?«

»Du sagtest, es wären ... magische Bücher.«

Howard nickte. »Sicher, aber ...« Wieder sprach er nicht zu Ende, sondern seufzte nur, drehte sich aber nach einigen Sekunden doch herum und ging zu einem der Regale hinüber.

Er erreichte es nie.

Ich weiß nicht, was es war. Ich wußte nicht einmal, *wie* es geschah. Es war eine Vision, aber eine Vision von solcher Wucht, wie ich sie niemals zuvor erlebt hatte. Plötzlich, von einem Lidzucken zum nächsten, war ich nicht mehr in der Bibliothek. Der Raum um mich herum war groß, womöglich größer als die Bibliothek, eine graue, von Feuchtigkeit und Kälte durchdrungene Höhle, erfüllt von Dunkelheit und vereinzelten schmalen Streifen grauen, irgendwie krank wirkenden Lichts. Ich war nicht mehr ich. Mein Körper war der eines Fremden – oder genauer gesagt einer Fremden; einer jungen Frau oder eines Mädchens, die zusammengekauert in einer Ecke des Raumes hockte. Ihr/mein Blick war starr auf die gegenüberliegende Wand gerichtet, auf die zerschmetterte Tür darin und das formlose, grausige *Ding*, das wogend und zitternd durch diese Tür hereinkam ...

Dann war es vorbei, mit der gleichen, unbeschreiblichen Wucht, wie es mich überkommen hatte, ein Gefühl, als würde mein Körper oder vielleicht auch nur mein Geist von einer unsichtbaren geistigen Faust getroffen und bis ins Mark erschüttert. Ich taumelte, griff haltsuchend um mich und fiel auf die Knie. Wie durch einen grauen, wogenden Schleier sah ich Howards Gesicht vor mir.

»Robert!« Howards Stimme klang besorgt und erschrocken zugleich. »Mein Gott, Junge – was ist mit dir?«

In meinem Kopf drehte sich alles. Ich stöhnte, schob seine Hand kraftlos beiseite und versuchte aufzustehen, aber ich war für einen Moment so schwach, daß mir Rowlf dabei helfen mußte.

»Was ist ... passiert?« fragte ich verwirrt. Die Bibliothek drehte sich um mich herum, und Howards Gesicht führte einen irren Veitstanz vor mir auf. Für einen Moment drohte ich abermals das Gleichgewicht zu verlieren.

»Du weißt es nicht?«

»Ich ...« Vergeblich versuchte ich, mich zu erinnern. Die Bilder, die ich gesehen hatte, erschienen mir sinnlos. Aber sie waren trotzdem von einer erschreckenden Realität gewesen. »Ich weiß nicht«, murmelte ich. »Ich hatte eine ... eine Art Vision.«

»Vision?« Howard runzelte die Stirn und sah mich scharf an. »Du hast geschrien, Robert.«

»Geschrien?«

Er nickte. Sein Gesicht war sehr ernst. »Ja. Du hast ... einen Namen gerufen. Du erinnerst dich nicht?«

Ich versuchte es, aber alles, woran ich mich erinnerte, war das Bild dieses Kellerraumes. Das Mädchen. Das Mädchen, das *ich* gewesen war ... Und ein unbeschreibliches Ding, das ...

Ich stöhnte. Das Bild verschwamm, wenn ich mich genauer zu besinnen suchte. Ich hatte einen flüchtigen Eindruck von Schwärze, wogender, glitzernder und irgendwie *lebender* Schwärze, von schleimigem Fleisch und glitzerndem Horn. Einer Art Papageienschnabel. Aber es verblaßte, sobald ich danach zu greifen versuchte. Es war, als wollte etwas verhindern, daß ich das Ungeheuer beschreiben konnte. Aber ich wußte, daß ich es gesehen hatte. Und das wenige, woran ich mich erinnerte, war schrecklich genug.

»Charles«, sagte Howard. »Du hast ein paarmal ganz deutlich ›Charles‹ gerufen. Erinnerst du dich nicht?«

»Ich erinnere mich an nichts«, murmelte ich. »Nur an ...«

Eine rasche, wellenförmige Bewegung ging durch den Raum. Vielleicht war es auch keine wirkliche Bewegung. Es war ein rasches, blitzschnelles Zucken und Wogen, eine Erscheinung, als bögen sich Wände und Decke in sich, veränderten sich Winkel und Geraden auf unheimliche, mit menschlichen Sinnen kaum mehr erkennbare Weise ... Für einen ganz kurzen Moment streifte der Atem einer fremden, unbeschreiblich anderen Welt das Gebäude; einer Welt, von der wir nur Schatten und verzerrte Trugbilder wahrzunehmen imstande waren. Und für einen ganz kurzen Moment war es, als *lebe* das Haus.

Dann war es vorbei.

Howard sprang mit einem unterdrückten Keuchen zurück. »Was war das?« fragte er. »Das ...«

Wieder wand sich der Boden, und wieder war die Bewegung nicht *wirklich* zu sehen oder zu fühlen, als spiele sich das alles in einer Dimension – oder auf einer Ebene des Seins – ab, die jenseits der für Menschen zugänglichen war.

Howard erbleichte. Sein Mund öffnete sich, aber er brachte kein Wort hervor, sondern starrte nur aus ungläubig geweiteten Augen an mir vorbei auf den Tisch.

Langsam, mit einem Gefühl widersinniger, aber immer stärker werdender Angst, drehte ich mich herum. Ich wußte nicht, was ich erwartete – vielleicht das Ungeheuer aus meiner Vision, vielleicht einen Boldwinn, der auf bizarre Weise wieder zum Leben erwacht war ... Es war nichts von allem, nichts von dem formlosen Schrecken, mit dem meine Phantasie die Leere hinter mir füllte. Der Anblick war beinahe banal. Und doch ließ er ein ungläubiges Stöhnen über meine Lippen kommen.

Unser Eßgeschirr stand noch so da, wie wir es nach der überhastet abgebrochenen Mahlzeit zurückgelassen hatten. Aber es begann sich auf unheimliche Weise zu verändern!

Die Reste der Speisen auf den Tellern vermoderten. Weißlicher Schimmelpilz bildete sich, wuchs zu wäßrigen, krebsartig verquollenen Gebilden heran und zerfiel, so schnell, daß es aussah, als lebe die wabbelige Masse; auf dem Silber der Schalen und Schüsseln erschienen Flecken, das Porzellan wurde grau und unansehnlich und begann zu reißen. Das Tischtuch zerfiel zu grauem Staub. Es war, als liefe die Zeit vor unseren Augen hunderttausendmal schneller ab als normal ...

Und die Veränderung beschränkte sich nicht nur auf den Tisch. Wie Kreise, die ein ins Wasser geworfener Stein zieht, breitete sie sich im Raum aus. Der Teppich vermoderte unter unseren Füßen. Die Bücherregale begannen zu knirschen, die Bände zitterten, zerfielen in Sekundenschnelle zu grauem Staub und kleinen, rissigen Fetzen. Mit einem hörbaren Knirschen zerbrach die Kette des Kronleuchters. Howard riß mich im letzten Moment zurück, als das zentnerschwere Gebilde aus Glas und geschliffenem Kristall auf den Tisch herabfiel und ihn zerschmetterte.

»Mein Gott, Howard – was ist das?« keuchte ich.

»Ich weiß es nicht«, antwortete Howard. »Und es interessiert mich auch nicht. Wir müssen raus hier – *schnell!*«

Das letzte Wort hatte er geschrien. Eines der Bücherregale an der Südwand brach krachend und polternd zusammen. Das Holz zersplitterte unter seinem eigenen Gewicht, bog sich durch und ließ in einer bizarren Kettenreaktion auch die darunterliegenden Bretter zerbrechen. Wie Dominosteine, die einmal angestoßen worden waren, begannen sich auch die beiden Regale rechts und links davon zu neigen und knirschende, beinahe wie ein schmerzhaftes Stöhnen klingende Laute von sich zu geben. Eine gewaltige Staubwolke quoll hoch und nahm mir die Sicht. Ich hustete, zog angstvoll den Kopf zwischen die Schultern und taumelte blind hinter Howard und Rowlf her. Die Bibliothek verwandelte sich von einem Moment auf den anderen in ein Chaos zersplitternden Holzes, bröckelnder Steine und Lärm und Staub und zitternder Bewegung.

Auch an der Tür war die furchtbare Veränderung nicht vorübergegangen. Das Holz war grau und rissig geworden, und wo das Schloß gesessen hatte, befand sich nur noch ein formloses Etwas aus braunrotem Rost. Rowlf sprengte es mit einem entschlossenen Fußtritt vollends heraus, warf sich mit der Schulter gegen die Tür und fiel beinahe auf die Knie, als das drei Meter hohe Türblatt schlichtweg aus den Angeln brach und mit einer fast gemächlichen Bewegung nach draußen kippte.

Nebeneinander hetzten wir durch die Halle. Das Haus veränderte sich weiter, alterte in Sekunden um Jahrhunderte, aber ich achtete nicht mehr darauf, sondern taumelte blind vor Furcht und immer stärker werdender Panik weiter. Kalk und Steine lösten sich von der Decke und schlugen wie kleine, tödliche Geschosse rings um uns auf, und etwas traf mich an der Schulter und ließ mich aufschreien. Als wir die Tür erreichten, brach die Treppe ins Obergeschoß mit einem gewaltigen Donnern und Bersten zusammen.

Howard schrie irgend etwas. Ich verstand ihn nicht, blieb stehen und hustete. Meine Schulter schmerzte höllisch. Rowlf versetzte mir einen Stoß, der mich aus dem Haus und auf die Treppe hinaustorkeln ließ.

Und im gleichen Moment hörte es auf.

Das Haus erbebte unter einem letzten, gewaltigen Zucken. Etwas Gigantisches, Körperloses schien für einen Moment hinter uns zu wogen, eine Bewegung wie das wütende Zupacken einer Faust, der das sicher geglaubte Opfer im letzten Moment noch entkommen war. Dann kam das gepeinigte Gebäude zur Ruhe.

Howard, Rowlf und ich liefen noch ein paar Meter weiter, ehe wir, allesamt schwer atmend und am Ende unserer Kräfte, stehenblieben und mit einer Mischung aus Furcht und Erleichterung zurückblickten. Es hatte aufgehört. Ich brauchte ein paar Sekunden, um mich an den Gedanken zu gewöhnen, aber es hatte aufgehört.

»Mein Gott«, flüsterte Howard neben mir. »Das war knapp. Zehn Sekunden später, und ...«

Er sprach nicht weiter, aber ich wußte, was er meinte. Das Haus stand noch, aber es wäre, wenn der bizarre Verfall im gleichen Tempo fortgeschritten wäre, nur noch eine Frage von Augenblicken gewesen, ehe es wie ein Kartenhaus über uns zusammengestürzt wäre und uns unter seinen Trümmern begraben hätte. Das Dach war bereits eingesunken, und ein Teil der Südwand stand sichtlich schräg. Selbst der tonnenschwere Türsturz hatte sich aus seiner Verankerung gelöst und hing deutlich zur Seite geneigt über dem Eingang.

»Das Licht«, murmelte Howard. »Was ist mit dem Licht?«

Instinktiv hob ich den Blick. Der sternenübersäte Nachthimmel war verschwunden und hatte einer seltsamen, grauen Farbe Platz gemacht. Weder Mond noch Sterne waren zu sehen, aber dabei war es trotzdem so hell wie während der frühen Morgendämmerung, kurz bevor sich die Sonne am Horizont zeigte. Aber es war keine Sonne zu sehen.

Ich schauderte. Irgend etwas an diesem Licht flößte mir Angst ein, ein spürbares, körperliches Unbehagen. Der Himmel war grau, von einer Farbe wie mattes, geschmolzenes Blei. Er wirkte *krank*.

»Gehn wir«, murmelte Rowlf. »Is' mir egal, was mittem Licht is'. Ich will weg.«

Weder Howard noch ich widersprachen. Im Grunde sprach Rowlf nur das laut aus, was wir alle fühlten – nämlich nichts anderes als den Wunsch, so schnell wie möglich hier wegzukommen, und so weit wie möglich.

Aber ich glaube auch, wir alle drei spürten, daß es uns nicht gelingen würde ...

Howard löste mit sichtlicher Überwindung seinen Blick vom Haus, drehte sich um und deutete schweigend auf einen zusammengesunkenen Umriß ohne erkennbare Form; alles, was von unserer Kutsche übriggeblieben war. Keiner von uns verlor auch nur ein Wort darüber.

Langsam gingen wir los. Der Kies knirschte unter unseren Schuhen, als wir den gewundenen Weg zum Tor hinabgingen, aber dieser Laut war auch der einzige, den ich hörte. Es war still, vollkommen still. Es gab keine Vogelstimmen, nicht das Wispern des Windes in den Baumkronen. Der Wald vor uns war starr, reglos und stumm wie eine massive, erstarrte grüne Mauer, und selbst die Luft erschien mir zäh wie Sirup.

Das Atmen fiel mir schwerer, je weiter wir uns dem Wald näherten. Meine Schritte wurden langsamer. Ich hatte das Gefühl, durch unsichtbare Watte zu gehen, einen Widerstand, der fast unmerklich, aber auch unerbittlich stärker wurde, je näher wir dem Wald kamen.

Etwas an diesem Wald war seltsam. Im ersten Moment vermochte ich das Gefühl noch nicht in Worte zu kleiden, aber dann begriff ich. Aus der Ferne hatten die Bäume noch ganz normal ausgesehen, aber je weiter wir uns vom Haus entfernten, desto mehr zerschmolz dieser Eindruck. Schließlich blieb ich stehen.

»Was ist?« fragte Howard. Seine Stimme bebte vor Erschöpfung.

Ich deutete mit einer knappen Geste auf den Wald, Die Bewegung erforderte erstaunlich viel Kraft, und plötzlich war ich sicher, daß es keine Einbildung war. Ich *glaubte* nicht nur, schwerer zu atmen, und ich bildete mir nicht nur ein, daß Howards und Rowlfs Atemzüge ebenfalls lauter und mühsamer geworden waren, so wenig, wie ich mir den Widerstand einbildete, der sich uns entgegenstemmte. Irgend etwas zerrte an meinen Gliedern.

»Der Wald«, murmelte ich. »Sieh ... sieh dir die Bäume an.«

Howard runzelte die Stirn, sah mich einen Moment voller Verwirrung an, gehorchte dann aber.

Auf seinen Zügen erschien ein Ausdruck maßloser Verblüffung. »Aber das ...« Er schluckte, machte einen Schritt und blieb stehen, als wäre er vor eine unsichtbare gläserne Wand gelaufen.

»Wassndas?« murmelte Rowlf. Sein Atem ging schwer, als wäre er die ganze Strecke gerannt, und als ich zu ihm hinübersah, fiel mir auf, wie gebückt er dastand. Auf seinen Schultern schien ein unsichtbares Gewicht zu lasten. Sein Gesicht glänzte vor Schweiß.

»Das ist nicht möglich«, murmelte Howard noch einmal.

Ich runzelte die Stirn, schüttelte hilflos den Kopf und sah erneut zu den Bäumen hinüber, die sich auf so sonderbare Weise verändert hatten.

Eigentlich waren es gar keine richtigen Bäume mehr. Ihre Stämme waren schuppig und viel dicker, als sie hätten sein dürfen. Die Farbe stimmte nicht, und sie hatten keine Äste, sondern etwas, das mich vage an gigantische Farnwedel erinnerte. Grüngelbe, sonderbar verkrüppelte Pilzgewächse wucherten dort, wo zuvor noch dorniges Unterholz gewesen war, und da und dort erkannte ich Pflanzen, die wie ins Absurde vergrößerte, blasse Orchideen aussahen.

»Was ... was ist das?« flüsterte ich. »Das ist doch kein Wald. Jedenfalls keiner, wie es ihn ...« Ich stockte, erschrocken vor dem, was ich gerade hatte aussprechen wollen.

»Keiner, wie es ihn auf unserer Erde gibt, meinst du?« sagte Howard, ohne den Blick von den titanischen Farnwedeln zu wenden. Plötzlich lachte er, aber es klang sehr bitter und vollkommen ohne Humor, und seine Stimme zitterte jetzt nicht mehr vor bloßer Erschöpfung. »Du hast recht, Robert«, fuhr er fort. »Oder auch nicht – ganz wie du willst.«

Er sprach nicht weiter, aber das war auch gar nicht nötig,

Ich hatte es im Grunde schon gewußt, aber etwas in mir hatte sich dagegen gesträubt, den Gedanken laut auszusprechen.

Natürlich gab es Wälder wie diese nicht. Nicht mehr, hieß das. Aber es hatte eine Zeit gegeben, in der es sie gegeben hatte, nicht nur hier in England, sondern überall auf der Welt.

Ich wußte nicht genau, *wie* lange es her war, aber

ich hatte das Gefühl, daß das auch keine Rolle spielte.

Jedenfalls nicht für uns.

Es *hatte* einmal Wälder wie diese gegeben.

Vor hundert oder zweihundert Millionen Jahren.

Sie schrie. Schrecken und Furcht lähmten sie, aber selbst wenn sie fähig gewesen wäre, sich zu bewegen, hätte es nichts gegeben, wohin sie hätte fliehen können. Mit dem *Ding* war Licht in den Keller gedrungen; ein grauer, flackernder Schein, in dem alle Gegenstände unwirklich und alle Bewegungen ruckhaft und abgehackt wirkten. Ihr Blick hing gebannt auf dem schwarzgrünen, wabernden Ding, das die Tür wie ein Bild aus einem Alptraum ausfüllte, ein wogendes, widerwärtiges Etwas aus Schleim und Fleisch und reißenden Stacheln und gestaltgewordener Furcht, das sie aus einem einzigen, lidlosen roten Auge musterte. Seiner Dämonenfratze war keine Regung anzusehen, aber Jenny spürte einfach, wie die Blicke des Ungeheuers mit einer schwer zu bestimmenden Gier über ihren Körper tasteten ...

Das Ungeheuer glitt mit einer kraftvollen Bewegung auf sie zu und blieb zitternd stehen, als Jenny mit einem Schrei auf die Füße sprang und abwehrend die Hände ausstreckte. »Geh weg!« schrie sie. »*Geh weg!*«

Sie wußte nicht, ob das Monstrum ihre Worte verstand oder ob es nur auf den Klang ihrer Stimme reagierte. Aber es kam nicht weiter auf sie zu. Sein Blick flackerte. Drei, vier seiner zahllosen peitschenden Tentakel streckten sich aus, deuteten zitternd in ihre Richtung und verharrten, wenige Zentimeter, ehe sie ihren Körper berühren konnten.

»Nein!« schrie Jenny. »Geh! Geh weg!«

Sie taumelte rückwärts vor der grauenhaften Erscheinung davon, prallte gegen die feuchtkalte Wand und schrie weiter.

Ihre Schreie schienen das Ungeheuer nervös zu machen. Die glitzernden Arme peitschten stärker, und in dem faustgroßen blutigroten Auge flammte Zorn auf. Aber es kam nicht näher.

»Du darfst dich nicht wehren, Jenny.«

Jenny fuhr mit einem neuerlichen, noch gellenderen Schrei herum, als sie die Gestalt neben sich aufwachsen sah. Es war Charles – aber sie erkannte ihn kaum noch. Der Verfall seines Körpers war weiter fortgeschritten.

Jennys Stimme überschlug sich, wurde zu einem unmenschlichen Kreischen. Für einen Moment drohte sie die Besinnung zu verlieren, aber irgendwo, tief in ihr, war noch ein Rest von Kraft und Lebenswillen, etwas, das sie zurückriß und sie, obgleich sie halb wahnsinnig vor Furcht und Entsetzen war, kämpfen ließ.

Charles kam näher, hob langsam die Arme, versuchte, nach ihr zu greifen und erstarrte, als Jenny mit einem würgenden Laut zurücksprang. Sie taumelte, verlor auf dem feuchten Boden das Gleichgewicht und fiel.

»Nicht wehren«, murmelte Charles. »Es hat keinen Zweck, wenn du dich wehrst, Liebling. Er braucht deine Lebenskraft, aber du mußt sie ihm freiwillig geben. Freiwillig und freudig.« Seine Stimme wurde hart und hatte plötzlich nichts mehr mit der zu tun, die sie kannte. »Sterben wirst du so oder so, aber es liegt in deiner Hand, ob du die Erfüllung finden oder zu einem Wesen wie ich werden wirst. Sieh mich an! Willst du, daß das dein Schicksal ist?«

Jenny kroch verzweifelt vor ihm davon. Charles folgte ihr mit unsicheren, taumelnden Schritten. Er streckte abermals die Arme nach ihr aus, und eine einzelne, schwarzglänzende Spinne kroch über seine Hand, balancierte auf sechs Beinen auf seinen ausgestreckten Fingern und tastete mit den beiden anderen nach ihrem Gesicht.

Jennys Verstand drohte endgültig zu zerbrechen, als die haarigen Beine ihre Wange berührten. Es war ein sanftes, kaum spürbares Tasten, eine Berührung fast wie ein zärtliches Streicheln, und trotzdem hatte sie das Gefühl, von einer weißglühenden Flamme ergriffen und berührt zu werden.

Sie schrie. Ihre Finger glitten ziellos über den Boden, ertasteten etwas Hartes, Großes und schlossen sich darum. Sie handelte, ohne zu denken. Mit einer blitzschnellen, mit der Kraft der Verzweiflung geführten Bewegung riß sie den Stein hoch und schleuderte ihn mit aller Macht.

Charles versuchte, dem Wurfgeschoß auszuweichen, aber seine Reaktion kam zu spät. Der Stein traf seine Stirn.

Charles taumelte. Seine Arme fuhren ziellos durch die Luft. Weitere Spinnen fielen aus seiner Kleidung, und für einen Moment konnte Jenny in seinem Gesicht Schmerz lesen, Schmerz und eine tiefe Verzweiflung.

Dann erlosch der Funke von freiem Willen wieder. Die geistige Fessel nahm wieder Besitz von seinem Bewußtsein, aber er versuchte nicht noch einmal, sich Jenny zu nähern.

»Warum wehrst du dich?« fragte er leise. »Du fügst dir nur selbst Schmerzen und Angst zu.« Seine Hand wies auf das gewaltige Monstrum, das noch immer reglos an seinem Platz hockte und die Szene aus seinem einzigen, lodernden Auge verfolgte. »Er braucht dich«, murmelte er.

Jennys Schreie wurden zu einem keuchenden,

stoßhaften Würgen und Schluchzen. Sie wimmerte, wand sich wie unter Krämpfen auf dem Boden und kroch rückwärts weiter vor Charles und dem Ungeheuer davon, bis sie gegen die Wand stieß.

»Er braucht deine Lebenskraft«, fuhr Charles fort. »Aber du mußt sie ihm freiwillig geben. Sprich die heiligen Worte!«

Jenny wimmerte. Sie wünschte sich, zu sterben oder wenigstens das Bewußtsein zu verlieren, endlich aus diesem grauenhaften Alptraum erlöst zu werden, aber sie konnte weder das eine noch das andere.

»Sprich mir nach!« donnerte Charles. Plötzlich war seine Stimme ein machtvolles, ungeheuer starkes Dröhnen, ein Befehl, der mit solcher Wucht in ihr Denken hämmerte, daß sie erneut aufschrie.

»Sprich!« donnerte Charles. »Sprich mir nach: *Shcyyylo! Hgnat ghobmmorrog luh-huuth!*«

Jenny wußte nicht, was die Worte bedeuteten, ob es überhaupt Worte waren in der menschlichen oder irgendeiner anderen Sprache. Sie spürte, wie die Laute auf geheimnisvolle Weise von ihr Besitz ergriffen, wie ein schleichendes Gift in ihren Willen sickerten und ihr Bewußtsein durchtränkten …

Und wieder war da etwas in ihr, das Widerstand leistete. Sie wußte nicht, woher sie die Kraft nahm oder ob es überhaupt ihre Kraft war – aber irgend etwas brach den tödlichen Bann, wehrte sich gegen die Worte, ihren unheimlichen, unseligen Klang …

Charles erstarrte. Von einer Sekunde zur anderen erlosch der Druck auf ihr Bewußtsein.

»Gut«, sagte er. »Wie du willst. Es geht auch anders.«

Sekundenlang geschah nichts. Dann, ganz langsam, begannen sich Spinnen aus seinen Kleidern zu lösen. Erst eine, dann mehr und mehr der schwarzen, haarigen Tiere krochen auf Jenny zu, aber keine berührte sie oder kam ihr auch nur nahe. Die Tiere bildeten einen weiten, an einer Seite offenen Halbkreis um sie herum, krochen in ihrem Rücken an der Wand hinauf, hefteten sich mit ihren zahlreichen, mit Widerhaken besetzten Beinen selbst an die Decke.

Dann begann aus dem Hinterleib des ersten Tieres ein einzelner, glitzernder Spinnfaden zu quellen.

Aber es war nur der erste von zahllosen …

Irgendwo, sehr weit entfernt und fast an der Grenze des überhaupt noch Sichtbaren, kreiste eine Anzahl dunkler Punkte. Über dem grünen, von unsicherem grauen Licht beleuchteten Wald schienen sie die meiste Zeit stillzustehen, und die wenigen Male, die sie sich bewegten, hatten ihre Bewegungen etwas seltsam Ruckhaftes. Unter normalen Umständen hätte ich sie für Vögel gehalten, aber jetzt war ich nicht mehr sicher. Seit wir dieses Haus betreten hatten, war nichts mehr so, wie es sein sollte. Und ich wollte auch gar nicht wissen, was die ›Vögel‹ in Wirklichkeit waren.

Mit einem Ruck löste ich meinen Blick von dem Schwarm dunkler Punkte und wandte mich wieder an Howard. Er war einen Schritt weitergegangen und abermals stehengeblieben. Sein Atem ging schnell und hörbar schwer. Er war bleich geworden, nicht nur blaß, sondern schneeweiß. Seine Augen waren unnatürlich geweitet, und seine Lippen zitterten ununterbrochen, ohne daß er indes auch nur den geringsten Laut von sich gegeben hätte. Auf seiner Stirn perlte Schweiß.

»Was bedeutet das?« murmelte ich hilflos. »Dieser Wald und …«

»Ich weiß es nicht«, murmelte er. »Ich …« Howard stockte. Seine Hände zitterten. Er schien kurz davor zu stehen, endgültig die Beherrschung zu verlieren. »Dieser Wald ist …«

Wieder sprach er nicht weiter, sondern starrte nur abwechselnd mich und den Waldrand aus starren Augen an.

Jetzt, als wir näher heran waren, sah ich mehr Einzelheiten: Der kiesbestreute Weg wand sich vor uns weiter den Hang hinab, lief durch das Tor und verschwand in wogendem Grün und Gelb und Braun wie abgeschnitten. In den Kronen der gigantischen Farngewächse, die an die Stelle der Bäume getreten waren, bewegten sich winzige dunkle Punkte, und weiter hinten glitzerte etwas wie ein gewaltiges Spinnennetz. Ein seltsamer, verwirrender Geruch schlug uns entgegen, und wenn man genau hinsah, konnte man ein leichtes Flimmern und Bewegen über den Hüten der Riesenpilze erkennen. Sporen, dachte ich schaudernd. Es war mit Sicherheit nicht gut, auch nur in ihre Nähe zu kommen.

Irgendwo vor uns raschelte etwas. Für einen kurzen Moment hatte ich das Gefühl, etwas Gigantisches, Dunkles zwischen den Stämmen zu erkennen, aber ich war nicht sicher. Dann war es verschwunden.

»Gehen wir … weiter«, murmelte Howard stockend. Sein Blick glitt zurück zum Haus, das sich durch die Entfernung in einen schwarzen, tiefenlosen Schatten verwandelt hatte. Ich hatte das Gefühl, daß sich seine Umrisse bewegten …

Howard ging weiter, lief, gegen den gleichen, unsichtbaren Widerstand ankämpfend wie Rowlf und ich, weiter den gewundenen Weg hinüber. Langsam näherte er sich dem Tor.

»Nicht.«

Howard blieb abrupt stehen. Einen Moment lang starrte er unsicher das hohe, aus rostigen Eisenstäben geschmiedete Tor an, dann drehte er sich zu mir herum. »Was hast du gesagt?« fragte er mißtrauisch.

»Nicht«, sagte ich noch einmal. Meine Stimme war leise und klang in meinen eigenen Ohren wie die eines Fremden.

»Wie meinst du das?« fragte Howard. In seiner Stimme war noch immer dieser mißtrauische, lauernde Ton.

»Geh ... nicht hindurch«, murmelte ich verwirrt. Was war das? Das waren nicht meine Worte! Es war meine Stimme, die sie formte, aber ich wußte nicht, warum ich sie sagte. Es war, als spräche ein anderer durch mich.

Howard wandte sich wieder um, ging jedoch nicht weiter. Sein Blick tastete über die verfallenen Reste der Mauer, die einstmals den Park umgeben hatte, die beiden halb zerbröckelten, schrägstehenden Pfeiler rechts und links des Tores und die rostzerfressenen Gitterstäbe.

»Es ist ... gefährlich«, sagte ich stockend. »Hinter diesem Tor lauert ... der Tod.«

In einer anderen Situation hätten meine Worte lächerlich geklungen. Aber jetzt sah ich, wie Howard wie unter einem Hieb zusammenfuhr. Erneut drehte er sich um. In seinen Augen erschien ein sonderbares Glitzern, als er mich ansah.

Ich stöhnte. Für einen Moment begannen Howard, der Wald und das Tor vor meinen Augen zu verschwimmen. Mir wurde schwindelig, und der Boden schien unter meinen Füßen zu wanken.

»Nicht das ... Tor«, hörte ich meine eigene Stimme sagen. »Geh nicht ... hindurch ...«

Howard reagierte nicht. Langsam, aber ohne Zögern ging er weiter, blieb erst einen halben Schritt vor dem Tor stehen und hob langsam die Hand, um das rostige Gitter aufzustoßen.

Mit einem gellenden Schrei setzte ich ihm nach, packte ihn an den Schultern und schleuderte ihn mit aller Macht zurück, direkt in Rowlfs ausgebreitete Arme. Aber durch die Bewegung verlor ich selbst das Gleichgewicht, taumelte, kämpfte einen winzigen, schrecklichen Augenblick um meine Balance – und kippte ganz langsam nach hinten.

Feuer zuckte durch meine Adern, als ich das Gittertor berührte. Die rostigen Stäbe schienen zu glühen. Ein weißer, unerträglich schmerzhafter Blitz fraß sich durch meinen Leib, explodierte irgendwo tief in mir und ließ mich aufschreien. Ich taumelte, fiel auf die Knie und nahm den gräßlichen Geruch brennenden Stoffs und verschmorter Kleider wahr. Der Schmerz steigerte sich ins Unerträgliche, und es war nicht nur ein rein körperlicher Schmerz, sondern etwas Unbeschreibliches, unsagbar Fremdes, etwas, das meinen Geist so gnadenlos zu versengen schien wie die Hitze meinen Rücken. Ich schrie, fiel auf die Seite und schlug in Agonie um mich, als Rowlf und Howard neben mir niederknieten.

Dann kam die Vision.

Es war nicht so wie beim ersten Mal; kein plötzlicher Wechsel, sondern ein sanftes Hinübergleiten, als verschmelze mein Geist mit dem eines anderen. Das Bild vor meinen Augen blieb gleich: Ich sah weiterhin den Park, den Wald, Rowlfs und Howards besorgte Gesichter, aber ich war nicht mehr ich, nicht mehr ich allein wenigstens. Wie durch einen dämpfenden Nebel hörte ich, wie meine eigene Stimme Worte schrie, die nicht die meinen waren, einen Namen stammelte, dann sinnlose, bizarr klingende Laute aus einer Sprache, die nicht einmal mehr entfernt menschlich klang. Bilder stiegen in meinem Geist auf, bizarre, grauenerregende Visionen einer Welt, die so fremdartig war, daß ihr bloßer Anblick beinahe reichte, mich in den Wahnsinn zu treiben.

Rowlf wollte nach mir greifen, um meine Arme und Beine festzuhalten, aber ich schlug nach ihm, wälzte mich herum und kam taumelnd und aus eigener Kraft wieder auf die Füße. Ein unmenschlicher, gellender Schrei stieg in mir empor und brach sich Bahn. Ich spürte, wie sich tief in mir etwas regte, etwas, das die ganze Zeit dagewesen war, ohne daß ich seine Existenz auch nur geahnt hätte. Etwas Gewaltiges, Finsteres und Mächtiges ...

»Robert!« brüllte Howard. »Was ist mit dir?«

Der Boden bebte. Aus dem Wald drang ein seltsam stöhnender, tiefer Laut, ein Geräusch, als schrien die Bäume selbst vor Schmerz und Qual. Das Licht flackerte.

»Was ist das?« keuchte Howard. Sein Blick fiel an mir vorbei auf den Wald, und ein neuer, abgrundtiefer Schrecken verzerrte seine Züge.

Mühsam drehte ich mich herum. Selbst diese kleine Bewegung kostete mich alle Kraft, die ich noch hatte. Ich war nicht länger Herr meiner selbst, und mein Körper gehorchte meinem Willen nur noch so weit, wie es dieses schreckliche Ding in mir zuließ ...

Der Wald begann sich auf fürchterliche Weise zu verändern. Die Bäume zitterten, verschwammen, als betrachte man sie durch einen Vorhang aus schnell fließendem, klarem Wasser, begannen sich zu verbiegen und zu verzerren, änderten ihre Farbe und Form. Zwischen ihren Stämmen begannen Schatten zu wogen, ein unablässiges Huschen und Gleiten, Wachsen, Verfallen und Gedeihen. Farben tauchten auf und vergingen, es wurde hell, dunkel, hell, dunkel, Tag ... Nacht, Tag ... Nacht ... immer und immer schneller.

Und endlich begriff ich. Es war wie in der Bibliothek und im Haus, nur tausendmal heftiger.

Vor unseren Augen begann die Zeit schneller zu laufen, millionenmal schneller als normal. Der Wald veränderte sich, wuchs in Minuten zu einem kolossalen, unbeschreiblichen Dschungel aus Farn- und Pilzgewächsen heran und begann wieder zu schrumpfen, wuchs erneut, schrumpfte wieder ... ein langsames, täuschend langsames Pulsieren ... Es war wie ein Atmen.

Die Atemzüge der Zeit ...

»Zurück!« keuchte ich. »Howard! Rowlf! Wir ... wir müssen zurück ins Haus!«

Howard fuhr herum. »Ins Haus?« keuchte er. »Aber ...«

Ich wirbelte herum, versetzte ihm einen Stoß, der ihn beinahe zu Boden schleuderte, und zerrte ihn ohne ein weiteres Wort hinter mir her.

Unter unseren Füßen begann der Boden wie ein lebendes Wesen zu zittern, während wir den Weg zurückhetzten, den wir vor Augenblicken erst gekommen waren. Der Wald wuchs weiter, schrumpfte erneut und wuchs wieder, aber ich sah auch, daß er bei jedem Pulsieren um eine Winzigkeit kleiner und blasser zu werden schien. Gleichzeitig änderte sich die Farbe des Himmels. Das Licht wirkte härter, gnadenloser, und das Gras, das bisher noch als dichter Teppich den Hügel bedeckt hatte, zerfiel zu kleinen, drahtigen Büscheln und verschwand dann von einem Lidzucken auf das andere ganz. Es wurde heiß, binnen Sekunden unerträglich heiß, und als ich einen Blick über die Schulter zurückwarf, sah ich, daß aus dem gigantischen Farnwald ein Gestrüpp niedriger verkrüppelt wirkender Gewächse geworden war, die aus einem kahlen, rötlich schimmernden Wüstenboden wucherten.

Es war ein bizarrer, irrsinniger Sturz durch die Zeit. Jeder Schritt brachte uns eine Million Jahre zurück in die Vergangenheit, jeder Atemzug weiter zurück in eine Welt, die seit Urzeiten vergangen und vergessen war. Der Boden zuckte und wand sich wie unter Krämpfen. Ein gewaltiger Riß klaffte plötzlich dicht neben uns auf, übelriechende Dämpfe schossen in einem brüllenden Geysir hoch in die Luft und versuchten uns zu verbrühen, und die Hitze stieg unerbittlich weiter.

Rowlf stolperte, als wir noch wenige Yards von der Treppe entfernt waren. Sein Schrei ging in einem dumpfen, mahlenden Knirschen unter, als sich der Boden direkt unter seinen Füßen zu einer klaffenden Spalte öffnete, von deren Grund es rot und drohend emporloderte. Rowlf verlor den Halt, kippte in einer grotesk langsamen Bewegung über den Rand der Spalte und klammerte sich im letzten Augenblick fest.

Ich versetzte Howard einen Stoß, der ihn weitertaumeln ließ, fuhr mitten im Schritt herum und war mit einem Satz bei Rowlf.

Eine Welle grausamer Hitze schlug mir wie eine unsichtbare Faust ins Gesicht, als ich mich der Spalte näherte. Kleine, winzige Funken stiegen aus der Tiefe empor, führten irre Tänze auf der heißen Luft auf und erloschen oder senkten sich brennend auf Rowlf und mich nieder. Ich schrie schmerzhaft auf, fiel mehr auf die Knie, als ich mich vor Rowlf niederließ, und griff nach seinem Handgelenk.

»Hau ab!« brüllte Rowlf. »Bring dich in Sicherheit!«

Ich ignorierte seine Worte, griff auch mit der anderen Hand nach seinem Arm und suchte mit Knien und Füßen festen Halt im Boden. Die Spalte zitterte, kleine, wie gezackte Blitze geformte Risse entstanden an ihren Rändern und liefen in irrem Zickzack auf mich zu. Der

Spalt zitterte wie eine gewaltige, von loderndem Rot erfüllte klaffende Wunde, und die neuerliche Erschütterung ließ Rowlf endgültig den Halt verlieren.

Ein grausamer Ruck schien mir die Arme aus den Schultern reißen zu wollen. Rowlf brüllte vor Angst, griff mit der freien Hand nach oben und krallte die Finger in meine Jacke. Der Ruck riß mich nach vorne. Für einen kurzen, grauenhaften Augenblick drohte ich ebenfalls den Halt zu verlieren, dann warf ich mich mit einer Kraft, von der ich selbst nicht wußte, woher ich sie nahm, noch einmal nach hinten und zerrte Rowlf ein Stück nach oben. Ein mörderischer Schlag ließ den Boden erzittern, irgendwo, tief unter uns, stürzte etwas polternd und krachend zusammen, und eine neuerliche, noch schlimmere Hitzewelle griff mit unsichtbaren glühenden Fingern nach mir und Rowlf.

Rowlf begann erneut zu schreien und hilflos mit den Beinen zu strampeln. Meine Muskeln waren bis zum Zerreißen gespannt. Ich bin kein Schwächling, aber ich spürte, daß ich den Druck nicht mehr länger ertragen würde. Die Hitze stieg ins Unerträgliche, und unter Rowlfs strampelnden Beinen züngelten gelbe, zischende Flammen, leckten wie gierige Hände nach seiner Hose und ließen ihn erneut vor Schmerz aufschreien. Verzweifelt suchte er mit den Füßen Halt zu finden, aber das lockere Erdreich gab immer wieder nach, und Rowlf rutschte unbarmherzig weiter ab.

Ich hätte es nicht geschafft, wäre nicht in diesem Moment Howard neben mir aufgetaucht. Blitzschnell griff er mit beiden Händen zu, packte Rowlfs Arm und warf sich mit einer kraftvollen Bewegung zurück. Gleichzeitig mobilisierte ich noch einmal alle Kraftreserven, die mein geschundener Körper noch hatte.

Rowlf flog regelrecht aus der Erdspalte heraus. Die abrupte Bewegung riß uns alle drei von den Füßen. Ich fiel, rollte herum und sprang wieder auf die Füße. Das Haus ragte wie ein verschwommener Schatten dunkel und drohend über uns empor. Ich taumelte weiter, erreichte die Treppe, fiel und kroch die letzten Stufen auf Händen und Knien empor.

Hinter uns schoß eine brüllende Feuersäule aus der Erdspalte. Felsen und kleine, rotglühende Lavaspritzer wurden hoch in die Luft geschleudert und regneten wie tödliche Wurfgeschosse rings um uns nieder. Ein mikroskopisch feiner Spritzer des flüssigen Steins traf meinen Arm, brannte sich in Sekundenbruchteilen durch den Stoff meines Rockes und fraß sich tief in meine Haut. Noch einmal bebte die Erde, und ein zweiter, noch gewaltigerer Feuergeysir leckte gen Himmel, als brülle das Feuer seinen Zorn heraus, daß ihm das sicher geglaubte Opfer im letzten Moment noch entkommen war. Dann schloß sich die Spalte wieder. Ihre Ränder krachten wie die Kiefer eines gigantischen, steinernen Maules aufeinander. Die Erschütterung ließ das gesamte Haus in seinen Grundfesten erbeben.

Zwei, drei Sekunden lang starrte ich wie gelähmt auf das unglaubliche Schauspiel, das sich uns bot. Die Umgebung des Hauses veränderte sich weiter. Vor unseren Augen lief die Entwicklung der Erde rückwärts und milliardenmal schneller ab. Der Wald war vollends verschwunden und hatte einer gewaltigen, rötlich schimmernden Ebene Platz gemacht. In der Ferne, so weit, daß sie nur als Schatten zu erkennen waren, standen gigantische gezackte Berge, und der Himmel war jetzt fast weiß.

Ein weiterer Erdstoß ließ die Treppe unter mir erbeben und erinnerte mich daran, daß wir noch lange nicht außer Gefahr waren. Hastig stemmte ich mich hoch, warf Howard einen auffordernden Blick zu und taumelte auf die geborstene Tür zu.

Im gleichen Moment, in dem ich das Haus betrat, erloschen die dumpfen Geräusche und die Erdstöße. Es war nicht nur ein Schritt in ein Gebäude, sondern ein Schritt in eine andere Welt – genauer gesagt in einen winzigen Teil der Welt, der noch so geblieben war, wie er sein sollte. Hinter uns schlug die Zeit weiter Purzelbäume, aber rings um mich herum herrschte Kühle und Zwielicht und Stille, eine beinahe unheimliche, furchteinflößende Stille nach den krachenden und berstenden Geräuschen der zuckenden Erde draußen.

Ich wankte noch ein paar Schritte weiter, drehte mich herum und ließ mich erschöpft gegen die Wand sinken. Hinter mir taumelten Rowlf und Howard ins Haus, beide genauso erschöpft wie ich und mindestens genauso verstört.

Mein Herz jagte. Jetzt, als alles vorbei war, schlug die Erschöpfung mit aller Macht zu. Meine Knie begannen zu zittern, wurden weich und vermochten das Gewicht meines Körpers nicht mehr zu tragen, und allmählich begann ich auch die zahllosen kleinen und großen Blessuren zu spüren, die ich davongetragen hatte. Langsam rutschte ich an der Wand entlang zu Boden. Ein starkes Schwindelgefühl begann sich in meinem Schädel auszubreiten. Ich wartete darauf, daß ich das Bewußtsein verlor, aber das geschah nicht.

Howard berührte mich an der Schulter.

»Alles in Ordnung, Junge?« fragte er.

Ich hob mühsam den Kopf, nickte, zog eine Grimasse und sagte: »Nein.«

»Laß mich deinen Rücken sehen«, verlangte er. Die Anstrengung, mich herumzudrehen und die zerfetzte Jacke abzustreifen, überstieg fast meine Kräfte, aber ich gehorchte und biß tapfer die Zähne zusammen, als er mein Hemd auseinanderriß und mit geschickten Fingern über meine Haut tastete.

»Halb so wild«, sagte er nach einer Weile. »Die Verbrennungen sind nicht gefährlich.«

»Aber dafür tun sie verdammt weh«, preßte ich zwischen zusammengebissenen Zähnen hervor. Ich versuchte auf die Füße zu kommen, knickte wieder ein und nickte dankbar, als Rowlf mich am Arm nahm und auf die Füße stellte, als wäre ich eine gewichtslose Puppe. Allmählich begannen der Schwindel und das Schwächegefühl zu weichen. Trotzdem war ich noch immer so matt, daß ich mich gegen die Wand lehnen mußte, um nicht erneut zusammenzubrechen. »Vielen Dank, Rowlf«, murmelte ich.

Rowlf winkte ab. »Unsinn«, murmelte er in seiner groben Art. »Ohne Sie wär' ich jetzt zermatscht wie 'ne Wanze. Hätt' mich glatt erwischt.«

»Deinen Dialekt hatte es ja erwischt, wie?« fragte ich mit einem müden Lächeln. »Oder sprichst du nur einwandfreies Englisch, wenn du in Lebensgefahr bist?«

Rowlf grinste, wandte sich ab und ging zur Tür zurück. Vor dem Haus tobten die entfesselten Naturgewalten noch immer, vielleicht schlimmer als zuvor. Der Himmel schien zu brennen, war aber jetzt nicht mehr ganz so unerträglich hell. Alles, was ich zu sehen vermochte, waren Felsen, graue, kahle Felsen, auf denen sich nicht das geringste Zeichen von Leben zeigte.

»Was ist das?« murmelte ich. Der Himmel flackerte. Streifen von Schwärze begannen das brennende Orange zu durchziehen und langsam zu wachsen. Es sah aus wie schwarzer Ausschlag.

»Ich fürchte, die Antwort wird dir nicht gefallen, Robert«, murmelte Howard. »Jedenfalls, wenn es das ist, was ich befürchte.«

Um ein Haar hätte ich ihn ausgelacht. »Glaubst du – mir?« fragte ich betont. »Irgend etwas ist mit der Zeit geschehen. Was ist das, Howard?«

Howard schwieg.

»Du weißt es«, behauptete ich. »Nicht wahr?«

»Ich war ein Narr«, murmelte er, ohne direkt auf meine Frage zu antworten. »Mein Gott, was war ich nur für ein Narr! Ich hätte es schon in London wissen müssen, spätestens in dem Moment, in dem ich den Saurier sah.«

»Den was?« fragte ich. Rowlf wandte kurz den Blick und sah Howard stirnrunzelnd an, konzentrierte sich dann aber wieder ganz auf das, was draußen vor dem Haus vorging.

»Den Saurier«, murmelte Howard. »Das Ungeheuer von Loch Shin – was glaubst du, was es war? Die Bestie war ein Ichthyosaurier, ein Wesen, das vor drei- oder vierhundert Millionen Jahren auf unserer Erde ausgestorben ist.«

»Nicht ganz«, widersprach ich, aber Howard ließ mich nicht zu Worte kommen.

»Sie sind ausgestorben«, sagte er noch einmal. »Aber sie haben ihn geholt. Auf dem gleichen Weg, auf dem sie uns holen.«

»Aha.«

Howard lächelte schmerzlich. »Ich weiß, es klingt verrückt«, sagte er, »aber es ist wahr. Unsere Gegner ...«

»Du meinst, die Hexen von Salem.«

»Nein.« Howard schüttelte entschieden den Kopf, wühlte einen Moment in seiner Rocktasche und nahm eine seiner dünnen schwarzen Zigarren hervor. Umständlich klemmte er sie zwischen die Lippen, zündete sie an und nahm einen tiefen, beinahe gierigen Zug, ehe er weitersprach.

»Sie wären nicht in der Lage gewesen, *so* etwas zu tun«, sagte er mit einer Geste, die das gesamte Haus einschloß. »Nicht einmal annähernd, Robert. Ich ...

habe dir von den *GROSSEN ALTEN* erzählt, und du hast einen von ihnen selbst gesehen.«

Ich schauderte. Howards Erinnerung wäre unnötig gewesen. Ich hatte nicht viel mehr als einen vagen Schatten von Yog-Sothoth gesehen, aber selbst diesen Anblick würde ich Zeit meines Lebens nicht mehr vergessen können.

»Dies hier ist ihr Werk«, sagte Howard dumpf. »Diese Narren ahnen ja nicht einmal, was sie getan haben. Sie haben Yog-Sothoth gerufen, um deinen Vater zu vernichten, Robert, aber sie haben mehr getan, weit mehr. Ohne es zu ahnen. Sie haben es den *GROSSEN ALTEN* ermöglicht, sich einen Weg durch die Zeit zu öffnen.«

Ich begriff nur langsam. Etwas in mir sträubte sich dagegen, Howards Worte als das anzuerkennen, was sie waren. Mein Blick richtete sich wieder auf die bizarr veränderte Welt vor dem Haus. Selbst die Felsen waren mittlerweile verschwunden; aus der rötlichen Ebene war eine schwarze, wie poliert wirkende Einöde geworden, die sich ohne Unterbrechung bis zum Horizont erstreckte.

Howard registrierte meinen Blick, nahm mich beim Arm und führte mich zur Tür. »Schau hinaus«, sagte er leise. »Was du dort siehst, ist unsere Welt, so wie sie vor tausend Millionen Jahren ausgesehen hat. Es wird nicht mehr lange dauern.«

Seine Worte schienen wie ein unheimliches Echo hinter meiner Stirn widerzuhallen. *Tausend Millionen Jahre.* Die Zahl überstieg das wirklich Vorstellbare einfach. Sie war absurd. Wir sollten eine Milliarde Jahre in der Vergangenheit sein? Lächerlich.

Und trotzdem wußte ich, daß er recht hatte.

»Es ist die einzige Erklärung«, murmelte Howard. »Ein Tunnel durch die Zeit. Die *GROSSEN ALTEN* haben einen Weg gefunden, den Abgrund der Zeit zu überbrücken, eine Verbindung zwischen ihrer und unserer Welt zu schaffen.«

»Aber wenn das so ist«, murmelte ich, sehr leise und mit einem stärker werdenden Gefühl der Furcht, »warum ...«

»Warum sie unsere Welt noch nicht erobert haben, meinst du?« Howard lachte, leise, rauh und völlig humorlos. »Sie werden es tun, Robert. Noch ist der Weg nicht vollends geöffnet, aber sobald unsere Reise zu Ende ist ...« Er sprach nicht weiter, schnippte seine kaum angerauchte Zigarre aus der Tür und sah ihr nach. Sie schlug auf der Treppe auf, rollte ein Stück und erlosch übergangslos. Schaudernd begriff ich, daß draußen vor dem Haus keine Luft mehr war. In der Zeit, in der wir uns befanden, war die Erde nicht mehr als ein toter Steinklumpen.

»Wenigstens werden wir die zweifelhafte Ehre haben, als erste Menschen einen Blick in die Welt der *GROSSEN ALTEN* zu tun«, murmelte Howard.

»Wir ... müssen etwas unternehmen«, murmelte ich verstört. »Du kannst nicht einfach tatenlos dastehen und zusehen, wie ...« Ich sprach nicht weiter, als mich sein Blick traf. Es gab nichts, was wir tun konnten. Die Gewalten, denen wir gegenüberstanden, waren mit menschlichen Maßstäben nicht mehr zu ermessen.

»Und alles nur, um einen einzelnen Mann zu töten«, stöhnte ich. »Diese Bestien.«

Howard seufzte. »Du darfst ihnen keinen Vorwurf machen, Robert«, sagte er. »Sie haben nicht gewußt, was sie taten. Die *GROSSEN ALTEN* sind schlau. Begehe nie den Fehler, sie für hirnlose Bestien zu halten, Robert.«

»Aber wir müssen etwas tun!« begehrte ich auf. »Du hast es selbst gesagt – es wird nicht mehr lange dauern!« Wieder fiel mein Blick auf die schwarze, trostlose Ebene. Meine überreizte Phantasie ließ Bewegung entstehen, wo keine war, und Schatten zu bizarren tentakelbewehrten Monstern werden. Ich wußte, daß es nicht so war. Wir waren eine Milliarde Jahre weit in der Vergangenheit, und trotzdem hatten wir kaum die Hälfte des Abgrundes überwunden, der die Welt der *GROSSEN ALTEN* von der der Menschen trennte. Der Gedanke, welche Kräfte nötig waren, eine Brücke über diesen Abgrund zu schlagen, ließ mich aufstöhnen.

»Es ist dieses Haus«, murmelte Howard. Sein Blick glitt durch die große, verwüstete Eingangshalle, tastete über die zusammengebrochene Treppe und blieb einen Moment an der zerschmetterten Tür zur Bibliothek hängen.

»Ich bin sicher, daß es dieses Haus ist«, murmelte er erneut. »Es ist kein Zufall.« Plötzlich stockte er, runzelte für einen Moment die Stirn und sah mich lange und nachdenklich an.

»Als ich vorhin das Tor berühren wollte«, murmelte er, »da hast du mich zurückgehalten. Warum?«

Ich blinzelte verwirrt. »Ich ...«

»Du warst es auch, der die Gefahr zuerst erkannt hat«, fuhr er, in sonderbar nachdenklichem Ton, als rede er mehr mit sich selbst als mit mir, fort. »Warum, Robert? Was weißt du, was ich nicht weiß?«

Ich starrte ihn betroffen an. Für einen winzigen Moment glaubte ich wieder die Stimme in mir zu hören, dieses leise und doch unglaublich machtvolle Flüstern und Wispern, das in einer Sprache zu mir gesprochen hatte, die keines Menschen Ohr jemals gehört hatte. Ich schauderte. Allein die Erinnerung ließ mich frösteln.

»Erinnere dich!« drängte Howard. »Es ... es kann

sein, daß unser Leben davon abhängt. Und das zahlloser anderer!«

Ich versuchte es, aber es ging nicht. Die Erinnerung bereitete mir fast körperliche Schmerzen.

»Sieh mich an!« verlangte Howard. Instinktiv gehorchte ich. Sein Blick war starr in den meinen gerichtet, und seine Augen ... irgend etwas war mit seinen Augen. Ihr Blick war durchdringend und hart, so fordernd und gnadenlos, wie ich es noch niemals zuvor erlebt hatte. »Sieh mich an!« sagte er noch einmal, und diesmal war jedes einzelne seiner Worte wie ein Peitschenhieb, der mich bis ins Mark erschütterte. Irgendwo in einer verlorenen, frei gebliebenen Ecke meines Bewußtseins regte sich der Gedanke, daß Howard dabei war, mich zu hypnotisieren oder etwas Ähnliches mit mir zu tun, aber ich war unfähig, mich dagegen zu wehren.

»Erinnere dich!« befahl Howard. »Erinnere dich, was geschehen ist. Du ...«

Die Bilder kamen mit der Wucht eines Fausthiebes. Ich taumelte zurück, fiel gegen die Wand und krümmte mich wie unter Schmerzen. Rowlf wollte hinzuspringen, aber Howard scheuchte ihn mit einer raschen, beinahe herrischen Geste zurück. So wie draußen am Tor war ich mir meiner Umgebung weiterhin voll bewußt, aber gleichzeitig sah ich Bilder, die mir fremd und unverständlich waren und mich trotzdem mit einem unbeschreiblichen Grauen erfüllten. Ich war weiter ich, aber gleichzeitig auch eine andere – das Mädchen, in dessen Körper ich schon einmal gewesen war. Meine Umgebung hatte sich verändert. Ich war noch immer in der Kammer, aber über den feuchten Stein und die Wände krochen kleine, dunkle Dinge, die ich nicht genau erkennen konnte. Ein weißer Stoff wie Seide umgab meinen *(meinen?)* Körper, und hinter dem wehenden weißen Vorhang bewegte sich etwas Gewaltiges, Dunkles. Bizarre Laute drangen an mein Ohr, dann hörte ich meine eigene Stimme Worte sprechen, die nicht von mir stammten.

»Geht weg«, keuchte ich. »Geht ... doch ... weg. Ich ... Charles. Charles, hilf mir. Ich ...«

Der weiße Schleier zerriß. Für den Bruchteil einer Sekunde konnte ich das Wesen in aller Deutlichkeit erkennen.

Howard und Rowlf fingen mich auf, als ich das Bewußtsein verlor.

Ich konnte nicht sehr lange bewußtlos gewesen sein. Auf meiner Zunge lag ein übler Geschmack, als ich erwachte. Rowlfs mächtige Pranken stützten mich, und Howard kniete vor mir und fächelte mir mit einem Taschentuch frische Luft ins Gesicht.

»Nun?« fragte er. »Alles wieder in Ordnung?«

Das Lächeln auf seinen Zügen war falsch und vermochte die Sorge, die er empfand, nicht zu überspielen. Auf seiner Stirn perlte Schweiß, obwohl es hier drinnen dunkel und kalt wie in einem Grab war.

»Nein«, knurrte ich. »Ich mag es nämlich nicht, wenn ich ohne mein Wissen hypnotisiert werde.«

Howard lächelte flüchtig. »Es war keine Hypnose«, sagte er.

Ich ignorierte seine Antwort. »Hast du wenigstens erfahren, was du wissen wolltest?« fragte ich scharf.

»Nein«, entgegnete Howard. Er seufzte, richtete sich auf und half mir, ebenfalls auf die Füße zu kommen. Automatisch wanderte mein Blick zur Tür. Draußen war es dunkel geworden. Von der felsigen Ebene war nicht mehr als ein vager Schatten geblieben, über dem sich ein gewaltiger, sternenübersäter Himmel spannte.

Der Blick reichte unglaublich weit.

»Es ist noch Zeit«, sagte Howard hastig, als er meinen Blick bemerkte, »aber nicht mehr viel. Erinnerst du dich an das, was du gesehen hast?«

Ich schwieg einen Moment, schüttelte den Kopf und sah ihn hilflos an. In meinem Kopf wirbelte alles durcheinander. Ich vermochte nicht zu unterscheiden, was Wirklichkeit, was Erinnerung und was schlichtweg Einbildung war.

»Du hast ein paarmal einen Namen gerufen«, sagte Howard vorsichtig. »Jenny ... erinnerst du dich?«

Jenny ... Das Wort ließ irgend etwas in mir klingen, aber es war wie die Erinnerung an einen Traum, der nur noch in Bruchstücken vorhanden ist. Und doch ...

»Sie ist ... in Gefahr«, murmelte ich.

In Howards Augen blitzte es auf. »In Gefahr?« wiederholte er. »Wer ist sie? *Wo* ist sie?«

»Wir müssen ihr helfen«, wiederholte ich. Die Worte kamen schleppend, langsam – und ohne mein Zutun. Langsam, und ohne wirklich zu wissen, warum, drehte ich mich von der Tür weg und deutete auf die halb eingebrochene Treppe, die zur Galerie hinaufführte.

»Sie ist ... dort«, murmelte ich. »Dort oben. Wir ... müssen ihr helfen.«

Howard tauschte einen raschen, undeutbaren Blick mit Rowlf, runzelte die Stirn und trat auf mich zu, aber ich drückte seine Hand beiseite und setzte mich, stockend und mit abgehackten, mühsamen Schritten, in Bewegung. »Robert!« sagte Howard erschrocken. »Was hast du vor?«

Ich antwortete nicht. Es war wie die Male zuvor: Das Wissen war einfach in mir, ohne den geringsten Zweifel – ich *wußte* einfach, daß Jenny dort oben war und daß es wichtig war, sie zu retten, nicht nur für sie, sondern für uns alle und vielleicht für die ganze Welt.

Am Fuße der Treppe blieb ich stehen. Von den breiten, in einem sanft geschwungenen, weit ausladenden Bogen nach oben führenden Marmorstufen war nur noch ein Skelett geblieben, aber für einen geschickten Kletterer – der ich war – mußte es möglich sein, trotzdem nach oben zu gelangen.

Howard und Rowlf waren mir gefolgt, blieben aber gehorsam zurück, als ich eine abwehrende Bewegung mit der Linken machte. »Bleibt hier«, murmelte ich. »Ich weiß nicht, ob das Ding das Gewicht von zwei Männern trägt.«

Genaugenommen wußte ich noch nicht einmal, ob es das Gewicht *eines* Mannes tragen würde. Ich zögerte noch einen Moment, streckte die Hand nach dem zerfallenen Rest des Geländers aus und setzte mit klopfendem Herzen den Fuß auf die unterste Stufe.

Die gesamte Treppe bebte unter meinem Gewicht, als ich hinaufzusteigen begann. Kleinere Steine und Kalk lösten sich aus dem zerborstenen Steinskelett und rieselten zu Boden, und als ich die Hälfte hinter mir hatte, brach ein mannsgroßes Stück aus den geborstenen Marmorstufen und donnerte zu Boden. Ich blieb stehen, erstarrte für einen Moment und ging erst nach Sekunden weiter. Mein Herz raste. Ich war in Schweiß gebadet, und die Angst wurde langsam übermächtig. Ein einziger Fehltritt, eine einzige Stufe, die meinem Gewicht nicht mehr gewachsen war, und es war aus. Aber ich konnte nicht umkehren. Die lautlose Stimme in meinem Inneren trieb mich weiter. Ich mußte dort hinauf, ganz egal, wie.

Stunden schienen vergangen zu sein, ehe ich die Galerie erreichte. Ich blieb stehen, wartete, bis mein Herz aufgehört hatte, bis zum Zerspringen zu schlagen, und drehte mich langsam herum. Howard und Rowlf standen noch immer am Fuß der Treppe, aber sie waren ein Stück zurückgewichen, um nicht von einem herabstürzenden Trümmerstück getroffen zu werden.

»Ihr könnt kommen«, sagte ich. »Aber seid vorsichtig. Die Treppe ist verdammt unsicher.«

Howard und Rowlf wechselten ein paar Worte miteinander, die ich nicht verstand, dann ging Rowlf langsam los. Die gesamte Treppe schien in ihren Grundfesten zu erzittern, als er die ersten Stufen hinaufging.

Er kam nicht sehr weit. Ein tiefes, mahlendes Stöhnen lief durch das Skelett der Treppe. Kopfgroße Steinbrocken lösten sich und zersprangen mit peitschendem Knall auf dem Marmorfußboden, dann kippte ein drei Meter langes Stück des Geländers nach innen und stürzte herab. Rowlf schrie erschrocken auf, warf sich mit einer verzweifelten Bewegung nach hinten und wich dem tödlichen Steinregen im letzten Augenblick aus. Die Treppe bebte weiter. Mehr und mehr Brocken lösten sich, ganze Stufen kippten nach vorne und verschwanden donnernd in der Tiefe, dann entstand, weniger als eine Handbreit vor meinen Füßen, ein langer, gezackter Riß.

Hastig sprang ich zurück. Die Galerie bebte und zitterte so heftig, daß ich für einen Moment fürchtete, mit in die Tiefe gerissen zu werden, und hastig weiter zurücksprang. Ein ungeheures Krachen und Bersten erfüllte das Haus. Plötzlich war alles voller Staub und stürzenden Steinen. Das Haus erzitterte wie unter dem Fausthieb eines Giganten. Ich hörte Howard schreien, dann stürzten noch mehr Steine zu Boden, und ein Teil der Galerie folgte der zusammenbrechenden Treppe in die Tiefe. Erst nach einer Ewigkeit hörte es auf.

Minuten vergingen, bis sich der Staub so weit gelegt hatte, daß ich wieder sehen konnte. Vorsichtig löste ich mich von meinem Platz, trat dicht an den zerborstenen Rand der Galerie heran und ließ mich auf die Knie nieder. Die Luft in der Halle war noch immer voller Staub, und unter mir türmte sich ein gewaltiger Berg aus Trümmern und zerborstenen Marmorstufen. Die Treppe existierte nicht mehr.

»Robert! Bist du okay?«

Es dauerte einen Moment, ehe ich Rowlf und Howard in all dem Staub erkannte. Sie schienen unverletzt zu sein, waren aber bis ans gegenüberliegende Ende der Halle zurückgewichen und husteten ununterbrochen.

»Ich bin unverletzt!« schrie ich zurück.

»Dann bleib, wo du bist!« antwortete Howard. »Wir suchen einen anderen Weg, um hinaufzukommen.«

Ich überlegte einen Augenblick. Der Gedanke, allein weiterzugehen, gefiel mir nicht sonderlich. Aber ich mußte. Die Zeit lief unbarmherzig ab.

Langsam richtete ich mich auf, klopfte mir den ärgsten Staub aus den Kleidern und sah mich unschlüssig um. Es war fast ein Dutzend Türen, die von der Galerie abzweigten. Die meisten waren verschlossen, nur eine oder zwei standen auf und gaben den Blick auf die dahinterliegenden, verwüsteten Räume frei. Die steinerne Galerie begann unter meinen Füßen zu beben, als ich mich in Bewegung setzte.

»Robert! Verdammt noch mal, was tust du?« Howards Stimme überschlug sich fast vor Schrecken. »Bleib, wo du bist! Es ist zu gefährlich!«

Ich ignorierte ihn. Das Wispern und Flüstern in meinem Inneren war verstummt, aber ich wußte einfach, welche Tür die richtige war. Vorsichtig ging ich weiter. Meine Hand kroch unbewußt zum Gürtel und legte sich um den versilberten Knauf des Stockdegens, den ich aus der Bibliothek gerettet hatte.

»Verdammt, Robert – bleib stehen!« schrie Howard. »Du weißt nicht, worauf du dich einläßt!«

Aber selbst wenn ich gewollt hätte, hätte ich nicht stehenbleiben können. Es war die letzte Tür, ganz am Ende der Galerie, und meine Beine schienen sich fast ohne mein Zutun zu bewegen. Langsam streckte ich die Hand aus, zögerte einen unmerklichen Moment und berührte die bronzierte Klinke.

Das Metall war eisig. Wieder zögerte ich einen Moment, dann drückte ich die Klinke herunter, stemmte mich mit der Schulter gegen die Tür und drückte sie langsam nach innen.

Ein Hauch eisiger Luft und Modergeruch schlugen mir entgegen, wispernde, huschende Geräusche wie von winzigen Füßchen, die über feuchten Stein und Erde huschten, und dunkelgrüner, flackernder Lichtschein. Hinter der Tür lag kein Zimmer, sondern ein dunkler, gewölbter Gang mit niedriger Decke, dessen Wände sich irgendwo in unbestimmbarer Entfernung verloren. Das grüne Licht machte es unmöglich, Entfernungen zu schätzen, aber es mußten hundert oder mehr Yards sein – viel mehr, als das Haus überhaupt groß war.

Aber in diesem Haus war ja nichts normal.

Ich zögerte einen Moment, trat dann mit einem entschlossenen Schritt in den Gang und zog die Tür hinter mir zu. Howards Stimme verklang, als das altersschwache Schloß einrastete.

Stille hüllte mich ein. Das Wispern und Huschen verklang, und von einem Augenblick auf den anderen war es so ruhig, daß ich mir einbildete, das Klopfen meines eigenen Herzens zu hören. Die Wände waren feucht. Moder und weißlicher Schimmelpilz nisteten in Ritzen und Fugen, und in dem sanften Windzug, der mir ins Gesicht fächelte, bewegten sich staubige Spinnweben unter der Decke. Die Luft war so trocken, daß ich nur noch mit Mühe ein Husten unterdrücken konnte.

Nach einer Weile begann sich meine Umgebung zu verändern. Die rohen, lieblos aufeinandergesetzten Steinquader, die bisher die Wände des Stollens gebildet hatten, machten nackter Erde Platz, braunem Lehm und schwarzen, wie verbrannt wirkenden Flächen, die nur noch durch ihr eigenes Gewicht und den Druck, der auf ihnen lastete, zusammengehalten wurden. Ich glaubte, das Gewicht der Fels- und Erdmassen, die sich über meinem Kopf türmten, körperlich zu spüren. Dieser Gang gehörte längst nicht mehr zu dem Haus in Schottland, in dem wir gewesen waren. Ich wußte nicht wie, und ich wollte es auch gar nicht verstehen, aber ich war in eine fremde, vollkommen andere Welt geraten, im gleichen Augenblick, in dem ich die Tür durchschritten hatte.

Eine Treppe tauchte vor mir auf. Die Stufen waren schräg und unterschiedlich hoch und breit; das Gehen war schwierig und erforderte meine ganze Konzentration. In den Wänden waren Bilder: verschlungene, sinnverwirrende Linien und Formen, Dinge, die Übelkeit und Schwindel erregten, wenn man zu lange hinsah. Die Winkel der Wände waren falsch, aber ich vermochte nicht zu sagen, wieso. Der Boden fiel, auch nachdem ich die Treppe hinabgestiegen war, weiter steil ab, so daß ich mit weit ausgebreiteten Armen und vorsichtig gehen mußte. Trotzdem hatte ich das Gefühl, mich einen steil ansteigenden Hang hinaufzukämpfen.

Ich weiß nicht, wie lange ich mich durch diese bizarre, unmenschliche Welt tastete. Vermutlich waren es nur wenige Minuten, aber es kam mir vor wie Stunden.

Schließlich hörte ich Geräusche und blieb stehen. Es waren keine Stimmen oder Schritte, sondern ein dumpfes, mehr zu fühlendes als wirklich zu hörendes Pochen und Hämmern, ein Laut, wie das mühsame

Schlagen eines gewaltigen, großen Herzens. Dazwischen glaubte ich wieder dieses Rasseln und Schleifen zu hören, das ich schon oben am Eingang vernommen hatte, nur deutlicher diesmal.

Mißtrauisch sah ich mich um. Der Stollen schien sich um mich herum zu bewegen, aber dieser Eindruck war falsch und kam nur von der bizarren, dem menschlichen Geist nicht zugänglichen Geometrie der Wände. Ich schloß für einen Moment die Augen, versuchte, das bedrückende Gefühl abzuschütteln und ging weiter.

Vor mir war eine Tür. Das Türblatt selbst war zersplittert, in den rostigen Angeln hingen nur noch Reste der Bretter, die von einer ungeheuren Gewalt zermalmt worden waren. Und die Geräusche kamen aus dem Raum dahinter.

Vorsichtig näherte ich mich der Tür, blieb für die Dauer eines Herzschlages stehen und ging auf Zehenspitzen weiter.

Der Anblick ließ mich aufstöhnen.

Ich erkannte den Raum sofort wieder. Es war die Kammer, die ich in meiner Vision gesehen hatte: ein finsteres, großes Gewölbe mit feuchten Wänden, erfüllt von graugrünem, flackerndem Licht. Etwas Gewaltiges, Schwarzes stand im Hintergrund des Raumes, eine tentakelbewehrte Scheußlichkeit, die sich dem direkten Blick immer wieder zu entziehen schien, als wäre sie hinter einem Vorhang aus Schwärze und huschenden Schatten verborgen.

Das Ungeheuer aus meiner Vision!

Aber es war nicht allein. Neben ihm stand ein hochgewachsener, braunhaariger Mann. Seine Haut war von unzähligen, winzigen blutenden Kratzern übersät. Auf dem Boden vor ihm bewegte sich eine schwarze, wimmelnde Masse …

Spinnen!

Ein eisiger Schauer jagte meinen Rücken herab. Es waren Spinnen, Hunderte, wenn nicht Tausende von faustgroßen, mit schwarzem, drahtigem Haar bedeckte Spinnen, die auf geschäftigen Füßchen hin und her huschten, die Decke und die Wände hinauf- und herabliefen und ein gewaltiges Zelt aus weißer Spinnseide schufen, einen drei, vielleicht vier Yard messenden Kokon, in dessen Innerem sich ein dunkler Umriß bewegte.

Sekundenlang stand ich wie gelähmt da und starrte das grausige Bild an. Weder das Ungeheuer noch der Mann hatten bisher von meiner Anwesenheit Notiz genommen, sondern konzentrierten sich völlig auf die Spinnen und ihr geschäftiges Tun.

Für einen Augenblick war ich unaufmerksam; und um ein Haar hätte mich dieser Moment das Leben gekostet!

Ich hörte die Schritte im letzten Moment, aber meine Reaktion kam zu spät. Ein harter Tritt traf meine Kniekehle und ließ mich zusammenbrechen, gleichzeitig schlang sich ein Arm von hinten um meinen Hals und drückte zu.

Ich schrie auf, stemmte mich instinktiv gegen den Druck und drehte gleichzeitig den Körper zur Seite, so weit es der mörderische Griff des anderen zuließ. Gleichzeitig rammte ich dem Mann den Ellbogen in den Leib, so hart ich konnte. Im ersten Moment schien es, als würde der Bursche den Schlag ohne spürbare Reaktion hinnehmen, aber dann merkte ich, wie sich sein Griff lockerte. Ein leises Stöhnen drang an mein Ohr.

Ich schlug noch einmal zu, machte gleichzeitig einen halben Schritt zurück und warf mich dann mit aller Kraft vor. Der Mann wurde nach vorne gerissen, segelte über meinen gekrümmten Rücken hinweg und schlug auf dem steinernen Boden auf.

Aber er kam fast schneller wieder auf die Füße, als er gestürzt war. Mit einer ungeheuer flinken, quirlenden Bewegung sprang er hoch, stieß ein wütendes Fauchen aus und drang mit wirbelnden Fäusten erneut auf mich ein. Mir blieb kaum Zeit, mich von meinem Schrecken zu erholen und auf seinen neuerlichen Angriff vorzubereiten.

Es war Carradine. Wir hatten bei allem, was geschehen war, Boldwinns verkrüppelten Diener glattweg vergessen, aber ich erkannte die kleine, irgendwie verschrobene Gestalt sofort wieder.

Und wenn er auch verkrüppelt war, so war er doch erstaunlich kräftig. Allein mit der Wucht seines ungestümen Angriffes trieb er mich zurück. Ich taumelte, prallte gegen den Türrahmen und riß schützend die Arme hoch, um mein Gesicht vor seinen gnadenlosen Schlägen zu schützen. Seine Hiebe kamen so schnell hintereinander, daß ich nicht einmal eine Chance hatte, sie abzuwehren oder gar zurückzuschlagen.

»Carradine!« dröhnte eine Stimme. »Töten Sie ihn!«

Für einen winzigen Moment war er abgelenkt. Und ich nutzte meine Chance!

Blitzschnell trat ich einen Schritt zur Seite, schlug seine Faust weg und versetzte ihm einen Hieb genau auf die Kinnspitze.

Carradine taumelte. Seine Augen wurden glasig. Einen Moment lang stand er reglos da, dann kippte er, ganz langsam, als leiste irgend etwas in ihm immer noch Widerstand, zur Seite und blieb reglos liegen.

Aber meine Lage war aussichtsloser als zuvor!

Der zweite Mann und das Monster waren herumgefahren, und die wenigen Augenblicke, die mich Carradine abgelenkt hatte, hatten ihnen gereicht. Ich war in die Enge getrieben, und eine Gegenwehr war sinnlos.

»Craven!« keuchte der Mann. Ich kannte ihn nicht,

aber er schien mich sehr genau zu kennen. Sein Blick sprühte vor Haß. Irgendwie wirkte er bedrohlich, auf eine schwer in Worte zu fassende Art.

Eine Sekunde lang starrte ich ihn an. Er hielt meinem Blick gelassen stand, lächelte schließlich sogar und kam einen Schritt näher.

Und genau darauf hatte ich gewartet. Blitzschnell fuhr ich herum, trat ihm vors Knie und versetzte ihm einen Stoß, der ihn haltlos zurücktaumeln ließ. Gleichzeitig wirbelte ich herum und versuchte mit einem verzweifelten Satz, die Tür zu erreichen.

Aber das schwarze Ungeheuer war schneller. Zwei, drei seiner schwarzen Schlangenarme peitschten in meine Richtung, wanden sich wie dünne, schleimige Vipern um meine Arme und rissen mich mit einer brutalen Bewegung herum.

Ich schrie auf. Meine Haut brannte wie Feuer, wo sie von der des Ungeheuers berührt wurde. Ein betäubender Schmerz peitschte durch meine Arme, explodierte in meinen Schultern und lähmte meinen Körper. Der Kellerraum schien vor meinen Blicken zu verschwimmen. Das Ungeheuer ragte wie ein gewaltiger, verzerrter Schatten über mir auf. Seine Arme hatten sich von meinen Handgelenken gelöst, aber ich war trotzdem unfähig, mich zu rühren.

»Sie werden sterben, Craven«, sagte der Mann. »Sie hätten nicht hierherkommen sollen.« Er sprach ganz ruhig, beinahe tonlos. Und trotzdem traf mich jedes seiner Worte wie ein Hieb. Ich versuchte mich zu bewegen, aber es ging nicht.

Zitternd kam das Ungeheuer näher. Die blutigen Schleier vor meinen Augen lichteten sich, aber ich vermochte seinen Körper trotzdem nicht viel klarer zu erkennen als bisher. Sein Leib war riesig, viel größer als der eines Menschen und massig wie ein Bär. Dutzende von peitschenden, ineinander verwundener Tentakel wuchsen aus seinen Schultern, und sein Kopf wurde fast zur Gänze von einem einzigen, blutrot leuchtenden Auge eingenommen. Seine Tentakel bewegten sich zitternd vor meinem Gesicht auf und ab, aber irgend etwas schien es noch davon abzuhalten, mich zu berühren.

Dafür geschah etwas anderes. Eine Anzahl der Spinnen, die bisher keinerlei Notiz von mir genommen hatten, löste sich aus der wimmelnden Masse und huschte auf wirbelnden Beinen auf mich zu, sie berührten vorsichtig meine Schuhe und meine Hosenbeine – und begannen mich einzuspinnen!

Mein Blick suchte den glänzenden, weißen Kokon in der Ecke. Und plötzlich wußte ich, was der dunkle Umriß hinter der schimmernden Spinnseide zu bedeuten hatte. Es war der Körper eines Menschen.

Jennys Körper!

Mit einem gellenden Schrei erwachte ich aus meiner Erstarrung, schleuderte die Spinnen davon und taumelte zurück. Das Ungeheuer stieß ein wütendes Zischen aus und schlug mit seinen Tentakeln nach mir. Ich duckte mich, zerrte mit einer verzweifelten Bewegung meinen Stockdegen aus dem Gürtel und schlug nach ihnen, aber der geschliffene Stahl prallte von der zähen Haut der Bestie ab. Das wütende Zischen des Monstrums verstärkte sich. Ich sah, daß aus den Enden seiner Schlangenarme dünne, nadelscharf auslaufende Horndolche wuchsen. An ihren Enden glitzerten Tropfen einer farblosen Flüssigkeit.

»Widerstand ist sinnlos, Craven«, sagte der Mann. »Sie hätten nicht kommen sollen. Sie können den Meister nicht besiegen. Niemand kann das. Ihr Erscheinen wird alles nur noch beschleunigen. Jetzt hat er die Lebenskraft von zwei Menschen, um das Tor zu öffnen.«

Das Tor?

Es dauerte einen Moment, bis ich begriff.

Bis ich begriff, daß ich einem der *GROSSEN ALTEN* selbst gegenüberstand ...

»Nein«, murmelte ich. »Das ...«

Der Mann lachte. »Doch, Craven. Sie selbst werden es sein, der den Untergang Ihrer lächerlichen Welt beschleunigt. Aber es hätte nichts geändert, wenn Sie nicht gekommen wären. So geht es nur schneller.«

Das Monster kam näher. Seine Tentakel peitschten, öffneten sich wie zu einer schwerfälligen, tödlichen Umarmung ...

Irgendwo hinter ihm bewegte sich etwas. Es war Carradine, der mühsam wieder auf die Füße kam und sich aus verschleierten Augen umsah. Er war noch immer benommen und schien Mühe zu haben, sich in der Wirklichkeit zurechtzufinden. Verwirrt blickte er erst mich an, dann das Ungeheuer und schließlich den jungen Mann.

»Charles?« murmelte er. »Du ...?«

»Charles? *Sie* sind Charles? Der Mann, dessen Namen Jenny gerufen hat?«

Für den Bruchteil eines Augenblickes wirkte Charles verunsichert. Ein sonderbarer Ausdruck blitzte in seinen Augen auf, eine Mischung aus Unglauben und Schrecken. Aber nur für einen kurzen Moment. Dann verschleierte sich sein Blick wieder.

»Jenny ...«, murmelte Carradine. »Wo ... ist sie.« Plötzlich begann seine Stimme zu beben. »Was hast du mit ihr gemacht?«

»Halten Sie den Mund, Carradine«, sagte Charles verärgert. »Sie ...«

Carradine sprang mit einem Schrei vor, packte Charles an den Schultern und versuchte ihn zu schütteln, aber Charles versetzte ihm einen Stoß vor die Brust, der ihn zurücktaumeln ließ. Carradine stolperte, verlor das Gleichgewicht – und stürzte mit einem Schrei durch den glitzernden Vorhang aus Spinnenseide.

Dahinter kam ein reglos ausgestreckter, fast zur Gänze in glänzendes, weißes Gewebe eingesponnener Kokon zum Vorschein. Der Körper eines jungen Mädchens ...

Carradines Schrei hatte nichts Menschliches mehr. Der Anblick schien den hypnotischen Bann, der sich um seinen Geist gelegt hatte, vollends zu zerbrechen. Seine Finger zerrten an dem weißen Kokon, der den Körper umgab, zerrissen das empfindliche Gewebe.

»Carradine!« Charles' Stimme überschlug sich fast. »Hören Sie auf!«

Carradine reagierte nicht. Wie ein Tobsüchtiger zerrte und riß er an dem Spinngewebe, zerfetzte in Sekunden den Kokon, an dem die Tiere stundenlang gearbeitet haben mußten.

»Hören Sie auf!« schrie Charles. »Sie machen alles zunichte, Sie Narr!« Er stürzte vor, brach rücksichtslos durch den Vorhang aus Spinnseide und versuchte, Carradine zurückzuzerren.

Carradine wirbelte herum. Sein verunstaltetes Gesicht zuckte vor Schmerz und Grauen. Mit einer blitzschnellen, kraftvollen Bewegung zuckten seine Hände vor, krallten sich um Charles' Kehle und drückten zu. Charles keuchte. Verzweifelt warf er sich zurück, zerrte einen Moment an Carradines Handgelenken und begann mit den Fäusten auf sein Gesicht einzuschlagen. Ich sah, wie Carradines Körper unter den Schlägen erzitterte. Seine Augenbrauen und Lippen platzten auf, Blut floß über sein Gesicht und verwandelte es in eine furchteinflößende Fratze.

Aber Angst und Verzweiflung schienen Carradine übermenschliche Kräfte zu geben. Seine Hände krallten sich nur noch fester um Charles' Kehle und drückten fest zu. Allmählich begannen Charles' Schläge an Kraft zu verlieren.

Der *GROSSE ALTE* stieß ein fast klägliches Zischen aus. Seine Tentakel peitschten. Der Blick seines einzigen, flammendroten Auges wanderte unentschlossen zwischen mir und den Kämpfenden hin und her. Ich spürte, wie das Band aus magischer Energie, das sich zwischen ihm und dem hilflos daliegenden Mädchen gespannt hatte, dünner wurde und nahezu zerriß. Und ich spürte auch, daß das Ungeheuer für einen Moment abgelenkt und verwirrt war.

Mit einer entschlossenen Bewegung riß ich meinen Degen hoch, umklammerte ihn mit beiden Händen und stieß mit aller Macht zu. Das Ungeheuer wirbelte herum. Seine Tentakel peitschten nach meinem Gesicht.

Der Schmerz war unbeschreiblich. Ein weißglühender Dolch schien sich tief in meinen Schädel zu bohren. Ich schrie, taumelte, von der Wucht meiner eigenen Bewegung nach vorne gerissen, weiter auf das Monster zu. Der Degen blitzte auf, zuckte auf das lidlose Auge des Ungeheuers herab – und bohrte sich bis zum Griff hinein!

Das Ungeheuer begann zu schreien, hoch, spitz und schrill wie ein verwundetes Tier. Seine Tentakel schlugen in irrsinniger Raserei, aber die Hiebe waren nicht mehr gezielt und nur noch ein Ausdruck seines Schmerzes. Sein Körper begann zu zucken und zu beben. Das flammende Auge war erloschen. Schwärzliche, zähe Flüssigkeit sickerte aus dem zerfransten Loch, das einmal sein Auge gewesen war.

Aber davon bemerkte ich kaum noch etwas. Zum zweiten Mal innerhalb kurzer Zeit verlor ich das Bewußtsein.

Ich war nicht mehr allein, als ich erwachte. Sonnenschein kitzelte mein Gesicht, und irgendwo in meiner Nähe waren Stimmen; Stimmen, die sich gedämpft unterhielten, ohne daß ich die Worte verstanden hätte. Ich versuchte die Augen zu öffnen, blinzelte und preßte erschrocken die Lider wieder zusammen, als grelles Sonnenlicht wie eine dünne Nadel in meine Augen stach. In meinem Kopf nistete ein dumpfer, pochender Schmerz.

»Er kommt zu sich.«

Es dauerte einen Moment, bis ich die Stimme erkannte. Und es dauerte noch länger, bis mir klar wurde, daß ich nicht mehr in der unterirdischen Höhle war. Ich lag auf einer weichen, kühlen Unterlage, und von irgendwoher kam ein wohltuender kühler Hauch.

Zum zweiten Mal öffnete ich die Augen, und diesmal gelang es mir, sie offenzuhalten.

Ich lag auf einem Bett in einem kleinen, behaglich eingerichteten Zimmer. Das Fenster stand weit offen und ließ das Licht der Morgensonne und den Gesang von Vögeln herein.

Howard saß neben mir auf der Bettkante. »Nun?« fragte er leise. »Wieder unter den Lebenden?«

»Unter den ...« Ich versuchte mich aufzurichten, aber Howard stieß mich kurzerhand in die Kissen zurück. »Was ... ist passiert?« fragte ich stockend.

Howards Lächeln erlosch schlagartig. »Das hätte ich gerne von dir erfahren«, sagte er. »Du erinnerst dich nicht?«

Einen Moment lang versuchte ich es, aber hinter meiner Stirn wirbelten die Gedanken durcheinander. »Die Höhle«, murmelte ich. »Wo ist ...«

»Höhle?« Howard runzelte die Stirn. »Was für eine Höhle? Wir haben dich hier gefunden«, sagte er mit einer Geste, die das ganze Zimmer einschloß. »Du hast geschrien und wie ein Wilder um dich geschlagen. Was ist bloß passiert?«

Ich antwortete nicht gleich. Der Schmerz hinter meiner Stirn sank langsam zu einem dumpfen, mehr störenden als wirklich schmerzhaften Pochen herab, und im gleichen Maße, in dem er nachließ, kehrten meine Erinnerungen zurück.

Rowlf erschien neben dem Bett und reichte mir schweigend ein Glas. Ich sah, wie sein Blick flackerte, als er in mein Gesicht sah, schenkte dem aber keine Beachtung. »Ich war in einer Art … Höhle«, murmelte ich nach einem ersten, fast gierigen Zug. »Ich … ich weiß, daß es sich verrückt anhört, aber …«

Howard lächelte. »Nach allem, was passiert ist, hört sich wohl nichts mehr verrückt an, fürchte ich.«

»Nach allem, was …« Ich erschrak. »Wo sind wir? Was ist mit …«

Howard drückte mich erneut mit sanfter Gewalt auf das Bett zurück. »Es ist alles in Ordnung«, sagte er. »Wir sind wieder in der Gegenwart. Es hat aufgehört, kurz nachdem du verschwunden warst.«

»Aber wieso?«

»Ich hatte gehofft, die Antwort darauf von dir zu bekommen«, murmelte Howard. »Ich weiß nicht, was geschah – es hat einfach aufgehört.« Er schnippte mit den Fingern. »Einfach so.«

»Einfach …« Um ein Haar hätte ich gelacht. »Wenn das einfach war …« Ich seufzte, trank einen weiteren Schluck und begann zu erzählen. Howard hörte mir schweigend zu, ohne mich ein einziges Mal zu unterbrechen, aber der Ausdruck auf seinen Zügen verdüsterte sich mit jedem Wort, das er hörte.

»Das ist alles«, sagte ich, als ich zu Ende berichtet hatte. »Ich verlor das Bewußtsein. Das nächste, woran ich mich erinnere, ist dieses Zimmer. Ich ... ich habe keine Ahnung, wo die Höhle geblieben ist, und der ...«

»Der *GROSSE ALTE*«, sagte er, als ich nicht weitersprach. Sein Gesicht war ausdruckslos, aber seine Stimme bebte vor unterdrückter Furcht. »Sprich es ruhig aus. Du weißt es doch sowieso.«

»Ich ... habe es befürchtet«, flüsterte ich. Selbst die Erinnerung an das scheußliche Monster ließ etwas in mir sich zusammenkrampfen.

»Du warst in ihrer Welt«, murmelte Howard. »Es war ein Teil ihrer Welt, den du gesehen hast. Und dieses Mädchen ...«

»Jenny.«

Howard nickte traurig. »Nach allem, was du erzählt hast, fürchte ich, daß sie nicht mehr am Leben sein wird.«

Ich antwortete nicht. Ich hatte sie niemals wirklich zu Gesicht bekommen und kannte eigentlich nicht mehr als ihren Namen. Und trotzdem erschreckte mich der Gedanke zutiefst.

Howard schien das zu spüren. »Es ist besser für sie, wenn sie tot ist«, sagte er sanft. »Niemand überlebt es, mit dem Bewußtsein eines *GROSSEN ALTEN* verbunden zu sein. Und selbst wenn sie lebt, ist sie in ihrer Zeit gefangen. Du kannst nichts mehr für sie tun.« Er seufzte, schloß einen Moment die Augen und fuhr dann mit veränderter Stimme fort: »Das erklärt alles.«

»Was erklärt *was*?« fragte ich betont.

Howard sah mich erneut auf diese sonderbare Art an, schüttelte ein paarmal den Kopf und stand auf. Ich hörte ihn eine Zeitlang hinter mir hantieren, dann kam er zurück und setzte sich wieder auf die Bettkante. In den Händen hielt er einen Spiegel. »Sieh hinein«, sagte er.

Ich gehorchte.

Fast eine Minute lang saß ich da, starr vor Schrecken und zu nichts anderem fähig, als mein eigenes Spiegelbild anzustarren. Mein Gesicht wirkte eingefallen und müde. Auf meiner Wange war ein neuer, blutiger Kratzer, und darüber …

Die Klaue des *GROSSEN ALTEN* hatte eine tiefe, bis auf den Knochen reichende Wunde in meine Stirn gerissen, ein Schnitt, der von der Augenbraue bis zum Haaransatz reichte.

Und dort, wo er endete, war eine fünf Zentimeter breite Strähne meines Haares schlohweiß geworden. Eine Strähne, die wie ein gezackter Blitz geformt war und bis zum Scheitel emporreichte …

Schließlich, nach einer Ewigkeit, wie es mir vorkam, brach Howard das Schweigen. »Du hast mich niemals gefragt, wie dein Vater an seine Verletzung gekommen ist, Robert«, sagte er. »Ich hätte es dir sagen können.«

Mühsam löste ich den Blick vom Spiegel. Ich wußte die Antwort, aber plötzlich hatte ich Angst, sie laut zu hören. »Er hat …«

»Das gleiche getan wie du«, sagte Howard. »Du hast uns alle gerettet, Junge«, murmelte er. »Aber ich will dir nichts vormachen. Früher oder später würdest du es sowieso erfahren. Du hast einen der *GROSSEN ALTEN* getötet, genau wie dein Vater. Und du weißt, was das bedeutet.«

Ich wußte es.

Natürlich wußte ich es. Ich hatte es gewußt, im gleichen Moment, in dem ich mein Spiegelbild sah, die Strähne schlohweißen Haares, die mich endgültig zum Erben und Nachfolger meines Vaters machte, auch nach außen hin.

Er und ich, wir beide hatten einen der schrecklichen Dämonen aus der Vorzeit der Erde getötet. Und er und ich hatten das gleiche Schicksal. Seines hatte sich erfüllt, und das meine würde sich erfüllen. Irgendwann.

Ich hatte einen GROSSEN ALTEN getötet, und ich wußte, was das bedeutete. Sie würden mich jagen. Sie würden mich mit ihrer Rache verfolgen, bis ans Ende der Welt, wenn es sein mußte.

Und darüber hinaus.

HIER ENDET DAS VIERTE BUCH

Fünftes Buch

IM SCHATTEN DER BESTIE

Wie oft nach einem schweren Sturm lag das Meer ruhig und schon fast unnatürlich glatt da. Es war still, und selbst das Geräusch des Windes, der die ganze Nacht lang um die Kanten und Grate der turmhohen Steilküste geheult und die Wellen in weißer Gischt an ihrem Fuß hatte zerbersten lassen, war verstummt, als die Sonne aufgegangen war. Der einzige Laut, der die Stille durchbrach, waren die Schritte der drei Männer, die sich vorsichtig dem Rand der grauweiß marmorierten Wand näherten und in die Tiefe blickten.

Das gigantische graue Etwas, das sich lautlos der Küste genähert hatte und lauernd zwischen den Riffen lag, bemerkte keiner von ihnen.

Bensens Hände waren blutig und schmerzten, als er den Strand erreichte. Der Abstieg war nicht sehr gefährlich gewesen. Bensen war an der Steilküste aufgewachsen und schon als Kind in den Wänden herumgeklettert, und der Fels fiel an dieser Stelle nicht so glatt und lotrecht in die Tiefe wie andernorts, so daß selbst ein weniger geübter Kletterer die fünfzig oder sechzig Fuß leicht hätte bewältigen können. Aber die scharfen Kanten und Grate der Kreidefelsen hatten seine Haut aufgerissen, und das Salz, das der Sturm wie einen glitzernden Panzer auf dem Felsen zurückgelassen hatte, brannte höllisch in den Wunden.

Bensen klaubte sein Taschentuch hervor und wischte sich das Blut von den Fingern, während er darauf wartete, daß die beiden anderen ihm folgten. Norris kletterte geschickt und zügig über ihm den Felsen herab, während Mahoney noch immer grimassenschneidend – und vor Angst zitternd – auf einem schmalen Felsvorsprung stand und sich offensichtlich nicht entscheiden konnte, ob er sich nun vor Angst in die Hosen machen oder einfach umkehren sollte. Das letzte Stück der Wand war das Schwierigste.

»Worauf wartest du, Floyd?« rief Bensen. »Der Fels wird sich deinetwegen kaum in eine Treppe verwandeln. Komm schon!«

»Ich ... verdammt, ich kann das nicht!« rief Mahoney zurück. »Ich bin nicht schwindelfrei, das weißt du doch. Ich kann da nicht runtersteigen.«

»Dann spring von mir aus!« brüllte Bensen. »Ist doch nicht hoch. Und unten ist weicher Sand!«

»Springen?« Mahoney keuchte, und Bensen konnte selbst über die große Entfernung hinweg sehen, wie er noch blasser wurde, als er ohnehin schon war. »Bist du verrückt geworden? Das sind zwanzig Fuß!«

Bensen grinste, trat einen Schritt von der Wand zurück, um Norris Platz zu machen, und drehte sich achselzuckend um. Wäre es nach ihm gegangen, dann wäre Mahoney gar nicht erst mitgekommen. Aber Norris hatte darauf bestanden, ihn mitzunehmen, und vermutlich hatte er recht. Floyd Mahoney war vielleicht der größte Feigling, den es im Umkreis von hundert Meilen gab – aber er war auch der beste Taucher in Durness. Sie brauchten ihn. Vielleicht.

Norris landete mit einem federnden Satz neben ihm im Sand, richtete sich auf und betrachtete einen Moment lang stirnrunzelnd seine Hände, die genauso zerschunden und blutig waren wie die Bensens. Dann drehte er sich um und blickte auf das Meer hinaus. Die Windstille hielt weiter an, und die Ebbe hatte den Wasserspiegel sinken lassen, so daß der Strand jetzt breiter war, dreißig, vielleicht vierzig Fuß feuchtglänzender weißer Sand, wo während der Nacht weiße Gischt gekocht hatte. Zwischen Norris' Brauen entstand eine tiefe Falte, die ihn älter und ernster aussehen ließ, als er war. »Nichts zu sehen«, murmelte er.

Bensen kramte eine Zigarette aus der Tasche und riß mit klammen Fingern ein Streichholz an, ehe er antwortete. »War es deine Idee oder meine, hierherzukommen?«

Die Falte zwischen Norris' Brauen vertiefte sich. »Verdammt, ich weiß schließlich, was ich gesehen habe«, sagte er unwillig. »Es ist hier.«

Bensen nahm einen tiefen Zug, hustete ein paarmal und schnippte die Zigarette mit einem Fluch in die Brandung. Der Rauch schmeckte bitter, und sein Atem ging noch immer keuchend und mühsam. Die kurze Kletterpartie hatte ihn doch mehr angestrengt, als er bisher gemerkt hatte. Norris verfolgte sein Tun mit gerunzelter Stirn, hütete sich aber, etwas zu sagen. Schweigend warteten sie, bis Mahoney mühsam und umständlich zu ihnen heruntergeklettert kam und sich zu ihnen gesellte. Sein Gesicht war bleich, und trotz der Kälte glitzerte feiner Schweiß auf seiner Stirn.

»Hat einer von euch eine Idee, wie wir wieder raufkommen?« fragte er leise.

Bensen grinste. »So, wie wir runtergekommen sind, Floyd. Klettern.«

Mahoney wurde noch blasser, verbiß sich aber vorsichtshalber jede Antwort und blickte an Bensen und Norris vorbei auf die See hinaus. Die Wellen waren flach und kraftlos geworden, und selbst das Geräusch der Brandung war nur noch ein leises Murmeln, als hätte der Ozean seine ganze Kraft verbraucht.

»Ich sehe kein Schiff«, sagte er nach einer Weile.

»Es ist aber da«, antwortete Norris. Seine Stimme klang beinahe trotzig. »Ich hab's ganz deutlich gesehen. Muß ein Drei- oder Viermaster gewesen sein. Er war in der Mitte durchgebrochen, aber man konnte ...«

Bensen verdrehte die Augen und unterbrach ihn mit einer unwilligen Handbewegung. »Ist ja schon gut, Kleiner«, sagte er. »Wir glauben es dir. Außerdem«, fügte er nach sekundenlangem Überlegen und mit veränderter Stimme hinzu, »ist es ziemlich genau die Stelle, die mir dieser Verrückte beschrieben hat.« Er seufzte. »Fangen wir an.«

Norris löste schweigend die Schnallen seines Rucksackes und half Bensen, auch seine Last abzusetzen. Nur Mahoney rührte sich nicht.

»Was ist?« knurrte Bensen unwillig. »Keine Lust?«

»Nicht die geringste«, antwortete Mahoney kopfschüttelnd. »Die Sache gefällt mir nicht, Lennard.« Er schürzte die Lippen, streifte nun doch den Rucksack von seinem Rücken und deutete mit einer Kopfbewegung auf das Meer hinaus. »Die See ist zu ruhig. Und es ist verdammt kalt.«

»Das soll im November ab und zu vorkommen«, erwiderte Bensen spitz. »Was ist los mit dir? Hast du Angst vor einem Schnupfen?« Er lachte. »Phillips zahlt jedem von uns fünfzig Pfund, Junge. Dafür kann man sich auch mal nasse Füße holen, oder?«

»Darum geht es nicht«, murmelte Mahoney. »Ich ...« Er brach ab, seufzte hörbar und schüttelte noch einmal den Kopf. »Mir gefällt die ganze Sache einfach nicht, das ist alles.«

Norris wollte etwas sagen, aber Bensen hielt ihn mit einem raschen, warnenden Blick zurück. Er wußte besser, wie er Mahoney zu behandeln hatte. »Mir auch nicht«, sagte er so sanft, daß Mahoney überrascht aufsah. »Mir wäre auch wohler, wenn wir ein Boot und eine vernünftige Ausrüstung hätten, aber dafür bleibt uns keine Zeit. Dieser Phillips wird Himmel und Hölle in Bewegung setzen, wenn er erst einmal weiß, daß das Schiff noch hier liegt, und ich will das Wrack untersuchen, ehe er es kann.«

Mahoney nickte, aber die Bewegung war kaum wahrnehmbar, und Bensen spürte, daß er noch lange nicht überzeugt war. Sie hatten mehr als nur einmal darüber gesprochen. Eigentlich hatte es kaum ein anderes Thema gegeben, seit dieser sonderbare Mister Phillips und seine beiden noch sonderbareren Begleiter in die Stadt gekommen waren und angefangen hatten, Leute anzuheuern. Sie suchten ein Schiff. Ein Schiff, das vor gut drei Monaten hier vor der Küste gesunken sein sollte. Und nach dem Aufwand, den sie trieben – und der Unmenge von Geld, die sie unter die Leute streuten –, mußte es an Bord dieses Schiffes etwas ziemlich Wertvolles geben. Norris, Mahoney und er waren nicht die einzigen, die auf eigene Faust nach dem Wrack suchten. Aber Norris war der einzige, der das Glück gehabt hatte, im richtigen Moment am richtigen Ort zu sein und zu sehen, wie das vom Sturm aufgepeitschte Meer einen Teil des Wracks freigegeben hatte.

»Wenn es wirklich da unten liegt, kommen wir sowieso nicht ran«, murmelte Mahoney. »Das Wasser ist hier ziemlich tief, und die Strömung ...«

»Versuch es wenigstens, Floyd«, unterbrach ihn Bensen. »Selbst wenn du nicht rankommst, können wir wenigstens die Prämie kassieren, oder?«

Mahoney nickte widerstrebend. Phillips hatte eine Belohnung von hundertfünfzig Pfund allein für den ausgesetzt, der das Schiff fand. Das Jahreseinkommen eines Arbeiters, dachte Bensen, nur für eine Information. Das Wrack mußte mehr als nur einen Schatz bergen ...

»Na gut«, sagte er schließlich. »Ich probier's. Aber bildet euch bloß nicht ein, daß ich da runtergehe. Ich schwimme raus und sehe mich um, und das ist alles. Ich bin vielleicht ein bißchen blöd, aber nicht lebensmüde.«

»Das verlangt ja auch keiner«, sagte Norris rasch. »Wenn wir die genaue Lage wissen, besorgen wir uns ein Boot und eine anständige Ausrüstung. Dann sehen wir weiter.«

Mahoney bedachte ihn mit einem undeutbaren Blick, zog eine Grimasse und begann sich umständlich auszuziehen. Auch Bensen und Norris streiften rasch ihre Kleider ab und verstauten alles in den wasserdichten Rucksäcken, die sie mitgebracht hatten. Wenig später standen sie alle drei – nackt und in der Novemberkälte erbärmlich frierend – nebeneinander an der Flutlinie. Ein eisiger Hauch wehte ihnen von der Wasseroberfläche aus entgegen. Bensen schauderte. Plötzlich war er gar nicht so sicher, daß es wirklich eine gute Idee gewesen war, auf eigene Faust nach dem Wrack zu suchen.

»Viel Zeit haben wir nicht«, sagte Norris plötzlich. Bensen sah verärgert auf, schwieg aber, als er in die Richtung blickte, in die Norris' Hand deutete. Über dem Horizont ballten sich schon wieder schwarze, drohende Gewitterwolken zusammen. Nichts Besonderes in dieser Jahreszeit, dachte Bensen, und vielleicht harmlos. Aber es konnte genausogut eine Fortsetzung des Sturmes bedeuten. Schaudernd dachte er an das Unwetter, das die ganze Nacht hindurch über der Küste getobt hatte. Wenn es wieder losging und sie dann noch im Wasser oder auch nur hier unten am Strand waren …

Er vertrieb den Gedanken, drehte sich zu Mahoney um und half ihm, das Seil um die Hüften zu schlingen und sicher zu verknoten.

Das Wasser war eisig. Bensen hatte das Gefühl, daß seine Beine entlang einer dünnen, rasch höher steigenden Linie absterben würden, als sie tiefer ins Wasser hineingingen. Durchscheinender grauer Dunst kräuselte sich von der Wasseroberfläche empor, und wie um es ihnen besonders schwer zu machen, lebte nun plötzlich der Wind auch wieder auf und schleuderte ihnen Kälte und brennendes Salzwasser in die Gesichter.

Norris und er blieben stehen, als sie bis zu den Hüften im Wasser standen, während Mahoney, rasch und ohne sich auch nur noch einmal umzublicken, weiterging. Bensen umklammerte mit steifen Fingern das Seil und sah zu, wie Mahoney weiterging, erst bis zur Brust, dann bis zu den Schultern und dann bis zum Hals im Wasser verschwand. Schließlich blieb auch er stehen und drehte sich, jetzt bereits Wasser tretend, noch einmal zu ihnen um.

»Haltet bloß das Seil fest«, sagte er. »Wenn ich euch ein Zeichen gebe, dann zieht ihr mich raus, klar?«

»Klar!« schrie Bensen zurück. Instinktiv zog er das Seil straffer, bis er Widerstand fühlte. Die Strömungen an diesem Teil der Küste waren berüchtigt. Selbst ein so guter Schwimmer wie Mahoney konnte es nicht riskieren, ungesichert ins Wasser zu gehen.

Mahoney drehte sich wieder um, machte ein paar kräftige Züge und tauchte. Bensen ließ das Tau vorsichtig durch die Finger gleiten, während Mahoney unter Wasser weiter auf die Riffbarriere zuschwamm, die ein paar hundert Fuß vor der eigentlichen Küste unter der trügerisch glatten Oberfläche des Meeres lauerte. Es dauerte endlos, bis sein Kopf wieder durch den grauen Spiegel brach und er Luft holte, um erneut zu tauchen.

Bensen sah besorgt zum Himmel. Die Gewitterfront war nicht näher gekommen, aber er wußte, wie unberechenbar das Wetter gerade in diesem Teil der schottischen Küstenlandschaft war – was jetzt noch wie ein weit entferntes Herbstgewitter aussah, konnte in einer halben Stunde als tobender Orkan hiersein und das Meer in einen kochenden Hexenkessel verwandeln.

Das Seil in seinen Händen zuckte. Bensen schrak aus

seinen Gedanken hoch, tauschte einen raschen, alarmierten Blick mit Norris und zog das Tau straff.

Mahoney tauchte wieder auf, winkte mit beiden Armen und atmete ein paarmal tief durch. Seine Lippen waren blau vor Kälte. »Es ist hier«, rief er. »Fast genau unter mir.«

»Bist du sicher?« rief Bensen zurück.

»Ja!« Es war nicht nur die Kälte, die Mahoneys Stimme zittern ließ. »Ich kann es ganz genau sehen – es liegt auf der Seite. Die Reling ist keine zwei Meter unter Wasser. Gebt ein bißchen mehr Leine – ich gehe noch mal runter!« Ehe Bensen und Norris noch etwas sagen konnten, war er erneut getaucht.

Diesmal blieb er lange unter Wasser, länger als zwei Minuten, schätzte Bensen. Das Seil zuckte in seinen Händen, und ein paarmal glaubte er, einen Schatten unter der Wasseroberfläche zu sehen, war sich aber nicht sicher.

Schließlich, als Bensen schon begann, sich Sorgen zu machen, tauchte Mahoney wieder auf. »Es ist hier«, rief er noch einmal. »Aber da ist noch etwas, Lennard. Ich ...«

Eine grauweiße Fontäne schoß hinter ihm aus dem Meer. Mahoneys erschrockener Schrei ging im Toben und Gischten des Wassers unter. Ein mörderischer Ruck ging durch das Seil in Bensens Händen. Mahoney versank so schnell, als würde er von irgend etwas unter Wasser gezogen.

Eine Sekunde später tauchte er keuchend wieder auf, warf sich auf den Rücken und begann aus Leibeskräften zu schreien. »Holt mich raus!« brüllte er. »Um Himmels willen, *zieht mich raus!*« Sein Gesicht war verzerrt. Bensen sah, wie sich sein Mund zu einem lautlosen Schrei öffnete, dann zerrte irgend etwas mit furchtbarer Kraft an dem Seil und riß ihn nach vorne, gleichzeitig verschwand Mahoney wieder. Weiße Gischt und Luftblasen markierten die Stelle, an der er versunken war.

Bensen stemmte sich mit aller Gewalt gegen das Seil, während Norris am anderen Ende des Taus zerrte, mit dem Mahoney gesichert war.

Trotzdem wurden sie weiter und weiter ins Meer hineingezogen. Bensen spreizte die Beine, warf sich zurück und spannte die Muskeln, aber seine Füße fanden auf dem lockeren Sand keinen Halt; er stolperte, fiel nach vorne und taumelte Schritt für Schritt tiefer ins Wasser hinein. Neben ihm schrie Norris vor Schrecken und Angst, aber das hörte er kaum.

Dort, wo Mahoney versunken war, schien das Meer zu kochen. Weißer Schaum brach sprudelnd an die Oberfläche, dann erschien Mahoneys Hand, zu einer Kralle verkrampft, als suche er verzweifelt nach Halt. Etwas Grünes, Formloses griff plötzlich nach ihr, ringelte sich wie eine Peitschenschnur um sein Handgelenk und zerrte den Arm mit einem brutalen Ruck wieder unter die Wasseroberfläche.

Der Anblick gab Bensen neue Kraft. Mit einer verzweifelten Anstrengung warf er sich zurück und zerrte und zog mit aller Gewalt am Seil. »Zieh, Fred!« keuchte er. »Verdammt, zieh ihn raus! Das muß ein Oktopus sein oder sonstwas!«

Es war ein bizarrer, unwirklicher Kampf. Bensen wußte hinterher nicht mehr, wie lange er gedauert hatte – Sekunden, Minuten, vielleicht auch Stunden. Das Meer kochte und schäumte dicht vor ihnen, und ein paarmal tauchte Mahoneys Kopf aus dem Wasser auf, umschlungen von etwas Grünem und Großem, das mit schleimigen Tentakeln nach seinen Augen und seinem Mund tastete. Bensen spürte, wie seine Hände erneut aufrissen und wieder zu bluten begannen, aber er mißachtete den Schmerz und stemmte sich weiter gegen den mörderischen Druck, der auf dem Seil lastete.

Und dann war es vorbei. Bensen spürte, wie sich das Seil noch einmal in seinen Händen spannte, ihn mit mörderischer Kraft ins Meer hineinzuzerren versuchte – und riß!

Sein erschrockener Schrei erstickte, als er das Gleichgewicht verlor und nach hinten fiel. Er tauchte unter, schluckte Wasser und schlug einen Moment in blinder Panik um sich, ehe es ihm gelang, den Kopf über die Wasseroberfläche zu bekommen und Luft zu holen. Er keuchte, fand wieder festen Grund unter den Füßen und spie Wasser und bittere Galle aus. Für einen Moment begannen sich das Meer, die Küste und der Himmel um ihn zu drehen und einen irren Veitstanz aufzuführen. Die Kälte kroch weiter in seinen Körper herein und lähmte ihn, und …

Und dann berührte etwas seinen rechten Fuß!

Bensen schrie gellend auf. Die Berührung war schleimig und weich, aber trotzdem von ungeheurer Kraft, und es war *das Ding, das Mahoney umgebracht hatte!*

Mit einer verzweifelten Bewegung riß Bensen seinen Fuß von dem schleimigen weichen Etwas weg, warf sich nach vorne und schwamm los, so schnell er konnte. Wieder schluckte er Wasser und hustete, aber er schwamm trotzdem weiter, kraulte, so schnell wie noch nie zuvor in seinem Leben. Die letzten zehn, fünfzehn Yards legte er auf Händen und Knien kriechend zurück.

Norris und er erreichten das Ufer nahezu gleichzeitig. Minutenlang blieben sie beide liegen, keuchend und bis zum Zusammenbruch erschöpft, unfähig, auch nur noch einen Schritt zu tun oder sich zu rühren. In

Bensens Ohren rauschte das Blut. Er zitterte vor Kälte, und sein Herz hämmerte, als wollte es jeden Moment zerspringen.

Norris wälzte sich mühsam auf den Rücken, stemmte sich ächzend in eine halb sitzende Position hoch und zog die Knie an den Körper. Er zitterte. Seine Zähne schlugen vor Kälte klappernd aufeinander. »Mein Gott, Lennard«, stammelte er. »Er ... er ist tot. Mahoney ist tot. Er ist ... er ist ertrunken.«

Auch Bensen richtete sich wieder auf. Die Kälte war qualvoll, und der Wind schnitt wie mit unsichtbaren Messern in seine Haut, aber schlimmer als die äußere Kälte war das eisige Gefühl, das sich langsam in seinem Inneren auszubreiten begann. Mühsam hob er die Hand, rieb sich das Salzwasser aus den Augen und atmete rasselnd ein.

»Nein«, sagte er, ganz leise, aber sehr entschieden. »Er ist nicht ertrunken, Fred.«

Norris sah ihn verstört an, schluckte ein paarmal und sah wieder auf das Meer hinaus. Das Wasser hatte aufgehört zu brodeln. Der Ozean lag trügerisch ruhig da, wie ein großes, glattes Grab.

»Er ist nicht ertrunken, Fred«, sagte Bensen noch einmal. Wieder schwieg er einen Moment, ballte die Faust und blickte dahin, wo Mahoney versunken war. »Irgend etwas hat ihn umgebracht«, sagte er und ballte die Faust. »Und ich schwöre dir, daß ich herausfinden werde, was.«

Norris' Blick flackerte. Sein Gesicht war so weiß wie der Strand, auf dem sie hockten, und sein Atem ging noch immer schnell und unregelmäßig. »Und ... wie?« fragte er.

»Phillips«, knurrte Bensen. »Dieser Phillips wird es wissen.« Er stand auf, stutzte einen Moment und bückte sich wieder. Ein dünner, grauer Faden, wie ein

Stück schon halb verfaulter Seetang, ringelte sich um seinen rechten Fußknöchel, genau da, wo er die Berührung gespürt hatte. Bensen schauderte, als der Anblick noch einmal die Erinnerung an das schleimig-weiche Gefühl in ihm erweckte. Hastig bückte er sich, streifte das Ding ab und rieb sich angeekelt die Finger im Sand sauber. Dann richtete er sich auf.

»Komm«, sagte er. »Gehen wir, ehe der Sturm losbricht. Ich habe ein paar Fragen an diesen Mister Phillips.«

Nachts kamen noch immer die Alpträume. Es war stets der gleiche Traum, immer die gleiche, schreckliche Folge von Szenen und Bildern, ohne daß ich mich hinterher konkret daran erinnern konnte, was genau ich geträumt hatte, aber ich erwachte fast regelmäßig schreiend und schweißgebadet, und ein paarmal – jedenfalls erzählte mir Howard dies später – mußten er und Rowlf mich mit aller Kraft halten, weil ich um mich schlug und mich selbst zu verletzen drohte. Ich konnte mich nie an den Traum erinnern, nur an Bruchstücke: Ein Mann spielte darin eine Rolle, ein Mann mit Bart und einer weißen, in der Art eines Blitzes gezackten Haarsträhne, die über seiner linken Augenbraue begann und sich fast bis zum Scheitel hinaufzog, und andere, schlimme Wesen, die ich nicht genau zu erkennen vermochte: Wesen aus Schwärze und gestaltgewordener Furcht, peitschenden Tentakeln und furchtbaren Papageienschnäbeln, von denen Blut tropfte. Und Stimmen. Stimmen, die in einer Sprache redeten, die ich nicht verstand und die älter war als die menschliche Rasse, vielleicht älter als das Leben überhaupt. Und vielleicht war es auch gut, daß ich mich nie an Einzelheiten erinnern konnte. Vielleicht wäre mein Verstand endgültig zerbrochen, hätte ich mich genau erinnert. Es war schon so schlimm genug – die Bilder, die ich nicht vergessen hatte, waren verschleiert und blaß, wie hinter Nebel oder treibendem, dichtem Dunst verborgen: Landschaften, vielleicht auch Städte, vorwiegend in Schwarz und anderen, düsteren Farben, für die es in der menschlichen Sprache keine Worte gab, bizarr verdrehte und verzerrte Dinge, schwarze Seen aus Teer oder flüssigem Pech, an deren Ufern sich namenlose Scheußlichkeiten suhlten …

Ich schüttelte die Bilder mühsam ab, trat ans Fenster und atmete tief ein. Es war kalt, und die Luft roch nach Schnee und Salzwasser. Einen Moment lang blieb ich reglos am geöffneten Fenster stehen, atmete tief durch und genoß das Gefühl prickelnder Kälte, das sich in meiner Kehle breitmachte. Es war angenehm, dicht an der Grenze zum Schmerz, aber die Kälte vertrieb – wenigstens für einige kurze Augenblicke – auch das dumpfe Gefühl aus meinem Schädel und ließ mich wieder klar denken. Fast eine Minute lang blieb ich reglos so stehen, atmete tief und bewußt durch und blickte auf die Straße hinab. Es war fast Mittag, und die Straße war voller Menschen; Menschen, die geschäftig ihrer Wege gingen und die Dinge tun, die Menschen nun einmal tun, an einem ganz normalen Novembertag. Das Bild war von einer sonderbaren Friedfertigkeit; wären die dunklen Gewitterwolken nicht gewesen, die wie ein unregelmäßiger schwarzer Strich über dem Horizont im Osten brodelten und ab und zu ein leises, drohendes Grollen hören ließen, hätte man es fast idyllisch nennen können. Eine Zeitlang blickte ich schweigend auf die Straße hinab, dann trat ich zurück, schloß das Fenster und drehte mich zu Howard um.

»Du hast mir nicht alles gesagt«, sagte ich.

Howard ließ langsam seine Zeitung sinken, sah

mich an und lächelte müde. Er wirkte erschöpft. Unter seinen Augen lagen tiefe, schwarz unterlaufene Ringe, und seine Finger zitterten fast unmerklich, als er die Zeitung zusammenfaltete. Im Gegensatz zu mir hatte er in der vergangenen Nacht kein Auge zugemacht. Rowlf und er wechselten sich darin ab, an meinem Bett Wache zu halten, und in dieser Nacht war er an der Reihe gewesen.

Er gähnte, warf die Zeitung achtlos neben sich auf den Boden, stand auf und trat an den Kamin, um die Hände über die prasselnden Flammen zu halten. Er zitterte. Die Novemberkälte war ins Zimmer gekrochen, während das Fenster offengestanden hatte. Ich spürte sie empfindlich durch das dünne Nachthemd hindurch. Für Howard, übermüdet und erschöpft, wie er war, mußte sie doppelt unangenehm sein. Aber er machte keine Anstalten, mir zu antworten.

»Also?« fragte ich ungeduldig. Meine Stimme zitterte ein wenig, aber ich war mir selbst nicht ganz sicher, ob es nun an der Kälte oder dem Zorn lag, den ich verspürte. Es war beileibe nicht das erste Mal, daß ich Howard – oder auch Rowlf, je nachdem, wer von beiden gerade greifbar war – diese Frage stellte. Und natürlich würde er mir entweder gar nicht oder mit den üblichen Ausflüchten antworten,

»Was – also?« fragte Howard. Er seufzte, drehte sich herum und sah mich mit einer Mischung von Mitleid und Sorge an, die mich rasend machte. Seit wir in Durness angekommen waren und ich das erste Mal aus meinen Fieberphantasien aufgewacht war, sah er mich mit diesem Blick an. Einem Blick, mit dem man ein krankes Kind oder einen Sterbenden bedachte. Aber ich war weder das eine noch das andere.

Für einen Moment wurde mein Zorn übermächtig. Wütend hob ich die Hände, trat auf ihn zu und funkelte ihn an. »Spiel nicht den Dummen, Howard«, sagte ich. »Du weißt ganz genau, was ich meine. Seit wir aus London abgereist sind, weichst du mir aus oder tust so, als verstündest du mich nicht. Ich will endlich wissen, was hier gespielt wird.«

Howard seufzte. »Du bist immer noch krank, Junge«, sagte er. »Warum wartest du nicht ab, bis ...«

Ich brachte ihn mit einer wütenden Handbewegung zum Verstummen. »Hör auf, Howard«, sagte ich. »Ich bin kein dummes Kind, mit dem du so reden kannst. Seit einer Woche liege ich in diesem Bett und tue nichts, und du sitzt mit Leichenbittermiene neben mir und siehst mich an, als müßtest du bereits Maß für meinen Sarg nehmen.«

»Wenn es nur das wäre«, murmelte Howard. »Wenn nur unser Leben in Gefahr wäre, wäre ich halb so besorgt. Aber so ...« Er seufzte, ging an mir vorbei und ließ sich wieder in den Sessel fallen, in dem er die ganze Nacht gewacht hatte.

»Schon wieder eine Andeutung«, sagte ich. Aber der Zorn in meiner Stimme war nicht echt, und ich spürte, wie sich wieder einmal Resignation in mir breitmachte. Es war einfach unmöglich, sich mit Howard zu streiten, wenn er es nicht wollte. Einen Moment lang starrte ich ihn noch an, dann ging ich zu meinem Bett zurück und bückte mich nach meinen Kleidern. Eine Woche Untätigkeit war genug.

»Was tust du da?« fragte Howard. Seine Stimme klang nicht sehr interessiert, sondern eher gelangweilt.

»Ich ziehe mich an«, erwiderte ich wütend, während ich schon in meine Hose schlüpfte – wenigstens versuchte ich es. Aber kaum hatte ich mich gebückt, wurde mir schwindelig, und das nächste, woran ich mich erinnerte, war Howards Gesicht über mir und das harte Holz des Fußbodens unter meinem Hinterkopf.

»Na«, sagte er ruhig. »Überzeugt?«

Ich antwortete nicht. Es war nicht das erste Mal, daß ich einen Schwächeanfall wie diesen hatte. Seit meiner Begegnung mit dem *GROSSEN ALTEN* kamen sie regelmäßig, nicht ganz so häufig wie die Alpträume, aber genauso beharrlich. Und sie wurden schlimmer, nicht schwächer. Nicht sehr stark, aber unbarmherzig. Beim ersten Mal war es nur eine rasche, vorübergehende Übelkeit gewesen, begleitet von einem beinahe angenehmen Schwindelgefühl. Jetzt hatte ich für Sekunden das Bewußtsein verloren ...

»Howard«, murmelte ich. »Ich ...«

»Schon gut.« Howard lächelte, streckte die Hand aus und half mir, aufzustehen und mich wieder auf die Bettkante zu setzen. »Ich verstehe dich ja, Robert«, murmelte er. »Wenn ich du wäre, dann wäre ich wahrscheinlich genauso ungeduldig.« Plötzlich lächelte er. »Wahrscheinlich hätte ich es nicht einmal eine Woche ausgehalten. Aber du brauchst Ruhe. Deine Verletzung ist viel ernster, als du glaubst.«

Instinktiv tastete ich nach der Wunde an meiner Stirn. Der fingerlange Riß war längst verheilt, und alles, was zurückgeblieben war, war eine dünne, nur bei genauem Hinsehen überhaupt sichtbare, weiße Narbe. Und die weiße Haarsträhne. Ein Streifen schlohweißen Haares, gezackt wie ein Blitz, die über meiner rechten Braue begann und sich bis zum Scheitel hinaufzog, wie ein Stigma, ein Zeichen, mit dem ich für den Rest meines Lebens gebrandmarkt war.

»Du mußt dich schonen, Robert«, fuhr Howard fort. »Ich meine es ernst. Du hast etwas überlebt, was kein normaler Mensch überlebt hätte. Eigentlich reicht der bloße Anblick eines *GROSSEN ALTEN*, einen Menschen zu töten, oder zumindest in den Wahnsinn zu treiben. Dein Vater, Robert, lag damals ein halbes Jahr auf Leben und Tod.«

»Das ist es ja gerade, was ich meine«, antwortete ich düster. »Ich *bin* kein normaler Mensch, Howard. Ich will endlich wissen, was mit mir los ist. Wer ich bin.«

»Der Sohn deines Vaters«, antwortete Howard ruhig.

»Und wer war mein Vater? *Außer* Roderick Andara, der Hexer?«

Diesmal antwortete Howard nicht sofort. »Ich ... erzähle dir alles«, sagte er, aber erst nach langem Schweigen und sehr zögernd. »Aber nicht jetzt, Robert. Nicht jetzt und nicht hier. Es ist eine lange Geschichte, und wir haben im Moment Wichtigeres zu tun. Wenn wir das Wrack gefunden und die Kiste geborgen haben –«

»Findest du bestimmt eine andere Ausrede«, fiel ich ihm ins Wort. Meine Attacke war unfair. Ich hatte keinen Grund, an Howards Aufrichtigkeit und Freundschaft zu zweifeln, aber nach einer Woche, die ich mit praktisch nichts anderem als Nachdenken und Fragen verbracht hatte – ohne jemals eine Antwort zu bekommen –, war mir das egal.

»Warum vertraust du mir nicht einfach, Robert?« fragte er leise. Sein Blick wirkte traurig. »Was muß ich noch tun, um dir zu beweisen, daß ich auf deiner Seite stehe?«

»Nichts«, sagte ich. »Du brauchst mir nichts zu beweisen, Howard, weil ich es weiß.«

»Dann hör auf, Fragen zu stellen«, sagte Howard ernst. »Du wirst alles erfahren, wenn die Zeit reif ist.«

Ich starrte ihn an, hob die Hand und berührte die Narbe an meiner Stirn. »Es hat damit zu tun, nicht?« fragte ich leise. »Mit der Verletzung.«

Howard schwieg, aber seine Mundwinkel zuckten ganz leicht, und mit einemmal hielt er meinem Blick nicht mehr stand, sondern sah weg und begann nervös mit seinem silbernen Zigarrenetui zu spielen.

»Es war mehr als eine Fleischwunde, nicht wahr?« fuhr ich fort. »Der Riß ist längst verheilt, aber es geht mir immer noch nicht besser, und …«

»Die Wunde war entzündet«, unterbrach mich Howard. »Es war alles voller Schmutz und Staub. Du hast doch selbst gehört, was der Arzt gesagt hat.«

Es war eine Ausrede. Der Arzt, zu dem mich Howard und Robert gebracht hatten, hatte genau das gesagt, was er sagen *sollte*, nicht mehr und nicht weniger, und man mußte nicht einmal wie ich über die Gabe verfügen, Wahrheit von Lüge unterscheiden zu können, um das zu spüren. Howard war kein besonders guter Schauspieler.

»Quatsch«, sagte ich leise.

»Du …«

»Das ist Unsinn, Howard. Versuch nicht, mir etwas vorzumachen. Irgend etwas ist mit mir passiert, als mich dieses … dieses *Ding* berührt hat. Ich fühle mich von Tag zu Tag schlechter, und diese Schwächeanfälle werden jedesmal schlimmer, statt besser. Was ist los mit mir?« Ich schwieg einen Moment, setzte mich – diesmal weit vorsichtiger als beim ersten Mal – auf und sah ihn fest an. »Ich kann die Wahrheit vertragen, Howard«, sagte ich leise. »Dieses Biest hat mich nicht einfach nur niedergeschlagen. Irgend etwas ist mit mir geschehen, als es mich berührt hat. Was? War es … eine Art Gift?«

Howard nickte. Die Bewegung war fast nicht wahrnehmbar. Nervös klappte er sein Etui auf, steckte sich eine seiner dünnen schwarzen Zigarren zwischen die Lippen und ging zum Kamin, um sich mit einem brennenden Span Feuer zu nehmen, ehe er sich wieder umwandte und mich ansah. Sein Gesicht war hinter dichten, blaugrauen Rauchwolken verborgen.

»Ja«, sagte er. »Aber anders, als du denkst. Ich kann es dir nicht erklären, Robert, nicht jetzt und nicht hier, aber ich ...«

»Warum nicht?« unterbrach ich ihn.

»Weil ich es nicht *weiß*, verdammt noch mal!« Plötzlich war seine Ruhe dahin. Mit zwei, drei weit ausgreifenden Schritten trat er neben mein Bett, beugte sich erregt vor und fuchtelte mit der brennenden Zigarre so dicht vor meinem Gesicht in der Luft herum, daß ich instinktiv ein Stück zurückwich. »Verdammt, Junge, ich würde beide Hände dafür geben, dir helfen zu können, aber ich kann es nicht!« fuhr er erregt fort. »Als dein Vater damals von dem *GROSSEN ALTEN* angegriffen wurde, war ich genauso hilflos. Er hat sich selbst geheilt, damals, und frage mich jetzt bitte nicht, wie. Er war ein Magier, und er hatte seine Bücher. Ich bin weder das eine, noch habe ich das andere.«

Er trat zurück, sog an seiner Zigarre und hustete. Mit einemmal wirkte er erschöpft und ausgelaugt, als habe er seine ganze Kraft mit diesem einen kurzen Wutausbruch verbraucht.

»Dann ... sterbe ich?« fragte ich. Ich war ganz ruhig, nicht nur äußerlich. Wenn man eine Woche im Bett liegt und spürt, daß es einem jeden Tag ein ganz kleines bißchen schlechter geht statt besser, dann beginnt man zu grübeln.

»Unsinn«, schnappte Howard. »Du bist jung und kräftig. Ein Kratzer wie der bringt dich nicht um. Aber du mußt Geduld haben. Ich tue, was ich kann, aber viel kann ich eben nicht tun. Wenn wir nur dieses verdammte Schiff endlich finden würden!«

Der letzte Satz galt nicht mir. Es war wenig mehr als

ein Stoßseufzer, und ich hatte ihn in den vergangenen acht Tagen mehr als nur einmal gehört. Wir waren in Durness, ganz in der Nähe der Stelle, an der die LADY OF THE MIST gesunken war, aber dem Wrack waren wir bisher nicht einen Schritt näher gekommen.

»Vielleicht sollte ich doch mit zur Küste kommen«, murmelte ich – obwohl ich ganz genau wußte, wie die Antwort ausfallen würde. Schließlich war es nicht das erste Mal, daß ich diesen Vorschlag machte.

»Kommt überhaupt nicht in Frage«, knurrte Howard. »Du rührst dich nicht aus diesem Zimmer. Wenn es sein muß, binde ich dich ans Bett.«

»Aber das ist doch Unsinn!« begehrte ich auf. »Du weißt …«

»Vielleicht läßt du das meine Sorge sein«, unterbrach mich Howard. Er klang gereizt. Es war nicht das erste Mal, daß wir über diese Frage beinahe in Streit gerieten. »Du hast mir auf der Karte die Stelle gezeigt, an der das Schiff gesunken ist, und das reicht. Ich habe ein paar Männer aus der Stadt beauftragt, nach dem Schiff zu suchen, und ich habe eine ziemlich hohe Summe als Belohnung ausgesetzt. Früher oder später finden wir das Schiff schon.« Plötzlich lächelte er. »Sei vernünftig, Junge. Du mußt dich schonen.«

»Du hast eine phantastische Art, einem das Gegenteil dessen zu erklären, was du vor fünf Minuten noch behauptet hast«, erwiderte ich gereizt. »Sagtest du nicht, ich wäre nicht in Gefahr?«

»Zwischen todkrank und kerngesund gibt es ein paar Abstufungen, weißt du?« antwortete Howard ungerührt.

»Ich habe auch nicht vor, nach dem Wrack zu tauchen, sondern bloß, mich draußen ein wenig umzusehen. Ich kann mit deinen dämlichen Karten nichts anfangen. Für mich sind sie nichts als bunte Linien auf weißem Papier. Aber ich bin sicher, daß ich die Stelle wiedererkenne, wenn ich sie nur ein einziges Mal sehe.«

»Nein«, sagte Howard.

Die Ruhe, in der er das Wort hervorbrachte, versetzte mich in Rage. »Verdammt, dann gehe ich eben auf eigene Faust«, antwortete ich gereizt. »Du kannst mich nicht ewig bewachen. Schließlich mußt du ab und zu einmal schlafen.«

Howard blickte mich einen Moment abschätzend an, schnippte seine Zigarre in den Kamin und nickte. Der Ausdruck auf seinem Gesicht gefiel mir nicht. »Vielleicht hast du sogar recht«, murmelte er. Er sah auf, lächelte auf seltsam melancholische Art und fuhr fort: »Wahrscheinlich würdest du es tun. Aber das kann ich nicht zulassen.«

Ich begriff einen ganz kleinen Moment zu spät, was er damit meinte. Mit einem wütenden Krächzen fuhr ich auf, schleuderte die Decke zur Seite und sprang aus dem Bett, aber in meinem geschwächten Zustand hatte ich keine Chance. Bevor ich auch nur zwei Schritte getan hatte, war Howard bereits an der Tür und aus dem Zimmer.

Das Geräusch, mit dem er den Schlüssel im Schloß drehte, war nicht zu überhören.

Das Gasthaus lag am Ende der Straße, schon fast wieder außerhalb der Stadt. Es war nicht gerade eines der besten Hotels von Durness, aber auch wieder kein Haus, in dem zwei Männer wie die, die gerade durch die Tür gekommen waren und sich jetzt unschlüssig umsahen, zur Stammkundschaft gehörten. Ihrem Aussehen nach zu urteilen, mußten sie Fischer oder auch Bauern aus der Umgebung sein, und den feuchtschmierigen Spuren nach zu schließen, die sie auf dem Boden hinterließen, als sie sich der Rezeption näherten, kamen sie direkt vom Feld oder der Küste.

Der Portier runzelte die Stirn, blickte die Männer der Reihe nach an und verrenkte sich beinahe den Hals, um mit übertriebener Pantomimik der Spur zu folgen, die die beiden Besucher auf dem Teppich zurückgelassen hatten. Auf seinem Gesicht erschien jener vorwurfsvolle, verbissen-höfliche Ausdruck, zu dem nur Hotelportiers fähig sind, die seit Jahrzehnten den geheimen Wunsch haben, ihren Gästen einmal zu sagen, was sie wirklich von ihnen hielten (es aber natürlich nie taten), und seine Stimme hätte kochendes Wasser zum Gefrieren bringen lassen, als er sich an die Männer wandte: »Bitte sehr?«

Einer der beiden – der Größere – fuhr wie unter einem Hieb zusammen und sah rasch weg, während der andere den Blick des Mannes gelassen erwiderte und sich mit den Ellbogen auf der polierten Platte des Tresens abstützte. »Mein Name ist Bensen«, sagte er. Seine Stimme klang unangenehm. Sein Haar war naß und klebte in Strähnen an Schläfen und Stirn, und er roch nach Salzwasser und faulem Tang. Der Portier rümpfte die Nase und richtete sich kerzengerade auf. Er sah plötzlich aus, als hätte er den berühmten Besenstiel verschluckt.

»Wenn Sie ein Zimmer suchen, meine Herren –«, begann er.

»Suchen wir nicht«, unterbrach Bensen.

Es gelang dem Portier nicht ganz, ein erleichtertes Aufatmen zu unterdrücken. »Wir ... äh ... hätten sowieso nichts mehr freigehabt«, sagte er vorsichtshalber. »Und womit kann ich Ihnen sonst dienen?«

»Wir suchen einen Ihrer Gäste«, antwortete Bensen. Er beugte sich ein wenig weiter vor, und der Portier wich eine weitere Winzigkeit zurück. Bensen grinste. Das Spiel begann ihm offensichtlich Spaß zu machen. »Einen gewissen Mister Phillips. Der wohnt doch hier, oder?«

»Sehr wohl, mein Herr«, antwortete der Portier steif. »Ich … werde nachhören, ob er Sie empfängt. Wie war noch einmal Ihr Name?«

»Bensen«, antwortete Bensen. »Aber der wird ihm nichts sagen. Richten Sie ihm aus, daß wir es gefunden haben.«

»Daß Sie …«

»Es gefunden haben«, bestätigte Bensen. »Das reicht. Er wird dann kommen. Bestimmt.«

Der Portier nickte steif. »Sehr wohl, Mister Bensen. Wenn Sie in der Zwischenzeit im Salon Platz nehmen würden …« Seine Hand deutete eine Bewegung zur offenstehenden Tür des Salons hin an. Bensen grinste, drehte sich herum und ging wortlos in die angedeutete Richtung. Sein Begleiter folgte ihm. Hinter ihnen blieb eine zweite Spur feuchtglänzender Schuhabdrücke auf den teuren Teppichen zurück.

Bensens Grinsen erlosch schlagartig, als sie den Salon betraten und er sah, daß sie allein waren. Er blieb stehen, fuhr sich mit der Hand über das Gesicht und tauschte einen raschen, nervösen Blick mit Norris. Seine Hände zitterten fast unmerklich, und in seinen Augen war ein beinahe ängstliches Flackern. Aber er sagte kein Wort, sondern steuerte schweigend einen der Tische an, ließ sich auf einen Stuhl sinken und stützte die Unterarme auf der weißen Leinendecke. »Hoffentlich ist er da«, sagte er.

»Ich habe kein gutes Gefühl dabei«, murmelte Norris. »Laß uns verschwinden, solange noch Zeit ist, Lennard.« Er hatte ebenfalls Platz genommen, saß aber in seltsam verkrampfter Haltung da. Es war ihm anzusehen, daß er sich alles andere als wohl in seiner Haut fühlte.

Bensen schüttelte entschieden den Kopf. »Das kommt nicht in Frage«, sagte er. »Wenn du Schiß hast, dann laß mich reden und halt die Klappe. Du wirst sehen, es lohnt sich.«

»Das hat Mahoney auch gedacht«, erwiderte Norris halblaut. Seine Stimme zitterte, als er den Namen aussprach. Bensen sah, wie sich seine Hände rasch zu Fäusten schlossen und wieder entspannten. Sein Gesicht war bleich, beinahe grau.

»Es wird schon alles gutgehen«, sagte Bensen mit übertrieben gespieltem Optimismus. »Du wirst sehen – dieser Phillips spuckt mehr aus als lächerliche hundertfünfzig Pfund. Sehr viel mehr. Und wenn nicht, können wir immer noch zur Polizei gehen und einen Unfall melden.«

»Unfall!« krächzte Norris. »Daran glaubst du doch selbst nicht.«

»Natürlich nicht«, erwiderte Bensen. »Genau darum bin ich hier, Fred. Ich will wissen, was da draußen wirklich passiert ist. Und wenn dabei noch ein paar Pfund extra herausspringen – um so besser. Du –?« Er verstummte mitten im Satz, als draußen auf der Treppe das Geräusch rascher Schritte laut wurde, sah auf und wandte sich zur Tür.

Augenblicke später betrat ein hochgewachsener, dunkelhaariger Mann den Raum, blieb einen Moment unter der Tür stehen und kam dann mit schnellen Schritten auf den Tisch zu.

»Mister ... Bensen?« fragte er.

Bensen nickte. Phillips hatte sich verändert – er wirkte müde, sein Gesicht war eingefallen und von den Spuren tiefer Erschöpfung gezeichnet, und seine Haltung war nicht mehr ganz so aufrecht und kraftvoll.

Bensen hatte ihn nur einmal gesehen, und auch da nur für wenige Augenblicke und aus großer Entfernung. Aber ein Gesicht wie dieses vergaß man nicht so rasch. Er stand auf, streckte Phillips die Hand entgegen – die dieser ignorierte –, setzte sich wieder und wartete, bis Phillips sich ebenfalls einen Stuhl herangezogen und darauf Platz genommen hatte.

»Ich glaube nicht, daß wir uns kennen«, begann Phillips nach einer Weile. »Oder?«

»Wir haben uns kurz gesehen«, antwortete Bensen. »Unten im *Black Sheep*, letzte Woche. Erinnern Sie sich?«

Phillips schwieg einen Moment, als müsse er erst darüber nachdenken, ob und warum er in der kleinen Hafenkneipe am anderen Ende der Stadt gewesen war. Dann nickte er. »Ja. Jetzt erinnere ich mich.«

»Gut«, sagte Bensen. Phillips' gekünsteltes Gehabe brachte ihn allmählich in Wut. Dieser hochnäsige Fatzke wußte ganz genau, wer sie waren und was sie hier wollten. Er spielte nur den Dummen. Nun, dachte er zornig, er würde jede Minute, die er ihn und Norris weiter warten ließ, teuer bezahlen. Sehr teuer.

»Wir haben uns ein bißchen an der Küste umgesehen«, fuhr er fort. »Und ich glaube, wir haben gefunden, wonach Sie suchen, Mister Phillips.«

Phillips blieb äußerlich vollkommen ruhig. Der gelangweilte Ausdruck auf seinem Gesicht vertiefte sich sogar noch um einige weitere Nuancen. Aber das Flackern in seinem Blick konnte er nicht ganz unterdrücken. Bensen änderte in Gedanken die Summe, die er fordern würde, noch einmal nach oben.

»Wir haben das Schiff«, sagte er noch einmal, als Phillips immer noch nicht reagierte. »Es liegt direkt vor der Küste. Nur ein paar Meilen von hier. Sie haben eine Belohnung von –«

»Nicht so schnell, junger Mann«, unterbrach ihn Phillips sanft. »Ich glaube Ihnen gerne, daß Sie irgendein Wrack gefunden haben. Aber die Belohnung, die ich in Aussicht gestellt habe, gilt für ein ganz bestimmtes Schiff. Sagen Sie mir die genaue Position, und ich werde nachprüfen, ob es sich wirklich um die LADY handelt. Wenn ja, bekommen Sie und Ihr Freund unverzüglich Ihr Geld.«

Bensen lächelte kalt. »Nein«, sagte er.

Diesmal gelang es ihm, Phillips wenigstens für einen Moment aus der Fassung zu bringen. »Wie bitte?« fragte er. »Was soll das heißen?«

»Nein«, wiederholte Bensen. »Nein bedeutet nein, Mister Phillips. En-e-i-en, verstehen Sie? Sie bekommen die Lage nicht von mir. Nicht für hundertfünfzig Pfund. Ich werde von hier aus ...«

Phillips atmete hörbar ein. »Hören Sie, junger Mann«, sagte er scharf. »Wenn Sie glauben, mich unter Druck setzen zu können, dann ...«

»Werden wir direkt zur Polizei gehen und dem Constabler die ganze Geschichte erzählen«, fuhr Bensen unbeeindruckt fort. »Wer weiß – vielleicht interessieren sich ja auch noch andere für das Wrack. Und vielleicht werden Sie eine Menge unangenehmer Fragen beantworten müssen, wenn die Polizei erfährt, wie scharf Sie auf dieses Schiff sind.«

Es war ein Schuß ins Blaue, aber er traf. Phillips' Gesicht verlor sichtbar an Farbe. Sein Adamsapfel hüpfte nervös auf und ab, und seine Hände schlossen sich so fest um den Griff des dünnen schwarzen Stöckchens, das er ständig mit sich herumschleppte, als wolle er ihn zerbrechen.

»Was ... meinen Sie damit?« fragte er stockend.

Bensen verbiß sich im allerletzten Moment ein triumphierendes Grinsen. Er hatte gewonnen, das spürte er. Er tauschte einen raschen Blick mit Norris, lehnte sich zurück und verschränkte die Arme vor der Brust, ehe er weiterredete: »Es hat einen Toten gegeben, Mister Phillips«, sagte er.

»Einen ... Toten?«

Bensen nickte. »Dieses Wrack da draußen«, sagte er, jedes Wort genau überlegend, »für das Sie sich so brennend interessieren, ist kein normales Schiffswrack. Es hat irgend etwas damit auf sich, und ich möchte wissen, was.«

Phillips wurde zusehends nervöser. »Wie kommen Sie darauf?« fragte er. »Es stimmt – auf dem Schiff befinden sich gewisse ... Papiere. Papiere, die für mich von äußerstem Wert sind. Wenn Sie mir die Lage mitteilen und es sich wirklich um die LADY handelt, bin ich gerne bereit, die Belohnung –«

»Hören Sie auf, Phillips«, unterbrach ihn Bensen wütend. »Sie wissen so gut wie ich, daß es das Schiff ist, nach dem Sie suchen. Und ich bin ziemlich sicher, daß Sie auch wissen, was unserem Freund zugestoßen ist. Wir haben uns ein bißchen umgesehen, wissen Sie? Wir waren zu dritt: ich, Fred hier, und ein Freund von uns. Wir sind rausgeschwommen und getaucht, um ganz sicherzugehen. Aber einer von uns ist nicht wieder hochgekommen.«

»Ihr Freund ist ... ertrunken?« fragte Phillips erschrocken.

Bensen starrte ihn wütend an. »Nein«, sagte er. »Das ist er nicht. Irgend etwas hat ihn umgebracht. Und Sie wissen, was.«

Zehn, zwanzig Sekunden lang starrte Phillips ihn ausdruckslos an. Dann stand er auf, so hastig, daß sein Stuhl scharrend zurückflog und umkippte, umklammerte seinen Stock mit beiden Händen und atmete hörbar ein. »Sie sind verrückt, Mister Bensen«, sagte er steif. »Ich bedauere das Unglück, das Ihrem Freund zugestoßen ist, aber nach dem, was Sie erzählen, trifft wohl eher Sie die Schuld daran als mich.«

»Vielleicht ist die Polizei da anderer Meinung?« fragte Bensen kalt.

Aber diesmal zuckte Phillips nur mit den Achseln. »Vielleicht«, sagte er. »Aber wahrscheinlich wird sie sich eher der Auffassung anschließen, daß Sie und Ihre Freunde auf eigene Faust nach einem nicht vorhandenen Schatz gesucht haben und er dabei zu Tode gekommen ist.«

»Vielleicht«, nickte Bensen ungerührt. »Aber vielleicht, Mister Phillips, schicken sie auch selbst jemanden runter, und *vielleicht* kommt er auch nicht wieder rauf, und *vielleicht* machen sie dann einen solchen Wirbel, daß Sie *vielleicht* nie an Ihre sogenannten *Papiere* kommen. Ein bißchen viele ›Vielleichts‹, um sich darauf zu verlassen, nicht?«

In Phillips Augen blitzte es beinahe haßerfüllt. Aber Bensens Rechnung ging auch dieses Mal auf. Phillips starrte ihn zornig an, drehte sich mit einem Ruck um und ging zum Ausgang, verließ den Raum aber nicht, sondern schloß im Gegenteil die Tür und kam zurück zum Tisch. Bensens Grinsen wurde noch breiter.

»Also?« schnappte Phillips. »Was verlangen Sie?«

»Das hört sich schon vernünftiger an«, sagte Bensen böse. »Es wäre doch zu schade, wenn statt uns beiden in einer Stunde zwei Polizisten hier wären und eine Menge unangenehmer Fragen stellten, nicht?«

»Was wollen Sie?« fragte Phillips ungeduldig. »Wenn Sie Geld wollen, dann stellen Sie Ihre Forderungen. Aber übertreiben Sie es nicht – ich habe nichts zu verbergen und auch nicht so viel zu verlieren, wie Sie zu glauben scheinen. Wenn ich überhaupt mit Ihnen rede, dann nur, weil ich keine Zeit habe, mich unter Umständen Tage oder Wochen mit den Behörden herumzuschlagen. Wieviel verlangen Sie?« Er legte seinen Stock auf den Tisch, griff mit der Linken unter die Jacke und förderte eine prall gefüllte Brieftasche zutage.

Aber Bensen winkte ab, als er sie aufklappte und damit beginnen wollte, Zehn-Pfund-Noten vor ihm auf den Tisch zu blättern. »Behalten Sie Ihr Geld, Mister Phillips«, sagte er. »Wenigstens vorläufig. Ich weiß noch nicht, wieviel ich verlange.«

Phillips Augen wurden schmal. Langsam klappte er die Brieftasche wieder zu, steckte sie ein und nahm sein Spazierstöckchen auf. »Wie meinen Sie das?«

»Ich weiß es nicht«, wiederholte Bensen. »Das heißt, ich weiß es schon, aber ich weiß noch nicht, wie hoch die Summe ausfällt. Wie viele sind Sie? Drei, nicht wahr?«

»Was hat das damit zu tun?« fragte Phillips.

»Sie selbst«, zählte Bensen ungerührt auf, »dieser Junge, der seit einer Woche sein Zimmer nicht mehr verlassen hat, und das Kraftpaket mit dem Schweinegesicht. Berichtigen Sie mich, wenn ich jemanden vergessen habe.«

»Sie ... sind gut informiert«, sagte Phillips steif.

»Ich habe mich erkundigt«, nickte Bensen. »Nur so, vorsichtshalber. Ich weiß auch, daß Ihr wirklicher Name nicht Phillips ist – aber das spielt gar keine Rolle. Mein Vorschlag ist ganz einfach: Wir teilen gerecht. Norris und ich bekommen jeder einen Anteil, genau wie Sie und die beiden anderen. Es geht durch fünf, statt durch drei.«

Phillips schüttelte den Kopf. Sein Mund war zu einem schmalen Strich zusammengepreßt, und Bensen konnte direkt sehen, wie es hinter seiner Stirn arbeitete. »Sie müssen völlig verrückt sein«, sagte er schließlich.

»Auf dem Schiff ist weder Gold noch irgendein anderer Schatz. Nur eine Kiste mit Papieren.«

»Oh, wir leben in einer komischen Zeit«, erwiderte Bensen grinsend.. »Heute ist Papier manchmal mehr wert als Gold und Edelsteine. Also, was ist?«

Phillips überlegte fast eine Minute lang. Dann nickte er. Bensen atmete innerlich auf. Für einen Moment hatte er beinahe befürchtet, seine Forderungen überzogen zu haben.

»In Ordnung«, sagte Phillips. »Wenn Sie und Ihr Freund uns helfen, die Kiste zu bergen, bezahle ich, was Sie verlangen. Kennen Sie sich an der Küste aus?«

»Ich gehe da nicht noch einmal runter«, sagte Norris, noch bevor Bensen Gelegenheit hatte, zu antworten. »Keine zehn Pferde kriegen mich auch nur noch in die Nähe dieser Stelle.«

»Es ist völlig ungefährlich, solange ich bei Ihnen bin«, erwiderte Phillips kalt. »Ihr Freund ist ertrunken, weil er die Gefahr nicht kannte. Wäre ich dabeigewesen, wäre niemandem etwas passiert. Und für so viel Geld, wie Sie verlangen, kann ich eine gewisse Gegenleistung erwarten. Also?«

Norris wollte erneut widersprechen, aber Bensen brachte ihn mit einem raschen, warnenden Blick zum Schweigen. Er war kein großer Menschenkenner, aber er spürte, daß Phillips diesmal nicht nachgeben würde. »Sie … gehen selbst mit runter?« fragte er.

Phillips nickte. »Ich und Rowlf – das ›Schweinegesicht‹, wie Sie ihn genannt haben. Übrigens würde ich Ihnen nicht raten, so etwas in seiner Gegenwart zu sagen. Aber um Ihre Frage zu beantworten: Ja. Ich habe ein Boot bereitstellen lassen, schon vor meiner Ankunft. Es liegt im Hafen, und an Bord befindet sich die modernste und beste Ausrüstung, die für Geld zu bekommen ist. Eine Taucherglocke, Helme und Luftschläuche – alles. Ich bin kein geübter Taucher, aber man hat mir gesagt, daß mit dieser Ausrüstung jeder Trottel tauchen könnte. Wenn das Schiff wirklich dort liegt, wo Sie es beschrieben haben, komme ich mit. Und Sie auch. Beide.«

Diesmal widersprach Norris nicht mehr, und nach einer Weile nickte auch Bensen. »Und wann?« fragte er.

»So schnell wie möglich«, antwortete Phillips. »Am liebsten heute noch, aber das wird wohl durch den Sturm nicht möglich sein. Also morgen früh. Was ist mit Ihrem ertrunkenen Freund? Wird man ihn suchen?«

»Nicht so rasch«, antwortete Bensen. »Er bleibt oft tagelang weg. Jedenfalls wird bis morgen nicht auffallen, daß er weg ist.« Er stand auf, wartete, bis Norris sich ebenfalls aus seinem Sessel hochgestemmt hatte, und ging an Phillips vorbei zur Tür. »Dann bis morgen früh«, sagte er. »Wann?«

»Bei Sonnenaufgang«, antwortete Phillips. »Am Hafen. Ich erwarte Sie.«

Der Anfall kam warnungslos. Ich lag auf dem Bett, in das ich zurückgekehrt war, nachdem ich eine Viertelstunde vergeblich an der verschlossenen Tür gerüttelt und gezerrt und Howard aus Leibeskräften verflucht hatte, starrte wütend gegen die Decke und ersann und verwarf alle nur denkbaren Fluchtpläne – einer so aussichtslos und undurchführbar wie der andere. Innerlich kochte ich vor Zorn. Howard meinte es sicher nur gut mit mir, und wahrscheinlich hatte er sogar recht, und ich hatte mich von der Verletzung noch nicht halb so gut erholt, wie ich behauptete, aber verdammt noch mal, das gab ihm nicht das Recht, mich wie ein Kind zu behandeln. Ich war alt genug, um zu erfahren, was mit mir los war.

Verärgert setzte ich mich auf, schlug die Decke zurück und öffnete die obersten Knöpfe meines Nachthemdes. Das Kaminfeuer hatte die Kälte vertrieben, und die Flammen verbreiteten wieder angenehme Wärme. Plötzlich spürte ich, wie heiß es doch im Zimmer war; unerträglich heiß. Und die Hitze stieg noch weiter, schnell, unglaublich schnell. Die Luft, die ich atmete, brannte wie geschmolzenes Blei in meiner Kehle, und meine Haut schien in Flammen zu stehen. Mit einem verzweifelten, qualvollen Stöhnen stemmte ich mich hoch, taumelte zum Fenster und fiel gegen die geschlossene Scheibe. Meine Knie gaben unter dem Gewicht meines Körpers nach. Meine Finger glitten am Glas ab, tasteten kraftlos über den Rahmen und verloren den Halt. Ich fiel, prallte schmerzhaft auf dem Boden auf und blieb keuchend liegen. Meine Fingernägel fuhren scharrend über den Fußboden, aber meine Arme hatten nicht mehr die Kraft, das Gewicht meines Körpers zu tragen, als ich mich hochstemmen wollte.

Der Schmerz explodierte zwischen meinen Schläfen, heiß und grell wie eine Sonne, schickte dünne Linien aus geschmolzenem Feuer bis in den entferntesten Winkel meines Nervensystems und lähmte gleichzeitig meinen Körper. Ich wollte schreien, aber es ging nicht. Meine Stimmbänder gehorchten mir nicht mehr, und mein Hals fühlte sich an, als wäre er aus Holz. Trotz der grausamen Schmerzen breitete sich eine Woge von Taubheit und Lähmung in meinem Körper aus. Ich fühlte, wie meine Glieder eines nach dem anderen abstarben, hart und gefühllos und taub wurden, als ein furchtbarer, nicht enden wollender Krampf meinen Körper bis in die letzte Faser hinab peinigte.

Ich weiß nicht, wie lange es dauerte – wahrscheinlich nur wenige Augenblicke, denn ich war nicht einmal in der Lage, zu atmen, und wäre erstickt, hätte es länger gedauert, aber hinterher kam es mir vor, als hätte ich stundenlang dagelegen, starr und gelähmt und stumm, gebadet in ein Meer unerträglicher Schmerzen und Qual.

Als es vorbei war, war ich fast zu schwach, um zu atmen. Der Druck ließ mit einem plötzlichen Ruck nach. Die Stahlfedern, die sich um meinen Körper zusammengezogen hatten, entspannten sich, der Schmerz erlosch, und ich konnte wieder atmen.

Mühsam setzte ich mich auf, lehnte mich gegen die Wand unter dem Fenster und atmete tief und beinahe gierig ein. Meine Glieder zitterten, und hinter meiner Stirn schien etwas Graues, Form- und Körperloses zu brodeln. Ich stöhnte, hob die Hand und fühlte frisches, warmes Blut an meiner Stirn. Die Wunde war wieder aufgeplatzt, als ich gefallen war.

Es dauerte lange, bis ich wieder fähig war, einen einigermaßen klaren Gedanken zu fassen. Was war geschehen? Der Schmerz war unvorstellbar gewesen, aber er war mit nichts zu vergleichen, was ich jemals zuvor erlebt hatte. Es war, als ... ja, als versuche eine unsichtbare Kraft, jede einzelne Faser meines Körpers von innen heraus zu zerreißen und in eine andere, neue Form zu pressen. Für einen kurzen Moment hatte ich das Gefühl gehabt, aus meinem eigenen Körper herausgerissen zu werden.

Ich stöhnte wieder. Der Laut klang fremd in meinen eigenen Ohren. Es war meine Stimme, natürlich, und trotzdem erschien sie mir für einen Moment *fremd,* fremd und beinahe abstoßend. Ich fror. Gleichzeitig war mir kalt, als erstarre irgendwo in mir etwas zu Eis. Panik kroch wie eine graue Welle in mir empor und drohte das bißchen, das von meinem klaren Denken noch übriggeblieben war, zu verwirren. Nur mit äußerster Mühe gelang es mir, sie zurückzudrängen.

Das dröhnende Hämmern meines Herzschlages beruhigte sich langsam, aber ich blieb noch lange reglos und mit geschlossenen Augen unter dem Fenster sitzen, jederzeit auf einen neuen Anfall gefaßt und bereit, dagegen zu kämpfen. Aber er kam nicht, und nach einer Weile wagte ich es, die Augen wieder zu öffnen und mich umzusehen.

Das Zimmer hatte sich verändert.

Ich vermochte nicht zu sagen, *worin* die Veränderung bestand; eigentlich war alles so, wie es gewesen war, und trotzdem wirkte es anders, so wie der Klang meiner eigenen Stimme zuvor: gleichzeitig fremd und doch vertraut. Alle Dinge und Gegenstände waren an ihrem Platz und unverändert, und gleichzeitig wirkten sie seltsam *falsch*, die Winkel der Wände nicht ganz richtig, die Farben der Flammen im Kamin greller und bunter – und gleichzeitig wärmer – als zuvor, die Linien der Möbel irgendwie verschoben, auf absurde Weise in sich selbst gekrümmt und verdreht. Es war, als gehöre alles, was ich sah, plötzlich nicht mehr meiner vertrauten Welt, sondern einem anderen, fremden Universum an, dessen Geometrie und Naturgesetze nicht die unseren waren. Ich sah Farben, die es nicht gab, und Winkel, die mehr als dreihundertsechzig Grad hatten, Linien, die parallel verliefen und sich trotzdem kreuzten und wanden, Dinge mit nur einer Fläche … Es war ungefähr so, als versuche man, sich einen eckigen Kreis vorzustellen – es ging nicht. Und wenn doch, dann wurde man wahnsinnig.

Ich schrie auf, schloß die Augen, schlug verzweifelt die Fäuste vor die Lider und versuchte, die Bilder aus meinem Bewußtsein zu vertreiben, aber es gelang mir nicht. Was ich gesehen hatte, war unmöglich. *Unmöglich!*

Und trotzdem hatte ich es gesehen.

Dann hörte ich die Geräusche. Es waren keine Laute, die ich beschreiben konnte, sondern dumpfe, unbegreifliche, fremde und qualvolle Töne, ein dumpfes, rhythmisches Hämmern, das Besitz von meinem Körper ergriff und jede einzelne Nervenfaser vibrieren ließ, selbst meinen Herzschlag in seinen hypnotischen Bann zog, ein Kratzen und Scharren wie von Millionen und Abermillionen horngepanzerter riesiger Insektenfüße, dann eine Stimme, die meinen Namen schrie, aber so fremd und falsch, daß mich das Wort wie ein Peitschenschlag traf. Eine Hand berührte mich an der Schulter, zerrte mich grob auf die Beine und schlug meine Fäuste herunter. Ich schrie, krümmte mich wie unter Schmerzen und versuchte, die Arme wieder zu heben, um nicht sehen zu müssen, nur nicht sehen, dieses grauenvolle Etwas, in das sich mein Zimmer verwandelt hatte, aber die Hände waren wieder da, umklammerten meine eigenen Handgelenke und preßten sie gnadenlos herunter, gleichzeitig griff eine dritte Hand nach meiner Schulter, zwang mich, den Kopf zu heben und begann mich zu schütteln. Instinktiv öffnete ich die Augen.

Der Anblick ließ mich erneut und in blinder Panik aufschreien. Vor mir stand ein Monster. Ein Ungeheuer mit vier Armen und zwei Köpfen, aus denen mich die boshaften Karikaturen menschlicher Gesichter angrinsten. Ich brüllte, riß mich mit der Kraft der Verzweiflung los und schlug blindlings die Faust in eines der Gesichter. Es klatschte, als hätte ich in weichen Brei geschlagen, und ein Gefühl unbeschreiblichen Ekels durchfuhr mich. Eines der Gesichter verschwand, dann huschte ein Schatten auf mich zu, und ein furchtbarer Hieb warf meinen Kopf gegen die Wand.

Der Schmerz ließ die Illusion zerplatzen und riß mich in die Wirklichkeit zurück. Aus dem zweiköpfigen Ungeheuer wurden Howard und Rowlf, und die Dämonenfratze, in die ich geschlagen hatte, verwandelte sich in Rowlfs zorngerötetes Gesicht. Sein linkes Auge war geschwollen und begann sich bereits zu schließen. Meine Hand schmerzte höllisch. Ich starrte ihn an und wollte irgend etwas sagen, aber alles, was ich herausbekam, war ein qualvolles, unartikuliertes Stöhnen.

Howard ergriff mich grob bei der Schulter und zwang mich, ihn anzusehen. »Alles wieder in Ordnung?« fragte er.

Ich nickte. Plötzlich fühlte ich mich schwach, noch schwächer als vorher. Ich taumelte, versuchte mich an der Wand hinter mir abzustützen und fiel. Rowlf fing mich im letzten Augenblick auf und hob mich wie ein Kind auf die Arme.

»Trag ihn ins Bett«, sagte Howard leise. »Aber sei vorsichtig. Es geht schneller, als ich gefürchtet habe.«

Ich verstand nicht, was er meinte, aber ich war ohnehin kaum fähig, zu denken. Alles, was ich fühlte, war Angst panische Angst. Angst, daß ich verrückt werden könnte, aber vielleicht auch Angst, daß alles, was ich erlebt hatte, Wirklichkeit gewesen sein könnte. Ich wußte nicht, was schlimmer war.

Rowlf trug mich behutsam zum Bett zurück, legte mich hin und breitete die Decke über mir aus, als wäre ich ein krankes Kind. »Alles in Ordnung?« nuschelte er. Er versuchte zu lächeln, aber mit seinem blaugeschlagenen Auge gelang ihm das nicht ganz.

»Was ... was war das, Howard?« flüsterte ich. »Mein Gott, was ... was war das?« Trotz meiner Schwäche stemmte ich mich noch einmal hoch und starrte ihn aus weit aufgerissenen Augen an.

Howard beugte sich über mich, drückte mich mit sanfter Gewalt zurück und tauschte einen langen, besorgten Blick mit Rowlf. »Nichts«, sagte er dann. »Nichts, worüber du dir Sorgen zu machen bräuchtest. Ein Traum.«

»Das war kein Traum!« widersprach ich. »Das war ... mein Gott ... das ... das Zimmer hat sich verändert, und ...«

»Es war nicht wirklich«, sagte Howard noch einmal, und diesmal war in seiner Stimme ein neuer, beinahe befehlender Klang. »Reiß dich zusammen, Robert, bitte. Was du erlebt hast, war nur eine Illusion. Es war nicht real. Jedenfalls ... noch nicht.«

»*Noch* nicht?« wiederholte ich erschrocken. »Was ... was bedeutet das?«

»Ich weiß es nicht, Robert«, antwortete Howard leise. »Wirklich nicht. Ich habe ... einen Verdacht. Eigentlich nicht mehr als eine Ahnung.«

»Dann sag ihn mir!«

»Nein«, sagte Howard. »Es ist noch zu früh, um darüber zu reden. Morgen um diese Zeit wissen wir vielleicht mehr.«

»Verdammt, es ist *mein* Leben, das hier auf dem Spiel steht!« brüllte ich. »Ich habe doch wohl ein Recht, zu erfahren, was ...«

Jemand klopfte an die Tür. Howard sprang auf, gebot mir mit einer hastigen Geste zu schweigen, und durchquerte rasch das Zimmer. Die Störung kam gerade im richtigen Augenblick. Hätte ich es nicht besser gewußt, hätte ich vermutet, daß Howard sie bestellt hatte.

Es war der Hotelportier. Ich erkannte das fuchsgesichtige kleine Männchen sofort wieder, obwohl ich ihn nur einmal kurz gesehen hatte, an dem Tag, an dem wir einzogen. Er schob die Tür, die Howard nur einen Spaltbreit geöffnet hatte, mit der Hand weiter auf und machte Anstalten, unaufgefordert ins Zimmer zu treten, aber Howard verstellte ihm rasch den Weg.

»Ja?« fragte er.

»Ich … hörte Schreie, Mister Phillips«, sagte der Portier. »Und Lärm. Es hörte sich beinahe wie eine Schlägerei an.« Er stellte sich auf die Zehenspitzen, um über Howards Schulter hinweg ins Zimmer sehen zu können. Sein Blick blieb für einen Moment auf Rowlfs Gesicht und seinem immer dunkler werdenden Auge hängen.

»Es war nichts«, sagte Howard rasch. »Vielen Dank für Ihre Aufmerksamkeit, aber …«

»Nach nichts«, unterbrach ihn der Portier spitz, »hörte sich das aber nicht an.«

Howard seufzte. »Mein Neffe hat einen Anfall gehabt«, sagte er. »Aber es ist alles wieder in bester Ordnung.«

»Einen Anfall?« Augenscheinlich war Howards Ausrede nicht die klügste gewesen, denn der Ausdruck auf dem Gesicht des Mannes wurde noch lauernder. »Verstehen Sie mich nicht falsch, Mister Phillips«, sagte er. »Aber unser Hotel ist auf seinen guten Ruf angewiesen. Wenn Ihr Neffe krank ist, dann sollten Sie ihn zu einem Arzt bringen, oder …«

Howard öffnete seufzend seine Brieftasche, klaubte eine Zehn-Pfund-Note hervor und streckte sie dem Portier zusammengefaltet in die Westentasche. Der Mann verstummte abrupt.

»Sind sonst noch Fragen?« fragte Howard leise.

»Ich … nein, Sir«, antwortete der Mann. »Wenn Ihr Neffe einen Arzt braucht, so …«

»Dann rufe ich Sie«, versprach Howard. »Ganz bestimmt. Und jetzt entschuldigen Sie bitte nochmals die Störung. Es wird nicht wieder vorkommen.« Ohne eine Antwort abzuwarten, drückte er die Tür ins Schloß, lehnte sich seufzend dagegen und schloß für ein paar Sekunden die Augen.

»Was war das, Howard?« fragte ich leise.

»Das?« Howard lächelte. »Der Portier. Ein geldgieriger Mann, zu unserem Glück, aber ...« Er verstummte abrupt, als er meinem Blick begegnete. Sein Lächeln erlosch, und ich sah plötzlich wieder, wie müde und erschöpft er war. »In Ordnung, Robert«, sagte er. »Ich erkläre es dir – alles. Aber nicht sofort. Rowlf und ich müssen noch einmal zum Hafen hinunter, aber wir sind in einer halben Stunde wieder hier. Danach haben wir Zeit. Können wir dich so lange allein lassen?«

»Ich denke schon«, sagte ich. In Wirklichkeit zitterte ich innerlich bei dem Gedanken, allein in diesem verhexten Zimmer zu bleiben. Aber irgend etwas sagte mir auch, daß ich sicher war, jedenfalls im Moment.

Howard blickte mich noch einen Augenblick abschätzend an. »Wirklich?«

»Wirklich«, bestätigte ich. »Ich fühle mich schon besser. Und ich verspreche dir auch, ein braver Junge zu sein und nicht wegzulaufen, *Onkel*.«

Howard grinste. »Also gut. Wir beeilen uns. Komm, Rowlf.« Er ging, so schnell, daß ich nicht einmal Gelegenheit hatte, noch irgend etwas zu sagen oder zu fragen. Die Art seines Weggehens erinnerte mich auf bedrückende Weise an eine Flucht ...

Ich vertrieb den Gedanken, schlug die Bettdecke zurück und setzte mich vorsichtig auf. Nach dem Gefühl der Schwäche, das ich vorhin verspürt hatte, fühlte ich mich jetzt ebenso plötzlich wieder wohl und kräftig, und fast bedauerte ich mein Versprechen, das Hotel nicht zu verlassen, schon wieder.

Nun, ich hatte nicht versprochen, das Zimmer nicht zu verlassen. Immerhin konnte ich hinuntergehen und im Salon einen guten Schluck trinken; etwas, das ich schon seit einer Woche schmerzhaft vermißte. Voller plötzlich neu erwachtem Tatendurst setzte ich mich auf, bückte mich nach meiner Hose und… erstarrte.

Mein Blick fiel auf die gegenüberliegende Wand. Zwei, drei Sekunden lang starrte ich die weiße Tapete an, dann fuhr ich mit einem nur halb unterdrückten Schrei herum. Aber das Zimmer hinter mir war leer. Im Kamin brannte noch immer das Feuer und verbreitete wohlige Wärme und Licht.

Langsam, mit rasendem Herzen und zitternden Händen, drehte ich mich wieder herum und starrte wieder die Wand an. Es gab keinen Zweifel – der Schatten darauf war mein Schatten, hervorgerufen durch die tanzenden Flammen im Kamin, an den Rändern zerfasert und überlebensgroß. Er sprang im Spiel der Flammen hin und her und war in ständiger Bewegung, als wäre er von eigenem Leben erfüllt, und es war eindeutig mein Schatten. Bloß – *es war nicht der Schatten eines Menschen …*

Es war noch früh, und im *Black Sheep* herrschte kaum Betrieb. Die meisten Stammgäste würden erst gegen Abend kommen, wenn die Arbeit vorbei war, die Fischerboote wieder in den Hafen eingelaufen und die Bauern von den Feldern gekommen waren. An der langen, von zahllosen Brandflecken und Ringen verunstalteten Theke saßen nur zwei einsame Gäste, zwei andere hockten an einem kleinen Tisch unter dem einzigen, dreckverkrusteten Fenster des Lokales und spielten Schach. Trotzdem roch die Luft nach kaltem Rauch und Bier, und der Wirt vor seinen Spiegeln und Flaschenregalen sah schon jetzt genauso übermüdet und mißgelaunt aus wie am späten Abend.

»Warte hier«, sagte Bensen leise. Er ließ Norris' Arm

los, ging zur Theke und winkte dem Wirt. Der Mann setzte übertrieben umständlich das Glas ab, an dem er lustlos herumpoliert hatte, warf das Spültuch in die Wasserschüssel und rieb sich die Hände an seiner schmuddeligen Schürze trocken, ehe er sich gemächlich in Bewegung setzte.

»Bensen«, knurrte er. »Was treibt dich her? Willst du deine Schulden bezahlen?«

»Morgen«, erwiderte Bensen automatisch. »Ich verspreche es, Hal.« Er sah sich mit übertriebener Gestik im Raum um. Die beiden Schachspieler waren weiter in ihr Spiel vertieft und nahmen offensichtlich von nichts Notiz, was rings um sie herum vorging, aber die beiden anderen Zecher an der Theke hatten ihr Gespräch unterbrochen und sahen mit unverhohlener Neugier zu ihm und Norris hinüber. »Ist das Hinterzimmer frei?« fragte er.

Hal nickte automatisch. »Sicher. Aber –«

»Dann bring uns zwei Bier dorthin«, unterbrach ihn Bensen. »Und paß ein bißchen auf, daß uns keiner stört.«

»Sonst nichts?« knurrte Hal unfreundlich. »Die beiden Ale darf ich doch sicher wie gewöhnlich anschreiben, oder?«

»Du bekommst dein Geld, Hal«, antwortete Bensen ungeduldig. »Morgen abend. Spätestens.«

Hal schien noch etwas sagen zu wollen. Aber dann seufzte er nur, drehte sich um und nahm wortlos zwei Halbliter-Gläser vom Regal, drehte den Zapfhahn um und ließ dunkles Ale in eines der Gläser laufen. Bensen lächelte kurz und gab Norris einen Wink. Rasch, aber trotzdem so, daß ihre Schritte nicht übertrieben hastig wirkten und sie noch mehr Aufsehen erregten, durchquerten sie den Schankraum, gingen durch einen kurzen Flur und betraten das Hinterzimmer.

Der Raum war dunkel. Die Vorhänge waren zugezogen, und die Luft war so schlecht, daß Norris zu husten begann. Bensen deutete mit einer Kopfbewegung auf den grünbezogenen Spieltisch; neben den vier Stühlen, die sich um ihn gruppierten, der zerschlissenen Billardplatte und den unvermeidlichen Dartscheiben an den Wänden die einzigen Einrichtungsgegenstände des Zimmers, eilte zum Fenster und riß die Vorhänge auf. Helles Sonnenlicht strömte in den Raum und ließ den Staub tanzen. Bensen hustete ebenfalls, entriegelte das Fenster und öffnete es einen Spaltbreit. Die Novemberluft strömte eisig herein und ließ ihn frösteln, aber er konnte wenigstens wieder atmen, ohne ununterbrochen husten zu müssen.

Norris hockte vornübergebeugt und verkrampft auf seinem Stuhl, als Bensen zu ihm zurückkehrte. Er war blaß. Seine Augen waren gerötet und ein bißchen größer als normal, und aus seinem linken Mundwinkel lief Speichel. Bensen erschrak.

»Was ist los mit dir?« fragte er. Er trat an den Tisch und streckte die Hand nach Norris aus, aber dieser schüttelte hastig den Kopf, setzte sich auf und atmete hörbar ein. Seine Lippen zitterten. Bensen registrierte, daß er schlecht roch. Irgendwie krank. »Was hast du?« fragte er noch einmal. »Bist du krank? Oder hast du einfach die Hosen voll?«

»Scheiße«, murmelte Norris. »Mir ist kotzübel, wenn du's genau wissen willst.« Er schluckte, preßte die Hand auf den Magen und atmete wieder tief und hörbar ein, wie ein Mensch, der mit aller Macht gegen eine aufkommende Übelkeit ankämpft. »Vielleicht habe ich zuviel Salzwasser geschluckt.«

»Möglich.« Bensen betrachtete ihn scharf. »Sonst ist mit dir alles in Ordnung?«

»Nichts ist in Ordnung«, knurrte Norris. »Du mußt

übergeschnappt sein. Lennard – glaubst du im Ernst, daß ich noch einmal da draußen ins Wasser gehe?«

Bensen setzte sich, legte die Hände flach nebeneinander auf den Tisch und sah Norris eine ganze Weile lang schweigend und nachdenklich an, ehe er – mit genau überlegter Betonung – weitersprach: »Das ist es also. Du hast Angst.«

»Ja, verdammt noch mal!« schrie Norris. Bensen hob warnend die Hand und sah instinktiv zur Tür, und Norris sprach, noch immer erregt, aber hörbar leiser, weiter. »Verdammt, ich habe Angst. Mahoney ist vor unseren Augen umgebracht worden, und du verlangst, daß wir noch einmal da runtergehen.«

»Er ist ertrunken«, begann Bensen, aber Norris ließ ihn nicht weiterreden.

»Das ist er nicht, und du weißt das so gut wie ich oder dieser Phillips. Irgend etwas hat ihn in die Tiefe gezogen, vor unseren Augen, und dieses Etwas ist noch dort draußen.«

»Vielleicht«, sagte Bensen leise. »Aber vielleicht war es auch ganz anders. Überleg doch mal, Fred. Wir waren beide nervös, und es ist alles so furchtbar schnell gegangen.«

»Und dieses ... dieses *Ding*?« schnappte Norris. »Verdammt, Lennard, verkauf mich nicht für blöd. Du hast es genauso gesehen wie ich. Es war ... es war ein ...«

»Ja?« fragte Bensen lauernd.

Norris starrte ihn trotzig an, suchte einen Moment vergeblich nach den richtigen Worten und ballte schließlich in einer Mischung aus Zorn und Resignation die Fäuste. »Ich weiß es nicht«, sagte er. »Ich habe so etwas noch nie gesehen. Vielleicht eine Art Oktopus.«

»Es gibt hier keine Oktopusse«, erwiderte Bensen ruhig. »Jedenfalls nicht so große. Das weißt du.«

»Was war es dann?«

Bensen zuckte gleichmütig mit den Achseln, setzte zu einer Antwort an und verstummte abrupt, als die Tür aufging und Hal mit zwei gefüllten Ale-Gläsern hereinkam. Wortlos stellte er sie vor Bensen und Norris auf den Tisch, rieb sich gewohnheitsmäßig die Hände an der Schürze trocken und sah Bensen herausfordernd an. »Damit wären wir bei fünfzehn«, sagte er. »Zu deinen Gunsten abgerundet.«

»Ich weiß, Hal«, antwortete Bensen. »Du kriegst es morgen. Ich komme am Abend und zahle alles auf einmal.«

»Wer's glaubt«, knurrte Hal, wandte sich um und ging wieder. Trotzdem wartete Bensen, bis er ganz sicher war, daß sich der Wirt nicht mehr in Hörweite aufhielt.

»Vielleicht hat er sich in einem Tau verfangen. Vielleicht hat sich ein Stück Segeltuch vom Wrack gelöst und ihn runtergezogen«, fuhr er fort. »Bei diesen Schiffswracks schwimmt doch immer alles mögliche Zeugs rum.«

»Vielleicht war es aber auch ganz anders«, widersprach Norris. »Außerdem interessiert es mich gar nicht, was ihn umgebracht hat. Er ist tot, Lennard, und das allein zählt. Wir ... wir müssen zur Polizei.«

Bensen griff nach seinem Glas, trank einen mächtigen Schluck und wischte sich mit dem Handrücken den Schaum von den Lippen. »Tut dir sonst noch was weh?« fragte er ruhig. »Du hast doch gesehen, wie dieser Spinner reagiert hat. Ich sage dir, Junge, da ist eine Menge Geld für uns drin – mehr als lumpige hundertfünfzig Pfund.« Er stellte sein Glas ab und beugte sich erregt vor. »Fred, überleg doch! Mahoney wird nicht wieder lebendig, wenn wir jetzt zur Polizei gehen und alles melden, aber uns geht vielleicht eine Menge Geld durch die Lappen. Es war ein Unfall. Uns trifft keine Schuld.«

Norris war noch nicht überzeugt. »Sie werden rauskriegen, daß wir die letzten waren, die ihn gesehen haben«, sagte er. »Und ...«

»Und wenn?« unterbrach ihn Bensen und machte eine wegwerfende Handbewegung. »Wenn wir zusammenhalten und beide das gleiche aussagen, passiert uns nichts. Verdammt, Fred, sei vernünftig. Dieser Phillips stinkt vor Geld, und wenn wir es geschickt anfangen, können wir ihm einen hübschen Teil davon abknöpfen. Willst du den Rest deines Lebens hier in diesem Kaff verbringen und Treibholz sammeln? Wenn du die Nerven behältst, sind wir morgen um diese Zeit reich! Wir können hier weggehen, vielleicht sogar nach London. Du wolltest doch immer mal nach London, oder?«

Norris stöhnte. Seine Hand, die das Bierglas gehoben hatte, zitterte. Er wankte, kippte plötzlich nach vorne und ließ das Glas los. Es fiel um, das Ale verteilte sich auf dem Tisch und tropfte über seinen Rand zu Boden. Aus Norris' Mund drangen leise, stöhnende Laute.

Bensen sprang mit einem Satz um den Tisch herum und fing ihn gerade noch rechtzeitig auf, ehe er vom Stuhl fallen konnte. Norris' Körper bebte wie unter Schüttelfrost, aber seine Haut war heiß.

»Verdammt, Junge, was hast du?« fragte Bensen. »Was ist los mit dir?«

Norris stöhnte. Speichel und weißer, übelriechender Schaum traten auf seine Lippen. »Mir ist ... übel«, keuchte er. »Lennard, hilf ... mir. Mir ist ... so schlecht.«

Bensen richtete ihn behutsam auf, ging vor ihm in die Hocke und legte eine Hand unter sein Kinn. Norris stöhnte lauter. Seine Kleider raschelten, *bewegten* sich, als zucke jeder einzelne Muskel in seinem Körper unkontrolliert und unabhängig von den anderen. »Lennard ...«, stöhnte er. »Hilf ... mir. Mir ist ... so kalt. Ich ... ich muß zu einem ... Arzt. Hilf mir ...«

»Keine Sorge, Junge«, sagte Bensen hastig. »Ich bringe dich weg. Kannst du laufen?«

Norris schüttelte den Kopf, nickte dann und versuchte sich hochzustemmen, schaffte es aber erst beim dritten Versuch. Er wankte. Ohne Bensens Hilfe hätte er nicht gehen können.

»Hal darf nichts davon erfahren, klar?« sagte Bensen. Norris nickte, aber Bensen war sich nicht sicher, ob er seine Worte wirklich verstanden hatte. Sein Gesicht war schneeweiß. Aus seinem Mund tropfte noch immer Speichel, und auf seiner Haut perlte kalter Schweiß. Bensen fluchte lautlos, nahm sein Taschentuch hervor und wischte sein Gesicht trocken. Mit etwas Glück würde Hal nichts merken, so düster und verräuchert, wie der Gastraum des *Black Sheep* war. Und wenn doch, konnte er immer noch behaupten, er wäre einfach betrunken. Norris vertrug nicht viel, das war stadtbekannt.

»Bring mich ... zum Arzt«, keuchte Norris, während Bensen einen Arm unter seine Achselhöhlen schob und ihn stützte. »Und dann zur ... Polizei. Wir müssen ... Mahoneys Tod ... melden.«

»Sei still, verdammt«, sagte Bensen, fügte aber dann, etwas versöhnlicher, hinzu: »Keine Sorge, Junge. Ich bringe dich hier raus. Es wird schon alles gut.«

Der Schatten war gigantisch. Er war nicht grau wie ein normaler Schatten, sondern schwarz, als wäre ein Teil der Wand vor mir wieder in tiefe, lichtschluckende

Nacht getaucht, drei Meter hoch und in ständiger, ungreifbarer Bewegung, ein schwarzes Wallen und Wogen innerhalb der Schwärze, als wäre er von unheimlichem wogenden Leben erfüllt. Es war nicht der Schatten eines Menschen, sondern ein bizarrer Umriß, der Schatten eines gewaltigen, unbeschreiblichen ... *Dinges,* das ganz aus peitschenden Tentakeln und dünnen, gebogenen Armen zu bestehen schien, ein Ding wie ein Nest sich windender, ineinander verschlungener Schlangen, die ...

Die Erkenntnis traf mich wie ein Schlag ins Gesicht.

Ich hatte ein Wesen wie dieses schon einmal gesehen, und es war nicht einmal lange her.

Der Schatten vor mir war der *Schatten eines GROSSEN ALTEN! Und es war gleichzeitig mein Schatten, der Umriß meines Körpers, der von den zuckenden Flammen im Kamin auf die Wand geworfen wurde!* Das Ding, das ich getötet zu haben glaubte, dachte ich entsetzt. Das Monstrum, dem ich meinen Degen durch den Leib gerammt und dessen Tod ich mit eigenen Augen gesehen zu haben glaubte.

Es war nicht tot!

Es lebte.

Es existierte weiter, auf widernatürliche, unheimliche Weise, lebte weiter und verfolgte weiter seine finsteren Pläne – in *mir!* Das waren die Alpträume gewesen, die mich gequält hatten, die furchtbaren Visionen, die Bilder, die ich mir nicht erklären konnte. Die Bestie war tot, aber etwas von ihr war in meinen Körper gedrungen, als sie mich verletzt hatte, ein tödlicher, mörderischer Keim, der tief in mir heranwuchs und stärker wurde. Und Howard hatte es gewußt.

Ich schrie auf, taumelte wie unter einem Hieb zurück, prallte gegen den Bettpfosten und verlor das Gleichgewicht. Der Schatten an der Wand vollzog die

Bewegungen gehorsam mit, aber er tat noch mehr, kippte nicht nur zur Seite und zu Boden, sondern bewegte sich gleichzeitig auf mich zu, peitschende Tentakel in meine Richtung streckend und mit rauchigen Schattenarmen nach meinen Beinen greifend. Das Zimmer war plötzlich von einem bestialischen Gestank erfüllt, Leichengeruch, aber auch noch etwas anderes, Fremdes und unbeschreiblich Ekelhaftes. Ich schrie, kreischte wie ein Wahnsinniger und kroch rücklings über den Boden davon, aber der Schatten folgte mir wie eine lautlose Woge aus Finsternis, und seine zuckenden Arme kamen näher, unbarmherzig näher. Panik kroch in mir hoch. Ich begann mit den Beinen zu strampeln und nach dem Schatten zu treten, versuchte mich herumzuwerfen und kroch weiter zurück. Aber der Schatten folgte mir, ganz egal, was ich tat. Es war *mein* Schatten. Und niemand kann seinem eigenen Schatten entkommen.

Die peitschenden Schlangenarme kamen näher, bewegten sich lautlos und gleitend über den Boden auf meine Beine zu, verharrten einen Moment, als würden sie überlegen, und krochen dann weiter. Ich schrie.

Jemand begann gegen die Tür zu schlagen. »Was ist denn los da drinnen?« polterte eine Stimme. »Machen Sie auf! Dieser Lärm geht zu weit!«

Ich schrie wieder, warf mich zur Seite und rollte bis dicht vor die Tür, aber wieder vollzog der Schatten die Bewegung gehorsam mit. Er kam nicht näher, aber die schleichenden Tentakelarme verharrten eine Handbreit neben meinem Körper, als wollten sie mich verspotten.

Die Tür wurde mit einem Ruck aufgerissen. Das zorngerötete Fuchsgesicht des Portiers erschien unter der Öffnung.

Und der Schatten verschwand.

Plötzlich, von einem Lidzucken auf das andere, war der Schatten neben mir wieder mein eigener Schatten, der Schatten eines ganz normalen Menschen, und auch der Pesthauch der Bestie war fort.

Der Portier riß die Tür vollends auf, trat herausfordernd auf mich zu und funkelte mich mit einer Mischung aus gerechtem Zorn und einer ganz kleinen Spur von Angst an. »Was zum Teufel geht hier vor?« fragte er. »Was bilden Sie sich ein, hier herumzuschreien? Sie brüllen ja, daß man Sie bis zur Küste hören kann!«

Ich wollte antworten, aber ich konnte nicht. Mein Herz jagte, und mein Atem ging so schnell, daß ich nur ein unartikuliertes Keuchen hervorbekam. Mühsam, mit zitternden Händen, stemmte ich mich hoch, blieb einen Moment auf Händen und Knien hocken und stand dann ganz auf. Ich taumelte. Für einen Moment begann sich das Zimmer wie wild vor meinen Augen zu drehen, dann bekam ich den Bettpfosten zu fassen und klammerte mich mit dem bißchen Kraft, das mir noch verblieben war, fest.

»Nun?« fragte der Portier scharf. Seine Stimme klang erregt, aber ich registrierte auch die schwache Spur von Furcht, die darin mitschwang. Wahrscheinlich hielt er mich für verrückt.

»Es war ... nichts«, sagte ich mühsam. »Ich ... ich hatte ...«

»Wieder einen von diesen Anfällen, wie?« fragte das Fuchsgesicht. Ich nickte. Die Erklärung war besser als alles, was mir im Augenblick eingefallen wäre.

»Und Ihr Onkel läßt Sie einfach so allein, wie?« fuhr er, durch mein Schweigen offensichtlich mutiger geworden, fort. Ärgerlich trat er auf mich zu, stemmte die Fäuste in die Hüften und starrte mich an. »Junger

Mann, wenn Sie krank sind, dann gehen Sie zu einem Arzt. Dieses Hotel ist kein Krankenhaus, und das habe ich Ihrem Onkel auch schon gesagt.«

»Es ... es wird nicht wieder ... nicht wieder vorkommen«, murmelte ich. Mir war noch immer schwindelig. Meine Glieder fühlten sich seltsam leicht und kraftlos an. Was immer gerade geschehen war, es hatte mich total erschöpft.

»Sie können sich sogar darauf verlassen, daß es nicht wieder vorkommt«, knurrte das Fuchsgesicht. Wie viele Menschen, die im Grunde ihres Herzens feige sind, neigte er dazu, den Bogen zu überspannen, wenn er einmal auf Widerstand stieß, den er brechen zu können glaubte. »Sie werden nämlich ausziehen, und zwar auf der Stelle. Wir haben noch andere Gäste, und dieses Haus ist ...«

»Kein Irrenhaus?« Ich sah auf und blickte ihm einen Moment lang in die Augen. Der zornige Ausdruck in seinem Blick zerbrach.

»Das ... das habe ich nicht gemeint«, sagte er hastig. »Ich meine nur ...«

»Schon gut.« Ich winkte ab, ließ vorsichtig den Bettpfosten los, an dem ich Halt gesucht hatte, und ging schwankend um das Bett herum. »Sie haben ja recht«, murmelte ich. »Ich gehe. Auf der Stelle.«

Ich hatte kaum die Kraft, mich nach meinen Kleidern zu bücken, und als ich in die Hose zu schlüpfen versuchte, wurde mir schon wieder schwindelig. Aber diesmal kämpfte ich das Gefühl mit aller Macht nieder. Ich mußte aus diesem Zimmer heraus. Sofort.

»So war das auch nicht gemeint«, sagte der Portier kleinlaut. »Sie können ruhig bleiben, bis ...«

»Ich gehe«, beharrte ich. »Bitte warten Sie, bis ich mich angezogen habe. Ich ... ich werde Ihnen keine weiteren Schwierigkeiten bereiten.« Mit zitternden

Fingern stopfte ich mein Nachthemd unter den Hosenbund, griff nach der Weste und streifte sie ungeschickt über. Mein Blick fiel immer wieder auf die gegenüberliegende Wand. Aber der Schatten daran war ein normaler, menschlicher Schatten.

»Vielleicht sollte ich einen Arzt rufen«, sagte der Portier. Plötzlich schien er es furchtbar eilig zu haben, das Zimmer zu verlassen. Ich konnte es ihm nicht einmal verdenken. Wer war schon gerne in der Gesellschaft eines Verrückten?

»Bitte bleiben Sie«, sagte ich. »Ich bin gleich soweit.«

»Aber ich habe noch zu tun, und Sie können wirklich …«

»Verdammt noch mal, Sie sollen hierbleiben!« brüllte ich. Das Fuchsgesicht prallte erschrocken zurück und schluckte ein paarmal, blieb aber gehorsam stehen. Sein Blick wanderte durch den Raum, als hielte er nach einer Waffe Ausschau, mit der er sich im Notfall wehren konnte, sollte ich vollends tobsüchtig werden.

So rasch ich konnte – sehr rasch war es nicht, denn meine Hände zitterten noch immer so stark, daß ich kaum die Schnürbänder an meinen Schuhen zubekam –, zog ich mich zu Ende an, nahm Hut und Stock vom Tisch und wandte mich zur Tür. Der Blick des Portiers saugte sich für einen Moment an meinem Gesicht fest. Dem Ausdruck in seinen Augen nach zu schließen, mußte ich fürchterlich aussehen. Lautlos trat er zur Seite, um mir Platz zu machen. Ich ging zur Tür, blieb aber noch einmal stehen und spähte auf den Flur hinaus. Der Gang war lang und dunkel, und es gab nur ein einziges Fenster, dessen Licht nicht bis zur Treppe fiel. Keine Schatten, dachte ich. Gut. Solange ich nicht direkt ins Sonnenlicht, vor ein Feuer oder eine Lampe trat, war ich in Sicherheit.

Vielleicht.

»Sie ... Sie wollen wirklich gehen?« fragte der Portier hinter mir.

Ich drehte mich nicht um, sondern nickte nur. »Ja. Wenn mein ... Onkel zurückkommt, dann sagen Sie ihm, daß ich ihn am Hafen erwarte. Heute abend, nach Sonnenuntergang.«

Wenn ich bis dahin noch lebte, fügte ich in Gedanken hinzu. Und wenn ich noch *ich* war.

Der Weg war auf den letzten anderthalb Meilen immer schlechter geworden, und Bensen hatte immer öfter die Peitsche zu Hilfe nehmen müssen, um die beiden Pferde überhaupt zum Weitergehen zu bewegen. Aber jetzt würde ihm nicht einmal mehr die Peitsche helfen. Das Fuhrwerk saß fest, bis fast an die Achsen in Schlamm und Morast eingesunken. Er würde ein halbes Dutzend Ochsen brauchen, um den Wagen wieder flottzubekommen.

Bensen ließ mit einem zornigen Laut die Zügel sinken, richtete sich auf dem schmalen Bock auf und trat nach hinten, auf die Ladefläche des Wagens. Norris lag zusammengekrümmt zwischen leeren Säcken und Bastkörben, die nach Fisch stanken. Er stöhnte leise, und im Laufe der letzten halben Stunde hatte er sich mindestens ein halbes Dutzend Mal übergeben. Der Wagen stank durchdringend nach Erbrochenem, und Norris' Gesicht lag in einer Pfütze hellgrauer, übelriechender Flüssigkeit. Bensen drängte seinen Ekel zurück und ging vorsichtig neben Norris in die Knie. Den Wagen hatte er sich ohnehin ›ausgeliehen‹, ohne seinen Besitzer vorher um Erlaubnis zu fragen, und Norris ...

Nun, er schien doch ein bißchen mehr als nur zuviel Salzwasser geschluckt zu haben, dachte Bensen düster.

Norris hatte aufgehört, zu wimmern und um Hilfe zu flehen, aber er war noch bei Bewußtsein. Seine Augen standen einen Spaltbreit offen, und seine Hände öffneten und schlossen sich unentwegt; die Fingernägel kratzten dabei über das morsche Holz des Wagenbodens und verursachten scharrende Laute, die Bensen einen eisigen Schauer über den Rücken jagten.

»Wie geht es dir, Junge?« fragte er.

Norris versuchte den Kopf zu heben, aber er hatte nicht mehr genug Kraft dazu. »Ich habe ... Schmerzen. Wo ... bringst du mich ... hin?«

Bensen seufzte. »Ich passe schon auf dich auf, Kleiner«, sagte er. »Keine Angst. Es wird schon wieder.«

»Nichts ... wird wieder«, stöhnte Norris. »Du ... du bringst mich nicht ... nicht zum Arzt.«

»Nein«, sagte Bensen ruhig. »Jedenfalls nicht heute. Du wirst es schon durchhalten.«

Norris stöhnte, drehte nun doch den Kopf und starrte ihn aus roten, entzündeten Augen an. Bensen sah, daß das Weiße in seinen Augen fast ganz verschwunden war. Seine Pupillen waren unnatürlich vergrößert, und seine Gesichtshaut war weiß mit einem Stich ins Gelbliche und da und dort gerissen wie altes, trockenes Pergament.

»Ich ... ich sterbe, Lennard«, flüsterte er. »Und du ... du läßt mich krepieren wie einen Hund, du ... du Schwein.«

Bensen lachte leise. »Du redest Unsinn, Kleiner«, sagte er. »Ich bringe dich zu einem Arzt. Morgen. Sowie ich mit Phillips fertig bin. So lange mußt du schon durchhalten.«

»Du ... du miese Sau«, keuchte Norris. »Du läßt mich verrecken, genau wie du Mahoney hast sterben lassen.«

»Das tue ich nicht«, widersprach Bensen gereizt.

»Aber ich lasse mir nicht die größte Chance meines Lebens entgehen, nur weil du dir vor Angst in die Hosen scheißt, Kleiner. Wir machen halbe-halbe, genau wie ausgemacht, auch wenn du nicht dabei bist. Aber du wirst bis morgen durchhalten müssen.« Er lachte rauh. »Sieh es von der Seite. Ich habe die Arbeit, und du kassierst.«

»Du …«

»Ich kenne eine Hütte hier in der Gegend«, fuhr Bensen unbeeindruckt fort. »Um diese Jahreszeit kommt da nie einer hin. Ich bringe dich dorthin, und morgen abend komme ich wieder – mit dem Geld. Wenn es dir dann noch nicht bessergeht, hole ich einen Arzt.«

»Ich will … dein dreckiges Geld nicht mehr«, stöhnte Norris. »Mach mit Phillips ab, was du willst, aber …« Er brach ab, stöhnte, wand sich wie unter einem Krampf und preßte die Hände gegen den Leib. Ein dunkler Fleck bildete sich auf seinem Hemd, und plötzlich waren seine Hände feucht. Bensen verzog angeekelt das Gesicht, als er die graue Flüssigkeit sah, die aus seinen Hemdsärmeln lief und zu Boden tropfte. Ein süßlicher, durchdringender Geruch stieg ihm in die Nase.

Zögernd beugte er sich vor, löste Norris' verkrampfte Hände und drehte ihn auf den Rücken. »Verflucht, was ist los mit dir?« flüsterte er. Norris antwortete nicht, aber der dunkle Fleck auf seinem Hemd wurde größer, dann erschienen weitere Flecke auf seinen Hosenbeinen und über seiner linken Schulter. Bensen richtete sich angewidert auf, streckte aber kurz darauf wieder die Hand aus und berührte Norris' Leib. Sein Körper fühlte sich seltsam an: wie weicher Schwamm, gar nicht mehr wie der eines Menschen.

Bensen drängte das Ekelgefühl, das neu und stärker in ihm aufstieg und ihm die Kehle zuschnürte, mit aller

Macht zurück, zog sein Taschenmesser aus der Jacke und schnitt Norris' Hemd auf.

Die Haut, die darunter zum Vorschein kam, war grau. Und es war auch keine menschliche Haut mehr, sondern eine halb aufgelöste, wässerige Masse, wie verfaulter Tang. Sie stank bestialisch.

Bensen erstarrte. Plötzlich sah er ein Bild vor sich: seinen eigenen Fuß, naß und glitzernd von Salzwasser, und einen dünnen, grauen Strang, der sich um sein Gelenk geringelt hatte ...

Er vertrieb das Bild, rückte instinktiv ein Stück weiter von Norris weg und sah entsetzt auf seinen Körper hinab. Die dunklen Flecke auf seinem Leib wurden immer zahlreicher. Seine Atemzüge klangen röchelnd.

»Lennard«, flehte Norris. »Hilf ... mir. Ich ... halte es nicht mehr aus. Bring mich ... zum Arzt.«

Bensen schwieg fast eine Minute. Norris' Kleidung hatte sich jetzt fast vollständig dunkel gefärbt. Der Gestank war kaum mehr auszuhalten. Er mußte sein Hemd nicht weiter aufschneiden, um zu wissen, wie es darunter aussah.

»Es tut mir leid, Kleiner«, sagte er. »Aber das kann ich nicht.«

Norris keuchte. »Du ...«

»Du würdest alles verraten, nicht wahr?« fuhr Bensen fort. Seine Hand krampfte sich fester um das Messer. »Sie würden dich fragen, woher du das hast, und du würdest alles erzählen. Die ganze Geschichte.«

»Lennard!« flehte Norris. »Ich ... ich sterbe! Bitte hilf mir.«

»Ich würde es ja gerne«, erwiderte Bensen leise. »Aber ich kann nicht. Du würdest Phillips auffliegen lassen, und ich würde nicht an mein Geld kommen und den Rest meines Lebens in diesem Kaff verbringen. Ich kann das nicht. Ich will weg hier, und ich lasse nicht zu, daß mich jemand daran hindert. Das siehst du doch ein, oder?«

Damit beugte er sich vor und hob das Messer …

Durness war nicht sehr belebt zu dieser Stunde. Es war nur ein knappes halbes Dutzend Passanten, die sich mehr oder weniger zielstrebig auf den Bürgersteigen rechts und links der Hauptstraße bewegten, dazu ein einzelnes, von einem müden Gaul gezogenes Fuhrwerk. Vielleicht lag es an der noch frühen Stunde – Durness sieht auf der Landkarte respektabel aus, aber in Wahrheit ist es wenig mehr als ein Kaff, das zufällig einen kleinen Hafen besitzt und aus mir unerfindlichen Gründen eine bescheidene Industrie angelockt hat, die den Menschen in weitem Umkreis Arbeit gab. Sehr wenige seiner Einwohner mochten die Muße haben, tagsüber spazierenzugehen, und eine Strandpromenade wie in den meisten anderen (und bekannteren) Seehäfen Englands gab es erst gar nicht. Vielleicht lag es auch an der herbstlichen Kälte, die an diesem Tage besonders grimmig zu sein schien und die Leute in die Häuser und vor ihre warmen Öfen getrieben hatte – ich jedenfalls begann den eisigen Biß des Windes schon nach wenigen Augenblicken unangenehm zu spüren. Die Luft roch nach Salzwasser und Tang, und der Wind blies vom Meer aus; eine beständige, nicht sehr steife Brise, die durch meine dünne Kleidung drang und mich frösteln ließ. Ich war für die Witterung denkbar schlecht gekleidet. Oben im Zimmer hatte ich einfach übergestreift, was ich zuerst gefunden hatte, und das war eben ein vielleicht modischer, aber ganz und gar nicht wärmender Gehrock gewesen, der mir kaum Schutz vor der Kälte gewährte. Das Ergebnis war, daß ich nach kaum fünf

Minuten bereits vor Kälte mit den Zähnen klapperte und erbärmlich fror.

Ich fühlte mich noch immer wie betäubt. Ich war aus dem Hotel geflohen, und mir wurde erst jetzt – und auch erst jetzt nur ganz langsam – klar, daß ich nicht die geringste Ahnung hatte, wohin. Ich wußte, daß Howard ein Schiff im Hafen liegen hatte, und wenn der Portier meine Nachricht ausrichten würde, würde ich ihn dort treffen, sobald die Sonne untergegangen war.

Aber bis dahin waren noch gute fünf Stunden Zeit ...

Ich blieb stehen, trat unbewußt einen Schritt näher an die Hauswand heran und sah mich um. Der Himmel war bedeckt, wie oft zu dieser Jahreszeit, und es gab keine nennenswerten Schatten. Und selbst wenn die Sonne weiterwanderte, war ich auf dieser Seite der Straße in Sicherheit, zumindest für die nächsten Stunden. Aber ich konnte unmöglich bis Sonnenuntergang hierbleiben, und sei es nur wegen der Kälte.

Es war ein Fehler gewesen, aus dem Hotel zu fliehen. Ich hatte in Panik gehandelt, und wie so oft, wenn man nicht mehr auf sein klares Denken, sondern nur noch auf die Angst hört, hatte ich das Falsche getan. Ich hätte das Feuer löschen, die Fenster verhängen und in aller Ruhe auf Howard warten sollen, statt kopflos aus dem Hotel zu stürzen. Einen Moment überlegte ich, ob ich zum Hotel zurückkehren sollte, verwarf den Gedanken dann aber wieder. Ich würde einen Ort finden, an dem ich mich verbergen konnte, bis die Sonne unterging, und Howard würde eine Lösung finden. Es galt nur, die Zeit bis dahin zu überstehen.

Mein Blick wanderte die Straße hinab. Es gab ein paar kleine Ladengeschäfte, zwei, drei Lokale und Restaurants und eine Reihe von Wohnhäusern, aber nichts davon erschien mir passend als Versteck. Ich war fremd hier und konnte schlecht irgendwo klopfen und fragen, ob ich mich bis nach Dunkelwerden im Keller verkriechen konnte. Und auch die Lokale erschienen mir nicht sicher genug; ganz egal, welcher Art – ob nun ein teures Restaurant oder eine Hafenkneipe – es gab dort Licht, und wo es Licht gab, da waren auch Schatten. Die Situation war beinahe absurd – wo versteckte man sich vor seinem *eigenen Schatten?*

Ich weiß nicht, ob es Zufall war – in letzter Zeit gelangte ich immer mehr zu der Überzeugung, daß es so etwas wie Zufall nicht gab –, aber der einzige Ort, der mir im Augenblick auch nur einigermaßen sicher schien, war die Kirche.

Es war eine kleine Kirche, selbst für einen Ort wie Durness, aber sie war zu dieser Zeit des Tages wahrscheinlich so gut wie leer, und sie war dunkel und schattig und würde mir Schutz gewähren. Es war nicht einmal sehr weit bis dorthin – vielleicht hundert Schritte die Straße hinunter und auf der anderen Seite. Ich ging los.

Der Wind wurde kälter, als ich mich die Straße hinunterbewegte, und ein rascher Blick auf den Himmel zeigte mir, daß die Gewitterfront näher gekommen war. Die schwarzen Wolkenberge waren noch immer weit von Durness entfernt, aber sie waren doch sichtbar näher herangekommen, und auch über der Stadt ballten sich bereits braungraue, brodelnde Wolken zusammen. Das dumpfe Grollen des Donners war lauter als vorher. Fröstelnd zog ich den Kopf zwischen die Schultern, stemmte mich gegen den Wind und ging schneller.

Als ich die Straße halb überquert hatte, riß die Wolkendecke auf.

Es war kein Zufall. Das Wimmern des Windes steigerte sich für Sekunden zu einem wütenden Kreischen, einem Laut wie einem zornigen Schrei. Der Wind traf mich wie eine eisige Faust im Gesicht und ließ mich taumeln. Gleichzeitig riß die graue Decke über der Stadt wie in einer gewaltigen, lautlosen Explosion auseinander, und auf dem nassen Kopfsteinpflaster vor mir *erschien der Schatten der Bestie.*

Der Schatten war größer als beim ersten Mal. Und er reagierte viel schneller und zielstrebiger als oben im Hotel. Das schwarze Nest aus Schattenschlangen breitete sich wie eine aufblühende Blume vor mir aus, und Dutzende von Tentakeln ringelten sich peitschend und lautlos in meine Richtung.

Diesmal kam meine Reaktion fast zu spät. Ich hatte gewußt, was passieren würde, hatte es zumindest befürchtet, und trotzdem lähmte mich der Anblick für Sekunden. Erst als ein halbes Dutzend der Schattenarme auf meine Beine zuschossen, erwachte ich aus meiner Erstarrung und rannte los.

Die Straße war nur wenig breiter als zehn Yards, aber der Weg hinüber wurde zum längsten meines Lebens. Der Schatten huschte wie ein gewaltiger mißgestalteter, dunkler Doppelgänger vor mir über den Straßenbelag, hüpfte über die niedrige Bordsteinkante und kippte in einer grotesken Bewegung zur Seite und nach oben, als ich auf die Kirchentür zuwankte. Die wirbelnden Arme tasteten plötzlich nicht mehr nach meinen Beinen, sondern peitschten direkt vor mir über das rissige braune Holz. Ich schrie vor Schrecken, zerrte verzweifelt an einem der schweren Türflügel und duckte mich, als einer der Tentakelarme nach mir schlug. Es war absurd: Er war nichts als ein Schatten, nichts Körperliches, Festes, aber ich spürte den scharfen Luftzug und die Woge von Pestgestank, die ihm folgte.

Mit einem verzweifelten Satz warf ich mich nach

vorne, drückte die Tür mit der Schulter auf und taumelte hindurch.

Der Schatten verschwand im gleichen Moment, in dem ich das Kirchenschiff betrat, aber ich stolperte noch ein paar Schritte weiter, tiefer hinein in die schützende Dunkelheit und die Schatten, die dieses furchtbare *Ding* in mir wenigstens für Augenblicke vertrieben. Erst, als ich weit von der offenstehenden Tür entfernt war, wagte ich es, stehenzubleiben.

Die Erschöpfung hüllte mich ein wie eine betäubende Woge. Die wenigen Schritte hatten meinen geschwächten Körper bis an die Grenzen belastet; mein Herz raste, und meine Beine fühlten sich an, als wäre ich Meile um Meile gerannt, statt weniger Schritte. Ich wankte, hielt mich an einer der einfachen hölzernen Bänke fest und sah mich schweratmend um.

Die Kirche sah im Inneren weit größer aus als von außen. Das spitze Dach erhob sich fünfundzwanzig Yards über den Boden, und in den unverputzten Wänden aus einfachen roten Ziegeln, die nur hier und da durch ein Heiligenbild oder eine hölzerne Statue aufgelockert wurden, waren nur wenige, kleine Fenster, so daß es hier drinnen selbst bei hellem Sonnenschein wahrscheinlich immer dunkel war. Wenigstens würde mich der Schatten hier drinnen nicht einholen können.

Langsam drehte ich mich um. Ich war nicht allein, wie ich gehofft hatte. Am anderen Ende des Kirchenschiffes befand sich ein einfacher, niedriger Altar, und davor, halb kniend, als hätte ich ihn im Gebet gestört, saß ein Mann und sah zu mir herüber. Einen Moment lang hielt ich seinem Blick stand, dann drehte ich mich rasch um, ging ein paar Schritte und ließ mich auf eine der unbequemen Bänke sinken. Draußen kam das Gewitter näher, und die hallende Akustik der Kirche ließ die Donnerschläge lauter und drohender klingen als sie waren. Ich stützte die Arme auf die Rückenlehne der Bank vor mir, blieb einen Moment mit geschlossenen Augen sitzen und versuchte, den Sturm von Gefühlen und Gedanken in meinem Inneren niederzukämpfen. Dann griff ich – eigentlich, ohne überhaupt zu wissen, warum – nach einem der zerlesenen Gebetsbücher, die überall auf den Bänken ausgelegt worden waren, schlug es wahllos auf und begann darin zu blättern. Nach einer Weile stand der Mann am Altar auf und ging zum Ausgang. Ich beachtete ihn nicht, sondern tat weiter so, als lese ich.

»Mister Craven?«

Ich sah auf. Der Mann hatte die Kirche nicht verlassen, sondern war näher gekommen und neben mir stehengeblieben, so leise, daß ich es nicht einmal bemerkt hatte. Sein Gesicht war in der unzureichenden Beleuchtung nicht zu erkennen, aber ich konnte sehen, daß er sehr groß und kräftig gebaut war, dazu etwa so alt wie ich, vielleicht etwas jünger. »Sie ... kennen mich?« fragte ich.

Er nickte. »Warum sind Sie hierhergekommen, Mister Craven?« fragte er leise. »Weil es eine Kirche ist?« Er lachte. In dem großen, stillen Raum bekam das Geräusch einen vollkommen neuen Klang. »Glauben Sie mir, es wird Ihnen nichts nutzen, Mister Craven. Die Mächte, vor denen Sie fliehen, lassen sich nicht durch Kirchenmauern oder ein Kreuz zurückhalten.«

Ich starrte ihn an. Ich war sicher, den Mann nie zuvor in meinem Leben gesehen zu haben. Dafür schien er mich um so besser zu kennen. Trotzdem schüttelte ich beinahe instinktiv den Kopf. »Ich fürchte, ich verstehe Sie nicht«, sagte ich, so ruhig ich konnte. »Was meinen Sie, Mister ...«

»Mahoney«, antwortete der Fremde, »Floyd Mahoney. Und glauben Sie mir – Sie sind hier nicht sicher.

Diese Kirche und ihre Symbole schützen Sie vielleicht vor Schwarzer Magie, vielleicht auch vor dem Teufel, falls es so etwas gibt. Aber die Mächte, gegen die Sie kämpfen, sind weder das eine noch das andere.« Er lächelte, nahm unaufgefordert neben mir Platz und machte eine Bewegung, die die gesamte Kirche einschloß. »Das alles hier, Robert, ist Glauben. Das Stein gewordene Wort Gottes, wie ein kluger Mann einmal gesagt hat. Die, gegen die Sie und Ihre Freunde kämpfen, haben nichts mit Gott oder dem Teufel zu schaffen, oder mit irgendwelchen Dämonen. Es sind Wesen wie wir, lebende Wesen, Robert. Aber sie stammen aus einer Zeit, die seit zwei Milliarden Jahren untergegangen ist, und ihre Hilfsmittel sind so fremdartig, daß sie uns vielleicht wie Magie vorkommen.«

»Ich ... ich verstehe nicht, was –

»Stellen Sie sich nicht dümmer, als Sie sind, Robert«, unterbrach mich Mahoney. Seine Stimme klang zornig, aber nicht sehr. »Ich bin auf Ihrer Seite. Aber ich kann Ihnen nicht helfen, wenn Sie sich nicht helfen lassen.«

Sekundenlang starrte ich ihn unschlüssig an. Meine Finger spielten nervös mit den dünnen Pergamentseiten des Gebetbuches und zerknitterten sie, aber das merkte ich in diesem Augenblick nicht einmal. Ich konnte Mahoneys Gesicht jetzt deutlicher erkennen. Es paßte zu seinem Äußeren – breitflächig, nicht übermäßig intelligent, aber offen und von einer schwer in Worte zu fassenden Gutmütigkeit. »Sie ... Sie wissen ...«

»Von den *GROSSEN ALTEN* und Ihnen, von Mister Lovecraft und Ihrem Vater?« half Mahoney. Er lächelte. »Ja, das und eine Menge mehr. Aber jetzt ist nicht die Zeit, Ihnen alles zu erklären. Das ist eine lange Geschichte, wissen Sie?« Er lächelte noch ein bißchen breiter. »Aber ich bin Ihr Freund, Robert. Ich kann

Ihnen helfen, hier herauszukommen.« Er wies zur Tür. »Es wäre mir ein leichtes gewesen, Sie dort draußen aufzuhalten. Ein paar Sekunden hätten genügt.«

Irgend etwas an seinen Worten irritierte mich – vielleicht die Tatsache, daß dieser sonderbare Mister Mahoney der Meinung zu sein schien, daß ihn allein die Tatsache, daß er mir *nicht* geschadet hatte, als er es konnte, schon zu meinem Freund machte ...

Trotzdem stand ich nach kurzem Zögern auf, legte das Gebetbuch auf die Bank zurück und sah ihn fragend an. »Wie?«

»Es gibt einen Geheimgang«, erwiderte er und stampfte mit dem Fuß auf. »Direkt unter unseren Füßen. Er beginnt in der Sakristei und endet unmittelbar am Hafen. Er stammt noch aus der Zeit, als diese Küste unter den Wikingerüberfällen zu leiden hatte, wissen Sie? Die Leute flüchteten sich damals hierher, so wie Sie jetzt, und so wie Ihnen hat es ihnen nichts genutzt. Die Wikinger hatten auch keinen Respekt vor dem Kreuz.« Er lachte, drehte sich um und wollte losgehen, aber ich hielt ihn mit einer raschen Bewegung zurück.

»Wer sind Sie?« fragte ich. »Was sind Sie, Mahoney?«

»Floyd«, verbesserte er mich. »Meine Freunde nennen mich Floyd.«

»Meinetwegen«, antwortete ich grob. »Aber das beantwortet meine Frage nicht.«

Floyd seufzte. Auf seinem Gesicht erschien ein fast trauriger Ausdruck. Behutsam löste er meine Hand von seinem Arm, sah zurück zur Tür und dann zu einem der kleinen, bleiverglasten Fenster hinauf, ehe er sich wieder zu mir umwandte.

»Warum vertrauen Sie mir nicht einfach?« fragte er leise, gab mir aber keine Gelegenheit, um zu antworten, sondern fuhr fast melancholisch fort. »Vielleicht sind Sie ein paarmal zu oft enttäuscht worden, wie? Ich glaube, ich kann Sie fast verstehen, Robert. Aber ich bin Ihr Freund. Ich hasse die *GROSSEN ALTEN* ebensosehr wie Sie.«

»Sie?« fragte ich, noch immer mißtrauisch. »Sie sind kaum jung genug, um ...«

»Ich bin dreiundzwanzig, Robert«, unterbrach er mich. »Nicht viel jünger als Sie.«

»Das ist etwas anderes. Ich bin –«

»Etwas Besonderes, ich weiß«, unterbrach mich Floyd spöttisch. »Das glaubt jeder, der mit diesen Bestien zu tun bekommt. Aber vielleicht haben Sie nicht einmal unrecht. Sie sind der erste Mensch, den ich kennenlerne, der eine Begegnung mit einem dieser Ungeheuer überlebt hat.« Er hob die Hand und deutete auf die weiße Haarsträhne über meinem rechten Auge. »Das da stammt doch von einem, oder?«

Ich nickte impulsiv. »Gibt es irgend etwas, das ... das Sie nicht wissen?« fragte ich.

»Eine Menge«, antwortete Mahoney ernst. »Aber ich weiß, was mit Ihnen los ist, Robert, und ich glaube, ich weiß auch, wie ich Ihnen helfen kann.«

»Wie?«

»Nicht hier«, antwortete Mahoney ruhig. »Wir müssen hier weg. Am besten gehen wir nach unten, in den Gang. Ich habe keine Ahnung, ob er noch auf voller Länge passierbar ist, aber es gibt dort unten kein Licht. Bis Sonnenuntergang sind wir in Sicherheit.«

»Und dann?« fragte ich.

»Dann?« Mahoney lächelte. »Dann fahren wir auf das Meer hinaus und holen die Bücherkiste Ihres Vaters. Ich hoffe, Sie können schwimmen.«

Das Pferd war während der letzten halben Stunde immer unruhiger geworden. Die Gewitterfront war näher gekommen, und das dunkle Rumpeln und Grollen des Donners erklang jetzt beinahe ununterbrochen, und obwohl die Regenfront noch immer Meilen entfernt war, war die Luft bereits von jenem eigentümlichen Gefühl der Spannung erfüllt, das einem schweren Unwetter vorausgeht und das Tiere mit ihren empfindlichen Sinnen weitaus eher registrieren als Menschen.

Aber das war nicht der einzige Grund für die Nervosität des Tieres. Es hatte geduldig gewartet, Stunde um Stunde, daß der Mann zurückkehrte, der das zweite Tier ausgespannt und damit davongeritten war, aber er war nicht gekommen, und es stand noch immer reglos an der gleichen Stelle, unbarmherzig gehalten von den Riemen des Zuggeschirres, die es mit dem Karren verbanden; und er würde auch nicht kommen.

Trotzdem war das Tier nicht allein. Irgendwo hinter ihm bewegte sich etwas, kein Mensch, auch kein anderes Wesen, dessen Geruch es erkannt hätte, aber trotzdem etwas Lebendiges, Atmendes. Es spürte seine Bewegungen, seinen fremdartigen, unangenehmen Geruch, die sonderbaren Geräusche, die es verursachte, seine Fremdheit, und dies alles zusammen trieb das Pferd an den Rand der Raserei. Es schnaubte, warf verzweifelt den Kopf in den Nacken und zerrte und zog mit aller Gewalt an den ledernen Riemen, die es hielten. Die Stöße übertrugen sich über die Deichsel auf den Wagen und ließen die zerbrechliche Konstruktion ächzen, aber der Wagen saß unverrückbar fest im Schlamm, und selbst die Kraft von zehn Pferden hätte nicht gereicht, ihn von der Stelle zu bewegen.

Dafür bewegte sich das Ding auf seiner Ladefläche.

Es war kein Tier, auch keine Pflanze oder irgend etwas anderes Identifizierbares, sondern im Grunde nur eine amorphe, graue Masse; ein wabbeliger Berg aus graugrünem, übelriechendem Schleim wie eine übergroße Amöbe, ohne sichtbare Sinnesorgane oder Glieder. Während der letzten Stunden war es gewachsen, langsam, aber stetig, hatte Norris' Körper verzehrt, seine Kleider, dann die leeren Säcke, die auf dem Wagen gelegen hatten, die Bastkörbe und sogar einen Teil der Holzplanken, aus denen das Gefährt zusammengesetzt worden war. Jetzt hatte es alles organische Material in seiner unmittelbaren Umgebung verschlungen, und sein Wachstum war zum Stillstand gekommen.

Trotzdem war es noch hungrig, und es spürte die Nähe des Pferdes, obgleich es weder über Augen noch Geruchs- oder Gehörsinn verfügte. Der Wagen bebte unter den verzweifelten Stößen, mit denen sich das Pferd gegen sein Geschirr warf, und die Stöße übertrugen sich auf den knochenlosen Körper des *Dinges*.

Langsam begann es sich zu bewegen. Mühsam, wie eine übergroße nackte Schnecke eine glitzernde Schleimspur hinter sich herziehend, glitt es zum hinteren Ende der Ladefläche, quoll über die Planken und tropfte in langen, zähen Bahnen auf den aufgeweichten Boden hinab. Der Vorgang dauerte lange, zehn, fünfzehn, vielleicht zwanzig Minuten, und als er beendet war, hockte das *Ding* wie ein meterhoher Berg aus grauem Pudding auf dem Waldweg. Es verharrte eine Weile, als müsse es Kraft schöpfen, dann bewegte es sich wieder: dünne Schleimfäden krochen wie tastende Finger dahin und dorthin, berührten Grashalme und Unkraut, suchten, fühlten, zogen sich zurück oder hoben sich ein Stück in die Luft, als nähmen sie Witterung auf. Dann, ganz langsam, setzte sich die Masse in Bewegung, nach vorne, vorbei an dem halb im Schlamm versunkenen Rad und dem rechten, leeren Geschirr, auf das Pferd zu.

Das Tier begann zu scheuen, als das graue Etwas in seinem Gesichtsfeld erschien. Mit einem verzweifelten Kreischen bäumte es sich auf, schrie seine Angst in die Abenddämmerung hinaus und schlug mit den Vorderhufen.

Das graue Ding kam näher. Dort, wo es entlanggekrochen war, war der Boden nackt und kahl. Gras und alle anderen organischen Materialien waren verschwunden, zu einem Teil der kriechenden, grauen Substanz geworden, aber es war zu wenig, um den unersättlichen Hunger der Masse zu stillen.

Kurz bevor es das Pferd erreichte, hielt das *Ding* inne. Das Tier begann vollends zu toben, als der stechende Geruch der amöbenartigen Masse in seine Nüstern drang, stieg auf die Hinterläufe und schlug verzweifelt mit den Vorderhufen nach dem bizarren Angreifer.

Aber nur ein einziges Mal.

Seine Bewegungen erlahmten, kaum, daß seine Hufe die Masse berührt hatten. Ein rasches, krampfartiges Zittern lief durch seinen Leib, der Ausdruck in seinen Augen wechselte von animalischer Furcht zu dumpfer Resignation, seine Angstschreie verstummten.

Es ging ganz schnell. Die graue Masse kroch an seinen Beinen empor, erreichte seinen Leib und begann ihn zu verschlingen. Das Tier starb, schnell und schmerzlos. Die Zellen seines Körpers wurden absorbiert, umgewandelt und zu etwas Fremdem, Unnatürlichem geformt. Schon nach wenigen Augenblicken war keine Spur des Tieres mehr zu sehen. Nur die graue Masse war größer geworden, kein Fladen jetzt mehr, sondern ein mächtiger, zitternder Berg von der stumpfen Farbe geschmolzenen und wiedererstarrten Bleis. Dann hörten auch seine Bewegungen auf.

Lange Zeit geschah nichts. Das graue Ding lag still da, vollkommen reglos, wie tot. Die Stunden reihten sich aneinander, und der Tag wich der Abenddämmerung.

Erst als sich die Sonne langsam dem Horizont näherte, bewegte sich das graue Etwas wieder. Es begann zu zittern, sank, als wäre es plötzlich seines inneren Haltes beraubt worden, auseinander und bildete einen flachen, mehr als zehn Meter durchmessenden Fladen.

Dann begann es sich zu teilen.

Wie bei einer ins gigantische vergrößerten Zelle zog sich sein Leib in der Mitte zusammen, schnürte sich ein, immer mehr und mehr, bis aus einem Wesen zwei geworden waren, nur noch durch einen haarfeinen Faden miteinander verbunden. Schließlich riß auch der.

Eine der beiden Hälften – die Kleinere – begann sich zusammenzuziehen. Der graue Schleim ballte sich zu einem Klumpen, bildete Arme, Beine, einen Kopf – alles roh und nur angedeutet wie bei einer Lehmskulptur, die nur in Ansätzen fertig geworden war, aber doch erkennbar. Es war, als wolle es die Gestalt des Menschen, den es verschlungen hatte, nachbilden.

Wieder erstarrte die Masse, als brauche sie Zeit, um neue Kraft zu sammeln, und wieder vergingen Stunden. Dann begannen sich die zwei Wesen, zu denen die Riesenzelle geworden war, zu bewegen, in verschiedenen Richtungen. Die größere, noch immer formlose Hälfte, kroch weiter auf den Wald zu und absorbierte dabei alles, was ihr in den Weg kam. Nur Steine und leblose, bis in eine Tiefe von fast einem halben Meter steril gewordene Erde blieben, auf seinem Weg zurück.

Der zweite, menschenähnliche Teil erhob sich

schwankend auf die Füße und wandte sich nach Norden, zum Meer. In die Richtung, aus der er den Ruf seines Herrn vernommen hatte.

Langsam, mit ungeschickten, tapsenden Schritten, setzte sich der *Shoggote* in Bewegung ...

Der Stollen schien kein Ende zu nehmen. Die Decke war so niedrig, daß wir nur stark gebückt gehen konnten, und mehr als einmal blieb Mahoney stehen und räumte fluchend und schnaufend Steine und Erdreich beiseite, die von der Decke gefallen waren, damit wir überhaupt weiterkamen.

Ich wußte nicht, wie lange wir schon hier unten waren. Mein neuer Kampfgefährte hatte mich durch die Sakristei der Kirche in einen winzigen, mit Gerümpel und Abfällen vollgestopften Kellerraum geführt, von dem aus eine ausgetretene Steintreppe weiter in die Tiefe geführt hatte. Dort hatten wir gewartet, Stunde um Stunde, wie es mir vorgekommen war, bis Mahoney seine Uhr gezogen und verkündet hatte, daß draußen die Sonne untergegangen war und es nun Zeit sei, loszugehen. Ich hatte ein paarmal versucht, mit ihm zu reden, um mehr über ihn in Erfahrung zu bringen, aber er hatte mir stets nur ausweichend oder gar nicht geantwortet. Irgendwann hatte ich aufgegeben. Aber meine Lage gefiel mir mit jedem Augenblick weniger. Es war nicht sehr erbaulich, auf Gedeih und Verderb einem Mann ausgeliefert zu sein, von dem man nichts wußte als seinen Namen.

Seitdem tasteten wir uns durch den Gang. Ich hatte vergeblich versucht, mich darauf zu besinnen, wie weit die Kirche vom Hafen entfernt war – ich hatte nicht viel von Durness gesehen, eigentlich nur das, was vom Fenster meines Hotelzimmers aus sichtbar war –, aber nach meiner Schätzung mußten es mindestens zwei Meilen sein, wenn nicht mehr. Wenn der Tunnel wirklich noch aus der Zeit der Wikinger stammte, dann hatten die Menschen damals eine erstaunliche Leistung vollbracht.

Der Gedanke führte einen anderen, weniger angenehmen im Geleit: Wenn der Tunnel wirklich so alt war, dann war das, was Mahoney und ich hier taten, mehr als nur lebensgefährlich.

Wir waren immer wieder an Stellen vorbeigekommen, an denen die Decke oder Teile der Seitenwände eingebrochen waren, und mehr als nur einmal hatten wir uns mit bloßer Gewalt Durchgang verschafft. Dabei reichte hier unten wahrscheinlich ein Husten im falschen Moment, das ganze baufällige Gewölbe einstürzen zu lassen ...

Ich verscheuchte die Vorstellung und konzentrierte mich ganz auf die Geräusche, die ich vor mir hörte. Es war stockdunkel hier unten, und obwohl Mahoney eine Lampe aus dem Kirchenkeller mitgenommen hatte, wagten wir es nicht, Licht zu machen. Aber ich konnte mich ganz gut an den Geräuschen seiner Schritte und seinen Atemzügen orientieren.

Mahoney blieb plötzlich stehen und berührte mich an der Schulter. »Wir sind fast da«, sagte er. »Noch alles okay?«

Ich nickte, ehe mir einfiel, daß er die Bewegung ja im Dunkeln nicht sehen konnte. »Ja«, sagte ich. »Wenn ich hier bald rauskomme, schon. Ich fühle mich, als wäre ich lebendig begraben.«

Mahoney lachte leise. »Wir haben es gleich überstanden. Vor uns ist die Treppe.« Er schwieg einen Moment, und ich hörte, wie er sich hin und her bewegte und Steine und herabgestürzte Balken aus dem Weg räumte. »Das beste ist, ich gehe erst einmal allein nach oben und sehe nach, ob Lovecraft und sein Diener schon da sind.«

»Er wird dasein«, sagte ich. Meine Stimme klang fast zu überzeugt. In Wahrheit hatte ich keine Ahnung, ob der Portier meine Botschaft wirklich ausgerichtet hatte. Ich hatte einfach nur Angst, allein hier unten zurückzubleiben. Panische Angst.

»Vielleicht haben Sie recht, Robert«, murmelte Mahoney. »Und selbst wenn nicht, müssen wir alleine handeln. Kommen Sie.«

Ich streckte die Hand aus, fühlte im Dunkeln den Stoff seiner Jacke und hielt ihn mit einem unnötig harten Ruck zurück. »Was ist, wenn ... wenn der Mond scheint?« fragte ich.

»Tut er nicht. Es ist Neumond«, antwortete Mahoney. »Außerdem ist das Unwetter noch lange nicht vorüber. Hören Sie den Donner nicht?«

Ich lauschte angestrengt, aber alles, was ich hörte, war das dumpfe Hämmern meines eigenen Herzens. Mahoney mußte über ein schärferes Gehör verfügen als ich. »Nein«, sagte ich.

»Ist aber so«, behauptete er. »Und jetzt kommen Sie. Wir haben keine Zeit.« Er löste meine Hand von seinem Arm, boxte mich aufmunternd in die Rippen und lief los. Ich hörte seine Schritte auf dem Stein der Treppe, tastete vorsichtig mit dem Fuß nach der untersten Stufe und folgte ihm, die Hände wie ein Blinder tastend nach vorne ausgestreckt.

Trotzdem rannte ich von hinten gegen ihn und wäre wahrscheinlich rücklings die Treppe heruntergefallen, wenn er nicht gedankenschnell zugegriffen und mich festgehalten hätte. Plötzlich konnte ich ihn wieder sehen, wenn auch nur als schwarzen, tiefenlosen Schatten vor einem dunkelgrauen Hintergrund. Der Stollen setzte sich vor uns fort, aber er war jetzt nur noch einen knappen Meter hoch. An seinem Ende schimmerte Licht. »Still jetzt«, zischte er. »Und immer schön hinter mir bleiben, klar?«

Ohne eine Antwort abzuwarten, ließ er sich auf die Knie sinken und kroch weiter. Ich folgte ihm.

Der Gang führte steil nach oben, und der Boden bestand jetzt nicht mehr aus Stein, sondern aus aufgeweichtem Lehm und Schlamm, und nach einer Weile hielt Mahoney wieder an und deutete schweigend nach vorne. Hinter dem grauen Halbkreis des Ausganges waren ineinander verflochtene, schwarze Schatten zu erkennen. »Büsche«, erklärte Mahoney. »Sie tarnen den Ausgang. Passen Sie auf, daß Sie sich nicht verletzen.« Er kroch weiter, drückte vorsichtig die Zweige auseinander und blieb halb gebückt stehen, bis ich nachgekommen war.

Die Nacht empfing uns mit eisiger Kälte und dem Heulen des Sturmes. Die dumpfen Echos von Donnerschlägen rollten über die See heran, und der Himmel hatte sich in einen brodelnden Hexenkessel verwandelt. Salzwassergeruch und das dumpfe Grollen heranrollender Wellen schlugen uns vom Meer entgegen.

Ich blieb gebückt neben ihm stehen, sah mich nach allen Seiten um und senkte automatisch den Blick. Der Boden war vom Regen aufgeweicht; ich war fast bis an die Knöchel im Morast eingesunken, und in meinen Füßen breitete sich ein Gefühl betäubender Kälte aus. Aber es gab keinen Schatten. Es war Nacht, und die Wolkendecke verschluckte sogar das wenige Licht der Sterne.

Mahoney lächelte, als er meinen Blick bemerkte. »Keine Sorge«, sagte er. »Im Moment sind wir in Sicherheit.« Er wurde übergangslos ernst. »Aber der Sturm wird nicht ewig andauern, und irgendwann wird es wieder Tag. Wie heißt das Boot, das Lovecraft gemietet hat?«

»Keine Ahnung«, gestand ich. »Ich habe nie mit ihm darüber gesprochen. Er wollte nicht, daß ich mitkomme. Er wollte nicht einmal, daß ich in die Nähe des Hafens gehe.«

Mahoney zog eine Grimasse und zuckte gleich darauf mit den Schultern. »Das macht auch nichts«, seufzte er. »So groß ist der Hafen ja nicht. Kommen Sie.«

Wir gingen los. Mahoney huschte geduckt und lautlos wie ein Schatten vor mir her, und ich mußte mich beeilen, um nicht den Anschluß zu verlieren. Obwohl wir uns wieder unter freiem Himmel aufhielten, war es kaum heller als unten im Stollen – die Wolken schluckten alles Licht, und das Meer breitete sich wie ein gewaltiges, schwarzes Loch direkt vor uns aus. Selbst die Schiffe, die an der schmalen Mole vor Anker lagen, waren nur als verschwommene dunkle Umrisse zu erkennen. Nirgends brannte Licht, und als ich im Laufen den Kopf wandte und zur Stadt zurückblickte, sah ich, daß auch hinter den Fenstern der Häuser die meisten Lichter erloschen waren. Es war beinahe unheimlich. Vorhin, als ich vor meinem eigenen Schatten geflohen war, hatte ich die Dunkelheit herbeigesehnt. Jetzt fürchtete ich sie plötzlich fast.

Mahoney lief etwas langsamer und wartete, bis ich an seine Seite gekommen war. »Das Boot dort hinten«, sagte er. »Das muß es sein. Das letzte in der Reihe.«

Ich blickte in die Richtung, in die sein ausgestreckter Arm wies, aber alles, was ich sah, waren Schwärze und ein paar formlose dunkle Umrisse. Trotzdem nickte ich und lief gehorsam neben ihm her.

Der Salzwassergeruch wurde durchdringender, als wir den Hafen erreichten. Unsere Schritte erzeugten auf dem feuchten Stein der Uferbefestigung seltsam helle, klackende Echos, die trotz des brüllenden Sturmes unnatürlich weit zu schallen schienen. Unter uns schlugen die Wellen wütend gegen den Kai, und wir waren schon nach wenigen Schritten bis auf die Haut durchnäßt. Die Boote hoben sich knarrend im Rhythmus der Brandung und zerrten an den Tauen, mit denen sie angebunden waren. Ich glaubte, Holz splittern zu hören. Und bei diesem Sturm wollte Mahoney auf die See hinausfahren?

Mahoney lief langsamer, hob die Hand und deutete auf den letzten in der Reihe dunkler, massiger Schatten. »Das ist es«, sagte er. »Schnell jetzt!«

Wie zur Antwort auf seine Worte heulte der Sturm plötzlich mit doppelter Wut los. Ein gewaltiger Brecher schlug gegen die Kaimauer, überschüttete uns mit Wasser und schäumender Gischt und riß mich um ein Haar von den Füßen. Mahoney fluchte und bildete mit den Händen einen Trichter vor dem Mund.

»Lovecraft!« schrie er. »Sind Sie da?«

Der Sturm riß ihm die Worte von den Lippen und antwortete mit meckerndem Hohngelächter, und eine neue Bö peitschte uns Wasser und Kälte in die Gesichter.

»Lovecraft!« brüllte Mahoney noch einmal. »Howard! Sind Sie da? Ich bringe Robert!«

Und diesmal bekam er eine Antwort. Eine Stimme schrie irgend etwas durch den Sturm herüber, dann tauchte der auf und ab hüpfende Punkt einer Lampe auf dem Deck des Bootes auf, und ein weißer Lichtstrahl stach durch die Dunkelheit.

»Licht aus!« brüllte Mahoney. In seiner Stimme schwang Panik. »Um Gottes willen, Howard, machen Sie das Licht aus!«

Howard dachte nicht daran, die Laterne zu löschen. Der kalkweiße Strahl richtete sich im Gegenteil auf Mahoneys Gesicht und blieb darauf haften. Ich brachte mich mit einem hastigen Satz in Sicherheit und suchte nach einem Versteck, falls Howard etwa auf den Gedanken kommen sollte, mit dem Karbidscheinwerfer auch nach mir zu suchen.

»Wer sind Sie?« drang seine Stimme durch den Sturm. »Und wo ist Robert?«

»Wenn Sie das Licht nicht löschen, erfahren Sie das nie!« erwiderte Mahoney zornig. »Robert ist hier, aber er wird nicht mehr lange er sein, wenn Sie weiter mit dem Ding da rumspielen!«

»Er hat recht, Howard!« rief ich. »Lösch das Licht! Wir kommen an Bord!«

Für einen Moment schien es, als würde Howard auch jetzt noch nicht reagieren, aber dann löste sich der weiße Lichtbalken von Mahoney und schwenkte in die entgegengesetzte Richtung, hinaus aufs Meer.

»Gut so?« rief Howard.

»In Ordnung«, antwortete Mahoney. »Aber lassen Sie es um Gottes willen so, bis wir da sind. Sonst können Sie genausogut auf Craven schießen.« Er wandte den Blick und sah mich an. »Kommen Sie!«

Wir liefen los. Der Sturm, der – davon war ich mittlerweile überzeugt – alles andere als ein normaler Sturm war, verdoppelte seine Kraft noch einmal und schlug uns mit aller Macht entgegen, als wir uns dem Boot näherten. Ich sah, daß das Schiff trotz des Netzwerkes von Tauen, mit dem es gesichert war, wild auf dem Wasser hüpfte, und hörte, wie sich seine Bordwand scharrend am Kai rieb. Die Laterne in Howards Händen sprang wild hin und her. Er mußte alle Mühe haben, sich auf dem bockenden Deck überhaupt auf den Füßen zu halten.

Mahoney rannte mit weit ausgreifenden Schritten auf das Boot zu, stieß sich mit aller Kraft ab und sprang, ohne auch nur einen Sekundenbruchteil zu zögern, auf das Deck hinab. Ich tat es ihm gleich, verlor aber auf dem glitschigen Holz sofort das Gleichgewicht und fiel. Ein erschrockener Ausruf wurde laut, und der Lichtkegel der Lampe schwenkte in einem engen Kreis herum.

Jemand keuchte. Ich sah einen Schatten auf Howard zuhechten, dann ertönte ein Geräusch wie ein Schlag; Howard fluchte, und die Lampe fiel zu Boden und ging aus.

»Sind Sie übergeschnappt?« keuchte Mahoney. »Ich sagte: kein Licht, verdammt noch mal!« Er schüttelte wütend den Kopf, trat einen halben Schritt zurück und sah zu, wie sich Howard fluchend auf Hände und Knie hochstemmte.

»Er hat recht, Howard«, sagte ich hastig. »Ich erkläre dir alles, aber …«

»Dafür ist jetzt keine Zeit«, unterbrach mich Mahoney grob. »Wir müssen unter Deck, und das schnell. Der Sturm wird schlimmer.« Er fuhr herum, half mir auf die Füße und deutete mit einer knappen Kopfbewegung auf die Kajüte. »Gehen Sie runter und verhängen Sie die Fenster«, befahl er. »Und löschen Sie alle Lampen.«

»Tu es, Howard«, fügte ich hinzu.

Howard blickte einen Moment lang verwirrt von mir zu Mahoney und wieder zurück, dann drehte er sich um, riß die Tür auf und verschwand gebückt unter Deck. Die erloschene Sturmlaterne nahm er mit.

Das Boot erbebte unter einer weiteren gewaltigen Woge, und das Brüllen des Sturmes steigerte sich noch mehr, obwohl ich das kaum noch für möglich gehalten hatte. Ein dumpfer, krachender Donnerschlag verschluckte für einen Moment das Brüllen der Wogen, dann hörte ich ein helles, elektrisches Knistern, und das blauweiße Licht eines Blitzes verwandelte das Meer in einen Spiegel.

Ich kam nicht einmal dazu, einen Schreckensschrei auszustoßen. Mahoney fluchte ungehemmt, packte mich bei den Schultern und versetzte mir einen Stoß, der mich haltlos durch die offenstehende Kajütentür torkeln ließ. Wie in einer blitzartigen, grauenhaften Vision sah ich meinen Schatten, den verzerrten Schatten des *GROSSEN ALTEN,* der mit peitschenden Tentakelarmen nach mir zu greifen versuchte und auf den Stufen der kurzen Treppe zerbrach, als ich durch die Tür fiel. Blindlings versuchte ich mich festzuklammern, bekam irgend etwas zu fassen und schrie noch einmal auf, als Mahoney mir einen zweiten Stoß versetzte – der mich vollends die Treppe hinunterfallen ließ – und verzweifelt die Tür hinter sich zuzog.

Jemand ergriff mich bei der Schulter, zog mich auf die Füße und zerrte mich vorn Eingang fort. Ich erkannte Howard in dem dunklen Umriß, und neben ihm, selbst in der Dunkelheit nicht zu verkennen, Rowlf.

Draußen zerfetzte ein weiterer Blitz die Nacht. Das grelle Licht drang selbst durch die Vorhänge, mit denen Howard die beiden runden Fenster verhängt hatte, und tauchte die Kajüte in kaltes, blaues Licht und harte Schatten. Ich hörte einen Schrei, spürte einen fürchterlichen Schlag zwischen den Schulterblättern und taumelte an Howard und Rowlf vorüber. Schattenarme griffen nach mir. Etwas streifte meine Wange, eiskalt und brennend, und die Luft in der Kajüte wurde schlagartig schlechter. Ich fühlte den Atem des Dinges in mir, seine Gier, seinen Triumph. *Wie lange dauerte dieser Blitz?* Ich stolperte, fiel und rollte mich instinktiv zur Seite, schlug die Arme schützend vor das Gesicht und preßte mich in den toten Winkel unter den Fenstern, in den schützenden, schwarzen Schatten, wo mich das *Ding* nicht erreichen konnte.

Dann war es vorbei. Das grausame, blaue Licht erlosch, und die Kabine versank wieder in gnädiger Dunkelheit. Das Boot erbebte weiter unter den Hieben der Wellen und des Sturmes, aber das Schlimmste war vorüber. Wenigstens für den Moment.

Ein erstauntes Keuchen ließ mich aufblicken. Ich konnte nicht viel erkennen, aber ich sah, wie dicht vor mir zwei Schatten miteinander rangen, und es gehörte nicht viel Phantasie dazu, sich den Rest zusammenzureimen.

»Laß ihn los, Rowlf«, sagte ich. »Bitte.«

Rowlf knurrte irgend etwas, das ich nicht verstand, richtete sich mit einem Ruck zu seiner vollen Größe auf (wobei sein Schädel lautstark mit der Decke der Kajüte kollidierte) und riß Mahoney wie ein Spielzeug in die Höhe. Mahoney stieß ein ersticktes Keuchen aus und begann mit den Beinen zu strampeln.

»Laß ihn los, Rowlf«, sagte ich noch einmal. »Er hat mich nicht angegriffen, sondern mir das Leben gerettet. Und euch wahrscheinlich auch«, fügte ich hinzu.

»Na gut«, knurrte Rowlf. Seine Hände lösten sich von der Kehle seines Opfers, und Mahoney sog mit einem keuchenden Laut die Luft ein. Rowlf packte ihn blitzschnell ein zweites Mal, jetzt aber nur mit einer Hand und ohne ihm dabei den Atem abzuschnüren, zerrte ihn zu sich heran und schwenkte seine gewaltige Faust vor Mahoneys Gesicht.

»Bedank dich bei 'em Kleinen, daß ich dir nich' gleich 'n Schädel einschlag 'n tu'«, grollte er. »Aber wenne keine verdammt gute Erklärung has', dann ...«

»Rowlf!« sagte Howard streng. »Laß ihn los.«

Rowlf zögerte noch immer, ließ dann aber Mahoneys Kragen los und wich mit einem fast enttäuscht klingenden Seufzer zurück. Mahoney keuchte, taumelte gegen die Wand und preßte die Hände gegen den Kehlkopf. Er hustete.

»Ist das ... vielleicht die Art«, sagte er mühsam, »in der ... Sie alle Ihre Freunde begrüßen?«

Howard überging die Bemerkung. »Vielleicht erklären Sie mir freundlicherweise, was dieser Auftritt zu bedeuten hat?« fragte er scharf.

»Er steht auf unserer Seite, Howard«, sagte ich. »Ich glaube, du kannst ihm vertrauen.«

Howard wandte mit einem zornigen Ruck den Kopf. Ich konnte sein Gesicht in der Dunkelheit nicht erkennen, aber ich sah, wie sich seine Gestalt spannte. »Vertrauen?« schnappte er. »Verdammt, was bildest du dir eigentlich ein? Zuerst verschwindest du ohne ein Wort der Erklärung, dann tauchst du genauso plötzlich wieder auf und bringst diesen Fremden mit und verlangst ...«

»Geben Sie mir Ihre Lampe«, verlangte Mahoney.

Howard starrte ihn eine Sekunde schweigend an. »Die Lampe? Wozu?«

»Es geht am schnellsten, wenn ich Ihnen zeige, warum ich hier bin«, erklärte Mahoney. »Und wir haben keine Zeit mehr für lange Erklärungen. Bitte.«

Howard zögerte noch immer, drehte sich dann aber doch um und hob die Sturmlaterne vom Boden auf. Mahoney nahm sie ihm schweigend aus der Hand, drehte sich von mir weg und riß ein Streichholz an, wobei er allerdings peinlichst darauf achtete, mit seinem Körper den Lichtschein der Flamme abzuschirmen.

»Ihren Mantel«, verlangte er.

Howard schüttelte irritiert den Kopf, seufzte hörbar und zog umständlich den schwarzen Ölmantel aus, den er trug. Mahoney breitete das Kleidungsstück sorgsam über die Lampe aus, bis von ihrem Lichtschein nicht mehr der winzigste Schimmer zu sehen war, dann drehte er sich um und deutete auf mich.

»Jetzt sehen Sie hin, Lovecraft«, sagte er. »Sehen Sie ganz genau hin.«

Bevor ich wirklich begriff, was er vorhatte, riß er den Mantel zur Seite und drehte gleichzeitig mit einem blitzartigen Ruck den Docht der Lampe herunter, so daß die Flamme erlosch. Das Licht brannte nicht einmal eine Sekunde. Aber es brannte lange genug, die Kajüte für die Dauer eines Lidzuckens in grellweiße Helligkeit zu tauchen.

Und Howard den bizarr verzerrten Schatten zu zeigen, der mit zahllosen peitschenden Armen nach mir zu greifen versuchte.

»So ist das also«, murmelte Howard. Es dauerte lange, bis er das Schweigen brach. Er hatte den Schatten so deutlich gesehen wie Rowlf oder Mahoney oder ich, aber er hatte minutenlang geschwiegen, während Rowlf – pragmatisch, wie er nun einmal war – gemeinsam mit Mahoney kurzerhand den Tisch auseinandergebaut und mit den Brettern die Fenster vernagelt hatte. Draußen fuhr noch immer Blitz auf Blitz nieder, aber es war jetzt so dunkel in der Kabine, daß ich Howard und die Gestalten der beiden anderen nur noch erahnen und nicht mehr wirklich sehen konnte. Trotzdem blieb ich reglos dort liegen, wo ich war.

»So also«, murmelte er noch einmal.

»Ja«, sagte Mahoney leise. »Ich glaube, Sie begreifen so am schnellsten, wie ernst die Lage ist.«

Ich sah nicht, was Howard tat, aber eine Weile hörte ich ihn noch im Dunkeln hantieren, dann scharrte ein Stuhl. »Ich glaube, ich muß mich bei Ihnen entschuldigen«, sagte Howard leise. »Auch im Namen von Rowlf. Es tut mir leid, Mister ...«

»Mahoney«, antwortete Mahoney. »Floyd Mahoney.

Sie brauchen sich nicht zu entschuldigen. Ich bin froh, daß Robert so treue Freunde hat.«

»Mahoney?« In Howards Stimme trat ein neuer, fast lauernder Unterton. »Ihr Name kommt mir bekannt vor«, murmelte er. »Ich ...« Er schwieg einen Moment, dann richtete er sich kerzengerade auf und blickte Mahoney, der noch immer neben der Tür stand, einen Moment schweigend an. »Ich habe Ihren Namen schon einmal gehört«, sagte er.

Mahoney lachte leise. »Das ist gut möglich. Ich lebe in Durness, wissen Sie? Und Sie haben so ziemlich mit jedem gesprochen, der die Küste hier kennt.«

Howard schüttelte den Kopf. »Nicht so«, sagte er. »Ich habe ihn heute gehört – von einem gewissen Bensen.«

»Ein Freund von mir«, bestätigte Mahoney.

»Er behauptete, Sie wären tot«, fuhr Howard fort. »Er sagte, er hätte gesehen, wie Sie ertrunken sind, Mister Mahoney. Er hat versucht, mich damit zu erpressen.«

Mahoney gab ein abfälliges Geräusch von sich. »Bensen hat nicht das Format, jemanden zu erpressen«, sagte er. »Er ist nichts als eine geldgierige kleine Ratte.«

»Sie sprechen aber komisch über Ihre Freunde«, sagte Rowlf ruhig.

»Das beantwortet meine Frage nicht«, fuhr Howard fort.

Mahoney schüttelte den Kopf, seufzte hörbar und schwieg einen endlosen Moment. »Na gut«, sagte er. »Vielleicht sollte ich Ihnen die Wahrheit sagen. Obwohl wir eigentlich keine Zeit haben, um uns mit langen Erklärungen aufzuhalten. Robert ist in Gefahr. Und nicht nur er. Aber bitte.« Er bewegte sich im Dunkeln, ging einen Moment nervös auf und ab und blieb wieder stehen.

»Der Mann, den Bensen als Floyd Mahoney kennt, ist wirklich vor seinen Augen ertrunken«, begann er schließlich. »Er hat Sie nicht belogen, Mister Lovecraft.«

»Tot«, sagte Howard, »sehen Sie nicht gerade aus.«

Mahoney lachte. »Ich bin es auch nicht, mein Wort darauf«, sagte er. »Aber ich bin auch nicht Mahoney. Ich bediene mich seiner, weil er gerade greifbar war und ich dringend einen Körper brauchte.«

»Und wer sind Sie?« fragte ich. Ich spürte, wie fremd meine eigene Stimme klang. Sie zitterte. Plötzlich wurde ich mir der Tatsache bewußt, daß ich die Antwort kannte.

Und daß ich panische Angst vor ihr hatte.

Mahoney wandte langsam den Kopf und sah mich an. Trotz der absoluten Dunkelheit fühlte ich seinen Blick und das spöttische Funkeln, das darin lag.

»Weißt du das wirklich nicht, Robert?« fragte er.

Ich wollte antworten, aber ich konnte es nicht. Meine Kehle war wie zugeschnürt.

»Du weißt es, nicht wahr?« fragte er.

»Verdammt, was soll das Theater?« fragte Howard gereizt. »Wer sind Sie?«

»Er ist ein Freund von dir, Howard«, sagte ich leise. »Dieser Mann ist Roderick Andara. Mein Vater.«

Der Sturm war während der letzten Stunden immer schlimmer geworden, viel schlimmer, als es Bensen überhaupt für möglich gehalten hätte. Er hatte als normales, nicht einmal sonderlich heftiges Gewitter begonnen und sich dann zu einem brüllenden Orkan gesteigert, der mit Urgewalt auf die Küste einschlug und das Meer zu drei Metern hohen, schaumigen Wogen aufpeitschte, die brüllend gegen das Ufer anrannten.

Bensen klammerte sich verzweifelt an den Felsen. Seine Finger waren taub vor Kälte und Schmerzen, und er fühlte, wie seine Kraft von Augenblick zu Augenblick mehr nachließ. Der Sturm preßte ihn wie eine unsichtbare Riesenfaust gegen die Wand, aber die Wogen, die in regelmäßigem Takt gegen die Steilküste anrannten und die gewaltige Felsmasse wie unter einem Hagel titanischer Hammerschläge erbeben ließen, versuchten ihn mit der gleichen Kraft von seinem Halt herab und ins Meer zu zerren. Er spürte, daß er nicht mehr lange durchhalten würde. Diesmal hatte er zu hoch gespielt.

Der Gedanke weckte einen fast kindischen Trotz in Bensen. Er war so dicht davor gewesen! Seine große Chance, der einzige, große Schlag, mit dem er sein ganzes Leben hätte ändern können, heraus aus diesem Dreckskaff und wie ein normaler Mensch in einer der großen Städte im Süden leben … Verdammt, dachte er, sollte wirklich alles umsonst gewesen sein? Er hatte zugesehen, wie einer seiner Freunde ertrunken war, er hatte einen Mann erpreßt und einen Mord begangen – und jetzt hockte er zitternd und bis zum Zusammenbruch erschöpft auf einem schmalen Felsvorsprung, hilflos dem Toben der Elemente ausgeliefert, und wartete auf den Tod. Er war zurück zum Hotel gegangen, um noch einmal mit Phillips zu sprechen, aber Phillips war nicht mehr dagewesen, und der Portier hatte ihm verraten, daß er bereits ausgezogen war und seine Rechnung bezahlt hatte.

Bensen hatte getobt vor Wut. Es war klar, was Phillips vorhatte: Er hatte erkannt, daß Bensen ihn nach Belieben erpressen konnte, und er hatte das einzige getan, was er konnte – nämlich sofort gehandelt. Irgendwie hatte er herausbekommen, wo das Wrack lag, und wahrscheinlich versuchte er jetzt, seinen

Schatz zu bergen, ehe Bensen erneut auftauchen und seine Forderungen stellen konnte.

Wenigstens war es das gewesen, was Bensen geglaubt hatte. Er war wie der Teufel hierhergeritten und wieder zum Strand hinabgestiegen, um auf Phillips und seine beiden Begleiter zu warten.

Aber Phillips war nicht gekommen.

Statt dessen war der Sturm losgebrochen, so schnell, daß er keine Zeit mehr gefunden hatte, wieder zur Küste hinaufzusteigen und sich in Sicherheit zu bringen.

Eine neue Welle rollte heran, brach sich brüllend an der Steilküste und ließ Bensens Halt wie unter einem Hammerschlag erzittern. Eisiges Wasser überschüttete ihn und zerrte an seinen Händen. Er fühlte, wie die Spannung in seinen Muskeln unerträglich wurde, wie sich die Woge brach und mit einem Sog, der ihrem Anprall kaum nachstand, ins Meer zurückstürzte. Seine rechte Hand löste sich mit einem Ruck von der Felszacke, an der er sich festgeklammert hatte. Er kippte nach hinten, hing einen kurzen, schrecklichen Moment in einer unmöglichen Haltung über den Rand des steinernen Simses hinaus und schrie, aber der Sturm verschluckte sein Brüllen und antwortete nur mit höhnischem Gelächter.

Bensen fiel. Der weiße Sand des Strandes sprang mit einem gewaltigen Satz auf ihn zu, dann, noch bevor er aufschlug, raste eine neue Welle heran, fing seinen Sturz auf und schmetterte ihn gleich darauf gegen den Fels.

Bensens Mund öffnete sich zu einem Schrei, aber er war unter Wasser; die kostbare Luft entwich seinen Lungen, sein Kopf prallte gegen den Fels, und für einen Moment schwanden ihm die Sinne. Die Welle schleuderte ihn herum, hob ihn mit einer spielerisch anmutenden Bewegung hoch und riß ihn mit sich ins Meer hinaus. Bensens Lungen schienen zu platzen. Ein unerträglicher Druck lastete plötzlich auf seiner Brust, und der Drang, den Mund aufzureißen und tief und gierig einzuatmen, wurde fast unerträglich. Er wußte, daß er sterben würde, wenn er ihm nachgab.

Mit einer Kraft, von der er selbst nicht mehr wußte, wo er sie hernahm, warf er sich herum, stemmte sich mit aller Macht gegen die Gewalt der Woge und entkam ihrem Sog. Sein Kopf brach durch die Wasseroberfläche. Bensen atmete verzweifelt ein, warf sich herum und auf die Seite und breitete die Arme aus, als die nächste Welle heranrollte.

Die Steilwand raste auf ihn zu, und Bensen reagierte, ohne zu denken. Er tauchte, versuchte den Schwung der Welle auszunutzen, statt vergeblich dagegen anzukämpfen, drehte sich unter Wasser und fing den Anprall mit den Beinen auf. Ein heftiger Schmerz zuckte durch seine Fußgelenke. Die Welle zerschmetterte ihn nicht, wie sie es getan hätte, hätte sie ihn mit aller Gewalt gegen die Wand geworfen, aber er fühlte, daß er einer dritten Woge nicht widerstehen würde.

Irgendwie schaffte er es, den Kopf noch einmal über Wasser zu bekommen und sich die Lungen voller Luft zu pumpen. Die Woge begann ins Meer zurückzustürzen, aber hinter ihr rollte bereits die nächste Welle heran, eine glitzernde, tödliche Wand stahlharten Wassers, die ihn gegen die Küste werfen und zerschmettern würde.

Dann sah er die Höhle.

Es war nur ein schmaler, dreieckiger Einschnitt im Fels, schon halb unter Wasser und im schwachen Licht kaum zu erkennen, nicht mehr als ein Schatten. Aber Angst und Verzweiflung gaben ihm zusätzliche Kraft. Er reagierte rein instinktiv, arbeitete sich an die Wasseroberfläche und warf sich mit ausgebreiteten Armen nach vorne und nach rechts.

Er schaffte es.

Beinahe.

Die Brandung warf ihn gegen den Fels wie ein Stück Treibholz, schrammte seinen Körper über den Stein und preßte ihn in die Höhle wie einen Korken in einen Flaschenhals. Bensen spürte, wie sich sein linker Arm irgendwo verfing. Sein Schrei erstickte in dem Schwall eiskalten, brodelnden Wassers, der mit ihm in die Höhle drang und ihn weiterspülte. Er schlitterte weiter; sein Gesicht schrammte über harten Fels, irgend etwas traf seine Brust, dann ebbte die Kraft der Welle endlich ab, und Bensen prallte mit einem letzten Schlag gegen den Fels und blieb liegen.

Er dachte nicht mehr, aber irgendwie tief in ihm war noch immer der Wille zu überleben. Oder vielleicht auch nur ein Instinkt, eine Kraft, die ihn dazu brachte, sich hochzustemmen und weiterzukriechen, tiefer in die Höhle hinein und fort vom Eingang.

Als die nächste Welle herantobte, war er in Sicherheit. Das Wasser schlug noch immer über ihm zusammen und riß ihn von den Füßen, aber seine vernichtende Kraft war gebrochen. Bensen kroch noch ein Stück weiter, zog sich mit schmerzverzerrtem Gesicht auf einen flachen Steinhaufen hinauf und brach endgültig zusammen.

Er verlor das Bewußtsein nicht, aber er dämmerte für lange Zeit in einer Art Trance dahin, einem schmalen Bereich zwischen Wachsein und Agonie, in dem es nur Schmerzen und Übelkeit und ein fast aberwitziges Gefühl von Wohlbefinden gab, das irgendwie parallel zu den Schmerzen bestand und ihn am Leben erhielt.

Irgendwann hörte der Sturm auf, gegen die Küste anzurennen, und irgendwann, noch später, hob Bensen müde den Kopf und blickte aus geschwollenen, halb geschlossenen Augen zum Ausgang der Höhle.

Der Orkan tobte noch immer über dem Meer, und der Himmel über dem Ozean war zerrissen vom Flackern unzähliger, immer dichter aufeinanderfolgender Blitze. Der Donner war einzeln nicht mehr wahrnehmbar, sondern hatte sich zu einem anhaltenden, vibrierenden Grollen gesteigert, ein Geräusch wie ferner Geschützdonner, der das Land und die See erbeben ließ.

Irgend etwas war nicht so, wie es sein sollte.

Es dauerte, bis der Gedanke an Bensens verschleiertes Bewußtsein drang, und es dauerte noch länger, bis er begriff, *was* es war.

Der Sturm, dachte er. Der Sturm tobte weiter, vielleicht noch wütender als zuvor, aber hier, direkt vor der Höhle und dem Strand, zu dem er hinabgestiegen war, ehe der Orkan mit voller Wut losbrach, war das Meer ruhig geworden.

Bensen versuchte aufzustehen. Beim ersten Mal gaben seine Beine unter dem Gewicht seines Körpers nach. Er fiel, rutschte von dem Steinhaufen, auf dem er Schutz gesucht hatte, herunter, und blieb sekundenlang stöhnend liegen. Plötzlich spürte er all die zahllosen Wunden und Hautabschürfungen, die seinen Körper bedeckten.

Trotzdem stemmte er sich noch einmal hoch, zwang seine protestierenden Muskeln, ihm zu gehorchen, und erhob sich schwankend auf die Füße. Die Höhle drehte sich vor seinen Augen. Er taumelte, streckte einen Arm aus und tastete sich an der Wand entlang zum Ausgang vor.

Über dem Meer tobte der Orkan mit ungebrochener Wut. Blitz auf Blitz zuckte aus den Wolken und verwandelte den Himmel in ein bizarres Gitternetz weißblau glühender Linien und Striche, und das Land schien sich unter den grollenden Schlägen des Donners zu ducken. Aber vor ihm, entlang dem schmalen, sichelförmigen Strand, war das Meer ruhig wie an einem windstillen Sommertag.

Bensen starrte mit einer Mischung aus Entsetzen und Unglauben auf das bizarre Bild hinab. Der Sturm tobte weiter, aber vor ihm, nicht mehr als fünfzig Yards entfernt, verlief eine gerade, wie mit einem übergroßen Lineal gezogene Linie, hinter der die Wellen ruhig und glatt gegen den Strand spülten ...

Dann ...

Das Meer begann zu brodeln.

Es war nicht der Sturm oder das Toben der Brandung wie zuvor. Auf dem Wasser erschienen Blasen, groß, ölig und in allen Farben des Regenbogens schimmernd. Winzige Wirbel und Strudel entstanden und vergingen wieder. Grauer Dunst begann sich auf dem Wasser zu kräuseln. Und tief unter der Wasseroberfläche begann sich ein gigantischer grauer Schatten zu bewegen ...

Im ersten Moment glaubte Bensen, es wäre ein Wal, der vom Sturm und den Launen der Strömung an die Küste und in diese kleine Bucht getrieben worden war, aber dann erkannte er, daß der Schatten dafür viel zu groß und zu massig war. Das Ding war größer als ein Schiff, ein Koloß, der die Bucht fast zur Gänze ausfüllte, als wäre der Meeresboden selbst plötzlich zum Leben erwacht.

Das Wasser brodelte. Die Blasen wurden größer und zerplatzten in immer rascherer Folge, und der Wind trug einen fremdartigen, süßlichen Gestank zu Bensen heran, dann begann die Wasseroberfläche zu sieden, und etwas Gigantisches, Dunkles brach schäumend durch das Meer.

Es war ein Schiff. Das Wrack eines Schiffes, nur der hintere Teil mit den Achteraufbauten und zwei der ehemals vier Balken, aber noch immer groß, zerborsten von den Gewalten, die es gegen die Barriere aus Riffen geschleudert hatten, und über und über mit Tang und Algen und Muscheln bewachsen. Etwas Grünes, Glitzerndes umschlang seinen Rumpf.

Irgend etwas in Bensen schien zu Eis zu erstarren, als das Wrack des Schiffes schäumend und bebend höher aus dem Wasser tauchte und er mehr erkennen konnte.

Das Schiff tauchte nicht aus eigener Kraft auf, es wurde *gehoben!* Es war das Ding, das er unter Wasser gesehen hatte, ein monströses, grüngraues Etwas, das ganz aus peitschenden Krakenarmen und grünen Schuppen zu bestehen schien, ein Gigant, dessen Größe allen Naturgesetzen Hohn sprach und in dessen Griff selbst das Schiff klein und zerbrechlich wie ein Spielzeug aussah. Höher und höher stieg das Wrack der LADY OF THE MIST aus dem kochenden Meer, aber ein Ende des gigantischen, aufgedunsenen Balges, der es trug, war noch immer nicht zu erkennen.

Dann explodierte das Wasser unter dem Bug des Schiffwracks in einer lautlosen, gischtenden Detonation, und Bensen sah das Auge.

Es war größer als ein Mann, ein See aus teigigem Gelb und gestaltgewordener Bosheit ohne Pupille, und sein Blick richtete sich auf *ihn* …

Eine unsichtbare Kralle aus Stahl grub sich in Bensens Bewußtsein und löschte alles aus, was jemals in ihm Mensch gewesen war. Bensen schrie auf, taumelte zurück und übergab sich würgend. Für einen kurzen, ganz kurzen Moment spürte er noch Angst, aber auch die verging, und was zurückblieb, war nichts als eine leere Hülle, willenloses Werkzeug einer Macht, die die menschliche Vorstellungskraft überstieg.

Draußen auf dem Meer legte sich das Wrack der LADY OF THE MIST langsam auf die Seite, berührte den nassen Sand des Strandes und zerbrach. Masten und Planken, nach zwei Monaten unter Wasser morsch und faulig geworden, zerbarsten unter ihrem eigenen Gewicht. Das Schiff brach splitternd und knirschend in sich zusammen, verformte sich wie ein Ballon, aus dem die Luft entweicht, und sank zu einem Gewirr zerborstener Planken und splitternder Balken zusammen.

Und tief unter der Wasseroberfläche schloß sich das Riesenauge wieder.

Das Wesen hatte getan, was zu tun war. Jetzt wartete es. Es wußte, daß noch Stunden vergehen würden, bis sich seine Wünsche erfüllten.

Aber was für eine Rolle spielten Stunden im Leben einer Kreatur, die zweitausend Millionen Jahre gewartet hatte?

»Roderick? Sie … du bist … du bist wirklich …« Howards Stimme versagte. Er hob die Hände, als wolle er auf Mahoney zugehen und ihn in die Arme schließen, blieb nach einem halben Schritt wie angewurzelt stehen und starrte den dunklen Schatten seines Gegenübers an.

»Ich bin es, Howard«, bestätigte Mahoney. »Frage Robert, wenn du mir nicht glaubst. Du weißt doch sicher, daß man ihn nicht belügen kann, oder?«

»Ich glaube dir«, antwortete Howard hastig. »Es ist nur …«

»Schon gut«, unterbrach ihn Mahoney/Andara. »Vielleicht haben wir später Gelegenheit, über alles zu reden. Jetzt ist keine Zeit dazu, Howard. Wir müssen hier weg, wenn Robert noch eine Chance haben soll.«

»Aber wohin?«

»Dorthin, wo du sowieso hinwolltest. Deine Idee war schon richtig, Howard – wir brauchen meine Seekiste. Ich hoffe nur, es ist noch nicht zu spät.« Er drehte sich um, trat auf mich zu und half mir auf die Füße.

»Alles in Ordnung, Junge?« fragte er.

Ich nickte, aber ich war mir nicht sicher, ob auch wirklich *alles in Ordnung* war. Ich fühlte mich noch immer wie betäubt, gelähmt und unfähig, auch nur einen einzigen klaren Gedanken zu fassen. Der Mann vor mir war mein Vater! Es war der Körper eines jungen Mannes, jünger noch als ich selbst, aber der Geist, die Seele, die ihn von einem Stück toter Materie zu einem lebenden, fühlenden Menschen machten, waren die Roderick Andaras, meines Vaters.

Meines Vaters, den ich selbst begraben hatte …

»Ich kann mir vorstellen, wie du dich jetzt fühlst, Robert«, sagte er leise. »Aber du mußt mir einfach vertrauen. Wenn die Sonne aufgeht und dieses Ding dann noch immer in dir ist, kann selbst ich dir nicht mehr helfen.« Er lächelte aufmunternd, ließ meine Hand los und wandte sich wieder an Howard. »Wir müssen los«, sagte er.

Trotz der Dunkelheit konnte ich erkennen, wie Howard erschrak. Hinter ihm sog Rowlf ungläubig die Luft zwischen den Zähnen ein.

»Bei diesem Sturm?« sagte Howard ungläubig. »Das Schiff würde nicht einmal …«

»Dem Schiff wird nichts geschehen«, unterbrach ihn Mahoney. »Es wird hart werden, aber ich kann euch sicher an die Küste bringen. Aber wenn wir uns nicht beeilen, dann können wir uns den Weg sparen. *Bitte*, Howard.«

Howard starrte ihn noch einen Sekundenbruchteil an, dann nickte er. »Okay«, sagte er. »Aber du bist mir einige Erklärungen schuldig, wenn das alles hier vorbei ist.«

»Natürlich«, sagte Mahoney. »Aber jetzt beeilt euch bitte. Macht das Schiff klar. Ich komme mit an Deck und helfe euch. Und keine Sorge wegen des Sturmes – darum kümmere ich mich. Robert bleibt hier, bis wir die Bucht erreicht haben.«

Ohne ein weiteres Wort wandte er sich um und lief die Treppe hinauf. Rowlf folgte ihm, während Howard noch einen Moment zögerte und sich noch einmal an mich wandte. »Du hast gehört, was er gesagt hat. Du bleibst hier, ganz egal, was geschieht. Und diesmal bitte keine Extratouren, verstanden?«

Ich wußte, daß es ein Fehler war, aber nach allem, was ich erlebt hatte, weckten seine Worte nichts anderes als Trotz in mir. »Hättest du mir von Anfang an reinen Wein eingeschenkt, wäre es gar nicht passiert«, sagte ich.

Seltsamerweise reagierte Howard weder zornig noch ungeduldig, sondern mit einer Sanftheit, die ich von ihm am allerwenigsten gewohnt war. »Vielleicht hast du sogar recht«, sagte er leise. »Ich ... habe mir den ganzen Tag über Vorwürfe gemacht, Robert. Ich hätte es dir sagen sollen. Aber ...«

»Schon gut«, unterbrach ich ihn. Meine Worte taten mir bereits wieder leid.

»Nein, du hast recht«, beharrte Howard. »Ich hätte es dir sagen müssen. Es war bei deinem Vater damals das gleiche. Er wußte es.«

»Und warum hast du es nicht getan?«

Howard lächelte traurig. »Warum?« wiederholte er. »Ich weiß es nicht. Vielleicht ... vielleicht hatte ich einfach Angst.«

»Aber wir können es besiegen?« fragte ich. Plötzlich bebte meine Stimme. Ich hatte mir bis jetzt mit verzweifelter Kraft einzureden versucht, daß ich keine Angst hatte, aber das stimmte nicht. Innerlich zitterte ich vor Furcht, mehr denn je.

»Dein Vater hat es geschafft«, antwortete Howard. »Und vor ihm andere, wenn auch nicht viele.«

»Und wenn ... nicht?«

»Wenn nicht?« wiederholte Howard. »Ich weiß es nicht, Robert. Wenn nicht, dann ...«

»Dann wird dieses Ding Gewalt über mich erlangen, und ich werde selbst zu einem *GROSSEN ALTEN* werden«, sagte ich, als er nicht weitersprach.

Howard sah mich einen Moment ernst an, senkte den Blick und nickte. »Ich muß nach oben«, sagte er plötzlich. »Rowlf bekommt die Taue nicht allein los, bei dem Sturm.« Er wollte an mir vorüber und zur Treppe gehen, aber ich hielt ihn zurück.

»Ich möchte, daß du mir etwas versprichst«, sagte ich.

»Was?«

»Wenn es ... euch nicht gelingt«, sagte ich stockend. »Wenn du merkst, daß ich den Kampf verliere und ... und nicht mehr ich bin, dann töte mich. Ich will lieber sterben als zu einem solchen Monster zu werden.«

»Red keinen Unsinn. Du –«

»Es ist kein Unsinn, Howard. Ich meine es ernst.«

»Wir werden es schaffen«, beharrte Howard. »Jetzt, wo Roderick bei uns ist, werden wir es schaffen. Und jetzt setz dich irgendwo hin und warte einfach ab. Und bleib von den Fenstern weg.« Behutsam löste er meine Hand von seinem Arm, schob mich aus dem Weg und eilte die Treppe hinauf.

Ich blieb allein in der Kabine zurück. Über mir erfüllten die Schritte Howards, Rowlfs und Mahoneys das Deck, ab und zu unterbrochen von einem dumpfen Poltern und Krachen oder einem gerufenen Wort. Ich spürte, wie das Boot stärker zu zittern begann, als sich die Haltetaue eines nach dem anderen lösten und die Wellen das Schiff stärker anheben und gegen den Kai drücken konnten, und trotzdem nahm ich von alledem kaum etwas wahr. Wie betäubt hockte ich da, starrte in die Dunkelheit und versuchte Ordnung in das Chaos zu bringen, das hinter meiner Stirn herrschte.

Mein Vater war zurückgekehrt! Es war nicht das erste Mal seit seinem Tode, daß ich ihn sah – er war mehrmals erschienen, mal nur als Stimme, mal als Bild in einem Spiegel oder als Schemen, der verschwand, ehe man ihn richtig sehen konnte –, aber jetzt war er *wirklich* zurückgekehrt ...

Ich hätte mich freuen sollen. Ich hätte vor Erleichterung jubeln und an Deck laufen und ihm um den Hals fallen sollen, aber ich konnte es nicht. Vielleicht, weil ich trotz allem das Gefühl gehabt hatte, einem Toten gegenüberzustehen, als ich ihn erkannte.

Die Planken unter meinen Füßen begannen stärker zu zittern, und plötzlich legte sich das Boot so heftig auf die Seite, daß ich hastig nach Halt greifen und mich festklammern mußte, um nicht schon wieder zu Boden zu stürzen. Der Klang der Wellen, die gegen die Bordwand stießen, änderte sich, als die Wogen es nicht mehr seitlich, sondern frontal trafen.

Dann fuhren wir los.

Ich weiß nicht, wie lange wir unterwegs waren – eine Stunde, vielleicht auch zwei oder drei, es war unmöglich, die Zeit zu schätzen, in dem tobenden Chaos, das das Schiff einhüllte. Das Boot hüpfte wild durch Wellentäler und über die Kämme der schaumgekrönten Wogen, und das Heulen des Sturmes war noch wütender und lauter geworden. Der schmale Rumpf erbebte ununterbrochen unter den Schlägen der Wogen und rings um das Schiff fuhr Blitz auf Blitz auf die aufgewühlte Wasseroberfläche herab, so dicht, daß ich das helle elektrische Zischen hören konnte, mit dem sie sich entluden. Ein paarmal nahm das Toben der Elemente ab, aber nur, um gleich darauf neu und mit doppelter Wucht wieder loszubrechen.

Schließlich, nach einer Ewigkeit, näherten wir uns wieder der Küste. Ich hörte das dumpfe Krachen, mit dem die Wogen gegen den Fuß der gewaltigen Steilküste schlugen, und das Geräusch weckte Erinnerungen in mir, Bilder, die mein Bewußtsein überfluteten, ohne daß ich mich dagegen wehren konnte: Ich sah ein Schiff, einen stolzen alten Viermaster, die Segel in Fetzen von den Rahen hängend, schon halb zerbrochen unter den Hieben des Windes, der schnell wie ein Pfeil durch die aufgepeitschte See auf die Küste und die vorgelagerte Barriere aus Riffen zuschoß, und wie damals glaubte ich noch einmal, die entsetzten Schreie der Mannschaft zu hören, als sie begriffen, daß ihre Fahrt zu schnell war und sie entweder an den Riffen oder der Felswand dahinter zerbersten würden. Ich versuchte, die Bilder abzuschütteln, aber es ging nicht, im Gegenteil. Die Vision wurde immer bedrückender und realer, und ...«

Eine Hand berührte mich an der Schulter, und als ich aufsah, blickte ich in Howards Gesicht. »Alles in Ordnung?« fragte er leise.

Ich nickte. »Es ... geht wieder.«

Einen Moment lang überlegte ich, ob ich ihm die Wahrheit sagen sollte, aber dann nickte ich nur. Es spielte keine Rolle, welcher Art die Bilder waren, die mich quälten, und wir hatten keine Zeit für lange Gespräche.

»Wir sind fast da«, sagte er. »Maho... dein Vater möchte, daß du an Deck kommst.«

Irgend etwas am Klang seiner Stimme ließ mich aufhorchen. »Du traust ihm nicht«, behauptete ich.

Howard seufzte. »Doch«, antwortete er. »Ich weiß, daß er es ist, Robert. Ich weiß es so sicher, wie du es weißt. Aber …«

Er sprach nicht weiter, aber das war auch nicht nötig. Er spürte das gleiche wie ich. Dieser Mann *war* mein Vater, und doch war er anders, als wir beide ihn gekannt hatten. Vielleicht war es die Welt, in der er jetzt existierte, die ihn verändert hatte.

Ich verscheuchte den Gedanken, stand auf und wollte zur Treppe gehen, aber Howard hielt mich noch einmal zurück. »Warte«, sagte er. Ich blieb stehen, und Howard ging an mir vorbei in den hinteren Teil der Kajüte und kam nach wenigen Augenblicken mit einer zusammengefalteten Decke zurück.

»Was soll ich damit?« fragte ich.

»Sie dir überwerfen«, antwortete Howard ungeduldig. »Ich weiß, daß es albern klingt, aber es könnte wirklich gehen. Draußen tobt noch immer das Gewitter, und es sieht nicht so aus, als würde es in den nächsten Stunden nachlassen. Nun mach schon.«

Ich starrte ihn einen Moment zweifelnd an, griff dann zögernd nach der Decke und warf sie mir über den Kopf. Howard ging einmal um mich herum, zog hier und zupfte da ein wenig und arrangierte die Decke so lange neu, bis ich vermummt war, als wolle ich zu einem Maskenball gehen und dort als Nachtgespenst spielen. Nur direkt über meinen Augen war ein fingerbreiter Streifen frei, so daß ich wenigstens sehen konnte, wenn auch nicht sehr gut. Trotz des Ernstes der Situation kam ich mir reichlich albern vor.

»Gut«, sagte er schließlich. »Komm jetzt.«

Nebeneinander gingen wir die Treppe hinauf. Mir fiel erst jetzt auf, daß das Schiff längst nicht mehr so sehr unter unseren Füßen bockte und sprang wie bisher. Eigentlich war kaum mehr als der normale Seegang zu spüren. Howard öffnete die Tür, trat ins Freie und bedeutete mir mit hektischen Zeichen, ihm zu folgen.

Der Anblick, der sich uns bot, war bizarr. Über dem Meer hinter und neben uns tobte der Orkan mit ungebrochener Wut, aber rings um das Schiff, in einem Bereich von sieben-, achthundert Yards, war das Meer glatt wie ein Spiegel. Selbst der Wind war zum Erliegen gekommen. Die Steilküste lag vor uns, kaum noch einen Steinwurf entfernt, und der Sturm, der das Land überall meterhoch unter Wasser gesetzt hatte, hatte hier ein vielleicht hundertfünfzig Yard langes, sichelförmig gebogenes Stück des Strandes freigegeben.

Und auf dem Strand lag ein Schiff.

Es war zerstört, so gründlich, wie ich jemals ein zerstörtes Schiffswrack gesehen hatte, nicht mehr als ein zerborstener Haufen aus Holzsplittern und Tauwerk und Fetzen, aber ich erkannte es trotzdem wieder.

»Die ... LADY!« keuchte ich. »Howard, das ... das ist die LADY OF THE MIST.«

Howard nickte, als hätte er nichts anderes erwartet. Trotzdem fragte er: »Bist du sicher?«

»Ja. Das hier ist ... die Bucht, in der das Schiff gesunken ist.« Mein Blick wanderte am Fuße der Steilküste entlang, suchte in den Schatten und Rissen nach einer bestimmten Form und blieb an einem dreieckigen, schwarzen Schatten hängen.

»Das dort drüben ist die Höhle, in der mein Va...« Ich stockte, schluckte ein paarmal krampfhaft und sah zu Mahoney hinüber, der mit unbewegtem Gesicht an der Reling stand und Howard und mich beobachtete.

»In der er gestorben ist«, sagte er. »Sprich es ruhig aus, Robert. Das hier ist die Stelle.«

»Und das Schiff? Wie hast du es geschafft, es ... ?«

Mahoney hob die Hand, und ich verstummte. »Nicht jetzt, Robert. Ich erkläre euch alles später. Ich habe eine Menge gelernt, dort, wo ich … war. Aber ich mußte auch einen hohen Preis dafür zahlen. Ein Teil dieses Preises ist, daß ich gewisse Dinge für mich behalten muß. Bist du soweit?«

Ich sah instinktiv zu Boden. Der Himmel hatte ein wenig aufgeklart, und die Blitze zuckten noch immer ununterbrochen, aber der Schatten auf den feuchten Planken des Schiffes war nicht der Schatten der Bestie, den ich halbwegs zu sehen erwartet hatte, sondern nur ein klobiges, kegelförmiges Ding. Howards Plan schien zu funktionieren. Solange es nicht mein *eigener* Schatten war, war ich nicht in Gefahr.

»Ja«, sagte ich.

Mahoney nickte. »Dann kommt. Rowlf bleibt hier, um das Schiff zu bewachen. Ich weiß nicht, wie lange ich den Sturm noch zurückhalten kann.« Er nickte aufmunternd, schwang sich über die Reling und sprang ins Wasser hinab. Ich sah, daß er nur bis zu den Knien einsank; das Boot lag beinahe auf dem Strand, und das Wasser war hier sehr seicht. Er ging ein paar Schritte, wandte sich um und winkte ungeduldig. »Kommt!«

Mit klopfendem Herzen stieg ich hinter ihm vom Boot, dicht gefolgt von Howard. Das Wasser war eisig, und ich raffte instinktiv die Decke enger um meine Schultern, aus Angst, sie könne mir von der Strömung weggerissen werden. Ich wartete, bis Howard mir gefolgt war, dann ging ich mit weit ausgreifenden Schritten hinter Mahoney her. Die Kälte kroch in meinen Beinen empor und ließ mich am ganzen Leib zittern.

Mahoney erwartete uns auf dem Strand. »Beeilt euch«, sagte er und wedelte mit den Armen. Vor dem zerborstenen Wrack der LADY war seine Gestalt nur ein gedrungener schwarzer Schatten. Es war absurd – aber mehr als alles andere kam er mir in diesem Moment bedrohlich vor.

Wir rannten los. Der Sand war mit Trümmern und zerborstenem Holz übersät, und hinter uns heulte der Sturm mit immer größerer Wut gegen die unsichtbare Barriere, die die kleine Bucht schützte. Die Blitze fuhren jetzt so dicht hintereinander herab, daß der Strand fast taghell erleuchtet war, in einem flackernden, blauweißen Licht, wie der Schein eines Stroboskops. Das Heulen des Sturmes wurde lauter, und dann spürte ich, wie die erste Windbö an meinen Decken zerrte. Für einen Moment bauschte sich mein improvisierter Umhang; ich griff hastig mit der Hand nach dem Zipfel, der davonzuwehen drohte, aber der Schatten auf dem Sand, der die Bewegung nachvollzog, war ein tentakelbewehrtes, widerliches Ding. Howard sprang neben mich und zerrte die Decke herunter. Der Killerschatten verschwand.

»Dort vorne!« brüllte Mahoney über das Toben des Sturmes hinweg. Seine Hand wies auf einen rechteckigen Umriß, der ein Stück neben dem eigentlichen Schiffswrack im Sand lag. Im ersten Moment sah er aus wie ein x-beliebiges Trümmerstück, aber dann erkannte ich ihn.

»Die Kiste!« keuchte ich. »Das ist deine Seekiste!«

Mahoney nickte. »Ja. Ich habe sie bereits aus dem Wrack geborgen, weil ich befürchte, daß uns keine Zeit bleibt, lange nach ihr zu suchen.« Er rannte schneller, blieb neben der Kiste stehen und wartete, daß Howard und ich ihm folgten. Sein Atem ging schnell und stoßweise. Auf seiner Stirn glänzte Schweiß. »Schnell«, keuchte er. »Die … die Barriere bricht.«

Instinktiv blickte ich über die Schulter zurück. Der Orkan hatte sich zu ungeheurer Wut gesteigert, aber vor dem Strand herrschte noch immer trügerische Ruhe. Wie lange noch? Schon jetzt wurde der Wind selbst hier immer heftiger, und die Wellen rannten immer schneller und höher gegen die unsichtbare Mauer an, die die Bucht und das kleine Boot, mit dem wir gekommen waren, schützte.

Howard kniete neben der Kiste nieder und streckte die Hand nach dem Deckel aus, aber Mahoney schlug seinen Arm mit einer hastigen Bewegung zur Seite. »Nicht!« sagte er. »Du stirbst, wenn du sie berührst, Howard.«

Howard starrte verwirrt zu ihm hinauf. Seine Mundwinkel zuckten.

»Du weißt nicht alles«, erklärte Mahoney gehetzt. »Du weißt, welchen Schatz diese Kiste birgt, Howard, aber du weißt auch, welche ungeheure Gefahr ihr Inhalt in den falschen Händen bedeuten könnte.«

Howard nickte. »Und?«

»Ich habe die Kiste magisch gesichert, bevor ich ... bevor ich starb«, erklärte Mahoney stockend. »Es gibt nur einen einzigen Menschen auf der Welt, der sie öffnen kann. Alle anderen würden sterben, wenn sie es auch nur versuchten. Selbst ich.«

»Dann ...«

»Dein Plan hätte keinen Erfolg gehabt, Howard«, fuhr Mahoney ungerührt fort. »Du hast versucht, Robert vom Meer fernzuhalten, weil du Angst hast, daß Yog-Sothoth noch immer hier lauert und Gewalt über ihn erlangen könnte. Aber er ist der einzige Mensch, der das magische Siegel brechen kann.« Er wandte sich an mich. »Tu es, Robert. Schnell.«

Ich kniete gehorsam neben Howard nieder, streckte die Hand unter der Decke hervor und zögerte, Millimeter, bevor meine Finger das verquollene Holz der Kiste berühren konnten. Mein Herz begann zu jagen.

»Was ... was muß ich tun?« fragte ich.

»Nichts«, antwortete Mahoney / Andara. »Öffne sie, das ist alles. Dir wird nichts geschehen.«

Ich nickte. Aber meine Hände zitterten so stark, daß ich Mühe hatte, den einfachen Schnappverschluß der Kiste zu öffnen. Instinktiv schloß ich die Augen. Ich weiß nicht, was ich erwartet hatte – einen tödlichen Blitz, einen Dämonen, der aus der Kiste sprang und mich verschlang, eine Feuersäule, die vom Himmel stürzte –, ich hatte das sichere Gefühl, daß irgend etwas Schreckliches und Furchtbares geschehen müsse, wenn ich die Kiste öffnete.

Aber es geschah nichts. Die Verschlüsse schnappten mit einem metallischen Klicken auf, und der graue Deckel der wuchtigen Kiste schwang wie von Geisterhand bewegt nach oben.

Mahoney stieß einen hellen, keuchenden Laut aus, fiel neben mir in den Sand und beugte sich über die Kiste. »Sie sind unbeschädigt!« keuchte er. »Bei Gott, Robert, du hast es geschafft!«

»Hast du daran gezweifelt?« fragte Howard lauernd.

Mahoney ignorierte ihn. »Schnell jetzt«, sagte er. »Tritt zurück, Robert!«

Ich gehorchte. Mahoney beugte sich über die Kiste, wühlte einen Moment darin herum und förderte ein schmales, in uraltes, hartes Schweinsleder gebundenes Buch zutage. Aber er schlug es nicht auf, wie ich erwartet hatte, sondern richtete sich nur mit einem triumphierenden Keuchen wieder auf und sah Howard und mich an. Seine Augen leuchteten. »Ich habe sie«, murmelte er. »Howard, ich habe sie wieder. Weißt du überhaupt, welche Macht diese Bücher bedeuten?«

Howard stand langsam auf. Seine Bewegungen

wirkten gezwungen steif. »Ich weiß es, Roderick«, sagte er. »Was ist mit Robert?«

Mahoney/Andara sah erst ihn, dann mich mit einem sehr sonderbaren Blick an und lächelte plötzlich. »Sicher«, sagte er, in einer Betonung, als rede er über etwas, das ihm um ein Haar entfallen wäre. »Das müssen wir ja auch noch erledigen.« Er hob die Hand, und hinter ihm trat erst eine, dann noch eine zweite Gestalt aus dem zersplitterten Wrack des Schiffsrumpfes.

Howard und ich schrien fast im gleichen Moment auf. Die Blitze tauchten den Strand in taghelles, weißes Licht, Licht, das hell genug war, uns die beiden Gestalten fast überdeutlich erkennen zu lassen.

Nur eine von ihnen war ein Mensch. Die andere …

Howard stöhnte. »Roderick«, murmelte er. »Das … das ist …«

»Ein *Shoggote*«, sagte Mahoney ruhig. »Aber keine Angst, Howard, er wird euch nichts tun. Komm her, Robert.«

Ich wollte es nicht. Alles in mir schrie danach, herumzufahren und zu rennen, so schnell und so weit ich konnte, aber Mahoney/Andaras übermächtigem Willen hatte ich nicht das geringste entgegenzusetzen. Langsam, wie eine Marionette, an deren Fäden ein unsichtbarer Spieler zog, richtete ich mich auf und ging auf Mahoney und den grauen Koloß hinter ihm zu.

»Roderick«, stöhnte Howard. »Was … was hast du vor?«

»Das einzig Mögliche«, antwortete Mahoney. »Vertrau mir, Howard. Es gibt nur eine einzige Möglichkeit, Robert zu retten.«

»Aber das ist … ein … ein *Shoggote*«, keuchte Howard. Ich sah aus den Augenwinkeln, wie er sich zu bewegen versuchte, aber so wie ich schien er nicht mehr Herr seines eigenen Körpers.

Mahoney hob abermals die Hand. Der *Shoggote* setzte sich gleitend und wabbelnd in Bewegung, kam in einer absurden Parodie menschlicher Schritte auf mich zu und streckte die Arme aus.

Die Berührung traf mich wie ein elektrischer Schlag. Dünne, glitzernde, graue Fäden wuchsen aus dem Leib des Plasmawesens, drangen nahezu mühelos durch die Decke, in die ich mich eingewickelt hatte, die Kleidung, die ich darunter trug, und berührten meine Haut.

Es tat nicht einmal sonderlich weh. Es war ein kurzes, flüchtiges Brennen, gefolgt von einem Gefühl prickelnder, eisiger Kälte, das alle anderen Empfindungen betäubte. Ich fühlte, wie sich die Plasmamasse über meinen Körper ergoß und ihn lautlos und rasch wie eine zweite Haut einzuhüllen begann. Und es ging schnell. Unglaublich schnell.

»Die Decke«, sagte Mahoney ruhig. »Leg sie ab, Robert.«

Meine Hände bewegten sich ohne mein Zutun. Ich empfand nicht einmal Furcht in diesem Moment. Langsam zog ich die Decke herunter, warf sie in den Sand und wartete auf den nächsten Blitz.

Es dauerte nicht einmal eine Sekunde. Eine grellweiße Linie aus Feuer fiel vom Himmel, rannte in irrsinnigem Zickzack hin und her und schlug irgendwo weit draußen auf dem Meer ein. Und vor mir entstand der schwarze Schatten des *GROSSEN ALTEN.*

Diesmal reagierte er mit übermenschlicher Schnelligkeit. Die peitschenden Schattenarme breiteten sich aus, schossen auf mich zu und hüllten mich in einer tödlichen Umarmung ein, schneller, als der Blitz und sein Lichtschein verlöschen konnten. Ich schloß die Augen und wartete auf den geistigen Hieb, der allem ein Ende machen würde.

Aber er kam nicht.

Statt dessen geschah etwas anderes. Die graue Plasmaschicht, die meinen Körper bis auf den letzten Quadratmillimeter bedeckte, begann zu zucken, schlug Wellen und Schlieren und wand sich wie unter Schmerzen. Der *Shoggote* taumelte wie unter einem Hieb, streckte die Arme aus und berührte mich mit seinen grobgeformten Händen an den Schultern.

Und die Plasmaschicht floß in ihn zurück.

Von einer Sekunde zur anderen war ich frei. Der Schatten vor mir war wieder ein Schatten, der Schatten eines Menschen, *mein* Schatten, nicht der der Bestie, die beinahe Besitz von mir ergriffen hatte, und der *Shoggote* fiel mit wild peitschenden Armen rücklings in den Sand und blieb zuckend liegen. Sein Körper wand sich, versuchte Arme und Tentakel und einen schrecklichen Papageienschnabel zu bilden und zerfloß wieder. Es war ein grausamer Anblick.

Aber es war ein Anblick, der mich endlich begreifen ließ. Mit einem Ruck sah ich auf und starrte Mahoney an. Sein Blick war unbeteiligt, ruhig, aber gleichzeitig von einer Kälte, die mich erschauern ließ. Das war nicht der Blick eines Menschen.

»Es tut mir leid, Robert«, sagte er leise. »Ich konnte es dir nicht sagen.«

»Du ...«

»Damals«, fuhr er unbeeindruckt fort, »als ich selbst Opfer eines *Mächtigen* wurde, hatte ich all meine Macht zur Verfügung, und ich hatte Zeit. Jetzt hatte ich weder das eine noch das andere. Du hattest nur noch wenige Stunden, Robert. Ich mußte ihm ein Opfer geben. Er war schon zu stark, um ihn auszulöschen.«

»Der *Shoggote*«, murmelte Howard.

Mahoney nickte. »Ja. Aber keine Sorge, Howard. Dieser Körper ist präpariert, zu sterben, und der *Mäch-*

tige wird vergehen, bevor er zu einer Gefahr werden kann. Ihr werdet leben.«

»Du wirst uns ... nicht töten?« fragte Howard.

Ich starrte ihn an. Vor einer Sekunde hatte ich noch geglaubt, endlich begriffen zu haben, aber Howards Worte machten alles wieder zunichte. Sein Blick war unverwandt auf Mahoney gerichtet; er schien mich gar nicht zu bemerken. Wieso fragte er *meinen* Vater, ob er uns töten würde?

Mahoney lachte leise. »Nein. Diesmal nicht, Howard. Die, denen ich diene, sind mächtig und grausam, wenigstens in euren Augen, aber sie sind es niemals grundlos. Für diesmal seid ihr frei.«

»Die, denen du ... dienst?« wiederholte ich ungläubig.

Howard ignorierte mich einfach. Sein Blick blieb unverwandt auf Mahoneys Gesicht gerichtet. »Wer bist du?« fragte er leise. »Yog-Sothoth selbst?«

Mahoney schüttelte den Kopf. »Nein. Aber ich diene ihm.«

»Aber das ... das ist nicht möglich!« keuchte ich. »Du bist ...«

»Andara«, unterbrach mich Howard. Seine Stimme klang kalt. »Du hast schon recht, Robert. Und doch wieder nicht. Yog-Sothoth hat Macht über ihn gewonnen.«

»Die Hand der *Mächtigen* reicht weit«, bestätigte Mahoney/ Andara ruhig. »Selbst ins Jenseits.«

»Aber er ... er hat ... er hat uns geholfen und ... und mich gerettet und den anderen ...« Ich begann zu stammeln, verlor den Faden und sah Howard hilfesuchend an. »Er hat einen der *GROSSEN ALTEN* vernichtet«, murmelte ich hilflos.

»Eine niedere Kreatur«, antwortete Mahoney an seiner Stelle. »Es gibt viele von ihnen, die sich nicht mit ihrem Schicksal abzufinden vermögen und versuchen, sich über die Zeiten zu retten. Sie müssen vernichtet werden.«

Langsam drehte ich mich zu ihm um und sah ihn an. Meine Augen brannten. »Warum das alles?« fragte ich mühsam.

Mahoney deutete stumm auf die Kiste zu seinen Füßen. »Darum, Robert. Du hast noch nicht einmal annähernd begriffen, welche Macht in diesen unscheinbaren Büchern verborgen ist. Ich brauchte dich. Ich habe dich nicht belogen, Robert. Der Mann, der ich einmal war, hat um die Gefahr gewußt und Maßnahmen getroffen. Nicht einmal die Macht Yog-Sothoths hätte gereicht, das Siegel zu brechen. Du konntest es.«

»Dann hast du alles, was du wolltest«, flüsterte Howard.

Mahoney nickte.

»Warum tötest du uns nicht?« fuhr Howard beinahe unnatürlich ruhig fort. »Macht es dir Spaß, uns zu quälen?«

»Töten?« erwiderte Mahoney lächelnd. »Warum sollte ich das tun, Howard? Ich bin noch immer Roderick Andara, nur diene ich jetzt einem anderen Herrn als vorher. Ich war einmal dein Freund, und Robert ist noch immer mein Sohn. Warum sollte ich euch töten?« Er schüttelte den Kopf, legte das Buch behutsam in die Kiste zurück und gab dem Mann, der zusammen mit dem *Shoggoten* aufgetaucht war und bisher schweigend und reglos hinter ihm gestanden hatte, einen Wink. »Bring sie fort, Bensen«, sagte er. Dann wandte er sich wieder zu Howard.

»Ich brauche euch nicht zu töten, Howard«, sagte er ruhig. »Ihr seid keine Gefahr mehr. Ich habe, was ich haben wollte, und niemand vermag mich jetzt noch aufzuhalten.«

»Dich – oder die Bestie, der du dienst?« fragte Howard. Seine Stimme zitterte.

Mahoney lächelte verzeihend. »Nenne ihn, wie du willst, Howard, für mich ist er mein Herr, und ich werde ihm dienen. Ihr könnt mich nicht mehr aufhalten. Niemand kann das. Jetzt nicht mehr.« Damit drehte er sich um, wartete, bis sein Begleiter die Kiste aufgenommen hatte, und ging.

Howard und ich starrten ihnen lange nach, selbst als ihre Schritte längst im Heulen des Sturmes verklungen waren. Ich fühlte mich leer, ausgelaugt und so müde wie nie zuvor in meinem Leben.

»Sag mir, daß das alles nicht wahr ist, Howard«, flüsterte ich. »Sag mir, daß es nur ein Traum war. Dieser Mann war nicht mein Vater.«

»Doch, Robert«, antwortete Howard ebenso leise, aber in einem ganz anderen, eisigen Tonfall, wie ich ihn noch nie vorher von ihm gehört hatte. »Er war es – und auch wieder nicht. Du darfst ihn nicht hassen. Er … er kann nichts für das, was er getan hat. Es ist Yog-Sothoth, der seine Handlungen lenkt. Aber nicht so vollständig, wie er es gerne hätte.«

Ich sah ihn an. Ein schwacher Hoffnungsschimmer begann in mir aufzukeimen, als ich in seine Augen blickte. »Ein kleines bißchen Menschlichkeit ist noch in ihm, Robert«, fuhr er fort. »Er hat uns am Leben gelassen, vergiß das nicht.«

»Leben?« Ich wollte lachen, aber alles, was ich zustande brachte, war ein krächzender Laut, der sich wie ein verunglückter Schrei anhörte. »Wir haben verloren, Howard. Es war eine Niederlage. Er hat die Bücher.«

Howard nickte. »Das stimmt. Ein Punkt für die Gegenseite. Und?« Plötzlich lachte er; leise, kalt und ohne die geringste Spur von echtem Humor. »Er hat eine Schlacht gewonnen, Robert, aber nicht den Krieg. Wir werden ihn wiedersehen. Und das nächste Mal sind wir gewarnt.«

Ich wollte etwas darauf erwidern, aber Howard drehte sich wortlos um und ging mit raschen Schritten den Strand hinab auf das wartende Boot zu.

HIER ENDET DAS FÜNFTE BUCH

Sechstes Buch

BÜCHER, DIE DER SATAN SCHRIEB

Das Licht der Petroleumlampe warf flackernde Muster an die Wände und schuf Leben, wo keines war. Ein muffiger Geruch hing in der Luft, und unter den Schuhsohlen der beiden Männer knirschten Unrat und staubfein zermahlene Glassplitter. Ein Spinnennetz wehte wie ein grauer Vorhang im Wind, und aus der Tiefe des Gebäudes drangen unheimliche, rasselnde Geräusche; Laute, die in der überreizten Phantasie Tremayns zu einem mühsamen, schweren Atmen wurden. Er blieb stehen. Die Lampe in seiner Hand zitterte, und für einen Moment mußte er mit aller Gewalt gegen den immer stärker werdenden Zwang ankämpfen, einfach herumzufahren und zu laufen, so schnell und so weit er konnte, nichts wie weg; weg aus diesem verwunschenen, finsteren Haus, das ihm mit jedem Moment mehr wie ein gewaltiges, feuchtes Grab vorkam.

»Was ist mit dir?« fragte Gordon. »Angst?«

Tremayne drehte sich zu dem zwei Köpfe größeren Mann um und setzte zu einer scharfen Antwort an, beließ es aber dann bloß bei einem schiefen Grinsen und ging, die Lampe wie eine Waffe vor sich ausgestreckt, weiter. Das Zittern in Gordons Stimme war ihm nicht entgangen; sein Spott war nichts weiter als ein schwacher Versuch, seine eigene Furcht zu kaschieren. Er hatte Angst, natürlich, aber Gordon hatte mindestens soviel Angst wie er, wenn nicht mehr. Es war eine Schnapsidee gewesen, hierherzukommen, noch dazu allein und unbewaffnet, aber keiner von ihnen war bereit gewesen, als erster dem anderen gegenüber seine Furcht einzugestehen, und so waren sie weitergegangen, wider besseren Wissens.

Eine Tür tauchte im flackernden gelben Licht der Lampe auf, und der Windzug, der mit ihnen ins Haus gekommen war, ließ Staub in dünnen, wehenden Schleiern aufsteigen. Tremayn unterdrückte mit Macht den Hustenreiz, der in seiner Kehle würgte. Sein Herz jagte. Es war kalt, jetzt, nachdem die Sonne untergegangen war und ihre ohnehin kaum mehr wärmenden Strahlen erloschen waren, erst recht. Trotzdem war Tremayn in Schweiß gebadet.

Gordon deutete mit einer stummen Kopfbewegung nach vorne, und Tremayn hob die Lampe ein wenig höher, um mehr Einzelheiten erkennen zu können. Für einen ganz kurzen Moment flackerte die Flamme, und beinahe kam es ihm so vor, als wiche das Licht vor den näher kriechenden Schatten – oder etwas, das sich darin verbarg – zurück. Er verscheuchte den Gedanken und blinzelte angestrengt in das gelbgraue Zwielicht, um zu erkennen, worauf ihn Gordon hatte aufmerksam machen wollen.

Die Tür war nur angelehnt, und an ihrem unteren Rand glitzerte etwas Graues, Feuchtes ...

Tremayn unterdrückte den Ekel, der in seiner Kehle emporkroch, ließ sich in die Hocke sinken und beugte sich vor. Eine dünne, feuchte Kruste überzog den unteren Rand der Tür, und jetzt, als Tremayn genauer hinsah, erkannte er die fast halbmeterbreite Schleifspur, die durch den Staub und Schmutz auf die Tür zu und wohl auch dahinter weiterführte. Unwillkürlich mußte er an die Spur denken, die sie hierher geführt hatte – ein breiter, wie glattgeschliffen wirkender Pfad, der quer durch den Wald bis zu diesem halbverfallenen Haus geführt und Gordon und ihn hierhergeleitet hatte. Auch dort waren ihm hier und da kleine Pfützen dieser grauen Masse aufgefallen, eine Art Schleim, als wäre eine gigantische Schnecke durch das Unterholz gekrochen und hätte dabei alles absorbiert, was sich ihr in den Weg gestellt hatte. Das ungute Gefühl in seinem Magen wurde stärker.

Mit einem Ruck richtete er sich auf und blickte zu

Gordon hoch. »Laß uns verschwinden«, sagte er. »Die Sache gefällt mir nicht.«

Wieder versuchte Gordon zu lachen, aber diesmal zitterte seine Stimme so heftig, daß er es nach wenigen Sekunden aufgab. Seine Hand kroch in die Tasche, suchte einen Moment darin herum und kam mit einem unnötig heftigen Ruck wieder hervor. In seinen Fingern blitzte ein Schnappmesser.

»Hast du Angst?« fragte er. »Vielleicht wartet da oben ja irgendein Monster auf uns, wie?« Er schob kampflustig das Kinn vor, drückte Gordon das Messer in die Hand und schob die Tür mit dem Fuß auf. Der Gang setzte sich dahinter einige Schritte weit fort und endete vor den untersten Stufen einer morschen Holztreppe, die sich nach oben in ungewissem Zwielicht verlor.

»Nun komm schon, du Feigling«, knurrte er. »Da oben ist nichts. Außer ein paar Spinnen und Fledermäusen vielleicht.«

Tremayn schluckte die Antwort, die ihm auf der Zunge lag, herunter, sah noch einmal unsicher den Weg zurück, den sie gekommen waren, und folgte ihm. Die Treppe knirschte hörbar unter ihrem Gewicht, als sie nebeneinander über die ausgetretenen Stufen hinaufgingen. Das Haus war voller Geräusche, wie es alte, verlassene Häuser nun einmal sind, und der moderige Geruch, der Tremayn schon unten aufgefallen war, wurde stärker.

Gordon blieb stehen, als sie eine weitere Tür erreicht hatten. Auch sie war nur angelehnt, und auch hier waren überall Spuren des grauen, glitzernden Etwas.

Tremayn rümpfte demonstrativ die Nase, als Gordon die Tür aufstieß und ihnen ein wahrhaft atemraubender Schwall von Gestank entgegenschlug.

Sie waren im Dachgeschoß des Hauses. Vor ihnen

lag ein langgestreckter, düsterer Raum, der von einem Gewirr halbverrotteter Balken und staubverhangener Spinnweben beherrscht wurde. Da und dort war das Dach eingesunken, so daß sie ausgezackte Bruchstücke des samtblauen Nachthimmels sehen konnten. Die Geräusche des Waldes drangen von draußen herein und vermischten sich mit dem Knarren und Ächzen des Hauses.

Gordon berührte ihn an der Schulter und deutete nach links. Der Dachboden war nicht leer. In der Mitte des Raumes stand ein mächtiger, dick mit Staub und schwarz verkrustetem Schmutz bedeckter Schreibtisch, auf dem zwei altertümliche Petroleumlampen standen und flackernde, rotgelbe Helligkeit verbreiteten. Und hinter diesem Schreibtisch saß ein Mann.

Tremayn schluckte mühsam, um den bitteren Kloß, der plötzlich in seinem Hals war, loszuwerden. Für den Bruchteil einer Sekunde glaubte er, einem Toten gegenüberzustehen, aber dann erkannte er, daß das nicht stimmte. Er saß in unnatürlich steifer Haltung auf dem hochlehnigen, geschnitzten Stuhl, die Augen weit geöffnet und starr, und auf seinen eingefallenen bleichen Zügen lag grauer Staub. Er blinzelte nicht. Vor ihm lag ein mächtiges, in dunkelgraues und steinhart gewordenes Schweinsleder gebundenes Buch. Es war aufgeschlagen, und Tremayn erkannte trotz der unzureichenden Beleuchtung und der großen Entfernung, daß die Seiten mit fremdartigen, bizarren Schriftzeichen übersät waren.

»Mein Gott«, murmelte er. »Was ...« Er keuchte, prallte mitten im Schritt zurück und griff so fest nach Gordons Arm, daß dieser vor Schmerz aufstöhnte.

»Er ist tot!« keuchte er. »Mein Gott, er ...«

Gordon machte mit einer wütenden Geste seinen Arm los und trat einen halben Schritt zur Seite.

»Der … der Bursche ist tot!« stammelte Tremayn noch einmal. Seine Stimme zitterte und stand dicht davor überzukippen.

»Das sehe ich auch«, schnappte Gordon gereizt. »Und zwar schon eine ganze Weile.« Er lachte hart, um seine eigene Nervosität zu überspielen. »Der tut dir nichts mehr, du Feigling. Komm schon.« Er machte einen Schritt und wartete darauf, daß Tremayn ihm folgte, aber der rührte sich nicht von der Stelle. Auf seiner Stirn glitzerte Schweiß.

»Was ist mit dir?« fragte Gordon. »Fürchtest du dich vor einem Toten?«

Tremayn schüttelte den Kopf, blickte Gordon für die Dauer eines Atemzuges unsicher an und nickte plötzlich. »Das gefällt mir nicht«, sagte er. »Laß uns verschwinden. Hier … hier gibt es sowieso nichts zu holen.«

Gordons linke Augenbraue rutschte ein stückweit seine Stirn hinauf. »Woher willst du das wissen?« fragte er. »Immerhin können wir uns wenigstens mal umsehen, oder?« Er schüttelte den Kopf, schnitt Tremayn mit einer entschiedenen Bewegung das Wort ab, als dieser erneut widersprechen wollte, drehte sich um und ging – weit weniger sicher und selbstbewußt, als es ihm lieb gewesen wäre, auf den Schreibtisch und den Toten zu.

Tremayn schluckte nervös und trat einen Moment unentschlossen auf der Stelle. Plötzlich schien ihm wieder einzufallen, daß er noch immer Gordons Messer in der Hand hielt. Verlegen und überhastet ließ er die Klinge in den Griff zurückschnappen, steckte das Messer ein und machte einen zögernden Schritt, aber nur, um gleich darauf wieder stehenzubleiben. »Laß uns verschwinden«, sagte er noch einmal. »*Bitte.*«

Gordon ignorierte ihn.

Aber auch seine Schritte wurden langsamer, und er fühlte, wie das Unbehagen, das auch von ihm Besitz ergriffen hatte, sich allmählich in pure Angst zu verwandeln begann. Die Dunkelheit auf dem Dachboden schien zu raschelndem, flüsterndem Leben zu erwachen, als sie sich dem Schreibtisch und dem Toten dahinter näherten. Gordon fiel auf, daß das Licht der beiden Petroleumlampen, die rechts und links von ihm auf der Schreibtischplatte standen, nur wenige Schritte weit reichte; viel weniger weit, als normal gewesen wäre. Der Tisch stand inmitten einer Insel flackernder, trüber Helligkeit, die von einem finsteren Belagerungswall aus Schwärze und ungewissen, wogenden Schatten umgeben war. Und irgend etwas an seinem Gesicht kam Gordon auf beinahe furchteinflößende Weise bekannt vor, gleichermaßen vertraut wie abstoßend, aber er wußte nicht, was. Der bittere Kloß in seinem Hals war noch immer da, und sein Magen krampfte sich langsam zu einem harten, schmerzhaften Ball zusammen. Einen ganz kurzen Moment lang blitzte die Frage in seinem Bewußtsein auf, wer die beiden Lampen entzündet haben mochte und warum, aber der Gedanke entschlüpfte ihm, ehe er ihn richtig fassen konnte.

Sie näherten sich dem Schreibtisch und blieben in zwei Schritten Abstand stehen. Gordon versuchte, einen Blick auf die Seiten des aufgeschlagenen Buches zu erhaschen, aber es gelang ihm nicht. Etwas Seltsames geschah: Er erkannte, daß die Schriftzeichen auf den Seiten bizarr und sonderbar aussahen, kaum wie eine menschliche Schrift, sondern fast wie das Gekrakel eines Kindes, aber auch wieder auf schwer in Worte zu fassende Art regelmäßig, aber es gelang ihm nicht, die Zeilen genauer zu sehen – jedesmal, wenn er versuchte, sich auf eine der Hieroglyphen zu konzentrieren, entzogen sie sich ihm auf geheimnisvolle Weise.

Mühsam löste er seinen Blick von dem Buch und sah den Toten an. Tremayn unterdrückte im letzten Augenblick einen Schrei.

Die Augen des Fremden waren weit geöffnet. Er blinzelte noch immer nicht, und jetzt, als Tremayn nahe genug heran war, erkannte er, daß der graue Schimmer auf seinen Zügen nicht die Zeichen einer Krankheit oder Wirkung des schlechten Lichtes waren, sondern Staub. Staub, der sogar auf seinen Pupillen lag ...

»Was ...«, keuchte Gordon.

Er sprach nicht weiter. Der Fremde bewegte sich. Staub rieselte aus seinen Kleidern, und Gordon sah, daß sich zwischen seinen Fingern haarfeine Spinnweben spannten, die jetzt, als er sich bewegte, zerrissen. Langsam, ganz langsam kippte der Oberkörper des Mannes nach vorne, hing für einen kurzen, schrecklichen Moment reglos in der Schwebe, als würde er von unsichtbaren Fäden gehalten, und schlug schließlich auf dem Schreibtisch auf. Das Geräusch hörte sich an, als stürze irgendwo ein Balken zu Boden.

»Mein ... mein Gott«, stammelte Tremayn. »Was ... was bedeutet das? Was geht hier vor? Ich ... ich will weg!«

»Einen Moment noch«, sagte Gordon. Rasch hob er die Hand und hielt Tremayn am Arm zurück. »Hilf mir.«

Tremayn keuchte. Seine Augen waren vor Furcht geweitet. »Was ... was hast du vor?« fragte er.

Gordon deutete auf das Buch, das aufgeschlagen vor dem Toten lag. Der Mann hatte den Band im Zusammenbrechen halbwegs unter sich begraben; seine rechte Hand lag, zu einer Klaue verkrümmt, auf der aufgeschlagenen Seite. »Ich will das Ding mitnehmen«, sagte er. »Hilf mir.«

Tremayn prallte mit einer erschrockenen Bewegung

zurück. »Du bist verrückt!« entfuhr es ihm. »Ich rühre den Kerl nicht an!«

Gordon musterte ihn einen Herzschlag lang wütend. »Hast du Angst, daß er dich beißt?« fragte er spitz. Aber sein Hohn prallte von Tremayn ab, und er schüttelte nur stur den Kopf.

»Ich rühre den Kerl nicht an«, sagte er entschieden. »Du kannst von mir denken, was du willst, aber ich fasse ihn nicht an.«

Gordon schluckte einen Fluch herunter, drängte das Gefühl von Widerwillen und Abscheu, das sich in ihm breitzumachen begann, zurück, und versuchte, den Kopf des Toten anzuheben. Der Mann war erstaunlich schwer, und seine Haut fühlte sich kalt und hart wie Holz an. Aber es ging.

»Dann nimm wenigstens das Buch«, sagte er. »Ich halte ihn solange fest.«

Tremayn streckte gehorsam die Hand nach dem Buch aus, führte die Bewegung aber nicht zu Ende. »Was willst du überhaupt damit?« fragte er.

»Verdammt, das Ding ist uralt«, schnappte Gordon gereizt. »Es kann ein Vermögen wert sein. Und nun mach schon!«

Tremayn schluckte nervös und ein paarmal rasch hintereinander, überwand sich aber dann doch und zog das Buch mit einem raschen Ruck unter dem Toten hervor. Die erstarrte Hand der Leiche schien sich für einen Moment daran festzuklammern, als versuche sie noch jetzt, es zu beschützen. Ihre Fingernägel glitten mit einem Geräusch über die Seiten, als kratze irgendwo Stahl über Glas. Gordon schauderte. Hastig ließ er den Toten los und sprang rücklings einen Schritt zurück.

»Weg jetzt«, sagte er. »Schnell.«

Gordon nahm das Buch, klemmte es sich unter den

Arm und rannte zur Tür, ohne noch ein einziges Wort zu verlieren. Auch Tremayn lief zum Ausgang, blieb aber noch einmal stehen und sah zu dem Toten zurück. Er wußte, daß er den Mann schon irgendwo gesehen hatte. Seine Züge waren erstarrt und auf grausame Weise verzerrt gewesen, und doch war etwas Bekanntes und Vertrautes in ihnen gewesen ...

Er vertrieb den Gedanken, fuhr herum und stürzte hinter Gordon die Treppe hinab.

Wäre er noch einen Moment länger geblieben, hätte er vielleicht sehen können, wie sich der Tote langsam, mit steifen, puppenhaften Bewegungen wieder aufsetzte. Und wäre er vorher um den Schreibtisch herumgetreten, dann hätte er vielleicht gesehen, daß er weder tot noch wirklich ein Mensch war. Wenigstens nicht mehr vom Gürtel an abwärts.

Bis zum Nabel hinab war sein Körper vollkommen menschlich. Aber darunter hockte ein graues, pulsierendes Etwas auf dem Stuhl, ein Ding wie ein Berg grauen, zitternden Schleimes, das an der Sitzfläche hinabgeflossen war und dünne, glitzernde Ärmchen an den Beinen des Schreibtisches hinaufranken ließ ...

»Es ist mir völlig egal, wie du es nennst«, sagte ich erregt. »Es war eine Niederlage, und wenn diese Bücher auch nur halb so gefährlich sind, wie du immer behauptet hast, dann ...« Ich sprach nicht weiter. Howard hatte mir jetzt länger als eine Stunde zugehört, und seine einzige Reaktion auf meine Worte bestand darin, sich immer neue seiner dünnen schwarzen Zigarren anzuzünden und die Luft in der kleinen Kabine mit stinkenden blauen Rauchwolken zu verpesten. Allmählich kam ich mir nicht nur hilflos, sondern zusätzlich auch noch auf den Arm genommen vor. Es gibt kaum etwas Frustrierenderes, als einen Wutausbruch nach dem anderen zu bekommen und zu spüren, wie sie mit schöner Regelmäßigkeit an dem Opfer besagten Zornes abprallen. Hilflos ballte ich die Fäuste, starrte Howard noch einen Herzschlag lang mit aller Verachtung, die ich aufzubringen imstande war, an, und wandte mich dann demonstrativ ab. Am liebsten wäre ich aufgesprungen und wütend davongegangen, aber auf einem fünfzehn Yards langen Boot gibt es nicht sehr viel Platz, um davonzurauschen, und der dramatischste Abgang wirkt schlichtweg lächerlich, wenn man zwei Minuten später zurückkommt und vor Kälte mit den Zähnen klappert. Also blieb ich.

Howard musterte mich sekundenlang durch die blauen Rauchwolken hindurch, die er wie eine Mauer zwischen mir und sich aufgebaut hatte, seufzte dann hörbar und drückte seine Zigarre in den überquellenden Aschenbecher. »Fühlst du dich jetzt besser?« fragte er ruhig. »Ich meine, du hast gesagt, was du sagen wolltest – fühlst du dich jetzt erleichtert?«

Es gelang ihm nicht ganz, den spöttischen Unterton aus seinen Worten zu verbannen, und diesmal war ich es, der ihm zur Antwort nur einen finsteren Blick schenkte. Natürlich *hatte* ich gesagt, was ich sagen wollte – ungefähr fünfundvierzigmal. Nur eine Antwort hatte ich nicht bekommen.

»Du tust so, als wäre es die natürlichste Sache der Welt, wenn wir –«

»Natürlich ist es das nicht«, unterbrach mich Howard seufzend und zündete sich schon wieder eine Zigarre an. »Bloß erreichen wir bestimmt nichts, wenn wir jetzt wie die aufgescheuchten Hühner durch die Gegend laufen, Robert. Wir können gar nichts anderes tun als warten.«

»Warten?« schnappte ich. »Und worauf?«

»Darauf, daß die Gegenseite einen Fehler macht«, antwortete Howard. Plötzlich lächelte er. »Weißt du, daß du deinem Vater sehr ähnelst, wenn du wütend bist? Als er in deinem Alter war, war er genauso aufbrausend.«

»Lenk nicht ab«, knurrte ich. »Verdammt, Howard, ich bin es leid, auf diesem Kahn herumzuhocken und darauf zu warten, daß sich der Boden auftut und uns verschlingt.«

»Eher das Meer«, antwortete Howard gelassen. »Wenn schon. Aber das wird nicht passieren, keine Sorge. Yog-Sothoth hat bekommen, was er wollte. Ich glaube nicht, daß er noch in der Nähe ist. Wäre er es, wären wir wahrscheinlich schon lange tot«, fügte er etwas leiser und in einem Tonfall, den ich den ganzen Tag über an ihm vermißt hatte, hinzu.

Ich biß mir im letzten Augenblick auf die Zunge und starrte ihn nur an, statt loszubrüllen, wonach mir zumute war. Das Schlimme war, daß ich im Grunde ganz genau wußte, daß er recht hatte. Alles hatte davon abgehangen, daß es uns gelang, die Kiste mit den magischen Büchern meines Vaters zu bergen. Aber wir hatten sie nicht geborgen, und die Bücher waren – was schlimmer war – in der Hand unserer Feinde.

Unserer Feinde … Der Gedanke weckte eine Menge unangenehmer Erinnerungen in mir, Bilder, die ich in den letzten drei Tagen mit aller Macht zu vergessen versucht hatte.

Mühsam schüttelte ich sie ab und versuchte, Howards Gesicht durch den blauen Nebel zu erkennen, der die Kajüte füllte. Trotz der Kälte hatte ich demonstrativ eines der Bullaugen geöffnet, aber Howard produzierte schneller neuen Rauch, als der alte abziehen konnte. Seit ich ihn kennengelernt hatte, waren nur wenige Augenblicke vergangen, in denen er *nicht* rauchte. Manchmal hatte ich ihn im Verdacht, seine stinkenden Räucherstäbchen selbst mit in die Badewanne zu nehmen. Seine Lungen mußten so schwarz wie Yog-Sothoths Seele sein.

Das Geräusch harter Schritte auf dem Deck über uns drang in meine Gedanken. Ich sah auf, als die Tür geöffnet wurde und ein schmaler Streifen trüben Lichtes die Treppe herabfiel. Kurz darauf erschien Rowlfs breitschultrige Gestalt im Eingang.

Howard stand auf, schnippte seine kaum angerauchte Zigarre aus dem Bullauge und trat Rowlf entgegen. »Nun?«

»Wiewer vermut' ham'«, nuschelte Rowlf. »Bensen war seit zwei Tag'n nich' mehr zu Hause. Hatt'n auch keener geseh'n.« Sein Gesicht war gerötet, ein deutliches Zeichen für die grimmige Kälte, die sich über die schottische Küste gelegt hatte und nun mit Nachdruck darauf hinwies, daß der Winter vor der Tür stand. »Aber inner Stadt is' der Teufel los«, fügte er nach einer Pause hinzu. »Wär' besser, wenn wer uns da nich' seh' lass'n würn'.«

Howard wirkte nicht sehr überrascht. Es gehörte nicht sehr viel Phantasie dazu, sich auszumalen, was nach unserem überhasteten Aufbruch in Durness geschehen war – immerhin waren drei Menschen verschwunden, unter recht mysteriösen Umständen noch dazu, und das, nachdem Howard der letzte war, der sie lebend zu Gesicht bekommen und mit ihnen geredet hatte. Und ich selbst hatte mit meinem dramatischen Abgang aus dem Hotel sicher nicht dazu beigetragen, das Mißtrauen zu zerstreuen.

Howard seufzte hörbar, angelte eine neue Zigarre aus der Brusttasche, zündete sie aber zu meiner Erleichterung nicht an, sondern kaute nur einen Augenblick lang nachdenklich auf ihrem Ende herum, ehe er es abbiß und aus dem Fenster spuckte. »Sonst ist dir nichts aufgefallen?« fragte er.

Rowlf zögerte. Es war schwer, auf seinem Bulldoggengesicht irgendeine klare Regung abzulesen, erst recht im schummerigen Halbdunkel der Kabine, aber ich glaubte doch zu erkennen, daß es da noch irgend etwas gab, was ihm auf der Seele brannte.

»Nun?« fragte Howard.

»Ich weiß nicht«, murmelte Rowlf. »Vielleicht isses nicht wichtig, aber ...«

»Aber?« Howard riß ein Streichholz an und blinzelte.

»'sin' paar komische Sachen passiert innen letzten zwei Tag'n«, sagte Rowlf und lächelte unsicher. »Ich war auf 'n Bier im Pub unten am Hafen und hab' die Ohr'n offengehalt'n.«

»Und was«, fragte Howard, und ich spürte dabei deutlich, wieviel Kraft es ihn kostete, wenigstens äußerlich noch gelassen und geduldig zu erscheinen, »hast du gehört, Rowlf?«

»Nix Bestimmtes«, antwortete Rowlf ausweichend. »Komische Geschichten eb'n. Biergerede.«

»Biergerede, so?« Howard nahm einen tiefen Zug aus seiner Zigarre, hustete und bedachte mich mit einem finsteren Blick, als er mein schadenfrohes Grinsen bemerkte.

»Du solltest dir ein gesünderes Laster suchen«, sagte ich freundlich.

Howard ignorierte meine Worte, hustete erneut und sog sich gleich darauf wieder die Lungen voll Rauch. »Ich bin durstig«, sagte er plötzlich. »Was haltet ihr davon, wenn wir in den Pub gehen und uns eines von den berühmten englischen Bieren genehmigen? Auf meine Kosten.«

»Nich' sehr viel«, antwortete Rowlf.

»Er hat recht«, fügte ich hinzu. Howards Vorschlag überraschte mich. Wir hatten uns seit zwei Tagen praktisch auf diesem Schiff verkrochen und kaum die Kajüte verlassen – und plötzlich wollte er in die Stadt, nur weil Rowlf irgendwelche *Geschichten* gehört hatte?

»Ich glaube nicht, daß es klug wäre, wenn wir uns jetzt in der Stadt sehen lassen würden«, fuhr ich fort. »Die Leute könnten anfangen, dumme Fragen zu stellen.«

»Wir erregen genausoviel Aufsehen, wenn wir uns auf diesem Kahn verkriechen«, widersprach Howard. »Durness ist nicht London, Junge. Sie *haben* bereits angefangen, über uns zu reden, mein Wort darauf, und ...«

»Warum sind wir dann überhaupt noch hier?« fragte ich, obwohl ich ganz genau wußte, daß ich keine Antwort bekommen würde.

»Eben«, grinste Howard. »Du hast es erfaßt, Robert. Gehen wir in den Pub und genehmigen wir uns ein Bier, oder auch zwei. Ich möchte endlich wieder festen Boden unter den Füßen spüren.«

Ich resignierte. Es war nicht das erste Mal, daß ich zu spüren bekam, wie konsequent Howard war, wenn er sich vorgenommen hatte, über irgend etwas *nicht* zu reden. Kopfschüttelnd griff ich nach meinem Wettermantel, der zerknautscht auf der schmalen Koje neben der Treppe lag, streifte ihn über und verließ die Kajüte.

Es begann bereits zu dunkeln. Die Stadt lag wie ein massiger, schwarzer Halbkreis aus Schatten über dem Hafen, und hier und da waren bereits die ersten Lichter zu erkennen. Der Himmel war bedeckt, wie er es seit Tagen gewesen war, aber wenigstens regnete es nicht, und der Wind war weniger kalt, als ich befürchtet hatte.

Es war still. Das Meer war seit Tagen unruhig, und die wenigen Fischerboote, die trotz des schlechten Wetters am Morgen herausgefahren waren, waren längst zurückgekehrt und lagen sicher vertäut und verlassen am Kai. Unser Schiff war das letzte in der langen, durchbrochenen Kette verschieden großer Schiffe und Boote, die an der kniehohen Kaimauer festgemacht hatten, und wir hatten auch von dem normalen Tagesbetrieb kaum etwas mitbekommen. jetzt war der Hafen verlassen und dunkel, bis auf das blasse Licht, das hinter den Scheiben der Bretterbude flackerte, in der der Hafenwächter schnarchte.

Und trotzdem zeigte mir gerade dieser so täuschend friedliche Anblick, in welch mißlicher Lage wir uns befanden. Die Leute hier in Durness mußten schon mehr als nur blind sein, wenn sie nicht auf die drei sonderbaren Fremden aufmerksam werden sollten, die in dem gemieteten Boot ganz am Ende des Hafens hausten und nur nach Dunkelwerden einmal ihre Nasen ins Freie streckten. Wahrscheinlich waren wir das Tagesgespräch in den Pubs und Kneipen.

Ich wartete, bis Howard und Rowlf hinter mir die Treppe hinaufgepoltert waren, zog den Mantel enger um die Schultern und setzte mit einem kraftvollen Sprung auf die Kaimauer über.

Fast wäre ich gestürzt. Zwei Tage an Bord des winzigen Schiffchens hatten mich die Brandung vergessen lassen; das Heben und Senken der Planken unter meinen Füßen war mir so vertraut geworden, daß ich es gar nicht mehr bemerkt hatte. Dafür schien der feste Boden jetzt unter mir zu schwanken.

Rowlf grinste, als er meine Unsicherheit bemerkte, verbiß sich aber vorsichtshalber jede Bemerkung und deutete mit einer vagen Geste nach vorne, zur Stadt hinauf. »Besser, wir gehn irgendwohin, wo uns niemand nich' kennt«, brummelte er. »Sind 'n bißchen gereizt, die guten Leute.«

Howard nickte zustimmend, zog seinen Hut tiefer in die Stirn und senkte den Kopf, als eine plötzliche, eisige Brise vom Meer her über die Kaimauer fauchte. Irgendwo, sehr weit entfernt, grollte Donner. Das Gewitter hatte vor drei Tagen begonnen und kam in mehr oder weniger regelmäßigen Abständen zurück oder meldete sich wenigstens von Zeit zu Zeit mit einem einzelnen Blitz oder dem entfernten Echo eines Donnerschlages. Es war nicht mehr zu leugnen, daß der Winter seinen Einzug hielt.

Schweigend gingen wir auf der schmalen, kopfsteingepflasterten Straße zur Stadt hinauf. In den schwarzbraunen Schatten der Häuser gingen mehr und mehr Lichter an, und es wurde rasch dunkel. Als ich zurücksah, war das Meer zu einem schwarzen Abgrund geworden, der weit im Norden mit dem Horizont verschmolz.

Howard blieb stehen, als die ersten Häuser vor uns auftauchten. Ich sah auf, setzte dazu an, eine Frage zu stellen, und verstummte wieder, als er eine warnende Geste machte.

Wir waren nicht mehr allein. Ohne daß ich es bemerkt hatte, war Nebel aufgekommen, ein hellgrauer, dunstiger Nebel, der in trägen Schwaden über der Straße hing und im schwächer werdenden Licht des Abends sanft zu pulsieren schien.

Hinter dem Nebel zeichneten sich die Konturen von vier, vielleicht fünf Menschen ab.

Menschen ... ?

Ich war nicht sicher. Etwas an ihnen war seltsam, *falsch,* ohne daß ich hätte sagen können, was. Sie standen reglos und schienen zu uns hinabzustarren, aber gleichzeitig bewegten sie sich, auf eine bizarre, sinnverwirrende Art, flossen wie Schatten oder flüchtige Spiegelbilder hierhin und dorthin ...

Ich fuhr mir mit dem Handrücken über die Augen, versuchte das Bild wegzublinzeln und mir gleichzeitig einzureden, daß mir meine in den letzten Tagen arg überstrapazierten Nerven einen Streich spielten, aber ein rascher Blick in Howards Gesicht sagte mir, daß es nicht so war und er es auch sah.

Dann zerriß ein weiterer Windstoß den Nebel, und mit ihm verschwanden die schwarzen Schattengestalten. Die Straße war wieder leer.

»Was ... was war das?« murmelte ich. Ohne daß ich einen bestimmten Grund dafür hätte angeben können, verspürte ich Angst.

»Ich weiß es nicht«, sagte Howard. »Ich ... habe keine Ahnung.«

Er log, aber irgend etwas hielt mich davon ab, weiter in ihn zu dringen. Plötzlich wollte ich gar nicht mehr so genau wissen, was das war, was ich in dem Nebel gesehen hatte.

»Gehen wir weiter«, sagte er. »Es wird kalt.«

Die Sonne war noch nicht untergegangen, aber von Osten her krochen bereits die grauen Fühler der Dämmerung über das Land, und das Meer, das fast dreißig Yards unter der wie mit einem überdimensionalen Lineal gezogenen Abbruchkante der Steilküste gegen den Fels hämmerte, wirkte wie eine graue Ebene aus geschmolzenem Blei. Es regnete, und der Wind brachte einen Hauch winterlicher Kälte mit sich, aber der Mann, der hoch aufgerichtet und reglos am Rande des Abgrundes stand, schien weder das eine noch das andere zu bemerken. Er stand schon lange hier – eine Stunde, vielleicht auch zwei –, reglos, starr, ohne den winzigsten Muskel zu rühren, ja, fast ohne zu atmen. Seine Augen waren halb geschlossen, und sein Gesicht wirkte seltsam schlaff, als hätten die Muskeln und Sehnen darin ihre Kraft verloren. Seine Hände waren halb geöffnet und nach vorne gestreckt, über den Abgrund und auf das Meer hinaus, als griffe er nach etwas Unsichtbarem dort draußen, und von Zeit zu Zeit kamen sonderbar anmutende, atonale Laute über seine Lippen, ohne daß sie sich dabei bewegten. Der Regen hatte seine Kleider durchweicht und sein Haar zu einer fest anliegenden, schwarzen Kappe zusammengebacken, in der die gezackte weiße Strähne über der rechten Braue wie eine Narbe wirkte, und seine Füße waren fast bis an die Knöchel hinauf in dem Morast versunken, in den der Regen den fruchtbaren Boden verwandelt hatte. Aber er bemerkte nichts von alledem. Sein Zustand ähnelte einer Trance, aber er war es nicht, denn anders als bei einer solchen war sein Geist hellwach, und der Verstand hinter der hohen Stirn arbeitete auf Hochtouren. Seine Gedanken griffen hinaus, tasteten auf Wegen, die dem normalen menschlichen Begreifen auf ewig verschlossen bleiben werden, nach denen des gigantischen Geschöpfes, das ein paar Meilen nördlich der Küste auf dem Meeresgrund lag und wartete. Das Gespräch war lautlos, und doch war es für ihn, als krümme sich die Natur selbst unter den Hieben unsichtbarer Titanenfäuste, jedesmal, wenn die gedankliche Stimme in seinem Schädel ertönte.

Es waren keine Worte, die er hörte, keine Begriffe einer menschlichen oder irgendwie andersgearteten Sprache. Selbst die Laute, die er von Zeit zu Zeit ausstieß, hatten nicht mit wirklichem *Sprechen* zu tun. Was er empfing, war eine Mischung aus Bildern und Visionen, aus Gefühlen und harten, mit ungeheurer hypnotischer Kraft geschickten Befehlen und noch etwas, einer Art der Kommunikation, die so fremd war wie das Wesen, das sie benutzte, und die vor zwei Milliarden Jahren mit der Rasse, die ihm angehörte, untergegangen war. Seine Vorstellung, seine eigene, menschliche Phantasie, half ihm, dieses bizarre fremde Etwas in Worte und Begriffe umzuwandeln, aber es waren nur Bruchstücke der wirklichen Botschaft, ein blasser Schatten der wahren geistigen Macht des schlangenhäutigen Titanen. Wäre er wirklich damit konfrontiert worden, wäre sein Geist zerbrochen wie dünnes Glas unter dem Fausthieb eines Riesen. Er hatte viel gelernt über dieses Wesen dort draußen und das Volk, dem es entstammte, und vieles von dem, was er erfahren hatte, hatte ihn überrascht. Seine Stimme (die keine Stimme, sondern das war, was sein Geist aus der bizarren Botschaft heraushörte und hineindeutete) war – obgleich lautlos – von einer Vielzahl einander überlappender Emotionen erfüllt: Haß, Zorn, Ungeduld, Gier, Verachtung – vor allem Verachtung. Ja, er hatte viel über die *GROSSEN ALTEN* gelernt, in den drei Tagen, in denen er mit Yog-Sothoth, einem der sieben Mächtigen, gesprochen hatte. Vielleicht war es das erste Mal überhaupt, daß einer der *GROSSEN ALTEN* mit einem Menschen direkt sprach; und es war mit Sicherheit das erste Mal, daß einer der Ihren die Hilfe eines Menschen benötigte. Er hatte ein paarmal darüber nachgedacht, wie es für dieses Wesen sein mußte, auf die Mitarbeit einer Kreatur angewiesen zu sein, für die es bisher außer Verachtung und einer gelinden Art von halb wissenschaftlicher Neugier allenfalls noch Haß empfunden hatte. Er war zu keinem Ergebnis gelangt. Er wußte nur, daß Yog-Sothoth vor Ungeduld fieberte. Nach Millionen und Abermillionen Jahren, die er geduldig gewartet hatte, mußten die letzten Tage zu einer Ewigkeit geworden sein. Und trotzdem waren die unhörbaren Botschaften, die seinen Geist überschwemmten, von einer ungeheuren Ruhe und Gelassenheit erfüllt. Selbst die geistige Klammer, die seine Gedanken fesselte und ihn zu einer Puppe machten, die zwar noch über einen eigenen Willen, aber nicht mehr über Entscheidungsfreiheit verfügte, war kalt. Yog-Sothoth war grausam, ein Gott des Bösen und der Vernichtung, aber seine Grausamkeit war eher die eines Wissenschaftlers, der ohne Gewissensbisse tötete und Schmerzen zufügte, um zum Ziel seiner Arbeit zu gelangen.

Lange, sehr lange stand der Mann reglos an der Küste und lauschte den unhörbaren Befehlen seines Meisters. Als er endlich aus seiner Trance erwachte, hatte er sich verändert, nicht nur innerlich. Der Mann, der vor Tagen hierhergekommen war, war Stephen Mahoney gewesen, ein Einwohner von Durness, der nun für verschollen galt. Der Mann, der mit gemessenen Schritten von der Küste zurücktrat und sich nach Osten wandte, war Roderick Andara.

Der Hexer war zurückgekehrt.

Der Pub war klein und überfüllt, und die Luft war so schlecht, daß Howard seine reine Freude daran haben mußte und vor lauter Begeisterung sogar vergessen hatte, sich eine Zigarre anzustecken, nachdem Rowlf uns mit seinen breiten Schultern und einigen unsanften Knüffen und Stößen mit den Ellbogen eine Gasse zum Tresen gepflügt hatte. Nach der klammen Kälte des Abends kam es mir hier drinnen geradezu erstickend heiß vor, und die Gläser, die der Wirt unaufgefordert vor uns auf die zerschrammte Theke gestellt hatte, waren nur knapp zur Hälfte gefüllt. Aber das Bier schmeckte gut, was mich einigermaßen versöhnte, und aus der Küche, deren Tür nur halb angelehnt war, drang außer dem Scheppern von Geschirr und Stimmengewirr auch ein verlockender Duft, der mir das Wasser im Munde zusammenlaufen ließ.

»Hunger?« fragte Howard, als er meinen sehnsüchtigen Blick bemerkte. Ich nickte, und Howard beugte sich über die Theke und winkte den Wirt herbei. Der Mann bemerkte seine Geste sofort, das sah ich. Trotzdem mußte Howard eine ganze Weile gestikulieren und rufen, ehe er sich endlich dazu bequemte, sich herumzudrehen und – sehr gemächlich – zu uns zu kommen.

»Was gibt's?«

Howard deutete auf die Küchentür. »Wir sind hungrig«, sagte er. »Wäre es möglich, etwas von dem zu erstehen, was da in Ihrer Küche so vorzüglich duftet, guter Mann?«

»Wenn Sie mit dem blöden Gesabbele fragen wollen, ob's was zu essen gibt, dann ja«, knurrte der Wirt. Seine Schweinsäuglein musterten Howard mit einer Mischung aus Abscheu und Gier. Es war nicht das erste Mal, daß mir auffiel, wie abweisend die Bewohner von Durness Fremden gegenüber waren; sie nahmen zwar unser Geld, machten aber keinen großen Hehl daraus, daß sie uns im Grunde verachteten. Und der Wirt des *White Dragon* schien da keine Ausnahme zu machen. Fast gegen meinen Willen mußte ich grinsen, als mir der Name des Pubs wieder einfiel und ich seinen Besitzer vor mir sah. *Schmuddeliger Giftzwerg* hätte besser gepaßt.

»Genau das meine ich«, sagte Howard, noch immer im gleichen, freundlichen Ton. »Und was bietet Ihre Küche, guter Mann?«

»Sie haben die Wahl zwischen Fisch, Fisch und Fisch«, knurrte der Wirt und grinste dämlich. »Sie können aber auch Fisch haben, wenn Ihnen Fisch nicht schmeckt.«

Howard überlegte einen Moment. »Dann nehmen wir Fisch«, sagte er ernsthaft. »Vielleicht …«, er zögerte, stellte sich auf die Zehenspitzen, um über die Köpfe der Zechenden hinwegsehen zu können, und deutete auf einen kleinen Tisch im Hintergrund des Lokals, an dem noch drei freie Stühle waren, »sind Sie so freundlich, dort hinten zu servieren?«

Der Wirt schluckte sichtbar. »Fisch?« vergewisserte er sich.

»Richtich«, antwortete Rowlf an Howards Stelle. »Vier Portio'n. Un' zwar 'n bißchen dalli, ja?«

Ich verbiß mir im letzten Moment ein schadenfrohes Lachen, leerte rasch mein Glas und bedeutete dem Wirt mit einer Geste, es wieder zu füllen, ehe ich mich umdrehte und Howard und Rowlf folgte, die bereits zum Tisch hinübergingen. Einer der vier Stühle war besetzt. Ein Mann saß darauf, sehr breitschultrig und mindestens so groß wie Rowlf, soweit man das im Sitzen beurteilen konnte, vornübergebeugt und mit halb geschlossenen Augen. Sein Kinn ruhte auf seiner rechten Faust, aber sein Kopf rutschte immer wieder zur Seite; offensichtlich kämpfte er mit aller Macht dagegen, nicht einzuschlafen. Vielleicht war er auch betrunken.

»Wir dürfen doch, oder?« fragte Howard und deutete mit seinem Gehstock auf die drei freien Stühle. Der Mann sah auf, blinzelte und gab ein grunzendes Geräusch von sich, das Howard offensichtlich als Zustimmung deutete und woraufhin er sich setzte. Auch Rowlf nahm Platz, und nach kurzem Zögern ließ auch ich mich auf einen der unbequemen Stühle sinken. Howard atmete hörbar ein, legte Hut und Stock vor sich auf den Tisch und angelte eine Zigarre aus der Brusttasche, während Rowlf sein mitgebrachtes Bier mit einem Zug leerte und das Glas unnötig laut abstellte.

Unser Gegenüber schrak auf, blinzelte und schloß mit einem neuerlichen Grunzen die Augen wieder.

Aber er tat so, als döse er vor sich hin. Seine Lider waren einen winzigen Spaltbreit geöffnet, und der Blick der dunklen Augen dahinter war klar und wach. Er war weder betrunken noch müde. Ich versuchte, Howard unter dem Tisch zu treten, um ihn darauf aufmerksam zu machen, traf aber statt dessen nur Rowlf. Howard grinste, sog an seiner Zigarre und verbarg sein Gesicht hinter einer übelriechenden Qualmwolke.

Wir sprachen über dies und das, bis der Wirt endlich kam und das Bier brachte, das ich bestellt hatte. Das Glas war nur halb voll.

»Wunderbar«, sagte Howard. »Bringen Sie doch meinem Freund und mir auch noch gleich zwei Gläser. Und dem Herrn da auch.« Er deutete auf den Mann uns gegenüber und lächelte. »Als kleines Trostpflaster, daß wir ihn belästigen müssen.«

Der Mann öffnete träge ein Auge, blickte Howard einen Moment lang forschend an, und ließ das Lid wieder herunterfallen. Die Reaktion, die Howard offensichtlich hatte erreichen wollen, blieb aus. Aber Howard lächelte nur weiter, lehnte sich wieder zurück und fuhr fort, sich mit Rowlf zu unterhalten, als wäre nichts geschehen. Ich bewunderte die Gelassenheit, die er an den Tag legte.

Nach einer Weile kam der Wirt wieder, brachte zwei halbvolle und ein zur Gänze gefülltes Glas mit Ale und setzte seine Last klirrend auf dem Tisch ab, so wuchtig, daß ein paar Spritzer der dunkelbraunen Flüssigkeit Howards Hut trafen und häßliche Flecken darauf hinterließen. Das volle Glas schob er über den Tisch, bis es klirrend gegen das unseres Gastes stieß, während er die beiden anderen stehenließ.

Rowlf knurrte, drehte sich halb auf dem Stuhl herum

und griff nach seinem Arm, als der Wirt sich entfernen wollte. Der Mann fuhr zusammen. Seine Mundwinkel zuckten vor Schmerz und Überraschung, und für einen Moment tat er mir fast leid. Ich wußte, wie hart Rowlfs Griff sein konnte.

»Was kost' hier ein'tlich 'n volles Glas?« fragte Rowlf übellaunig. »Oder is' euch das Bier ausgegang'?«

Der Wirt riß seine Hand mit einem wütenden Ruck los, besser gesagt, er versuchte es. Aber Rowlfs gewaltige Pranke hielt seinen Arm so fest, als wäre sie angewachsen. »Hören Sie!« zischte er, wobei es ihm nicht ganz gelang, das angstvolle Zittern in seiner Stimme zu unterdrücken. Über seine Schulter hinweg sah ich, wie sich eine Anzahl Gesichter in unsere Richtung wandte. Die eine oder andere Gestalt spannte sich. »Wenn Sie hierhergekommen sind, um Ärger zu machen, dann ...«

»Hör auf, Will.«

Ich sah überrascht auf, und auch Howard wandte den Blick und runzelte die Stirn. Der Mann, der sich bisher schlafend gestellt hatte, hatte sich aufgesetzt und blickte den Wirt kopfschüttelnd an.

»Benimm dich und bring den Herren ein volles Glas Ale«, sagte er leise. »Schließlich bezahlen Sie ja auch dafür, oder? Und Sie« – damit wandte er sich an Rowlf – »lassen bitte seinen Arm los. Sie brauchen nicht gleich handgreiflich zu werden.«

Rowlf blickte ihn einen Moment lang böse an, ließ aber dann – wenn auch erst auf einen auffordernden Blick Howards hin – den Arm des Wirtes los und rutschte wieder auf seinem Stuhl herum. Sein Bulldoggengesicht war ausdruckslos wie immer, aber ich kannte das Glitzern in seinen Augen. Rowlf war niemand, der sich von Fremden sagen ließ, was er zu tun oder zu lassen hatte.

Aber zu meiner Erleichterung registrierte Howard seinen Blick ebenso und wandte sich rasch an den Fremden, ehe Rowlf irgendwelchen Blödsinn machen konnte. »Vielen Dank für Ihre Hilfe«, sagte er übertrieben freundlich.

Der andere winkte ab, griff nach seinem Glas und nahm einen gewaltigen Schluck. »Schon gut«, sagte er, während er sich mit dem Jackenärmel den Schaum von den Lippen wischte. »Will ist ein Schlitzohr, dem man auf die Finger schauen muß. Außerdem war ich es Ihnen schuldig.« Er deutete mit einer Kopfbewegung auf sein Bier, grinste und wurde übergangslos wieder ernst. »Sie sollten ein bißchen vorsichtiger sein«, sagte er, zwar an Howard gewandt, aber eindeutig zu Rowlf gemeint. »Es sind ein paar üble Burschen hier, die nur auf eine Gelegenheit warten, sich zu prügeln. Sie sind fremd hier?«

Howard nickte. »Ja. Mein Name ist Phillips. Howard Phillips. Das da« – er deutete nacheinander auf mich und Rowlf – »sind mein Neffe Robert und Rowlf, mein Majordomus.«

»Ich bin Sean«, sagte unser Gegenüber. »Und Sie sollten Ihrem Majordingsbums raten, sich zurückzuhalten. Ist keine gute Zeit für Fremde im Moment.«

Die Offenheit seiner Worte überraschte mich ein wenig, aber ich mischte mich vorsichtshalber nicht ein, sondern überließ es Howard, das Gespräch weiterzuführen.

»Wir sind harmlos«, sagte er lächelnd. »Eigentlich sind wir nur hier, um in Ruhe ein Bier zu trinken und eine gute Mahlzeit zu uns zu nehmen.«

»Dann tun Sie das, und hinterher verschwinden Sie am besten wieder so schnell wie möglich«, sagte Sean ernst.

Howard runzelte die Stirn. »Warum?«

»Sie sind doch die drei, die in dem Boot unten im Hafen hausen, oder?« erkundigte sich Sean.

Howard nickte, diesmal ehrlich überrascht. »Das ... stimmt«, sagte er. »Woher wissen Sie das?«

»Ich weiß ja nicht, woher Sie kommen«, antwortete Sean, »aber Durness ist nicht London oder Birmingham. Hier sprechen sich Neuigkeiten schnell rum. Und nach allem, was in den letzten Tagen hier so passiert, fangen die Leute an, sich Gedanken zu machen.«

»Was so passiert?« wiederholte Howard. »Was meinen Sie damit?«

Sean seufzte, leerte sein Glas und winkte dem Wirt, ein neues zu bringen, ehe er antwortete: »Jetzt hören Sie mir mal zu, Mister Phillips oder wie immer Sie heißen mögen. Ich sehe vielleicht so aus, aber ich bin nicht blöd. Ihr Minidomus ist den ganzen Tag durch die Stadt geschlichen und hat versucht, die Leute auszuhorchen, und er hat sich dabei so dämlich angestellt, daß er vermutlich schon nach zehn Minuten eins in die Fresse gekriegt hätte, wenn er nicht zufällig so groß wie ein Ochse wäre. Und jetzt tauchen Sie drei Mann hoch hier auf und spielen die Harmlosen! Ihr Städter haltet uns wohl alle für bescheuert, wie?«

Es war einer der wenigen Augenblicke, in denen ich Howard wirklich verlegen erlebte. Einen Moment lang hielt er Seans Blick stand, dann sah er betreten weg und druckste einen Moment lang hilflos herum.

Sean grinste. »Schon gut«, sagte er. »Ich wollte nur für klare Verhältnisse sorgen. Und wenn wir schon dabei sind, dann gebe ich Ihnen gleich noch einen guten Rat: Verschwinden Sie aus der Stadt, so schnell es geht.«

»Und warum?« fragte ich. Meine Stimme klang schärfer, als ich es beabsichtigt hatte, aber Sean blieb weiterhin ruhig und lächelte bloß.

»Es sind eine Menge komischer Sachen passiert, seit ihr aufgetaucht seid, Jungs«, sagte er. »Und die Leute hier machen sich so ihre Gedanken.«

»Was sollen das für komische Sachen sein?« fragte ich.

Sean seufzte, schüttelte den Kopf und sah mich an, als hätte ich ihn gefragt, warum morgens die Sonne aufgeht. »Fangen wir mal bei dir an«, sagte er. Allmählich brachte mich seine Art, mit mir zu reden, in Wut. Er war allerhöchstens so alt wie ich, aber benahm sich, als spräche er mit einem Schuljungen in kurzen Hosen. Aber wenn man doppelt so groß ist wie der Rest der Menschheit, dann darf man das vielleicht ...

»Zuerst einmal dein Aussehen«, sagte er und streckte einen Finger in die Höhe. »Was ist das in deinen Haaren? Die letzte Modeverrücktheit in London oder eine Verletzung? Ein Unfall?«

Instinktiv hob ich die Hand und wollte nach der breiten Strähne schlohweißen Haares über meinem rechten Auge tasten, führte die Bewegung aber nicht zu Ende. Es gab noch immer eine Menge Gesichter, die ein wenig zu zufällig in unsere Richtung starrten. Mir wurde plötzlich unangenehm bewußt, daß es hier im Pub vermutlich niemanden gab, der nicht über uns redete oder sich zumindest seine Gedanken machte. Und wenn man Sean glauben konnte, waren es keine freundlichen Gedanken ...

»Etwas ... Ähnliches«, antwortete ich ausweichend. »Eine Verletzung, ja.«

»Dann färb dir dein Haar«, antwortete Sean grob. »Vielleicht fällst du damit in einer Großstadt nicht auf, aber hier tust du es. Und dazu der Auftritt, den du dir im Hotel geleistet hast. Glaubst du, so etwas bleibt geheim?« Er schüttelte den Kopf, streckte den zweiten Finger in die Höhe, wandte sich an Howard und hob einen dritten Finger. »Und Sie haben sich auch nicht sonderlich intelligent benommen.«

»Inwiefern?« erkundigte sich Howard steif.

»Oh, es ist nicht gerade unauffällig, aus dem Hotel auszuziehen und in diesem Boot zu hausen, wissen Sie. Nicht bei einem Wetter, bei dem selbst wir froh sind, nicht auf See zu müssen.«

»Vielleicht ist uns das Geld ausgegangen«, sagte Howard.

Sean lachte leise. »Bestimmt. Deshalb bezahlt Ihr Diener auch Ihre Lebensmittel mit Hundert-Pfund-Noten, nicht wahr?« Er lehnte sich zurück, sah Howard, Rowlf und mich der Reihe nach abschätzend an und schüttelte noch einmal den Kopf. »Verstehen Sie mich nicht falsch«, sagte er. »Mir persönlich ist egal, wer Sie sind und was Sie hier wollen. Aber es sind ein paar mysteriöse Dinge passiert, seit Sie drei aufgetaucht sind.«

Howard nickte, setzte zu einer Antwort an, schwieg aber, als der Wirt kam und vier frische – und diesmal randvolle – Gläser mit Ale brachte. Erst als er außer Hörweite war, wandte er sich wieder an Sean.

»Was sind das für mysteriöse Dinge, Sean?« fragte er. »Nehmen Sie einfach an, wir wüßten es wirklich nicht.«

Sean schwieg einen Moment. Dann zuckte er mit den Achseln. »Meinetwegen«, sagte er. »Es ist Ihre Zeit, die Sie vertun, nicht meine. Außerdem nehme ich das ganze sowieso nicht ernst.«

»Erzählen Sie es trotzdem«, sagte Howard. »Bitte.«

Sean nippte an seinem Bier, legte die Hände flach rechts und links neben sein Glas und ballte sie zu Fäusten. »Nichts Bestimmtes«, begann er. »Man hört halt dies und jenes, wissen Sie?« Er lächelte, und plötzlich schien er mir nervös. Ich spürte, daß er schon bedauerte, sich überhaupt mit uns eingelassen zu haben. Es war ihm sichtlich unangenehm, über dieses Thema zu reden. »Es geschehen komische Sachen.« Er lachte nervös. »Gestern hat einer der Fischer allen Ernstes behauptet, seine Frau gesehen zu haben.«

»Und was ist daran komisch?« fragte ich.

Sean grinste mich an. »Nichts«, sagte er. »Außer, daß sie vor drei Jahren gestorben ist.«

Es gelang Howard nicht ganz, sein Erschrecken zu verbergen, und auch ich spürte einen raschen, eisigen Schauer. Aber ich gab mir Mühe, mir nichts anmerken zu lassen, und brachte sogar so etwas wie ein ungläubiges Lächeln zustande. »Und das ist alles?«

Sean verneinte. »Manche behaupten, nachts irgendwelche Gestalten durch die Straßen schleichen zu sehen«, sagte er. *Diesmal* erschrak ich wirklich. Ich dachte an Nebel und wogende Schatten, die sich dahinter verbargen und mit ihm verschwanden.

»Manchmal«, fuhr Sean fort, »hört man Geräusche vom Meer her, und ein paar von den Jungs, die weiter draußen waren, behaupten, einen riesigen Fisch gesehen zu haben. Gestern morgen haben die Kirchenglocken geläutet.«

»Und?« fragte Rowlf.

»Nichts und«, erwiderte Sean trocken. »Wir haben keine Glocken in der Kirche, das ist alles. Und ein paar Leute sind krank geworden.«

»Krank?« Howard setzte sich kerzengerade auf und warf dabei fast sein Bier um.

Sean nickte. Wenn ihm Howards Erschrecken auffiel, dann überspielte er es meisterhaft. »Ganz plötzlich«, sagte er. »Nicht viele – drei oder vier, soweit ich weiß. Aber der Arzt ist ziemlich hilflos. Und noch ein paar komische Sachen.« Plötzlich lächelte er wieder. »Aber wahrscheinlich ist die Hälfte davon nicht wahr und die andere maßlos übertrieben.«

»Das reicht ja auch schon«, murmelte Howard. Seine Worte galten nicht Sean, aber sie waren laut genug gesprochen, daß er sie verstand und ihn mit neu erwachtem Mißtrauen ansah.

»Wie meinen Sie das?« fragte er.

Howard winkte rasch ab. »Oh, nichts«, sagte er. »Ich habe nur ... laut gedacht, das war alles. Jedenfalls haben Sie uns sehr geholfen mit Ihren Informationen.«

»Es sind auch noch ein paar Leute verschwunden«, fügte Sean hinzu. Irgend etwas an der Art, in der er die Worte aussprach, störte mich. Aber ich wußte nicht, was.

»So?« fragte Howard. »Und wer?«

»Oh, niemand Besonderes. Ein paar Rumtreiber aus der Stadt, die öfter mal für ein paar Tage weg sind, auf Sauftour oder sonstwas. Aber die Leute reden eben, und sie erzählen sich, daß Sie einer der letzten waren, mit denen Bensen gesehen worden ist.«

»Bensen? Ist das der Mann, der verschwunden ist?«

Sean nickte. »Er und zwei seiner Kumpane. Wie gesagt – sie sind schon mehrmals für eine Weile untergetaucht, aber so angespannt, wie die Atmosphäre hier in Durness ist, würde es mich nicht wundern, wenn man Sie mit ihrem Verschwinden in Zusammenhang bringt. Soweit ich weiß, interessiert sich bereits die Polizei für Sie.«

»Für uns?« Ich konnte nicht anders, ich mußte die Unverschämtheit, mit der Howard Erstaunen heuchelte, einfach bewundern. Beinahe hätte er es sogar geschafft, *mich* zu überzeugen.

»Was denken Sie?« antwortete Sean und nickte. »Drei Fremde, die sich so auffällig benehmen wie Sie ... Durness ist ein Dorf, vergessen Sie das nicht. Dieses Kaff bildet sich nur ein, eine Stadt zu sein.«

Howard schwieg einen Moment. »Vielleicht haben Sie recht«, murmelte er schließlich. »Wir benehmen uns nicht gerade sehr unauffällig. Aber wir haben unsere Gründe, so zu handeln.«

»Das mag sein«, antwortete Sean. »Aber Sie sollten trotzdem vorsichtiger sein.«

Howard sah ihn abschätzend an. »Warum tun Sie das, Sean?« fragte er plötzlich.

Sean blinzelte. »Was?«

»Uns helfen«, sagte Howard. »Sie haben recht, ich müßte schon blind sein, wenn ich nicht selbst spüren sollte, daß man uns hier nicht gerade liebt. Aber Sie helfen uns.«

»Das kommt Ihnen nur so vor«, behauptete Sean lächelnd. »Ich habe Ihnen nur ein paar Fragen beantwortet, das ist alles. Außerdem bin ich nicht aus Durness, wenn Ihnen diese Erklärung lieber ist. Ich bin erst seit ein paar Wochen hier, und so, wie ich dieses Kaff bisher kennengelernt habe, werde ich auch nicht sehr alt hier werden. Reicht Ihnen das als Antwort?«

Das reichte nicht, weder Howard noch mir, aber Howard nickte trotzdem. »Ich ... hatte einen bestimmten Grund, diese Frage zu stellen, Mister ...«

»Moore«, half Sean aus.

»Mister Moore«, fuhr Howard fort. »Ich ... das heißt, wir«, fügte er mit einem raschen, beinahe beschwörenden Blick in meine Richtung hinzu, »möchten Sie um einen Gefallen bitten.«

»Und welchen?«

Wieder antwortete Howard nicht sofort, sondern starrte einen Moment lang an Sean vorbei ins Leere und spielte dabei nervös mit dem silbernen Griff seines Stockes. »Sie erwähnten vorhin, daß ein paar Einwohner der Stadt krank geworden seien.«

Sean nickte. »Sicher. Die Tochter meiner Wirtin hat es auch erwischt.« Sein Gesicht umwölkte sich. »Armes Ding. Sie ist nicht mal sechzehn.«

»Und niemand hier weiß, was sie hat?«

»Der Arzt hier ist ein alter Tattergreis, der nicht mal eine Hämorrhoide von Windpocken unterscheiden kann«, antwortete Sean abwertend. »Sie hat Fieber und phantasiert, das ist alles, was ich weiß.«

»Könnten Sie ... uns zu ihr bringen, Mister Moore?« fragte Howard plötzlich. Ich fuhr überrascht hoch, aber er ignorierte meinen fragenden Blick und sah Sean weiter fest an.

Sean überlegte einen Moment, dann nickte er. »Warum nicht? Miß Winden ist völlig verzweifelt. Sie würde sogar einen Medizinmann rufen, wenn sie glaubte, daß es hilft.«

»Dann lassen Sie uns gehen«, sagte Howard.

»Jetzt? Und Ihr Essen?«

»Den Fisch holen wir nach«, sagte Howard und stand bereits auf. »Kommen Sie, Sean.«

»Hör auf damit«, sagte Gordon. »Ich bitte dich.«

Tremayn sah kurz von seiner Beschäftigung auf, runzelte die Stirn, um anzudeuten, wie lästig ihm die Unterbrechung war, und senkte den Blick dann wieder auf die vergilbten Seiten des großformatigen Buches, das aufgeschlagen vor ihm auf dem Tisch lag. »Warum?« fragte er.

»Es ... ist nicht gut«, antwortete Gordon. »Dieses Ding macht mir angst.« Er deutete mit einer Kopfbewegung auf das Buch und trat unruhig von einem Fuß auf den anderen. Es war kalt in der kleinen Dachkammer; obwohl draußen – zumindest jetzt nach Sonnenuntergang – bereits winterliche Temperaturen herrschten, war das Feuer in dem kleinen Kanonenofen in einer Ecke bereits seit zwei Tagen erloschen, die gleiche Zeitspanne, die vergangen war, seit die beiden jungen

Männer von ihrem Ausflug in den Wald zurückgekehrt waren. Gordon selbst war am nächsten Morgen wieder in die kleine Schmiede unten am Hafen gegangen, in der er arbeitete, aber Tremayn hatte die Zeit beinahe ununterbrochen hier oben verbracht. Er aß nicht und schlief nur noch, wenn er vor Müdigkeit einfach zusammenbrach. Sein Gesicht war kalkweiß geworden, und seine Augen waren rot und entzündet. Ein fiebriger Glanz lag auf seiner Haut.

»Nicht gut?« sagte er, Gordons Worte nachäffend, in einer Betonung, die deutlich machte, was er davon hielt. Er blätterte um, sah auf und fuhr sich mit dem Handrücken über die Augen. »Und was soll daran *nicht gut* sein, bitte?« erkundigte er sich. »Es ist nichts als ein altes Buch, nicht?«

Gordon schluckte nervös. Er hatte längst gespürt, daß der Foliant, den sie aus dem Haus mitgenommen hatten, alles andere als ein *altes Buch* war. Nicht, daß er das Gefühl logisch begründen konnte. Das Ding ängstigte ihn einfach. Nervös machte er einen Schritt auf den Tisch zu, hinter dem Tremayn saß, blieb abrupt wieder stehen und blickte unsicher zwischen den aufgeschlagenen Seiten und Tremayns krank aussehendem Gesicht hin und her. So, wie Tremayn von dem Buch magisch angezogen zu werden schien, stieß es ihn ab. Es war ein Fehler von ihm gewesen, den Band mitzunehmen, und das sonderbare Gefühl hatte sich verstärkt. Jetzt, nach zwei Tagen, war es ihm unmöglich, sich ihm auch nur zu nähern. »Du mußt hier raus«, sagte er unsicher. »Brincs fragt schon dauernd nach dir. Ich konnte ihn heute gerade noch davon abhalten, herzukommen.«

Tremayns Augen verengten sich zu schmalen Schlitzen. »Hast du ihm nicht gesagt, daß ich krank bin?«

»Doch.« Gordon nickte hastig. »Natürlich. Aber du

kennst den Alten. Er wird einfach einen neuen Mann einstellen, wenn du nicht bald wieder zur Arbeit erscheinst. Du weißt, wie er ist.«

Tremayn gab ein abfälliges Geräusch von sich. »Soll er«, sagte er. »Der Job stinkt mir schon lange. Richte ihm aus, daß ich noch zwei Tage Bettruhe brauche. Denk dir irgendwas aus.«

»Zwei Tage?«

»Vielleicht«, antwortete Tremayn gleichmütig. »Mit etwas Glück sogar weniger. Ich glaube, ich brauche nicht mehr lange, um es zu entziffern.« Er lächelte triumphierend, aber sein eingefallenes, blasses Gesicht und die rotgeränderten Augen machten eher eine Grimasse daraus. Gordon schauderte.

»Entziffern?« wiederholte er ungläubig. »Du meinst, du könntest dieses Gekrakel *lesen?*«

Für einen Moment blitzte Zorn in Tremayns Augen auf, dann lächelte er wieder, in einer sonderbar überheblichen, fast bösen Art, die Gordon noch nie zuvor an ihm bemerkt hatte. Kein Zweifel – Tremayn hatte sich verändert in den letzten Tagen; so grundlegend, wie Gordon es noch bei keinem Menschen erlebt hatte. Ja, dachte er mit einem Schaudern, seit dem Moment, als Tremayn das Buch berührt hatte.

Tremayn setzte sich auf, griff mit zitternden Fingern nach dem Glas mit Wasser, das vor ihm auf dem Tisch stand, und befeuchtete seine aufgesprungenen Lippen.

»Lesen nicht«, sagte er. »Aber verstehen.«

»Wo ist der Unterschied?«

»Oh, er ist gewaltig«, erklärte Tremayn. »Ich kann es dir nicht erklären, Gordon, aber wenn es mir gelingt, den Band zu entziffern, dann haben wir es geschafft. Ich beginne ihn bereits zu begreifen, aber es ist kein Lesen, verstehst du? Es ... es ist, als würden die Seiten zu mir sprechen.«

Gordon beugte sich ein Stück vor und versuchte, einen Blick auf die scheinbar sinnlos angeordneten Zeichen auf den vergilbten Pergamentblättern zu erhaschen. Für ihn waren es nichts weiter als sinn- und formlose Kritzeleien. Und im Grunde wollte er auch gar nicht wissen, was sie bedeuteten. Er wollte auch nicht wissen, was Tremayn gemeint hatte, als er sagte, wenn er das Buch verstünde, dann hätten sie es *geschafft*.

»Du mußt einfach hier raus«, sagte er, in einem letzten Versuch, Tremayn zu überzeugen. »Du machst dich kaputt. Hast du mal in den Spiegel gesehen, in den letzten zwei Tagen?«

Tremayn lächelte geringschätzig. »Es gibt Wichtigeres als körperliche Gesundheit, Gordon«, sagte er. »Aber das wirst du auch noch begreifen.« Er grinste, beugte sich wieder vor und fuhr fort, seinen Zeigefinger über die Zeilen wandern zu lassen. »Ist sonst noch was?« fragte er, als Gordon keine Anstalten machte, zu gehen.

Gordon druckste herum. »Ich ... weiß nicht«, murmelte er. »Die Sache gefällt mir nicht, Tremayn. Dieses Buch, und ...«

Tremayn sah auf. »Und?«

»Nichts«, sagte Gordon ausweichend. »In den letzten Tagen passieren eine Menge komischer Sachen in der Stadt.«

»Und du meinst, das hätte mit dem da zu tun?« Tremayn ließ die Hand auf die Seiten klatschen und lachte schrill. Als er den Mund öffnete, sah Gordon, daß seine Zähne schwarz und faulig wie die eines uralten Mannes geworden waren. »Du bist verrückt, wenn du das glaubst.«

»Das ... das tue ich ja gar nicht«, widersprach Gordon hastig. »Es ist nur ...«

»Ja?« Tremayns Stimme war lauernd.

Gordon senkte den Blick. »Nichts«, sagte er leise. »Es ist nichts. Vergiß es.«

Tremayn starrte ihn noch einen Moment lang durchdringend an, dann senkte er wieder den Blick und tat so, als konzentriere er sich auf das Buch. »Dann ist es ja gut«, sagte er. »Laß mich allein. Ich habe zu tun.«

Gordon wandte sich zögernd um und ging zur Tür, blieb aber stehen, als Tremayn ihn noch einmal zurückrief.

»Du wirst doch niemandem etwas erzählen, Gordon?« fragte er lauernd.

»Von dem Buch?« Gordon schüttelte hastig den Kopf. »Natürlich nicht. Es bleibt dabei: Du bist krank und mußt das Bett hüten. Keine Sorge, ich verrate dich nicht.«

Tremayn antwortete nicht, und Gordon beeilte sich, den Raum zu verlassen und die Tür hinter sich zuzuziehen. Erst als er wieder allein war, brach Tremayn das Schweigen.

»Das würde ich dir auch nicht raten, mein Freund«, sagte er leise.

Das Haus lag in der heruntergekommensten Gegend von Durness, einer der »Schmuddelecken«, die jede Stadt hat und die man normalerweise vor jedem Fremden zu verbergen versucht. Es gab hier keine Gaslaternen in den Straßen, und hinter den meisten Fenstern brannte bereits jetzt kein Licht mehr, obgleich die Uhr nicht einmal neun zeigte. Es waren Straßen voller heruntergekommener Mietsbaracken und kleiner, wie schutzsuchend aneinandergedrängter Häuser, deren Fenster zum Teil mit Brettern vernagelt waren. Schmutz und Unrat lagen auf den Bürgersteigen und dem schlaglochübersäten Kopfsteinpflaster der Straßen, und das einzige Leben, das uns begegnete, während wir unserem Führer folgten, waren eine Katze und ein paar Ratten, die uns aus kleinen, tückischen Augen musterten und erst das Weite suchten, als Rowlf einen Stein auflas und nach ihnen warf; natürlich, ohne zu treffen. Die Kälte schien hier intensiver und irgendwie beißender als unten am Hafen, und die Dunkelheit, die uns umgab, war von einer ganz anderen Qualität als die in der Stadt; nicht einfach nur die Abwesenheit von Licht, sondern ein schwarzer, undurchdringlicher Vorhang, hinter dem sich unsichere Bewegung und unheimliches, schattiges Leben verbargen. Ich konnte mich eines bangen Gefühles von Furcht nicht erwehren, während wir dicht hinter Sean hergingen, und ein rascher Blick in die Gesichter von Rowlf und Howard sagte mir, daß es den beiden nicht anders erging. Dabei war es fast absurd – es war genau die Art von Gegend, in der ich aufgewachsen war und den größten Teil meines Lebens verbracht hatte, bevor Roderick Andara kam und mich aus den Slums von New York holte, und ich hätte sie kennen sollen. Aber dies hier war anders. Selbst in den schlimmsten Gebieten der Bronx hatte ich die Gefahren *gekannt*, die mich umgaben. Hier kannte ich sie nicht. Aber ich spürte sie. Überdeutlich.

Nach einer Ewigkeit, wie es mir vorkam, blieb Sean endlich vor einem schmalen, zweigeschossigen Haus stehen und bedeutete uns mit Gesten, ein Stück zurückzutreten. »Warten Sie hier«, sagte er im Flüsterton. »Es ist besser, wenn ich allein hineingehe. Ich will zuerst mit Miß Winden reden.«

Howard sah sich demonstrativ nach beiden Seiten um, ehe er nickte. »Gut«, sagte er. »Aber beeilen Sie sich bitte.«

Sean grinste, öffnete ohne ein weiteres Wort die Tür

und verschwand im Haus. Seine Schritte polterten auf dem hölzernen Fußboden im Inneren und verklangen dann. Ich schauderte. Plötzlich fühlte ich mich allein gelassen, obwohl Rowlf und Howard noch immer bei mir waren. Der Biß der Kälte wurde schmerzhafter, und die Dunkelheit schien sich wie ein lautloser Belagerungsring um uns zusammenzuziehen.

»Hoffentlich macht er voran«, murrte Rowlf und zog fröstelnd die Jacke enger um die Schultern. »Is' kalt hier. Und 'nich grad 'ne hübsche Gegend.«

Howard nickte, zog eine Zigarre aus der Brusttasche und steckte sie nach kurzem Zögern wieder zurück. »Was hältst du von ihm?« fragte er.

Es dauerte einen Moment, bis ich registrierte, daß die Frage mir galt. Ich war voll und ganz damit beschäftigt gewesen, in die wattige Schwärze ringsum zu starren und mir alle möglichen (und ein paar unmögliche) Monster auszudenken, die hinter der Wand aus Dunkelheit auf mich und die anderen lauerten. Mit einem fast verlegenen Lächeln drehte ich mich zu ihm herum und zuckte mit den Achseln. »Von Sean? Ich weiß nicht. Er ist …«

»Jedenfalls kein normaler Fischer oder Landarbeiter, nicht wahr?« Howard lächelte. »Aber schließlich hat er auch nicht behauptet, eines von beiden zu sein.«

Ich sah ihn verwirrt an, nickte dann aber. Howard hatte vollkommen recht. Irgendwie hatten wir alle aus der Umgebung und den Umständen, unter denen wir Sean kennengelernt hatten, geschlossen, daß er irgendein Seemann oder Arbeiter aus Durness war. Aber er hatte niemals behauptet, es zu sein. Eigentlich wußten wir sehr wenig über ihn, dachte ich. Entschieden zu wenig im Grunde, um uns seiner Führung in einer Gegend wie dieser anzuvertrauen.

»Er spricht nicht wie jemand von hier«, sagte ich

zögernd. »Aber das besagt nichts. Schließlich ist er uns keine Rechenschaft schuldig.«

»Das nicht.« Howard drehte sich herum und musterte das Haus, in dem Sean verschwunden war, mit einem langen, nachdenklichen Blick. »Ich frage mich nur, warum er uns hilft. Wenn die Stimmung hier in Durness wirklich so gespannt ist, wie er behauptet, dann wird er sich eine Menge Ärger einhandeln.«

»Wenn man so aussieht wie er, kann man sich den vermutlich leisten«, sagte ich.

»Blödsinn«, knurrte Rowlf. »H. P. hat vollkomm'n recht. Mit 'em Kerl stimmt was nich'. Un' ich krieg' raus, was.«

»Mach keinen Unsinn, Rowlf«, sagte Howard warnend. »Sean ist nicht unser Feind.«

Rowlf grunzte und wies mit einer zur Faust geballten Pranke auf das Haus. »Un' wenn's 'ne Falle is'?« fragte er.

»Davor hätte uns Robert gewarnt«, behauptete Howard. »Oder?«

Ich beeilte mich, zu nicken, obwohl ich mir meiner Sache plötzlich gar nicht mehr so sicher war. Natürlich hätte ich gemerkt, wenn Sean uns belogen hätte – aber daß er nicht unser Feind war, bewies noch lange nicht, daß er damit automatisch zu unserem Freund wurde.

Seans Rückkehr beendete die Diskussion. Hinter dem schmalen, gesprungenen Fensterchen in der Tür erschien ein flackerndes Licht, dann wurde die Tür geöffnet, und Seans breitschultrige Gestalt trat zu uns auf den Gehsteig heraus. In der Hand hielt er jetzt eine Kerze, deren Flamme er mit der Hand gegen den Wind abschirmte. Das rotgelbe Licht beleuchtete sein Gesicht von unten und gab ihm ein fast unheimliches Aussehen.

»Alles in Ordnung?« fragte Howard.

Sean nickte. »Ich habe mit Miß Winden gesprochen«, sagte er, so leise, als befürchte er, daß seine Worte von irgend jemandem innen im Haus belauscht werden könnten. »Sie können ihre Tochter sehen. Ich habe ihr erzählt, daß Sie ein Wissenschaftler aus London sind, der zufällig auf der Durchreise ist, also bleiben Sie dabei.«

Howard nickte und wollte an ihm vorbei ins Haus gehen, aber Sean hielt ihn mit einem raschen Griff am Arm zurück. »Noch was, Phillips«, sagte er. »Machen Sie ihr keine falschen Hoffnungen, nur um sie zu trösten.«

Howard streifte seine Hand ab und wollte antworten, aber Sean wandte sich bereits um und verschwand ohne ein weiteres Wort im Haus. Er hatte gesagt, was er sagen wollte, und er schien sich hundertprozentig darauf zu verlassen, daß Howard die Warnung, die unausgesprochen in seinen Worten mitgeschwungen hatte, verstand. Mein Respekt vor dem dunkelhaarigen Riesen wuchs. Und mein Mißtrauen. Dieser Mann war alles andere als ein Hafenarbeiter.

Hintereinander folgten wir Sean ins Haus. Der Flur war dunkel und feucht, und in der Luft hing ein muffiger Geruch, vermischt mit Kälte, die durch die dünnen Wände hereingekrochen war und sich im Mauerwerk festgekrallt hatte. Eine Treppe führte ins Obergeschoß hinauf, so schmal, daß wir hintereinander gehen mußten, und so verrottet, daß ich mich hütete, mich auf das schmutzstarrende Geländer zu stützen. Das Licht der Kerze in Seans Händen warf flackernde Schatten gegen die Wände und die Decke, und die sonderbar dumpfe Akustik des Treppenhauses ließ das Geräusch unserer Schritte und das Knarren der ausgetretenen Stufen zu einem Wispern und Flüstern werden, das mich schaudern ließ.

Und noch etwas war seltsam: Mit jeder Stufe, die ich nahm, fiel es mir schwerer, weiterzugehen. Es war kein wirklicher Widerstand, keine unsichtbare Kraft, die mich zurückhielt, sondern ein Gefühl, als sträube sich etwas in meinem Inneren, weiterzugehen. Das Haus war unheimlich. Das Haus – oder etwas in ihm. Es war nicht leer. Und es war kein Gebäude, das nur von Menschen bewohnt war. Ich hatte ein Gefühl wie dieses schon einmal verspürt, ich wußte nur nicht, wo und wann. Aber ich wußte, daß es noch nicht lange her war ...

Sean öffnete eine schmale Tür am oberen Ende der Treppe und machte eine stumme, einladende Geste. Es kostete mich unendliche Überwindung, hinter ihm und Howard in den dahinterliegenden Raum zu treten.

Eine Petroleumlampe verbreitete trübes, gelbes Licht und ließ unsere Gestalten bizarre Schatten gegen die Wände werfen. Das Zimmer war klein und so heruntergekommen wie das ganze Haus, und es war – wie ich auf den zweiten Blick erkannte – nicht nur ein Zimmer, sondern die ganze Wohnung. Gleich neben der Tür stand ein rußgeschwärzter Kohleherd neben einem offenen Regal, in dem sich eine Anzahl verbeulter Töpfe und wenige Tassen und Teller stapelten. Ein Schrank, ein Tisch mit vier wackeligen Stühlen und zwei niedrige Betten stellten die gesamte übrige Einrichtung dar.

Aber es bereitete mir Mühe, das Bild überhaupt aufzunehmen. Das Gefühl des Widerwillens, das ich auf der Treppe verspürt hatte, hatte sich fast ins Unerträgliche gesteigert. Mein Atem ging schnell und stoßweise, und ich mußte die Fäuste ballen, um das Zittern meiner Hände zu verbergen. In diesem Zimmer war etwas. Etwas Fremdes, Böses, Lauerndes. Es war keine Einbildung. Ich spürte überdeutlich, daß außer uns und Miß Winden und ihrer Tochter noch irgend etwas im Zimmer war.

»Doktor Phillips.« Sean warf Howard einen raschen, fast beschwörenden Blick zu, nickte dann übertrieben und deutete mit der Hand auf eine vielleicht vierzigjährige, schlanke Frau, die bisher auf dem Rand eines der Betten gesessen hatte und bei unserem Eintreten aufgestanden war. »Miß Winden, meine Wirtin.« Er drehte sich um, und ich sah, wie der ernste Ausdruck auf seinen Zügen von einem wirklich herzlichen Lächeln abgelöst wurde. Er mußte diese Frau sehr mögen. »Miß Winden, das ist Doktor Phillips. Er möchte nach Sally sehen.«

»Doktor?« Ein schwacher Schimmer von Hoffnung glomm in den dunklen Augen der Frau auf. »Sind Sie Arzt?«

Howard schüttelte hastig den Kopf. »Nein«, sagte er. »Ich bin Wissenschaftler, Miß Winden. Die beiden Herren sind mein Leibdiener und mein Neffe.« Er deutete auf das Bett. »Ihre Tochter, nehme ich an.«

Ich sah die schmale Gestalt hinter Miß Winden erst jetzt. Trotz des heruntergekommenen Zustandes der Wohnung war das Bett mit sauberen weißen Laken bezogen, auf denen das schmale Gesicht des Mädchens fast unsichtbar war. Trotz des schlechten Lichtes erschrak ich, als ich sah, wie bleich ihre Haut war.

Als Miß Winden nicht antwortete, trat Howard ohne ein weiteres Wort um das Bett herum, ließ sich auf seiner Kante nieder und streckte die Hand nach dem Gesicht des Mädchens aus. Ihre Augen standen offen und bewiesen, daß sie nicht schlief oder das Bewußtsein verloren hatte, aber sie reagierte trotzdem nicht auf die Berührung, als Howards Finger über ihre Wange strichen.

»Robert.« Howard sah auf und winkte mir, heranzutreten.

Ich nickte, machte einen Schritt und blieb stehen. Howard sah mich irritiert an, besaß aber gottlob genügend Geistesgegenwart, nichts zu sagen, sondern sich rasch wieder über das Mädchen zu beugen.

Meine Knie zitterten. Das Gefühl der Bedrohung steigerte sich ins Unerträgliche; ich mußte all meine Willenskraft aufbieten, um nicht herumzufahren und aus dem Zimmer zu stürzen, so schnell ich konnte.

Und plötzlich wußte ich, woher dieses Gefühl kam, wo die Quelle dieser fremden, unsagbar bösartigen Ausstrahlung war.

Es war das Mädchen.

Ihre Augen waren weit geöffnet, und ihr Blick war starr in den meinen gerichtet. Und was ich darin las, war ein so grenzenloser Haß, daß ich innerlich aufstöhnte, eine unbeschreibliche Wut auf alles Lebende, Fühlende. Haß, der die Grenzen des Vorstellbaren überstieg und fast körperlich spürbar war.

Und dieser Haß galt *mir*.

Mit aller Kraft, die ich aufzubringen imstande war, machte ich einen weiteren Schritt auf das Bett zu. Das Gesicht des Mädchens zuckte. Blasiger, dünner Schaum erschien auf ihren Lippen, und ein tiefer, stöhnender Laut entrang sich ihrer Brust. Ihre Hände krümmten sich auf der Decke zu Krallen, die Fingernägel zerrissen den Stoff.

»Geh«, keuchte sie. »Geh ... weg von ... mir.«

Der Klang ihrer Stimme ließ mich frieren.

Es war nicht die Stimme eines jungen Mädchens, nicht einmal die einer Frau. Was wir hörten, war ein mißtönendes, schauriges Krächzen, in dem die einzelnen Worte kaum zu verstehen waren, ein Laut, als versuche ein Tier, dessen Stimmbänder nicht dafür gedacht waren, zu sprechen.

Ich machte einen weiteren Schritt, dann noch einen

und noch einen, blieb neben dem Bett stehen und sank langsam in die Hocke. Sallys Augen weiteten sich, ein gurgelnder, fürchterlicher Laut kaum über ihre Lippen, und ihre Hände zuckten, als wolle sie nach mir schlagen. Howard blickte irritiert zwischen mir und dem Mädchen hin und her. Das stumme Duell zwischen uns war ihm nicht entgangen.

»Geh ... weg«, gurgelte Sally. »Geh weg von ... mir.«

»Sie phantasiert«, sagte Howard hastig, als Sallys Mutter neben mich trat. Für einen Moment löste ich meinen Blick von dem des Mädchens und sah Miß Winden an. Ihr Gesicht war angespannt, die Lippen zu einem dünnen, blutleeren Strich zusammengepreßt. Ich sah die Angst in ihren Augen.

Howard stand auf und bedeutete mir mit einer raschen, verstohlenen Geste, ebenfalls von Sallys Bett zurückzutreten. Rasch stand ich auf, drehte mich herum und unterdrückte ein erleichtertes Aufatmen. In meinem Inneren tobte ein wahrer Sturm von Gefühlen. Und vor allem Furcht. Dieses Mädchen war kein Mensch mehr. Nicht wirklich. Sie war nicht mehr als eine Hülle, in der etwas Fremdes und Böses lauerte.

Howard trat ein paar Schritte vom Bett zurück, wartete, bis ich ihm gefolgt war, und wandte sich an Miß Winden. »Wie lange ist sie schon in diesem Zustand?« fragte er. »Sie hat hohes Fieber, wissen Sie das?«

Die Frau nickte. Ihr Gesicht war noch immer ausdruckslos, aber ich sah, daß sie mit aller Macht um ihre Beherrschung kämpfte. Hinter der Maske, in die sich ihr Antlitz verwandelt hatte, brodelte es. »Seit zwei Tagen«, antwortete sie. »Es fing ganz plötzlich an. Sie bekam Fieber, aß nichts mehr und ...« Sie sprach nicht weiter. Eine einzelne, glitzernde Träne rann aus ihrem Augenwinkel und malte eine feuchte Spur auf ihre Wange. Ich spürte einen schmerzhaften Stich in der

Brust. Mit einemmal haßte ich das Ding, das sich dieses unschuldigen Kindes bemächtigt hatte.

»Haben Sie einen Arzt gerufen?« fragte Howard.

»Ja. Er war hier, gestern. Aber er konnte nichts tun.«

Howard schwieg einen Moment. Ich ahnte, was hinter seiner Stirn vorging. Miß Winden sprach es nicht aus, aber sowohl ihm als auch mir war klar, *warum* der Arzt nichts für das Mädchen hatte tun können. Es lag nicht nur daran, daß ihre Mutter wahrscheinlich kein Geld für Medizin hatte.

»Können Sie ... Sally helfen?« fragte Miß Winden. Ihre Stimme bebte. Es war ein Flehen darin, das mich frösteln ließ.

Howard schwieg einen weiteren Augenblick, zuckte mit den Achseln und nickte dann, wenn auch sehr zaghaft. Ich sah aus den Augenwinkeln, wie sich Sean spannte.

»Vielleicht«, antwortete Howard schließlich. »Ich kann es Ihnen nicht versprechen, Miß Winden. Ich will Ihnen keine falschen Hoffnungen machen.«

»Das tun Sie nicht«, antwortete sie hastig. Ihre Selbstbeherrschung zerbröckelte, fiel wie eine Maske von ihr ab, und plötzlich war alles, was in ihrem Gesicht geschrieben stand, nur noch Verzweiflung. »Helfen Sie ihr«, sagte sie schluchzend. »Ich flehe Sie an, Doktor Phillips. Ich ... ich kann Ihnen nicht viel bezahlen, aber ich gebe Ihnen alles, was ich habe, und ...«

»Es geht nicht um Geld«, unterbrach sie Howard.

»Worum dann?«

Howard atmete hörbar ein. Sein Blick flackerte. Ich sah, wie schwer es ihm fiel, zu antworten. »Ihre Tochter ist nicht krank, Miß Winden. Nicht körperlich.«

»Sie ist ...«

»Ihrem Körper fehlt nichts«, fuhr Howard fort. Sean trat mit einem raschen Schritt neben ihn und starrte ihn an, aber Howard ignorierte ihn. »Ich weiß nicht, ob wir ihr helfen können. Wir können es versuchen. Aber ich brauche Ihre Hilfe dafür.«

»Wofür, Phillips?« fragte Sean mißtrauisch. Ich sah, wie sich seine gewaltigen Schultern strafften. Howard musterte ihn eingehend, schüttelte den Kopf und deutete auf das Bett hinter sich.

»Ich kann diesem Kind helfen, Moore«, begann er, aber Sean unterbrach ihn sofort wieder und ballte drohend die Fäuste.

»Ich habe Sie gewarnt, Phillips«, sagte er aufgebracht. »Sie ...«

»*Bitte*, Sean!« unterbrach ihn Miß Winden. »Lassen Sie ihn. Mir ist gleich, was er tut, wenn er Sally nur hilft. Sie ... Sie werden ihr doch helfen, Doktor?«

Howard sah sie einen Augenblick lang ernst an. »Wir werden es versuchen«, sagte er. »Aber ich kann nichts versprechen.«

»*Was* werden Sie versuchen?« fragte Sean. »Was fehlt diesem Kind, Phillips?«

»Sie ist besessen«, antwortete Howard.

Vom Bett her erscholl ein gurgelnder Schrei. Howard, Sean, Rowlf und ich fuhren im gleichen Augenblick herum. Miß Winden stieß einen erschrockenen Laut aus, machte einen Schritt auf das Bett zu, schlug plötzlich die Hand vor den Mund und prallte zurück, als hätte sie einen Hieb bekommen.

Ihre Tochter richtete sich kerzengerade auf. Sie stand nicht auf, sie fuhr, lang ausgestreckt, wie sie gelegen hatte, hoch, als wäre ihr Körper zu einer Statue erstarrt, streckte die Arme aus und krümmte die Hände zu Krallen, alles in einer einzigen, fürchterlichen, *unmöglichen* Bewegung. Ein rasselnder Laut kam über ihre Lippen. Speichel lief an ihrem Kinn herab, und in ihren Augen flammte ein mörderisches Feuer.

»Rowlf!« schrie Howard.

Rowlf bewegte sich mit einer Schnelligkeit, die selbst mich verblüffte. Blitzschnell sprang er auf das Mädchen zu, schlug ihre Hände herab, die nach seinem Gesicht zu schlagen versuchten, und umklammerte ihren Körper mit den Armen.

Jedenfalls versuchte er es.

Sally sprengte seine Umarmung mit einer einzigen, wütenden Bewegung. Rowlf schrie auf, als ihr Handrücken mit fürchterlicher Wucht in sein Gesicht klatschte, taumelte zurück und verlor das Gleichgewicht. Er fiel, rollte sich auf den Bauch und versuchte aufzustehen, aber Sally setzte ihm nach, warf sich mit weit ausgebreiteten Armen auf ihn und begann, mit den Fäusten auf ihn einzuschlagen. Ich sah, wie Rowlfs Körper unter der fürchterlichen Wucht der Hiebe bis ins Mark erbebte.

»Sean! Halten Sie sie fest!« schrie Howard. »Schnell!«

Eine endlose, quälende Sekunde verging, ehe sich Sean, der dem Geschehen bisher mit ungläubig geweiteten Augen gefolgt war, endlich aus seiner Erstarrung löste und mit einem Satz bei Sally und Rowlf war. Er packte das Mädchen, zerrte es an den Schultern von Rowlf herab und versuchte, ihre Arme an den Körper zu drücken, aber wie den Rowlfs zuvor sprengte Sally auch seinen Griff und hackte mit den Fingernägeln nach seinen Augen.

Sean duckte sich unter ihrer zustoßenden Klaue hindurch und zog gleichzeitig an ihrem anderen Arm. Sally taumelte nach vorne, von der Wucht ihres eigenen Angriffes aus dem Gleichgewicht gebracht, und Sean drehte sich blitzschnell zur Seite, half der Bewegung mit einem weiteren Stoß nach und stellte ihr ein Bein. Sally kreischte vor Wut und Überraschung, fiel bäuchlings auf das Bett und begann mit den Beinen zu strampeln, als sich Sean auf sie warf und sie mit seinem Körpergewicht niederdrückte. Selbst seine gewaltige Kraft schien kaum auszureichen, sie zu halten.

»Rowlf, hilf ihm!« befahl Howard.

Rowlf stemmte sich mühsam hoch, tastete mit den Fingerspitzen über sein geschwollenes Gesicht und stöhnte leise. Blut lief aus seiner aufgeplatzten Lippe.

»Schnell«, sagte Howard. »Er kann sie nicht mehr lange halten.«

Rowlf stöhnte erneut, taumelte unsicher zum Bett hinüber und versuchte, nach Sallys strampelnden Beinen zu greifen. Sally kreischte, warf sich mit einer kraftvollen Bewegung herum und trat ihm in den Bauch. Rowlf sank mit einem keuchenden Laut in die Knie, verzog das Gesicht und umklammerte blitzschnell mit beiden Händen ihre Fußgelenke, während Sean gleichzeitig versuchte, Sallys Arme niederzuhalten.

Ich wollte ihnen helfen, aber Howard hielt mich zurück. »Nicht«, sagte er. »Wir müssen vorsichtig sein.«

»Was ... mein Gott, was ... was ...«, wimmerte Miß Winden.

Howard warf ihr einen fast beschwörenden Blick zu. »Bitte, Miß Winden, vertrauen Sie uns«, sagte er hastig. »Dieses Wesen ist nicht mehr Ihre Tochter. Aber wir können ihr helfen. Sean, Rowlf – haltet sie fest!«

Sean keuchte eine Antwort, preßte Sallys Handgelenke fester gegen das Bett und versuchte gleichzeitig, seinen Kopf so weit wie möglich nach hinten zu biegen, als sie nach ihm biß. Seine Stirn glänzte vor Schweiß, und ich sah, wie sich die Muskeln an seinem Hals vor Anstrengung zu knotigen Stricken spannten. Auch Rowlf keuchte vor Anstrengung. Er und Sean waren vermutlich die beiden stärksten Männer, denen ich jemals begegnet war. Und trotzdem gelang es ihnen kaum, die Besessene zu halten.

Howard ergriff mich am Arm, blickte mich ernst an und nickte stumm. Ich begriff nicht, was er meinte. Vielleicht wollte ich es auch nicht begreifen.

»Geh«, sagte er leise.

Sally begann zu toben. Ihr Körper bog sich durch wie eine Stahlfeder, die bis zum Zerreißen angespannt war. Ich spürte ihren Haß wie einen Schlag.

Langsam ging ich auf das Bett zu, und Sallys Schreie wurden gellender, je weiter ich mich näherte. Ihre Augen loderten.

Und plötzlich hörte sie auf, sich zu wehren. Ihr Widerstand erlahmte von einer Sekunde auf die andere, und ich fühlte, wie der Haß, der mir bisher wie eine unsichtbare Pranke entgegengeschlagen war, von einer Sekunde auf die andere in unbeschreibliche Furcht umschlug.

»Mutter«, wimmerte sie. »Hilf mir. Schick ihn fort! Hilf mir. Er will mir weh tun!«

Hinter mir stieß ihre Mutter einen wimmernden, halberstickten Laut aus. Ich hörte Schritte, Geräusche wie von einem Handgemenge, dann einen abgehackten Schrei und Howards beruhigende Stimme, ohne daß ich die Worte verstanden hätte. Ich machte einen letzten Schritt, blieb dicht vor Sally stehen und streckte die Hand aus. Die Bewegung geschah wie von selbst. Ich wußte nicht, warum ich das tat; es geschah fast gegen meinen Willen, als ich ihre Stirn berührte, einen Moment zögerte und dann die ganze Hand gegen ihr Gesicht drückte; den Handballen über ihrem Mund, Zeige- und Ringfinger auf ihren Augenlidern.

Es war, als berührte ich glühendes Eisen. Ein mörderischer Schmerz fraß sich durch meinen Arm und setzte jeden einzelnen Nerv in Brand, aber er erlosch, ehe ich mir seiner richtig bewußt werden konnte.

Dann …

Peitschende Tentakelarme

Haß

Schwarze Finsternis, eine Ebene, die bis ans Ende der Welt und darüber hinaus führte

Formlose Scheußlichkeiten, die sich in schwarzen Seen aus brodelndem Teer suhlten

Dunkle, lichtlose Schächte, die ins Herz der Hölle und vielleicht tiefer führten

Pestgruben voller gestaltloser Schrecken, aus denen der Odem der Hölle emporweht

Aber auch:

Ein Gefühl des Verlustes, tiefer und schmerzhafter als alles, was ich je zuvor gehört hatte.

Und bodenloser, vernichtender Haß auf alles Lebende, Fühlende, Denkende. Ein Haß, der zweitausend Millionen Jahre gewachsen war, der die Abgründe der Zeit und die Grenzen der Realität überwunden hatte.

Es waren keine Bilder, die ich sah. Keine Gedanken, die ich empfing. Es war keine Form der Kommunikation, wie ich sie jemals zuvor gekannt hätte, sondern etwas vollkommen Fremdes, Bizarres. Für einen Moment, einen winzigen, zeitlosen und doch ewigen Moment nur, schien mein Geist mit dem dieses *Dinges* in Sally zu verschmelzen, waren wir *ein* Wesen, das nur noch zufällig in zwei verschiedenen Körpern wohnte. Ich fühlte den Kampf, der tief in meinem Inneren stattfand, kein Ringen unterschiedlicher Kräfte, sondern ein blitzartiges, ungeheures Zusammenprallen zweier entgegengesetzter Pole ungeheurer Macht, ein Gefühl, als explodiere tief in meinem Inneren eine gewaltige, lodernde Sonne, in einem Bereich meiner Seele, der meinem bewußten Zugriff normalerweise auf ewig verschlossen war, aber ich war nicht viel mehr als ein unbeteiligter Zuschauer, macht- und hilflos.

Dann war es vorbei. Der Kampf endete so abrupt,

wie er begonnen hatte, und ich fühlte, wie sich das formlose schwarze Etwas zurückzog, mit einem lautlosen Todesschrei. Ich taumelte. Schwäche und Übelkeit verschleierten meinen Blick. Meine Hand löste sich von Sallys Gesicht. Ich wankte, sank kraftlos auf die Knie und kippte zur Seite. Das Zimmer begann vor meinen Augen zu verschwimmen, aber ich sah noch, wie Sallys Körper in Seans und Rowlfs Griff erschlaffte.

Und wie sich etwas Finsteres, Körperloses von ihr löste. Es war wie eine Woge aus reiner Finsternis, ein schwarzes, tentakelarmiges, zerfließendes Ding, das wie Nebel aus ihrem Körper quoll und verging, als es in den Lichtschein der Petroleumlampe geriet.

Dann verlor ich das Bewußtsein.

Tremayn fuhr wie unter einem Hieb zusammen. Ein scharfer, stechender Schmerz zuckte durch seinen Schädel, Krämpfe schüttelten seinen Körper, und vor seinen Augen tanzten Flammen und wogende Schatten, Visionen von unvorstellbarer Fremdartigkeit. Er schrie, verlor auf dem schmalen Stuhl das Gleichgewicht und stürzte zu Boden. Das Zimmer begann sich um ihn herum zu drehen, als versuchten Wände und Boden und Decke, sich aus ihrer Form zu lösen und neu zu gruppieren. Ein helles, grünliches Licht überstrahlte den flackernden Schein der Petroleumlampe, und plötzlich war die Luft von einem durchdringenden, fremden Gestank erfüllt, der ihm den Atem nahm.

Nach einer Weile hörten die Schmerzen und Krämpfe auf, und Tremayns Atem beruhigte sich wieder. Mühsam stemmte er sich hoch, blieb einen Moment auf Händen und Knien hocken und lauschte angstvoll in sich hinein. Sein Herz raste, und trotz der Kälte klebten seine Kleider vor Schweiß. Vergeblich versuchte er zu ergründen, was das gewesen war, was er da gefühlt hatte. Es war wie ein Hieb gewesen, ein blitzschnelles, wütendes Zuschlagen einer unsichtbaren Macht, der gleichen Kraft, deren Anwesenheit er gespürt hatte, in den letzten zwei Tagen, das gleiche geistige Flüstern, das ihn bei seinen Studien geführt und geleitet hatte. Es war stärker geworden, im gleichen Maße, in dem er tiefer in die Geheimnisse des Buches eindrang, hatte an Gewalt – und Macht – über ihn gewonnen, je mehr er von den geheimnisvollen Schriftzeichen und Symbolen verstand, und jetzt hatte er seine andere, dunkle Seite kennengelernt, die Faust, zu der sich die unsichtbare Hand seines Führers ballen konnte.

Er stöhnte. Die Erinnerung an den Schmerz wühlte noch in seinem Inneren, aber gleichzeitig fühlte er sich frei; zum ersten Mal seit dem Moment, in dem er das Buch gelesen hatte, wieder Herr seines eigenen Willens.

Ein helles, knisterndes Geräusch drang in Tremayns Gedanken und ließ ihn aufstehen. Plötzlich fiel ihm der grünliche, unheimliche Schein wieder auf, der in der Luft lag, aus keiner bestimmbaren Quelle kommend, sondern wie leuchtender, durchsichtiger Nebel und sanft pulsierend. Umständlich stemmte sich Tremayn auf die Füße, trat einen halben Schritt auf den Tisch zu und blieb abrupt stehen.

Das Buch bewegte sich …

Wie von unsichtbaren Händen umgeschlagen, blätterten die dünnen, vergilbten Seiten vor seinen Augen um, und das helle Rascheln und Knistern des trockenen Pergamentes erfüllte den Raum mit einem geheimnisvollen, drohend-spöttischen Wispern, das Tremayn einen eisigen Schauer über den Rücken laufen ließ.

Plötzlich, als wäre er abrupt aus einem tiefen, traumlosen Schlaf erwacht, wurde sich Tremayn seiner Umgebung wirklich bewußt: der Kälte, die seine Zähne klappernd aufeinanderschlagen und seine Finger steif werden ließ, dem Gefühl bohrenden Hungers, das sich seit zwei Tagen in seine Eingeweide wühlte, ohne daß er sich dessen bisher überhaupt bewußt gewesen wäre, der Schwäche, mit der sein Körper zwei Tage Schlafentzug quittierte. Und plötzlich wurde er sich der Tatsache bewußt, daß er ein Buch las, das in einer Sprache abgefaßt war, die er nicht beherrschte, ja, von der er noch nie zuvor gehört hatte, daß er Dinge tat, die nicht seinem Willen entsprachen, sondern zu einem willenlosen Sklaven dieses Buches geworden war.

Und plötzlich war die Angst da.

Die dünnen Pergamentseiten blätterten weiter raschelnd und knisternd um, und der grüne Schein in der Luft pulsierte stärker. Tremayn torkelte zurück, als er spürte, wie die unsichtbaren Gewalten schon wieder nach seinem Willen griffen. Er wollte schreien, aber seine Stimmbänder versagten ihm den Dienst. Dann, wie eine unsichtbare Welle, die durch seinen Körper raste, ergriff die Lähmung auch von seinen Gliedern Besitz. Sein Wille erlosch. Langsam trat Tremayn wieder an den Tisch heran, ließ sich auf den schmalen Hocker sinken und streckte die Hand nach dem Buch aus. Die Seiten blätterten weiter, kamen, als wären sie bisher von einem unsichtbaren Windzug, der jetzt abbrach, bewegt worden, zur Ruhe, das pulsierende, grüne Licht strahlte stärker.

Tremayns Blick verschleierte sich. Seine Augen wurden trüb und matt wie die eines Toten, und seine Hand bewegte sich wie ein kleines, lebendes Wesen über den Tisch, kroch über die aufgeschlagene Seite des Höllenbuches und blieb unter einer bestimmten Zeile liegen.

Seine Lippen begannen Worte zu formen, lautlos und in einer Sprache, die vor zweitausend Millionen Jahren untergegangen war, zusammen mit den Wesen, die sie gesprochen hatten.

Ich konnte nur wenige Augenblicke bewußtlos gewesen sein, denn als ich die Augen aufschlug, war das erste, was ich sah, Miß Winden, die sich schluchzend über ihre Tochter beugte, während Howard behutsam ein Bettlaken über die reglose Gestalt Sallys breitete. Mein Kopf schmerzte, aber es war nicht mehr der mörderische Druck, der einen Moment lang auf meinem Bewußtsein gelastet hatte, sondern ein ganz normaler, ordinärer Schmerz, der von der mächtigen Beule herrührte, die ich mir beim Zusammenbrechen geholt hatte.

Eine gewaltige Pranke ergriff mich bei der Schulter und zog mich auf die Füße. Ich sah auf und blickte in Rowlfs Gesicht. Er grinste, aber es war ein etwas gequältes Lächeln, und aus seiner aufgeplatzten Lippe tropfte noch immer Blut.

»Alles klar?« fragte er.

Ich nickte instinktiv, streifte seine Pranke ab und preßte stöhnend die Hand in den Nacken. Jeder einzelne Muskel in meinem Körper schien weh zu tun. »Und selbst?«

Rowlfs Grinsen wurde noch ein wenig gequälter. »Schon in Ordnung«, murmelte er. »Aber die Kleine hat 'n hübschen Schlag am Leib. 'n paar Sekunden mehr ...« Er wiegte den Schädel, sog hörbar die Luft zwischen den Zähnen ein und wandte sich an Sean. »Vielen Dank für die Hilfe.«

Sean winkte ab. »Schon in Ordnung«, sagte er. »Ich hatte selbst Mühe, sie zu halten.« Er schüttelte den

Kopf, seufzte und trat einen Schritt zurück, als sich Howard vom Bett erhob und rasch und warnend die Finger auf die Lippen legte. Lautlos zogen wir uns zurück, soweit es in der Enge des Zimmers möglich war.

Howard blickte mich ernst und auf sonderbare Weise abschätzend an. »Alles in Ordnung mit dir?«

Ich nickte, obwohl ich nicht sicher war. Körperlich fühlte ich mich – beinahe – unversehrt, aber innerlich fühlte ich mich noch immer ausgelaugt und leer. »Was ... was war das?« murmelte ich.

Howard machte eine hastige Geste, leiser zu sprechen, und deutete auf Miß Winden. Aber ich wußte, daß die Geste gleichzeitig Sean galt; wahrscheinlich hatte er ohnehin mehr gesehen, als gut war.

»Ich weiß es nicht«, log er. »Aber ich glaube wenigstens, daß es vorbei ist.«

»Sie *glauben?*« fragte Sean betont.

»Ich bin überzeugt«, verbesserte sich Howard. »Was jetzt noch zu tun ist, ist Sache eines Arztes.« Er lächelte ein wenig nervös und fast zuversichtlich und wandte sich rasch um, ehe Sean Gelegenheit hatte, weitere Fragen zu stellen.

»Miß Winden?« fragte er leise.

Die dunkelhaarige Frau sah auf, beugte sich noch einmal über ihre Tochter und kam dann, langsam und mit deutlicherem Zögern, als ich mir eigentlich erklären konnte, zu uns herüber. Sie wirkte jetzt wieder gefaßt, nur in ihren Augen stand noch immer diese seltsame Mischung aus Verzweiflung und Furcht.

»Wie geht es Ihrer Tochter?« fragte Howard.

»Sie ... schläft«, antwortete Miß Winden. »Das Fieber ist weg. Wird sie ... wird sie wieder ganz gesund werden?« Während der ganzen Zeit wanderte ihr Blick unstet zwischen Howard und mir hin und her; ich sah, wie schwer es ihr fiel, nicht ununterbrochen mein

Gesicht und die weiße Haarsträhne über meiner rechten Braue anzustarren.

»Ja«, antwortete Howard, Seans warnenden Blick mißachtend. »Aber sie braucht jetzt gute ärztliche Pflege und die beste Medizin, die sie bekommen kann.« Er lächelte, griff in seine Weste und nahm ein Bündel zusammengerollter Geldscheine hervor. Sorgfältig zählte er vier Zwanzig-Pfund-Noten ab, legte sie auf den Tisch und machte eine rasche, entschiedene Geste, als Miß Winden protestieren wollte.

»Nehmen Sie das Geld«, sagte er bestimmt, »und bezahlen Sie den Arzt damit. Und von dem Rest kaufen Sie gutes Essen und ein paar warme Kleider für Sally. Das braucht sie jetzt.«

Miß Winden starrte ihn an, mit dem ungläubigen, halb verlegenen Blick, den man in Situationen wie dieser erwartete; aber sie sah auch immer wieder zu mir herüber.

Und ich spürte ihre Furcht. Es war absurd: Howard und ich hatten ihrer Tochter wahrscheinlich das Leben gerettet, aber alles, was ich in ihrem Blick las, war Angst. »Wir müssen gehen«, sagte Howard plötzlich. »Nehmen Sie das Geld und bezahlen Sie den Arzt davon, Miß Winden.«

Die dunkelhaarige Frau griff zögernd nach den Banknoten, berührte sie jedoch nicht, sondern zog die Hand im letzten Augenblick mit einer fast angstvollen Bewegung wieder zurück. »Warum ... warum tun Sie das?« fragte sie.

Howard lächelte. »Weil mir Ihre Tochter leid tut, Miß Winden«, antwortete er. »Und weil ich gern helfe, wenn es mir möglich ist.« Er wurde ernst. »Noch etwas. Ich habe eine Bitte.«

»Verlangen Sie, was Sie wollen«, sagte Miß Winden. »Ich werde alles tun, was ...«

Howard unterbrach sie mit einem geduldigen Kopfschütteln. »Das ist es nicht. Ich möchte nur, daß Sie mir versprechen, keinem Menschen ein Wort über das zu erzählen, was gerade geschehen ist. Niemandem. Auch dem Arzt nicht. Versprechen Sie mir das?«

Wieder irrte ihr Blick unstet zwischen mir und Howard hin und her, ehe sie endlich, nach spürbarem Zögern und mit sichtlicher Überwindung, nickte. »Ich ... verspreche es«, sagte sie stockend. »Die Hauptsache ist, daß Sally gesund wird. Das wird sie doch, oder?«

»Sie wird es«, nickte Howard. »Aber sie braucht Ihre ganze Hilfe. Arbeiten Sie?«

Sie nickte.

»Dann nehmen Sie sich eine Woche frei«, sagte Howard bestimmt. »Ich werde mit Sean in Kontakt bleiben. Wenn Sie mehr Geld brauchen, lassen Sie es mich wissen. Sie dürfen Sally auf keinen Fall allein lassen, keinen Augenblick.«

Seine Worte verstörten Sallys Mutter vollends, aber irgendwie schien sie zu spüren, wie ernst er es meinte, und widersprach nicht.

»Gut«, sagte Howard schließlich. »Wir müssen jetzt wieder fort, aber ich sorge dafür, daß der Arzt noch heute abend zu Ihrer Tochter kommt. Wissen Sie, wo er wohnt, Sean?«

Sean nickte, und Howard deutete mit einer unbestimmten Geste zuerst auf das schlafende Mädchen, dann auf ihn. »Dann gehen Sie hin und holen Sie ihn, Sean. Rowlf, Robert und ich gehen zurück zum Boot.«

»Ich begleite Sie«, sagte Sean. Howard wollte widersprechen, aber diesmal ließ ihn Sean gar nicht zu Wort kommen. »Die Gegend hier ist nicht ungefährlich«, sagte er. »Es ist besser, wenn ich bei Ihnen bin, glauben Sie mir. Und der Arzt wohnt sowieso in der Nähe des Hafens. Es ist kein großer Umweg.«

Howard resignierte. »Meinetwegen«, sagte er. »Aber Sie versprechen uns, dafür zu sorgen, daß der Arzt noch heute hierherkommt.«

»Ich schleife ihn an den Haaren her, wenn er nicht kommen will«, versprach Sean.

»Dann lassen Sie uns gehen«, sagte Howard. »Wir haben schon zu viel Zeit verloren.«

Wir verabschiedeten uns von Miß Winden und gingen, so schnell, daß es mir beinahe wie eine Flucht vorkam.

Die Dunkelheit schien sich noch vertieft zu haben, als wir hinter Sean aus dem Haus traten. Nirgends war auch nur der geringste Lichtschein zu sehen, und selbst Mond und Sterne hatten sich hinter einer dichten, tiefhängenden Wolkendecke verborgen, aus der feiner Nieselregen auf die Erde fiel. Es war kalt, fast eisig, und der einzige Laut, der zu hören war, war das Winseln des Windes.

Howard schlug demonstrativ seinen Kragen hoch, zog den Hut tiefer in die Stirn und drehte das Gesicht aus dem Regen. Sean deutete wortlos in die Richtung, aus der wir gekommen waren, und ging los. Gebückt und gegen den Wind gebeugt, folgte ich ihm, während Rowlf den Abschluß bildete.

Obwohl Sean kaum mehr als drei Schritte vor mir ging, konnte ich ihn kaum noch erkennen. Die Dunkelheit war so total, daß selbst die Häuser beiderseits der Straße nur noch zu erahnen waren, und der Weg schien kein Ende zu nehmen. Vorhin, als Sean uns hergebracht hatte, war er mir weit vorgekommen; jetzt erschien er mir endlos. Ich hatte das Gefühl, stundenlang marschiert zu sein, ehe wir endlich wieder den Hafen erreichten und unser Boot vor uns lag.

Howard blieb stehen und wandte sich zu Sean. »Vielen Dank für die Begleitung«, sagte er. »Aber den Rest des Weges schaffen wir auch allein. Sie gehen besser zurück und holen den Arzt. Und kümmern Sie sich ein bißchen um Miß Winden und ihre Tochter.« Ich sah, wie er in die Tasche griff und Sean etwas gab; vermutlich Geld. Sean bedankte sich mit einem stummen Kopfnicken, wandte sich um und verschwand ohne ein weiteres Wort in der Nacht. Rowlf starrte ihm aus zusammengekniffenen Augen nach. Ich konnte sein Gesicht in der Dunkelheit nicht erkennen, aber ich spürte, daß er dem breitschultrigen Riesen noch immer mißtraute. Jetzt vielleicht mehr als zuvor.

Wir beeilten uns, die letzten paar hundert Meter zurückzulegen und auf unser Schiff zu kommen. Das Meer war aufgewühlt, kein flacher grauer Spiegel mehr, sondern ein brodelnder Schaumteppich, der das kleine Boot immer wieder anhob und gegen die Kaimauer drückte. Die Planken waren glitschig vor Nässe, und als ich gebückt durch die niedrige Kajütentür trat, hob eine besonders mächtige Welle das Schiff unter meinen Füßen an, so daß ich um ein Haar kopfüber die Treppe hinabgestürzt wäre.

Howard hatte bereits eine Sturmlaterne entzündet, als ich schwankend die schmale Treppe herunterkam. Er stand noch immer in Hut und Mantel da, triefend vor Nässe und sonderbar blaß in der rötlichen, flackernden Beleuchtung der Laterne, und als er sich aufatmend umwandte, glaubte ich für einen kurzen Moment einen fast gehetzten Ausdruck auf seinen Zügen zu erkennen. Aber er verschwand sofort, als er bemerkte, daß er nicht mehr allein war.

Ich zog es vor, nicht darauf einzugehen, sondern ging zu meiner Koje, streifte den durchweichten Mantel ab, schlüpfte aus Schuhen und Jacke und nahm eine Decke von meinem Bett, um mich hineinzuwickeln. Howard warf mir ein Handtuch in den Schoß, entzündete eine Zigarre und sah eine Weile schweigend zu, wie ich mit vor Kälte steifen Fingern versuchte, mein Haar trockenzurubbeln. Es war eisig hier drinnen; mein Atem bildete kleine regelmäßige Dampfwölkchen vor meinem Gesicht, und in meinen Finger- und Zehenspitzen begann sich ein schmerzhaftes Prickeln breitzumachen.

Howard schwieg weiter, bis ich fertig war und eine zweite Decke über meine Schultern geworfen hatte. Nicht, daß es half. Im Gegenteil. Ich hatte das Gefühl, von innen heraus zu erstarren. Zudem bockte und zitterte das Boot so heftig unter meinen Füßen, daß mir langsam, aber unbarmherzig übel wurde.

»Reib dich richtig trocken«, sagte Howard. »Die Nacht wird verdammt kalt.«

»Ach?« sagte ich. Seine Worte weckten einen Zorn in mir, den ich mir im ersten Moment selbst nicht erklären konnte. »Dann erklär mir bitte, warum wir auf diesem Kahn schlafen müssen, statt in einem geheizten Hotelzimmer.«

Howard setzte zu seiner Antwort an, schüttelte aber dann bloß den Kopf und seufzte leise, und auch ich zwang mich gewaltsam zur Ruhe. Ich war gereizt; es hatte wenig Sinn, wenn ich mit Gewalt einen Streit vom Zaun brach. Zudem einen Streit, bei dem ich ohnehin den kürzeren ziehen würde.

»Rowlf macht uns einen Grog«, sagte Howard nach einer Weile. »Er wird dir guttun. Wie fühlst du dich?«

»Phantastisch«, antwortete ich, aber Howard ignorierte den beißenden Spott in meiner Stimme, nahm einen weiteren Zug aus seiner Zigarre und sah mich wieder mit dieser sonderbaren Mischung aus Sorge und Erleichterung an, mit der er mich schon im Haus von Miß Winden betrachtet hatte.

»Wirklich?« fragte er.

»Es geht mir gut«, knurrte ich. »Außer, daß ich friere wie ein Schneider und daß mir gleich schlecht wird. Was soll die Fragerei?«

»Du weißt es wirklich nicht?« fragte Howard.

»Ich weiß überhaupt nichts«, antwortete ich scharf. »Aber ich habe das Gefühl, daß es allmählich Zeit für ein paar Antworten wird. Was war mit dem Mädchen los? Und wieso konnte ich ihr helfen?«

»Es war genau so, wie ich es Miß Winden gesagt habe«, antwortete Howard ernst. »Ihre Tochter war besessen. Und ich fürchte, die anderen *Kranken*, von denen Sean gesprochen hat, sind es auch.«

»Besessen?« Ich starrte ihn an, aber die spöttische Antwort, die mir auf der Zunge lag, kam nicht, und das Lachen, mit dem ich weitersprach, klang selbst in meinen eigenen Ohren unecht. »Erzähl mir nicht, daß sie von irgendwelchen Dämonen besessen sind, die ihr Unwesen treiben!«

Howard blieb ernst. »Dämonen?« wiederholte er, schüttelte den Kopf und nickte gleich darauf. »Vielleicht könnte man es wirklich so nennen. Du hast nichts gespürt, als du sie berührt hast?«

Seine Worte ließen mich zusammenfahren. Ich hatte es bisher krampfhaft vermieden, an die bizarren Bilder und Visionen zu denken, die ich gehabt hatte – oder vielleicht auch nur *gehabt zu haben glaubte*. Ich war mir nicht mehr sicher, ob ich dies alles wirklich erlebt hatte. Ich war nicht einmal mehr sicher, ob ich überhaupt irgend etwas erlebt hatte. Aber ich ahnte, worauf Howard hinauswollte. Und die Vorstellung erschreckte mich.

»Du ... du meinst, es wäre ein *GROSSER ALTER* gewesen?« fragte ich.

»Vielleicht«, antwortete Howard. »Ich habe gehofft, von dir eine Antwort darauf zu bekommen. Was hast du gespürt?«

»Gespürt?« Ich schluckte. Ein bitterer Geschmack breitete sich auf meiner Zunge aus. Ich versuchte mich zu erinnern, aber irgend etwas in mir sträubte sich mit aller Macht dagegen. »Ich ... bin mir nicht sicher«, sagte ich. »Aber es war keiner von ihnen.«

Howard sog an seiner Zigarette. Seine Augen schlossen sich, und einen kurzen Moment lang erkannte ich fast so etwas wie Enttäuschung auf seinen Zügen.

»Es war etwas von ihnen«, fuhr ich, stockend und jedes Wort sorgsam überlegend, fort. »Aber kein ...« Ich stockte, suchte einen Moment nach Worten und schüttelte seufzend den Kopf.

»Ich kann es nicht beschreiben«, sagte ich. »Ich weiß nicht, was es war. Ich ... ich spürte eine Art Haß, aber es war noch mehr.« Ich schwieg einen Moment und zwang mich, an die Augenblicke zurückzudenken, in denen ich wirklich einen Teil eines *GROSSEN ALTEN* in mir gefühlt hatte. Allein der Gedanke bereitete mir beinahe körperliche Übelkeit. Ich vertrieb ihn.

»Es war nicht der Geist eines lebenden Wesens«, sagte ich. »Es war ... eine Art Visionen.«

»Visionen?«

Ich nickte. »Ich ... ich glaube, ich habe eine Art ... Landschaft gesehen«, murmelte ich. Selbst jetzt fiel es mir unendlich schwer, mich zu erinnern. Die Bilder schienen mir immer wieder zu entschlüpfen, im gleichen Moment, in dem ich nach ihnen greifen wollte. Selbst das Reden darüber fiel mir schwer.

»Eine Landschaft«, wiederholte Howard. Er gab sich redliche Mühe, unbeteiligt und ruhig zu klingen, wie ein Wissenschaftler, der sich nach einem interessanten Phänomen erkundigte, ohne indes wirklich daran interessiert zu sein, aber es gelang ihm nicht ganz. Ich spürte, wie er innerlich vor Erregung zitterte. Die

Zigarre in seinem Mundwinkel bebte ganz leicht. »Was für eine Art von Landschaft?«

»Ich weiß es nicht«, antwortete ich ehrlich. »Ich weiß nicht einmal, ob es wirklich eine Landschaft war. Aber wenn, dann war es kein Teil unserer Welt.«

»Oder unserer Zeit«, murmelte Howard düster.

Ich starrte ihn an. »Du meinst –?«

»Ich meine gar nichts«, unterbrach mich Howard grob. »Aber ich habe einen Verdacht. Gebe Gott, daß ich mich irre.«

»Welchen Verdacht?«

»Ich kann nicht darüber sprechen«, sagte Howard unwirsch. »Jetzt noch nicht.«

Aber diesmal ließ ich mich nicht mehr mit ein paar Worten besänftigen. Mit einer zornigen Bewegung stand ich auf, warf die Decke von den Schultern und trat auf ihn zu. »Verdammt, Howard, es reicht«, sagte ich wütend. »Ich bin es endgültig leid, auf alle Fragen nur ein Achselzucken oder eine ausweichende Antwort zu bekommen.«

»Ich kann noch nicht darüber reden«, sagte Howard. »Und vielleicht irre ich mich ja auch.«

»Und wenn nicht?« versetzte ich wütend. »Zum Teufel, wofür hältst du mich eigentlich? Für einen dummen Jungen, mit dem du machen kannst, was du willst? Du verlangst von mir, daß ich auf diesem Scheißkahn hause und geduldig abwarte, was mich zuerst umbringt – die Kälte oder die Seekrankheit, dann schleifst du mich durch eine Stadt, deren Bewohner uns am liebsten Spießruten laufen lassen würden. Ich bin fast verrückt geworden, als ich das Ding in dem Mädchen bekämpft habe, und auf dem Rückweg bin ich beinahe erfroren. Und du verlangst, daß ich mich in Geduld fasse.«

»Reg dich nicht auf, Kleiner«, sagte Rowlf ruhig.

Zornig fuhr ich herum, aber seine einzige Reaktion bestand in einem gutmütigen Lächeln – und einem Glas mit brühheißem Grog, das er mir in die Hand drückte. »H. P. tut bestimmt nix, was dir schad'n könnte«, sagte er. »Du tustem unrecht.«

Ich setzte zu einer wütenden Entgegnung an, aber irgend etwas hielt mich zurück. Vielleicht die Erkenntnis, daß Rowlf recht hatte. Natürlich würde Howard nichts tun, was mir in irgendeiner Weise schaden könnte. Er hatte mehr als einmal bewiesen, daß er mein Freund war.

Rowlf forderte mich mit einer Geste auf, zu trinken, drückte auch Howard einen Grog in die Hand und nahm einen mächtigen Schluck aus seinem eigenen Glas. Dann sah er Howard für die Dauer eines Atemzuges ernst an.

»Sagen Sie es ihm«, sagte er leise. »Er hat ein Recht darauf.«

»Was soll er mir sagen?« fragte ich mißtrauisch.

Howard seufzte, stellte sein Glas neben sich auf den Tisch, ohne zu trinken, nahm seine Zigarre aus dem Mund und senkte den Blick. »Vielleicht hast du recht, Rowlf«, murmelte er. »Früher oder später muß es sowieso sein.« Er nickte, hob mit einem Ruck den Kopf und sah mich mit einem fast traurigen Blick an.

»Es ist noch nicht vorbei, Robert«, sagte er leise. »Erinnerst du dich, was du heute morgen gesagt hast – es ist eine Niederlage, egal, wie du es nennst?«

Ich nickte, und Howard fuhr fort: »Du hast unrecht, Robert. Eine Niederlage wäre es, wenn der Kampf vorüber wäre. Aber das ist er nicht. Im Gegenteil. Er ist noch in vollem Gange. Und ich fürchte, die Gegenseite ist bereits erfolgreicher gewesen, als ich bisher angenommen habe.«

»Die Gegenseite?«

»Yog-Sothoth«, antwortete Howard. »Er ist noch hier, irgendwo dort draußen auf dem Meer. Wahrscheinlich nicht sehr weit entfernt. Und auch dein Vater ist ganz in der Nähe.«

»Mein ... Vater?« wiederholte ich mißtrauisch. »Was hat mein Vater damit zu tun?«

Howard lachte, sehr leise und sehr bitter. »Alles, Robert. Was glaubst du, warum sich Yog-Sothoth solche Mühe gegeben hat, die Kiste mit Rodericks Büchern und ihn selbst in seine Gewalt zu bekommen? Dein Vater war ein Hexer, Junge, einer der ganz wenigen echten Magier, die es jemals gegeben hat. Und er weiß vermutlich mehr über Magie und die verborgenen Kräfte der Natur als je ein Mensch vor ihm. Den Hexern von Jerusalems Lot gelang es, die Abgründe der Zeit für einen winzigen Augenblick zu überbrücken und Yog-Sothoth und ein paar seiner untergeordneten Kreaturen in unsere Welt zu bringen, aber deinem Vater wäre es möglich, das Tor durch die Zeit vollends aufzustoßen.«

Ich erstarrte. Langsam, ganz langsam nur begriff ich, was Howard mir mit seinen Worten erklären wollte. Aber ich weigerte mich einfach, es zu akzeptieren.

»Nicht einmal Yog-Sothoth ist mächtig genug, zwei Milliarden Jahre zu überbrücken und sein Volk wiederauferstehen zu lassen«, fuhr Howard fort. »Er hat es versucht, und es ist ihm nicht gelungen. Der Zwischenfall in Boldwinns Haus hat bewiesen, daß seine Macht nicht ausreicht. Aber dein Vater könnte es, Robert. Das ist der wahre Grund, aus dem Yog-Sothoth ihn aus dem Reich der Toten zurückgeholt und gezwungen hat, für ihn zu arbeiten. Er haßt uns, uns und alles Lebende auf dieser Welt. Sie hat einmal ihm gehört, ihm und anderen, die wie er waren, und er wird nichts unversucht lassen, sie sich wieder untertan zu machen.«

»Aber mein Vater würde nie ...«

»Er ist nicht mehr Herr seines Willens, Robert«, unterbrach mich Howard hart. »Täusche dich nicht. Vor drei Tagen, am Strand, haben wir Glück gehabt, mehr nicht. Vielleicht war noch ein bißchen Menschlichkeit in ihm, und er hat uns verschont, weil du sein Sohn bist und ich sein Freund. Aber mit jeder Stunde, die er weiter unter Yog-Sothoths Einfluß steht, ist er weniger Mensch. Er ist nur ein Werkzeug, mit dessen Hilfe der *GROSSE ALTE* seine Macht festigen wird. Das ist der Grund, aus dem wir auf diesem Boot wohnen, statt im Hotel, Robert. Yog-Sothoth wird uns angreifen, denn er weiß genau, daß wir die einzigen Menschen sind, die die Gefahr kennen und seine Pläne durchkreuzen könnten, und ich habe Angst, daß noch mehr Unschuldige dabei zu Schaden kommen könnten, als es ohnehin bisher geschehen ist.«

»Und das Mädchen?« fragte ich. »Und dieser ... Spuk?«

Howard zuckte mit den Achseln. »Ich weiß es nicht«, gestand er. »Es war ein Teil von Yog-Sothoth, den du in ihr gespürt hast, jedenfalls glaube ich das. Ich weiß nicht, ob Andara bereits mit seinem Werk begonnen hat, aber ich fürchte, das, was in den letzten Tagen in der Stadt geschehen ist, beweist es.«

»Aber was hat das Läuten nicht vorhandener Glocken und das Herumspuken von Toten mit den *GROSSEN ALTEN* zu tun?« fragte ich verwirrt.

»Bei Gott, Robert, ich weiß es nicht«, seufzte Howard. »Wenn ich es wüßte, würde ich etwas dagegen tun. Aber ich fürchte, wir werden es eher herausfinden, als uns lieb ist.«

Howard weckte mich am nächsten Morgen, kaum daß die Sonne aufgegangen war. Das Wetter hatte sich im Laufe der Nacht beruhigt, aber es regnete noch immer, und das Trommeln der Wassertropfen auf dem hölzernen Deck über unseren Köpfen klang wie fernes Gewehrfeuer. Das Boot schaukelte auf den Wellen, und obwohl Rowlf am vergangenen Abend noch einmal hinaufgegangen war und zwei weitere, straff gespannte Halteseile angebracht hatte, scheuerte und schlug die Bordwand noch immer gegen den blankgeschliffenen Stein des Kais.

Ich hatte nicht viel Schlaf gefunden in dieser Nacht. Howards Worte hatten mich mehr aufgewühlt, als ich zuzugeben bereit gewesen war, sie – und vor allem gerade das, was er *nicht* gesagt hatte. Schließlich, lange nach Mitternacht, war ich trotzdem in einen unruhigen, von Alpträumen und Visionen geplagten Schlummer gesunken, ohne daß er mich indes wirklich gestärkt hätte, und es dauerte einige Augenblicke, bis das Rütteln an meiner Schulter von einem Teil eines Traumes zur Wirklichkeit wurde und ich widerwillig die Augen aufschlug.

»Steh auf, Robert«, sagte Howard ungeduldig. »Es wird Zeit. Sean ist zurückgekommen.«

Ich gähnte, streifte seine Hand ab und versuchte, die grauen Schleier vor meinen Augen wegzublinzeln. Die Kabine war von grauem Licht erfüllt, und die Kälte ließ mich trotz der drei Decken, in die ich mich hineingewickelt hatte, am ganzen Leibe zittern. »Wassislos?« murmelte ich schlaftrunken.

Eine zweite, breitschultrige Gestalt erschien neben der Howards, ließ sich in die Hocke sinken und zog mich unsanft an der Schulter hoch. Im ersten Moment glaubte ich, es wäre Rowlf, dann klärte sich mein Blick, und ich erkannte Sean. Er trug noch immer die schwarze Arbeitsjacke vom vergangenen Abend, hatte aber jetzt eine wärmende Pudelmütze übergestülpt und grobe wollene Handschuhe über die Finger gestreift. Sein Gesicht war rot vor Kälte, und unter seinen Augen lagen tiefe dunkle Ringe. Er sah aus, als hätte er in der vergangenen Nacht keine Sekunde geschlafen. Wahrscheinlich hatte er es auch nicht.

»Verdammt noch mal, was ist denn los? Geht die Welt unter?« Ich setzte mich auf, stieß mir den Hinterkopf an der Kante der Koje über mir und schwang fluchend die Beine vom Bett. Sean grinste schadenfroh.

»Ich glaube, ich habe etwas für euch«, sagte er. »Etwas, das euch interessieren dürfte.«

»Im Moment interessiert mich überhaupt nichts«, knurrte ich. »Wie spät ist es überhaupt?«

»Fast acht«, sagte Howard in leicht tadelndem Tonfall. »Sean hat vielleicht etwas entdeckt, das uns weiterhilft.«

Ich blinzelte, unterdrückte mit Mühe ein Gähnen und versuchte aufzustehen, aber das Boot schwankte so heftig unter meinen Füßen, daß ich mich am Bett festhalten mußte, um nicht das Gleichgewicht zu verlieren. »So?« sagte ich. »Und was?«

»Ich war gestern abend noch bei diesem Pferdedoktor«, berichtete Sean. »So, wie Phillips es mir aufgetragen hatte.«

»War er bei dem Mädchen?« fragte ich schlaftrunken. Wie immer, wenn ich zu wenig Schlaf gefunden hatte, fühlte ich mich zerschlagener und müder, als wäre ich gar nicht im Bett gewesen.

»Er war es«, sagte Howard plötzlich eindeutig ungeduldig. »Aber das ist nicht das Wichtigste. Der Arzt war nicht allein.«

Ich torkelte zum Tisch, suchte vergeblich nach irgendwelchen Anzeichen eines Frühstückes und griff schließlich in Ermangelung von etwas anderem nach dem Glas mit kalt gewordenem Grog vom letzten Abend. Er schmeckte fürchterlich, aber der Alkohol vertrieb für einen kurzen Moment den Eisklumpen, in den sich meine Eingeweide verwandelt zu haben schienen.

»Einer von den Jungs aus der Stadt war bei ihm«, sagte Sean. »Er war völlig aufgelöst. Erzählte irgend etwas von einem Freund und einem Buch mit komischen Schriftzeichen.«

Seine Worte rissen mich abrupt aus dem Dämmerzustand, in dem ich mich noch befand. »Ein Buch?« wiederholte ich, mit einemmal hellwach. »Was für ein Buch?«

Ich fing einen Blick von Howard auf. Offenbar bewegten sich seine Gedanken in den gleichen Bahnen wie meine. Ein Buch ...

»Das hat er nicht gesagt«, antwortete Sean. »Er hat sowieso nur haarsträubenden Unsinn geredet. Der Doc hat ihm kein Wort geglaubt und ihm ein Beruhigungsmittel gegeben und weggeschickt. Wahrscheinlich hat er ihn schlichtweg für betrunken gehalten.«

»War er es?« fragte ich.

Sean verneinte. »Ich bin ihm nachgegangen«, sagte er. »Der arme Kerl war völlig außer sich. Und ich bin sicher, daß er keinen Tropfen angerührt hat.«

»Und?« fragte Howard, als Sean nicht weitersprach.

Sean zuckte mit den Achseln. »Nichts und«, antwortete er. »Ich dachte mir, seine Geschichte würde Sie interessieren, nach allem, was in den letzten Tagen hier passiert ist.«

»Wissen Sie, wo er wohnt?« erkundigte sich Howard. Er hatte Mühe, das Zittern in seiner Stimme zu unterdrücken.

Sean schüttelte abermals den Kopf und deutete

gleich darauf mit einer Hand zur Treppe. »Nein«, sagte er. »Aber das macht nichts. Ich habe mit Gordon gesprochen – er ist hier.«

»Hier?« Instinktiv blickte ich nach oben, zur Treppe.

»In der Nähe«, sagte Sean. »Er wartet auf Sie, oben bei den Fischhallen.«

»Warum haben Sie ihn nicht gleich mitgebracht?« fragte Howard.

Sean machte eine unwillige Handbewegung. »Verdammt, es war schwer genug, ihn dazu zu überreden, überhaupt mit Ihnen zu reden«, sagte er. »Begreifen Sie immer noch nicht, was in dieser Stadt vorgeht? Die Leute hier haben Angst, und sie machen Sie für das verantwortlich, was passiert.«

»Aber das ist doch Unsinn«, widersprach ich.

»Natürlich ist es das«, sagte Sean verärgert. »Aber die Leute hier sind nun mal so. Die denken nicht unbedingt logisch, Junge.« Er stand auf. »Ich gehe zurück zu Gordon. Beeilen Sie sich. Ich weiß nicht, wie lange er noch wartet.« Mit einem letzten, abschließenden Kopfnicken verabschiedete er sich, fuhr herum und lief die Treppe hinauf. Sekunden später polterten seine Schritte auf dem Deck über uns.

Howard blickte ihm stirnrunzelnd nach. »Was hältst du von ihm, Robert?« fragte er leise.

Ich zuckte mit den Achseln, ging zum Bett zurück und begann, warme Kleider aus der Kiste zu suchen, in der wir unsere Habseligkeiten verstaut hatten. Wenn es hier drinnen schon so kalt war, mußte es draußen eisig sein. »Keine Ahnung«, antwortete ich mit einiger Verspätung. »Ich glaube nicht, daß er uns feindselig gesinnt ist – aber er ist ganz bestimmt nicht das, was er zu sein vorgibt.«

»Er hat keine einzige Frage gestellt«, murmelte Howard.

Ich sah auf, streifte mein dünnes Rüschenhemd ab und griff statt dessen nach einem wärmenden Pullover. »Wie meinst du das?«

»Gestern abend, als wir zurückgingen«, sagte Howard. »Oben in Miß Windens Wohnung dachte ich, er würde aus Rücksicht auf sie und ihre Tochter schweigen. Aber er hat auch auf dem Rückweg nichts gefragt.«

»Aber ihr habt euch doch unterhalten.«

Howard winkte ab. »Über alles mögliche, nur nicht über das Mädchen, Robert. Es schien ihn überhaupt nicht zu interessieren ... Oder«, fügte er nach einem Moment des Überlegens und mit veränderter Betonung hinzu, »er wußte Bescheid.«

»Ist dir aufgefallen, wie er kämpft?« fragte ich.

Howard blinzelte. »Was?«

»Als er mit Sally gerungen hat«, fuhr ich fort. »Ich habe ihn genau beobachtet, Howard. Wenn ich jemals einen Menschen gesehen habe, der eine Nahkampfausbildung hinter sich hat, dann Sean.«

Howard schwieg einen Moment, dann seufzte er und griff nach seinem Mantel. »Beeil dich, Robert«, sagte er. »Wir finden schon heraus, was mit ihm nicht stimmt. Im Moment steht er jedenfalls auf unserer Seite.«

»Hoffentlich«, murmelte ich. Howard zog es vor, darauf gar nicht zu antworten, sondern sah schweigend und mit wachsender Ungeduld zu, wie ich mich anzog.

Ohne ein weiteres Wort verließen wir das Boot. Rowlf erwartete uns auf dem Kai, wie Howard und ich in einen dicken, pelzbesetzten Mantel gehüllt, der ihn noch massiger erscheinen ließ, als er ohnehin war.

»Sean?« fragte Howard knapp.

Rowlf deutete mit einem behandschuhten Finger

auf eine Anzahl niedriger Lagerschuppen, die sich wenige hundert Schritte entfernt unter dem strömenden Regen duckten. »Ist dahinter verschwunden«, sagte er. »Im mittleren Schuppen.«

Wir gingen los. Der Regen war eisig, und trotz der dicken Winterkleidung zitterte ich bereits nach wenigen Schritten wieder vor Kälte. Wir gingen dicht beieinander und beeilten uns, den gewundenen Weg hinaufzugehen und uns den Lagerschuppen zu nähern. Sie lagen ein wenig abseits, wie mir auffiel, eigentlich schon zu weit vom Wasser entfernt, aber noch auf dem Hafengelände, und auf der Straße davor hatten sich Abfälle und Unrat und Schmutz gesammelt, die bewiesen, wie selten sie benutzt wurden.

Mein Blick wanderte zur Stadt hinüber, während wir uns den Schuppen näherten. Es war ein sonderbares Bild, das sich mir bot: Durness wirkte grau und leblos und wie ausgestorben, kaum wie eine wirkliche Stadt, in der Menschen lebten, sondern wie eine billige Theaterkulisse, die sich hinter den schräg vom Wind gepeitschten Regenschleiern duckte. Natürlich wirkt keine Stadt anheimelnd bei einem Wetter wie diesem; das graue Licht der Dämmerung ließ die Konturen der Häuser weich und schwammig erscheinen, und es schien keine Farben zu geben, sondern nur die unterschiedlichsten Grauschattierungen, und trotzdem war es mehr als die übliche Melancholie eines verregneten Wintermorgens. Es war, als ducke sich die Stadt unter dem tiefhängenden Himmel, und alles, was ich spürte, war ein dumpfes Gefühl der Furcht. Es war wie gestern abend, als ich mich Sally näherte – ich spürte die Anwesenheit des Fremden und Bösen, nur nicht so intensiv wie gestern. Hastig vertrieb ich den Gedanken.

Die Tür des mittleren Schuppens öffnete sich, als wir noch dreißig Schritte entfernt waren, und Sean trat auf die Straße hinaus und winkte. Wir gingen schneller. Die letzten Meter legten wir beinahe im Laufschritt zurück, um aus der Kälte und dem Regen herauszukommen.

Im Inneren des Schuppens war es so dunkel, daß ich im ersten Moment nichts als Schatten und flache, tiefenlose Umrisse sah. Die Luft roch nach fauligem Fisch und Abfällen, und es war fast noch kälter als draußen, aber wenigstens waren wir aus dem Regen heraus.

Sean deutete auf einen vielleicht zwanzigjährigen Mann, der ein Stückweit in die Schatten des Schuppens zurückgewichen war und Howard, Rowlf und mich reglos musterte. »Das ist er«, sagte er knapp.

Howard nickte, nahm seinen Hut ab und trat dem Fremden einen Schritt entgegen. »Mister ...«

»Blak«, sagte der Fremde. »Gordon Blak. Nennen Sie mich Gordon. Sie sind Phillips?«

Howard nickte, tauschte einen raschen Blick mit Rowlf und trat Blak einen weiteren Schritt entgegen. Rowlf blieb auf ein stummes Kommando von Howard hin bei der Tür zurück und spähte durch einen Spalt in den morschen Brettern nach draußen, während Sean und ich Howard folgten.

Ich besah mir diesen sonderbaren Mister Blak etwas genauer, als wir näher kamen. Er war sehr groß, fast so groß wie Sean, aber was bei diesem durchtrainierte Muskeln waren, schien bei Blak aus Fett zu bestehen; sein Gesicht war schlaff und aufgedunsen, und auf seiner Haut lag ein ungesunder Schimmer. Sein Blick flackerte, während er abwechselnd Sean, Howard und mich musterte. Er hatte Angst.

»Erzähl es ihm, Gordon«, sagte Sean. »Phillips ist in Ordnung.«

Blak zögerte noch immer. Seine Zungenspitze fuhr mit nervösen kleinen Bewegungen über seine Lippen, und an seinem Hals zuckte ein Nerv.

»Es geht um einen Freund von Ihnen?« sagte Howard freundlich, als Blak auch nach einer ganzen Weile noch nichts gesagt hatte. »Sean hat mir schon ein paar Stichworte genannt. Was ist los?«

Blak schluckte. »Es ist ... Tremayn«, sagte er stockend. Der Blick, mit dem er Sean musterte, war beinahe flehend. Aber Moore nickte nur und zauberte ein zuversichtliches Lächeln auf seine Züge.

»Wir haben dieses Buch gefunden, und seitdem ist Tremayn verändert«, sagte Gordon. Jetzt, als er sich einmal überwunden hatte, sprudelten die Worte nur so aus ihm hervor, und er sprach so schnell, daß ich ihn kaum noch verstand. »Ich weiß nicht, was mit ihm ist, aber er ist anders geworden. Ich habe fast Angst vor ihm, seit er in diesem Buch liest. Er tut nichts anderes mehr, wissen Sie, und ...«

Howard unterbrach seinen Redefluß mit einer raschen Handbewegung. »Immer der Reihe nach, Mister Blak«, sagte er. »Dieser Mister Tremayn ist ein Freund von Ihnen?«

»Nicht Mister Tremayn«, sagte Sean leise. »Tremayn ist sein Vorname.« Er lächelte, trat mit einem raschen Schritt neben Blak und legte die Hand auf seinen Unterarm. »Warum erzählst du nicht in aller Ruhe, was geschehen ist?« fragte er. »Von Anfang an.«

Gordon nickte nervös, starrte einen Moment lang zu Boden und gab sich dann einen sichtlichen Ruck. »Es war vor zwei ... vor drei Tagen«, begann er. »Wir hatten getrunken und wollten noch ein paar Schritte gehen, um wieder einen klaren Kopf zu bekommen. Und da haben wir die Spur gefunden.«

»Eine Spur?« Howard wurde hellhörig. »Was für eine Spur. Und wo?«

»Nicht sehr weit von hier«, sagte Gordon. »Gleich hinter der Kreuzung nach Bettyhill. Tremayn wollte ihr erst gar nicht nachgehen, aber ich wollte wissen, was da los war, und da hab' ich ihn überredet und er ist mitgekommen.« Er begann wieder schneller zu sprechen, wie ein Mensch, der sich irgend etwas endlich von der Seele reden konnte, und diesmal unterbrach ihn Howard nicht, sondern hörte geduldig und schweigend zu. Sein Gesichtsausdruck verdüsterte sich mit jedem Wort, das er hörte, aber er schwieg und warf mir nur von Zeit zu Zeit einen alarmierten oder besorgten Blick zu; vor allem, als Gordon den Dachboden und das Buch erwähnte, das sie bei dem Toten gefunden hatten. Erst als Gordon zu Ende gekommen war, brach er sein Schweigen wieder.

»Wo ist Ihr Freund jetzt?« fragte er.

»Zu Hause«, antwortete Gordon. »Wir ... haben ein gemeinsames Zimmer, um Geld für die Miete zu sparen, wissen Sie. Aber ich ... ich war seit zwei Tagen kaum mehr da.«

»Und das Buch hat er bei sich?«

Gordon nickte heftig. »Er rührt sich nicht mehr von der Stelle, seit wir dieses verdammte Ding gefunden haben«, sagte er. »Er ... er behauptet, es *lesen* zu können. Dabei ist es nicht einmal richtig geschrieben.«

»Nicht einmal richtig geschrieben?« Howard runzelte die Stirn. »Was meinen Sie damit, Gordon?«

Blak druckste einen Moment herum. »Nur so«, murmelte er. »Es sind keine richtigen Buchstaben, wissen Sie. Es sind ... irgendwelche Zeichen.«

»Irgendwelche Zeichen ...« Howard überlegte einen Moment. Dann ging er plötzlich in die Hocke, nahm seinen Stock und zeichnete mit der Spitze ein paar scheinbar sinnlose Linien in den Staub auf dem Boden. »Sehen sie ungefähr so aus?« fragte er.

Gordon beugte sich vor, musterte das Gekritzel einen Moment aus zusammengekniffenen Augen und nickte. »Ungefähr«, sagte er. »Wissen Sie, was ... was sie bedeuten?«

Diesmal sah ich deutlich, wie Howard erbleichte. »Ich fürchte es«, murmelte er.

»Können Sie Tremayn helfen?« fragte Gordon.

»Ich weiß es nicht«, sagte Howard. »Aber ich fürchte, Ihr Freund ist in großer Gefahr, Gordon. Bringen Sie uns zu ihm.«

Gordon fuhr sichtlich zusammen. »Ich ... habe versprochen, niemandem etwas zu sagen«, murmelte er. »Er ...«

»Ihr Freund ist in großer Gefahr, Gordon«, sagte Howard noch einmal. »Glauben Sie mir. Er wird vielleicht sterben, wenn wir nicht zu ihm gehen.«

»Ich weiß, wo er wohnt«, sagte Sean leise. »Ich kann Sie hinbringen.« Er wandte sich an Gordon. »Vielleicht ist es besser, wenn du nicht mitkommst, Gordon.«

»Ich ... bringe euch hin«, murmelte Gordon. »Aber Sie können Tremayn doch helfen, oder? So, wie ... wie Sie Sally geholfen haben.«

Howard sog hörbar die Luft ein, drehte sich mit einem Ruck herum und starrte Sean an. Aber der dunkelhaarige Riese zuckte nur mit den Achseln. »Ich habe kein Wort gesagt«, sagte er gleichmütig. »Aber was haben Sie erwartet? Daß wirklich niemand erfährt, was Sie getan haben?«

»Nein«, sagte Howard düster. »Ich habe nur gehofft, ein wenig mehr Zeit zu haben. Aber das spielt jetzt auch keine Rolle mehr.« Er setzte seinen Hut auf und deutete zur Tür. »Bringen Sie uns zu Ihrem Freund, Gordon.«

Gordon blickte ihn noch einen Moment zögernd an, dann atmete er hörbar aus, nickte und ging zum Ausgang. Sean folgte ihm, und auch Howard wollte sich umwenden und den Schuppen verlassen, aber ich hielt ihn zurück.

»Was hat das zu bedeuten?« fragte ich scharf, aber so leise, daß Sean und Gordon meine Worte nicht verstehen konnten. »Ist es eines der Bücher aus der Seekiste?«

Howard streifte meine Hand ab. »Ich weiß es nicht«, murmelte er. »Aber ich befürchte es.«

Ich deutete auf die Schriftzeichen, die er in den Staub gemalt hatte. »Aber du weißt immerhin, in welcher Sprache das Buch geschrieben ist, von dem du nicht weißt, welches es ist«, sagte ich spöttisch. »Verdammt, Howard, wann wirst du mir endlich die Wahrheit sagen?«

»Das habe ich getan, gestern abend«, antwortete er, aber ich fegte seine Worte mit einer zornigen Geste beiseite.

»Stückweise, ja«, schnappte ich. »Immer so viel, wie gerade unumgänglich notwendig ist, wie? Was sind das für Symbole? Was ist das für ein Buch?«

Howard wandte sich um und verwischte die Schrift im Staub mit dem Fuß. »Es ist arabisch«, sagte er. »Jedenfalls, wenn es sich um das Buch handelt, von dem ich fürchte, daß Tremayn es in Besitz hat.«

»Eines der Bücher meines Vaters?«

Howard nickte. »Das Schlimmste, Junge. Das *Necronomicon.*«

»Aha«, sagte ich. »Und was *ist* das Necronomicon?«

»Das kann ich dir nicht sagen«, antwortete Howard, und irgendwie spürte ich, daß er es diesmal ernst meinte. Er *konnte* es wirklich nicht. »Aber wenn es das ist, was ich fürchte«, fügte er hinzu, »dann ist nicht nur dieser Tremayn in Gefahr. Nicht einmal nur diese Stadt, Robert.«

Wir gingen nicht direkt in die Stadt, sondern kehrten noch einmal zum Boot zurück. Howard gebot uns mit einer Geste, am Kai zu warten, setzte mit einem gewagten Sprung auf das schwankende Deck des Schiffchens über und verschwand mit raschen Schritten unter Deck. Der Regen nahm zu, und draußen über dem Meer ballten sich bereits neue Gebilde aus schwarzen Wolken zusammen, während wir, frierend und wie eine Herde verängstigter Schafe eng zusammengedrängt, auf Howards Rückkehr warteten.

Er blieb lange unter Deck, und als er wieder heraufkam, trug er einen grauen Leinenbeutel in den Händen und hatte seinen Mantel abgelegt, trotz der unbarmherzigen Kälte. Wortlos sprang er auf die Uferbefestigung hinauf, kam zu uns herüber und öffnete seinen Beutel.

Sean stieß ein erstauntes Keuchen aus, als er sah, was darin war.

Revolver.

Es waren vier klobige, mit weißen Perlmuttgriffen besetzte Trommelrevolver, langläufig und von einem Kaliber, das selbst einem Elefanten Respekt eingeflößt hätte. Schweigend reichte Howard jedem von uns – außer Gordon – eine Waffe, schob sich selbst den letzten verbliebenen Revolver unter der Jacke in den Gürtel und warf den Beutel achtlos ins Wasser.

»Was bedeutet das?« fragte Sean mißtrauisch, während er die Waffe in den Händen drehte und sie betrachtete, als wüßte er nicht genau, was er da überhaupt hatte. In seinen gewaltigen Pranken wirkte der Revolver wie ein Spielzeug.

»Eine reine Vorsichtsmaßnahme«, sagte Howard. »Es besteht kein Grund zur Sorge. Steckt sie weg und sorgt dafür, daß niemand etwas davon sieht.«

»Eine Vorsichtsmaßnahme?« Sean lachte böse.

»Wenn wir keinen Grund zur Sorge haben, dann ist das ein bißchen übertrieben, finden Sie nicht?«

»Stecken Sie sie weg«, sagte Howard, ohne direkt auf seine Frage zu antworten. »Bitte.«

»Was soll das heißen?« Gordon, der bisher kein Wort gesagt, sondern Howard nur mit wachsender Verwirrung angestarrt hatte, trat mit einem raschen Schritt zwischen ihn und Sean und streckte die Hand aus, als wolle er Howard am Kragen packen, führte die Bewegung aber nicht zu Ende. »Wieso diese Pistolen? Sie haben gesagt, Sie würden Tremayn helfen, und jetzt ...«

Ich verstand nicht, was er weiter sagte. Ein einzelner, krachender Donnerschlag rollte vom Meer heran und verschluckte seine Worte. Howard fuhr bei dem Geräusch zusammen, drehte sich instinktiv herum – und erstarrte.

Das Meer hatte sich verändert, von einer Sekunde auf die andere. Aus der grauen, sturmgepeitschten Wasserfläche war eine nachtschwarze Ebene geworden, über der sich Schatten zu huschenden Schemen ballten, und im Norden zuckte Blitz auf Blitz aus den Wolken, ohne daß der geringste Laut zu hören war. Der Wind steigerte sich in Sekundenbruchteilen zu einem tobenden Orkan, und der Regen schien plötzlich aus zahllosen winzigen Nadeln zu bestehen, die schmerzhaft in mein Gesicht stachen.

»Mein Gott!« keuchte Sean. »Was ist das?«

Wie zur Antwort auf seine Frage spaltete ein weiterer, blauweiß blendender Blitz das Firmament.

Und dann brach die Hölle los.

Ein ungeheures Dröhnen und Grollen ließ den Boden unter unseren Füßen erbeben. Die Blitze zuckten so rasch hintereinander, daß der gesamte Horizont wie in einer blauweißen, unerträglich grellen Orgie aus

Licht aufzuflammen schien, als wäre die Welt selbst in Brand geraten. Howard schrie etwas, aber der nicht enden wollende Donner riß ihm die Worte von den Lippen. Der Regen fiel so dicht, als wären die Wolken über uns mit einem einzigen Schlag zerbrochen.

Und aus dem Meer krochen Schatten.

Im ersten Moment hielt ich es für Nebel, aber dann sah ich, daß das nicht stimmte. Es waren Schatten.

Menschliche Schatten.

Lautlos und mit umständlich aussehenden, aber raschen Bewegungen tauchten sie aus dem Wasser, griffen mit rauchigen Armen nach der Kaimauer und zogen sich hinauf, erst einer, dann zwei, drei – schließlich ein ganzes Dutzend. Sean schrie auf, riß seinen Revolver aus der Tasche und schoß; drei-, vier-, fünfmal hintereinander. Der Donner verschluckte das Geräusch der Schüsse, aber ich sah das Mündungsfeuer wie kleine orangerote Blitze nach den Schattengestalten stechen.

Und ich sah, wie die Kugeln weit hinter den höllischen Kreaturen Funken aus dem Boden schlugen, ohne ihnen den geringsten Schaden zuzufügen.

»Weg!« brüllte Howard. *»Lauft um euer Leben!«*

Seine Worte rissen mich endlich aus meiner Erstarrung. Ich fuhr herum, versetzte Gordon, der mit offenem Mund und ungläubig aufgerissenen Augen dastand und das unglaubliche Bild anstarrte, einen rüden Stoß und taumelte vom Ufer weg.

Aber ich kam nur wenige Schritte weit.

Über der schmalen Straße ballte sich Nebel zusammen, lautlos und unglaublich schnell. Und hinter diesem Nebel bewegten sich Schatten ...

»Zurück!« schrie Howard mit überschnappender Stimme. »Robert! Gordon! Paßt auf!«

Seine Warnung kam zu spät. Der Nebel floß mit

unglaublicher Geschwindigkeit auf uns zu, hüllte Gordon und mich ein und legte sich wie eine brodelnde Barriere aus wogendem Grau und Kälte zwischen uns über die Straße. Gordon schrie auf, warf die Arme in die Luft und brach mit einem gurgelnden Laut zusammen.

»Robert, komm zurück!« brüllte Howard. »Geh nicht hin!«

Ich ignorierte seine Worte, fuhr herum und hetzte mit zwei, drei gewaltigen Sätzen zu Gordon zurück. Der Nebel wurde dichter und legte sich wie ein schmieriger, kalter Film auf meine Haut, und die Kälte wurde unerträglich. Wie aus weiter Ferne hörte ich Gordon schreien, und es waren keine Schreie der Angst, sondern ein verzweifeltes Schmerzgebrüll. Ich stolperte, verlor um ein Haar das Gleichgewicht und blieb stehen. Der Nebel hüllte mich ein wie graue Watte, und meine Haut begann zu brennen, als wären die winzigen Wassertröpfchen, die er darauf ablud, mit Säure versetzt.

»Robert, komm zurück! Du kannst ihm nicht helfen!«

Howards Stimme klang unwirklich, und sie hörte sich an, als wäre er Meilen entfernt. Irgendwo vor mir schrie Gordon noch immer, aber ich sah nichts außer dem wogenden Grau des Nebels und den huschenden Schatten, die sich dahinter verborgen hatten. Ich glaubte Menschen zu erkennen, vielleicht auch andere, schrecklichere Wesen, zerfließende, dunkle Umrisse, die aus dem Nichts auftauchten und sich irgendwo vor mir versammelten, um Dinge zu tun, die ich nicht erkennen konnte.

Gordon!

Ohne auf Howards Warnung zu hören, stürzte ich vor, schlug mit den Händen in den Nebel und brüllte verzweifelt Gordons Namen. Die Schatten spritzten auseinander, und für den Bruchteil einer Sekunde glaubte ich, in ein verzerrtes, bizarr entstelltes Gesicht zu starren, die Fratze eines Toten, auf unvorstellbare Weise verzerrt und verdreht, der Mund ein zerfranster Schlitz, hinter dem faulige Zähne und blanker Knochen sichtbar wurden. Ich schrie vor Schrecken, hob die Faust und schlug instinktiv zu, aber meine Hand durchdrang das Gesicht, als wäre es nichts weiter als eine Illusion.

Halb verrückt vor Angst taumelte ich weiter. Der Nebel wurde noch dichter, quoll mir wie zäher, klebriger Rauch entgegen und ließ meine Haut brennen. Meine Augen schmerzten und ich konnte kaum noch sehen. Aber ich mußte Gordon finden. Er war irgendwo vor mir, verborgen von diesem unheimlichen, ätzenden Nebel, und seine Schreie klangen kaum mehr menschlich. Er starb.

Mein Fuß stieß gegen ein Hindernis. Ich stolperte, kippte mit wild rudernden Armen zur Seite und schlug schwer auf dem Boden auf. Eine halbe Sekunde lang blieb ich benommen liegen, dann stemmte ich mich hoch, drehte mich herum und griff blindlings in den Nebel hinein.

Meine Hand bekam etwas Weiches, Nachgiebiges zu fassen, tastete weiter, fühlte Augen, eine Nase, Lippen – ein Gesicht. Gordons Gesicht!

Mit einer verzweifelten Bewegung warf ich mich vor, tastete blind nach Gordons Schultern und versuchte, ihn auf die Füße zu zerren, aber er war zu schwer. Meine Hände waren plötzlich feucht, feucht und klebrig, aber ich versuchte gar nicht daran zu denken, was es war, das ich fühlte. Gordon schrie noch immer. Sein Körper zuckte wie in Krämpfen unter meinen Händen, aber er machte keine Anstalten, mir zu helfen. Obwohl ich nur noch wenige Zentimeter von ihm entfernt war, konnte ich ihn noch immer nicht richtig erkennen. Alles, was ich sah, war ein länglicher dunkler Umriß hinter dem Nebel.

Eine Hand ergriff mich bei der Schulter und riß mich mit einem so harten Ruck zurück, daß ich Gordons Jacke fahren ließ und abermals das Gleichgewicht verlor. Rowlf! Er schrie etwas, das ich nicht verstand, zerrte mich rücksichtslos auf die Füße und stieß mich vorwärts, in den Nebel hinein und fort von Gordon. Ich versuchte mich zu wehren, aber Rowlfs gewaltigen Körperkräften hatte ich nichts entgegenzusetzen. Ohne auf meinen Protest und meine verzweifelte Gegenwehr zu achten, zerrte er mich mit sich. Erst als die Gestalten Howards und Seans vor uns auftauchten, ließ er meine Hand los.

»Verdammt, Rowlf, wir müssen zurück!« keuchte ich. »Gordon ist noch dort drinnen!«

»Du kannst ihm nicht mehr helfen, Junge.« Howard berührte mich an der Schulter und deutete mit der anderen Hand zurück auf die brodelnde graue Wolke, die die Straße hinter uns versperrte.

Ich erschrak. Erst jetzt, als ich aus dem Nebel heraus war, sah ich, *wie* dicht die kochende, graue Masse war. Es sah kaum mehr aus wie Nebel, sondern eher wie eine zähe, sirupartige Flüssigkeit, die unter einer inneren Spannung kochte und brodelte. Die Gestalten der Schattenwesen waren nicht mehr zu erkennen, und auch von Gordon war keine Spur mehr zu sehen. Er hatte aufgehört zu schreien, aber ich glaubte, das verzweifelte Gellen noch immer in meinen Ohren zu hören.

»Du kannst ihm nicht helfen, Robert«, sagte Howard noch einmal. »Niemand kann das.« Er schüttelte den Kopf, sah mich ernst an und deutete auf meine Hände.

Sie waren rot. Die klebrige Wärme, die ich gefühlt hatte, war Blut gewesen. Für einen Moment glaubte ich noch einmal das schreckliche Bild vor mir zu sehen, das sich mir im Inneren der Nebelwolke geboten hatte – Schatten, die aus allen Richtungen herbeihuschten und sich lautlos über den verzweifelt um sich schlagenden Körper eines Menschen beugten, seine Schreie, die spitzer und spitzer wurden und nicht enden wollten ...

Ich stöhnte leise, schloß für einen Moment die Augen und kämpfte die Übelkeit zurück, die in meiner Kehle emporkroch.

Als ich die Lider wieder öffnete, war der Nebel verschwunden. So rasch, wie die unheimlichen Schwaden gekommen waren, hatten sie sich wieder ins Nichts zurückgezogen, und mit ihnen waren die Schattenwesen gegangen, wie ein Spuk, der sich unter den ersten Strahlen der Sonne auflöst.

Und mit ihm war Gordon verschwunden. So spurlos wie ein Schatten.

»Dort.« Sean deutete mit einer abgehackt wirkenden Geste auf ein graues, dreigeschossiges Haus ganz am Ende der Straße. Wir waren nicht lange unterwegs gewesen – zehn, vielleicht fünfzehn Blocks vom Hafen entfernt, noch nicht in der eigentlichen Innenstadt, aber auch nicht mehr im eigentlichen Hafengebiet, sondern in der schmalen, von kleinen Geschäften mit blinden Schaufensterscheiben und bescheidenen Häusern mit zahllosen winzigen Wohnungen beherrschten Gegend, in der die Hafen- und Fabrikarbeiter von Durness wohnten und die Fremden wohl nur selten wirklich bewußt zur Kenntnis nahmen. Die Gegend war nicht so schlimm wie die, in die er uns gestern abend geführt hatte. Trotzdem war es kein Viertel, in das ich freiwillig allein und nach Dunkelwerden gegangen wäre.

Und es war still und scheinbar menschenleer wie die Gegend, in der wir gestern nacht gewesen waren. Hier und da brannte Licht hinter den geschlossenen Läden der Wohnungen, aber nirgends war auch nur ein einziger Mensch zu sehen. Der Nebel war uns nachgekrochen und hing wie graue, flockige Schleier zwischen den Häusern, aber es war jetzt ein ganz normaler Nebel. Trotzdem ließ mich der Anblick frösteln.

»Warum sind es immer die Armen, die es als erste trifft?« dachte ich.

»Weil es einen Grund dafür gibt, Robert«, antwortete Howard. Ich fuhr zusammen und sah ihn beinahe verlegen an. Mir wurde erst jetzt klar, daß ich den Gedanken laut ausgesprochen hatte.

»Einen Grund?«

Howard nickte. »Sie sind selten glücklich, Robert. Und das Böse sucht sich seine Opfer immer da, wo das Unglück bereits Einzug gehalten hat.«

Die Worte hörten sich seltsam theatralisch an, aber Howard brachte mich mit einer entschiedenen Geste zum Schweigen, als ich eine weitere Frage stellen wollte, und wandte sich wieder an Sean. »In diesem Haus?«

»Ja. Ich bin nicht sicher, aber ich glaube, sie wohnen ganz oben, in einer ausgebauten Dachkammer. Wir werden sehen.« Er wollte losgehen, aber Howard hielt ihn am Arm zurück.

»Es ist besser, wenn Sie nicht mitkommen, Sean«, sagte er ernst. »Warten Sie hier auf uns. Wir finden die Wohnung schon.«

»Ich habe keine Angst«, sagte Sean, aber wieder ließ ihn Howard nicht zu Wort kommen.

»Das glaube ich Ihnen, Sean«, sagte er ernst. »Aber

ich erlaube trotzdem nicht, daß Sie mitkommen. Sie haben gesehen, was mit Gordon passiert ist.«

»Sie denken doch nicht, daß das auf Tremayns Konto geht? Er und Gordon sind seit fünfzehn Jahren befreundet.«

Howard wies mit einer Kopfbewegung über die Straße. »Wenn es sich bei dem Buch, das da oben liegt, wirklich um das handelt, was ich befürchte, Sean, dann ist dieser Mann nicht mehr Tremayn«, sagte er ernst. »Sie bleiben hier, Sean. Außerdem brauchen wir jemanden, der uns den Rücken deckt.« Er sah sich mit übertriebener Gestik nach beiden Seiten um. »Diese Stille gefällt mir nicht. Wenn Sie uns schon helfen wollen, dann bleiben Sie hier, und halten Sie die Augen auf. Und wenn Sie irgend etwas Auffälliges bemerken, dann warnen Sie uns.«

Sean widersprach nicht mehr, und Howard drehte sich rasch um und begann, mit weit ausgreifenden Schritten die Straße zu überqueren. Rowlf und ich folgten ihm in geringem Abstand.

Das Haus ähnelte in seinem Inneren dem, in dem wir am vergangenen Abend gewesen waren, war aber größer und nicht ganz so heruntergekommen. Von dem schmalen, von muffiger Luft erfüllten Korridor zweigten eine Anzahl Türen ab, durch die Stimmen und Geräusche zu uns herausdrangen, aber Howard ignorierte sie und steuerte zielstrebig die ausgetretene Holztreppe in die oberen Geschosse an.

Als wir den ersten Treppenabsatz erreichten, ging eine der Türen auf, und ein verschlafenes, schmales Gesicht blickte zu uns heraus.

»Was wollen Sie hier?« fragte der Mann unfreundlich.

»Wir suchen jemanden«, antwortete Howard.

»Und wen?«

»Einen ... Freund von uns«, erwiderte Howard zögernd. »Man sagte uns, er wohne in diesem Haus. Tremayn.«

»Tremayn?« Der Ausdruck des Mißtrauens auf dem Gesicht des Mannes verstärkte sich. »Der wohnt hier«, sagte er, »ganz oben, in der Dachkammer. Was wollen Sie von ihm?«

»Dat sag'n wir ihm schon selbst«, knurrte Rowlf. Der Mann wollte widersprechen, besann sich aber – nach einem zweiten, etwas eingehenderen Blick auf Rowlfs hünenhafte Gestalt – eines anderen und zog sich hastig in seine Wohnung zurück. Howard deutete mit einer Kopfbewegung nach oben. »Weiter.«

Wir stürmten los, durchquerten einen weiteren düsteren Korridor und erreichten schließlich nach einer weiteren Treppe das Dachgeschoß. Es gab kaum Licht, aber die Helligkeit reichte wenigstens aus, zu sehen, daß von dem niedrigen Gang nur eine einzige Tür abzweigte.

Howard hob warnend die Hand, legte den Zeigefinger über die Lippen und zog mit der anderen Hand den Revolver aus der Manteltasche. Auch Rowlf nahm seine Waffe zur Hand, nur ich zögerte noch. Normalerweise ist es ein beruhigendes Gefühl, in einer Situation wie dieser das Gewicht einer Waffe in der Hand zu haben, aber in diesem Moment spürte ich einfach, daß uns die Waffen nichts nutzen würden, absolut nichts. Nichts gegen die Gefahren, die hinter dieser Tür auf uns lauern mochten.

»Bleibt zurück«, flüsterte Howard. »Und paßt auf!« Er ging in die Hocke, legte Hut, Stock und Mantel lautlos zu Boden und näherte sich geduckt der Tür.

Sie ging auf, als er noch einen Schritt davon entfernt war.

Howard blieb verblüfft stehen. Lautlos und wie von

Geisterhand bewegt schwang die Tür auf und gewährte uns einen Blick in den dahinterliegenden Raum.

Oder das *Etwas,* in das er sich verwandelt hatte.

Der Anblick war so bizarr wie erschreckend.

Auf dem Boden brodelte Nebel, grüner, in einem unheimlichen inneren Schein leuchtender Nebel, von dem ein stechender Geruch ausging. Die Wände waren dick mit Eis verkrustet, und unter den spitz zusammenlaufenden Dachbalken wehten graue, klebrige Schleier, die wie Spinnweben aussahen. Die Luft im Inneren des Zimmers pulsierte in dem gleichen grünlichen Schein, der auch den Nebel erfüllte, und die wenigen Möbelstücke, mit denen das Zimmer eingerichtet war, waren ausnahmslos unter einem dicken Panzer aus milchigem Eis verschwunden. Ein Hauch unglaublicher Kälte wehte zu uns heraus.

Aber ich nahm von all dem kaum etwas wahr. Mein Blick war wie hypnotisiert auf den runden Tisch unter dem Fenster gerichtet, der als einziges Möbelstück eisfrei geblieben war. Auf ihn und den Mann, der hoch aufgerichtet dahinter stand …

»Treten Sie ein, Mister Lovecraft«, sagte er. Seine Stimme klang furchtbar, hell und gläsern und knarrend, als versuche ein Wesen aus Eis oder Glas zu sprechen. »Ich habe Sie erwartet.«

Howard zögerte. Die Waffe in seiner Hand zitterte, senkte sich ein wenig und kam mit einem Ruck wieder hoch.

»Stecken Sie Ihre Waffe weg, Lovecraft«, sagte der Mann. »Sie wissen, daß sie nutzlos gegen mich ist.« Er trat um den Tisch herum und machte eine abgehackte, einladende Bewegung. Ich sah, wie sich kleine Eisstückchen von seiner Haut lösten und lautlos in der brodelnden Nebelschicht auf dem Boden verschwanden. *Wieso lebte er noch?*

»Wer ... wer sind Sie?« fragte Howard stockend.

»Wer ich bin?« Das Gesicht des Mannes blieb ausdruckslos wie eine Maske, aber er lachte; ein Laut, der mir einen eisigen Schauer den Rücken herablaufen ließ. »Der, den Sie gesucht haben, Lovecraft. Sie und Ihr närrischer junger Freund. Ich bin Tremayn. Sie wollten doch zu mir. Oder war es das, was Sie gesucht haben?« Er trat ein weiteres Stück zur Seite und deutete mit einer dramatischen Geste auf den Tisch.

Howard fuhr wie unter einem Peitschenhieb zusammen, als er das Buch sah.

Es lag aufgeschlagen auf dem Tisch, ein mächtiger, in steinhart und schwarz gewordenes Schweinsleder gebundener Band. Der grüne Schein, der das Zimmer erfüllte, schien über den aufgeschlagenen Seiten besonders intensiv zu sein, und trotz der großen Entfernung glaubte ich zu erkennen, daß sich die verschnörkelten Schriftzeichen auf dem gelben Pergament bewegten.

Howard erwachte mit einem Keuchen aus seiner Erstarrung, trat mit drei, vier raschen Schritten in das Zimmer hinein und blieb stehen, als Tremayn ihm den Weg vertrat.

»Ich würde Ihnen nicht raten, es zu berühren«, sagte Tremayn leise. »Es wäre Ihr Tod, Lovecraft.«

Howard starrte ihn für die Dauer eines Atemzuges fast haßerfüllt an. »Was ... was haben Sie getan, Sie Narr?« keuchte er.

»Was ich tun mußte.« Tremayn lachte leise. »Sie wissen es, Lovecraft. Sie wären nicht gekommen, wenn Sie es nicht wüßten. Aber es ist zu spät.« Er wandte den Kopf und blickte zu mir und Rowlf auf den Flur hinaus. »Treten Sie näher, meine Herren«, sagte er. »Keine Sorge – keinem von Ihnen wird etwas geschehen, wenn Sie vernünftig sind.«

Alles in mir sträubte sich dagegen, und eine Stimme flüsterte mir zu, daß es kompletter Wahnsinn war und ich die Beine in die Hand nehmen und laufen sollte, so schnell und so weit ich konnte, aber statt dessen setzte ich mich – fast gegen meinen Willen – in Bewegung und trat in das Zimmer hinein. Die Kälte hüllte mich ein wie ein gläserner Mantel, und in meinen Beinen machte sich ein kribbelndes, unbeschreiblich widerwärtiges Gefühl breit, als ich in den Nebel eindrang. Es fühlte sich an, als kröchen Millionen winziger Spinnen über meine Haut.

»Sie sind wahnsinnig, Tremayn«, murmelte Howard. »Sie wissen nicht, was Sie getan haben.«

»O doch, ich weiß es«, widersprach Tremayn. »Ich tat, was getan werden mußte.«

»Sie werden sterben!« sagte Howard.

Tremayn nickte ungerührt. »Wahrscheinlich«, sagte er. »Aber was zählt ein einzelnes Leben, noch dazu das eines *Menschen?*« So, wie er das Wort aussprach, hörte es sich an wie eine Beschimpfung. »Sie kommen zu spät, Lovecraft. Es ist geschehen. Die Macht der wahren Herren dieser Welt wird wieder auferstehen, größer und allumfassender als zuvor. Und es gibt nichts mehr, was Sie dagegen tun könnten.«

Ich verstand nicht, was er meinte, aber seine Worte brachten irgend etwas in mir zum Klingen, das gleiche unsichtbare Etwas, das ich am vergangenen Abend bereits gespürt hatte, als ich den Dämon aus dem Geist des Mädchens verjagte. Und so wie gestern fühlte ich mich plötzlich wieder wie ein hilfloser Zuschauer, ein allenfalls geduldeter Gast in meinem eigenen Körper, dessen Willen in die hinterste Ecke seines Bewußtseins zurückgedrängt worden war. Ohne mein Zutun setzten sich meine Beine in Bewegung. Ich sah, wie sich meine Hände hoben und nach Tremayn griffen, sah die

Wut in seinen Augen und hörte den ungläubigen Schrei, als er wie von einer unsichtbaren Gewalt gepackt und mit mörderischer Kraft zurückgeschleudert wurde.

»Robert!« keuchte Howard. »Es ist dein Tod!«

Ich hörte seine Worte, aber ich war unfähig, darauf zu reagieren oder auch nur zu antworten. Langsam trat ich auf den Tisch zu, umrundete ihn und blieb, die Hände in einer fast beschwörenden Geste ausgestreckt, vor dem Buch stehen. Mein Körper gehorchte mir nicht mehr. Ich wollte schreien, aber nicht einmal das konnte ich. Meine Hände bewegten sich wie von selbst, näherten sich den aufgeschlagenen Buchseiten, verharrten einen halben Zentimeter darüber – und senkten sich weiter …

»Nein!« kreischte Tremayn. »Tun Sie es nicht, Sie Narr! Sie werden alles zunichte machen!«

Meine rechte Hand berührte das Buch.

Es war ein Gefühl, als hätte ich ins Herz einer glühenden Sonne gegriffen. Es war kein Schmerz. Keine Hitze oder Kälte oder sonst eine körperliche Empfindung.

Es war Haß, der alles überstieg, was ich jemals erlebt hatte, auf alles, was lebte und fühlte. Ich taumelte, schrie auf und versuchte, meine Hand vom Einband des Buches zu lösen, aber es ging nicht. Meine Finger klebten wie angewachsen an dem schwarzen Leder, und eine unendlich fremde Kraft pulsierte durch meinen Arm, fraß sich wie weißglühende Lava in mein Bewußtsein und ließ mich schreien, schreien, schreien … Wie in einer bizarren, unwirklichen Vision sah ich, wie Howard und Tremayn gleichzeitig herumwirbelten und auf mich zustürzten.

Tremayn war um den Bruchteil einer Sekunde schneller.

Seine Faust traf Howard am Kinn und schleuderte ihn zurück, und fast gleichzeitig klatschte seine andere Hand auf die meine herab und versuchte, sie vom Einband des Buches loszureißen.

Irgend etwas geschah. Es ging zu schnell, als daß ich wirklich begriff, was es war – es war wie das blitzartige Überspringen eines Funkens, ein Gefühl, als entlüde sich die aufgestaute Energie in meinem Inneren in einem einzigen, gewaltigen Schlag, als sich unsere Hände berührten. Für den Bruchteil einer Sekunde glaubte ich, ein Licht zu sehen, ein winziges, unerträglich grelles Licht, das aus meinen Fingerspitzen brach und sich in seinen Körper fraß, dann wurde Tremayn abermals von einer unsichtbaren Faust gepackt und herumgeworfen. Aber diesmal stürzte er nicht zu Boden, sondern blieb, wie von unsichtbaren Händen gehalten, starr und in unnatürlich verkrümmter Haltung stehen.

Tremayns Körper begann von innen heraus zu glühen, erst rot, dann gelb, schließlich in einem unerträglich grellen, blauweißen Licht, alles in einer einzigen, schrecklichen Sekunde. Eine Welle glühendheißer Luft fauchte durch das Zimmer, ließ das Eis an den Wänden verdampfen und die Fensterscheibe zerspringen, und plötzlich schoß eine brüllende Feuersäule aus dem Boden, hüllte Tremayns Körper ein und verschlang ihn.

Ich spürte kaum, wie mich die Druckwelle erreichte und zu Boden schleuderte. Ich fiel, rollte haltlos über den Boden und kam mit einem schmerzhaften Schlag zur Ruhe. Meine Hand umklammerte noch immer das Buch. Howard schrie irgend etwas, das ich nicht verstand, und plötzlich waren überall Flammen und Rauch. Dort, wo die Feuersäule das Dach berührt hatte, gähnte eine gewaltige, gezackte Öffnung, aus deren

Ränder Flammen schlugen. Die morschen Balken brannten wie Zunder, und das Feuer breitete sich mit unheimlicher Geschwindigkeit aus, viel schneller, als es eigentlich möglich war. Ich hustete, stemmte mich mühsam auf Hände und Knie hoch und hielt nach Howard und Rowlf Ausschau. Ihre Gestalten waren nur als flackernde dunkle Schemen hinter der Wand aus Flammen zu erkennen, die das Zimmer in zwei ungleichmäßige Hälften teilte. Die Hitze wurde unerträglich.

»Robert!« schrie Howard. »Spring! Um Gottes willen, spring! Das ganze Haus fängt Feuer!«

Ich stand auf, machte einen Schritt auf die Flammenwand zu – und prallte abermals zurück. Die Hitze war unvorstellbar. Meine Kleider begannen zu schwelen, und mein Gesicht schmerzte, als stünde es bereits in Flammen. Aber ich hatte keine Wahl. Die Feuerwand bewegte sich rasend schnell auf mich zu; in wenigen Sekunden würde das ganze Zimmer ein einziges Flammenmeer sein, und ich würde verbrennen.

Ich atmete ein, so tief ich konnte, hob das Buch schützend vor das Gesicht – und stieß mich mit aller Kraft ab.

Es dauerte weniger als eine Sekunde, aber mir kam es vor wie Jahre. Die Flammen hüllten meinen Körper ein und verwandelten meine Kleider in schwelende, schwarze Fetzen. Ein Schmerz explodierte in meinem Körper, und in meinen Lungen schien plötzlich weißglühende Lava zu sein. Ich fiel, schlug mit der Stirn gegen die steinharte Kante des Buches und kämpfte mich keuchend auf Hände und Knie hoch, ehe mich Rowlf erreichte und auf die Füße riß und auf den Ausgang zustieß. Auch in diesem Teil des Zimmers tobten bereits die Flammen, und die Luft war so heiß, daß ich gequält aufschrie, als ich zu atmen versuchte.

Als wir aus dem Zimmer taumelten, blickte ich noch einmal über die Schulter zurück. Und genau in diesem Moment schlugen die Flammen über der Stelle zusammen, an der ich gerade noch gestanden hatte. Das Brüllen der feurigen Explosion klang wie ein dämonischer Wutschrei.

Das Haus brannte wie ein gewaltiger Scheiterhaufen, als wir auf die Straße hinausliefen. Die Hitze war uns wie eine unsichtbare, glühende Pranke nachgefolgt, während wir die morschen Holztreppen hinunterrannten, und die Flammen hatten mit der gleichen, unheimlichen Geschwindigkeit in dem morschen Gebälk um sich gegriffen, in dem sie sich bereits in Tremayns Zimmer ausgebreitet hatten. Howard, Rowlf und ich hatten gegen alle Türen geschlagen und lauthals »Feuer!« geschrien, um die Bewohner zu warnen, aber auf der Straße vor dem Haus drängelten sich bereits fast ein Dutzend Menschen, zum Teil noch in Nachthemden oder nur mit hastig übergestreiften Hosen oder Mänteln bekleidet. Trotzdem hatten wir uns auf dem letzten Dutzend Schritte fast mit Gewalt weiterkämpfen müssen, und es war das erste Mal, daß ich wirklich erlebte, was das Wort ›Panik‹ bedeutete.

Die Straße war nicht mehr leer. Aus allen Richtungen kamen Menschen herbeigerannt, und das unheimliche Schweigen, das uns auf dem Weg hierher begleitet hatte, war dem Rufen und Gellen zahlloser durcheinanderschreiender Stimmen gewichen.

Ich sah mich um, während wir, angeführt von Rowlt, der seine gewaltigen Körperkräfte einsetzte, um uns einen Weg durch die immer dichter werdende Menge zu bahnen, über die Straße liefen. Das Haus war nicht mehr zu retten. Aus dem geborstenen Dachstuhl schlugen zehn Meter hohe Stichflammen. Schwarzer, fettiger Rauch quoll aus den geschwärzten Fenstern des Dachgeschosses, und Millionen winziger, rotglühender Funken regneten wie feurige Käfer auf die Straße und die benachbarten Häuser herab. Wenn nicht im letzten Moment ein Wunder geschah, würde das Feuer auf die angrenzenden Gebäude übergreifen und vielleicht den ganzen Straßenzug in Schutt und Asche legen.

Sean erwartete uns auf dem gegenüberliegenden Gehsteig. Seine Augen waren vor Schrecken geweitet. »Was ist geschehen?« fragte er. »Ich ... ich sah eine Explosion, und –«

»Jetzt nicht!« unterbrach ihn Howard hastig. »Wir müssen weg. Schnell!«

Er kam nicht dazu, seinen Vorsatz in die Tat umzusetzen. Ein grauhaariger Mann vertrat ihm den Weg, hob in einer herrischen Geste die Hand und ballte sie gleichzeitig zur Faust. »Nicht ganz so schnell, Mister!« sagte er. »Sie gehen nirgendwo hin.«

Ich erkannte ihn. Es war der Mann, der uns im Treppenhaus angesprochen hatte. Ein eisiger Schrecken durchfuhr mich, als ich sah, wie sich eine Anzahl Gesichter beim Klang seiner Stimme in unsere Richtung wandten. Aus dem Haus hinter uns drangen noch immer Schreie und polternde, berstende Geräusche, und mir wurde schmerzhaft bewußt, wie viele Menschen manchmal in diesen ärmlichen Unterkünften hausten. Und wie schnell sich das Feuer ausbreitete.

»Wat willste?« fragte Rowlf wütend. »Geh aussem Weg, Männeken! Wir müssen'e Feuerwehr ruf'n!«

Aber diesmal ließ sich der Mann nicht von Rowlfs beeindruckender Erscheinung einschüchtern. Er baute sich im Gegenteil noch herausfordernder vor uns auf und streckte kampflustig das Kinn vor. Seine Stimme war laut genug, um trotz des Lärmes auch auf der anderen Straßenseite noch verstanden zu werden. »Was ist da oben passiert?« fragte er mit einer wütenden Geste auf das brennende Haus. »Was haben Sie getan? Sie haben das Feuer gelegt!«

Howard drückte seinen Arm herunter und versuchte, sich an ihm vorbeizuschieben, aber der Mann setzte ihm mit einem zornigen Knurren nach und packte ihn mit beiden Händen an den Rockaufschlägen. »Sie haben das Haus angezündet!« brüllte er. »Das ist alles Ihre Schuld!«

Rowlf schlug ihn nieder. Wahrscheinlich war es das Falscheste, was er in diesem Moment hätte tun können, aber als er seinen Fehler bemerkte, war es zu spät. Der Mann sank mit einem lautlosen Seufzer in die Knie, aber aus der Menge, die sich auf der Straße versammelt hatte, erscholl im gleichen Augenblick ein vielstimmiger, zorniger Schrei.

»Verdammter Idiot!« brüllte Sean. Mit einem Satz war er bei Rowlf, versetzte ihm und Howard gleichzeitig einen Stoß, der beide gegen die Hauswand taumeln ließ, und baute sich breitbeinig zwischen uns und der näher rückenden Menge auf. »Robert, zu mir!« schrie er.

Plötzlich lag der Revolver in seiner Hand. Noch während ich mich beeilte, mit einem verzweifelten Satz zu Rowlf und Howard zu gelangen, hob er die Waffe, schlug einem der näher kommenden Männer mit der flachen Hand ins Gesicht und zog gleichzeitig den Abzug zweimal hintereinander durch.

Die Schüsse hallten wie Kanonenschläge durch die enge Straße. Die Menge, die vor einer halben Sekunde noch in einer schwerfälligen Bewegung herangeflutet war, prallte entsetzt zurück, und für den Bruchteil eines Atemzuges war es so still, daß man die berühmte

Stecknadel hätte fallen hören können. Selbst das Prasseln und Krachen des Feuers schien für einen Augenblick innezuhalten.

Dann brach der Tumult doppelt heftig los. »Bringt sie um!« schrie eine Stimme, und andere nahmen den Ruf auf und wiederholten ihn im Chor. »Sie haben das Haus angezündet!« schrien sie und: »Sie sind schuld daran.«

Sean feuerte ein weiteres Mal in die Luft, aber diesmal blieb die erhoffte Wirkung aus. Die zuvorderst Stehenden versuchten, vor ihm zurückzuweichen, wohl weniger aus Angst vor dem Revolver, als vielmehr vor seiner beeindruckenden Gestalt und seinen mächtigen, kampfbereit erhobenen Fäusten, aber die Männer und Frauen hinter ihnen schoben und drängten unbarmherzig weiter. Die Front drohend verzerrter Gesichter und geschüttelter Fäuste kam näher.

»Lauft!« keuchte Sean. »Verdammt noch mal, lauft! Ich versuche sie aufzuhalten! Wir treffen uns am Boot!«

Howard zögerte noch einen winzigen Moment, aber dann sah er ein, daß wir keine Chance hatten, den aufgebrachten Mob zu beruhigen – oder uns gar mit Erfolg gegen ihn zu wehren.

Verzweifelt rannten wir los. Zwei, drei Männer versuchten, uns den Weg zu verstellen und uns aufzuhalten, aber Rowlf schlug sie nieder oder rannte sie einfach über den Haufen. Hinter uns peitschten Schüsse, und das Grölen der Menge wurde zu einem höllischen Chor, der nach unserem Blut schrie. Für einen Moment glaubte ich, Seans Stimme unter dem Kreischen der Menschenmenge zu vernehmen, dann waren wir um die nächste Straßenbiegung und rannten weiter. Aber wir hatten kaum hundert Schritte zurückgelegt, als auch schon die ersten Verfolger hinter uns auftauchten. Und ihre Zahl wuchs.

Es war ein verzweifeltes Wettrennen. Der Weg zum Hafen hinunter kam mir zehnmal weiter vor als vorhin, und unser Vorsprung schmolz, langsam, aber stetig. Als wir den Kai erreichten, waren die ersten kaum mehr fünfzig Yards hinter uns.

Howard zerrte im Laufen seinen Revolver aus der Tasche und feuerte einen Schuß dicht über die Köpfe der Menge hinweg ab. Die Wirkung war gleich Null. Das waren keine vernünftigen Menschen mehr. Ich verstand Worte wie ›Teufel‹ und ›Hexer‹, und ein neuerlicher, eisiger Schauer jagte über meinen Rücken.

»Schneller!« keuchte Howard. Wieder schoß er, und diesmal hielt er die Waffe tiefer; die Kugel hieb wenige Schritte vor den vordersten Männern gegen das Kopfsteinpflaster und schlug Funken aus dem Stein. Drei, vier Männer schrien erschrocken auf, kamen aus dem Takt und stürzten, aber hinter ihnen drängten immer weitere nach, Dutzende, wenn nicht Hunderte. Die Furcht die seit zwei Tagen Besitz von den Bewohnern der Stadt ergriffen hatte, entlud sich in einer einzigen, gewaltigen Explosion. Die Männer hinter uns waren längst nicht mehr nur die Bewohner des brennenden Hauses oder der umliegenden Gebäude; jeder Mann, der der tobenden Menge begegnet war, mußte sich ihr angeschlossen haben.

Rowlf rannte schneller, setzte mit einem verzweifelten Sprung auf das Boot über und begann mit fliegenden Fingern die Taue zu lösen, die es mit dem Kai verbanden. Wenige Sekunden später erreichten auch Howard und ich das Schiff und halfen ihm.

Es war aussichtslos. Die Menge kam heran, als das letzte Seil fiel, aber die Brandung drückte das Boot heftig gegen den Kai, und das Boot vom Ufer wegzudrücken oder gar Segel zu setzen, blieb keine Zeit. Rowlf schlug einen Mann nieder, der zu uns auf das

Deck herabsetzte und ein schartiges Küchenmesser schwang, und Howard schoß einem zweiten in den Oberschenkel.

Dann waren sie über uns. Ein heftiger Schlag prellte mir die Waffe aus der Hand, eine Faust traf mich und ließ mich zusammenbrechen, und dann spürte ich nichts mehr außer den Schlägen und Tritten, die auf mich herabprasselten. Hände griffen nach mir und zerrten an meinen Kleidern und Haaren, und wie durch einen Schleier sah ich, wie Rowlf unter einer wahren Flutwelle von Menschen zu Boden ging. Das Boot war viel zu klein, um die zahllosen Männer aufzunehmen. Mehrere von ihnen stürzten ins Wasser, und mehr als einer wurde von den Nachdrängenden vom Kai gestoßen und fiel schreiend in die Fluten. Aber das steigerte die Wut der Menge eher noch. Ich spürte die einzelnen Schläge kaum noch, krümmte mich nur noch verzweifelt und versuchte irgendwie, mein Gesicht und meinen Unterleib zu schützen. Ich war fest davon überzeugt, daß sie Howard und Rowlf und mich kurzerhand totschlagen würden.

Aber sie taten es nicht. Eine Stimme rief etwas, das ich nicht verstand, und die Schläge nahmen ab und hörten schließlich ganz auf. Harte Fäuste packten mich, zerrten mich auf die Füße und schleiften mich über das Deck auf die Kajüte zu. Auch Rowlf und Howard wurden von der Menge gepackt und auf die offenstehende Tür zugestoßen.

»Verbrennt sie!« brüllte die Stimme, die ich schon vorher gehört hatte. »Sie haben Feuer gelegt, und jetzt sollen sie spüren, wie heiß es brennt. Verbrennt sie, wie man es mit Hexen tut!«

Die Menge fing den Ruf johlend auf und wiederholte ihn. Plötzlich war irgendwo eine Fackel, dann eine zweite, dritte, und der Gestank brennenden Holzes erfüllte die Luft. Ich bäumte mich auf und begann, mich verzweifelt zu wehren, aber gegen die dutzendfache Übermacht hatte ich keine Chance. Ein Stoß traf mich in den Rücken und trieb mich auf die Tür zu, dann trat mir jemand in die Kniekehlen, und ich stürzte die Treppe in die Kajüte hinab.

Der Aufprall war fürchterlich. Wie durch einen Vorhang hindurch sah ich, wie Howard und Rowlf hinter mir die Treppe hinabgeworfen wurden, dann segelte eine Fackel durch die Tür und schlug wenige Zentimeter neben mir auf. Verzweifelt schlug ich die Funken aus, preßte die Hände gegen das Gesicht und rollte zur Seite, als eine zweite und dritte Fackel zu uns herabfiel. Rowlf schrie auf, warf sich nach vorne und versuchte, das Feuer auszutreten, aber für jede Fackel, die er löschte, kamen fünf neue durch die Tür geflogen. Ein Teil der Treppe und des Fußbodens hatte bereits Feuer gefangen.

Die Tür fiel mit einem dumpfen Krachen ins Schloß, und auf dem Deck polterten zahllose harte Schritte. Das Schreien der Menge steigerte sich zu einem infernalischen Gebrüll, und das Boot erbebte wie unter einem gewaltigen Hammerschlag. Selbst hier drinnen war das Schreien der Menge fast unerträglich.

Hustend stemmte ich mich auf die Füße, schlug mit den Händen nach den Funken, die sich in meinen Kleidern festgesetzt hatten, und wich vor der prasselnden Feuerwand zurück. Die Hitze war unerträglich, und die Luft war schon jetzt, nach wenigen Augenblicken, so sehr von Rauch und beißendem Gestank erfüllt, daß das Atmen fast unmöglich wurde. Rowlf fuhr mit einem Schrei herum, riß einen Stuhl vom Boden hoch und schlug eines der Bullaugen ein, aber die Wirkung war gleich Null.

»Rowlf!« schrie Howard. »Nach vorne! Der Laderaum!« Er deutete heftig gestikulierend auf die Vorderwand der Kajüte. Ich wußte, daß sich dahinter der kleine Heckladeraum des Schiffchens befand, ein knapp fünf Schritte messender Verschlag, von dem aus der Weg durch eine Klappe nach oben führte – aber zwischen uns und ihm befand sich eine massive Wand aus zollstarkem Holz.

Rowlf knurrte, wich ein paar Schritte zurück und senkte die Schultern. Ich erkannte ihn kaum hinter den schwarzgrauen, brodelnden Rauchwolken, die die Kabine erfüllten. Meine Lungen brannten unerträglich. Wir würden ersticken, lange ehe uns die Flammen erreichten.

Rowlf rannte los. Sein Körper schien sich in eine lebende Kanonenkugel zu verwandeln. Im letzten Moment drehte er sich halb herum, prallte mit unglaublicher Wucht gegen die Wand und torkelte mit einem Schmerzensschrei zurück.

Aber in der Wand war ein fingerbreiter, gezackter Riß erschienen!

Howard, Rowlf und ich warfen uns beinahe gleichzeitig gegen die Wand. Das Holz stöhnte wie ein lebendes Wesen unter unserem Anprall, und ein zweiter, längerer Riß erschien. Rowlf riß Howard und mich mit einer ungeduldigen Bewegung zurück, hob die Fäuste und schlug mit aller Kraft gegen das Holz. Die Wand erbebte, und der Riß verbreiterte sich weiter. Ich sah, wie Rowlfs Fingerknöchel aufplatzten und Blut über seine Hände lief, aber er schlug weiter mit aller Kraft auf die Bretterwand ein. Der Riß wuchs zu einem Spalt heran. Rowlf brüllte auf, griff mit beiden Händen nach seinen Rändern und zerrte mit aller Gewalt. Mit einem berstenden Laut löste sich ein Brett und gab den Weg in den dahinterliegenden Raum frei.

Die Kajüte verwandelte sich in ein Flammenmeer,

als wir in den Laderaum taumelten. Der frische Sauerstoff, der durch den Riß in die Kajüte strömte, fachte die Flammen zu neuer Wut an, und selbst hier war die Hitze kaum mehr auszuhalten. Rowlf ballte noch einmal die Fäuste, sprengte die Luke mit einem einzigen gewaltigen Hieb auf und sprang ansatzlos nach oben. Mit einer kraftvollen Bewegung zog er sich aufs Deck hinaus, wirbelte herum und streckte mir die Hände entgegen. Howard entriß mir das Buch, das ich noch fest umklammert hielt, ohne daß ich es bisher überhaupt bemerkt hätte, und Rowlf zog mich ohne viel Federlesens zu sich herauf und lud mich wie einen Sack auf dem Deck ab. Sekunden später reichte Howard ihm das Necronomicon und sprang kurz darauf selbst an Deck.

Für einen kurzen Moment waren wir in Sicherheit. Der Decksaufbau gab uns Sichtschutz zum Hafen hin, aber es konnte nur Augenblicke dauern, bis die aufgeputschte Menge unsere Flucht bemerkte. Und fast, als wäre dieser Gedanke ein Stichwort gewesen, erschien in diesem Moment eine einzelne Gestalt auf dem Kai und deutete heftig gestikulierend zu uns hinüber. »Da sind sie!« brüllte eine Stimme. »Sie versuchen zu entkommen!«

Ein Schuß peitschte, und dicht neben uns spritzten Holzsplitter aus dem Deck. Howard wirbelte herum und sprang mit einem gewagten Hechtsprung ins Wasser, und Rowlf versetzte mir kurzerhand einen Stoß, der mich rücklings über die Bordwand und ins Wasser stürzen ließ.

Die Kälte betäubte mich fast. Vor Augenblicken noch waren wir beinahe bei lebendigem Leibe geröstet worden, jetzt hatte ich das Gefühl, in Bruchteilen von Sekunden von innen heraus zu Eis zu erstarren. Ich schluckte Wasser, kämpfte mich – mehr instinktiv als mit bewußten Bewegungen – an die Oberfläche und hustete qualvoll. Das eisige Wasser saugte das Leben aus meinen Gliedern, so schnell, daß ich spüren konnte, wie meine Muskeln hart und taub und nutzlos wurden.

Eine Welle ergriff mich, hob mich ein Stück hoch und schmetterte mich gegen die Kaimauer. Der Schlag trieb mir die Luft aus den Lungen, aber der Schmerz riß mich auch wieder in die Wirklichkeit zurück und vertrieb für einen Moment den Schleier aus Schwäche und Müdigkeit, der sich um meine Gedanken gelegt hatte.

Wir trieben dicht vor dem Kai, nur wenige Fußbreit von dem brennenden Boot entfernt. Eine dichtgedrängte Menschenmenge säumte den Kai; Steine und andere Wurfgeschosse flogen zu uns herunter, und ich sah, wie Rowlf getroffen wurde.

»Verbrennt sie!« brüllte die Menschenmenge. »Verbrennt die Hexer! Tötet sie!«

Der Hagel von Wurfgeschossen verstärkte sich.

Und dann sah ich etwas, das mir schier das Blut in den Adern gerinnen ließ.

Drei, vier Männer rollten unter dem johlenden Beifall der anderen ein Faß herbei. Eine Axt wurde geschwungen und traf krachend auf das dünne Blech – und ein breiter Strom goldgelben Petroleums ergoß sich ins Wasser des Hafenbeckens!

»Nein!« brüllte Howard. »Schwimmt! Schwimmt um euer Leben!«

Es war sinnlos. Ich stemmte mich mit aller Macht gegen die Gewalt der Dünung, aber das Petroleum breitete sich zehnmal schneller auf der Wasseroberfläche aus, als ich zu schwimmen imstande war, und die Wellen trugen mich fast ebenso schnell zurück, wie ich vorwärts kam.

»Verbrennt sie!« brüllte der Chor. »Tötet sie! Tötet sie! Tötet sie!«

Eine Fackel flog durch die Luft. Wie ein brennender Stern segelte sie, sich langsam in der Luft überschlagend, auf das Wasser herab. Ich atmete ein, so tief ich konnte, warf mich nach vorne – und tauchte, im gleichen Moment, in dem die Fackel die Wasseroberfläche und das darauf schwimmende Petroleum berührte.

Mit einem einzigen, ungeheuren Schlag fing das Petroleum über unseren Köpfen Feuer. Ein grelles, orangerot flackerndes Licht ließ das Wasser rings um uns herum aufleuchten, während die Feuerwand über uns mit wahnsinniger Geschwindigkeit zum Ufer zurückraste. Die Flammen mußten selbst die Männer und Frauen dort oben gefährden, und wahrscheinlich würde der halbe Hafen abbrennen, aber daran dachte der tobende Mob in diesem Moment bestimmt nicht.

Ich tauchte tiefer, sammelte die letzten verbliebenen Kraftreserven in meinem ausgelaugten Körper und versuchte, ein Ende des lodernden Feuerteppichs über mir zu erkennen. Der Druck auf meine Lungen wuchs. Ein unsichtbarer, stählerner Reif schien um meine Brust zu liegen und sich langsam zusammenzuziehen. Ich spürte, wie meine Kräfte schwanden, machte eine letzte verzweifelte Schwimmbewegung und kämpfte mit aller Macht gegen das Verlangen, den Mund zu öffnen und zu atmen.

Es ging nicht mehr. Meine Arme erlahmten. Der Schmerz in meinen Lungen wurde unerträglich, und vor meinen Augen begannen buntschillernde Flecke und schwarze Nebel zu wogen. Ich wußte, daß ich sterben würde, wenn ich inmitten des brennenden Petroleumteppichs auftauchen würde. Aber das Ende des Flammenmeeres war noch dreißig Yards entfernt. Vielleicht waren es auch nur zwanzig, aber das spielte keine Rolle mehr. Genausogut konnte es auf der anderen Seite der Erde sein.

Mit dem bißchen Kraft, das mir noch geblieben war, drehte ich mich auf den Rücken und stieß mich zur Oberfläche empor.

Die Flammen empfingen mich mit einem brüllenden Willkommen. Hitze, die die Grenzen des Vorstellbaren überstieg, schlug über mir zusammen, und die Luft, die ich atmen wollte, schien sich in geschmolzenen Stahl verwandelt zu haben.

Und dann, plötzlich, war es vorbei.

Die Flammen erstarrten. Die Hitze verschwand von einer Sekunde auf die andere, und das Brüllen der aufgeputschten Menschenmenge brach so abrupt ab, als wäre eine unsichtbare Tür zwischen ihnen und mir zugeschlagen worden.

Es dauerte einen Moment, bis ich aufhörte zu schreien, und es dauerte noch länger, bis ich begriff, was geschehen war. Das heißt – *begreifen* tat ich es nicht. Alles, was ich konnte, war, ungläubig auf die zur Reglosigkeit erstarrte Menschenmenge am Ufer zu blicken und die meterhohen, gelbroten Flammen anzustarren, die das Hafenbecken in einen lodernden Vulkankrater zu verwandeln schienen.

Sie bewegten sich nicht mehr. So wie die Menschen am Ufer, wie das Wasser, in dem ich vor Sekunden noch mit aller Macht gegen den Sog der Brandung gekämpft hatte, wie die tiefhängenden grauen Wolken am Himmel, die wie auf einer fotografischen Aufnahme zu reglosen Schattengebilden geworden waren, waren auch sie erstarrt, wie von einem bizarren Zauber mitten in der Bewegung eingefroren. Es war, als wäre die Zeit stehengeblieben.

Eine Hand berührte mich an der Schulter, und als ich erschrocken den Kopf wandte, blickte ich in Rowlfs rußgeschwärztes Gesicht. Er wollte etwas sagen, war aber offensichtlich zu erschöpft dazu, sondern deutete nur mit einer matten Geste nach Norden, auf das offene Meer hinaus. Mühsam trat ich Wasser, drehte mich auf der Stelle und blickte in die Richtung, in die seine Hand wies.

Die Welt war stehengeblieben, aber weit draußen, Meilen vom Ufer entfernt, gab es einen kleinen Teil der Welt, in dem noch Bewegung und Leben war.

Leben von unheimlicher, düsterer Art, das mir das Blut in den Adern gerinnen ließ.

Ich erkannte nur Schatten. Schatten und die Andeutung von Formen: gewaltige, peitschende Tentakel, unförmig aufgedunsene Leiber, verzerrte Dämonenfratzen, die aus bodenlosen schwarzen Augen auf die Welt niederblickten. Es war wie ein lautloser Orkan, ein trichterförmiges, schwarzes Gebilde, das sich schneller und schneller im Kreis drehte und mit unheimlicher Geschwindigkeit wuchs. Und ich spürte, wie *irgend etwas* aus diesem Höllenwirbel hinübergriff über Zeit und Raum und die erstarrte Menge am Ufer berührte.

Es war nichts Körperliches. Nichts Faßbares. Es war wie die Vereinigung zweier Kräfte, der dunklen, finster pulsierenden Energie des rasenden Höllenwirbels dort draußen und des tobenden Hasses der aufgeputschten Menge. Alle negativen Energien, die sich in den letzten Tagen in der Stadt aufgebaut hatten, flossen mit einem einzigen gewaltigen Schlag hinüber zu diesem fürchterlichen Etwas, vereinigten und verbanden sich mit ihm und schufen etwas Neues, Fürchterliches. Für einen Moment wurden die Körper der Männer und Frauen am Ufer durchsichtig, transparent, als leuchte hinter ihnen ein unglaublich intensives Licht. Gleichzeitig begann der schwarze Tornado über dem Meer schneller zu kreisen, schneller und immer schneller und schneller, bis er das Meer wie eine titanische Riesenfaust spaltete. Eine dünne, gezackte Linie erschien vor dem Bleigrau des Himmels, wuchs wie ein finsterer Blitz heran und weitete sich in Sekundenschnelle zu einem gigantischen Riß, einem Riß in der Wirklichkeit, der Zeit und dem Raum, einer Verbindung zwischen der Realität und den Dimensionen des Wahnsinns.

Und aus diesem Riß quollen *Dinge* ...

Titanische Scheußlichkeiten, Dinge mit Tentakeln und peitschenden, schleimigen Fühlern, monströse Ausgeburten eines Fiebertraumes, zu schrecklich, um sie wirklich zu erfassen, ein gigantischer, pulsierender, glitzernder schwarzer Strom wirbelnden Nicht-Lebens, Kreaturen des Wahnsinns, die vor zweitausend Millionen Jahren untergegangen waren und jetzt zu neuem, schrecklichem Dasein auferstanden. Zwei, drei, vier, schließlich ein halbes Dutzend mißgestalteter Alptraumkreaturen tauchten aus dem pulsierenden Dimensionsriß auf und versanken im Meer, und hinter ihnen fluteten weitere heran, Dutzende von ihnen, eine ganze Armee der *GROSSEN ALTEN*, jeder einzelne eine neue Schrecklichkeit, ein neues Wesen, dessen bloßer Anblick genügte, Wahnsinn zu bringen.

Plötzlich begann der Riß zu flackern. Wie das Bild einer defekten Laterna magica verzog und verzerrte er sich, begann an den Rändern zu zerfasern und sich aufzulösen. Grelle, tausendfach verästelte blaue Blitze zuckten aus den Wolken hernieder, peitschten wie dünne tödliche Strahlen aus reiner Energie in den Riß und trafen die bizarren Schreckensgestalten. Der Riß schloß sich. Flammen von unglaublicher Intensität erfüllten den Korridor durch die Zeit, töteten viele der *GROSSEN ALTEN* und vertrieben die, die sie nicht vernichten konnten. Noch einmal wand und bog sich der Dimensionsriß wie eine gigantische zuckende Wunde, dann zuckte ein letzter, grauenhaft greller

Blitz aus den Wolken hernieder und verschloß ihn vollends.

Und aus dem Meer, tief, tief vom Grunde des Ozeans, hallte ein ungeheurer Wutschrei herauf.

Ich weiß nicht, wie ich zurück zum Ufer kam. Rowlf und Howard müssen mich wohl aus dem Wasser gezogen haben, denn das nächste, woran ich mich erinnere, war das harte Kopfsteinpflaster der Straße und die bittere Galle, die ich in qualvollem Würgen erbrach. Es war vorbei, das spürte ich, aber für den Bruchteil einer Sekunde hatte ich ins Herz der Hölle geschaut und den Haß, der das wahre Wesen der *GROSSEN ALTEN* ausmachte, gespürt, und es war ein Erlebnis gewesen, das ich nie mehr würde vergessen können.

Als ich endlich die Kraft fand, mich auf Hände und Knie hochzustemmen und mich umzusehen, bot sich meinen Blicken ein bizarres Bild. Das gesamte Hafenbecken stand in Flammen, aber es war ein Feuer, das mitten in der Bewegung erstarrt war und keine Hitze abgab, so, wie auch das Wasser zu einer gläsernen Decke gefroren zu sein schien. Selbst die winzigen Schaumspritzer, die von den Wellen hochgewirbelt wurden, waren erstarrt und hingen schwerelos in der Luft.

Eine Hand berührte mich beinahe sanft am Arm, und als ich den Blick wandte, sah ich Howard. Und hinter ihm ...

Die Menge stand noch so da, wie sie in diese sonderbare Starre verfallen war: reglos und starr, auf den Gesichtern ein Ausdruck gefrorenen Schreckens, die Körper leicht durchsichtig, als bestünden sie mehr aus Rauch oder Nebel denn aus Fleisch und Blut, und ich begriff, daß wir uns noch immer in diesem schmalen Zwischenbereich zwischen Realität und Jenseits aufhielten. Aber der Gedanke erreichte mein Bewußtsein kaum. Ich hatte nur Blicke für die schlanke, dunkelhaarige Gestalt, die hinter Howard aufgetaucht war und mich aus dunklen Augen musterte.

Wir sahen uns sogar ähnlich. Jetzt, als ich ihm zum ersten Mal seit Monaten wieder gegenüberstand, fiel mir auf, wie stark die Ähnlichkeit zwischen uns war. Er war dreißig Jahre älter, aber das war der einzige Unterschied. Wir hätten Brüder sein können.

Aber schließlich war er auch mein Vater.

»Robert.«

Seine Stimme klang sonderbar; es war eine Spur von Trauer darin, und Furcht. Furcht wovor?

Ich stand auf, tauschte einen verwirrten Blick mit Howard, der mir nur zulächelte und zur Seite trat, und ging auf ihn zu.

»Vater?« fragte ich. »Du bist ... zurückgekehrt?«

Er lächelte. »Ich war die ganze Zeit bei dir, Robert«, sagte er geheimnisvoll. »Aber ich konnte mich nicht zeigen.«

»Du warst ...« Plötzlich fiel es mir wie Schuppen von den Augen. »Sean«, sagte ich. »Du warst Sean!«

Wieder nickte er, und der unerklärliche Ausdruck von Trauer in seinem Blick wurde stärker. »Ich wollte dich noch einmal sehen, ehe ich ... gehen muß.«

»Gehen?« wiederholte ich verwirrt.

Er nickte. »Ja. Ich habe getan, was getan werden mußte. Meine Aufgabe ist beendet, Robert.«

»Deine Aufgabe? Du meinst ...«

»Nichts von dem, was geschah, war Zufall«, sagte er ernst.

»Aber du ... du warst ...«

»Auf der Gegenseite?« Er lächelte, sanft und verzeihend. »Das war ich niemals, Robert. Keine Macht des Universums könnte mich zwingen, gegen mein eigenes Volk zu kämpfen. Aber ich mußte es tun. Ich mußte dich und Howard und alle anderen täuschen, um die Gefahr abzuwenden, die über uns allen schwebte.«

Instinktiv blickte ich zum Meer. Der schwarze Tornado war verschwunden, aber – war es Einbildung, oder sah ich es wirklich? – tief unter der Wasseroberfläche schienen eine Anzahl monströser Schatten zu pulsieren wie gigantische, böse schwarze Herzen.

»Das war es, was Yog-Sothoth wollte«, beantwortete Andara meine unausgesprochene Frage. »Er allein wurde durch das Wirken der Hexer von Jerusalems Lot in unsere Welt geholt, aber sein Trachten galt von Anfang an dem Ziel, sein Volk wiederauferstehen zu lassen. Erinnerst du dich an das, was ich dir auf dem Schiff erzählte?«

Ich nickte, schwieg aber und wartete, daß er weiterredete, und nach einer Weile tat er es. »Ich mußte ihn täuschen«, sagte er. »Er hätte einen Weg gefunden, die Schranken der Zeit zu durchbrechen, auch ohne mich.«

»Aber er *hat* es getan«, widersprach ich. »Einige seines Volkes sind …«

»Nur wenige«, unterbrach er mich. »Nur dreizehn haben den Schritt durch die Zeiten geschafft, und ihre Körper sind nur Illusion. Sie selbst schlafen noch immer, in einer fernen Dimension. Nur ein Teil ihres Geistes konnte entkommen. Es wird eure Aufgabe sein, sie zu bekämpfen. Sie werden versuchen, ihre schlafenden Körper zu erwecken und die alte Macht vollends wiederzuerlangen. Wenn dies geschieht, ist die Welt verloren. Unterschätze sie niemals, Robert.«

»Und … die anderen?« fragte ich stockend.

»Der Weg, den sie gehen wollten, ist auf immer versperrt«, sagte er. »Deshalb spielte ich euren Feind, Robert. Ich wiegte Yog-Sothoth in dem Glauben, mich zu beherrschen, Herr meines Willens zu sein und sich meiner zu bedienen. Vielleicht habe ich versagt, dreizehn von ihnen Einlaß in unsere Welt zu gewähren, aber es war der einzige Weg, der hundertfachen Zahl den Weg zu versperren.«

»Dann war es ... eine Falle.«

»Ja«, antwortete Andara. »Ich mußte es tun. Und ich hoffe, du kannst mir verzeihen.«

Verzeihen ... Ich dachte an Gordon und Tremayn, an die Männer und Frauen, die in dem brennenden Haus ums Leben gekommen waren, an andere Unschuldige, die gestorben waren.

»Warum?« fragte ich.

Er schien meine Gedanken zu erraten. »Ich habe dir einmal in einem Brief gesagt, daß du mich eines Tages hassen wirst, Robert«, sagte er leise. »Und ich hasse mich selbst für das, was geschehen ist. Aber es gab keinen anderen Weg. Es gibt keine Entschuldigung und keine Rechtfertigung für das, was ich getan habe, und doch mußte ich es.« Er schwieg einen Moment starrte an mir vorbei auf den Ozean hinaus und seufzte. »Ich werde gehen, Robert. Endgültig.«

»Heißt das, daß du jetzt ... daß du jetzt wirklich stirbst?«

Er lächelte, als hätte ich etwas furchtbar Dummes gesagt. »So etwas wie einen endgültigen Tod gibt es nicht, Robert«, sagte er. »Aber es wird lange dauern, ehe wir uns wiedersehen. Ich werde dir nicht mehr helfen können.«

»Mir helfen? Dann warst du ...«

»Ich war es, der den Dämon vertrieb, der von dem Mädchen Besitz ergriffen hatte«, sagte er. »Es war meine Macht, die du gespürt hast, Robert. Aber ich werde dir nicht mehr beistehen können, in Zukunft. Du hast jetzt nur noch dich. Dich und die Macht, die ich dir vererbt habe. Übe dich darin, Robert, und nutze sie gut.« Er schwieg, trat auf mich zu und hob die Hand, als wolle er mich berühren, tat es aber dann doch nicht. »Und verzeih mir, wenn du kannst«, sagte er, sehr leise und sehr traurig.

Dann verschwand er.

Aber ich stand noch lange da und starrte reglos auf die Stelle, an der er gestanden hatte. *Eines Tages wirst du mich hassen,* hatte er in seinem Brief geschrieben. Ich versuchte, mich dagegen zu wehren, aber ich konnte es nicht. Ich versuchte mir einzureden, daß er getan hatte, war er tun *mußte,* daß er keine andere Wahl gehabt hatte, und ich wußte, daß es wahr war. Aber alles, was ich in meinem Inneren fand, war die Erinnerung an die unschuldigen Menschen, die hatten sterben müssen, die geopfert worden waren, um seinen Plan zum Erfolg zu führen.

Ich wollte es nicht.

Ich wehrte mich mit aller Kraft dagegen, aber es war so, wie er es vorausgesagt hatte. Ich versuchte, ihm zu verzeihen, aber ich haßte ihn für das, was er hatte tun müssen. Und ich schwor, mich an denen zu rächen, die ihn zu dem gemacht hatten, was er geworden war.

Die *GROSSEN ALTEN* hatten sein und mein Leben zerstört. Und ich würde nicht eher ruhen, bis die finsteren Götter aus der Vorzeit tot waren. Sie – oder ich …

HIER ENDET DAS SECHSTE BUCH

Siebtes Buch

DER BAUMDÄMON

»Still!«

Howard legte warnend den Zeigefinger auf die Lippen, preßte sich dichter gegen die Wand und wartete mit angehaltenem Atem, bis die Stimmen und Schritte näher gekommen und wieder verklungen waren. Erst dann wagte er es, sich vorsichtig aus dem Schatten zu erheben und geduckt zu uns zurückzuhuschen. Mit einer fahrigen, nervös wirkenden Bewegung, die seine Erschöpfung mehr als alles andere verriet, ließ er sich zwischen Rowlf und mir in die Hocke sinken, fuhr sich mit dem Handrücken über das Gesicht und deutete mit dem Daumen zurück.

»Ich glaube, wir können es riskieren«, murmelte er. »Es sind nur noch ein paar Blocks. Es wird dunkel.«

Seine Art zu reden war noch abgehackter und schneller geworden als normal, und obwohl ich ihn im rasch schwächer werdenden Licht der Dämmerung nur als graufleckigen Schatten erkennen konnte, sah ich ihm seine Erschöpfung überdeutlich an. Wenn er sich bewegte, dann tat er es ruckhaft, starr; als wären an seinen Gliedern dünne Fäden befestigt, an denen ein unsichtbarer Puppenspieler zog.

Müde blickte ich in die Richtung, in die er gedeutet hatte. Der Torbogen erschien mir wie ein finsterer Höhleneingang, und die Straße und die Häuser dahinter waren nur als blinkende, matte Schemen zu erkennen, auf denen sich ab und zu flackernder Feuerschein brach, je nachdem, wie der Wind stand und die Schleier aus strömendem Regen aufrissen, die ununterbrochen auf die Stadt niederstürzten. Der Hafen brannte noch immer.

Howard beugte sich vor, stützte sich mit der linken Hand am Rande einer der Tonnen ab, hinter denen wir Zuflucht gesucht hatten, und griff mit der anderen nach Rowlfs Schulter. Rowlf stöhnte. Seine Lider öffneten sich einen Spaltbreit, aber die Augen dahinter waren trüb, ihr Blick leer und glanzlos. Sein Gesicht glühte. In der grauen Helligkeit sahen die Brandblasen darauf aus wie rote Pockennarben, und sein Schweiß roch schlecht und säuerlich. Howard hatte diesen verlassenen Hinterhof vor sechs oder sieben Stunden entdeckt, und seither verkrochen wir uns hier wie Ratten, die vor der Katze flohen, unter Unrat und Müll verborgen, zitternd vor Kälte und Angst und erbarmungsloser gejagt als Tiere. Rowlf hatte ein paarmal das Bewußtsein verloren in dieser Zeit. Er wachte immer wieder auf, aber der Unterschied zwischen den Perioden, in denen er halbwegs klar war oder fieberte und phantasierte, wobei er manchmal um sich schlug und im Fieber schrie, so daß wir ihn halten und mit Gewalt zum Schweigen bringen mußten, verschob sich langsam, aber unbarmherzig zu seinen Ungunsten.

Der Anblick versetzte mir einen scharfen, schmerzhaften Stich. Ich kannte diesen großen, ständig zu lauten und ständig gereizt scheinenden Burschen jetzt seit drei Monaten, aber eigentlich war mir erst in den letzten Stunden klargeworden, wie sehr ich ihn mochte; in den Stunden, in denen ich frierend und zitternd vor Angst dagesessen und darauf gewartet hatte, daß es endlich dunkel wurde, und in denen ich hilflos zusehen mußte, wie er vor meinen Augen verfiel.

»Er braucht einen Arzt«, sagte ich. Howard blickte kurz auf, sah mich einen Moment schweigend an, und machte dann eine Kopfbewegung, die wie eine mißlungene Mischung aus einem Nicken und einer Verneinung aussah; wahrscheinlich sollte sie genau dies sein.

»Ich weiß«, sagte er. »Aber er muß durchhalten, bis wir Bettyhill erreichen. Wenn uns auch nur eine Menschenseele sieht, solange wir noch in dieser Stadt sind …«

Er sprach nicht weiter, aber das war auch nicht nötig. Wir versteckten uns nicht aus Spaß wie gemeine Verbrecher in Hinterhöfen und Müllhaufen. Ein eisiger, kalter Zorn stieg in mir auf, als ich an die Ereignisse der letzten Tage zurückdachte. Als wir Durness erreicht hatten, was mir jetzt, im nachhinein, wie Jahre vorkam, waren wir ganz normale Touristen gewesen, Großstädter, auf die die Einwohner der kleinen nordschottischen Hafenstadt Durness mit einem gelinden Lächeln und der den Schotten eben üblichen Überheblichkeit herabblickten. Fremde, die sie verachteten und über die sie sich insgeheim vielleicht sogar amüsierten, wenn sie es nicht einmal merkten und ihr gutes Geld in ihren Läden und Pubs ausgaben. Jetzt schrie die ganze Stadt nach unserem Blut.

Meine Gedanken kehrten zurück zu den Ereignissen der vergangenen Nacht und des Morgens, während Howard sich neben mir bemühte, Rowlf mit sanftem Schütteln an der Schulter aufzuwecken und ihm auf die Füße zu helfen, und wieder spürte ich diesen eisigen, mit einem Gefühl quälender Hilflosigkeit gepaarten Zorn. Sie hatten uns gejagt wie die Tiere. Der Zorn des aufgeputschten Mobs war so gewaltig gewesen, daß sie unser Boot angezündet und Petroleum ins Hafenbecken geschüttet hatten, um uns bei lebendigem Leibe zu verbrennen. Nun, sie hatten die Quittung bekommen, und zwar prompt. Das brennende Petroleum hatte sich mit rasender Geschwindigkeit über das ganze Hafenbecken ausgebreitet und in wenigen Augenblicken nicht nur das Dutzend Schiffe, das dort vertäut lag, sondern auch die angrenzenden Gebäude und Lagerhäuser in Brand gesetzt. Und das Feuer tobte noch immer, obwohl die ganze Stadt zusammengekommen war, um es zu löschen. Dabei glich es schon fast einem Wunder, daß der Brand nicht noch weiter um sich gegriffen und die ganze Stadt in Schutt und Asche gelegt hatte.

»Hilf mir«, sagte Howard leise. Ich schrak aus meinen Gedanken hoch, fuhr fast schuldbewußt herum und legte die Hände unter Rowlfs Rücken. Er war wach und versuchte uns zu helfen, aber seine Bewegungen waren ohne Kraft und ziellos. Er stürzte fast, als er endlich auf seinen Füßen stand und sein Gewicht schwer auf Howards und meine Schultern stützte.

Der Regen peitschte uns eisig in die Gesichter, während wir uns zum Tor schleppten. In den schräg fallenden Schleiern glitzerte Eis, und ich roch Schnee. Es war absurd, aber mir fiel plötzlich ein, daß es fast Dezember und nicht mehr lange bis Weihnachten war. Rowlfs Gewicht drückte wie eine Tonnenlast auf meine Schultern, und auch Howard taumelte, nachdem wir den Torbogen erreicht und in seinem Schatten stehengeblieben waren.

Behutsam löste er Rowlfs Arm von seiner Schulter, lehnte ihn halbwegs gegen die Wand und wies mit einer Kopfbewegung zur Straße. »Halt ihn einen Moment«, sagte er. »Ich sehe nach, ob die Straße frei ist.«

»Das hat doch keinen Sinn«, widersprach ich. »Wir schaffen es nicht, Howard. Und Rowlf auch nicht.«

Er schwieg. Sein Blick huschte besorgt über Rowlfs Gesicht, und ich sah einen Ausdruck von Mutlosigkeit in seinen Augen, der neu an ihm war. Ich hatte immer gedacht, daß es nichts gäbe, was diesen Mann wirklich erschüttern könnte. Aber das stimmte nicht.

»Wir brauchen Hilfe«, sagte ich, als Howard auch nach einer Weite noch keine Anstalten machte, mir zu antworten. »Einen Arzt. Oder wenigstens einen Wagen.«

Howard antwortete auch diesmal nicht, aber das

war auch gar nicht nötig. Die Bewohner von Durness hielten uns für tot; viele von ihnen glaubten, uns mit eigenen Augen in den brennenden Fluten des Hafenbeckens umkommen gesehen zu haben, und das war auch gut so. Denn wenn sie auch nur vermuteten, daß wir noch am Leben waren, würde die Hexenjagd von vorne beginnen. Und eine Hexenjagd war es im wahrsten Sinne des Wortes. Die Männer und Frauen von Durness hielten uns – und wohl im besonderen mich – für Hexer, Diener des Satans. Das Unheil, das die entfesselten Kräfte des Necronomicons über die kleine Hafenstadt gebracht hatte, fiel auf uns zurück, und sie reagierten, wie Menschen seit Urzeiten auf alles reagiert hatten, was sie nicht verstanden und was sie ängstigte: mit Haß und Gewalt.

»Kein ... Arzt«, murmelte Rowlf. Er hatte meine Worte verstanden, aber es hatte eine Weile gedauert, bis er die Kraft gefunden hatte, darauf zu antworten. »Niemand darf ... uns sehen, Kleiner. Sie ... dürfen nicht wissen, daß wir ... noch leben.«

»Zumindest in deinem Fall kann sich das ganz schnell ändern, Rowlf«, antwortete ich ernst. »Der nächste Arzt dürfte in Bettyhill sein. Und das sind dreißig Meilen.«

»Robert hat recht«, stimmte Howard düster zu. »Das schaffst du nicht.«

»Dann laßt mich zurück«, antwortete Rowlf. Seine Stimme zitterte vor Schwäche, aber ich spürte, daß er seine Worte vollkommen ernst meinte.

»Das kommt überhaupt nicht in Frage«, widersprach ich. »Ich werde irgendwo Hilfe auftreiben. Wenn schon keinen Arzt, dann wenigstens einen Wagen.« Ich deutete mit einer zornigen Kopfbewegung auf die Straße hinaus. Der Widerschein des Großbrandes unten am Hafen ließ das feuchte Kopfsteinpflaster aufleuchten, als wäre es in Blut getaucht. »Irgend jemanden muß es doch in dieser verdammten Stadt geben, der seine fünf Sinne noch beisammenhat.«

»Und wen?« fragte Howard düster.

Diesmal blieb ich die Antwort schuldig. Die Wut, mit der uns diese Menschen verfolgten, war mit rationalen Gründen nicht mehr zu erklären. Sie waren verhext, im wahrsten Sinne des Wortes. Wir kämpften gegen Kräfte, die jenseits aller Logik standen.

Mein Blick richtete sich instinktiv auf das großformatige, in schwarzes Leder gebundene Buch, das Howard unter dem linken Arm trug. Es sah so harmlos aus, so verdammt banal. Und doch war es schuld am Tod zahlloser Menschen – und unserer Lage.

Howard erschrak, als er meinen Blick bemerkte. Er sagte nichts, aber die Art, in der er die Hand auf den Buchrücken legte, drückte genug aus. Für einen kurzen Moment hatte ich wirklich mit dem Gedanken gespielt, die Kräfte des Necronomicons auszunutzen, um hier herauszukommen. Natürlich war das unmöglich. Dieses Buch war das Nonplusultra des Bösen. Wer an seiner Macht rührte, der mußte dafür bezahlen. Und wie schrecklich der Preis war, den es verlangte, hatte ich mit eigenen Augen gesehen ...

»Geht zurück«, sagte ich. »Ich werde versuchen, irgendwo einen Wagen zu stehlen.«

Howard schien widersprechen zu wollen, atmete aber dann bloß hörbar ein und nickte widerstrebend. Die wenigen Schritte, die wir Rowlf gestützt hatten, hatten ihm deutlicher als alle Erklärungen gezeigt, wie sinnlos unser Unterfangen war. Vielleicht – aber auch nur vielleicht – hätten wir es sogar geschafft, die wenigen Blocks bis zum Ortsausgang hinter uns zu bringen, ohne entdeckt zu werden. Aber die dreißig Meilen bis Bettyhill waren schon für einen gesunden, ausgeruhten Mann ein gewaltiger Spaziergang. Für uns – und vor allem für Rowlf – waren sie unüberbrückbar. Genausogut hätten wir versuchen können, nach London zu schwimmen.

»Versuch es«, sagte er schließlich. »Wir haben wohl keine andere Wahl.«

»Die habt ihr doch«, widersprach Rowlf. »Ihr beide könnt es schaffen, wenn ihr mich hierlaßt. Ich komme schon irgendwie durch.«

»Unsinn«, widersprach Howard. »Sobald sie das Feuer gelöscht haben, wird es hier wieder von Menschen wimmeln. Robert hat recht – entweder schaffen wir es alle, oder gar keiner.«

Rowlf fuhr auf. »Aber das ist –«

»Das einzig Logische«, unterbrach ihn Howard. »Glaubst du, wir hätten eine Chance, wenn sie dich finden? Sie würden dich umbringen und dann anfangen, uns zu suchen. Nein, Rowlf – wir haben gar keine andere Wahl, als dich mitzunehmen.« Er sah mich an. »Geh. Wir warten hier. Aber gib acht, daß dich niemand sieht.«

Ich nickte, drehte mich ohne ein weiteres Wort um und trat mit gesenktem Kopf auf die Straße hinaus. Vom Hafen drang flackernder, rotgelber Lichtschein und das Raunen einer gewaltigen Menschenmenge herauf; Schreie, Lärmen, das Schrillen einer Glocke. Aber die Straße rechts und links von mir schien ausgestorben zu sein.

Während ich mit weit ausgreifenden Schritten stadteinwärts ging, arbeiteten meine Gedanken auf Hochtouren. Mein Vorhaben war nicht halb so leicht, wie ich Howard Glauben hatte machen wollen. Durness war eine Stadt, kein kleines Bauerndorf, auf dem hinter jedem Haus ein Pferd bereitstand. Ich konnte kaum darauf hoffen, einfach so einen Wagen zu finden, der nur darauf wartete, von mir mitgenommen zu werden.

Aber vielleicht gab es doch jemanden, der uns half …

Es war still hier, tief unter der Erde. Das Ding hatte den Fuß des Kreidefelsens erreicht und war aus der Brandung aufgetaucht wie Klumpen aus Dunkelheit und gestaltgewordener Furcht, ein schwarzer Dämon, der aus den Abgründen der Zeit und der Hölle emporgewachsen war und den Schrecken einer seit dreißig Millionen Generationen erloschenen Epoche mit sich brachte. Formlos und zitternd wie eine ins Absurde vergrößerte Amöbe war es den schrundigen steilen Fels der Küste emporgeflossen, hatte ihre Kante erreicht und sich – nach einer Weile, als müsse es Kraft schöpfen, sich vielleicht auch orientieren, obwohl es über keine sichtbaren Sinnesorgane verfügte – nach Süden gewandt, mit den vereinten Instinkten des Jägers und des Gejagten den Schutz des nahen Waldes ansteuernd. Wo es entlanggekrochen war, war eine breite, glitzernde Spur aus nacktem Stein und trockenem, steril gewordenen Erdreich zurückgeblieben, eine Bahn des Todes, in der sich nicht einmal mehr mikroskopisches Leben regte; Erdreich, das wie von einer tödlichen Säure bis tief in den Boden hinein sterilisiert worden war.

Das Wesen war weitergekrochen, hatte mit schwarzschleimigen Fühlern hierhin und dorthin gegriffen, von Zeit zu Zeit verharrt und schließlich den Waldrand erreicht. Seine Arme hatten sich aufgespalten, waren zu zahllosen haarfeinen Tastern geworden, die gierig in alle Richtungen griffen und nach Leben suchten; Nahrung, die den Hunger von zweitausend Millionen Jahren nicht zu stillen vermochte. Eine breite, wie mit Feuer ausgebrannte Spur war im Wald zurückgeblieben, ein halbkreisförmiger, ausgefrä-

ster Tunnel, der den Weg markierte, den der Shoggote genommen hatte. Schließlich hatte er eine Lichtung erreicht und war wieder verharrt, hatte haarfeine Fühler in den Boden gesenkt und geduldig gesucht und geforscht, bis er gefunden hatte, was er brauchte: eine Höhle, eine licht- und luftlose Blase, dreißig, vierzig Fuß unter dem Waldboden, vor Äonen durch eine Willkür der Natur entstanden. Trotz seiner gewaltigen Körpermasse hatte es ihm keine Schwierigkeiten bereitet, das Erdreich zu durchdringen: Sein Leib hatte sich in eine schwammige Gallertmasse verwandelt, die träge wie zähflüssiges Öl durch das Erdreich floß und sich tief unter dem Wald wieder zu der absurden Monstrosität vereinigte, als die es an Land gekrochen war.

Wieder war er lange und reglos liegengeblieben, eine scheinbar sinnlose Anhäufung schwarzer Zellen und hirn- und geistloser Protoplasma-Masse, die in regelmäßigen Abständen pulsierte. Dann, irgendwann nach Stunden, hatte er wieder Fühler ausgeschickt, Tastärmchen, hundertmal dünner als ein menschliches Haar, die das Erdreich im weiten Umkreis durchdrangen, und, unsichtbar für das menschliche Auge, damit begannen, ein gewaltiges unterirdisches Gewebe zu schaffen, ein Ding wie ein gigantisches Spinnennetz, in dessen Zentrum der riesige Shoggote saß. Er spürte das Leben, das ihn umgab, und wieder flammte die Gier in ihm auf, der Impuls, alles zu fressen und zu absorbieren, was er erreichen konnte, wie es seine Art war.

Und doch tat er es nicht. Seine Tentakel erreichten Baumwurzeln und Gras, vereinigten sich mit dem Geflecht der Pilze, das den Waldboden wie ein lebender Teppich durchdrang, und vereinigten sich mit ihm, um etwas Neues, Fürchterliches zu schaffen …

Es war dunkel geworden, während ich, wie ein Dieb von Tür zu Tür und von Schatten zu Schatten huschend, weiter stadteinwärts geeilt und schließlich nach Osten abgebogen war, statt der Hauptstraße zu folgen, die mich zum Hafen hinabgeführt hätte. Ich war einer Anzahl Menschen begegnet, aber niemand hatte Notiz von mir genommen. Die hereinbrechende Dunkelheit und der Brand am Hafen schützten mich, und Durness war, obgleich alles andere als eine Großstadt, so doch auch nicht so klein, daß sich seine Bewohner untereinander alle gekannt hätten. Trotzdem hatte ich mich gehütet, den Hut abzusetzen oder gar einem der Männer oder Frauen, die mir begegnet waren, direkt ins Gesicht zu blicken.

Ich war nicht sicher gewesen, ob ich das Haus wiederfinden würde, aber – so absurd es klang – die Dunkelheit half mir dabei. Es war dunkel gewesen, als ich das erste und einzige Mal hiergewesen war, und obwohl ich nicht einmal sonderlich auf den Weg geachtet hatte, hatte ich mir doch unbewußt den einen oder anderen markanten Punkt eingeprägt, und nach weniger als einer halben Stunde stand ich vor dem schäbigen Haus und sah mich fast angstvoll nach beiden Seiten um. Ich war jetzt näher am Hafen, und ab und zu, wenn sich der Wind drehte, konnte ich das Prasseln der Flammen und das Schreien und Rufen der Löschmannschaften hören. Die halbe Stadt mußte auf den Beinen sein, um das Feuer zu löschen, und so, wie es aussah, würden sie noch einen guten Teil der Nacht damit zu tun haben. Zeit genug für uns ...

Ich sah mich noch einmal sichernd nach allen Seiten um, schob dann die Tür mit einer entschlossenen Bewegung auf und trat gebückt ins Haus. Der Flur mit der steil nach oben führenden Holztreppe kam mir noch schäbiger und heruntergekommener vor als beim ersten Mal, und nach der kalten, vom Regen gereinigten Luft draußen hatte ich das Gefühl, hier drinnen kaum mehr Atem holen zu können. Ich schloß die Tür, zog den Hut noch ein wenig tiefer in die Stirn, für den Fall, daß mir unverhofft jemand entgegenkommen sollte, und eilte die Treppe hinauf.

Vor der schmalen Tür am Ende des Korridors blieb ich noch einmal stehen. Plötzlich fielen mir tausend Dinge ein, die schiefgehen konnten, und für einen kurzen Moment war ich dicht davor, einfach kehrtzumachen und davonzulaufen, so schnell ich konnte. Irgendwo würde ich einen Wagen oder wenigstens ein Pferd auftreiben – wozu hatte ich den größten Teil meines Lebens unter Dieben und Halsabschneidern verbracht?

Aber ich tat es nicht. Es ging nicht nur darum, einen Wagen zu bekommen. Wir brauchten einfach Hilfe, wenn wir auch nur eine winzige Chance haben wollten. Statt dessen legte ich die Hand auf die Türklinke, lauschte einen Moment und drückte sie entschlossen herunter und betrat das dahinterliegende Zimmer.

Miß Winden war allein mit ihrer Tochter, wie ich gehofft hatte. Sie saß, leicht nach vorne gebeugt und ein sauberes Tuch in der Hand, mit dem sie offenbar die Stirn ihrer Tochter befeuchtet hatte, auf der Kante von Sallys Bett. Als ich die Tür öffnete, drehte sie sich ohne sonderliche Hast herum, sah auf – und erstarrte.

Ich war mit einem einzigen Satz bei ihr. Als der Schrecken von ihr abfiel und sie den Mund öffnete, um zu schreien, riß ich sie unsanft hoch, preßte ihr die Hand auf den Mund und hielt sie mit der anderen fest. »Bitte«, sagte ich hastig. »Schreien Sie nicht, Miß Winden. Ich tue Ihnen nichts!«

Einen Moment lang wehrte sie sich mit verzweifelter Kraft, aber ihr Widerstand erlahmte so schnell, wie er aufgeflammt war. Ihre Augen weiteten sich. Der Ausdruck des Schreckens, der bei meinem Eintreten darin erschienen war, wandelte sich plötzlich in Furcht, dann in Grauen. Ich lockerte meinen Griff ein wenig, preßte die Hand jedoch weiter auf ihre Lippen.

»Versprechen Sie mir, nicht zu schreien«, sagte ich hastig. »Ich bitte Sie, Miß Winden. Alles, was ich will, ist daß Sie mir einen Moment zuhören.«

Sie nickte, aber ich ließ noch immer nicht los. »Versprechen Sie mir, nicht zu schreien?« fragte ich noch einmal. Diesmal dauerte es länger, ehe sie reagierte: mit einem Schließen der Augen, das ich als Nicken deutete. Langsam nahm ich die Hand herunter und ließ gleichzeitig – wenn auch noch immer gespannt und bereit, jederzeit wieder zuzupacken – ihr Handgelenk los.

Die dunkelhaarige Frau prallte mit einem nur halb unterdrückten Schluchzen zurück, bis ihre Kniekehlen gegen das Bett des Mädchens stießen, schlug die Hand vor den Mund und starrte mich aus schreckgeweiteten Augen an. »Was ... was wollen Sie?« keuchte sie. »Was wollen Sie hier?«

»Ihre Hilfe«, antwortete ich. »Wir brauchen Ihre Hilfe, Miß Winden.«

»Meine ...« Sie stockte, starrte hilfesuchend an mir vorbei zu der offenen Tür in meinem Rücken und rang hilflos mit den Händen. »Wieso sind Sie hier?« stammelte sie. »Wieso leben Sie noch. Ich dachte, Sie ... Sie sind ...«

»Tot?« Ich schüttelte den Kopf, drehte mich um und schloß die Tür. »Das denken alle, Miß Winden, aber es stimmt nicht. Wir konnten uns retten. Aber wir brauchen Hilfe.«

»Hilfe? Von mir?« Ihre Worte klangen fast wie ein Schrei. Sie schüttelte den Kopf, so heftig, daß ihre Haare flogen. »Ich habe nichts mit Ihnen zu schaffen.

Gehen Sie. Gehen Sie weg. Ich bin nur eine hilflose Frau. Ich kann Ihnen nicht helfen. Und ich will es auch nicht.«

Ich starrte sie einen Moment an, ging wieder zu ihr hinüber und näherte mich dem Bett mit dem schlafenden Mädchen. Als ich zwei Schritte davon entfernt war, vertrat mir Miß Winden den Weg. Sie zitterte vor Angst, aber der Impuls, ihre Tochter zu schützen, war stärker. Ich blieb stehen und blickte über ihre Schulter hinweg auf das reglos daliegende Mädchen hinab. Sallys Gesicht war so blaß und eingefallen wie am Vorabend, und ihr Atem ging noch immer stoßweise und unruhig, aber es war jetzt nur noch das Fieber, mit dem sie rang.

»Sie sind es uns schuldig, Miß Winden«, sagte ich leise.

Sie fuhr zusammen, als hätte ich sie geschlagen. Ihre Lippen zuckten, und ihr Blick wanderte unstet zwischen dem bleichen Antlitz ihrer Tochter und meinem Gesicht hin und her. Sie schwieg.

»Sie sind es uns schuldig, Miß Winden«, sagte ich noch einmal. »Ohne Howards Hilfe wäre Ihre Tochter jetzt tot. Nun brauchen wir Ihre Hilfe.« Ich kam mir bei diesen Worten so abscheulich und gemein vor wie noch nie zuvor in meinem Leben, und ich sah, wie sie unter jeder einzelnen Silbe wie unter einem Hieb zusammenfuhr. Aber es mußte sein. Ich hatte keine Wahl, wenn ich Rowlfs Leben retten wollte.

»Bitte«, fügte ich, leiser und – ohne daß es mir im ersten Moment selbst zu Bewußtsein gekommen wäre – in fast flehendem Tonfall hinzu. »Ich tue es nicht gerne, aber einer meiner Freunde wird sterben, wenn Sie uns nicht helfen.«

Sie starrte mich an. In ihren Augen glitzerten Tränen, und ihre Finger verkrallten sich in einer unbewußten

Bewegung in den dünnen Stoff ihres Kleides. Ihre Lippen zuckten. Sie blickte zu Boden, schluckte ein paarmal hintereinander, hart und krampfhaft, starrte ihre Tochter und dann wieder mich an und atmete hörbar ein. »Was wollen Sie?« fragte sie schließlich. »Ich kann Sie nicht verstecken, und ich habe keinen Wagen, den ich Ihnen geben könnte. Was wollen Sie von mir? Warum quälen Sie mich?«

»Das ... liegt nicht in meiner Absicht«, antwortete ich ehrlich. *Warum erschreckten mich ihre Worte so?* »Ich wäre nicht hierhergekommen, wenn ich einen anderen Ausweg gewußt hätte, glauben Sie mir.«

Wieder schwieg sie einen Moment, und wieder blickten mich ihre Augen in einer Art an, daß es mir eisig den Rücken herablief.

»Ist ... ist es wahr, daß Sie den Hafen angezündet haben?« fragte sie plötzlich. »Sie und Ihre Freunde?«

»Ich?« Ihre Worte verwirrten mich so sehr, daß ich im ersten Moment unfähig war, zu antworten, sondern sie nur mit offenem Mund anstarrte. »Aber das ist doch Wahnsinn!« keuchte ich. »Wir –«

»Was sind Sie?« fragte Miß Winden. Plötzlich war sie ganz ruhig; von jener übertriebenen, fast verkrampften Gefaßtheit, hinter der sich mit aller Macht niedergehaltene Panik zu verbergen pflegt. »Was sind Sie?« fragte sie noch einmal, als ich nicht gleich antwortete. »Sie und Ihre Freunde?«

»Was sagt man denn, das wir sind?« fragte ich.

»Man sagt, Sie wären ein Hexer, Mister Craven«, antwortete Miß Winden ernst. »Man sagt, Sie wären mit dem Teufel im Bunde. Ist ... ist das wahr?«

»Unsinn«, schnappte ich, aber ich sah an der Reaktion auf ihrem Gesicht, daß es genau die falsche Antwort war, und fügte, so ruhig ich in diesem Moment konnte, hinzu: »Es ist nicht wahr, Miß Winden. Ich ...

ich kann es Ihnen jetzt nicht erklären, aber wir sind weder mit dem Teufel noch mit sonstwem im Bunde. Der Brand am Hafen ist nicht unsere Schuld, im Gegenteil. Es waren ... es waren die Männer, die uns töten wollten. Sie haben Petroleum ins Wasser gegossen, um uns zu verbrennen. Der Brand hat sich ausgeweitet und auf das Hafengebiet übergegriffen, aber es war nicht unsere Schuld.«

»Sie sind ein Hexer!« beharrte sie. Der Ausdruck der Furcht in ihren Augen wurde stärker. »Sie ... seit Sie in die Stadt gekommen sind, ist das Unglück hier eingekehrt. Es sind –«

»Es sind sonderbare Dinge geschehen, ich weiß«, unterbrach ich sie. Ich versuchte zu lächeln – es mißlang –, ging sehr langsam, um sie nicht noch mehr zu ängstigen und zu einer unbedachten Handlung hinzureißen, um das Bett herum, und ließ mich auf seine Kante sinken. Sally bewegte im Schlaf den Kopf. Ich sah, daß ihre Haut fiebrig glänzte und ihre Lippen aufgesprungen und rissig waren; sie bot ein Bild des Jammers. Es war schwer vorstellbar, daß dieses unschuldige Kind noch vor Tagesfrist ein Ungeheuer in sich beherbergt hatte, das den Grenzen des Vorstellbaren schlichtweg spottete. Behutsam beugte ich mich vor und berührte ihre Stirn mit dem Handrücken. Ihre Haut war heiß. Aber es war sonderbar – fast im gleichen Augenblick, in dem meine Hand ihre Stirn berührte, hörte sie auf, sich im Schlaf hin und her zu werfen. Ihr Atem beruhigte sich, und die Augäpfel, die sich bisher hektisch hinter den geschlossenen Lidern hin und her bewegt hatten, kamen endlich zur Ruhe.

Miß Winden sog scharf die Luft ein. »Was ... was tun Sie mit ihr?« fragte sie mißtrauisch.

»Nichts«, antwortete ich. »Keine Sorge – ich habe weder vor, Sally etwas zuleide zu tun, noch sonst irgendeinem Menschen. Glauben Sie mir, ich bin nicht ihr Feind. Im Gegenteil.«

Sie schluckte. Ihr Blick flackerte unstet.

»Ich weiß, was die Menschen hier über uns sagen«, sagte ich leise. »Und ich kann sie fast verstehen. Es sind … sonderbare Dinge geschehen, seit wir nach Durness kamen. Und vielleicht ist es sogar unsere Schuld. Vielleicht hätten wir niemals hierherkommen dürfen.«

Fast eine Minute lang starrte mich Miß Winden an. Dann, mit einer Bewegung, der man ansah, wieviel Überwindung sie sie kostete, nickte sie. »Ich … werde Ihnen helfen«, sagte sie, so leise, daß ich Mühe hatte, sie überhaupt zu verstehen.

»Dann glauben Sie mir?« fragte ich.

»Ich werde Ihnen helfen, Ihnen und Ihren Freunden«, erwiderte sie steif. »Sie haben das Leben meiner Tochter gerettet, Mister Craven. Ich habe Ihnen gesagt, daß ich alles tun werde, was Sie dafür verlangen. Und ich halte mein Wort.«

Das war nicht die Antwort, die ich hatte hören wollen; ganz und gar nicht. Aber es war die einzige, die ich bekommen würde. Einen Moment lang hielt ich ihrem Blick noch stand, dann stand ich auf, trat einen Schritt von Sallys Bett zurück und begann ihr mein Vorhaben zu erklären.

Das Netz war gewachsen. Millionen und Abermillionen haarfeiner, tausendfach verästelter Fäden durchzogen den Waldboden im Umkreis von mehreren Meilen mit einem schwarzen, öligen Geflecht, und der Körper des Shoggoten hatte im gleichen Maß an Masse verloren, wie sich das Gewebe ausgebreitet hatte. Er hatte Nahrung aufgenommen, auf die grausame Weise, die seiner Art angeboren war – wo er auf Leben anderer als pflanzlicher Art gestoßen war, hatte er es absorbiert, sein Zellgewebe aufgebrochen und zu einem Teil seines eigenen, jetzt über Meilen und Meilen verteilten bizarren Körpers gemacht. Sein eigentlicher Leib war jetzt kaum mehr größer als der eines Menschen, allenfalls der einer Kuh; trotzdem hatte sich seine Masse fast verzehnfacht, seit er an Land gekrochen war.

Jetzt fraß er nicht mehr. Sein Körper breitete sich weiter aus, das Netz wuchs unaufhörlich, aber er hatte genug organische Materie in sich aufgenommen, um seine eigentliche Aufgabe in Angriff zu nehmen. Trotz seiner boshaften Intelligenz war er nicht viel mehr als eine Maschine, ein Ding, das zu einem einzigen, ganz bestimmten Zweck erschaffen worden war und das nur die Wahl hatte, seine Aufgabe zu erfüllen oder zu sterben. Aber wie konnte etwas sterben, das niemals gelebt hatte?

Eine knappe Stunde später kehrten wir zu dem Hinterhof am östlichen Stadtrand von Durness zurück. Ein Fuhrwerk zu besorgen war beinahe leichter gewesen, als ich zu hoffen gewagt hatte. Ich hatte Miß Winden Geld gegeben, und sie hatte einen Wagen mit zwei Pferden gemietet. Wie sie mir erzählte, hatte der Mann, bei dem sie das Fuhrwerk erstanden hatte, sie nur kopfschüttelnd angesehen, aber keine Fragen gestellt: Sie war nicht die einzige, die die Stadt an diesem Tage vorsorglich verlassen hatte, der Brand im Hafen war noch immer nicht vollkommen unter Kontrolle, und so mancher war geflohen, aus Furcht, das Feuer könne auf die ganze Stadt übergreifen, oder einfach aus Panik. Ich hatte noch eine Weile im Wagen versteckt warten müssen, ehe sie eine Nachbarin gefunden hatte, die sich bereit erklärte, für den Rest der Nacht an Sallys Bett Krankenwache zu halten. Miß Winden hatte mir nicht gesagt, welche Begründung sie dafür gefunden hatte, aber sie hatte es, und ich gab mich damit zufrieden, sie nach einer Weile aus dem Haus kommen und auf den Kutschbock steigen zu sehen. Keiner von uns hatte es ausgesprochen, aber wir waren uns beide darüber im klaren, daß sie sich mit ihrer Hilfe selbst in Gefahr brachte. Wenn wir entdeckt wurden, würde sich der Zorn der Menge auch auf sie entladen.

Es war fast zehn, als der Wagen vor der finsteren Toreinfahrt hielt. Ich bedeutete Miß Winden mit Zeichen, zu warten, sprang ohne ein weiteres Wort vom Bock und eilte gebückt auf den finsteren Hinterhof. Im ersten Moment sah ich nichts – das unregelmäßige Karree schien ausgestorben zu sein, und weder von Rowlf noch von Howard war eine Spur zu sehen, aber nachdem ich ein paarmal halblaut Howards Namen gerufen hatte, erwachte ein Schatten raschelnd hinter den Müllbehältern.

»Bist du es, Robert?«

Ich nickte, trat auf ihn zu und blieb instinktiv stehen, als ich das metallische Glitzern in seiner Hand bemerkte. Howard registrierte meinen Blick, lächelte verlegen und steckte den Trommelrevolver mit einer beinahe schuldbewußten Bewegung unter den Mantel.

»Wo warst du so lange?« fragte er. »Wir dachten schon, sie hätten dich erwischt.«

»Ich habe einen Wagen besorgt«, antwortete ich mit einer Geste zur Straße. »Wie geht es Rowlf?«

»Er hat immer noch hohes Fieber«, sagte Howard besorgt. »Aber es geht. Hilf mir.«

Ich folgte ihm um die Reihe aus Abfalltonnen herum. Rowlf lag, halbwegs auf die Ellbogen erhoben und wie Howard einen Revolver in der Rechten, auf einem provisorischen Lager aus Pappkartons und Lumpen und blickte mir aus fiebrigen Augen entgegen. Sein Gesicht schien zu glühen. Der Anblick versetzte mir einen schmerzhaften Stich. Wahrscheinlich sah es schlimmer aus, als es war – Brandwunden sehen immer schrecklich aus, selbst wenn sie nur oberflächlicher Natur sind –, aber sie mußten höllisch schmerzen, und wenn Rowlf nicht sehr viel Glück hatte, würde er ein Narbengesicht zurückbehalten.

»Kannst du gehen?« fragte ich. »Nur bis zur Straße. Ich habe einen Wagen.«

Rowlf nickte und versuchte sich auf die Füße zu stemmen, schaffte es aber nicht aus eigener Kraft, so daß ich ihm helfen mußte. Howard hob sein Buch, das er unter einer zerrissenen Decke verborgen hatte, vom Boden auf und griff mit der freien Hand unter Rowlfs rechten Arm.

Die Pferde begannen unruhig zu schnauben, als wir aus der Toreinfahrt humpelten. Ihre Hufe erzeugten helle, klappernde Echos auf dem Straßenpflaster. Die Tiere waren nervös und aus irgendeinem Grunde ängstlich. Vielleicht spürten sie das Feuer, das noch immer im Hafen tobte.

Howard erstarrte, als er die geduckte Gestalt auf dem Kutschbock sah. »Wer ist das?« fragte er erschrocken. »Du hast –«

»Jemanden gefunden, der uns hilft«, unterbrach ich ihn. »Wir schaffen es nicht aus eigener Kraft, Howard ...«

Howard ließ behutsam Rowlfs Arm los, ging ein paar Schritte auf den Wagen zu und blinzelte überrascht, als er das Gesicht unter dem dunklen Kopftuch erkannte. »Sie?«

»Sie wird uns helfen«, sagte ich hastig. »Keine Sorge, Howard. Und jetzt komm – wir haben schon viel zu viel Zeit verloren.«

Howard wandte sich widerstrebend um. In seinem

Gesicht arbeitete es, aber er sagte nichts mehr, sondern half mir, Rowlf zum Wagen zu führen und rücklings auf eine der beiden ungepolsterten, hölzernen Bänke zu legen. Rowlf stöhnte ganz leise. Vorhin, als ich in den Hof gekommen war, war er halbwegs bei klarem Verstand gewesen, jetzt fieberte er wieder; seine Haut glühte, und er hatte Schüttelfrost. Howard zog seinen Umhang von den Schultern, knüllte ihn zu einem Kissen zusammen und schob ihn unter Rowlfs Kopf, und auch ich streifte meinen Mantel ab und breitete ihn als Decke über ihn. Der Stoff war eisig und schwer vor Nässe, aber immer noch besser als gar nichts.

»Du bleibst bei ihm«, befahl Howard. Er wandte sich um, zögerte einen Moment und legte das Buch zwischen die Sitze auf den Wagenboden. »Rühr es nicht an«, sagte er. »Ganz egal, was passiert. Hast du das verstanden?«

Seine Worte ärgerten mich, aber ich schluckte die wütende Entgegnung, die mir auf der Zunge lag, herunter, nickte nur wortlos und ließ mich auf der zweiten Bank nieder. Das Holz war naß, und plötzlich merkte ich wieder, wie kalt es geworden war. Meine Hände waren so steif, daß es schmerzte, wenn ich versuchte, die Finger zu bewegen.

Howard sprang aus dem Wagen, ging umständlich um das Fuhrwerk herum und setzte sich neben Miß Winden auf den Bock. Eine Peitsche knallte. Rüttelnd setzte sich das Fahrzeug in Bewegung.

Die Häuser glitten quälend langsam an uns vorüber. Es waren nur wenige Augenblicke, aber ich hatte das Gefühl, als vergingen Stunden, bis der letzte Block hinter uns zurückblieb und das freie, flache Land vor uns lag. Rowlf stöhnte leise im Schlaf, und ich beugte mich von Zeit zu Zeit vor, konnte aber nichts weiter für ihn tun, als ihn besorgt anzusehen. Ich wußte, wie stark

Rowlf war. Aber gerade starke Menschen neigen dazu, vollends zusammenzubrechen, wenn ihre Kraftreserven einmal aufgebraucht waren.

Ich wandte mich nach vorne an Miß Winden. »Wie lange werden wir brauchen?« fragte ich.

»Nach Bettyhill?« Sie überlegte einen Moment. »Drei Stunden. Vielleicht vier. Die Straße macht einen großen Bogen nach Süden, Mister Craven. Es gibt eine Abkürzung direkt durch die Wälder, aber ich fürchte, der tagelange Regen hat den Boden aufgeweicht. Wir könnten steckenbleiben.«

Eine Abkürzung direkt durch die Wälder ... Ich wußte nicht, warum, aber ich hatte bei diesen Worten das Gefühl, irgend etwas furchtbar Wichtiges vergessen zu haben. Ich vertrieb den Gedanken. Im Augenblick zählte nur, daß wir unbehelligt aus Durness heraus waren und daß Rowlf möglichst schnell zu einem Arzt kam.

»Dann nehmen wir die Straße«, sagte Howard. »Wir können uns kein Risiko mehr leisten.« Er sah die kleinwüchsige Frau auf dem Kutschbock neben sich mit einem sonderbaren Blick an. »Es ist sehr freundlich von Ihnen, uns zu helfen, Miß Winden«, sagte er.

»Das war ich Ihnen schuldig«, antwortete sie knapp. Die Art, in der sie sprach, brachte Howard zu einem verwirrten Stirnrunzeln. Er drehte sich halb um, sah mich einen Augenblick prüfend an und blickte dann wieder nach vorne.

»Es tut mir leid, daß wir Sie in diese Situation gebracht haben«, murmelte er. »Ich werde versuchen, es wiedergutzumachen, wenn das alles hier ... vorbei ist.«

Miß Winden antwortete nicht, und wieder hatte ich das Gefühl, etwas furchtbar Verwerfliches getan zu haben. Der Blick, mit dem mich Howard maß, tat beinahe weh.

Die Zeit verging träge. Der Wagen holperte die ausgefahrene Straße entlang, und der Regen strömte weiter mit monotoner Gleichmäßigkeit. Ich fror erbärmlich, und jetzt, als meine überreizten Nerven allmählich zur Ruhe kamen, spürte ich wieder, wie müde ich war. Wäre es nicht so ekelhaft kalt gewesen, wäre ich wahrscheinlich im Sitzen eingeschlafen.

Das Fuhrwerk kämpfte sich einen Hügel hinauf, bog um einen einzeln stehenden, geschwärzten Baum, der irgendwann einmal vom Blitz getroffen worden sein mußte, und kam schaukelnd zum Stehen, als Miß Winden an den Zügeln zog. Ich schrak aus dem Dämmerzustand, in den ich versunken war, hoch und blickte verwirrt zum Kutschbock. Miß Winden hatte angehalten und blickte zurück, den Hügel hinab in die Richtung, aus der wir gekommen waren. Selbst für die große Entfernung war das Feuer im Hafen von Durness noch zu sehen; wie ein flackernder, gelbroter Funken.

»Das ist … unmöglich«, murmelte Miß Winden. »Wieso brennt es noch immer?« Sie sah erst mich, dann Howard an und preßte die Lippen zu einem schmalen, blutleeren Strich zusammen. »Mein … mein Bruder war am Hafen«, sagte sie leise und fast widerwillig. »Er hat mitgeholfen, zu löschen. Er … er sagt, daß alle Boote längst verbrannt sind und auch von den Schuppen nur noch Ruinen stehen. Aber das … das Wasser brennt weiter. Dabei muß das Petroleum doch längst weggebrannt sein.«

Howard beherrschte sich nicht ganz so gut, wie ich es von ihm gewohnt war; sein Blick suchte für einen ganz kurzen Moment das Buch auf dem Wagenboden. »Es ist … kein normales Feuer«, sagte er widerwillig. »Ich weiß selbst nicht, was … genau passiert ist, aber ich hoffe, es wird aufhören, sobald wir aus der Umgebung von Durness verschwunden sind.«

»Und wenn nicht?« fragte Miß Winden leise.

Diesmal antwortete Howard nicht. Mit einem Ruck wandte er den Kopf, nahm ihr die Zügel aus der Hand und ließ die Pferde antraben. Der Wagen schaukelte über den Hügel und begann sich auf der anderen Seite den Weg hinabzuquälen. Der Weg wurde schlechter. Was auf der Karte als gut ausgebaute Straße eingezeichnet war, war in Wirklichkeit eine mit Schlaglöchern und Rissen durchsetzte Marterstrecke, die schon bei gutem Wetter und Tageslicht nicht leicht zu befahren gewesen wäre. Jetzt, bei Nacht und nach dem tagelangen Regen, der die zahllosen Schlaglöcher mit Wasser gefüllt hatte und praktisch unsichtbar werden ließ, war es eine reine Tortur. Der Wagen holperte immer wieder in Schlaglöcher oder über Hindernisse, die in der Dunkelheit nicht oder erst zu spät sichtbar waren. Es hätte mich nicht gewundert, wenn eines der Räder oder die Achse gebrochen wäre. Zudem stolperten die Pferde immer wieder, und die Geschwindigkeit unseres Vorwärtskommens sank immer weiter.

Schließlich blieb der Wagen abermals stehen; mit einem so plötzlichen Ruck, daß ich auf der glitschigen Holzbank den Halt verlor und um ein Haar gestürzt wäre. Howard fluchte ungehemmt, sprang mit einem Satz vom Bock und fluchte ein zweites Mal, als er bis zu den Knöcheln im aufgeweichten Matsch neben der Straße versank.

»Was ist passiert?« fragte ich.

»Wir sitzen fest«, antwortete Howard wütend. »Komm runter und hilf mir.«

Ich stand auf, sprang jedoch auf der anderen Seite aus dem Wagen, um nicht wie Howard plötzlich im Morast zu versinken, und umrundete das Fuhrwerk vorsichtig. Die Pferde waren unruhig und traten nervös auf der Stelle. Ihre Schwänze peitschten, und eines von ihnen versuchte sogar, nach mir zu beißen, als ich an ihm vorüberging.

Howard hockte, noch immer leise vor sich hin fluchend, neben dem Wagen und zerrte mit den Händen an irgend etwas herum, als ich neben ihn trat.

»Was ist los?« fragte ich noch einmal. »Ein Schlagloch?«

»Nein. Komm her und hilf mir.« Er rutschte ein Stück zur Seite, winkte ungeduldig mit der Hand und deutete auf ein dunkles, vor Nässe glänzendes Etwas, in dem sich das Rad verfangen hatte.

»Was ist das?« murmelte ich überrascht. Ich beugte mich vor, wischte mir mit dem Handrücken das Regenwasser aus den Augen und versuchte, das sonderbare Hindernis genauer zu erkennen.

Es waren Wurzeln; Wurzeln oder Ranken, dick mit schlammigem Erdreich verkrustet und ineinander verwachsen. Mit der Beharrlichkeit von Pflanzen hatten sie das Straßenpflaster an dieser Stelle gesprengt und sich mit anderen vereinigt, die vom Straßenrand herbeigewachsen waren. Das Rad hatte einen Teil der Masse durch sein pures Gewicht zerquetscht, aber die dünnen, zähen Ranken hatten sich in den Speichen verfangen und hielten sie wie eine vierfingerige, verknorpelte Hand fest. Prüfend zerrte ich an einer der Ranken, aber es gelang mir nicht einmal, sie zu lockern, geschweige denn, sie zu zerreißen.

Howard murmelte sich irgend etwas in den Bart – vermutlich einen Fluch –, zauberte ein Taschenmesser hervor und begann mit verbissenem Gesichtsausdruck an einer der Ranken herumzusäbeln – mit äußerst mäßigem Erfolg.

»Verdammt noch mal, was ist das für ein Zeug?« murmelte ich. »Das ist doch nicht normal.«

»Pflanzen«, antwortete Howard unwillig. »Irgendein Wurzelzeug. Der verdammte Regen hatte doch hier alles aufgeweicht. Es würde mich nicht wundern, wenn die ganze Straße irgendwo abgesackt ist.« Er fluchte erneut, griff nach dem angeschnittenen Wurzelstrang und zerrte mit aller Kraft. Das Holz riß mit einem peitschenden Knall. Howard verlor durch den plötzlichen Ruck das Gleichgewicht, ruderte einen Moment hilflos mit den Armen und fiel hintenüber in den Matsch.

Ich unterdrückte im letzten Moment ein schadenfrohes Lachen, half ihm auf die Füße und nahm ihm wortlos das Messer ab. Während Howard ebenso wütend wie vergeblich versuchte, seine Kleider vom Schlamm und Morast zu reinigen, säbelte ich weiter an der seltsamen Pflanzenmasse herum. Es war beinahe aussichtslos. Die Wurzeln waren kaum stärker als mein kleiner Finger, einige nur fein wie Haar, aber es waren unglaublich viele; mit dem winzigen Taschenmesserchen würde ich eine Stunde brauchen, um das Rad zu befreien. Es war mir ein Rätsel, wie sich der Wagen in so kurzer Zeit derart gründlich hatte festfahren können. Es sah beinahe so aus, als wäre das Wurzelgeflecht um die Speichen *herumgewachsen.*

Nach einer Weile begannen meine Muskeln vor Anstrengung zu schmerzen. Ich stand auf, ließ mich von Howard ablösen und bewegte Arme und Schultern, um meine verspannten Muskeln zu lockern. Eines der Pferde begann nervös auf der Stelle zu treten und zu wiehern.

»Was ist mit den Tieren?« fragte Howard, während er weiter mit seinem Messer in der verfilzten Masse herumstocherte. »Versuch sie zu beruhigen, Robert. Ich möchte nicht, daß sie durchgehen, während ich die Hand unter dem Rad habe.«

Ich nickte, ging vorsichtig am Wagen vorbei nach

vorne und legte dem Tier beruhigend die Hand auf die Nüstern.

Es biß nach mir. Ich zog im letzten Moment die Hand zurück, verletzte mich aber dabei am Zaumzeug und zog mir einen langen, blutigen Riß auf dem Handrücken zu. Hastig sprang ich zurück, warf dem Pferd einen zornigen Blick zu und preßte die Hand unter die Achselhöhle.

»Ist es schlimm?« fragte Miß Winden.

»Nein. Es tut nur verdammt weh.«

»Dann kommen Sie her«, sagte sie. »Ich habe ein bißchen Verbandszeug mitgenommen – sicherheitshalber.«

Ich zögerte, aber Howard nickte nur zustimmend, und so ging ich – diesmal in respektvollem Abstand zu dem beißwütigen Gaul – um den Wagen herum und stieg neben Miß Winden auf den Kutschbock.

»Zeigen Sie Ihre Hand«, verlangte sie.

Ich streckte gehorsam die Hand aus und biß die Zähne zusammen, als sie daranging, mit geschickten Bewegungen den Riß zu säubern und zu verbinden.

»Ich verstehe das nicht«, sagte sie. »Das Gespann gehört meinem Schwager, und ich kenne die Tiere genau. Sie haben noch nie nach einem Menschen gebissen.«

»Sie sind nervös«, antwortete ich. »Wenn ich nur wüßte, warum.«

Miß Winden zog den Knoten um den improvisierten Verband fest zusammen, begutachtete ihr Werk einen Moment lang kritisch und nickte dann. »Das wird reichen«, sagte sie. »Wenn wir in Bettyhill sind, lassen Sie den Arzt danach sehen.«

»Wenn wir überhaupt dort ankommen«, erwiderte ich düster. »Die Straße ist miserabel. Und dann dieses Pflanzenzeug … Wissen Sie, was das ist?«

Sie verneinte. »Wir sind dicht am Waldrand«, sagte sie. »Vielleicht hat der Regen den Boden ausgespült und die Wurzeln zutage treten lassen. Aber komisch ist es schon. Unheimlich«, fügte sie nach einer winzigen Pause hinzu. »Ich habe so etwas noch nie erlebt.«

»Vielleicht hörst du da oben auf zu reden und kommst runter, um mir zu helfen«, mischte sich Howard in unser Gespräch. Ich fuhr schuldbewußt zusammen, bedankte mich mit einem flüchtigen Lächeln bei Miß Winden und sprang wieder vom Wagen, um Howard zu Hilfe zu eilen.

Er hatte kaum Fortschritte gemacht. Dutzende der dünnen braunen und schwarzen Ranken waren zerrissen und zerschnitten, aber im Vergleich zu der Masse, die sich fast bis zur Höhe der Achse um die Speichen rankte, war es ein Nichts.

»Es ist zum Verzweifeln«, murrte Howard. Er keuchte vor Anstrengung. »Man könnte glauben, das Zeug wächst nach. Wir brauchen ein größeres Messer oder irgendein anderes Werkzeug. Mit dem Ding hier –«

»Jemand kommt«, sagte Miß Winden vom Wagen aus.

Howard brach mitten im Wort ab, fuhr mit einer erschrockenen Bewegung hoch und starrte nach Westen, die Straße entlang.

Durch das Prasseln des Regens drang heller, mehrfach gebrochener Hufschlag herüber. Ich wollte etwas sagen, aber Howard schnitt mir mit einer hastigen Bewegung das Wort ab, rieb sich die Hände an den Hosen sauber und trat einen Schritt auf die Straße hinaus.

Aus der Nacht tauchten zwei Reiter auf. Sie saßen, tief über die Hälse ihrer Pferde gebeugt und in schwarzglänzende Ölmäntel gehüllt, in den Sätteln und zügelten ihre Tiere erst im letzten Moment, als ich schon fast befürchtete, sie würden Howard glattweg über den Haufen reiten.

»Guten Abend, die Herren«, sagte Howard, ehe einer von ihnen das Wort ergreifen konnte. Ich bewunderte ihn im stillen für die Selbstbeherrschung, die er an den Tag legte. Die Reiter kamen aus Durness. Ich selbst war im Moment heilfroh, im Schatten des Wagens zu stehen. Meine Nerven waren nicht halb so gut wie die Howards.

»Sie schickt der Himmel«, fuhr er fort. »Ich fürchte, uns ist ein kleines Mißgeschick passiert.«

Einer der beiden Reiter musterte ihn mit einer Mischung aus Mißtrauen und schlecht verhohlener Herablassung. »Mißgeschick, so«, wiederholte er. »Sieht eher so aus, als säße Ihr Karren fest.« Er lachte leise, schwang sich aus dem Sattel und gab seinem Begleiter ein Zeichen, es ihm gleichzutun. »Was ist passiert?« fragte er, nachdem sie beide von den Rücken ihrer Tiere gestiegen waren. »Ist die Achse gebrochen?«

Howard schüttelte den Kopf. »Nein. Wir sitzen in irgendeinem Wurzelzeug fest. Ich fürchte, aus eigener Kraft kommen wir nicht weiter.«

Der Reiter maß ihn mit einem Grinsen, das deutlich machte, wie sonderbar ihm das Wort ›Kraft‹ aus Howards Mund vorkommen mußte. Selbst in dem weitgeschnittenen Gehrock wirkte Howards Gestalt noch immer mädchenhaft zart und zerbrechlich. Mir selbst war der Anblick schon so vertraut geworden, daß ich mir nichts mehr dabei dachte. Jemandem, der Howard zum ersten Mal sah, mußte seine zerbrechliche Statur dagegen direkt ins Auge fallen. »Dann wollen wir mal sehen«, sagte er und schob Howard kurzerhand aus dem Weg. Wortlos ließ er sich vor dem Rad in die Hocke sinken, rüttelte einen Moment prüfend mit den Händen an den Speichen und kratzte sich am Bart. »Teufel auch«, murmelte er. »Wie haben Sie das geschafft?«

»Ich wollte, ich wüßte es«, antwortete ich. »Der Regen muß den Boden vollkommen ausgewaschen haben. Ich hoffe nur, daß es nicht noch schlimmer wird.«

Der Fremde sah auf und blickte mir einen Moment lang prüfend ins Gesicht. Mein Herz begann schneller zu schlagen, aber ich gab mir Mühe, äußerlich so gelassen wie möglich zu erscheinen. Selbst wenn er mich in Durness gesehen hatte, würde er mich kaum wiedererkennen. Ich hatte den Hut zum Schutz vor dem Regen so weit in die Stirn gezogen, daß von meinem Gesicht ohnehin kaum etwas zu erkennen war.

»Was suchen Sie überhaupt hier, nachts und bei dem Hundewetter?« fragte er.

Howard warf mir einen raschen, warnenden Blick zu, und ich spürte, ohne hinzusehen, wie sich Miß Winden über mir auf dem Kutschbock spannte. Der Mann mußte schon blind sein, wenn er Rowlfs reglos ausgestreckte Gestalt auf der Bank nicht sehen sollte.

»Wir kommen aus Durness«, sagte Howard hastig. »Unser Freund ist verletzt. Er muß zum Arzt.«

Der Reiter beugte sich neugierig vor und verzog die Lippen, als er Rowlfs verbranntes Gesicht sah. »O Scheiße«, entfuhr es ihm. »Der Brand am Hafen?«

Howard nickte. »Wir wollten beim Löschen helfen«, sagte er, »aber ich fürchte, wir haben uns nicht sehr geschickt angestellt.«

»Na, dann wollen wir mal sehen, daß wir den Karren wieder flottkriegen«, sagte der Mann. »Haben Sie ein Messer?«

Howard reichte ihm sein Taschenmesser. Der Fremde blickte es einen Moment verwirrt an, dann lachte er, sehr laut und nicht sonderlich humorvoll. »Sie haben Nerven, Mann. Warum versuchen Sie nicht gleich, das Zeug durchzubeißen?« Er gab seinem Kameraden einen Wink. »Bring mir die Axt, Lon.«

Ich trat hastig zur Seite, als Lon eine kurzstielige Axt von seinem Sattel löste und mit gesenktem Kopf herbeigeeilt kam. Der Mann nahm sie ihm aus der Hand, holte aus und schlug mit aller Kraft zu. Es gab einen hellen, splitternden Laut, als die rasiermesserscharf geschliffene Schneide die Wurzelstränge durchtrennte und von dem Metallreif des Rades abprallte.

»Geben Sie acht, daß Sie das Rad nicht beschädigen«, sagte Howard besorgt. Der Mann grunzte nur zur Antwort, holte ein zweites Mal aus und schlug wieder zu, diesmal mit noch mehr Kraft. Die Axt drang fast völlig in das schwarze Geflecht ein und zerschnitt Wurzeln und Holz. Diesmal gab es ein helles, seufzendes Geräusch ohne den winzigsten Nachhall. Heller Pflanzensaft tropfte aus den zerschnittenen Strängen. Es sah aus wie farbloses Blut.

Unser Helfer grinste triumphierend. »Sehen Sie?« sagte er. »So macht man das. In einer Minute können Sie weiterfahren.« Er holte zu einem dritten Hieb aus, aber diesmal ging irgend etwas schief: Die Axt glitt von etwas Hartem, das sich unter dem schwarzen Geflecht verborgen hatte, ab, und zwei, drei der dünnen zähen Ranken wickelten sich um ihren Stiel. Der Mann fluchte, versuchte sie loszureißen und runzelte verblüfft die Stirn, als die dünnen Ranken seinem Rütteln standhielten. Ich bückte mich neben ihn und versuchte ihm zu helfen, aber nicht einmal unsere vereinten Kräfte reichten aus, die Axt aus dem Griff der Pflanzenmasse zu befreien.

»Das gibt's doch nicht«, murmelte der Fremde. Er

schob mich weg und zerrte noch einmal am Stiel der Axt. Seine Muskeln spannten sich, und ich sah, wie die Sehnen an seinem Hals vor Anstrengung dick hervortraten. Aber die Axt saß unverrückbar fest.

Howard reichte ihm schweigend sein Taschenmesser. Der Mann bedachte ihn mit einem finsteren Blick, riß ihm das Messer aus den Fingern und begann verbissen, an den dünnen Ranken zu säbeln. Es dauerte fast fünf Minuten, ehe er seine Axt befreit und wieder zur Hand genommen hatte.

»Vielleicht reicht das schon«, sagte Howard. »Versuchen Sie es, Miß Winden.«

Die Peitsche knallte dicht über den Rücken der beiden Zugpferde. Die Tiere legten sich mit aller Kraft ins Geschirr. Die ledernen Riemen des Zaumzeuges knirschten hörbar, dann ging ein dumpfes Zittern durch den Wagen, und das Rad drehte sich um ein winziges Stück nach vorne.

»Es klappt!« sagte unser Helfer aufgeregt. »Lon und Sie« – er deutete auf Howard – »nach drüben, ans Rad. Sie helfen mir hier!«

Wir warteten, bis Howard und der zweite Reiter um den Wagen herumgeeilt waren, dann griffen wir in die Speichen und stemmten uns mit aller Kraft gegen das Rad. Der Wagen ächzte hörbar. Ich spürte, wie die Speichen unter meinen Fingern zu zittern begannen, als wollten sie zerbrechen.

Und dann kam der Wagen frei, mit einem harten, so plötzlichen Ruck, daß ich auf dem regennassen Untergrund den Halt verlor und der Länge nach in den Schlamm fiel, so wie Howard zuvor. Der Wagen holperte ein Stückweit die Straße hinab und kam wieder zum Stehen, als Miß Winden an den Zügeln zog, und ich stemmte mich hoch, spuckte Schlamm und Wasser aus und versuchte, mir den Morast aus dem Gesicht zu reiben, ohne ihn in die Augen zu bekommen. Hinter mir erscholl ein rauhes, schadenfrohes Lachen.

Mit einem wütenden Ruck stand ich vollends auf, drehte mich herum und fuhr mir mit dem Unterarm durch das Gesicht. Das Lachen hörte auf.

Es dauerte einen Moment, bis mir der Ausdruck im Gesicht meines Gegenübers auffiel. Er hatte aufgehört zu lachen, und der Spott in seinen Augen hatte sich in Schrecken gewandelt. Und langsam dämmerte mir, was geschehen war. Ich war nicht nur in den Schlamm gestürzt, sondern hatte auch den Hut verloren. Und die weiße, blitzförmig gezackte Haarsträhne über meiner rechten Braue mußte selbst in der Dunkelheit überdeutlich zu sehen sein ...

»Mein Gott!« keuchte der Mann. »Sie ... Sie sind der Kerl, den sie suchen. Sie ...«

Ich reagierte einen Bruchteil später als Howard. Aus den Augenwinkeln sah ich, wie er herumfuhr und den Mann neben sich mit einem blitzartigen Kinnhaken niederstreckte. Ich sprang vor, holte zu einem wuchtigen Hieb aus und stolperte ins Leere, als der Mann blitzschnell zur Seite trat. Die Axt in seinen Händen blitzte auf. Verzweifelt warf ich mich zur Seite. Die Axt zischte einen halben Fingerbreit an meinem linken Ohr vorbei, aber ihr Stiel traf mich mit betäubender Wucht an der Schulter. Ich schrie vor Schmerz und Schrecken, verlor vollends das Gleichgewicht und fiel. Hinter mir erscholl ein wütender Schrei. Instinktiv rollte ich mich auf den Rücken, riß schützend die Hände vor das Gesicht und trat zu. Mein Fuß traf die Kniescheibe des Mannes, im gleichen Moment, in dem er die Axt zum entscheidenden Hieb schwang. Er schrie auf, verlor, durch den Schwung seiner eigenen Bewegung nach vorne gerissen, den Halt und stürzte neben mich. Die Axt prallte klirrend gegen den Stein und zerbrach. Ihr Stiel traf mich an der Schläfe, und ich verlor das Bewußtsein.

Das erste, was ich fühlte, als ich wieder zu mir kam, war ein unangenehmes Stoßen und Rütteln und der eisige Biß des Windes. Ein stechender Schmerz saß in meiner rechten Schläfe. Ich hob die Hand, fühlte klebriges, kaum geronnenes Blut und stöhnte auf. Erst dann öffnete ich die Augen.

Ich saß vorne auf dem Kutschbock, wie ein schlafendes Kind an Miß Windens Schulter gelehnt. Der Wagen fuhr mit scharfem Tempo in die Dunkelheit hinein, und den Stößen und Schlägen nach zu urteilen, die sich über die ungefederten Achsen auf den Wagen übertrugen, mußte sich die Straße noch erheblich verschlechtert haben. Mühsam setzte ich mich auf, tastete noch einmal nach der Platzwunde an meiner Schläfe und verzog das Gesicht. Das Stechen wuchs zu einem quälenden Kopfschmerz heran.

Howard, der mit Miß Winden den Platz getauscht hatte, wandte kurz den Blick und konzentrierte sich dann wieder darauf, den Wagen über die ausgefahrene Straße zu lenken. »Alles in Ordnung?«

Ich wollte nicken, aber allein der Gedanke daran steigerte das Pochen hinter meiner Stirn zu blanker Raserei, und so beließ ich es bei einem – wenn auch etwas gequältem – Lächeln. Der Wagen sprang und hüpfte wie ein Boot auf stürmischer See. Rechts und links des Weges waren dunkle Schatten wie Mauern, die den Weg säumten, und das Geräusch des Regens hatte sich verändert. »Was ist … passiert?«

»Wir haben Pech gehabt«, sagte Howard, ohne mich dabei anzusehen. »Der Bursche, der dich niedergeschlagen hat, ist entkommen. Ich fürchte, wir werden bald Gesellschaft haben.«

Ich erschrak. »Er ist entkommen?« wiederholte ich ungläubig. »Er ist –«

»Ich wollte ihn aufhalten, aber ich war nicht schnell genug. Ich fürchte, er ist jetzt schon fast wieder in der Stadt.«

»Aber wie konnte das geschehen?« fragte ich aufgebracht. »Du hattest deinen Revolver!«

»Sollte ich ihn vielleicht erschießen?« fragte Howard wütend.

Einen Moment lang starrte ich ihn betreten an, dann senkte ich verlegen den Blick und sah weg. »Und ... der andere?«

Statt einer Antwort wies Howard mit dem Daumen nach hinten. Ich verdrehte mir halbwegs den Hals, um über die Schulter ins Wageninnere zurückblicken zu können. Rowlf lag noch immer reglos auf seinem Platz, aber auch die andere Bank war jetzt nicht mehr leer. Eine Gestalt in einem schwarzen Ölmantel lag darauf, an Händen und Füßen gebunden und mit einem zusammengedrehten Taschentuch geknebelt.

»Wohin fahren wir?« fragte ich.

»Nach Bettyhill«, antwortete Miß Winden an Howards Stelle. »Ich habe dort Freunde, die Sie verstecken werden, keine Sorge.«

»Aber sie holen uns ein, ehe wir die halbe Strecke geschafft haben!« widersprach ich.

»Vielleicht«, sagte sie. »Vielleicht auch nicht. Wir fahren den direkten Weg, durch den Wald. Wenn wir Glück haben und der Wagen nicht steckenbleibt, schaffen wir es. Die Dunkelheit schützt uns. Und es gibt Dutzende von Wegen, die durch den Wald führen. Sie können sie nicht alle absuchen.«

»Und wenn wir steckenbleiben?«

»Dann gehen wir zu Fuß weiter«, knurrte Howard. Seine Stimme hörte sich gereizt an. Er war nervös und hatte Angst, und ich spürte, daß es besser war, jetzt nicht weiterzureden. So drehte ich mich wieder herum, versuchte, auf der harten, schmalen Holzbank in eine einigermaßen bequeme Stellung zu rutschen, und starrte in die Dunkelheit rechts und links des Weges. Viel gab es allerdings nicht zu sehen: Der Weg war kaum breit genug, dem zweispännigen Gefährt Platz zu bieten, und die Blätter und Zweige des Unterholzes wuchsen beiderseits so dicht an die Fahrspur heran, daß ich nur die Hand hätte auszustrecken brauchen, um sie zu berühren, und die tiefhängenden Äste der Bäume zwangen uns immer wieder dazu, die Köpfe einzuziehen, um uns nicht die Gesichter von Zweigen und Blattwerk zerkratzen zu lassen. Einen Moment lang lauschte ich auf das Geräusch der Hufe und Räder, und was ich hörte, gefiel mir nicht. Es war zu dunkel, um den Boden, über den wir fuhren, zu sehen, aber ich hörte deutlich, wie sich die Räder durch mindestens knöcheltiefen Matsch quälten. Die Hufschläge der Pferde klangen gedämpft und feucht, und wenn sie die Beine hoben, gab es kleine, saugende Laute. Selbst wenn wir nicht in irgendeinem jäh aufklaffenden Schlammloch steckenblieben, würden die Tiere bald erschöpft sein.

Schweigend fuhren wir weiter. Der Regen ließ ein wenig nach, und auch die Kälte war hier im Wald weniger quälend und unerträglich. Trotzdem zitterten wir alle am ganzen Leib, und die Dunkelheit und die formlosen schwarzen Schatten, zu denen sich Bäume und Gebüsch beiderseits des Weges zusammenballten, erfüllten mich mit einem vagen Gefühl von Furcht, das ich mir nicht erklären konnte. Ich ertappte mich immer öfter dabei, über die Schulter zurückzublicken, als erwartete ich, die Verfolger bereits hinter uns auftauchen zu sehen.

»Glaubst du wirklich, daß sie uns verfolgen werden?« fragte ich.

Howard nickte trübsinnig. »Darauf kannst du Gift nehmen, Robert«, sagte er. »Vielleicht hätten sie es nicht getan, wenn das Feuer nicht gewesen wäre. Aber so ...« Er schüttelte den Kopf, hielt die Zügel für einen Moment mit nur einer Hand und versuchte, sich mit der anderen eine Zigarre anzuzünden. Ich sah ihm einen Moment lang dabei zu, dann riß ich ein Streichholz an und hielt es unter das Ende seines Glimmstengels. Er nickte und blies mir zum Dank eine blaugraue, stinkende Qualmwolke ins Gesicht.

»Fahren Sie etwas langsamer«, sagte Miß Winden. »Es ist nicht mehr weit bis zur Abzweigung nach Bettyhill.«

Die Abzweigung nach Bettyhill ... Verdammt, irgendwo hatte ich diese Worte schon gehört, aber ich konnte mich einfach nicht erinnern, wo und in welchem Zusammenhang.

Howard verlangsamte das Tempo der Pferde und starrte aus eng zusammengepreßten Augen in die Dunkelheit hinein. Der Wagen begann stärker zu schlingern, und ein paarmal krachten die Räder so hart in Löcher und Erdspalten, daß ich Angst hatte, sie würden zerbrechen. Aber sie hielten wie durch ein Wunder.

Plötzlich zog Howard an den Zügeln, so heftig, daß sich eines der Pferde erschrocken aufbäumte und der Wagen wie unter einem Schlag erbebte.

»Was ist los?« fragte ich erschrocken.

Statt einer Antwort deutete Howard in die Dunkelheit. Ich starrte angestrengt in die Richtung, in die seine Hand wies, konnte aber nichts Außergewöhnliches entdecken. »Ich sehe nichts«, sagte ich.

Howard nickte. »Eben.«

Im ersten Moment verstand ich nicht. Aber dann ..

Vor uns war Dunkelheit, nichts als rabenschwarze, massive Dunkelheit. Keine Schatten mehr. Kein Unterholz mehr, keine Äste, keine Ranken und Zweige, nicht einmal mehr die tiefhängenden Äste der Bäume, die uns bisher in die Gesichter gepeitscht hatten.

»Mein Gott, was ist das?« entfuhr es Miß Winden. Howard biß sich nachdenklich auf die Unterlippe, zuckte mit den Achseln und reichte ihr die Zügel. »Ich werde nachsehen«, sagte er. »Sie bleiben hier.«

Er stieg vom Wagen und wartete, bis ich ihm gefolgt war. Die Stille fiel mir auf. Der Regen prasselte weiter monoton auf das Blätterdach hoch über unseren Köpfen, aber sonst war es vollkommen still; selbst für eine verregnete Nacht im dichten Wald zu still, wie ich fand. Aber vielleicht war ich auch nur überreizt. Nach allem, was in den letzten Tagen passiert war, war es eigentlich kein Wunder, wenn ich anfing, Gespenster zu sehen.

Ich verfluchte den Umstand, daß wir keine Lampe bei uns hatten, während ich langsam neben Howard herging. Die Pferde waren noch nervöser geworden und stampften unruhig im Schlamm.

Nach ein paar Schritten blieb Howard abermals stehen und deutete stumm nach vorne. Trotz des praktisch nicht vorhandenen Lichtes sah ich, was er meinte.

Vor uns, nur wenige Schritte rechts des Weges, erhob sich eine Gruppe von drei Bäumen, die durch eine Laune der Natur so dicht nebeneinander gewachsen waren, daß sich allenfalls ein besonders schlankes Kind zwischen ihren Stämmen hätte hindurchzwängen können. Ihre Äste waren so dicht ineinander verwachsen, daß sie wie eine einzige, gewaltige Krone wirkten – von einer Höhe von ungefähr acht Yard aufwärts, hieß das.

Darunter waren sie kahl. Vollkommen kahl.

»Zum Teufel, was bedeutet das?« murmelte ich. Ohne auf Howard zu warten, ging ich los. Meine Schritte erzeugten patschende Geräusche auf dem Boden. Ich spürte, wie ich bis über die Knöchel im Morast versank, und als ich den Blick senkte, sah ich, daß es praktisch keinen Unterschied mehr zwischen dem Weg und dem Waldboden gab. Die Linie, an der die ausgefahrene Spur endete und der eigentliche Wald begann, war verschwunden. Es gab nicht nur kein Unterholz mehr, sondern nur noch nacktes braunes Erdreich, bar aller heruntergefallener Zweige und Blattwerk und Holz und der tausend anderen Dinge, die normalerweise den Waldboden bedeckten und die Schritte dämpften.

»Schau dir die Bäume an«, murmelte Howard. Seine Stimme bebte. Er war neben mich getreten und hatte die Hand nach einem der Stämme ausgestreckt, ihn aber nicht berührt.

Ein eisiger Schauer lief über meinen Rücken, als ich die Baumstämme aus nächster Nähe erblickte. Sie waren glatt. Vollkommen *glatt.* Bis in eine Höhe von sieben oder acht Yard waren Äste und Rinde verschwunden, und jemand – oder *etwas* – hatte das Holz darunter so gründlich glattgeschliffen, daß es glänzte. Zögernd streckte ich die Hand aus und berührte einen der Stämme mit den Fingerspitzen. Er fühlte sich an, als wäre er poliert worden.

»Mein Gott, was ist das?« murmelte ich. Mein Blick suchte andere Bäume, Büsche, Äste – irgend etwas Natürliches, *Lebendes,* aber ich sah nichts außer den blankpolierten Stämmen der Bäume, die sich wie die Stützpfeiler einer Kathedrale rings um uns erhoben.

Nicht nur diese drei Bäume waren kahl. Nachdem wir den ersten Schrecken überwunden hatten, untersuchten wir die nähere Umgebung, und es stellte sich rasch heraus, daß – was immer diese Verheerung angerichtet hatte – es einen regelrechten Tunnel durch den Wald gefressen hatte, einen schnurgeraden, in der Mitte acht Yard hohen, halbkreisförmigen Tunnel von gut zwanzig Yards Durchmesser, der von Nord nach Süd verlief und sich in beiden Richtungen in der Dunkelheit verlor. Und nirgendwo war auch nur das geringste Anzeichen von Leben irgendwelcher Art zu sehen. Nicht einmal alle Bäume waren stehengeblieben, wie die großen Lücken im Blätterdach bewiesen, und als sich meine Augen an das schwache Sternenlicht, das auf die künstlich geschaffene Lichtung fiel, gewöhnt hatten, bot sich mir ein bizarrer Anblick: Hier und da war eine Baumkrone im Blätterdach des Waldes hängengeblieben, gehalten von den benachbarten Zweigen, die sich in ihr Geäst verkrallt hatten; der Stamm war unterhalb der imaginären Linie von acht Yard Höhe verschwunden. Andere wiederum boten sich uns als kaum armdicke Pfeiler dar und wuchsen oberhalb der Vernichtungslinie zu mannsstarken Stämmen heran. Es war ein fast absurdes Bild. Und ein Bild, das mich mit einer ungeheuren Furcht erfüllte.

»Was ist hier geschehen?« flüsterte ich entsetzt. »Mein Gott, Howard – welche Macht kann *so etwas* anrichten?«

»Ich weiß es nicht«, murmelte Howard. Seine Stimme klang flach und gepreßt und so, als beherrsche er sich nur noch mit äußerster Mühe. »Ich weiß nur, daß ich dem, der dafür verantwortlich ist, nicht über den Weg laufen möchte.« Er seufzte, ließ sich in die Hocke sinken und grub im Boden. Als er die Hand hob, floß das feuchte Erdreich wie dunkelbrauner Schleim durch seine Finger.

»Tot«, murmelte er. »Die Erde ist tot, Robert. Hier lebt nichts mehr. *Absolut nichts*.«

»Doch«, widersprach ich leise. »Etwas lebt noch, Howard. Das *Ding*, das für das hier verantwortlich ist.«

Howard blickte mich einen Moment lang aus schreckgeweiteten Augen an, dann stand er auf, rieb sich die Hand an der Hose trocken und blickte nach Norden. »Es ist zum Meer hin gekrochen.«

»Oder daraus gekommen.«

Er antwortete nicht, aber wahrscheinlich dachten wir in diesem Moment ohnehin an das gleiche. Er hatte das Bild so deutlich gesehen wie ich: die monströsen, verzerrten Schatten, die aus dem Dimensionsriß gequollen waren wie eiteriger, schwarzer Ausfluß aus einer Wunde und im Meer verschwunden waren ...

»Gehen wir«, sagte er plötzlich. »Wir müssen hier weg, so schnell wie möglich.«

Ohne ein weiteres Wort eilten wir zum Wagen zurück. Miß Winden erwartete uns mit neugierigen Blicken und fragendem Gesichtsausdruck, aber seltsamerweise schwieg sie, als weder Howard noch ich Anstalten machten, irgendein Wort der Erklärung abzugeben, und ließ die Pferde wortlos wieder antraben. Aber ich spürte ihre Angst, als wir die künstlich geschaffene Lichtung überquerten und auf der anderen Seite wieder in den Wald eindrangen.

Die Tiere wurden immer unruhiger, und nach einer Weile nahm ihr Howard schweigend die Zügel wieder ab. Aber selbst er schaffte es kaum, die Pferde ruhig zu halten, und er mußte immer öfter die Peitsche zu Hilfe nehmen, damit sie überhaupt weitergingen.

Und nach weiteren zehn Minuten endete unsere Fahrt. Der Wagen sprang über einen Stein, rollte noch ein Stück vorwärts – und versank im Matsch. Es war ganz undramatisch: Ich spürte, wie die Räder tiefer und tiefer sanken und plötzlich keinen Grund mehr faßten, dann gab es ein saugendes, irgendwie feucht klingendes Geräusch, und der Wagen hing bis über die Achsen in einem Schlammloch. So fest, als wäre er einbetoniert.

Howard knallte wütend mit der Peitsche, bis ich sie ihm abnahm und gleichzeitig seine Hand herunterdrückte, die die Zügel hielt. »Das hat keinen Sinn mehr, Howard«, sagte ich. »Wir sitzen fest.«

Einen Moment lang starrte er mich so wütend an, als wäre ich an unserem Unglück schuld, dann zuckte er mit den Achseln, warf die Peitsche mit einem ärgerlichen Schnauben von sich und ballte die Faust. »Verdammt, das hat uns gerade noch gefehlt. Es wäre ja auch zu schön, wenn wir ausnahmsweise einmal Glück hätten«, grollte er. »Von jetzt an dürfen wir laufen.«

»Nicht ganz.« Ich deutete auf die beiden Zugtiere. »Rowlf und Miß Winden können reiten.« Ich versuchte zu lächeln. »Wenigstens müssen wir sie nicht tragen.«

Meine Bemerkung schien Howards Laune eher noch zu verschlechtern. Er stand auf, machte Anstalten, vom Wagen zu springen, dachte dann aber wohl im letzten Moment daran, daß der Wagen in einem Matschloch steckte, in dem er bis über die Hüften versinken würde. Mit einem ärgerlichen Knurren drehte er sich herum, kletterte steifbeinig zwischen mir und Miß Winden hindurch und beugte sich erst über Rowlf, dann über unseren Gefangenen.

»Sie brauchen nicht so zu tun, als wären Sie noch bewußtlos«, knurrte er. »Es sei denn, Sie möchten, daß wir Sie hier zurücklassen.«

Die Worte zeigten augenblicklich Wirkung. Der Mann öffnete die Augen und versuchte sich aufzusetzen, aber Howard stieß ihn unsanft auf die harte Bank zurück. Sein Verhalten verwirrte mich. Ich hatte Howard immer als sehr kultivierten (wenn auch manchmal etwas chaotischen) Menschen gekannt;

unhöflich oder gar grob war er in meiner Gegenwart noch nie geworden.

»Ich nehme Ihnen jetzt den Knebel ab, und danach die Fußfesseln«, sagte er. »Aber vorher möchte ich, daß Sie mir genau zuhören. Ich habe einen Revolver in der Jackentasche, genau wie mein junger Freund dort vorne. Und wenn Sie auch nur den geringsten Versuch machen, zu fliehen oder zu schreien oder uns sonstwie irgendwelchen Ärger zu bereiten, dann bekommen Sie eine Kugel ins Bein und können liegenbleiben, bis Sie von Ihren Freunden gefunden werden. Haben Sie das verstanden?«

Der Mann nickte. Der Färbung seines Gesichtes nach zu schließen, hatte er Howard sogar sehr gut verstanden und glaubte ihm jedes Wort. Howard beugte sich vor, entfernte zuerst den improvisierten Knebel und löste dann die Fesseln, die seine Fußgelenke aneinanderbanden. Der Mann setzte sich auf, atmete ein paarmal tief und hörbar durch und sah Howard mit einer Mischung aus Angst und Verwirrung an. »Danke«, sagte er.

Howard ignorierte ihn, wandte sich zu Rowlf um und rüttelte sanft an seiner Schulter. Rowlf schlug die Augen auf und stöhnte leise.

»Du mußt aufstehen, Rowlf«, sagte Howard. »Nur einen Moment. Schaffst du das?«

»Ich kann Ihnen helfen«, sagte unser Gefangener. »Binden Sie mich los. Ich verspreche Ihnen, nicht zu fliehen.«

Howard blickte ihn einen Moment lang ernst an, dann schüttelte er den Kopf und versuchte, Rowlf beim Aufstehen behilflich zu sein. Er schaffte es, aber Rowlf kippte, schwach und vom Fieber gebeutelt, wie er war, wie eine Gliederpuppe zur Seite und wäre um ein Haar aus dem Wagen gefallen.

»Bind ihn schon los, Howard«, sagte ich leise. »Er wird nicht weglaufen. Wir brauchen ihn.« Ein sanftes, kaum merkliches Zittern lief durch das Holz unter mir, und ich spürte, wie sich der Wagen leicht auf die Seite legte, als versänke er immer noch weiter im Boden. Ich vertrieb den Gedanken und nickte Howard auffordernd zu.

Howard zögerte noch immer. Sekundenlang blickte er den hochgewachsenen, dunkelhaarigen Mann nachdenklich an, dann lehnte er Rowlfs schlaffen Körper behutsam zurück, zog sein Taschenmesser und knibbelte mit vor Kälte steifen Fingern die Klinge heraus.

»Wie heißen Sie?« fragte er.

»McMudock«, antwortete unser Gefangener. »Lon McMudock.«

Howard sah ihn prüfend an. Man konnte direkt sehen, wie es hinter seiner Stirn arbeitete. Es sprach eine Menge dagegen, McMudock loszuschneiden. Immerhin hatte sein Kamerad versucht, mir mit der Axt einen zweiten Scheitel zu ziehen, und immerhin gehörte er zu den Leuten, die noch vor Tagesfrist darangegangen waren, uns alle drei bei lebendigem Leibe gleichzeitig zu verbrennen und zu ersäufen. Aber das, was vor uns lag, war kein gemütlicher Waldspaziergang. Wir konnten uns einfach nicht noch mit einem Gefangenen belasten. Aber wir konnten ihn auch nicht zurücklassen. Nicht nach dem, was wir vor wenigen Augenblicken gesehen hatten.

»Okay, Mister McMudock«, begann er. »Geben Sie mir Ihr Ehrenwort, nicht zu fliehen? Und auch nicht zu schreien, falls Ihre Freunde auftauchen sollten? Wir lassen Sie laufen, sobald wir in Sicherheit sind, aber bis dahin ...«

McMudock nickte. »Ich verspreche es. Ich halte

mein Wort, keine Sorge – fragen Sie Mary, wenn Sie mir nicht glauben.«

»Mary?«

»Er meint mich, Howard«, sagte Miß Winden. »Sie können ihm trauen. Ich kenne ihn. Er ist zwar ein Säufer und Raufbold, aber er hält sein Wort.«

Howard seufzte hörbar. »Nun gut«, sagte er. »Ich habe wohl keine andere Wahl.«

»Nicht, wenn Sie die Nacht überleben wollen«, sagte McMudock und streckte ihm die gefesselten Hände entgegen.

Howard funkelte ihn an. »Wie meinen Sie das?«

McMudock grinste und deutete mit einer Kopfbewegung auf seine aneinandergebundenen Handgelenke. »Schneiden Sie den Strick durch, und ich sage es Ihnen«, verlangte er.

Howard preßte die Lippen aufeinander, schnitt das Seil durch und klappte das Messer mit einer wütenden Bewegung zusammen. »Also?«

»Heute nacht kommen Sie nicht weiter«, sagte McMudock. Er bewegte die Arme, verzog das Gesicht und begann, seine schmerzenden Handgelenke zu massieren. »Nicht bei diesem Wetter und mit einer Frau und einem Verwundeten. Es sind mindestens drei Stunden bis Bettyhill, bei normalem Wetter. Bei dieser Dunkelheit und dem verfluchten Regen würden Sie bis Sonnenaufgang brauchen. Ganz davon abgesehen«, fügte er mit einem boshaften Lächeln hinzu, »daß Sie sich nach den ersten hundert Schritten hoffnungslos verirrt hätten. Sie bringen Ihren Freund um, wenn Sie es riskieren.«

»Und was schlagen Sie vor?«

»Es gibt ein verlassenes Jagdhaus, nicht sehr weit von hier«, antwortete McMudock. »Wir können in einer halben Stunde dort sein. Nicht gerade ein Palast, aber wenigstens hätten wir ein Dach über dem Kopf und könnten abwarten, bis es hell ist.«

Zwischen Howards Brauen entstand eine steile Falte. »Ein verlassenes Jagdhaus, wie?« wiederholte er. »Für wie dumm halten Sie mich, McMudock? An einem Ort wie diesem würden uns Ihre Freunde doch zuallererst suchen.«

»Kaum«, antwortete McMudock. »Es gibt nicht viele, die die Hütte überhaupt kennen. Und selbst wenn, könnten sie kaum vor Sonnenaufgang dort sein.«

»Wir müssen es riskieren«, sagte ich. »Rowlf hält eine Nacht im Sattel nicht durch.« Wieder lief ein sanftes Zittern durch den Wagen, und ich spürte, wie das Gefährt ein Stück tiefer einsank, als säßen wir nicht im Schlamm, sondern in Treibsand fest.

»Gut«, sagte Howard schließlich. »Riskieren wir es. Aber ich warne Sie, McMudock. Wenn Sie uns hintergehen ...«

»Sie haben mein Wort«, unterbrach ihn McMudock scharf. Howard blickte ihn trotzig an, dann nickte er, stand auf und beugte sich über Rowlf.

»Helfen Sie mir«, verlangte er. »Und du, Robert, spannst die Pferde aus. Aber gib acht, daß sie dir nicht durchgehen.«

Der Wagen schaukelte wie ein leckgeschlagenes Boot, als ich behutsam vom Bock stieg und durch den wadentiefen Schlamm zu den Pferden ging. Der hintere Teil des Wagens lag jetzt auf dem Boden auf, und die Räder waren bis weit über die Achsen verschwunden, aber er versank immer noch weiter. Der Regen mußte den Boden metertief aufgeweicht haben.

Miß Winden half mir, die Pferde auszuspannen und die Schirriemen zu improvisierten Zügeln zusammenzuknoten, während Howard und McMudock sich bemühten, Rowlf aus dem Wagen zu heben, ohne ihm dabei mehr Schmerzen zuzufügen, als unumgänglich war. Es dauerte fast zehn Minuten, bis wir ihn auf den Rücken eines der beiden Pferde gelegt und so festgebunden hatten, daß er nicht herunterfallen konnte. Anschließend halfen wir Miß Winden, auf den Rücken des zweiten Tieres zu steigen.

Kurz bevor wir losgingen, sah ich noch einmal zurück. Der Wagen war weiter im Morast versunken; der braune Schlamm begann bereits über seinen Rand zu schwappen und kleine ölige Pfützen auf seinem Boden zu bilden. Es war ein bizarrer Anblick. Unter unseren Füßen war massives Erdreich, aber der Wagen sank wie ein leckgeschlagenes Boot. Fast, als würde er vom Boden aufgefressen.

Das Ding hatte weiter an Masse verloren und war jetzt kaum mehr größer als ein Ball, nicht viel mehr als eine schwarze knotige Verdickung im Zentrum des gigantischen unterirdischen Netzes, in das sich sein Körper verwandelt hatte. Das Gewebe durchzog den Boden des Waldes auf Meilen und Meilen, unsichtbar, aber immer noch weiter wachsend und immer feinere Verästelungen ausbildend, Fühler und Tastärmchen, hundertmal feiner als ein menschliches Haar.

Dann geschah etwas. Es wußte nicht, was, denn seine künstlich geschaffene Intelligenz reichte nicht aus, Schlüsse zu ziehen und aus Sinneseindrücken zu folgern. Es spürte nur, daß irgend etwas geschah, eine neue Komponente in sein eng begrenztes Universum trat und sich tief in seinem Inneren irgend etwas wie zur Antwort darauf rührte.

Es hörte auf zu wachsen. Für eine Weile tat es gar nichts, lag nur bewegungslos da und wartete, daß das genetische Programm, das seine Schöpfer in seine Zellen gepflanzt hat-

ten, in Aktion trat und ihm sagte, was als nächstes zu tun war.

Es spürte nicht einmal, als es soweit war. In dem dumpfen Kosmos aus primitiven Instinkten, die kaum über Empfindungen wie Hunger und Schmerz hinausreichten, änderte sich nichts. Und doch hatte es sich gewandelt. Vorher war es nicht viel mehr als ein Parasit gewesen, ein schmarotzendes Ding, das nichts weiter als Gier und das Bedürfnis, sich auszubreiten und zu wachsen kannte.

Jetzt war es ein Killer.

Das Haus stand am Rande einer kleinen, sauber wie mit einem Zirkel gezogenen Lichtung, und hätte McMudock mich nicht mit einer Geste darauf aufmerksam gemacht, dann wären wir vermutlich in wenigen Schritten Abstand daran vorübergelaufen, ohne es überhaupt zu bemerken. Eigentlich war es nur noch eine Ruine. Ein Teil des Daches war eingesunken, als wären die Balken aufgeweicht und hätten nicht mehr die nötige Stabilität, das Gewicht der zerborstenen Schindeln zu tragen, und die meisten Fenster waren nicht mehr als schwarze Löcher, aus denen das Glas schon lange verschwunden war. Und trotzdem erschien mir die verfallene Ruine in diesem Augenblick wie ein Stück des Paradieses. Wenigstens würden wir ein Dach über dem Kopf haben; und eine Wand zwischen uns und dem eisigen Wind.

»Auf der Rückseite ist ein Schuppen«, sagte McMudock, als wir vor dem Haus angehalten und Rowlf vorsichtig vom Rücken des Pferdes gehoben hatten. »Sie können die Pferde dort unterstellen.« Er blickte zum Wald hinüber. »Machen Sie die Tür sorgfältig zu«, sagte er. »Die Biester hauen uns sonst glatt ab. Ich möchte nur wissen, was sie so nervös macht.«

Ich sah, wie Howard bei diesen Worten wie unter einem Hieb zusammenfuhr, zog es aber vor, so zu tun, als hätte ich nichts bemerkt. McMudock eilte voraus, während wir Rowlf ächzend zum Haus trugen. Ich hörte ihn die Tür öffnen und eine Weile im Dunkeln hantieren, dann glomm drinnen ein blasses gelbes Licht auf. »Ich wußte doch, daß hier drinnen noch irgendwo eine Lampe steht«, drang seine Stimme aus dem Haus. »Passen Sie an der Tür auf. Auf dem Boden liegt allerhand Zeug.«

Allerhand Zeug war ziemlich untertrieben. Die Tür führte nicht in einen Korridor, sondern direkt in einen überraschend weitläufigen Raum, von dessen Rückseite aus eine Treppe und zwei schräg in den Angeln hängende Türen weiter ins Innere des Gebäudes führten, und der Boden war derartig mit Gerümpel und Trümmern übersät, daß man kaum einen Fuß vor den anderen setzen konnte, ohne auf irgend etwas zu treten oder zu stolpern. McMudock schwenkte triumphierend eine rußende Öllampe, deutete auf ein dreibeiniges, mit grauen Lumpen bedecktes Bett an einer der Wände und sah mit einem schadenfrohen Grinsen zu, wie Howard und ich Rowlf hinübertrugen und gleichzeitig irgendwie das Kunststück fertigbrachten, uns nicht in dem Gewirr aus zertrümmerten Möbelstücken, Ästen und von der Decke gestürzten Balken die Hälse zu brechen.

Howard eilte noch einmal hinaus, um Miß Winden dabei zu helfen, die Pferde in den Stall zu bringen, während ich mich darum bemühte, Rowlf in eine einigermaßen bequeme Lage zu betten und mit den Fetzen, die ich fand, zuzudecken.

McMudock sah mir eine Weile wortlos dabei zu, dann trat er neben mich, zog die Lumpen, mit denen ich Rowlf zugedeckt hatte, mit einem mißbilligenden

Kopfschütteln beiseite und begann seine Jacke aufzuknöpfen. »Er muß erst einmal aus den nassen Klamotten heraus«, sagte er tadelnd. »Sonst holt er sich eine Lungenentzündung. Wenn er sie nicht schon hat.«

Gemeinsam zogen wir Rowlf aus. McMudock befahl mir, alles an Stoff zu holen, was ich auftreiben konnte, und ich fing an, den Raum zu durchstöbern. Ich fand ein paar zerrissene, halb von Motten und Moder aufgefressene Decken und einen ganzen Haufen undefinierbarer grauer Fetzen, deren bloßer Geruch schon genügte, mir Übelkeit zu bereiten. Alles war klamm und kalt, aber wenigstens nicht so triefend naß wie Rowlfs eigene Kleider. Ich gab alles McMudock, und er begann, Rowlf beinahe fachmännisch darin einzuwickeln. Als er fertig war, sah er beinahe aus wie eine Mumie, und der Modergestank war unerträglich geworden.

»Schön ist das nicht«, murmelte McMudock. »Aber es muß genügen. Ihr Freund ist ein kräftiger Bursche. Wenn ihn das Fieber nicht umbringt, dann schafft er es.«

»Sind Sie Arzt oder so was?« fragte ich.

McMudock lachte meckernd. »Arzt?« wiederholte er. »Ich? Um Gottes willen. Aber wenn man schon viermal ein Messer zwischen den Rippen gehabt hat, dann kriegt man ein bißchen Erfahrung in solchen Sachen, weißt du?« Er wurde übergangslos ernst. »Tut mir leid, was deinem Freund passiert ist, Junge«, sagte er. »Ich weiß auch nicht, was in die Leute gefahren ist.«

Ich winkte ab. »Schon gut«, sagte ich. »Sie konnten nichts dafür, Lon. Waren Sie dabei?«

»Am Hafen?« Er starrte mich an, als hätte ich ihn gefragt, ob er mir seine Mutter verkaufen wolle. »Nein. Aber ich habe gehört, was passiert ist.«

»Es hätte keinen Unterschied gemacht, wenn Sie dabeigewesen wären«, sagte eine Stimme von der Tür aus. Ich blickte auf und erkannte Howard und Miß Winden. Sie waren hereingekommen, ohne daß ich es bemerkt hatte. Howard schloß die Tür – so gut es ging –, hob die Hände an den Mund und blies hinein.

»Wirklich nicht«, fuhr er fort, während er näher kam. »Die Leute waren nicht für das verantwortlich, was sie getan haben.« Er kam näher, begutachtete McMudocks Werk mit einem kritischen Blick und seufzte. »Und ich fürchte, es ist noch nicht vorbei«, murmelte er. Aber diese Worte waren nicht mehr für McMudock bestimmt; nicht einmal für mich.

Trotzdem antwortete McMudock darauf. »Ich weiß nicht einmal, was genau passiert ist«, sagte er. »Die ganze Stadt scheint übergeschnappt zu sein. All diese komischen Sachen ...« Er stockte, schwieg einen Moment und sah Howard plötzlich durchdringend an. »Es tut mir leid«, sagte er.

Howard lächelte. »Ich glaube Ihnen, Lon«, sagte er. »Es wird vielen Leuten in Durness leid tun, wenn sie aufwachen und begreifen, was geschehen ist.«

»*Wenn* sie es begreifen«, sagte McMudock. »Verdammt, was ist überhaupt passiert? Vor ein paar Tagen war noch alles in Ordnung, und dann ...«

»Und dann tauchen wir in der Stadt auf, und plötzlich geschehen die seltsamsten Dinge, nicht?« führte Howard den Satz zu Ende. »Tote erscheinen, Gestalten tauchen mit dem Nebel auf und verschwinden wieder, Glocken, die gar nicht da sind, läuten ...« Er lächelte bitter. »Es hat Tote gegeben, Lon. Können Sie es Ihren Leuten verübeln, daß sie einen Sündenbock gesucht haben?« Er seufzte, blickte einen Moment an McMudock vorbei ins Leere und wechselte abrupt das Thema. »Ich glaube, für den Moment sind wir in Sicherheit«, sagte er. »Aber es ist kalt. Gibt es eine Möglichkeit, Feuer zu machen?«

McMudock nickte, drehte sich herum und deutete auf einen gemauerten Kamin an der Südseite. Der Stein war geschwärzt, und auf seinem Boden lag ein fast kniehoher Haufen feiner grauer Asche. »Kein Problem«, sagte er. »Das Ding funktioniert noch, und Holz ist genug da.«

»Er funktioniert noch?« fragte Howard zweifelnd.

McMudock stand auf. »Ja«, sagte er. »Die Bude ist zwar ein Trümmerhaufen, aber von Zeit zu Zeit kommt doch noch jemand her.« Er lachte. »Ein paar von den Jungs aus der Stadt schlafen hier, wenn sie Krach mit ihrer Alten haben, wissen Sie?«

Ein paar von den Jungs aus der Stadt ...

Es war, als würde eine wispernde Stimme in meinem Inneren seine Worte wiederholen. Aber sie bekamen eine neue, schreckliche Bedeutung. Ein eisiger Schauer durchfuhr mich.

... den Jungs aus der Stadt, wiederholte ich seine Worte in Gedanken. *... gleich an der Kreuzung nach Bettyhill,* hatte Miß Winden gesagt.

»Howard«, keuchte ich. »Das ist das Haus.« Plötzlich begannen meine Hände zu zittern.

Howard sah auf und runzelte verwirrt die Stirn. »*Welches* Haus?« fragte er betont.

»Gordon«, antwortete ich mühsam. »Erinnere dich an Gordons Worte, Howard. Als du ihn gefragt hast, woher sie das Buch haben. Er hat gesagt, sie wären einer Spur gefolgt, einer Spur in den Wald, und sie hätten –«

»– ein Haus gefunden, nicht weit hinter der Kreuzung nach Bettyhill«, beendete Howard den Satz. Sein Gesicht verlor alle Farbe. Eine endlose, quälende Sekunde lang starrte er mich aus schreckgeweiteten Augen an, dann fuhr er herum und trat so hastig auf McMudock zu, daß dieser erschrocken zurückprallte.

»Gibt es noch mehr Häuser hier im Wald?« fragte er. »Eine Hütte, einen Schuppen, irgend etwas?«

»Nicht ... nicht im Umkreis von zehn Meilen«, antwortete McMudock verstört. »Warum?«

»Sind Sie sicher?«

»Absolut«, erwiderte McMudock. »Warum?«

»Das muß es sein«, sagte ich. Mein Herz begann wie rasend zu hämmern. Plötzlich bildete ich mir ein, Geräusche zu hören, das Wispern und Kichern unhörbarer böser Stimmen, Schritte, ein Schleifen und Rasseln wie von etwas Großem, Formlosen, das sich heranschleppte.

Mühsam drängte ich den Gedanken zurück. Das Haus *war* erfüllt von Geräuschen, aber es waren die normalen Laute eines alten Hauses, an dem der Sturm zerrte, mehr nicht.

»Verdammt noch mal, was bedeutet das?« murrte McMudock. »Vielleicht erklärt mir mal einer, was überhaupt los ist, wenn ich euch schon helfe.«

Howard blickte ihn unsicher an. »Das kann ich nicht«, sagte er. »Aber es kann sein, daß wir vom Regen in die Traufe geraten sind.« Er fuhr mit einem Ruck zu mir herum. »Wir müssen das Haus durchsuchen. Sofort.«

»Und wonach?« erkundigte sich McMudock mißtrauisch.

»Nach allem, was nicht hierhergehört«, antwortete Howard ernst. »Genauer kann ich es Ihnen nicht sagen. Wie viele Räume gibt es hier?«

»Drei«, antwortete McMudock. »Mit dem hier. Und den Dachboden.«

»Keinen Keller?« Ich konnte es nicht erklären, aber ich verspürte ein sonderbares Gefühl der Erleichterung, als McMudock den Kopf schüttelte.

»Dann los«, sagte Howard. Plötzlich war er von

einer fast unheimlichen Aktivität erfüllt. Wieder fuhr er herum, deutete auf die beiden Türen an der Südseite und dann auf mich und McMudock. »Du durchsuchst das rechte Zimmer, ich das linke«, sagte er. »Und Sie gehen nach oben, McMudock. Schnell. Und Sie, Miß Winden, bleiben hier. Los jetzt.«

McMudock warf mir einen fragenden Blick zu, aber ich tat so, als hätte ich ihn nicht bemerkt, bückte mich nach einem Stuhlbein, wickelte rasch ein paar Stoffetzen um sein oberes Ende und hielt es in die blakende Flamme der Öllampe. Die improvisierte Fackel brannte überraschend gut, und nach kurzem Zögern taten es mir McMudock und Howard gleich.

Ich war nervöser, als ich mir selbst eingestehen wollte, als ich die rechte der beiden Türen öffnete und meine Fackel so hielt, daß ihr Lichtschein in das dahinterliegende Zimmer fiel. Es war weitaus kleiner als der Raum, in dem wir bisher gewesen waren, und mußte irgendwann einmal als Lagerraum oder Speisekammer gedient haben, denn drei der vier Wände waren mit deckenhohen, jetzt zum Teil zusammengebrochenen Regalen bedeckt. Auf dem Boden lag das gleiche Durcheinander von zertrümmerten Möbeln und Unrat wie draußen, und die Luft stank unbeschreiblich nach Moder und verfaulten Lebensmitteln.

Es dauerte einen Moment, bis mir auffiel, was in diesem Raum nicht stimmte.

Der Fäulnisgestank nahm mir fast den Atem – aber es gab nirgendwo etwas, das hätte faulen können.

Nichts.

Die staubigen Bretter der Regale waren leer, und auf dem Boden lag nur Schmutz und steinhart gewordenes Holz. Es gab nichts von dem, was zu dem Geruch und dem Bild gepaßt hätte – keine hereingewehten Blätter, kein Schimmel, keine verfaulten Lebensmittelreste … nichts. *Es gab nichts Organisches* mehr in diesem Raum. Das Zimmer war steril.

Der eisige Griff der Furcht um mein Herz wurde stärker. Ich machte einen Schritt in den Raum hinein, zögerte und drehte mich um, als irgend etwas auf dem Boden das Licht meiner Fackel glitzernd reflektierte. Hin und her gerissen zwischen dem Wunsch, so schnell wie möglich aus diesem Zimmer herauszukommen, und schlichter Neugier blieb ich einen Moment stehen, wandte mich noch einmal um und ging in die Hocke; nicht, ohne mich vorher mit einem raschen Blick davon zu überzeugen, daß die Tür noch offen war und ich im Notfall mit einem einzigen Satz aus dem Zimmer fliehen konnte.

Auf dem Boden war eine Spur. Sie war etwas breiter als eine kräftige Männerhand und führte in komplizierten, scheinbar sinnlosen Windungen von der Tür aus kreuz und quer durch den Raum, wobei sie nacheinander alle vier Wände berührte. Sie und die Regale, die davor standen. Als hätte etwas das Zimmer gründlich inspiziert. Oder abgesucht. Nach etwas Freßbarem abgesucht.

Mit klopfendem Herzen richtete ich mich auf, ging noch einmal zu einem der Regale zurück und hob meine Fackel etwas höher. Wieder fiel mir auf, wie leer die Regalbretter waren. Es lag nicht einmal Staub darauf. Sie waren sauber, sauber und so blank, als wären sie …

… als wären sie poliert worden.

Oder leer gefressen.

Wie die Bäume auf der grausigen Lichtung im Wald.

Wie der Boden, in dem unser Wagen versunken war.

Wie …

Ich dachte den Gedanken nicht zu Ende. Denn in

diesem Moment erscholl über mir der unmenschlichste Schrei, den ich jemals in meinem Leben gehört hatte.

Die Fackeln rissen flackernde Inseln aus blasser, rötlicher Helligkeit aus der Nacht. Während der letzten halben Stunde hatte der Regen nachgelassen, der Sturm hatte seine größte Wut verbraucht und war aufs Meer zurückgekrochen, um sich irgendwo weit vor der Küste vollends auszutoben, und hier, unter dem schützenden Blätterdach des Waldes, war der Regen zu einem kaum noch merklichen, wenn auch eisigen Nieseln geworden. Trotzdem waren die zwölf Männer bis auf die Haut durchnäßt, obwohl sie schwarze Ölmäntel und -hüte trugen, die sie tief in die Gesichter gezogen hatten. Keiner von ihnen saß noch aufrecht im Sattel. Die durchwachte Nacht und die Anstrengungen des vorangegangenen Tages – einige von ihnen waren mit am Hafen gewesen, um bei den Löscharbeiten zu helfen – forderten ihren Preis, und auch die Pferde, vom mühsamen Vorwärtsschleppen durch den knöcheltiefen Matsch, in den sich die Wege verwandelt hatten, erschöpft, waren auf den letzten Meilen immer langsamer geworden. Trotzdem machte keiner ihrer Reiter auch nur einen Versuch, sie zu größerem Tempo anzuspornen. Wären die unbarmherzigen Kommandos des Mannes an ihrer Spitze nicht gewesen, wären die meisten von ihnen wahrscheinlich schon längst umgekehrt.

Mitternacht war lange vorüber, als die kleine Gruppe eine Weggabelung erreichte und anhielt. Der Mann an der Spitze blickte einen Moment unschlüssig nach rechts und links und hob die Fackel etwas höher, um besser zu sehen. Natürlich war der Erfolg gleich

Null – der Regen hätte selbst die Spuren einer ganzen Armee verwischt.

Einer seiner Begleiter deutete nach rechts. »Wahrscheinlich sind sie dort entlang«, sagte er. »Ist der kürzeste Weg nach Bettyhill, Freddy.«

»Und wer sagt dir, daß sie wirklich dahin wollten?« knurrte der Anführer. »Diese Schweine werden den Teufel tun und ausgerechnet in die Richtung reiten, die sie mir verraten haben.« Er überlegte einen Moment, drehte sich halb im Sattel herum und ließ seinen Blick prüfend über das Dutzend erschöpfter Gestalten hinter sich gleiten. »Wir teilen uns«, sagte er schließlich. »Du nimmst Pete, Sean, Leroy und Fred und Norbert und reitest nach rechts, ich gehe mit den anderen nach links.«

»Aber da gibt es nichts«, widersprach sein Begleiter. »Nur Wald, und die Küste. Bei dem Wetter kommt da keiner durch.«

»Diese Burschen sind nicht auf normale Wege angewiesen«, behauptete Fred. »Wahrscheinlich hocken sie irgendwo da vorne im Wald und lachen sich ins Fäustchen, während wir hier herumsuchen. Wir teilen uns.«

»Aber ...«

»Kein Aber!« fuhr Fred auf. Seine Augen blitzten. »Du kannst ja zurückreiten, wenn du Angst hast.«

»Ich habe keine Angst«, widersprach der andere, aber seine Stimme klang müde, die Worte schleppend. »Aber es hat doch keinen Zweck mehr. Die Hauptstraße nach Bettyhill ist abgeriegelt, und wenn sie sich wirklich im Wald verkrochen haben, dann kratzen sie sowieso ab, bei dieser Saukälte.«

»Und Miß Winden?« fragte Fred. »Und McMudock? Hast du sie schon vergessen? Verdammt, sie haben die Frau entführt und Lon wahrscheinlich umgebracht, und du willst, daß wir aufgeben?« Sein Gesicht verzerrte sich. »Ich werde diese verdammten Teufel finden, und wenn ich allein weitersuchen muß. Und sie werden für das bezahlen, was sie getan haben. Für den Brand, für die Toten in der Stadt und für Lon. Und jetzt weiter!«

Einen Moment lang starrte ihn sein Begleiter beinahe trotzig an, dann zuckte er mit den Achseln, hob müde die Hand und deutete nach rechts. Fred sah schweigend zu, wie sich ihm die Hälfte der Männer anschloß und in östlicher Richtung in der Dunkelheit verschwand, dann zwang er sein Pferd herum, ließ die Zügel knallen und trabte weiter, nach links, tiefer in den Wald hinein.

Keiner der Männer, die hinter ihm ritten, sah das dünne, zufriedene Lächeln, das um seine Lippen spielte. Es war kein Zufall, daß sich die Gruppe ausgerechnet jetzt geteilt hatte. Brennan wußte, daß der Wald vor ihnen nicht ganz so leer war, wie die meisten Männer in seiner Begleitung glaubten; und er wußte auch mit ziemlicher Sicherheit, wo er die drei Fremden finden würde. Aber er mußte sichergehen. Er hatte die Namen derer, die er scheinbar willkürlich weggeschickt hatte, in Wahrheit schon lange vorher gründlich überlegt und nur auf eine Gelegenheit gewartet, sich von ihnen zu trennen. Längst nicht alle von denen, die mit ihm aufgebrochen waren, um die entflohenen Hexer zu stellen, waren wirklich noch mit vollem Eifer bei der Sache. Nach der Explosion von Gewalt und Haß, mit der sich die aufgestaute Furcht am vergangenen Abend Luft gemacht hatte, waren vielen in der Stadt Zweifel gekommen, und die Stimmen mehrten sich, die fragten, ob es wirklich richtig gewesen war, die drei Fremden zu töten.

Fred Brennan fühlte solche Zweifel nicht, und er hatte dafür gesorgt, daß er nur noch Männer in seiner

Begleitung hatte, die sich seinen Befehlen fügen würden, ohne zu widersprechen. Sein eigener Bruder war bei dem Großbrand am Hafen schwer verletzt worden, und er würde dafür sorgen, daß die drei Teufel, die das Unglück in die Stadt gebracht hatten, für ihr Tun bezahlten. Und wenn es das letzte war, was er tat.

Sein Pferd kam plötzlich aus dem Schritt, stolperte und fand im letzten Moment sein Gleichgewicht wieder. Das Tier schnaubte und begann nervös zu tänzeln, und für einen Moment hatte Brennan alle Hände voll zu tun, es wieder in seine Gewalt zu bringen.

»Alles in Ordnung?« fragte einer seiner Begleiter.

»Alles okay«, antwortete Brennan. »Die Biester sind nervös aber es geht schon.« Er zog noch einmal an dem Zügel, preßte dem Pferd mit aller Macht die Schenkel in den Leib und senkte seine Fackel. Der flackernde Lichtschein zeigte ihm einen Ausschnitt des morastigen Weges. Etwas Dunkles, Glitzerndes lugte hier und da durch den Schlamm.

»Verdammt«, murmelte Brennan. »Was ist das?« Er zögerte einen Moment, schwang sich aus dem Sattel und ging einen Schritt den Weg zurück. Der Schlamm gab seufzend unter seinen Stiefelsohlen nach, aber darunter war etwas Festes, Federndes. Er bückte sich, grub einen Moment mit den Fingern im Boden und runzelte erneut die Stirn.

Unter der knöcheltiefen Schicht aus Lehm und dünnflüssig gewordener Erde waren überall dünne, schwarzbraune Wurzelstränge zu sehen, ineinander verflochten und verkrallt wie dürre knotige Hände. Wie ein gewaltiges Spinnennetz, dachte Brennan schaudernd, das den Boden durchzog.

»Was ist los, Fred?« fragte einer der Reiter.

Brennan winkte ab. »Nichts«, sagte er, eine Spur zu hastig. »Irgendein Wurzelzeug. Dasselbe, in dem sich ihr Wagen verfangen hatte.« Er zuckte mit den Achseln. »Der Regen muß es ausgewaschen haben. Paßt auf, wo ihr hinreitet.« Er richtete sich auf und wollte zu seinem Pferd zurückgehen, blieb aber erneut stehen, als sich das Licht der Fackel auf etwas Blinkendem brach. Neugierig geworden bückte er sich, grub abermals im Schlamm und hob ein Stück Metall auf.

»Was hast du da?« fragte einer seiner Begleiter.

Brennan zuckte abermals mit den Achseln. »Eine Splintschraube«, murmelte er. »Scheint von einem Wagen zu stammen.«

»Von ihrem?«

»Vielleicht«, antwortete Brennan unschlüssig. »Aber wenn er von ihrem Wagen stammt, dann sind sie nicht weit gekommen. Das Ding hält das Rad auf der Achse.« Er warf die Schraube fort, senkte seine Fackel und machte ein paar Schritte den Weg hinab.

Er fand noch mehr Metall: weitere Schrauben, Nägel, ein paar Nieten, wie man sie benötigte, um die Lederriemen eines Geschirrs zusammenzuhalten. Es sah fast so aus, dachte er erschrocken, als hätte sich ein ganzer Wagen an dieser Stelle in seine Bestandteile aufgelöst. Und überall dieses schwarze, glitzernde Wurzelzeug. Da und dort wuchs es fast knöchelhoch aus dem Morast empor und bildete kleine, verfilzte Nester, von denen dünne Stränge nach allen Richtungen liefen und im Boden versanken oder sich mit anderen verbanden.

Er vertrieb den Gedanken, ging zu seinem Pferd zurück und schwenkte die Fackel. »Wir reiten weiter«, befahl er. »Weiß der Geier, was das für ein Zeug ist. Los.«

»Landers ist nicht da«, sagte einer der Männer. Brennan drehte sich unwillig im Sattel um und setzte zu einer scharfen Antwort an, beließ es aber dann doch bei einem mißmutigen Stirnrunzeln. Hinter ihm waren nur noch vier Reiter.

»Was soll das heißen, er ist nicht mehr da?« schnauzte er.

»Er ist weg«, antwortete einer der Männer. »Muß irgendwo unterwegs zurückgeblieben sein. Soll ich ihn suchen?«

Brennan knurrte unwillig. »Nein«, sagte er. »Soll er doch bleiben, wo der Pfeffer wächst. Wenn der Feigling Angst hat, dann brauche ich ihn nicht.«

»Die Sache gefällt mir nicht«, antwortete der Reiter. »Er hätte es mir gesagt, wenn er zurückgeritten wäre.« Er schwieg einen Moment, richtete sich ein wenig im Sattel auf und blickte nach beiden Seiten in den Wald hinein. Seinem Gesichtsausdruck nach zu schließen fühlte er sich nicht sonderlich wohl in seiner Haut.

»Dieser ganze verdammte Wald gefällt mir nicht«, sagte er noch einmal. »Irgendwas stimmt hier nicht. Die Pferde sind so verdammt nervös, und dann dieses Zeugs im Boden ... laß uns zurückreiten, Fred.«

Brennan starrte ihn für die Dauer eines Atemzuges wütend an. »Ich will dir sagen, was hier nicht stimmt, Matt«, zischte er. »Du bist es. Wenn du dir vor Angst in die Hosen machst, dann hau doch ab. Reite hinter Landers her und heul dich an seiner Schulter aus. Oder halt die Schnauze und reite weiter, du Feigling.«

»Ich habe keine Angst!« widersprach Matt.

Brennan lachte häßlich. »Dann ist es ja gut. Weiter jetzt.« Mit einem wütenden Ruck fuhr er herum, gab seinem Pferd die Zügel und sprengte an der Spitze der kleinen Gruppe los.

Hinter ihnen senkte sich wieder der Vorhang der Nacht über den schmalen Waldweg. Wären sie noch einen Moment länger geblieben, dann hätten sie vielleicht bemerkt, daß sich das schwarze Gewebe im

Boden nicht nur scheinbar bewegte. Es pulsierte, ganz, ganz langsam. Und es wuchs. Ebenso langsam. Aber unaufhaltsam.

Ich benötigte nur ein paar Sekunden, um aus dem Zimmer und die Treppe hinaufzustürzen; und trotzdem war ich der letzte, der den Dachboden erreichte. Miß Winden und McMudock – letzterer mit ungläubig aufgerissenen Augen und in einer grotesken Haltung mitten in der Bewegung erstarrt – standen unweit der Tür, während Howard, seine Fackel hoch über dem Kopf erhoben und die linke Hand in einer abweisenden Bewegung in McMudocks und Miß Windens Richtung ausgestreckt, sich vorsichtig einem wuchtigen, staubverkrusteten Schreibtisch näherte.

»Was ist los?« fragte ich. Mein Herz jagte. In meinen Ohren schien noch immer der Nachhall des gräßlichen Schreies zu gellen. McMudocks Schrei ...

Howard blieb stehen, wandte fast unwillig den Kopf und machte eine komplizierte Bewegung mit der Hand, mit der er wohl andeuten wollte, daß ich zu ihm kommen und die beiden anderen bleiben sollten, wo sie waren.

Unsicher trat ich zwischen McMudock und Miß Winden hindurch, hob meine Fackel ein wenig höher – und erstarrte.

Es war ein fürchterlicher Anblick.

Hinter dem Schreibtisch saß eine Leiche, eine männliche Leiche. Jedenfalls zum Teil.

Bis zum Gürtel hinab war es der Körper eines Mannes. Seine Haut und sein Haar waren grau und stumpf, als wären sie mit einer jahrzehntealten Staubschicht bedeckt, und seine Augen blickten wie blind gewordene Metallkugeln aus den Höhlen. Sein Gesicht war sonderbar verzerrt, als hätten die Muskeln nicht mehr die Kraft gehabt, das Gewicht des Fleisches zu halten. Aber er war ein Mensch.

Bis zum Gürtel.

Darunter hockte ein graues, schlaffes Ding, wie eine große, schleimig-aufgedunsene Amöbe, über den Stuhl und den Boden fließend und dünne, erschlaffte Ärmchen unter den Schreibtisch und bis ins Dunkel jenseits des Lichtkreises unserer Fackeln schickend.

»Was … was ist das … Howard?« stammelte ich. Ich machte einen Schritt an ihm vorbei, schluckte den bitteren Klumpen, der sich in meiner Kehle gebildet hatte, herunter und beugte mich vor, um im unsicheren Licht der Fackel mehr Einzelheiten zu erkennen.

Howard hielt mich mit einer raschen Bewegung zurück.

»Ein Shoggote«, sagte er ruhig.

Ein Schlag ins Gesicht hätte mich kaum härter treffen können. Blitzartig fiel mir meine erste Begegnung mit einem jener schrecklichen Protoplasmawesen ein. Damals war ich nur mit knapper Not mit dem Leben davongekommen. Wären Howard und Rowlf nicht im letzten Moment aufgetaucht, um mich vor dem Monster zu retten, dann … Ja, dachte ich. In gewissem Sinne sah ich mein eigenes Schicksal vor mir …

»Ist er …?« begann ich, aber Howard schüttelte sofort den Kopf und sagte:

»Er ist tot. Aber trotzdem, komm ihm nicht zu nahe. Diese Wesen sind unberechenbar.«

»Was … was heißt das, Howard?« krächzte McMudock. Er kam näher, und ich sah, daß auf seiner Stirn Schweiß glänzte. Seine Stimme bebte, und sein Gesicht hatte alle Farbe verloren. »Wollen Sie … wollen Sie etwa behaupten, daß dieses … dieses Ding *lebt?*«

Howard schwieg einen Moment. »Nein«, sagte er

dann, ohne McMudock anzusehen. »Leben ist nicht das richtige Wort. Aber es existiert, und es ist gefährlich.« Wie um seine Worte zu unterstreichen, wich er einen halben Schritt zurück, atmete tief und hörbar ein und deutete auf den Toten: »Kennen Sie diesen Mann?«

McMudock schluckte hörbar. Es schien ihn unendliche Überwindung zu kosten, sich dem Tisch mit dem Toten zu nähern und in sein erstarrtes Gesicht zu blicken.

»Mein Gott«, flüsterte er. »Das ist doch ...«

»Sie kennen ihn?« fragte Howard.

McMudock nickte mühsam. »Ich ... glaube«, murmelte er. »Aber er ist so ... so verändert.«

»Bensen«, sagte Howard.

»Bensen?« Verwirrt blickte ich noch einmal in das Gesicht des Toten. Seine Züge waren mir vage bekannt vorgekommen, und doch ...

»Ich war mir nicht sicher«, fuhr Howard fort. »Ich habe ihn nur zweimal kurz gesehen.«

»Er ist es«, bestätigte McMudock. Seine Lippen zuckten. »Mein Gott, was ... was ist mit ihm geschehen? Wer ... wer hat das getan?«

»Die gleiche Macht, die für das verantwortlich ist, was in Ihrer Heimatstadt passiert ist, McMudock«, sagte Howard ernst. »Glauben Sie jetzt immer noch, daß wir Ihre Feinde sind?« Er deutete auf die erstarrte graue Plasmamasse. »Glauben Sie wirklich, wir würden auf der Seite dieser Kreaturen stehen?«

McMudock antwortete nicht, aber sein Blick sprach Bände.

»Gehen Sie hinunter«, sagte Howard leise. »Und nehmen Sie Miß Winden mit. Wir kommen gleich nach.«

McMudock gehorchte auf der Stelle. Er war sichtlich froh, aus dem Dachboden verschwinden zu können.

»Was ist hier passiert?« fragte ich, als wir wieder allein waren. Howard hatte McMudock und Miß Winden nicht nur aus Pietät fortgeschickt, sondern aus einem ganz bestimmten Grund.

Howard antwortete nicht gleich. Statt dessen trat er um den Schreibtisch herum, bedeutete mir mit einer Geste, ihm zu folgen, und wies mit der Hand auf die Tischplatte. Eine fast fingerdicke Staubschicht hatte sich auf dem rissigen Holz abgelagert, aber sie war nicht unbeschädigt. In dem flockigen, grauen Staub war deutlich der Umriß von etwas Großem, Rechteckigem zu erkennen, das bis vor kurzem hier gelegen haben mußte. »Du hattest recht«, sagte er. »Das hier ist das Haus. Hier hat das Buch gelegen.«

»Und was bedeutet das?« fragte ich unsicher. Howard verschwieg mir etwas, das spürte ich genau.

»Es gibt nur drei Exemplare des Necronomicon«, erklärte Howard. »Jedenfalls, soweit ich weiß. Eines ist noch im Besitz von Alhazred.«

»Wem?«

Howard lächelte flüchtig. »Abdul Al Alhazred«, sagte er. »Der Mann, der es geschrieben hat. Das zweite liegt sicher verwahrt im Safe der Miscatonic-Universität drüben in den Staaten, und das dritte –«

»War im Besitz meines Vaters«, führte ich den Satz zu Ende. »Es war in der Kiste, nicht?«

Howard nickte ernst, schwieg aber weiter.

»Und das bedeutet«, sagte ich düster, »daß das Buch, das wir Tremayn weggenommen haben, eines der Bücher meines Vaters war. Und die anderen?«

Howard hob seufzend die Achseln. »Vielleicht sind sie noch hier«, murmelte er. Seine Stimme klang nicht so, als glaubte er wirklich daran. »Wir müssen danach suchen.«

Er wies mit einer Kopfbewegung auf die beiden

Petroleumlampen, die auf dem Schreibtisch standen. »Sieh nach, ob sie noch funktionieren«, sagte er. »Mit diesen Fackeln stecken wir womöglich noch den ganzen Bau in Brand.«

Ich gehorchte. Die beiden Lampen waren über und über verstaubt und das Glas mit einer dicken Schmutzschicht verkrustet, aber die Petroleumbehälter waren voll, und nachdem ich die Gläser mit dem Jackenärmel halbwegs sauber gewischt hatte, verbreiteten sie helles, warmes Licht.

Wir brauchten nicht lange, um den Dachboden zu durchsuchen. Er war fast leer, sah man von dem üblichen Gerümpel und ein paar zerbrochenen Dachschindeln ab; es gab kaum Staub oder Schmutz. So wie in der Kammer unten hatte der *Shoggote* jedes bißchen organische Materie aufgespürt und gefressen.

Die Bücher waren nicht da.

Howard zeigte sich nicht sonderlich überrascht, und auch ich empfand nichts als ein Gefühl sanfter Enttäuschung. Es hätte uns wohl eher gewundert, wenn wir die Bücher gefunden hätten.

»Das habe ich befürchtet«, sagte er. »Das Necronomicon ist in unserem Besitz, aber der Rest ...«

Er schwieg, aber es war auch nicht wirklich nötig, daß er weitersprach. In der Kiste, die wir aus dem Wrack der LADY geborgen hatten, war ein gutes Dutzend Bücher gewesen, von denen das Necronomicon sicher das gefährlichste gewesen war; aber auch die anderen konnten, in den falschen oder auch nur unwissenden Händen, gefährlicher werden als alle Granaten und Sprengstoffe der Welt gemeinsam.

»Gehen wir wieder hinunter«, sagte Howard.

»Und ... er?« Ich deutete auf den toten *Shoggoten* hinter dem Schreibtisch, aber Howard zuckte nur mit den Achseln.

»Er wird zerfallen«, sagte er. »Er kann noch nicht lange tot sein, sonst hätten wir nicht einmal mehr eine Spur von ihm gefunden.«

»Und Bensen?«

»Das ist nicht Bensen!« widersprach Howard so heftig, daß ich erschrocken zusammenfuhr. Er schwieg eine Sekunde, ballte in hilflosem Zorn die Fäuste und sah weg. »Entschuldige, Robert«, murmelte er. »Ich wollte dich nicht anfahren. Aber dieses Ding da ist nicht mehr Bensen. Es ist nur ein toter *Shoggote*, der seine Form angenommen hat. In ein paar Tagen wird keine Spur mehr von ihm zu sehen sein.«

Zögernd und immer noch von einem Gefühl tiefsten Abscheus und Ekels erfüllt, näherte ich mich noch einmal dem Schreibtisch und betrachtete das bizarre Wesen im ruhigen gelben Licht der Lampe. Selbst jetzt, wo ich wußte, daß es tot und ungefährlich war, ließ mich der Anblick erschauern. Es war wie eine bizarre Karikatur auf das Leben.

»Woran mag er gestorben sein?« flüsterte ich, fast, als hätte ich Angst, die Bestie durch zu lautes Sprechen aus ihrem Schlaf zu wecken.

»Er hat seine Aufgabe erfüllt«, antwortete Howard. »Das war alles. Er sollte dafür sorgen, daß das Buch in Tremayns Hände geriet, und das hat er getan. Danach gab es keine Verwendung mehr für ihn.«

Ich sah ihn überrascht an. »Du meinst, sie sterben von selbst, wenn ihre Aufgabe erfüllt ist?« fragte ich.

»Soweit ich weiß«, schränkte Howard ein. »Und ich weiß sehr wenig über sie. Niemand weiß wirklich, was diese Wesen sind, Robert.« Er seufzte. »Laß uns hinuntergehen. Mir ist nicht wohl bei dem Gedanken, Rowlf mit McMudock unten allein zu lassen.«

Diesmal war ich es, der ihn zurückhielt. »Was tun wir mit ihm?« fragte ich.

»Mit McMudock?« Howard zuckte mit den Achseln. »Was sollen wir schon tun? Wir lassen ihn laufen, sobald wir in Sicherheit sind. Warum fragst du?«

»Wegen Miß Winden«, antwortete ich. »Sie wird nicht wieder nach Durness zurück können. Die bringen sie um, wenn bekannt wird, daß sie uns geholfen hat.« Ich senkte den Blick und starrte einen Moment lang zu Boden. »Ich mache mir Vorwürfe, Howard«, fuhr ich fort. »Ich hätte sie nicht zwingen dürfen, uns zu helfen. Selbst wenn sie ihr nichts antun, wird sie in der Stadt nicht mehr leben können. Sie würden ihr ständig mißtrauen.«

»Ich weiß«, antwortete Howard. »Es war mir klar, als ich sah, daß du in ihrer Begleitung zurückkamst. Und sie weiß es auch. Aber wir werden eine Lösung finden, irgendwie. Jetzt warten wir erst einmal auf den Tag und bringen Rowlf zu einem Arzt, und dann sehen wir weiter. Komm.«

Er wandte sich um und ging, so schnell, daß ich keine Gelegenheit fand, noch weitere Fragen zu stellen. Der Lichtschein seiner Laterne verschwand hinter der Tür und begann mit kleinen, ruckhaften Bewegungen die Treppe hinunterzuhüpfen. Ich blickte noch einmal zu der gräßlichen Kreatur hinter dem Schreibtisch zurück, dann wandte auch ich mich um und folgte ihm.

Als wir ins Erdgeschoß zurückkehrten, brannte im Kamin bereits ein Feuer, und Miß Winden und McMudock hatten Rowlfs Liege dicht ans Feuer herangetragen. McMudock stand an einem der Fenster und blickte in die Dunkelheit hinaus, während Miß Winden auf den Knien neben Rowlf hockte und mit einem feuchten Tuch seine Stirn kühlte. Howard stellte seine Lampe auf den Kaminsims, rieb einen Moment die Hände über dem flackernden Feuer aneinander, um die Kälte daraus zu vertreiben und ging dann zu McMudock hinüber. Ich selbst blieb stehen und sah Miß Winden zu, bis sie meinen Blick fühlte und aufsah.

»Es geht ihm schon besser«, sagte sie. »Er ist sehr stark. Er wird durchkommen.«

Ich nickte, setzte mich ihr gegenüber auf die andere Kante des Bettes und betrachtete eine Zeitlang Rowlfs Gesicht. Er hatte das Bewußtsein wieder verloren, aber das hohe Fieber schien gebrochen zu sein.

»Miß Winden, ich ... ich muß mit Ihnen reden«, begann ich nach einer Weile. Sie blickte mich an, sagte aber nichts, und nach ein paar Sekunden fuhr ich fort: »Als ich gestern abend zu Ihnen kam, da ... da wußte ich nicht, daß ...«

»Es ist gut, Mister Craven«, unterbrach sie mich. »Sie haben das Leben meiner Tochter gerettet. Was ich getan habe, war ich Ihnen und Ihren Freunden schuldig.«

»Sie werden Durness verlassen müssen, wenn das alles hier vorbei ist«, sagte ich.

Sie lächelte. »Wegen Lon?« fragte sie, so leise, daß McMudock die Worte nicht verstehen konnte. »Machen Sie sich keine Sorgen, Mister Craven. Er wird mich nicht verraten. Er ist im Grunde ein guter Kerl. Er glaubt Ihnen.«

»Es geht nicht um ihn«, widersprach ich. »Aber der andere ist entkommen, und ...«

»Brennan?« Sie nickte. Ihr Gesichtsausdruck verfinsterte sich. »Er ist ein übler Kerl, Mister Craven –«

»Robert«, unterbrach ich sie. »Nennen Sie mich Robert – bitte.«

»Robert.« Sie lächelte. »Gut. Ich bin Mary. Miss Winden hört sich so alt an, finde ich.« Sie seufzte, legte das Tuch, mit dem sie bisher Rowlfs Stirn gekühlt hatte, aus der Hand und wurde übergangslos wieder ernst. »Brennan ist ein Mistkerl, Robert«, sagte sie. »Aber ich werde mit ihm fertig. Ich werde ihnen einfach erzählen, Sie hätten mich gezwungen, mit Ihnen zu gehen.«

Die Worte klangen nicht sehr überzeugend, und ich spürte, daß sie im Grunde ganz genau wußte, daß es nicht klappen würde. Aber aus irgendeinem Grund widersprach ich ihr nicht, sondern stand wortlos auf und ging zu Howard und McMudock hinüber, die noch immer am Fenster standen und in die Dunkelheit hinausblickten.

»Gibt es irgend etwas Besonderes?« fragte ich.

Howard wiegte den Kopf. »Ich weiß nicht«, murmelte er. »Es hat aufgehört zu regnen, aber irgend etwas stimmt nicht.«

Stirnrunzelnd trat ich dichter ans Fenster heran und blickte durch einen Spalt in den Brettern, mit denen es vernagelt worden war, nach draußen. Im ersten Moment fiel mir nichts Besonderes auf. Der Regen hatte aufgehört, wie Howard gesagt hatte, und der Wald lag am Rande der Lichtung schwarz und reglos wie eine Mauer aus Finsternis. Aber er hatte recht. Irgend etwas stimmte nicht. Es war keine Gefahr, die man sehen oder hören konnte. Aber ich spürte sie. Überdeutlich.

»Dieses Ding da oben«, sagte McMudock plötzlich. »War das dasselbe, das den Wald kahlgefressen hat?«

Howard sah ihn überrascht an. »Das haben Sie gemerkt?«

»Halten Sie mich für blind oder nur für dämlich?« fragte McMudock ungerührt. »Natürlich habe ich es gemerkt. War es dasselbe?«

»Ich ... ich hoffe es«, antwortete Howard stockend. »Wenn nicht ...«

»Dann läuft noch eines von den Biestern frei herum und bringt vielleicht Leute um, wenn es nicht gerade einen Baum findet, wie?« fragte McMudock. »Vielleicht ist es sogar dort draußen und wartet nur darauf, daß wir rauskommen.« Er trat ein Stück vom Fenster zurück und blickte Howard und mich feindselig an. »Ich verlange, daß Sie mir die Wahrheit sagen«, sagte er. »Ich habe Ihnen mein Wort gegeben, Ihnen zu helfen, aber ich will wissen, womit wir es zu tun haben. Was ist das für ein Ding? Irgend so ein verrücktes Zeug von euch Wissenschaftlern?«

»Sie haben mit Mary gesprochen«, stellte Howard fest.

McMudock nickte zornig. »Und? Verdammt, es ist auch unser Leben, das hier auf dem Spiel steht. Was ist das für ein Ding? Wie kann man es bekämpfen?«

»Ich wollte, ich wüßte es«, antwortete Howard. »Ich ...«

Draußen am Waldrand fiel ein Schuß. Eine halbe Sekunde später zersplitterte das Holz vor dem Fenster, und Howard kippte mit einem röchelnden Laut nach hinten, die Hände um den Hals geklammert. Zwischen seinen Fingern quoll hellrotes Blut hervor.

Das DING hatte während der letzten Stunde aufgehört zu pulsieren. Das Netz, das den Waldboden durchzog, war ruhig geworden, zur Reglosigkeit erstarrt und scheinbar tot. Einmal hatte die Gier, die so zur Natur dieses Wesens gehörte wie das Bedürfnis nach Licht und Luft zu der des Menschen, seine eigentliche Bestimmung übermannt: es hatte gefressen, einen Teil des verhaßten Lebens, das es in seinem Machtbereich spürte, absorbiert und in widernatürliches, schwarzes Protoplasma verwandelt. Aber sein eigentlicher Auftrag behielt die Oberhand. Es wartete. Es fieberte vor Gier und Ungeduld, wußte die Opfer, die zu vernichten es bestimmt war, schon in Reichweite, aber noch beherrschte es sich, wenn auch mit Mühe. Es wartete, bis alles so war, wie es seine Schöpfer vorausbestimmt und gewollt hatten, wartete mit der Geduld eines Wesens, dem selbst der Begriff Zeit fremd war.

Dann schlug es zu.

McMudock riß mich zu Boden, im gleichen Moment, in dem draußen der zweite Schuß fiel. Die Kugel zertrümmerte die dünnen Bretter vor dem Fenster vollends, pfiff dicht über unsere Köpfe hinweg und fuhr klatschend in die gegenüberliegende Wand. Fast im gleichen Moment schien die Tür wie unter einem gewaltigen Hammerschlag zu erbeben. Staub und Holzsplitter barsten aus dem morschen Holz, und ein plötzlicher Windzug ließ eine der beiden Lampen erlöschen und das Kaminfeuer flackern.

Mühsam befreite ich mich aus McMudocks Griff, kroch auf Händen und Knien zu Howard hinüber und drehte ihn mit einem Ruck auf den Rücken. Mein Herz schlug zum Zerreißen, als ich seine Hände von seinem Hals löste und behutsam über die stark blutende Wunde an seiner Kehle tastete. Sein Hals war über und über mit Blut besudelt. Seltsamerweise fühlte ich kaum Schrecken, sondern nur eine dumpfe Betäubung und ein Gefühl des Unglaubens, das mit jeder Sekunde stärker wurde. Der Gedanke, daß Howard, ausgerechnet Howard, durch etwas so Banales wie eine Gewehrkugel getötet werden könnte, erschien mir lächerlich.

Howard hob stöhnend den Kopf, aber ich drückte ihn mit sanfter Gewalt wieder zurück. »Bleib liegen!« sagte ich scharf.

»Ich hole etwas zum Verbinden.« Die Wunde war weniger schlimm, als es im ersten Moment ausgesehen hatte, aber sie blutete stark und mußte verbunden werden, so schnell wie möglich.

»Bleib unten, du Trottel!« sagte McMudock, als ich aufstehen und loslaufen wollte. Fast im gleichen Moment krachte ein weiterer Schuß, als hätte jemand dort draußen seine Worte gehört und wollte sie unterstreichen. Eine gewaltige Staubwolke explodierte bei der Treppe, und ein Teil des Geländers kippte in einer grotesk langsamen Bewegung zur Seite und zerbrach auf dem Boden.

McMudock fluchte, robbte hastig in den toten Winkel unter dem Fenster und bildete mit den Händen einen Trichter vor dem Mund: »Hört auf zu schießen, ihr Idioten!« brüllte er. »Wir ergeben uns!«

Ich starrte ihn entsetzt an, aber seine einzige Reaktion war ein geringschätziges Grinsen. »Was glaubst du, sollen wir tun, Kleiner?« beantwortete er meine unausgesprochene Frage. »Uns auf eine Schießerei mit vielleicht ein paar Dutzend Männern einlassen?« Er schüttelte den Kopf, hob wieder die Hände an den Mund und schrie noch einmal: »Hier ist McMudock! Hört sofort auf! Wir leisten keinen Widerstand!«

Die Antwort auf seine Worte erfolgte prompt. Eine ganze Salve von Gewehrschüssen krachte, und die Eingangstür zersplitterte und flog in Fetzen in den Raum. Eine Gestalt erschien in der Öffnung, gekleidet in einen schwarzen Ölmantel wie den McMudocks und eine doppelläufige Schrotflinte in den Händen.

»Lon!« keuchte er. »Bist du in Ordnung?« Hinter ihm stürmten weitere Männer ins Haus: zwei, drei, schließlich sahen wir uns insgesamt fünf bewaffneten und – allem Anschein nach – zu allem entschlossenen Männern gegenüber. Drei von ihnen waren mit Gewehren bewaffnet, der vierte trug eine Pistole und der letzte ein rostiges Brecheisen, das er wie eine Keule schwang. Die Mündungen der Gewehre waren ausnahmslos auf mich und Howard gerichtet. Ich sah, wie sich Howards Hand der Tasche näherte, in der er seinen Revolver hatte, und hielt seine Finger mit einer erschrockenen Bewegung fest.

»Ich bin in Ordnung«, antwortete McMudock. Er stand auf, hob in einer beruhigenden Geste die Hände und deutete auf Howard und mich.

»Nimm das Gewehr runter, Brennan«, sagte er. »Sie wehren sich nicht.«

Brennan – jetzt, als ich seinen Namen hörte, erkannte ich ihn auch wieder – kam einen Schritt näher und sah sich kampflustig um. Der doppelte Lauf der Schrotflinte deutete noch immer auf mein Gesicht. Und seine Finger spannten sich so fest um den Abzug, daß die Knöchel weiß hervortraten.

Mit einer abgehackt wirkenden Kopfbewegung deutete er auf Howard. Die Wunde an seinem Hals blutete schon weniger stark und würde wahrscheinlich in ein paar Minuten ganz aufhören, aber sein Kopf und seine Schultern lagen in einer gewaltigen, rotglitzernden Lache. »Was ist mit ihm?« fragte er. »Tot?«

»Nein, du Blödmann«, antwortete McMudock. »Gott sei Dank kannst du immer noch nicht richtig schießen. Und jetzt nimm das Gewehr herunter, ja?«

Brennan schien im ersten Moment gar nicht richtig zu begreifen, was McMudock gesagt hatte. Er riß die Augen auf, starrte ihn an und atmete ein paarmal tief ein und aus. »Was ... hast du gesagt?« krächzte er.

»Tu das Gewehr weg, Fred«, sagte McMudock noch einmal. »Die Jagd ist vorbei.«

Brennan starrte ihn an. »Vorbei ist sie erst, wenn die beiden da tot sind«, sagte er gefährlich leise. »Was ist mit dir los, Lon? Haben Sie dich auch verhext?«

McMudock trat einen Schritt auf ihn zu, blieb aber sofort wieder stehen, als Brennan das Gewehr hob und auf seinen Bauch zielte. »Was soll das, Fred?« fragte er.

»Nichts«, antwortete Brennan leise. »Geh mir aus dem Weg, Lon.«

McMudock rührte sich nicht. »Was hast du vor?« fragte er.

»Oh, ich will nur zu Ende führen, was gestern morgen nicht geklappt hat«, antwortete Brennan. »Geh mir aus dem Weg, Lon.«

»Und du glaubst, ich sehe tatenlos zu, wie du zwei unschuldige Menschen ermordest?« erwiderte McMudock.

»*Unschuldig?*« krächzte Brennan. »Die beiden da sind nicht unschuldig, Lon. Sie haben ein paar von unseren Freunden auf dem Gewissen, hast du das schon vergessen? Die halbe Stadt ist niedergebrannt, und sie werden dafür bezahlen.«

»Sind Sie wirklich so dumm, oder können Sie nur nicht zugeben, daß Sie sich getäuscht haben?«

Brennan fuhr mit einer wütenden Bewegung herum, als er Miß Windens Stimme hörte, aber ich sah auch, wie ein paar der Männer in seiner Begleitung bei ihren Worten zusammenzuckten. Ich betrachtete sie genauer. In ihren schwarzen Ölmänteln und schwer bewaffnet, wie sie waren, wirkten sie wilder und entschlossener, als sie in Wahrheit zu sein schienen. Ich wußte nicht, warum, aber ich glaubte zu spüren, daß diese Männer im Innersten vor Angst zitterten. Aber Angst wovor? Vor uns?

»Miß ... Winden?« Brennan sprach in einer Betonung, als wäre er sich nicht ganz sicher, wen er vor sich hatte. Dabei hatte ich bisher den Eindruck gehabt, als ob sich die beiden sehr gut kannten.

»Tun Sie nicht so«, sagte Miß Winden verärgert. »Sie wissen ganz gut, wer ich bin, Brennan. Und jetzt nehmen Sie verdammt noch mal endlich das Gewehr herunter!«

Brennan starrte sie mit wachsender Verwirrung an, aber er dachte gar nicht daran, die Waffe zu senken. Plötzlich fuhr er herum, trat auf mich zu und holte mit dem Fuß aus, als wollte er nach mir treten. McMudock spannte sich.

»Sie Teufel!« zischte er. »Was haben Sie mit ihr gemacht? Mit ihr und mit Lon?«

»Nichts«, sagte McMudock, aber Brennan ignorierte ihn schlichtweg.

»Dafür werden Sie bezahlen!« drohte er. Seine Stimme bebte vor Haß. »Für alles werdet ihr bezahlen, ihr Teufel. Für die Toten in Durness, für das Feuer und für das, was ihr dieser unschuldigen Frau angetan habt!«

»Wir haben überhaupt nichts getan«, sagte ich. Aber genausogut hätte ich an eine Wand reden können. Brennan wollte meine Worte gar nicht verstehen.

McMudock seufzte. »Frank, nimm Vernunft an«, sagte er. »Craven und seine Freunde sind nicht verantwortlich für das, was unten in Durness geschehen ist. Verdammt, spürst du denn nicht, daß hier was nicht mit rechten Dingen zugeht? Und es hat nichts mit diesen Männern zu tun. Sie stehen auf unserer Seite.«

Brennan starrte ihn an. »Du ... du weißt nicht, was du redest«, sagte er unsicher. »Du –«

»Ich weiß ganz gut, was ich sage«, unterbrach ihn McMudock. »Aber du anscheinend nicht mehr. Ich werde nicht zulassen, daß –«

Der Rest seiner Worte ging im donnernden Krach eines Schusses unter. Brennan hatte blitzschnell das Gewehr herumgerissen und einen der Läufe abgeschossen. Die Schrotladung fuhr harmlos einen halben Meter vor McMudocks Füßen in den Boden, aber dieser erbleichte trotzdem und wich zwei, drei Schritte zurück.

»Sei still, Lon!« sagte Brennan drohend. »Diese Teufel haben dich verhext, genau wie dieses närrische Weib da. Aber mich können sie nicht täuschen. Sie sind Teufel, und ich werde sie behandeln, wie man Teufel behandelt.«

»Ich werde nicht zusehen, wie du drei wehrlose Menschen erschießt, Brennan«, sagte McMudock leise.

»Erschießen?« Brennan lachte böse. »Wer spricht von erschießen, Lon? Sie werden brennen. Ihretwegen ist die halbe Stadt niedergebrannt, und jetzt sollen sie spüren, wie heiß das Feuer sein kann.« Er gab seinen Begleitern einen Wink. »Packt sie!«

Einer der Männer machte einen Schritt in unsere Richtung, aber die anderen rührten sich nicht von der Stelle.

»Was ist?« fauchte Brennan. »Habt ihr plötzlich Angst?«

»Nein«, sagte einer der Männer. »Aber Lon hat recht – irgendwas stimmt hier nicht, Fred. Warum läßt du sie nicht reden?«

»Damit sie uns auch noch verhexen?« Brennan lachte. »Nein.«

»Glauben Sie wirklich, Sie wären hier, wenn wir in der Lage wären, Sie oder irgend jemanden sonst zu *verhexen?*« Howard richtete sich mühsam in eine halb sitzende Position auf, zog ein Taschentuch aus der Weste und preßte es gegen den blutigen Schnitt an seinem Hals. Er hustete. »Verdammt, Mister Brennan, wenn wir auch nur die Hälfte der Fähigkeiten hätten, die Sie uns zusprechen, dann wären Sie und all Ihre Freunde jetzt tot und wir schon ein paar tausend Meilen weit weg.«

Er wollte aufstehen, aber Brennan versetzte ihm einen derben Stoß mit dem Lauf seines Gewehres, der ihn wieder zurückfallen ließ.

»Halten Sie den Mund!« befahl er. »Sie täuschen mich nicht. Das alles hier ist Ihr Werk! Sie –«

»Und Landers?« fragte einer seiner Begleiter.

McMudock runzelte die Stirn. »Was ist mit Landers?« fragte er.

Brennan fuhr mit einem ärgerlichen Knurren herum. »Halt den Mund!« befahl er.

Aber der Mann antwortete trotzdem. Sein Blick wanderte unstet zwischen Brennan, McMudock und mir hin und her. »Er ... ist verschwunden«, sagte er. »Draußen im Wald.«

»Verschwunden?« Howard richtete sich abermals auf, und diesmal hinderte ihn Brennan nicht mehr daran. Er schien zu spüren, daß der Rückhalt, den er sich von seinen Begleitern versprochen hatte, nicht mehr da war, und seine Selbstsicherheit schwand zusehends. »Was meinen Sie mit verschwunden?« fragte Howard alarmiert.

»Verschwunden eben«, antwortete der Mann. »Wir ... hatten einen Moment angehalten, und als ... als wir weiterreiten wollten, war er weg.«

»Verdammt, ich habe gesagt, du sollst die Schnauze halten!« brüllte Brennan und begann wild mit seinem Gewehr herumzufuchteln. »Das ist alles ihr Werk! Sie –«

»Warum gehst du nicht nach oben, Brennan?« sagte McMudock leise.

Brennan verstummte abrupt, drehte sich zu ihm herum und sah ihn mißtrauisch an. »Was meinst du damit?« fragte er.

McMudock deutete mit einer Kopfbewegung auf die Treppe. »Da oben«, sagte er. »Wenn du wirklich wissen willst, gegen wen wir kämpfen, dann geh dort hinauf.«

»McMudock!« Howard blickte ihn alarmiert an. »Sie –«

»Es ist schon gut, Howard«, unterbrach ihn McMudock. »Lassen Sie ihn gehen. Vielleicht begreift er dann, was wirklich los ist.« Er deutete herausfordernd auf die Treppe. »Warum gehst du nicht, Brennan? Oder hast du Angst?«

Brennan starrte ihn noch einen Moment lang trotzig an, dann drehte er sich herum, nahm die Petroleumlampe vom Kaminsims und ging zur Treppe. »Paßt auf sie auf«, sagte er an seine Männer gewandt. »Und wenn ich in fünf Minuten nicht wieder da bin, dann erschießt sie.« Er warf Howard, McMudock und mir der Reihe nach einen drohenden Blick zu, wandte sich mit einer übertrieben kraftvollen Bewegung um und begann rasch die Treppe hinaufzusteigen.

Ich sah ihm mit gemischten Gefühlen nach. Irgendwie glaubte ich zu spüren, daß der Moment der größten Gefahr – was ihn betraf – vorüber war. Männer wie Brennan sind nur in ganz bestimmten Situationen und in ganz bestimmten Momenten wirklich stark. Er hatte den Moment, in dem er noch handeln konnte, eindeutig verpaßt. Aber Männer wie Brennan sind auch unberechenbar.

»Glauben Sie, daß das klug war?« fragte Howard.

McMudock schnaubte. »Bei Brennan ist überhaupt nichts klug«, sagte er zornig. »Aber ich glaube nicht, daß wir hier herauskommen, wenn wir uns auch noch mit einem Verrückten herumschlagen müssen.« Er seufzte, blickte zum Fenster und schüttelte den Kopf. »Ich wollte, es würde bald hell.«

»Wie … wie meinst du das, Lon?« fragte einer der Männer. McMudock schürzte geringschätzig die Lippen, ging zur Tür und blickte einen Moment schweigend in die Dunkelheit hinaus, ehe er antwortete:

»Ihr seid durch den Wald geritten, oder?«

»Natürlich.«

»Dann weißt du, was ich meine«, antwortete McMudock düster. Diesmal schwieg der Mann. Aber ich spürte die Furcht, die sich in seine Seele – und die der anderen – gekrallt hatte, überdeutlich.

Die fünf Minuten, von denen Brennan gesprochen hatte, waren noch nicht zur Hälfte vorbei, als er zurückkam. Selbst im schwachen Licht der Petroleumlampen war zu erkennen, wie blaß er geworden war, und der Blick seiner weit aufgerissenen, starren Augen wirkte seltsam leer, als er auf Howard zuging und dicht vor ihm stehenblieb. Seine Hände zitterten.

»Was ... was ist das, da ... da oben?« krächzte er. »Dieses ... Ding?«

»Eines von den Biestern, die *wirklich* an allem schuld sind«, sagte McMudock an Howards Stelle. Das entsprach nicht ganz der Wahrheit, aber es war im Augenblick wahrscheinlich klüger, als Brennan eine umständliche Erklärung zu geben, die er sowieso nicht verstand. »Und ein zweites oder vielleicht noch ein paar mehr schleichen wahrscheinlich jetzt noch durch den Wald und warten nur darauf, daß du die Nase ins Freie steckst.«

Brennan begann zu zittern. Howard nahm ihm die Lampe aus der Hand, ehe er sie fallen ließ. »Aber das ist ...«, stammelte er, »das ... mein Gott, so etwas Grauenhaftes habe ich noch nie gesehen. Was ist das ... für ein Ding?«

»Es ist tot und kann uns nichts mehr tun«, sagte Howard beruhigend. »Aber ich fürchte, Mister McMudock hat recht. Es könnten noch mehr davon draußen sein. Ich fürchte sogar, es ist so.«

Brennans Kopf ruckte mit einer erschrockenen Bewegung herum. Aus weit aufgerissenen Augen starrte er zum Fenster, als erwarte er, dort jeden Augenblick alle Dämonen der Hölle auftauchen zu sehen.

»Wir müssen weg!« keuchte er. »Wir ... müssen hier raus!«

McMudock lachte leise. »Dann geh doch«, sagte er. »Bitte, die Tür ist offen. Wenn du morgen früh noch leben solltest, dann kommen wir dir nach.«

Brennan fuhr herum. »Das ist alles nur ihre Schuld!« schrie er und deutete anklagend auf Howard und mich. »Das ist ihr Werk! Das ist Hexerei! Sie ...«

McMudock nahm ihm mit einer fast gelassenen Bewegung das Gewehr aus den Fingern, lehnte es neben sich an die Wand und schlug ihm mit der flachen Hand über den Mund. Brennan taumelte zurück, preßte die Hand gegen seine aufgesprungene Lippe und starrte ihn aus weit aufgerissenen Augen an. In diesem Moment war sein Blick der eines Menschen, der auf dem schmalen Grat zwischen Normalität und Wahnsinn entlangbalancierte. Er begann zu schluchzen und kleine, würgende Geräusche auszustoßen. McMudock holte zu einem weiteren Schlag aus, aber Brennan duckte sich blitzschnell unter seinem Arm hindurch, versetzte ihm einen Stoß und sprang mit einem kaum mehr menschlich klingenden Schrei an ihm vorüber. »Ich will weg!« brüllte er. »Ich will raus hier!«

»Festhalten!« schrie Howard. Aber sein Befehl kam zu spät. Brennan stieß einen zweiten Mann, der ihm den Weg versperren wollte, zu Boden, erreichte die Tür und sprang mit einem irrsinnigen Kreischen in die Dunkelheit hinaus.

McMudock fluchte, lief zum Kamin, riß einen brennenden Holzscheit aus dem Feuer und lief, das Holz wie eine Fackel schwingend, hinter ihm her.

Brennans Vorsprung betrug nicht einmal zehn Schritte, als er aus dem Haus stürmte – und trotzdem war er zu groß.

Das Mondlicht reichte nicht aus, viel mehr als Schatten zu erkennen, aber was wir sahen, war genug. Mehr als genug.

Brennan rannte wie von Furien gehetzt auf den Waldrand zu. Er stolperte immer wieder und fiel zweimal, und als er aufstand, schien ihm die Bewegung ungewöhnliche Mühe zu bereiten. McMudock setzte, ununterbrochen seinen Namen rufend und wild seine Fackel schwenkend, hinter ihm her, aber auch er schien aus irgendeinem Grunde Schwierigkeiten zu haben, richtig von der Stelle zu kommen, und blieb schließlich stehen.

Nicht so Brennan. Kreischend und wild mit den Armen in die Luft schlagend, als erwehre er sich des Angriffes unsichtbarer Angreifer, näherte er sich dem Waldrand.

Einer der mächtigen Schatten vor ihm bewegte sich, und Brennans Kreischen verwandelte sich in einen unmenschlichen Schrei.

Ich konnte nicht genau erkennen, was geschah. Es sah aus, als krümme sich der Baum. Seine Krone, über Nacht blattlos und kahl geworden, senkte sich wie eine gewaltige, vielfingrige Hand, griff in einer täuschend langsam erscheinenden Bewegung nach der winzigen Menschengestalt und packte zu.

Brennans Schrei verstummte. Aber das Krachen und Splittern des berstenden Holzes war beinahe noch schlimmer.

SIE versammelten sich tief auf dem Grunde des Meeres. Viele von ihnen waren noch unsicher; verstört und desorientiert durch den Schock, der SIE aus dem zeitlosen schwarzen Nichts, in das SIE verbannt worden waren, herausgerissen und in diese neue, noch unbekannte Welt geschleudert hatte. Aber SIE lernten schnell, und SIE stellten sich mit der unheimlichen Anpassungsfähigkeit einer Rasse, die es gewohnt war, Welten zu beherrschen und mit Völkern zu spielen, in Jahrmillionen zu denken und die Abgründe der Ewigkeit zu durchmessen, auf ihre neue Umgebung ein. SIE hatten nur Sekunden gebraucht, ihre Körper auf ihre neue, im ersten Moment feindliche Umgebung einzustellen, und SIE brauchten nur Stunden, einen Plan zu fassen, diese Welt zu unterjochen, sich das Leben, das Milliarden Jahre gebraucht hatte, den Planeten zu erobern, in einem Bruchteil dieser Zeit untertan zu machen.

Ihre Versammlung endete so lautlos, wie sie begonnen hatte, und selbst wenn ein Mensch in diesem Moment hier, in der Weite des Ozeans, anwesend gewesen wäre, hätte er nicht mehr als eine Anzahl gigantischer Schatten gesehen, die tief unter der Oberfläche des Meeres pulsierten.

Dann verschwanden SIE, lautlos und schnell wie die Furcht, die auf unsichtbaren Beinen durch die Nacht schleicht. Nur einer blieb zurück, Yog-Sothoth selbst, der Herr der Meere, aber auch er blieb passiv. Er war ein Gott, ein Gott des Bösen und des Hasses, und er war es nicht gewohnt zu handeln. Er hatte es tun müssen, wider seine Natur, aber jetzt, als seine Diener zurückgekehrt waren, brauchte er nur noch zu befehlen. Er war nicht mehr allein. Die zwölf Mächtigsten der *Mächtigen* waren durch die Schlünde der Zeit zu ihm emporgestiegen. Und mit ihnen ein Heer jener Kreaturen, die ihnen schon einmal geholfen hatten, sich diese Welt untertan zu machen.

Sekundenlang war es vollkommen still. Selbst das Heulen des Windes schien für einen Moment innezuhalten. Dann stieß einer der Männer neben mir einen sonderbaren, keuchenden Laut aus, schlug die Hände vor den Mund und taumelte zurück ins Haus, und auch die anderen erwachten nacheinander aus ihrer Erstarrung.

»Hol ihn zurück«, flüsterte Howard. Seine Stimme klang flach, gepreßt und so, als koste es ihn alle nur erdenkliche Kraft, nicht einfach loszuschreien. Ich merkte erst jetzt, daß sich seine Finger durch den Stoff meiner Jacke in meinen Arm gekrallt hatten. »Hol McMudock zurück«, sagte er noch einmal. »Schnell.«

Ich nickte, löste behutsam seine Hand von meinem Arm, ging ins Haus zurück und nahm die Lampe auf, die Brennan bei seiner sinnlosen Flucht stehengelassen hatte. Miß Winden, die als einzige nicht aus dem Haus gestürzt war, sah mir aus schreckgeweiteten Augen entgegen, schwieg aber, als sie meinen Blick bemerkte. Sie mußte die Schreie gehört haben. Aber ich hätte ihr im Moment auch nicht antworten können, wenn sie gefragt hätte. Meine Kehle war wie zugeschnürt.

Ich nahm die Lampe auf, tastete – obwohl ich ganz genau wußte, wie sinnlos es war – instinktiv nach dem Revolver in meiner rechten Jackentasche und trat wieder aus dem Haus. McMudock hatte sich noch nicht von der Stelle gerührt, sondern stand noch immer reglos wie eine Statue an der Stelle, an der er stehengeblieben war, als sich Brennans Schicksal erfüllte.

Als ich neben ihm ankam, erwachte er wie aus einem Schlaf. Sein Blick war verschleiert; er schien mich gar nicht zu erkennen, im ersten Moment. Dann klärte sich sein Blick.

»Großer Gott!« stammelte er. »Der ... der Baum hat ihn ... er hat ...«

»Ich weiß«, sagte ich leise. »Ich habe es gesehen.« Ich wollte ihm beruhigend die Hand auf die Schulter legen, aber er schlug meinen Arm beiseite und prallte einen Schritt zurück.

»Nichts weißt du!« keuchte er. »Der Baum hat ihn *gefressen*, verstehst du? Er hat ihn ... mein Gott ... er ... er hat ihn verschlungen ...«

Einen Moment lang starrte ich ihn ungläubig an, dann wandte ich mich um, hob die Lampe ein wenig höher und ging, trotz der rasenden Angst, die in meinen Eingeweiden wühlte, ein paar Schritte auf den Waldrand zu.

Ich weiß nicht, was ich erwartete: eine Leiche, einen zerschmetterten Körper, vielleicht auch nur Blut oder Fetzen seiner Kleidung – aber vor mir war *nichts*.

Die Stämme des Waldes erhoben sich glänzend und nackt wie polierte Marmorsäulen vor mir, und das Unterholz sah in der Dunkelheit aus wie Stacheldraht. Aber von Brennan war nicht mehr die geringste Spur zu sehen. Er war verschwunden.

»Geh nicht näher!« keuchte McMudock.

Ich hütete mich, auch nur noch einen Schritt zu tun. Vorsichtig bewegte ich mich ein Stück rückwärts, blieb neben McMudock wieder stehen und blickte nach rechts und links. Wir waren allein auf der Lichtung, aber die Dunkelheit schien von huschenden Schatten und wispernden Stimmen erfüllt zu sein.

»Er hat ihn verschlungen«, stammelte McMudock. »Einfach so. Der ... der Baum hat ...«

»Beruhigen Sie sich«, sagte ich leise. Wieder wollte ich auf ihn zutreten, aber mein Fuß verfing sich, und ich stolperte und wäre um ein Haar gefallen. Fluchend machte ich einen gewaltigen Schritt zur Seite, um mein Gleichgewicht wiederzufinden, senkte die Lampe und starrte zu Boden.

Der braune Morast war verschwunden. Dort, wo noch knöcheltiefer Schlamm gewesen war, als wir hierhergekommen waren, bot sich meinen Blicken jetzt eine schwarzbraune, unentwirrbar ineinander verflochtene Masse dünner Wurzeln und Pflanzenfasern. Das also war es, worüber Brennan und McMudock gestolpert waren …

Verwirrt blickte ich McMudock an, ließ mich in die Hocke sinken und berührte eine der Wurzelfasern mit den Fingern. Sie fühlte sich kalt und naß an, viel kälter, als sie hätte sein dürfen. Und sie schien unmerklich zu pulsieren. Angeekelt zog ich die Hand zurück und richtete mich wieder auf.

»Das war noch nicht da, als wir gekommen sind«, sagte ich. »Ich bin sicher.«

McMudock nickte wortlos. Das Holzscheit in seiner Hand brannte knackend herunter, und die Flammen näherten sich bereits seinen Fingern. Er schien es nicht einmal zu bemerken. Winzige glühende Funken fielen zur Erde und verzischten auf dem feuchten Geflecht aus Wurzelwerk.

»Das … das ist dasselbe Zeug, in dem sich der Wagen verfangen hatte«, sagte er mit bebender Stimme. »Es … es kommt näher, Robert! Es wird uns alle verschlingen!«

In seiner Stimme war ein Ton, der mich alarmierte. Ich sah zum Haus zurück. Howard stand noch immer unter der Tür und gestikulierte nervös in unsere Richtung, und der Wald hinter dem Haus schien massiger und dunkler geworden zu sein. Für einen Moment bildete ich mir wirklich ein, er wäre näher gekommen.

»Beruhigen Sie sich, Lon«, sagte ich leise. »Kommen Sie – wir gehen zurück.«

Er nickte, rührte sich aber nicht von der Stelle, sondern starrte weiter aus erschrocken aufgerissenen

Augen auf das schwarze Wurzelgeflecht. Ich war nicht sicher, aber im flackernden Licht seiner Fackel sah es aus, als bewege es sich …

Mit einem Ruck fuhr ich herum, packte ihn an der Schulter und zerrte ihn fast mit Gewalt hinter mir her. Der Boden unter meinen Füßen schien zu vibrieren, als schritten wir über ein gewaltiges Trampolin. Ich mußte vorsichtig gehen, um mich nicht in einer der Millionen von Schlingen und gewachsenen Fallstricken zu verfangen. Die Wurzeln waren weit über die Mitte der Lichtung gewachsen und näherten sich dem Haus.

Howard trat schweigend beiseite, als wir durch die Tür traten. Er schien etwas sagen zu wollen, aber ein Blick in McMudocks schreckensbleiches Gesicht ließ ihn verstummen.

McMudock ging zum Kamin, warf den brennenden Holzscheit hinein und rieb die Hände über den Flammen. Auf der Treppe polterten Schritte. Ich sah auf und erkannte zwei der Männer aus Durness, die nebeneinander die ausgetretenen Stufen hinabgestolpert kamen. Ihre Gesichter waren kaum weniger bleich als das von McMudock.

»Was ist mit … mit Brennan?« fragte Howard leise.

»Er ist tot«, antwortete ich, ohne ihn anzusehen. »Verschwunden.«

»Verschwunden? Was heißt das?«

McMudock sah alarmiert auf und preßte die Kiefer aufeinander, so fest, daß ich seine Zähne glaubte knirschen zu hören.

»Irgend etwas hat ihn weggeschleppt«, log ich. Und dann fügte ich in einem Tonfall, der mich selbst erschreckte, hinzu: »Es kommt näher, Howard.«

»*Was* kommt näher?«

»Die Wurzeln«, keuchte McMudock, ehe ich antworten konnte. Sein Blick war starr in die prasselnden

Flammen des Kaminfeuers gerichtet. »Es kommt näher. Es ... es hat das Haus umzingelt. Wir sitzen in der Falle und –« Er brach ab, als er selbst merkte, daß er erneut die Beherrschung zu verlieren drohte.

»McMudock hat recht«, fügte ich hinzu, als er nicht weitersprach. »Die halbe Lichtung ist bereits von dem Zeug überwachsen. Wenn es weiter so schnell wächst, dann ist es in einer Stunde hier.«

Howard schwieg erschrocken. Es war nicht schwer zu erraten, was hinter seiner Stirn vorging; sein Blick spiegelte die Angst, die er spürte, wider. Aber seine Stimme klang fast unnatürlich ruhig, als er weitersprach. »Wir müssen hier weg, so schnell wie möglich.«

McMudock lachte schrill. »Weg?« keuchte er. »Keine zehn Pferde kriegen mich dort hinaus, bei dieser Dunkelheit.«

»Es wäre Selbstmord«, pflichtete ich ihm bei. »Man sieht die Hand vor Augen nicht, Howard. Wir können gar nichts tun, solange es nicht hell wird.«

»Und wann wird das sein?«

McMudock überlegte einen Moment. »In zwei Stunden«, murmelte er. »Vielleicht auch zweieinhalb. Eher nicht.«

»Zwei Stunden ...« Howard seufzte. »Das ist eine verdammt lange Zeit ...« Er stand auf, ging zur Tür und blickte einen Moment in die Dunkelheit hinaus, die wie eine schwarze Wand vor dem Eingang lag. Nicht einmal ein Stern war am Himmel zu sehen. Es war, als wäre das Haus unter einer Glocke aus Finsternis und Schweigen gefangen. Und trotzdem bewegte sich dort draußen etwas. Man hörte es nicht, und man sah es nicht. Aber es war da.

Rowlf erwachte, als sich das erste Grau der Dämmerung über den Wipfeln des Waldes zeigte. Wir hatten seine Kleider getrocknet, so gut es ging, und Howard und einer der Männer aus Durness – sie hatten uns ihre Namen genannt und sich vorgestellt, aber ich hatte sie mir nicht gemerkt – halfen ihm, sich vorsichtig von seinem improvisierten Lager zu erheben und sich anzuziehen. Das Fieber war besiegt. Seine Stirn war noch heiß, und sein Gesicht wirkte eingefallen und blaß, mit grauen, kränklichen Schatten auf den Wangen, die Augen tief in den Höhlen liegend und glanzlos, aber es war, wie Mary gesagt hatte: Nachdem das Fieber zurückgedrängt worden war, erholte er sich schnell. Er war noch schwach und etwas wackelig auf den Beinen, aber er würde reiten können, wenn wir ihm halfen, auf ein Pferd zu kommen.

Während sich Howard, Mary und ich um ihn bemühten, hielt einer der Männer aus Durness an der Tür Wache, ein Gewehr, das ihm überhaupt nichts nutzen würde, aber wenigstens sein Selbstvertrauen stärken mochte, in den Händen. Der Himmel hellte sich rasch auf, und mit der Dämmerung krochen Schatten in das Haus. Es wurde kälter. Wir hatten die vergangenen zwei Stunden dicht aneinandergedrängt am Kaminfeuer verbracht, und der schmerzende Eisklumpen, der sich in meinem Inneren gebildet hatte, war verschwunden. Aber er würde wiederkommen. Obwohl der Regen aufgehört hatte, waren die Temperaturen draußen beständig gefallen, und auf dem schwarzen Geflecht, das das Gras der Lichtung abgelöst hatte, glitzerten Rauhreif und Eis. Auch mit den Pferden würden wir Stunden brauchen, um den Wald zu verlassen und Bettyhill zu erreichen.

»Wir müssen die Pferde holen«, sagte Howard. »Und jemand sollte hinausgehen und sehen, wie dicht dieses verdammte Zeug schon heran ist.«

»Das mache ich«, bot sich McMudock an. Er hatte sich wieder gefangen und wirkte jetzt schon fast unnatürlich ruhig. Aber das war nur Tarnung; eine Maske, unter der die Furcht und das Entsetzen weiterbrodelten. Ich hatte versucht, mich in seine Gedanken zu versetzen, aber es war mir nicht möglich gewesen. Für mich und Howard waren die Dinge schlimm genug; für McMudock und die anderen Männer mußten sie hundertmal entsetzlicher sein. Was sie sahen, war ein Stück aus einer anderen Welt, einer Welt, die ihnen vollkommen fremd und unbegreiflich sein mußte. Im Grunde war es ein Wunder, daß noch keiner von ihnen zusammengebrochen war oder eine Kurzschlußhandlung begangen hatte. Aber das konnte noch kommen. Der winzigste Anlaß mochte genügen, die unerträgliche Spannung zur Explosion zu bringen.

»Ich komme mit«, sagte ich. McMudock nickte stumm, bückte sich nach einer der Äxte, die Brennans Männer mitgebracht hatten, und reichte sie mir. Er selbst zog ein fast unterarmlanges Messer aus dem Stiefel und grinste, als er meinen erschrockenen Blick bemerkte. Er mußte die Waffe die ganze Zeit bei sich getragen haben. Howard und ich hatten es nicht einmal gemerkt.

Einer der Männer aus Durness schloß sich uns an, als wir aus dem Haus traten und uns nach rechts wandten, um den Schuppen auf der Rückseite des Gebäudes zu erreichen.

Es wurde hell. Die Dämmerung ließ graues Licht durch die niedrig hängende Wolkendecke sickern, in der schwachen Helligkeit wirkte der Anblick unwirklich und furchteinflößend.

Der Wald war kahl geworden. Unterholz und Bäume waren nicht verschwunden wie auf der Lichtung, die wir während der Nacht überquert hatten, aber sie waren nackt; nirgendwo war der kleinste Tupfer von Grün zu sehen. Die Büsche standen wie nackte knotige Gebilde aus Stacheldraht auf dem Waldboden, und die Kronen der mächtigen, hundert Jahre alten Eichen reckten sich wie grauschwarze, metallene Krallen in den Himmel. Blattwerk, Moos und Flechten waren verschwunden.

So wie das Gras.

Statt des aufgeweichten grünen Teppichs, über den wir am Abend zuvor auf die Hütte zugegangen waren, bot sich unseren Blicken ein schwarzes, glänzendes Etwas dar, ein dichter, fast wadenhoher Teppich aus ineinander verwachsenen Wurzeln und Fäden. Und er bewegte sich.

Ein Gefühl unbeschreiblichen Ekels stieg in mir hoch. Die Bewegung war im einzelnen nicht wahrzunehmen – sah man genauer hin, dann lagen die fingerdünnen Stränge reglos und wie tot da – aber im ganzen war die braunschwarze Masse von einer mühsamen, pulsierenden Bewegung erfüllt. Wie Würmer, dachte ich. Es sah aus, als wäre die Lichtung von einem gewaltigen, lebenden Teppich schwarzer, ekelhafter Würmer bedeckt. Instinktiv packte ich die Axt fester.

Vorsichtig begannen wir das Haus zu umrunden. Die Front des schwarzen Wurzelteppichs war näher gekommen und jetzt kaum noch drei Schritte vom Haus entfernt. Auf der Vorderseite.

Als wir das Haus umrundet hatten, sahen wir, daß sie auf der Rückseite der windschiefen Hütte bis an die Wände herangekommen und zum Teil bereits daran emporgekrochen waren …

»Mein Gott!« keuchte McMudock. »Die Pferde!«

Ich begriff sofort, was er meinte. Der Schuppen, in den zuerst wir und später auch Brennans Leute ihre Pferde untergestellt hatten, war unter einer mächtigen, sanft pulsierenden Masse der schwarzen Wurzeln verschwunden, ein dichtes, undurchdringliches Netz, das das kleine Brettergebäude fast zur Gänze überwuchert hatte. Die Tür war kaum mehr zu erkennen.

»Schnell!« befahl McMudock. »Wir müssen die Tiere herausholen!«

Wir rannten los. Meine Füße verfingen sich immer wieder in den Wurzeln, und plötzlich mußte ich mich mit aller Macht gegen die bizarre Vorstellung wehren, die Wurzeln wie dünne schwarze Finger nach meinen Knöcheln tasten zu sehen, um mich festzuhalten, damit sich der Boden auftun und mich verschlingen konnte. Ich versuchte die Vorstellung abzuschütteln, aber es ging nicht; im Gegenteil. Die Angst wurde stärker.

McMudock schwang mit einem wütenden Brüllen sein Messer, als wir den Schuppen erreichten. Die Klinge fuhr mit einem saugenden Geräusch in die verfilzte Wurzelmasse, aber der geschliffene Stahl vermochte die täuschend dünnen Stränge kaum zu durchtrennen. Hastig trat ich neben ihn, packte mein Beil mit beiden Händen und schlug zu, so fest ich konnte.

Es war fast aussichtslos. Zu dritt hackten und schlugen wir auf den Pflanzenteppich ein, aber die dünnen Ranken schienen zäh wie Draht zu sein; wir schienen Ewigkeiten zu brauchen, um ein Stück der Tür zu befreien, und es kam mir vor, als wüchse die Masse schneller nach, als wir sie wegzuhacken in der Lage waren.

Schließlich hatten wir die Tür wenigstens notdürftig befreit. McMudock zerrte den Riegel zurück und warf sich mit der Schulter gegen die Tür, aber das dünne Holz hielt seinem Anprall stand. Er fluchte, trat einen halben Schritt zurück und riß mir die Axt aus der Hand. Holz splitterte, als er die stählerne Schneide dicht über dem Riegel gegen die Tür krachen ließ.

Plötzlich fiel mir auf, wie still es war. Im Inneren des kleinen Schuppens waren insgesamt sieben Pferde – aber nicht das leiseste Geräusch drang zu uns nach draußen.

McMudock schlug noch einmal zu, und diesmal gab die Tür unter der Wucht des Axthiebes nach und zerbrach in mehrere, unterschiedlich große Teile.

McMudock taumelte mit einem keuchenden Schrei zurück.

Die Pferde waren verschwunden, aber der Schuppen war nicht leer. Der Raum war bis in den hintersten Winkel von einer schwarzen, pulsierenden Masse aus dünnen Wurzelfäden ausgefüllt.

»Mein Gott!« keuchte McMudock. »Das ist ... das ist doch unmöglich. Das ist doch ...« Er begann zu zittern, ließ die Axt fallen und fuhr mit einer blitzschnellen Bewegung herum. »Die Pferde!« keuchte er. »Es ... es hat die Pferde verschlungen. Genau wie ... genau wie Brennan. Es ...«

»Vielleicht sind sie noch da«, sagte unser Begleiter unsicher. »Vielleicht sind sie in dem Zeug eingeschlossen. Ich ... ich versuche es.«

Ehe ihn McMudock oder ich daran hindern konnten, hob er die Axt auf, trat durch die Tür und ließ das Beil wuchtig auf die verfilzte Wurzelmasse hinuntersausen.

McMudocks entsetzter Warnschrei kam zu spät.

Etwas Dunkles, Formloses brach mit einem fürchterlichen Krachen aus der Pflanzenmasse hervor, warf sich auf den Mann und tötete ihn mit einem einzigen kraftvollen Hieb. Der Mann fand nicht einmal mehr die Zeit, einen Schrei auszustoßen. Durch den Schlag zurückgeschleudert, taumelte er aus der Hütte, fiel nach hinten und blieb reglos liegen.

Aber es war noch nicht vorbei. Das *Ding,* das ihn

getötet hatte, war durch die Wucht seines eigenen Schlages nach vorne gestolpert und auf die Knie gefallen. Aber es richtete sich mit übermenschlicher Schnelligkeit und Kraft wieder auf.

Es bestand aus Holz. Sein Körper, der klobige, nur grob modellierte Kopf mit der grausamen Verhöhnung menschlicher Züge, die Arme und Beine, die mörderisch starken Hände, die wie gierige Klauen nach vorne gereckt waren, bestanden aus rissigem, braunschwarzem *Holz.*

McMudock erwachte einen Sekundenbruchteil vor mir aus seiner Erstarrung. Mit einem gellenden Schrei prallte er zurück, riß mich am Arm herum und versuchte, mit einem mächtigen Satz aus der Reichweite des Monsters zu gelangen, aber seine Füße verfingen sich in dem Netz aus Wurzeln, er stolperte, fiel und zog mich dabei mit sich.

Der dichte Teppich aus Holzfasern dämpfte meinen Sturz. Ich riß mich los, wälzte mich auf den Rücken – und schrie auf, als ich die Faust der Kreatur auf mich herabsausen sah. Im letzten Moment drehte ich den Kopf zur Seite. Die weitgespreizte, in scharfen Krallen endende Klaue des Ungeheuers hämmerte Millimeter neben meinem Gesicht in den Boden. Ich schrie vor Schrecken, wälzte mich herum und trat mit aller Macht zu.

Der Tritt hätte einen lebenden Gegner getötet oder zumindest kampfunfähig gemacht – aber mein Gegner war kein Mensch. Ein heftiger Schmerz pulsierte durch mein Bein. Es war, als hätte ich gegen Stein getreten.

Ich schrie erneut auf, versuchte, aus der Reichweite des Ungeheuers zu kriechen und spürte, wie die dünnen Ranken auf dem Boden nach meinen Armen und Beinen tasteten, als wollten sie mich zurückhalten. Verzweifelt warf ich mich nach vorne, griff blindlings um mich und bekam etwas Hartes, Schweres zu fassen. Die Axt!

Ich reagierte, ohne zu denken. Als der Schatten der Kreatur über mir auftauchte, warf ich mich herum, riß das Beil hoch und schlug mit der Kraft der Verzweiflung zu.

Die Axt traf den hölzernen Kopf in die Stirn und spaltete ihn.

Das Wesen prallte, durch die pure Wucht des Schlages in die Höhe gerissen, zurück. Ein knarrender, unbeschreiblich fremdartig klingender Laut entrang sich seiner Kehle. Seine gewaltigen Klauen ruderten hilflos durch die Luft, zerrten am Stiel der Axt und versuchten sie loszureißen.

»Robert – *weg hier!*« schrie McMudock. Mit einem Ruck riß er mich auf die Füße.

Als wir die Tür erreichten, war das Monster nur noch wenige Schritte hinter uns. McMudock schrie, sprang mit einem Satz ins Haus und stieß einen Mann, der ihm hilfsbereit entgegenkam, aus dem Weg. Hinter uns erscholl ein markerschütterndes, unglaublich fremdartiges Brüllen, ein Laut, wie ich ihn noch nie zuvor in meinem Leben gehört hatte, dann erschien die gigantische Gestalt des Unheimlichen unter der Tür.

Alles schien gleichzeitig zu geschehen. McMudock raffte einen fast mannslangen Balken vom Boden auf und schwang ihn wie eine Keule. Howard prallte mit einem erschrockenen Keuchen zurück und riß in einer instinktiven Bewegung Miß Winden mit sich, und einer der Männer hob sein Gewehr und feuerte dicht hintereinander beide Läufe ab, im gleichen Moment, in dem McMudock mit seinem Balken zuschlug.

Der doppelte, dumpfe Knall des Schrotgewehres vermischte sich mit dem Krachen des niedersausenden Balkens und dem dumpfen Klatschen, mit dem die

Schrotkugeln in das rissige Holz fuhren. Für einen Augenblick verschwand die gigantische Gestalt halbwegs hinter einer Wolke aus emporgewirbeltem Staub und Holzsplittern. Sie taumelte. McMudocks Balken zerbrach, und fast gleichzeitig ging er selbst unter einem wuchtigen Hieb des unheimlichen Wesens zu Boden.

Nicht so der Angreifer! Mit einem wütenden, knarrenden Laut fuhr er herum, war mit einem Satz bei dem Mann, der auf ihn geschossen hatte, und entriß ihm das Gewehr. Der Doppellauf der Schrotflinte zerbrach wie ein Strohhalm unter seinen Händen.

Ich sah aus den Augenwinkeln, wie sich Rowlf einen Knüppel griff und Anstalten machte, sich auf das Monster zu stürzen, schrie eine Warnung und warf mich gleichzeitig zwischen die beiden ungleichen Gegner. Die Faust der Kreatur zischte durch die Luft und verfehlte mich um Millimeter; ich packte sie, zog mit aller Gewalt daran und verlagerte gleichzeitig mein Körpergewicht.

Der Ruck schien hart genug, mir die Hände aus den Gelenken zu reißen. Aber auch der Angreifer kam aus dem Gleichgewicht. Er stolperte, taumelte haltlos auf mich zu, und ich nutzte seinen eigenen Schwung, drehte mich gleichzeitig halb um meine Achse und knickte in den Hüften ein. Die Kreatur wurde vom Schwung ihrer eigenen Bewegung über meinen Rücken und von den Füßen gerissen, segelte fünf, sechs Yards durch die Luft und prallte auf dem Boden auf.

Aber sie stand fast sofort wieder auf. Ihre Klauen schnappten zu, während die Kreatur Möbel und Trümmerstücke achtlos und mit der Kraft eines Elefanten niederwalzend, auf mich zutorkelte.

»Robert – lauf weg!« schrie Howard. Rowlf versuchte, sich dem Monster in den Weg zu stellen, aber es fegte ihn mit einer achtlosen Bewegung zur Seite und stampfte weiter auf mich zu. Es war gekommen, um uns alle zu töten, aber jetzt wollte es nur noch *mich.* Ich war es gewesen, der ihm zweimal Schmerz zugefügt hatte, und es würde nicht eher ruhen, bis es sich dafür gerächt hatte!

Wieder krachte ein Schuß. Der Unheimliche taumelte, und auf seiner rissigen Brust erschien ein Spinnennetz schwarzer Löcher und feiner Risse, aber es war nur die reine Wucht der Schrotkugeln, die ihn wanken ließ. Er stapfte weiter auf mich zu, so unaufhaltsam wie eine Naturgewalt, und ich taumelte verzweifelt vor seinen gräßlichen Händen zurück. Einer der Männer warf mir eine Axt zu, ich fing sie auf und packte sie mit beiden Händen, aber ich hatte bereits erlebt, wie wenig mir diese Waffe nutzte.

Meine Füße stießen gegen ein Hindernis. Ich sah zurück und erkannte, daß ich am Fuße der Treppe angelangt war. Meine Gedanken überschlugen sich. Wenn ich mich dort hinauftreiben ließ, war ich verloren. Auf dem Dachboden gab es keine Möglichkeit mehr, dem Monster zu entkommen.

Aber ich hatte keine Wahl. Die Kreatur kam rasend schnell näher. Ihre mächtigen Arme wirbelten durch die Luft. Schon eine flüchtige Berührung ihrer Fäuste würde genügen, mich zu töten!

Verzweifelt drehte ich mich herum, rannte die Treppe hinauf und blieb an ihrem oberen Ende stehen. Die Kreatur hatte die Stufen ebenfalls erreicht und begann mit stampfenden Schritten, die mühevoll und langsam aussahen und es ganz und gar nicht waren, die Treppe emporzusteigen. Die ausgetretenen Stufen knarrten und ächzten unter ihrem Gewicht; Staub und kleinere Holzteile lösten sich unter ihren Füßen, und für einen Moment klammerte ich mich an die verzweifelte Hoffnung, daß die Treppe schlichtweg unter ihr zusammenbrechen und sie mit sich in die Tiefe reißen würde.

Aber mein Stoßgebet wurde nicht erhört. Die Treppe hielt, und die furchtbare Kreatur kam immer näher.

Ich spreizte die Beine, um festen Stand zu haben, schwang meine Axt und schlug zu. Die Kreatur versuchte den Hieb abzufangen. Die Axt traf nur ihren Arm, nicht ihren Schädel, aber der Schlag war gewaltig genug, sie aus dem Gleichgewicht zu bringen und die Treppe hinabstürzen zu lassen. Aber nur, um sich sofort wieder aufzurichten und ein zweites Mal die Treppe hinaufzusteigen ...

Ich schwang meine Axt und erwartete sie, aber das bizarre Wesen schien aus seinem Fehler gelernt zu haben. Kurz, bevor es mich erreichte, blieb es stehen, riß mit einer spielerisch erscheinenden Bewegung ein Stück des Treppengeländers ab und begann es vor sich auf und ab zu bewegen. Wenn ich versuchte, es ein zweites Mal mit dem Beil zu treffen, würde es mir die Axt einfach aus den Händen schlagen.

Schritt für Schritt wich ich auf den Speicher zurück. Durch das zerborstene Dach sickerten stauberfüllte Streifen grauen Lichtes herein, so daß ich meine Umgebung wenigstens in Umrissen wahrnehmen konnte. Was ich sah, war auf jeden Fall genug, meine Verzweiflung noch mehr zu schüren. Ich war gefangen. Es gab keinen Ausgang aus dem Raum. Die Holzkreatur bewegte sich nicht ganz so schnell wie ein Mensch, aber im Gegensatz zu mir kannte sie keine Müdigkeit und keine Erschöpfung, und auf Dauer konnte ich ihr nicht davonlaufen.

Hinter dem Monster hüpfte flackernder Lichtschein die Treppe hinauf, dann erschien Howard und hinter ihm McMudock und Rowlf, beide mit Äxten und brennenden Holzscheiten bewaffnet, unter der Tür.

»Robert!« rief Howard. »Geh aus dem Weg – wir versuchen ihn zu verbrennen!«

Als hätte das Ungeheuer die Worte verstanden, wirbelte es herum und schlug mit seinen Krallen nach den neu aufgetauchten Angreifern. Howard wich mit einem blitzschnellen Satz zur Seite und machte eine Bewegung mit der Linken, die mir im ersten Moment fast sinnlos erschien, und gleichzeitig sprangen Rowlf und McMudock – in einer Bewegung, die so perfekt war, als hätten sie sie geübt – gleichzeitig nach vorne und stießen mit ihren brennenden Scheiten nach der gewaltigen Kreatur.

Das Monster verwandelte sich mit einem einzigen, krachenden Schlag in eine Fackel. Grellweiße Flammen züngelten aus dem Holz, und kleine glühende Spritzer setzten die morschen Dielenbretter rings um ihn in Brand. Howard hatte es mit Petroleum übergossen!

Das Ungeheuer brüllte. Grellweiße Flammen hüllten die gewaltige Kreatur ein, leckten gierig nach den Dachsparren und -balken und tauchten den Raum in wabernde Hitze und zuckende, blutigrote Lichtreflexe. Das Monstrum wandte sich um, schlug einen Moment hilflos mit seinen brennenden Armen in die Luft – und wankte weiter auf mich zu.

Und die Flammen erloschen.

Es ging ganz schnell. Die Flammen wurden kleiner, brannten nicht mehr weiß, sondern rot, sackten, als wäre ihnen plötzlich der Sauerstoff entzogen worden, in sich zusammen und erloschen in wenigen Sekunden ganz. Der Leib des hölzernen Giganten schwelte wie ein Stück Holzkohle.

Der Anblick lähmte mich vollends. Starr vor Schrecken und unfähig, mich von der Stelle zu rühren, stand ich da, starrte dem heranwankenden Monster entgegen und versuchte vergeblich zu begreifen, was sich da vor meinen Augen abspielte.

Als ich endlich aus meiner Erstarrung erwachte, war es zu spät. Das Ungeheuer war heran, und seine mächtigen, schwelenden Klauen näherten sich meiner Kehle. Ich schrie auf, taumelte zurück und prallte schmerzhaft gegen die Kante des Schreibtisches.

Der plötzliche Ruck brachte mich aus dem Gleichgewicht. Ich stolperte, versuchte meinen Sturz instinktiv abzufangen und stürzte der Länge nach auf den Tisch. Die Erschütterung pflanzte sich als dumpfe Vibration durch das Möbelstück fort und ließ den Stuhl dahinter wanken.

Ihn – und den Leichnam, der darauf saß.

Es geschah alles gleichzeitig.

Ich versuchte mich zur Seite zu rollen, um den Klauen des Brennan-Monsters zu entgehen. Der Stuhl mit dem Leichnam kippte um. Die Kreatur grabschte mit ihrer fürchterlichen Kralle nach meinem Gesicht.

Aber sie traf nicht mich, sondern den Toten.

Für eine endlose Sekunde schien die Zeit stillzustehen. Das Holzmonster zitterte. Sein grotesker Mund öffnete sich zu einem lautlosen Schrei, aber nicht der geringste Laut kam über seine schrundigen Lippen.

Dann, ganz langsam und widerwillig, als wehre es sich selbst jetzt noch gegen sein Schicksal, kippte es zur Seite. Als es auf dem Boden aufschlug, waren seine Glieder starr und steif; es hörte sich an, als stürze ein Baum.

Und mir schwanden zum zweiten Mal in kurzer Zeit die Sinne.

Jemand schlug mir leicht und gleichmäßig ins Gesicht. Die Schläge taten nicht wirklich weh, aber sie waren lästig, und nach einer Weile öffnete ich widerstrebend die Augen. Ich lag rücklings ausgestreckt auf dem Boden, und Howard kniete neben mir und schüttelte und schlug mich unentwegt.

»Ist ja gut«, murmelte ich und hielt seine Hand fest. »Ich bin wach. Du brauchst mich nicht wieder bewußtlos zu prügeln. Was ist passiert?«

»Außer, daß du vor Angst in Ohnmacht gefallen bist, nichts«, antwortete Howard lächelnd. »Bist du okay?«

Ich vermochte die Frage nicht gleich zu beantworten. Hinter meiner Stirn schien sich ein großes, finsteres Mühlrad zu drehen, und meine Schultern und Arme schmerzten, aber ich nickte vorsichtshalber erst einmal, setzte mich auf und sah mich um.

Die tote Baumkreatur lag wenige Schritte neben mir, und sie war jetzt wirklich nicht mehr als ein Stück lebloses Holz. Der dämonische Zauber, der sie beseelt hatte, war von ihr gewichen. Ich konnte nicht lange bewußtlos gewesen sein. Da und dort glommen noch immer Funken in der bizarren Karikatur eines menschlichen Körpers, und Rowlf und zwei von den Männern aus Durness waren noch dabei, die kleinen Brandherde auszutreten, die die Spur des Unheimlichen markierten.

»Was ist passiert?« fragte ich noch einmal.

Diesmal verzichtete Howard darauf, mit einem dummen Witz zu antworten, sondern half mir beim Aufstehen, zuckte mit den Achseln und stieß den erstarrten Körper mit der Fußspitze an. »Ich habe keine Ahnung«, sagte er. »Ich stand hinter dir und ... ihm, als es geschah. Ich hatte gehofft, du wüßtest es.«

Enttäuscht starrte ich ihn an, aber alles, was ich in seinem Blick las, war Ratlosigkeit. »Ich kann es genausowenig erklären wie du«, antwortete ich. »Ich dachte schon, es wäre aus, und plötzlich ...« Ich stockte. Während ich die Worte sprach, schien die fürchterliche Szene noch einmal vor meinem inneren Auge abzulaufen, in jeder schrecklichen Einzelheit. Ich sah noch einmal, wie der Dämon wie eine lebende Fackel auf mich zustürmte, wie ich stürzte und dabei den Toten mit mir riß, wie ...

»Der *Shoggote!*« sagte ich. »Er ... er hat den toten *Shoggoten* berührt, Howard. Das muß es sein. Er starb im gleichen Moment, in dem er ihn berührte!«

Howard starrte mich einen Moment zweifelnd an, dann fuhr er herum, fiel auf die Knie und wälzte den Holzdämon mühsam auf den Rücken.

»Dort!« Ich deutete auf seine Hand. Sie war in der gleichen Haltung erstarrt, in der er zugeschlagen hatte – die Finger zu einer fünfzackigen Klaue gespreizt. Und an seinen Nägeln klebten noch winzige Fetzen der grauen Protoplasmamasse, in die sie sich gegraben hatten. Ich wollte die Hand danach ausstrecken, aber Howard schlug meinen Arm mit einer erschrockenen Bewegung zur Seite.

»Nicht berühren!« keuchte er.

Ich zog die Hand so hastig zurück, als hätte ich sie mir verbrannt. Es war nicht das erste Mal, daß Howard mich warnte, den toten *Shoggoten* zu berühren. Aber ich kam auch diesmal nicht dazu, ihn nach dem Grund seiner Warnung zu fragen.

Denn in diesem Moment erscholl aus dem Erdgeschoß ein markerschütternder Schrei!

»Mary!« keuchte ich. »Das ist ...«

Howard sprang auf, ehe ich den Satz zu Ende bringen konnte. Der Schrei wiederholte sich nicht, aber dafür ertönte jetzt aus dem Erdgeschoß ein fürchterliches Kratzen und Schaben, ein Geräusch, als scharrten

Millionen chitingepanzerter, harter Insektenbeine über Holz und Erdreich, und als ich auf die Treppe zustürzte, glaubte ich, das Haus unter meinen Füßen wie unter einem Hieb vibrieren zu fühlen.

Dicht hinter Howard und Rowlf stürzte ich die Treppe hinab – und erstarrte!

Es war vollends hell geworden, und im goldglänzenden Licht der Morgensonne war das furchtbare Geschehen in aller Deutlichkeit zu erkennen.

Durch die Tür, die zerborstenen Fenster, ja, selbst durch winzige Risse und Löcher in den Außenwänden des Hauses quoll eine schwarze, pulsierende Masse herein. Das Wurzelgeflecht, das aus dem Boden gequollen war und das Haus umzingelt hatte! Aber es bewegte sich jetzt nicht mehr nur scheinbar, sondern kroch mit unglaublicher Geschwindigkeit über den Boden, fast so schnell, wie ein Mensch laufen konnte, und es wuchs dabei unaufhörlich. Aus der knöcheltiefen Schicht, die ich draußen vor dem Haus gesehen hatte, war eine halbmeterhohe schwarze Woge geworden, eine Masse so dicht ineinander verfilzter Strünke und Wurzelfäden, daß sie fast wie eine kompakte Mauer wirkte. Lange, peitschende Tentakel aus zahllosen, regelrecht miteinander verflochtenen Wurzeln wuchsen aus der schwarzen Masse empor und tasteten wie Fühler hierhin und dorthin, und der Vormarsch der Pflanzenmörder war von einem fürchterlichen Geräusch begleitet, mit dem es Möbelstücke und Holztrümmer an sich riß und verschlang. Von meinem erhöhten Standpunkt aus betrachtet, sah es aus, als fülle sich der große Raum unter uns rasch mit einer schwarzen, zähen Flüssigkeit.

»Miß Winden! Laufen Sie!« rief Howard mit überschnappender Stimme. Sein Schrei riß mich aus meiner Erstarrung. Ich sah, wie die dunkelhaarige Frau ein verzweifeltes Wettrennen mit der heranrasenden Wurzelmasse lief, dicht gefolgt von einem der Männer aus Durness, der bei ihr zurückgeblieben war.

Miß Winden schaffte es, aber ihr Begleiter war nicht schnell genug. Einen halben Schritt hinter ihr erreichte er die unterste Stufe der Treppe, aber im gleichen Moment, in dem er sich nach vorne warf, um der Gefahr zu entgehen, zuckte einer der schwarzen Wurzelarme vor, ringelte sich wie der Fangarm eines Oktopus um sein Handgelenk und riß ihn mit unwiderstehlicher Gewalt zurück. Er fand nicht einmal Zeit, einen Schrei auszustoßen. Der schwarze Teppich schloß sich wie eine Flutwelle über ihm und raste weiter.

Rowlf und McMudock begannen zu schießen, während Miß Winden verzweifelt die Treppe herauftaumelte, aber ihre Schrotladungen klatschten harmlos in die hölzerne Woge, ohne auch nur die geringste Wirkung zu zeigen. Das Haus erbebte, und ich glaubte ein tiefes, fast schmerzhaftes Stöhnen zu hören, das direkt aus den Dachbalken zu kommen schien.

»Die Treppe!« schrie Howard. »Schlagt sie ein!«

McMudock schleuderte sein Gewehr davon, bückte sich nach seiner Axt und begann mit aller Gewalt auf die morsche Holztreppe einzuschlagen. Sekunden später ließ auch Rowlf seine Waffe fallen und tat es ihm gleich. Die morschen Holzstufen gaben schon unter den ersten Hieben nach. Die ganze, seit einem Jahrzehnt baufällige Konstruktion wankte, begann zu zittern wie ein waidwundes Tier – und brach mit einem donnernden Krachen zusammen.

Keine Sekunde zu früh. Die ersten Ausläufer der schwarzen Wurzelmasse hatten bereits die obersten Stufen erreicht, und eine der dünnen Ranken wickelte sich um Rowlfs Bein und hielt es fest, als die Treppe zusammenbrach und die Hauptmasse mit sich in die

Tiefe riß. Rowlf schrie auf und warf sich zurück, aber nicht einmal seine gewaltigen Kräfte reichten, dem Zug der kaum fingerdicken Liane zu widerstehen. Er fiel, versuchte sich mit den Händen in den Bodenbrettern festzukrallen und begann vor Angst und Entsetzen zu schreien, als er langsam, aber unbarmherzig auf die Tür zugezerrt wurde.

McMudock wirbelte herum, schwang seine Axt und trennte den Strang mit einem wuchtigen Hieb durch. Das abgetrennte Ende fuhr mit einem peitschenden Knall zurück, aber der Teil, der Rowlfs Bein umklammerte, schien fast über eine Art Eigenleben zu verfügen und zog sich wie eine würgende Schlange enger und enger zusammen. Rowlf stöhnte, versuchte auf die Beine zu kommen und brach mit einem wimmernden Laut wieder zusammen. Vergeblich zerrten seine Hände an der dünnen Liane, die sein Bein abzuquetschen begann.

»Reißt es ab!« schrie er. »Reißt es doch ab! Mein Bein!«

McMudock packte mit beiden Händen zu, aber nicht einmal ihren vereinten Kräften gelang es, den Strang herabzureißen. Rowlfs Stöhnen wurde lauter. Sein Gesicht lief rot an, und auf dem Stoff seiner Hose erschienen dunkle Flecken. »Schneidet es ab!« schrie er. »Um Gottes willen, Howard, *schneid es ab! Es bringt mich um!*«

Howard stieß McMudock grob beiseite und kniete neben Rowlf nieder. In seiner Hand blitzte ein langes, zweischneidiges Messer. Mein Herz machte einen schmerzhaften Sprung, als ich sah, wie er die Spitze auf dem dünnen Strang ansetzte. Er würde Rowlfs Bein verletzen, wenn er versuchte, das Ding herunterzuschneiden.

Aber er tat es nicht. Die Spitze des Dolches ritzte die

beinharte Oberfläche des Wurzelfingers nur ganz leicht.

Eine halbe Sekunde lang geschah gar nichts. Dann begann der Wurzelstrang zu zucken wie ein Wurm. Sein tödlicher Würgegriff lockerte sich. Mit einem letzten, krampfartigen Zucken rutschte er von Rowlfs Bein, fiel auf den Boden – und begann zu grauem Staub zu zerfallen ...

Rowlf schrie auf, fiel nach hinten und blieb, beide Hände gegen sein rechtes Bein gepreßt, liegen, kleine, wimmernde Schmerzlaute ausstoßend.

Mein Blick richtete sich ungläubig auf das Messer in Howards Hand. Ich sah erst jetzt, daß auf der Klinge winzige Tröpfchen einer grauen, schleimigen Masse glitzerten ...

»Der ... der *Shoggote* ...«, murmelte ich. »Howard, das ist die Rettung. Das Zeug stirbt, wenn es mit ihm in Berührung kommt!«

Howard nickte. Sein Gesicht war schneeweiß geworden. Aber er kam nicht dazu zu antworten. Ein weiterer, gellender Schreckensschrei erscholl von der Tür her, und als ich aufblickte, sah ich, wie Miß Winden wie von einem Fausthieb getroffen zurücktaumelte. Hinter ihr, dort, wo die obersten Stufen der zerborstenen Treppe gewesen waren, erschien ein Wald zitternder, schwarzbrauner Fühler ...

»Es kriecht die Wände herauf!« brüllte McMudock. »Um Gottes willen – *es kommt herauf!*«

Howard fluchte, sprang auf die Füße und zerrte mich hinter sich her. Unter der Tür erschien ein gewaltiger Klumpen zitternder, kriechender Schwärze. Dünne, pulsierende Stränge griffen wie zuckende Nervenfäden auf den Dachboden hinauf, krallten sich in den morschen Brettern fest und bildeten die Verankerung für andere, nachfolgende. Howard zog mich herum und deutete auf den Schreibtisch.

»Hilf mir!« befahl er.

Ich zögerte. Ich wußte, daß es unsere einzige Chance war, aber der Gedanke, die ekelhafte, bereits in Verwesung übergegangene grauglitzernde Masse mit den Händen berühren zu müssen, war mir unerträglich.

»Robert!« flehte Howard. »Wir müssen es riskieren! Aber ich schaffe es nicht allein! *Bitte!*«

Ich schloß die Augen, versuchte das Gefühl des Ekels, das aus meinem Magen emporstieg und meinen Mund mit bitterer Galle und dem Geschmack von Erbrochenem füllte, zu ignorieren – und griff mit beiden Händen zu.

Es war das Ekelhafteste, was ich jemals zuvor erlebt hatte. Meine Hände schienen in der schleimigen Masse zu versinken wie in feuchtem, klebrigem Sirup, dann spürte ich körnigen Widerstand und packte zu.

Schwarze Wurzelfinger griffen nach unseren Beinen und versuchten, sich um unsere Knöchel zu ringeln, als wir den toten *Shoggoten* zur Treppe schleiften. Das Protoplasmawesen schien sich unter unseren Händen aufzulösen, große Teile lösten sich zäh wie klumpiges, halb geronnenes Pech aus der Masse und fielen mit widerlichem Klatschen zu Boden, und wo sie die Pflanzenmasse berührten, begann diese zu zerfallen; unheimlich schnell und lautlos. Es war wie eine Welle der Vernichtung, die uns begleitete und vorauseilte. Als wir die Tür erreichten, war unter unseren Füßen schon nichts mehr als graubrauner Schlamm und Staub.

Noch einmal raffte ich alle Kraft zusammen, die mir geblieben war, und schleuderte den Protoplasmaklumpen in die Tiefe, hinein in die wogende, zitternde Pflanzenmasse, die den Raum unter uns wie eine meterhohe Decke ausfüllte.

Der Erfolg trat fast augenblicklich ein. Die schwarze Wurzelmasse begann zu zucken; Rauch und Staub stiegen auf, als würde sie von lautlosen Explosionen zerrissen, und plötzlich gewahrte ich überall große, fransige Löcher wie von Säure, die sich mit tödlicher Wucht in die zitternde Masse hineinfraß.

Ich sah nicht mehr, wie sich der lautlose Angreifer in weniger als einer Minute in graubraunen Staub verwandelte, sondern kniete neben Howard vor der Tür und übergab mich würgend und immer und immer wieder.

Der Tod kam so lautlos, wie sich die Kreatur unter dem Wald ausgebreitet hatte. Sie spürte das nahende Unheil und versuchte, darauf zu reagieren, aber ihr Körper war zu weit verteilt, das Netz zu gewaltig und die Falle zu perfekt, um sie in der Kürze der verbliebenen Zeit entwirren zu können. Der pulsierende, aufgedunsene Balg in der Höhle tief unter dem Waldboden wuchs, im gleichen Maße, in dem sich ihre Fühler aus Pflanzen und Wurzeln und Bäumen, deren Struktur sie durchdrungen und für eine kurze Zeit in etwas anderes, Widernatürliches verwandelt hatte, zurückzogen, aber der lautlose Tod raste zehnmal schneller heran, als die Plasmamasse durch die millionenfach verästelten Kanäle zurückfließen konnte.

Es ging ganz schnell. Der Körper des DINGS begann sich grau zu färben, zuckte noch einmal – und zerfiel.

Weit, weit draußen unter dem Meer begann sich ein titanischer Schatten zu bewegen. Er hatte gewartet und beobachtet, und er registrierte die Niederlage seiner Kreatur mit der Gleichmütigkeit einer Maschine. Zeit bedeutete ihm nichts, und er hatte Millionen Helfer, die den einen, verlorenen, ersetzen konnten.

Mit einer lautlosen Bewegung stieß er seinen Titanenkör-

per vom Meeresgrund ab und begann sich zu entfernen, weg vom Land und hin zu den tieferen Gefilden des Ozeans, den schwarzen, lichtlosen Abgründen, die noch keines Menschen Auge gesehen hatte. Er würde wiederkommen. Vielleicht schon morgen, vielleicht erst in hundert Jahren. Seine Zeit war unbegrenzt. Aber er würde wiederkommen.

Irgendwann.

Es war fast Mittag, als wir das Haus verließen und uns auf den Weg machten. Es war nicht leicht gewesen, aus dem Dachboden herabzusteigen, und keiner von uns hatte noch die Kraft gehabt, sofort loszumarschieren. Selbst jetzt, nachdem ich fast zwei Stunden geruht und Miß Winden meine Wunden versorgt und verbunden hatte, fühlte ich mich zerschlagen und müde. Der Weg, der vor uns lag, kam mir endlos vor.

Es war ein unwirklicher, erschreckender Anblick, der sich darbot, als wir das Haus verließen. Die Lichtung lag grau und tot vor uns, knöcheltief bedeckt mit feinkörnigem Staub, den das Wasser, das der Boden gespeichert hatte und jetzt langsam wieder freigab, allmählich in schmierigen braunen Matsch verwandelte, und der Wald dahinter sah aus, als wäre er niedergebrannt. Die Bäume waren kahl, so weit das Auge reichte. Die Stille des Todes hatte sich über dem Wald ausgebreitet.

»Glauben Sie, daß ... daß es wirklich tot ist?« fragte McMudock leise. Die Worte galten Howard, nicht mir, aber ich wandte mich trotzdem zu ihm um, lächelte – mit einer Zuversicht, die ich nur mit Mühe heucheln konnte – und nickte.

»Es ist besiegt«, sagte ich. »Wäre es nicht so, dann wären wir jetzt alle tot, McMudock.«

»Lon«, verbesserte er mich.

»Lon.« Ich lächelte. »Ihr ... geht zurück nach Durness?«

Er schwieg einen Moment. Sein Blick glitt hinüber zu den beiden Männern, die als einzige von Brennans kleiner Streitmacht übriggeblieben waren. »Ja«, sagte er schließlich. »Wenn es noch steht.«

»Warum kommen Sie ... kommst du nicht mit?« fragte ich. »Ich könnte einen Freund wie dich gebrauchen.«

Lon lächelte verlegen. Einen Moment lang schien er ernsthaft über meinen Vorschlag nachzudenken, dann schüttelte er den Kopf, sah zu Boden und begann nervös an dem Gewehr herumzuspielen, das er in den Händen trug. »Mitkommen?« wiederholte er. »Ich glaube nicht, daß das eine gute Idee wäre, Robert. Ich gehöre hierher, nicht zu euch. Alles, was ich brauche, ist eine gute Kneipe und genug Bier, um das alles hier zu vergessen.« Plötzlich grinste er. »Das Leben mit euch wäre mir zu aufregend, weißt du? Aber vielleicht sehen wir uns ja irgendwann einmal wieder.«

»Vielleicht«, sagte ich. Aber wir wußten beide, daß, wenn überhaupt, sehr viel Zeit bis dahin vergehen würde. Es tat mir leid. Trotz allem hätten er und ich Freunde werden können, dessen war ich sicher.

Ich wollte noch etwas sagen, aber Lon drehte sich plötzlich herum, gab seinen beiden Begleitern einen Wink und begann mit raschen Schritten auf den Waldrand zuzugehen, in entgegengesetzter Richtung zu der, die wir einschlagen würden, um nach Bettyhill zu gelangen.

Ich sah ihm nach, bis er zwischen den kahlen Stämmen des Waldes verschwunden war. Ein dumpfes Gefühl des Verlustes begann sich in mir breitzumachen.

Und plötzlich wußte ich, daß meine Gedanken falsch gewesen waren. Wir konnten keine Freunde sein. Selbst wenn wir wollten, nicht. Ich hatte ein Erbe mitbekommen, das ich nur allein tragen konnte, niemand sonst. Ich war ein Hexer.

Und einem Hexer bringt niemand Freundschaft entgegen, sondern immer nur Abscheu. Plötzlich hatte ich das Bedürfnis zu schreien.

Aber natürlich tat ich es nicht.

HIER ENDET DAS SIEBTE BUCH

Achtes Buch

TAGE DES WAHNSINNS

Es war ein Anblick von einer morbiden Faszination, die es mir unmöglich machte, wegzusehen. Mein Ebenbild im Spiegel begann sich zu verändern, sich aufzulösen. Die Gesichtshaut wurde braun und rissig, zitterte wie ein welkes Blatt in einer scharfen Herbstbrise. Zuerst begriff ich gar nicht, was ich sah. In meiner zitternden Linken hielt ich noch immer den Rasierpinsel, in einer erstarrten, nur halb zu Ende geführten Bewegung. Mein Mund war zu einem stummen Schrei geöffnet. Hinter den Lippen sah ich schwarzbraune Zähne, die zusehends verfielen. Langsam, ganz langsam begann sich die welke Haut abzulösen, bis ich glaubte, den blanken Knochen darunter zu sehen. Mein Spiegelbild wurde zu einer Fratze, dann zu einem Totenschädel, meine Augen krochen in die Höhlen zurück und schienen mich satanisch anzufunkeln. Gleichzeitig setzte ein feines Singen ein, ein hoher, schriller Ton, der von überallher zu kommen schien, sich zu einem hellen Kreischen steigerte und mit einem peitschenden, splitternden Knall abbrach.

Der Spiegel barst. Ein Hagel silberner Glassplitter überschüttete mich, Dutzende scharfkantiger, winziger Raubtierzähne bissen sich in mein Gesicht. Ich merkte es nicht einmal. Noch immer hielt mich das Grauen gepackt und schnürte mir unbarmherzig die Luft ab. Der Nachhall der Explosion drohte meinen Verstand mit sich zu reißen.

Mein Denken war wie gelähmt, aber in meinem Inneren bäumte sich ein starkes, wildes Gefühl auf. Eine Saite, zum Zerreißen gespannt, mehr war ich in diesem Augenblick nicht, und doch wußte ich, daß es nichts weiter als eine Illusion gewesen war, gewesen sein *mußte* ...

Der Schmerz und die grausige Verwandlung, die

Furcht – alles war nichts als Einbildung, eine perfekte, tödliche Illusion.

Meine Fingerspitzen fuhren wie von selbst über den Spiegelrahmen, und dann, ganz plötzlich, hatte ich wieder ein Bild vor Augen: das Bild einer jungen Frau, fast noch ein Mädchen. Fassungslos starrte ich auf das Gesicht, begriff nicht, was ich da sah, starrte nur in dieses Gesicht und bemerkte nicht die Ähnlichkeit der Haare mit der Form des Totenschädels, die gleiche Schwärze und das gleiche Wallen, das mich noch vor Sekunden gelähmt hatte. Dann …

»Priscylla«, krächzte ich.

Die braunen, ausdrucksvollen Augen musterten mich mit einer Kälte, die ich nur zu gut kannte und die mich doch im gleichen Maße erschreckte wie beim ersten Mal. Das war nicht Priscylla, meine süße, kleine Priscylla, das war Lyssa, die Hexe, die noch immer in ihr schlummerte und die mich schon einmal hatte vernichten wollen.

Aber wie war das möglich? Howard hatte mir versichert, glaubhaft versichert, daß sie keinen Schaden mehr anrichten konnte, daß sich seine Freunde ihrer annehmen und sie isolieren würden. Und er hatte geschworen, daß ihr kein Leid zugefügt werden würde.

Aber das, was ich jetzt sah, sprach all seinen Beteuerungen Hohn.

»Priscylla!«

Diesmal schrie ich fast. Meine Hände, die auf den dünnen Latten des Rahmens gelegen und so fest zugedrückt hatten, daß das Holz knirschte, wollten sich in ihr Haar graben, aber irgend etwas hielt mich zurück.

»*Robert.*«

Es war kein gesprochenes Wort, keine Stimme. Es war wie eine unsichtbare, unwiderstehliche Kraft, die durch die Luft peitschte, mir meinen Namen entgegenschleuderte, meinen Willen brach und mich zurücktaumeln ließ wie durch einen Faustschlag.

»*Robert*«, wiederholte die *Kraft*. Ich schlug die Hände vor die Ohren, keuchte und kämpfte mühsam gegen den Wahnsinn, der seine Finger nach mir ausstreckte.

»*Robert! Hör mir zu!*«

Ich taumelte, griff ziellos in die Luft und wäre fast gestürzt. Das Zimmer begann sich vor meinen Augen zu drehen und verschwamm; einzig den Spiegel und das schmale Mädchengesicht vermochte ich noch klar zu erkennen. Aber es begann sich zu verändern.

Priscyllas schönes, mädchenhaftes Antlitz verzerrte sich zu einer Grimasse des Schreckens, und einen Moment lang fürchtete ich, daß es sich abermals in den grauenhaften Totenschädel verwandeln würde.

Aber dann fing sie sich. Das Bild stabilisierte sich und gewann wieder an Festigkeit, und ihre Mundwinkel verzogen sich sogar zur Andeutung eines Lächelns. Eines kalten, eisigen Lächelns, das beinahe schlimmer war als der Anblick des Totenschädels zuvor.

»*Robert*«, flüsterte die *Kraft*, als habe sie gemerkt, daß ich dem Ansturm ihrer geballten Gewalt nicht mehr lange standhalten konnte. »*Hilf mir. Er will mich holen. Hilf mir. Rette mich.*«

Ich wollte antworten, aber meine Kehle fühlte sich ausgetrocknet und verkrampft an, ein einziger Klumpen aus Schmerz, der mir den Gehorsam verweigerte. Ich schluckte mühsam, räusperte mich und versuchte es dann noch einmal. Diesmal ging es, wenn auch nur unter Schmerzen.

»Wo ... wo bist du?« brachte ich hervor.

Priscyllas Mundwinkel zuckten. Sie musterte mich traurig, ein Mädchengesicht in einem Rahmen, der kein Fenster und kein Gemälde einrahmte, und ich wußte in diesem Augenblick nur, daß ich sie liebte, unbändig *liebte,* immer noch, obwohl ich sie schon vergessen geglaubt hatte.

Mir war egal, wer oder was sie war und was sie getan hatte. Ich spürte nichts als das starke Gefühl, das zwischen uns war und uns für immer aneinanderketten würde, die Flamme, die noch immer – und heißer denn je – in mir brannte.

»*Andara ...*«, stieß Priscylla hervor, und diesmal spürte ich, daß wirklich sie es war und daß sie die *Kraft* benutzte, um mit mir in Verbindung zu treten und nicht umgekehrt.

»*Andara ... hat mir eine Falle gestellt. Er kommt, mich zu holen.*«

Sie schrie auf, und plötzlich schrie auch ich. Eine Woge eisiger Kälte drang auf mich ein und ließ mich abermals zurücktaumeln. Dann glaubte ich Flammen zu sehen, und ein unsichtbarer Blitz spaltete die Welt von einem Ende zum anderen.

Und dann war da nichts mehr als Schwärze.

Sean warf einen langen Blick in die Runde, ehe er sich von seinem Platz neben der Tür löste und an die Theke trat.

Es herrschte erstaunlich wenig Betrieb; nur ein paar alte Männer, die Karten spielten, und zwei junge Burschen mit mürrischen Gesichtern, die sich schweigend an halbvollen Biergläsern festhielten.

Hinter der Theke stand ein feister Mann mit rundem Gesicht und roten Haaren, der aus halb geschlossenen Augen das Kartenspiel verfolgte. Neben ihm verbreitete ein offener Kamin die Illusion von Wärme und Behaglichkeit.

Sean nickte dem Wirt zu und bestellte ein Pint des örtlichen Bitters. Er machte sich nicht viel aus Bier, aber manchmal war es besser, sich den Gepflogenheiten der Gegend anzupassen, in der man war – vor allem dann, wenn man nicht auffallen wollte. Und es war Seans Beruf, nicht aufzufallen.

Das Bitter hatte einen scharfen Nebengeschmack und war so dünn wie Regenwasser. Trotzdem stürzte es Sean in zwei, drei kräftigen Schlucken herunter und schob das Glas anschließend quer über die Theke. Der Wirt füllte es schweigend.

»Auf der Durchreise, Sir?«

»Ich bleibe über Nacht hier«, antwortete Sean in betont gelangweilter Art und ohne den Mann anzusehen. »Man hat mir gesagt, daß ich in der Pension auf der anderen Seite des Waldes eine Bleibe finde.«

»Glaube ich kaum. Sie meinen doch bestimmt die Anstalt von Mr. Baltimore. Wäre mir neu, wenn der jetzt auch noch an Reisende Zimmer vermietet.«

»Anstalt?« Sean nippte an seinem Bier und sah den Wirt mit einer perfekt schauspielerischen Mischung zwischen Desinteresse und einer gelinden Spur von Neugier über den Rand des Glases hinweg an. »Davon weiß ich nichts. Man hat mir nur gesagt, daß ich dort für ein paar Tage unterkommen könnte.«

Der Wirt musterte Sean schweigend und stützte sich dann mit beiden Armen auf die Theke. »Sind Sie ganz sicher, daß Sie das Haus jenseits des Waldes meinen? Das Haus von Mr. Baltimore?«

»Baltimore.« Sean runzelte die Stirn und stierte einen Moment vor sich hin, als überlege er. »Hm … Glaube nicht, daß ich den Namen schon mal gehört habe. Sie wissen ja, wie das ist. Irgendein Bursche war schon mal in der Gegend, in die man muß, und empfiehlt eine Bleibe.«

»Irgendein Bursche«, wiederholte der Wirt nachdenklich.

Obwohl er sich bemühte, sich nichts anmerken zu lassen, spürte Sean sein wachsendes Mißtrauen. »Sie scheinen viel herumzukommen, Sir.«

»Nun, in dem Nest, in dem ich aufgewachsen bin, hat mich wirklich nichts gehalten.« Sean lachte rauh und bemühte sich, in seiner Stimme eine Spur von Bitterkeit mitklingen zu lassen. »Ich bin sogar ein paar Jahre zur See gefahren. Fast hätte ich es bis Kap Hoorn geschafft, aber dann passierte diese schreckliche Sache.«

Die Augen des Wirts verengten sich. »Was für eine schreckliche Sache?«

Sean wußte, daß er vorsichtig sein mußte, aber irgendwann war einmal ein Punkt erreicht, von dem man mit Vorsicht nicht mehr weiterkam. In dieser Gegend fiel er nicht allein durch seine Körpergröße auf. Er konnte sicher sein, daß man bereits begonnen hatte, über das ›Wer‹ und ›Woher‹ des breitschultrigen Fremden nachzudenken.

Die Blicke der beiden Kartenspieler, die an einem Tisch hinter ihm saßen, konnte er direkt fühlen. Sie waren nicht unbedingt freundlich. Es war an der Zeit, die Gerüchte und Vermutungen in die richtige Bahn zu lenken.

Er lächelte unbestimmt und nippte wieder an dem Bier. »Es ist nicht die Art von Geschichten, die man gern erzählt«, behauptete er. »Außerdem wurde der Untergang der *BERMUDA* damals in allen Zeitungen breitgetreten.«

Der Wirt nickte verständnisvoll, füllte ein Bierglas und kippte den Inhalt in einem Zug herunter.

»Geschichten wie die kenne ich zur Genüge«, sagte er. »Was meinen Sie, was sich hier alles abspielt. Tragödien, sage ich Ihnen, Tragödien, da hätte Shakespeare seine wahre Freude dran gehabt.« Plötzlich grinste er. »Aber nur die Hälfte davon ist wahr.«

»Ach, ja?« fragte Sean, seinen letzten Satz bewußt ignorierend. »Das sollte man gar nicht für möglich halten. Hier sieht doch alles so friedlich aus.«

»Finden Sie? Da sieht man, wie man sich täuschen kann.« Er beugte sich etwas vor und blinzelte Sean verschwörerisch zu. »Ich an Ihrer Stelle wäre etwas vorsichtiger mit der Wahl meiner Bleibe. Haben Sie wirklich noch nie von Mr. Baltimores Anstalt gehört?«

Sean schüttelte den Kopf und gab sich Mühe, ein möglichst gelangweiltes Gesicht zu machen. Es gelang ihm nicht ganz, aber der Wirt merkte gottlob nichts davon.

»Man erzählt sich so manches«, fuhr der Wirt fort. »Nicht unbedingt Dinge, die in die Zeitung gehören. Aber fest steht, daß dort nicht alles mit rechten Dingen zugeht.«

»Tatsächlich?« Sean brauchte seine Überraschung nicht zu heucheln. Er hatte nicht erwartet, daß er so schnell vorankommen würde. Bisher war er auf eine Mauer des Schweigens gestoßen, gleichgültig, wonach er gefragt hatte.

»Wie merkwürdig, daß man mir ausgerechnet dieses Haus empfohlen hat«, fuhr er fort. »Aber dann sieht man mal wieder, wie wenig man auf die Ratschläge von Fremden geben sollte.«

»Da haben Sie allerdings recht, Sir«, pflichtete ihm der Wirt bei. Einen Moment blickte er Sean an, und in seinen Augen blitzte eine Mischung aus Mißtrauen und stärker werdender Neugier. Die Neugier gewann.

»Und wenn ich mir einen Vorschlag erlauben dürfte«, fügte er mit einem raschen, listigen Lächeln hinzu.

»Bleiben Sie doch einfach hier. Wir haben unter dem Dach noch ein Zimmer frei. Gar nicht teuer.«

Sean nickte zögernd. »Das ist … sehr freundlich. Da ist … nur noch eine Kleinigkeit.«

Er schloß die Hand fest um das Bierglas und warf einen Blick in die Runde. Die alten Männer hatten eine Pause gemacht und unterhielten sich leise. Es war nicht schwer zu erraten, worum sich ihr Gespräch drehte.

»Ruhiger Abend«, bemerkte Sean.

»Ganz recht, Sir. In der Woche ist hier nie viel los. Die meisten hier können es sich nicht leisten, unter der Woche in den Pub zu kommen. Es ist nicht viel Geld in der Gegend.«

Der Wirt beugte sich noch ein Stück vor. Das Feuer hinter ihm knackte und warf bizarre Schatten auf die gegenüberliegende Wand. »Wollten Sie mir nicht noch etwas sagen, Sir?«

Sean zuckte zusammen, hielt dem Blick des anderen einen Moment stand, lächelte dann verlegen. »Ich … weiß nicht. Nach allem, was Sie bisher angedeutet haben, möchte ich zwar nicht unbedingt mit diesem Mr. Baltimore Bekanntschaft machen, aber ich fürchte, es bleibt mir nichts anderes übrig. Ich habe mich für morgen früh mit jemandem dort verabredet.«

»Wenn das so ist.« Der Wirt zuckte mit den Achseln und zog sich ein Stück zurück.

Sean glaubte fast, einen Fehler gemacht zu haben, aber der Wirt goß sich nur sein Glas voll und lehnte sich dann wieder über die Theke. Sein Gesichtsausdruck wirkte noch immer verschlossen, aber in seinen Augen glomm ein sonderbares Feuer.

»Sie glauben mir wohl nicht, was?« fragte er provozierend. »Sie meinen wohl, ich wollte Ihnen unbedingt ein Zimmer aufschwatzen?«

»Das habe ich nicht gesagt«, antwortete Sean eine Spur zu schnell. »Es ist nur ...«

Der Wirt winkte mit einer großzügigen Geste ab. »Vergessen Sie es. Sie müssen selber wissen, was Sie tun, junger Mann.«

»Aber dieses Haus ...« Sean versuchte, so etwas wie ein nervöses Zittern in seiner Stimme mitklingen zu lassen. »Was ist denn damit los?« Er lächelte, und er tat es absichtlich nervös. »Wenn ich schon dahin muß ... Sie verstehen?«

»Tja«, brummte der Wirt.

Er warf einen Blick in die Runde, als wolle er sich vergewissern, daß ihnen niemand zuhörte. Wahrscheinlich tat ihm seine Redseligkeit bereits wieder leid, aber offensichtlich wollte er auch vor dem Fremden nicht das Gesicht verlieren.

»Es kehren merkwürdige Leute dort ein. Nicht als Pensionsgäste, sondern ... was weiß ich.« Er richtete sich zur vollen Größe auf und warf Sean einen mißtrauischen Blick zu.

»Ich weiß gar nicht, warum ich Ihnen das alles erzähle«, fügte er hinzu, als müsse er sich vor sich selbst rechtfertigen.

»Was für Leute?« fragte Sean ungerührt.

Der Wirt sah ihn gleichmütig an. »Nur Leute, Sir. Fremde. Londoner. Man kriegt sie höchstens mal bei der Durchreise zu Gesicht.«

Er starrte auf das leere Glas, das Sean auf die Theke zurückgestellt hatte.

Sean nickte ihm zu und bat um erneute Füllung. Während er das Bier zapfte, fuhr der Wirt fort: »Nicht einmal in der Kirche lassen sie sich blicken. Wenn Sie mich fragen: Es ist Gesindel, gottloses Gesindel, das man schon längst zum Teufel hätte jagen sollen.«

»Und warum tun Sie es dann nicht?« fragte Sean lächelnd.

Der Wirt kniff die Augen zusammen und wischte mit einem speckigen Lederlappen über die Theke.

»Weil Mr. Baltimore einflußreiche Freunde hat«, sagte er schließlich.

In seiner Stimme schwang Resignation mit. Es schien nicht gerade das erste Mal zu sein, daß er sich mit dieser Frage beschäftigte. Und die Antwort, zu der er gelangte, schien ihm nicht zu behagen.

»Was für Freunde?«

Der Wirt drehte sich wortlos um und machte sich am Feuer zu schaffen. Als er ein paar neue Holzscheite in die Flammen warf, stoben Funken auf.

»Wollen Sie nun das Zimmer, oder nicht?« fragte er über die Schulter.

Sean zuckte mit den Achseln. Er spürte, daß er aus dem Mann nichts mehr herausbringen würde. Zumindest nicht mehr heute abend. Wenn er weiter in ihn drang, würde sein Mißtrauen nur erneut aufflammen.

»Gut«, sagte er, »ich nehme es. Ich kann mich morgen früh immer noch auf den Weg zu diesem seltsamen Haus machen. Können Sie mir den Weg beschreiben?«

Der Wirt nickte widerstrebend, reichte ihm sein Bier und erklärte ihm, wie er Mr. Baltimores Haus fand.

»Nein, Sir.«

Das Gesicht des fahrenden Händlers verzog sich zu einer Grimasse, die wahrscheinlich ein Lächeln darstellen sollte, aber eher wie ein höchst schadenfrohes Grinsen wirkte. Sein Atem bildete kleine, neblige Fetzen vor seinem Gesicht und verlieh seinen Worten etwas Unwirkliches.

Es war wieder kalt geworden in den letzten Tagen,

und widerwillig hatte ich erkennen müssen, daß auch in den großen Städten noch tiefer Winter herrschte. Die Ereignisse im Wald von Durness hatten meinen Zeitsinn durcheinandergebracht und mich vergessen lassen, daß der Frühling nicht mehr fern war.

Es wurde Zeit, daß die Sonne die finsteren Wintertage zurückdrängte und die Menschen aufatmen ließ. Auch ich brauchte Ruhe und Wärme, nicht nur körperlich. Aber ich ahnte, daß mir das vorerst nicht vergönnt sein würde.

»Würden Sie mir dann wenigstens sagen, wie ich zur Grafschaft komme?« fragte ich.

Mein Gegenüber schüttelte den Kopf, langsam, aber mit der Bedächtigkeit eines Mannes, der weiß, was er will.

»Ich sehe keine Veranlassung dazu«, sagte er schließlich.

Die Waren, die er vor sich in dem kleinen, selbstgezimmerten Bauchladen trug, klimperten leise, als er sich wieder in Bewegung setzen wollte. Ich hielt ihn am Ärmel seines zerschlissenen Mantels fest.

»Nicht so rasch, Freund«, sagte ich, und bevor er an Gegenwehr denken konnte, brachte ich eine Pfundnote zum Vorschein.

In seinen Augen schimmerten gleichermaßen Mißtrauen wie Habgier. Ich sah, wie er nach dem Geldschein greifen wollte, aber irgend etwas hielt ihn zurück.

»Ich bin doch kein Auskunftsbüro, Sir«, knurrte er. »Und wenn Sie jetzt so freundlich wären, mich loszulassen, bevor ich meine gute Kinderstube vergesse.«

Ich gab ihn überrascht frei und trat einen Schritt zurück.

Bis jetzt hatte ich dem Mann keine besondere Aufmerksamkeit geschenkt und ihn für einen der fliegenden Händler gehalten, die alles verkaufen und oft mehr über die Gegend wissen, durch die sie ziehen, als die einheimische Bevölkerung. Ich hatte es für eine gute Idee gehalten, mich an ihn zu wenden, um an Informationen zu kommen, die ich brauchte, aber irgend etwas in dem Tonfall des Mannes ließ mich aufhorchen.

Es schien beinahe so, als wisse er mehr über den Ort, nach dem ich fragte, als ich vermutet hatte.

»Ist ein Pfund für eine einfache Auskunft etwa zu wenig?« fragte ich scharf.

»*Geld*.« Der Händler spuckte das Wort fast aus. »Sie, Sir, und Ihresgleichen setzen wohl immer auf die Kraft des Geldes, was? Sie meinen wohl, Sie könnten sich alles kaufen, nur weil Sie als Sohn eines fetten Geldsacks zur Welt gekommen sind!«

Ich spürte, wie Ärger in mir hochwallte. Ärger vor allem darüber, daß man mich für einen jungen Stutzer halten konnte, obwohl ich doch weiß Gott in den Slums von New York mehr als nur flüchtige Bekanntschaft mit den Härten des Lebens gemacht hatte.

Immerhin war ich dort aufgewachsen.

Das konnte dieser Mann zwar nicht wissen, aber er hatte kein Recht, so mit mir zu reden – und dann noch in einem Tonfall, der im krassen Gegensatz zu seinem Äußeren stand.

»Sie hüten besser Ihre Zunge, Mann«, sagte ich so ruhig wie möglich. »Ich habe Ihnen ein schließlich nicht uninteressantes Angebot gemacht. Wenn Sie so wenig von Geld halten, warum laufen Sie dann überhaupt mit Ihrem Ramsch in der Gegend herum?«

»Ich werde dir den Ramsch gleich um die Ohren hauen, du Grünschnabel«, zischte mein Gegenüber. »Was weißt denn du überhaupt von ehrlicher Arbeit? Ein Modegeck wie du, der sich sein Haar mit gezackten Streifen verziert und es noch nicht einmal nötig hat, sich zu rasieren. Willst du wissen, was ich davon halte, Kleiner?«

Er stemmte die Hände in die Hüften und funkelte mich herausfordernd an. Obwohl er fast einen Kopf kleiner als ich war, strahlte er in diesem Moment etwas Bedrohliches aus.

Langsam begann ich wirklich ärgerlich zu werden. Was bildete sich dieser Kerl ein? Die auffällige weiße Haarsträhne, die ich normalerweise unter einem Hut verbarg, war die bleibende Erinnerung an einen fürchterlichen Kampf mit einem alptraumhaften Monster, das mich fast vernichtet hätte, und jetzt hielt mir dieses dahergelaufene Subjekt das auch noch als Modetorheit vor.

Nicht, daß ich nicht daran gewöhnt wäre. Aber es ärgerte mich trotzdem. Mußte man denn jedem, der *anders* als die anderen war, gleich mit Feindschaft – oder, im besten Fall – mit Spott und Hohn begegnen?

Bevor ich meiner Verärgerung Luft machen konnte, bemerkte ich einen Schatten, der auf uns zuhielt. Trotz der beginnenden Dämmerung hatte ich keine Mühe, den Schatten zu identifizieren.

Ich stieß einen stummen Fluch aus und wandte mich dem Ankömmling zu.

»Was machst du denn hier?« fragte ich.

In meiner Stimme mußte noch immer Aggressivität mitschwingen, denn Howard verzog tadelnd das Gesicht und schlug mit dem Stock leicht auf das harte Kopfsteinpflaster. Sein Blick wanderte zwischen mir und dem Händler hin und her, und was er sah, schien ihm nicht zu gefallen.

»Kann ich mal mit dir sprechen, Robert?« fragte er. In seiner Stimme schwang so viel Bestimmtheit mit, daß ich unwillkürlich zusammenzuckte. Es war keine Frage, sondern ein Befehl.

»Natürlich kannst du mit mir sprechen«, sagte ich ärgerlich. »Wenn ich nicht irre, tust du es ja bereits.«

Howard nickte stumm. Er schien darauf zu warten, daß ich ihm folgte, aber ich hatte noch eine Kleinigkeit zu erledigen.

Ich wandte mich wieder dem Händler zu, der Howards Auftritt schweigend verfolgt hatte.

»Was ist nun«, herrschte ich ihn an. »Wollen Sie das Geld, oder verstößt es gegen Ihre Prinzipien, *Modegecken* etwas zu verkaufen?«

Der Mann war verunsichert. Wahrscheinlich überlegte er, wie er den Preis hochtreiben konnte, aber Howards Erscheinen schien seine Pläne durcheinandergebracht zu haben. Mit einem ›Modegecken‹ wie mir traute er sich wohl zu, fertig zu werden, aber Howard verunsicherte eigentlich jeden, der ihn zum ersten Mal sah. Es war etwas Düsteres an diesem Mann. Selbst ich spürte es noch, obgleich ich ihn weiß Gott lange genug kannte.

Er griff mürrisch nach der Pfundnote und ließ sie in seinem Bauchladen verschwinden.

»Gehen Sie nach Lowgreen«, sagte er mürrisch. »Das ist ein Nest sechs Meilen nördlich. Fragen Sie dort nach Baltimore.«

»Und weiter?«

»Nichts weiter. Mehr kann ich Ihnen nicht sagen.«

Er setzte sich wieder in Bewegung, und diesmal ließ ich ihn gehen. Ich hätte ihn gerne noch weiter ausgefragt – ein Pfund war eine Menge Geld, gerade in einer Gegend wie dieser, aber die Anwesenheit Howards hielt mich davon zurück.

»Und nun zu dir.« Ich wandte mich an Howard. »Was willst du?«

Howard preßte die Lippen zusammen und musterte mich einen Herzschlag lang schweigend.

»Du hast dich verändert, Junge«, sagte er schließlich. »Es geht mich vielleicht nichts an, aber du solltest besser nicht ohne Hut auf die Straße gehen. Die Leute beginnen schon über dich zu reden ...«

»Die Leute«, sagte ich verächtlich. »Was gehen mich die *Leute* an? Die sollen sich um ihren eigenen Dreck scheren.«

»Du solltest mittlerweile wissen, daß sie gerade das nicht tun«, sagte Howard. »Oder hast du vergessen, daß man dich vor kurzem noch beinahe gelyncht hätte?«

»Nicht nur mich«, brummte ich. »Außerdem, ist das hier etwas ganz anderes.«

»Ach ja? Und warum, wenn ich fragen darf?«

Ich holte tief Luft, stemmte die Hände in die Hüften und sah Howard so feindselig an, wie ich konnte. Howard wußte ja nicht, wovon er redete.

»Kümmere dich bitte um deinen eigenen Kram«, sagte ich, schärfer, als ich beabsichtigt hatte. »Ich sehe überhaupt keinen Grund, warum du und Rowlf immer noch hinter mir herschleichen.«

Howard schluckte. Der kummervolle Ausdruck in seinen Augen verschwand und machte einem ärgerlichen Funkeln Platz. Fast begann mir meine gehässige Bemerkung leid zu tun, aber anstatt ruhiger zu werden, spürte ich eine wachsende Erregung in mir.

Die Worte sprudelten aus mir hervor, bevor ich sie zurückhalten konnte.

»Und wo wir gerade dabei sind«, fuhr ich fort, »laß bitte dein altväterliches Getue sein, ja? Ich weiß sehr gut, was ich zu tun und zu lassen habe.«

Howard nickte, ganz langsam und bedächtig. »Vielleicht hast du recht, Junge. Trotzdem würde ich gerne mit dir reden. Und wenn es geht, nicht unbedingt auf der Straße …«

»Damit die Leute nicht über uns reden, was?« Ich versuchte mich zusammenzureißen und die bösen Worte zu unterdrücken, die mir noch auf der Zunge lagen. Es war mir vollends bewußt, daß ich mich unmöglich und ganz gegen meine Natur verhielt, aber dieses Wissen machte mich nur noch wütender.

»Von mir aus«, brachte ich schließlich halbwegs ruhig hervor. »Und wo?«

Howard griff mich beim Arm und führte mich wortlos in eine Seitenstraße, in der eine Kutsche wartete. Bevor ich wußte, was er vorhatte, stieg er ein und forderte mich auf, es ihm gleichzutun. Ich zögerte einen Moment und folgte ihm dann.

Sean trank sein Glas aus, bedankte sich für die Unterhaltung und ließ sich von dem Wirt sein Zimmer zeigen.

Es war klein, schäbig eingerichtet und natürlich ungeheizt, aber es war auch preiswert. Sean konnte sich an weit schlechtere Zimmer erinnern, in denen es von Ungeziefer wimmelte, Wasser von der Decke tropfte und eisige Zugluft durch schlecht verkleidete Ritzen blies.

»In Ordnung«, sagte er und nickte dem Wirt zu. »Ich werde mich gleich aufs Ohr legen. Ich habe einen recht anstrengenden Tag hinter mir.«

Der Wirt wünschte ihm eine gute Nacht und ließ ihn allein. Sean setzte sich auf die Kante des Bettes, das für einen kleineren Menschenschlag gezimmert worden war, und fragte sich, warum man ihm immer zumutete, sich wie eine Sardine zwischen zwei zu eng stehende Bettpfosten zu quetschen.

Eine große Gestalt brachte nicht immer nur Vorteile mit sich. Es machte keinen besonderen Spaß, entweder kalte Füße oder Kopfschmerzen zu haben, wenn man erwachte.

Allerdings hatte er nicht vor, die ganze Nacht im Bett zu verbringen. Das Gespräch mit dem Wirt hatte ihm bestätigt, daß er auf der richtigen Spur war.

Natürlich konnte er den Morgen abwarten und sich im Tageslicht Mr. Baltimores sonderbares Etablissement ansehen, aber seine Erfahrung sagte ihm, daß man nachts oft viel mehr zu Gesicht bekam als bei Tag.

Er lehnte sich gegen die Wand und döste vor sich hin; eigentlich nicht mit der Absicht, zu schlafen.

Nach einer Weile schreckte er von einem Geräusch auf. Irgend jemand stieg die Treppe zum Dachboden hinauf, dann quietschte eine Tür und jemand murmelte etwas vor sich hin. Sean glaubte, die Stimme des Wirts zu erkennen.

Es kehrte Stille ein. Sean richtete sich vorsichtig auf, zog die Jacke über, die er vorher auf dem Stuhl neben dem Bett abgelegt hatte, und wartete noch einen Moment. Dann öffnete er vorsichtig die Tür, schlich den dunklen Flur bis zur Treppe entlang und stieg Stufe für Stufe hinab.

Obwohl er sich bemühte, kein Geräusch zu machen, konnte er nicht verhindern, daß die Bohlen unter seinem Gewicht protestierend knarrten, aber die Stimmen und polternden Schritte, die er halbwegs als Echo erwartete, blieben aus.

Er erreichte den Schankraum, öffnete mit einem Dietrich die Tür und trat in die Nacht hinaus.

Es war kalt, kalt und dunkel. Ein feuchter Abendnebel zog den Weg herauf, der hinter dem Wirtshaus verlief. Er ließ alles undeutlich und verschwommen wirken, als ob in der Umgebung bis auf ein paar kahle Bäume und verfilzte Büsche alles Leben ausgestorben wäre. Als Sean an einem Tor vorbeikam, das den Weg zu einem dunklen Bauernhaus versperrte, kroch der Nebel wie ein graues, giftiges Gas über die Straße auf ihn zu; ein Vorhang aus nebelhaftem Nichts, hinter dem sich huschende Schatten und Bewegungen zu verbergen schienen.

Sean konnte sich eines unbehaglichen Gefühls nicht erwehren.

Trotzdem folgte er dem Weg nach rechts, überquerte ein dunkles Feld und gelangte schließlich auf einer feuchten Wiese an, die sich bis zu einem großen Buchenhain hügelabwärts zog.

Er versuchte sich an die Beschreibung des Wirts zu erinnern, aber irgendwie bereitete es ihm Mühe, die Erklärungen, die er in einem hellen, freundlichen Schankraum gehört hatte, mit der kalten, nebelwallenden Wirklichkeit in Einklang zu bringen.

Er sah sich um.

Der Nebel war ihm nachgekrochen wie ein schwerfälliges Tier, das seiner Beute folgte, und ein sonderbarer, schwer zu definierender Geruch hing in der Luft. Sean erinnerte sich an den Buchenhain und daran, daß er sich zwischen den Hügeln halten mußte, um auf den Wald zu stoßen.

Vor ihm erstreckte sich eine Wiese, die durch eine dicht wuchernde Hecke vom Dorf abgetrennt war und irgendwo in der Ferne auslief, ohne daß er erkennen konnte, wo. Der Nebel erstreckte sich jetzt auch vor ihm und begann, die Welt in ein Schattenkabinett zu verwandeln.

Als er die Hecke erreichte, entdeckte Sean eine Lücke in der grünen Mauer, die von einem Tor verschlossen wurde. Er zerrte am Gatter und zog es mühelos zur Seite. Obwohl ihm nicht wohl dabei war, zog er es hinter sich wieder zu.

Es war immerhin möglich, daß er nicht mehr ins Gasthaus zurückkehrte, und er wollte nicht, daß sie sofort wußten, wohin er gegangen war, auch wenn es sicher nicht schwer sein würde, es zu erraten. Er beschleunigte seine Schritte.

Es dauerte nicht lange, bis ihn das bedrohliche Dunkel des Waldes einhüllte. Die Hecke war an der Waldseite licht und wirkte teilweise wie abgefressen; er hatte keine Mühe, sie zu übersteigen und einen Pfad zu erreichen, der zwischen den Bäumen verschwand.

Aber der Boden war glitschig, und er verfluchte sein leichtes Schuhwerk, mit dem er nur schwer Halt fand. Der Nebel wanderte ziellos zu beiden Seiten des Pfads hin und her, verschonte aber seltsamerweise den Weg.

Die Baumreihen zu beiden Seiten wurden immer dichter, und er hatte Mühe, sich zurechtzufinden. Immer wieder stieß er gegen Äste und Gestrüpp, und manchmal mußte er sich mit ausgestreckten Händen weitertasten wie ein Blinder.

Und dann entdeckte er das Licht.

Zuerst hielt er es für Mondschein, der durch die dichte Wolkendecke brach, aber dann bemerkte er das Schwanken und unruhige Flackern einer Lampe. Es war ein trüber Lichtschein von der anderen Seite des Waldpfads, und er hielt auf ihn zu.

Sean blieb stehen. Er spürte, wie ihn ein kaltes Frösteln überlief. Es war ausgeschlossen, daß er um diese Zeit und in dieser Gegend auf einen Spaziergänger traf, und noch dazu auf einen, der mit einer Lampe ausgerüstet war. Er kannte keine Angst vor der Dunkelheit, auch nicht in gespannten Situationen, aber dieser Wald und dieser Nebel waren etwas Besonderes.

Er versuchte sich zu erinnern, wie weit er nach der

Beschreibung des Wirts noch von seinem Ziel entfernt war, aber seine Erinnerung war wie weggeblasen; die Worte des Mannes schienen in keinem Zusammenhang mit seiner Umgebung zu stehen.

Langsam zog er den schmalen Revolver aus der Jackentasche und entsicherte ihn.

Die Lichtquelle war noch immer nicht zur Ruhe gekommen, tänzelte auf und ab, verschwand hinter Büschen oder Bäumen, tauchte aber immer wieder auf.

Mit sanfter Beharrlichkeit hielt sie auf ihn zu.

Sean verspürte den unwiderstehlichen Drang, sich umzudrehen und wegzulaufen, so weit und so schnell er konnte. Was oder wer auch immer da auf ihn zukam, schien genau zu wissen, wonach er suchte.

»Rowlf«, sagte ich überrascht, als ich sah, wer in der Kutsche auf uns gewartet hatte. »Wie kommst du denn hierher?«

Rowlfs breites, nicht gerade übermäßig sympathisches Gesicht verzog sich zu der Andeutung eines Lächelns.

»War mir zu langweilig in London, Kleener. Dachte mir, ihr könnt mich vielleicht brauch'n. Und wie ich seh', hatt' ich recht.«

»Was meinst du damit?« fragte ich scharf.

Ich bemerkte, wie Howard den Kopf schüttelte und dann aus dem schmalen Fenster blickte, als ginge ihn der weitere Verlauf der Unterredung nichts mehr an. Aber es gelang ihm nicht ganz, seine Nervosität zu überspielen.

»Nix«, behauptete Rowlf. »Nur so 'ne Bemerkung.«

Ich wußte sehr gut, was er meinte. Meine wuchernden Bartstoppeln mußten im scharfen Kontrast zu meinem ansonsten gepflegten Äußeren stehen. Aber wie sollte ich meinen Gefährten erklären, warum ich in den letzten Tagen krampfhaft vermieden hatte, in einen Spiegel zu sehen? Sie wußten nichts von Priscyllas Hilferuf und dem zersprungenen Spiegel, und sie wußten erst recht nichts von meiner panischen Angst, nochmals mit dem Irrsinn konfrontiert zu werden, dessen eisigen Hauch ich in jenen Augenblicken verspürt hatte.

»Du hättest dich nicht hierherbemühen sollen«, sagte ich kühl.

Es fiel mir schwer, meiner Stimme einen beiläufigen Klang zu geben. Alles in mir schrie danach, mich so schnell wie möglich auf die Suche nach Priscylla zu machen und meine Zeit nicht mit unnötigen Gesprächen zu vergeuden. Sie war in Gefahr, und jede Minute, die ich hier mit Reden vertat, war kostbar. Ich hatte eine Spur, und ich würde sie verfolgen, solange sie heiß war.

»Wie geht es dir eigentlich?« fragte ich, um irgend etwas zu sagen.

Rowlf zuckte mit den Achseln. »Unkraut vergeht nich'. Mary hat mich gut zusammgeflickt.«

Mary Winden hatte es nach dem, was in Durness geschehen war, nicht gewagt, in ihre Heimatstadt zurückzukehren. Sie hatte ihre Tochter nachkommen lassen und erst einmal bei Howard Unterschlupf gefunden.

Rowlf, noch immer von den schweren Brandwunden gezeichnet, war mit Mary in London zurückgeblieben, als ich – überraschend für alle – plötzlich abgereist war. Howard dagegen war mir sofort gefolgt. Und jetzt hatte er noch Rowlf nachkommen lassen, wohl um mich noch besser unter Kontrolle zu haben. Es blieb mir wohl nichts anderes übrig, als vorerst gute Miene zum bösen Spiel zu machen. Er durfte auf keinen Fall erfahren, warum ich *wirklich* hier war.

Howard zuallerletzt ...

Er streckte den Kopf durch das Fenster und rief dem Kutscher einen Befehl zu. Durch den Wagen lief ein Zittern; eine Peitsche knallte, dann setzte er sich langsam in Bewegung.

»Was soll das?« fragte ich Howard. »Ich dachte, du wolltest mit mir reden. Von einer Kutschfahrt war nicht die Rede.«

Howard nickte. »Du hast recht, Robert. Aber wie ich hörte, willst du nach Lowgreen. Du wirst wohl kaum etwas dagegen haben, wenn wir dich begleiten.« Er lächelte dünn. »Es reist sich angenehmer in Begleitung.«

Das war keine Frage, das war eine Feststellung. Natürlich hatte ich etwas dagegen, eine ganze Menge sogar, aber andererseits würde Howard noch mißtrauischer werden, wenn ich es ablehnte. Und es war ein verlockendes Angebot, noch heute mit einer Kutsche weiterzukommen.

»Warum laßt ihr mich eigentlich nicht in Ruhe?« fragte ich mürrisch.

Howard gestattete sich ein dünnes Lächeln. »Wir würden dich sehr gerne in Ruhe lassen, Robert. Aber ich dachte, du hättest schon mehr begriffen.« Er schüttelte leicht den Kopf. »Irgend etwas in dir läßt dich nicht zur Ruhe kommen, etwas, das von einer dunklen Macht gesteuert wird und deinen Geist verwirrt. Du solltest mal einen Blick in den Spiegel werfen. Du siehst erschreckend aus.«

Ich zuckte zusammen. Nicht wegen der dunklen Macht, die Howard erwähnt hatte, sondern wegen der Vorstellung, in einen Spiegel zu sehen. Ich hatte das Gefühl, daß ich dort alles mögliche sehen würde.

Nur nicht mich selbst.

Is' was?« mischte sich Rowlf ein. »Siehst plötzlich so blaß aus.«

Es kostete mich alle Kraft, den Kopf zu schütteln. Ich spürte, wie Schweiß auf meiner Stirn perlte. Trotzdem fror ich.

»Schon gut«, keuchte ich. »Es ist ... nichts.«

Howard nickte. »Genau, und wegen diesem *Nichts* werden wir in den nächsten Tagen nicht mehr von deiner Seite weichen. Bis sich das *Nichts* verflüchtigt hat oder ...«

Er sprach den Satz nicht zu Ende, aber ich ahnte auch so, was er hatte sagen wollen. Es war ein Kampf gegen eine noch unbestimmte Macht, den ich nur gewinnen konnte, wenn Howard mir half.

Aber ich hatte auch erlebt, wie wenig Howard gegen die Kräfte hatte ausrichten können, die uns in der Vergangenheit verfolgt hatten. Er war weder ein Hexer, noch verfügte er über magische Fähigkeiten, die er den Gewalten entgegensetzen konnte, mit denen er sich immer wieder einließ.

Und bei dem, was ich vorhatte, würde er sich höchstens gegen mich stellen.

Als wir Lowgreen erreichten, war es stockfinster. Graue, dünne Nebelfetzen trieben die Straße entlang, und ich spürte, wie die Feuchtigkeit in den Wagen kroch und sich in unseren Kleidern festzukrallen begann.

Während der Fahrt hatten wir kaum ein Wort miteinander gewechselt. Es hatte etwas Gespenstisches an sich, mit zwei Männern durch die beginnende Dunkelheit zu fahren, mit denen ich mich einerseits sehr verbunden fühlte, die ich aber andererseits fast als meine Feinde betrachtete. Die ganze Zeit über hatte ich darauf gewartet, daß Howard mich fragen würde, nach wem oder was ich eigentlich suchte. Aber entweder wußte er es bereits, oder er spürte, daß ich ihm keine Antwort geben würde.

Es war mir klar, daß er nicht zulassen würde, daß ich mit Priscylla Kontakt aufnahm. Schließlich war er es gewesen, der für ihren sicheren Gewahrsam gesorgt hatte. Er kannte meine Gefühle für sie, und er wußte auch, welche Gefahr sie für mich – und uns alle – darstellte. Aber das waren rationale Gründe. Was wußte ein Mann wie Howard von *Liebe?*

Die Kutsche rollte vor dem einzigen Wirtshaus im Ort aus und kam schließlich ganz zum Stillstand. Der Schlag wurde aufgerissen und das Gesicht des Kutschers erschien in der Öffnung, rotäugig und von einer durchfahrenden Nacht gezeichnet.

»Alles schon zu Bett gegangen, Sir«, knurrte er. »Ich habe Ihnen ja gesagt, daß man um diese Zeit hier niemanden antrifft ...«

»Und Sie haben mir gesagt, daß der Wirt ein entfernter Cousin von Ihnen ist«, fiel ihm Howard ins Wort. Er zog etwas aus seiner Jackentasche und drückte es dem Kutscher in die Hand. »Wenn Sie so freundlich wären, über Ihre verwandtschaftlichen Beziehungen ein Bett für uns aufzutreiben.«

»Wenn nur noch ein Strohlager frei ist, ist es aber nicht meine Schuld«, sagte der Mann halb mürrisch, halb versöhnt durch die Banknote, die ihm Howard zugesteckt hatte.

Er trat zur Seite, und ehe er sich versah, war ich bereits aus der Kutsche gesprungen und hielt auf den Eingang des Wirtshauses zu.

Howards Gehabe und seine plötzliche, völlig neue Art, mit dem Geld um sich zu werfen, wurde mir zusehends unerträglicher. Schließlich war ich Manns genug, allein für mein Nachtlager zu sorgen, und hatte es nicht nötig, den Mann von Welt zu spielen.

Ich stolperte über eine Schwelle, die den Gartenweg von der Straße trennte, und kämpfte einen Moment um mein Gleichgewicht. Es war eine dunkle Nacht, und der Nebel, der in zerrissenen Fetzen herantrieb, machte sie nicht gerade heller. Im Gegenteil ... Vorsichtig ging ich weiter, erreichte die Eingangstür, drehte den Knopf und betrat den dunklen Schankraum.

Ein erstaunter Ausruf hinter mir verriet, daß der Kutscher mir gefolgt war.

»Komisch, daß die Tür aufsteht«, sagte der Mann und drängte sich an mir vorbei.

Einen Moment lang hörte ich ihn im Dunkeln hantieren, dann stieß er krachend gegen ein paar Stühle und begann lauthals zu fluchen.

Irgendwo über uns regte sich etwas. Ich kniff die Augen zusammen und entdeckte einen trüben Lichtschein, der hin und her zu tanzen schien. Es dauerte nicht lange, bis polternde Schritte verrieten, daß sich jemand zu uns herab bemühte.

Zuerst sah ich nichts weiter als ein Stück schimmernden Metalls, das sich aber rasch als Gewehrlauf entpuppte, und dann einen älteren Rotschopf mit tief zerfurchtem Gesicht, der mißtrauisch um die Ecke schielte.

»Guten Abend«, sagte ich freundlich und deutete eine knappe Verbeugung an. »Mein Name ist Craven. Haben Sie für mich und meine beiden Begleiter noch ein Zimmer frei?«

Die Augen des Rotschopfs weiteten sich, als sein Blick auf die umgestürzten Stühle fiel.

»Keine Bewegung, oder ich knall' euch über den Haufen«, brummte er. »Sieht so aus, als wäre ich gerade noch rechtzeitig gekommen.«

Sein Kopf fuhr ein Stück zurück, und ich hörte, wie er nach oben schrie. »Ann! Diebespack! Hol die Nachbarn! Sie sollen Stricke mitbringen! Mit dem Gesindel hier machen wir kurzen Prozeß!«

Das Flattern seines Nachthemdes unterstrich seine Worte wie das ärgerliche Flügelschlagen einer gereizten Fledermaus.

»Uns geht es in erster Linie um ein Zimmer, Sir«, sagte ich vorsichtig. »Obwohl ich Ihnen versichern darf, daß ich nichts gegen Ihre Nachbarn habe, möchte ich sie heute abend nicht mehr unbedingt kennenlernen.«

»Hör auf zu quatschen!« fuhr mich der Rothaarige an. »Erst klaut ihr unser Vieh, und jetzt brecht ihr schon in unsere Häuser ein. Wer stiehlt, mordet auch. Und wer mordet, mit dem machen wir kurzen Prozeß.« So, wie er die Worte aussprach, schienen sie sogar fast logisch. »Sprecht euer letztes Gebet, bevor wir euch am nächsten Baum aufknüpfen und eure Hälse langziehen …«

»Entschuldigung, Sir, daß ich Sie unterbrechen muß«, sagte ich. »Aber Ihr irrt. Wir sind Reisende, harmlose Reisende. Das ist die Wahrheit und …«

Ich schluckte und beeilte mich angesichts des Gewehrlaufs, der genau auf meinen Kopf gerichtet war, konkreter zu werden. »Sehen Sie sich doch mal das Gesicht meines Begleiters an. Na? Erkennen Sie ihn jetzt?«

Der Rothaarige funkelte mich wütend an. »Wie, zum Teufel, soll ich da unten eure Gesichter sehen, was? Aber das, was ich sehe, reicht mir. Soweit ich erkennen kann, bist du ein unrasierter Lump, und dein Kumpan ist ein taubstummer Gewaltmensch.«

»Aber Charles«, brachte der Kutscher schließlich hervor. Seine Stimme hatte etwas Klägliches. »Du wirst doch nicht auf dein eigen Fleisch und Blut schießen wollen?«

»Was soll der Quatsch? Ich heiße nicht Charles. Charles ist mein Zwillingsbruder.«

»Sie haben einen Zwillingsbruder, Sir?« fragte ich schnell. »Das würde erklären ...«

»Mir ist schon seit ein paar Minuten alles klar«, fauchte Charles' Zwillingsbruder. »Ich selbst habe die Tür erst vor einer guten halben Stunde abgeschlossen, und jetzt stehen plötzlich zwei Halunken in meiner Gaststube und behaupten, harmlose Reisende zu sein.«

In diesem Moment ging der Radau los. Ein paar bewaffnete Männer stürmten durch die Hintertür in den Schankraum. Das Zimmer war mit einemmal mit flackerndem Licht und schreienden Menschen erfüllt.

Die Nachbarn des Wirts, die seine Frau zusammengetrommelt hatte. So schnell hatte ich sie nicht erwartet. Die meisten hatten sich nur Mäntel über ihre Nachthemden geworfen, aber alle hielten Gewehre in den Händen.

Möglicherweise war Charles unter ihnen, aber ich hatte keine Zeit, mir darüber Gedanken zu machen. Ich fühlte mich unsanft ergriffen und gegen die Wand geschleudert. Bevor ich auch nur an Gegenwehr denken konnte, hatte man mir schon die Hände auf den Rücken verdreht, und irgendein Idiot zielte mit einem altertümlichen Gewehr auf mich. Ein anderer preßte mir den Doppellauf seiner Schrotflinte so hart in die Seite, daß ich kaum Luft bekam, während ein dritter dicht vor meinem Gesicht mit einem Messer herumfuchtelte, als wolle er mir die Augen ausstechen.

»Schluß jetzt!« rief jemand von der Tür her.

Howard und Rowlf standen wie hingezaubert im Eingang. Beide hielten Revolver in den Händen. Und ihrem Gesichtsausdruck nach zu urteilen, waren sie durchaus entschlossen, sie auch zu benutzen.

»Die Komplizen«, keuchte der rothaarige Wirt, der gerade im Begriff war, die Treppe herunterzusteigen.

Das Gewehr in seinen Händen wirkte mit einemmal schäbig und unnütz, und in seinem Blick war ein Zögern, das nicht zu diesem grobschlächtigen Kerl passen wollte. Er starrte auf den Kutscher, den man gleich mir unsanft gegen die Wand geschleudert hatte.

»Albert! Du steckst mit diesen Männern unter einer Decke?«

War der Kerl so blöd, oder tat er nur so?

In diesem Moment hätte man eine Stecknadel im Raum fallen hören können. Die bleichen Gesichter der aus dem Schlaf gerissenen Männer, die uns mit ihren Gewehren bedrohten, spiegelten wachsende Verwirrung wider. Sie hatten die zwei Diebe festsetzen wollen, die seit geraumer Zeit das Dorf heimsuchten, und sahen sich nun plötzlich vier Mann gegenüber, die ihren Vorstellungen von Dieben wohl kaum entsprechen konnten.

Zwar wirkten weder Rowlf noch ich in unserem augenblicklichen Zustand besonders vertrauenswürdig, aber daß wir keine Strauchdiebe waren, ließ schon ein flüchtiger Blick auf unsere Kleidung erkennen.

Und daß der Wirt unseren Kutscher mit Namen kannte, mußte sie total verwirren.

»Ich habe die Herrschaften hergefahren, Cousin«, bekannte Albert. »Die Tür war auf, und –«

»Moment, Moment«, unterbrach ihn ein mittelgroßer, breitschultriger Mann, der mit gesenktem Gewehr neben dem Hintereingang stehengeblieben war und das Geschehen schweigend verfolgt hatte. »Soll das heißen, daß du uns wegen ein paar späten Gästen aus dem Bett gerissen hast, Flenelton? Den hier ...« – er deutete auf unseren Kutscher – »... kennen wir doch alle. Ist ja schließlich nicht das erste Mal, daß er dir oder deinem arbeitsscheuen Bruder Gäste verschafft.«

Es dauerte nicht mehr lange, bis sich der ganze Irrtum aufgeklärt hatte. Wie wir ins Haus gekommen waren, blieb allerdings weiterhin ein Rätsel. Flenelton blieb dabei, daß er den Schankraum wie jeden Abend abgeschlossen hatte. Aber zumindest hielt er uns nicht mehr für Diebe.

Nachdem er seine Nachbarn grundlos aus dem Bett gejagt hatte, blieb ihm nichts anderes übrig, als eine Runde zu geben – und es blieb nicht bei der einen. Howard zeigte sich von der großzügigen Seite und ließ Bier auf Bier folgen. Nachdem es uns wie selten zuvor gelungen war, gleich mit unserer Ankunft die allgemeine Aufmerksamkeit auf uns zu lenken, tat er wohl gut daran, dieses merkwürdige Nachbarschaftsfest zu organisieren.

Die Männer in ihren Nachthemden oder hastig übergeworfenen Kleidungsstücken, die vor einem Pint Bitter hockten, zunehmend redseliger wurden und uns dennoch ab und zu einen mißtrauischen Blick zuwarfen, hatten etwas Bizarres an sich. Obwohl ihre Gewehre alt waren und einige von ihnen nicht gerade kräftig wirkten, hatten sie sehr schnell reagiert.

So schnell, wie es nur Menschen tun, die sich vor einer gemeinsamen Gefahr zusammenschließen. Ich fragte mich, wovor sie *wirklich* Angst hatten.

Es war nicht leicht gewesen, von den mittlerweile schon reichlich angetrunkenen Männern etwas über Mr. Baltimore zu erfahren. Sein Haus am anderen Ende des Waldes wurde von den Dorfbewohnern gemieden. Mehr noch – als ich versuchte, das Gespräch behutsam in die von mir gewünschte Richtung zu lenken, spürte ich deutlich, daß sie es sogar vermieden, über ihn zu reden, und daß meine Fragen, obgleich ich mir Mühe gab, sie so beiläufig wie möglich zu stellen, ihr Mißtrauen erneut wachriefen. Aber schließlich, nach einer Stunde und mehr als einer Runde Ale, die ich spendiert hatte, erhielt ich doch eine halbwegs brauchbare Wegbeschreibung.

Ich hatte mich entschlossen, mich gleich auf den Weg zu machen. Kurz bevor der allgemeine Aufbruch begann, nutzte ich einen Besuch auf der Toilette, um aus dem Fenster zu steigen und mich aus dem Dorf zu schleichen. Schon nach wenigen hundert Metern blieben die Häuser hinter mir zurück; nur die Fenster der Gaststube waren hell erleuchtet, sonst war alles stockdunkel.

Ich hatte eine Lampe mitgenommen, aber ich wagte noch nicht, sie zu entzünden. Es war nicht nötig, daß jemand auf meine nächtliche Expedition aufmerksam wurde; Howard würde mein Fehlen früh genug bemerken und die richtigen Schlüsse daraus ziehen. Ich mußte ihn nicht noch mit der Nase darauf stoßen.

Ich kämpfte mich einen schmalen Pfad entlang und hielt mich an der ersten Hecke, auf die ich stieß, links in Richtung Buchenhain. Der Mann, der mir halb lallend den Weg beschrieben hatte, hatte mir geraten, nicht über die Wiese zu gehen, um einen mehrere Meilen langen Umweg zu vermeiden.

Nach kaum hundert Metern erreichte ich eine mit Heidekraut bewachsene Lichtung, über der lose Nebelfetzen hingen. Ich folgte einem Pfad, der an einer Hecke parallel zum Wald vorbeilief. Erst jetzt wagte ich, den Docht der Lampe zu entzünden. Bis jetzt hatte ich mich nach der Beschreibung gut zurechtgefunden, und ich hoffte, daß es so bleiben würde.

Der Wind fuhr sanft über die Äste und erzeugte ein

Geräusch, das an das leise Atmen eines großen Tieres erinnerte, und die Lampe warf tanzende Schatten auf den Nebel. Die weißen Schwaden reflektierten das Licht, und die Helligkeit blendete mich mehr, als sie mir half, meine Umgebung zu erkennen.

Die Lampe war praktisch nutzlos, und ich überlegte, ob ich sie wieder löschen sollte. Aber dann ließ ich sie doch brennen, in der Hoffnung, daß es im Wald nicht ganz so neblig sein würde.

Ich täuschte mich. Je näher ich den Bäumen kam, um so weniger sah ich. Die weißen Schwaden schienen wie mit geisterhaften Fingern nach mir zu greifen und meine Kleidung mit Feuchtigkeit zu durchtränken.

Das rhythmische Rascheln kahler Bäume und dunkler Tannen verstärkte sich. Auf und ab schwoll das Geräusch, mit der mechanischen Monotonie eines schweren Uhrpendels oder eines gigantischen, schlagenden Herzens. Ich spürte, wie mir trotz der Kälte Schweißtropfen den Rücken herunterrannen.

Auf und ab, ein unnatürliches Geräusch in der umfassenden Dunkelheit. Es vermischte sich mit meinem eigenen Herzschlag, lief eine Zeitlang synchron mit ihm und verlangsamte sich dann.

Ich hielt unwillkürlich an, hob die Lampe höher über den Bodennebel, der mich jetzt schon bis zum Bauchnabel umspülte, und versuchte mit einigen Blicken, die tanzende, weiße Schicht zu durchdringen. Aber da war nichts.

Jedenfalls nichts Faßbares.

Und doch spürte ich etwas, irgend etwas Ungeheuerliches, das in der Dunkelheit auf mich lauerte. Mein Atem beschleunigte sich, und die Hand, mit der ich die Lampe hielt, zitterte. Ich fragte mich, was ich hier überhaupt wollte.

War es wirklich nur Priscylla, die mich gerufen

hatte? Oder war es eine andere, finstere Kraft, die sie nur benutzte, um mich in eine Falle zu locken?

Aber das gab keinen Sinn. Ich versuchte mich zu konzentrieren, aber immer, wenn ich den Gedanken zu fassen glaubte, verschwand er hinter einem Strom brodelnder Gefühle.

Ich keuchte, schloß die Augen, versuchte, den Schleier von meinen Gedanken zu reißen, der seit ein paar Tagen mein Denken vergiftete. Was war das, was da in meinem Inneren lauerte, bereit, hervorzubrechen und meine Umgebung mit Gewalttätigkeit zu tyrannisieren?

Warum diese plötzliche Abneigung gegen Howard und Rowlf und das Gefühl, mich von ihnen lösen zu müssen?

Meine bohrenden Fragen fanden keine Antwort, obwohl ich ahnte, daß nicht mehr viel fehlte, um die Schwelle des Begreifens zu durchbrechen. Unter meinem bewußten Denken lauerte ein tiefes, vergrabenes Wissen, zu dem ich einfach nicht vorstoßen konnte – noch nicht.

Und trotzdem versuchte ich es. Mit aller Gewalt konzentrierte ich mich. Ein dumpfer Schmerz pochte zwischen meinen Schläfen, und ich hatte das Gefühl, mein Schädel würde bersten, aber ich gab nicht auf.

Ich wollte und mußte endlich Klarheit haben. Und ich spürte, daß ich Erfolg hatte. Etwas trat an die Oberfläche meines Bewußtseins, ein vager Gedanke, den ich nur zu greifen brauchte, den ich nur weiterverfolgen mußte, um alles zu verstehen.

Es hatte etwas mit Andara, meinem Vater, zu tun, aber auch mit Priscylla und mit mir selbst, und es war …

Nichts.

Wieder riß der Faden ab, das beinahe greifbare Verständnis entglitt mir erneut.

Ich atmete tief ein und versuchte, die Angst abzuschütteln, die ich vor dem hatte, was in mir lauerte. Es war sinnlos und gefährlich, mich in metaphysische Gedankenspielereien einzulassen. Ich versuchte, mich gewaltsam gegen den Druck zu stemmen, der meinen Schädel auseinanderzusprengen schien.

Es war die plötzlich greifbare Erinnerung an Priscylla, an die Gefahr, in der wir beide schwebten und die wir meistern mußten, um zueinanderzufinden, die mir die nötige Kraft gab, die Lähmung abzuschütteln und die Augen zu öffnen.

Der Nebel tanzte mit verspielter Bosheit auf mich zu, griff mit dünnen, faserigen Händen nach mir, die mich wie die Tentakel eines Ungeheuers mit sich zu ziehen versuchten.

Trotz der Feuchtigkeit fühlte sich meine Kehle ausgetrocknet an. Ich atmete mehrere Male tief durch und bewegte mich langsam auf den Waldrand zu.

Was auch immer dort drinnen auf mich wartete, würde nicht eher ruhen, bis ich kam.

Jedes Weglaufen war sinnlos, das spürte ich einfach.

Unter meinen Füßen raschelte feuchtes Laub. Ich konnte es nicht sehen, aber selbst durch die schweren Stiefel spürte ich den elastischen, federnden Belag, der sich wie ein gigantisches Netz über den Boden spannte.

Der Nebel war in den letzten Minuten immer höher gestiegen, aber jetzt schien er sich zurückzuziehen. Er strömte zu beiden Seiten davon, langsam, aber mit der Zielstrebigkeit eines eigenständig denkenden Wesens.

Das Licht meiner Lampe fiel auf einen schmalen Pfad, der sich vor mir auftat und irgendwo in der Dunkelheit verschwand, zu einem Teil des schwarzen Waldes wurde und mit ihm verschmolz. Während auf dem Pfad selbst nur noch wenige Nebelfetzen trieben, verschwammen die Bäume zu beiden Seiten hinter einem dichten, weißen Schleier.

Ich warf einen Blick nach oben. Selbst der Himmel war jetzt nebelverhangen. Nur der Pfad war frei, ein schmaler Tunnel, der sich durch den Nebel wand und direkt zu dem Etwas führte, das auf mich wartete. Es war wie eine Einladung; mehr noch: es war ein Befehl, dem sich zu widersetzen sinnlos war.

Ich zögerte nicht mehr länger. An Priscylla dachte ich in diesem Moment kaum noch, obwohl mich der Gedanke an sie hierhergetrieben hatte. Statt dessen konzentrierte ich mich vollständig auf meine Umgebung, versuchte, aus den Augenwinkeln beide Waldränder gleichzeitig unter Kontrolle zu halten, ohne mich von dem Pfad vor mir ablenken zu lassen – was natürlich nicht gelang.

Meine Nerven waren zum Zerreißen gespannt. Die Geräusche aus meiner Umgebung wurden von der feuchten, mit tausend feinen Wassertropfen gesättigten Luft gedämpft, aber auch ohne es zu hören, spürte ich, daß etwas auf mich zuhielt. Etwas Unsichtbares, Böses.

Und dann sah ich es.

Ein dunkler, mächtiger Schatten, den ich aus der Ferne für einen Baum gehalten hätte, hätte er nicht mitten auf dem Pfad gestanden. Der Schein meiner Lampe reichte nicht weit genug, um mich Einzelheiten erkennen zu lassen. Ich erkannte nur, daß dieses *Etwas* groß war.

Groß genug, um ein *Shoggote* sein zu können.

Ich blieb abrupt stehen. Mein Herz hämmerte bis zum Hals, und einen Moment mußte ich gegen den Impuls ankämpfen, herumzuwirbeln und wegzulaufen. Mühsam bezwang ich meine Angst, starrte dem Ungeheuer entgegen und konzentrierte mich auf die bevorstehende Auseinandersetzung.

Der Angriff erfolgte ohne Vorwarnung. Etwas raste auf mich zu, eine Wolke dunkel zusammengeballter Ausdünstungen, der stinkende Odem einer vorzeitlichen Bestie.

Ich riß den Arm hoch, zu spät und zu langsam, um den Wirbel aufzufangen, der mich mit der geballten Kraft grausamen Zornes zurücktaumeln ließ. Die Lampe schwankte wild im Kreis, beschrieb, meiner Hand entrissen, wirre Muster in den Nebel und schlug krachend auf dem Boden auf. Das Karbid dampfte auf, grelle Lichtfinger griffen nach mir, und dann war vollkommene Dunkelheit um mich.

Ich blieb wie erstarrt stehen. Das Fremde, das mich wie eine tosende Brandung umspülte, war nicht materiell, wie ich zuerst geglaubt hatte.

Alptraumhafte Zwerge und Hexen tanzten den Pfad entlang, brachen aus dem Nebel hervor und überschütteten mich mit ihrem Spott. Sie wirkten nicht stofflich und auf grausame Weise doch real, wie Kobolde in einem Gemälde, die auf mysteriöse Weise zu Leben erwacht waren, aus dem Rahmen sprangen und den fassungslosen Betrachter mit ihrer plötzlichen Lebendigkeit in Schrecken versetzten.

Kleine, drollige Kerle mit Pudelmützen auf gehörnten Köpfen trieben heran, dürre, hexenartige Wesen drängten sie beiseite, zu wirklich, um nur Phantasiegeschöpfe sein zu können. Das waren keine vom Nebel geschaffenen Trugbilder, das war grausame, lähmende Wirklichkeit.

Ein seltsames Geschöpf, halb Ratte, halb Frau, deutete mit ihrem klauenhaften Zeigefinger auf mich und verzog das Gesicht zu einer abstoßenden Grimasse. Die Rattenschnauze, die listigen, heimtückischen Augen und der schlanke, mädchenhafte Körper, der in den Sprunggelenken einer menschengroßen Ratte auslief, bildeten eine abscheuliche Mischung. Ich wich Schritt für Schritt zurück, ohne meinen Blick von der Kreatur wenden zu können.

Die feuchten Ausläufer des Nebels umklammerten meine Beine, krochen meinen Körper empor und erstickten mein Denken. Ich spürte fast panische Angst in mir, aber ein Teil meines Geistes blieb von dem Grauen unberührt und beobachtete die laufende Veränderung der Rattenfrau mit geradezu wissenschaftlicher Neugier.

Ihr Körper überzog sich langsam mit dichtem, borstigem Fell, und die Finger wurden zu Klauen. Die Wesen, die sie umtanzten, waren nicht mehr als Kobolde, Geschöpfe reiner Phantasie.

Ich beachtete sie nicht. Ich starrte nur auf die Rattenfrau. In ihrem Blick lag kalte, tierische Entschlossenheit, aber da war auch noch etwas anderes. Etwas Bekanntes, etwas, das ich in dem Spiegel gesehen hatte, bevor er barst, und zuvor in Lyssas Augen, in den Augen der Hexe, die zeitweise Macht über Priscylla gewonnen hatte.

Der Nebel lag wie eine erstickende Schicht auf meinem Denken, aber nicht er war es, der mich bedrohte, sondern dieses ... dieses Geschöpf, das beharrlich auf mich zuhielt. Es schien mir fast so, als schützte der Nebel meinen Geist, als blockte er meinen Verstand gegen den Wahnsinn ab, der nach mir greifen wollte. Das war natürlich Unsinn, Wahnsinn wie alles, was ich zu sehen glaubte.

Nichts als Einbildungen, als wüste Nebelphantasien ...

Durch das ekelhafte Geschöpf lief ein Zittern. Es krümmte sich zusammen, brach in die Knie, krümmte sich abermals zusammen, stieß ein scharfes Zischen aus und richtete sich dann mühsam, wie unter Schmerzen, wieder auf.

Der Nebel wich fluchtartig vor dem Rattenkörper zurück, vor dem Körper, der nun überhaupt nichts Menschenähnliches mehr an sich hatte.

Aber das Gesicht!

Es war das Gesicht Lyssa-Priscyllas, der Hexe, die mir schon einmal fast zum Verhängnis geworden wäre! Ich schrie auf.

Mit erhobenen Klauen taumelte die Kreatur auf mich zu. In den Klauen blitzte etwas auf, etwas Metallisches, das nicht zu dem tierischen Körper paßte. Obwohl ich es kaum wahrnahm, spürte ich instinktiv die Gefahr.

Ich warf mich zur Seite. Eine krachende Explosion zerriß die Dunkelheit. Der Donner hallte in meinen Ohren wider und ließ mich taumeln. Ich schwankte, stolperte über eine Wurzel und stürzte schwer zu Boden.

Dann war der Nebel über mir, brach wie eine Welle über mir zusammen und erstickte meinen Schrei. Ich hustete und rang verzweifelt nach Atem. Der Nebel drang in meine Kehle und lähmte sie. Es war kein gewöhnlicher Nebel; ich hatte das Gefühl, geschmacklosen Sirup zu inhalieren. Einen fürchterlichen Moment lang glaubte ich zu ersticken, aber dann fühlte ich mich plötzlich auf die Füße gerissen und von kräftigen Armen geschüttelt.

»Reißen Sie sich zusammen, Mann«, herrschte mich eine barsche Stimme an.

Eine Männerstimme!

Mühsam hob ich den Blick.

Die Rattenfrau war verschwunden, hatte sich wie eine Illusion verflüchtigt und das Heer der Alptraumgestalten mit sich genommen. Ihren Platz hatte ein Riese eingenommen, ein Mann, der mich um Hauptes-länge überragte. Ich hatte alles erwartet, eine Horrorfratze, die Tentakel eines urzeitlichen Monsters, aber nicht *das* …

»Sean!« krächzte ich.

Meine Stimme hatte kaum noch etwas Menschliches. Die Luft, die ich ausstieß, mischte sich mit Nebelschwaden.

Wortlos starrte ich in das Gesicht des Mannes, den ich zuletzt in Durness gesehen hatte.

Und der sich dann als Reinkarnation meines toten Vaters Roderick Andara entpuppt hatte!

Es war ein strahlend schöner Tag gewesen, und Pri hatte in Begleitung von Mrs. Sunday einen Spaziergang durch die großzügig angelegte Gartenanlage machen dürfen. Die Sonnenstrahlen hatten ihre Haut gekitzelt und sie mit Bedauern daran denken lassen, daß jetzt der Winter einkehren würde. Die Freude über den Sonnentag war noch nicht einmal durch Dr. Baltimore getrübt worden, der sie heute erstaunlicherweise in Ruhe gelassen hatte.

Als sie jetzt die gleichmäßigen, schmalen Stufen aus spiegelndem Stein hinabstieg, hatten ihre Schritte wieder etwas von der alten Kraft an sich, und die Gedanken, die sie in den letzten Monaten gequält hatten, waren in den Hintergrund getreten.

Dr. Baltimore war ein schlechter Mensch, der ihr unbedingt einreden wollte, daß sie krank war. Dabei war er es, der krank war und Hilfe brauchte, darüber waren sich alle einig. Er hielt sie hier wie Gefangene, und nur, wer auf den schwarzen Grund seiner Seele zu blicken vermochte, konnte ahnen, warum er das tat.

Pri hatte ihm nichts getan, und sie hatte auch sonst niemandem etwas getan. Es war böse und gemein, sie trotzdem hier festzusetzen. Draußen wartete die große

Welt auf sie, und sie hatte sich geschworen, sie nicht ewig warten zu lassen.

Es würde der Tag kommen, an dem diese Festung fallen würde. Acorn, Santers und sie selbst bildeten eine starke, zentrale Kraft, der sich auch Dr. Baltimore nicht entziehen konnte.

Sie kicherte bei dem Gedanken daran, was der gute Doktor sagen würde, wenn er wüßte, wohin sie jetzt gerade ging. Das Haus lag im Schlaf, und natürlich war es den Patienten nicht gestattet, nachts geheime Versammlungen abzuhalten. Noch dazu *diese* Art von Versammlungen, zu der sie sich zusammenfanden.

Wie nannte es doch Acorn gleich? Es hatte irgend etwas mit *Messe* zu tun. Ja, richtig, *Schwarze Messe*, das war es. Sie flehten die Kräfte des Bösen um Unterstützung an, um dem Treiben des Doktors Einhalt zu gebieten.

Pri erreichte das Ende der Treppe und tastete sich vorsichtig durch das Dunkel des Kellergewölbes weiter. Sie durften hier kein Licht machen, wenn sie nicht auffallen wollten. Vom Personal wußte niemand etwas von dem alten Gewölbe, oder wenn sie es wußten, mieden sie es. Ein Glück für die Mitglieder der *Schwarzen Verbindung*, wie Acorn ihre kleine Gruppe nannte.

Er war ein schrecklich pedantischer Kerl und mußte immer für alles einen Namen haben. Und er war ein wenig unheimlich, aber gerechterweise mußte sich Pri eingestehen, daß sie ohne ihn gar nicht soweit gekommen wären.

Sie war nur noch ein paar Meter von der Abzweigung entfernt, die zu ihrem geheimen Treffpunkt führte, als sie ohne Vorwarnung von einem Schwindelanfall überrascht wurde.

Von einem Moment auf den anderen verlor sie vollkommen die Orientierung, und eine Welle der Übelkeit brach über ihr zusammen. Sie verhielt keuchend und suchte an der rauhen Wand des Ganges Halt. Feurige Kreise tanzten vor ihren Augen. Ihr Atem ging stoßweise, setzte kurze Zeit ganz aus, und beruhigte sich dann nur langsam.

Sie glaubte, einen Mann vor sich zu sehen, einen Mann mit einem gezackten weißen Haarstreifen und einem grausigen Ausdruck in den Augen. Einen Mann, der sie vernichten wollte.

»Nicht«, keuchte sie und streckte abwehrend die Hände aus.

Der Mann kam näher – sie spürte es, er kam seit Tagen näher – und er würde nicht ruhen, bis er sie vernichtet hatte! Es war etwas Bekanntes und Vertrautes in seiner Art, aber auch etwas Gnadenloses, das Pri entsetzte.

Sie hatte das Gefühl, daß sich der Kreis immer enger um sie schloß. Sie mußte hier raus, bevor es zu spät war, bevor sich dieser fremde und doch so vertraute Mann mit Dr. Baltimore verbinden konnte. Mit aller Kraft, die sie mobilisieren konnte, kämpfte sie das Schwindelgefühl nieder.

Sie wußte, was kommen würde, die harten, pochenden Kopfschmerzen, die sie besonders in den ersten Monaten ihres Aufenthalts gequält hatten, aber im Moment erschienen ihr selbst die Schmerzen erträglicher als die furchtbaren Visionen, das Gesicht, das sie in den Wahnsinn treiben wollte …

So schlimm war es schon lange nicht mehr gewesen. Hinter ihren Schläfen hämmerte ein furchtbarer Schmerz. Sie war kaum in der Lage, einen vernünftigen Gedanken zu fassen, aber sie biß die Zähne zusammen und kämpfte sich vorwärts, Schritt für Schritt.

Irgendwo raschelte etwas, und dann huschte eines der üblen Geschöpfe vorbei, die in den Tiefen des Kellers hausten, eine Ratte. Trotz der fast allgegenwärtigen Dunkelheit glaubte sie, das bösartige Funkeln ihrer Augen zu sehen. Die Ratte verharrte vor ihr, einen kurzen Moment nur, aber lange genug, um ihren Blick auf sich zu ziehen.

Pri stöhnte auf. Sie hatte das Gefühl, glühende, heiße Dampfschwaden einzuatmen, und plötzlich sah sie den Mann wieder deutlich vor sich, den Mann, der sich auf den Weg gemacht hatte, sie zu vernichten, und dem sie zuvorkommen mußte. Sie streckte die Hände aus, fühlte einen schmerzhaften Stich durch ihre Arme rasen, und dann, plötzlich, war es vorbei.

Acorn stand vor ihr. Sein schmales, tiefgefurchtes Gesicht zeigte Besorgnis. In der Rechten hielt er eine flackernde Kerze, und hinter ihm fiel ein schmaler Lichtstreifen durch die angelehnte Tür, die zum *Heiligtum* führte.

»Ist dir nicht gut, Pri?« fragte er.

Pri schüttelte den Kopf. »Es ... es geht schon wieder«, sagte sie leise. »Es ... war nichts. Nur ein Anfall.«

Acorn nickte verständnisvoll und ergriff sie beim Arm. Seine alterslosen Augen blieben ausdruckslos, aber seine Stirn wirkte noch stärker zerfurcht als sonst.

»Du hast geschrien, Pri«, sagte er. »So laut, als ob du unbedingt den Doktor auf uns aufmerksam machen wolltest.«

»Das ... tut mir leid«, flüsterte Pri.

Die Kopfschmerzen hatten nachgelassen, aber sie fühlte sich noch immer schwach und elend. Widerstandslos ließ sie sich von Acorn die wenigen Meter zum *Heiligtum* führen.

»Du hast einen Namen genannt«, sagte Acorn beiläufig, als er die Tür aufstieß und Pri zu ihrem Platz führte.

»Was für einen Namen?«

Acorn lächelte schwach. »Wenn ich mich nicht verhört habe, hast du *Robert* geschrien. Immer wieder.«

»Robert«, wiederholte Pri nachdenklich.

Der Name löste bei ihr einen entfernten Nachhall aus, aber sie konnte ihn trotzdem nicht unterbringen. Sie war sich sicher, daß es in ihrem Leben einmal einen Robert gegeben hatte, aber wann und wo?

Sie wußte wenig von dem Leben, das sie geführt hatte, bevor sie dem Doktor in die Hände gefallen war.

»War das alles?« fragte sie. »Oder habe ich noch etwas anderes gesagt?«

Acorn schüttelte den Kopf. »Gesagt hast du sowieso nichts. Du hast geschrien.«

Pri wischte seine Antwort mit einer Handbewegung zur Seite. »Es ist auch nicht wichtig«, behauptete sie. »Wir müssen den Bann brechen, der uns hier gefangenhält, etwas anderes zählt nicht. Wo ist Santers?«

Acorn zuckte mit den Achseln. In dem einfachen, grauen Anzug, den er trug, hätte man ihn auf den ersten Blick für einen Handelsreisenden halten können. Aber auch nur auf den ersten Blick.

In seinen Augen brannte ein fanatisches Feuer, das von ungeheurer Kraft und Unnachgiebigkeit zeugte. Es hatte lange gedauert, bis Pri zu ihm Vertrauen gefaßt hatte. Bis jetzt hatte sie es nicht bereut. Aber noch hatten sie auch nicht die Aufgabe erfüllt, die sie drei sich gestellt hatten.

»Er wird gleich kommen«, sagte Acorn gleichgültig.

Er schob seinen Stuhl etwas nach hinten. Staub wirbelte auf, irgendwo huschte etwas davon. Eine Spinne, die vor dem ungewohnten Licht floh, oder eine Ratte …

Pri versuchte, nicht daran zu denken. Das Erlebnis in dem Gang, der Anfall und das unangenehme Zusammentreffen mit der Ratte hatten sie mehr mitgenommen, als sie sich eingestehen wollte.

»Es wird auch Zeit, daß er kommt«, sagte sie schroff.

Acorn bedachte sie mit einem überraschten Blick. »Aber du weißt doch, daß er noch eine Kleinigkeit zu erledigen hat«, sagte er vorwurfsvoll. »Sei froh, daß er sich dazu bereit erklärt hat. Wir beide wären doch nicht fähig dazu ...«

»Zu was?« Pri fühlte sich müde und zerschlagen, und sie hatte keine Lust, die ganze Nacht hier zu verbringen. »Von was sprichst du überhaupt?«

Acorn kniff die Augen zusammen. Zwischen den halbgeschlossenen Lidern hatte sein Blick Ähnlichkeit mit dem einer Schlange.

»Du wirst doch noch wissen, was heute für ein Tag ist?«

Pri dachte einen Moment nach. »Freitag? Nein ...? Donnerstag, nicht wahr?«

Acorn erhob sich abrupt und begann, auf und ab zu gehen. Seine Schritte hallten von den Wänden wider. Er ging bis zur gegenüberliegenden Wand, verharrte einen Moment, warf einen langen, nachdenklichen Blick auf die einsame Frauengestalt an dem großen, runden Tisch, und kehrte dann zurück.

Pri achtete nicht weiter auf ihn. Acorn war nicht immer Herr seiner Sinne, obwohl er sich im großen und ganzen recht vernünftig verhielt. Und im Vergleich mit Santers konnte man ihn fast für normal halten. Aber eben nur fast.

Sie seufzte. Es war ihr nichts anderes übriggeblieben, als mit den beiden Verrückten gemeinsame Sache zu machen. Schließlich hatten sie das gleiche Ziel, sie alle wollten hier raus, und das so schnell wie möglich.

Sie ahnte, daß Acorn ganz ähnliche Gedanken bewegten. Dabei wußte sie nur allzu gut, daß er sich für den Kopf ihrer kleinen Gruppe hielt. Ständig machte er ihr wegen ihrem ständig wechselnden Temperament oder ihren Gedächtnislücken Vorwürfe. Aber auch, wenn sie vergessen hatte, was heute für ein Tag war, brauchte er sich nicht so aufzuspielen.

»Erinnerst du dich wirklich nicht, Pri, oder ist das nur einer deiner seltsamen Scherze?«

In seiner Stimme klang eine stumme Drohung mit.

»Ich erinnere mich wirklich nicht«, sagte Pri bestimmt. Sie funkelte ihn an.

»Vorausgesetzt, es gibt überhaupt etwas, an das ich mich erinnern könnte«, fügte sie spitz hinzu.

Acorn blieb eine Antwort erspart. Schwere Schritte verkündeten, daß jemand auf dem Weg zu den Gewölben war.

»Wer ist das?« fragte Pri scharf.

»Santers«, antwortete Acorn gereizt. »Er scheint es geschafft zu haben.«

Er wollte sich auf den Weg zur Tür machen, aber Pri sprang auf und hielt ihn am Ärmel seines Jacketts fest. »Das ist doch nicht Santers. Der trampelt doch nicht wie ein wildgewordener Ochse die Treppe herunter.«

»Laß mich los«, zischte Acorn und schob ihre Hand zur Seite. »Ich muß ihm helfen.«

»Bei was helfen?«

Acorn antwortete nicht. Er nahm die Kerze vom Tisch und stürmte an ihr vorbei.

Es blieb Pri nichts anderes übrig, als ihm zu folgen, wenn sie nicht im Dunkeln zurückbleiben wollte. Sie spürte eine ungewisse Erregung in sich, die irgendwie mit diesen polternden Geräuschen in Zusammenhang stand, aber sie konnte sich an nichts Konkretes erinnern.

Der flackernde Schein von Acorns Kerze vermochte den Gang nur unvollständig auszuleuchten. Ein scharfer Lufthauch ließ die Flamme zittern und drohte sie vollständig auszulöschen. Acorn schützte den Docht mit der Hand, und das Licht beruhigte sich, abgeschattet zwar, aber immer noch hell genug, um die Umrisse der Gestalt erkennen zu lassen, die auf ihn zutaumelte.

Es *war* Santers.

Sein jungenhaftes Gesicht war verzerrt, und auf seiner Stirn perlte Schweiß. Aber das war es nicht, was Pri mitten im Schritt erstarren ließ.

Er schleppte etwas mit sich. Etwas von der Größe einer Bettdecke, aber etwas, das viel schwerer sein mußte. Etwas mit Händen, die auf dem Rücken zusammengebunden waren, mit einem Knebel im Mund und angstvoll geweiteten Augen,

Einen Menschen. Eine Frau!

»Woher kennen Sie mich?« fragte der Riese grob.

Seine Hände drückten schmerzhaft meine Oberarme zusammen. Er schüttelte mich wie ein Spielzeug und stieß mich dann von sich.

»Reden Sie, Mister. Wenn Ihnen keine vernünftige Erklärung einfällt, muß ich annehmen, daß Sie mir hinterhergeschnüffelt haben.«

Ich taumelte ein paar Schritte, fand mühsam an einem Baumstamm Halt und bedachte ihn mit einem wütenden Blick.

»Und was machen *Sie* hier?« fragte ich wütend. Ich deutete auf den Revolver in seiner Hand. »Schießen Sie immer erst, bevor Sie wissen, mit wem Sie es zu tun haben?«

Sean runzelte die Stirn. Er war es augenscheinlich nicht gewöhnt, daß man so mit ihm sprach.

»Beantworten Sie mir erst meine Frage«, verlangte er, aber seine Stimme klang nicht mehr ganz so selbstsicher.

Es schien Ewigkeiten her zu sein, daß ich Sean zum letzten Mal gesehen hatte, und doch waren in Wirklichkeit nicht mehr als ein paar Monate vergangen. Seine Worte sagten mir, daß er sich nicht mehr an unsere Begegnung erinnern konnte. Aber vielleicht war er es auch nicht gewesen, mit dem ich in Durness gesprochen hatte.

Wie mein Vater Macht über einen Körper – oder einen Geist – erlangt hatte, um mit mir in Verbindung zu treten, war mir bis heute unklar. Er war nicht nur einmal in der Gestalt eines anderen aufgetreten, aber das Erlebnis mit Sean war besonders einprägsam gewesen. Es war verwirrend, jetzt vor diesem Mann zu stehen, den ich einerseits gut zu kennen glaubte, und der doch andererseits ein Fremder war …

Aber jetzt war weder der rechte Augenblick noch der richtige Ort, um sich darüber Gedanken zu machen. Die Vision der Rattenfrau hatte sich zwar verflüchtigt, aber in dem Nebel, der noch immer zu beiden Seiten des Pfades wallte, konnte noch so manche Überraschung auf uns lauern.

»Ich warte auf eine Antwort«, knurrte Sean.

Die Mündung seines Revolvers bewegte sich fast unmerklich ein Stück nach oben.

»Stecken Sie erst dieses Ding da weg«, sagte ich. »Oder glauben Sie etwa ernsthaft, ich wollte Sie angreifen?«

Sean kniff die Lippen zusammen und ließ den Revolver widerstrebend sinken. »Sie vielleicht nicht. Aber …«

»Aber was?« fragte ich rasch.

»Ach, nichts.« Er zögerte einen Moment, bevor er weitersprach. »Dieses Ding …« Er zuckte mit den Achseln. »Zuerst dachte ich, es sei ein Bär. Ein großes Vieh, aber zu dünn für einen Bär, und auch das Fell stimmte nicht. Sie müssen es doch auch gesehen haben. Es ist doch direkt auf Sie zugelaufen.«

Ein ungläubiger Schrecken durchfuhr mich. Dann war es also mehr als ein Trugbild gewesen, mehr als das Resultat meiner überreizten Phantasie.

»Mein Gott« flüsterte ich. »Sie haben es also auch gesehen?«

Sean nickte, und plötzlich begriff ich, warum er geschossen hatte.

»Was war das?« fragte er. »Ich habe so etwas noch nie gesehen.«

»Ich auch nicht«, antwortete ich wahrheitsgemäß. »Aber wenn Sie mich fragen: Setzen wir unser Gespräch lieber woanders fort. Wer weiß, was sich noch alles im Nebel verbirgt.«

Sean nickte, langsam und zögernd. »Und Sie wissen nicht, was das war?« fragte er mißtrauisch.

Ich zuckte mit den Achseln. »Was weiß ich? In dieser Suppe kann man sowieso nicht viel erkennen. Vielleicht war es ein Bär, vielleicht auch nicht.«

Sean schüttelte ärgerlich den Kopf. »Sie wissen mehr, als Sie zugeben wollen«, behauptete er. »Und jetzt versuchen Sie sich geschickt davor zu drücken, mir zu sagen, woher Sie mich kennen. Aber lassen wir das. Zumindest für einen Moment. Wohin wollten Sie eigentlich?«

»Spazierengehen«, sagte ich rasch. »Ich bin fremd hier und habe mich wohl etwas verlaufen.«

Sean wischte meine Worte mit einer ärgerlichen Bewegung zur Seite.

»Versuch nicht, mich zum Narren zu halten«, fuhr er mich an. »Zu dieser Zeit und bei diesem Wetter spazierenzugehen, ohne sich in der Gegend auszukennen, ist doch Wahnsinn. So dumm sind Sie nicht. Und ich bin nicht so dumm, Ihre Geschichte zu glauben!«

Ich zuckte mit den Achseln. »Wie Sie meinen. Was suchen Sie denn eigentlich hier?«

Sean funkelte mich einen Herzschlag lang ärgerlich an, aber dann verzog sich sein Gesicht zu einem breiten Grinsen. Ich ahnte, daß er genausowenig wie ich eine überzeugende Erklärung für seinen nächtlichen Spaziergang hatte.

»Okay, lassen wir das. Wie sagten Sie doch so treffend? Hier ist nicht der rechte Ort für Diskussionen. Außerdem habe ich noch etwas zu erledigen. Ich habe nichts dagegen, wenn Sie mich bis zum Ende des Waldpfads begleiten, aber dann werden sich unsere Wege trennen.«

Ich atmete tief ein. »Einverstanden«, sagte ich.

Es war mir klar, daß die Begegnung mit Sean kein Zufall war, daß irgend etwas dahintersteckte, was sich jetzt noch nicht absehen ließ. Etwas, das mit meinem toten Vater zu tun hatte.

Aber hatte Andara bei unserer letzten Begegnung nicht angekündigt, daß wir uns so bald nicht mehr wiedersehen würden? War das nun wirklich Sean, der da vor mir stand, oder war es wieder mein Vater, der sein eigenes Spiel spielte und mir trotz seines Todes schon wiederholt beigestanden hatte?

Ich wollte mich in Bewegung setzen, aber Sean hielt mich am Ärmel fest. »Nicht hier lang«, sagte er. »In die andere Richtung.«

Ich schüttelte den Kopf. »Nein, tut mir leid. Das Haus meines Freundes liegt jenseits des Waldes.«

»Jenseits ist ein sehr dehnbarer Begriff«, bemerkte Sean. »Abhängig, von welcher Seite aus man die Sache sehen will. Wie heißt denn Ihr Freund?«

»Baltim...«

Ich brach ab und biß mir auf die Lippe. Ich brauchte nicht in Seans Gesicht zu sehen, um zu wissen, daß er mich wie einen dummen Jungen hereingelegt hatte. Sein Griff um meinen Arm verstärkte sich, und sein

Mund war zu einem dünnen Strich zusammengepreßt.

»Baltimore?« fragte er.

Ich nickte widerstrebend, obwohl ich mich in diesem Moment selbst hätte ohrfeigen können.

»Welch merkwürdiger Zufall«, sagte Sean lauernd. »Ausgerechnet zu Baltimore wollen Sie, und das ausgerechnet in dieser Nacht ...«

Er brach ab und starrte nachdenklich in den Nebel.

»Wenn es Ihnen nichts ausmacht, mich loszulassen ...«, stieß ich gepreßt hervor. Ich hatte das Gefühl, daß mein Arm in einer Schraubzwinge stecken würde, die sich immer mehr zusammenzog.

Sean gab mich tatsächlich frei. Er schien einen Entschluß gefaßt zu haben, und was auch immer er von dem *Zufall* unserer Begegnung halten mochte, schien er mich doch nicht als Feind zu betrachten. Aber ich mußte auf der Hut sein. Ich wußte, was für Kräfte in diesem Riesen schlummerten.

»Wenn Sie Baltimore so gut kennen, wird es Ihnen ja nichts ausmachen, mich ihm vorzustellen«, sagte er leichthin.

»So gut kenne ich ihn nun auch wieder nicht«, sagte ich ausweichend. »Außerdem kann ich mir kaum vorstellen, daß er um diese Zeit noch Besuch empfängt.«

»Er wird mich schon empfangen«, meinte Sean. »Verlassen Sie sich darauf.«

»Und in welche Richtung gehen wir?« fragte ich.

»Das bestimmen Sie. Sie werden ja wohl noch wissen, wo Ihr *Freund* wohnt.«

Ich nickte zögernd und deutete in die Richtung, aus der die Rattenfrau auf mich zugekommen war. »Da entlang«, murmelte ich.

Pri blinzelte, schlug die Hand vor den Mund, starrte von der gefesselten und geknebelten Frau zu Acorn, der sich wortlos daran machte, Santers zu helfen. Sie verstand nichts, obwohl sie zweifelsohne an den Vorbereitungen dieser Tat beteiligt war, vor Tagen oder Wochen, vor einer Zeit, die so weit zurücklag ...

Langsam, ganz langsam tastete sich die Erinnerung vor, streckte die Fühler nach ihrem Bewußtsein aus, versorgte sie bruchstückhaft mit Informationen, ließ sie Dinge wissen, die sie lieber für alle Zeiten im Dunkel des Vergessens begraben hätte.

»Ihr kommt spät«, keuchte Santers. Man merkte ihm die körperliche Anstrengung an. Er mußte die Frau die ganze Strecke von ihrem Zimmer bis in den Keller geschleppt haben. Allein. »Ihr hättet wenigstens an der Treppe auf mich warten können«, fügte er vorwurfsvoll hinzu.

Acorn warf einen Blick auf Pri und nickte ärgerlich. »Nimm die Kerze. Oder willst *du* Santers helfen?«

Pri schüttelte in stummer Verzweiflung den Kopf. Die Augen der gefangenen Frau saugten sich hilfesuchend an ihr fest, als sie die Kerze nahm und zitternd den Männern Platz machte.

Wie kannst du das zulassen, schienen die Augen zu sagen. Sie waren so fürchterlich groß, diese Augen, strahlend blau und riesengroß. *Wie kannst du es nur zulassen, wo wir heute noch einen so schönen Tag im Garten verbracht haben. Du weißt doch, daß ich nicht mit allem einverstanden bin, was der Doktor macht. Laß es nicht zu, um Gottes willen, laß es nicht zu!*

Pri wandte sich schaudernd ab. Sie ertrug diesen Blick nicht.

»Pri!« fuhr Acorn sie an.

Er hatte die Frau bei den Beinen gepackt und schleifte sie mit sich. Santers war keine große Hilfe mehr. Er war sowieso nicht der Kräftigste, und jetzt, wo er nicht mehr allein war und die Anspannung nachließ, war er kaum noch zu etwas nutze.

»Pri! Wohin leuchtest du denn? Ich seh' ja gar nichts!«

Pri zuckte wie unter einem Schlag zusammen. Sie brachte es nicht über sich, einen Blick auf Mrs. Sunday zu werfen, aber sie hob gehorsam die Kerze ein Stück höher und streckte den Arm vor.

»Du sollst mir nicht die Haare verbrennen, verdammt!« zischte Acorn. »Was ist denn bloß mit dir los?«

Pri zog die Kerze wieder ein Stück an sich heran und schluckte krampfhaft. Die ganze Situation hatte etwas Alptraumhaftes an sich.

Acorn und Santers schleiften Mrs. Sunday ins *Heiligtum* und legten sie achtlos neben dem runden Tisch ab. Pri war an der Tür stehengeblieben und starrte entsetzt auf das hilflose Bündel.

Santers ließ sich erschöpft auf einem Stuhl nieder und schlang die Arme um den Körper. Er zitterte vor Kälte und vor Anstrengung.

»Mein Gott, war das knapp«, murmelte er. »Fast wär's schiefgegangen.«

»Der Doktor?« fragte Acorn. Er ging neben der Wärterin in die Hocke. Was hat er bloß vor? dachte Pri entsetzt. Seine Hände fuhren über ihre Fesseln, prüften ihren Knebel, und schließlich nickte er. Er wirkte vollkommen sachlich, wie ein Arzt, der eine Schwerkranke betreut.

»Nicht der Doktor«, antwortete Santers. »Henesey, dieser hochnäsige Butler. Nachdem ich mit *ihr* fertig war, warf ich einen Blick auf den Flur, um mich zu überzeugen, daß die Luft rein ist.«

»Und?« Acorn sah zu dem Jungen hoch und richtete sich wieder auf.

»Er hat mich gesehen. Er stand praktisch vor der Tür. Was meinst du, was der Mistkerl für Augen machte, als ich aus Mrs. Sundays Tür kam.« Santers wischte sich den Schweiß von der Stirn und atmete tief durch. »Wenn ich daran denke, wird mir noch jetzt ganz schlecht.«

»Du hast ihn doch nicht etwa gehenlassen?« fragte Acorn besorgt.

Santers grinste. »Sehe ich so aus? Wenn man ihn sucht, wird man ihn in Mrs. Sundays Bett finden. Mit einem Messer im Bauch. Ich frage mich, was der Doktor dazu sagen wird.«

Acorn gestattete sich ein dünnes Lächeln. »Sehr gut. Ich hoffe nur, daß niemand deinen ... eh ... Transport beobachtet hat.«

Santers schüttelte den Kopf. Sein Blick fiel auf Pri und wurde besorgt.

»Was ist mit dir los?« fragte er. »Du siehst plötzlich so blaß aus.«

»Sie ist den ganzen Abend schon etwas seltsam«, sagte Acorn rasch. »Kümmere dich nicht um sie. Sie wird uns nicht enttäuschen.«

Der Blick, mit dem er Pri musterte, wirkte fahrig und unsicher, als sei sie die letzte unbekannte Größe in einem ihr unbekannten Spiel.

»Bei was werde ich euch nicht enttäuschen?« fragte Pri.

Ihre Stimme klang heiser und fremd, und obwohl sie die Antwort auf ihre Frage längst kannte, fühlte sie wachsende Panik in sich. Sie wollte gar nicht wissen, was sie von ihr verlangten, und sie wollte gar nicht wissen, ob sie zu diesem Schritt wirklich bereit sein könnte.

Acorn schien ihre Bedenken zu kennen, und einen langen schrecklichen Augenblick verharrte er mitten in seiner halb gebückten Stellung. Dann ging er schließlich zum Tisch, zog schnell und entschlossen einen Stuhl heran, und ließ sich nieder.

»Es wird Zeit«, sagte er leise. »Vollzieh das Opfer, Lyssa.«

Wir beeilten uns. Der Pfad blieb auf der ganzen Länge nebelfrei, aber die dichten Schwaden um uns ließen kaum einen Blick auf den Himmel zu. Ich hatte jeden Zeitsinn verloren, und es kam mir vor, als ob ich schon Stunden der Schneise folgen würde, die für uns in den Nebel geschlagen war.

Ich konnte den Verdacht nicht loswerden, daß wir in eine Falle liefen. Es wirkte alles zu vorbereitet, zu künstlich, um noch Zufall sein zu können. Aber selbst wenn wir geradewegs in unser Verderben liefen, konnte ich nicht mehr zurück. Eine unbekannte Kraft trieb mich weiter, und ich ahnte, daß es so oder so zu einer Auseinandersetzung kommen würde.

Schließlich lichteten sich die Baumreihen, der Pfad verbreiterte sich und lief in einem schlammigen Feldweg aus. Der Nebel, der über den Feldern lag, floß vor uns zurück und gab den Blick auf einen breiten, geschotterten Weg frei.

»Ist es das?« fragte Sean leise.

Ich nickte. Obwohl ich noch nie hiergewesen war, wußte ich, daß mein Ziel vor mir lag. Ich spürte die Anwesenheit Priscyllas fast körperlich. Sie war hier, in dem Haus, zu dem der geschotterte Weg führen mußte.

Und sie war in Gefahr. Mit jeder Faser meines Körpers spürte ich die Gefahr, in der sie schwebte. Angst kroch in mir hoch, die Angst, zu spät zu kommen. Ich rang mühsam nach Atem und versuchte, die Lähmung, die meinen Körper ergriffen hatte, zurückzudrängen.

»Ist Ihnen nicht gut?« fragte Sean.

»Doch, doch«, brachte ich mühsam hervor. »Es geht schon wieder.«

Ich setzte mich wieder in Bewegung, mühsam, mit verkrampften Beinen und zitternden Händen.

Schon nach wenigen Metern mündete der Feldweg in der Zufahrt zum Haus. Der Schotter knirschte unter meinen Füßen, und der Nebel, der uns gerade noch umklammert hatte, zog sich fast fluchtartig zurück.

Erleichtert atmete ich auf. Ich spürte erst jetzt, wie schwer es mir gefallen war, dort im Nebel Luft zu holen.

Die Zufahrt endete an einem schweren Eisentor, das in einer übermannsgroßen Mauer verankert war. Ich blieb stehen und sah Sean an.

»Und jetzt?« fragte ich. »Wie kommen wir aufs Grundstück? Um diese Zeit wird man uns nicht mehr aufmachen.«

Irgendwo in der Ferne schrie ein Käuzchen, das erste Geräusch, das nicht vom Nebel gedämpft wurde. Ich starrte in den Himmel. Die Sterne funkelten teilnahmslos am Firmament, keine einzige Wolke und keine Nebelschwade verwehrte mehr den Blick auf sie.

»Wo ist bloß der Nebel geblieben?« fragte Sean. »Er kann sich doch nicht so plötzlich auflösen.«

»Diese Frage ist im Moment mehr akademischer Natur«, erwiderte ich.

Ich starrte an Sean vorbei auf den Waldrand und unterdrückte mühsam ein Zittern, das meinen ganzen Körper ergreifen wollte. Einen Moment lang glaubte ich den schlanken Schatten der Rattenfrau zu erkennen, aber dann war er auch schon wieder im Schutz der Bäume verschwunden.

»Wir sollten machen, daß wir reinkommen«, drängte ich.

Sean rüttelte prüfend am Gitter. »Solide Arbeit«, murmelte er anerkennend.

Er holte etwas aus den Tiefen seiner Jackentaschen hervor und machte sich an dem Schloß zu schaffen. In diesem Moment kam es mir gar nicht in den Sinn, zu fragen, wie er auf den Gedanken kam, hier einzubrechen. Ich wollte nur so schnell wie möglich zu Priscylla.

Und so schnell wie möglich die Schatten hinter mir lassen, die am Rande des Waldes hinter dem Nebel auf uns lauerten.

»Du hättest wirklich etwas besser auf ihn aufpassen können«, sagte Howard leise.

In seiner Stimme schwang Besorgnis, aber auch eine Spur von Resignation und Müdigkeit mit, die ihn fast selbst erschreckte. Er wußte, daß er den Anstrengungen, die ihm die letzten Monate abverlangt hatten, nicht auf Dauer gewachsen war. Aber es blieb ihm wohl nichts anderes übrig, als vorerst weiterhin auf den Jungen aufzupassen.

Robert Craven hatte noch lange nicht den Punkt erreicht, das Erbe seines Vaters bis zur letzten Konsequenz anzutreten. Vielleicht war er einfach zu jung. Solange er sich wie ein verliebter Pennäler benahm, brachte er nicht nur sich selbst, sondern ihre gemeinsamen Anstrengungen in Gefahr. Dabei schien er auch noch zu glauben, daß Howard und Rowlf nicht wußten, wonach er hier suchte.

Ausgerechnet hier. Wäre die Lage nicht so ernst gewesen, hätte sich Howard darüber amüsiert. Robert war alles andere als dumm, aber selbst die Klügsten benahmen sich manchmal wie Kinder, wenn sie verliebt waren.

Schließlich hatte Howard selbst angeordnet, daß Priscylla zu Baltimore gebracht wurde. Es konnte wohl kaum ein Zufall sein, daß Robert so zielstrebig in diese Gegend gefahren war.

»Tut mir leid«, murmelte Rowlf. »Dachte, er wär' auf'm Klo.«

»Was?« Howard musterte seinen hünenhaften Diener einen Moment verständnislos, bevor er sich auf den Vorwurf besann, den er ihm kurz zuvor gemacht hatte.

Der Lärm, der um sie herum herrschte, übte nicht gerade eine beruhigende Wirkung auf ihn aus. Die meisten Männer waren bereits aufgebrochen, aber einen Tisch weiter saßen noch drei Betrunkene, die sich krampfhaft an ihren Gläsern festhielten und sich von einem mürrischen Flenelton bedienen ließen.

»Schon gut, Rowlf. Ich hätte ja auch daran denken können. Der Bursche ist momentan zu allem fähig.« Er seufzte, schwieg einen Moment und fuhr mehr zu sich selbst als an Rowlf gewandt fort:

»Ich frage mich, ob wir nicht einen Fehler gemacht haben. Wir hätten in aller Ruhe zu Baltimore reisen und dort auf ihn warten sollen. Es war doch vorauszusehen, daß er zu Priscylla wollte.«

Rowlf nickte und verschränkte die Arme vor der Brust. Seine Lider waren halb geschlossen, und auf seinem Gesicht stand ein fast schwachsinnig wirkender Ausdruck. Jeder zufällige Betrachter hätte ihn für einen hirnlosen Tölpel halten können, aber seine zur Schau getragene Dummheit war nichts weiter als eine schauspielerische Glanzleistung.

»Soll'n wer ihm nach?« fragte er.

»An sich haben wir gar keine andere Wahl«, sagte Howard stirnrunzelnd. »Aber mir behagt der Gedanke nicht, durch die Dunkelheit zu stolpern. Schon gar nicht bei *diesem* Nebel.«

»Schlimm, dieser Nebel«, ertönte eine Stimme hinter ihm.

Howard wandte sich um, langsam, als habe er Mühe, sich in seinem übermüdeten Zustand überhaupt zu der Bewegung aufzuraffen. Sein Blick glitt über das Gesicht des Mannes, der hinter ihm an der Wand stand. Er mußte Zeuge ihres Gesprächs geworden sein.

Es war nur die Frage, *wieviel* er mitbekommen hatte. In dem Blick des Mannes schimmerte eine Wachsamkeit, die in keinem Verhältnis zu seinen drei Nachbarn stand, die volltrunken und selbstvergessen einen Tisch weiter saßen.

Howard erkannte ihn. Es war der Mann, der neben dem Hintereingang gestanden hatte, als er und Rowlf die Gaststube ›gestürmt‹ hatten. Schon bei dieser Gelegenheit war er ihm aufgefallen. Er hatte sich nicht an dem allgemeinen Durcheinander beteiligt, sondern beinahe als einziger einen kühlen Kopf behalten und zur schnellen Klärung der Angelegenheit beigetragen.

»Setzen Sie sich doch zu uns, Sir«, forderte ihn Howard mühsam beherrscht auf. »Es scheint ja gerade so, als ob wir die einzigen wären, die dem Freibier einigermaßen widerstanden haben.«

Er deutete lächelnd auf den Nachbartisch. Einer der drei Zecher war über seinem Bierglas zusammengesackt und bemühte sich, mit lautem Schnarchen das erhitzte Gespräch seiner beiden Freunde zu übertönen.

Der Fremde nickte, lächelte knapp, holte sich dann einen Stuhl heran und ließ sich darauf nieder. Er lehnte sich zurück und zog eine Schnupftabakdose hervor.

»Wenn ich mich vorstellen darf«, fuhr er fort, während er sich eine Prise genehmigte. »Mein Name ist Richardson.«

»Richardson«, murmelte Howard. »Ist das nicht ein skandinavischer Name?«

»Ganz recht. Mein Großvater stammt aus Schweden. Wenn Sie so wollen, bin ich ein Zugereister in zweiter Generation.«

»Aha.« Howard runzelte die Stirn. Richardsons Anwesenheit beunruhigte ihn mehr, als er sich eingestehen wollte. Der Mann paßte nicht nach Lowgreen. Genausowenig wie er selbst oder Rowlf. Aber *sie* hatten einen triftigen Grund, hierzusein.

»Ich hoffe, ich habe nicht Ihr Gespräch gestört«, bemerkte Richardson. »Ich hatte den Eindruck, als hätten Sie Wichtiges zu bereden.« Er beugte sich zur Seite und nieste lautstark. »Auf der anderen Seite besteht die Möglichkeit ... Entschuldigung.« Er brach ab, holte ein Taschentuch hervor und schneuzte sich.

»Auf der anderen Seite besteht die Möglichkeit, daß ich Ihnen behilflich sein könnte«, sagte er, nachdem er sein Taschentuch umständlich wieder verstaut hatte.

»Uns behilflich sein?« fragte Howard mißtrauisch. Er hatte vom ersten Moment an gespürt, daß Richardson mehr als ein einfacher Bauer war, aber noch wußte er nicht, was er von ihm zu halten hatte. »In welcher Angelegenheit?«

»Nun, Ihr stürmischer junger Freund hat sich selbständig gemacht, und Sie fühlen sich für ihn ... sagen wir mal, verantwortlich.« Richardson lehnte sich zurück und lächelte freundlich. »Nun sehen Sie mich nicht gleich so an, als ob Sie mich vergiften wollten. Ich meine es gut mit Ihnen.«

Howard musterte ihn einen Moment schweigend. »Wer sind Sie?« fragte er schließlich.

Seine Stimme klang eisig; alle Freundlichkeit war aus seinem Blick gewichen. Was immer Richardson war, eins war er bestimmt nicht: ein einfacher Bauer, der nur nach einem Vorwand für ein gemütliches Schwätzchen suchte …

»Mir gehört der einzige Laden in Lowgreen«, antwortete Richardson freundlich. »Wenn Sie so wollen, gehöre ich zu den Honoratioren des Ortes.« Er zuckte mit den Achseln. »Und das, obwohl die Menschen hier immer noch nicht vergessen haben, daß meine Familie erst vor einem halben Jahrhundert aus Schweden eingewandert ist. Es mag Sie überraschen, aber ich werde hier immer noch als Außenseiter betrachtet. Ich hoffe, daß meine Kinder nicht mehr darunter zu leiden haben.«

»Fremde sin' hier wohl nich' beliebt, wa'?« mischte sich Rowlf ein.

Richardson musterte ihn einen Moment, bevor er nickte. »Fremde haben es in Lowgreen schwer. Aber an sich überrascht mich das nicht. So, wie sich die Nichteinheimischen aufführen, kann man es der Bevölkerung nicht verdenken, wenn sie etwas gegen sie hat.«

»Ist diese Bemerkung gegen uns gerichtet?« fragte Howard steif.

Richardson schüttelte langsam und bedächtig den Kopf und beugte sich ein Stück nach vorn. Das Lächeln war aus seinen Augen gewichen und hatte einem besorgten Ausdruck Platz gemacht. »Ich spreche von den Leuten, die jenseits des Waldes wohnen. Von diesem Mr. Baltimore und seinen … nun, Gästen. Wenn Sie mich fragen: Erwähnen Sie hier besser niemandem gegenüber, daß Sie ihn kennen.«

Howard ahnte, daß es ein Schuß ins Blaue war, aber er konnte trotzdem nicht verhindern, daß er zusammenzuckte. Er war diesem späten Gespräch mit Richardson einfach nicht gewachsen. Der Mann wußte mehr, als er bis jetzt zu erkennen gegeben hatte.

Howard wußte noch immer nicht, worauf er eigentlich hinauswollte.

»Was wissen Sie von Baltimore?« fragte er.

»Vielleicht etwas mehr als die anderen«, bekannte Richardson. »Er läßt sich zwar nie im Ort sehen, aber seine Bediensteten kaufen manchmal bei mir ein. Obwohl sie nicht sehr gesprächig sind, habe ich im Laufe der Jahre doch das eine oder andere erfahren.«

»*Was* haben Sie erfahren?« verlangte Howard zu wissen.

Richardson zuckte mit den Achseln. »Nicht viel. Aber genug, um zu wissen, daß dort nicht alles mit rechten Dingen zugeht. Die Bevölkerung weiß zwar, daß Mr. Baltimore dort Geisteskranke aus wohlhabenden Familien einsperrt, aber ich glaube, daß das nicht alles ist. Es steckt noch viel mehr dahinter.«

»Und was, wenn ich fragen darf?«

Richardson lächelte flüchtig. »Genau das wollte ich von Ihnen erfahren.«

»Aber warum?« mischte sich Rowlf ein. »Wozu woll'n Se's denn wissen?«

»Das würde mich allerdings auch interessieren«, pflichtete ihm Howard bei. Sein eiskalter Blick bohrte sich in die Augen seines Gegenübers, aber Richardson blinzelte noch nicht einmal. »Sie verschweigen uns doch etwas, Mr. Richardson.«

»Ich könnte den Vorwurf zurückgeben und es dabei belassen«, antwortete Richardson leichthin. »Aber ich habe einen anderen Vorschlag.« Er warf einen Blick auf den Wirt, der sich ihrem Tisch näherte. Zwei der drei Betrunkenen am Nebentisch hatten sich erhoben und versuchten, ihren schlafenden Zechkumpan gemeinsam in die Höhe zu hieven.

»Machen Sie mir die Freude, mich als meine Gäste zu begleiten, und überlassen Sie mir den Rest.«

Der Wirt war mittlerweile herangekommen und sah unsicher auf sie hinab.

»Tut mir leid, Herrschaften«, sagte er schwerfällig, »aber ich muß jetzt wirklich schließen. Es ist schon nach Mitternacht ...«

»Schon gut, Flenelton«, unterbrach ihn Richardson und winkte ab. »Wir wollten sowieso gerade gehen. Ich habe mich angeboten, Mr. Howard und seine Begleiter bei mir aufzunehmen. Seinen Neffen habe ich schon vorgeschickt. Ich hoffe, ich verderbe dir dadurch nicht das Geschäft.«

»Ach was.« Flenelton grinste unsicher. »Ich hab' sowieso nur drei Zimmer. Eins ist schon vergeben, in einem liegt mein feiner Cousin und schläft seinen Rausch aus, und das dritte ist zu klein für mehrere Personen, vor allem für so feine Herrschaften ...«

»Ja, ja«, unterbrach ihn Richardson erneut und erhob sich. Er nickte Howard zu. »Gehen wir, Sir. Flenelton hat recht. Es ist in der Tat schon recht spät.«

Howard und Rowlf erhoben sich ebenfalls. Howard war alles andere als wohl dabei. Die schnelle, routinierte Art, in der Richardson das vorzeitige Verschwinden Roberts erklärt hatte, trug nicht gerade zu seiner Beruhigung bei. Er fragte sich, was für Überraschungen der Kaufmann noch auf Lager haben mochte. Aber er hatte das sichere Gefühl, daß es keine angenehmen waren ...

Priscylla blieb wie erstarrt am Eingang stehen. Sie versuchte, ihre Gedanken zu ordnen und zu begreifen, was man mit ihr vorhatte. Ihr Blick irrte zwischen dem verschnürten Bündel und Acorn hin und her. Sie konnte nicht glauben, daß Santers tatsächlich einen Mord begangen hatte, um Mrs. Sunday in seine Gewalt zu bekommen.

Und schon gar nicht, daß sie selbst an der Planung der Tat beteiligt gewesen sein sollte.

»Seid ihr verrückt geworden?« stammelte sie. »Was soll der Unsinn. Santers! Schneide sofort die arme Frau los. Sie hat dir doch nichts getan.«

Santers rührte sich nicht. Er hatte die Beine auf den Tisch gelegt und starrte müde in Priscyllas Richtung. Auf seinem blassen Gesicht stand leichte Verwunderung geschrieben. Dicke Schweißperlen liefen seine Stirn hinab und spiegelten sich im flackernden Licht der einzigen Kerze, die mitten auf dem Tisch stand.

»Kümmere dich um sie, Acorn«, sagte er schwerfällig. »Die Kleine weiß mal wieder nicht, was sie redet.«

Acorn nickte. Er löste sich von der Wand und trat einen Schritt vor. Sein Blick streifte Priscylla mit fast schmerzhafter Intensität. Kaum mehr als einen Herzschlag lang versanken ihre Augen ineinander, drangen wilde Strömungen auf Priscylla ein und drohten sie mit sich zu reißen.

Priscylla wandte sich schaudernd ab und preßte die Handballen gegen die Stirn. Ein scharfer Schmerz raste durch ihr Bewußtsein und raubte ihr sekundenlang die Besinnung. Sie glaubte, flammende Feuerwirbel zu sehen, ein Gewirr aus Farben und rätselhaften Symbolen, schattenhafte Gestalten und dann ...

Einen aufgebrachten Mob, der mit Latten, Ketten, Steinen auf sie eindrang, haßerfüllte Gesichter, gierige Hände, die ihr die Kleider vom Leibe rissen, scharfe Messer und Stöcke schwangen, sie schlugen, sie mißhandelten, sie ...

»Nein«, keuchte Priscylla.

Der Wirbel verstärkte sich, aber sie weigerte sich, stemmte sich gegen die Gewalten, die sie mit sich zu reißen versuchten. Sie war stark, sie mußte kämpfen, sie durfte nicht aufgeben, mußte sich gegen den glühenden Feuerball stemmen ...

Und dann, ganz plötzlich, war es vorbei.

Sie stöhnte auf, halb vor Schmerzen, halb vor Erleichterung. Die Luft wich aus ihren Lungen und hinterließ in den Atemwegen ein verkrampftes, erstickendes Gefühl. Sie taumelte und mußte sich am Rahmen der Tür festhalten, um nicht zu stürzen. Während sie gierig ein- und ausatmete, hatte sie noch immer das Gefühl, von tosenden Flammen umgeben zu sein. Aber jetzt war es nicht mehr als eine entfernte Vision, ein Tagtraum, den sie an den Rand ihres Denkens drängen konnte.

»Ich bekomme ... keine Luft«, stieß sie hervor. »Kann man denn hier kein Fenster aufmachen?«

Acorn lachte rauh. »Hier unten gibt es keine Fenster, Lyssa«, sagte er. »Der Hölle sei Dank.«

Lyssa, die Hexe, nickte langsam, als müsse sie sich erst besinnen, wo sie war. Der quälende Druck auf ihrer Kehle wich, und sie spürte, wie sie neue Kraft durchpulste.

»Wir sind im Keller, nicht wahr?« fragte sie.

»Im Keller, allerdings. Im Heiligtum, um genau zu sein.« Acorn fuhr sich mit der Hand durch die Haare und warf einen Blick auf Mrs. Sunday, die ihre Unterhaltung verfolgen mußte, ohne sich rühren zu können.

»Ich fühle mich richtig erlöst, Lyssa«, bekannte er. »Jetzt ist endlich der Tag gekommen, auf den wir so lange gewartet haben.«

Lyssa nickte. In ihren Augen glomm ein geheimes Feuer. »Es wird Zeit, daß wir es zu Ende bringen«, sagte sie kühl. »Du hast anschließend noch genug Zeit, dich erlöst zu fühlen.« Ihr Blick fiel auf Santers, der ihr Gespräch schweigend verfolgte.

»Du hast gute Arbeit geleistet, Santers, aber das ist

noch kein Grund, dich jetzt auszuruhen.« Sie deutete auf das wehrlose Bündel, zu dem er Mrs. Sunday zusammengeschnürt hatte. »Was getan werden muß, wird getan. Mach dich an die Arbeit.«

Sie stieß sich vom Türrahmen ab und hielt auf den Tisch zu. Noch immer fühlte sie sich schwach, aber es war nur eine rein körperliche Schwäche, die nichts zu bedeuten hatte. Die Kraft, die in ihr schlummerte, hatte alles hinweggewischt, was sie vor ein paar Minuten noch empfunden hatte.

Es erschien ihr geradezu lächerlich, daß sie noch gerade so etwas wie Mitleid mit Mrs. Sunday empfunden hatte. Ein Menschenleben mehr oder weniger, was bedeutete das schon? Sie erinnerte sich an das Gefühl, aber es war, als wären es die Erinnerungen eines anderen.

Es galt jetzt, das zu Ende zu führen, was vor langer, langer Zeit in Jerusalems Lot begonnen hatte. Andara, der Verräter, der sie und die anderen Hexer so schmählich im Stich gelassen hatte, der die Schuld an dem Unglück trug, dem sie alle zum Opfer gefallen waren, war ausgelöscht – aber noch lebte sein Sohn. Der Fluch war noch nicht erfüllt.

Sie ließ sich auf einem der harten Holzstühle nieder und beobachtete ungerührt, wie Santers und Acorn Mrs. Sunday hochzerrten, mit ungeduldigen Bewegungen ihre Fesseln durchtrennten, ihr den Knebel aus dem Mund rissen und sie zu der breiten Holzbank führten, die an der dunklen Außenwand stand. Das Messer in Acorns Hand funkelte bedrohlich, aber sie wußte, daß er es noch nicht benutzen würde.

Noch war es nicht soweit.

Seans Fähigkeiten hatten mich aufs neue in Erstaunen versetzt. Die Leichtigkeit, mit der er das verschlossene Gartentor aufbekommen hatte, trug nicht gerade dazu bei, meinen Verdacht zu zerstreuen. Irgend etwas stimmte nicht mit ihm. Seine Anwesenheit im Wald, seine Zielstrebigkeit, mit der er mir seine Begleitung angeboten hatte ...

Während wir auf das Haus zugingen, ließ mich das quälende Gefühl nicht los, daß Sean nicht hierhingehörte. Bei dem, was ich tun mußte, konnte ich keinen unsicheren Begleiter gebrauchen. Ich mußte unbedingt herausbekommen, was Sean hier eigentlich suchte – oder wer er war.

Der Nebel hatte sich zum größten Teil gelichtet und gab den Blick auf eine großzügige Parkanlage und ein im Dunkeln liegendes, großes Haus frei. Was uns dort erwartete, wußte ich nicht, aber ich spürte, daß es besser war, wenn ich allein ging. Ich hatte schon einmal eine Überraschung mit Sean erlebt, und ich war nicht erpicht darauf, sie zu wiederholen.

Sean bewegte sich leise und geschickt wie ein Dieb. In seiner ganzen Art lag etwas Gespanntes, Selbstsicheres, das mich daran zweifeln ließ, daß er sich zum ersten Mal unerlaubt in fremdes Gelände einschlich. Ich wußte wenig über diesen Mann, zu wenig, um mir ein Urteil über ihn erlauben zu können, aber ich ahnte, daß er ein düsteres Geheimnis mit sich trug.

Ich hätte ihn am liebsten geradewegs danach gefragt. Schließlich verfügte ich über die Fähigkeit, Lüge und Wahrheit zu unterscheiden. Aber mit jedem Schritt, den wir uns dem Haus näherten, fühlte ich mich weniger in der Lage, einen klaren Gedanken zu fassen. Ich *mußte* wissen, wer Sean war, und doch mußte ich diese Frage erst einmal verschieben.

Ich weiß nicht, was ich erwartet hatte. Irgendwie

überraschte mich die Größe des Hauses und seine bedrückende Atmosphäre. Die hohen, lichtschluckenden Mauern erinnerten mich an ein düsteres Gerichtsgebäude, das ich vor ein paar Monaten in London gesehen hatte. Es hatte etwas Abschreckendes an sich.

Priscylla war hier, das spürte ich, aber da war ... noch etwas anderes. Etwas, das sich zwischen Priscylla und mich geschoben hatte. Bevor ich dazu kam, darüber nachzudenken, hatten wir schon die Stufen erreicht, die zum Portal führten.

Der Anblick ließ mich frösteln. Vor uns erhob sich eine mächtige, eisenbeschlagene Tür, die mir wie die Zugbrücke einer mittelalterlichen Festung vorkam. Sie strahlte etwas Bedrohliches aus. Ich mußte mit Mühe die aberwitzige Vorstellung unterdrücken, daß die Tür donnernd auf uns hinabfuhr und ein berittener Trupp über uns hinwegsprengte.

»Ich glaube, es wird Zeit, daß wir uns bemerkbar machen«, sagte Sean leise. »Man könnte uns sonst noch für Einbrecher halten.«

Ich nickte langsam und versuchte, das ungute Gefühl zu unterdrücken, das mich dabei beschlich. Sean glaubte augenscheinlich immer noch, daß ich mit Mr. Baltimore bekannt war; ein Irrtum, der sich nur allzubald aufklären würde. Ich mußte eine Möglichkeit finden, Sean zum Öffnen des Türschlosses zu bewegen, ohne ihm die Wahrheit zu sagen.

»Es hat keinen Sinn, um diese Zeit zu klopfen«, sagte ich. »Wir würden mehr Verwirrung stiften als alles andere.«

Sean wirkte einen Moment verwirrt. Ich fürchtete schon, er würde mißtrauisch werden und mich unter Druck setzen wollen, aber er schien nicht in der Stimmung dazu zu sein. Wieder mußte ich mir mit

Gewalt ins Gedächtnis zurückrufen, daß der Mann neben mir nicht der Sean war, den ich zu kennen glaubte.

»Und was schlagen Sie vor?« fragte er.

Meine Gedanken flogen. Ich wußte, daß ich alles auf eine Karte setzen mußte, um weiterzukommen, aber ich hatte auch Angst, mit einer spontanen Aktion sämtliche Chancen zu verspielen.

Sean stand direkt neben mir, und ich bemerkte aus den Augenwinkeln, wie er sich mißtrauisch umsah, als fürchte er, daß uns aus den Tiefen des Gartens etwas gefolgt war.

Ich hatte gesehen, wie er den Revolver in seiner linken Jackentasche verstaut hatte. Und ich wußte, daß sich eine Gelegenheit wie diese nicht mehr wiederholen würde.

Blitzschnell griff ich zu, riß den Revolver aus Seans Tasche und preßte ihn ihm in die Seite.

»Keinen Mucks«, stieß ich hervor. »Ich schwöre Ihnen, ich drücke ab, Sean.«

Sean spannte sich. Mein Angriff war zu überraschend gekommen, um ihm Zeit zur Gegenwehr zu geben. Aber ich wußte, daß ich den Riesen nicht unterschätzen durfte. Selbst mit der Waffe in der Hand fühlte ich mich nicht unbedingt sicher. Ich ahnte, daß er selbst dann noch mit mir fertig werden würde, wenn ich abdrückte.

Ich spannte den Hahn und trat zwei Schritte zurück. »Und jetzt öffnen Sie die Tür«, sagte ich.

Meine Stimme klang rauh und heiser, und die Waffe in meinen Händen zitterte. Ich hoffte, daß Sean es nicht bemerkte. Ich mußte dort hinein, koste es, was es wolle. Priscylla war irgendwo dort drinnen. Vielleicht schlief sie, vielleicht schwebte sie aber auch in akuter Lebensgefahr. Wie auch immer; ich hatte ihren Hilferuf nicht vergessen, und ich ahnte, daß ich keine Zeit mehr zu verlieren hatte.

»Wie stellen Sie sich das vor?« fragte Sean. »Wollen Sie mich etwa über den Haufen knallen, wenn ich mich weigere? Davon haben Sie auch nichts.« Er lachte leise. »Sie haben doch nicht das Format dazu, Mann. Geben Sie die Waffe her und lassen Sie uns die Sache vergessen.«

Er trat einen Schritt vor und streckte die Hand nach der Waffe in meinen Fingern aus.

»Keinen Schritt weiter«, warnte ich ihn und hob den Revolver ein Stück höher.

Das kalte Metall wirkte wie ein Fremdkörper in meiner Hand, aber ich war nicht bereit, aufzugeben. In einer anderen Situation hätte ich Seans Kaltblütigkeit vielleicht bewundert, aber jetzt dachte ich nur daran, daß er mich unnötig aufhielt. Ich war meinem Ziel greifbar nahe, und ich ahnte, daß die Zeit drängte. Das gespenstische Erlebnis im Wald hatte mich zu der Überzeugung gebracht, daß die Gefahr, von der Priscylla gesprochen hatte, greifbar nahe war.

Sean schien mir anzusehen, daß ich zum Äußersten entschlossen war. Er ließ die Hand sinken, langsam, als überlege er, wie er mich am besten überwältigen könnte.

»Keine Tricks«, warnte ich ihn, »öffnen Sie die Tür, dann sehen wir weiter. Aber denken Sie immer daran, daß ich mit dem Revolver hinter Ihnen stehe.«

Sean zögerte sichtlich, bevor er schließlich widerstrebend nickte. »Also gut«, sagte er. »Ich werde es versuchen.«

Santers drückte Mrs. Sunday auf die Holzbank und starrte mit ausdruckslosen Augen auf sie hinab. Mrs. Sunday stieß einen erstickten Laut aus und hob abwehrend die Hände. In ihren weit aufgerissenen Augen funkelte panische Angst, und ihre Hände zitterten kraftlos.

Sie gehörte nicht zu dem Typ Frau, der schon beim Anblick eines Messers in Ohnmacht fällt, aber das, was sie in der letzten Stunde erlebt hatte, hatte ihren Widerstand gebrochen. Lyssa hatte fast erwartet, daß sie schreien oder sie mit erbitterten Vorwürfen überschütten würde, aber sie hatte sich getäuscht. Die Angst, die Mrs. Sunday gepackt hielt, schien bei ihr weder einen klaren Gedanken noch eine normale Reaktion zuzulassen.

»Laßt sie in Ruhe«, befahl Lyssa.

Santers zuckte zusammen und trat einen Schritt zurück.

»Aber ich muß sie doch vorbereiten«, wandte er ein.

»Das mache ich schon«, sagte Lyssa.

Mrs. Sunday ließ die Hände sinken und starrte sie an.

»Pri«, stieß sie hervor. Ihre Stimme klang rauh. »Du mußt Hilfe holen. Die beiden sind nicht mehr bei Verstand. *Hol den Doktor.*« Den letzten Satz schrie sie.

Lyssa erstarrte. Es war zwar unwahrscheinlich, daß sie jemand hörte, aber sie durften kein Risiko eingehen. Wenn man sie entdeckte, bevor das Opfer vollbracht war, war der Ausgang ihres Unternehmens in Gefahr. Sie nickte Santers zu und lehnte sich zurück.

Er hatte nur darauf gewartet. Mit einem Satz war er bei Mrs. Sunday und preßte ihr die Hand auf den Mund.

»Keinen Muckser mehr«, zischte er. »Oder ich schlitze dich gleich auf.«

Mrs. Sunday versuchte, seine Hände wegzuschieben, aber sie vermochte nichts gegen Santers festen Griff auszurichten. Er ließ sie erst los, als ihr Widerstand erlahmte.

»Wir sollten uns beeilen«, sagte er nervös und warf einen Blick auf Lyssa, die sich von ihrem Platz erhoben hatte. »Wenn jemand zufällig Henesey findet ...«

»Wie sollte das wohl möglich sein«, fiel ihm Acorn ins Wort. »In Mrs. Sundays Bett wird ihn doch wohl niemand suchen, oder?« Er lachte meckernd.

Santers schüttelte ernsthaft den Kopf. »Das nicht«, gab er zu. »Aber trotzdem ...«

Lyssa schob ihn beiseite und trat an die Holzbank heran, die ihnen als Opferaltar diente. Sie spürte die Dringlichkeit ihrer Aufgabe, und sie würde sich jetzt von nichts und niemandem mehr von ihrem Vorhaben abbringen lassen.

»Wir werden beginnen«, sagte sie feierlich. »Seid ihr bereit, Helfer des Ti'lar'min?«

Acorn gesellte sich zu ihnen und baute sich an einer Seite des improvisierten Altars auf, Santers an der anderen. Es dauerte eine Weile, bis sie zur Ruhe gekommen waren. Ihre Gesichter wirkten feierlich, aber auch angespannt, und es war eine Spur von Furcht darin, als wären sie nicht sicher, den Kräften gewachsen zu sein, die sie herausfordern wollten. Selbst Acorn, der sich im allgemeinen hinter einer Maske von Gleichmut und Überheblichkeit verbarg, wirkte sichtlich nervös.

Schließlich hoben sie gemeinsam die Hände zu der Geste des uralten Ritus und nickten sich zu.

»Wir sind bereit«, sagten sie feierlich. Ihre Worte hallten leer und hohl in dem Raum wider.

Eine spürbare Spannung lag mit einemmal in der Luft. Plötzlich spürten sie, daß sie nicht mehr allein waren, als ob sich etwas zu ihnen gesellt hätte, schwach erst, aber mit einer Andeutung geballter Kraft; wie eine unsichtbare Faust, die sich über ihnen ballte.

Lyssa nickte, breitete die Hände über ihrem Opfer aus, und fragte: »Bist auch du bereit, Opfer des Ti'lar'-min, die du uns aus dem Dunkel hinaus zur Heiligkeit führen wirst?«

Ihre Stimme schien gar nicht mehr ihr zu gehören, die Worte flossen wie von selbst von ihren Lippen. Zwischen ihren Händen breitete sich ein irisierender Schimmer aus, ein fast unmerkliches Flackern; wie ein Elmsfeuer.

Mrs. Sunday schob sich bis an den äußersten Rand des Altars zurück und preßte sich gegen die Wand. In ihren Augen flackerte Wahnsinn, aber noch verfügte sie über genug Selbstbeherrschung, um langsam den Kopf zu schütteln. Das, was um sie geschah, mußte ihr Begriffsvermögen bei weitem übersteigen.

»Pri«, sagte sie flehend, »hör bitte auf, hör bitte sofort auf. Ich werde auch dem Doktor nichts sagen.«

Ihr Blick heftete sich an Lyssas Augen, aber was sie darin las, schien ihre Hoffnungen vollends zu zerstören.

»Das könnt ihr doch nicht tun, ihr Bestien«, keuchte sie. Ein heftiges Zittern schüttelte ihren Körper. »Ich habe euch doch nichts getan ...«

Sie brach abrupt ab, als Santers das Messer hob. Die Kerze flackerte und warf die bizarren Schatten der Männer auf die gegenüberliegende Wand. Mrs. Sunday stieß einen kleinen, spitzen Schrei aus und schlug die Hände vor den Mund.

Das flackernde Licht gaukelte ihr irgend etwas vor, was sich aus dem Hintergrund des Raumes löste, etwas Großes, Massiges mit Hörnern und ...

»O mein Gott«, stöhnte Mrs. Sunday.

»Wehre dich nicht«, sagte Lyssa sanft. »Du bist Ti'lar'min geweiht, und er wird dich zu sich holen, um uns Freiheit und Kraft zu geben.«

»Ich bringe euch hier raus!« schrie Mrs. Sunday. *»Aber schützt mich vor diesem Ding!«*

Sean richtete sich wieder auf und nickte mir zu.

»Die Tür ist offen. Und was nun?«

Ich winkte ungeduldig mit dem Revolver. »Gehen Sie rein. Aber machen Sie keinen Krach. Ich möchte nicht, daß man uns frühzeitig entdeckt.«

»Frühzeitig entdeckt?« Sean kniff die Augen zusammen. »Was suchen Sie überhaupt da drinnen? Sie haben es nicht zufällig auf die Wertsachen abgesehen, nein?«

»Reden Sie keinen Quatsch«, fuhr ich ihn an. »Meinen Sie, dann würde ich mich mit Ihnen abgeben? Wenn ich hätte einbrechen wollen, hätte ich mir einen besseren Zeitpunkt ausgesucht.«

»Und als was bezeichnen Sie unser – eh – Eindringen zu nächtlicher Stunde?« wollte Sean wissen.

Er trat einen halben Schritt vor, und ich begriff, daß er mich mit seinen Anschuldigungen nur ablenken wollte. Sean hatte augenscheinlich nicht vor, sich widerstandslos von mir herumkommandieren zu lassen. Wenn ich nicht aufpaßte, war ich den Revolver bald wieder los.

»Ich weiß nicht, was ich mit Ihnen machen soll«, preßte ich hervor. Ich war es leid, meine Zeit mit Reden zu verplempern; andererseits konnte ich Sean auch nicht einfach hier stehen lassen und allein weitergehen. Bevor ich nicht wußte, wer er war, mußte ich mich vor ihm in acht nehmen, als sei er der Teufel persönlich.

»Eins kann ich Ihnen jedenfalls versichern«, fügte

ich hinzu, als er seinen rechten Fuß wieder ein Stück nach vorn schob, »wenn Sie auch nur noch eine falsche Bewegung machen, werde ich meine Rücksicht vergessen. Selbst, wenn nachher das ganze Haus über mich herfallen sollte, werde ich Ihnen eine verpassen. Wie würde Ihnen eine Kugel im Knie gefallen?«

Sean blieb abrupt stehen. Nach seinem Gesichtsausdruck zu urteilen, war er sich bewußt, daß ich keine leeren Drohungen ausstieß. Ich selbst war mir zwar nicht so sicher, ob ich von der Waffe Gebrauch machen würde, aber das stand auf einem anderen Blatt.

»Bevor wir gehen, möchte ich noch eine Kleinigkeit von Ihnen wissen«, sagte ich leise. »Wer sind Sie und was suchen Sie hier?«

»Ich dachte, Sie hätten es eilig«, wich Sean aus.

»Allerdings«, brummte ich und richtete den Lauf des Revolvers auf seinen Kopf. »Deswegen würde ich Ihnen raten, mir meine Frage ohne viel Umschweife zu beantworten.«

»Na schön.« Sean zuckte mit den Achseln. »Ich nehme zwar an, daß ich Ihnen nichts Neues sage, da Sie mich ja bereits beim Namen kannten, aber bitte sehr. Mein voller Name lautet Sean Moore, und ich bin Mitglied einer Spezialabteilung der Polizei Ihrer Majestät.«

»Scotland Yard?« entfuhr es mir.

»Ganz recht«, nickte Sean. »Sie bedrohen einen Beamten Ihrer Majestät. Wollen Sie mir jetzt nicht endlich meine Waffe wiedergeben?«

Ich schüttelte rasch den Kopf. Meine Fähigkeit, Lüge von Wahrheit zu unterscheiden, hatte mich auch diesmal nicht im Stich gelassen. Ich wußte, daß Sean die Wahrheit sagte, aber das reichte noch nicht, um ihm vollständig zu vertrauen.

»Was suchen Sie hier?« fragte ich barsch.

»Das ist eine lange Geschichte«, behauptete Sean.

»Machen Sie's kurz.«

»Nun gut.« Sean hustete trocken, bevor er weitersprach. »Wir suchen jemanden«, begann er. »Einen Mann namens Santers. Seine Familie macht sich große Sorgen um ihn.«

»Und Sie glauben, daß er hier ist?«

»Allerdings«, antwortete Sean knapp.

Auch diesmal sprach er die Wahrheit, aber ich hatte plötzlich das Gefühl, daß er mir etwas anderes, sehr viel Wichtigeres, verschwieg. Und ich wußte, daß ich mich auf meine Gefühle verlassen konnte.

»Erzählen Sie mir mehr davon«, forderte ich ihn auf.

»Wie Sie wollen«, sagte Sean. »Obwohl es da nicht viel mehr zu erzählen gibt. Ein Kaufmann aus Lowgreen steht seit längerem im Verdacht, an dem Verschwinden mehrerer Personen beteiligt zu sein. Sein Name ist Richardson. Kennen Sie ihn?«

Mir war der lauernde Tonfall in Seans Stimme nicht entgangen, aber ich schüttelte nur ungeduldig den Kopf. »Weiter.«

»Nichts weiter. Ich habe die Spur aufgenommen, und jetzt bin ich hier.«

Ich schüttelte den Kopf. Sean sagte die Wahrheit, aber es war nicht die volle Wahrheit, das spürte ich ganz deutlich. »Das ist noch nicht alles«, behauptete ich.

Sean machte eine ungeduldige Handbewegung. »Natürlich ist das nicht alles. Aber wenn ich Ihnen den ganzen Vorgang erzählen soll, stehen wir noch morgen früh hier.«

Ich mußte ihm recht geben. Aber ich tat es nur widerwillig. Wenn Priscylla nicht gewesen wäre, hätte ich mich nicht mit einer so lapidaren Bemerkung abspeisen lassen.

»Dann sitzen wir in einem Boot«, sagte ich langsam. Ich war mir nicht sicher, ob meine Behauptung wirklich stimmte, aber in diesem Moment sah ich keine andere Möglichkeit, um Sean auf meine Seite zu ziehen.

»Ich bin aus ganz ähnlichen Gründen hier«, fuhr ich fort. »Auch ich suche jemanden, und ich glaube, daß man ihn hier gegen seinen Willen festhält.«

»Ach ja?« fragte Sean. »Wen suchen Sie, und wie sind Sie dahintergekommen, daß er hiersein könnte?«

Diese Frage konnte nur ein Polizist stellen. Ich überlegte kurz, ob ich sie beantworten sollte, aber ein unbestimmtes Gefühl hielt mich davon ab.

»Keine Zeit«, sagte ich knapp. »Schließlich haben wir noch eine Kleinigkeit zu erledigen, bevor es hell wird. Gehen wir.«

Sean zuckte mit den Achseln, drehte sich wortlos um und schob die Tür auf. Mit dumpfem Knarren glitt sie zurück.

Ich steckte den Revolver weg und folgte ihm. Ich hoffte nur, daß es kein Fehler war, Sean zu vertrauen.

»Hier entlang«, sagte Richardson. »Und beeilen Sie sich.«

Howard nickte und folgte ihm schweigend. Es war ihm nicht wohl dabei, durch einen Geheimgang in den Besitz von Baltimore einzudringen, aber Richardson hatte ihm versichert, daß es der schnellste und sicherste Weg war, um direkt zum Doktor zu kommen.

Der lange Fußmarsch hatte Howard mehr erschöpft, als er sich eingestehen wollte. Auch Rowlf machte keinen frischen Eindruck mehr. Die Brandverletzungen, die er sich in Durness zugezogen hatte, wären für einen weniger robusten Mann als Rowlf tödlich gewesen.

Obwohl er sich in den letzten Wochen sehr geschont hatte, war er noch nicht vollständig genesen.

Howard drückte die Tür hinter sich ins Schloß und sah sich in dem flackernden Licht der Fackel, die Richardson entzündet hatte, um. Vor ihnen erstreckte sich ein langer, in den Stein geschlagener Gang, der steil nach oben führte. Auf dem staubbedeckten Boden waren keine Fußspuren zu erkennen, die darauf hingedeutet hätten, daß der Gang regelmäßig benutzt wurde.

»Und hier kommen wir direkt zu Baltimore?« fragte er zweifelnd.

Richardson nickte knapp. »Wir sollten uns beeilen«, sagte er nervös. »Der Tunnel ist noch in der Zeit angelegt worden, als König Richard mit seinen Kreuzzügen beschäftigt war. Ich traue der ganzen Konstruktion nicht.«

»Ich trau' auch manchem nich'«, knurrte Rowlf.

Richardson drehte sich zu ihm um. »Meinen Sie mich damit?« fragte er scharf.

Rowlf zuckte mit den Achseln.

»Ich habe Ihnen doch erklärt, warum wir den Geheimtunnel benutzen müssen«, fuhr er fort, ohne Rowlf die Gelegenheit zu einer Antwort zu geben. »Wenn wir am Haupteingang erscheinen, warnen wir Robert frühzeitig. Wir dürfen kein Risiko eingehen.«

»Wenn er überhaupt hier ist«, murmelte Howard.

»Zweifeln Sie etwa daran?« fragte Richardson.

Howard schüttelte den Kopf. »Nein, Sir. Schließlich deckt sich das, was Sie uns erzählt haben, genau mit unseren Vermutungen.«

»Dann können wir ja weitergehen«, stellte Richardson übellaunig fest.

Er wirkte gereizt und ungeduldig, und alle Freundlichkeit war von ihm gewichen. Howard konnte es ihm nicht verdenken. Schließlich war es nicht gerade ein beruhigendes Gefühl, einen jahrhundertealten Gang benutzen zu müssen, der noch nicht einmal durch Stempel gesichert war.

Durch den nackten Fels zogen sich Risse und Sprünge, und es war wahrscheinlich nur noch eine Frage der Zeit, bis alles in sich zusammenbrach. Je weiter sie kamen, um so unbehaglicher fühlte sich Howard. Hätte er vorher gewußt, in welchem Zustand sich der Geheimgang befand, hätte er sich zweimal überlegt, diesen Weg zu wählen.

Aber, er ahnte, daß es jetzt kein Zurück mehr gab. Es war sowieso mehr Glück als Verstand gewesen, ausgerechnet auf Richardson zu treffen, der schon seit Jahren eng mit Baltimore zusammenarbeitete. Er gehörte zu der entschlossenen Gruppe Männer und Frauen, die sich dem Kampf gegen die Mächte der Finsternis widmete.

Um das gemeinsame Risiko so klein wie möglich zu halten, verkehrten sie für gewöhnlich nur unter Falschnamen. Richardson war Howard bislang nur unter dem Namen Winter bekannt gewesen, und er hatte nicht geahnt, daß Winter/Richardson in unmittelbarer Nähe von Baltimore lebte.

Richardson blieb stehen und deutete mit der Fackel nach vorne. »Wir sind jetzt unter dem Haus«, flüsterte er. »Diesen Teil des Gewölbes kennen nur noch Baltimore und ich. Hier war einst ein ausgedehnter Komplex –«

Er brach abrupt ab, legte den Kopf auf die Seite und trat einen Schritt vor. Howard wollte etwas sagen, aber Richardson winkte ab.

»Hören Sie es auch?« fragte er leise. In seinem Gesicht spiegelte sich Besorgnis. »Es klang ... wie ein Schrei.«

Howard schüttelte den Kopf. Sosehr er sich auch anstrengte, er konnte nichts hören. Trotzdem fühlte er sich alles andere als wohl in seiner Haut. Die Enge des Ganges und seine düstere Atmosphäre, die nur sehr unvollkommen von der blakenden Fackel erhellt wurde, zerrten an seinen Nerven. Es war durchaus nicht nötig, hier auch noch *irgend etwas* zu hören, um nervös zu werden.

»Das wa' nich' *ein* Schrei«, sagte Rowlf. »'s wa'n mehrere.«

Richardson nickte. »Also doch«, murmelte er. Er drehte sich zu Rowlf um und sah ihn zweifelnd an. »Und jetzt? Hören Sie noch etwas?«

Rowlf hob die Hand und schloß die Augen. Sein breites Gesicht blieb ausdruckslos, und Howard hätte ihn am liebsten angefahren, um zu erfahren, was hier eigentlich vorging. Aber er fürchtete, daß *man* ihn hören konnte.

Es war nur die Frage, wer *man* war.

Ein Schrei kam nicht von ungefähr. Wenn Richardson den Gang kannte, dann vielleicht auch andere. Es gehörte nicht viel Phantasie dazu, sich auszumalen, daß hier Gesindel hauste, dem man besser aus dem Weg ging. Womöglich bot der Geheimgang einer ganzen Gruppe von Mördern und Halsabschneidern Unterkunft. Howard mußte an die Viehdiebe denken, von denen er im Wirtshaus gehört hatte. Man schien ihnen in dieser Gegend jede Art von Gewalttat zuzutrauen.

»Jetzt was 'n Groll'n«, nuschelte Rowlf. »Erst dieser Schrei, un' dann 'n Groll'n.«

Richardson nickte. Nach seinem Gesichtsausdruck zu schließen, fühlte er sich höchst unbehaglich. »Irgend jemand ist in den Gewölben«, flüsterte er. Er sprach so leise, als fürchtete er, daß man ihn hören könnte.

»Aber an sich dürfte hier niemand sein ...«, fuhr er fort.

»Und schon gar nicht jemand, der schreit«, beendete Howard seinen Satz.

Richardson zuckte mit den Achseln. Er schien einen Entschluß gefaßt zu haben,

»Kümmern wir uns nicht weiter darum«, sagte er. »Wir sollten so schnell wie möglich Baltimore aufsuchen und ihm von Robert und diesen ... Geräuschen erzählen. Er wird alles Weitere in die Wege leiten. Sein Personal ist außerordentlich tüchtig.«

»Einverstanden«, sagte Howard.

Er wollte sich schon wieder in Bewegung setzen, aber Richardson hielt ihn am Ärmel zurück.

»Was ... was ist das«, keuchte er.

Jetzt hörte es auch Howard. Es war ein hohes, feines Singen, das die Wände zu durchdringen schien und auf sie zuhielt. Die Fackel warf unruhige Schatten auf Boden und Wände. Ein eisiger Luftzug ließ Howard frösteln und dann ...

Ein Geräusch, wie ein entferntes Husten. Grobe, tapsige Schritte, ein dumpfes Grollen.

Howard wich unwillkürlich ein paar Schritte zurück. Er erwartete, jeden Moment etwas vor sich im Gang erscheinen zu sehen, einen gigantischen Schatten, der auf ihn zuhielt, oder sonst ein gewaltiges, bösartiges, fremdes Wesen ...

Der Boden unter seinen Füßen zitterte. Es mußte dicht vor ihnen sein. Und es kam auf sie zu.

Richardson schrie auf. Die Fackel in seiner Hand zitterte. Er stand nur wenige Schritte vor Howard, aber er war näher an der Geräuschquelle als dieser. Und womöglich sah er schon, *was* da auf sie zuhielt.

Er taumelte zurück. Die Fackel entglitt seinen Händen und schlug auf dem Boden auf. Es zischte, Funken stoben empor, und dann erlosch die Fackel. Dunkelheit schlug wie eine finstere Woge über ihnen zusammen.

Howard durchsuchte mit zitternden Fingern seine Jackentasche und brachte ein Streichholzheftchen zum Vorschein. Er erwartete jeden Augenblick, glühende Augen vor sich auftauchen zu sehen, von gewaltigen Klauen gepackt zu werden.

Aber nichts geschah.

Er riß das Streichholz über die Reibfläche, ein-, zwei-, dreimal, und endlich flammte der Schwefelkopf auf. Ein dünner Lichtschein fiel auf den Gangboden vor ihm und auf Richardson, der sich mit schreckerstarrtem Gesicht gegen die Wand preßte. In seinen Augen stand ein Ausdruck unglaublicher Panik. Aus seinen Mundwinkeln tropfte Speichel.

»Was war das?« fuhr ihn Howard an.

Bevor Richardson antworten konnte, erlosch das Streichholz mit einem letzten Aufflackern. Howard stieß einen unterdrückten Fluch aus und entzündete ein zweites Zündhölzchen.

In seinem Lichtschein suchte er die Fackel und steckte sie mit Hilfe weiterer Streichhölzer an. Rowlf kümmerte sich in der Zwischenzeit um Richardson. In dem Gesicht des Kaufmanns zuckte unkontrolliert ein Muskel, und in seinen Augen standen Tränen.

»Was war das?« fragte Howard nochmals.

»Ich ... ich weiß nicht«, stöhnte Richardson. »Ein ... ein ... ich weiß es nicht ...«

Er schluckte krampfhaft, schüttelte Rowlfs Hand ab und löste sich von der Wand. Seine Bewegungen hatten etwas Fahriges und Unbestimmtes, wie es Howard schon mehrmals an Menschen beobachtet hatte, die einen schweren Schock erlitten hatten. Das, was er gesehen hatte, war jedenfalls keine natürliche Erscheinung gewesen.

Und womöglich war es noch immer in der Nähe …

»Lassen Sie mir eine Minute«, bat er. »Ich muß … erst wieder zu mir kommen.«

»Ich hoffe, uns bleibt soviel Zeit«, murmelte Howard.

Er versuchte seine Nervosität zu überspielen, aber auch ihm steckte der Schreck in den Gliedern. Die Fackel in seiner Hand zitterte merklich, und sein Herz schlug wie rasend. Er hoffte nur, daß das, was Richardson zu Gesicht bekommen hatte, nicht noch einmal auftauchte.

»Wir müssen … weiter«, stieß Richardson hervor. Er schien genauso wie Howard zu spüren, daß sie besser so schnell wie möglich von hier verschwanden.

»Was wa'n das?« fragte Rowlf.

»Ersparen Sie mir eine Beschreibung«, flüsterte Richardson. Er schlug die Hände vor sein Gesicht. »Mein Gott.«

Howard nickte schweigend. Er ahnte, daß der Schock den Kaufmann fast um den Verstand gebracht hatte. Vielleicht war es besser, wenn er verschwieg, was er gesehen hatte.

Er bedeutete Rowlf mit einer Handbewegung, Richardson zu helfen, und setzte sich dann, mit der Fackel in der Hand, wieder in Bewegung. Seine Sinne waren aufs äußerte gespannt, aber er hörte und sah nichts, was auf die Anwesenheit irgendeiner Monströsität hindeutete.

Sie erreichten eine Abzweigung. Rechts führte ein weiterer Gang wieder in die Tiefe, während ihnen links eine Tür den Weg versperrte. Howard vermied es krampfhaft, in den dunklen Gang zu blicken.

Er rüttelte an der Tür, aber sie rührte sich nicht.

»Und nun?« fragte er nervös.

Richardson holte einen Schlüssel hervor, reichte ihn

wortlos an Rowlf weiter und lehnte sich dann schweratmend an die Wand. Sein Gesicht war noch immer grau und verkrampft. Er brauchte unbedingt Ruhe.

Rowlf steckte den Schlüssel ins Schloß und drehte ihn ohne Mühe um. Er stieß die Tür auf und betrat als erster den dahinter liegenden Raum. Howard stieß Richardson hinterher und folgte als letzter.

»Schließ wieder ab«, befahl er Rowlf.

Rowlf handelte, ohne zu zögern. Er warf die Tür ins Schloß und drehte den Schlüssel um.

Howard atmete auf. Er brauchte nicht den anderen ins Gesicht zu sehen, um zu wissen, daß sie genauso erleichtert waren wie er selbst, den Gang hinter sich gelassen zu haben.

Es war nur die Frage, ob die Tür wirklich dem standhalten würde, was Richardson gesehen hatte …

Es dauerte einen Moment, bis sich Howard auf seine neue Umgebung eingestellt hatte. Der Raum, in dem sie herausgekommen waren, war vollkommen fensterlos und wirkte genauso alt wie der Gang, der sie hierhingeführt hatte. Auch sein Boden war mit Staub bedeckt. Kaum noch erkenntliche Fußspuren kündeten davon, daß er zumindest gelegentlich aufgesucht wurde.

Die Luft war abgestanden und schal, und Howard hatte das Gefühl, kaum noch Luft zu bekommen. Er hielt die Fackel höher und suchte nach einem Eingang, durch den sie das Innere des Hauses betreten konnten. Aber bis auf die Tür, durch die sie den Raum betreten hatten, umgaben sie die glatten Steinwände wie die Mauern einer uneinnehmbaren Festung.

»Wie kommen wir weiter?« fragte er mühsam beherrscht.

Richardson stierte ihn teilnahmslos an. »Wieso?« brachte er hervor.

Seine Stimme klang geistesabwesend, und sein Blick irrte ziellos über die vom flackernden Licht beleuchteten Wände.

»Wir müss'n zu Baltimore«, fuhr ihn Rowlf an.

Er packte den Kaufmann bei den Schultern und schüttelte ihn. »Mann!« sagte er eindringlich. »Reiß dich zusamm'! Wir müss'n weiter.«

Richardson starrte ihn aus geweiteten Augen an, und dann nickte er schließlich.

»Sie haben recht«, preßte er hervor.

Sein Blick flackerte und beruhigte sich dann wieder. Der Schock, den er erlitten hatte, hielt ihn noch immer gepackt.

»Dort hinten«, sagte Richardson und deutete auf die gegenüberliegende Wand. »Rechts, am Vorsprung. Drehen Sie den Stein nach links. Dann ... dann öffnet sich die Tür.«

»Eine Geheimtür?« fragte Howard rasch.

Richardson nickte. Er wischte sich mit dem Handrücken über die Stirn und wandte sich ab, als gingen ihn die anderen nichts mehr an.

»Rowlf!« sagte Howard. »Rasch! Öffne die Tür!«

Rowlf nickte. Auf seiner Stirn perlte Schweiß. Auch er schien unter dem Sauerstoffmangel zu leiden, der in dem Raum herrschte.

Mit ein paar Schritten war er bei dem Vorsprung, auf den Richardson gedeutet hatte. Seine mächtigen Muskeln spannten sich, ein scharfes Geräusch ertönte, als glitte Metall über Metall, und dann schwang ein Teil der Wand zurück. Augenblicklich drang frische, kühle Luft zu ihnen herein.

»Nichts wie raus«, murmelte Richardson.

Er ging mit schwankenden, unsicheren Schritten auf die Öffnung in der Wand zu, schob Rowlf beiseite und trat in den schwach erleuchteten Gang hinaus, der sich dahinter auftat. Bevor ihm Howard folgen konnte, drehte er sich noch einmal zu ihm um.

»Kommen Sie«, forderte er ihn auf. »Wir haben es geschafft. Wir sind bereits im Haus. Der Korridor führt direkt zu Baltimores Schlafzimmer.«

Seine Stimme klang wieder vollkommen normal, aber irgend etwas ließ Howard zögern. Er ahnte, daß sich auch Robert im Haus befand. Möglicherweise hatte er irgend etwas mit ihrem Erlebnis im Gang zu tun. Howard hoffte allerdings, daß das nicht der Fall war.

Aber was auch immer hier vorging, es war mehr als ein Zufall, daß es ausgerechnet in dieser Nacht stattfand. Howard hatte bereits oft genug erlebt, wie sich scheinbar sinnlose Ereignisse zum Schluß zu einem übersichtlichen Ganzen zusammengefügt hatten.

Aber nicht immer war das Ergebnis nach seinem Geschmack gewesen.

Richardsons Stimme riß ihn aus seinen Grübeleien. »Kommen Sie schon. Wir machen sonst noch das Personal auf uns aufmerksam.«

Howard und Rowlf setzten sich in Bewegung. Mit ein paar Schritten hatten sie Richardson eingeholt. Sie folgten ihm den Korridor hinauf. Das, was Howard für den schwachen Schein einer Kerze gehalten hatte, entpuppte sich als fahler Mondschein, der durch ein großes Fenster fiel. Seine Augen hatten sich so sehr an die Dunkelheit gewöhnt, daß es ihm nicht schwerfiel, sich zurechtzufinden, auch nachdem er die Fackel gelöscht hatte.

Sie erreichten eine schwere Eichentür am anderen Ende des Korridors. Richardson klopfte leise und drückte dann die Tür auf.

»Kommen Sie«, flüsterte er.

Er ging vor. Es war zu dunkel, um mehr als ein paar

dunkle Schatten erkennen zu können. Nach seinen Schritten zu urteilen, bewegte er sich auf den Hintergrund des Zimmers zu.

Irgend etwas klirrte leise und fiel dann scheppernd zu Boden. Howard und Rowlf verharrten mitten in der Bewegung. Howard glaubte, ein schabendes Geräusch zu hören, dann flammte ein Streichholz auf.

Baltimore saß kerzengerade im Bett, mit einer Nachtmütze auf dem Kopf und einem überraschten Ausdruck auf seinem verschlafenen Gesicht. In seiner rechten Hand hielt er ein Streichholz, das langsam abbrannte, als habe er vergessen, damit eine Kerze anzuzünden.

»Richardson!« stieß er hervor. »Was um alles in der Welt tun Sie um diese Zeit hier?«

Dann entdeckte er die beiden Gestalten im Hintergrund des Zimmers.

»Howard!«

Das Streichholz erlosch mit einem letzten Aufflammen, aber mittlerweile hatte Rowlf sich schon an der Petroleumlampe zu schaffen gemacht, die auf der Kommode am Fenster stand. Gelblicher Lichtschein erhellte das Zimmer.

Es dauerte ein paar Minuten, bis Howard Baltimore begreiflich gemacht hatte, was ihr nächtliches Eindringen zu bedeuten hatte. Als er das gespenstische Erlebnis in dem Geheimgang erwähnte, wurde Baltimore zusehends ernster.

»Das gefällt mir nicht, Howard«, sagte er leise. »Ich hoffe nur, daß wir nicht zu spät kommen.«

»Zu spät kommen?« fragte Howard. »Wie meinst du das?«

Baltimore zuckte mit den Achseln. Er war mittlerweile aus dem Bett gestiegen und hatte sich ein paar Kleidungsstücke übergeworfen.

»Wir müssen uns beeilen«, sagte er wortkarg. »Ich werde Henesey, meinen Butler, verständigen, und ihn das Personal zusammentrommeln lassen.«

Mit ein paar Schritten war er bei der Tür und trat auf den Gang hinaus. Die anderen folgten ihm. Sie eilten einen Seiteneingang entlang. Schließlich erreichten sie eine Tür, vor der Baltimore stehenblieb. Er klopfte mehrere Male, und als sich niemand meldete, schob er sie einfach auf.

Der Raum, den er betrat, war spartanisch eingerichtet. Außer einer Kommode, einem Stuhl und einem Bett war er vollkommen leer.

Das Bett sah unbenutzt aus. Entweder war Henesey noch nicht zu Bett gegangen, was angesichts der frühen Morgenstunde unwahrscheinlich war, oder er war bereits auf den Beinen.

»Das gefällt mir nicht«, murmelte Baltimore wieder.

Trotz seiner sechzig Jahre und der ungewöhnlichen Umstände wirkte er alles andere als müde oder verschlafen. Seine undurchdringlichen Gesichtszüge spiegelten keine Gefühle, aber Howard ahnte, daß das nur seiner mustergültigen Beherrschung zu verdanken war.

»Wo kann er nur sein?« fragte Richardson. »Er ist doch sonst so zuverlässig.«

Baltimore nickte. »Die Zuverlässigkeit in Person«, murmelte er geistesabwesend.

Er wandte sich an Howard. »Wie konnte es überhaupt passieren, daß Robert erfuhr, wo wir Priscylla versteckt halten?«

»Ist das im Moment nicht ziemlich nebensächlich?« fragte Howard seinerseits.

»Ganz und gar nicht«, behauptete Baltimore. »Es ist wahrscheinlich der Schlüssel zu eurem Erlebnis im Geheimtunnel und zu Heneseys Verschwinden. Wenn wir ...«

Er konnte seinen Satz nicht beenden.

»Hier is' was«, unterbrach ihn Rowlf.

Er hatte die Dauer des Gesprächs dazu benutzt, sich auf dem Gang umzusehen. Augenscheinlich hatte er etwas gefunden. Er hockte ein paar Yards von den anderen entfernt auf dem Boden und fuhr prüfend mit der Fingerspitze über den Läufer.

»Sieht aus wie Blut«, fuhr er fort.

»Blut?« Howard und die anderen Männer waren mit ein paar Schritten bei ihm.

Howard hatte das Gefühl, daß sie sehr bald erfahren würden, warum sie den Butler nicht in seinem Zimmer vorgefunden hatten. Er hoffte nur, daß Robert nichts damit zu tun hatte ...

Rowlf erhob sich und nickte. »Führt zu der Tür da«, sagte er und deutete nach vorn.

»Mrs. Sundays Zimmer«, sagte Baltimore.

Er eilte ohne Zögern an Rowlf vorbei, riß die Tür auf und stürmte ins dahinter liegende Zimmer. Howard folgte ihm. Zuerst wollte er aufatmen, als er einen dunklen Schatten im Bett liegen sah. Aber als Baltimore die Vorhänge aufriß, und bleiches Mondlicht in den Raum drang, unterdrückte er nur mit Mühe einen erschreckten Ausruf.

Im Bett lag ein Mann. Er war vollkommen angekleidet. Seine gebrochenen Augen starrten anklagend auf die Eindringlinge. Und in seiner Brust steckte ein Messer.

Sie kamen nicht dazu, den Leichnam genauer zu untersuchen. Vom Gang erscholl ein dumpfer Schrei, und irgendwo schlug eine Tür zu.

»Richardson!« rief Howard.

Er wirbelte herum und stürzte dicht vor Rowlf auf

den Gang hinaus. Seine Augen irrten über die dunkle Wand, und schließlich entdeckte er Richardson.

Der Kaufmann stand mit vorgebeugtem Oberkörper am Treppengeländer und starrte in die Tiefe. Seiner Haltung nach zu urteilen, war er im Begriff, jeden Moment das Gleichgewicht zu verlieren.

»Richardson!« schrie Howard. »Um Gottes willen! Passen Sie doch auf!«

Rowlf war mit ein paar Sätzen bei ihm und riß ihn zurück. Seine kräftigen Arme schoben den widerstrebenden Kaufmann in sichere Entfernung auf den Gang.

»Laß mich los«, herrschte ihn Richardson an und versuchte, seinen Arm abzustreifen. »Du tust mir weh.«

»Se könnt'n fallen«, brummte Rowlf. »Müssen Se uns so erschrecken, Mann?«

»Laß ihn los«, sagte Howard rasch.

Rowlf brummte irgend etwas, zuckte mit den Achseln und trat einen Schritt zurück.

»Ich habe sie gesehen«, stieß Richardson hervor. In seinem Blick spiegelte sich ein nervöser, gehetzter Ausdruck.

»Wen haben Sie gesehen?« fragte Howard scharf.

»Zwei ...«, murmelte er. »Es waren zwei Männer.«

Er lehnte sich gegen die Wand und schloß die Augen. Mit einer fahrigen Bewegung holte er ein Taschentuch hervor und fuhr sich damit über die Stirn. Er wirkte vollkommen erschöpft, und Howard ahnte, daß es nicht viel Sinn hatte, weiter in ihn zu dringen.

Er versuchte es trotzdem.

»Was für Männer waren es?« fragte er.

»Ein ... großer. Ein wahrer Riese. Den ... den anderen habe ich kaum gesehen ...«

Richardson stockte und sah Howard geradewegs an. Seine Augen waren weit aufgerissen, als sähe er nicht ihn, sondern etwas anderes.

»Mein Gott«, flüsterte er. »Sie sind die Treppe runter. In den Keller. Wo dieses ... Monster lauert ...«

Er schlug die Hände vors Gesicht. Durch seinen Körper lief ein Zittern.

»Oh, mein Gott«, flüsterte er nochmals.

Howard nickte grimmig. Er wandte sich an Baltimore, der sich zu ihnen gesellt hatte.

»Ich glaube, uns bleibt nichts anderes übrig, als ebenfalls den Keller aufzusuchen«, preßte er hervor. »Wenn mich nicht alles täuscht, werden wir dort auf Robert stoßen.«

Mein Herz pochte wild und heftig. Der Revolver in meiner Hand kam mir mit einemmal lächerlich vor, aber ich war trotzdem nicht bereit, ihn wegzustecken.

»Warum hat dieser Narr so geschrien?« fragte ich. »Meinen Sie, daß er uns gesehen hat?«

»Darauf können Sie Gift nehmen«, knurrte Sean. Er deutete auf den Eingang zum Keller, den wir gerade hinter uns gelassen hatten. »Wenn mich nicht alles täuscht, werden wir gleich Besuch bekommen. Wissen Sie, wer das war?«

Ich schüttelte den Kopf. Alles, was ich wollte, war Priscylla. Ich spürte mit jeder Faser meines Körpers, daß sie hier war, vielleicht sogar hier unten im Keller, ganz in meiner Nähe.

»Es war Richardson«, stieß Sean hervor. »Der Kaufmann, dessen Spur mich zu Balitmore führte. Seltsamer Zufall, nicht wahr?«

»Es ist mir ganz egal, wie der Mann heißt«, sagte ich ungeduldig. »Wir müssen weiter. Ich spüre ... Ich meine, ich bin sicher, daß die Person, die ich suche, hier unten ist.«

»Wäre vielleicht ganz nett, wenn Sie mir endlich

sagen würden, *wen* Sie suchen. Schließlich sitzen wir in einem Boot.«

Ich zögerte. Ein unerklärliches Gefühl hielt mich davor zurück, Seans Frage ohne weiteres zu beantworten, aber andererseits sah ich keinen logischen Grund, ihm Priscylla noch länger zu verschweigen.

»Ich suche eine junge Frau«, sagte ich zögernd. »Sie heißt Priscylla.«

»Eine Frau.« Sean grinste. »Dann wird mir alles klar. Wenn sich ein Mann wie Sie so verhält, ist er entweder hinter einer Million Pfund oder hinter einer Frau her.«

»Es ist nicht so, wie Sie denken –«

»Was ich denke, ist ganz egal«, fiel mir Sean ins Wort. »Wir sollten machen, daß wir weiterkommen. Bevor Richardson mit ein paar Mann Verstärkung hier unten auftaucht.«

Er blinzelte und versuchte die Dunkelheit vor uns mit Blicken zu durchdringen.

»Ich hoffe nur, daß das hier keine Sackgasse ist«, fuhr er fort. »Wenn wir Glück haben, hat der Keller noch einen Ausgang zum Garten.«

Ich achtete nicht weiter auf ihn. Mit ausgestreckter linker Hand tastete ich mich an der Wand entlang; der Revolver lag schußbereit in meiner Rechten. Das Gefühl einer unbestimmten Erwartung verstärkte sich. Sehr wohl war mir nicht dabei, mich durch die Dunkelheit vorzutasten. Ich hatte noch nicht das Erlebnis mit der Rattenfrau vergessen.

Und hier unten gab es Ratten.

Meine überreizte Phantasie gaukelte mir tapsende kleine Füße vor, die über den kalten Boden huschten. In der Dunkelheit glaubte ich, winzige, stechende Augen zu sehen, die jede meiner Bewegungen verfolgten. Ich fühlte, wie mir der kalte Schweiß ausbrach.

In das Geräusch unserer Schritte mischte sich etwas

anderes; ein heller, singender Laut, zu schwach, um seinen Ursprungsort zu erkennen, aber laut genug, um mich abrupt anhalten zu lassen.

»Hören Sie das auch?« flüsterte ich.

Sean prallte gegen mich. Ich rutschte ein Stück von der Wand weg und kämpfte einen Moment lang um mein Gleichgewicht. Sean packte meinen Arm und hielt mich fest.

»Was ist das?« fragte er.

Ich zuckte mit den Achseln. Es dauerte eine Sekunde, bevor ich daran dachte, daß Sean meine Geste in der Dunkelheit nicht sehen konnte.

»Keine Ahnung«, sagte ich leise.

Das Geräusch hatte inzwischen abgenommen und war dann ganz verstummt. So sehr ich mich auch bemühte, ich hörte nichts mehr. Vielleicht hatte ich mich auch getäuscht. Es war womöglich nichts weiter als ein Windstoß gewesen, der durch ein offenes Kellerfenster gefahren war und in dem langen Gang widerhallte.

»Gehen wir weiter«, sagte Sean mit rauher Stimme. »Richardson wird schon auf dem Weg in den Keller sein. Ich habe keine Lust, ihm meine Anwesenheit zu erklären.«

Ich setzte mich wieder in Bewegung. Obwohl ich mir sicher war, daß Priscylla ganz in der Nähe war, war der innere Kontakt zu ihr wie abgerissen. Seit Wochen fühlte ich mich durch eine unbekannte Kraft vorwärtsgetrieben, und nun, kurz vor dem Ziel, war sie versiegt.

Ich fühlte nichts weiter als einen dumpfen Druck im Kopf und Nervosität, die durch Seans Anwesenheit noch verstärkt wurde. Mit jedem weiteren Schritt begann sich mein Unbehagen zu verstärken. Ich konnte mich nicht des Eindrucks erwehren, daß ich geradewegs in eine Falle lief.

Es ging so schnell, daß ich zu spät die Gefahr begriff, in der ich schwebte. Ein fernes Geräusch, so leise, daß ich es kaum wahrnahm, schien die Gemäuer zu durchdringen. Es war dem hellen Singen nicht unähnlich, und doch anders, durchdringender und ... gewaltiger.

Ich verlangsamte meine Schritte und wollte Sean auf das Geräusch aufmerksam machen, aber dann ...

Es war fast so, als blickte ich wieder in den Spiegel.

Vor meinem inneren Auge tauchte eine entsetzliche Gestalt auf. Skeletthafte Züge verzerrten sich zu einem höhnischen Grinsen, krallenartige Hände streckten sich mir entgegen.

Ich stöhnte auf, riß den Revolver hoch und zog den Abzug durch. Die Schüsse hallten durch die Dunkelheit. Die feurigen Mündungsblitze rissen für winzige Augenblicke das vollkommene Schwarz um mich herum auf –

– und erhellten etwas ... etwas Großes, Massiges, das wie eine gigantische Spinne vor mir im Gang hockte. Für einen winzigen Augenblick sah ich die Alptraumgestalt mit der Deutlichkeit, mit der man in einem schweren Gewitter für die Dauer eines Blitzes ein fernes Haus sieht.

Ich wollte schreien, aber ich konnte es nicht.

Der Kopf eines Ebers, mit gigantischen Hauern ...

Wieder und wieder schoß ich, bis der Hammer gegen die leere Trommel schlug. Und jeder Mündungsblitz riß eine feurige Bahn durch die Dunkelheit und beleuchtete die alptraumhafte Gestalt vor mir.

Dann war es vorbei.

Von einer Sekunde auf die andere ließ der fürchterliche Druck nach, der meinen Schädel zusammengepreßt hatte. Die Erschöpfung ließ mich einen Schritt vorwärtstaumeln.

Eine Woge der Erleichterung brach über mir zusammen. Ich hatte einen bitteren Geschmack im Mund, und meine Knie zitterten, aber ich spürte deutlich, daß die *Vision* zu Ende war. Was auch immer da vor mir im Gang gelauert hatte, es war verschwunden.

Ich wollte mich zu Sean umdrehen und ihn fragen, ob auch er es gesehen hatte, aber ich kam nicht mehr dazu.

Ein Geräusch vor mir lenkte mich ab.

Irgend etwas krachte fürchterlich, dann stoben Funken auf. Eine Tür wurde aufgerissen. Blendende Helligkeit überschüttete mich. Eine dunkle Gestalt erschien im Rahmen, kaum zwei, drei Meter von mir entfernt.

Ich war viel zu verwirrt, um reagieren zu können. Fassungslos starrte ich auf den Dolch, den der Mann vor mir in den Händen hielt. Sein bleiches Gesicht war zu einer Grimasse des Schreckens verzerrt. In seinen Augen funkelte Wahnsinn.

»Santers«, keuchte Sean hinter mir.

Der Mann sah an mir vorbei. Er schien Sean erst jetzt entdeckt zu haben. Seine Augen weiteten sich. Speichel rann seine Mundwinkel herab.

»Andara«, keuchte er. Er hob den Dolch. Seine Bewegungen wirkten hölzern und abgehackt und trotzdem zielstrebig.

Für eine endlose Sekunde war ich wie gelähmt vor Schrecken. Santers war der Mann, hinter dem Sean her war ... *Sean!?!* War der Mann in meiner Begleitung wirklich Sean, oder war es Roderick Andara, mein Vater?

Ich weigerte mich, Santers Ausruf für wahr zu nehmen. Ich hatte Sean gefragt, wer er war, und er hatte die Wahrheit gesagt. Wenn er gelogen hätte, wenn sich Andara in ihm verbarg, hätte ich es spüren müssen.

Santers machte einen Schritt auf mich zu. Der Dolch

in seiner Hand blitzte auf. Ich wußte, daß er es nicht auf mich abgesehen hatte, und ich wußte, daß Priscylla hinter ihm im Raum war. Mit einem Satz war ich an ihm vorbei ... und erstarrte.

An der gegenüberliegenden Wand stand ein hölzerner Altar, auf dem eine Frau lag. Sie wies keine Zeichen äußerer Gewaltanwendung auf, aber in ihrem Blick las ich Entsetzen und unvorstellbares Grauen.

Priscylla stand neben ihr. Sie hielt, wie Santers, einen Dolch in der Hand. Ihr Gesichtsausdruck wirkte starr und kalt. Die Spitze des Dolches zielte auf die Kehle der Frau. Als sie mich bemerkte, drehte sie sich langsam zu mir um. Ihre halbgeschlossenen Augen öffneten sich vollends, und sie musterte mich mit einem Blick voller Haß und Verachtung.

»Kommst du also auch?« fragte sie. »Glaubst du, das Opfer aufhalten zu können, daß wir Ti'lar'min darbringen werden?«

»Priscylla«, krächzte ich.

Ich war zu keinem klaren Gedanken mehr fähig. Ich hatte damit gerechnet, Priscylla in Gefahr vorzufinden. Es hätte mich nicht gewundert, wenn sie an Stelle der fremden Frau auf dem Altar gelegen hätte. Aber daß sie mich wie einen Feind empfing ...

»Acorn«, zischte Priscylla.

Ihre Haare flatterten bei der abrupten Kopfbewegung, mit dem sie sich dem Mann zuwandte, der auf der anderen Seite des Altars stand. Ich hatte ihm bis jetzt noch keine Aufmerksamkeit geschenkt. Auf den ersten Blick sah er vollkommen normal aus, aber bei genauerem Hinsehen wirkte er auf eine schwer zu beschreibende Art krank.

Acorn bedurfte keiner weiteren Aufforderung. Er machte aus dem Stand einen Satz auf mich zu. In seinen Bewegungen war etwas ungeheuer Kraftvolles, das nicht zu seinem unscheinbaren Körperbau passen wollte.

Es dauerte einen Moment, bevor ich begriff, daß er es auf mich abgesehen hatte. Ich hielt noch immer den leergeschossenen, vollkommen nutzlosen Revolver in der Hand. Selbst, wenn ich Munition mit mir geführt hätte, hätte ich keine Zeit mehr gefunden, sie einzulegen.

Mit einem verzweifelten Satz sprang ich zur Seite. Acorn taumelte, von seinem eigenen Schwung getragen, an mir vorbei. Aber ich bekam keine Zeit zum Atemholen.

Mit einem Aufschrei fuhr er wieder herum. Irgend etwas blitzte in seiner Hand und fuhr scharf und reißend an meiner Wange entlang.

Ein Messer!

Ich hatte nicht einmal gesehen, daß er die Waffe hervorgerissen hatte. Ein scharfer Schmerz lähmte meine linke Gesichtshälfte, warmes Blut lief über meine Wange.

Er setzte nach. Mit wütenden Stichen trieb er mich gegen die Wand. Ich hatte alle Mühe, der tanzenden Klinge auszuweichen.

Er ließ mir keine Gelegenheit für einen Gegenangriff oder ein weiteres Ausweichmanöver. Instinktiv versuchte ich mich zu wehren, aber Acorn war ein wahrer Meister in der Handhabung seiner Waffe. Ich duckte mich unter dem nächsten Stich weg und versuchte, seitwärts zu entkommen, aber er war schneller. Seine Faust zuckte vor und schleuderte mich zurück.

Ich stieß keuchend die Luft aus. Mit der Wand im Rücken hatte ich kaum mehr eine Chance, einem schnellen Messerstich zu entgehen. Vor meinen Augen tanzten blutige Schleier. Die Luft brannte wie Feuer in meinen Lungen.

»Bring ihn um!« schrie Priscylla.

Acorn war für einen Moment abgelenkt. Ich riß den Revolver hoch und schlug ihm den Kolben ins Gesicht. Er taumelte, riß das Messer hoch und stürmte wieder auf mich zu. Funken stoben auf, als Metall auf Stein traf und die Klinge eine fingertiefe Scharte in die Wand riß.

Ich packte seinen Arm, bog ihn nach hinten und stieß ihn von mir. Bevor er sich fangen konnte, schickte ich ihn mit ein paar wuchtigen Faustschlägen zu Boden.

Ich kümmerte mich nicht weiter um ihn. Priscylla war wichtiger. Ich wandte mich um, wollte auf sie zugehen …

Einen fürchterlichen, schrecklichen Moment begegneten sich unsere Blicke. Und irgend etwas geschah mit mir …

Der Raum schien sich um mich zu drehen. Dumpfe Übelkeit stieg aus meinem Magen empor, und meine Arme und Beine fühlten sich mit einemmal taub und schwer an. Meine Umgebung verschwamm vor meinen Augen. Die Anstrengung, einen Fuß vor den anderen zu setzen, war fast zuviel. Mein Puls raste. Das Blut rauschte in meinen Ohren, und vor meinen Augen begannen graue Schatten zu treiben.

Aber ich gab nicht auf. Ich konnte nicht zulassen, daß Priscylla das Opfer vollzog. Ich durfte nicht zulassen, daß sie Kräfte rief, denen wir alle nicht gewachsen waren. Und ich durfte nicht zulassen, daß sie eine unschuldige Frau umbrachte …

Der Dolch in ihrer Hand bewegte sich, als wäre er zu eigenem Leben erwacht. Durch ihren Körper lief ein Zittern. Für einen Moment, für einen winzigen Augenblick nur, ließ ihre Konzentration nach …

Ich spürte meine Chance, und ich war willens, sie zu nutzen. Mit aller Kraft, die mir noch geblieben war, kämpfte ich gegen die unsichtbaren Fesseln, die meinen Verstand umklammerten.

Es kam dem Versuch gleich, aus vollem Lauf gegen eine Steinmauer zu springen, um sie zum Einsturz zu bringen.

Furchtbare Gewalten schleuderten mich zurück und drohten mich zu vernichten.

Ich schrie auf. Mein Herzschlag setzte für einen Moment aus. Krampfhafte Schmerzen durchliefen meinen Geist und versuchten, ihn in einen Strudel mit sich zu reißen. Ein fast unerträglicher Druck drohte meinen Kopf zu sprengen.

Ich kämpfte mit aller Kraft dagegen an, aber es war wie das müde Aufflackern einer Kerze gegen eine rauschende Sturmflut. Gewalten, jenseits aller Vorstellungskraft, zerrieben mich wie Mühlsteine zwischen sich. Fast schien es, als bemerkten sie meinen Widerstand nicht einmal.

Kalte Wut begann in mir aufzusteigen; Wut, wie ich sie noch nie zuvor empfunden hatte. Ich stieß zu. Immer und immer wieder, ohne zu wissen, was ich da eigentlich tat.

Und plötzlich war es vorbei.

Der Schleier aus Schmerz und Betäubung, der sich über mein Bewußtsein gelegt hatte, zerriß. Ein Gefühl von Kraft und Stärke durchpulste mich. Ich ließ nicht nach. Ich drängte den fremden Willen, der mich gelähmt hatte, weiter zurück.

Es dauerte einen Moment, bevor ich wieder in der Lage war, mich meiner Umgebung zu widmen. Ich hatte das Gefühl, aus einem Alptraum heraus in einer viel grauenhafteren Wirklichkeit zu erwachen.

Sean stand vor mir, zwischen Priscylla und mir. Seine Hände umklammerten ihren Hals. Der Dolch, den Priscylla noch immer in der Hand hielt, zitterte über seinem Rücken, als wolle sie ihn jeden Moment herabfahren lassen.

»Priscylla!« schrie ich.

Die Angst um sie ließ mich meine Lähmung vergessen. Zwar war sie es gewesen, die Acorn auf mich gehetzt hatte, aber ich wußte, daß sie dafür nicht verantwortlich war. Aber auch wenn sie es gewesen wäre – ich konnte nicht zulassen, daß Sean sie erwürgte.

Mit einem einzigen Satz war ich bei ihm. Ich packte ihn bei den Schultern und versuchte, ihn zurückzuziehen.

Er ließ von Priscylla ab und drehte sich mit aufreizender Langsamkeit zu mir um. In seinen blutunterlaufenen Augen stand ein erschreckender Ausdruck. Die Worte, die ich ihm ins Gesicht schreien wollte, blieben mir im Halse stecken. Ich wußte mit plötzlicher Sicherheit, daß er es war, vor dem Priscylla die ganze Zeit über Angst gehabt hatte. Es war nicht Andara, und doch hatte er irgend etwas mit ihm zu tun.

Sean schlug ohne Vorwarnung zu. Er traf mich an der Schulter und ließ mich zurücktaumeln.

Sean ging wie ein wütender Bär auf mich los. Ich ahnte, daß ich nur in der Flucht mein Heil suchen konnte. Seinen gewaltigen Körperkräften hatte ich nichts entgegenzusetzen. Ich hatte mittlerweile sogar den Revolver verloren.

Ich wich seinem Frontalangriff aus und tänzelte zur Seite.

»Priscylla!« rief ich. »Lauf! Rette dich ...«

Ein harter Stoß warf mich zurück. Sean packte mich bei den Schultern und warf mich zu Boden.

Ich schlug schwer auf den Rücken. Für eine kurze, schreckliche Sekunde sah ich Seans massigen Körper über mir, und die Mordgier in seinen Augen. Ich warf mich verzweifelt zur Seite, gerade noch rechtzeitig, um einem Fußtritt zu entgehen. Mit einem Satz war ich wieder auf den Füßen. Aber ich spürte, daß ich diesen ungleichen Kampf nicht mehr lange durchstehen würde.

Aus den Augenwinkeln bemerkte ich, daß Priscylla immer noch am Altar stand. Einen schrecklichen Augenblick lang dachte ich, sie würde meinen Kampf mit Sean benutzen, um das *Opfer* zu vollziehen. Ich zweifelte keine Sekunde daran, daß damit der Tod der armen Frau gemeint war, die tatenlos das Chaos um sich verfolgen mußte.

Ich blockte Seans nächste Schläge ab, konnte aber nicht verhindern, daß er mich immer weiter zurücktrieb. Mit einem verzweifelten Satz sprang ich nach rechts und traf ihn in die Seite. Durch mein Handgelenk fuhr ein stechender Schmerz. Sean schwankte und stieß keuchend die Luft aus, das war alles.

Mit einem wütenden Knurren drang er auf mich ein. Ein harter Faustschlag durchbrach meine Deckung und schleuderte mich zurück. Ein zweiter Schlag traf mich im Magen und ließ die Welt um mich in einer Woge von Schmerz explodieren. Feurige Schleier tanzten vor meinen Augen. Eine Welle der Übelkeit übermannte mich, aber das Schlimmste war das Gefühl, keine Luft mehr zu bekommen.

In diesem Moment peitschte ein Schuß durch den Raum. Sean griff sich an die Brust, starrte ungläubig auf das Blut, das zwischen seinen Fingern hervorquoll, und brach langsam in die Knie.

Ich holte keuchend Luft, preßte die Hand auf den Magen und wandte mich zur Tür.

Ein Mann stand im Eingang, vielleicht sechzig Jahre alt, mit einem hastig übergeworfenen Mantel über dem Nachthemd. Er hielt ein Jagdgewehr in den Händen. Aus dem Lauf kräuselte sich dunkler Rauch.

»Dr. Gray«, krächzte ich.

Vorsichtig kniete ich neben Priscylla nieder und berührte ihren Arm. Sie hielt noch immer den Dolch umklammert, aber sie würde ihn nicht mehr benutzen. Kurz, nachdem Dr. Gray den amoklaufenden Sean niedergeschossen hatte, war sie zusammengebrochen. Seitdem war sie bewußtlos.

»Nehmen Sie ihr den Dolch ab«, sagte der Mann, den ich bislang unter dem Namen Dr. Gray gekannt hatte.

Es war eine Überraschung für mich, zu erfahren, daß er mit Baltimore identisch war. Er hatte sich keine große Mühe gemacht, mir zu erklären, warum er bei unserem ersten Treffen einen falschen Namen verwandt hatte.

Aber das war auch nicht nötig. Ich ahnte den Grund sowieso. Unsere Feinde waren mächtig und verfügten über jede Möglichkeit zur Täuschung. Wenn wir, die wenigen Menschen, die in die Geheimnisse der Weißen Magie eingeweiht waren, überleben wollten, mußten wir alle – nur erdenklichen Vorsichtsmaßnahmen treffen.

»Tu, was er sagt«, murmelte Howard. Er wirkte blaß und übernächtigt, und er schien überhaupt noch nicht begriffen zu haben, wie Sean hierherkam und was er für eine Rolle gespielt hatte.

Ich strich über Priscyllas Arm. Sie schien unter meiner Berührung zu erschauern, aber immer noch wirkte ihr Gesicht grau und eingefallen.

»Mach dir keine Sorgen, mein Junge«, sagte Dr. Gray / Baltimore. »Sie wird bald zu sich kommen.«

Ich wollte ihn schon fragen, wie er dessen so sicher sein konnte, aber dann beließ ich es bei einem flüchtigen Kopfnicken. Ich bog vorsichtig Priscyllas Finger zurück und nahm den Dolch in die Hand. Er war warm, wärmer als Priscyllas Körper, und fast schien es mir, als wolle er sich meinem Griff entziehen. Ich umklammerte ihn mit aller Kraft und erhob mich.

»Wirf ihn auf den Boden«, sagte Dr. Gray ungeduldig.

Ich zuckte mit den Achseln und folgte seiner Aufforderung. An der Stelle, wo der Dolch auf den Boden aufschlug, flammte ein kurzer, blendendheller Blitz auf, dann war er verschwunden.

»Das ... das kann doch nicht sein«, entfuhr es mir.

»Gerade du solltest es besser wissen«, sagte Dr. Gray kühl. Er warf einen nachdenklichen Blick auf die Frauengestalt zu meinen Füßen.

»Ich werde mich etwas intensiver um Priscylla kümmern müssen«, fuhr er fort.

»Ach ja?« fragte ich. »Ich bin mir dessen noch gar nicht so sicher.«

Howard räusperte sich und warf mir einen eindringlichen Blick zu. »Kannst du mir jetzt vielleicht mal erklären, wie Sean überhaupt hierherkommt?«

Ich zuckte mit den Achseln. »Ich wüßte auch gern, warum ihr gerade zum richtigen Moment erschienen seid. Aber lassen wir das. Was deine Frage angeht: Ich habe einen Verdacht, mehr nicht. Als wir Sean zum ersten Mal begegneten, entpuppte er sich als Andara, richtig?«

Howard nickte. Er deutete auf Sean. »Aber das war nicht Roderick Andara«, sagte er leise. »Dein Vater hätte sich anders verhalten.«

»Das glaube ich auch.« Ich schwieg einen Moment, bevor ich fortfuhr. »Ich glaube, daß Andara Sean benutzt. Irgendwie hat er seinen Willen beeinflußt, wahrscheinlich schon vor langer Zeit. Sean war nichts als ein Werkzeug, dazu bestimmt, Priscylla umzubringen.«

»Aber warum?« fragte Howard. »Warum wollte er Priscyllas Tod?«

Ich zögerte einen Moment, bevor ich meinen Verdacht äußerte. »Vielleicht, weil er das verhindern wollte, was ich jetzt tun werde«, sagte ich.

»Und was wird das sein?« fragte Dr. Gray scharf. In seinen Augen blitzte unverhohlenes Mißtrauen. Ich nahm an, daß der alte Fuchs langst ahnte, worauf ich hinauswollte.

»Ich werde Priscylla mit nach London nehmen«, sagte ich fest. »Ich werde sie niemandem mehr anvertrauen, Dr. Gray. Weder Ihnen noch Howard oder sonst irgend jemandem. Wenn es einen Menschen auf der Welt gibt, der ihr helfen kann, dann bin ich es.«

HIER ENDET DAS ACHTE BUCH …

… doch die Saga um den HEXER geht weiter. Denn:

Das ist nicht tot, was ewig liegt,
bis daß der Tod die Zeit besiegt …

›Nach dem HERRN DER RINGE war die Welt der Fantasy nicht mehr dieselbe‹, hieß es auf dem Klappentext zum Vorgängerband dieser Anthologie: DIE ERBEN DES RINGS herausgegeben von Martin H. Greenberg (Bastei Lübbe Band 13 803). In jenem Band verbeugten sich anglo-amerikanische Autoren vor dem großen Erzähler. Doch nicht nur im englischsprachigen Raum hat Tolkien seine Spuren hinterlassen, auch eine junge Generation von deutschen Schriftstellern wird auf die ein oder andere Art von ihm beeinflusst. In dieser Anthologie sind neue Geschichten gesammelt, die Tolkien zu Ehren geschrieben wurden, oft mit einem Augenzwinkern, aber stets voller Respekt. Autoren sind u.a.: Helmut W. Pesch, Wolfgang Hohlbein und Kerstin Gier

ISBN 3-404-20421-2